蔡东藩历朝通俗演义

绣像本

第一部

前汉通俗演义（上）

蔡东藩 著

中華書局

图书在版编目(CIP)数据

前汉通俗演义/蔡东藩著. —北京：中华书局，2015.7(2021.3重印)
(蔡东藩历朝通俗演义)
ISBN 978-7-101-10613-8

Ⅰ. 前… Ⅱ. 蔡… Ⅲ. 章回小说—中国—现代
Ⅳ. I246.4

中国版本图书馆CIP数据核字(2014)第282169号

书　　名	前汉通俗演义
著　　者	蔡东藩
丛 书 名	蔡东藩历朝通俗演义
责任编辑	王鹏飞
出版发行	中华书局 (北京市丰台区太平桥西里38号　100073) http://www.zhbc.com.cn E-mail:zhbc@zhbc.com.cn
印　　刷	中煤(北京)印务有限公司
版　　次	2015年7月北京第1版 2021年3月北京第3次印刷
规　　格	开本/880×1230毫米　1/32 印张25¾　字数600千字
印　　数	15001－19000册
国际书号	ISBN 978-7-101-10613-8
定　　价	56.00元

出版说明

历史演义，是指以史实为基础，加入一定的艺术虚构，多以章回体的形式，用通俗的语言，讲述王朝兴废、朝代更替等历史事件的小说。历史演义由宋代的讲史话本发展而来，这一名称大致出现于元末明初。罗贯中将陈寿的《三国志》通俗化为《三国演义》，影响巨大，由此出现了很多效仿作品，如《列国志传》《东西晋演义》《南北史演义》《大宋中兴通俗演义》和《隋唐演义》等。这些历史演义故事性强，行文通俗，深受民众的喜爱。

民国时期最有分量的历史演义小说，当属蔡东藩先生的"历朝通俗演义"。蔡东藩（1877—1945），名郕（chéng），字椿寿，号东藩，著作署名亦作东帆或东颿（颿为"帆"的异体字），浙江萧山临浦镇人，是中国近现代著名历史演义小说家和史学家，他被称为"中国近现代历史小说史上'正史演义'创作的集大成者"。

蔡东藩先生历十年寒暑，用600余万言的煌煌巨著，记述了上起秦始皇、下迄民国（1920年）2166年间中国发生的重大历史事件和重要历史人物。他创作的"历朝通俗演义"按著述时间排序为：《清史演义》（1916年）、《元史演义》（1920年）、《明史演义》（1920年）、《民国演义》（1921年）、《宋史演义》（1922年）、《唐史演义》（1922年）、《五代史演义》（1923年）、《南北史演义》（1924年）、《两晋演义》（1924年）、《前汉演义》（1925年）、《后汉演义》（1926年）。这11部书，初版由上海会文堂新记书局印行，全套均为有光纸石印插图本。1935年，新记书局把这套书连同许廑父续写的《民国演义》后四十回，全部改排为铅印本，分装44册，总名为“古今通俗演义”。出版后广受欢迎，时江苏省立南京中学校长张海澄致函会文堂说：“《历朝通俗演义》于中等学校学生文史知识，裨益匪浅，特采作课外补充读物。”毛泽东同志在红军长征到达延安后不久，专门致电党中央派驻在西安工作的联络局局长李克农代买这套书，后来将其带到北京，置于卧室床头，以便随时翻阅。

百年来“历朝通俗演义”一版再版，名称也有“古今通俗演义”“二十四史通俗演义”“中国历代通俗演义”“中国历代演义”和“中国历史通俗演义”等改变。这套书之所以受到各个时期的读者喜爱，与作者蔡东藩先生“以正史为经，务求确凿；以轶闻为纬，不尚虚诬”的创作原则和“文不尚虚，语惟从俗”的艺术特色密不可分。

我们这次整理出版“历朝通俗演义”，以1935年上海会文堂新记书局出版的铅印本为底本，参考了其他版本，做了比较细致的审校，订正了原书中明显的讹误。书中保留了蔡东藩先生的全部注释、夹批和后评，并用不同颜色、不同字体字号加以区别。为方便普通读者，我们以2013年6月国家颁布的《通用规范汉字表》为参考，给三级及三级字表之外的字加注了拼音。同时，为保存原版风貌，收录了石印线装本中的全部人物绣像和插图。

由于作者受所处历史时代和传统观念的影响，书中对妇女地位、农民起义、民族关系、中外关系等问题有一些局限性的观点。我们相信，今天的读者对此自有理解，不至苛求前人。

中华书局

自 序

吾国之有史,由来久矣。自汉司马迁创作《史记》,体例独详,遂为后世史家之祖,班固因之,辑成《汉书》,而迁固之名乃并著焉。窃案迁《史》起自黄帝,讫于天汉,大旨在叙古从略,叙秦汉从详,综计得百三十篇,共五十二万六千余言。班《书》则始于秦季,终于孝平王莽,凡百二十卷,计七十余万言,视迁《史》为尤繁矣。后之学者,慕其名,辄购《史》《汉》二书而庋藏之,问其熟览与否,则固无以应也。盖二书繁博,非旬月所能卒读,且文义精奥,浅见之士,尚不能辨其句读,一卷未终,懵然生厌,遑问其再四寻绎乎?他若涑水《通鉴》、紫阳《纲目》,以及《通鉴纪事本末》《通鉴辑览》《纲鉴会纂》《纲鉴易知录》等书,编年纪事,历姓相承,而首数卷间,各列秦汉事实,读史者辄举而窥之,固求其提要钩玄,记忆不忘者,亦罕有所闻。至如稗官野史之纪载,则一鳞一爪,或犹能称道之,是无佗,稗史之引起观感,令人悦目,固较正史为尤易也。鄙人不敏,尝借说部体裁,演历史故事,由今追昔,溯而上之,以至秦汉。秦自始皇至子婴历国三世,第十有五年耳,依事演述,寥寥数回,不足以成卷帙,且名为一朝,但闻暴政,未底于治,实为由周至汉之过渡时代,附入于汉,存其名而已足矣。汉则两京迭嬗,阅年四百有余,而前汉二百一十年间,有女宠,有外戚,有方镇,有夷狄,有嬖幸,有阉宦,有权奸,盖已举古今来病国之厉阶,汇集其中,故治日少而乱日多。其尤烈者,则为女宠,为外戚,高祖以百战成帝业，而其权且移于宫闱；文景惩之，厥祸少杀；至武帝尊田蚡，贵卫青，女宠外戚，于此复盛；至许史盛于宣元，王赵丁傅盛于成哀；平帝入嗣，元皇后老而不死，卒贻王莽篡弑之祸；然则谓前汉一代与女宠外戚相终始，亦无不可也。本编兼采正稗，贯彻初终，所有前汉治乱之大凡，备载无遗。而于女宠外戚之兴衰，尤再三致意，揭示后人，非敢谓有当史学，但以浅近之词，演述故乘，期为通俗教育之助云尔。班马可作，当亦不笑我粗疏也。惟书成仓卒，不无讹词，匡而正之，是在海内之通儒。

中华民国十四年立冬之日，古越蔡东帆叙。

秦朝世系图

凡三主共十五年

❶始皇嬴政[在位十二年]——❷二世胡亥[在位三年]——❸子婴[不逾年]

前汉世系图

凡十二主共二百一十年

❶高帝刘邦[在位八年]
❷惠帝盈[在位七年嗣由吕后称制八年]
❸文帝恒[在位二十三年]——❹景帝启[在位十六年]——❺武帝彻[在位五十四年]
❻昭帝弗陵[在位十三年]
戾太子据——史皇孙进——❼宣帝询[在位二十五年]——楚孝王嚣——广戚侯勋——广戚侯显——⓬孺子婴[在位三年]
❽元帝奭[在位十六年]
定陶王康——❿哀帝欣[在位六年]
中山王兴——⓫平帝衎[在位五年]
❾成帝骜[在位二十六年]

秦始皇
秦二世
趙高
秦子嬰

楚霸王項羽
虞姬
范增
項伯

漢惠帝
呂后
漢高祖
戚夫人
趙王如意

韓信
蕭何
張良
陳平
樊噲
令

英布
彭越
曹參
王陵
周勃

呂祿
呂產
審食其
劉章
灌嬰

孝女緹縈
漢文帝
陸賈
賈誼
南越王趙佗

周亞夫
漢景帝
袁盎
鼂錯

陳皇后
漢武帝
衛皇后
戾太子據
王夫人

劉敬
匈奴冒頓單于
中行說
匈奴老上單于
衛律

田蚡
衛青
霍去病
李廣
李陵

董仲舒
汲黯
公孫弘
張騫
蘇武

鄂邑長公主
鉤弋夫人趙氏
漢昭帝
上官皇后

霍光
金日磾
桑弘羊
上官桀
燕王旦

昌邑王劉賀
漢宣帝
許皇后
霍皇后
霍顯

趙充國
張安世
魏相
丙吉
黃霸

王皇后
漢元帝
傅昭儀
馮婕妤
王昭君

石顯
蕭望之
匡衡
史高
劉向

班婕妤
漢成帝
趙后飛燕
趙昭儀合德

陳湯
王鳳
張禹
杜欽
朱雲

董賢
漢哀帝
傅皇后
傅晏
傅喜

孔光
漢平帝
王皇后
孺子嬰
王莽
東臺趙蔚藍天甫寫於海上

目　录

第一回

移花接木计献美姬　用李代桃欢承淫后

皇有皇猷，帝有帝德，史家推论史事，首推三皇五帝。其实三皇五帝的本身，并未尝自称为皇，自称为帝，后人因他首出御宇，创造文明，把一个浑浑沌沌的世界，化成了雍雍肃肃的国家，真是皇猷丕显，帝德无垠，所以格外推崇，因把皇字帝字的徽号，加将上去。是意未经人道，一经揭破，恰有至理。到了夏商周三朝，若大禹，若成汤，若周文武，统是有道明君，他却恐未及古人，不敢称皇道帝，但降号为王罢了。及东周已衰，西秦崛起，暴如嬴政，凭借了祖宗遗业，招揽关陇间数十百万壮丁，横行海内，蚕食鲸吞，今日灭这国，明日灭那国，好容易把九州版图，一古脑儿聚为己有，便自以为震古烁今，无人可及，遂将三皇的皇字，五帝的帝字，合成了一个名词，叫做皇帝。

咳！这皇帝两字的头衔，并不是功德造就，实在是腥血铸成。试看暴秦历史，有什么皇猷？有什么帝德？无非趁着乱世纷纷的时候，靠了一些武力，侥幸成功，他遂昂然自大，惟我独尊。还有一种千古纪念的事情，就是我国的君主专制，实是嬴政一人，完全造成。从前黄帝开国以来，颁定国法，原是君主政体，历代奉为准绳，但究未尝有“言莫予违，独断独行”的思想。尧置谏鼓，立谤木，舜询四岳，咨十有二牧，禹拜昌言，汤改过不吝，周有询群臣询群吏询万民的制度，简策流传，至今勿替。可见古时的圣帝明王，虽然尊为天子，管辖九州，究竟也要集思广益，依从舆论，好民所好，恶民所恶，才能长治久安，做一位升平主子，贻谋永远，传及子孙。看官听说！这便是开明专制，不是绝对专制哩。声大而闳。

自从嬴政得国，专务君权，待遇百姓，好似牛马犬豕一般，凡所有督责抑勒的命令，严酷残暴的刑罚，无一不作，无一不行，也以为生杀予夺，惟我所为，百姓自然帖伏，不敢再逞，从此皇帝的位置，牢固不破，好教那子子孙孙，千代万代的遗传下去。哪知专欲难成，众怒难犯，本身幸得速死，不致陨首，才及一传，宫廷里面，就闹得一塌糊涂，戍卒叫，函谷举，楚人一炬，可怜焦土。于是楚汉逐鹿，刘项争雄。项羽力能扛鼎，叱咤万夫，却是个空前绝后的壮士，无如有勇无谋，以暴易暴，反让那泗上亭长，出人头地，用了好几个策士谋臣，武夫猛将，终将项霸王除去，安安稳稳的得了中原。史官说他豁达大度，确非凡夫，而且入关约法，尽除苛禁，能得百姓欢心，所以扫秦灭项，五年大成。

但小子追溯汉家事迹，多半沿袭秦制，并没有一番大改革的事业。萧何原是刀笔吏，叔孙通又是绵蕞生，绵蕞系表位标准，绵是置设绵索，蕞是植茅地上，为肄习典礼之处，使知尊卑次序。所见所闻，无非是前秦故事，晓得什么体国经野的宏规，因此佐汉立法，仍旧是换汤不换药的手段，厉行专制政体，尊君抑民。汉高祖尝沾沾自喜，谓吾今日乃知皇帝之贵，照此看来，秦汉二代，规模大略相同，不过严刑峻法，算比暴秦差了一层。史官或铺张扬厉，极端称许，其实多是浮词谀颂，未足尽信呢。汉高一殁，吕后专权，险些儿覆灭刘氏，要继续那亡秦的后尘。这便是贻谋未善。幸亏还有一二社稷臣，拨乱反正，才得保全刘家基业。孝文入嗣，却是个守成令主，允恭玄默，守俭持盈，宽刑律，奖农事，府藏充实，囹圄空虚，汉家元气，实是孝文一代，休养成功。景帝遵业，略带刻薄，用兵七国，未免劳民，但尚是万不得已的举动，未可讥他黩武，此外还有乃父遗风，不忘恭俭。周云成康，汉言文景，两相比例，颇若同揆。传至孝武，与祖考全不相同，简直是好大喜功，仿佛秦始皇一流人物。秦皇好征伐，汉武亦好征伐，秦皇好巡游，汉武亦好巡游，秦皇好雄猜，汉武亦好雄猜，秦皇好诛夷，汉武亦好诛夷，秦皇好土木，汉武亦好土木，秦皇好神仙，汉武亦好神仙，秦皇好财色，汉武亦好财色。后世尝以秦皇汉武并称，还道他力征经营，开拓疆宇，东西南北的外族，闻风远遁，好算是一代武功，两朝雄主。谁知秦亡不由胡亥，实自始皇；汉亡在孝平，实始武帝。本编并列秦汉，隐寓此意。文景二主四十余年积蓄，被汉武一生荡尽，从此海内虚耗，民生困敝。昭宣二朝，尚能与民更始，励精图治，勉强维持过去。传到元成时代，弘恭石显，几类赵高，杜钦谷永，酷似李斯，外戚王氏，遂得乘隙入朝，把持国柄。哀平昏庸，汉祚潜移，不文不武的王莽，佯作谦恭，愚弄士民，朝野称安汉公功德，多至八千人，虽由王莽善能运动，得此无谓的标榜，但也由汉武以来，人心渐贰，不愿归汉，遂为那逆莽所绐（dài），平白地将汉室江山，篡夺了去。推究祸根，不能不归咎汉武。若谓秦传二世，汉传至十一世，历年久暂，大判径庭，这是由汉祖汉宗，有一两代积德累仁的效果，不比那秦嬴政一味暴横，无人感念，所以一暂一久，有此区别呢。评论的确。话休叙烦，事归正传。

且说秦朝第一代皇帝，就是嬴政，远祖乃是帝舜时代的伯益。益掌山泽，佐禹治水，有功沐封，赐姓嬴氏。好几传到了蜚廉，生子恶来，善走有力，助纣为虐，与纣同诛。恶来五世孙非子，住居犬邱，善养马，得周孝王宠召，令主汧（qiān）渭间畜牧。马大蕃息，孝王遂封他为附庸，食邑秦地。四传至襄公，佐周平戎，护送平王东迁，得岐丰地，受封为伯，嬴秦始大。又数传至穆公，并国十二，遂霸西戎；再历十余传，正当六国七乱的时候，孝公奋起，用商鞅为左庶长，变法图强，战胜各国，定都咸阳。子惠文君嗣，僭号称王，嗣是为武王、昭襄王，与山东六国争衡，攻城略地，日见盛强。周赧王献地入秦，所有宝器九鼎，统被秦人取归。昭襄王子孝文王，有子异人，入质赵国，阳翟大贾吕不韦，行经赵都邯郸，见了异人，私叹为奇货可居，乃阳为结纳，与订知交。异人质居异地，举目无亲，免不得抑郁寡欢，离愁百结，蓦然碰着了意外良朋，正是天涯知己，相得益欢，当下往来日密，情好日深，遂把那羁旅苦衷，及平生愿望，一一流露出来。不韦遂替他设法，想出一条斡旋的妙计。原来异人出质时，昭襄王尚然在位，孝文王柱，正为太子，有妃华阳夫人，未得生男，异人乃是夏姬所出，兄弟甚多，约有二十余人。不韦既得异人传述，便即乘间进言，谓必取悦华阳夫人，作为嫡嗣，将来方得承统云云。异人当然称善，但恨无人代为先容，偏不韦又愿为效劳，且慨出千金，半赠异人，令结宾客，半贮行囊，西行诣秦，替异人作运动费。这真叫作投机事业。异人听到这般帮忙，怎得不感激万分？便与不韦订了密约，说是计果得成，他日当与共秦国。不韦便欣然西去，沿途购办奇物玩好，携入关中，先向华阳夫人的阿姊处，买通关节，托她入白夫人。大略谓："夫人无子，亟宜择贤过继，若待至色衰爱弛，尚且无嗣承立，悔何可及？今异人出质赵国，日夜泣思太子及夫人，乘此机会，立异人为嫡嗣，请令归国，是异人必感德不忘，夫人亦终身有靠，

一举两得，莫如此策”云云。这一席话，说得夫人如梦初醒，非常感佩。当夜转告太子，用着一种含颦带泪的柔颜，宛转陈词，不由太子不从。彼此破符为约，决立异人为嗣子。夫人得自姊言，知由不韦替他划策，便嘱使不韦归傅异人，并赠他厚赆（jìn）。已经赚得利息。不韦返报异人，异人自然欣慰，从此与异人交谊，又加添了一层。

不韦更怀着鬼胎，随时访觅美人儿，凑巧赵都中有一歌妓，生得袅娜娉婷，楚楚可爱，遂不惜重赀，纳为簉（zào）室，凭着那天生精力，交欢数次，居然种下了一点灵犀，不韦预先窥测，料是男胎，这是何术？想是不韦蓄有种子秘方。便去引那异人进来，开筵相待。酒到半酣，才令赵姬盛妆出见，从旁劝酒。异人不瞧犹可，瞧着那花容月貌，禁不住目眩心迷，一时神情失主，尽管偷眼相窥。偏那赵姬也知凑趣，转动了一双秋波，与他对映，想是不韦已经授意，但此姬本来狂荡，当然爱及少年。惹得异人心痒难熬，跃跃欲动。可巧不韦似有酒意，就在席间假寐，把手枕头，略有鼾声。异人色胆如天，便去牵动翠袖，涎脸乞怜。那美姬若嗔若喜，半就半推，正要引人入胜，不防座上拍的一声，接连便闻呵叱道：“你！你敢调戏我姬人么？”异人慌忙回顾，见不韦已立起座前，面有怒容，顿吓得魂飞天外，只好在不韦前做了矮人，长跪求恕。不韦又冷笑道：“我与君交好有年，不应这般戏侮，就使爱我姬人，也可直言告我，何必鬼鬼祟祟，作此伎俩呢？”异人听了，转惊为喜，便向不韦叩头道：“果蒙见惠，感恩不浅，此后如得富贵，誓必图报。”不韦复道：“交友贵有始终，我便将此姬赠君，但有条约二件，须要依我。”异人道：“除死以外，无不可从。”不韦即说出两大条件：“一是须纳此姬为正室，二是此姬生子，应立为嫡嗣。”异人满口应承，方由不韦将他扶起，索性嘱使赵姬，坐在异人座侧，缓歌侑觞，直饮到夜色仓黄，才唤入一乘轻舆，使赵姬陪伴异人上车，同返客馆。这时赵姬的身孕，已经两阅月了。美眷如花，流光似水，异人与赵姬日夕绸缪，约莫过了八个月，本来是腹中儿胎，应该分娩，偏偏这个异种，安然藏着，不见震动，又迟延了两月，方才坐蓐临盆，生下一个男儿。说也奇怪，巧过是日为正月元旦，因取名为政，寄姓赵氏。非吕非嬴，不如姓赵。异人总道是十月生男，定由己出，哪知是吕氏种下的暗胎，已有以吕代嬴的默兆了。特笔表明。

越三年秦赵失和，邯郸被围，赵欲杀害异人，亏得吕不韦阴赂守吏，把他纵去，逃赴秦军，妻子由不韦引匿。待至魏兵救赵，秦军西还，异人原得归国，不韦也将异人妻子，送入咸阳，俾他完聚。华阳夫人见了异人，异人当即下拜，涕泣陈情，叙那数年离别的思慕，引起夫人的感情。他又因夫人本是楚女，特地改着楚服，取悦亲心，果然夫人悲感交并，也挥泪与语道：“我本楚人，汝能曲体我心，便当养汝为子，汝可改名为楚罢。”异人唯唯从命，自是晨昏定省，格外殷勤。想又是不韦所教。就是赵姬母子，得入秦宫，见了华阳夫人，也是致敬尽礼，不敢少疏，因此华阳夫人，喜得佳儿佳妇，便与孝文王再申前约，决不负盟。既而昭襄王病殁，孝文王嗣位，即立楚为太子。丧葬才毕，升殿视事，才阅三日，便即逝世。太子楚安然继统，得为秦王，报德践约的期限，居然如愿以偿。当下尊嫡母华阳夫人为华阳太后，生母夏姬为夏太后，立赵姬为王后，子政为嗣子，进吕不韦为相国，封文信侯，食河南洛阳十万户，一番大交易，至此成功。

会东周君联合诸侯，谋欲伐秦，为秦王楚所闻，遂遣相国吕不韦督兵往攻。东周君地狭兵单，哪里敌得过秦军，诸侯复观望不前，眼见是周家

一脉，不得再延。东西周详情，应载入周史中，故本回从略。吕不韦大出风头，灭了东周，把东周君迁徙阳人聚，周朝八百多年的宗祚，反被一个阳翟贾人，铲灭无遗，文武成康，恐也不免余恫呢。明《翦姬箓》暗移嬴祚，凶狡如吕不韦，怎得久存。不韦班师还朝，饮至受赏，不劳细说。

转眼间又是四年，秦王楚春秋鼎盛，坐享荣华，总道是来日方长，好与那正宫王后，白头偕老，毕世同欢。谁料到二竖为灾，膏肓受厄，终落得呜呼哀哉，伏惟尚飨，年才三十有六。子政甫十三岁，继承秦祚，追谥父楚为庄襄王，尊母为王太后，名目上虽是以子承父，暗地里实是以吕易嬴。画龙点睛。政未能亲政，国事俱委任吕不韦，号为仲父。应该呼父。不韦大权在握，出入宫廷，时常与秦王母子，见面叙谈。只这位庄襄太后，尚不过三十岁左右，骤遭大故，竟作孀姝，她本是个送旧迎新的歌姬，怎禁得深宫寂寂，孤帐沉沉？空守了好几月，终有些忍耐不住，好在不韦是个旧欢，乐得再与勾引，申续前盟。不韦也未免有情，因同她重整旗鼓，演那颠凤倒鸾的老戏文。宫娥彩女，统是太后心腹，守口如瓶，秦王政究竟少年，未识个中情景，所以两口儿暗地往来，仍然与伉俪相似。

一年二年三四年，秦王政已将弱冠了，不韦年亦渐老了。偏太后淫兴未衰，时常宣召不韦，入宫同梦。不韦未免愁烦，一则恐精力浸衰，禁不住连宵戕贼，一则恐少主浸长，免不得瞧破机关，于是想出一法，私拟荐贤自代。凑巧有个浪子嫪毐(Lào' ǎi)，读若爱。阳道壮伟，尝戏御桐木小车，不假手力，但用那话儿插入轮轴，也能转捩运行。见不韦列传。事为不韦所闻，立即召为舍人，先向太后关说，极称嫪毐绝技。太后果然歆羡，亲欲一试，当由不韦令人告讦，诬毐有罪，当置宫刑，一面厚贿刑吏，但将毐拔去须眉，并未割势，便使冒作阉人，入侍太后。太后即引登卧榻，实地试验，果然坚强无比，久战不疲，惹得太后乐不可支，如获至宝，朝朝暮暮，我我卿卿，老淫妪又居然有娠了。多年不闻生育，至此又复怀妊，毕竟嫪毐有力。会值夏太后病逝，嫪毐遂与太后密商，买通卜人，诈言宫中不利母后，应该迁居避祸。秦王政不知有诈，就请母后徙往雍宫，嫪毐当然从往。嗣是母子离居，不必顾忌，一索得男，再索复得男，保抱鞠育，视若寻常，且封嫪毐为长信侯，食邑山阳，寻且加封太原郡国。凡宫室车马衣服，及苑囿驰猎等情，均归嫪毐主持，毐至此真快活极了。小子有诗叹道：

宫闱厮养得封侯，肉战功劳也厚酬。
若使雄狐长得志，人生何惮不淫偷！

欲知嫪毐后事，且待下回说明。

本回第一段文字，揭出皇帝专制四字，是笼罩全书之大宗旨。秦造成之，汉沿袭之，是秦汉本一脉相关，无甚区别，此著书人之所以并为一编，不烦另提也。且秦皇汉武，为后人连语之口头禅，两两相较，不期而合，即秦即汉，会心固不远耳。叙事以后，即写秦政出世之来历，见得嬴吕相代，暗寓机关。后来政母复通吕不韦，并淫及嫪毐，母既不贞，子安得不流为暴虐？演述之以示后人，亦一儆世之苦心也。

第二回

诛假父纳言迎母　称皇帝立法愚民

却说嫪毐得封长信侯，威权日盛，私下与秦太后密谋，拟俟秦王政殁后，即将毐所生私子，立为嗣王。毐非常快乐，往往得意忘言。一日与贵臣饮博，喝得酩酊大醉，遂互起龃龉，大肆口角，毐瞋目大叱道："我乃秦王假父，怎敢与我斗口？汝等难道有眼无珠，不识高下么？"贵臣等听了此言，便都退去，往报秦王。秦王政已在位九年，年已逾冠，血气方刚，蓦然听到这种丑事，不禁忿怒异常，当下密令干吏，调查虚实。旋得密报，说毐原非阉人，确与太后有奸通情事，遂授昌平君昌文君为相国，引兵捕毐。昌平昌文史失姓名，或谓昌平君为楚公子，入秦授职，未知确否，待考。毐得知消息，不甘坐毙，便捏造御玺，伪署敕文，调发卫兵县卒，抗拒官军。两下里争锋起来，究竟真假有凭，难免败露，再经昌文昌平两君，声明毐罪，毐众当即溃散，单剩毐数百亲从，如何支持，也便窜去。

秦王政更下令国中，悬赏缉毐，活擒来献，赏钱百万，携首来献，赏钱五十万。大众期得厚赏，踊跃追捕，到了好畤（zhì），竟得擒住淫贼，并贼党二十人，献入阙下。秦刑本来酷烈，再加嫪毐犯了重罪，当命处毐轘刑，五马分尸。毐党一体骈诛，且夷毐三族。父族、母族、妻族。一面饬将士往搜雍宫，得太后私生二子，扑杀了事。就把太后驱往萯阳宫，派吏管束，不准自由。是谓乐极生悲。吕不韦引毐入宫，本当连坐，因念他侍奉先王，功罪相抵，不忍加诛，但褫免相国职衔，勒令就国，食采河南。

秦大臣等互相议论，多怪秦王背母忘恩，未免过甚，就中有几个激烈官吏，上疏直谏，请秦王迎还太后。秦王政本来蜂鼻长目，鹘膺豺声，是个刻薄少恩的人物，一阅谏书，怒上加怒，竟命处谏官死刑，并榜示朝堂，敢谏者死。还有好几个不怕死的，再去絮聒，徒落得自讨苦吃，身首分离。总计直谏被杀，已有二十七人，太后不谓无罪，谏官真自取死。群臣乃不敢再言。独齐客茅焦,伏阙请谏。秦王大怒,按剑危坐,且顾左右取镬,即欲烹焦。焦毫不畏缩,徐徐趋进,再拜起语道:“臣闻生不讳死,存不讳亡,讳死未必得生,讳亡未必终存,死生存亡的至理,为明主所乐闻,陛下今亦愿闻否?”秦王政听了,还道他别有至论,不关母事,因即改容相答道:“容卿道来。”焦见秦王怒容已敛,便正色朗声道:“陛下今日行同狂悖,车裂假父,囊扑二弟,言之太甚。幽禁母后,残戮谏士,夏桀商纣,尚不至此,若使天下得闻此事,必且瓦解,无复响秦,秦国必亡,陛下必危。臣不忍缄默无言,与国同尽,情愿先就鼎镬,视死如归!”说着,便解去外衣,赴镬就烹。说得秦王政也觉着忙,下座揽焦,当面谢过。秦王政之得据中原,想由这点好处。遂命焦为上卿,令他随往迎母,与太后同辇还都,再为母子如初。

吕不韦既往河南,一住年余,山东各国,多遣使问讯,劝驾请往。莫非也要他去作淫乱事么。事为秦廷所闻,秦王政防他为变,即致不韦书道:“君与秦究有何功,得封国河南,食十万户?君与秦究属何亲,得号仲父?今可率领家属速徙蜀中,毋得逗留!”不韦得书览毕,长叹数声,几乎泪

下。任君用尽千般计，到头仍是一场空。意欲上书申辩，转思从前情事，统皆暧昧，未便明言，倘若瑭突出去，反致速毙。想了又想，将来总没有良好结果，不如就此自尽，免得刀头受苦。主意已定，便取了鸩酒，勉强吞下，须臾毒发，当然毕命。看到此处，方知刁钻无益。

不韦妻已经先死，安葬洛阳北邙，僚佐等恐尚有后命，急将不韦遗骸，草草棺殓，夤夜舁(yú)往与妻合葬。后人但知吕母冢，不知吕相坟，其实是已经合墓，乏人知晓，所以有此传闻呢。生时不明白，死也不明白。惟这位庄襄王后，又苟延了七八年，与华阳太后相继病亡。秦王政总算举哀成服，发丧引柩，与庄襄王合葬茝阳。实是不必。这也毋庸细表。

且说秦王政亲揽大权，很是辣手，居然有雷厉风行的气象。当时山东各国，均已浸衰，秦遂乘隙出兵，陆续吞并。秦王政十七年，使内史胜《史记》作腾。灭韩，虏韩王安；十九年又遣将王翦灭赵，虏赵王迁；二十二年复命将王贲灭魏，虏魏王假；二十四年再令王翦灭楚，虏楚王负刍；二十五年更令王贲灭燕，虏燕王嘉；二十六年饬贲由燕南攻齐，掩入齐都临淄，齐王建举国降秦，被徙至共，活活饿死，六国悉数荡平，秦遂得统一中原，囊括海内了。于是秦王政满志踌躇，想干出一番空前绝后的大事业，号令四方，遂首先下令道：

寡人以眇眇之身，兴兵诛暴乱，赖宗庙之灵，咸伏其辜，天下大定，今名号不更，无以称成功，传后世，其妥议帝号上闻。

这令一下，丞相王绾，御史大夫冯劫，廷尉李斯，便召集博士，会议了一日一夜。越宿方入朝奏闻道，“古时五帝在位，地方不过千里，外列侯服、夷服等类，或朝或否，天子常不能制。今陛下兴义兵，除残贼，平定天下，法令统一，自从上古以来，得未曾有，五帝何能及此？臣等与博士合议，统言古有天皇，有地皇，有泰皇，想即人皇。泰皇最贵。今当恭上尊号，奉陛下为泰皇，命为制，令为诏，自称曰朕，伏乞陛下裁择施行。”秦王听了，半晌无言，暗想泰皇虽是贵称，究竟成为陈迹，没甚稀奇，我既功高古人，奈何再袭旧名，众议当然未合，应即驳去，另议为是。嗣又转念道：“有了有了，古称三皇五帝，我何不将皇帝二字合成徽称，较为美善呢。”乃宣谕群臣道：“去泰存皇，更采古帝位号，称为皇帝便了。余可依议。”王绾等便皆匍伏，口称陛下德过三皇，功高五帝，应该尊称皇帝，微臣等才疏识浅，究竟不及圣明。说着又舞蹈三呼，方才起来。一班媚子谐臣。秦王大喜，便命退朝，自己乘辇入宫。过了一日，又复颁制道：

朕闻太古有号毋谥，中古有号，死而以行为谥，如此则子得议父，臣得议君，甚无谓也，朕所弗取，自今以后，除去谥法，朕为始皇帝，后世子孙，以次计数，二世三世至千万世，传之无穷，岂不懿欤！

看官，你道这篇制书，是何命意？他想谥有美恶，都是本人死后，定诸他人。美谥原不必说了；倘若他人指摘生平，加一恶谥，岂不要遗臭万年？我死后，保不住定得美谥，不若除去谥法，免得他人妄议。且我手定天下，无非为子孙起见，得能千万代的传将下去，方不负我一番经营，所以特地颁制，说出这般一厢情愿的话头。当下追尊庄襄王为太上皇，自称始皇，小子依史叙述，此后也呼他为始皇了。提清眉目。

先是齐人邹衍，尝论五德推迁，更迭相胜，如火能灭金，即火能胜金，金能克木，即金能胜木，列代鼎革，就是相胜等语。始皇采用衍说，以为周得火德，秦应称为水德，水能胜火，故秦可代周。自是定为水德，命河名为德水。又因夏正建寅，商正建丑，周正建子，秦应特创一格，与昔不同，乃定制建亥，以十月朔为岁首。阴历莫如夏正，商周改建，不免多事，如秦更觉无谓了。衣服旌旄节旗，概令尚黑，取象水色。水主北方，终数为六，故用六为纪数，六寸为符，六尺为步，冠制六寸，舆制六尺。且谓水德为阴，阴道主杀，所以严定刑法，不尚慈惠，一切举措，纯用法律相绳，宁可失入，不可失出。后世谓秦尚法律，似有法治国规模，不知秦以刑杀为法，如何制治。从此秦人不能有为，动罹法网，赭衣满道，黑狱丛冤。

会丞相王绾等伏阙上言，略说诸侯初灭，燕齐楚地方辽远，应封子弟为王，遣往镇守。始皇不以为然，乃令群臣妥议。群臣多赞成绾言，唯廷尉李斯驳议道："周朝开国，封建同姓子弟，不可胜计，后嗣疏远，互相攻击，视若仇雠，周天子无法禁止，坐致衰亡。今赖陛下威灵，统一海内，何勿析置郡县，设官分治？所有诸子功臣，但宜将公家赋税，量为赏给，不令专权。内重外轻，天下自无异志，这乃是安宁至计哩。"计非不善，但上无令主，无论如何妙法，总难持久。始皇欣然喜道："天下久苦兵革，正因列侯互峙，战斗不休。现在天下初定，若再仍旧制，封王立国，岂不是复开兵祸么？廷尉议是，朕当照行！"王绾等扫兴退出，始皇即命李斯会同僚属，规划疆土。费了许多心力，才得支配停当，分天下为三十六郡，列名如下：

内史郡　三川郡　河东郡　南阳郡　南郡　九江郡　鄣郡　会稽郡　颍川郡　砀郡　泗水郡　薛郡　东郡　琅琊郡　齐郡　上谷郡　渔阳郡　古北平郡　辽西郡　辽东郡　代郡　钜鹿郡　邯郸郡　上党郡　太原郡　云中郡　九原郡　雁门郡　上郡　陇西郡　北地郡　汉中郡　巴郡　蜀郡　黔中郡　长沙郡

每郡分置守尉，守掌治郡，尉掌佐守，典武职甲卒。朝廷设御史监郡，便称为监。每县设令，与郡守尉同归朝廷简放。守令下有郡佐县佐，各由守令任用。以下便是乡官，选自民间，大约十里一亭，亭有长；十亭一乡，乡有三老及啬夫游徼。三老掌教化，啬夫判诉讼，游徼治盗贼，这还是周朝遗制，略存一斑。改命百姓为黔首，特创出一条恩例，许民大酺(pú)。原来秦律尝不准偶语，不准三人以上，一同聚饮，此次因海内混壹，总算特别加恩，令民人合宴一两天，所以叫做大酺。百姓接奉此令，才得亲朋相聚，杯酒谈心，也可谓一朝幸遇。哪知酒兴未阑，朝旨又到，一是令民间兵器悉数缴出，不准私留；二是令民间豪家名士，即日迁居咸阳，不准迟慢；三是令全国险要地方，凡城堡关塞等类，统行毁去。小子揣测始皇心理，无非为防人造反起见，吸收兵器，百姓无从得械，徒手总难起事。迁入豪家名士，就近监束，使他无从勾结，自然不能反抗朝廷。削平城堡关塞，无险可据，何人再敢作乱？这乃是始皇穷思极想，方有这数条号令，颁发出来。自以为智，实是呆鸟。只可怜这百姓又遭荼毒，最痛苦的是令民迁居。他本来各守土著，安居乐业，不劳远行，此番无端被徙，抛去田园家产，又受那地方官吏的驱迫，风餐露宿，饱尝路途辛苦，才到咸阳。咸阳虽然热闹，无如人地生疏，谋食维艰，好好一个富户，变做贫家，好好一个豪士，也害得垂头丧气，做了落魄的穷氓，可叹不可叹呢！就是名城巨堡，无故削平，虽是与民无碍，但总要劳动百姓，且将来或有盗贼，究靠何处防守？至若兵器一项，乃是民间出资购造，防卫身家，始皇叫他一概缴出，并没有相当偿给，百姓只有自认晦气。郡县守令，把兵器收下，一古脑儿运入咸阳。这种兵器，统是铜质造成，始皇立命熔毁，共有数百万斤。适值临洮县中，报称有十二大人出现，长约五丈，足履六尺，统着夷人服饰云云。始皇以为瑞兆，即命将熔化诸铜，摹肖大人影像，铸成铜人十二个，每个重二十四万斤，摆列宫门外面。这好算做铜像开始。还有余铜若干，令铸钟及钟架，分置各殿。相传这十二个铜人，汉时尚存，至汉末董卓入京，始椎破了十个，移铸小钱，尚剩两个，传到西晋亡后，被后赵主石虎徙至邺城，后来秦王苻坚，又把铜人搬还长安，销毁了事。这是后话不提。

惟秦始皇令行禁止，梦想太平，自思天下可从此无事，乐得寻些快乐，安享天年。从前秦国诸宗庙，及章台上林等苑榭，统在渭南。及削平六国，辄令画工往视，仿绘各国宫室制度，汇呈秦廷，始皇便择一精巧华丽的图样，令匠役依式营造。当下在咸阳北坂，辟一极大旷地，南临渭水，西距雍门，东至泾渭二水合流处，迤逦筑宫，若殿宇，若楼阁，若台榭，沿路连络，层接不穷，下亘复道，上架周阁，风雨不侵，日光无阻。落成以后，就将六国的妃嫔子女，钟虡(jù)鼓乐，分置宫中，没一处不有美人，没一室不有音乐，始皇除临朝视政外，往往至宫中玩赏，张乐设饮，唤女侑筵。这班被俘的娇娃，还记什么国亡主辱，但期得始皇欢心，殷勤伺候，一遇召幸，好似登仙一般，巴不得亲承雨露，仰沐皇恩。可惜始皇只有一身，怎能到处

周旋,慰她渴望,所以咸阳宫里,怨女成群,惟不敢流露面目,只背人拭泪罢了。亡国妇女,状似可怜,实是可恨。

始皇尚嫌宫宇狭小,才阅一年,又在渭南添造宫室,叫做信宫。嗣复改名"极庙",取象天极。自极庙通至骊山,造一极大的殿屋,叫做甘泉前殿。殿通咸阳宫,中筑甬道,如街巷相似,乘舆所经,外人不得望见,这也是防人侵犯的计策。始皇到此,好算是穷奢极欲,快乐无比了。偏他是个好动不好静的人物,日日在宫中游宴,似觉得味同嚼蜡,没甚兴趣,遂又想出一法,令天下遍筑驰道,准备御驾巡游。小子有诗叹道:

为臣不易为君难,名论相传最不刊。
古有覆车今可鉴,暴秦遗史试重看!

欲知驰道规模,及始皇出巡事迹,且至下回续详。

嫪毐自称假父,可丑之至,但毐固一无赖子,宜有此等口吻。茅焦乃亦以假父称之,而始皇乃下座谢过,煞是异事!乃母既与毐犯奸,则已自绝于宗祧,迁居别宫,亦无不可。惟秦王若念鞠育之恩,但报之以终养可耳,禁锢固不可也,迎还亦属不必。独怪他人谏死,至二十七人,而茅焦独能数语挽回,此非始皇尚知恋母,实因焦以天下瓦解之语,作为恐吓,始皇有志统一,乃不得不迫而相从尔。不然,嫪毐当诛,吕不韦尚若可赦,胡为亦逼诸死地,不念前功耶?厥后始皇并吞六国,自称皇帝,种种法令,无一非毒民政策,彼果若知孝亲,何至如此不仁?不过彼毒民,民亦必还而毒彼,彼以为智,实则愚甚。夫始皇为吕不韦所生,不韦欲愚人而卒致自愚,始皇亦欲愚民而终亦自愚,有是父即有是子,是毋乃所谓父作子述耶?阅此回,可笑亦可慨已。

第三回

封泰岱下山避雨　过湘江中渡惊风

却说秦始皇欲出外巡游，特令天下遍筑驰道。驰道便是御驾往来的大路，须造得平坦宽敞，方便游行。当时秦筑驰道，定制广五十步，相距三丈，土高石厚，各用铁椎敲实，两旁栽植青松，浓阴密布，既可却暑，复可赏心，真是最好的布置，不过劳民费财，骚扰天下罢了。始皇二十七年秋季，下诏西巡，令一班文武百官，扈跸起行，卤簿仪仗，很是繁盛。始皇戴冕旒，着衮龙袍，安坐銮舆上面。骅骝开道，貔虎扬镳，出陇西，经北地，逾鸡头山，直达回中。时当深秋，草木凋零，也没有什么景色。惟劳动了地方官吏，奔走供应，迎送往来，费了若干金银，尚不见始皇如何喜欢，但得免罪愆，总算幸事。始皇亦兴尽思归，即就原路回入咸阳。

过了残年，渐渐的冬尽春来，日光和煦。秦以十月为岁首，已见前回，故文中加入渐渐二字。始皇游兴又动，复照着西巡故事，改令东巡。途中俱已筑就驰道，两旁青松，方经着春风春露，饶有生意，欣欣向荣。始皇左顾右瞩，兴致盎然。行了一程又一程，已到齐鲁故地，望见前面层峦叠嶂，木石嵯峨，便向左右问明山名，才知是邹峄山。当下登山游眺，览胜探奇，向东顾视，又有一大山遥峙，比邹峄山较为高峻，岚光拥碧，霞影增红，写景语自不可少。不由的瞻览多时，便指问左右道："这便是东岳泰山么？"左右答声称是。始皇复道："朕闻古时三皇五帝，多半巡行东岳，举办封禅大典，此制可有留遗否？"左右经此一问，都觉对答不出，但说是年湮代远，无从查考。始皇道："朕想此处为邹鲁故地，就是孔孟二人的故乡，儒风称盛，定有读书稽古的士人，晓得封禅的遗制，汝等可派员征召数十人，教他在泰山下接驾，朕向他问明便了。"左右奉命，立即派人前去。始皇又顾语群臣道："朕既到此，不可不勒石留铭，遗传后世！卿等可为朕作文，以便镌石。"群臣齐声遵旨。始皇一面说，一面令整銮下山，留宿行宫。是夕即由李斯等咬文嚼字，草成一篇勒石文，呈入御览。始皇览着，语语是歌功颂德，深惬心怀。翌日便即发出，令他缮就篆文，镌石为铭，植立邹峄山上，当由臣工赶紧照办，不消细叙。

始皇随即启程，顺道至泰山下，早有耆儒七十人候着，上前迎驾。行过了拜跪礼，即由始皇传见，问及封禅仪制。各耆儒虽皆有学识，但自成周以后，差不多有七八百年，不行此礼，倒也无词可对。就中有一个龙钟老生，仗着那年高望重，贸然进言道："古时封禅，不过扫地为祭，天子登山，恐伤土石草木，特用蒲轮就道，蒲干为席，这乃所以昭示仁俭哩。"始皇听了，心下不悦，露诸形色。有几个乖巧的儒生，见老儒所对忤旨，乃易说以进。谁知始皇都不合意，索性叫他罢议，一概回去。便为坑儒伏案。

各儒生都扫兴而回，那始皇饬令工役，斩木削草，开除车道，就从山南上去，直达山巅，使臣下负土为坛，摆设祭具，望空祷祀，立石作志，这便叫作封礼。又徐徐向山北下来，拟至梁父小山名。行禅。禅礼与封礼不同，乃在平地上扫除干净，辟一祭所，古称为墠（shàn），后人因墠为祭礼，改号为禅。车驾正要下山，忽刮到一阵大风，把旗帜尽行吹乱，接连又是几阵旋飙，吹得沙石齐飞，满山皆黯，霎时间大雨如注，激动溪壑，上降下流，害得巡行人众，统是带水拖泥，不堪狼狈。幸喜山腰中有大松五株，亭亭如盖，可避风雨，大众急忙趋近，先将乘舆拥入树下，然后依次环绕，聚成一堆。虽树枝中不免余滴，究比那空地中间，好得许多。始皇大喜，谓此松护驾有功，可即封为五大夫。树神有知，当不愿受封。

既而风平雨止，山色复明，乃行就梁父山麓，申行禅礼，衣仗多半沾湿，免不得礼从简省，草草告成。始皇返入行辕，尚觉雄心勃勃，复命词臣撰好颂辞，自夸功德，勒石山中。史家曾将原文载录，由小子抄述如下。

> 皇帝临位，作制明法，臣下修饬。二十有六年，初并天下，罔不宾服。亲巡远方黎民，登兹泰山，周览东极。从臣思迹，本原事业，只诵功德。治道运行，诸产得宜，皆有法式。大义休明，垂于后世，顺承勿革。皇帝躬圣，既平天下，不懈于治。夙兴夜寐，建设长利，专隆教诲。训经宣达，远近毕理，咸承圣志。贵贱分明，男女礼顺，慎遵职事。昭融内外，靡不清净，施于后嗣。化及无穷。遵奉遗诏，

永承重戒。

封禅已毕，游兴未终，再沿渤海东行，过黄、腄，穷成山，跛之罘，之今作芝。历祀山川八神，天主、地主、兵主、阴主、阳主、日主、月主、四时主，共称八神。见《史记·封禅书》。统是立石纪功，异辞同颂。又南登琅琊山，见有古台遗址，年久失修，已经毁圮，始皇问是何人所造？有几人晓得此台来历，便即陈明。原来此台为越王勾践所筑，勾践称霸时，尝在琅琊筑一高台，以望东海，遂号召秦晋齐楚，就台上歃血与盟，并辅周室。到了秦并六国，约莫有数百年，怪不得台已毁圮了。始皇得知原委，便道："越王勾践，僻处偏隅，尚筑一琅琊台，争霸中原，朕今并有天下，难道不及一勾践么？"说着，即召谕左右，速令削平旧台，另行构造，规模须较前高敞数倍，不得有违。左右答称台工浩大，非数月不能成事，始皇作色道："偌大一台，也须数月么？朕准留此数旬，亲自督造，何患不成！"摹写暴主口吻，恰是毕肖。左右不敢再言，只好赶紧兴工。即命就地官吏，广招夫役，日夜营造。万人不足，再加万人，二万人不足，又加万人，三万人一齐动手，运木石，施畚

捐,加版筑,劳苦的了不得,尚未能指日告成。始皇连日催促,势迫刑驱,备极苛酷,工役无从诉冤,没奈何拼命赶筑,直至三易蟾圆,方才毕事。台基三层,层高五丈,台下可居数万家,端的是崇闳无比,美大绝伦。始皇亲自察看,逐层游幸,果然造得雄壮,极合己意。乃下令奖励工役。命三万人各迁家属,居住台下,此后得免役十二年。好大皇恩。遂又使词臣珥笔献颂,刻石铭德。略云:

维二十六年,皇帝作始,端平法度,万物之纪。以明人事,合同父子。圣智仁义,显白道理。东抚东土,以省卒士。事已大毕,乃临于海。皇帝之功,勤劳本事。上农除末,黔首是富。普天之下,抟心揖志。器械一量,同书文字。日月所照,舟舆所载。皆终其命,莫不得意。应时动事,是维皇帝。匡饬异俗,陵水经地。忧恤黔首,朝夕不懈。除疑定法,咸知所辟。方伯分职,诸治经易。举措毕当,莫不如画。皇帝之明,临察四方。尊卑贵贱,不逾次行。奸邪不容,皆务贞良。细大尽力,莫敢怠荒。远迩辟隐,专务肃庄。端直敦忠,事业有常。皇帝之德,存定四极。诛乱除害,兴利致福。节事以时,诸产繁殖。黔首安宁,不用兵革。六亲相保,终无寇贼。欢欣奉教,尽知法式。六合之内,皇帝之土。西涉流沙,南尽北户。东有东海,北过大夏。人迹所至,无不臣者。功盖五帝,泽及牛马。莫不受德,各安其宇。

俗语说得好,做了皇帝好登仙,这就是秦始皇故事。始皇督造琅琊台,一住三月,常在山上眺望,遥见东海中间,隐隐有楼阁耸起,灿烂庄严。俄而又有人影往来,肩摩毂击,仿佛如市中一般。无非是蜃楼海市。及仔细辨认,又觉半明半灭,转眼间且绝无所见了。始皇不禁惊异,连称怪事,左右问为何因?由始皇述及海中形态,并询左右有无见过。左右或言所见略同,且乘间进言道:“这想是海上三神山,就叫做蓬莱、方丈、瀛州。”捣鬼。始皇猛然触悟道:“是了!是了!朕记得从前时候,有燕人宋毋忌、羡门子高等,入海登仙,徒侣辗转传授,谓海上有三神山,诸仙丛集,并有不死药,齐威王宣王、燕昭王,尝派人入海访求,可惜皆不得至。相传神山本在渤海中,不过舟不能近,往往被风吹回,朕今亲眼看见,才知传闻是实。可惜朕未能亲往,无从乞求不死药,就使贵为天子,总不免生老病死,怎得与神仙相比哩。”说罢,又长叹了数声。左右亦未便劝解，只好听他自言自叹罢了。及瑯琊台筑成，再到海边探望神山，有时所见，仍与前相同，不由的瞻顾徘徊，未忍舍去。

可巧齐人徐市(fú)等，市系古黻(fú)字，一作徐福。素为方士，上书言事，说是斋戒沐浴，与童男童女若干人，乘舟往求，可到神山云云。始皇大喜，立命他如法施行。徐市等分雇船只，率领童男女数千名，航海东去，始皇便在海滨布幄为辕，恭候了一两天，并不见有好音回报。又越一二日，仍无音信，忍不住焦躁起来，复亲出探望。适有好几船回来，移时停泊，始皇还道有仙药采到，急忙传问。哪知舟中人统是摇首，谓被逆风吹转，虽近神山，不得拢岸，说得始皇满腔欲望，化作冰消，旋由徐市等到来复命，亦如前说。不知到何处玩耍几天。

始皇不便再留，只好命他随时访求，得药即报，自己启跸西归。千乘万骑，陆续拔还。道过彭城，始皇又发生幻想，欲向泗水中寻觅周鼎，因即虔心斋戒，购募熟习水性的人民，入水捞取。原来周有九鼎，为秦昭王所迁，迁鼎时用船载归，行经泗水，突有一鼎跃入水中，无从寻取，只有八鼎徙入咸阳。始皇得自祖传，记在心里，此次既过泗水，乐得乘便搜寻。当下茹素三日，祷告水神，一面传集水夫，共得千人，督令泅水取鼎。千人各展长技，统向水中投入，巴不得将鼎取出，好领重赏。偏偏如大海捞针一般，并没有周鼎影迹。好多时出水登岸，报称鼎无着落，始皇又讨了一场没趣，喝退募夫，渡淮西去。顺道过江，至湘山祠，蓦从水波中刮起狂飙，接连数阵，舟如箕簸，吓得始皇魂魄飞扬，比在泰山上面，还要危险十分。一班扈跸人员，亦皆惊惶得很，还亏船身坚固，舵工纯熟，方才支撑得住，慢慢儿驶近岸旁。登山遇风，过江又遇风，莫谓山川无灵。

始皇屡次失意，懊恼的了不得，待船既泊定，就向岸上望去，当头有一高山，山中露出红墙，料是古祠，便语左右道："这就是湘山祠么？"左右答声称是。始皇又问祠中何神？左右以湘君对。再经始皇问及湘君来历，连左右都答不出来。幸有一位博士，在旁复奏道："湘君系尧女舜妻，舜崩苍梧，二妻从葬，故后人立祠致祭，号为湘君。"始皇听了，不禁大怒道："皇帝出巡，百神开道，什么湘君，敢来惊朕？理应伐木赭山，聊泄朕忿。"左右闻命，忙传地方官吏，拨遣刑徒三千人，携械登山，把山上所有树木，一律砍倒，复放起一把无名火来，烧得满山皆赤，然后回报始皇。始

皇才出了胸中恶气，下令回銮，取道南郡，驰入武关，还至咸阳。

好容易又是一年，已是秦始皇二十九年了，天下初平，人心思治，虽是以暴易暴，受那秦始皇的专制，各种法律，非常森严，但比六国七乱的时代，究竟情势不同，略能安静，四面八方，没有兵戈。百姓但得保全骨肉，完聚家室，就是终岁勤劳，竭力上供，也算是太平日子。受赐已多，还要起什么异心？闯什么祸祟？所以始皇两次游幸，只有那风师雨伯，山神川衹，同他演了些须恶剧，隐示儆戒，此外不闻有狂徒暴客，犯跸惊尘等事。始皇得安安稳稳的出入往来，未始非当日幸事。自从东巡还都以后，安息咸阳宫中，所有六国的珍宝，任他玩弄，六国的乐悬，任他享受，六国的美女娇娃，任他颠鸾倒凤，日夕交欢，这也好算得无上快乐，如愿以偿，又况天下无事，不劳筹划，正好乘着政躬闲暇，坐享承平，何必再出巡游，饱受那风霜雨露，跋涉那高山大川呢？哪知他好大喜功，乐游忘倦，还都不过数月，又想出去巡行。默思去年东巡时，余兴未阑，目下又是阳春时候，不妨再往一游，乃即日下制，仍拟东巡。文武百官，不敢进谏，只好遵制奉行。一切仪仗，比前次还要整备，就是随从武士，亦较前加倍。前呼后拥，复出了咸阳城，向东进发。但见戈铤（chán）蔽日，甲乘如云，一排排的雁行而过，一队队的鱼贯而趋，当中乃是赫声濯灵的御驾，坐着一位蜂准鸟膺的暴主，坦然就道，六辔无惊。好在驰道宽大，能容多人并走，拥驾过去。全为下文返射。夹道青松，逐年加密，愈觉阴浓，也似为了天子出巡，露出欢迎气象。始皇到此，当然目旷神怡，非常爽适。一路行来，已入阳武县境，径过博浪沙，猛听得一声怪响，即有一大铁椎飞来，巧从御驾前擦过，投入副车。小子就以博浪椎为题，咏成一诗道：

削平六合恣巡游，偏有奇男誓报仇。
纵使祖龙犹未死，一椎已足永千秋！

毕究铁椎从何处飞来，且至下回叙明。

巡狩古制也，而封禅不见古书，惟《管子》中载及之，此未始非后人之譽（wèi）言，伪托管子遗文，作为证据，欺惑时主耳。况古时天子巡狩，度亦必轻车简从，不扰吏民，宁有如秦皇之广筑驰道，恣意巡游，借封禅之美名，为荒耽之佚行也者？而且筑瑯琊台，遣方士率童男女数千，航海求仙，种种言动，无非厉民之举。至若渡江遇风，即非真天意之示儆，亦应知行路之艰难，奈何迁怒湘君，复为此伐木赭山之暴令也！后世以好大喜功讥始皇，始皇之恶，岂止好大喜功已哉！

第四回

误椎击逃生遇异士 见图谶遣将筑长城

却说博浪沙在今河南省阳武县境内，向系往来大道，并没有丛山峻岭，曲径深林，况已遍设驰道，车马畅行，更有许多卫队，拥着始皇，呵道前来，远近行人，早已避开，哪个敢触犯乘舆，浪掷一椎。偏始皇遇着这般怪剧，还幸命不该绝，那铁椎从御驾前擦过，投入副车。古称天子属车三十六乘，副车就是属车的别号，随着乘舆后行，车中无人坐着，所以铁椎投入，不至伤人，惟将车轼击断了事。始皇闻着异响，出一大惊，所有随驾人员，齐至始皇前保护，免不得哗噪起来。始皇按定了神，喝定哗声，早有卫士拾起铁椎，上前呈报。始皇瞧着，勃然大怒，立命武士搜捕刺客，武士四处查缉，毫无人影，不得已再来复命。始皇复瞋目道："这难道是天上飞来吗？想是汝等齐来护朕，所以被他溜脱。前去定是不远，朕定当拿住凶手，碎尸万段！"说着，即传令就地官吏，赶紧兜拿。官吏怎敢违慢，严饬兵役，就近搜查，害得家家不宁，人人不安，那刺客终无从捕获，只好请命驾前，展宽期限。始皇索性下令，饬天下大索十日，务期捕到凶人，严刑究办。哪知十日的限期，容易经过，那刺客仍没有捕到。奇哉怪哉。始皇倒也无法可施，乃驰驾东行，再至海上，重登之罘，又命词臣撰就歌功颂德的文辞，镌刻石上。一面传问方士，仍未得不死药，因即怅然思归。此次还都，不愿再就迂道，但从上党驰入关中，匆匆言旋，幸无他变。一椎已足褫魄。

看官欲究问椎击情由，待小子补叙出来。投椎的是一个力士，史家不载姓名，小子也不便臆造。惟主使力士，乃是一位大名鼎鼎的人物，后来报韩兴汉，号称人杰，姓张名良字子房。张子房为无双谱中第一人，应该特笔提出。良系韩人，祖名开地，父名平，并为韩相，迭事五君。秦灭韩时，良尚在少年，未曾出仕，家僮却有三百人，弟死未葬，他却一心一意，想为韩国报仇，所有家财，悉数取出，散结宾客，求刺秦皇。无如此时秦威远震，百姓都屏足帖耳，不敢偶谈国事，还有何人与良同志，思复国仇。就使有几个力大如虎的勇士，也是顾命要紧，怎敢到老虎头上搔痒，太岁头上动土？所以良蓄志数年，终难如愿。他想四海甚大，何患无人，不如出游远方，或可得一风尘大侠，藉成己志。于是托名游学，径往淮阳。好容易访闻仓海君，乃是东方豪长，蓄客多人，当下携资东往，倾诚求见。仓海君确是豪侠，坦然出见，慨然与语，讲到秦始皇暴虐无道，也不禁怒发冲冠，愤眦欲裂。再加张良是绝有口才，从旁怂恿，激起雄心，遂为张良招一力士，由良使用。良见力士身躯雄伟，相貌魁梧，料非寻常人物，格外优待，引作知交。平时试验力士技艺，果然矫健绝伦，得未曾有，因此解衣推食，俾他知感，然后与谈心腹大事，求为臂助。力士不待说毕，便即投袂起座，直任不辞。也是专诸聂政一流人物。张良大喜，就秘密铸成一个铁椎，重量约一百二十斤，交与力士，决计偕行。一面与仓海君辞别，自同力士西返，待时而动。

可巧始皇二次东巡，被良闻知，急忙告知力士，迎将上去。到了博浪沙，望见尘头大起，料知始皇引众前来，便就驰道旁分头埋伏，屏息待着。驰道建筑高厚，两旁低洼，又有青松植立，最便藏身。力士身体矫捷，伏在近处，张良没甚技力，伏得较远。这是想当然之事，否则张良怎得逃生？待至御驾驰至，由力士纵身跃上，兜头击去，不意用力过猛，那铁椎从手中飞出，误中副车。扈跸人员，方惊得手足无措，力士已放开脚步，如风驰电掣一般，飞奔而去。张良远远听着响声，料力士已经下手，只望他一击成功；不过因身孤力弱，还是乘此远扬，再探虚实。所以良与力士，分途奔脱，不得重逢，后来闻得误中副车，未免叹惜。继又闻得大索十日，无从缉获，又为力士欣幸，自己亦改姓埋名，逃匿下邳去了。张良以善谋闻，不闻多力，《史记》虽有良与客狙击秦皇之言，但必非由良自击，作者读书得间，故演述情形语有分寸。

且说下邳地濒东海，为秦时属县，距博浪沙约数百里，张良投奔此地，尚幸腰间留有余蓄，可易衣食，不致饥寒。起初还不敢出门，蛰居避祸。嗣因始皇西归，捕役渐宽，乃放胆出游，尝至圯上眺望景色，圯上就是桥上，土人常呼桥为圯，良不过借此消遣，聊解忧思。忽有一皓首老人，踯

蹋登桥，行至张良身旁，巧巧堕落一履，便顾语张良道：“孺子，汝可下去，把我履取来！”张良听着，不由的动起怒来。自思此人素不相识，如何叫我取履？意欲伸手出去，打他一掌，旋经双眼一瞟，见老人身衣毛布，手持竹杖，差不多有七八十岁的年纪，料因足力已衰，步趋不便，所以叫我拾履。言语虽是唐突，老态却是可矜，不得已耐住忿怀，抢下数步，把他的遗履拾起，再上桥递给老人。老人已在桥间坐下，伸出一足，复与良语道：“汝可替我纳履。”张良至此，又气又笑，暗想我已替他取履，索性好人做到底，将他穿上罢了。遂屈着一足，长跪在老人前，将履纳入老人足上。亏他容忍。老人始掀髯微笑，待履已着好，从容起身，下桥径去。良见老人并不称谢，也不道歉，情迹太觉离奇，免不得诧异起来。且看他行往何处，作何举动，一面想，一面也即下桥，远远的跟着老人。走了一里多路，那老人似已觉着，转身复来，又与张良相值，温颜与语道：“孺子可教！五日以后，天色平明，汝可仍到此地，与我相会！”张良究竟是个聪明的人，便知老人有些来历，当即下跪应诺。老人始扬长自去，张良也不再随，分投归寓。

流光易过，倏忽已到了第五日的期间，良遵老人前约，黎明即起，草草盥洗，便往原地伺候老人。偏老人先已待着，愤然作色道："孺子与老人约会，应该早至，为何到此时才来？汝今且回去，再过五日，早来会我！"良不敢多言，只好复归。越五日格外留心，不敢贪睡，一闻鸡鸣，便即趋往，哪知老人又已先至，仍责他迟到，再约五日后相会。这也可谓历试诸艰。良又扫兴而回。再阅五日，良终夜不寝，才过黄昏，便已戴月前往，差幸老人尚未到来，就伫立一旁，眼睁睁的望着。约历片时，老人方策杖前来，见张良已经伫候，才开颜为喜道："孺子就教，理应如此！"说着，就从袖中取出一书，交给张良，且嘱咐道："汝读此书，将来可为王者师！"良心中大悦，再欲有问，老人已申嘱道："十年后当佐命兴国；十三年后，孺子可至济北谷城山下，如见有黄石，就算是我了。"说毕遂去。此时夜色苍茫，空中虽有淡月，究不能看明字迹，良乃怀书亟返。卧了片刻，天已大明，良急欲读书，霍然而起，即将书展阅。书分三卷，卷首注明太公兵法，当然惊喜。他亦知太公为姜子牙，熟谙韬略，为周文王师，惟所传兵法，未曾览过，此次由老人传授，叫他诵读，想必隐寓玄机。嗣是勤读不辍，把太公兵法三卷，念得烂熟。古谚有云：熟能生巧，张良既熟读此书，自然心领神会，温故生新，此后的兴汉谋划，全靠这太公兵法，融化出来。惟圯上老人，究系何方人氏，或疑他是黄石化身，非仙即怪。若编入寻常小说，必且鬼话连篇，捏造出许多洞府，许多法术。小子居今稽古，征文考献，虽未免有谈仙说怪等书，但多是托诸寓言，究难信为实事。就是圯上老人黄石公，大约为周秦时代的隐君子，饱览兵书，参入玄妙，只因年已衰老，不及待时，所以传授张良，俾为帝师。后来张良从汉高祖过济北，果见谷城山下，留一黄石，乃取归供奉，计与圯上老人相见，正阅一十三年，这安知非老人尚在，特留黄石以践前言。况老人既预知未来时事，怎见得不去置石，否则张良殁后，将黄石并葬墓内，为什么不见变化呢？夹入论断，扫除一切怪谈。话休叙烦。

再说始皇自上党回都，为了博浪沙一击，未敢远游，但在宫中安乐。一住三年，渐渐的境过情迁，又想出宫游幸。他以为京畿一带，素为秦属，人民向来安堵，总可任我驰驱，不生他变，但尚恐有意外情事，特屏去仪仗，扮作平民模样，微服出宫，省得途人注目。随身带着勇士四名，也

令他暗藏兵器,不露形迹,以便保护。一日正在微行,忽听道旁有数人唱歌,歌云:

神仙得者茅初成,驾龙上升入太清,时下玄洲戏赤城,继世而往在我盈,帝若学之腊嘉平。

始皇听得这种歌谣,一时不能索解,遂向里中父老询明歌中的语意,父老便据他平日所闻,约略说明。原来太原地方,有一茅盈,研究道术,号为真人。他的曾祖名濛,表字初成,相传在华山中,得道成仙,乘云驾龙,白日升天。这歌谣便是茅濛传下,流播邑中,因此邑人无不成诵,随口讴吟。始皇欣然道:"人生得道,果可成仙么?"父老不知他是当代皇帝,但答称人有道心,便可长生!既得长生,便可成仙。始皇不禁点首,遂与父老相别,返入宫中,依着歌中末句的意思,下诏称腊月为嘉平月,算作学仙的初基。复在咸阳东境,择地凿池,引入渭水,潴成巨浸,长二百里,广二十里,号为兰池。池中叠石为基,筑造殿阁,取名蓬瀛,就是将蓬莱瀛洲,并括在内的痴想。又选得池中大石,命工匠刻作鲸形,长二百丈,充做海内的真鲸。不到数月,便已竣工,始皇就随时往来,视此地如海上神山,聊慰渴望。实是呆鸟。

不意仙窟竟成盗薮,灵沼变做萑蒲,都下有几个暴徒,亡命兰池中,昼伏夜出,视同巢穴。始皇哪里知晓,日日游玩,未见盗踪。某夕乘着月色,又带了贴身武士四人,微行至兰池旁,适值群盗出来,一拥上前,夹击始皇。始皇慌忙避开,倒退数步,吓做一团,亏得四武士拔出利刃,与群盗拼命奋斗,才得砍倒一人。盗众尚未肯退,再恶狠狠的持械力争,究竟盗众乌合,不及武士炼就武功,杀了半晌,复打倒了好几个,余盗自知不敌,方呼啸一声,觅路逃去。始皇经此一吓,把游兴早已打消,急忙由武士卫掖,拥他回宫。诘旦有严旨传出,大索盗贼。关中官吏,当然派兵四缉,提了几个似盗非盗的人物,毒刑拷讯。不待犯人诬伏,已早毙诸杖下。官吏便即奏报,但说是已得罪人,就地处决。始皇尚一再申斥,责他防检不严,申令搜缉务尽。官吏不得不遵,又复挨户稽查,骚扰了好几天,直至二旬以后,才得消差。自是始皇不再微行。

忽忽间又过一年,始皇仍梦想求仙,念念不忘,暗思仙术可求,不但终身不死,就是有意外情事,亦能预先推测,还怕什么凶徒?主见已定,不能不冒险一行，再命东游，出抵碣石。适有燕人卢生，业儒不就，也借着求仙学道的名目，干时图进。遂往谒始皇，凭着了一张利口，买动始皇欢心，始皇就叫他航海东去，访求古仙人羡门高誓。卢生应声即往，好几日不见回音，始皇又停踪海上，耐心守候，等到望眼将穿，方得卢生回报。卢生一见始皇，行过了礼，便捏造许多言词，自称经过何处，得入何宫，满口的虚无荒渺，夸说了一大篇，然后从怀中取出一书，捧呈始皇，谓仙药虽不得取，仙书却已抄来。始皇接阅一周，书中不过数百言，统是支离恍惚，无从了解。惟内有亡秦者胡一语，映入始皇目中，不觉暗暗生惊。此语似应后谶，不识卢生从何采入？他想胡是北狄名称，往古有獯（xūn）鬻猃狁等部落，占据北方，屡侵中国，辗转改名，叫作匈奴。现在匈奴尚存，部落如故，据仙书中意义，将来我大秦天下，必为胡人所取，这事还当了得？趁我强盛时候，除灭了他，免得养痈贻患，害我子孙。当下收拾仙书，令卢生随驾同行，移车北向，改从上郡出发，一面使将军蒙恬，调兵三十万人，北伐匈奴。

匈奴虽为强狄，但既无城郭，亦无宫室，土人专务畜牧，每择水草所在，作为居处，水涸草尽，便即他往。所推戴的酋长，也不过设帐为庐，披毛为衣，宰牲为食，差不多与太古相类。只是身材长大，性质强悍，礼义廉耻，全然不晓，除平时畜牧外，一味的跑马射箭，搏兽牵禽。有时中国边境，空虚无备，他即乘隙南下，劫夺一番。所以中国人很加仇恨，说他是犬羊贱种。独史家称为夏后氏远孙淳维后裔，究竟确实与否，小子也无从证明。但闻得衰周时代，燕赵秦三国，统与匈奴相近，时常注重边防，筑城屯兵，所以匈奴尚不敢犯边，散居塞外。匈奴源流不得不就此略叙。此次秦将军蒙恬，带着大兵，突然出境，匈奴未曾预备，骤遇大兵杀来，如何抵挡，只好分头四窜，把塞外水草肥美的地方，让与秦人。这地就是后人所称的河套，在长城外西北隅，秦人号为河南地，由蒙恬划土分区，析置四十四县，就将内地罪犯，移居实边；再乘胜斥逐匈奴，北逾黄河，取得阴山等地，分设三十四县。便在河上筑城为塞，并把从前三国故城，一体修筑，继长增高，西起临洮，东达辽东，越山跨谷，延袤万余里，号为万里长城。看官！你想此城虽有旧址，恰是断断续续，不相连属，且东西两端，亦没有这般延长，一经秦将军蒙恬监修，才有这流传千古的长城，当时需工若干，费

财若干，实属无从算起，中国人民的困苦，可想而知，毋容小子描摹了。小子有诗叹道：

> 鼛(gāo)鼓频鸣役未休，长城增筑万民愁。
>
> 亡秦毕竟谁阶厉？外患虽宁内必忧。

长城尚未筑就，又有一道诏命，使将军蒙恬遵行。欲知何事，请看下回。

博浪沙之一击，未始非志士之所为，但当此千乘万骑之中，一椎轻试，宁必有成，幸而张良不为捕获，尚得重生，否则如荆卿之入秦，杀身无补，徒为世讥，与暴秦果何损乎？苏子瞻之作《留侯论》，谓幸得圯上老人，有以教之，诚哉是言也！彼始皇之东巡遇椎，微行厄盗，亦应力惩前辙，自戒佚游，乃惑于求仙之一念，再至碣石，遣卢生之航海，得图谶而改辕。北经上郡，遽发重兵，逐胡不足，继以修筑长城之役，其劳民为何如耶？后人或谓始皇之筑长城，祸在一时，功在百世，亦思汉晋以降，外患相寻，长城果足恃乎？不足恃乎？天子有道，守在四夷，筑城亦何为乎！

第五回

信佞臣尽毁诗书　筑阿房大兴土木

却说蒙恬方监筑长城，连日赶造，忽又接到始皇诏旨，乃是令他再逐匈奴。蒙恬已返入河南，至此不敢违诏，因复渡河北进，拔取高阙陶山北假等地。再北统是沙碛，不见行人，蒙恬乃停住人马，择视险要，分筑亭障，仍徙内地犯人居守，然后派人奏报，伫听后命。嗣有复诏到来，命他回驻上郡，于是拔塞南归，至行宫朝见始皇。始皇正下令回都，匆匆与蒙恬话别，使他留守上郡，统治塞外。并命辟除直道，自九原抵云阳，悉改坦途。蒙恬唯唯应命，当即送别始皇，依旨办理。此时的万里长城，甫经修筑，役夫约数十万，辛苦经营，十成中尚只二三成，粗粗告就，偏又要兴动大工，开除直道，这真是西北人民的厄运，累得叫苦不迭！又况西北一带，多是山地，层岭复杂，深谷滦洄，欲要一律坦平，谈何容易。怎奈这位蒙恬将军，倚势作威，任情驱迫，百姓无力反抗，不得不应募前去，今日堑山，明日堙谷，性命却拚了无数，直道终不得完工；所以秦朝十余年间，只闻长城筑就，不闻直道告成，空断送了许多民命，耗费了许多国帑，岂不可叹！一片凄凉呜咽声。

越年为秦始皇三十三年，始皇既略定塞北，复思征服岭南，岭南为蛮人所居，未开文化，大略与北狄相似，惟地方卑湿，气候炎熇(hè)，山高林密等处，又受热气熏蒸，积成瘴雾，行人触着，重即伤生，轻亦致病，更利害的是毒蛇猛兽，聚居深箐，无人敢撄。始皇也知路上艰难，不便行军，但从无法中想出一法，特令将从前逃亡被获的人犯，全体释放，充作军人，使他南征。又因兵额不足，再索民间赘婿，勒令同往。赘婿以外，更用商人充数，共计得一二十万人，特派大将统领，克日南行。可怜咸阳桥上，爷娘妻子，都来相送，依依惜别，哭声四达。那大将且大发军威，把他赶走，不准喧哗。看官，你道这赘婿商人，本无罪孽，为何与罪犯并列，要他随同出征呢？原来秦朝旧制，凡入赘人家的女婿，及贩卖货物的商人，统视作贱奴，不得与平民同等，所以此次南征，也要他行役当兵。这班赘婿商人，无法解免，没奈何辞过父母，别了妻子，衔悲就道，向南进行。途中越山逾岭，备尝艰苦，好多日才至南方，南蛮未经战阵，又无利械，晓得什么攻守的方法，而且各处散居，势分力薄，蓦然听得鼓声大震，号炮齐鸣，方才有些惊疑。登高遥望，但见有大队人马，从北方迤逦前来，新簇簇的旗帜，亮晃晃的刀枪，雄赳赳的武夫，恶狠狠的将官，都是生平未曾寓目，至此才得瞧着，心中一惊，脚下便跑，哪里还敢对敌？有几个蛮子蛮女，逃走稍慢，即被秦兵上前捉住，放入囚车。再向四处追逐蛮人，蛮人逃不胜逃，只好匍匐道旁，叩首乞怜，情愿充作奴仆，不敢抗命。叙写南蛮，与前回北伐匈奴时，又另是一种笔墨。其实秦兵也同乌合，所有囚犯赘婿商人，统未经过训练，也没有什么技艺，不过外面形式，却是有些可怕，侥幸侥幸，竟得吓倒蛮人，长驱直入。不到数旬，已将岭南平定，露布告捷。旋得诏令颁下，详示办法，命将略定各地，分置桂林、南海、象郡，设官宰治。所有岭南险要，一概派兵驻守。岭南即今两粤地，旧称南越，因在五岭南面，故称岭南。五岭就是大庾岭、骑田岭、都庞岭、萌渚岭、越城岭，这是古今不变的地理。惟秦已取得此地，即将南征人众，留驻五岭，镇压南蛮。又复从中原调发多人，无非是囚犯赘婿商人等类，叫他至五岭间助守，总名叫做谪戍，通计得五十万人。这五十万人离家远适，长留岭外，试想他愿不愿呢！近来西国的殖民政策，也颇相似，但秦朝是但令驻守，不令开垦，故得失不同。

独始皇因平定南北，非常快慰，遂在咸阳宫中，大开筵宴，遍饮群臣。就中有博士七十人，奉觞称寿，始皇便一一畅饮。仆射周青臣，乘势贡谀，上前进颂道："从前秦地不过千里，仰赖陛下神圣，平定海内，放逐蛮夷，日月所照，莫不宾服，当今分置郡县，外轻内重，战斗不生，人人乐业，将来千世万世，传将下去，还有什么后虑？臣想从古到今，帝王虽多，要像陛下的威德，实是见所未见，闻所未闻。"始皇素性好谀，听到此言，越觉开怀。偏有博士淳于越，本是齐人，入为秦臣，竟冒冒失失的，起座插嘴道："臣闻殷周两朝，传代久远，少约数百年，多约千年，这都是开国以后，大封子弟功臣，自为枝辅。今陛下抚有海内，子弟乃为匹夫，倘使将来有田常等人，从中图乱，淳于越究是齐人，所以仅知田常。若无亲藩大臣，尚有何人相救？总之事不师古，终难持久，今青臣又但知谀媚，反为陛下重过，怎得称为忠臣！还乞陛下详察！”始皇听了，免不得转喜为怒，但一时却还耐着，便即遍谕群臣，问明得失。当下有一大臣勃然起立，朗声启奏道：“五帝不相因，三王不相袭，治道无常，贵通时变。今陛下手创大业，建万世法，岂愚儒所得知晓！且越所言，系三代故事，更不足法，当时诸侯并争，广招游学，所以百姓并起，异议沸腾，现在天下已定，法令划一，百姓宜守分安己，各勤职业，为农的用力务农，为工的专心作工，为士的更应学习法令，自知避禁，今诸生不思通今，反想学古，非议当世，惑乱黔首，这事如何使得？愿陛下勿为所疑！”始皇得了这番言语，又引起余兴，满饮了三大觥，才命散席。看官道最后发言的大员，乃是何人？原来就是李斯。李斯此时，已由廷尉升任丞相，他本是创立郡县，废除封建的主议，见第二回。得着始皇信用，毅然改制，经过了六七年，并没有什么弊病，偏淳于越独来反对，欲将已成局面，再行推翻，真正是岂有此理！为此极力驳斥，不肯少容。淳于越却是多事。到了散席回第，还是余恨未休，因复想出严令数条，请旨颁行，省得他人再来饶舌。当下草就奏章，连夜缮就，至翌晨入朝呈上，奏中说是：

丞相李斯昧死上言：古者，天下散乱，莫之能一，是以诸侯并作，语皆道古以害今，饰虚言以乱实，人善其所私学，以非上之所建立。今皇帝并有天下，别黑白而定一尊。私学而相与非法教，人闻令下则各以其学议之。入则心非，出则巷议，夸主以为名，异趣以为高，率群下以造谤。如此弗禁，则主势降乎上，党与成乎下。禁之便！臣请：史官非秦纪皆烧之；非博士官所职，天下敢有藏诗书百家语者，悉诣守尉杂烧之；有敢偶语诗书，弃市；以古非今者族；吏见知不举者与同罪。令下三十日不烧，黥为城旦。刺面成文为黥，即古墨刑，城旦系发边筑城，每旦必与劳役，为秦制四岁刑。所不去者，医药卜筮种树之书，若欲有学法令，以吏为师。庞言息而人心一，天下久安，永誉无极。谨昧死以闻。

这篇奏章，呈将进去，竟由始皇亲加手笔，批出了一个可字。李斯当即奉了制命，号令四方，先将咸阳附近的书籍，一体搜索，视有诗书百家

语，尽行烧毁，依次行及各郡县，如法办理。官吏畏始皇，百姓畏官吏，怎敢为了几部古书，自致犯罪，一面将书籍陆续献出，一面把书籍陆续烧完，只有曲阜县内孔子家庙，由孔氏遗裔藏书数十部，暗置复壁里面，才得保存。此外如穷乡僻壤，或尚有几册留藏，不致尽焚，但也如麟角凤毛，不可多得。惟皇宫所藏的书籍，依然存在，并未毁去，待至咸阳宫尽付一炬，烧得干干净净，文献遗传，也遭浩劫，煞是怪事！无非愚民政策。

一年易过，便是始皇三十五年，始皇厌故喜新，又欲大兴土木，广筑宫殿，乘着临朝时候，面谕群臣道："近来咸阳城中，户口日繁，屋宇亦逐渐增造，朕为天下主，平时居住只有这几所宫殿，实不敷用。从前先王在日，不过据守一隅，所筑宫廷，不妨狭小，自朕为皇帝后，文武百官，比前代多寡不同，未便再拘故辙。朕闻周文都丰，周武都镐，丰镐间本是帝都，朕今得在此定居，怎得不扩充规制，抗迹前王！未知卿等以为何如？"群臣闻命，当然连声称善，异口同辞。于是在渭南上林苑中，营作朝宫，先命大匠绘成图样，务期规模阔大，震古烁今，各匠役费尽心思，才得制就一个样本，呈入御览。复经始皇按图批改，某处还要增高，某处还要加广，也费了好几日工夫，方将前殿图样，斟酌完善，颁发出去，令他照样赶筑；此外陆续批发，次第经营。匠役等既经奉命，就将前殿筑造起来，役夫不足，当由监工大吏，发出宫刑徒刑等人，一并作工，逐日营造。相传前殿规模，东西五百步，南北五十丈，分作上下两层，上可坐万人，下可建五丈旗，四面统有回廊，可以环绕，廊下又甚阔大，无论高车驷马，尽可驱驰。再经殿下筑一甬道，直达南山，上面都有重檐覆盖，迤逦过去，与南山相接，就从山巅竖起华表，作为阙门。殿阙既就，随筑后宫，五步一楼，十步一阁，不消细说。监工人员，与作工役夫，统已累得力尽筋疲，才算把前殿营造，大略告就。偏始皇又发诏令，说要上象天文，天上有十七星，统在天极紫宫后面，穿过天汉，直抵营室。今咸阳宫可仿天极，渭水不啻天汉，若从渭水架起长桥，便似天上十七星的轨道，可称阁道。因此再命加造桥梁，通过渭水。渭水两岸，长约二百八十步，筑桥已是费事，且桥上须通车马，不能狭隘，最少需五六丈，这般巨工，比筑宫殿还要加倍。始皇也不管民力，不计工费，但教想得出，做得到，便算称心。需用木石，关中不足，就命荆蜀官吏，随地采办，随时输运。工役亦依次征发，逐届加添，除匠人不计外，如宫徒两刑犯人，共调至七十万有奇。他尚以为人多事少，再分遣筑宫役夫，往营骊山石椁，所以此宫一筑数年，未曾全竣，到了始皇死后，尚难完成。惟当时宫殿接连，照图计算，共有三百余所，关外且有四百余所，复压至三百多里，一半已经筑就，不过装潢垩饰，想还欠缺，就中先造的前殿，已早告成。时人因他四阿旁广，叫作阿房。其实始皇当日，欲俟全工落成，取一美名，后来病死沙丘，终不能偿此宿愿，遂至阿房宫三字，长此流传，作为定名了。实是幻影。

且说始皇既筑阿房宫，不待告竣，便将美人音乐，分宫布置，免不得有一番忙碌。适有卢生入见，始皇又惹起求仙思想，便问卢生道：“朕贵为天子，所有制作，无不可为，只是仙人不能亲见，不死药无从求得，如何是好！”卢生便信口答道：“臣等前奉诏令，往求仙人，并及灵芝奇药，曾受过多少风波，终未能遇，这想是有鬼物作祟，隐加阻害。臣闻人主欲求仙术，必须随时微行，避除恶鬼，恶鬼远离，真人便至；若人主所居，得令群臣知晓，便是身在尘凡，不能招致真人，真人入水不濡，入火不爇（ruò），乘云驾雾，到处可至，所以万年不死，寿与天地同长。今陛下躬亲万机，未能

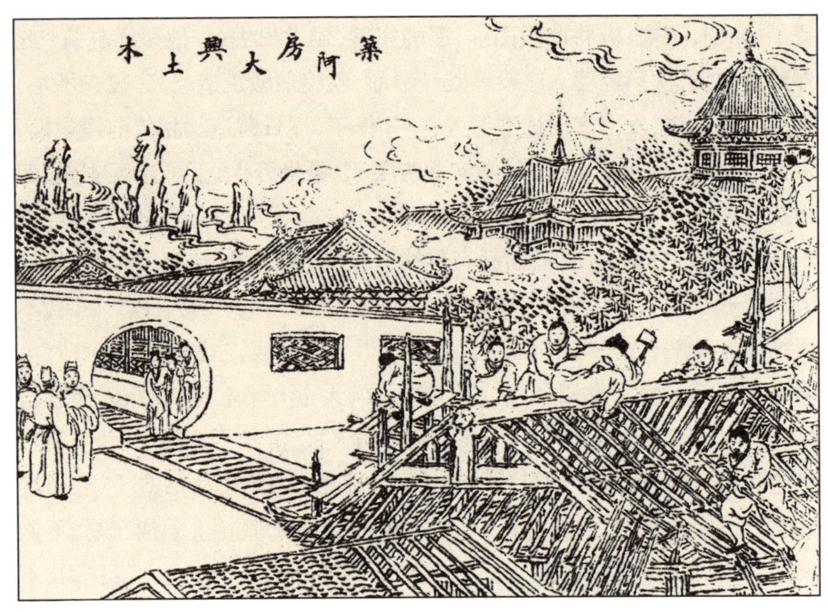

恬淡，虽欲求仙，终恐无益。自今以后，愿陛下所居宫殿，毋使外人得知，然后仙人可致，不死药亦可得呢。”全是瞎说。这一席话，说得始皇爽然若失，不禁欷歔道：“怪不得仙人难致，仙药难求！原来就中有这般阻难，朕今才如梦初觉了。但朕既思慕真人，便当自称真人，此后不再称朕，免为恶鬼所迷。”面前就是恶鬼，奈何不识。卢生即顺势献谀道：“究竟陛下圣明天纵，触处洞然，指日就可成仙了。”指日就要变鬼了。说毕，即顿首告退。看官试想始皇为人，虽然有些痴呆，究竟非妇孺可比；况并吞六国，混一区宇，总有一番英武气象，为什么听信卢生，把一派荒诞绝伦的言语，当作真语相看，难道前此聪明，后忽愚昧么？小子听得乡村俗语云：聪明一世，懵懂一时，越是聪明越是昏，想始皇一心求仙，所以不多思索，误入迷途呢。

自经始皇迷信邪言，遂令咸阳附近二百里内，已成宫观二百余所，统要添造复道甬道，前后联接，左右遮蔽，免得游行时为人所见，瞧破行踪。并令各处都设帷帐，都置钟鼓，都住妃嫱，其余一切御用物件，无不具备。今日到这宫，明日到那宫，一经趋入，便是吃也有，穿也有，侑觞伴寝，一概都有。只是这班宋子齐姜，吴姬赵女，拨入阿房宫里，伺候颜色，打扮得齐齐整整，袅袅婷婷，专待那巫峡襄王，来做高唐好梦。有几个侥幸望着，总算不虚此生，仰受一点圣天子的雨露。但也不过一年一度，仿佛牛郎织女，只许七夕相会，还有一半晦气的美人，简直是一生一世，盼不到御驾来临，徒落得深宫寂寂，良夜凄凄。后人杜牧尝作阿房宫赋，中有数语云：

妃嫔媵嫱，王子皇孙，辞楼下殿，辇来于秦。朝歌夜弦，为秦宫人。明星荧荧，开妆镜也；绿云扰扰，梳晓鬟也；渭流涨腻，弃脂水也；烟斜雾横，焚椒兰也；雷霆乍惊，宫车过也；辘辘远听，杳不知其所之也。一肌一容，尽态极妍，缦立远视而望幸焉，有不得见者，三十六年。

内多怨女，外多旷夫，兴朝景象，岂宜若此！那始皇尚执迷不悟，镇日里微行宫中，不使他人闻知。且令侍从人员，毋得漏泄，违命立诛。侍从自然懔遵，不过始皇是开国主子，究竟不同庸人，所有内外奏牍，仍然照常批阅，凡一切筑宫人役，劳绩可嘉，便令徙居骊邑云阳，十年免调。总计骊邑境内，迁住三万家，云阳境内，迁住五万家，又命至东海上朐界中，立石为表，署名东门。他以为皇威广被，帝德无涯，哪知百姓都愿守土著，不乐重迁，虽得十年免役，还是怨多感少，忍气吞声。始皇何从知悉？但觉得言莫予违，快乐得很。

一日游行至梁山宫，登山俯瞩，忽见有一队人马，经过山下，武夫前呵，皂吏后随，约不下千余人，当中坐着一位宽袍大袖的人员，也是华丽得很，可惜被羽盖遮住，无从窥见面目。不由得心中惊疑，便顾问左右道："这是何人经过，也有这般威风？"左右仔细审视，才得据实复陈。为了一句答词，遂令始皇又起猜嫌。小子有诗咏道：

欲成大德务宽容，宁有苛残得保宗！
怪底秦皇终不悟，但工溪刻好行凶。

究竟山下是何人经过，容至下回发表。

始皇之南征北略，已为无名之师，顾犹得曰华夷大防，不可不严，乘锐气以逐蛮夷，亦圣朝所有事也。乃误信李斯之言，烧诗书，燔百家语，果奚为者？诗书为不刊之本，百家语亦有用之文，一切政教，恃为模范，顾可付诸一炬乎？李斯之所以敢为是议者，乃隐窥始皇之心理，揣摩迎合耳。天下非一人之天下，岂一人所得而私？始皇不知牖民，但务愚民，彼以为世人皆愚，而我独智，则人莫予毒，可以传世无穷。庸讵知其不再传而即止耶！若夫阿房之筑，劳役万民，图独乐而忘共乐，徒令怨女旷夫，充塞内外，千夫所指，无疾而死，况怨旷者之数不胜数乎！其亡也忽，谁曰不宜！

第六回

坑深谷诸儒毕命　得原璧暴主惊心

却说梁山下面,经过的大员,就是丞相李斯。当由始皇左右,据实陈明,始皇道:“丞相车骑,果如此威风么?”这句说话,明明是含有怒意。左右从旁窥透,便有人报知李斯。李斯听说,吃惊不小,嗣是有事出门,减损车从,不复如前,偏又被始皇看见,越觉动疑,便将前日在梁山宫时,所有侍从左右,一律传到,问他何故泄漏前言?左右怎敢承认,相率狡赖,惹得始皇怒不可遏,竟命武士进来,把左右一齐绑出,悉数斩首。冤酷之至。余人无不股栗,彼此相戒,永不多言。卢生屡绐始皇,免不得暗地心虚,私下与韩客侯生商议道:“始皇为人,天性刚戾,予智自雄,幸得并吞海内,志骄意满,自谓从古以来,无人可及,虽有博士七千人,不过备员授禄,毫不信用。丞相诸大臣,又皆俯首受成,莫敢进言。尚且任刑好杀,亲幸狱吏,天下已畏罪避祸,裹足不前。我等近虽承宠,锦衣美食,但秦法不得相欺,不验辄死,仙药岂真可致?我也不愿为求仙药,不如见机早去,免受祸殃!”真是乖刁。侯生也以为然,遂与卢生乘隙逃去。

及始皇闻知,追捕无及,不由的大怒道:“我前召文学方士,并至都中,无非欲佐致太平,炼求奇药。今徐市等费至巨万,终不得药,卢生等素邀厚赐,今反妄肆诽谤,敢加侮蔑。我想方士如此,其他可知。现在咸阳诸生,不下数百,必有妖言构造,煽惑黔首。我已使人探察,略得情伪,此次更不得不彻底清查了。”随即颁诏出去,令御史案问诸生,讯明呈报。御史等隐承意旨,传集诸生数百人,问他有无妖言惑众等情,诸生等俱齐声道:“圣明在上,某等怎敢妄议?”说尚未毕,但听得一声惊堂木,出人意外。接连有厉声相呵道:“汝等若不用刑,怎肯实供!”说着,即喝令皂役,取出许多刑具,把诸生拖翻地上,或加杖,或加笞,打得诸生皮开肉烂,鲜血直喷。有几个凄声呼冤,又经问官令加重刑。三木之下,何求不得,

没奈何屈打成招，无辜诬伏。问官煞是厉害，再把供词深文锻炼，辗转牵引，遂构成一场大狱，砌词朦奏。始皇反说他有治狱才，立即准词批复，饬将犯禁诸生，一体处死，使天下知所惩戒，不敢再犯。可怜诸生遭此惨祸，尽被狱卒如法捆绑，推出咸阳市上，共计得四百六十余人。可巧始皇长子扶苏，入宫省父，瞥见市上一班罪犯，统是两手反翦，踯躅前来，面上都带惨容，口中尚有吁词。情既可怜，迹亦可悯，遂商诸监刑官，叫他暂时停刑，俟自己奏请后，再行定夺。监刑官见是扶苏，自然不敢反抗，连声相应。扶苏忙抢步入宫，寻见始皇。好容易才得觅着，行过了问省礼，便向始皇进谏道："天下初定，黔首未安，诸生皆诵法孔子，习知礼义，今若绳以重法，概处死刑，臣恐人心不服，反累圣聪。还求陛下特沛仁恩，酌予赦免。"道言甫毕，即闻始皇盛怒道："孺子何知？也来多言！此处用你不着，你可北赴上郡，监督蒙恬，快将长城直道，赶紧造就，我就要北巡了。"扶苏见始皇面带威棱，料知不好再谏，只得奉谕出宫，饬人报知监刑官，述明情形。监刑官怎好再缓，索性将四百六十多个儒生，尽驱入深谷中，上面抛掷土石，霎时间将谷填满，一班读书士子，冤魂相接，统入枉死城中去了。恐枉死城中尚是容受不住。

扶苏闻诸生坑死，也为泪下，只因父命在身，未敢稽留，只得匆匆北去。也是前去送死。始皇虽尽坑咸阳诸生，尚嫌不足，意欲将四方名士，悉数屠灭，才得斩草除根，不留遗种。惟一旦下诏，叫地方官尽杀文人，究未免令出无名，反致骚动天下，况文人多半狡猾，一闻命令，或即远扬，如卢生侯生等类，在逃未获，终致漏网，岂不可虑！于是辗转图维，竟得想就了一个妙策，下诏求才，限令地方官访求名儒，送京录用。地方官当即采访，便有许多梯荣干进的儒生，冒死应征。不到数月，已由各处保送，陆续赴都，准备召见。始皇大喜，一齐宣入，检点人数，约有七百名，半系耆年，半系后进。当即温言询问，得了答词，或通经，或善文，尽命左右证明履历，然后令退。越宿即传出一道旨意，命七百人都为郎官。七百人得此恩诏，真个是意外高升，弹冠相庆，热中者其听诸。便即联翩入宫，舞蹈谢恩。

转瞬间已届寒冬，忽由骊山守吏，报称马谷地方，有瓜成实，累累可观。始皇便召集郎官，故意惊问道："现当严寒时候，果实皆残，为何马谷生出瓜来？卿等稽古有年，可能道出原因否？"诸郎官闻此异事，倒也暗暗称奇，但又不敢不对答数语。有的说是瑞兆，有的说是咎征，聚讼盈庭，莫衷一是。还是始皇定出主意，叫他同往马谷，亲去审视，方足核定灾祥。各郎官也欲亲往一瞧，验明真伪，随即联袂出都。一口气跑至马谷，果然谷中有瓜数枚，新鲜得很，大众越加惊讶，互相猜疑。正在纷纷议论的时候，猛闻得有爆裂声，不由的慌张四望，说也奇怪，那一声暴响后，便有许多土石，从头上压来。急忙忍痛四窜，觅路欲奔，偏偏谷口外面，已被木石塞住，不留一隙。大众到此，才知始皇是设计阴险，巧为陷害，彼此懊悔无及，哭作一淘。过了数时，都已被木石打倒，骈死谷中。谁叫你等想做高官。看官阅此，应已晓得马谷坑儒的冤案，但冬令如何有瓜，不免费后人疑猜。原来骊山下有温泉，通入马谷，谷中包含热气，无论天时寒暖，常生草木。始皇密令心腹，至谷内植下瓜种，逐渐发生，竟得结实。诸生哪里晓得毒谋，遂为始皇所欺，骗到谷中。那时谷外已预设伏机，一经诸生入谷，便有人扳动机捩（liè），乱抛土石，且把谷口塞断，使他无从飞越，除死以外无他法，七百人竟不留一个。后人称马谷为坑儒谷，或号为愍(mǐn)贤乡，至唐明皇时，又改为旌贤乡，这是后话不提。

且说始皇在世，刻忌的了不得，不但读书士人，冤冤枉枉的死了无算，就是海内百姓，也为了连年徭役，吃尽了许多苦楚，并没有什么封赏。就中只有两人，得叨恩眷，亲受封旌。一个是乌氏县中的贩竖，名叫做倮，一个是巴郡中的寡妇，名叫做清。倮素畜牧，至畜类蕃盛，便即出售，赚了若干银钱，便去改买绸绢，运往西戎兜销。戎人素着毛褐，从未见过花花色色的缯彩，一经见到，都是啧啧称羡，立向戎王报知。戎王召倮入见，看了许多缯物，即把玩流连，不忍释手，也是倮福至心灵，便挑选上等绸匹，双手奉献。戎王不禁大悦，情愿偿还价值，只苦西戎境内，没有金银，只有牲畜，当下命将牲畜给倮，约千百头，作为缯价，倮乐得收受，谢别戎王，驱归牲畜，再至内地销售，赢利十倍。又辗转豢养马牛，越养越多，数不胜计，连圈笠都不够容纳，索性购置一座山园，就将马牛等驱至谷内，朝出暮羁，但教谷中满足，便算没有走失。从来富可致贵，钱足通灵，不知如何运动官长，竟将他奏闻始皇，说他专心畜牧，因致巨富。若非阿堵物上献，则倮本贩夫，为秦所贱，怎得仰邀封赏。好容易得了一道恩诏，竟比倮为封君，准他按时入都，得与群臣同班朝贺，号为朝请。一介贾竖，居然参入朝班，岂非异数？那寡妇清青年守节，靠着祖传的丹穴，作为生计，克勤克俭，享有巨资，她恐盗贼抢劫，也随时取出金帛，馈送官吏。官吏也派兵保护，严拒盗贼，又复代为出奏，说她如何矢志，如何持家。始皇平日未尝不好色宣淫，独对着民间妇女，偏要她男女有别，谨守防闲。既得巴郡奏举，便下一特旨，叫寡妇清入朝见驾。寡妇清是个女中丈夫，闻命以后，一些儿没有惊惶，当即带着行囊，乘传入都，沿途守吏，因寡妇清由朝廷征召，来历很大，当然不敢怠慢，一切照料，格外周到。妇人就征，却是难得。寡妇清既至咸阳，就将囊中所贮白镪(qiǎng)，散给始皇心腹，当有人代为称誉，预达始皇。无非是要钱财做出。始皇即命引见，寡妇清放胆进去，跪下丹墀，九叩三呼，均皆合节。始皇见她楚楚有礼，特垂青眼，命她起身，且嘱左右取过金墩，赐令旁坐。秦朝制度，阶级很不平等，就是当朝丞相，也只得在旁站立，从不闻有赐坐等情。偏这位巴蜀妇人，初次登殿，竟沐这般厚恩，居然以客礼相待，引得两旁文武，无不惊奇。及始皇好言慰问，寡妇清亦应对周详，并无仓皇态度。始皇甚喜，优加赏赐。经清起身拜谢，便欲告辞，又由始皇留住数日，使得周游咸阳宫，然后命归。一别出都，长途无恙，又由官吏沿路欢送，供应与前相同。至清既归家，即有郡守前来问候，据言朝命复下，当为夫人筑一怀清台，旌扬贞节。寡妇清倍加欣慰。果然不日兴工，即就寡妇清所居乡中，倚山建筑，造成一台，颜曰怀清。至今蜀中名为台山，或称贞女山，便是秦时寡妇清居处。事且慢表。

再说始皇三十六年，荧惑守心，荧惑与心皆星名。有流星坠于东郡，化成一石。石上留有字迹，好像有人雕镌。仔细认明，乃是始皇帝死而地分，共得七字，这事虽属希奇，究竟无关紧要，似不必报达朝廷。无如始皇尝下命令，凡世间无论何事，俱由地方官奏闻，不准隐匿。东郡郡守，既得将怪石验明，不敢不报。始皇大怒道："什么怪石！大约是莠民咒我，刻石成词，非派员查明，不能惩奸！"说着，即遣御史速往东郡，严行究治。御史奉诏，立即出发，驰往东郡，传问石旁人民，统说是天空下坠，无人刻字。御史但务严酷，拷讯多日，不得实供，因即使人驰报。谁知始皇还要刻毒，即日传诏，饬将石旁居民，全体诛戮，并将怪石毁去。御史遵诏施行，又晦气了许多百姓，身首两分，石头也遭劫火，变成泥沙，事毕复命。始皇单怕一个死字，虽将石头灭迹，心中尚觉不快。乃使博士各咏仙真人诗，共若干首，无非是长生不死等语，当下付与乐人，叫他谱入管弦，作为歌曲。每出游幸，即令乐工歌弹，消遣愁怀。也是无聊之极思。

到了秋日，有使臣从关东来，经过华阴，出平舒道，忽有一人持璧相授，且与语道："可替我赠滈(hào)池君，今年祖龙当死。"使臣愕然不解，再欲详问，那人倏然不见，惊得使臣莫名其妙。顾视手中，璧仍携着，未尝失去。料知事必有因，只好入都报闻。始皇把璧取视，璧上也没有什么怪异，一面摩挲，一面思量，好多时才启口道："汝在华阴相遇，定是华山脚下的山鬼，山鬼有何智识。就使稍有知觉，也不过晓得眼前情事，至多不出一年，何足凭信！"使臣不敢多言，默然自退。始皇又自言自语道："祖龙两字，寓何意义？人非祖宗，身从何来？是祖字应该作始字解；龙为君象，莫非果应在我身不成！"继又自慰道："祖龙是说我先人，我祖亦曾为王，早已死去，这等荒诞无稽的说话，睬他什么？"恰有此种心理，一

经作者摹写，比史家叙得有味。当下将璧交与御府，府中守吏，却认得此御府故物，谓从前二十八年时，东行渡江，曾将此璧投水祀神，今不知如何出现，也觉不解。始皇听了，越觉心下动疑，踌躇莫决。不得已召入太卜，叫他虔诚卜卦，辨定吉凶。太卜遂向神祷告，演出龟兆，证诸三易，连山、归藏、周易，号为三易。辞义多半深奥，未尽明了。太卜不便直告，但云游徙最吉。仍是迎合上意。始皇暗想，我可游不可徙，民可徙不可游，不如我游民徙，双方并作，当可趋吉避凶。但又恐山鬼所言，今年当死，一或出游，未免遭人暗算，我且在年内徙民，年外出游，便可无虑了。于是颁诏出去，命将内地百姓三万家，分徙河北榆中。百姓并无事故，又要离乡背井，扶老携幼，辛辛苦苦的历碌奔波，这种不幸情事，真是出诸意外，没奈何吞声饮恨，遵旨移徙去了。

秋去冬来，便经残腊，始皇只恐致死，深居简出。静养了好几月，居然疾病不作，安稳过年。一出正月，即夏正十月。始皇心宽体泰，把数月间的惊惶情态，已尽消释，便即下诏出巡。史称始皇三十七年十月东巡，同年七月至沙邱而崩，想是编年准诸秦法，纪月准诸夏正，否则，十月之后，何又有七月耶。这番巡行，却是不循原辙，特向东南出发。法驾具备，但留右丞相冯去疾居守。本拟令少子胡亥，与去疾同在都中，偏胡亥年已弱冠，也想从父出游，一扩眼界，便即禀请乃父，托名随侍，乞许偕行。始皇本爱怜少子，又见他具有孝思，欣然允诺，遂令他随着，陪辇出都。所有侍从人等，不胜缕述。最著名的乃是左丞相李斯，及中车府令赵高。

赵高是一个阉竖，在宫服役，生性非常刁猾，善伺人主颜色，又能强记秦朝律令，凡五刑细目若干条，俱能默诵。始皇尝披阅案牍，遇有刑律处分，稍涉疑义，一经赵高在旁参决，无不如律。始皇就说他明断有识，强练有才，竟渐加宠信，擢为中车府令，且使教导少子胡亥，判决讼狱。胡亥少不更事，又是个皇帝爱子，怎肯静心去究法律？一切审判，均委赵高代办。赵高熟悉始皇性情，遇着刑案，总教严词锻炼，就使犯人无甚大罪，也说他死有余辜。一面奉承胡亥，导他淫乐，所以始皇父子，并皆称赵高为忠臣。高越加横恣，渐渐的招权纳贿，舞法弄文，不料事被发觉，竟为始皇所闻，饬令参谋大臣蒙毅，审讯高罪。毅依罪定谳，应该处死，偏始皇格外加怜，念他前时勤敏，特下赦书，不但贷他一死，并且赏还原官。偏是此人不死。此次胡亥从行，赵高也一同相随。为了阉人骖乘，遂至贻祸无穷。小子有诗叹道：

休言天道本微茫，假手阉人复帝纲。
若使佥壬先伏法，强秦何至遽沦亡。

欲知始皇出巡后事，待至下回再叙。

始皇之杀人多矣，而心计之刻毒，莫如坑儒。即其亡国之祸根，亦实自坑儒始。儒不坑，则扶苏不致进谏，扶苏不谏，则不致外出，而后日赵高矫诏之事，亦不致发生。始皇道死，扶苏继立，秦其犹可不亡乎！然始皇能杀诸生，而不能杀一赵高，所谓人有千算，天教一算者非与？或谓始皇生平，非无小惠，如乌氏倮之比为封君，巴寡妇之待以客礼，亦为后世庸主所未逮。不知巴寡妇尚属可旌，乌氏倮何足致赏？赏罚不明，倒行逆施，适以见其昏谬耳。况滥杀石旁居民，肝脑涂地，若再不死，民命曷存？至若归璧一事，似近荒诞，但乖气致戾，反常为妖，莫谓灾异之尽出无凭也？

第七回

寻生路徐市垦荒　从逆谋李斯矫诏

却说始皇出巡东南，行至云梦，道过九嶷山，闻山上留有舜冢，乃望山祷祀。前曾迁怒湘山祠，伐木赭山，此次胡为祀舜？再渡江南下，过丹阳，入钱塘，临浙江，江上适有大潮，风波甚恶，因向西绕道，宽行百二十里。从陋中渡过江流，乃上会稽山，祭大禹陵，又望祀南海。仍依前时故例，立石刻颂。文云：

皇帝休烈，平一宇内，德惠修长。三十有七年，亲巡天下，周览远方。遂登会稽，宣省习俗，黔首斋庄。群臣诵功，本原事迹，追首高明。秦圣临国，始定刑名，显陈旧彰。初平法式，审别职任，以立恒常。六王专倍，贪戾傲猛，率众自强。暴虐恣行，负力而骄，数动甲兵。阴通间使，以事合从，行为辟方。内饰诈谋，外来侵边，遂起祸殃。义威诛之，殄熄暴悖，乱贼灭亡。圣德广密，六合之中，被泽无疆。皇帝并宇，兼听万事，远近毕清。运理群物，考验事实，各载其名。贵贱并通，善否陈前，靡有隐情。饰非宣义，有子而嫁，倍死不贞。防隔内外，禁止淫泆(yì)，男女洁诚。夫为寄豭(jiā)，杀之无罪，男秉义程。妻为逃嫁，子不得母，咸化廉清。大治濯俗，天下承风，蒙被休经。皆遵度轨，和安敦勉，莫不顺令。黔首修洁，人乐同则，嘉保太平。后敬奉法，常治无极，舆舟不倾。从臣诵烈，请刻此石，光垂休铭。

立石以后，始皇也不久留，便即启銮北行，还过吴郡，从江乘渡江，又到海上，再至瑯琊。传问方士徐市，曾否求得仙药。徐市借求药为名，逐年领取费用，已不胜计，他是逍遥海上，并未去寻不死药。此次忽蒙宣召，眼见得无从报命，亏他能言善辩，见了始皇，但言连年航海，好几次得到蓬莱，偏海中有大鲛鱼为祟，掀风作浪，阻住海船，故终不得上山求药。臣想蓬莱药非不可得，唯必须先除鲛鱼；欲除鲛鱼，只有挑选弓弩手，乘船同去,若见鲛鱼出没,便好连弩迭射,不怕鲛鱼不死。始皇听说,不但不责他欺诳,还要依议施行,竟择得善射数百人,伴着御舟,亲往射鱼。这虽是始皇求仙心切,容易受欺,但也有一种原因,因致此举。始皇尝梦与海神交战,不能得胜,唯见海神形状,也与常人相同。及醒后召问博士,博士答称水中有神,不易见到,平时常有大鱼鲛龙,作为候验。今陛下祀神甚谨,偏有此种恶神,暗中作祟,理应设法驱除,方得善神相见。全是捣鬼。始皇还将信将疑,及闻徐市言,适与博士相符,不由的迷信起来,所以带了弓弩手数百,亲往督射,欲与海神一决雌雄。愚不可及。随即由瑯琊起程,北至荣成山,约航行了数十里,并不见有什么大鱼,什么鲛龙。再前行至之罘,方有一大鱼扬鬐前来,若沉若浮,巨鳞可辨。各弓弩手齐立船头,突见此鱼,便各施展技艺,向鱼射去。霎时间血水漂流,那大鱼受了许多箭伤,不能存活,便悠悠的沉下水去。各弓弩手统皆喜跃,报知始皇。始皇已早瞧着,即指大鱼为恶神,谓已射死了他,此后当可无虞,乃命徐市再去求药。

徐市即将原有船只,载得童男童女各三千人,并许多粮食物品,航海东去。此番东行,已含有避秦思想,拟择一安身地方,作为巢窟。也是天

从人愿，竟被他觅得一岛，岛中草木丛生，并无人迹。当由徐市领着童男童女，齐至岛上眺览多时，且与大众语道："秦皇要我等求不死药，试想不死药从何而来？若再空手回报，必逢彼怒，我等统要被斩首了。"大众听着，禁不住号哭起来。徐市又道："休哭！休哭！我已想得一条活路在此。汝等试看这座荒岛，虽然榛莽丛杂，却是地热易生；若经我等数千人，并力开垦，种植百谷，定有收获，便可资生。好在舟中备有谷种，并有农具，一经动作，无不见效。如虑目前为难，我已筹足资粮，足供半年食料，照此办法，我等均得安居乐业，既不必输粮纳税，又不致犯法受刑，岂不是一劳永逸么？"大众鼓掌称善，当然转悲为喜，愿听徐市指挥。徐市即分派男女，逐日垦荒，即垦即耕，即耕即种，半年以后，便有生息。已而麻麦芃(péng)芃，禾役穟(suì)穟，竟把这荒芜海岛，变做了饶沃田园。既得足食，复拟营居，辟地筑庐，上栋下宇，起初还是寄宿舟中，朝出暮返，至此复得就地栖身，不劳跋扈。再加徐市体察周到，索性将童男童女，配为夫妇，使得双宿双栖，这是与众同乐，最惬人情。大众俱有室家，安然度日，还想什么西归？就奉徐市为主子，做了一个海外桃源。后来徐市老死，便在岛上安葬。相传现今日本境内，尚留徐市古墓，数千年来，遗迹未泯，倒也好算个殖民首领了。哥伦布不得专美，应该称许。

且说始皇驻舟海上，还想徐市得药，就来回报，偏他一去不返，杳无消息，不得已命驾西还。渡河至平原津，忽觉得龙体不安，寒热交作，连御膳都吃不下去，日间还是勉强支持，夜间更不得安眠，心神恍惚，言语狂谵(zhān)，好似见神遇鬼，不知人事。随驾非无医官，诊脉进药，全不见效，反且逐日加重，病到垂危。左丞相李斯，逐次省视，眼见始皇病笃，巴不得即日到京，催趱人马，赶快就道。好容易得至沙邱，始皇病已大渐，差不多要归天了。沙邱尚有故赵行宫，至此不得不暂憩乘舆，就借行宫住下。李斯明知始皇将死，每思启问后事，怎奈始皇生平，最忌一个死字，李斯恐触犯忌讳，又不敢率尔进陈。及始皇自知不起，乃召李斯赵高入谕，嘱为玺书，赐与长子扶苏，叫他速回咸阳，守候丧葬。斯高二人，依言草就，呈与始皇复阅，始皇已痰气上壅，只睁着眼对那玺书。李斯还道他留心察视，哪知他已死去，只有双目未瞑。原难瞑目。毕竟赵高乖巧，用手一按，已是气息全无，奄然长逝，他即把玺书取置袖中，方与李斯说明驾崩。李斯不免张皇，急筹后事，也无暇向高索取玺书了。赵高已蓄阴谋。始皇死时，年正五十，一代暴主，从此了局。总计始皇在位三十七年，惟就并吞六国，自称皇帝时算起，只有一十二年。

李斯筹划一番，恐始皇道死，内外有变，不如秘不发丧，暂将始皇棺殓，载置辒辌（wēn liáng）车中，伪称始皇尚活，仍拟起行。一面催赵高发出玺书，速召扶苏回入咸阳。偏赵高怀着鬼胎，匿书不发，私下语胡亥道："主上驾崩，不闻分封诸子，乃独赐长子书，长子一到，嗣立为帝，如公子等皆无寸土，岂不可虑！"胡亥答道："我闻，知臣莫若君，知子莫若父，父无遗命分封诸子，为子自应遵守，何待妄议！"赵高不悦道："公子错了！方今天下大权，全在公子与高，及丞相三人，愿公子早自为谋，须知人为我制，与我为人制，大不相同，怎可错过？"胡亥勃然道："废兄立弟，便是不义，不奉父诏，便是不孝，自问无材，因人求荣，便是不能，三事统皆背德，如或妄行，必至身殆国危，社稷且不血食了！"此时胡亥尚有天良，故所言如此。赵高哑然失笑道："臣闻汤武弑主，天下称义，不为不忠；卫辄拒父，国人皆服，孔子且默许，不为不孝。从来大行不顾小谨，盛德不矜小

让，事贵达权，怎可墨守？及此不图，后必生悔，愿公子听臣大计，毅然决行，后必有成！”小人之言，往往于无理中说出一理，故足淆人听闻。这数语说罢，引得胡亥也为心动，沉吟半晌，方叹息道：“今大行未发，丧礼未终，怎得为了此事，去求丞相？”赵高见说，便接口道：“时乎时乎，稍纵即逝！臣自能说动丞相，不劳公子费心。”说着即走，胡亥并不拦阻，由他自去。已为赵高所惑。

赵高别了胡亥，便往见李斯，李斯即问道：“主上遗书已发出否？”赵高道：“这书现在胡亥手中，高正为了此事，来与君侯商议。今日主上崩逝，外人皆未闻知，就是所授遗嘱，只有高及君侯，当时预闻，究竟太子属诸何人，全凭君侯与高口中说出。君侯意中，果属如何？”李斯闻言大惊道：“汝言从何处得来？这是亡国胡言，岂人臣所得与议么？”赵高道：“君侯不必惊忙。高有五事，敢问君侯。”李斯道：“汝且说来。”赵高道：“君侯不必问高，但当自问，才能可及蒙恬否？功绩可及蒙恬否？谋略可及蒙恬否？人心无怨，可及蒙恬否？与皇长子的情好，可及蒙恬否？”李斯道：“这五事原皆不及蒙恬，敢问君何故责我？”赵高道：“高为内官厮役，幸得粗知刀笔，入事秦宫二十余年，未尝见秦封赏功臣，得传二世，且将相后嗣，往往诛夷。皇帝有二十余子，为君侯所深悉，长子刚毅武勇，若得嗣位，必用蒙恬为丞相，难道君侯尚得保全印绶，荣归乡里么？高尝受诏教习胡亥，见他慈仁笃厚，轻财重士，口才似诎，心地却明，诸公子中，无一能及，何不立为嗣君，共成大功？”李斯道：“君毋再言！斯仰受主诏，上听天命，得失利害，不暇多顾了。”赵高又道：“安即可危，危即可安，安危不定，怎得称明？”李斯作色道：“斯本上蔡布衣，蒙上宠擢，得为丞相，位至通侯，子孙并得食禄，这乃主上特别优待，欲以安危存亡属斯，斯怎忍相负呢！且忠臣不避死，孝子不惮劳，斯但求自尽职守罢了！愿君勿再生异，致斯得罪。”赵高见斯色厉内荏，不能坚持，便再进一步，用言胁迫道：“从来圣人无常道，无非是就变从时，见末知本，观指睹归。今天下权命，系诸胡亥手中，高已从胡亥意旨，可以得志，惟与君侯相好有年，不敢不真情相告。君侯老成练达，应该晓明利害。从外制中谓之惑，从下制上谓之贼，秋霜降，草花落，水摇动，万物作，势有必至，理有固然，君侯岂尚未察么？”仍是怵以利害。李斯喟然道：“我闻晋易太子，三世不安；齐桓兄弟争位,身死为戮;纣杀亲戚,不听谏臣,国为邱墟,遂危社稷。总之逆天行事,宗庙且不血食,斯亦犹人,怎好预此逆谋?”不遽声明高罪,反将迂词相答,斯已气为所夺了。赵高听着故作愠色道:“君侯若再疑虑,高也无庸多说,惟今尚有数言,作为最后的忠告。大约上下合同,总可长久,中外如一,事无表里,君侯诚听高计议,就可长为通侯,世世称孤,寿若乔松,智如孔墨,倘决意不从,必至祸及子孙,目前就恐难免。高实为君侯寒心,请君侯自择去取罢。”言毕,即起身欲行。李斯一想,这事关系甚大,胡亥赵高已经串同一气,非独力所能制,我若不从,必有奇祸,从了他又觉违心,一时无法摆布,禁不住仰天长叹,垂泪自语道:“我生不辰,偏遭乱世,既不能死,何从托命!主上不负臣,臣却要负主上了!”看你后来果能不死否?

赵高见他已有允意,欣然辞出,返报胡亥道:“臣奉太子明令,往达丞相,丞相斯已愿遵从。”胡亥闻李斯也肯依议,乐得将错便错,好去做那二世皇帝。便与赵高密谋,假传诏旨,立子胡亥为太子,另缮一书,赐与长子扶苏,将军蒙恬。略云:

> 朕巡天下,祷祠名山诸神,以延寿命。今扶苏与蒙恬,将师数十万以屯边,十有余年矣,不能进而前,士卒多耗,无尺寸之功,乃反数上书,直言诽谤我所为,以不得归为太子,日夜怨望。扶苏为子不孝,其赐剑以自裁,恬与扶苏居外,不能匡正。应与同谋,为人臣不忠,其赐死!以兵属裨将王离,毋得有违!

书已缮就,盖上御玺,托为始皇诏命,即由胡亥派遣门下心腹,赍往上郡。李斯并皆与闻,明知赵高所为,悖逆天理,行险图功,但为自己身家起见,不能不勉强与谋,暂保富贵,所以一切秘计,无不赞同。人生败名丧节,统为此念所误。赵高又恐扶苏违诏,先入咸阳,因即将辒辌车出发,自与心腹阉人,跨辕参乘。沿途所经,仍令膳夫随食,文武百官,亦皆照常奏事。辒辌车本是卧车,四面有窗帷遮蔽,外人无从了见,还道始皇未死,恭恭敬敬的伫立车旁。那赵高等坐在车内,随口乱道,统当作圣旨一般。好在途中没甚大事,总教随奏随允,便可敷衍过去。百官等既邀允准,大都高兴得很,转身就去,何人敢来探察?因此赵高李斯的诡谋,终未被人窥破。无如时当秋令,天时寒暖无常,有时已是清凉,有时还觉炎热,再加天空红日，照彻车驾，免不得尸气熏蒸，冲出一种臭气。赵高又想出一策，矫诏索取鲍鱼，令百官车上，各载一石。百官都不解何意，只因始皇专制，已成习惯，无论什么命令，总须懔遵无违，才得免罪，所以矫诏一传，无不立办。鲍鱼向有臭气，各车中一概载着，惹得人人掩鼻，怎能再辨得明白，这是鲍鱼的臭气，还是尸身的臭气呢。赵高真是乖巧。

当下一路催趱，星夜前进，越井陉，过九原，经过蒙恬监筑的直道，径抵咸阳，都中留守冯去疾等，出郊迎驾，当由赵高传旨，疾重免朝，冯去疾等也不知是诈，拥着辒辌车，驰入咸阳。可巧前时胡亥心腹，从上郡回来，报称扶苏自杀，蒙恬就拘，胡亥赵高李斯三人，并皆大喜。小子却有诗叹道：

扶苏不死未亡秦，谁料邪谋使逆伦。
祸本已成翻自喜，嗟他忘国并忘身！

欲知扶苏自杀，及蒙恬就拘等情，待小子下回叙明。

徐市一方士耳，假异术以欺始皇，其存心之叵测，与卢生相似。独其后航行入海，垦辟荒岛，不可谓非殖民之至计，较诸卢生等之但知远扬，专务私图者，盖不可同日语矣。始皇稔恶，道死沙邱，赵高包藏祸心，倡谋废立，始唆胡亥，继唆李斯；胡亥少不更事，为高所惑，尚可言也，李斯身为丞相，位至通侯，受始皇之顾命，乃甘心从逆，与谋不轨，是岂大臣之所为乎？虽暴秦之罪，上通于天，不如是不足以致亡，但斯为秦相，应具相术，平时既不能匡主，临变又不思除奸，徒营营于利禄之私，同预废立之计，例以《春秋》书法，斯为首恶，而赵高犹其次焉者也。故本回标目，独斥李斯，隐寓《春秋》之大义云尔。

第八回

葬始皇骊山成巨冢　戮宗室犴狱构奇冤

却说扶苏本监督蒙恬，出居上郡，自胡亥派遣心腹，赍着伪诏御剑，前往赐死，扶苏得书受剑，泣入内舍，即欲自刎。蒙恬慌忙抢入，谏止扶苏道："主上在外，未立太子，令臣将三十万众守边，公子为监，这是天下重任，非得主上亲信，怎肯相授！今但凭一使到此，便欲自杀，安知他不有诈谋，且待派人驰赴行在，再行请命，如果属实，死也未迟。"扶苏却也怀疑，偏经使人连番催促，速令自尽，逼得扶苏胸无主宰，只好痛哭一场，顾语蒙恬道："父要子死，不得不死，我死便罢，何必多请！"说着，即取御剑自挥，青锋入项，颈血狂喷，便即倒毙。也是个晋太子申生。蒙恬替他棺殓，草草藁葬。使人又促蒙恬自裁，蒙恬却不肯遽死，但丢出兵符，给与裨将王离接受，自入阳周狱中，再待后命。使人也无可如何，因即匆匆返报。

胡亥赵高李斯，既得如愿，方传出始皇死耗，即日发丧，就立胡亥为二世皇帝。胡亥即位受朝，文武百官，总道是始皇遗命，自然没有异议，相率朝贺。礼成以后，丞相以下，俱仍旧职，惟进赵高为郎中令，格外宠任。赵高欲尽杀蒙氏兄弟，报复前仇。即蒙毅审讯赵高一事，见第六回中。既将蒙恬拘系阳周，复因蒙毅出外祠神，传诏出去，把他拿办。蒙毅方回至代地，正与朝使相遇，接读诏旨，俯首就缚，暂锢代地狱中。

是年九月，便将始皇棺木，奉葬骊山。骊山在骊邑南境，与咸阳相近，山势雄峻，下有温泉。始皇在日，早已就山筑墓，穿圹辟基，直达三泉，四周约五六里。泉本北流，冲碍墓道，因特用土障住，移使东西分流。且因山上有土无石，须从别山挑运，需役甚多，所以调发人夫，不下数十万，就中多系犯着徒刑，叫他服劳抵罪，小子于第五回中，曾叙及骊山石椁一语，便是指此。待石椁筑成轮廓，已似一座城墙，工程费了无数。还要内作宫观，备极巧妙，上象天文，用绝大的珍珠，当作日月星辰；下象地

舆，取极贵的水银，当作江河大海。宫中备列百官位次，刻石为像，站立两旁。余如珍奇物玩，统皆罗致，灿然杂陈。又令匠人制造机弩，分置四围，倘若有人发掘，误触机关，弩矢便即射出，可以拒人。再从东海中觅取人鱼，取油作烛，常爇圹中。人鱼产自东海，四足能啼，状如人形，长约尺许，肉不堪食，惟熬油可以作烛，耐久不灭。似此穷奢极欲，真是古今罕闻，自兴土建筑后，差不多有十余年，工方告竣。棺已待窆（biǎn），当由二世皇帝胡亥，带着宫眷，及内外文武官吏，一体送葬，舆马仪仗，繁丽绝伦，笔下尚描写不尽。既至葬所，便即下棺，胡亥却自出一令道："先帝后宫，未曾产子，应该殉葬，不必出境！"这例出自何处？这令一下，宫眷等多半无子，当然号啕大哭，响彻山谷。那胡亥毫不加怜，但命有子的妃嫔，走出圹外；余皆留住圹内，不准私逃。有几个已经撞死，有几个亦已吓倒，尚有一大半绝色娇娃，正在没法摆布，偏被工匠闭了圹门，用土封固。这班美人儿不是闷死，便是饿死，仙姿玉骨，尽作髑髅，看官道是惨不惨呢！红粉骷髅，原是一体，不足深怪！工匠等重重封闭，已至外面第一重圹门，有人向胡亥说道："圹中宝藏甚多，虽有机弩伏着，工匠等应皆知悉，保不住有偷掘等事，不如就此除灭，免留后患。”胡亥召过赵高，向他问计。经赵高附耳数语，即由胡亥派令亲卒，遽将外门掩住，再用土石填塞，一些儿不留余隙，工匠等无路可出，当然毕命。胡亥也这般刻毒，好算是始皇肖子。封圹既毕，又从墓旁栽植草木，环绕得周周密密，郁郁苍苍，墓高已五十余丈，再经草木长大起来，参天蔽日，真是一座绝好的山林。谁知不到数年，便被项羽发掘，搜刮一空，后来牧童到此牧羊，为了羊坠圹中，取火寻觅，羊既觅着，掷去余炬，索性将始皇遗冢，烧得干干净净，连枯骨都作灰尘！后人才知始皇父子，用尽心机，俱属无益，倒不如小民百姓，死后葬身，五尺桐棺，一抔黄土，或尚可传诸久远呢！慨乎言之。

且说秦二世胡亥，葬父已毕，还朝听政，即欲释放蒙恬。独赵高阴恨蒙氏，定欲害死蒙氏兄弟，不但欲诛蒙恬，并且欲诛蒙毅。当下向二世进谗道：“臣闻先帝未崩时，曾欲择贤嗣立，以陛下为太子；只因蒙恬擅权，屡次谏阻，蒙毅且日短陛下，所以先帝遗命，仍立扶苏。今扶苏已死，陛下登基，蒙氏必将为扶苏复仇，恐陛下终未能安枕哩。”二世闻言，自然不肯轻赦蒙氏兄弟，再经赵高日夜怂恿，也巴不得斩草除根，遂即拟定诏书，欲把蒙氏兄弟，就狱论死。忽有一少年进谏道：“从前赵王迁杀死李牧，误用颜聚，燕王喜轻信荆轲，骤背秦约，齐王建屠戮先世遗臣，偏听后胜，终落得身死国亡，夷灭宗祀。今蒙氏兄弟，为我秦大臣谋士，有功国家，陛下反欲将他骈诛，臣窃以为不可！臣闻轻虑不可以治国，独智不可以存君，今诛戮忠臣，宠任宵小，必至群臣懈体，斗士灰心，还请陛下审慎为是！”二世瞧着，乃是兄子子婴。他竟不愿对答，叱令退去，便使御史曲宫，赍诏往代，谴责蒙毅道：“先帝尝欲立朕为太子，卿乃屡次阻难，究是何意？今丞相以卿为不忠，将罪及卿宗，朕颇不忍，但赐卿死，卿当曲体朕心，速即奉诏！”误杀大臣，还要示惠。蒙毅跪答道：“臣少事先帝，迭沐厚恩，许参末议，先帝未尝欲立太子，臣亦未敢无故进谗。且太子从先帝周游天下，臣又不在主侧，何嫌何疑，乃加臣罪？臣非敢爱死，但恐近臣蛊惑嗣君，反累先帝英明，故臣不能无辞！从前秦穆杀三良，楚平杀伍奢，吴王夫差杀伍子胥，昭襄王杀武安君白起，四君所为，皆贻讥后世，所以圣帝明王，不杀无罪，不罚无辜，唯大夫垂察！”曲宫已受赵高密嘱，怎肯容情？待至蒙毅说罢，竟潜拔佩剑，顺手一挥，砉(huā)的一声，毅已首落，曲宫也不复多顾，抽身便走，还都复旨。

二世又遣使至阳周，赐蒙恬书道：“卿负过甚多，卿弟毅又有大罪，因赐卿死。”蒙恬愤然道：“自我祖父以及子孙，为秦立功，已越三世，今臣将兵三十余万，身虽囚系，势足背畔，今自知必死，不敢生逆，无非是不忘先主，不辱先人。古时周成王冲年嗣阼（zuò），周公旦负扆（yǐ）临朝，终定天下。及成王有病，周公旦且祷河求代，藏书金縢（téng）。后来群叔流言，成王误信，几欲加罪公旦，幸发阅金縢藏书，流涕悔过，迎还公旦，周室复安。今恬世守忠贞，反遭重谴，想必由孽臣谋乱，蔽惑主聪。桀杀关龙逢，纣杀王子比干，信谗拒谏，终致灭亡。恬死且进言，非欲免咎，实欲慕死谏遗风，为陛下补阙，敢请大夫复命。”朝使答说道：“我只知受诏行法，不敢以将军所言，再行上闻。”蒙恬望空长叹道：“我何罪于天，无过而死？”继复太息道：“恬知道了！前起临洮至辽东城，穿凿万余里，难保不掘断地脉，这乃是恬的罪过，死也应该了！”劳役人民，不思谏主，这是蒙恬大罪，与地脉何关。乃仰药自杀。朝使当即返报，海内都为呼冤，独赵高得泄前恨，很是欣慰。

好容易已越一年，秦二世下诏改元，尊始皇庙为祖庙，奉祀独隆。二世复自称朕，并与赵高计议道：“朕尚在少年，甫承大统，百姓未必畏服，每思先帝巡行郡县，表示威德，制服海内，今朕若不出巡行，适致示弱，怎能抚有天下呢？”赵高满口将顺，极力逢迎，越引起二世游兴，立即准备銮驾，指日启程。赵高当然随行，丞相李斯，一同扈驾。此外文武官吏，除留守咸阳外，并皆出发。一切仪制，统仿始皇时办理。路中约历月余，才到碣石。碣石在东海岸边，曾由始皇到过一两次，立石纪功。见第四回。二世复命在旧立石旁，更竖一石，也使词臣等摛藻扬华，把先帝嗣皇的创业守成，一古脑儿说将上去，无非是父作子述，先后同揆等语。文已缮就，照刻石上。再从碣石沿过海滨，南抵会稽，凡始皇所立碑文，统由二世复视，尚嫌所刻各辞，未称始皇盛德，因各续立石碑，再将先帝恩威，表扬一番，并将择贤嗣立的大意，并叙在内，李斯等监工告成，复奏明白，乃转往辽东，游历一番，然后还都。

于是再申法令，严定刑禁，所有始皇遗下的制度，非但不改，反且加苛。中外吏民，虽然不敢反抗，免不得隐有怨声。而且二世的位置，是从长兄处篡夺得来，天下事若要不知，除非莫为，当时被他隐瞒过去，后来总不免渐渐漏泄，诸公子稍有所闻，暗地里互相猜疑，或有交头接耳等情。偏有人报知二世，二世未免加忧，因与赵高密谋道："朕即位后，大臣不服，官吏尚强，诸公子尚思与我争位，如何是好！"这数语正中赵高心怀，高却故意踌躇，欲言不言。贼头贼脑。二世又惊问数次，赵高乃复说道："臣早欲有言，实因未敢直陈，缄默至今。"说到今字，便回顾两旁。二世喻意，即屏去左右，侧耳静听。赵高道："现在朝上的大臣，多半是累世勋贵，积有功劳。今高素微贱，乃蒙陛下超拔，擢居上位，管理内政，各大臣虽似貌从，心中却怏怏不乐，阴谋变乱。若不及早防维，设法捕戮，臣原该受死，连陛下也未必久安。陛下如欲除此患，亟须大振威力，雷厉风行，所有宗室勋旧，一体除去，另用一班新进人员，贫使骤富，贱使骤贵，自然感恩图报，誓为陛下尽忠，陛下方可高枕无忧了！"二世听毕，欣然受教道："卿言甚善，朕当照办！"赵高道："这也不能无端捕戮，须要有罪可指，才得加诛。"二世点首会意。

才阅数日，便已构成大狱，有诏拿究公子十二人，公主十人，一并下狱，并将旧臣近侍，也拘系若干，悉付讯鞫。问官为谁？就是郎中令赵高。赵高得二世委任，一权在手，还管什么金枝玉叶，故老遗臣？但令把犯人提出阶前，硬要加他谋逆的罪名，喝令详供。诸公子间或怀疑，并没有确实逆谋，甚且平时言论，也不敢大加谤讟（dú），平白地作了犯人，叫他从何供起？当然全体呼冤。偏赵高忍心害理，专仗那桁（héng）杨箠楚，打得诸公子死去活来。诸公子熬受不住，只好随口承认，赵高说一句，诸公子认一句，赵高说两句，诸公子认两句，此外许多诬供，统由赵高一手捏造，连诸公子俱不得闻。至若冤枉坐罪的官吏，见诸公子尚且吃苦，不如拚着一死，认作同谋，省得皮肉受刑。赵高遂牵藤摘瓜，穷根到底，不论他皇亲国戚，但教与己有嫌，一古脑儿扯入案中，谳成死罪。有几个素无仇怨，不过怕他将来升官，亦趁此贬黜了事。乐得一网打尽。当下复奏二世，二世立即批准，一道旨下，竟将公子十二人，推出市曹，尽行处斩，陪死的官吏，不可胜计。还有公主十人，不便在大廷审问，索性驱至杜陵，由二世亲往鞫治，赵高在旁执法。十公主统是生长深宫，娇怯得很，禁锢了好几日，已是黛眉损翠，粉脸成黄，再经胡亥赵高两人，逞凶恫喝，不

是气死，已是吓倒，连半句话儿都说不出来。赵高还说她不肯招承，也命刑讯，接连喝了几个打字，鞭挞声相随而下，雪白的嫩皮肤，怎经得一番摧折？霎时间香消玉殒，血渍冤沉。赵高是个阉人，怪不得仇视好女，敢问胡亥是何心肠。

公子将闾等兄弟三人，秉性忠厚，素无异议，至此也被株连，囚系内宫，尚未议罪。二世既捶死十公主，还惜什么将闾兄弟，因遣使致辞道：“公子不臣，罪当死！速就法吏！”将闾叫屈道：“我平时入侍阙廷，未尝失礼，随班廊庙，未尝失节，受命应对，未尝失辞，如何叫做不臣，乃令我死？”使人答道：“奉诏行法，不敢他议。”将闾乃仰天大呼，叫了三声苍天，又流涕道：“我实无罪！”遂与兄弟二人拔剑自杀。

尚有一个公子高，未曾被收，自料将来必不能免，意欲逃走，转思一身或能幸免，全家必且受累，妻子无辜，怎忍听他骈戮？乃辗转思维，想出了一条舍身保家的方法，因含泪缮成一书，看了又看，最后竟打定主意，决意呈入。二世得书，不知他有何事故，便展开一阅，但见上面写着：

臣高昧死谨奏：昔先帝无恙时，臣入则赐食，出则乘舆，御府之衣，臣得赐之，中厩之宝马，臣得赐之；臣当从死而不能。为人子不孝，为人臣不忠，不孝不忠者，无名以立于世。臣请从死愿葬骊山之足，惟陛下幸哀怜之！

二世阅毕，不禁喜出望外，自言自语道："我正为了他一人，尚然留着，要想设法除尽，今他却自来请死，省得令我费心，这真可谓知情识意，我就照办便了。"继又自忖道："他莫非另有诡计，假意试我？我却要预防一着，休为所算。"遂召赵高进来，把原书取示赵高。待赵高看罢，便问高道："卿看此书，是否真情？朕却防他别寓诈谋，因急生变呢。"赵高笑答道："陛下亦太觉多心，人臣方忧死不暇，难道还能谋变么？"二世乃将原书批准，说他孝思可嘉，应即赐钱十万，作为丧葬的费用。这诏发出，公子高虽欲不死，亦不能不死了。当下与家人诀别，服药自尽，才得奉旨发丧，安葬始皇墓侧。总计始皇子女共有三四十人，都被二世杀完，并且籍没家产，只有公子高拚了一死，尚算保全妻孥，不致同尽。小子有诗叹道：

祖宗作恶子孙偿，故事何妨鉴始皇！
天使孽宗生孽报，因教骨肉自相戕。

欲知二世后事，且看下回分解。

始皇之恶，浮于桀纣。桀纣虽暴，不过及身而止，始皇则自筑巨冢，死后尚且殃民。妃嫔之殉葬，出自胡亥之口，罪在胡亥，不在始皇。若工匠之掩死圹中，实自始皇开之，始皇不预设机弩，预防发掘，则好事者无从藉口，而胡亥之毒计，无自而萌；然则始皇之死尚虐民，可以知矣。夫始皇一生之心力，无非为一己计，无非为后嗣计，枯骨尚欲久安，而项羽即起而乘其后。至若子女之骈诛，且假之于少子胡亥之手，骨尚未寒，而后嗣已垂尽矣。狡毒之谋，果奚益哉！

第九回

充屯长中途施诡计　杀将尉大泽揭叛旗

却说秦二世屠戮宗室，连及亲旧，差不多将手足股肱，尽行斫去。他尚得意洋洋，以为从此无忧，可以穷极欢娱，肆行无忌，因此再兴土木，重征工役，欲将阿房宫赶筑完竣，好作终身的安乐窝。乃即日下诏道：

先帝谓咸阳朝廷过小，故营阿房宫为室堂，未就而先帝崩，暂辍工作，移筑先陵，今骊山陵工已毕，若舍阿房宫而弗就，则是章先帝举事过也。朕承先志，不敢怠遑，其复作阿房宫，毋忽！

这诏下后，阿房宫内，又聚集无数役夫，日夕营缮，忙个不了。二世尚恐臣下异心，或有逆谋，特号令四方，募选材勇兼全的武士，入宫屯卫，共得五万人。于是畜狗马，豢禽兽，命内外官吏，随时贡献，上供宸赏，官吏等无不遵从。但宫内的妇女仆从，本来不少，再加那筑宫的匠役，卫宫的武人，以及狗马禽兽等类，没一个不需食品，没一种不借刍粮，咸阳虽大，怎能产得出许多刍粟，足供上用？那二世却想得妙策，令天下各郡县，筹办食料，随时运入咸阳，不得间断，并且运夫等须备粮草，不得在咸阳三百里内，购食米谷，致耗京畿食物。各郡县接奉此诏，不得不遵旨办理。但官吏怎有余财，去买刍米？无非是额外加征，取诸民间。百姓迭遭暴虐，已经困苦不堪，此次更要加添负担，今日供粟菽，明日供刍藁，累得十室九空，家徒四壁，甚至卖男鬻女，赔贴进去。正是普天愁怨，遍地哀鸣，二世安处深宫，怎知民间苦况？还要效乃父始皇故事，调发民夫，出塞防胡。为此一道苛令，遂致乱徒四起，天下骚扰，秦朝要从此灭亡了。承上启下，线索分明。

且说阳城县中有一农夫，姓陈名胜字涉，少时家贫，无计谋生，不得已受雇他家，做了一个耕田佣。他虽寄人篱下，充当工役，志向却与众不同。一日在田内耦耕，扶犁叱牛，呼声相应，约莫到了日昃的时候，已有些筋疲力乏,便放下犁耙,登垄坐着,望空唏嘘。与他合作的佣人,见他懊恨情形,还道是染了病症,禁不住疑问起来。陈胜道:“汝不必问我,我若一朝得志,享受富贵,却要汝等同去安乐,不致相忘!”胜虽具壮志,但只图富贵,不务远大,所以无成。佣人听了,不觉冷笑道:“汝为人佣耕,与我等一样贫贱。想什么富贵呢?”陈胜长叹道:“咄!咄!燕雀怎知鸿鹄志哩!”说着,又叹了数声。看看红日西沉,乃下垄收犁,牵牛归家。

至二世元年七月,有诏颁到阳城,遣发闾左贫民,出戍渔阳。秦俗民居,富强在右,贫弱在左,贫民无财输将,不能免役,所以上有征徭,只好冒死应命。阳城县内,由地方官奉诏调发,得闾左贫民九百人,充作戍卒,令他北行。这九百人内,陈胜亦排入在内,地方官按名查验,见胜身材长大,气宇轩昂,便暗加赏识,拔充屯长。又有一阳夏人吴广,躯干与胜相似,因令与胜并为屯长,分领大众,同往渔阳。且发给川资,预定期限,叫他努力前去,不得在途淹留。陈吴两人当然应命,地方官又恐他难恃,特更派将尉二员,监督同行。

好几日到了大泽乡,距渔阳城尚数千里,适值天雨连绵,沿途多阻。江南北本是水乡,大泽更为低洼,一望弥漫,如何过去?没奈何就地驻扎,待至天色晴霁,方可启程。偏偏雨不肯停,水又增涨,惹得一班戍卒,进退两难,互生嗟怨。胜与广虽非素识,至此已做了同事,却是患难与共,沆瀣相投,因彼此密议道:“今欲往渔阳,前途遥远,非一二月不能到达。官中期限将至,屈指计算,难免逾期,秦法失期当斩,难道我等就甘心受死么?”广跃起道:“同是一死,不若逃走罢!”胜摇首道:“逃走亦不是上策。试想你我两人,同在异地,何处可以投奔?就是有路可逃,亦必遭官吏毒手,捕斩了事。走亦死,不走亦死,倒不如另图大事,或尚得死中求生,希图富贵!”希望已久,正好乘此发作。广矍然道:“我等无权无势,如何可举大事?”胜答说道:“天下苦秦已久,只恨无力起兵。我闻二世皇帝,乃是始皇少子,例不当立。公子扶苏,年长且贤,从前屡谏始皇,触怒乃父,遂致迁调出外,监领北军。二世篡立,起意杀兄,百姓未必尽知,但闻扶苏贤明,不闻扶苏死状。还有楚将项燕,尝立战功,爱养士卒,楚人忆念勿衰,或说他已死,或说他出亡。我等如欲起事,最好托

名公子扶苏，及楚将项燕，号召徒众，为天下倡。我想此地本是楚境，人心深恨秦皇，定当闻风响应，前来帮助，大事便可立办了。”借名号召，终非良图。广也以为然，但因事关重大，不好冒昧从事，乃决诸卜人，审问吉凶。卜人见胜广趋至，面色匆匆，料他必有隐衷，遂详问来意，以便卜卦。胜广未便明言，惟含糊说了数语。卜人按式演术，焚香布卦，轮指一算，便向二人说道：“足下同心行事，必可成功，只后来尚有险阻，恐费周折，足下还当问诸鬼神！”已伏下文。胜广也不再问，便即告别。途中互相告语道：“卜人欲我等问诸鬼神，敢是教我去祈祷么？”想了一番，究竟陈胜较为聪明，便语吴广道：“是了！是了！楚人信鬼，必先假托鬼神，方可威众，卜人教我，定是此意。”吴广道：“如何办法？”胜即与广附耳数语，约他分头行事。

翌日上午，胜命部卒买鱼下膳，士卒奉令往买，拣得大鱼数尾，出资购归。就中有一鱼最大，腹甚膨胀，当由部卒用刀剖开，见腹中藏着帛书，已是惊异。及展开一阅，书中却有丹文，仔细审视，乃是陈胜王三字，免不得掷刀称奇。大众闻声趋集，争来看阅，果然字迹无讹，互相惊讶。当有人报知陈胜，胜却喝着道："鱼腹中怎得有书？汝等敢来妄言！曾知朝廷大法否？"做作得妙！部卒方才退去，烹鱼作食，不消细说。但已是啧啧私议，疑信相参。到了夜间，部卒虽然睡着，尚谈及鱼腹中事，互相疑猜。忽闻有声从外面传来，仿佛是狐嗥一般，大众又觉有异，各住了口谈，静悄悄的听着。起初是声浪模糊，不甚清楚，及凝神细听，觉得一声声像着人语，约略可辨。第一声是大楚兴，第二声是陈胜王。众人已辨出声音，仗着人多势旺，各起身出望，看个明白。营外是一带荒郊，只有西北角上，古木阴浓，并有古祠数间，为树所遮，合成一团。那声音即从古祠中传出，顺风吹来，明明是"大楚兴，陈胜王"二语。更奇怪的是丛树中间，隐约露出火光，似灯非灯，似磷非磷，霎时间移到那边，霎时间又移到这边，变幻离奇，不可测摸。过了半晌，光已渐灭，声亦渐稀了。叙笔亦奇。大众本想前去探察，无如时当夜半，天色阴沉得很，路中又泥滑难行，再加营中有令，不准夜间私出，那时只好回营再睡。越想越奇，又惊又恐，索性都做了反舌无声，一同睡熟了。

看官欲知鱼书狐嗥的来历，便是陈胜吴广两人的诡计。倒戟而去。陈胜先私写帛书，夜间偷出营门，寻得渔家鱼网中，蓄有大鱼，料他待旦出售，便将帛书塞入鱼口。待鱼汲入腹中，胜乃悄悄回营。大泽乡本乏市集，自经屯卒留驻，各渔家得了鱼虾，统向营中兜销，所以这鱼即被营兵买着，得中胜计。至若狐嗥一节，也是陈胜计划，嘱令吴广乘夜潜出，带着灯笼，至古祠中伪作狐嗥，惑人耳目。古祠在西北角上，连日天雨，西北风正吹得起劲，自然传入营中，容易听见。后人把疑神见鬼等情，说做篝火狐鸣，便是引用陈胜吴广的古典。陈胜既行此二策，即与吴广暗察众情，多是背地私语，以讹传讹，有的说是鱼将化龙，故有此变，有的说是狐已成仙，故能预知。只胜广两人，相视而笑，私幸得计。好在营中的监督大员，虽有将尉二员，却是一对糊涂虫，他因天雨难行，无法消遣，只把那杯中物作为好友，镇日里两人对饮，喝得酩酊大醉，便即睡着，醒来又是饮酒，醉了又睡，无论什么事情，一概不管，但令两屯长自去办理，无暇过问。胜广乐得设法摆布，又在营中买动人心，一衣一食，都与部卒相同，毫不克扣。部卒已愿为所用，更兼鱼书狐鸣种种怪异，尤足耸动观听，益令大众倾心。

陈胜见时机已至，又与吴广定谋，乘着将尉二人酒醉时，闯入营帐，先

由广趋前朗说道："今日雨，明日又雨，看来不能再往渔阳。与其逾限就死，不如先机远扬，广特来禀知，今日就要走了。"将尉听着，勃然怒道："汝等敢违国法么？欲走便斩！"广毫不惊慌，反信口揶揄道："公两人监督戍卒，奉令北行，责任很是重大，如或愆期，广等原是受死，难道公两人尚得生活么？"这数句话很是利害，惹得一尉用手拍案，连声呼笞。一尉还要性急，索性拔出佩剑，向广挥来。广眼明手快，飞快一脚，竟将剑踢落地上，顺手把剑拾起，抢前一步，用剑砍去，正中将尉头颅，劈分两旁，立即倒毙。还有一尉未死，咆哮得很，也即拔剑刺广。广又持剑格斗，一往一来，才经两个回合，突有一人驰至将尉背后，喝一声着，已把将尉劈倒，接连又是一刀，结果性命。这人为谁？便是主谋起事的陈胜。

胜广杀死二尉，便出帐召集众人，朗声与语道："诸君到此，为雨所阻，一住多日，待到天晴，就使星夜前进，也不能如期到渔。失期即当斩首，侥幸遇赦，亦未必得生。试想北方寒冷，冰天雪窖，何人禁受得起？况胡人专喜寇掠，难保不乘隙入犯。我等既受风寒，又撄锋刃，还有什么不死！丈夫子不死便罢，死也要死得有名有望；能够冒死举事，才算不虚此一生。王侯将相，难道必有特别种子么？”大众见他语言慷慨，无不感动，但还道二尉尚存，一时未敢承认，只管向帐内探望，似有顾虑情状。胜广已经窥透，又向众直言道：“我两人不甘送死，并望大众统不枉死，所以决计起事，已将二尉杀死了。”大众到此，才齐声应道：“愿听尊命！”胜广大喜，便领众人入帐，指示二尉尸首，果然血肉模糊，身首异处。当由陈胜宣令，枭了首级，用竿悬着。一面指挥大众，在营外辟地为坛，众擎易举，不日告成。就将二尉头颅，做了祭旗的物品。旗上大书一个楚字。陈胜为首，吴广为副，余众按次并列，对着大旗，拜了几拜，又用酒为奠。奠毕以后，并将二尉头上的血沥，滴入酒中，依次序饮，大众喝过同心酒，当然对旗设誓，愿奉陈胜为主，一同造反。胜便自称将军，广为都尉，登坛上坐，首先发令。定国号为大楚。再命大众各袒右臂，作为记号。一面草起檄文，诈称公子扶苏，及楚将项燕，已在军中，分作主帅。项燕与秦为仇，死于楚难，假使不死，宁有拥戴扶苏之理。陈胜虽智，计亦大谬。

檄文既发，就率众出略大泽乡。乡中本有三老，又有啬夫，见第二回。听得陈胜造反，早已逃去。胜即把大泽乡占住，作为起事的地点。居民统皆散走，家中留有耜头铁耙等类，俱被大众掠得，充作兵器，尚苦器械不足，再向山中斩木作棍，截竹为旗。忙碌了好几日，方得粗备军容。老天却也奇怪，竟放出日光，扫除云翳，接连晴了半个月，水势早退，地上统干干燥燥，就是最低洼的地方，也已滴水不留。老天非保佑陈胜，实是促秦之亡。大众以为果得天助，格外抖擞精神，专待出发。各处亡命之徒，复陆续趋集，来做帮手。于是陈胜下令，麾众北进。原来大泽乡属蕲县管辖，胜既出兵略地，不得不先攻蕲县。蕲县本非险要，守兵寥寥无几，县吏又是无能，如何保守得住？一闻胜众将至，城内已惊惶得很，结果是吏逃民降。胜众不烦血刃，便已安安稳稳的据住县城。再令符离人葛婴，率众往略蕲东，连下铚酂苦柘及谯县，声势大震。沿路收得车马徒众，均送至蕲县，归胜调遣。

胜复大举攻陈，有车六七百乘，骑兵千余，步卒数万人，一古脑儿趋集城下。适值县令他出，只有县丞居守，他却硬着头皮，招集守兵，开城搦战。胜众一路顺风，势如破竹，所有生平气力，未曾施展，完全是一支生力军。此次到了陈县，忽见城门大开，竟拥出数百人马，前来争锋，胜众各摩拳擦掌，一拥齐上，前驱已有刀枪，乱斫乱戳，凶横得很。后队尚是执着木棍，及耜头铁耙等类，横扫过去。守兵本是单弱，不敢出战，但为县丞所逼，没奈何出城接仗。偏碰着了这班暴徒，情形与瘈(zhì)犬相似，略一失手，便被打翻，稍一退步，便被冲倒，数百兵马，死的死，逃的逃，县丞见不可敌，也即奔还。哪知胜众紧紧追入，连城门都不及关闭。害得县丞无路可奔，不得不翻身拚命，毕竟势孤力竭，终为胜众所杀。县丞身食秦禄，不得谓非忠良。

胜与吴广联辔入城，也想收拾人心，禁止侵掠，各处张贴榜示，居然说是除残去暴，伐罪吊民。过了数日，复号召三老豪杰共同议事，三老豪杰闻风来会，由胜温颜召入，问及善后事宜。但听得众人齐声道："将军披坚执锐，伐无道，诛暴秦，复立楚国社稷，功无与比，应即称王，以副民望。"这数句话正中胜意，只一时不便应允，总要退让数语，方可自表谦恭。当下说了几句假话，引起三老豪杰的哗声，彼誉此颂，一再劝进。胜正要允诺，忽外面有人入报，说有大梁二士，前来求见。胜问过姓名，便向左右道："这二人也来见我么？我素闻二人贤名，今得到此，事无不成了。"说着即命左右出迎，且亲自起座，下阶伫候。正是：

饰礼宁知真下士？伪恭但欲暂欺人。

毕竟大梁二士姓甚名谁，容待下回详报。

暴秦之季，发难者为陈胜吴广，而陈胜尤为首谋。是胜之起事，实暴秦存亡之一大关键也。胜一耕佣，独具大志，不可谓非轶类材。但观其鱼腹藏书，及篝火狐鸣之术，亦第足以欺愚夫，而不足以服枭杰。况其徒贪富贵，孳孳为利，子舆氏所谓蹠之徒者，胜其有焉。惟因暴秦无道，为民所嫉，史家所以大书曰：陈胜吴广，起兵于蕲，实则皆为叛乱之首而已。杀将驱卒，斩木揭竿，乱秦有余，平秦不足，本书之不予胜广，其好治抑乱之心，已寓言中，正不徒以文字见长也。

第十回

违谏议陈胜称王　善招抚武臣独立

却说大梁二士来谒陈胜，一个叫作张耳，一个叫作陈余。两人俱籍隶大梁，家居不远。张耳年长，陈余年少，所以余事耳如父，耳亦待余如子弟，两人誓同生死，时人称为刎颈交。耳曾为魏公子门客，后因犯事出奔，避居外黄，外黄有一富家女，生得美貌如花，艳名鹊起，偏偏嫁了一个庸奴，免不得夫妻反目，时有怨声。一日又复噪闹，甚至互哄，富家女身材袅娜，怎禁得起乃夫老拳！如花美眷，不知温存，还想饱以老拳，真是庸奴。急不暇择，逃出夫家，竟潜至父执家中，匿身避祸。父执见她泪容满面，楚楚可怜，遂与富家女说道："汝果不欲适庸奴，何妨再求贤夫。我意中却有一人，未知汝可愿否？"富家女当然心动，含糊答应。父执复令女在屏后立着，亲判妍媸，自己出外一走。不到片时，已引入一个俊俏郎君，故意的高声与语。女从屏后露出半面，约略相窥，果然是温文尔雅，与前夫大不相同。及父执送客出门，入与女语；女问及来客姓名，才知是大梁人张耳，芳心欲醉，恨不得即与并头。父执愿为玉成，即往与女父熟商，令女改嫁张耳。女父本来溺爱，悔为女误配匪人，至此愿出巨资，给女前夫，与他离婚。女夫与女不和，乐得取钱弃女，听她转嫁。呆鸟。俏佳人终偶才郎，错姻缘幸得改正，不但富家女心满意足，就是亡命徒张耳，得此意外奇逢，也是乐不胜言。还有一桩极好的机缘，张耳既得美妇，又得妇财，索性结交远客，广为延誉，声名渐达魏廷。魏主竟不记前愆，反用耳为外黄令，铜章墨绶，俨然一百里小侯了。富家女得做县令夫人，应更惬意。

陈余少好读书，并喜游览，偶至赵国苦陉地方，得邀富人公乘氏赏识，也愿招他为婿。女貌颇亦不俗，陈余自然乐允，择日成礼。两小无猜，又是一对好夫妻。张陈两人，想都是红鸾星照命。及魏被秦灭，张耳失官，仍在外黄居住，陈余亦挈妻还乡。不料秦朝竟悬出赏格，购缉两人，赏格上面，煌煌写着，获张耳赏千金，获陈余赏五百金。二人不知何因，但情急逃生，不得已移名改姓，避居陈县，充当里正监门。

仔细探听，方知秦令购缉，实恐二人多才，重复兴魏，所以务欲翦除。张耳得此消息，时常戒勉陈余，须要谨慎小心，毋得败露真情，陈余亦格外记着。冤冤相凑，竟为着一些小事，触怒里吏，里吏将加余笞罪。余不肯忍耐，起身欲走，可巧张耳在旁，慌忙把足蹑余，使他受笞。及笞毕吏去。耳引余至桑下，悄悄与语道："我与汝曾已说过，汝奈何失记！区区小辱，不甘忍受，乃欲与里吏拚命，死何足惜！"余始悔悟谢过。复由耳想出一计，用着监门名义，号令里中，叫他访拿张耳陈余。里人怎知诈谋？心下贪赏，还往四处寻缉。其实张陈二人，原在眼前，反被他用计瞒过了。却是好计。

至胜广入陈，张耳陈余，乃踵门求见。胜也闻得二人大名，尝遭秦忌，因此亟欲一见，特地下阶伫候，表明敬意。待二人既入，向胜行礼，胜忙与答揖，引至座前，令他分坐两旁，然后与议军情，并谈及称王意见。张耳答道："秦为无道，破人国家，灭人社稷，绝人后嗣，疲民力，竭民财，暴虐日甚。今将军瞋目张胆，万死不顾一生，为天下驱除残贼，真是绝大的义举。惟现方发迹至陈，亟欲以王号自娱，窃为将军不取！愿将军毋急称王，速引兵西向，直指秦都。一面立六国后人，自植党援，俾秦益敌。敌多力自分，与众兵乃强，将见野无交兵，县无守城，诛暴秦，据咸阳，号令诸侯，诸侯转亡为存，无不感戴，将军再能怀柔以德，天下自相率悦服，帝业也可成就了，还要称王何用！"说到此处，见陈胜默默无言，似有不悦情状。正想开言再劝，那陈余已接入道："将军不欲平定四海，倒也罢了，如有志安邦，宜图大计。若仅据一隅，便拟称王，恐天下都疑及将军，怀挟私意，待至人情失望，远近灰心，将军悔也无及了！"陈胜沉吟半晌，方才说出一语道："容待再议。"两人见话不投机，本想就此告辞，只因途中多阻，不能不暂时安身，再作计较，乃留住陈胜麾下，充作参谋。胜竟自立为王，国号张楚，隐寓张大楚国的意思。

是时河南诸郡县，苦秦苛法，豪民多戕杀官吏，起应陈胜。胜乃使吴广为假王，监督诸将，西攻荥阳。广已出发，张耳陈余，也想乘此外出，离开陈邑，遂由张耳暗嘱陈余，令他向胜献计道："大王举兵梁楚，志在西讨，入关建业，若要顾及河北，想尚未遑，臣尝游赵地，素知河北地势，并结交豪杰多人，今愿请奇兵，北略赵地，既足牵制秦军，复足抚定赵民，岂不是一举两得么？”也想飞去。胜听余言，却也称为奇计，但因他新来归附，总难深信，乃特选故人武臣为将军，邵骚为护军，督同张耳陈余二人，领兵三千，往徇赵地。耳与余不给重任，但使他为左右校尉，作为武臣的帮办。二人别有隐衷，不暇计及官职大小，欣然领命，渡河北去。

胜将葛婴，未曾至陈，独率部往略九江。行至东城，遇着楚裔襄疆，一见如故，竟不待胜命，擅立襄疆为楚王。嗣得陈胜文书，内有张楚王字样，始知胜已称王，不能另立襄疆，自悔一时卤莽，潜图变计。凑巧陈胜命令，又复颁到，叫他领兵还陈，他越恐陈胜动疑，竟将襄疆杀死，持首还报。果然胜已闻知，待婴到后，立即传婴入见，数责罪状，喝令斩首。左右将婴推出，一刀两段，死于非命。婴已悔过，罪不至死。部众见婴惨死，未免寒心，互相私议。胜尚以为令出法行，可无他虑，复遣汝阴人邓宗，东略九江，魏人周市，北徇魏地。

会接吴广军报，说是进攻荥阳，不能得胜，现由秦三川守李由，坚守荥阳城，非再行发兵，难下此城等语。胜乃召集谋士，申议攻秦方法。上

蔡人蔡赐，本为房邑君长，献议胜前，请派名将西行，径入函谷关，直捣咸阳。胜依了赐议，并封他为上柱国。一面访求良将，得着陈人周文，召入与语。文自述履历，谓曾事春申君黄歇，又为项燕军占验吉凶，素谙军事。胜即大喜，特给将军印信，使他西行攻秦。周文奉命就道，沿途收集壮士，编入队伍，众至数十万，长驱西进，直薄函谷关。关中守吏，飞章告急，谁知秦廷里面，好像没人一般，任他如何急报，总不闻有将士出援。原来二世恣意淫乐，朝政俱归赵高把持，高专事炀蔽，凡遇外面奏报，一律搁起，不使二世得闻，所以陈胜起兵，已有数月，二世全然不知。会有使臣从东方回来，面谒二世，奏称陈胜造反，郡县多叛，请即遣将讨平。二世还道他是妄言欺主，命将使臣下狱。嗣是他使还京，由二世问及乱事，俱答称幺么小丑，不足有为，现已由各郡守尉，四面兜捕，即可荡平，陛下尽可放心。二世大喜，把乱事置诸度外，毫不提及，朝廷得过且过，也不敢渎陈外事，上下相蒙，乱端益炽，直至周文入关，秦廷尚视若无事，这真叫做糊涂世界呢。不如是，不足致亡。

且说周文一路进兵，攻城掠地，所向无前，当然派人至陈，一再报捷，陈胜喜如所望，遂轻视秦室，不复设备。博士孔鲋，系孔夫子的八世孙，曾持家传礼器，诣陈谒胜，胜因留为博士。至此独进谏道："臣闻兵法有言：不恃敌不攻我，但恃我不可攻，今大王恃敌不攻，未知所以自恃的道理；倘或敌人骤至，无法抵御，一有蹉跌，全局瓦解，虽悔也是迟了！"胜不肯从，惟专望各路捷音，好去做那关中皇帝。怎知福为祸倚，乐极悲生，那四面八方的警报，已是陆续到来。第一路的警信，就是出徇赵地的武臣等军；第二路的警信，乃是进攻秦都的周文等军，小子只有一枝秃笔，不能双管齐下，只好依次叙述，先后说明。

自武臣等率兵北去，从白马津渡河，所过诸县，偏谕豪杰，无非说是暴秦无道，劳役百姓，绳以重法，迫以苛征，今由陈王起义，天下响应，我等奉令北渡，前来招安，诸君皆为豪士，理应并力同心，共除暴秦云云。豪杰等正苦秦暴，听了这番名正言顺的话儿，还有什么不服，当即愿为前导，分趋各城，城中守吏，多被杀死。接连得了十座城池，人数亦越聚越多，渡河时只有三千人，至是却多了好几万名。当下推武臣为武信君，再出招谕。偏是余城不屈，各募兵民拒守。武臣因诸城无关险要，竟引众趋向东北，独攻范阳。范阳令徐公，有志保城，也即缮甲厉兵，准备抵御，偏有一个辩士蒯彻，入见徐公，先说出一个吊字，后说出一个贺字。便是说客口吻。惹得徐公莫名其妙，不得不惊问理由。蒯彻道："彻闻公将死，故来吊公，但公得彻一言，便有生路，故又复贺公。"徐公道："君不必故作疑团，正好明白说来。"彻又道："足下为范阳令，已十余年，杀人父，孤人子，断人足，黥人首，想已不可胜数。百姓无不怀怨，但恐秦法严重，未敢剸（tuán）刃公腹，致灭全家。今天下大乱，秦法不行，足下岂尚得自全？一旦敌临城下，百姓必乘机报仇，刃及公胸，这岂不是可吊么？幸亏彻来见公，为公定计，俟武信君尚未到来，即由彻先去游说，为公效力，使公转祸为福，这又便是可贺了！"徐公喜道："君言甚善，请即为我往说武信君！"蒯彻因即前往，求见武臣。武臣方招致豪杰，当然许见。蒯彻进言道："足下到此，必待战胜然后略地，攻破然后入城，未免过劳。彻有一计，可不攻而得城，不战而得地，但教一纸檄文，便足略定千里，未知足下愿闻否？"武臣急问道："果有此计，怎不愿闻！"蒯彻道："今范阳令闻公攻城，正拟整顿兵马，守城拒敌，惟城中士卒不多，该令又逡巡畏死，贪恋禄位，目下不肯归降，实因公前下十城，见吏即诛，降亦死，守亦死，故不得不拚死图存。就使范阳少年，嫉吏如仇，起杀范阳令，亦必据城拒公，不甘就死。为公设法，不若赦范阳令，并给侯印，该令喜得富贵，自愿开城出降，范阳少年亦不敢杀令，是全城便唾手可下了。公再使该令乘朱轮，坐华毂，徇行燕赵郊野，燕赵吏民，孰不欣羡，必争先降公。公得不攻而取，不战而服，这就所谓传檄可定呢！"面面俱到，真好口才。武臣点首称善，便令刻就侯印，交彻赍赐范阳令。范阳令徐公，大喜过望，即开城迎武臣军。武臣复如彻言，特给徐公高车驷马，往抚燕赵，赵地果闻风趋附，不到旬月，已平定了三十余城，乘势入邯郸县。适有周文败报，自西传来，又探得陈胜部将，多因谗毁得罪，武臣不免疑惧。张耳陈余，更生异谋。他本怨陈胜不用己言，复只得了左右校尉的名目，未绾兵符，因此乘隙生心，遂进说武臣道："陈王起兵蕲县，才得陈地，便自称为王，不愿立六国后裔，居心可知。今将军率三千人，下赵数十城，偏居河北，若非称王，何由镇抚，况陈王好信谗言，妒功忌能，将军功高益危，不如南面称王，脱离

陈王羁绊，免得意外受祸。时不可失，愿将军勿疑！”武臣听了称王二字，岂有不喜欢的道理，当下在邯郸城外，辟城为坛，也居然堂皇高坐，朝见僚属，竟称孤道寡起来。武臣自为赵王，授陈余为大将军，张耳为右丞相，邵骚为左丞相，且使人报知陈胜。

胜得报后，怒不可遏，即欲饬拘武臣家属，尽行屠戮，更发兵往击武臣。独上柱国蔡赐入谏道：“秦尚未灭，先杀武臣家属，是又增出一秦，为大王敌，大王东西受攻，必遭牵制，如何得成大业！今不若遣使往贺，暂安彼心，并令他从速攻秦，遥援周文，是东顾既可无忧，西略便为得势。灭秦以后，图赵未迟，何必急急哩！”陈胜乃转怒为喜，但将武臣家属，徙入王宫，把他软禁。并封张耳子敖为成都君，派人贺赵，乘便报闻。张耳陈余，见了胜使，早已瞧透胜意，表面上佯与为欢，背地里却私语武臣道：“大王据赵称尊，必为陈王所忌，今遣使来贺，明明是怀着诡谋，使我并力灭秦，然后再北向图我。大王不如虚与周旋，优待来使，至来使去后，尽管北收燕代，南取河内。若得南北两方，尽为赵有，楚虽胜秦，也必不敢制赵，反且与我修和，大王却好沉着观变，坐定中原了。”计亦甚是。武臣也称好计,款待胜使,厚礼遣归。随即使韩广略燕,李良略常山,张黡(yǎn)略上党,三路出发,独不遣一卒西向。

那时攻入秦关的周文,孤军无助,竟被秦将章邯击退,败走出关。章邯为秦少府,官名。颇有智勇,因闻周文攻入关中,直至戏地,不由的愤激得很,意欲入宫详陈。可巧警报与雪片相似,飞达咸阳,连赵高也觉吃惊,不得不据实奏明。二世至此,方才似梦初觉,吓出一身冷汗,急召文武百官,入朝会议。自己也亲出御朝,询问御敌方法。百官都面面相觑,莫敢发言,独章邯出班奏道:"贼众已近,亟须征剿,若要征集将士,已恐不及,臣请赦免骊山徒犯,尽给兵器,由臣统领前去,奋力一击,当可退贼。"二世已焦急万分,只望有人解忧,幸得章邯替他划策,并请效力,当然喜逐颜开,褒奖了好几语。一面颁诏大赦,即命章邯为将军,招集骊山役徒,编制成军,出都退敌。章邯确是有些能力,挑选丁壮,作为前驱,自居中坚调度,老弱派充后队,管领辎重。待至戏地相近,又晓谕大众,有进无退,进即重赏,退即斩首。兵役都是犯人出身,本来是不甚怕死,此次得了将令,都望赏赐,当即拚命杀出,冲入周文营中。周文自东至西,沿途未遇大敌,总道是秦人无用,意存轻视。不料章邯兵到,势似潮涌,一时招架不住,只好倒退,那秦兵得占便宜,越加利害,杀得周军七零八落,东逃西散。周文无法禁遏,也跑出函谷关去了,小子有诗叹道:

孤军转战入函关,一败颓然即遁还。
锐进由来防速退,先贤名论总难删。

秦兵大捷,关内粗安,偏东方复迭出异人,与秦为难。就中更有个真命天子,乘时崛起,奋发有为。欲知他姓名履历,待至下回再详。

张耳陈余,号称贤者,实亦策士之流亚耳。当其进谒陈胜,谏阻称王,请胜西向,为胜计不可谓不忠。及胜不从忠告,便起异心,徇赵之计,出自二人,武臣为将,二人为副,渡河北赴,连下赵城,向时之阻胜称王者,乃反以王号推武臣,何其自相矛盾若此?彼且曰:"为胜计,不宜称王;为武臣计,正应称王。"此即辩士之利口,荧惑人听,实则无非为一己计耳。始欲助胜,继即图胜,纤芥之嫌,视若仇敌,策士之不可恃也如此。然二人之不克有成,亦于此可见矣。

第十一回

降真龙光韬泗水　斩大蛇夜走丰乡

却说秦二世元年九月，江南沛县地方，有个丰乡阳里村，出了一位真命天子，起兵靖乱，后来就是汉朝高祖皇帝，姓刘名邦字季。父名执嘉，母王氏，名叫含始。执嘉生性长厚，为里人所称美，故年将及老，时人统称为太公。王氏与太公年龄相等，因亦呼为刘媪。刘媪尝生二子，长名伯，次名仲，伯仲生时，无甚奇异，到了第三次怀孕，却与前二胎不同。相传刘媪有事外出，路过大泽，自觉脚力过劳，暂就堤上小坐，闭目养神，似寐非寐，蓦然见一个金甲神人，从天而下，立在身旁，一时惊晕过去，也不知神人作何举动。此亦与姜嫄履拇同一怪诞，大抵中国古史，好谈神话，故有此异闻。惟太公在家，记念妻室，见她久出未归，免不得自去追寻。刚要出门，天上忽然昏黑，电光闪闪，雷声隆隆，太公越觉着急，忙携带雨具，三脚两步，趋至大泽。遥见堤上睡着一人，好似自己的妻房，但半空中有云雾罩住，回环浮动，隐约露出鳞甲，像有蛟龙往来。当下疑惧交乘，又复停住脚步，不敢近前。俄而云收雾散，天日复明，方敢前往审视，果然是妻室刘媪，欠伸欲起，状态朦胧，到此不能不问。偏刘媪似无知觉，待至太公问了数声，方睁眼四顾，开口称奇。太公又问她曾否受惊，刘媪答道："我在此休息，忽见神人下降，遂至惊晕，此后未知何状。今始醒来，才知乃是一梦。"太公复述及雷电蛟龙等状，刘媪全然不知，好一歇神气复原，乃与太公俱归。

不意从此得孕，过了十月，竟生一男。难道是神人所生么？长颈高鼻，左股有七十二黑痣。太公知为英物，取名为邦，因他排行最小，就以季为字。太公家世业农，承前启后，无非是春耕夏耘，秋收冬获等事。伯仲二子，亦就农业，随父营生。独刘邦年渐长大，不喜耕稼，专好浪游。太公屡戒勿悛，只好听他自由。惟伯仲娶妻以后，伯妻素性悭吝，见邦身长七尺八寸,正是一个壮丁,奈何勤吃懒做,坐耗家产,心中既生厌恨,口中不免怨言。太公稍有所闻,索性分析产业,使伯仲挈眷异居。邦尚未娶妻,仍然随着父母。

光阴易过,倏忽间已是弱冠年华,他却不改旧性,仍是终日游荡,不务生产。又往往取得家财,结交朋友,征逐酒食。太公本说邦秉资奇异,另眼相看,至此见他年长无成,乃斥为无赖,连衣食都不愿周给。邦却怡然自得,不以为意,有时恐乃父叱逐,不敢回家,便至两兄家内栖身。两兄究系同胞,却也呼令同食,不好漠视。哪知伯忽得疾,竟致逝世,伯妻本厌恨小叔,自然不愿续供了。邦胸无城府,直遂径行,不管她憎嫌与否,仍常至长嫂家内索食。长嫂尝借口寡孤,十有九拒,邦尚信以为真。一日更偕同宾客数人,到长嫂家,时正晌午,长嫂见邦复至,已恐他来扰午餐,讨厌得很,再添了许多朋友,越觉不肯供给,双眉一皱,计上心来,急忙趋入厨房,用瓢刮釜,佯示羹汤已尽,无从取供。邦本招友就食,乘兴而来,忽闻厨中有刮釜声,自悔来得过迟,未免失望。友人倒也知趣,作别自去。邦送友去后,回到长嫂厨内,探视明白,见釜上蒸气正浓,羹汤约有大半锅,才知长嫂逞刁使诈,一声长叹,掉头而出。不与长嫂争论,便是大度。

嗣是绝迹不至嫂家,专向邻家两酒肆中,做了一个长年买主。有时自往独酌,有时邀客共饮。两酒肆统是妇人开设,一呼王媪,一呼武妇。《史记》作负,负与妇通。二妇虽是女流,却因邦为毗邻少年,也不便斤斤计较,并且邦入肆中,酤客亦皆趋集,统日计算,比往日得钱数倍,二主妇暗暗称奇,所以邦要赊酒,无不应允。邦生平最嗜杯中物,见二肆俱肯赊给,乐得尽情痛饮,往往到了黄昏,尚未回去,还要痛喝几杯。待至醉后懒行,索性假寐座上,鼾睡一宵。王媪武妇,本拟唤他醒来,促令回家,谁知他头上显出金龙,光怪离奇,不可逼视。那时二妇愈觉希罕,料邦久后必贵,每至年终结帐,也不向邦追索。邦本阮囊羞涩,无从偿还,历年宕帐,一笔勾销罢了。两妇都也慷慨。

但邦至弱冠后,非真绝无知识,也想在人世间,做些事业,幸喜交游渐广,有几人替他谋划,教他学习吏事。他一学便能,不多时便得一差,充当泗水亭长。亭长职务,常判断里人狱讼,遇有大事,乃详报县中,因此与一班县吏,互相往来。最莫逆的就是沛县功曹,姓萧名何,与邦同乡,熟谙法

律。何为三杰之一，故特笔叙出。次为曹参夏侯婴诸人，每过泗上，邦必邀他饮酒，畅谈肺腑，脱略形骸。萧何为县吏翘楚，尤相关切，就使刘邦有过误等情，亦必代为转圜，不使得罪。

会邦奉了县委，西赴咸阳，县吏各送赆仪，统是当百钱三枚，何独馈五枚。及邦既入咸阳城，办毕公事，就在都中闲逛数日。但见城阙巍峨，市廛辐凑，车马冠盖，络绎道旁，已觉得眼界一新，油然生感。是时始皇尚未逝世，坐了銮驾，巡行都中。邦得在旁遥观，端的是声灵赫濯，冠冕堂皇，至御驾经过，邦犹徘徊瞻望，喟然叹息道："大丈夫原当如是哩！"人人想做皇帝，无怪刘季。

既而出都东下，回县销差，仍去做泗上亭长。约莫过了好几年，邦年已及壮了，壮犹无室，免不得怅及鳏居。况邦原是好色，怎能忍耐得住？好在平时得了微俸，除沽酒外，尚有少许余蓄，遂向娼寮中寻花问柳，聊做那蜂蝶勾当。里人岂无好女？只因邦向来无赖，不愿与婚。邦亦并不求偶，还是混迹平康，随我所欲，费了一些缠头资，倒省了多少养妇钱。

会由萧何等到来晤谈，述及单父单音善，父音斧。县中，来了一位吕公,名父字叔平,与县令素来友善。此次避仇到此,挈有家眷,县令顾全友谊,令在城中居住,凡为县吏,应出资相贺云云。邦即答道:"贵客辱临,应该重贺,邦定当如约!"说毕,大笑不止。已寓微旨。何亦未知邦怀何意,匆匆别去。越日,邦践约进城,访得吕公住处,昂然径入。萧何已在厅中,替吕公收受贺仪,一见刘邦到来,便宣告诸人道:"贺礼不满千钱,须坐堂下!"明明是戏弄刘邦。刘邦听着,就取出名刺,上书贺钱盈万,因即缴进。当有人持刺入报,吕公接过一阅,见他贺礼独丰,格外惊讶,便亲自出迎,延令上坐。端详了好一会,见他日角斗胸,龟背龙股,与常人大不相同,不由的敬礼交加,特别优待。萧何料邦乏钱,从旁揶揄道:"刘季专好大言,恐无实事。"吕公明明听见,仍不改容,待至酒肴已备,竟请邦坐首位。邦并不推让,居然登席,充作第一位嘉宾。大众依次坐下,邦当然豪饮,举杯痛喝,兴致勃然。到了酒阑席散,客俱告辞,吕公独欲留邦,举目示意。邦不名一钱,也不加忧,反因吕公有款留意,安然坐着。吕公既送客出门,即入语刘邦道:"我少时即喜相人,状貌奇异,无一如季,敢问季已娶妇否?"邦答称尚未。吕公道:"我有小女,愿奉箕帚,请季勿嫌。"邦听了此言,真是喜从天降,乐得应诺。当即翻身下拜,行舅甥礼,并约期亲迎,欢然辞去。吕公入告妻室,已将娥姁许配刘季。娥姁即吕女小字,单名为雉。吕媪闻言动怒道:"君谓此儿生有贵相,必配贵人,沛令与君交好,求婚不允,为何无端许与刘季?难道刘季便是贵人么?"吕公道:"这事非儿女子所能知,我自有慧鉴,断不致误!"吕媪尚有烦言,毕竟妇人势力,不及乃夫,只好听吕公备办妆奁,等候吉期。转瞬间吉期已届,刘邦着了礼服,自来迎妇。吕公即命女雉装束齐整,送上彩舆,随邦同去。邦回转家门,迓女下舆,行过了交拜礼,谒过太公刘媪,便引入洞房。揭巾觑女,却是仪容秀丽,丰采逼人,不愧英雌。顿时惹动情肠,就携了吕女玉手,同上阳台,龙凤谐欢,熊罴叶梦。过了数年,竟生了一子一女,后文自有表见,暂且不及报名。

只刘邦得配吕女,虽然相亲相爱,备极绸缪,但他是登徒子一流人物,怎能遂不二色?况从前在酒色场中,时常厮混,免不得藕断丝连,又去闲逛。凑巧得了一个小家碧玉,楚楚动人,询明姓氏,乃系曹家女子,彼此叙谈数次,竟弄得郎有情,女有意,合成一场露水缘,曹女却也有识。她却比吕女怀妊，还要赶早数月，及时分娩，就得一男。里人多知曹女为刘邦外妇，邦亦并不讳言，只瞒着一个正妻吕雉，不使与闻。已暗伏吕雉之妒。待吕氏生下一子一女，曹女尚留住母家，由邦给资赡养，因此家中只居吕妇，不居曹妾。

邦为亭长，除乞假归视外，常住亭中。吕氏但挈着子女，在家度日。刘家本非富贵，只靠着几亩田园，作为生活，吕氏嫁夫随夫，暇时亦至田间刈草，取做薪刍。适有一老人经过，顾视多时，竟向吕氏乞饮。吕氏怜他年老，回家取汤给老人，老人饮罢，问及吕氏家世，吕氏略述姓氏，老人道："我不意得见夫人，夫人日后必当大贵。"吕氏不禁微哂，老人道："我素操相术，如夫人相貌，定是天下贵人。"当时何多相士。吕氏将信将疑，又引子至老人前，请他相视，老人抚摩儿首，且惊且语道："夫人所以致贵，便是为着此儿。"又顾幼女道："此女也是贵相。"说毕自去。适值刘邦归家，由吕氏具述老人言语，邦问吕氏道："老人去了，有多少时候？"吕氏道："时候不多，想尚未远。"邦即抢步追去，未及里许，果见老人踯躅前行，便呼语道："老丈善相，可为我一看否？"老人闻言回顾，停住脚步，即将邦上下打量一番，便道："君相大贵，我所见过的夫人子女，想必定是尊眷。"邦答声称是。老人道："夫人子女，都因足下得贵，婴儿更肖足下，足下真贵不可言。"邦喜谢道："将来果如老丈言，决不忘德！"老人摇首道："这也何足称谢。"一面说，一面转身即行，后来竟不知去向。至刘邦兴汉，遣人寻觅，亦无下落，只得罢了。惟当时福运未至，急切不能发迹，只好暂作亭长，静待机会。

闲居无事，想出一种冠式，拟用竹皮制成。手下有役卒两名，一司开闭埽除，一司巡查缉捕，当下与他商议，即由捕盗的役卒，谓薛地颇有冠师，能作是冠，邦便令前去。越旬余见他返报，呈上新冠，高七寸，广三寸，上平如板，甚合邦意。邦就戴诸首上，称为刘氏冠。后来垂为定制，必爵登公乘，才得将刘氏冠戴着。这乃是汉朝特制，为邦微贱时所创出，后人号为鹊尾冠，便是刘邦的遗规了。叙入此事，见汉朝创制之权舆。

二世元年，秦廷颁诏，令各郡县遣送罪徒，西至骊山，添筑始皇陵墓。沛县令奉到诏书，便发出罪犯若干名，使邦押送前行。邦不好怠玩，就至县中带同犯人，向西出发。一出县境，便逃走了好几名，再前行数十里，又有好几个不见，到晚间投宿逆旅，翌晨起来，又失去数人。邦孑然一身，既不便追赶，又不能禁压，自觉没法处置，一路走，一路想，到了丰乡西面的大泽中，索性停住行踪，不愿再进。泽中有亭，亭内有人卖酒，邦嗜酒如命，怎肯不饮，况胸中方愁烦得很，正要借那黄汤，灌浇块垒，当即觅地坐下，并令大众都且休息，自己呼酒痛饮，直喝到红日西沉，尚未动身。

既而酒兴勃发，竟抽身语众道："君等若至骊山，必充苦役，看来终难免一死，不得还乡，我今一概释放，给汝生路，可好么？"大众巴不得有此一着，听了邦言，真是感激涕零，称谢不置。邦替他一一解缚，挥手使去，众又恐刘邦得罪，便问邦道："公不忍我等送死，慨然释放，此恩此德，誓不忘怀，但公将如何回县销差？敢乞明示。"邦大笑道："君等皆去，我也只好远扬了，难道还去报县，寻死不成？"道言至此，有壮士十数人，齐声语邦道："如刘公这般大德，我数人情愿相从，共同保卫，不敢轻弃。"邦乃申说道："去也听汝，从也听汝。"于是十数人留住不行，余皆向邦拜谢，踊跃而去。刘邦胆识，可见一斑。

邦乘着酒兴，戴月夜行，壮士十余人，前后相从。因恐被县中知悉，不敢履行正道，但从泽中觅得小径，鱼贯而前。小径中最多荆莽，又有泥洼，更兼夜色昏黄，不便急走。邦又醉眼模糊，慢慢儿的走将过去，忽听前面哗声大作，不禁动了疑心。正要呼问底细，那前行的已经转来，报称大蛇当道，长约数丈，不如再还原路，另就别途。邦不待说毕，便勃然道："咄！壮士行路，岂畏蛇虫？"说着，独冒险前进。才行数十步，果见有大蛇横架泽中，全然不避，邦拔剑在手，走近蛇旁，手起剑落，把蛇劈作两段。复用剑拨开死蛇，辟一去路，安然趋过。行约数里，忽觉酒气上涌，竟至昏倦，就择一僻静地方，坐下打盹，甚且卧倒地上，梦游黑甜乡。待至醒寤，已是鸡声连唱，天色黎明。

适有一人前来，也是丰乡人氏，认识刘邦，便与语道："怪极！怪极！"邦问为何事？那人道："我适遇着一个老妪，在彼处野哭，我问她何故生悲？老妪谓人杀我子，怎得不哭？我又问她子何故被杀，老妪用手指着路旁死蛇，又向我呜咽说着，谓我子系白帝子，化蛇当道，今被赤帝子斩死，言讫又泪下不止。我想老妪莫非疯癫，把死蛇当做儿子，因欲将她笞辱，不意我手未动，老妪已经不见。这岂不是一件怪事？"邦默然不

答，暗思蛇为我杀，如何有白帝赤帝等名目，语虽近诞，总非无因，将来必有征验，莫非我真要做皇帝么？想到此处，又惊又喜，那来人还道他酒醉未醒，不与再言，掉头径去。邦亦不复回乡，自与十余壮士，趋入芒砀二山间，蛰居避祸去了。小子有诗咏道：

不经冒险不成功，仗剑斩蛇气独雄。
漫说帝王分赤白，乃公原不与人同。

刘邦避居芒砀山间，已有数旬，忽然来了一个妇人，带了童男童女，寻见刘邦。欲知此妇为谁，请看下回便知。

本回叙刘季微贱时事，脱胎《高祖本纪》，旁采史汉各传，语语皆有来历，并非向壁虚造。惟史官语多忌讳，往往于刘季所为，舍瑕从善，经本回一一直叙，才得表明真相，不没本来。盖刘季本一酒色徒，其所由得成大业者，游荡之中，具有英雄气象，后来老成练达，知人善任，始能一举告成耳。若刘媪之感龙得孕，老妪之哭蛇被斩，不免为史家附会之词；然必谓竟无此事，亦不便下一断笔，有闻必录，抑亦述史者之应有事也。

第十二回

戕县令刘邦发迹　杀郡守项梁举兵

却说芒砀二山，本来是幽僻的地方，峰回路转，谷窈林冥。刘邦与壮士十余人，寄身此地，无非为避祸起见，并恐被人侦悉，随处迁移，踪迹无定。偏有一妇人带着子女，前来寻邦，好像河东熟路，一寻就着。邦瞧将过去，不是别人，正是那妻室吕氏。夫妻父子，至此聚首，正是梦想不到的事情。邦惊问原委，吕氏道："君背父母，弃妻孥，潜身岩谷，只能瞒过别人，怎能瞒妾？"邦闻言益惊，越要详问。吕氏道："不瞒君说，无论君避在何地，上面总有云气盖着，妾善望云气，所以知君下落，特地寻来。"父善相人，女善望气，确是吕家特色。邦欣然道："有这等事么？我闻始皇常言，东南有天子气，所以连番出巡，意欲厌胜，莫非始皇今死，王气犹存，我刘邦独能当此么？"始皇语借口叙出，可省笔墨。吕氏道："苦尽甘来，安知必无此事。但今日是甘尚未回，苦楚已吃得够了。"说着，两眼儿已盈盈欲泪，邦忙加劝慰，并问她近时苦况。待吕氏说明底细，邦亦不禁泪下盈眶。

原来邦西行后，县令待他复报，久无消息。嗣遣役吏出外探听明白，才知邦已纵放罪徒，逃走了去。当下派役搜查邦家，亦无着落，此时邦父太公，已令邦分居在外，幸免株连。只吕氏连坐夫罪，竟被县役拘送至县，监禁起来。秦狱本来苛虐，再经吕氏手头乏钱，不能贿托狱吏，狱吏遂倚势作威，任意凌辱。且因吕氏华色未衰，往往在旁调戏，且笑且嘲。吕氏举目无亲，没奈何耐着性子，忍垢蒙羞，巧有一个小吏任敖，也在沛县中看管狱囚，平时与刘邦曾有交谊，一闻邦妻入狱，便觉有心照顾，虽然吕氏不归他看管，究竟常好探视，许多便当。某夕又往视吕氏，甫至狱门，即有泣声到耳。他便停步细听，复闻狱吏吆喝声，嫚侮声，谑浪笑敖，语语难受。顿时恼动侠肠，大踏步跨入门内，抡起拳头，就向该狱吏击去。狱吏猝不及防,竟被他殴了数拳,打得头青目肿,两下里扭做一团,往诉县令。县令登堂审问,彼此各执一词,一说是狱吏无礼,调戏妇女,一说是任敖可恶,无端辱殴。县令见他各有理由,倒也不好遽判曲直,只好召入功曹萧何,委令公断。萧何谓狱吏知法犯法,情罪较重,应该示惩。任敖虽属粗莽,心实可原,宜从宽宥。左袒任敖,就是隐护吕氏。这谳案一经定出,县令亦视为至公,把狱吏按律加罚。狱吏挨了一顿白打,还要加受罪名,真是自讨苦吃,俯首退下,连呼晦气罢了。谁教你凌辱妇人?萧何更为吕氏解免,说她身为女流,不闻外事,乃夫有过,罪不及妻,不如释出吕氏,较示宽大等语。县令也得休便休,就将吕氏释放还家。吕氏既至家中,不知如何探悉乃夫,竟挈子女寻往芒砀,得与刘邦相遇。据吕氏谓望知云气,或果有此慧眼,亦未可知。

邦已会晤妻孥,免得忆家,索性在芒砀山中,寻一幽谷,作为家居。后世称芒砀山中有皇藏峪,便是因此得名,这且不必絮述。

且说陈胜起兵蕲州,传檄四方,东南各郡县,往往戕杀守令,起应陈胜。沛县与蕲县相近,县令恐为胜所攻,亦欲举城降胜。萧何曹参献议道:“君为秦吏,奈何降盗?且恐人心不服,反致激变,不若招集逋亡,收得数百人,便可压制大众,保守城池。”县令依议,乃遣人四出招徕。萧何又进告县令,谓刘季具有豪气,足为公辅,若赦罪召还,必当感激图报。县令也以为然,遂使樊哙往召刘邦。哙亦沛人,素有膂力,家无恒产,专靠着屠狗一业,当做生涯,娶妻吕媭,就是吕公的少女,吕雉的胞妹。哙得吕媭为妻,想亦由吕公识相,特配以女,好与刘邦做成一对特别连襟。县令因他与邦有亲,故叫他召邦。果然哙已知邦住处,竟至芒砀山中,与邦相见,具述沛令情意。邦在山中已八九月,收纳壮士,约有百人,既闻沛令相招,便带领家属徒众,与哙同诣沛县。

行至中途,蓦见萧何曹参,狼狈前来。当即惊问来意,萧曹二人齐声道:“前请县令召公,原期待公举事,不意县令忽有悔意,竟疑我等召公前来,将有他变,特下令闭守城门,将要诛我两人,亏得我两人闻风先逃,逾城而出,尚得苟延生命。现只有速图良策,保我家眷了。”邦笑答道:“承蒙两公不弃,屡次照拂,我怎得不思报答?幸部众已有百人,且到城下察看形势,再作计较。”萧曹二人,遂与邦复返,同至沛县城下。城门尚是关着，无从闯入。萧何道：“城中百姓，未必尽服县令，不若先投书函，叫他杀令自立，免受秦毒。可惜城门未开，无法投递，这却如何是好？”刘邦道：“这有何难？请君速即缮书，我自有法投入。”萧何听着，急忙草就一书，递与刘邦。邦见上面写着道：

天下苦秦久矣！今沛县父老，虽为沛令守城，然诸侯并起，必且屠沛。为诸父老计，不若共诛沛令，改择子弟可立者以应诸侯，则家室可完！不然，父子俱屠无益也。

邦约略阅过，便道：“写得甚好！”便将书加封，自带弓箭，至城下呼守卒道：“尔等毋徒自苦，请速看我书，便可保住全城生命。”说罢，即把书函系诸箭上，用弓搭着，飕的一声，已将箭干射至城上。城上守卒，见箭上有书，取过一阅，却是语语有理，便下城商诸父老。父老一体赞成，竟率子弟们攻入县署，立把县令杀死，然后大开城门，迎邦入城。

邦集众会议，商及善后方法，众愿推邦为沛令，背秦自主。邦慨然道：“天下方乱，群雄并起，今若置将不善，一败涂地，悔何可追？我非敢

注：图中所题回目名当为“戕县令刘邦发迹”

自爱，恐德薄能鲜，未能保全父老子弟，还请另择贤能，方足图谋大事。”众见邦有让意，因更推萧何曹参，萧曹统是文吏出身，未娴武事，只恐将来无成，诛及宗族，因力推刘邦为主，自愿为辅。邦仍然推辞，诸父老同声说道：“平生素闻刘季奇异，必当大贵，且我等已问过卜筮，莫如季为最吉，望勿固辞！”邦还想让与别人，偏大众俱不敢当，只好毅然自任，应允下去。众乃共立刘邦为沛公，是时刘邦年已四十有八了。

九月初吉，邦就沛公职，祠黄帝，祭蚩尤，杀牲衅鼓，特制赤旗赤帜，张挂城中。他因前时斩蛇，老妪夜哭，有赤帝子斩白帝子语，故旗帜概尚赤色。即授萧何为丞，曹参为中涓，樊哙为舍人，夏侯婴为太仆，任敖等为门客。部署既定，方议出兵。看官听说！自刘邦做了沛公，史家统称沛公二字，作为代名，小子此后叙述，也即称为沛公，不称刘邦了。沛公令萧何曹参，收集沛中子弟，得二三千人，出攻胡陵方与，俱县名，方音旁，与音豫。命樊哙夏侯婴为统将，所过无犯。胡陵方与二守令，不敢出战，但闭城守着。哙与婴正拟进攻，忽接到沛公命令，乃是刘媪去世，宜办理丧葬，未遑治兵，因召二人还守丰乡。二人不好违命，只得率众还丰。沛公至丰治丧，暂将军事搁起。那故楚会稽郡境内，又出了项家叔侄，戕吏起事，集得子弟八千人，横行吴中。叙出项氏叔侄，笔亦不苟。

看官欲知他叔侄姓名，便是项梁项籍。项梁本下相县人，即楚将项燕子，燕为秦将王翦所围，兵败自杀，楚亦随亡。梁既遭国难，复念父仇，常思起兵报复，只因秦方强盛，自恨手无寸铁，不能如愿。有侄名籍，表字子羽，少年丧父，依梁为生。梁令籍学书，历年无成，改令学剑，仍复无成。梁不禁大怒，呵叱交加，籍答说道：“学书有什么大用？不过自记姓名。学剑虽稍足护身，也只能敌得一人。一人敌何如万人敌，籍愿学万人敌呢！”有志如此，也好算是英雄。梁听了籍言，怒气渐平，方语籍道：“汝有此志，我便教汝兵法。”籍情愿受教。梁祖父世为楚将，受封项地，故以项为姓。家中虽遭丧乱，尚有祖传遗书，未曾毁灭，遂一律取出，教籍阅读。籍生性粗莽，展卷时却很留心，渐渐的倦怠起来，不肯研究，所以兵法大意，略有所知，终未能穷极底蕴。籍之终于无成者，便由此夫。梁知他的本性难移，听他蹉跎过去。

既而梁为仇家所讦，株连成狱，被系栎阳县中。幸与蕲县狱掾曹无咎，素相认识，作书请托，得无咎书，投递狱掾司马欣，替梁缓颊，梁才得减罪，出狱还家。惟梁是将门遗种，怎肯受人构陷，委屈了事？冤冤相凑，那仇人被梁遇着，由梁与他评论曲直，仇人未肯认过，惹起梁一番郁愤，竟把仇人拳打足踢，殴死方休。一场大祸，又复闯出，自恐杀人坐罪，为吏所捕，不得已带同项籍，避居吴中。吴中士大夫，未知项梁来历，梁亦隐姓埋名，伪造氏族，出与士大夫交际，遇事能断，见义必为，竟得吴人信从，相率悦服。每遇地方兴办大工，及豪家丧葬等事，辄请梁为主办。梁约束徒众，派拨役夫，俱能井井有条，差不多与行军相似，吴人越服他才识，愿听指挥。

当秦始皇东巡时，渡浙江，游会稽，梁与籍随着大众，往看銮驾。大众都盛称天子威仪，一时无两，独籍指语叔父道："他！他虽然是个皇帝，据侄儿看来，却可取得，由我代为呢！"与刘季语异心同。梁闻言大惊，忙举手掩住籍口道："休得胡言，倘被听见，罪及三族了！"籍才不复说，与梁同归。时籍年已逾冠，身长八尺，悍目重瞳，力能扛鼎，气可拔山，所有三吴少年，无一能与籍比勇，个个惮籍。梁见籍艺力过人，也料他不在人下，因此阴蓄大志，潜养死士数十人，私铸兵器，静待时机。

到了陈胜发难，东南扰攘，梁正思起应，忽由会稽郡守殷通，差人前来，召梁入议。梁奉召即往，谒见郡守，殷通下座相迎，且引入密室，低声与语道："蕲陈失守，江西皆叛，看来是天意亡秦，不可禁止了。我闻先发制人，后发为人所制，意欲乘机起事，君意以为何如？"这一席话，正中项梁心坎，便即笑颜相答，一力赞成。殷通又道："行兵须先择将，当今将才，宜莫如君。还有勇士桓楚，也是一条好汉，可惜他犯罪逃去，不在此地。"梁答道："桓楚在逃，他人都无从探悉，惟侄儿项籍，颇知楚住处。若召楚前来，更得一助，事无不成了！"殷通喜道："令侄既知桓楚行踪，不得不烦他一往，叫楚同来。"梁又说道："明日当嘱籍进谒，向公听令。"说着，即起身告辞，径回家中，私下与籍计议多时，籍一一领教。

翌日早起，梁令籍装束停当，暗藏利剑，随同前往。既至郡衙，即嘱籍静候门外，待宣乃入。并申诫道："毋得有误！"话里藏刀。籍唯唯如命。梁即入见郡守殷通，报称侄儿已到，听候公命。殷通道："现在何处？"梁答道："籍在门外，非得公命，不敢擅入。"殷通闻言，忙呼左右

召籍。籍在外伫候传呼，一闻内召，便趋步入门，直至殷通座前。通见籍躯干雄伟，状貌粗豪，不由的喜欢得很，便向梁说道："好一位壮士，真不愧项君令侄！"梁微笑道："一介蠢夫，何足过奖！"殷通乃命籍往召桓楚，梁在旁语籍道："好行动了。"口中说着，眼中向籍一瞅。籍即拔出怀中藏剑，抢前一步，向通砍去，首随剑落，尸身倒地。殷通的魂灵儿恐尚莫名其妙。

梁俯检尸身，取得印绶，悬诸腰间。复将通首级拾起，提在手中，与项籍一同出来。行未数步，就有许多武夫，各持兵器，把他拦住。籍有万夫不当的勇力，看那来人不过数百，全不放在心里，一声叱咤，举剑四挥，剑光闪处，便有好几个头颅，随剑落地。众武夫不敢近籍，一步步的倒退下去。籍索性大展武艺，仗着一柄宝剑，向前奋击，复杀死了数十人，吓得余众四散奔逃，不留一人。府中文吏，越觉心慌，统在别室中躲着，不敢出头。还是项梁自去找寻，叫他无恐，尽至外衙议事。于是陆续趋出，战兢兢的到了梁前。梁婉言晓谕，无非说是秦朝暴虐，郡守贪横，所以用计除奸，改图大事。众人统皆惊惶，怎敢说一个不字，只好随声应诺，暂保目前。梁又召集城中父老，申说大意，父老等不敢反抗，同声应命。

全城已定，派吏任事。梁自为将军，兼会稽郡守，籍为偏将，遍贴文告，招募兵勇。当有丁壮逐日报名，编入军籍，复访求当地豪士，使为校尉，或为候司马。有一人不得充选，竟效那毛遂故事，侈然自荐。项梁道："我非不欲用君，只因前日某处丧事，使君帮办，君尚未能胜任，今欲举大事，关系甚巨，岂可轻易用人！君不如在家安身，尚可无患。"这一席话，说得那人垂头丧气，怀惭自去。众益称项梁知人，相偕畏服。梁即使籍往徇下县。籍引兵数百，出去招安，到处都怕他英名，无人与抗，或且投效马前，愿随麾下，籍并收纳，计得士卒八千人，统是膂力方刚，强壮无比。籍年方二十有四，做了八千子弟的首领，越显出一种威风。他表字叫做子羽，因嫌双名累赘，减去一字，独留羽字，自己呼为项羽，别人亦叫他项羽，所以古今相传，反把项羽二字出名，小子后文叙述，也就改称项羽了。小子有诗咏道：

欲成大业在开端，有勇非难有德难。

一剑敢挥贤郡守，发硎先已太凶残。

项氏略定江东，同时又有几个草头王，霸据一方。欲知姓名履历，容至下回再详。

刘项起兵，迹似相同，而情则互异。沛令从萧何言，往召刘邦，设非后来之翻悔，则亦不至自杀其身。且杀令者为沛中父老，非真邦亲手下刃也。若项梁之赴召，明明为郡守之诚意，梁正不妨依彼举事，为君父复仇，何必计嘱项籍，无端下刃乎！况仇为秦皇，无关郡守，杀之尤为无名，适以见其贪诈耳。观此而刘项之仁暴，即此而分，即刘项之成败，从此而定。若夫刘邦之退让鸣恭，项梁之专横自立，盖第为一节之见端，犹其小焉者也。

第十三回

说燕将断卒救王　入赵宫叛臣弑主

却说陈胜为张楚王，曾遣魏人周市，北略魏地。见前文第十回。市引兵至狄城，狄令拟婴城固守。适有故齐王遗族田儋，充当城守，独与从弟田荣田横等，潜谋自立。当即想出一法，佯把家奴缚住，说他有通敌情事，押解县署，自率少年同往，请县令定罪加诛。县令不知是计，贸然出讯，被田儋拔出宝剑，砍死县令，也与项梁相类，怪不得与梁同死。遂招豪吏子弟，当面晓谕道："诸侯皆背秦自立，我齐人如何落后？况齐为古国，由田氏为主百数十年，儋为田氏后裔，理应王齐，光复旧物。"大众各无异言，儋遂自称齐王，募兵数千，出击周市。周市经过魏地，未遇剧战，猛见齐人奋勇前来，料知不便轻敌，遂即引兵退还。儋既击退周市军，威名渐震，便遣荣横等分出招抚，示民恢复。齐人正因秦法暴虐，追怀故国，闻得田儋称王，自然踊跃投诚，不劳兵革。惟周市退还魏地，魏人亦欲推市为王，市慨然道："天下昏乱，乃见忠臣，市本魏人，应该求立魏王遗裔，才好算是忠臣呢。"会闻魏公子咎，投效陈胜麾下，市即遣使往迎。胜不肯将咎放归，再经市再三固请，直至使人往复五次，方得陈胜允许，命咎返魏，立为魏王。市为魏相，辅咎行政。于是楚赵齐魏已成四国。

同时尚有燕王出现，看官道是何人？原来就是赵将韩广。见前文第十回。赵王武臣，使韩广略燕，广一入燕境，各城望风归附，燕地大定。燕人且欲奉广为王，广也欲据燕称尊；但因家属居赵，并有老母在堂，不忍致死，所以对众告辞，未敢相从。燕人说道："当今楚王最强，尚不敢害赵王家属，赵王岂敢害将军老母？尽请放心，不妨自主。"广见燕人说得有理，便自称燕王。赵王武臣，得知此信，遂与张耳陈余商议，两人意见，以为杀一老妪，无甚益处，不如遣令归燕，示彼恩惠，然后乘他不防，再行攻燕未迟。武臣依议，遣人护送广母，并广妻子，一同赴燕。广得与骨肉相见，当然大喜，厚待赵使，遣令归谢。

武臣便欲侵燕，亲率张耳陈余诸人，出驻燕赵交界的地方。早有探马报知韩广，广恐赵兵入境，急令边境戒严，增兵防守。张耳陈余，觇知燕境有备，拟请武臣南归，徐作后图。偏武臣志在得燕，未肯空回，耳余也无可如何，只好随着武臣，仍然驻扎。惟彼此分立营帐，除有事会议外，各守各营，未尝同住。武臣独发生异想，竟思潜入燕界，窥探虚实，只恐耳余二人谏阻，不愿与议，自己放大了胆，改装易服，扮做平民模样，挈了仆从数名，竟出营门，偷入燕境。燕人日夕巡逻，遇有闲人出入，都要盘查底细，方才放过。冒冒失失的赵王武臣，不管什么好歹，闯将进去，即被燕人拦住，向他究诘。武臣言语支吾，已为燕人所疑，就中还有韩广亲卒，奉令助守，明明认得武臣，大声叫道："这就是赵王，快快拿住！"道言未绝，守兵都想争功，七手八脚，来缚武臣，武臣还想分辩，那铁链已套上头颈，好似凤阳人戏猢狲，随手牵去。咎由自取。余外仆从，多半被拘，有两三个较为刁猾，转身就走，奔还赵营，报知张耳陈余。

耳余两人，统吃了一大惊，寻思设法营救，互商多时，别无他策，只有选派辩士，往说燕王韩广，愿将金银珍宝，赎回赵王。及去使返报，述及燕王索割土地，必须将赵国一半，让与了他，方肯放还赵王。张耳道："我国土地，也没有什么阔大，若割去一半，便是不成为国了。这事如何允许！"陈余道："广本赵臣，奈何无香火情；况从前送还家眷，亦应知感，今当致书诘责，令彼知省，万不得已，亦只能许让一二城，怎得割界一半呢？"书生迂论。张耳踌躇一会，委实没法，乃依陈余言，写好书信，复遣使赍去。哪知待了数日，杳无复音，再派数人往探消息，仍不见报。到后来逃回一人，说是燕王韩广，贪虐得很，非但不允所请，反把我所遣各使，陆续杀死。顿时恼动了张耳陈余，恨不即驱动大众，杀入燕境，把韩广一刀两段。但转想投鼠忌器，如欲与燕开战，胜负未可预料，倒反先送了赵王性命。两人搔头挖耳，思想了两三日，终没有什么良策，忽帐外有人入报道："大王回来了！"张耳陈余，又惊又疑，急忙出营探望。果见赵王武臣，安然下车，后面随一御人，从容入帐。二人似梦非梦，不得不上前相迎，拥入营中，详问情状。我亦急欲问明。武臣微笑道："两卿可问明御夫。"二人旁顾御者，御者便将救王计策，说明底细。

原来御人本赵营厮卒，不过在营充当火夫，炊爨（cuàn）以外，别无他长。自闻赵王被掠，张陈两将相，束手无策，他却顾语同侪道："我若入燕，包管救出我王，安载回来！"同侪不禁失笑道："汝莫非要去寻死不成？试想使人十数，奉命赴燕，都被杀死，汝有什么本领，能救我王？"厮卒不与多言，竟换了一番装束，悄悄驰往燕营，燕兵即将他拘住，厮卒道："我有要事来报汝将军，休得无礼！"燕兵不知他有何来历，倒也不敢加缚，好好的引他入营。厮卒一见燕将，作了一个长揖，便开口问燕将道："将军知臣何为而来？"燕将道："汝系何人？"厮卒道："臣系赵人。"直认不讳，确是有胆有识。燕将道："汝既是赵人，无非来做说客，想把赵王迎归。"厮卒道："将军可知张耳陈余为何等人？"扬开一笔妙。燕将道："颇有贤名，今日想亦无策了。"厮卒道："将军可知二人的志愿否？"燕将道："也不过欲得赵王。"厮卒哑然失笑，吃吃有声，好做作。燕将怒道："何事可笑！"厮卒道："我笑将军未知敌情，我想张耳陈余，与武臣并辔北行，唾手得赵数十城。他二人岂不想称王？但因初得赵地，未便分争，论起年龄资格，应推武臣为王，所以先立武臣，暂定人心。今赵地已定，两人方想平分赵地，自立为王。可巧赵王武臣，为燕所拘，这正是天假机缘，足偿彼愿。佯为遣使，求归赵王，暗中巴不得燕人下手，立把赵王杀死，他好分赵自立，一面合兵攻燕，借口报仇，人心一奋，何战不克？将军若再不知悟，中他诡计，眼见得燕为赵灭了！”三寸舌贤于十万师。燕将听了，频频点首，待厮卒说罢，便道：“据汝说来，还是放还赵王为妙。”正要你说出这句。厮卒道：“放与不放，权在燕国，臣何敢多口！又作一扬愈妙。但为燕国计，不如放还赵王，一可打破张陈诡谋，二可永使赵王感激，就使张陈逞刁，有赵王从中牵制，还有何暇图燕呢！”明明为自己计，反说为燕国计，真好利口。燕将乃进白韩广，广也信为真情，遂放出赵王武臣，依礼相待，并给车一乘，使厮卒御王还赵。张耳陈余，穷思极索，反不及厮卒一张利口，也觉惊叹不置。赵王武臣，乃拔营南归，驰回邯郸。

适赵将李良，自常山还报，谓已略定常山，因来复命。赵王复使良往略太原，进至井陉。井陉为著名关塞，险要得很，秦用重兵扼守，阻住良军。良引兵到了关下，正拟进攻，偏有秦使到来，递入一书，书面并不加封，由良顺手取出一纸，但见上面写着，竟是秦二世的谕旨。略云：

> 皇帝赐谕赵将李良：良前曾事朕，得膺贵显，应知朕待遇之隆，不应相负。今乃背朕事赵，有乖臣谊，若能翻然知悔，弃赵归秦，朕当赦良罪，并予贵爵，朕不食言！

李良看罢，未免心下加疑。他本做过秦朝的官员，只因位居疏远，乃归附赵国，愿事赵王。此次由二世来书，许赐官爵，究竟是事赵呢，还是事秦呢！哪知这封书信，并不由二世颁给，乃是守关秦将，假托二世谕旨，诱惑李良，且故意把书不封，使他容易漏泄，传入赵王耳中，令彼相疑，这就叫做反间计呢。李良不知是计，想了多时，方得着一条主意。当下遣回秦使，自引兵径回邯郸，且到赵王处申请添兵，再作计较。

一路行来，距邯郸只十余里，遥见有一簇人马，吆喝前来，当中拥着銮舆，前后有羽扇遮蔽，男女仆从，环绕两旁，仿佛似王者气象。暗想这种仪仗，除赵王外还有何人？遂即一跃下马，伏谒道旁，那车马疾驰而至，顷刻间已到李良面前，良不敢抬头，格外俯伏，口称臣李良见驾。道言甫毕，即听车中传呼，令他免礼。良才敢昂起头来，约略一瞧，车中并不是赵王，乃是一个华装炫服的妇人。正要开口启问，那车马已似风驰电掣一般,向前自去。李良勃然起立,顾问从吏道:"适才经过的车中,究系何人坐着?"有数人认得是赵王胞姊,便据实相答。良不禁羞惭满面,且愧且忿道:"王姊乃敢如此么?"旁有一吏接口道:"天下方乱,群雄四起,但教才能迈众,便可称尊。将军威武出赵王右,赵王尚且优待将军,不敢怠慢,今王姊乃一女流,反敢昂然自大,不为将军下车,将军难道屈身妇女,不思雪耻么?"这数语激动李良怒气,越觉愤愤不平,便下令道:"快追上前去,拖落此妇,一泄我恨!"说着,便奋身上马,加鞭疾走。部众陆续继进,赶了数里,竟得追着王姊的车马,就大声呼喝道:"大胆妇人,快下车来!"王姊车前的侍从,本没有什么骁勇,不过摆个场面,表示雌威。既见李良引众赶来,料他不怀好意,统吓得战战兢兢。有几个胆子稍大的,还道李良不识王姊,因此撒野,遂撑着喉咙,朗声答道:"王姊在此,汝是何人,敢来戏侮?"李良叱道:"什么王姊不王姊?就使赵王在此,难道敢轻视大将不成!"一面说,一面拔出佩剑,横掠过去,斫倒了好几人。部众又扬声助威,霎时间把王姊侍从,尽行吓散。王姊素来嗜酒,此次出游郊外,正是为饮酒起见。她已喝得醉意熏熏,所以前遇李良,视作寻常小吏,未尝下车。邯郸城内岂无美酒,且身为王姊,何求不得,必要出城觅饮,真是自来送死!偏偏弄成大错,狭路中碰着冤家,竟至侍从逃散,单剩了孤身只影,危坐车中。正在没法摆布,见李良已跃下了马,伸出蒲扇一般的大手,向她一抓。她便身不由主,被良抓出,摔在地上,跌得一个半死半活。是喝酒的回味。发也散了,身也疼了,泪珠儿也流下来了,索性拚着一死,痛骂李良。良正忿不可耐,怎忍被她辱骂?便举剑把她一挥,断送性命。好去做女酒鬼了。

王姊既死,良已知闯了大祸,还是先发制人,乘着赵王尚未知晓,一口气跑到邯郸。邯郸城内的守兵,见是李良回来,当然放他进城,他竟驰入王宫,去寻赵王武臣。武臣毫不预防,见良引众进来,不知为着何事,正要向良问明,良已把剑斫到,一时不及闪避,立被劈死。宫中卫兵,突然遭变,统皆逃去。良又搜杀宫中,把赵王武臣家眷,一体屠戮,再分兵出宫,往杀诸大臣,左丞相邵骚,也冤冤枉枉的死于非命。不良如此,如何名良!只右丞相张耳,大将军陈余,已得急足驰报,溜出城门,不遭毒手。两人素有闻望,为众所服,所以城中逃出的兵民,陆续趋附。

才过了一二日，已聚了数万人，两人便想编成队伍，再入邯郸，替赵王武臣报仇，适有张耳门客，为耳献谋道：“公与陈将军，均系梁人，羁居赵地，赵人未必诚心归附。为两公计，不如访立赵后，由两公左右夹辅，导以仁义，广为号召，方可扫平乱贼，得告成功。”张耳也觉称善，转告陈余，余亦赞成。乃访得故赵后裔，叫做赵歇，立为赵王，暂居信都。那李良已据住邯郸，胁迫居民，奉他为主，遂部署徒众，增募兵勇，约得一二万人，即拟往攻张耳陈余，会闻张陈复立赵王歇，传檄赵地，料他必来报复，还是赶早发兵，往攻信都，较占先着。主见已定，当即率兵前往，倍道亟进。

张耳陈余，正思出击邯郸，巧值李良自来讨战，便由张耳守城，陈余出敌。安排妥当，余即领兵二万，开城前行，约越数里，已与李良相遇。两阵对圆，兵刃相接，彼此才经战斗，李良麾下的人马，已多离叛，四散奔逃。看官听说！师直为壮，曲为老，本是兵法家的恒言。李良已为赵臣，无端生变，入弑赵王，并把赵王家眷，屠戮殆尽，这乃大逆不道的行为。时局虽乱，公论难逃，人人目李良为乱贼，不过邯郸城内的百姓，无力抵御，只好勉强顺从。良尚自鸣得意，引众攻入，怎能不溃？张耳陈余，本来是有些名声，更且此番出师，纯然为主报仇，光明坦白，又拥立一个赵歇，不没赵

后，足慰赵人想望，因此同心同德，一古脑儿杀将上去。李良抵挡不住，部众四窜，各自逃生。陈余见良军败退，趁势追击，杀得良军七零八落，人仰马翻。李良也逃命要紧，奔回邯郸，尚恐陈余前来攻城，支持不住，不若依了秦二世的来书，投降秦朝。当下派将守城，自率亲兵数百人，径至秦将章邯营中，屈膝求降去了。小子有诗咏道：

人心叵测最难防，挟刃公然弑赵王。
只是舆情终未服，战场一鼓便逃亡。

欲知章邯驻兵何地，待至下回叙明。

赵王武臣，为燕所拘，张耳陈余二人，竭毕生之智力，终不能迎还赵王，而大功反出一厮卒，可见皂隶之中，未尝无才，特为君相者不善访求耳。史称厮卒御归赵王，不录姓氏，良由厮卒救王以后，未得封官，仍然湮没不彰，故姓氏无从考据耳。夫有救主之大功，而不知特别超擢，此赵王武臣之所以终亡也。赵王姊出城游宴，得罪李良，既致杀身，并致亡国，古今来之破家覆国者，往往由于妇人之不贤，然亦由君主之不知防闲，任彼所为，因至酿成巨衅。故武臣之死，衅由王姊，实即武臣自取之也，于李良乎何诛！

第十四回

失兵机陈王毙命　免子祸婴母垂言

却说秦将章邯，自击退周文后，追逐出关。文退至曹阳，又被章邯追到，不得不收众与战。哪知军心已散，连战连败，再奔入渑池县境，手下已将散尽，那章邯还不肯罢休，仍然追杀过来。文势穷力竭，无可奈何，便即拚生自刎，报了张楚王的知遇。士为知己者死，还算不负。

时已为秦二世二年了，章邯遣使奏捷，二世更命长史司马欣，都尉董翳，领兵万人，出助章邯，嘱邯进击群盗，不必还朝。邯乃引兵东行，径向荥阳进发。荥阳为楚假王吴广所围，数月未下。见前文第十回。及周文战死，与章邯进兵的消息，陆续传来，吴广尚没有他法，仍然顿屯城下，照旧驻扎。部将田臧李归等，私下谋议道："周文军闻已败溃了，秦兵旦暮且至，我军围攻荥阳，至今未克，若再不知变计，恐秦兵一到，内外夹攻，如何支持！现不若少留兵队，牵制荥阳，一面悉锐前驱，往御秦军，与决一战，免致坐困。今假王骄不知兵，难与计议，看来只有除去了他，方好行事。"除去吴广，亦未必遂能成功。于是决计图广，捏造陈王命令，由田臧李归两人赍入，直至广前。广下座接令，只听得田臧厉声道："陈王有谕，假王吴广，逗留荥阳，暗蓄异谋，应即处死！"说到死字，不待吴广开口，便拔出佩刀，向广砍去。广只赤手空拳，怎能抵御，况又未曾防着，眼见得身受刀伤，不能动弹。再经李归抢上一步，剁下一刀，自然毙命。随即枭了广首，出示大众，尚说是奉命诛广，与众无干。大众统被瞒过，无复异言。也是广平日不得众心之过。

田臧刁猾得很，即缮就一篇呈文，诬广如何顿兵，如何谋变，说得情形活现，竟派人持广首级，与呈文并达陈王。陈胜与吴广同谋起兵，资格相等，本已暗蓄猜疑，既得田臧禀报，快意的了不得，还要去辨什么真假？当即遣还来使，另派属吏赍着楚令尹印信，往赐田臧，且封臧为上将。臧对使受命，喜气洋洋，一俟使人去讫，便留李归等围住荥阳，自率精兵西行，往敌秦军。到了敖仓，望见秦军漫山遍野，飞奔前来，旗械鲜明，兵马雄壮，毕竟是朝廷将士，比众不同。楚兵都有惧色，就是田臧也有怯容，没奈何排成队伍，准备迎敌。秦将章邯，素有悍名，每经战阵，往往身先士卒，锐厉无前，此次驰击楚军，也是匹马当先，亲自陷阵。秦军踊跃随上，立将楚阵冲破，左右乱搅，好似虎入羊群，所向披靡。田臧见不可敌，正想逃走，恰巧章邯一马突入，正与田臧打个照面，臧措手不及，被章邯手起一刀，劈死马下。好与吴广报仇。楚军失了主帅，纷纷乱窜，晦气的个个送终，侥幸的还算活命。章邯乘胜前进，直抵荥阳城下。李归等闻臧败死，已似摄去魂魄一般，茫无主宰，既与秦军相值，不得不开营一战。那秦军确是利害，长枪大戟，无人敢挡，再加章邯一柄大刀，旋风飞舞，横扫千军。李归不管死活，也想挺枪与战，才经数合，已由章邯大喝一声，把好头颅劈落地上，一道灵魂，驰入鬼门关，好寻着密友田臧，与吴广同对冥簿去了。贪狡何益。余众或死或降，不消细叙。

且说章邯阵斩二将，解荥阳围，复分兵攻郏，逐去守将邓说，自引兵进击许城。许城守将伍徐，亦战败逃还，与邓说同至陈县，进见陈胜。胜查讯两人败状，情迹不同，伍徐寡不敌众，尚可曲原；独邓说不战即逃，有忝职守，因命将他绑出，置诸死刑。遂命上柱国蔡赐，引兵御章邯军，武平君畔，出使监郯下军。时陵县人秦嘉，铚县人董绁，符离县人朱鸡石，取虑县人郑布，徐县人丁疾等，各纠集乡人子弟，攻东海郡，屯兵郯下。武平君畔奉使至郯，欲借楚将名目，招抚各军，秦嘉不肯受命，自立为大司马，且遍告军吏道："武平君尚是少年，晓得什么兵事，我等难道受他节制么？"说着，即率军吏攻畔。畔麾下只数百人，怎能敌得过秦嘉，急切无从逃避，竟被杀死。就是上柱国蔡赐，与章邯军交战一场，也落得大败亏输，为邯所杀。邯长驱至陈，陈境西偏，有楚将张贺驻守，贺闻秦军杀到，飞报陈胜，请速济师。胜至此才觉惊惶，急忙调集将吏，呼令出援。偏是众叛亲离，无人效命，害得陈胜仓皇失措，只好带领亲卒千人，自往援应。

原来胜自田间起兵，所有从前耕佣，多半与胜相识，且因胜有富贵不忘的约言，所以闻胜为王，统想攀鳞附翼，博取荣华。癞蛤蟆想吃天鹅肉。当下结伴至陈，叩门求见。门吏见他面目黧黑，衣衫褴褛，已是讨厌得很，便即喝问何事？大众也不晓得什么称呼，但说是要见陈涉。门吏怒叱道："大胆乡愚，敢呼我王小字！"一面说，一面就顾令兵役，拿下众人。还亏众人连忙声辩，说是陈王故交，总算门吏稍留情面，饬令免拿，但将他撵逐出去。大众碰了一鼻子灰，心尚未死，镇日里在王宫附近，伫候陈胜出来，好与他见面扳谈。果然事有凑巧，陈王整驾出门，众人一齐上前，争呼陈胜小字，陈胜听着，低头一瞧，都是贫贱时的好朋友，倒也不好怠慢，便命众人尽载后车，一同入宫。乡曲穷氓，骤充贵客，所见所闻，统是稀罕得很，不由的大呼小叫，满口喧哗。或说殿屋有这么高大，或说帷帐有这般新奇，又大众依着楚声，夥颐夥颐，道个不绝。楚人谓多为夥，颐语助声，即多咦之意。宫中一班役吏，实在瞧不过去，只因他们是陈王故人，不便发作，但把那好酒好肉，取供大嚼。众人吃得高兴，越加胡言乱道，往往拍案喧呼道："陈涉陈涉，不料汝竟有此日！沉沉王府，由汝居住。"还有几个凑趣的愚夫，随口接着道："我想陈涉佣耕时，衣食不周，吃尽苦楚，为何今日这般显耀，交此大运呢？"随后你一句，我一语，各将陈胜少年的故事，叙述出来，作为笑史。谁知谈笑未终，刀锯已伏，这种鄙俚

琐亵的言论，早有人传入陈王耳中，且请陈王诛此愚夫，免得损威。陈胜老羞成怒，依了吏议，竟把几个多说多话的农人，传将进去，一体绑缚，砍下头颅。酒肉太吃得多了，应该把头颅赔偿。大众不防有此奇祸，蓦听得这个消息，顿吓得魂飞天外，情愿回去吃苦，不愿在此杀头，遂陆续告辞，踉跄趋归。胜有妻父妻兄，尚未知胜如此薄情，贸然进见。胜虽留居王宫，惟惩着前辙，当作家奴看待。妻父怒说道："怙势慢长，怎能长久！我不愿居此受累！"即不别而行，妻兄亦去。为此种种情迹，他人都知陈胜刻薄，相率灰心，不肯效力。胜尚不以为意，命私人朱房为中正，胡武为司过主司，专察将吏小疵，滥加逮捕，妄用严刑。甚至将吏无辜，惟与朱胡有嫌，即被他囚系狱中，任情刑戮。于是将吏等越加离心，到了秦军入境，个个冷眼相看，谁愿为胜致死，拚命杀敌。胜悔恨无及，只因大敌当前，没奈何自去督战。行至汝阴，已有败兵逃回，报称张贺阵亡，全军覆没。贺死用虚写，笔法一变。

陈胜一想，去亦无益，徒自送死，不若逃回城中，再作后图，遂命御人速即回车。御夫叫作庄贾，依言返奔，途中略一迟缓，便被胜厉声呼叱，骂不绝口。庄贾当然衔恨，驱车至下城父，索性停车不进，自与从吏附耳密谈。胜焦急异常，连叫数声，贾竟反唇相讥，恶狠狠的仇视陈胜。结果是掣剑在手，没头没脑，劈将过去，可怜六个月的张楚王，竟被一介车夫，砍成两段！贾不顾胜尸，驰入陈县，草起降书，遣人往投秦营。去使尚未回报，将军吕臣已从新阳杀入，为胜复仇，诛死庄贾。当即收胜尸首，礼葬砀山。后来汉沛公平定海内，追念胜为革命首功，特命地方官修治胜墓，且置守冢三十家，俾得世祀。偌大佣夫，得此食报，也算是不虚此一生了！原还值得。

先是陈令宋留，奉胜军令，率兵往略南阳，西指武关，至胜已被杀，秦军复将南阳夺去，截住宋留归路。留进退失据，奔还新蔡，又遭秦军邀击，苦不能支，只好乞降。章邯以宋留本为陈令，不能死难，反为陈胜攻秦，罪无可恕，因将留捆缚起来，囚解进京。二世向来苛酷，命处极刑，车裂以徇。各郡县官吏，得此风声，引为大戒，既已叛秦自主，不得不坚持到底，誓死拒秦。秦嘉等闻陈胜已死，求得楚族景驹，奉为楚王，自引兵略方与城，攻下定陶，且遣公孙庆往齐，欲与齐王田儋，合兵御秦。田儋尚未知陈胜死状，遂向庆诘责道："我闻陈王战败，生死未卜，怎得另立楚王，且何不向我请命，竟敢擅立呢！"庆不肯少屈，也大声对答道："齐未尝向楚请命，自立为王，楚何必向齐请命，方得立王呢！况楚首先起兵，西攻暴秦，诸侯应该服从楚令，奈何反欲楚听齐命呢？"田儋听他言语不逊，勃然怒起，竟命将庆推出斩首，不肯发兵助楚。

那吕臣既据陈县，也假楚字为名，号令人民。秦将章邯，连下各地，军威大震，又收得赵将李良，自往邯郸，徙赵民至河内，毁去城郭，随处部署，无暇亲攻二楚。回应前回李良降秦事。但遣左右校秦官名，引兵击陈。吕臣出战败绩，引兵东走，途次遇见一彪人马，为首一员猛将，面有刺文，生得威风凛凛，相貌堂堂，麾下兵士，统用青布包头，不似秦军模样。料知他是江湖枭桀，乘乱起事，与秦抗衡，当下停住下马，拱手问讯。来将却也知礼，在马上欠身相答，彼此各通姓名，才知来将叫做黥布。如闻其声。吕臣从未闻有黥姓，不禁相讶，及黥布详叙本末，方得真相。当由吕臣邀布为助，反攻秦军。布慨然乐允，因与吕臣一同北行。

看官欲知黥布履历，待小子演述出来。布系六县人氏，本来姓英，少时遇一相士，谛视布面，许为豪雄，且与语道："当先受黥刑，然后得王。"布半疑半信，唯恐他日受黥，特改称黥布，谋为厌解。偏偏厌解无效，过了数载，年已及壮，竟至犯法论罪，被秦吏捉入狱中，谳定黥刑，就布面上刺成数字，且充发骊山作工。布欣然笑道："相士谓我当刑而王，莫非我就要做王了！"旁人听了，都相嘲讽，布毫不动怒，竟启行到了骊山。骊山役徒，不下数十万名，有几个骁悍头目，材技过人，布尽与交好，结为挚友。当即密谋逃亡，乘隙偕行，辗转遁入江湖，做了一班亡命奴。及陈胜发难，也想起应，只因朋辈寥寥，不过三五十人，如何举事！闻得番阳番音婆，即今之鄱阳县。令吴芮，性情豪爽，喜交宾客，随即只身往谒，劝他起兵。吴芮见他举止不凡，论断有识，不觉改容相待，留居门下。嗣复面试技艺，又是拳棒精通，弓马纯熟，引得吴芮格外器重，愿招布为快婿，诹吉成礼。一个是壮年俊杰，出色当行，一个是仕女班头，及时许嫁，两人做了并头莲，真个是郎才女貌，无限欢娱。艳语夺目。惟布具有大志，怎肯在温柔乡中，消磨岁月，当下招引旧侣，并集番阳，即向吴芮借兵，出略江北，可巧碰着了楚将吕臣，互谈心曲，布毫不踌躇，愿助吕臣一臂之力，夺还陈县。吕臣喜出望外，便合兵还陈，再与秦军交战。秦军无战不胜，无攻不克，偏遇了这位黥将军，执槊飞舞，无论如何勇力，不敢进前，并且黥布麾下的弁目，亦无一弱手，东冲西突，杀人如麻，吕臣也麾众继进，立将秦阵踹破，扫将过去，赶得一个不留。

秦左右校统已窜去，由吕臣收还陈城，邀入黥布，置酒高会。欢宴了好几天，布不屑安居，便与吕臣作别，率徒众东去。适项梁叔侄，抵江西指，声威传闻远近，布亦乐得相从，遂径诣项氏营中，愿为属将。项梁方招揽英雄，哪有不收纳的道理，惟项氏西向的原因，却也有一人引他出来。

当时有一广平人召平，曾为陈胜属将，往攻广陵，旬月未下。会接陈胜死耗，自知孤军难恃，恐为秦军所乘，乃渡江东下，伪称陈王尚在，矫命拜项梁为上柱国，且传语道："江东已定，请即西向击秦！"梁信为真言，就带了八千子弟，逾江西行。沿途有许多难民，扶老携幼，向前急趋。梁未识何因，遂命左右追捉数人，问明意见。难民答道："现闻东阳县令，为众所戕，另立令史陈婴。陈公素来长厚，体恤民艰，小民等所以前往，求他保护，免得受殃。"梁不禁惊叹道："东阳有这般贤令史么？我当先与通问，邀他同往攻秦，方为正当办法。"说罢，遂将难民纵去，自命属吏缮就一书，招致陈婴，派人持去。

婴平日循谨，为邑人所推重，自经东阳乱起，避居家中，不欲与闻。偏东阳少年，聚积至数千人，杀死县令，公议立婴，统至婴门固请，定要他出来统众。婴固辞不获，只得出诣县署，妥为约束，并将县令遗尸埋葬。远近闻婴贤名，争先趋附，越数日即得二万人。众又欲推婴为王，婴不敢遽允，立白老母，母摇首道："自从我为汝家妇，从不闻汝家先代出一贵人，可见汝家向来寒微，没有闻望。今汝投效县中，又不过一寻常小吏，徒靠着平生忠厚，与人无忤，方得大众信从。但忠厚二字，只能勉强自守，不能突然兴国，若骤得大名，非但不能享受，转恐惹出祸殃，况且天下方乱，未知瞻乌所止，汝断不可行险侥幸，自取后悔！我为汝计，不如择主往事，有所依附，事成可得封赏，事败容易逃亡，省得被人指名，这还是处乱知几的方法呢！"如此审慎，才不愧为母教。婴唯唯而出，决意不受王号，但自称东阳县长。适项梁遣使到来，递入梁书，由婴展阅一周，便召集属吏部兵，开言晓谕道："今项氏致书相招，欲我与他联合，合兵西向，我想项氏世为楚将，素有威名，项梁叔侄，又是英武绝伦，不愧将种，我等欲举大事，非与他叔侄联合，终恐无成。看来不如依书承认，徙倚名族，然后西向攻秦，不患不能成事了！”众人听得婴言，颇有至理，且闻项氏叔侄，英名盖世，势难与敌，还是先机趋附，保全城池为是。乃齐声称善，各无异言。婴就写好复书，先遣来使返报。旋即持了军籍，赴项梁营，愿率部众相依，悉听指挥。

项梁大喜，受婴军籍，仍令婴自统部众。不过出兵打仗，总要禀承项氏，方好遵行。这乃是主权所关，不足深怪。项梁遂与婴合兵渡淮，并得黥布相从，已约有四五万人。嗣复来了一位蒲将军，也有一二万部众，投附项梁。《史记》不载蒲将军姓名，故本书亦从阙略。于是项梁属下的兵士，差不多有六七万名，一古脑儿会齐下邳，探听前途消息，再定行止。忽有探卒走报，乃是秦嘉驻兵彭城，不容大军过去。项梁听说，遂召谕将士道：“陈王首先起事，攻秦失利，未即死亡，秦嘉乃遽背陈王，擅立景驹，这便叫做大逆不道，诸君当为我努力，往诛此贼！”道言未绝，各将士已齐声应令，便排好队伍，执定兵械，一声炮响，好似潮水奔赴，争向彭城杀去。小子有诗咏道：

八千子弟渡江来，一鼓便将伪楚摧。

若使到头无误事，声威原足挟风雷。

欲知胜负如何，待至下回详叙。

历朝革命，首事者往往无成，而胜广之名为益著，即其败亡也亦甚速。广不足道耳。陈胜以陇上耕佣，一呼而起，集众数万，据陈称王，何兴之暴也？厥后各军连败，秦兵相逼，胜不能一战，竟死于御者之手，又何其惫也！史称其滥杀故人，苛待属吏，遂至众叛亲离，以底于亡，此固不可谓非陈胜之定评，然自来真主出现，必有首事者为之先驱，首事者死，而真主乃得收功，项氏且不能据有海内，遑论一陈胜乎？若陈婴母其知此道矣，诫婴称王，嘱使依人，宁辞大名，免遭大祸。莫谓巾帼中必无智者，婴母固前事之师也。

第十五回

从范增访立楚王孙　信赵高冤杀李丞相

却说项梁带领部众，杀奔彭城，仗着一股锐气，冲入秦嘉营垒，杀的杀，斫的斫，利害得很。嘉自起兵以来，从未经过大敌，骤然遇了项家兵队，勇悍异常，叫他如何抵挡？没奈何弃营逃去。项梁驱兵追赶，直至胡陵，逼得秦嘉无路可奔，只好收集败兵，还身再战。奋斗多时，究竟强弱不敌，终落得兵败身亡。残众进退两难，统皆弃械投降。秦嘉所立的楚王景驹，孤立无依，出奔梁地，后来也一死了事。项梁进据胡陵，复引兵西进，适值秦将章邯，南下至栗，为梁所闻，乃使别将朱鸡石余樊君等，往击秦军。余樊君战死，朱鸡石逃还。梁愤杀鸡石，驱兵东出，攻入薛城。忽由沛公刘邦，到来乞师，梁与沛公本不相识，两下晤谈，见沛公英姿豪爽，却也格外敬礼，慨然借兵五千人，将吏十人，使随沛公同行。沛公谢过项梁，引兵自去。回应第十二回。

惟沛公何故乞师，应该就此补叙。沛公前居母丧，按兵不动，偏秦泗川监官名来攻丰乡，乃调兵与战，得破秦兵。泗川监遁还，沛公命里人雍齿居守，自引兵往攻泗川，泗川监平，及泗川守北，出战败绩，逃往薛地，又被沛公军追击，转走戚县。沛公左司马曹无伤，从后赶去，杀死泗川守，只泗川监落荒窜去，不知下落。沛公既得报怨，乃还军亢父，不意魏相周市，遣人至丰，招诱雍齿，啖以侯封。雍齿素与沛公不协，竟背了沛公，举丰降魏。沛公闻报，急引兵还攻雍齿，偏雍齿筑垒固守，屡攻不下。丰乡为沛公故里，父老子弟，本已相率畏服，不生贰心，乃被雍齿胁迫，反抗沛公，沛公如何不愤！自思顿兵非计，不如另借大兵，再来决斗，乃撤兵北向，拟至秦嘉处乞师。道出下邳，巧与张良相遇。张良伏处有年，闻得四方兵起，也欲乘势出头，特纠集同志百余人，拟往从楚王景驹。会见沛公过境，因乘便求见，沛公与语一切兵机，良应对如流，大得沛公赏识，授为厩将。最奇怪的是张良所言，无人称赏，独沛公一一体会，语语投机。良因叹息道："沛公智识，定由天授，否则我所进说，统是太公兵法，别人不晓，为何沛公独能神悟呢？"良得太公兵法，见前文第四回。嗣是良遂随着沛公，不复他去。会秦嘉为项梁所杀，景驹走死，沛公乃竟造项梁营门，乞师攻丰。既得项军相助，便亟返丰乡，再攻雍齿。雍齿保守不住，出投魏国去了。

沛公逐去雍齿，驰入丰乡，传集父老子弟，训责一番。大众统皆谢过，乃不复与较，但改丰乡为县邑，筑城设堡，留兵扼守，再向薛城告捷，送还项军。旋接项梁来书，特邀沛公至薛商议另立楚王。沛公方感他厚惠，当然应召，带同张良等趋至薛城。适值项羽战胜班师，因得与羽相见，询明战状，乃是羽拔襄城，尽坑敌兵，方才告归。羽一出师，便尽坑襄城敌兵，其暴可知。惺惺惜惺惺，两人一见如故，联成为萍水交。刘项相交自此始。

过了一宵，项氏属将，一齐趋集。当由项梁升帐议事，顾语大众道："我闻陈王确已身死，楚国不可无主，究应推立何人？"大众听了，一时也不便发言，只好仍请项梁定夺。有几个乘机献媚的将吏，竟要项梁自为楚王，梁方欲承认下去，忽帐外有人入报，说是居鄛人范增，前来求见。鄛一作巢，即今巢县。梁即传令入帐。少顷见一个老头儿，伛偻进来，趋至座前，对梁行礼。死多活少，何苦再来干进！梁亦拱手作答，延坐一旁，并温颜与语道："老先生远来，必有见教，愿乞明示！"范增答道："增年已老朽，不足谈天下事，但闻将军礼贤下士，舍己从人，所以特来见驾，敬献刍言。"项梁道："陈王已逝，新王未立，现正筹议此事，尚无定论，老成人想有高见，幸即直谈！"增又道："仆正为此事前来，试想陈胜本非望族，又乏大才，骤欲据地称王，谈何容易！此次败亡，原不足惜。自从暴秦并吞六国，楚最无罪，怀王入秦不反，楚人哀思至今。仆闻楚隐士南公，深通术数，尝谓楚虽三户，亡秦必楚，照此看来，三户尚足亡秦，今陈胜首先起事，不知求立楚后，妄自称尊，怎得不败！怎得不亡！将军起自江东，渡江前来，故楚豪杰，争相趋附，无非因将军世为楚将，必立楚后，所以竭诚求效，同复楚国。将军诚能俯顺舆情，扶植楚裔，天下都闻风慕义，投集尊前，关中便一举可下了。"增言亦似是而非。

项梁喜道："我意也是如此，今得老先生高论，更无疑义，便当照行。"增闻言称谢，梁又留与共事，增亦不辞。此时增年已七十，他本家居不仕，好为人设法排难，谋无不中。既居项梁幕下，当然做了一个参谋。梁遂派人四出，访求楚裔，可巧民间有一牧童，替人看羊，查问起来，确是楚怀王孙，单名是个心字，当即报知项梁。梁即派遣大吏数人，奉持舆服，刻日往迎。说也奇怪，那牧童得了奇遇，倒也毫不惊慌，就将破布衣服脱下，另换法服，居然像个华贵少年，辞别主人，出登显舆，一路行抵薛城。项梁已率领大众，在郊迎接，一介牧童，不知从何处学得礼节，居然不亢不卑，与梁相见。梁遂导入城中，拥他高坐，就号为楚怀王，自率僚属谒贺。牧童为王，虽后来不得令终，总有三分奇异。行礼既毕，复与大众会议，指定盱眙为国都，命陈婴为上柱国，奉着怀王，同往盱眙。梁自称武信君，又因黥布转战无前，功居人上，封他为当阳君。布乃复英原姓，仍称英布。

张良趁此机会，谋复韩国，遂入白项梁道："公已立楚后，足副民望，现在齐赵燕魏，俱已复国，独韩尚无主，将来必有人拥立，公何不求立韩

后，使他感德；名虽为韩，实仍属楚，免得被人占了先着，与我为敌呢。”语有分寸。项梁道：“韩国尚有嫡派否？”良答道：“韩公子成，曾受封横阳君，现尚无恙，且有贤声，可立为韩王，为楚声援，不致他变。”梁依了良议，遂使良往寻韩公子成。良一寻便着，返报项梁。梁因命良为韩司徒，使他往奉韩成，西略韩地。良拜辞项梁，又与沛公作别，径至韩地，立韩成为韩王，自为辅助，有兵千人，取得数城。从此山东六国，并皆规复，暴秦号令，已不能远及了。

独秦将章邯，自恃勇力，转战南北，飘忽无常，竟引兵攻入魏境。魏相周市，急向齐楚求救，齐王田儋，亲自督兵援魏，就是楚将项梁，亦命项它领兵赴援。田儋先至魏国，与周市同出御秦，到了临济，正与秦军相遇，彼此交战一场，杀伤相当，不分胜负。儋与市择地安营，为休息计，总道夜间可以安寝，不致再战。哪知章邯狡黠得很，竟令军士衔枚夜走，潜来劫营。时交三鼓，齐魏各军，都在营中高卧，沉沉睡着，蓦地里一声怪响，方才从梦中惊醒，开眼一瞧，那营内已被秦军捣入。急忙爬起，已是人不及甲，马不及鞍，如何还能对敌？秦军四面围杀，好似斫瓜切菜一般，齐魏兵无路可奔，多被杀死。田儋周市，也死于乱军中，同至枉死城头，挂号去了。章邯踏平齐魏各营，遂驱兵直压魏城。魏王咎自知不支，因恐人民受屠，特遣使至章邯营，请邯毋戮人民，便即出降。邯允如所请，与定约章，遣使回报。魏王咎看过约文，心事已了，当即纵火自焚，跟着祝融氏祝融，火神名。同去。却是一个贤王，可惜遭此结果。弟魏豹缒城出走，巧遇楚将项它，与述国破君亡等事，项它知不可救，偕豹还报项梁。

梁方出攻亢父，闻得魏都破灭，项它还军，正拟自往敌秦，赌个输赢。适值齐将田荣，差来急足，涕泣求援。经梁问明底细，才知田儋死后，齐人立故齐王建弟田假为王，田角为相，田间为将。独田儋弟荣不服田假，收儋余兵，自守东阿，秦兵乘势攻齐，把东阿城围住。城中危急万分，因特遣使求救，项梁奋然道：“我不救齐，何人救齐！”遂撤了亢父，立偕齐使同赴东阿。

秦将章邯，方督兵攻东阿城，限期攻入，忽闻楚军前来救齐，乃分兵围攻，自率精锐去敌项梁。一经交锋，觉得项梁兵力，与各国大不相同，当下抖擞精神，率兵苦斗，偏项军都不怕死，专从中坚杀来，无人敢挡，章邯持刀独出，拦截楚军，兜头碰着一个楚将，横槊相迎，刀槊并交，不到数合，杀得章邯浑身是汗，只好抛刀败退。看官道楚将为谁？就是力能扛鼎的项羽。邯生平未遇敌手，乃与项羽争锋，简直是强弱悬殊，不足一战。自思楚军中有此健将，怎能抵敌？不如赶紧收军，走为上计，于是挥众急走，奔回东阿，索性将攻城人马，一律撤去，向西驰还。田荣引兵出城，会合楚军，追击秦兵至十里外，望见章邯去远，荣托词告归。独项梁尚不肯舍，再追章邯，逐节进兵。

既而田假逃至，报称为荣所逐，乞师讨荣，项梁未许，但促田荣会师攻秦。荣方驱逐田假，及田角田间，另立兄儋子市为齐王，自为齐相，弟横为将，出徇齐地，无暇发兵攻秦。及楚使到来，荣与语道："田假非前王子弟，不应擅立，今闻他逃入楚营，楚应为我讨罪。田角田间，与假同恶，现皆奔往赵国；若楚杀田假，赵杀田角田间，我自当引兵来会，烦汝回报便了。"田假系齐王建弟，岂必不可为王？荣为是言，无非强词夺理。楚使还见项梁，具述荣言，项梁道："田假已经称王，今穷来投我，怎忍杀他？田荣不肯来会，由他去罢。"一面说，一面使沛公项羽，往攻城阳。羽亲冒矢石，首先登城，入城以后，又将兵民尽行屠戮。沛公亦无法劝阻，俟羽屠城毕事，同归告捷。

项梁复率众西追章邯，再破秦军，邯败入濮阳，乘城固守。梁攻城不克，移攻定陶。定陶城内亦有重兵守着，兀自支撑得住。梁自驻定陶城下，指挥军事，另命沛公项羽，往西略地。两人行至雍邱，却遇秦三川守李由引兵迎敌，项羽一马当先，突入秦阵，李由不知好歹，仗剑来迎，被项羽手起一槊，挑落马下，眼见是一命告终了。秦兵失了主将，自然大乱，逃去一半，死了一半。惟李由为秦丞相李斯长子，战死沙场，总算是为秦尽忠，哪知秦廷还说他谋反，竟把乃父李斯，拘入狱中！李由死无对证，李斯冤枉坐罪，这真叫做不明不白，生死含冤呢。也是李斯造孽太深，故有此报。说将起来都是赵高一人的狡计。

秦二世宠任赵高，不亲政务，及四方乱起，警报频闻，却不向赵高归罪，但去责成丞相李斯。李斯是个贪恋禄位的佞臣，只恐二世加谴，反要迎合上意，请二世讲求刑名，严行督责，且云督责加严，臣民自然畏惧，不敢生变。这数语正合二世心理，遂大申刑威，不论有罪无罪，孰贵孰贱，每日总要刑戮数人，总算实做那督责的事情。官民栗栗危惧，各有戒心，赵高平日，恃恩专恣，往往报复私仇，擅杀无辜，此次恐李斯等从旁讦发，祸及己身，乃先行设法，入白二世道："陛下贵为天子，亦知天子称贵的原因么？"二世茫然不解，转问赵高，高答说道："天子所以称贵，无非是高拱九重，但令臣下闻声，不令臣下见面。从前先皇帝在位日久，臣下无不敬畏，故得日见臣下，臣下自不敢为非，妄进邪说。今陛下嗣位，才及二年，春秋方富，奈何常与群臣计事？倘或言语有误，处置失宜，反使臣下看轻，互相诽议，这岂不是有玷神圣么？臣闻天子称朕，朕字意义，解作朕兆，朕兆便是有声无形，使人可望不可近，愿陛下从今日始，不必再出视朝，但教深居宫禁，使臣与二三侍中，或及平日学习法令诸吏员，日侍左右，待有奏报，便好从容裁决，不致误事。大臣见陛下处事有方，自不敢妄生议论，来试陛下，陛下才不愧为圣主了。"好似哄骗小儿。

二世闻言甚喜，乐得在宫安逸，恣意淫荒。从前尚有视朝的日子，至此杜门不出，唯与宦官宫妾，一淘儿寻欢取乐，所有诰命出纳，统委赵高办理。赵高便往访李斯，故意谈及关东乱事，李斯皱眉长叹，唏嘘不已。高便进说道："关东群盗如毛，警信日至，主上尚恣为淫乐，征调役夫，修筑阿房宫，采办狗马无用等物，充斥宫廷，不知自省。君侯位居丞相，不比高等服役宫中，人微言轻，奈何坐视不言，忍使国家危乱哩！"哄骗李斯又另用一番口吻。李斯道："非我不愿进谏，实因主上深居宫中，连日不出视朝，叫我如何面奏？"赵高道："这有何难，待我探得主上闲暇，即来报知君侯，君侯便好进谏了。"李斯听着，还道赵高是个忠臣，怀着好意，当即欣然允诺。

过了一二日，果由赵高遣一阉人，通知李斯促令进谏。李斯忙穿了朝服，匆匆至宫门外，求见二世。二世正在宫中宴饮，左抱右拥，快乐无比的时候，忽见内官趋入，报称丞相李斯求见，不由的艴(bó)然道："有何要事，败我酒兴？快叫他回去罢！明日也好进来。"内官出去，依言拒斯，斯只好回去。明日再往求见，又被二世传旨叱回，斯乃不敢再往。偏赵高又着人催促，说是主上此刻无事，正好进谏，不得再误。斯尚以为真，急往求见，又受了一碗闭门羹。斯白跑三次，倒也罢了，哪知二世动了懊恼，赵高乘势进谗，说是沙邱矫诏，斯实与谋，他本望裂地封王，久不得志，因与长子由私下谋反。近日屡来求见，定有歹意，不可不防！二世听了，尚在沉吟，赵高又加说道："楚盗陈胜等人，统是丞相旁县子弟，斯为上蔡人，与陈胜阳城相近，故云旁县。为什么得横行三川，未闻李由出击？这就是真凭实据了。请陛下速拘丞相，毋自贻患！"二世仍沉吟多时，究因案情重大，不好草率，特先使人按察三川，是否有通盗实迹，再行问罪。赵高不敢再逼，只好听二世派人出去，暗中贿嘱使臣，叫他诬陷李斯父子。

偏李斯已知中计，且闻有查办李由等情，因上书劾奏赵高，历陈罪恶。二世略阅斯书，便顾语左右道："赵君为人，清廉强干，下知人情，上适朕意，朕不任赵君，将任谁人？丞相自己心虚，还来诬劾赵君，岂不可恨！"李斯越弄越糟。说着，即将原奏掷还。李斯见二世不从，又去邀同右丞相冯去疾，将军冯劫，联名上书，请罢修阿房宫，请减发四方徭役，并有隐斥赵高的语意。惹得二世越加动怒，愤然作色道："朕贵为天子，理应肆意极欲，尚刑明法，使臣下不敢为非，然后可制御海内。试看先帝起自侯王，兼并天下，外攘四夷，所以安边境，内筑宫室，所以尊体统，功业煌煌，何人不服。今朕即位二年，群盗并起，丞相等不能禁遏，反欲举先帝所

为，尽行罢去，是上不能报先帝，次又不能为朕尽忠，这等玩法的大臣，还要何用呢？”赵高在旁，连忙凑趣，请即将三人一并罢官，下狱论罪。二世当即允准，遂由赵高派出卫士，拿下李斯冯去疾冯劫，囚系狱中。

去疾与劫，倒还有些志趣，自称身为将相，不应受辱，慨然自杀。独李斯还想求生，不肯遽死，再经赵高奉旨讯鞫，硬责他父子谋反，定要李斯自供。斯怎肯诬服？极口呼冤，被赵高喝令役隶，搒掠李斯，直至一千余下，打得李斯皮开肉烂，实在熬受不住，竟至昏晕过去。若得就此毕命，也免身受五刑。小子有诗叹道：

严刑峻法任君施，祸报临头悔已迟。

家族将夷犹惜死，桁杨况味请先知。

毕竟李斯性命如何，且看下回续叙。

范增之请立楚后，与张耳陈余之进说陈胜，其说相同。此第为策士之诈谋，无足深取。丈夫子迈迹自身，岂必因人成事？试观郦食其请立六国后，而张良借箸以筹，促销刻印，汉卒成统一之功，是可知范增之谋，不足图功，反足贻祸。项氏之亡，实亡于弑义帝，谓非增贻之祸而谁贻之乎？或谓张良亦尝请立韩公子成，夫良之请立韩后，不过为韩存祀而已，其与范增之借楚为名，亦安可同日语者。苏子瞻资议范增，犹目之为人杰，毋乃尚重视范增欤！彼夫李斯之下狱，原属冤诬，然试思残刻如斯，宁能令终？坑儒生者李斯，杀扶苏蒙恬者亦李斯，请行督责者亦李斯，斯杀人多矣，安保不为人杀乎？故杀斯者为赵高，实不啻斯自杀之耳，冤云乎哉！

第十六回

驻定陶项梁败死　屯安阳宋义丧生

却说李斯受了刑讯，搒掠至千余下，竟至昏晕不醒。赵高令左右取过冷水，喷上斯面，斯才苏醒转来。再经高喝令供实，斯恐重遭搒掠，不得已当堂诬服，随即牵还狱中。斯且忍痛作书，自叙前功，尚望二世从轻发落，特浼（měi）狱吏呈将进去，偏又为赵高所闻，呼吏入责道："囚犯怎得上书？汝莫非受他贿托么？"说得狱吏魂魄飞扬，慌忙自称不敢，叩谢而出。斯书当然毁去，不得上闻。赵高复使心腹人伪为御史，及侍中谒者等官，私往按验，至再至三，斯一呼冤，便即笞杖交下，不令翻供，嗣经二世派人复审，斯以为徒受笞杖，无从明冤，不如拼了一死，诬供了事。复审员还报二世，二世喜说道："若非赵君，几为李斯所卖！"于是斯遂谳成死罪。及三川查办员还都，先向赵高处陈明，说是李由阵亡，死无对证，正好捏造反词，构成大狱。赵高喜甚，遂令他捏词奏报。二世益怒，竟令斯备受五刑，并诛三族。应有此报。

可怜李斯家内，所有子弟族党，一古脑儿拿到法庭，与李斯一同捆缚，推出市曹。斯顾次子呜咽道："我欲与汝再牵黄犬，出上蔡东门，赶捕狡兔，已不能再得了！"说着，大哭不止，次子亦哭，家属无一不哭。俄而监刑官至，先命将李斯刺字，次割鼻，次截左右趾，又次枭首，又次斩为肉泥。五刑用毕，斯魂早入阿鼻地狱。余外子弟族党等，一并诛死，真落得阴风惨惨，冤魄沉沉。总计李斯一门，除长子由为三川守外，诸男多尚秦公主，诸女多嫁秦公子，显贵无比。李斯也尝叹物极必衰，终因贪恋禄位，倒行逆施，害得这般结果，可见贵富二字，最足误人，愿后世看作榜样，切勿贪心不足呢！暮鼓晨钟，无此异响。

且说赵高既害死李斯，遂得代斯后任，做了一个中丞相，凡军国大事，都归他一人包揽，二世似傀儡一般，毫无主权。高因祸乱日亟，特致书章邯，责成平盗。章邯困守濮阳，也想出奇制胜，建立战功，每日派遣侦骑，探听项梁军情，以便乘隙定计。项梁驻兵定陶城下，适值霪雨兼旬，不便力攻。沛公项羽，自雍邱还攻外黄，亦为雨所阻，但把外黄城围住，为持久计。项梁屡胜而骄，既不将两军召回，又复逐日宽懈，但在营中饮酒消遣，所有军纪军律，几乎搁起一边，不复过问，全营将士，亦乐得逍遥自在，快活几天。这种情形，早被秦探窥知，往报章邯，邯尚恐兵力未足，不敢轻出，但向各处征调兵马。待至各军趋集，方图大举，与项梁决一雌雄。

项梁麾下，有一谋士宋义，察知秦兵日增，引以为忧，遂入帐谏项梁道："公渡江到此，屡破秦军，威名日盛，可喜无过今日，可惧亦无过今日，大约战胜以后，将易骄，卒易惰，骄惰必败，不如不胜。试看各营将士，已渐骄了，已稍惰了，秦兵虽败，秦将章邯，究竟是经过百战，不可轻视。近闻他屡次添兵，必将与我决一死斗。若我军不先戒备，一旦被他袭击，如何抵敌！所以义日夜担忧，为公增惧呢。"项梁道："君亦太觉多心。章邯屡次败退，哪里还敢再来！就使他逐日添兵，也不过守着濮阳罢了；况天公连日下雨，路上泥泞得很，怎能攻我，一俟天晴，我即当攻克此城，去杀那章邯，看他逃往何处！"说至此，掀髯大笑。骄态如绘。

宋义尚欲有言，项梁先接入道："我前拟征集齐师，同去攻秦，偏田荣有怀私怨，忘我大惠，我本想遣使诘责，只因一时无暇，延误多日，今若虑章邯增兵，与我为难，不如再召田荣，率师来会。荣若仍然不至，我却要移兵攻齐了。"宋义见梁语益支离，料难再谏，眉头一皱，计上心来，即向项梁说道："公如欲使齐，臣愿一往。"梁欣然许诺，义即起身辞行，出营东去。越快越妙。

走至半途，适遇齐使高陵君显，免不得互相接谈。义便问显道："君将往见武信君么？"显答声称是。义又与说道："我受武信君差遣，出使贵国，一是为两国修和，二是为一己避祸，愿君亦不可速进，免受灾殃。"显不禁诧异，详问原因，义答道："武信君屡战屡胜，已致骄盈，士卒亦多懈怠，恐难再战。我闻秦将章邯，连日增兵，志在报复，武信君轻视秦军，拒谏不纳，将来必为所乘，不败何待？君今前去，未免受累，看来还是徐徐就道，方可无虞。我料这旬日内，武信君就要失败了！"显似信非信，乃与义拱手揖别，各走各路。自思义为楚臣，有此关照，不为无因，今何妨迟迟吾行，较为妥当。遂嘱咐舆夫，缓缓前进。

果然高陵君未到楚营，武信君已经败亡。原来项梁遣去宋义，仍然宽弛得很，不但军中未曾戒严，就是斥堠(hòu)巡卒，也听他散处，不加检查。时当秋季，凄风苦雨，连宵不止，把定陶城下的几座楚营，直压得黑气弥漫，不见天日。便是不祥之兆。楚军也无人占候，但知昼餐夜宿，蹉跎过去。一夕俱安睡营中，忽闻营外喊杀连天，好似千军万马，奔杀进来。楚军方才惊起，但见四面统是火光，照彻内外，一队队的敌军，统向营门中突入，见人便斫，遇马便刺，吓得楚军倒躲不及。勉强持了军械，上前拦阻，哪里是敌军对手，徒断送了许多头颅。最利害的是后面大将，金盔铁甲，跃马舞刀，锋刃所及，血肉横飞，越使楚人丧胆，只恨自己未生羽翼，不能飞上天空，逃脱性命。还有这位武信君项梁，仓皇出帐，单穿着一身常服，执着一把短剑，要想冲出大营，觅路逃生。冤家碰着狭路，正与敌军中大将相值，被他拦住。两下里争起锋来，一个是长刀乱劈，光焰逼人，一个是短剑难支，心胆已落。才阅片时，即由敌帅一刀剁下，劈作两段。敌帅为谁？就是秦将章邯。邯既招集兵马，衔夜冒着风雨，来

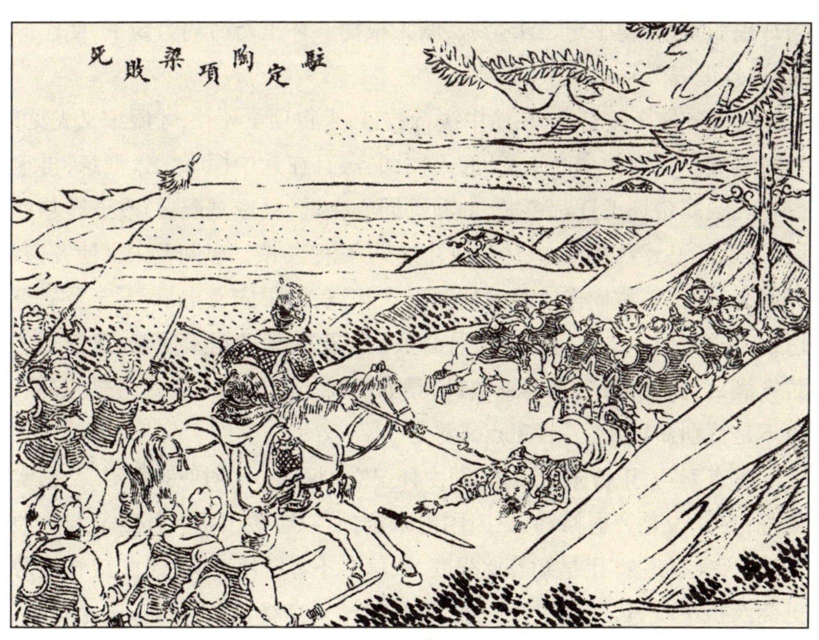

劫楚营，项梁毫不预备，自然中了邯计，一死不足，还要害及全军，这便叫做骄兵必败，应了宋义的前言呢。前回述章邯劫营，是顺叙而下，此回却用倒笔，愈见突兀。

楚营中失了主帅，没头乱跑，当被秦兵掩杀一阵，多半毙命。只有几个命不该死的兵士，溜出营外，逃往外黄，报知沛公项羽。项羽不听犹可，听了叔父阵亡，不由的悲从中来，放声大哭。沛公亦为泪下，待羽停住哭声，方与羽商议道："武信君已死，军心不免摇动，此处断难再驻了。我等只好东归，保卫怀王，抵御秦军。"羽也以为然，乃撤外黄围，引兵东还。道出陈县，复邀同吕臣军，共至江左，择地分驻。吕臣军驻彭城东，项羽军驻彭城西，沛公军驻砀郡，彼此列成犄角，约为声援。嗣恐怀王居住盱眙，为秦所攻，因请他移都彭城。怀王依议迁都，至彭城后，命将项羽吕臣两军，并作一处，自为统帅。牧童能作统帅，却是不凡。惟沛公军仍使留砀，授为砀郡长，封武安侯。号项羽为鲁公，封长安侯，进吕臣为司徒，且使吕臣父青为令尹。部署已定，专待章邯到来，与他厮杀。偏章邯不来攻楚，反去攻赵，他道是项梁已死，楚无能为，所以北去。怀王闻秦军北行，料知魏地空虚，即使魏豹往略魏地。魏豹奔楚见前回。给兵千人，即日出发。豹却也顺手，竟得平定二十余城，派人报捷。怀王乃命豹为魏王，使作屏藩，这且慢表。

且说齐使高陵君显，在途中缓行数日，果得项梁死耗，才服宋义先见，幸得避灾。只因使命尚未交卸，不便回齐，且在途中探听楚人消息，再定行止。嗣闻楚怀王迁都彭城，刘项等同心夹辅，兵威复震，乃改道转趋彭城，入见怀王，传达使命。怀王依礼接见，赐座与谈。显问及宋义使齐，有无回来，怀王答称尚未。显又述及途次相遇，幸得宋义指示，不至及祸等情，怀王愕然道："义何以知项君必败？"显答道："据宋使言，武信君志骄气满，已露败象，后来不到数日，竟如所料。试想兵未交战，先见败征，岂不是特别知兵么？"怀王点头称是。

事有凑巧，正值宋义回来，即由怀王立刻召见，问明使齐情形，义据实复陈，无非说是齐愿修和，只因国内未定，所以暂缓出师。怀王复与语项梁败状，义答道："臣早知有此祸变，武信君不肯听臣，因致败亡。"怀王乃更商及拒秦政策，义仍主张西进，谓必须择一良将，剿抚兼施，进止有法，方可成功。怀王大喜,遂留宋义居侍左右,随时与议。一面遣回齐使,令他复命。俟齐使去后,乃遍召诸将,会议攻秦。怀王首先开口道:“秦始皇暴虐人民,海内交怨。今二世尤为无道,自速危亡,前武信君西向进攻,所过皆克,不幸中道失计,忽遭败挫,现拟再接再厉,誓灭暴秦,还问何人敢当此任?”说至此,即顾视两旁,见诸将瞠目结舌,无一应命。怀王复朗声道:“诸君听着,今日无论何人,但能麾兵西向,首先入关,便当立为秦王。”言未已,即有一人应声道:“末将愿往!”是怀王激励出来。往字方才说毕,又有一人厉声道:“我亦愿往!须当让我先去。”两人口吻,便有区别。怀王瞧着,第一个应声的乃是沛公,第二个厉声的就是项羽,两人统要西行,反弄得怀王左右为难,俯首沉吟。项羽又进说道:“叔父梁战死定陶,仇尚未报,末将谊关子侄,誓不甘休!今愿请兵数千,捣入秦关,复仇雪耻,就使刘季愿往,末将亦决与同行,前驱杀贼。”怀王听着,方徐声道:“两将能同心灭秦,尚有何言?现且部署兵马,择日启行。”

沛公项羽,奉令趋出。尚有老将数人,未曾告退,续向怀王进言道:“项羽为人,剽悍残忍,前次往攻襄城,月余才得破入,他因日久怀恨,纵兵屠戮,直把襄城百姓,杀得一个不留。嗣复转攻城阳,又将全城人民,任情残杀。此外所过地方,无不酷待,如此凶暴,怎好令他统军?况楚兵起义以来,陈王项梁,统皆无成,这都为了以暴易暴,不足服人,所以终归败死。今既定议攻秦,不应单靠武力,须得一忠厚长者,仗义西行,沿途约束军士,慰谕父老,非至万不得已,不可加诛,彼秦地百姓,苦秦已久,若得义师前去,除暴救民,自然箪食相迎,无思不服。故为大王计,项羽决不可遣,宁可独遣沛公!沛公宽大有名,必不致如项羽的残暴呢。”怀王道:“我知道了!”诸老将方兴辞而出。怀王返入内室,免不得大费踌躇,自思羽若不遣,是自背前言;若遣令同往,必至所过残掠,大拂民意。想了多时,究竟是不遣为佳。

次日升堂议事,沛公项羽,都来禀请出兵的日期。怀王顾语项羽,叫他暂留彭城,不必与沛公同行。项羽不禁暴躁起来,正面与怀王辩论,可巧外面有人入报,说是赵国使臣,前来求见。怀王正恐项羽多言,乐得打断了他,急命左右召入赵使。赵使踉跄进来,行过了礼,便将国书呈上。怀王虽做过牧童,究竟幼时读书识字,未尝忘却,况且天资聪敏,一习便熟，所以看到来书，就知赵使来楚乞援。原来秦将章邯，移兵攻赵，赵王歇使将军陈余，出兵抵敌，吃了一个大败仗，退至钜鹿。赵相张耳，亟奉赵王歇入钜鹿城，令陈余屯营城北，保护城池。章邯在城南下寨，就棘原筑起甬道，两面迭墙，俾通粮路，自督兵士攻城，昼夜不辍。城中当然危急，不得不遣使四出，分道求援。怀王将来书阅毕，传示诸将，惹得项羽雄心勃勃，又想去攻杀章邯，替叔报仇。当下请命欲行，怀王说道："此行正要烦君，但须有人同去，方慰我心！"无非防他残虐。遂即命宋义为上将，加号卿子冠军，卿子系时人褒美之辞，即与公子相类。冠读去声，有统军之意。作为统帅，项羽为次将，范增为末将，率兵救万，前往救赵。

赵使先归，宋义等随后出发，行至安阳，顿兵不进。怀王深信宋义，不欲遥制，由他自定行止，惟另遣沛公西行。沛公别过怀王，出都就道，遇着陈胜项梁散卒，一并收集，约得万人。复至砀郡招领旧部，共同西进，过了阳成杠里二县，连破秦军二戍，击走秦将王离，因向昌邑进发。时已为秦二世三年了。是年为秦亡之岁，不能从略。

秦将王离，败走河北，投章邯军，邯令他助攻钜鹿。钜鹿守兵，越加恼惧，日望楚军入援。偏宋义逗留安阳，不肯进兵。甚至赵使一再敦促，仍然不行。接连住了四十六日，部将等俱莫名其妙，项羽更忍耐不住，入帐语义道："秦兵围赵甚急，我军既已来援，应该速渡黄河，与秦交战，我为外合，赵为内应，秦兵便可破灭，为什么久驻此间，坐失时机呢？"宋义摇首道："公言错了！古谚有言，当搏牛虻，不当破虮虱，虻大虱小，我等应从大处下手，方得大功。今秦兵攻赵，就使战胜，兵亦必疲，我可乘敝进攻，无虑不破。若秦兵不能胜赵，我便鼓行西进，直入秦关，还要去顾什么章邯？我所以按兵不进，专待秦赵两军，决一胜负，方定进止，公亦何必性急，且住为佳。总之披坚执锐，我不如公；运筹决策，公尚不如我哩。"言已，鼓掌大笑。义能知梁，不能知羽，想是命已该绝了。

羽忿忿而出。少顷有军令传出道："猛如虎，狠如羊，贪如狼，强不可使，俱应处斩！"这数语明明是指着项羽，气得项羽三尸暴炸，七窍生烟，恨不得手刃宋义，立即渡河。那宋义全然不睬，且遣子襄往做齐相，亲送至无盐地方，饮酒高会，自鸣得意。会值天气严寒，雨雪纷飞，士卒且冻且饥，不得一餐，独宋义堂皇高坐，与诸将豪饮大嚼，谈笑生风。看官试想！

如此行为,能令众人心服么? 将卒须共尝甘苦,义号为知兵,奈何不晓。

项羽虽然列席,胸中却说不出的烦躁,但借酒浇愁,喝干了数大觥。待至酒阑席散,宋襄东去,宋义归营,约莫是夜餐时候,士卒都一齐会食,羽独无心下膳,自出巡行,听得士卒且食且谈,互有怨言,不由的激起宿愤,乘机欲发。一俟大众食毕,即趋入宣言道:“我等冒寒前来,实为救赵破秦起见,为何久留此地,不闻进行? 方今岁饥民贫,士卒食芋菽,军营无现粮,乃尚饮酒高会,不思引兵渡河,往就赵粟,合攻秦兵,反说要乘他疲敝。试想秦兵强悍,攻一新立的赵国,势如摧枯,赵灭秦且益强,何敝足乘? 况我国新遭败衄(nǜ),主上坐不安席,尽发境内兵士,属诸上将军,国家安危,在此一举,今上将军不恤士卒,但顾私谋,这还好算得社稷臣么? ”大众听了,虽未敢高声响应,但已是全体赞成。项羽窥透众意,方才归寝。宋义已经酒醉,回营便睡,一些儿没有知晓。竟变做糊涂虫。

到了翌日早起,羽借进谒为名,大踏步驰入义帐,义方在盥洗,被羽走近身旁,拔剑砍义,砉的一声,已将义首级劈落帐下。小子有诗叹道:

漫言智识果超群,一死何殊武信君!

才识恃才徒速祸，可怜身首已中分。

羽既杀死宋义，复枭了他的首级，提出帐前，举示大众。欲知大众是否服羽，且看下回便知。

项梁之死，失之于骄，宋义之死，亦未始非骄所致。义知项梁之骄兵必败，而果为其所料，诩诩然自夸先见之明，盖亦骄矣。及怀王召入幕中，宠信日深，更足酿成义之骄态。及擢为上将军，给以美号，畀(bì)以重权，而义之骄乃益甚。夫救兵如救火然，岂可中道逗留，月余不进乎？况行兵以锐气为主，锐气一衰，何足御敌？义尝以此讥项梁，而不知自蹈此辙，即使项羽无杀义之举，亦安在而不致败也！视人则明，处己则昏，吾于宋义亦云。

第十七回

破釜沉舟奋身杀敌　损兵折将畏罪乞降

却说项羽杀死宋义，携首出帐，举示大众，且号令军中道："宋义与齐私通，谋叛楚国，我奉楚王命令，已把他斩首了。"众将士已多怨义，更见羽奋髯如戟，振喉如雷，仿佛与黑煞神相似，顿令人人生畏，莫敢支吾。当有数将士应命道："首立楚国，原出将军家中，今将军诛乱有功，应该代任上将军，统辖全营！"羽接入道："这也须禀命我王，静候旨意。"将士复道："军中不可无主，将军何妨摄行职务，再候王命未迟！"羽便允诺，大众便同声推立，称羽为假上将军。羽想出一条斩草除根的法子，索性派遣心腹将弁，赶上宋襄，一刀杀死，然后使属将桓楚，报命怀王，诡言宋义父子，谋叛不道，已由大众公同议决，诛死了事。怀王亦明知项羽夺权，但又不能制服项羽，只好将错便错，遣使传命，就使项羽为上将军。怀王之不得其死，已在此处伏案。一朝权在手，就把令来行，便遣当阳君英布，及蒲将军等，领兵二万人，渡河前进，自为后应，徐徐进行。

赵将陈余，自为秦军所败，不敢与秦争锋，惟征集常山兵数万人，屯驻钜鹿城北，虚张声势。秦兵得王离为助，饷足兵多，急攻钜鹿。钜鹿城内，日夜不安，守兵逐日伤亡，粮草又逐日减少，急得赵相张耳，焦灼异常，屡使人缒城夜出，往促陈余进战。余只畏战不进，耳越加惶急，又使张黡陈泽二将，往责陈余，传述己言道："耳本与君为刎颈交，誓同生死，今王与耳困坐围城，朝不保暮，所望惟君，君乃拥兵数万，不肯相救，岂非有负前盟！如果诚心践约，何不亟赴秦军，拼同一死！死中或可求生，十分危险中，未必无一二分侥幸，请君细思。"陈余喟然道："我非不欲相救，但兵力未足，冒昧前进，有败无胜，有亡无存，且余所以不敢轻死，实欲为赵王张君，破秦报怨，今若同去拚死，譬如举肉喂虎，有何益处！"语虽近是，终由怯战。张黡陈泽道："事已万急，总须誓死全信，后事也无暇顾虑了。"

余又道："据我意见，同死终归无益，两君必欲尽忠，何勿先去一试？"蘼泽齐声道："公如拨兵相助，虽死何辞！"原是要你去死。余乃拨兵五千人，使随二人进战。还要断送五千人性命。蘼泽也嫌兵少，因未便申请，就把死生置诸度外，引着五千兵士，径向秦营杀去。秦军开壁与战，拥出千军万马，来斗蘼泽，蘼泽虽拚命力争，怎奈秦兵越来越多，部兵越斗越少，终落得全军覆没，一并归阴。

秦兵益振，钜鹿益危。燕齐诸国，为了赵使一再乞援，各派兵赴救。张耳子敖，也从代郡招兵万余，入援钜鹿。惟皆惮秦兵威，只远远的驻扎兵马，未敢轻试。陈余也为加忧，因闻楚兵已发，多日不至，乃更使人敦促，直至项羽营中。羽正拟进兵，复得英布蒲将军兵报，前驱尚称得利，惟请后军接应等语，羽遂与赵使约定军期，先使归报，一面驱动大队，悉数渡河。既至对岸，便下令沉船破釜甑，烧庐舍，但令军士持三日粮，与秦兵决一死战，不求生还。将士等到了绝地，也晓得有进无退，个个怀着必死的念头，向前驰去。

行了半日有余，即与英布蒲将军相遇。两人见了项羽，谓已与秦兵交战数次，杀死多人，不过秦兵气势尚盛，粮运不绝，须先断彼粮道，方可制秦云云。项羽点首道："断截粮道，原是要策，但秦将章邯王离等人，岂有不防？且待我直救钜鹿，杀他一阵，再作计较。"说着，复麾兵急进，趋向钜鹿。途次遇着秦兵拦阻，但教项羽横槊一扫，都已东倒西歪，抱头窜去。及望见钜鹿城，城上虽有守兵列着，已是残缺不全，城下的秦营，好似围棋一般，四面密布，杀气腾腾。羽毫不畏缩，仍然拨马当先，率兵前进。

秦将王离等，听得楚军远来，竟敢进战，也料他有些胆力，不敢轻视，且又接得败兵回报，具述楚将利害。于是调动兵马，自往接仗，留他将涉间围城，命裨将苏角守住甬道，放心大胆，去敌楚军。离城仅及里许，已碰着楚军前队，慌忙布阵，哪知前队的统帅，就是项羽，举槊一扬，楚将楚兵，便向秦阵涌入。羽亦跃马入阵，王离麾兵拦截，俱被杀退。再加羽一杆长槊，神出鬼没，不可捉摸，秦阵里面，只见他一道槊影，七上八下，戳倒人马无数。离料不可挡，回马便退，羽步步进逼，不肯少缓。惹得王离性起，仗着人多势旺，翻身再战，偏项羽越战越勇，余外将士，亦越斗越奋，直杀到山摇地动，天日无光。离三进三却，只好奔回本营。

章邯见王离战败，亲来援应，再与楚军对垒。这时候的各国援军，统在自己营中，踞壁观战。遥见秦楚两方的将士，渐渐接近，秦兵甲仗整齐，人马雄壮，差不多如泰山一般，聚成一堆。楚军是衣服简陋，步伐粗疏，三三五五，各自成队，也没有什么阵式，但向秦垒中冲来。各国将士，还道楚军没有纪律，一味蛮触，必败无疑，徒观皮相，晓得什么！哪知项羽是杀星下降，但令兵士向前奋斗，不管甚么形式。况且楚兵不多，比秦兵要少一半，若要将对将、兵对兵，配搭均匀，方好动手，简直是不够分派，只好罢休。所以羽申令将士，使他各自为战，不必相顾，违令立斩。一班楚军，统是拚着性命，上前争杀，一当十，十当百，呼声动天地，怒气冲斗牛。不但秦兵在场交手，挡不住这种劲敌，吓得胆战心惊，就是壁上旁观的将士，也不禁目瞪口呆，不寒自栗。章邯本已在项羽手中，经过败仗，此次见楚军越加利害，料难久持，连忙引兵退下，十成中已丧失了三五成。项羽见章邯退去，才令部众下营休息，到了夜间，仍然严装待着。

好容易过了一宵，令军士饱食干粮，再行进攻。羽且下令道："今日

注：图中所题回目名当为"破釜沉舟奋身杀敌"

若不扫尽秦兵，粮要绝了，彼死我活，就在今日，大众务要努力！”众将士齐称得令，就从营中涌出，直奔秦军。秦将章邯，不得已再来接战，这次交锋，邯亦鼓励将士，誓决雌雄。无如部下已经胆落，任你章邯如何激励，总是不能敌楚。章邯屡令前进，部众进一步，退两步，进两步，退四步，直至五进五退，已是不能成军了。计自项羽至钜鹿城下，与秦兵先后大战，已经九次，秦兵无一不败，章邯逃回城南大营，王离涉间，勉强守住本寨，不敢出头。项羽乃得使英布蒲将军，往堵甬道，自攻王离涉间。捣将进去，营门立破，王离想夺路逃生，兜头碰着项羽，只得持枪抵敌，战不三合，被羽用槊一拨，那王离手中的枪杆，陡向天空中飞了上去。奇语。离只剩一双空手，回头欲跑，楚兵一齐赶上，把离打倒，活擒出寨。涉间见王离被擒，自知死在眼前，索性放起火来，把营盘烧个净尽，连自身也葬入火窟，变做一段黑灰团。造语亦新。

羽见秦营火起，倒也一惊，忙令军士少退。俄而火势渐衰，秦营已成焦土，秦兵非死即降。各国将军，方陆续趋集，求见项羽，愿共击章邯军，羽狞笑道：“嘻，此时才来见我么？”得意语，亦奚落语。说罢，复命各国军将，往候自己营前，准备传见。羽整辔回营，升帐上坐，才召见各国将军。各军将正要入营，蓦见有一彪人马，拥着两员大将，踊跃前来。一将手持长枪，枪上挑着一个血淋淋的首级，可惊可怖。既至营前，两将一同下马，命部兵留站营外，且将枪械交付弁目，但携首级进去。须臾即有一人持出首级，悬示营门。各国军将，越觉惊惶，问明楚军，方知进营两将，就是英布蒲将军，所携首级，乃是秦将苏角，为布所杀，故特来报功。杀苏角用虚写法，比实写尤有神采。各国军将听了，恐慌愈甚，不由得跪倒营门，膝行而入，至项羽座前，俯伏报名，不敢仰视。丑。羽故意迟慢，好一歇才命起身，刁。各军将又叩头称谢，慢慢儿的立起。经羽嘱令旁坐，略问了两三语，但听各人齐声道：“上将神威，古今罕有，末将等愿听指挥！”羽也不多让，即答说道：“既承诸公见推，我有僭了！诸公且回营静守，俟有战事，自当通报。”各军将乃一律告退。

既而赵王歇及赵相张耳，也出城至项羽营，表明谢意，羽始下座相迎，与赵王歇等分坐左右。歇拱手称谢，羽略略谦逊，谈了数语，歇与耳亦起座辞去。耳尚私恨陈余，不及回城，便往陈余营中，责他坐视不救。又问及张黡陈泽二人，陈余道："张黡陈泽劝余拚死，余以为徒死无益，他两人定要出战，余乃拨遣五千人随他同往，果致全军覆没，两人俱死，真正可惜！"张耳变色道："恐怕不是这般。"陈余道："余与两人无仇无怨，想不至暗中加害，况两将出兵，万人注目，亦非余一人可以捏造，请公休疑。"两人虽非余所杀，但余也不能无咎。张耳总是不信，还要问他如何战死，如何不去救应，唠唠叨叨，说个不休，余不觉动怒道："公何怨余至此！余情愿缴出将印罢了！"说着，便将印绶解下，交与张耳，耳不意陈余决裂，倒也未敢接受，余将印绶置诸案上，出外如厕。当由张耳随员，私下语耳道："古人有言，天与不取，反受其咎。今陈将军解印与公，公若不受，恐违天不祥，何必多辞！"耳乃取过印绶，佩诸身上。及陈余复入，见张耳居然佩印，越有愠色，不复再言。竟出与亲卒数百人，悻悻自去，散居河上泽中，捕鱼猎兽，自寻生活，待后再表。余若从此不出，却是一个高人。

且说陈余既去，张耳身兼将相，收揽陈余部曲，仍奉赵王歇还居信都，自复引兵随从项羽，一同攻秦。项羽遂进逼章邯，邯在棘原固垒自守，部众尚有二十余万人，羽又欲麾兵猛攻，还是这位老将范增，主张缓战，待他粮尽势蹙，自然溃退，省得多费兵力。羽乃就漳南下寨，与邯相持。邯也不敢出战，惟奏报咸阳，具陈败状，请旨定夺。

赵高独揽大权，竟将邯奏报搁着，概不呈入，二世当然无闻。偏有一班宦官宫妾，交头接耳，互谈章邯败耗，致被二世闻知。二世乃召入赵高，诘问军事，高复奏道："现在朝廷兵马，多归章邯一人调遣，臣忝为内相，不能远察军情，章邯亦没有什么军报，不过近日传来风闻，说他损兵折将，究竟如何情状，尚未详悉。臣正拟奏闻，不意陛下烛照四方，先已周知，臣想关东群盗，多系乌合，为何章邯手拥重兵，不亟荡平，请陛下降诏切责，免致玩延。"二世听着，仍以赵高为忠，嘱使颁诏出去。其实赵高是疑忌章邯，还道他暗通内线，禀闻二世，所以将纵盗玩寇的罪名，一古脑儿推在章邯身上，即令文吏缮就严诏，派人驰递邯营。

邯接读诏书，且愤且惧，又使长史司马欣速诣咸阳，面奏一切。欣不敢怠慢，星夜入都，趋至朝门，急求进谒。哪知二世久不视朝，殿内只有赵高作主，听得章邯差人到来，故意不见，但使他在外伺候。欣只好耐心待着，一住三日，仍不闻有召见消息。不得已贿托门吏，探问底细，凡事非钱

不行。门吏才为告知，无非说是丞相赵高，阴忌章邯等语。欣吃了一惊，且恐自己受累，急向朝门逃出，上马离都，从小路奔还棘原。待赵高闻欣出走，遣人追捕，但从官道赶去，杳无影迹，白跑了数十里，只好返报。那司马欣奔回本营，便向章邯报明情迹，且皇然道：“赵高居中用事，不利将军，将军有功亦诛，无功亦诛，请将军自图良策。”章邯听到欣言，自然加忧，一时也想不出方法，但闷坐营中，嗟叹不已。忽帐外传入一书，当即取过展阅，但见上面写着：

章大将军麾下：仆闻白起为秦将，南征鄢郢，皆楚地。北坑马服，赵括嗣父官爵，号马服君，为白起所杀。攻城略地，不可胜计，而竟赐死。蒙恬为秦将，北逐戎人，开榆中地数千里，竟斩阳周。何者？功多秦不能尽封，因以法诛之。今将军为秦将三岁矣，所亡失以十万数，而诸侯并起，今且益多，彼赵高但知阿谀，今事急，亦恐二世诛之，故欲以法诛将军以塞责，使人更代将军以脱其祸。夫将军居外日久，必多内隙，无功固诛，有功亦诛。且天之亡秦，无论智愚，并皆知之，今将军内不能直谏，外为亡国将，孤持独立，而欲常存，岂不哀哉！将军何不还兵，与诸侯合纵连盟，约共攻秦，分王其地，南面称孤，岂不愈于身伏斧锧，妻子为戮乎？惟将军图之！故赵将陈余再拜。

章邯阅了又阅，反复数周，颇为感动，乃使候官始成，诣项羽营中请和。羽拍案大怒道："章邯杀我叔父，仇恨未消，我方欲枭邯首级，祭我叔父，乃还敢来请和么？本该将汝先斩，今暂借汝口还报，叫章邯速来受死，还可赦汝全军！"说罢，喝令左右将始成驱出营门。始成踉跄回报，邯愁上加愁。正在进退两难的时候，突有探骑入禀道："楚兵已渡三户津，由蒲将军带领过来，想是要来攻营了。"邯忙说道："休教他进逼我营！"一面说，一面即派令偏师，出去堵截。才越半日，便有败兵跑入道："楚兵甚锐，我军敌他不过，只好退回，请主帅速即济师。"章邯一想，项羽不来总还可挡，不如自去抵敌为是。当下披挂上马，麾兵径行，才至汙（wū）水岸旁，便已接着楚军，彼此毫不答话，立即交战，约有一两个时辰，不分胜负。蓦听得楚军后面，喊声震地，鼓角喧天，乃是项羽引着大队人马，亲自杀到。写得有声有色。邯不禁心慌，秦兵越觉胆怯，纷纷倒退。说时迟，那时快，楚军已突过战线，冲破秦兵阵脚，秦兵登时大乱，四散奔逃；章邯亦顾命要紧，回马便走。好容易逃入本营，已亡失了无数士卒，还幸楚军赶了数里，便即停住，尚得徐收溃兵，勉守大寨。

邯至此穷极没法，都尉董翳，又劝邯向楚乞降，邯皱眉道："项羽记念前仇，不肯收纳，奈何？"董翳道："可教司马欣前去，便无他虑。"邯乃召入司马欣，叫他赍书降楚，欣竟不推辞，索书即去。未几便得欣复报，说是项羽已肯收容，不念旧怨了。看官，你道司马欣投诣楚营，何故一说便妥？原来欣曾充过栎阳狱掾，救免项梁，与项氏本有交情，小子于十二回中，也已叙及。此次往见项羽，便把前情说起，且劝羽舍私图公。羽尚不肯遽允，由范增从旁解劝，并言兵多粮少，未易支持，还是收降章邯，较为得计，羽乃允欣所请，与欣订约，决不害邯。总不免有负叔父。于是邯与司马欣董翳等人，至洹水南岸，候着项羽，解甲乞降。小子有诗咏道：

扫尽雄威作楚奴，男儿志节太卑污。
洹南立约虽逃死，终愧昂藏七尺躯！

欲知羽与邯相见等情，待至下回再表。

项羽之救钜鹿，为秦史上第一大战，秦楚兴亡之关键，实本于此。盖章邯为秦之骁将，邯不败，即秦不亡。且山东各国，无敢敌邯，独羽以破釜沉舟之决心，与拔山扛鼎之大力，一往直前，九战皆胜，虏王离，杀苏角，焚涉间，卒使能征善战之章邯，一蹶不振，何其勇也！然使秦无赵高之奸佞，二世之昏愚，则邯犹不至降楚，或尚能反攻为守，亦未可知。天意已嫉秦久矣，故特使赵高以乱其中，复生项羽以挠其外，章邯一去而秦无人，安得不亡！谁谓冥冥中无主宰乎？

第十八回

智郦生献谋取要邑　愚胡亥遇弑毙斋宫

却说章邯等行至洹南，向羽请降，羽引着许多将士，及各国军帅，昂然前来，旌旗严整，甲仗鲜明，威武的了不得。既至洹南，才一簇儿停住。洹南在安阳县北，商朝盘庚迁殷，就是此处，故号为殷墟。章邯等见羽到来，慌忙下马，长跪道旁。羽传令免礼，方起立道："邯为秦臣，本思效忠秦室，无如赵高用事，二世信谗，秦亡只在旦夕，邯不能随他俱亡。今仰将军神威，无战不克，此去除暴安良，入关称王，舍将军外，尚有何人？邯早欲择主而事，不过前时奋不顾私，触犯将军，自知负罪，未敢遽投。现蒙将军宽宥，恩同再造，誓当竭力图效，借报深恩。"说至此，呜咽流涕。想亦怕羞起来。羽乃出言抚慰道："君也不必多心，既知去逆效顺，我亦不便因私废公；若得乘此灭秦，富贵与共，决不食言。"章邯拜谢，秦将士并皆叩首。俟项羽一一登录，方敢起立，羽即命司马欣为上将军，令他带领秦兵二十余万，充作前驱，立章邯为雍王，留置营中。全是专擅行事，已不知有楚怀王了。自己引着楚军，及各国将士，约得四十万人，按程前进，关中大震。

还有一位赶先走着的沛公，已经向西直入，一路顺风，径指秦关。说将起来，也有一番事迹，自从沛公道出昌邑，守将据城不下，只好督兵进攻。适有昌邑人彭越，领了徒众，来见沛公，沛公甚喜，即令越一同攻城。城上矢石如雨，反伤了几百攻城兵，沛公饬令暂停，且与彭越另商他法。

越小字为仲，向在钜鹿泽中，捕鱼为业，膂力过人，泽中少年，推为渔长。及陈胜发难，项梁继起，海内鼎沸，相率叛秦，越党也欲起事，劝越据地自立。独越未肯遽发，说是两龙方斗，少待为佳。转眼间又过一年，泽中有百余少年，往从彭越，定要举他为长，定期举事。越辞无可辞，乃与诸少年预约，翌晨会议，后期即斩。诸少年应声而去。到了次日，越早起待着，诸少年陆续到来，或先至，或后至，最后的竟迟至日中。越忿然作色道："我原不欲为诸君长，诸君乃按年推立，必欲长我，应该听我指挥。昨与诸君立约，日出会议，今已差不多日中了，违约迟来，共计有十余人，本当一律处斩，但念人数太多，不可尽诛，只有将最后一人，斩首号令。"诸少年不待说完，便都笑说道："何至如此！后当遵约便了。"哪知越已令校长，竟将后至的少年，推出外面，剁成两段。一面设坛祭神，悬首示众。也是一个杀星下凡。诸少年始相惊畏，不敢违越。越遂招集各地散卒，得千余人，一闻沛公过境，遂来助战。

沛公见昌邑难下，意欲改道进兵，与越相商。越谓改从高阳，亦无不可。沛公乃与越作别，但以后会为期，自率部兵径往高阳。叙彭越事，为后文封王张本。

高阳有一老儒，家贫落魄，无以为生，但充当里中监门吏，姓郦名食其。食音异，其音几。项梁等起兵楚中，尝遣将吏过高阳，先后约数十人。郦食其问明姓氏，统以为龌龊小才，不足成事，免不得背地揶揄。旁人笑他满口狂言，因呼为狂生。郦之不得令终，亦由多言取祸。至沛公到了高阳，有一麾下骑士为郦生同里子弟，与郦生素来认识，彼此相见，当然有一番扳谈。郦生语骑士道："我闻沛公性情倨傲，不肯下人，究竟是否属实？"骑士道："这种传说，不为无因；但却喜求豪俊，所过必问，如果有智士与谈，倒也极表欢迎，未尝轻视。"沛公之所长在此。郦生道："照汝说来，沛公确有大略，与众不同。我却愿与从游，汝肯为我先容否？"骑士半晌无言，郦生道："汝疑我老不中用么？汝可去见沛公，但言同里中有个郦生，年六十余，身长八尺，素号大言，里人都目为狂生，他却自谓非狂，读书多智，能助大业呢。"骑士摇首道："沛公最不喜儒生，遇有儒冠文士，前来求见，沛公便命他免冠，作为溺器，就是平日谈论，亦常谓儒生迂腐，笑骂不休，公奈何欲以儒生名义，往说沛公？"郦生道："汝试为我进言，我料沛公必不拒我。"

骑士欲试郦生智识，乃径见沛公，如郦生言。沛公也不多说，但令骑士往召。及郦生进谒时，沛公方在驿馆中，踞坐床上，使两女子洗足。郦生瞧着，故意徐进，从容至沛公前，长揖不拜。沛公仍然不动，好似未曾看见一般。郦生朗声道："足下引兵到此，欲助秦攻各国呢？还是与各国攻秦呢？”沛公见他儒服儒冠，已觉惹厌，并且举动粗疏，语言唐突，不由的动了怒意，开口骂道：“竖儒！尚不知天下苦秦么？诸侯统欲灭秦，难道我独助秦不成！”郦生接口道：“足下果欲伐秦，为何倨见长者！试想行军不可无谋，若慢贤傲士，还有何人再来献计呢？”无非战国时说士口吻。

沛公听了，才命罢洗，整衣而起，延他上坐。两下问答，郦生具述六国成败，口若悬河，滔滔不绝。沛公很是佩服，便与商及伐秦计策。郦生道：“足下兵不满万，乃欲直入强秦，这真是驱羊入虎，但供虎吻罢了。据仆愚见，不如先据陈留，陈留当天下要冲，四通八达，进可战，退可守，且城中积粟甚多，足为军需，仆与该县令相识有年，愿往招安，倘若该令不从，请足下引兵夜攻，仆为内应，城可立下。既得陈留，然后招集人马，进破关中，这乃是今日的上计。”沛公大悦，即请郦生先行，自率精兵继进。

郦生到了陈留，投刺进见，当由该令迎入。叙过几句寒暄套话，郦生便将利害得失的关系，说了一遍，偏该令不为所动，情愿与城俱亡。郦生乃改变论调，佯与县令议守，一直谈到日昃时候，县令甚为合意，设宴相待。郦生本是酒徒，百杯不醉，那县令饮了数大觥，却已烂醉如泥，自去就寝，令郦生留宿署中。郦生待至夜半，竟静悄悄的混出县署，开了城门，放入沛公军，复导至县署左右。一声鼓噪，大众拥入，县署中能有几个卫队，一古脑儿逃之夭夭。县令尚高卧未醒，被军士突至榻前，用刀乱砍，便即身死。当下大开城门，迎入沛公，揭榜安民，秋毫无犯。城中百姓，统皆帖服，毫无异言。沛公检查谷仓，果然贮粟甚多，益信郦生妙算，封号广野君。

郦生有弟名商，颇有智勇，由郦生荐诸沛公，召为裨将，使他招募士卒，得四千人，沛公遂命他统带，随同西进，围攻开封。数日未下，蓦闻秦将杨熊，前来救应，沛公索性麾兵撤围，竟去截击杨熊。行至白马城旁，正值杨熊到来，便即冲杀过去。熊未及防备，慌忙退军，前队兵马，已伤亡多人，及退至曲遇东偏，地势平旷，熊因就地布阵，准备交战。沛公引兵进击，两阵对圆，各不相让。正杀得难解难分，忽有一支生力军赶到，竟向杨熊阵内，横击过去，把熊军冲作两段。熊军前后截断，自然溃乱！再经沛公乘势驱杀，哪里还能支持。杨熊夺路奔走，逃入荥阳，手下各军，伤失殆

尽。惟沛公此次交兵，幸亏有人夹攻杨熊，有此大捷。正要派员道谢，来将已到面前，滚鞍下马，向沛公低头便拜。沛公也下马答礼，亲自扶起，当头一瞧，乃是韩司徒张良，突如其来，回应第十五回。故人重聚，喜气洋洋，当即择地安营，共叙契阔。良自言拜别以后，与韩王成往略韩地，取得数城。可恨秦兵屡来骚扰，数城乍得乍失，不得已在颍川左右，往来出没，作为游兵。今闻沛公过此，特来相助云云。沛公道："君来助我，我亦当助君且去取了颍川，再攻荥阳。"说罢，便麾动人马，南攻颍川。

颍川守兵，登陴抵御，高声辱骂。沛公大怒，亲自督攻，好几日才得破入，尽将守兵杀死，乃复议进兵荥阳。会有探骑来报，秦将杨熊，已由秦廷遣使加诛了。沛公喜道："杨熊已死，近地可无他患，我等且把韩地夺还，再作计较。"张良亦以为然。

会闻赵将司马卬，也欲渡河入关，沛公恐自己落后，乃北攻平阴，急切不能得手，改趋雒阳。雒阳颇多秦戍，攻不胜攻，因移就轘辕进军。轘辕乃是山名，岭路崎岖，共计有十二曲，须要盘旋环行，故名轘辕。秦人以地势迂险，不必扼守，遂使沛公畅行无阻。一过轘辕，势如破竹，连下韩地十余城。适韩王成来见沛公，沛公即令居守阳翟，自与张良等南趋阳城，夺得马千余头，配充马队，令作前驱，直向南阳进发。南阳郡守名齮，史失其姓。出兵至犨县东，拦截沛公，被沛公迎头痛击，齮军大败，走保宛城。沛公追至城下，望见城上已列守卒，不愿围攻，便从城西过兵，迤逦而去。约行数十里，张良叩马进谏道："公不欲攻宛，想是急欲入关，但前途险阻尚多，秦戍必众，若不下宛城，恐滋后患，秦击我前，宛塞我后，进退失据，岂非危迫！不如还攻宛城，掩他不备，幸得攻下，方可后顾无忧了。"沛公依议施行，复由良详为划策，传令各军绕道回宛，偃旗息鼓，夤夜疾行。静悄悄的到了城下，天色尚是未明，便将宛城围住，环绕三匝。布置已定，方放起号炮，响彻城中。

南阳守齮，总道沛公已去，不至再回，乐得放心安胆，鼾睡一宵。及城外炮声大震，方才惊起，登城俯视，见敌军环集如蚁，吓得魂飞天外，踌躇多时，除死外无他法，不由的凄然道："罢！罢！"说到第二个罢字，便拔出佩剑，意欲自刎。忽后面有人急呼道："不必，不必，死时尚早呢！"救星来了。齮闻言回顾，乃是舍人陈恢，便惊问道："君叫我不死，计将安出？"陈恢道："沛公宽厚容人，公不如投顺了他，既可免死，且可保全禄位，安定人民。"齮半晌方答道："君言也是有理，肯为我往说否？"恢一口应承，便缒城下来，当被攻城兵拘住。恢自称愿见沛公，军士便押至沛公座前。

沛公问他来意，恢进说道："仆闻楚王有约，先入关中，便可封王。今足下留攻宛城，宛城连县数十，吏民甚众，自知投降必死，不得不乘城固守，足下虽有精兵猛将，未必一鼓就下，反恐士卒多伤；若舍宛不攻，仍然西进，宛城必发兵追蹑，足下前有秦兵，后有宛卒，方且腹背受敌，胜负难料，如何骤能进关？为足下计，最好是招降郡守，给他封爵，使得仍守宛城，通道输粮，一面带领宛城士卒，一同西行，将见前途各城，闻风景慕，无不开门迎降，足下自可长驱入关，毫无阻碍了。"沛公一再称善，且语陈恢道："我并非拒绝降人，果使郡守出降，自当给他封爵，烦君还报便了。"恢即驰回城中，报知郡守。

郡守齮开城相迎，引导沛公入城。沛公封齮为殷侯，恢为千户，官名。仍然留守宛城。随即招集宛城人马，引与俱西，果然沿途城邑，无不迎降。嗣是经丹水，出胡阳，下析郦，严申军禁，毋得掳掠。秦民安堵如常，统皆喜跃，王师原宜如此。沛公遂得直抵武关。关上非无守将，只因沛公兵长驱直进，忽然掩至，急得仓皇无措，不及征兵，但令老弱残卒数千人，开关迎敌，不值沛公一扫，守将抱头窜去，好好把一座关城，让与沛公。沛公安然入关，咸阳一夕数惊，讹言四起，人多逃亡。那阴贼险狠的赵高，至此也惶急起来。恶贯已将满了。

赵高威权日重，已把二世骗入宫中，好似软禁一般，不得过问。还恐朝上大臣，或有反对等情，因特借献马为名，入报二世。二世道："丞相来献，定是好马，可即着人牵来。"赵高遂令从吏牵入。二世瞧着，并不是马，乃是一鹿。便笑说道："丞相说错了！如何误鹿为马。"高尚说是马，二世不信，顾问左右，左右面面相觑，未敢发言。再经二世诘问，方有几个大胆的侍臣，直称是鹿。不料赵高竟忿然作色，掉头径去。不到数日，高竟将前时说鹿的侍臣，诱出宫禁，一并拿住，硬派他一个死罪，并皆斩首。二世全然糊涂，竟不问及，一任赵高横行不法。惟宫内的近侍，宫外的大臣，从此越畏惮赵高，没一个稍敢违慢，自丧生命。及刘项两路兵马，东西并进，赵高还想瞒住二世，不使得闻。到了沛公陷入武关，遣人入白赵高，叫他赶紧投降，高方才着急。一时想不出方法，只好诈称有病，数日不朝。

二世平日，全仗赵高侍侧，判决政务，偏赵高连日不至，如失左右两手，未免惊惶。日间心乱，夜间当然多梦，朦朦胧胧，见有一只白虎，奔到驾前，竟将他左骖马嚼死，还要跳跃起来，吓得二世狂叫一声，顿时醒寤，心下尚突突乱跳，才知是一个恶梦。死兆已见。翌日起床，越想越慌，乃召太卜入宫，令占梦兆。太卜说是泾水为祟，须由御驾亲祭水神，方可禳灾。敢问他如何依附上去？二世信为真言，遂至泾水岸旁的望夷宫，斋戒三日，然后亲祭。惟二世既离开赵高，总不免有左右侍臣，报称外间乱事，且云楚军已入武关。二世大惊，忙使人责问赵高，叫他赶紧调兵，除灭盗贼。

高不文不武，徒靠着一种刁计，窃揽大权，此次叫他调兵御乱，简直是无能为力，况且敌军逼近，大势已去，无论如何智勇，也难支持。高欲保全身家，想出一条卖主的法儿，意欲嫁祸二世，杀死了他，方得借口有资，好与楚军讲和。当下召入季弟赵成，及女婿阎乐，秘密定计。赵高阉人，如何有女，想是一个干女婿。成为郎中令，乐为咸阳令，是赵高最亲的心腹。高因与二人密语道："主上平日，不知弭乱，今事机危迫，乃欲加罪我家，我难道束手待毙，坐视灭门么？现在只有先行下手，改立公子婴。婴性仁俭，人民悦服，或能转危为安，也未可知。"毒如蛇蝎，可惜也算错了一着。成与乐唯唯听命。高又道："成为内应，乐为外合，不怕大事不成！"阎乐听了，倒反迟疑道："宫中也有卫卒，如何进去？"高答道："但说宫中有变，引兵捕贼，便好闯进宫门了。"乐与成受计而去。高尚恐阎乐变心，又令家奴至阎乐家，劫得乐母，引置密室，作为抵押。乐乃潜召吏卒千余人，直抵望夷宫。

宫门里面，有卫令仆射守着，蓦见阎乐引兵到来，忙问何事。乐竟麾令左右，先将他两手反绑，然后开口叱责道："宫中有贼，汝等尚佯作不知么？"卫令道："宫外都有卫队驻扎，日夜梭巡，哪里来的剧贼，擅敢入宫！"乐怒道："汝尚敢强辩么？"说着，便顺手一刀，把卫令枭了首级，随即昂然直入，饬令吏卒射箭，且射且进。内有侍卫郎官，及阉人仆役，多半惊窜，剩下几个胆力稍壮的卫士，向前格斗，毕竟寡不敌众，统皆杀死。赵成复自内趋出，招呼阎乐，同入内殿，乐尚放箭示威，贯入二世坐帐。二

世惊起，急呼左右护驾，左右反向外逃去，吓得二世莫名其妙，转身跑入卧室。回顾左右，只有太监一人随着，因急问道："汝何不预先告我，今将奈何！"太监道："臣不敢言，尚得偷生至今，否则，早已身死了！"

答语未完，阎乐已经追入，厉声语二世道："足下骄恣不道，滥杀无辜，天下已共叛足下，请足下速自为计！"二世道："汝由何人差来？"阎乐答出丞相二字。二世又道："丞相可得一见否？"阎乐连称不可。二世道："据丞相意见，料必欲我退位，我愿得一郡为王，不敢再称皇帝，可好么？"阎乐不许。二世又道："既不许我为王，就做一个万户侯罢！"乐又不许。二世呜咽道："愿丞相放我一条生路，与妻子同为黔首。"乐瞋目道："臣奉丞相命，为天下诛足下，足下多言无益，臣不敢回报。"说着，麾兵向前，欲弑二世。二世料不可免，便横着心肠，拔剑自刎。总计在位三年，年二十三岁。小子有诗叹道：

虎父由来多犬儿，况兼阉祸早留贻。
望夷求免终难免，为问祖龙知不知。

阎乐既杀死二世，当即返报赵高。欲知赵高后事，且至下回表明。

沛公素不喜儒，乃独能礼遇郦生，虽由郦生之语足动人，而沛公之甘捐己见，易倨为恭，实非常人所可及。厥后从张良之计，用陈恢之言，何一非舍己从人，虚心翕受乎！古来大有为之君，非必真智勇绝伦，但能从善如登，未有不成厥功者，沛公其前师也。彼赵高穷凶极恶，玩二世于股掌之上，至于敌军入境，不惜卖二世以保身家，逆谋弑主，横尸宫中，此为有史以来，宦官逞凶之首例。汉唐不察，复循覆辙，何其愚耶！顾不有二世父子，何有赵高。始皇贻之，二世受之，一赵高已足亡秦，刘项其次焉者也。

第十九回

诛逆阉难延秦祚　坑降卒直入函关

却说阎乐返报赵高，高闻二世已死，自然大喜，立即趋入宫中，抢得传国玉玺，悬挂身上。本想自己篡位，因恐中外不服，且将公子婴抬举上去，俟与楚军讲定和议，再作后图。主见已定，乃召集一班朝臣，及宗室公子，当众晓示道："二世不肯从谏，恣行暴虐，天下离畔，人人怨愤，今日已自刎了。公子婴仁厚得众，应该嗣位。惟我秦本一王国，自始皇统驭天下，乃称皇帝，现在六国复兴，海内分裂，秦地比前益小，不应空沿帝号，可仍照前称王为是。"大众闻言，心中统皆反对，因为积威所制，未敢异议，只好勉强作答，听凭裁夺。赵高便令子婴斋戒，择日庙见，行受玺礼。一面收拾二世尸首，视作寻常百姓一般，草草棺殓，藁葬杜南宜春苑中。三年皇帝，求生不得，死且不许服衮冕，也觉可怜！

公子婴虽被推立，自思赵高弑主，大逆不道，倘非设法加诛，将来必致篡位。旁顾大臣公子，无一可与同谋，只有膝下二儿，系是亲生骨肉，不妨密商，乃唤入与语道："赵高敢弑二世，岂尚畏我！不过布置未妥，暂借我做个傀儡，徐图废立。我不先杀赵高，赵高必且杀我了。"二子听着，不禁泣下。

正密议间，忽有一人踉跄趋入道："可恨丞相赵高，遣使往楚营求和，将要大杀宗室，自称为王，与楚军平分关中了。"子婴一瞧，乃是心腹太监韩谈，可与密商，因低声嘱咐道："我原料他不怀好意，今使我斋戒数日，入庙告祖，明明是欲就庙中杀我，我当托病不行，免遭毒手。"韩谈答道："公子但言有病，尚非善策。"子婴道："我若不去告庙，高必自行来请，汝可与我二子，先伏两旁，俟他进见，突出刺高，大患便可永除了。"谈欣然领命，与子婴二子预先准备，专等赵高进来，一同下手。

高正遣人诣沛公营，欲分王关中，偏沛公不肯允许，叱还高使。高不

得逞计，且恐人心益散，急欲子婴告庙，镇定一时，因此定了日期，派人往报子婴，子婴并不推辞。届期这一日，高先至庙中，待了多时，竟不见子婴到来。一再差人催促，回称公子有疾，不能亲临。高愤然道："今日何日，尚好不至么？我当亲往速驾。"今日是汝死期，汝尚不知么？说毕，即匆匆驰赴斋宫。下马入门，遥见子婴伏案假寐，便大声呼道："公子今已为王，速宜入庙告祖，奈何不行！"道言未绝，两旁趋出三人，持刃至前，喝声弑君乱贼，还敢胡言！赵高不及答话，已被韩谈手起刀落，砍倒地上，再经子婴二子，双刃并举，连下二刀，当即送命。也有此日。子婴见赵高已诛，亟召群臣入宫，指示高尸，历数罪恶。群臣争颂子婴英明，且言高死不足蔽辜，应夷三族。从前何皆无言？子婴点首，便令卫队往捕赵高家属，并及赵成阎乐一并拿到，俱处死刑，于是往告祖庙，嗣登大位，征兵遣将，往守峣关。

探报至沛公营，具述底细，沛公即欲引兵进击，张良进言道："秦兵尚强，未可轻攻。良闻守关秦将，系一屠家子，必然贪利，愿公暂留营中，但使人赍着金宝，往啖秦将，一面就峣关四近，登山张旗，作为疑兵，秦将内贪重赂，外怯强兵，还有什么不降？”沛公依议施行，命郦食其赍宝入关，招诱秦将，且拨部兵数千，悄悄上山，遍列旗帜。秦将登关东望，但见高低上下，统是楚帜竖着，不由的胆裂心寒。可巧郦生叩关入见，送上多珍，引得秦将心花怒开，看一样，爱一样，便问沛公何故厚遗？郦生道：“沛公素仰大名，所以备物致意，通告将军，将军试想事至今日，秦朝尚能长存么？将军若孤守关中，愿为秦死，沛公有精兵数十万，当与将军相见。惟闻将军明察事机，熟知利害，所以先礼后攻，敢请将军明示。”秦将不待听毕，便已一口应承，愿与沛公连和，同攻咸阳。所谓利令智昏。

郦生当即告别，还报沛公。沛公甚喜，复欲令郦生入关订约，旁有一人出阻道：“不可！句。不可！”沛公把头回顾，就是前日献计的张良。不觉动了疑心，问为何意？我亦要疑。张良道：“这不过秦将一人，贪利轻诺，料他部下未必尽从。我若骤与连和，入关同行，万一彼众生变，潜袭我军，可危孰甚！最好是乘他不备，即日掩击，定获全胜。”是从假途灭虢的遗计变化出来。沛公连声称善，便令部将周勃，引步兵潜逾蒉山，绕出峣关后面，径袭秦营。秦将方以为郦生去后，必来续约，安心待着。猛听得一声喊起，即有许多敌兵，从营后杀来，秦兵茫无头绪，还道是做梦一般，纷纷惊溃。秦将不识何因，亲至营后察看，不防一大将持刀突入，直至面前，刀光闪处，已把秦将劈开头颅，脑浆迸流，死于非命。实是该死。

这大将就是周勃。勃系沛邑贫民，少时学织蚕箔，赚钱糊口，又因他善能吹箫，常往丧家充役，列入乐工。既而渐届壮年，身长力大，学习弓马，无不具精。沛令闻他技勇，引为中涓。官名。及沛公起兵入城，勃即投效麾下，战必先驱，所向有功。沛公为砀郡长，拜勃为虎贲令，及随军西向，尤多战绩。至是复杀死秦将，踏平秦营，关上守卒，亦皆遁去。沛公又引军入关，接应周勃，追杀秦兵。到了蓝田县南境，遇有戍将拦截，便痛击一阵。戍将大败，逃回咸阳。嗣是沿途无阻，直抵霸上。

是年适为夏正十月间，秦王子婴沿秦旧例，方在改元，交相庆贺。是年为汉元年，故特提明。不意败将溃兵，陆续逃回，报称沛公军已逼都下。子婴闻报，惶急失措，忙集大臣计议。好多时来了三五人，统皆束手无策，莫敢发言。子婴越加焦灼，俄有军书递入，取过一阅，乃是沛公招降书。子婴想了一会，既不能战，又不能守，只好依书出降。乃驾着素车，乘着白马，用带套颈，捧着传国玉玺，流泪出城，至轵（zhǐ）道旁，守候沛公。沛公领着全军，整队驰入，戈铤并耀，徒御无惊。既至子婴面前，子婴不得不屈膝就跪，俯首请降。始皇子孙，出丑至此，当是始皇在日百思不到。沛公接了玉玺，命他起身，偕入咸阳，众将中或请杀子婴，免滋后患，沛公道："怀王遣我入秦，正因我宽容大度，不为已甚，况人已投降，还要杀他，也是不祥，君等幸勿多言！"说着，遂召过属吏叫他看管子婴，自率将佐入殿去了。总计子婴为王，只有四十六日，便把秦室江山，双手奉献。这并非子婴误国，实由始皇二世，造孽太深，所以有此惨象呢。评断的确。话休叙烦。

且说沛公既入殿中，与众休息，将士等乘隙取财，各去打开府库，携出金银宝贝，大家分用。独萧何自往丞相府，特觅秦朝图籍一并收藏，好待日后检查，得知海内情形，凡关塞险要，户口多寡等事，都可按图寻索，一目了然。这就是萧何特别精细，与他人不同。不愧为佐汉元勋。沛公也趁着闲暇，入宫探视，但见雕楼画栋，曲榭回廊，一步步的引人入胜，一层层的换样生新，到了内外便殿，端的是规模宏丽，构筑精工，所有花花色色的帷帐，奇奇怪怪的珍玩，罗列四围，目不胜睹。最可怜的是一班美人儿，娇怯怯的前来迎接，有的是蛾眉半蹙，有的是蝤（qiú）领低垂，有的是粉脸生红，有的是云鬟亸（duǒ）翠，有的是带雨海棠，盈盈欲泪，有的是迎风杨柳，袅袅生姿，沛公左顾右盼，不禁惹动那好色心肠，一面传谕免礼，一面步入正寝，将身坐定，好多时不见出来。

突有一将趋入道："沛公欲有天下呢？还是做个富家翁，便算满志呢？"沛公看是樊哙，默然不答，但呆呆的坐着。痴了。哙又道："沛公一入秦宫，难道就受迷不成！试看秦宫有此奢丽，所以致亡，沛公何需此物，请速还军霸上，毋留宫中！"沛公仍然不动，徐徐答道："我自觉困倦，今夕便在此一宿罢！"看中一班美人了。哙不觉动恼，又恐出言唐突，反致触怒，便转身趋出，去寻那智士张良。可巧张良进来，即与语沛公情形，浼他进谏。良点头径入，与沛公说道："秦为无道，故公得至此，公为天下除残去暴，首宜反秦敝政，力与更新。今始入秦都，便想居此为乐，恐昨日秦亡，明日公亡，何苦为了一时安佚，自败垂成？古人有言：良药苦口利于病，忠言逆耳利于行，愿公听樊哙言，勿自取祸。"

沛公听了良言，倒也翻然自悟，起身趋出，幸有此尔。封府库，闭宫室，竟回霸上。召集父老豪杰，慨然与语道："父老苦秦苛法，不为不久，诽谤受族诛，偶语便弃市，使诸父老痛苦至今，如何得为民上？今我奉怀王命令，伐暴救民，怀王曾有约语，先入秦关，便可称王，今我已入关中，当为秦王。从此与诸父老等约法三章：杀人处死，伤人及盗抵罪，外如亡秦苛法，一律除去，凡官吏人民，统可安枕，不必惊惶，我所以还军霸上，不过待别军到来，共定约束，余无他意。"父老豪杰，当然心喜，拜谢而去。沛公即传令大小三军，不得骚扰居民，违令立斩。又使人会同秦吏，安抚郡县，秦民欢欣鼓舞，惟恐沛公不为秦王，沛公因在霸上驻扎，听候项羽消息。

项羽自收服章邯，由东入西，行至新安，蓦闻秦兵有谋变消息，又惹动项羽一片杀机。原来秦朝盛时，各处吏卒，征调入都，往往为秦兵所虐待，此次联同项羽，战胜攻取，做了上手，那秦兵反为降虏，自然受着报复，被他凌辱。秦兵遂私相告语道："章将军无端投楚，教我等一同归降，我等被他哄骗，自入罗网，充做各国奴隶。如楚军得乘胜入关，我等尚得一见骨肉，死也甘心；否则，各国吏卒，把我等掳掠东归，秦必杀我父母妻子，奈何奈何！"这种议论，渐渐的传到各国军中，各国军将，便去告知项羽。项羽道："我自有计！"说着，即召英布蒲将军入帐，与他面语道："秦兵虽然投降，闻他私下谋议，心甚不服，若我军到了秦关，降兵不肯听我号令，猝然生变，作为内应，我军尚能生还么？看来只有先行下手，夤夜围击，把他一并杀死，只留章邯司马欣董翳三人，同他入秦，方可无虞。"一语杀死二十万人，羽心何毒！

英布蒲将军，受了面命，就会预备妥当，待到夜半，趁着月色无光，引兵出营，往袭降兵。降兵在新安城南，靠山立寨，沉沉夜睡。英布指麾部众，把他三面围住，单留后面山路，故意纵他逃走。又分兵与蒲将军，令他上山伏着，待有秦兵入山，便用矢石抛发，不使遗留。蒲将军分头自去，英布与兵士休息片时，大约蒲将军已可上山，乃驱动兵士，破营直入。降兵方才惊起，睡眼模糊，不知外兵从何处杀到，就是司马欣亦未知秘计，慌忙出来，兜头遇着英布，英布道："君为全营统领，奈何营中谋变，尚安然睡着哩！亏得我军已侦破逆谋，前来剿杀，君可速往项上将营，自去申辩，

免得连坐呢。”司马欣中了布计，急觅得一马，将身跃上，加鞭径去。英布放出司马欣，便将营门堵住，秦兵逃出一个，杀死一个，逃出两个，杀死一双。可怜秦兵前无去路，只得向后逃生，后面都是山谷，七高八低，就是日间行走，也防失足，况且天色又暗，心内又急，忙不择路，多半堕入谷中。忽见山上火炬齐明，还道是遇着救星，谁知却是催命使，或放箭，或掷石，一班逃兵，不受箭伤，就遭石压。到了鸡声远起，曙色微明，二十万人，已经死完，简直是一个不留了！惨乎不惨！

英布蒲将军，坑尽降兵，返报项羽。项羽早已接见司马欣，好言慰谕，留置本营，自己坐待消息。及两将复命，才得放心进兵，拔营西指。途中已无秦垒，如入无人之境，一口气跑至函谷关，关门却是紧闭，上面列着守卒，也是楚军，只随风荡漾的旗帜，当中都有刘字写着。羽在途中，已微闻沛公入关音信，至此见有刘字旗帜，越觉心中着忙，便仰呼守卒道：“汝等替何人守关？”守卒答道：“奉沛公令，在此守着。”羽复道：“沛公已入咸阳否？”守卒又答道：“沛公早破咸阳，现在霸上驻扎。”羽急说道：“我率大军前来，汝等快快开关，使我入见沛公。”守卒道："沛公有命，无论何军，不准放入！"羽大怒道："刘季无礼，竟敢拒我么？"便令英布等努力攻关，自在后面监督，退后立斩。英布等挥兵猛攻，沿关架起云梯，冒险上登。守兵不过数千，顾左失右，顾右失左，如何禁遏得住。不到一日，便被英布等跃登关上，杀散守兵，随即开关迎入项羽，进至戏地。

时已天暮，就在戏地西首，扎下营盘。这地方叫作鸿门，羽在营中设宴，大飨士卒，且与将佐商议，对付沛公。有主张决裂的，有主张从缓的，羽亦不能自决，忽来了一个使人，说是沛公左司马曹无伤，有机密事传报。羽即召他入帐，那人上前跪禀，谓由曹无伤差来。羽问为何事？那人道："沛公欲王关中，用秦子婴为相，秦宫府中一切珍宝，都想据为己有了。"羽不禁跃起，拍案大骂道："可恨刘邦，目无他人，我明日定要灭他！"范增在旁进言道："沛公居山东时，贪财好色，今入秦关，闻他不取财物，不近妇女，先后若出两人，这定是具有大志，不可小觑！且增已令望气人士，遥观彼营，据言营上有龙虎形，叠成五彩，就是天子气。若此时不除，还当了得！请将军号令将士，急击勿失！"增既知有天子气，应该舍此就彼，才算智士，奈何尚欲逆天行事呢？羽悍然道："我破一刘邦，如摧枯朽，有何难处！今日大众饮宴，时又昏夜，且让他活着一宵，明晨进击便了。"说罢，遣回来使，嘱他还报曹无伤，明日进兵，请作内应，来使应声自去。

看官听说！项羽有众四十万，号称百万，气焰无比。沛公只有兵十万人，比那项羽部下，四成中仅得一成。并且鸿门霸上，相距止四十里，又没有什么险阻，羽兵一发即至，如何遮拦？眼见得一强一弱，一众一寡，沛公生死关头，就在旦夕间了。哪知人有千算，天教一算，天意已属沛公，当然有救星出现，化险为夷。小子有诗咏道：

到底天心是好生，云龙独护沛公营。
任他亚父多谋算，怎及苍穹视听明？

欲知何人往救沛公，下文自当说明。

子婴不动声色，能诛赵高，未始非英明主；假使秦尚可为，子婴得在位数年，兴利除害，救衰起弊，则秦亦不至遽亡。然如始皇之暴虐，二世之愚顽，岂尚得传诸久远？子婴不幸，为始皇之孙，贤而失位，且为项羽所杀，祖宗不善，贻祸子孙，报应其果不爽欤！项羽以暴易暴，坑死秦降卒二十万人，无道若此，宁能久存？沛公虽弱，独能除暴救民，约法三章，且财物无所取，妇女无所幸，一变至道，天命攸归，项羽岂能加害乎？范增于项羽之暴，并不进谏，且激项羽之怒，欲害沛公。人谓其智，吾谓其愚，如增者何足道焉！

第二十回

宴鸿门张樊保驾　焚秦宫关陕成墟

却说项羽有个叔父，叫做项伯，为楚左尹。他在秦朝时候，因怒杀人，自知不免死罪，逃往下邳，幸亏遇着张良，与他同病相怜，引同居处，方得避祸。嗣是记念旧恩，常欲图报。时正在项羽营中，闻知范增计策，不免为张良担忧。暗思沛公被攻，与我无涉，惟张良跟着沛公，一同受祸，岂不可惜！当下乘夜出营，单骑加鞭，直至沛公营前，求见张良。好在沛公营内，闻得项羽入关，驻扎鸿门，也恐他夜来袭击，所以格外戒严，不敢安睡。张良也凭烛坐着，听说项伯来会，料有密事，急忙出迎。项伯入见张良，即与悄语道："快走快走！明日便要遇祸了！"良惊问原委，由项伯略述军情。良沉吟道："我不能急走！"项伯道："同死何益，不如随我去罢！"良又道："我为韩王送沛公，沛公今有急难，我背地私逃，就是不义。君且少坐，待我报知沛公，再定行止。"说着，抽身便去，项伯禁止不住，又未便擅归，只好候着。

张良匆匆入沛公营，可巧沛公亦尚未寝，即向沛公说道："明日项羽要来攻营了！"沛公愕然道："我与项羽并无仇隙，如何就来攻我？"良答道："何人劝公守函谷关？"沛公道："鲰生前来语我！鲰生即小生，或谓姓鲰。谓当派兵守关，毋纳诸侯，方可据秦称王。我乃依议照行，莫非我误听了么？"自知有误，便是聪明。良便问道："公自料部下士卒，能敌项羽否？"沛公徐说道："只怕未必。"良接口道："我军只十万人，羽军却有四十万，如何敌得！今幸项伯到此，邀良同去，良怎敢负公？不得不报。"沛公顿足道："今且奈何？"良又道："看来只好情恳项伯，叫他转告项羽，只说公未尝相拒，不过守关防盗，请勿误会。项伯乃是羽叔，当可止住羽军。"沛公道："君与项伯何时相识？"良答道："项伯尝杀人坐罪，由良救活，今遇着急难，故来告良。"沛公道："比君少长如何？"良答言项伯年长。沛公道："君快与我呼入项伯，我愿以兄礼相事。如能代为转圜，决不负德！"

良乃出招项伯，邀他同见沛公。项伯道："这却未便。我来报君，乃是私情，怎得径见沛公？"良急说道："君救沛公，不啻救良，况天下未定，刘项二家，如何自相残杀？他日两败俱伤，与君亦属不利，故特邀君入商，共议和平。"娓娓动人。项伯尚要推辞，再经良苦劝数语，方偕良入见沛公。沛公整衣出迎，延他上坐，一面令军役摆出酒肴，款待项伯，自与良殷勤把盏，陪坐一旁。酒至数巡，沛公开言道："我入关后，秋毫不敢私取，封府库，录吏民，专待项将军到来。只因盗贼未靖，擅自出入，所以遣吏守关，不敢少忽，何尝是拒绝将军？愿足下代为传述，但言我日夜望驾，始终怀德，决无二心。"项伯道："君既见委，如可进言，自当代达。"张良见项伯语尚支吾，又想出一法，问项伯有子几人，有女几人？想入非非。项伯一一具答，良乘间说道："沛公亦有子女数人，好与伯结为姻好。"沛公毕竟心灵，连忙承认下去。项伯尚是迟疑，托词不敢攀援，良笑说道："刘项二家，情同兄弟，前曾约与伐秦，今得入咸阳，大事已定，结为婚姻，正是相当，何必多辞！"好一个撮合山。沛公闻言遽起，奉觞称寿，递与项伯，项伯不好不饮，饮尽一觞，也酌酒相酬。良待沛公饮讫，即从旁笑谈道："杯酒为盟，一言已定，他日二姓谐欢，良亦得叨陪喜席。"项伯沛公，亦皆欢洽异常，彼此又饮了数杯。项伯起身道："夜已深了，应即告辞。"沛公复申说前言，项伯道："我回去即当转告，惟明日早起，公不可不来相见！"沛公许诺，亲送项伯出营。

项伯上马亟驰，返入本营，差不多有三四更天气了。营中多已就寝，及趋入中军，见项羽还是未睡，因即进见。羽问道："叔父何来？"项伯道："我有一故友张良，前曾救我生命，现投刘季麾下，我恐明日往攻，破灭刘季，良亦难保，因此往与一言，邀他来降。"项羽素来性急，即张目问道："张良已来了么？"项伯道："良非不欲来降，只因沛公入关，未尝有负将军，今将军反欲加攻，良谓将军未合情理，所以不敢轻投，窃恐将军此举，未免有失人心了。"羽愤然道："刘季乘关拒我，怎得说是不负？"项伯道："沛公若不先破关中，将军亦未能骤入，今人有大功，反欲加击，岂非不义！况沛公守关，全为防备盗贼起见，他却财物不敢取，妇女不敢幸，府库宫室，一律封锁，专待将军入关，商同处置，就是降王子婴，也未尝擅自发落。如此厚意，还要遭击，岂不令人失望么？”力为沛公解说，全是张良之力。羽迟疑半晌，方答说道：“据叔父意见，莫非不击为是？”项伯道：“明日沛公当来谢罪，不如好为看待，借结人心。”羽点头称是。项伯方才退出，略睡片刻，便即天晓。

营中将士，都已起来，吃过早餐，专候项羽命令，往击沛公。不料羽令未下，沛公却带了张良樊哙等人，乘车前来。到了营前，即下车立住，先遣军弁通名求谒。守营兵士，入内通报，项羽即传请相见，沛公等走入营门，见两旁甲士环列，戈戟森严，绕成一团杀气，不由的忐忑不安。独张良神色自若，引着沛公，徐步进去。既至中军营帐，始让沛公前行，留樊哙守候帐外，自随沛公趋入。项羽高坐帐中，左立项伯，右立范增，待沛公已到座前，才把身子微动，总算是迓客的礼仪。沛公身入虎口，不能不格外谦恭，便向羽下拜道：“邦未知将军入关，致失迎谒，今特踵门谢罪。”羽冷笑道：“沛公亦自知罪么？”沛公道：“邦与将军，同约攻秦，将军战河北，邦战河南，虽是两路分兵，邦却遥仗将军虎威，得先入关破秦。为念秦法暴酷，民不聊生，不得不立除苛禁，但与民约法三章，此外毫无更改，静待将军主持，将军不先示邦，说明入关期间，邦如何得知？只好派兵守关，严备盗贼。今日幸见将军，使邦得明心迹，尚复何恨？惟闻有小人进谗，使将军与邦有隙，这真是出人意外，还求将军明察！”这一席话，想是张良教他。

项羽本是个粗豪人物，胸无城府，喜怒靡常，一闻沛公语语有理，与项伯所说略同，反觉自己薄情，错恨沛公。因即起身下座，握沛公手，和颜直告道：“这是沛公左司马曹无伤，使人来说，否则籍何至如此！”沛公复婉言申辩，说得项羽躁释矜平，欢昵如旧，便请沛公坐下客位。张良亦谒过项羽，侍立沛公身旁。羽在主位坐定，命具酒肴相待，才阅片时，已将筵宴陈列，由羽邀沛公入席。沛公北向，羽与项伯东向，范增南向，各就位次坐定。张良西向侍坐，帐外奏起军乐，大吹大打，侑觞劝酒。沛公素来善饮，至此却提心吊胆，不敢多喝。羽却真情相劝，屡与沛公赌酒，你一杯，我一觥，正在高兴得很。偏范增欲害沛公，屡举身上所佩玉玦，目示项羽。一连三次，羽全然不睬，尽管喝酒。增不禁着急，托词趋出，召过项羽从弟项

庄，私下与语道：“我主外似刚强，内实柔懦，沛公自来送死，偏不忍杀他，我已三举玉玦，不见我主理会，此机一失，后患无穷。汝可入内敬酒，借着舞剑为名，刺杀沛公，我辈才得安枕了！”何苦逞刁。

项庄听罢，遂撩衣大步闯至筵前。先与沛公斟酒，然后进说道：“军中乐不足观，庄愿舞剑一回，聊助雅兴。”羽也不加阻，一任项庄自舞。庄执剑在手，运动掌腕，往来盘旋。良见庄所执剑锋，近向沛公，慌忙顾视项伯。项伯已知良意，也起座出席道：“剑须对舞方佳。”说着，即拔剑出鞘，与庄并舞，一个是要害死沛公，一个是要保护沛公，沛公身旁，全仗项伯一人挡住，不使项庄得近，因此沛公不致受伤。但沛公已惊慌得很，面色或红或白，一刻数变。张良瞧着，亦替沛公着急，即托故趋出帐外。见樊哙正在探望，便与语道：“项庄在席间舞剑，看他意思，欲害沛公。”哙跃起道：“依此说来，事已万急了！待我入救罢！”张良点首。哙左手持盾，右手执剑，闯将进去。帐前卫士，看了樊哙形状，还道他要去动武，当然出来拦住。哙本来力大，再加此时拚出性命，不管什么利害，但向前乱撞乱推，格倒卫士数人，得了一条走路，竟至席前，怒发上冲，瞋目欲裂。项庄项伯，见有壮士突至，都停住了剑，呆呆望着。项羽倒也一惊，便问哙道：

"汝是何人？"哙正要答言，张良已抢步趋入，代哙答道："这是沛公参乘樊哙。"项羽随口赞道："好一个壮士！可赐他卮酒彘肩。"左右闻命，便取过好酒一斗，生猪蹄一只，递与樊哙。哙横盾接酒，一口喝干，复用刀切肉，随切随食，顷刻亦尽。屠狗英雄，自然能食生肉。乃向羽拱手称谢。项羽复问道："可能再饮否？"哙朗声答道："臣死且不避，卮酒何足辞！"羽又问道："汝欲为谁致死？"哙正色道："秦为无道，诸侯皆叛，怀王与诸将立约，先入秦关，便可称王。今沛公首入咸阳，未称王号，独在霸上驻扎，风餐露宿，留待将军，将军不察，乃听信小人，欲杀功首，这与暴秦何异？臣窃为将军不取呢！惟臣未奉传宣，遽敢突入，虽为沛公诉枉而来，究竟是冒渎尊严，有干禁令，臣所以谓死且不避，还请将军鉴原！"羽无言可答，只好默然。

张良又目视沛公，沛公徐起，伪说如厕，且叱樊哙出外，不必在此絮聒。哙因即随同出帐。既至帐外，张良也即出来，劝沛公速回霸上，勿再停留。沛公道："我未曾辞别，怎得遽去？"张良道："项羽已有醉意，不及顾虑，公此时不走，尚待何时？良愿代公告辞，惟公随身带有礼物，请取出数件，留作赠品便了。"沛公乃取出白璧一双，玉斗一双，交与张良，自己另乘一马，带了樊哙，及随员三人，改从间道行走，驰回霸上。独张良一人留着，迟迟步入，再见项羽。真好大胆。羽据席坐着，但觉得醉眼朦胧，似寐非寐，好一歇方才旁顾道："沛公到何处去了？如何许久不回！"他已去远，不劳费心。良故意不答。项羽因使都尉陈平，出寻沛公。既而陈平入报，谓沛公车从尚在，只沛公不见下落。羽乃问张良道："沛公如何他去？"良答道："沛公不胜酒力，未能面辞，谨使良奉上白璧一双，恭献将军，还有玉斗一双，敬献范将军！"说着，即将白璧玉斗取出，分头献上。项羽瞧着一双白璧，确是光莹夺目，毫无瘢点，不由的心爱起来，便即取置席上，且顾问张良道："沛公现在何处？"良直说道："沛公自恐失仪，致被将军督责，现已脱身早去，此时已可还营了！"羽愕问道："为何不告而去？"良又道："将军与沛公情同兄弟，谅不致加害沛公；惟将军部下，或与沛公有隙，想将沛公杀害，嫁祸将军。将军今日，初入咸阳，正应推诚待人，下慰物望，为何要疑忌沛公，阴谋设计？沛公若死，天下必讥议将军，将军坐受恶名，诸侯乐得独立。譬如卞庄刺虎，一计两伤，

沛公不便明言，只好脱身避祸，静待将军自悟。将军英武天纵，一经返省，自然了解，岂尚至责备沛公么？”好似为项羽划策，妙甚。

项羽躁急多疑，听了张良说话，反致疑及范增，向他注视。增因计不得行，已是说不出的懊恼，再见项羽顾视，料他起了疑心，禁不住怒上加怒，气上加气，当即取过玉斗，掷置地上，拔剑砍破，且目视项庄，恨恨说道：“唉！竖子不足与谋！将来夺项王天下，必是沛公，我等将尽为所虏哩！”项羽见增动怒，不欲与较，起身拂袖，向内竟入。范增等也即趋出，只项伯张良，相顾微笑，徐徐引退。到了营外，良谢过项伯，召集随从人员，一径回去。是时沛公早回霸上，唤过左司马曹无伤，责他卖主求荣，罪在不赦。无伤不能抵赖，垂首无言，当被沛公喝令推出，枭首正法。待张良等还营报闻，沛公喜惧交并，且再驻扎霸上，徐作计较。

过了数日，项羽自鸿门入咸阳，屠戮居民，杀死秦降王子婴及秦室宗族，所有秦宫妇女。秦库货币，一古脑儿劫取出来，自己收纳一半，余多分给将士。最可怪的是将咸阳宫室，付诸一炬，无论什么信宫极庙及三百余里的阿房宫，统共做了一个火堆。今日烧这处，明日烧那处，烟焰蔽天，连宵不绝，一直过了三个月，方才烧完。可怜秦朝数十年的经营，数万人的构造，数万万的费用，都成了眼前泡影，梦里空花！秦固无谓，项羽尤觉无谓。羽又令兵士三十万名，至骊山掘始皇墓，收取圹内货物，输运入都，足足搬了一月。只剩下一堆枯骨，听他抛露，此外搜括净尽，毫不遗留。厚葬何益。本来咸阳四近，是个富庶地方，迭经秦祖秦宗，创造显庸，备极繁盛。此次来了一个项羽，竟把他全体残破，弄得流离满目，荒秽盈途。羽为了一时意气，任意妄行，及见咸阳已成墟落，也觉没趣，不愿久居，便欲引众东归。适有韩生入见，劝羽留都关中，且向羽说道："关中阻山带河，四塞险阻，地质肥饶，真是天府雄国，若就此定都，便好造成霸业了。"羽摇首道："富贵不归故乡，好似衣锦夜行，何人知晓？我已决计东归哩！"韩生趋出，顾语他人道："我闻里谚有言，楚人沐猴而冠，今日果然相验，才知此言不虚了。"哪知为了这语，竟有人传报项羽，羽即命将韩生拿到，剥去衣服，掷入油锅，用了烹燔的方法，把韩生炙成烧烤。看官试想，惨不惨呢！羽之暴且过亡秦。

羽既烹韩生，便想起程，转思沛公尚在霸上，我若一走，他便名正言顺的做了秦王，如何使得？看来不如报知怀王，请他改过前约，方好将沛公调徙远方，杜绝后患。于是派使东往，嘱他密请怀王，毋如前约。待使人去后，眼巴巴的望着复报，好容易盼到回音，乃是怀王不肯食言，仍将如约二字，作了复书。羽顿时动恼，召集诸将与议道："天下方乱，四方兵起，我项家世为楚将，所以权立楚后，仗义伐秦。但百战经营，全出我叔侄两人，及将相诸君的劳力。怀王不过一个牧竖，由我叔父拥立，暂畀虚名，毫无功业，怎得自出主见，分封王侯？今我不废怀王，也算是始终尽道，若诸君披坚执锐，劳苦三年，怎得不论功行赏，裂土分封？诸君可与我同意否？"诸将皆畏项羽，且各有王侯希望，当然齐声答应，各无异词。项羽又道："怀王究系我主子，应该尊他帝号，我等方可为王为侯。"何必尊牧儿为帝，不如废去了他，较为直捷。众又同声称是。羽遂决称怀王为义帝，另将有功将士，按次加封。惟第一个分封出去，已觉有些为难，先不免踌躇起来。正是：

只手难遮天下目，分封要费个中思。

毕竟项羽欲封何人，须待踌躇，小子且暂停一停，俟至下回发表。

沛公身入鸿门，为生平罕有之危机，项羽令焚秦宫，为史册罕有之大火，于此见刘项之成败，即定楚汉之兴亡，鸿门一宴，沛公已在项氏掌握，取而杀之，反手事耳。乃有项伯为之救护，有张良樊哙为之扶持，卒使项羽不能逞其勇，范增不能施其智，虽曰人事，岂非天命！天不欲死沛公，羽与增安得而杀之？若羽之焚秦宫，愚顽实甚，秦宫之大，千古无两，材料无不值钱，散给民生，正足嘉惠黎庶，焚之果何为者？武王灭纣，不闻举纣宫而尽焚之，越王沼吴，又不闻举吴台而尽焚之，羽果何心，付诸一炬？甚且杀子婴，屠咸阳，掘始皇冢，烹韩生，以若所为，求若所欲，安往而不败亡耶？秦之罪上通于天，羽且过之，故秦尚能传至二世，而羽独及身而亡。

第二十一回

烧栈道张良定谋　筑郊坛韩信拜将

却说项羽欲分封诸将，想了多时，自己不能决定，只好仍请范增商议。范增虽为了鸿门一役，有些懊恼，但总不忍遽去，尚为项氏效忠。血气既衰，戒之在得，增何不三复斯言，洁身早去。既闻项羽召请，便即入帐相见。项羽与增密议道："我欲按功加封，别人都不难处置，只有刘季一人，封他何处，请君为我一决。"增答道："将军不杀刘季，实是错着，今日又把他加封，是更留遗患了。"项羽道："他未尝有罪，无故杀他，必致人心不服，且怀王又欲照原约，种种为难，君亦应该谅我。并非我不肯从君！"增又答道："既经如此，不如封他王蜀，蜀地甚险，易入难出，秦时罪人，往往发遣蜀中，便是此意。且蜀亦关中余地，使为蜀王，也好算是依照旧约了。"项羽点首称善。增又道："章邯、司马欣、董翳三人，皆秦降将，最好令他分王关中，使他阻住蜀道，他必感恩效力，堵截刘季，就是将军东归，亦可无虞。"后来偏不如所料，奈何！羽喜说道："此计甚妙，应即照行。"说罢，复与增妥议各将封地，及所有名称，一一决定，增始退出。

适由沛公遣人探信，至项伯处详问一切，项伯已闻项羽定议，封沛公为蜀王，乃即告知大略。来人忙去回报沛公，沛公大怒道："项羽无礼，竟敢背约么？我愿与他决一死战。"樊哙周勃灌婴等，亦皆摩拳擦掌，想去厮杀。独萧何进谏道："不可，不可！蜀地虽险，总可求生，不至速死。"沛公道："难道去攻项羽，便至速死么？"萧何道："彼众我寡，百战百败，怎能不死？汤武尝服事桀纣，无非因时机未至，不得不因屈求伸。今诚能先据蜀地，爱民礼贤，养精蓄锐，然后还定三秦，进图天下，也未为迟哩。"沛公听了，怒气少平，因转问张良。良亦如萧何言，但请沛公厚赂项伯，使他转达项羽，求汉中地。为暗渡陈仓伏案。沛公乃取出金币，派人遣遗项伯，乞将汉中地加封。项伯已阴助沛公，且有金币可取，乐得代为说情。

项羽竟依了项伯，把汉中地加给沛公，且改封沛公为汉王。于是颁发分封诸王的命令，列记如下：

沛公为汉王，得巴蜀汉中地，都南郑。秦降将章邯为雍王，得咸阳以西地，都废邱。司马欣为塞王，得咸阳以东地，都栎阳。董翳为翟王，得上郡地，都高奴。魏王豹徙封河东，号西魏王，都平阳。赵王歇徙封代地，仍号赵王，都代郡。赵将张耳为常山王，得赵故地，都襄国。司马卬为殷王，得河内地，都朝歌。申阳张耳嬖臣先下河南迎楚。为河南王，得河南地，都洛阳。楚将英布为九江王，都六。楚柱国共敖曾击南郡有功。为临江王，都江陵。燕王韩广徙封辽东，改号辽东王，都无终。燕将臧荼从楚救赵，且随项羽入关。为燕王，得燕故地，都蓟。番君吴芮芮为英布妇翁，曾由布招芮，从羽入关。为衡山王，都邾（zhū）。齐王田市徙封胶东，改号胶东王，都即墨。齐将田都从楚救赵，随羽入关。为齐王，得齐故地，都临淄。田安故齐王建孙，下济北数城，引兵降楚。为济北王，都博阳。韩王成封号如旧，仍都阳翟。

项羽自称西楚霸王，拟还都彭城，据有梁楚九郡。一面派遣将士，迫义帝迁往长沙，定都郴地。郴音琛。郴地僻近南岭，比不得彭地繁庶。羽欲自去建都，怎肯使义帝久住，所以将他逼徙，好似迁锢一般。另拨部兵三万人，托词护送沛公，即令西往就国。此外各国君臣，皆一律还镇。

沛公既为汉王，此后叙述，应该以汉王相呼。汉王就从霸上起行，因念张良功劳，赐金百镒，珠二斗。良拜受后，却去转赠项伯，并与项伯作别，还送汉王出关。就是各国将士，或慕汉王仁厚，也尽愿跟随西去，差不多有数万人，汉王并不拒绝，一同登程。好容易到了褒中，张良意欲归韩，即向汉王说明，汉王乃遣良东归。两下告别，统是依依不舍。良复请屏左右，献上一条密计，汉王也即依从。良即拜辞而去，汉王仍然西进。不料后队人马，统皆喧嚷起来。当下问为何因？有军吏入报道：“后面火起，烈焰冲天，闻说栈道都被烧断了！”汉王绝不回顾，但促部众西行，说是到了南郑，再作后图，部众不敢违慢，只好前进。旋闻栈道为张良所烧，免不得咒骂张良，说他断绝后路，永不使回见父老，真是一条绝计，太觉忍心。哪知张良烧绝栈道，却是寓着妙算，与庸众思想不同。一是计给项羽，示不东归，好教他放心安胆，不作准备；二是计御各国，杜绝出入，好教他知难而退，不敢入犯。当时拜别汉王，与汉王秘密定谋，便是这条计策。良之决送汉王，也是为此。汉王已经接洽，自然不致惊惶，一心一意的驰赴南郑去了，既至南郑，拜萧何为丞相，此外将佐亦皆授职有差，不必细述。

惟张良拜别汉王，转身东行，过一路，烧一路，已将栈道烧尽，方向阳翟进发，等候韩王成归国。原来项羽入关，韩王成未曾相随，嗣经羽进驻鸿门，号令诸王，韩王成方才往见。羽虽嫌他无功，终究是无罪可加，不得不许复旧封。只有一语相嘱，叫他召回张良。及韩王成与良接洽，良亦知项羽加忌，不令事汉，所以有此要约，当时答复韩王，俟送汉王出境，然后还韩。韩王不便相强，因即应诺。偏偏项羽借口有资，责成违命纵良，将他留住，不令归国，但使随军东行。成无拳无勇，怎能拗得过项羽，没奈何跟着羽军，出发秦关。羽把秦宫中所得金银，及子女玉帛等类，一古脑儿载入后车，启程东归，到了彭城，复将韩王成贬爵，易王为侯。过了数月，索性把他杀死了事。还有燕王韩广，不愿迁往辽东，被臧荼引兵逐出，追

至无终，一鼓击死。韩广了。乃使人报知项羽，羽不咎臧荼擅杀，反说荼讨广有功，令他兼王辽东。就是齐王田市，本由齐将田荣拥立，田荣前不愿从项氏攻秦，为羽所憎，见第十六回。故羽徙封田市，改封田都田安，独将田荣搁起不提。全是私心用事。荣秉性倔强，不服羽命，竟羁留田市，拒绝田都，待田都将到临淄，竟发兵邀击中途，把都杀败，都逃往彭城。田市闻田都败却，恐他向羽求救，复来攻齐，因此潜身脱走，驰诣胶东。偏田荣恨他私逃，自领兵追杀田市，荣亦太觉猖狂。再西向袭击济北，刺死田安，便自称齐王，并有三齐。是时彭越尚在钜野，彭越见前文。有众万人，无所归属，田荣给与将军印绶，使他略夺梁地，越遂为荣效力，攻下数城。赵将陈余，自去职闲游后，羁居南皮，仍然留意外务，常欲出山。陈余事见前文，但余既归隐，何必再寻烦恼。他本与张耳齐名，项羽封耳为常山王，却有人进说项羽，请封陈余。羽因余未尝从军，但封他南皮附近的三县。余怒说道："余与张耳，功业相同，今耳封常山王，余乃只得三县地方，充个邑侯，岂非不公！我要这三县地何用呢？"当下使党徒张同夏说，往见田荣道："项羽专怀私意，不顾公道，所有部将，尽封善地，独将旧王徙封，使居僻境，如此不公，何人肯服？今大王崛起三齐，首先拒羽，威声远震，东海归心。赵地与齐相近，素为邻国，现赵王被徙至代，也觉不平，臣余本赵旧将，愿大王拨兵相助，往攻常山，若得将常山攻破，仍迎赵王还国，当世为齐藩，永不背德！"田荣听了，立即应允，因派兵往助陈余。陈余尽发三县士卒，会同齐兵，星夜驰击常山。张耳未曾预防，仓猝拒敌，竟被杀败，向西遁走。陈余遂迎赵王歇还国，遣还齐兵。赵王号余为成安君，兼封代王。余因赵王初定，不便遽离，仍然留辅赵王，但命夏说为代相，令往守代，事且慢表。

且说汉王刘邦，到了南郑，休兵养士，安息了一两月，独将士皆思东归，不乐西居。汉王部下，有一韩故襄王庶孙，单名为信，此与淮阴侯韩信异人同名。曾从汉王入武关，辗转至南郑，为汉属将。因见人心思归，自己亦生归志，乃入见汉王道："项王分封诸将，均在近地，独使大王西居南郑，这与迁谪何异？况军吏士卒，皆山东人，日夜望归，大王何不乘锋东向，与争天下？若待海内已定，人心皆宁，恐不可复用，只好老死此地了。"汉王道："我亦未尝不忆念家乡，但一时不能东还，如何是好！"

正议论间,忽有军吏入报,丞相萧何今日出走,不知去向。汉王大惊道:“我正思与他商议,奈何逃去!莫非另有他事么?”说着,即派人往追萧何。一连二日,未见萧何回来,急得汉王坐立不安,如失左右两手。方拟续派得力兵弁,再去追寻,却有一人踉跄趋入,向王行礼,望将过去,正是两日不见的萧何。却是奇怪。心中又喜又怒,便佯骂道:“汝怎得背我逃走?”何答道:“臣不敢逃,且去追还逃人!”汉王问所追为谁?何又道:“臣去追还都尉韩信!”汉王又骂道:“我自关中出发,直至此地,沿途逃亡多人,就是近日又有人逃去,汝并不往追,独去追一韩信,这明明是骗我了。”何说道:“前时逃失诸人,无关轻重,去留不妨听便,独韩信乃是国士,当世无双,怎得令他逃去?大王若愿久居汉中,原是无须用信,如必欲争天下,除信以外,无人合用,故臣特亟去追回。”汉王道:“我难道不愿东归,乃郁郁久居此地么?”何即接入道:“大王果欲东归,宜急用韩信,否则信必他去,不肯久留了。”汉王道:“信有这般才干么?君既以为可用,我即用他为将,一试优劣。”何又道:“但使为将,尚未足留信。”汉王道:“我就用他为大将,可好么?”何连说了几个好字。汉王道:“君为我召入韩信,我便当命为大将。”何正色道:“大王岂可轻召么?本来大王用人,简慢少礼,今欲拜大将,又似传呼小儿,所以韩信不愿久留,乘隙逃去。”汉王道:“拜大将当用何礼?”何答道:“须先择吉日,预为斋戒,筑坛具礼,敬谨行事,方算是拜将的礼节。”汉王笑道:“拜一大将,须要这般郑重么?我就依君一行,君为我按礼举行便了。”看到此种问答,便是兴王大度。何乃退出,便去照办。

究竟韩信,是何等人物?听小子约略叙明。信为三杰中人,自应补叙明白。信本淮阴人氏,少年丧父,家贫失业,不农不商,要想去充小吏,也属无善可推,因此游荡过日,往往就人寄食。家中虽有老母,不获赡养,也累得愁病缠绵,旋即逝世。南昌亭长,颇与信相往来,信常去吃饭,致为亭长妻所嫉。晨炊蓐食,不使信知,待信来时,好多时不见具餐。信知惹人厌恨,乃掉头径去,从此绝迹不至。便是有志。独往淮阴城下,临水钓鱼。有时得鱼几尾,卖钱过活,有时鱼不上钩,莫名一钱,只好挨着饥饿,空腹过去。会有诸老妪濒水漂絮,与韩信时常遇着,大家见他落魄无聊,当然不去闻问。独有一位漂母,另具青眼,居然代为怜惜,每当午餐送至,辄分饭与信。信亦饥不择食,乐得吃了一餐,借充饥腹。哪知漂母慷慨得很,今日饲信,明日又饲信,接连数十日,无不如此。与亭长妻相较,相去何如! 信非常感激,便向漂母称谢道:“承老母这般厚待,信若有日得志,必报母恩。”道言甫毕,漂母竟含嗔相叱道:“大丈夫不能谋生,乃致坐困,我特看汝七尺须眉,好像一个王孙公子,所以不忍汝饥,给汝数餐,何尝望汝报答呢!”妇人中有此识见,好算千古一人。说着,携絮自去。韩信呆望一会,很觉奇异,但心中总怀德不忘,待至日后发迹时,总要重重谢她,方足报德。无如福星未临,命途多舛,只好得过且过,将就度日。他虽家无长物,尚有一把随身宝剑,时时挂在腰间,一日无事,踯躅街头,碰着一个屠人子,当面揶揄道:“韩信,汝平时出来,专带刀剑,究有何用? 我想汝身体长大,胆量如何这般怯弱呢?”信绝口不答,市人却在旁环视。屠人子又对众嘲信道:“信能拼死,不妨刺我,否则只好出我胯下!”说着,便撑开两足,立在市中。韩信端详一会,就将身子匍伏,向他胯下爬过。能忍人所不能忍,方可有为。市人无不窃笑,信却不以为辱,起身自去。

到了项梁渡淮,为信所闻,便仗剑过从,投入麾下。梁亦不以为奇,但编充行伍,给以薄秩。至项梁败死,又属项羽,羽使为郎中。信屡次献策,偏不见用,于是弃楚归汉,从军至蜀。汉王亦淡漠相遭,惟给他一个寻常官职,叫做连敖。连敖系楚官名,大约与军中司马相类。信仍不得志,未免牢骚,偶与同僚十三人,叙饮谈心,到了酒后忘情,竟发出一种狂言,大有独立自尊的志愿。适被旁人闻知,报告汉王,汉王疑他谋变,即命拿下十三人,并及韩信,立委夏侯婴监斩。婴将众犯驱往法场,陆续枭首,已有十三个头颅,滚落地上。猛听得一人狂呼道:“汉王不欲得天下么? 奈何杀死壮士!”这是命中注定,应有一番作为,故脱口而出。婴不禁诧异,便命停斩,引那人至面前,见他状貌魁梧,便动了怜才的念头。及验过斩条,乃是韩信,便问他有什么经略? 信将腹中所藏的材具,一一吐露出来,大为婴所叹赏。就与语道:“十三人皆死,唯汝独存,看汝将来当为王佐,所以漏出刀下,我便替汝解免罢!”说着,遂命将信释缚,自去返报汉王,极称信才,不应处死,且当升官。汉王是个无可无不可的人物,一闻婴言,即宥信死罪,命为治粟都尉。治粟都尉一官,虽比连敖加升一级,但也没甚宠异。独有丞相萧何,留意人才,随时物色。闻得夏侯婴器重韩信,也召与共语，果然经纶满腹，应对如流，才知婴言不谬，即面许他为大将才。信既得何称许，总道是相臣权重，定当保荐上去，不致长屈人下。偏偏待了旬月，毫无影响，自思汉王终不能用，不如见机引去，另寻头路，乃收拾行装，孑身出走，并不向丞相署内报闻。及有人见信自去，告知萧何，何如失至宝，忙拣了一匹快马，纵身跃上，加鞭疾驰，往追韩信。差不多跑了百余里，才得追及，将信挽住。信不愿再回，经何极力敦劝，且言自己尚未保荐，因此稽迟。信见他词意诚恳，方与何仍回原路。既入汉都，由何禀报汉王，与汉王问答多词，决意拜为大将。语见上文。因即命礼官选定吉日，筑坛郊外。

汉王斋戒三日，才届吉期，清晨早起，即由丞相萧何，带领文武百官，齐集王宫，专候汉王出来。汉王也不便迟慢，整肃衣冠，出宫登车。萧何等统皆随行，直抵坛下。当由汉王下车登坛，徐步而上。但见坛前悬着大旗，迎风飘扬，坛下四围，环列戎行，静寂无哗，容止不紊，天公都也做美，一轮红日，光照全坛，尤觉得旌旄变色，甲杖生威，顿令汉王心中，倍加欣慰。这是兴汉基础，应该补叙数语。丞相何也即随登，捧上符印斧钺，交

与汉王。一班金盔铁甲的将官,都翘首伫望,不知这颗斗大的金印,应该属诸何人? 就中如樊哙周勃灌婴诸将,身经百战,积功最多,更眼巴巴的瞧着,想总要轮到己身。忽由丞相何代宣王命,请大将登坛行礼,当有一人应声趋出,从容步上。大众眼光,无不注视,装束却甚端严,面貌似曾相识,仔细看来,乃是治粟都尉韩信,不由得出人意外,全军皆惊! 小子有诗咏道:

胯下王孙久见轻,谁知一跃竟成名。
古来将相本无种,庸众何为色不平!

欲知韩信登坛情形,容至下回再表。

本回叙述,可作为三杰合传,张良之烧绝栈道,一奇也;萧何之私追逃人,二奇也;韩信之骤拜大将,三奇也。有此三奇,而汉王能一一从之,尤为奇中之奇。乃知国家不患无智士,但患无明君,汉王虽据慢少礼,动辄骂人,然如张良之烧栈道而不以为怪,萧何之追逃人而不以为嫌,韩信之拜大将而不以为疑,是实有过人度量,固非齐赵诸王,所得与同日语者。有汉王而后有三杰,此良臣之所以必择主而事也。

第二十二回

用秘计暗度陈仓　受密嘱阴弑义帝

却说韩信登上将坛，向北立着，便有乐工奏起军乐，鸣铙击鼓，响遏行云。既而弦管悠扬，变成细曲，当由赞礼官朗声宣仪，第一次授印，第二次授符，第三次授斧钺，俱由汉王亲自交代，韩信一一拜受。汉王复面谕道："阃(kǔn)外军事，均归将军节制，将军当善体我意，与士卒同甘苦，无胥戕，无胥虐，除暴安良，匡扶王业。如有藐视将军，违令不从，尽可军法从事，先斩后闻！"说到末句，喉咙格外提响，故意使大众闻知。大众听了，果皆失色。韩信拜谢道："臣敢不竭尽努力，仰报大王知遇隆恩。"汉王大喜，因命信旁坐，自己亦即坐下，开口问道："丞相屡言将军大材，将军究有何策，指教寡人？"信答道："大王今欲东向争衡，岂非与项王为敌么？"汉王说了一个"是"字。信又道："大王自料勇悍仁强，能与项王相比否？"汉王沉吟道："寡人恐不如项王。"信应声道："臣亦谓大王不如项王，但臣尝投项王麾下，素知项王行为。项王喑呜叱咤，千人皆惊，独不能任用良将，这乃所谓匹夫之勇，不足与语大谋。有时项王亦颇仁厚，待人敬爱，言语温和，遇人疾病，往往涕泣分食，至见人有功，应该加封，他却把玩封印，未肯遽授，这乃所谓妇人之仁，不足与成大事。此两节，实不如汉王。今日项王虽称霸天下，役使诸侯，乃不都关中，往都彭城，明明是自失地利；况违背义帝原约，任性妄行，甚且放逐义帝，专把私人爱将，分封善地，诸侯亦皆效尤，各将旧王驱逐，据国称雄，试想山东诸国，倏起倏仆，争夺不休，如何致治？且项王称兵以来，所过地方，无不残灭，天下多怨，百姓不亲，不过眼前威势，总要算项王最强，所以被他劫制，不敢俱叛，将来各国势力，逐渐养足，何人肯再服项王？可见项王虽强，容易致弱。今大王诚能遵道而行，与彼相反，专任天下谋臣勇将，何敌不摧？所得天下城邑，悉封功臣，何人不服？率领东归将士，仗义东征，何地不克？三秦诸王，虽似扼我要塞，犄角设防！但彼皆秦朝旧将，带领秦士卒数年，部下死亡，不可胜计，到了智尽能索，复胁众归降项王，项王又起了杀心，诈坑秦降卒二十余万，只剩章邯司马欣董翳三人，生还秦关。秦父老怨此三人，痛入骨髓，恨不得将三人食肉寝皮，今项王反立此三人为王，秦民当然不服，怎肯诚心归附？惟大王首入武关，秋毫无犯，除秦苛法，与秦民约法三章，秦民无不欲大王王秦，且义帝原约，无人不知，大王被迫西行，不但大王怨恨项王，就是秦民亦无不怀愤！大王若东入三秦，传檄可定，三秦既下，便好进图天下了！”看似平常计议，但已如兵法所云，知己知彼，百战百胜。汉王喜甚，即慰谕道："寡人悔不早用将军！今得亲承指导，如开茅塞。此后全仗将军调度，指日东征！”信复答道："将非练不勇，兵非练不精，项王虽有败象，终究是百战经营，未可轻视，现须部署诸将，校阅士卒，约过旬月，方可启行。"汉王称善，乃与信下坛回朝。

越日即由信升帐阅兵，定出军律数条，号令帐外。大小将士，因他兵权在手，只好勉遵约束。信遂亲自督操，口讲指划，如何排列阵势，如何整齐步伐，如何奇正相生，如何首尾相应，如何可合可分，如何可常可变，种种法制，都是樊哙周勃灌婴等人，未曾详晓，既得韩信训示，才知信确有抱负，不等寻常，于是相率敬畏，各听信命。操演部曲，甫经数日，已是军容丕振，壁垒一新。乃择定汉王元年八月吉日，出师东征。特标年月，点清眉目。是时栈道已经烧绝，不便行军，汉王却早由张良定计，叫他明修栈道，暗度陈仓。当下召入韩信，问明出路，信所言适与张良相合。汉王鼓掌道："英雄所见，毕竟略同。"遂派了兵士数百人，佯去修筑栈道，自与韩信率领三军，悄悄的出发南郑。但使丞相萧何居守，征税收粮，接济军饷。

时当仲秋，天高气爽，将士等各愿东归，日夜趱程，由故道直达陈仓。雍王章邯，本奉项王密嘱，堵住汉中，作为第一重门户，平时亦派兵巡察，但恐汉王出来。不过他算差一着，总道汉王东出，必须经过栈道，栈道未曾修筑，纵有千军万马，也难通行，所以章邯安心坐待，一些儿不加防备。旋经探卒走报，汉兵已有数百人，修理栈道，章邯微笑道："栈道甚长，烧毁时原是容易，修筑时却是万难，区区数百人，怎能济事？汉王既欲东来，当时何必烧绝栈道，呆笨如此，真正可笑极了！”他并不呆，你却呆甚！既而又有人传入邯耳，谓汉已拜韩信为大将。邯尚不知韩信为何人，复派干员探明履历，及返报后，闻说韩信屈身胯下，毫无志节，遂又大笑道："胯下庸夫，也配做大将么？汉王如此糊涂，怪不得他行为乖谬，前烧栈道，已是失策，今修栈道，又只派了数百人，看他至何年何月，方将栈道修竣哩！"嗣是愈加轻视，毫不为意。

到了八月中旬，忽有急报传到，乃是汉兵已抵陈仓。章邯尚疑是说谎，顾语左右道："栈道并未修好，汉兵从何处出来，难道真能插翅高飞么？"话虽如此，但也不得不再派干员，探听明白。未几果有陈仓逃兵，走至废邱，报称汉王亲率大军，据住陈仓，杀死戍将，不日就要进攻了。章邯才觉有些着忙，自思汉兵未经栈道，如何通路，莫非另有小径，可出陈仓！今不如亲领兵队，前往邀击为是。乃引兵数万，径赴陈仓，邀截汉军。一路行去，但见逃兵，不见难民。原来汉兵经过的地方，丝毫不准侵掠，所以民皆安堵，不致流离。章邯将逃兵收集，急急的赶到陈仓，正值汉兵整队东来，两下相遇，便即交战。汉兵是积愤已深，奋身不顾，一经对垒，好似猛虎离山，无论什么刀兵水火，统是不怕，只管向前杀去。章邯部下的兵士，本是怀恨未销，勉强隶属，怎肯为邯拚着死力，自伤生命？所以战不多时，已

经四溃。章邯只得回走，奔往好畤，汉兵从后追杀，不肯罢休。

究竟章邯是个惯战人员，也不愿为了一败，甘心歇手。且看部兵丧失一半，还有一半随着，不若回头再战，出敌不意，返戈奋斗，或能转败为胜，亦未可知，因此号令军中，再与汉兵赌个死活。哪知韩信早已防着，嘱令前驱小心追赶，免为所乘，自己居中调度，随时策应，待至章邯还军拚命，汉兵前队，毫不慌乱，仍然照前厮杀，无懈可击。邯见汉兵整肃如故，自知所谋不遂，添了一种懊恼，没奈何支撑一阵，偏汉中军又调出左右两翼，策应前驱，前锋就是樊哙，左翼主将，就是灌婴，右翼主将，就是周勃。这三人系著名大将，夹攻一个章邯，叫邯如何抵敌！徒然断送了许多士卒，去做一班冤死鬼。邯却乘间溜脱，使长子平一说平为邯弟。入守好畤，自引败卒遁还废邱。

汉军两获胜仗，即进攻好畤，章平已知汉兵利害，怎敢出头？只有召集兵民，乘城拒守。汉将樊哙等率兵围城，竭力攻扑，约阅两日，见城上守兵稍懈，哙即令兵士架起云梯，督令登城。城上尚有矢石，陆续放掷，兵士未敢遽上，恼动樊哙性子，左拥盾，右执刀，首先登梯。此公惯用两般兵器。梯级尚未毕登，那城上已是大哗，乱放硬箭，乱掷巨石，哙竟用盾格开，觑着城上空隙，一跃而上，用刀乱掠，剁落头颅好几个。守兵措手不迭，再经汉兵蜂拥登城，杀散守兵，立即下城开门，放入余军。章平忙从后门逃出，落荒窜去。县令县丞，不及出奔，尽被杀死。城中百姓，无一反抗，情愿降汉。汉兵不杀一民，当即平定。韩信也即入城，叙哙首功，报知汉王。汉王已封哙为临武侯，至此复加授郎中骑将。哙与周勃灌婴等，分徇下郿槐里柳中诸地，俱皆略定。乘势攻入咸阳，击走守将赵贲。惟废邱为章邯所守，往攻不下。

韩信得报，亲至废邱城外，周览地势，已得破城方法，遂召樊哙等授以密计，嘱他分头往办。章邯因汉兵攻城，日夜防守，很是留意。长子章平，已从好畤逃至废邱，与乃父相助为理，竭力抵御，所以汉兵虽盛，急切未能攻入。一日到了夜间，忽闻城中兵民，大噪起来。章邯父子，慌忙巡视，但见平地上面，水深数尺，却不知从何处涌来。未几水势更涨，仿佛似万马奔腾，不可控遏。转眼间竟涨至丈许，漂没民庐，外面偏喊声大震，骇人听闻。章邯料不能守，急同长子平带领家小，及所有将士，从北门水浅处冲出，奔往桃林。最奇的是章邯一走，城中水势，便即退下。看官道是何因？原来废邱城两面环水，自西北流向东南，韩信令樊哙等，壅住下流，使水不得顺下，水无可归，当然泛滥，涌入城中。况当秋季水涨，奔流湍急，单靠一座城墙，如何阻得住急流。章邯名为大将，徒知浪战，不知预防，正中了韩信的秘计。叙得明白。樊哙等既逐章邯，便将下流宣泄，水自泻去，城中就点滴不留。汉兵陆续入城，安民已毕，复去追击章邯。章邯父子，无路可奔，再战再败，章平被擒，章邯自刎而亡。始终难免一死，不若前时死于漳南，免为贰臣。

雍地尽为汉有，乃移兵转攻翟塞二王。翟王董翳，塞王司马欣，本来是章邯手下的属将，勇武远不及章邯。邯败走后，曾遣人向二王求救，二王恐汉兵入境，不敢发兵救雍。及闻章邯败死，更吓得胆战心惊。再加民心不服，一闻汉兵杀到，多去降汉。董翳先知不敌，向汉请降。司马欣越加孤立，也只有低首下心，降汉了事。三秦地方，不到一月，都归汉王，项霸王第一着计策，是完全失败了。赵相张耳，西行入关，正值汉兵平定三秦，也即投顺汉王。汉王兵力，因此益强。

项王前闻齐赵皆叛，已是忿恨，此次又闻关中失去，三秦都为汉属，不由的大肆咆哮，急欲西向击汉。一面令故吴令郑昌为韩王，牵制汉兵，一面使萧公角率兵数千，往攻彭越。萧公当是官号，角为萧公名。越击败萧公角，项羽更为动怒，自思彭越小丑，何能为力，无非仗着田荣声势，有此猖狂，欲除彭越，不得不先除田荣。于是既欲攻汉，又欲攻齐。可巧来了一封书函，接过一阅，乃是张良署名。他本深忌张良，偏这番看了良书，竟要依他行事，是又堕入张良计中了。张良书中，略言汉王失职，但得收复三秦，如约即止，不再东进。惟有齐梁蠢动，连同赵国，要想灭楚等语，这明明是良为汉计，使项王北向击齐，不急攻汉，好教汉王乘隙东来。那项王有勇无谋，竟被张良一激便动，先去攻齐。良复归入汉，为汉王划策东行。

汉王使韩庶子信领兵图韩，许俟韩地平定后，封为韩王，信即受命去讫。张良又欲从信东去，因由汉王挽留，乃居住幕下，受封为成信侯。汉王复遣郦商等往取上郡北地，俱皆得手，再使将军薛欧王吸，引兵前往南阳，会同王陵徒众，东入丰沛，迎取眷属入关。陵亦沛人，素与汉王相识，

颇有胆略，汉王因陵年较长，事以兄礼。及起兵西进，路过南阳，适值陵亦集党数千人，在南阳独立一帜，汉王因遣人招陵，陵尚不甘居汉王下，托词不往。至此次薛王二将，复来邀同王陵，陵闻汉王已得三秦，声威远著，乃决拟归汉。且有老母在沛，正好乘此迎接，脱离危机，于是合兵东行。到了阳夏，却被楚兵拦住，不得前进，只好暂时停驻，派人报告汉王，时已为汉王二年了。汉王得薛王二将报告，本思即日东略，只因项王兵威未挫，正是一个劲敌，不便轻率发兵，所以大加简阅，广为号召，待筹足三五十万兵马，方好启行。

那项王却已亲率大众，向齐进攻，临行时候，征召九江王英布，一同会师。英布独称病不赴，但遣偏将往会。项王也不加诘责，另有一道密嘱，寄与英布，叫他即日照行，不得再违。布接着密令，明知事关重大，易受恶名，惟不好屡次违拗，开罪项王，没奈何叫过心腹，示以项王密书，令他前去照办。心腹将士，奉令承教，便去改扮装束，乘了快船，急向长江上流，星夜驰去。约莫赶了数百里，望见前面有大小船只，鼓棹西行，料知办事目的，已在眼前，当即抢前速驶，追行数里，已得与前船相并，可巧天日已暮,夜色朦胧,一班改装的九江兵,竟跳上前船仓中,拔出利刃,顺手剁去,前船也有军人,一时不及对敌,只好伸着头颅,由他屠戮。还有一位身穿龙袍的主子,无从奔避,也落得一命呜呼,死得不明不白。究竟此人为谁? 就是前号怀王,后号义帝的楚王孙心。画龙点睛。

自从项王回都彭城,迁徙义帝,义帝不能不行。但左右群臣,依恋故乡,未肯速徙,义帝也须整顿行李,慢慢儿的启程。至项王将到彭城,不愿再见义帝,屡使人催促西行。义帝不得已出都就道,所有从吏,陆续逃去。就是舟夫水手,也瞧不起义帝,沿途延挨,今日驶了五十里,明日驶了三十里,因此出都多日,尚不能到郴地,终被九江兵追及,假扮强盗,弑死义帝。舟中人夫,不做刀头面,就做江中鬼。九江兵既经得手,乐得将舟中财物,搬取一空,饱载而回。途次又遇着好几艘来船,彼此问讯,乃是衡山王吴芮,临江王共敖。两处遣派的兵士,也是受了项王密命,来弑义帝,及见九江兵已占先着,不烦再进,遂各分路回去。九江兵还报英布,布自然转达项王。项王方自喜得计,谁知被人做了话柄,反好声罪致讨了! 小子有诗叹道:

敢将故主弑江中,如此凶残怎望终?
漫道阴谋人未觉,须知翘首有苍穹。

欲知何人声讨项羽,容待下回说明。

不识地理者,不足以为将;章邯为将有年,乃于栈道以外,未知汉中之可出陈仓,是实颟顸(mān hān)糊涂,毫无将略,无惑乎其败死也。汉王还定三秦,为项羽计,正宜大举攻汉,杜其侵轶,乃因张良一书,不攻汉而攻齐,尤为误事。良书所言,不足以欺他人,而项羽乃堕其计中,全是有勇无谋之弊。且敢冒天下之大不韪,弑义帝于江中,夫乱臣贼子,人人得诛,自羽弑义帝,为天下所不容,而汉乃得起而乘之。故羽之失道,莫甚于弑义帝,而羽之失计,亦莫过于弑义帝!

第二十三回

下河南陈平走谒　过洛阳董老献谋

却说汉王整缮兵马，志在东略，且闻项羽攻齐，相持未决，正好乘间出师，遂与大将韩信等，出关至陕郡。关外父老，相率欢迎，汉王传令慰抚，众皆喜悦，额手称庆。河南王申阳，望风输款，由汉王复书许降。惟改置河南郡，仍令申阳镇守。会接韩地捷音，乃是韩庶子信击败郑昌，昌穷蹙乞降，韩地大定，汉王乃实授信为韩王。郑昌当然失位，不过做了一个韩王的属员，苟全性命罢了。项羽第二着拒汉计谋，又复失败。

是时已值隆冬，雨雪纷飞，途中多阻。汉尚沿秦正朔，故虽已改年，尚在隆冬。汉王因未便远征，重还关中，暂都栎阳。开放秦时苑囿，令民耕作，改秦社稷，为汉社稷赦罪人，减赋税，凡民年五十以上，具有善行，得选为三老，每乡一人；复就乡三老中，采择一人，令为县三老，辅助县令丞尉，兴教施仁，关中大安。待至春回寒尽，汉王乃复引兵东出，从临晋关渡过黄河，直抵河内。河内为殷王司马卬居守，闻知汉兵入境，不得不发兵迎敌。一场交战，哪里敌得过汉军，徒折伤了好几千人，败回朝歌。汉将樊哙等进逼城下，麾众围攻，司马卬自然督守，不敢少懈。一面遣人驰报项王，乞求援兵。

项王方攻入齐地，所向无敌，进迫城阳，齐王田荣，未娴兵略，徒靠那一股悍气，横行青齐，但欲与项羽赌决雌雄。究竟强弱不同，主客悬绝，所以田荣屡战屡败，连城阳都不能守，只带了残卒数百，走入平原。平原百姓，未尝实受荣惠，荣反叫他输粮纳刍，不准迟延，顿时恼动众意，纠合至万余人，围住田荣，荣手下只数百残兵，如何抵挡，眼见得众怒难犯，坐被那平原百姓，击毙了事。军阀家其鉴诸。项王乘势直入，纵兵焚杀，毁城郭，坏庐舍，坑死降兵，拘系老弱妇女，一些儿没有仁恩。惟复立田假为齐王，总算不绝齐后。田假为荣所逐，亡入楚军，事见前文。齐人不愿奉假，情愿拥戴田荣弟田横，横得收集余烬，得众数万，逐走田假，再据城阳。假又走入楚营，项王说他庸弱无才，不能自立，索性赏他一刀，结果性命，自领兵猛扑城阳，总道田横新立，容易铲灭，谁知田横却得人心，合力拒守，齐人又皆惮羽凶威，自知难免一死，不如拚出性命，坚持到底，因此楚兵虽盛，终不能攻破城阳，项王又未肯舍去，总想把城阳荡平，方足泄恨。接连数旬，仍然相持不下，及河内求救，不过分拨将士若干名，作为援应，且令使人先归，虚张声势，但言楚军将移动全队，来援朝歌。又是误事。

司马卬得了复音，越觉抖擞精神，乘城拒敌，忽见汉兵逐渐撤围，一日一夜，竟皆撤尽，不留一人。他想汉兵无故退去，定由项王亲自到来所以致此，此时正好追击一阵，干些功劳。遂不待踌躇，立率城中将士，开门追赶。约跑了五六十里，未见动静，天色却已薄暮，四面又尽是山林，司马卬也防有埋伏，吩咐收兵。道言未绝，林中一声炮响，闪出两员汉将，各带精兵，来攻司马卬。司马卬不敢恋战，往后便退，部众慌乱，多半弃甲抛戈，随卬奔回，卬策马先奔，只恐汉兵赶来，恨不得一步入城。好容易到了城下，突遇一猛将据住吊桥，大声喝道："司马卬往哪里走？快快下马受缚，免得一死！"卬魂飞天外，欲想窜避，又虑后面追兵到来，越觉难敌。没奈何硬着头皮，挺枪与战，才经三合，已被猛将用刀格枪，轻舒左臂，把卬擒住，及卬众奔还，卬已早作俘囚。又经猛将厉声呼降，还有何人再敢交锋，落得匍匐桥边，乞降求生。究竟这猛将是谁，就是汉先锋樊哙，还有埋伏林中的两将，就是周勃灌婴，这三将分头伏着，都是韩信所授的密计。他料司马卬败还城中，必向项王处求援，倘或援兵骤至，里应外合，反不胜防，因特用了诱敌的方法，佯为撤围，使樊哙退伏城隅，周勃灌婴退伏林间，专诱司马卬来追，便好前后截杀，把他擒捉，果然司马卬贪功中计，被樊哙活捉到手，献至汉王面前。汉王令即解缚，慰谕数语。卬拜伏地上，自称愿降，当由汉王带领将士，偕卬入城，城中兵民，见卬已归顺汉王，自然全体投诚。

汉兵复出略修武，适有一美貌丈夫，前来投谒，当由军吏问过姓名，便是楚都尉陈平，名见前文，自称阳武县人，与汉王部将魏无知素来相识。至说明履历，即有人入报魏无知，无知便出营迎入。班荆道故，相得益欢，且为陈平设宴接风，私下问道："闻足下已事项王，为何今日到此？"陈平

道："险些儿不能见君，还亏平具有小智，方得脱险前来。"无知惊问原因，陈平道："平自往事项王，受官都尉，虽未得项王宠信，却还不见薄待。前因殷王司马卬，谋叛项王，项王遣平往讨，平不欲劳兵，只与殷王说明利害，殷王总算谢罪了事。平还报项王，项王却赐平金二十镒。近日汉王攻殷，由项王拨兵救应，行至中途，闻殷王已经降汉，因即折回。项王见救兵还营，问明情形，登时大怒，便欲将平加罪。平只好封还金印，脱身西走，是以到此。"陈平弃楚投汉，借他口中叙出，且将司马卬前时叛楚，及楚兵救司马卬中道折还等情，一并叙过，省却许多转折。无知道："汉王豁达大度，知人善任，远近豪杰，相率归心。今足下弃暗投明，无知当即为荐举，俾展大才！"陈平道："故人高谊，很是可感，但平尚有一种危险的情事，容待说明。平逃出楚营，还幸无人知觉，得离大难。乃到了黄河，雇舟西渡，舟子却有四五人，统是粗蛮大汉，平急不暇择，只好下船坐着，催他速驶。偏舟子一面摇船，一面只管向我注目，还道我怀珍宝，要想谋财害命。我身旁只有一剑，并且不习武事，怎能敌得过数人？君想这般情景，岂不是危险万分么？"无知道："这却如何脱难？"平笑道："我想舟子动疑，无非利我财物，我索性脱下衣服，赤着身体，帮他摇船。他看我空无所有，也就罢休，一到对岸，我仍将衣服穿好，付与船钱，跳上河岸，一口气跑到此间，还算是天大的造化哩。”又借平口中自述，以见平之急智。无知道：“如足下的聪明，真是一时无两了。”说着，复与平畅饮多时，待至日暮更深，即留平住宿营中。

翌日早起，无知便往见汉王，面荐陈平。汉王遂召平入见。平从容进谒，行过了礼，未蒙汉王问及，只好站立一旁。时当午餐，汉王即顾令左右，引平至侧厢就食。同席共有七人，俱是因事进见，留赐午膳，及彼此食毕，平又欲入白汉王，使中涓石奋代请，适汉王饮酒微醺，不愿见平，只令他往就馆中。石奋出语陈平，平答道：“臣为要事前来，今日便当详告，不能再延。”奋因再报汉王，汉王乃复召入，问有何谋。平进言道：“大王诚欲讨楚，何不乘项王伐齐时，迅速东行，捣破巢穴，若得入彭城，截彼归路，那时楚军心乱，容易溃散，项王虽勇，也无能为了。”汉王大喜，复问及进军方略。平具陈路径，了如指掌，说得汉王眉飞色舞，欣慰异常，便问平在楚时，受何官职？平答言曾为都尉。汉王道：“我亦任汝为都尉，何如？”平当然拜谢。汉王道：“且慢！我还要使汝参乘，兼掌护军。”平亦即受命，再拜而出。

帐下诸将，见陈平骤得贵官，不禁大哗，你一言，我一语，无非说是陈平初至，心迹未明，如何得引为亲近，不辨贤奸！这种私议，传入汉王耳中，汉王不以为意，且待平加厚。这便是汉王过人处。一面整顿兵马，指日东行。平代为部署，急切筹备，限令甚严。众将故意试平，向平行贿，乞稍展限，平亦未尝峻拒，每得贿金，往往直受不辞。于是众将得隙攻平，并推周勃灌婴出头，进白汉王道：“陈平虽美如冠玉，恐徒有外貌，未具真才。臣等闻他家居时，逆伦盗嫂，今掌护军，又多受诸将贿金，如此淫黩，实为不法乱臣，请大王熟察，毋为所惑！”汉王听了此言，也不免疑心起来，遂召入魏无知，当面诘责道：“汝荐陈平可用，今闻他盗嫂受金，行止不端，岂不是荐举非人么？”无知道：“臣举陈平，但重平才，大王乃责及行谊，实非今日要务，今日楚汉相距，全仗奇谋，不尚细行，就使信若尾生，古信士，与女子期于桥下，女子不来，水至不去，抱桥柱而死，语见《庄子》。贤如孝己，殷高宗子事亲至孝，高宗惑于后妻之言，放之而死。有何效用？大王但当察平计划，曾否可采，不必详究盗嫂受金等事。倘平实无智能，臣甘坐罪！”无知所言，亦未免落偏。汉王听着，尚是半信半疑，待无知退后，又召平入责问。平直答道：“臣本为楚吏，项王不能用臣，故弃楚归汉，沿途受尽艰难，只剩得孑然一身，来归大王，若不受金，即无自取资，如何展策！大王今日，如以为臣言可用，不妨听臣行事，否则原金具在，尽当输官，请恩赐骸骨便了！”必受金，方可行事，平之言毋乃太过。汉王乃改容谢平，更加厚赐。嗣且迁任护军中尉，监护诸将，诸将乃不敢复言。

惟受金一事，平既自认不讳，毋庸拟议，独盗嫂事关系暧昧，平不自辩，无知亦未尝代为洗刷，迄今犹传为疑案。其实事属子虚，应该剖白，免致误传。平少丧父母，惟与兄伯同居，兄已娶妻，务农为业，独平喜读书，手不释卷。兄见他诚心好学，遣使从师，情愿独身耕稼，勉力持家，但兄妻是女流见识，很滋不悦。一日陈平在家，有里人看他面色丰腴，便戏语道：“君家素来贫乏，君食何物，乃这般丰肥？”平尚未及答，忽伊嫂遽出来对答道：“我叔有何美食，无非吃些糠粞罢了，有叔如此，不如无有！”此妇亦与汉王嫂相类，但庸妇局量，往往如此，能有几个漂母慧眼识人？这数语明寓讥嘲，急得陈平面红耳赤，几乎无地自容。可巧乃兄进来，亦有所闻，怒责彼妇，说她离间兄弟，立刻休回母家。平慌忙解劝，乃兄决计不从，竟将彼妇撵逐。好一位贤兄。照此看来，嫂叔绝对不和，何有私通情事？况且陈平后来，又得了一个美妻，乃是同里富翁张负的孙女。平不事生产，年逾弱冠，尚未娶妻，富家不肯与平联姻，贫家亦为平所不愿。适张负孙女，五次许字，五次丧夫，遂致无人过问。独平见张宅多财，张女又貌美如花，暗暗艳羡，只苦无人替他作伐。事有凑巧，里人举办大丧，浼平襄理，平先往后归，格外出力。张负亦在丧家吊唁，见平丰仪出众，办事精勤，不由的大加赏识，记在胸中。嗣复往视平家，虽是陋巷贫居，门外却有贵人车辙，当下趋回家中，召子仲与语道：“我欲将孙女嫁与陈平。”仲愕然道：“陈平系一介贫儒，邑人统笑他寒酸，不愿联姻，奈何我家独遣女往嫁呢？”张负掀髯笑道：“世上岂有美秀如陈平，尚至长久贫贱么！”也是别具青眼。仲尚是不欲，入问伊女，伊女却无违言。想是平日亦见过陈平，两心相悦之故。再经张负遣媒定约，上下相迫，任他张仲如何不乐，也只好筹办妆奁，嫁女出门。张负又阴出财帛，给与陈平，使得诹吉成礼。平大喜过望，指日完娶。亲迎这一日，张负且叮嘱孙女，叫她谨守妇道，勿得倚富压贫。孙女唯唯登舆，到了平家，青庐交拜，绿酒谐欢，可意郎君，得了如花美眷，真个是情投意合，我我卿卿，一夜夫妻百夜恩，无论什么外缘，总夺不去两人恩爱，就使乃兄再娶后妻，亦不过乡村俗女，怎及得张女纤秾，是可知盗嫂情事，定属虚诬。自从平娶得张女，用度既充，交游益广，就是里人亦另眼相待。会遇里中社祭，公推平为社宰，分肉甚均，父老交口称赞道："好一个陈孺子，不愧社宰。"平闻言叹息道："使我得宰天下，也当如分肉一般，秉公办事呢！"志趣不凡，平佐汉王定天下，后为丞相，故补叙独详。既而陈胜起兵，使部将周市徇魏，立魏咎为魏王，见前文。平就近往谒，得为太仆。未几有人构平，平乃走投项羽，从羽入关，受官都尉。至此复西归汉王，言听计从，指挥如意，遂得与汉家三杰，并传不朽了。这且慢表。

且说汉王传集人马，统率东征，渡过平阴津，进抵洛阳。途次遇一龙钟老人，叩谒马前，汉王询明姓氏，乃是新城三老董公，年已八十有二。当即命他起立，问有何言？董公道："臣闻顺德必昌，逆德必亡，师出无名，如何服人？敢问大王出兵，究讨何人？"汉王道："项王不道，所以往讨。"董公又道："古语有言，明其为贼，敌乃可服，项羽原是不仁，但逆天害理，莫如弑主一事。大王前与羽共立义帝，北面臣事，今义帝被弑江中，遗骸委地，虽说江畔居民，捞尸藁葬，终究是阴灵未瞑，逆恶未彰。为后文建立义帝祠冢张本。为大王计，果欲东讨项羽，何不为义帝发丧，全军缟素，传檄诸侯，使人人知义帝凶信，罪由项羽，然后师出有名，天下瞻仰，三王盛举，亦不过如是了。"汉王听说，很觉有理，遂向董公答道："好极！好极！若非先生，寡人几不得闻此正论了。"足愧三杰。当下欲留住董公，使参军政。董公自称老病，不求仕进，告辞而去。汉王乃为义帝举哀，令三军素服三日，分遣使人，赍着檄文，布告各国。文中说是：

> 天下共立义帝，北面事之，今项羽放杀义帝于江南，大逆无道，寡人亲为发丧，诸侯皆缟素，悉发关内兵，收三河士，南浮江汉以下，愿从诸侯王击楚之杀义帝者！

这檄文传报各国，魏王豹复书请从，汉王当然作答，叫他发兵相助。

魏王豹如约而来，惟汉使至赵，赵相陈余，却要汉王杀死张耳，方肯听命。使人返报汉王，汉王不忍杀耳，偏从兵中寻出一人，面貌与耳相类，竟将他割下首级，仍遣原使持示陈余。杀一无辜而得天下，仁者不为，汉王此举，毋乃伤仁！余举首审视，已是血肉模糊，未能细辨，不过大略相似，遽以为真，因也拨兵从汉。汉得塞翟韩魏殷赵河南各路大兵，共计五十六万人，浩浩荡荡，杀奔彭城。又恐项羽乘虚袭秦，特使韩信留驻河南，扼要防守，自引大兵东出。路过外黄，正值彭越进谒，报告杀败楚将，收取魏地十余城。见前回。汉王道："将军既得魏地，应该仍立魏后，魏王豹可以复位，将军即为魏相便了。"越领命自去，汉王径至彭城。

彭城里面，守兵寥寥，所有精兵猛将，都随项王伐齐，单剩老弱数千人，留守城中，如何抵敌数十万大兵，当下闻风遁去，听令汉兵入城。汉兵鱼贯而进，即将彭城占住，汉王揽辔徐入，检查项王宫中，美人具在，珍宝杂陈，不由的故态复萌，就在宫中住下，朝饮醇酒，暮拥娇娃，享受那温柔滋味。就是部下将士，亦皆置酒高会，欢呼畅饮，快活异常。此时张良樊哙想亦从军，奈何不复进谏！小子有诗叹道：

乐极悲生本古箴，如何一得便骄淫！
彭城置酒寻欢夜，锦帐沉沉祸已深。

汉王正在纵乐，不料项王已回马杀来。欲知两军胜负，且待下回叙明。

司马卬之反复无常，宜为项王所痛恨，然不能责及陈平。平之说降司马卬，已为尽职，若卬之战败降汉，平亦安能预料。乃项羽无端迁怒，拟加平以连坐之罚，卒使平畏罪走汉，是何异于为丛驱爵，为渊驱鱼乎？汉得陈平，卒赖其六出奇计，以成王业，故本回特详叙履历，代为表扬。至若盗嫂一事，却一再辨诬，所以维持风化，杜后人之口实，意至深也。然陈平主议东征，而未及缟素发丧之大义，反使新城遗老，叩马进辞，是可知策士遗风，但尚诡谋，不知正道，王迹亡而乱贼兴，纲常或几乎息矣，得董公以规正之，未始非末流之砥柱也。

第二十四回

脱楚厄幸遇戚姬　知汉兴拼死陵母

却说彭城溃卒，奔至城阳，往报项羽。羽闻彭城失守，气得暴跳如雷，留下诸将攻齐，自率精骑三万人，倍道回援。由鲁地出胡陵，径抵萧县。萧县东南，有汉兵数营扎住，本由汉王遣使防羽，营中亦不甚戒备。谁知项王夤夜到来，时正黎明，全营将士，方才睡起，竟被项王麾军突入，任意蹂躏。汉兵除被杀外，逃避一空，项王长驱直进，奔向彭城。汉王日耽酒色，宴卧迟起，众将亦连宵醉卧，不知早晚。忽闻楚兵已临城下，统吓得形色仓皇，心神慌乱。当由汉王擦开倦眼，出宫升帐，调齐大队人马，开城迎战。遥见项王跨着乌骓，穿着铁甲，当先开道，挟怒前来。一声大吼，激成异响，已令人胆战心寒，再加楚兵楚将，都是凶悍得很，要来与汉军拚命，夺还家室。这般毒气，不堪逼近，汉将亦晓得利害，不得已向前争锋。战一合，败一合，战十合，败十合，那项王复亲自动手，执着一竿火尖枪，左右乱搠，无人可挡。突然间冲入汉阵，挑落数将，竟向汉王马前，狂杀过来。樊哙等慌忙拦截，统不是项王对手，纷纷倒退。汉王也觉心慌，但恐项王杀到，只好拍马返奔，才走数步，回顾大纛，已被项王枪尖拨倒。大纛为全军耳目，一经倒地，军士自然乱窜，汉王不暇顾及，只好落荒奔去，没命乱跑。众将亦各走各路，无心保护汉王。项王从后追击，杀得昏天黑地，日色无光，汉兵都从谷泗二水旁，逃将过去，前走的自相践踏，后走的都遭屠戮，惨死至十余万人。还有三四十万人马，南窜入山，又为楚兵所追，杀毙了好几万。余众至灵壁县东，竞渡睢水，水中溺死了许多，岸上挤落了许多，约莫有十多万人，随波漂积，睢水为之不流。前日喝得好酒，今日要他去吸清流了。

汉王逃了一程，竟被楚兵追及，围至三匝。自顾随身士卒，止数百骑，如何冲突得出？不禁仰天长叹道："我今日死在此地了！"语尚未毕，忽天上狂风大作，飞砂走石，拔木扬尘，自西北吹向东南，遍地昏冥，好似夜间一般。楚兵既站立不住，又咫尺不辨尔我，只得退回。汉王乘间脱围，觅路再走。行了数里，后面又有楚兵追来，回望楚将面目，很是熟识，便高声呼道："两贤何必相厄？不若放我逃生！"说罢，又掉头急奔，却好后面的楚将，停住不追，竟自回去。这楚将叫做丁公，闻得汉王称为贤人，就乐得卖个人情，收兵还营。谁知后来竟致陨首！因此汉王复得脱走。自思距家不远，不如趁便回家，搬取老父娇妻，免落楚兵毒手。当下驰至丰乡，走近家门，但见双扉紧闭，外加封锁，禁不住吃了一惊，慌忙查问四邻，俱云不知去向。那时孑影徘徊，踌躇了好多时，谅想无从追寻，只好纵辔自去。

行行复行行，倏已走了数十里，日色已经西沉，渐觉得饥寒交迫，疲乏不堪。本拟下马休息，又恐楚兵追来，未便小憩，没奈何垂头丧气，向前再走。又过了好几里，遥闻有犬吠声，料知前面定有村落，及抬头一望，果见前面有一树林，从林隙处露出灯光，隐隐有村落出现，摹写有致。当即策马前进，想到村中借宿。事有凑巧，适与村内老人相遇，不得不殷勤问讯，求宿一宵。老人见汉王容止，不同凡人，因就引至家中，延令上坐，叩明姓氏，汉王也不讳言，讲明实迹。老人说道："老朽不知驾到，有失远迎！今因里中有喜庆事，夜宴归来，得遇大王尊驾，不胜荣幸。"说着，便向汉王下拜。汉王忙即扶起，且转问老人家世，老人道："老朽姓戚，系定陶县人，前因秦项交兵，避乱至此，当时妻子流离，俱皆丧失，现只小女随着，权借此地寓居，乱世为人，不如太平为犬，说也可怜。"言下甚是惨沮。汉王已饥肠辘辘，急欲求食，向老人说道："此处有无酒饭可沽？"老人道："此地乃是僻乡，并无市镇，大王如不嫌简亵，寒家尚有薄酒粗肴，可以上供。"汉王不待说毕，连忙说好。老人即传声入内，叫他女儿整备酒饭。约阅一时，便有一个二九佳人，携着酒食，姗步来前，汉王瞧着，虽是衣衫朴陋，却也体态轻盈，免不得称羡起来。老人命女放下酒肴，便向汉王行礼。汉王起身相答，那戚女盈盈拜毕，转身返入。老人遂与汉王酌饮，汉王连饮数觥，愁肠渐放，娓娓言情，且问戚女曾否字人。老人道："小女尚未许字。前有相士谈及，谓小女颇有贵相，今日大王到此，莫非前缘注定，应侍大王巾栉，未知大王尊意如何？"汉王道："寡人逃难到此，得蒙留

宿，已感盛情，怎好再屈令媛为姬妾哩？”也要做作。老人道：“只怕小女不配侍奉，大王何必过谦！”汉王乃说道：“既承老丈美意，我即领情便了。”当下解交玉带，作为聘礼。老人复唤女出拜，女腼腆出来，含羞捻衽，受了玉带。并由老人叫她斟酒，捧献汉王，汉王一饮而尽。至戚女斟至第二杯，汉王就命戚女酬饮，戚女也不固辞，慢慢儿的喝干，这便算做合卺（jǐn）酒了。既而戚女复入内取饭，出供汉王，汉王又吃了一饱。夜色已阑，老人却甚知趣，便令该女陪着汉王，入室安寝。汉王趁着酒兴，挽女同宿。戚女年已及笄，已解云情雨意，且终身得侍汉王，可望富贵，不如曲意顺承，由他宽衣解带，拥入衾中。两情缱绻，一索得男，居然是结下珠胎，不虚此乐了。为生子如意张本，戚女想做妃嫔，谁知后来竟为人彘！

诘旦起床，出见戚公，吃过早膳，汉王即欲辞行。戚公父女，苦留汉王再住数日，汉王道：“我军败溃，将士等不知所在，我何能在此久留？且容我往收散卒，待有大城可住，当来迎接老丈父女，决不爽约！”戚公乃不好强留，送别汉王，只有戚女格外生感，仅得了一宵恩爱，偏即要两地分离，怎得不蹙损眉尖，依依惜别！汉王到了此时，也未免儿女情长，英雄气短，临歧絮语，握着戚女的柔荑，恋恋不舍。结果是硬着心肠，嘱咐了一声珍重，出门上马，扬鞭径去。

走了多时，忽见尘头起处，约有数百骑驰来，他恐防是楚兵，急忙藏入林中，偷眼窥着。待来骑已近，方认得是自己人马，当先一员将弁，不是别人，就是部将夏侯婴。时婴已受封滕公，兼职太仆，常奉王车。彭城一战，婴亦随着，惟因战败以后，汉王舍车乘马，仓皇走脱，所以与婴相失。婴保着空车，突出楚围，四处找寻汉王，走了一夜有余，方得与汉王相遇。汉王见是夏侯婴，自然放胆出来，婴即下马拜见，具述经过情形，且请汉王换马登车。汉王依了婴言，改坐车上，由婴跨辕随行。沿途见有难民，纷纷奔走，就中有一幼童，一幼女，狼狈同行，屡顾车中，夏侯婴眼光灵警，一经瞧见，似曾相识，便语汉王道："难民中有两个孩儿，好似大王的子女，究竟是与不是，请大王鉴察！"汉王方张目外顾，果然两孩非别，乃是亲生的子女，便命婴叫他过来。婴下车招呼，抱登车上，当由汉王问明情由，两孩谓与祖父母亲等，避难出奔，想来寻访我父，途次被乱兵冲散，遂致分离，今祖父母亲，已不知何处去了。汉王又惊又喜，更问及昨宵情状，两孩答道："儿等已离家两日，夜间统借宿别村。今日出门行路，偏偏撞着乱兵，祖父失散，母亲等又忽然不见，幸亏遇着父亲！"说到亲字，泪下不止。你的父亲，昨夜却快活得很。汉王也为动容。

正叙谈间，夏侯婴忽惊报道："那边有旗帜飘扬，莫非楚兵追来么？"汉王急着道："快走罢！"婴也觉着忙，自至汉王车后，亲为汉王推车，向前飞奔。后面果有楚兵追至，首将叫做季布，前来赶拿汉王。汉王走一程，季布追一程，一走一追，看看将及。汉王恐车重行迟，竟将子女推堕车下。夏侯婴见了，仍然左提右挈，把两孩抱置车中。俄而汉王又将两孩推落，夏侯婴再把两孩扶载，接连有好几次，惹得汉王怒起，顾叱夏侯婴道："我等危急万分，难道还要收管两孩，自丧性命么？"婴抗答道："这是大王亲生骨肉，奈何弃去？"汉王更加懊恼，拔出剑来，欲杀夏侯婴。何以粗暴乃尔！婴闪过一旁，见两孩复被汉王踢下，索性令别将御车疾驰，自己伸展左右两腋，轻轻挟住两孩，一跃上马，随王走免。楚将季布，追赶不及，也只好领兵回去。

汉王见追兵去远，稍稍放心，夏侯婴亦策马驰至，两下会叙，决向下邑投奔。下邑在砀县东，曾由汉王妻兄吕泽，带兵驻扎。汉王与夏侯婴挈了子女，从间道行至下邑，吕泽正派兵探望，见了汉王，当然迎入，汉王方得了一个安身的地方。已而汉将等闻王所在，陆续趋集，势又渐振。惟调查各路诸侯消息，殷王司马卬已经阵亡，塞王司马欣，与翟王董翳，又复降楚。韩赵河南各路残兵，亦皆散归。这虽是关系不小，但尚随合随离，不足深恨。最关紧要的，乃是汉王父太公及妻吕氏等人，好多日不闻音信。仔细探听，已被楚军掳掠去了。原来太公带领家眷，避楚奔难，子妇孙女以外，尚有舍人审食其相从。食其亦读为异基。大家扮做难民，鬼鬼祟祟，从僻路潜行出去，首二日还算平安，昼行夜宿，不过稍受一些辛苦。至第三日早起，又复启行，约越数里，适来了许多楚兵，慌忙避开。偏偏楚兵队里，有几个认识太公及汉王妻吕氏，竟一哄过来，把他两人拘住。审食其不肯舍去，也为所拘，余皆走散。汉王仅得子女二人，所有兄弟亲族，又俱未见，更闻得老父娇妻为敌所虏，生死未卜，忍不住号啕起来。旋经诸将解劝，勉强收泪，乃引众转趋砀县，再着侦骑往探，寻问太公吕氏音信。后来接得确音，才知二人在楚军中，尚幸未死，只项羽视为奇货，留作抵押，要想汉王往降。汉王怎肯身入虎口，只得暂从割舍，徐图良策。妻子可以割舍，老父亦可割舍吗？

过了数日，复接王陵哀报，乃是老母被掠，伏剑身亡，现愿奉母遗命，事汉无二，誓报大仇云云。汉王听着，悲喜交并，当下复书劝慰，叫他节哀顺变，协力复仇。一面启节西行，道出梁地，复得楚军进攻消息，且惧且忿，特召集将佐，商议退敌方法。将佐等甫经败衄，未敢主战，彼此相觑，不发一言。汉王勃然道："我情愿弃去关东，分授豪杰，但不知何人肯为效力，破楚立功，得享受此关东土地呢！"道言甫毕，即有一人接口道："九江王英布，与楚有隙，彭越助齐据梁，两人皆有大材，可以招致，使为我用。若大王部下，莫如韩信，大王果将关东土地，分给英布彭越韩信三人，彼必感激思奋，愿出死力，项羽虽强，也容易破灭了。"汉王见献计的人，就是张良，便连声称善，并顾问左右道："何人能为我往说九江王，使他背楚从我？"旁有谒者随何，谒者二字，系秦官名，汉亦仍之。挺身出应，自愿前往。汉王乃派吏二千人，与何偕行，何即领命去讫。汉王复向韩彭两军，派使求援，自引兵由梁至虞，由虞至荥阳。荥阳为河右要冲，不得不就此扼住，阻楚西进。汉王命部众屯驻城外，自入城中安歇。

才阅一宵，忽来了一员将弁，素衣素服，踉跄趋入，拜倒汉王座前，呜咽不止。汉王急忙审视，见是沛中故友王陵，当即离座扶起，延令旁坐。陵且泣且语道："臣与逆贼项羽，不知有何宿世冤仇，既逼我母自杀，还要将我母遗骸付诸鼎烹，臣愤不欲生，愿大王拨助雄师，与臣偕行，若不将贼羽碎尸万段，誓不甘休！"汉王愕然道："项羽竟这般残忍么？不但君欲报仇，就是我与君多年故交，亦当替君出力。况我的衰父弱妻，亦陷没羽军，存亡难料，怎好不前去救应？只恨我军新败，还须搜乘补阙，募兵添将，方好前去争锋，一鼓破贼。否则彼强我弱，彼众我寡，再若一败，不堪收拾了！"王陵仍然流涕，又由汉王慰谕一番，拟俟韩信等兵马到来，便当出发。陵亦无可奈何，只好含泪拜谢。惟陵母也是个女中豪杰，何故自杀，何故被烹，小子应该补叙大略，表明烈妇情形。补笔断不可少。陵母为羽所虏，羽留置军营，胁她招降王陵，陵母不肯作书，由羽使人驰往阳夏，假传陵母遗命，嘱陵弃汉归楚。陵料有诈谋，且亦不愿降羽，乃遣归楚使，另派心腹往楚省母，探明虚实。陵使到了彭城，无从与陵母相见，不得

已进谒项羽，传述陵言，愿见陵母，羽即唤陵母出见，使他东向坐着，面谕陵使，叫陵即日来降，保全母命。陵母对着项羽面前，不便直述己见，只得支吾对付，敷衍数语。及陵使辞归，陵母假送使为名，步出辕门。直至使人将要登车，向母拜别，陵母流泪与语道："烦使人传语陵儿，叫他善事汉王，汉王宽厚得民，将来必有天下，吾儿切勿顾念老妇，怀着二心，言已尽此，老妇当以死相送了。"使人尚不知陵母已具死意，还道是一时愤语，不足介怀，但说了尊体保重四字，匆匆上车。哪知陵母袖中，取出一柄亮晃晃的匕首，向西叫了两声陵儿，便咬着牙关，把匕首向颈上一横，喉管立断，鲜血直喷，好一位志节高超的老母，撞倒车旁，一命归阴去了！比漂母更高一倍。使人不及施救，并恐连害自身，疾驰而去。项羽正差人出视陵母，见了陵母言动等情，也为惊愕。至陵母已死，即刻入报，项羽大怒，喝令左右，舁入陵母尸首，掷置鼎镬，用火一烧，顷刻糜烂，羽才算泄忿。但人已死去，烹亦何益？徒使王陵闻知，越加痛恨，这真叫做冤仇不解，越结越深呢。

汉王专待韩信等来援，韩信果然率兵来会，还有丞相萧何，也遣发关中守卒，无论老弱，悉诣荥阳，人数又至十余万。汉王大喜，遂使韩信统军留着，阻住楚锋，自引子女还栎阳。韩信究竟能军，出与楚兵连战三次，统获胜仗。一次是在荥阳附近，二次是在南京地方，南京系春秋时郑京，与近今之江宁不同。三次是在索城境内，楚兵节节败退，不敢越过荥阳。韩信复令军士沿着河滨，筑起甬道，运取敖仓储粟，接济军粮，渐渐的兵精粮足，屹成重镇。汉王到了栎阳，连得韩信捷报，放心了一大半，遂立子盈为太子，大赦罪犯，命充兵戍。太子盈年只五岁，使丞相萧何为辅，监守关中。且立宗庙，置社稷，一切举措，俱委萧何便宜行事。何慨然受命，愿在关中转漕输粟，担任兵饷，并请汉王仍往荥阳，督兵东讨。汉王依议，乃与萧何嘱别，复东往荥阳去了。小子有诗赞萧丞相道：

从龙带甲入关中，转粟应推第一功。
为语武夫休击柱，发踪指示孰知公？

汉王再到荥阳，究竟如何东讨，且看下回叙明。

汉王既入彭城，应该亟迎老父，乃耽恋美人宝货，置酒高会，匪特不知有亲，并且不知有敌，何其昏迷乃尔！睢水之败，乃其自取，太公吕后之被掳，亦何莫非汉王致之？况子身避难，一遇戚女，即兴谐欢，父可忘，妻可弃，兄弟家族可不顾，将帅士卒可不计，而肉欲独不可不偿，汉王亦毋乃不经乎？惟当时项王暴虐，各诸侯亦不足有为，苍苍者天，乃不得不属意汉王，大风之起，已有特征。陵母以一妇人，独能见微知著，拼死嘱儿，是真一女中丈夫，非庸妪所得同日语也。本回叙及戚姬，所以原人彘之祸，不没陵母，所以扬彤炜之光，详正史之所略，而惩劝之意寓于中，是亦一中垒之遗绪云。

第二十五回

木罂渡军计擒魏豹　背水列阵诱斩陈余

却说汉王再至荥阳，与韩信会师进讨，诸将皆踊跃从命，期雪前耻。独魏王豹入白汉王，乞假归视母疾。汉王见他始终相从，未尝擅返，总道是存心不贰，可无他患。况且老母有病，理应归省，遂慨然应诺，与约后期。豹订约而去，回到平阳，遽将河口截断，设兵扼守，叛汉联楚。当有人报知汉王，汉王虽然懊恨，但尚以为待豹不薄，或可劝他悔悟，免致动兵。因即召过郦食其，令他往说魏豹，且与语道："先生善长口才，若能劝豹回心，使我减去一敌，便是大功，我当拨出魏地万户，封赏先生！"郦生欣然领命，星夜驰往平阳，进见魏豹，仗着三寸不烂的舌根，反复陈词，晓谕祸福。偏魏豹毫不动情，淡淡的答说道："人生世间，好似白驹过隙，若得一日自主，便是一日如愿。况汉王专喜侮人，待遇诸侯群臣，不啻奴仆，今朝骂，明朝又骂，毫无君臣礼节，我不愿与他再见了。"

郦生说他不动，只得归报。汉王大怒，即命韩信为左丞相，率同曹参灌婴二将，统兵讨魏。待韩信等已经出发，又召问郦生道："魏豹竟敢叛我，想必有恃无恐，究竟他命何人为大将？"郦生道："闻他大将叫做柏直。"汉王掀髯笑道："柏直口尚乳臭，怎能挡我韩信，还有骑将为谁？"郦生又答是冯敬。汉王道："敬系秦将冯元择子，颇有贤名，惜少战略，也不能挡我灌婴，此外只有步将了。"郦生接入道："叫做项它。"汉王大喜道："这也不能挡我曹参，我可无虑了！"料事如见。遂放下愁肠，静待韩信军报。

韩信等到了临晋津，望见对岸统是魏兵，不便径渡，乃择地安营，赶办船只，与魏兵隔河相距，暗中却派遣干员，探察上流形势。未几即得探报，谓对河统有魏兵守着，惟上流的夏阳地方，魏兵甚少，守备空虚。韩信听着，便已想得破敌的计策，先召曹参入帐，嘱令引兵入山，采取木料，不论大小，尽可合用，但教从速为妙，参受令而去。继又召入灌婴，叫他派遣兵士，分往市中，购取瓦罂，每罂须容纳二石，约数千具，即日候用，不得少延。灌婴听了，不禁疑讶起来，便问韩信道："瓦罂有何用处？"韩信道："将军不必急问，但教依令往办，自可建功。"婴尚是莫名其妙，只因军令难违，不得不如言办理。才阅两日，参与婴先后缴令，各将木料瓦罂，一律办齐。信又取出一函，交与两人，命他自去展阅。两人受函出帐，拆视函中，乃是叫他制造木罂。这木罂的造法，系用木夹住罂底，四围缚成方格，把绳绊住，一格一罂，两格两罂，数十格即数十罂，合为一排，数千罂分做数十排。制成以后，再行请令。灌婴道："渡河须用船只，现在船已渐集，何故要造这木罂？真正奇事！"故作疑幻，令人不测。曹参道："想元帅总有妙用，我等且监督工兵，依法制就便了。"于是日夜赶造，不到数日，已将木罂制齐，因即请令定夺。韩信亲自验毕，待至黄昏，留兵数千，使灌婴带着，但准摇旗擂鼓，守住船只，不得擅自渡河，违令斩首。灌婴唯唯受教。这却是个美差。信却与曹参督同大兵，搬运木罂，夤夜行抵夏阳，即将木罂放入河中，每罂内装载兵士两三人，却也四平八稳，不致倾覆。兵士就在罂内，用械划动，自然移去。信与曹参亦下马就罂，一同渡河。

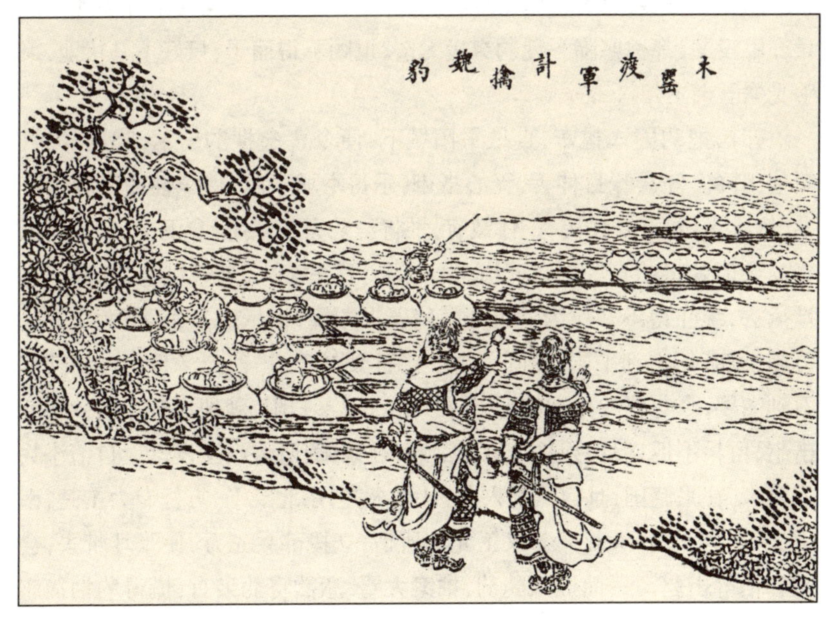

好容易到了对岸，并皆跃登陆地，整队前行。那魏将柏直等人，但扼住临晋津，不使汉兵得渡。嗣闻汉兵陈船呐喊，越加小心防守，一步儿不敢他去。就是魏王豹亦注意临晋，不及夏阳。因为夏阳平日，向无船只，势难徒涉，所以置诸度外，绝不过问。谁知韩信竟用木罂渡军，无阻无碍，直至东张，才见有魏兵营盘，挡住大道。曹参拍马舞刀，竟向魏营杀入，汉兵当然随上。魏将孙遬，仓猝抵敌，终落得大败亏输，向北窜去。曹参乘胜直入，进薄安邑，守将王襄，出城迎战，甫经数合，即被曹参卖个破绽，让他劈来，轻身一闪，彼落空，此得势，顺手牵住丝绦，活擒下马，掷付部军。魏兵见主将被擒，何人再敢抵敌？或逃或降，安邑城空若无人，遂由曹参引兵占住。韩信也即进城，犒赏将士，再拟入攻魏都。

魏都就是平阳，魏王豹居住都中，连接东张安邑败耗，惊慌的了不得，遂差人追回柏直等军，自率亲兵出都，堵截汉军。到了曲阳，刚遇汉军杀来，当即摆开兵马，与他交战。汉军已经深入，自知有进无退，奋不顾身，俗语说得好，一夫拼命，万夫莫当，况大众不下数万，又有韩信曹参两将帅，前后指麾，恁他如何劲敌，也是不能支持。魏王豹既无韬略，又乏精锐，眼见得有败无胜，向北乱逃。汉兵用力追赶，驰抵东垣，复将魏豹围住。豹冒死冲突，总不得出，韩信知豹穷蹙，传语魏兵，叫他早降免死。魏兵弃甲投戈，都称愿降。魏豹穷极无奈，也顾不得面子，只好下马伏地，束手受擒。却不怕汉王辱骂么？

韩信把豹囚入槛车，直抵平阳城下，便令曹参押豹出示，晓谕守兵，叫他出降。守兵瞠目伸舌，无心抵御，乐得举城奉献，保全性命。韩信曹参，依次入城，下令兵民，一体赦宥，惟将魏豹家眷，尽行拿下，与豹一同系着。会值魏将柏直等引兵回援，途次闻得汉军袭入，连破城邑，并魏王亦被擒去，统吓得不知所为。可巧韩信着人招降，指示一条生路，大众无法可施，没奈何走到平阳，跪降了事。魏将全然无用，果如汉王所料。韩信召到灌婴，令与曹参分徇魏地，各处城邑，无不归附，魏地大定。信欲乘便击赵，留兵不返，但将魏豹全家，悉数解往荥阳，听候汉王发落。自请添兵三万人，往平赵国，且言从赵入燕，从燕入齐，东北既平，方好专力击楚，南下会师。却是绝大计划。汉王允如所请，立拨部兵三万，使张耳带去，会同韩信等击赵。一面提入魏豹，拍案大骂，意欲将豹枭首，慌得豹匍匐座前，头如捣蒜，乞贷死罪。亏他一张老脸皮。汉王转怒为笑道："量汝这等鼠子，有何能力！我今日不妨饶汝，权寄汝首，汝若再有异心，族诛未迟。"豹又叩了几个响头，方才退出。

汉王又命将魏豹家眷，除老母年迈不能充役外，余皆没入为奴。豹妾薄姬，姿容最美，发往织室作工。后来被汉王瞧见，颇觉中意，又把她送入后宫。说将起来，这个薄姬却与汉魏大有关系。姬母薄氏，本为魏国宗女，魏为秦灭，流落他乡，与吴人薄姓私通，俨成夫妇，生下一女，出落得袅袅婷婷，齐齐整整。魏豹得立为王，薄女已经及笄，夤缘入宫，得为豹妾。时有河内老妪许氏，具相人术，言无不中，世人称为许负。负与妇通，注见前文。豹闻许负善相，特召她进来，遍相家属。许负看到薄女，不胜惊愕道："将来必生龙种，当为天子。"豹亦惊喜道："可真么？试看我面，应该如何结果。"许负笑说道："大王原是贵相，今已为王，尚好说是未贵么？"句中有眼。豹听到此语，料知自己不过为王，惟得子为帝，胜如自为，倒也欢喜得很。当下厚赠许负，送她归家，且格外宠爱薄女，几与正室无二。就是兴兵背汉，也为了许负一言，激成变志。他想有子为帝，必须由自身先立基业，方可造成帝系。若尽管臣事汉王，如何独立，如何贻谋，所以决意叛汉，负嵎自雄。子尚未生，便作痴想，安得不败，安得不亡。偏偏痴愿难偿，反致国亡家破，那相亲相爱的薄家女，竟被汉王攫去，罚作宫妃。薄女也自伤薄命，身为罪人，充当贱役，始居织室，继入汉宫，终不见有意外幸事，只得死心塌地，做个白头宫人，便算了却一生。哪知过了年余，竟得了一个梦兆，乃是苍龙据腹，大惊而寤。默思此梦主何吉凶，一时也无从详起。越宿起床，并无征验，迟至夜间，忽接内使宣召，叫她入侍，不得不略略整妆，前去应命。及见过汉王，在旁侍立，汉王方在酣饮，一双醉眼，注视了好几回，等到酒后撤肴，竟将她扯入内寝，要演那高唐故事，此时身不由主，任所欲为，到了交欢的时候，薄女始将昨宵梦兆，告知汉王。汉王道："这是贵征，我今夕就与汝玉成了。"说也奇怪，薄女经过一番雨露，便得怀胎，十月满足，果生一男，取名为恒，便是将来的汉文帝，只晦气了一个魏王豹，求福得祸，一败涂地。可见人生遇合，都有命数，切勿可过信术士，痴心妄想呢！唤醒世梦。闲话休表。

且说韩信寓居平阳，筹备伐赵，可巧张耳带兵到来，与信会师，信遂合兵东行，进攻代郡。这伐赵的原因，系由赵相陈余，本已出兵从汉，自汉王为楚所败，赵兵散归，报称张耳尚存，顿时恼动陈余，复与汉绝和。张耳诈死见二十三回。韩信援为话柄，责赵背汉，因此长驱攻代，直抵阏与。代为陈余受封地，余留辅赵王，用夏说为代相，使他居守。见二十一回。说闻汉兵已至阏与，距代城不过数十里，当即引兵出敌，与汉兵前队相遇。汉先锋将乃是曹参，跃马持刀，直指夏说，说亦持刀相迎。战了一二十合，参虚晃一刀，拍马就走，汉兵亦返身同奔。明明是诈。说麾兵大进，迤逦追赶，约行了二十多里，忽两面喊声大起，左有灌婴，右有张耳，两路兵杀出，冲断代兵，再经曹参引兵杀回，三面夹攻，代兵大败，说慌忙遁还。偏汉兵不肯罢手，从后急追，走至邬东，已被曹参追及，刃伤说马后股，马负痛倒地，把说掀翻，便为汉兵所擒。参劝说投降，说反骂汉欺人无信，激动参怒，手起刀落，把说劈下头颅，因即攻入代城。

安民已毕，就去迎接韩信。信立即至代，再拟移兵入赵。适有汉王使命到来，调回将士，助守敖仓，信乃使曹参南还。参道出邬城，为赵将戚将军所阻，一场恶斗，力把戚将军劈死，方得打通路径，还诣敖仓去了。惟韩信麾下，要算参最为智勇，所领部曲，亦皆善战。参既南下，部众当然随去，信不得不募兵补阙，好容易招添万人，驱往击赵。沿途探听赵兵消息，先后接得探报，各称赵兵据井陉口，差不多有二十万人。信素知井陉口的险要，未便轻进，约距井陉口三十里外，停兵下寨，再遣细作往觇虚实，然后进兵。

是时赵已知代地失守，格外严防，所以扼险固守，阻住汉军。有谋士广武军李左车，进说陈余道："韩信张耳，乘胜远斗，锋不可当。但臣闻千里馈粮，士有饥色，樵苏后爨，师不宿饱，他敢远道至此，必利在速战。好在我国门户，有井陉口为阻，车不得方轨，骑不得成列，彼若从此处进兵，势难兼运粮草，所有辎重，定在后面。愿假臣三万人，由间道潜出，截取彼粮，足下但深沟高垒，勿与交锋，彼前不得战，后不得还，野无所掠，何从得食，不出十日，两将首级，可致麾下！否则，虽有险阻，不足深恃，恐反为二子所擒了！"左车之计，足以守赵，若必谓足擒信耳，亦觉过夸。陈余本是书生出身，见识迂拘，尝自称为义兵，不尚诈谋，因辞退李左车，屏绝勿用。

事为韩信所闻，暗暗心喜，遂传入骑都尉靳歙，嘱他如此如此。待靳歙去后，又召左骑将傅宽，及常山太守张苍，亦授以密计，令他分头去讫。自己待至夜半，拔寨起行，及抵井陉口，天色微明，只令裨将分给干粮，叫全军暂时果腹，且传谕大众道："今日便好破赵，待成功后，会食未迟。"将士等统皆疑讶，但亦不敢细问，只好齐声应令。却是奇怪。信又挑选精兵万人，叫他渡过泜水，背着河岸，列阵待着。赵军望见背水阵，不禁窃笑，就是汉将等亦皆惊疑。只韩信平日兵谋，往往令人不测，所以依令照行，未敢有违。信复笑语张耳道："赵兵据险立营，未见我大将旗鼓，故坚持不动。我当与君同往，亲去督攻，使彼夺气，彼自然退去了。"耳亦未以为然，勉从信言，相偕渡河。信即命军士扬旗示众，伐鼓助威，大模大样的闯入井陉口。

早有赵卒报达陈余，余大开营门，麾兵出战。两下交绥，赵兵仗着势众，一拥上前，来围韩信张耳。信呼耳急走，且令军士抛去帅旗，掷去战鼓，一齐返奔，驰还泜河。显是诡谋。陈余部众得胜，自然并力追击，还有据守营内的赵兵，也想乘势邀功，竟把赵王歇都拥了出来，掠取汉军旗鼓，扬扬得意，哗声如雷。那时韩信等已退到泜河，陈余等亦皆追至，泜河上面，本有汉军列着，纳入韩信张耳，出拒陈余。韩信下令军中，决一死战，退后立斩。汉兵本无退路，就使没有号令，也只可拚死求生。当下奋力拒战，争先杀敌，自辰牌斗至午牌，不分胜负，陈余恐部众腹饥，不能再战，乃收军回去。不料到了半途，遥见营中旗帜，都已变色，一张张的随风飘动，好似红霞散彩，灿烂异常。及仔细辨认，分明是汉军赤帜，不由的魂驰魄丧，色沮心惊。正在慌张的时候，刺斜里突出一军，乃是汉左骑将傅宽，引兵杀来。余急忙对敌，且战且走，忽又有一路人马，兜头拦住，为首统将，系汉常山太守张苍，吓得余不知所措，反从后面倒退。张苍傅宽，合兵赶杀，却故意不去夹击，惟把余逼回泜水，余军不顾前后，但教有路可逃，走了再说。余明知泜水旁边，驻有汉军，此去乃是一条绝路，自往寻死，为此喝止部众，饬令死战，偏部众已无斗志，不肯听令，只管狂奔。余不觉怒起，命部将连杀数人，越杀越逃，越逃越乱，连余亦只好跟着，不能独返。看看泜水将近，心下愈急，忽来了一个冤家，驱兵乱斫，先将余纛砍翻，继即将余围住。余没甚武力，怎能自脱，即被来兵杀死，这来兵中的主将，究

是何人？看官听着，就是前时刎颈交张耳！杀人不杀己，想也好算是刎颈交。

余既被杀，赵兵除逃去外，悉数降汉。张耳还报韩信，且请往拿赵王歇。信微笑道：“公得斩陈余，大功已立，那擒拿赵王歇的功劳，就让与别人罢了。”言未毕，已由靳歙部下，押到一个俘虏，张耳瞧着，俘虏非他，正是赵王歇，又喜又惊。韩信令推歇至前，问了数语，歇默然不答，由信喝令斩讫。当有将士奉令，牵歇出外，枭首复命。赵君臣统皆授首，赵地自平。

惟诸将虽得大捷，却看了韩信用兵，好似神出鬼没，无从捉摸，各欲向信问明。好在功成以后，应该入贺，就趁那贺捷的机会，请教玄机。正是：

欲知妙计平强敌，要待明言示暗机。

究竟韩信如何答说，且至下回再详。

本回叙述韩信兵谋，说得迷离惝恍，不可究诘。迨一经揭出，始知韩信用兵，确有神出鬼没之妙。谋固奇而笔亦奇，以视正史中之直言纪载，趣味何如！夫正史尚直笔，小说尚曲笔，体裁原是不同，而世人之厌阅正史，乐观小说，亦即于此处分之。然或向壁虚造，与正史毫不相符，则又为荒诞无稽，何关学术。试看本回之演述木罂渡军，背水列阵，于史事有否不同？不过化正为奇，较足夺目，能令阅者兴味不穷，是即历史小说之特长也。中插薄姬一段，更于阵云战雨之中，辟出风流佳话，尤足生色。且事关汉魏兴亡，不可不叙，文以载事，即以道情，吾于是书亦云。

第二十六回
随何传命招英布　张良借箸驳郦生

却说韩信灭赵，诸将入贺，乘便问及计谋。经韩信从头叙明，才知前时所遣的三路人马，都寓玄机。靳歙一路，是叫他夤夜出发，绕到赵营后面，暗暗伏着，等到赵兵空壁出战，便乘虚劫营，拔去赵帜，改竖汉帜。傅宽张苍两路，是叫他向晨出发，埋伏赵营附近，等到陈余回军，分头截杀，仍使陈余退还泜上，好教张耳守候，把他送终。陈余果然中计，徒落得身首两分。就是赵王歇被众拥出，一闻营塞失陷，当即回马，巧值靳歙杀出，击走赵兵，赵王歇走得少慢，且被靳歙赶着，活捉了来，也致毕命。这都是韩信预先布置，好似设着天罗地网，把赵君臣二十万人，一古脑儿罩住，无从摆脱，待至功成事就，由韩信表白出来，众将方如梦初醒，无不佩服。说破疑团，使人醒目。惟背水列阵，乃是兵法所忌，韩信违法行兵，反得大捷，尚令诸将生疑。要想问个明白，当下齐声问信道："兵法有言，右背山林，前左山泽，今将军背水为阵，竟得胜赵，究是何因？"信答说道："这也何尝不是兵法？诸君虽阅兵书，未得奥旨，所以生疑。兵法中曾有二语云：陷之死地而后生，置之亡地而后存，便是此意。试想我军新旧夹杂，良窳(yǔ)难分，信又非善能拊循，徒叫他奋身杀敌，怎望有成？惟置诸死地，使他人自为战，然后勇气百倍，无人可当，这又如兵法所言，驱市人为战，不能不用此术哩。"诸将听了，皆下拜道："将军妙算，非他人可及，末将等谨受教了。"信又说道："赵歇陈余，虽皆擒斩，但尚有一谋士李左车，不知去向，此人不除，尚为后患，诸君能为我活擒到来，当有重赏。"诸将受命而出，四处寻捉李左车，竟无音响。信又明悬赏格，谓能生擒李左车，立赏千金。

过了数日，果然有人捉住左车，解到辕门，信验明属实，即出千金为赏，一面召入李左车。诸将在侧，总道是将他立斩，谁知左车进来，信忽下座相迎,亲为解缚,延令东向坐着,自己西向陪坐,仿佛弟子见师,格外敬礼。且柔声婉问道:“仆欲北向攻燕,东向伐齐,如何可收全功?”左车皱眉道:“亡国大夫,不足图存,请将军另择高明!左车何敢参议?”信又道:“仆闻百里奚居虞,无救虞亡,及到了秦国,佐成霸业,这并非为虞计拙,为秦计巧,乃是用与不用,听与不听,因致先后不同。若使成安君陈余号成安君,见二十一回。听用君计,恐仆亦束手成擒了。今仆虚心求教,幸勿推辞。”左车方才说道:“将军涉西河,虏魏王,擒夏说,东下井陉,仅阅半日,得破赵兵二十万众,诛成安君,兼毙赵王,名闻海内,威震天下,农夫莫不辍耕释耒,争望将军颜色,这是将军的长处,一时无两了。但迭经战阵,师劳卒疲,不堪再用,今将军若引往攻燕,燕人凭城固守,将军欲战不得,欲攻不克,情急势拙,日久粮尽,燕既不服,齐又称强,二国相持,刘项胜负,终难决定,这反变做将军的短处,岂不可惜!古来良将用兵,须要用长击短,切不可用短击长。”信听言至此,忍耐不住,连忙接问道:“君言甚是,今日究用何策?”左车道:“为将军计,莫若安兵息甲,镇抚赵民,百里以内,如有牛酒来献,尽可宰飨将士,鼓励军心。暗中先遣一辩士,赍着尺书,晓示燕王,详陈利害,燕惧将军声威,不敢不从。待燕已听命,便好东向击齐!齐成孤立,不亡何待!虽有智士,也无能为谋了。这就是先声后实的兵法,请将军采择。”信鼓掌称善,当即厚待左车,留居幕中。特派一个说客,持书赴燕。燕王臧荼,当然畏威乞降,复书报信。信得燕王降书,更遣人报知汉王,且请加封张耳,使他王赵。汉王闻燕赵皆平,当然心喜,因即依了信议,封张耳为赵王,另命信引兵击齐。复使已发,复接得随何书报,已将九江王英布说妥,指日来降。这真是喜气重重,无求不遂了。随何出使九江,见二十四回。

先是随何到了九江,九江王英布,但使太宰招待,留居客馆。一连三日,未许进见,何因语太宰道:“仆奉汉王使命,来谒大王,大王托故不见,迄今已阅三日。仆料大王意思,无非楚强汉弱,尚待踌躇,但亦何妨与仆相见。仆所言如果合意,大王便可听从,倘若不合,就可将仆等二十人,枭首市曹,转献楚王,岂不较快!愿足下转达鄙忱。”太宰乃入白英布,布始召何入见,命坐左侧。何便开口道:“汉王使何到此,敬问大王起居,且嘱何转请大王,为什么与楚独亲?”英布道:“寡人尝为楚属,

北向臣事，自不得不相亲了。”何又道：“大王与楚王，俱列为诸侯，今乃北向事楚，想是视楚为强，可以托国；但楚尝伐齐，项王身先士卒，亲负版筑，大王理应亲率部众，为楚先驱，奈何只拨四千人，往会楚军，难道北面称臣，好这般敷衍塞责吗？且汉王入彭城时，项王尚在齐地，一时不及赴援，大王距居较近，应早统兵出救，渡淮力争，乃不闻一卒逾淮，坐视成败，难道托身他人，好这般袖手旁观吗？大王名为事楚，并无实际，将来项王动怒，定要归罪大王，前来声讨，不知大王将如何对待呢？”英布听了，沉吟不答，何复申说道：“大王视楚为强，必且视汉为弱，其实楚兵虽强，天下已皆嫉视，不愿臣服。试想项王背盟约，弑义帝，何等不道！今汉王仗义讨逆，招集诸侯，固守成皋荥阳，转运蜀粟，深沟高垒，与楚相持，楚兵千里深入，进退两难，势且坐困，强必转弱，何一可恃？就使楚得胜汉，诸侯必将团结一气，并力御楚，众怒难犯，怎得不败？照此看来，楚实远不及汉哩。今大王不肯联汉，反向外强中干，危亡在迩的楚国，称臣托庇，岂非自误！目前九江军马，虽未必果能灭楚，但使大王背楚与汉，项王必前来攻击，大王能将项王绊住数月，汉王便可稳取天下，那时何与大王，提剑归汉，汉王自然裂土分封，仍将九江归诸大王，大王方得高枕无忧，否则大王与受恶名，必遭众矢，恐楚尚未亡，九江先已摇动，不但项王记念前嫌，要来与大王寻衅呢！”一层逼进一层。英布被他说动，不由的起身离座，与何附耳道：“寡人当遵从来命，惟近日且勿声张，少待数日，然后宣示便了。”何乃辞归客馆。

守候了好几天，仍无动静，探问馆员，才知楚使到来，促布发兵攻汉，布尚未决议，因此迟延。他就想出一法，专伺楚使行止。一日楚使入见，坐催布下动员令，何亦昂然趋入，走至楚使上首，坐定与语道：“九江王已经归汉，汝系楚使，怎得来此征兵？”英布还想瞒住，一经随何道破，当然失色。楚使见有变故，也即惊起，向外走出。随何急语英布道：“事机已露，休使楚使逃归，不如杀死了他，速即助汉攻楚，免得再误！”英布一想，好似箭在弦上，不得不发，索性依了随何，立命左右追拘楚使，一刀两段。于是宣告大众，自即日起，与楚脱离关系，联络汉王，兴师伐楚。

这消息传到彭城，气得项王双目圆睁，无名火高起三丈，立饬亲将项声，与悍将龙且，领着精兵，驰攻九江。英布出兵对敌，连战数次，却也杀个平手，没甚胜败，相持了一月有余，楚兵逐渐加增，九江兵逐渐丧失，害得布支持不住，吃了一回大败仗，只好弃去九江，与随何偕赴荥阳，投顺汉王。

汉王传请相见，即由随何导布进去。到了大厅，尚不见汉王形影，再曲曲折折的行入内室，始见汉王踞坐榻上，令人洗足。恐汉王有洗足癖，故屡次如此。但前见郦生本是无心，此次见布，却是有意，阅者休被瞒过。布不禁懊怅，但事已到此，只得向前通名，屈身行礼。汉王略略欠身，便算是待客的礼节，余不过慰问数语，也没有多少厚情，布因即辞出，很是愧悔。凑巧随何也即出来，便怅然与语道：“不该听汝诳言，骤到此地！现在懊悔已迟，不如就此自杀罢！”说至此，拔剑出鞘，即欲自刎。随何连忙止住，惊问何因？布复说道：“我也是一国主子，南面称王，今来与汉王相见，待我不啻奴仆，我尚有何颜为人，不如速死了事。”看到英布后来结局，原是速死为宜。随何又急劝道：“汉王宿酒未醒，所以简慢，少顷自有殊礼相待，幸勿性急。”

正对答间，里面已派出典客人员，请布往寓馆舍，貌极殷勤，布乃藏剑入鞘，随同就馆。但见馆中陈设华丽，服饰辉煌，所有卫士从吏，统皆站立两旁，非常恭敬，俨然如谒见主子一般，既而张良陈平等人，亦俱到来，延布上坐，摆酒接风。席间肴馔精美，器皿整洁，已觉得礼隆物备，具惬心怀。到了酒过数巡，更来了一班女乐，曼声度曲，低唱侑觞，引得布耳鼓悠扬，眼花缭乱，快活的了不得，把那前半日寻死的心肠，早已销融净尽，不留遗迹了。及酒阑席散，夜静更深，尚有歌女侍着，未敢擅去。布乐得受用，左拥右抱，其乐陶陶，一夜风光，不胜殚述。差不多似迷人馆。翌日，乃入谢汉王，汉王却竭诚相待，礼意兼优，比那昨日情形，大不相同。操纵庸夫，便是此术。布越觉惬意，当面宣誓，愿为汉王效死。汉王乃令布出收散卒，并力拒楚。

布受命退出，即差人潜往九江，招徕旧部，并乘便搬取家眷。好多日方得回音，旧部却有数千人同来，独不见妻妾子女。问明底细，才知楚将项伯，已入九江，把他全家诛戮了。布大为悲忿，立刻进见汉王，说明惨状，原教你全家诛戮，好令死心归汉。且欲自带部卒，赴楚报仇。汉王道："项羽尚强，不宜轻往，况闻将军部曲，不过数千，怎能敷用？我当助兵万人，劳将军往扼成皋，一俟有机可乘，便好进兵雪恨了。"布闻言称谢，出具行装，即日就道。汉王亦知他情急，便派兵万名，随他同往。布即辞行而去。

汉王既遣出英布，拟向关中催趱军粮，与楚兵决一大战。可巧丞相萧何，差了许多兄弟子侄，押着粮车，运到荥阳，汉王一一传见，且问及丞相安否？大众齐声道："丞相托大王福庇，安好如常，惟念大王栉风沐雨，亲历戎行，恨不得櫜鞬(gāo jiān)相随，分任劳苦。今特遣臣等前来服役，愿乞大王赐录，隶籍从军！"汉王大喜道："丞相为国忘家，为公忘私，正是忠诚无两了。"当下召入军官，叫他将萧氏兄弟子侄，量能录用，不得有违。军官应命，引着大众，自去支配，无庸细说。惟丞相萧何，派遣兄弟子侄，投效军前，却有一种原因。自从汉王出次荥阳，时常遣使入关，慰问萧何，萧何也不以为意。偏有门客鲍生，冷眼窥破，独向萧何进言，说是汉王在军，亲尝艰苦，及时来慰问丞相，定怀别意。最好由丞相挑选亲族，视有丁壮可用，遣使从军，方足固宠释疑等语。萧何依计而行，果得汉王心喜，不复猜嫌，君臣相安，自然和洽，还有什么异言？

惟关中转饷艰难，不能随时接济，全靠那敖仓积粟，取资军食。敖仓在荥阳西北，因在敖山上面，筑城储粮，所以叫做敖仓，这是秦时留存的遗制。前由韩信遣将占据，旁筑甬道，由山达河，接济荥阳屯兵，原是保卫荥阳的要策。回应二十四回，且足补前次所未详。至韩信北征，敖仓委大将周勃驻守，更拨曹参为助，非常注重。项羽屡欲进攻荥阳，发兵数次，不能得手，旋闻汉王招降英布，失去一个帮手，更不禁怒发冲冠，亟拟督军亲出，踏破荥阳。旁有范增献议道："汉王固守荥阳，无非靠着敖仓粮运，今欲往攻荥阳，必须先截敖仓，敖仓路断，荥阳乏食，自然一战可下了。"项王听着，立遣部将钟离昧，率兵万人，往截敖仓粮道，连番冲突，攻破甬道好几处，把汉兵输运军粮，抢去甚多。周勃虽闻信赶救，已是不及，且被钟离昧邀击一阵，反致败回。钟离昧飞书告捷，竟促项王进攻荥阳，项王遂大举西行，直向荥阳进发。

荥阳城内，已忧乏食，刚要派兵救应敖仓，夹攻钟离昧，不防项王统率大军，亲来夺取荥阳。这事非同小可，累得汉王寝馈难安，因召入郦食其，向他问计。郦生答道："项羽倾国前来，锐气正盛，未可与敌。为大王计，惟有分封诸侯，牵制楚军，方可纾患。从前商汤放桀，仍封夏后，周武灭纣，亦封殷后，至暴秦并吞六国，不使存祀，所以速亡。今大王若分封六国后嗣，六国君民，必皆感恩慕义，愿为臣妾，合力拥戴大王。大王得道多助，自可南乡称霸，楚成孤立，必然失势，亦当裣衽来朝，不敢与大王抗衡了。"汉王道："此计甚善，可即命有司刻印，赍封六国，各处都烦先生一行，为我传命。"郦生趋出，当然代戒有司，速铸六国王印，印尚未成，郦生已整装待发。

适值张良入谒，见汉王方在午膳，趑趄不前。汉王已经瞧着，向良招呼道："子房来得正好，可为我商决一事。"良乃趋近座前，汉王又与语道："近日有人献策，请封六国后人，牵制楚军，究竟可否照行？"张良忙答道："何人为大王出此下计？此计若行，大事去了！"汉王不觉一惊，把箸放下，就将郦生所言，转告张良。良随手取箸，指陈利弊道："臣请为大王借箸代筹，说明害处。从前汤武放伐桀纣，仍封后嗣，乃是能制彼死命，不妨示恩。今日大王自问，能制项羽的死命否？这就是一不可行。武王入殷，表商容闾，释箕子囚，封比干墓，今日大王能否为此？这就是二不

可行。武王发钜桥粟，散鹿台财，专济贫穷，今日大王能否为此？这就是三不可行。武王胜殷回国，偃革为轩，倒载干戈，示不复用，今日大王能否为此？这就是四不可行。休马华山，不复再乘，大王能做得到否？这就是五不可行。放牛桃林，不复再运，大王能做得到否？这就是六不可行。况且天下豪杰，抛亲戚，弃坟墓，去故旧，来从大王，无非为日后成功，冀得尺寸封土，今复立六国后，尚有何地可封诸臣，豪杰统皆失望，不如归事故主，大王得靠着何人，共取天下？这就是七不可行。楚若不强，倒也罢了，倘强盛如故，六国新王，必折服楚国，大王怎得强令称臣？这就是八不可行。有此八害，岂不是大事尽去么？”汉王口中含饭，仔细听说，及张良说罢，竟将口中饭吐出，大骂郦生道：“竖儒无知，几误乃公大事！幸亏子房为我指明，免得错行。”说至此，急命左右传语有司，促令销印，郦生一场高兴，化作冰销。但细思良言，确是有理，也觉得自己错想，不敢渎陈了。老头儿太多言。

过了数日，楚兵前锋，竟逼至荥阳城下，城外戍兵，陆续避入城中，汉王急命大小诸将，闭城固守，自在厅室中坐着，默筹方法。适值陈平来报

军情,汉王即令他旁坐,商议破敌事宜。这一番有分教:

六出奇谋缘此始,七旬亚父命该终。

欲知陈平如何献谋,且至下回再表。

英布实一鄙夫耳!患得患失之见,横亘胸中,故随何怵以祸福,即为所动,背楚归汉。及入见汉王,偶遭慢侮,便欲自刎,何其轻躁乃尔!就馆以后,服御满前,美人侍侧,彩色悦目,肥甘适口,转不禁大喜欲狂,又何其志趣之卑陋也!唐李文饶以汉王见布,深得驾驭英雄之术,吾谓此足以驭鄙夫,断不足以驭英雄。伊尹必三聘而始至,吕尚必师事而后来,倘如汉王之踞床洗足,已早望望然去之矣,宁如英布之易受牢笼乎?郦生之初见汉王,亦遭踞床洗足之侮,而不复他适,其志识亦不过尔尔。请封六国,所见何左,一经张子房之驳斥,而其计谋之绌,已可概见。英布固鄙夫也,不得为英雄,郦生亦庸流耳,宁真得为智士!

第二十七回

纵反间范增致毙　甘替死纪信被焚

却说陈平入见汉王，汉王正忧心时局，亟顾语陈平道："天下纷纷，究竟何时得了？"平答说道："大王所虑，无非是为着项王，臣料项王麾下，不过范亚父，项羽尊范增为亚父。锺离昧等数人，算做项氏忠臣，替他出力。大王若肯捐弃巨金，贿通楚人，流言反间，使他自相猜疑，然后乘隙进攻，破楚自容易了。"汉王道："金银何足顾惜？但教折除敌焰，便足安心。"说着，即命左右取出黄金四万斤，交与陈平，任令行事。平受金退出，提出数成，交与心腹小校，使他扮做楚兵模样，怀金出城，混入楚营，贿嘱项王左右，遍布谣言。俗语说是钱能通神，有了黄金，没一事不能照办。大约过了两三日，楚军中便纷纷传说，无非是嫁诬锺离昧等，说他功多赏少，不得分封，将要联汉灭楚等语。项王素来好猜，一闻讹传，就不禁动了疑心，竟把锺离昧等视做贰臣，不肯信任。惟待遇范增，尚然如故。范增且请速攻荥阳，休使汉王逃走，项王遂亲督将士，把荥阳城团团围住，四面猛扑，一些儿不肯放松。

汉王恐不能守，姑遣人与楚讲和，愿划荥阳为界，将荥阳东面属楚，西面属汉。项王未肯遽允，不过因汉使前来，就也遣使入城，递一个回话手本，且借此探察城中虚实。这也由项王中气渐枵（xiāo），故愿遣使入城，否则已将汉使杀毙，何用回报！哪知被陈平凑着机会，摆就了现成圈套，好教楚使着迷，堕入计中。楚使未曾预防，贸然径入，先向汉王报命。汉王已由陈平指导，佯作酒醉，模模糊糊的对付数语。楚使不便多言，即由陈平等导入客馆，留他午宴。陈平等走了出去，楚使静坐片刻，便有一班仆役，抬进牛羊鸡豚，及美酒佳肴，向厨房中趋入。楚使心中暗想，莫非汉王格外优待，须要飨我太牢盛馔，所以有许多物品，扛抬进来。已而又由陈平趋进，问及范亚父起居，并询亚父有无手书？楚使道："我奉项王使命，为了和议而来，并非由亚父所遣。”陈平听了，故意失色道：“原来是项王使人。”说着又去。未几即有吏人跑入厨房，指令仆役，尽将牲饩酒肴等抬出，且听他厨下私语道：“他不是由亚父差来，怎得配飨太牢呢？”楚使不禁惊愕，俟各物抬去后，竟好一歇不见动静。到了日影西斜，饥肠乱鸣，才见有一两人搬入酒饭，放在案上，来请用膳。楚使大略一瞧，无非是蔬食菜羹等类，连鱼肉都不见面，不由的怒气上冲。本想拒绝不吃，只因肚饥难熬，胡乱的吃了少许。不料菜蔬中带着臭味，未能下咽，而且酒也是酸的，饭也是烂的，叫他如何适口？越看越恼，当时放下杯箸，大踏步走出客馆，但与门吏说了一声辞别，匆匆出城去了。分明是个饭桶。

城中守吏，并不阻挡，由他自去。他竟一口气跑回军营，入见项王。便一五一十的报告明白，且言亚父私通汉王，应该防着。项王怒道：“我前日早有传闻，还道他是老成可靠，不便遽信人言，哪知他果有通敌情事！这个老匹夫，想是活得不耐烦了！”说着，便欲召入范增，当面诘责。还是左右替增排解，请项王勿可过急，待有真凭实据，方可加罪，否则恐防敌人诡谋，不宜遽信云云。如陈平的反间计，尚易窥破，只因项羽躁

急,乃入彀中。项王乃暂从含忍,不遽发作。

独范增尚未得知,一心思想,要为项王设法灭汉。他见项王为了和议,又复把攻城事情,宽懈下去,免不得暗暗着急,因此再入见项王,仍请督励将士,速下荥阳。项王已心疑范增,默默无言。范增急说道:“古人有言:当断不断,反受其乱。从前鸿门会宴时,臣曾劝大王速杀刘季,大王不从臣言,因致养痈贻患,挨到今日,复得了天赐机会,把他困住荥阳,若再被逃脱,纵虎离山,一旦卷土重来,必不可敌,臣恐我不逼人,人且逼我,后悔还来得及么!”项王被他一诘,忍不住一种闷气,便勃然道:“汝叫我速攻荥阳,我非不欲从汝,但恐荥阳未必攻下,我的性命,要被汝送脱了!”

范增摸不着头脑,只对着项王双目睃着。忽然想到项王平日,从没有这等话说,今定是听人谗间,故有是语。因也忍耐不下,便向项王朗声道:“天下事已经大定,愿大王好好自为,勿堕敌人狡计,臣年已衰老,原宜引退,乞赐臣骸骨,归葬乡里便了。”说毕,掉头径出。项王也不挽留,一任增回入本营。增至此已知绝望,遂将项王所封历阳侯印绶,遣人送还项王,自己草草整装,即日东归。一路走,一路想,回溯近几年来,为了项王夺取天下,费尽了无数心机,满望削平刘汉,好教项王混一宇内,自己亦得安享荣华,聊娱暮景。偏偏项王信谗加忌,弄得功败垂成,此后楚国江山,看来总要被刘氏夺去,一腔热血,付诸流水,岂不可叹!于是自嗟自怨,满腹牢骚,日间踯躅途中,连茶饭都无心吃下,夜间投宿逆旅,也是睡不得安,翻来覆去,好几夜不能合眼。从来愁最伤人,忧易致疾,况范增已年逾七十,怎经得起日夕烦闷,郁极无聊!因此迫成疾病,渐渐的寒热侵身,起初还是勉强支持,力疾就道,忽然背上奇痛得很,才阅一宵,便突起一个恶疮。途次既无良医,增亦不愿求生,但思回见家人,与他永诀。所以卧在车中,催趱速行。将到彭城,背疽越痛越大,不堪收拾,增亦昏迷不醒。尚有几个从人,见他死在目前,不得不暂停旅舍。过了两日,增大叫一声,背疽暴裂,流血不止,竟尔身亡,寿终七十一岁。时已为汉王三年四月中了。急点年月。

从吏见范增已死,买棺敛尸,运回居鄛,埋葬郭东。后人因他忠事项王,被敌构陷,死得可怜,乃为他立祠致祭,流传不绝。并称县廷中井为亚父井，留作纪念。九原有知，也好从此告慰了。还算是身后幸事。

且说项王闻范增道死，反觉伤感，又未免起了悔心。自思范增事我数年，当无歹意，安知非汉王设计，害我股肱，今与刘季誓不两立，定当踏平此城，方足泄恨。晓得迟了。乃又召入锺离昧等，好言抚慰，且嘱他用力攻城，立功候赏等语。锺离昧等倒也感奋，拚死进攻，四面围扑，晨夕不休。

荥阳城内的将士，连日抵御，害得筋疲力尽，困惫得很，再加粮道断绝，贮食将罄，眼见得危急万分，朝不保暮。汉王亦焦灼异常，陈平张良虽然智术过人，到此亦没有良法，只好向众将面前，用了各种激励的话头，鼓动众志。果然有一位替死将军，慷慨过人，情愿粉骨碎身，仰报知遇。这人为谁？乃是汉将纪信。当下入见汉王，请屏左右，悄悄相告道："大王困守孤城，已有数月，现在敌势甚盛，城内兵少粮空，定难久守，为大王计，不如脱围他去，方得自全。但敌军四面围着，毫无隙路，须要设法诳敌，把臣躯代作大王，只说是出城投降，好教敌军无备，然后大王可以乘间出围，不致危险了。"汉王道："如将军言，我虽得出重围，将军岂不冒险吗？"纪信又道："大王若不用臣言，城破以后，玉石俱焚，臣虽死亦有何益。今只死了一臣，不但大王脱祸，就是许多将士，亦得全生，是一臣可抵千万人性命，也算是值得了！"汉王尚迟疑未决，恐也是做作出来。纪信奋然道："大王不忍臣死，臣终不能独生，不如就此先死罢。"说着竟拔剑在手，遽欲自刎。慌得汉王连忙下座，把他阻住，且向他垂涕道："将军忠诚贯日，古今无二，但愿天心默佑，共得保全，更为万幸。"纪信乃收剑答说道："臣死也得所了。"汉王更召入陈平，与语纪信替死等情。陈平道："纪将军果肯替死，尚有何说！但也须添设一计，方保无虞。"汉王问有何策？平与汉王附耳数语，汉王自然称妙。便由陈平写了降书，嘱使于吏出城，赍书往谒项王。

项王展书阅毕，便问汉使道："汝主何时出降？"汉使道："今夜便当出降了。"项王大喜，发放汉使，叫他复告汉王，不得误约。否则明日屠城，汉使唯唯而去。项王便令锺离昧等，领兵伺候，一俟汉王出来，就好将他拿下祭刀，锺离昧等振起精神，眼巴巴的待着。

时至黄昏，尚未见城中动静，转眼间已是夜半，方见东门大启，放出多人，前后并无火炬，望将过去，好似穿着军装，满身甲胄。大众恐他诈降，忙将兵器高举,向前拦阻。但听得娇声高叫道:“我等妇女,无食无衣,只好趁着开门时候,出外求生,还望将军们放开走路,赏我一线生机,将来当福寿双全,公侯万代!”想都是陈平教她。楚兵仔细一瞧,果然是妇人女子,老少不同,有的是鸡皮白发,有的是蝉鬓朱颜,只身上都披着敝甲,扭扭捏捏,好看得很,禁不住惊异起来。又问她出城逃生,如何有这种异装?妇女统答说道:“我等没有衣穿,不得已将守兵弃甲,取来御寒,幸请勿怪!”楚兵听说,虽然释去疑团,总不免少见多怪,暗暗称奇。大众分立两旁,让开走路,看她过去,且个个睁着馋眼,见有姿色的娇娃,恨不将她搂抱过来,图些快乐。更奇怪的是这种妇女,陆续不绝,过了一班,又是一班,连连络络,鱼贯而出,一时传为奇观。却是楚军的眼福。甚至西南北三方的楚兵,亦都趋至东门,来看热闹。楚将也道是东门大启,汉王总要出降,不必顾着营寨,但教趋候东门左右,不使汉王走脱,就好算得尽职,所以兵士到来,将吏等亦皆踵至。那汉王就潜开西门,带着陈平张良,及夏侯婴樊哙等,溜了出去,但留御史大夫周苛,裨将枞公,与前魏王豹同守荥阳,保住城池。

楚兵毫无所闻,专在东门丛集,尚见纷纷妇女出来,好多时才得走完,约莫有二三千人。天色已将黎明了,城中始有兵队继出,还执着旌旗羽葆,徐徐行动。又走了好一歇,无非推延时刻,好使汉王远扬。方来了一乘龙车,当中端坐一位王者,黄屋左纛,前遮后拥,面目模糊难辨。楚将楚兵,总道是汉王来降,都替项王喜欢,高呼万岁,喧声如雷。待至龙车推近楚营,并不见汉王下车,大众不免惊疑,入报项王。项王亲自出营,张开那重瞳炬目,审视车中,那车内仍无动静,不由的大怒道:“刘邦莫非醉死,见我亲出,尚端坐如木偶么?”说着,便喝令左右,用着火炬,环照车中。但见坐着这位人物,衣服虽似汉王模样,面貌却与汉王不同,因厉声叱问道:“汝是何人,敢来冒充汉王?”车中人才应声出答道:“我乃大汉将军纪信。”说了一语,又复停住。一语已足千秋。项王越觉咆哮,大骂不止。纪信反呵呵笑说道:“项羽匹夫,仔细听着!我王岂肯降汝?今已早出荥阳,往招各路兵马,来与汝决一雌雄,料汝总要失败,必为我王所擒,汝若知己,不若赶紧退去,尚得免死。”项王气极,麾令军士齐集火炬,烧毁来车。军士应命,环车纵火,烈焰飞腾,车中麾盖,统皆燃着。纪信在车中大呼道："逆贼项羽，敢弑义帝，复要焚杀忠臣，我死且留名，看汝死后何如？"说至此，身上已经被火，仍然忍痛端坐，任他延烧，霎时间皮焦骨烂，全车成灰，一道忠魂，已往九霄云外去了。

项王急欲入城，不料城门已闭，城上又满列守卒，整备矢石，抵御楚军。项王督兵再攻，城中兵粮虽少，却靠着周苛枞公两人，誓死固守，振作士气，连番放箭掷石，不使楚军近城。楚军攻扑数次，终被击退。周苛更与枞公商议道："我等奉了王命，留守此城。城存与存，城亡与亡，仓中尚有积粟数十石，总有旬日可以支持，但恐魏豹居心反复，或被楚兵勾通，作了内应，那时防不胜防，难免失手，不如把他杀死，除绝内患。就使我王将来，责我擅杀，我等也好据实答复，万一我王不肯赦宥，我也宁可完城坐罪，比那亡城死敌，好得多了！"枞公也是一个忠臣，当即赞成，惟说是欲诛魏豹，须要乘他不备，从速下手。周苛遂想出一法，托言会议军情，召豹入商。豹未曾预料，坦然趋至，周苛枞公，迎他入座。才说数语，就被周苛拔出佩剑，砍将过去。豹不及闪避，立致受伤，还想负痛逃走，又由枞公取剑一挥，劈倒地上，了结性命。该死久矣。豹母已死，豹妾薄氏，又由汉王带去，无人出来领尸。周苛索性陈尸军中，声言豹有异心，因此加诛，如有

怯战通敌等情，当与豹一同科罪。军吏等统皆咋舌，不敢少懈。嗣是拚死拒敌，戮力同心，竟得将一座危城，兀自守住。周苛见众心已固，方将豹尸收殓埋葬，自与枞公分陴固守。

项王怎肯舍去？还想并力破城。会有侦骑走报，汉王向关中征兵，驰出武关，竟向宛洛进发。说得项王惊愕失常，奋袂起座道："刘邦诡计甚多，我中他诈降计，被他走脱，今复移兵南下，莫非又去攻我彭城？我应急往拦截为是。"随即传令将士，撤围南行。

究竟汉王何故转出武关，说来也有原因。汉王用陈平密计，东放妇女出城，误人耳目，西向成皋驰去，不见楚兵追击，幸得安抵成皋。旋闻纪信被焚，且悲且恨，遂向关中招集兵马，再拟出救荥阳，替信报仇。可巧有一辕生，入白汉王道："大王不必再往荥阳，但教出兵武关，南向宛洛，项王必虑大王复袭彭城，移兵拦阻，荥阳自可解围，成皋亦不致吃紧。大王遇着楚兵，更当坚壁勿战，与他相持数月，一可使荥阳成皋暂时休息，二可待韩信张耳平定东北前来会师，然后大王再还荥阳，合军与战，我逸彼劳，我盈彼竭，还怕不能破楚吗！"汉王道："汝言颇有至理，我当依议便了。"于是出师武关。到了宛城，果闻项王引兵前来，连忙命军士竖栅掘壕，立定营垒，待至楚军逼近，已经预备妥当，好同他坚持过去。小子有诗咏道：

到底行军在运筹，尚谋尚力总难侔。
深沟高垒坚持日，不怕雄兵不逗遛。

欲知项王曾否进攻，容待下回分解。

陈平致死范增，称为六出奇计之二，请捐金以间项王，一也，进草具以待楚使，二也。吾谓此计亦属平常，项王虽愚，度亦不至遽为所欺，或者范增应该毕命，遂致项王动疑，迫令道死耳。夫范增事项数年，于项王之残暴不仁，未闻谏止，而且老犹恋栈，可去不去，安知非天之假手陈平，使之用谋毙增乎？鄛人之立祠致祭，实为无名，死而有知，恐亦愧享庙食矣！彼纪信之甘代汉王，舍身赴难，脱汉王于围城之中，而自致焚死，此为汉室之第一忠臣。及汉已定国，功臣多半封侯，而独不闻有追恤纪信之典，汉王其真寡恩哉！范增有祠，而纪信无祠，此古今仁人智士，所以有不平之叹也。

第二十八回

入内帐潜夺将军印　救全城幸得舍人儿

却说项王移兵至宛，见汉兵固垒守着，好几次前往挑战，并不见汉兵迎敌。要想攻打进去，又为壕栅所阻，不能冲入。项王正暴躁得很，忽接得探马急报，乃是魏相国彭越，渡过睢水，大破下邳驻扎的楚军，杀死楚将薛公，气势甚盛。项王大愤道："可恨彭越，这般撒野，我且去击毙了他，再来擒捉刘邦。"说着，又拔营东去，往击彭越。越自受汉王命，为魏相国，见二十二回。略定梁地十余城。至汉王败走睢水，楚兵漫山遍野，争逐汉军，越亦保守不住，北走河上。项王进攻荥阳，又由越往来游弋，截楚粮道，那时项王已恨越不置，此次越又阵斩楚将，叫项羽如何不愤？倍道东行，一遇越兵，便与豺虎相似，兜头乱噬。越抵敌不住，又只得退渡睢水，仍然向北奔去。项王追赶不及，复拟往攻汉王，因即探听汉王行踪。时汉王已由宛城转入成皋，与英布合兵驻守。英布往扼成皋，见二十六回中。项王接到确音，便引兵西进，顺道先攻荥阳。

荥阳城内，仍由周苛枞公住着，两人原赤胆忠心，为汉守土，但总道项王已去，一时不致骤来，所以防备少疏，与民休息。哪知楚兵大至，乘锐攻打，比前次还要凶狠。周苛枞公，连忙登城拒敌，已是不及。楚兵四面齐上，竟将荥阳城攻破，并把周苛枞公，一并擒住。项王也即入城，先召周苛至前，温颜与语道："汝能坚守孤城，至今才破，不可谓非将材，可惜汝误投汉王，终为我军所擒，若肯向我降顺，我当授汝上将，封邑三万户，汝可愿否？"周苛睁目怒叱道："汝不去降汉，反要劝我降汝，真是怪极！汝岂是汉王敌手么？"项王怒起，厉声大骂道："不中抬举的东西！我若将汝一刀两段，还太便宜，左右快与我取过鼎镬来！"左右闻命，即将鼎镬取入，由项王命烹周苛。苛毫无惧色，任他褫剥衣服，掷入鼎镬，眼见是水火既济，熔成一锅人肉羹了。造语新颖。苛既烹死，枞公也被推入。项王令他顾视鼎镬，枞公道："我与周苛同守荥阳，苛遭烹死，我亦何忍独生！情愿受死，听凭大王处置便了！"项王听他说得有理，总算不使就烹，但令推出斩首，刀光一闪，魂离躯壳，随那汉御史大夫周苛，同返太虚，这也不消细说。已极褒扬。

项王遂进逼成皋，警信传入成皋城内，汉王不免惊心。暗思荥阳已失，成皋恐亦难守，哪里还有第二个纪信，再来替死？因此带同夏侯婴，潜开北门，预先出走。及至诸将得知，汉王已经去远，彼此不愿再留，遂陆续出城追去。英布独力难支，索性也弃城北走，成皋遂被项王夺去。项王闻汉王早出，料知不及追赶，就在成皋驻下，休养兵锋，徐图进取。独汉王驰出成皋，北向修武，拟往依韩信张耳等军。原来韩信本想伐齐，只因赵地未平，乃与张耳四处剿抚，驻扎修武县中。汉王已曾闻报，所以星夜趱程，渡河至小修武，宿了一宵，到了翌晨，清早即起，与夏侯婴出了驿舍，径入韩信张耳营中。

营兵方起，出视汉王，尚是睡眼朦胧，且见汉王未着王服，不知他从何处差来，当下略问来历，不遽放入。汉王诈称汉使，奉命来此，有急事要报元帅。营兵闻有王命，当然不便再阻，但言元帅尚未起来，请入营待报。汉王也不与多说，抢步趋入内帐，当有中军护卫，认识汉王，慌忙向前行礼。汉王向他摆手，不令声张，惟使引往韩信卧室。信还在梦中，一些儿没有知晓。汉王却静悄悄的走至榻旁，见案上摆着将印兵符，当即取在手中，出升外帐，命军吏传召诸将。诸将尚疑是韩信点兵，统来参谒，及走近案前，举头仰望，并不是韩元帅，却是一位汉大王，大家统皆惊愕。但也不便细问，只好依礼下拜。汉王待他拜罢，径自发令，把诸将改换职守，一一遣出。

韩信张耳，至此方得人唤醒，整衣进见，伏地请罪道："臣等不知大王驾到，有失远迎，罪该万死！"韩信号为国士，何竟有此失着。汉王微笑道："这也没有什么死罪，不过军营里应该如何严备，方免不测，况天已大明，亦须早起，奈何高卧未醒，连将印兵符等要件，俱未顾着！倘若敌人猝至，如何抵御，或有刺客诈称汉使，混入营中，恐将军首级，亦难自保，这岂不是危险万分么？"韩张二人听着，禁不住满面羞惭，无词可对。汉王又问韩信道："我本烦将军攻齐，一得齐地，即来会师攻楚。今将军留此不往，意欲何为？”韩信乃答说道：“赵地尚未平定，若即移兵东向，保不住赵人蠢动，复为我患。就使有张耳驻守，恐兵分力薄，未足支持，况臣率士卒数万，转战赵魏，势已过劳，骤然东出，齐阻我前，赵扼我后，腹背受敌，兵不堪战，岂非危道！故臣拟略定赵地，宽假时日，既可少纾兵力，复可免蹈危机。近正部署粗定，意欲伐齐，适值大王驾到，得以面陈。大王且屯兵此地，伺便攻复成皋，臣即当引兵东去，得仗大王威力，一鼓平齐，便好乘胜西向，与大王会师击楚了。”汉王方和颜道：“此计甚善。将军等可起来听令。”两人拜谢而起。汉王命张耳带着本部，速回赵都镇守，使韩信募集赵地丁壮，东往攻齐。所有修武驻扎的营兵，尽行截留，归汉王自己统带，再出击楚。韩张两人，不敢有违，只好就此辞行，分头办事去了。

韩张既去，汉王坐拥修武大营，得了许多人马，复见成皋诸将，陆续奔集，声势复振。因拟再出击楚，忽从外面递入军书，报称项王从成皋发兵，向西进行。汉王忙遣得力将士，前往巩县，堵住楚兵西进，一面与众商议道：“项王今欲西往，无非是窥我关中。关中乃我根本重地，万不可失，我意愿将成皋东境，一律弃去，索性还保巩洛，严拒楚军，免得关中摇动，诸君以为何如？”郦食其急忙应声道：“臣意以为不可！臣闻君以民为天，

民以食为天，敖仓储粟甚多，素称足食，今楚兵既拔荥阳，不知进据敖仓，这正是天意助汉，不欲绝我民命呢。愿大王速即进兵，收复荥阳，据敖仓粟，塞成皋险，控太行山，距蜚狐口，守白马津，因势利便，阻遏敌人，敌恐后路中断，必不敢轻向关中，关中自可无虞，何必往守巩洛呢？”汉王乃决计复出敖仓，路经小修武，誓众进战。

郎中郑忠，却献了一条绝粮的计策，谓不如断楚粮饷，使他乏食自乱，然后进击未迟。汉王乃令部将卢绾刘贾，率领步卒二万，骑士数百，渡过白马津，潜入楚地，会同彭越截楚粮草。越知楚兵辎重，屯积燕西，遂与卢刘二将，议定计策，夤夜往劫。楚兵未曾防备，被彭越等暗暗过去，放起一把火来，烧得满地皆红，一片哔哔剥剥的声音，惊起楚兵睡梦，慌忙起身出望，已是烟焰逼人。再加彭越卢绾刘贾三将，三面杀入，闹得一塌糊涂，楚兵除被杀外，四散窜去，霎时间逃得精光。所有辎重粮草，尽行弃下，一半被焚，一半搬散。彭越更乘势夺还梁地，共取睢阳外黄等十七城。得失原是无常。

项王尚在成皋，未得西军捷报，正在愁烦，不防燕西粮饷，又被彭越等焚掠一空，恼得项王火星透顶，复要亲击彭越。因召大司马曹咎进嘱道：“彭越又劫我军粮，可恨已极！且闻他大扰梁地，猖獗异常，看来非我亲自往征，不能扫平此贼！今留将军等守住成皋，切勿出战，但当阻住汉王，使他不得东来，便是有功。我料此番击越，大约十五日内，就可平定梁地，再来与将军相会。将军须要谨记我言，毋违毋误！”项王此言，却也精细，可惜任用非人。曹咎唯唯听命，项王尚恐曹咎误事，复留司马欣助守，然后引兵自去。

彭越不怕别人，但怕项王自至，怎奈冤家碰着对头，偏又闻得项王亲来。越只好入外黄城，督兵拒守。外黄在梁地西偏，项王从成皋过来，第一重便是外黄城。他已怒气勃勃，目无全敌，一见外黄城关得甚紧，上面有守兵等列着，越觉忍无可忍，立率将士攻城。写出项王暴躁，反衬舍人小儿。接连攻了数日，城中很是危急，彭越自知难守，等到夜静更深的时候，开了北门，引兵冲出，得了一条走路，飞马驰去。楚兵不及追赶，仍然留住城下。城内已无主帅，如何保守！因即开门投降。

项王挥动三军，鱼贯入城，既至署中，当即查点百姓，凡年在十五以上，悉令前往城东，听候号令。看官道是何故？他因百姓投顺彭越，帮他守城，好几日才得攻下，情迹可恨，意欲将十五岁以上的男子，一体坑死，方足泄愤。这号令传示民间，人人晓得项王残暴，定是前去送死，你也慌，我也怕，激成一片悲号声，震响全城。就中有一个髫龄童子，发仅及肩，独能顾全万家，挺身出来，竟往楚军中求见项王。楚兵瞧着，怪他年幼，不免问及履历，小儿说道："我父曾为县令舍人，我年一十三岁，今有要事，前来禀报大王，敢烦从速通报。"楚兵见他口齿伶俐，愈觉称奇，遂替他入报项王。项王闻有小儿求见，倒也诧异，便令兵士引入。小儿从容入内，见了项王，行过了拜跪礼，起立一旁。项王见他面白唇红，眉清目秀，已带着三分怜爱，便柔声问道："看汝小小年纪，也敢来见我么？"小儿道："大王为民父母，小臣就是大王的赤子，赤子爱慕父母，常思瞻依膝下，难道父母不许谒见么？"开口便能动人。项王本来喜谀，更兼小儿所言，入情入理，便欣然问道："汝既来此，定有意见，可即说明。"小儿道："外黄百姓，久仰大王威德，只因彭越逞强，骤来攻城，城中无兵无饷，只有一班穷苦百姓，不能抵敌，没奈何向他暂降。百姓本意，仍日望大兵来援，脱离苦厄，今幸大王驾临，逐去彭越，使百姓重见天日，感戴何如？乃大王军中，忽

有一种讹传，想把十五岁以上的丁口，统皆坑死，小臣以为大王德同尧舜，威过汤武，断不忍将一班赤子，屠戮净尽。况屠戮以后，与大王不但无益，反且有损。所以小臣斗胆进来，请大王颁下明令，慰谕大众，免得人人危疑。”好一番说词，恐郦生等尚恐勿如。项王道：“汝说彭越劫制人民，也还有理，但我已引兵到此，为何尚助越拒我？我所以情不甘休。且我要坑死人民，就使无益，何致有损！汝能说出理由，我便下令安民；否则连汝都要坑死了！”小儿并不慌忙，反正容答说道：“彭越入据城中，部兵甚多，闻得大王亲征，但恐百姓作为内应，就将四面城门，各派亲兵把守，百姓手无寸铁，无从斩关出迎，只好由他守着，惟心中总想设法驱越，所有越令，均不承认，越见人心未附，所以夤夜北遁。若百姓甘心助逆，还要拚死坚守，等到全城死亡，方得由大王入城，最速亦须经过五日十日，今彭越一去，立即开城迎驾，可见百姓并不助越，实是效顺大王。大王不察民情，反欲坑死壮丁，大众原是没法违抗，不得不俯首就死，但外黄以东，尚有十数城，听说大王坑死百姓，何人再敢效顺？降亦死，不降亦死，何如始终抗命，尚有一线希望。试想彭越从汉，必且向汉乞师来敌大王，大王处处受敌，纵使处处得胜，也要费尽心力，照此看来，便是无益有损了。”说得明明白白，不怕项王不依。项王一想，这个小儿，却是语语不错，况与曹咎期约半月，便回成皋，今已过了数日，倘或前途十余城，果如小儿所言，统皆固守，多费心力，倒也罢了；倘或误过时日，成皋被汉兵夺去，关系甚大，如何使得？因面嘱小儿道：“我就依汝，赦免全城百姓罢。”小儿正要拜辞，项王又令左右取过白银数两，赏赐小儿，小儿领谢而出。

项王即传出军令，收回前命，所有全城百姓，一体免罪，部兵不准侵扰。这令一下，百姓变哭为笑，易忧为喜。起初还道由项王大发慈悲，相率称颂，后来知是舍人儿为民请命，才得幸免，于是感念项王的情意，统移到舍人儿身上。一介黄童，竟得保全千万苍生，真是从古以来，得未曾有了。可惜史家不留姓名。项王复引兵出外黄城，向东进发，沿途所过郡县，统畏楚军声威，不敢与抗。且闻外黄人民毫不遭害，乐得望风投诚。彭越已向谷城奔去，把前时略定十七城的功劳，化为乌有。项王得唾手取来，行至睢阳，差不多要半个月了。

时已秋尽冬来，照着秦时旧制，又要过年。项王就在睢阳暂住，待将佐庆贺元旦，方才启行。转眼间已是元旦，即汉王四年。项王就在行辕中，升帐受贺。将佐等统肃队趋入，行过了礼，即由项王赐宴，内外列座，开怀畅饮，兴会淋漓。忽有急足从成皋驰来，报称城已失守，大司马曹咎阵亡。项王大惊道："我叫曹咎谨守成皋，奈何被汉兵夺去？"报子说道："曹咎违命出战，被汉兵截住汜水，不能退回，因致自尽。"项王又顿足道："司马欣呢？"报子又说道："司马欣也殉难了。"项王忙即起座，命左右撤去酒肴，立刻传集三军，西赴成皋，小子有诗叹道：

圣王耀德不劳兵，得国何从仗力征。
试问乌骓奔命后，到头曾否告成功！

究竟成皋如何归汉，下回再当叙明。

自汉王起兵以来，所有军谋，似皆出诸他人之口，几若汉王无所用心，不过好受人言，虚怀若谷而已。然观他驰入赵营，潜夺兵符，并不由旁人之授计，乃知汉王未尝无谋，且谋出韩信诸人之上，此张子房之所以称为天授也。但韩信号为名将，而防禁乃疏阔若此，岂古所谓节制之兵者？张耳更无论已。彼十三岁之外黄儿，竟能说动暴主，救出万人生命，智不可及，仁亦有余。昔项王坑秦降卒二十万人，未有能进阻之者，使当时有如外黄儿之善谏，宁有不足动项王之心乎？故项王若能得人，非不足与为善，惜乎其部下将佐，均不逮一黄口小儿。范增以人杰称，对外黄儿且有愧色，遑问其他！无惑乎项王之终亡也。

第二十九回

贪功得祸郦生就烹　数罪陈言汉王中箭

却说楚大司马曹咎，与塞王司马欣，统是项王故人，始终倚任。咎与欣尝有德项梁，事见十二回。项王且封咎为海春侯，叫他坚守成皋，原是特别重委，再派司马欣为助，总道是万稳万当，可无他虞。曹咎也依命守着，不欲轻动。偏汉兵屡来挑战，一连数日，未见曹咎出兵，倒也索然无味，还报汉王。汉王与张良陈平等人，商就一计，用了激怒的方法，使兵士往诱曹咎。一面派遣各将，埋伏汜水左右，专等曹咎出击，好教他入网受擒。布置已定，遂由兵士再逼城下，百般辱骂，语语不堪入耳。城中守兵，都听得懊恼异常，争向曹咎请战。曹咎素性刚暴，也欲开城厮杀，独司马欣谏阻道："项王临行，曾有要言嘱托足下，但守毋战，今汉兵前来挑动，明明是一条诱敌计，请足下万勿气忿，静候项王到来，与他会战，不怕不胜。"曹咎听了，只得勉强忍耐，饬令兵士静守，不准出战。汉兵骂了一日，不见城中动静，方才退出。越日天晓，又到城下喊闹，人数越多，骂声越高，甚至四面八方，环集痛詈（lì）。到了日已亭午，未免疲倦，就解衣坐着，取出怀中干粮，饱食一顿，又复精神勃发，仍然叫骂不绝。直到暮色凄凉，乃复收队回营。至第三四日间，汉兵且各持白布幡，写着曹咎姓名，下绘猪狗畜牲等类，描摹丑态，众口中仍然一派讥嘲。曹咎登城俯望，不由的怒气填胸，且见汉兵或立或坐，或卧或舞，手中用着兵械，乱戳土石，齐声喧呼，当做剐解曹咎一般。若非诱敌，宁作此态。咎实不能再耐，便一声号令，召集兵马，杀出城来。红曲鳝上钩了。司马欣不及拦阻，也只好跟了曹咎，一同出城。

汉兵不及整甲，连衣盔旗帜等类，一齐抛弃，都纷纷向北逃走。咎与欣从后追赶，但见汉兵到了汜水，陆续跃下，凫水遁去。咎愤愤道："我军也能凫水，难道怕汝贼军不成！"遂催动人马，趋至水滨，不管前后左右，有无埋伏,就督兵渡将过去。才渡一半,便有两岸汉兵,摇旗呐喊,踊跃前来。左岸统将为樊哙,右岸统将为靳歙,各持长枪大戟,来杀楚兵。楚兵行伍已乱,不能抵敌,咎在水中,欣尚在岸上,两人又无从相顾,慌张的了不得。欣心中埋怨曹咎,想收集岸上人马,自返成皋,偏汉兵已经杀到,无从脱身,只好拚命敌住。那曹咎进退两难,还想渡到对岸,冒死一战,谁知对岸又来了许多兵马,隐隐拥着麾盖,竟是汉王带领众将,亲来接应。咎料难再渡,不得已招兵渡回,忽听得鼓声一响,箭似飞蝗般射来。楚兵泅在水中,不能昂头,多半淹毙。咎亦身中数箭,受伤甚重,慌忙登岸,又被汉兵截住,没奈何拔出佩刀,自刎而亡。司马欣左冲右突,好多时不能脱身,手下残兵,只有数十骑随着,眼见得死在目前,不如自尽,索性也举枪自刺,断喉毕命。

汉王见前军大胜,便令停止放箭,安渡汜水,会同樊哙靳歙两军,直入成皋。成皋已无守将,百姓都开城迎接,由汉王慰谕一番,尽命安居复业,百姓大悦。还有项王遗下的金银财宝,一古脑儿归入汉王。汉王取出数成,分赏将士,将士亦喜出望外,欢跃异常。休息三日,汉王命向敖仓运粟,接济军粮。待粮已运至,复引兵出屯广武,据险设营,阻住项王回军,一面探听齐地,专望齐地得平,便可调回韩信,共同御楚。

小子叙到此处,更要补叙数语,方能前后贯通。原来韩信奉汉王命,往招赵地兵丁,东出击齐,免不得费时需日。汉王部下的郦食其,志在徼功,独请命汉王,自愿招降齐王,省得劳兵。汉王乃遣令赴齐。是时齐王为谁?就是田横兄子田广,即田荣子。自田横拥立起来,横为齐相,佐广守齐。齐经过城阳一役,严兵设戍,力拒楚兵。城阳事见二十三回。项王为了彭城失守,南归败汉,嗣后专与汉王战争,无暇顾齐。就是留攻城阳的楚将,也因齐地难下,次第调归,所以齐地已有年余,不遭兵革。回顾前文,笔不渗漏。至韩信募兵击齐,颇有风声传入齐都。齐都便是临淄城,齐王广与齐相横,由城阳还都故土,一闻韩信将要来攻,亟遣族人田解与部将华无伤等,带同重兵,出戍历下。可巧郦食其驰至,求见齐王,齐王广便即召入,两下相见,郦生就进说道:“方今楚汉相争,连年未解,大王可料得将来结果,究应归属何人?”齐王道:“这事怎能预料?”郦生道:“将来定当归汉。”齐王道:“先生从何处看来?”郦生道："汉楚二王，同受义帝差遣，分道攻秦。当时楚强汉弱，何人不知，乃汉王得先入咸阳，是明明为天意所归，不假兵力。偏项王违天负约，徒靠着一时强暴，迫令汉王移入汉中，又将义帝迁弑郴地，海内人心，无不痛恨。自从汉王仗义兴师，出定三秦，即为义帝缟素发丧，传檄讨贼，名正言顺，天下向风。所过城邑，但教降顺，悉仍旧封，所得财货，不愿私取，尽给士卒，与天下共享乐利，所以豪杰贤才，俱愿为用。项王背约不信，弑主不忠，靳惜爵赏，专用私亲，人民背畔，贤才交怨，怎能不败！怎能不亡！照此看来，便可见天下归汉，无庸疑议了。况且汉王起兵蜀汉，所向皆克，三秦既定，复涉西河，破北魏，出井陉，诛成安君，势如破竹，若单靠人力，哪有这般神速！今又据敖仓，塞成皋，守白马津，杜太行坂，距蜚狐口，地利人和，无往不胜，楚兵不久必破。各地诸侯王，已皆服汉，惟齐国尚未归附，大王诚知几助顺，向汉输款，齐国尚可保全，否则大兵将至，危亡就在眼前了！"齐王广乃答说道："寡人依言归汉，汉兵便可不来么？"郦生道："仆此来并非私行，乃由汉王顾惜齐民，不忍涂炭，特遣仆先来探问。如果大王诚心归汉，免动兵戈，汉王自然心喜，便当止住韩信，不复进兵。尽请大王放心！"郦生此时可谓踌躇满志，哪知后来偏不如此。

田横在旁接入道："这也须由先生修书，先与韩信接洽，方免他虑。"郦生毫不推辞，就索了书笺，写明情迹，请韩信不必进兵，即差从人赍书，偕同齐使，往报韩信。信正招足赵兵，东至平原，接着郦生书信，展阅一周，即对着来使道："郦大夫既说下齐国，还有何求？我当旋师南下便了。"随即写了复书，交付来使，遣还齐国。郦生接到复函，立白齐国君相，齐王广与齐相横，互阅来书，当然勿疑，且有齐使作证，更加相信。遂传令历下各军，一律解严，并款留郦生数日，昼夜纵饮，不问外情。郦生本高阳酒徒，见了这杯中物，也是恋恋不舍，今日不行，明日复不行，一连数日，仍然不行，遂致一条老性命，要从此送脱了。酒能误人，一至于此。

自韩信发回齐使，便拟移军南下，与汉王会同击楚，忽有一人出阻道："不可！不可！"韩信瞧着，乃是谋士蒯彻，彻系燕人，已见前文。就启问道："齐已降顺，我自应改道南行，有什么不可呢？"蒯彻道："将军奉命击齐，费了若干心机，才得东指。今汉王独使郦生先往，说下齐国，究竟可恃与否，尚难料定。况汉王并未颁下明令，止住将军，将军岂可徒凭郦生一书，仓猝旋师呢？还有一说，郦生是个儒生，凭三寸舌，立下齐国七十余城，将军带甲数万，转战年余，才得平赵国五十余城，试想为将数年，反不敌一竖儒的功劳，岂不是可愧可恨么？为将军计，不如乘齐无备，长驱直入，扫平齐境，方得将所有功绩，归属将军了。”韩信闻言，意亦少动，沉吟了好一歇，才向蒯彻道：“郦生尚在齐国，我若乘虚袭齐，齐必将郦生杀毙，是我反害死郦生，这事恐难使得！”韩信尚有良心。蒯彻微笑道：“将军不负郦生，郦生已早负将军了。若使非郦生想夺功劳，摇惑汉王，汉王原遣将军攻齐，为什么又遣郦生呢？”辩士之口，诚属可畏。韩信勃然起座，即刻点齐人马，渡过平原，突向历下杀入。齐将田解华无伤，已接齐王解严的命令，毫不戒备，骤然遇着汉兵，吓得莫名其妙，纷纷四溃。韩信麾兵追击，斩田解，擒华无伤，一路顺风，竟至临淄城下。

齐王广闻报大惊，急召郦生诘责道：“我误信汝言，撤除边防，总道韩信不再进攻，谁知汝怀着鬼胎，佯劝我归汉撤兵，暗中却使韩信前来，乘我不备，覆我邦家，汝真行得好计，看汝今日尚有何说？”郦生也觉着忙，便答语道：“韩信不道，背约进攻，非但卖友，实是欺君！愿大王遣一使臣，同仆出责韩信，信必无言可答，不得不引兵退去了。”齐王尚未及答，齐相田横冷笑道：“先生想借此脱罪么？我前日已经受欺，今可不必哄我了。”郦生道：“足下既疑仆至此，仆就死在此地，不复出城。但也须修书往诘，看韩信如何答复，就死未迟！”广与横齐声道：“韩信如果退兵，不必说了，否则请就试鼎镬，莫怪我君臣无情！”郦生应着，匆匆写好书信，派人出城，递与韩信。信拆书一阅，着墨无多，备极凄恻，也不禁激动天良，半晌答不出话来。偏蒯彻又来进言道：“将军屡临大敌，不动声色，如何为一郦生，反沾沾似儿女子态，不能遽决？一人性命，顾他什么？毕世大功，岂可轻弃？请将军勿再迟疑。”想是前生积有冤孽，故必欲害死郦生。韩信道：“逼死郦生，还是小事，抗违王命，岂非大罪！”蒯彻道：“将军原奉命伐齐，得平齐地，正是为王尽力，有功无罪。若使今日退兵，使郦生得归报汉王，从中谗间，恐真要构成大罪了！”韩信本来贪功，又恐得罪，遂听了蒯彻言语，拒回来使，且与语道：“我是奉命伐

齐，未闻谕止，就使齐君臣果然许降，安知非一条缓兵计策，今日降汉，不久复叛？我既引兵到此，志在一劳永逸，烦为我转告郦大夫，彼此为国效死，不能多事瞻顾了。”

来使只好返报。齐王闻着，便令左右取过油鼎，要烹郦生。郦生道："我为韩信所卖，自愿就烹，但大王国家，亦必就灭，韩信将来，也难免诛夷，果报不爽，恨我不得亲见哩！"为下文韩信夷族张本。说罢，就用衣裹首，投入油鼎，须臾毕命。也是贪功所致。齐君臣登城拒守，不到数日，竟被韩信攻破。齐王广开了东门，当先出走，留住田横断后。田横带领齐兵，再与汉军奋斗数合，终致败却，落荒遁去。君臣先后离散，广奔高密，横走博阳，韩信驰入齐都，安民已毕，复拟引兵东出，追击齐王。齐王广得知风声，很是惶急，不得已派使西出，奉表项王，向他求救。

项王自梁地还兵，使锺离昧为先锋，驰回荥阳。汉王闻楚军到来，急命诸将出阻，诸将跃马驰去，随兵约有好几万名。行至荥阳城东，已与锺离昧相遇，彼此无暇问答，就一齐围裹拢来，把锺离昧困在垓心。锺离昧兵少难支，惶急得很，可巧项王从后驱至，一声呐喊，杀入围中。汉兵慌忙退回，已丧亡了数百人，项王救出锺离昧，进逼广武，与汉王夹涧屯军。广武本是山名，东连荥泽，西接汜水，形势险阻，山中有一断涧划开，分峙两峰，汉王就西边筑垒，依涧自固。项王即就东边筑垒，与汉相拒。彼此不便进攻，各自驻守。惟汉由敖仓运粟，源源接济，连日不绝，楚兵却没有这般谷仓，渐渐的粮食减少，不便久持。项王已是加忧，再经齐使驰至军前，乞发救兵，更令项王心下踌躇。想了多时，还是发兵相救，尚好牵制韩信，免得他来会汉王。乃使大将龙且，副将周兰，领兵二十万东往援齐。一面向汉王索战，汉王只是不出。

项王想出一法，命将汉王父太公，置诸俎上，推至涧旁，自在后面押住，厉声大呼道："刘邦听着！汝若不肯出降，我便烹食汝父！"这数语响震山谷，汉兵无不闻知，即向汉王通报。汉王大惊道："这……这却如何是好！"张良在旁进说道："大王不必着急！项王因我军不出，特设此计，来诱大王。请大王复词决绝，免堕诡谋！"汉王道："倘使我父果然被烹，我将如何为子？如何为人？"张良道："现在楚军里面，除项王外，要算项伯最有权力。项伯与大王已结姻亲，定当谏阻，不致他虞。"汉王乃使人传语道："我与项羽同事义帝，约为兄弟，我翁就是汝翁，必欲烹汝翁，请分我一杯羹！"项王听到此语，怒不可遏，就顾令左右，将太公移置俎下，付诸鼎烹。险哉太公。旁边闪出一人道："天下事尚未可知，还望勿为已甚，况欲争天下，往往不顾家族，今杀一人父，有何益处？多惹他人仇恨罢了。"项王乃命将太公牵回，照前软禁。这救护太公的楚人，就是项伯，果如张良所料。

项王又遣吏致语道："天下汹汹，连岁不宁，无非为了我辈两人，相持不下。今愿与汉王亲战数合，一决雌雄，我若不胜，卷甲即退，何苦长此战争，劳疲兵民呢！"汉王笑谢来使道："我愿斗智，不愿斗力。"楚使回报项王，项王一跃上马，跑出营门，挑选壮士数十骑，令作先驱，驰向涧旁挑战。汉营中有一弁目楼烦，素善骑射，由汉王派他出垒，夹涧放箭。飕飕的响了数声，射倒了好几个壮士。蓦见涧东来了一匹乌骓马，乘着一位披甲持戟的大王，眼似铜铃，须似铁帚，一种凶悍情状，令人生怖，再加一声叱咤，震响山谷，好似天空中霹雳一般，吓得楼烦双手俱颤，不能再射，还有两脚亦站立不住，倒退数步，索性回头就跑，走入营中。见了汉王，心中

尚是乱跳，口齿几说不清楚。汉王着人探视敌踪，乃是项王尚在涧旁，专呼汉王答话。

汉王闻报，虽然有些惊心，但又不便始终示弱，因也整队趋出，与项王夹涧对谈。项王又叱语道："刘邦，汝敢与我亲斗三合否？"专恃蛮力，实属无谓。汉王道："项羽休得逞强，汝身负十大罪，尚敢向我饶舌么？汝背义帝旧约，王我蜀汉，罪一；擅杀卿子冠军，目无主上，罪二；奉命救赵，不闻还报，强迫诸侯入关，罪三；烧秦宫室，发掘始皇坟墓，劫取财宝，罪四；子婴已降，汝尚把他杀死，罪五；诈坑秦降卒二十万人，累尸新安，罪六；部下爱将，分封善地，却将各国故主，或徙或逐，罪七；出逐义帝，自都彭城，又把韩梁故地，多半占据，罪八；义帝尝为汝主，竟使人扮作强盗，行弑江南，罪九；为政不平，主约不信，神人共愤，天地不容，罪十。我为天下起义，连合诸侯，共诛残贼，当使刑余罪人击汝，难道我配与汝打仗么？"泗上亭长，居然自高位置了。

项王气极，并不答言，但用戟向后一挥，便有无数弓弩手，赶将上来。一阵乱射，放出许多箭镞，跃过断涧，防不胜防。汉王正想回马，那胸中已中了一箭，疼痛的了不得，险些儿堕落马下。幸亏旁列将士，上前救护，把马牵转，驰入营门。汉王痛不可忍，屈身伏鞍，暗暗叫苦。将佐等统皆问安，汉王佯用手扪足道："贼……贼箭中我足趾了！"左右忙扶汉王下马，拥至榻前安卧。当即传召医官，取出箭镞，敷了疮药。还幸疮痕未深，不致伤命。小子有诗咏道：

一矢相遗已及胸，托词中趾示从容。

聪明毕竟由天授，通变才能却敌锋。

汉王中箭回营，项王始转怒为喜，只因绝涧难越，不便进攻，也即收兵退归。欲知后事，且看下回自知。

郦生之被烹，韩信实使之，而韩信将来之受诛，亦即由郦生之烹死，暗伏祸根。郦生之说齐，固奉汉王之命而往，既得招降齐国，不辱使命，乃偏为韩信所卖，卒致焚身，汉王闻之，宁有不隐恨韩信？不过楚尚未平，恃信为辅，因含忍而未发耳。况汉王之生平，本能忍人所不能忍，乃父已置诸敌俎，犹有分我杯羹之言，对父且如此，况他人乎！至若项王索战，夹涧与语，历数项王十罪，虽事有可征，并无虚构，然项王罪恶之大，莫过于弑义帝，汉王置此罪于八九之间，独以背约为罪首，重私轻公，易先为后，其心已可概见矣。彼智如韩信，独不能察汉王之隐，犹沾沾于平齐之功绩，听蒯彻而害郦生，此所以终遭诛戮也。

第三十回

斩龙且出奇制胜　划鸿沟接眷修和

却说项王归营以后，专探听汉营动静，拟俟汉王身死，乘隙进攻。汉营里面的张良，早已料着，即入内帐看视汉王。汉王箭创未愈，还可勉强支持，良因劝汉王力疾起床，巡行军中，借镇人心。汉王乃挣扎起来，裹好胸前，由左右扶他上车，向各垒巡视一周。将士等正在疑虑，忽见汉王乘车巡查，形容如故，方皆放下愁怀，安心守着。汉王巡行既遍，自觉余痛难禁，索性吩咐左右，不回原帐，竟驰返成皋，权时养病去了。这也是汉王急智。项王得着探报，据称汉王未死，仍在军中巡行，又不禁暗暗叹惜，大费踌躇。自思进不得进，退不得退，长此屯留过去，恐粮尽兵疲，后难为继。正在委决不下，蓦地里传到警耗，乃是大将龙且，战败身亡。项王大惊失色道："韩信有这般利害么？他伤我大将龙且，必要乘胜前来，与刘邦合兵攻我，韩信韩信，奈何奈何！"句法似通非通，益觉形容得妙。说罢，复着人探明虚实，再作计较。究竟韩信如何得胜？龙且如何被杀？待小子演述出来。

龙且领着大兵，倍道东进，行入齐地，即遣急足驰报齐王，叫他前来会师。齐王广闻楚军大至，当然心喜，急忙收集散兵，出高密城，往迎楚军。两下至潍水东岸，凑巧相遇，彼此晤谈以后，一同就地安营。韩信正要向高密进兵，闻得龙且兵到，也知他是个劲敌，因复遣人报知汉王，调集曹参灌婴两军，方才出发，到了潍水西岸，遥见对河遍扎军营，气势甚盛，乃召语曹灌两将道："龙且系有名悍将，只可智取，不可力敌，我当用计擒他便了。"曹灌两将，自然同声应令。韩信命退军三里，择险立寨，按兵不出。楚将龙且，还疑是韩信怯战，便欲渡河进击。旁有属吏献议道："韩信引兵远来，定必向我奋斗，骤与接仗，恐不可挡，齐兵已经败衄，万难再恃，且兵皆土著，顾念室家，容易逃散，我军虽与异趋，免不得被他牵动，他若四溃，我亦难支。最好是坚壁自守，勿与交锋。一面使齐王派遣使臣，招辑亡城。各城守吏，闻知齐王无恙，楚兵又大举来援，定然还向齐王，不肯从汉。汉兵去国二千里，客居齐地，无城可因，无粮可食，怎能长久相持？旬月以后，就可不战自破了。”龙且摇首道：“韩信鄙夫，有何能力？我曾闻他少年贫贱，衣食不周，甚至寄食漂母，受辱胯下。这般无用的人物，怕他什么！况我奉项王命，前来救齐，若不与韩信接仗，就使他粮尽乞降，也没有什么战功，今诚一战得胜，威震齐国，齐王必委国听从，平分土地，一半给我，岂不是名成利就么？”全是妄想。副将周兰，也恐龙且轻战有失，上前进谏道：“将军不可轻视韩信。信助汉王定三秦，灭赵降燕，今复破齐，闻他足智多谋，机谋莫测，还望将军三思后行。”龙且笑说道：“韩信所遇，统是庸将，故得侥幸成功，若与我相敌，管教他首级不保了。”慢说慢说，且管着自己头颅。当下差一弁目，渡过潍水，投递战书。韩信即就原书后面，批了“来日决战”四字，当即遣回。

楚使既去，信命军士赶办布囊万余，当夜候用，不得有违。又要作怪。原来营中随带布囊，本来不少，多半是盛贮干粮，此次军士得了将令，但将干粮取出，便可移用，因此不到半日，已经办齐。延至黄昏，由信召入部将傅宽，授与密计道：“汝可领着部曲，各带布囊，潜往潍水上流，就在水边取了泥沙，贮入囊中，择视河面浅狭的地方，把囊沉积，阻住流水。待至明日交战时，楚军渡河，我军传发号炮，竖起红旗，可速命兵士捞起沙囊，仍使流水放下，至要至嘱！”傅宽遵令，率兵自去。此处授计用明写法，但非看到后文，尚未知此计之妙。信又召集众将道：“汝等明日交战，须看红旗为号，红旗竖起，急宜并力击敌，擒斩龙且周兰，便在此举，今可静养一宵，明日当立大功了。”众将闻言，俱各归帐安息。信但令巡兵守夜，自己亦即就寝，诘旦起来，命大众饱餐一顿，传令出营。信自往挑战，带同裨将数名，径渡潍水，所有曹参灌婴等军，统叫他留住西岸，分站两旁。潍水本来深广，不能徒涉，此时由傅宽壅住上流，水势陡浅，但教褰衣过去，便可渡登对岸。韩信到了岸东，摆成阵势，正值龙且驱众过来，信便出阵大呼道：“龙且快来受死！”龙且听了，跃马出营，大声叱道：“韩信，汝原是楚臣，为何叛楚降汉？今日天兵到此，还不下马受缚，更待何时？”信笑答道：“项羽背约弑主，大逆不道，汝

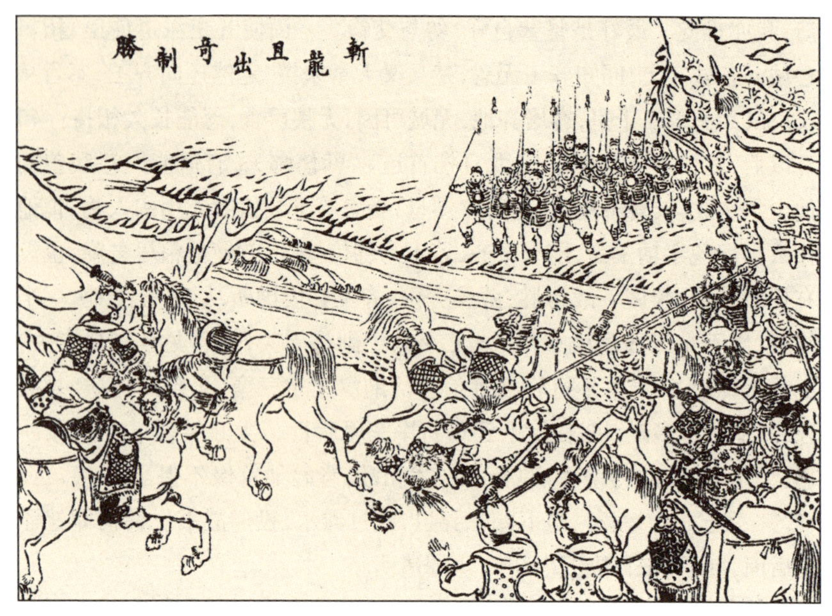

乃甘心从逆，自取灭亡，今日便是汝的死期了！”龙且大怒，举刀直取韩信，信退入阵中，当有众将杀出，敌住龙且。龙且抖擞精神，与众力战，约有一二十合，未分胜负，副将周兰，也来助阵，汉将等渐渐退却。韩信拍马就走，仍向潍水奔回。众将见信驰还，也即退下，随信同奔。龙且大笑道：“我原说韩信无能，不堪一战呢。”说着，遂当先力赶。周兰等从后追上，行近潍水，那汉兵却渡过河西去了。龙且赶得起劲，还管什么水势深浅，也即跃马西渡。惟周兰瞧着水涸，不免动疑，见龙且已经渡河，急欲向前谏阻，因此紧紧随着，也望河西过去。无如龙且跑得甚快，转眼间已达彼岸，周兰不便折回，只好纵马过河，部众统皆落后，跟着龙且周兰不过二三千骑，余兵或渡至中流，或尚在东岸。猛听得一声炮响，震动波流，水势忽然增涨，高了好几尺，既而澎湃汹涌，好似曲江中的大潮，突如其来，不可推测，河中楚兵，无从立足，多被漂去。只东岸未渡的人马，尚在观望，未曾遇险。还有龙且周兰及骑兵二三千名，已登西岸，一时免做溺死鬼。还是溺死，省得饮刀。那时汉兵中已竖起红旗，曹参灌婴，两旁杀来，韩信亦领诸将杀回。三路人马，夹击龙且周兰，任你龙且如何骁勇，周兰如何精细，至此俱陷入罗网，摆脱不出。并且寡不敌众，单靠着二三千名骑兵，济得什么战事？结果是龙且被斩，周兰受擒，二三千骑楚兵，扫得干干净净，不留一人。东岸的楚兵，遥见龙且等统已战殁，不寒自栗，立即骇散。齐王广似惊弓鸟，漏网鱼，哪里还堪再吓，便即弃寨逃回。行至高密，因见后面尘头大起，料有汉兵赶来，且随身兵士，多已逃散，自知高密难守，不如走往城阳，于是飞马再奔。将到城阳相近，汉兵已经赶到，七手八脚，把他拖落马下，捆绑了去，解至韩信军前。韩信责他擅烹郦生，太觉残忍，便令推出斩首。总算为郦生抵命。

复使灌婴往攻博阳，曹参进略胶东，博阳为田横所守，闻得田广已死，自为齐王，出驻嬴下，截住灌婴。婴麾兵奋击，杀得田横势穷力竭，止带了数十骑，遁往梁地，投依彭越去了。尚有横族田吸，与横分路逃生，奔至千乘，被灌婴一马追及，戮死了事。此外已无齐兵，遂枭了吸首，还营报功。适值曹参也持了一个首级，奏凯归来，问明底细，乃是胶东守将田既，为参所杀，荡平胶东，回来缴令。两将并入大营，报明韩信，信登簿录功，并将齐地所得财帛，分赏将士，不必细述。

惟韩信既平齐地，便想做个齐王，遂缮了一封文书，使人至汉王前告捷，且要求齐王封印。汉王在成皋养病，已经告痊，复至栎阳察视城守，勾留四日，仍驰抵广武军前。可巧韩信差来的军弁，也到广武，遂将书信呈上。汉王展阅未终，不禁大怒道："我困守此地，日夜望他来助，他不来助我，还要想做齐王么？"张良陈平在侧，慌忙走近汉王，轻蹑足趾。汉王究竟心灵，停住骂声，即将原书持示两人。书中大意，说是齐人多伪，反复无常，且南境近楚，难免复叛，请暂许臣为假王，方期镇定等语。两人看罢，附耳语汉王道："汉方不利，怎能禁止韩信为王？今不若使他王齐，为我守着，可作声援。否则恐变生不测了。"幸有此说。汉王因复佯叱道："大丈夫得平定诸侯，不妨就做真王，为何还要称假呢！"转风得快。随即遣回来使，叫韩信守候册封，来使自去。汉王便遣张良赍印赴齐，立韩信为齐王，信得印甚喜，厚待张良。良又述汉王意见，劝信发兵攻楚，信亦满口应承。良叨了一席盛宴，饮罢即归。

信择吉称王，大阅兵马，准备击楚，忽有楚使武涉，前来求见。韩信暗想，我与楚为仇敌，为何遣使到此？想必来做说客，我自有主意，何妨相见。因即顾令左右,引入武涉。武涉系盱眙人,饶有口才,素居项王幕下。项王探得齐地确信,果被韩信破灭,当然惊心,所以派遣武涉,往说韩信,为离间计。涉一见信面,便下拜称贺,信起座答礼,且微笑道:“君来贺我做甚!无非为了项王,来作说客,尽请道来!”涉乃申说道:“天下苦秦已久,故楚汉戮力击秦,今秦已早亡,分土割地,各自为王,正应休息士卒,与民更始,乃汉王复兴兵东来,侵人地,夺人土,胁制诸侯,与楚相争,可见他贪得无厌,志在并吞。足下明智过人,难道尚未能预察么?且汉王前日,尝入项王掌握中,项王不忍加诛,使王蜀汉,也算是情义两尽。偏汉王不念旧谊,复击项王,机诈如此,尚好亲信么?足下自以为得亲汉王,替他尽力,涉恐足下他日亦必遭反噬,为彼所擒了!试想足下得有今日,实由项王尚存,汉王不能不笼络足下。足下眼前处境,还是进退裕如的时候,左投汉王,汉胜,右投项王,楚胜,汉胜必危及足下,楚胜当不致自危。项王与足下本有故交,时常系念,必不相负!若足下尚不肯深信,最好是与楚联合,三分天下,鼎足称王,楚汉两国,都不敢与足下为难,这乃是万全良策了。”为韩信计,却是此策最善。韩信笑答道:“我前事项王,官不过郎中,位不过执戟,言不听,计不用,所以背楚归汉。汉王授我上将军印,付我数万兵士,解衣衣我,推食食我,我若负德,必至不祥。我已誓死从汉了!幸为我复谢项王。”武涉见他志决,只好辞归。

信送出武涉,有一人随他进去,由信回头一顾,乃是蒯彻,因即邀令入座。彻开口道:“仆近已学习相术了,相君面不过封侯,相君背乃贵不胜言。”信听得甚奇,料他必有微意,复引彻至密室,屏人与谈。彻又说道:“秦亡以后,楚汉分争,不顾人民,专务角逐。项王起兵彭城,转战逐北,直下荥阳,威震远近,今乃久困京索,连年不得再进。汉王率数十万众,据有巩洛,凭借山河,一日数战,无尺寸功,反致屡败,这乃所谓智勇俱困呢。仆料现今大势,非有贤圣,莫能息争。足下乘时崛起,介居楚汉,为汉即汉胜,为楚即楚胜,楚汉两主的性命,悬在足下手中,诚能听仆鄙计,莫若两不相助,三分鼎峙,静待时机。其实如足下大才,据强齐,并燕赵,得时西向,为民请命,何人不服?何国不从?将来宰割天下,分封诸侯,诸侯俱怀德畏威,相率朝齐,岂不是霸王盛业么?仆闻天与不取,反致受咎,时至不行,反致受殃,愿足下深思熟虑,毋忽鄙言!”韩信道:“汉王待我甚厚，怎可向利背义呢？”彻又道：“从前常山王张耳，与成安君陈余，约为刎颈交，后来为了张黡陈泽的嫌疑，竟成仇敌。泜水一战，陈余授首。足下自思与汉王交情，能如张陈二人否？所处嫌疑，止如黡泽一事否？乃犹欲自全忠信，见好汉王，岂非大误！越大夫文种，存亡越，霸勾践，立功成名，尚且被戮，兽死狗烹，已成至论，足下的忠信，想亦不过如大夫种罢了。且仆闻勇略震主，往往自危，功盖天下，往往不赏，今足下已蹈此辙，归汉汉必惧，归楚楚不信，足下将持此何归呢？”语虽近是，但蒯彻与汉无仇，何故唆人叛主。韩信不免动疑，因即语彻道：“先生且休，待我细思，更定进止。”彻乃辞退。过了数日，杳无动静，乃复入见韩信，请他决机去疑，慎勿失时。信终不忍背汉，又自恃功高，总道汉王不致变卦，决将蒯彻谢绝。彻恐久居被祸，假作疯癫，竟向别处作巫去了。信闻彻他去，也不着人挽留，惟心下忐忑不定，且将兵马停住，再听汉王消息。既已拒彻，应即发兵击楚，偏又停住不进，真是何意。

汉王固守广武，又是数旬，日望韩信到来，信终不至。乃立英布为淮南王，使他再赴九江，截楚后路。一面贻书彭越，仍侵入梁地，断楚粮道。布置已定，尚恐项王粮尽欲回，又取出太公，挟制多端，或乘怒将太公杀死，更觉可危。当下与张良陈平，商议救父的方法。两人齐声道：“项王乏粮，必将退归，此时正好与他讲和，救回太公吕后了。”汉王道：“项王情性暴戾，一语不合，便至动怒，欲要遣使议和，必须选择妥人，方可无虞。”言未毕，有一人应声闪出道：“臣愿往。”汉王一瞧，乃是洛阳人侯公，从军有年，素长应对，因即准如所请，嘱令小心从事。侯公遂驰赴楚营，求谒项王。

项王得武涉归报，甚是愁烦，又见粮食将尽，越觉愁上加愁。忽闻汉营中遣到使臣，乃仗剑高坐，传令入见。侯公徐徐步入，见了项王，毫无惧色，从容向前，行过了礼。项王瞋目与语道：“汝主既不出战，又不退去，今差汝到来，有何话说？”侯公道：“大王还是欲战呢？还是欲退呢？”项王道：“我愿一战！”侯公道：“战是危机，胜负难料；况相持已久，兵力皆疲，臣今为罢兵息争而来，故敢进见大王。”项王不觉脱口道：“据汝来意，是欲与我讲和么？”侯公道：“汉王并不欲与大王争锋，大王如为保国安民起见，易战为和，敢不从命！”项王意已稍平，把剑放下，问及议和约

款。侯公道:“使臣奉汉王命,却有二议,一是楚汉两国,划定疆界,彼此相安,不再侵犯。二请释还汉王父太公及妻室吕氏,使他骨肉团圆,久感圣德。”项王掀髯狞笑道:“汝主又来欺我么?他想保全骨肉,故令汝诡词请和。”侯公道:“大王知汉王东出的意思否?人情无不念父母,顾妻子,汉王西居蜀汉,离家甚远,免不得怀念在心,前次潜至彭城,无非欲搬取家眷,嗣闻为大王所拘,急不暇择,遂至与大王为敌,累战不休。今大王无意言和,原是不必说了,既商和议,何不将两人释还,不但使汉王从此感德,誓不东行,就是天下诸侯,亦且争慕大王,无不歌颂。试想大王不杀人父,就是明孝,不污人妻,就是明义,已经拘住,又复放归,所以明仁,三德俱备,声名洋溢,如恐汉王负约,是曲在汉王,直在大王,古人有言:师直为壮,曲为老,大王直道而行,天下无敌,何论一汉王呢!”

项王最喜奉承,听了侯公一番言语,深惬心怀,遂复召入项伯,与侯公商议国界。项伯本是袒汉,乐得卖个人情,两下议决,就荥阳东南二十里外的鸿沟,划分界限,沟东属楚,沟西属汉。当由项王遣使,与侯公同报汉王,订定约章,各无异言。所有迎还太公吕后的重差,仍然要劳烦侯公。侯公再偕楚使同行，至楚营请求如约，项王毫不迟疑，便放出太公吕后，及从吏审食其，使与侯公同归。汉王闻知，当然出营迎接，父子夫妇，复得相见，正是悲喜交集，庆贺同声。汉王嘉侯公功，封他为平国君，是为汉四年九月间事。越日，即闻项王拔营东归，汉王亦欲西返，传令将士整顿归装。忽有两人进谏道："大王不欲统一天下么？奈何归休！"这一语有分教：

坛坫方才休玉帛，疆场又复启兵戈。

欲知两人为谁，待至下回报明。

兵法有言：骄兵必败，龙且未胜先骄，即非韩信之善谋，亦无不败之理。项王以二十万众，委诸龙且，何用人之不明欤？然项王同一有勇无谋之暴主，而龙且即为有勇无谋之莽将，同气相求，故有是失。龙且死而项王亦将败亡，此徒勇之所以无益也。武涉之说韩信，各为其主，原不足怪。蒯彻并非楚臣，何为唆信叛汉，使之君臣相猜，他时钟室之祸，非彻致之而谁致之乎？若汉之遣使请和，得归太公吕后，虽由侯生之善言，实出一时之侥幸。假使项王不允，加刃太公，则汉王虽得天下，终不免为无父之罪人而已。贪天幸以图功，君子所勿取焉。

第三十一回

大将奇谋鏖兵垓下　美人惨别走死江滨

却说汉王欲西还关中，有两人进来谏阻，两人为谁？就是张良陈平。汉王道："我与楚立约修和，彼已东归，我尚留此做甚。"良平齐声道："臣等请大王议和，无非为了太公吕后二人。今太公吕后已得归来，正好与他交战，况天下大势，我已得了大半，四方诸侯，又多归附，彼项王兵疲食尽，众叛亲离，乃是天意亡楚的时候，若听他东归，不去追击，岂不是养虎遗患么？"专知趋利，如信义何！汉王深信二人，遂复变计，再拟向东进攻。只因孟冬已届，照了前秦旧制，又要过年，乃就营中备了酒席，宴饮大小三军，自与吕后陪着太公，在内帐奉觞称寿，畅饮尽欢。太公吕后从未经过这种乐事，此次父子完聚，夫妇团圆，白发红颜，相偕醉月，金樽玉斝(jiǎ)，合宴连宵，真个是苦尽甘回，不胜欣慰了。恐此时吕后心中，尚恨审食其不得在座。元旦这一日，就是汉王五年，大书特书，是为汉王灭楚称帝之岁。汉王先向太公祝釐(xī)，然后升座外帐，受了文武百官的谒贺。礼已粗毕，即与张良陈平，商议军事，决定分路遣使，往约齐王韩信，及魏相国彭越，发兵攻楚，中道会师，当下派员去讫。

过了一日，又差车骑数百人，送太公吕后入关，汉王遂亲率大队，向东进发，沿路不复耽延，一直驰至固陵。前驱早有侦骑派出，探得楚兵相去不远，回报汉王。汉王乃择险安营，专待韩彭两军到来，便好合击楚军。偏韩彭两军，杳无音信。那项王已得了消息，恨汉负约，竟驱动兵马，骤向汉营杀来。汉王恐楚兵踹营，反觉不妙，不如督兵出战，较为得势，乃麾众出营，与楚接仗。两下相遇，汉兵尚未成列，项王已拍动乌骓，挺戟当先，专向汉军中坚，鼓勇冲入，寻杀汉王。汉将见项王到来，慌忙拦阻，怎禁得项王一股怒气，把手中戟飞舞起来，任凭汉军中有许多勇将，没有个是他敌手，有几个命中带晦，不是被他刺死，就是被他戳伤，于是汉将俱纷纷倒退。汉王见不可支，还是拍马奔回，避开危险。主帅一动，全军皆散，项王乐得大杀一阵，把汉兵驱回营中，然后收兵自去。汉王狼狈还营，检点兵士，丧失了好几千名，将佐亦伤亡了好几十名，不由的垂头丧气，闷坐帐中。可巧张良进来，因即顾问道："韩彭失约，我军又遭败挫，如何是好！"张良道："楚兵虽胜，尽可勿虑，只是韩彭不至，却是可忧。臣料韩彭二人，必由大王未与分地，所以观望不前。"汉王道："我封韩信为齐王，拜彭越为魏相国，怎得说是没有分地？"良答道："齐王信虽得受封，并非大王本意，信亦当然不安，彭越曾略定梁地，大王命他往佐魏豹，所以移兵，今魏豹已死，越亦望封王，乃大王未尝加封，不免觖（jué）望。今若取睢阳北境，直至谷城，封与彭越，再由陈以东，直至东海，封与韩信，信家在楚，尝想取得乡土，大王今日慨允，两人明日便来了。"窥透两人志愿。

汉王不得已依议，再遣使人飞报韩彭，许加封地，果然两人满望，即日发兵。还有淮南王英布，与汉将刘贾，进兵九江，招降守将楚大司马周殷，一些儿不劳兵革，反得了九江许多人马，会同英布刘贾，接应汉王。三路大兵，陆续趋集，汉王自然放胆行军。项王闻汉兵大至，兵食又尽，巴不得急回彭城，所以固陵虽获胜仗，仍然不愿久留，引军再退。路上恐汉兵追袭，用了步步为营的兵法，依次退去。好容易到了垓下，遥听得后面一带，鼓声马声呐喊声，非常震响。当下登高西望，见汉兵踊跃追来，差不多与蚂蚁相似，不禁仰天叹道："好多汉兵，我悔前日不杀刘邦，养成他这番气焰哩！"话虽如此，还仗着自己勇力，并手下将士，尚有十万名左右，倒也不甚着忙。遂就垓下扎营，准备对敌。汉王已会齐三路兵马，共至垓下，人数不下三十余万，复用韩信为大将，调度诸军。韩信素知项王骁勇，无人敢当，特将各军分作十队，各派统将带领，分头埋伏，回环接应，请汉王守住大营，自率三万人挑战。

项王单靠勇力，不尚兵谋，一闻敌兵逼营，立即怒马突出，迎敌汉军。楚兵亦一齐出寨，随着项王，奋勇向前。两军相接，交战了好几合，项王横戟一挥，部众统不管生死，专望汉军中杀入。韩信且战且走，诱引项王入网。项王平日，所向无敌，全不把韩信放在眼中，就使有人谏阻项王，叫他不可轻追，他亦不甘罢休，定要杀奔前去。约莫追了好几里，已入汉军伏

中，一味莽撞，总要遭祸。韩信便鸣放号炮，唤起伏兵。先有两路杀出，与项王交战一次，项王全不退怯，鏖斗了好多时，冲开汉军，还要追赶韩信。但听第二次炮声复发，又有两路伏兵杀出，截住项王，再加厮杀，好多时又被冲破。项王杀得性起，仍旧有进无退，接连是炮声迭响，伏兵迭起。项王杀开一重，又复一重，杀到第七八重时候，部众已零落了，将弁多伤亡了，项王也自觉力疲，渐渐的退却下来。哪知韩信放完号炮，十面埋伏，一齐发出，都向项王马前，围裹拢来。所有楚兵，好似鸡犬一样，纷纷四窜，但靠项王一枝画戟，究竟挡不住百般兵器。项王悔已无及，只得令锺离昧季布等断后，自己当先开路，猛喝一声，已足吓退汉兵，再加长戟纵横，一经触着，无不立毙，因此汉兵左右避开，让出一条血路，得使项王走脱，驰回垓下大营。

自从项王起兵以来，向未经过这般挫辱，此次已该数尽，偏碰着汉元帅韩信，用着十面埋伏的计策，杀败项王，把楚营十万锐卒，击毙了三四成，赶走了三四成，只剩得两三万残兵，跟回营中，叫项王如何不恼，如何不忧！他有一个宠姬虞氏，秀外慧中，知书识字，虽遇项王出兵打仗，也尝乘车随行，形影不离。名姬陪着悍王，似觉不甚相配。此番也在营间，守候项王归来。项王战败入营，当由虞姬迎着，见他形容委顿，神色仓皇，也觉惊异得很。待至项王坐定，喘息稍平，才问及战争情状。项王唏嘘道："败了！败了！"虞姬劝慰道："胜负乃兵家常事，愿大王不必忧劳。"项王道："怪不得汝等妇女，未识利害，连我也不曾遇此恶战哩。"虞姬本已嘱咐行厨，整备酒肴，想为项王接风。此时因项王败还，更欲替他解闷，便即令厨役搬出，陈列席间，请项王上坐小饮。项王已无心饮酒，但为了宠姬情意，未便遽却，乃向席间坐下，使虞姬旁坐相陪。才饮了三五杯，就有帐外军弁趋入，报称汉兵围营。项王道："汝去传谕将士，小心坚守，不可轻动，待我明日再决一战罢！"军弁应声退出。

时已天晚，项王复与虞姬并饮数觥，灯红酒绿，眉黛鬟青，平时对此情景，何等惬意，偏是夕反成惨剧，越饮越愁，越愁越倦，顿时睡眼模糊，敛肱欲寐。还是虞姬知情识意，请项王安卧榻中，休养精神。项王才就榻睡下，虞姬坐守榻旁，一寸芳心，好似小鹿儿乱撞，甚觉不宁。耳边又听得凄风飒飒，觱栗呜呜，俄而车驰马骤，俄而鬼哭神号，种种声浪，增人烦闷。旋复有一片歌音，递响进来，如怨如慕，如泣如诉，一声高，一声低，一声长，一声短，仿佛九皋鹤唳四野鸿哀。虞姬是个解人，禁不住悲怀戚戚，泪眦荧荧。从虞姬一边叙入楚歌，尤觉凄切。回顾项王，却是鼻息如雷，不闻不知，急得虞姬有口难言，凄其欲绝。究竟这歌声从何而来？乃是汉营中张子房，编出一曲楚歌，教军士至楚营旁，四面唱和，无句不哀，无字不惨，激动一班楚兵，怀念乡关，陆续散去。就是锺离眛季布等人，随从项王好几年，也忽然变卦，背地走了。甚至项王季父项伯，亦悄悄的往投张良，求庇终身。树未倒而猢狲先散。单剩项王亲兵八百骑，守住营门，未曾离叛。正想入报项王，却值项王酒意已消，猛然醒寤。起闻楚歌，不禁惊疑，出帐细听，那歌声是从汉营传出，越加诧异道："汉已尽得楚地么？为何汉营中有许多楚人呢？"说着，便见军弁禀报，谓将士皆已逃散，只有八百人尚存。项王大骇道："有这等急变吗？"当即返身入帐，见虞姬站立一旁，已变成一个泪人儿，也不由的泣下数行。旁顾席上残肴，尚未撤去，壶中酒亦颇沉重，乃再令厨人烫热，唤过虞姬，再与共饮。饮尽数觥，便信口作歌道：

力拔山兮气盖世！时不利兮骓不逝！骓不逝兮可奈何！虞兮虞兮奈若何！

项王生平的爱幸，第一是乌骓马，第二是虞美人，此番被围垓下，已知死在目前，惟心中实不忍割舍美人骏马，因此悲歌慷慨，呜咽欷歔！虞姬在旁听着，已知项王歌意，也即口占一诗道：

汉兵已略地，四面楚歌声。大王意气尽，贱妾何聊生！

虞姬吟罢潸潸泪下，项王亦陪了许多眼泪。就是左右侍臣，统皆情不自禁，悲泣失声。蓦听得营中更鼓，已击五下，乃顾语虞姬道："天将明了，我当冒死出围，卿将奈何！"虞姬道："妾蒙大王厚恩，追随至今，今亦当随去，生死相依；倘得归葬故土，死也甘心！"项王道："如卿弱质，怎能出围？卿可自寻生路，我当与卿长别了。"虞姬突然起立，竖起双眉，喘声对项王道："贱妾生随大王，死亦随大王，愿大王前途保重！"说至此，就从项王腰间，拔出佩剑，向颈一横，顿时血溅珠喉，香销残垒。阅书至此，虽铁石心肠，亦当下泪。

项王还欲相救，已是不及，遂抚尸大哭一场，命左右掘地成坑，将尸埋葬。至今安徽省定远县南六十里，留有香冢，传为佳话。文人墨客，且因虞姬贞节可嘉，谱入词曲，竟把虞美人三字，作为曲名，美人千古，足慰芳魂。比后来人彘何如？惟项王已看虞姬葬讫，勉强收泪，出乘乌骓，趁着天色未明的时候，带了八百骑亲兵，衔枚疾走，偷过楚营，向南遁去。及汉兵得知，急报韩信，已是鸡声报晓，晨光熹微了。韩信闻项王溃围，急令将军灌婴率领五千兵马，往追项王。项王也防汉兵追来，匆匆至淮水滨，觅船东渡，部骑又散去大半，只剩了一二百人。行至阴陵，见路有两歧，不知何道得往彭城，未免踌躇。适有老农在田间作工，因向他访问行径，老农却有些认识项王，素来恨他暴虐，竟用手西指道："向这边去！"项王信是真话，策马西奔，约跑了好几里，扑面寒风，很是凛冽，前途流水澌澌，随风震响，仔细瞧着，乃是一个大湖，挡住去路。至此方知受欺，慌忙折回，再到原处，重向东行。为了这番盘旋，遂被汉将灌婴追及，一阵冲击，又丧失了百余骑。还是项王坐下的乌骓，跑走甚快，当先驰脱。后面陆续跟上，寥寥无几，到了东城，经项王回头察看，只有二十八骑，尚算随着。那四面的金鼓声，呐喊声，仍然不住，渐渐相逼。项王自知难脱，引骑至一山前，走登岗上，摆成圆阵，慨然顾骑士道："我自起兵到今，倏已八年，大小七十余战，所挡必靡，所击必破，未尝一次败北，因得霸有天下。今日乃被困此间，想是天意已欲亡我，并非我不能与战呢。我已自决一死，愿为诸君再决一战，定要三战三胜，为诸君突围，斩将搴旗，使诸君知我善战，今实天意亡我，与我无干，免得向我归罪了！"善战必亡，奈何至死不悟。

道言甫毕，汉兵已四面赶集，把山围住。项王乃分二十八骑为四队，与汉兵相向。东首有一汉将，不知死活，驱兵登岗，想来活捉项王。项王语骑士道："君等看我刺杀此将！"说着纵辔欲走，又回头顾语道："诸君可四面驰下，至东山下取齐，再作三处驻扎罢。"于是奋声大呼，挺戟驰下，一遇汉将，便猛力戳去。汉将不及躲避，陡被刺落，骨辘辘滚下山去，霎时毕命。汉兵见了，统皆逃还，项王便纵马下山。山下的汉将，仗着人多势旺，团团围绕，竟至数匝，都被项王杀退。汉骑将杨喜，上前追赶，由项王回头一喝，人马辟易，倒退了一两里。就是项王部下的二十八骑，亦皆驰集，先与项王打个照面，然后三处分驰。汉兵又从后赶来，未知项王所在，也分兵三路，追围项王。项王左手持戟，右手仗剑，或劈或刺，斩一汉都尉，剁毙汉兵数十百人，仍得杀透重围，再救出两处部骑，重聚一处，检点数目，只少了两个骑兵。便笑向部骑道："我的战仗如何？"部骑皆拜伏道："如大王言！"统计项王自山上杀下，一连九战，汉兵遇着项王，无不溃散，故后人称是山为九头山，亦号四溃山。

项王既得脱围，走至乌江，却值乌江亭长，泊船岸旁，请项王渡江过去。且敦促道："江东虽小，地方千里，尚足自王，现惟臣有一船，愿大王急渡！"项王听了，笑对亭长道：用两笑字，比哭尤惨。"天已亡我，我何必再渡！且籍与江东子弟八千人，渡江西行，今无一生还，就使江东父老，见我生怜，再肯王我，我有何面目相见哩？"说着，后面尘头又起，料知汉兵复到，亭长又出言催促，项王喟然道："我知公为忠厚长者，厚情可感，我无以为报，惟坐下的乌骓马，随我五年，日行千里，临阵无敌，今我不忍杀此马，特地赐公，见马犹如见我呢。"一面说，一面跳下马来，令部卒牵付亭长，又命部骑皆下马步行，各持短刀，转身待着汉兵。汉兵一齐赶至，项王又鼓勇再战，乱削乱劈，连毙汉兵数百人，自身亦受了十余创。蓦见有数骑将驰至，认得一人是吕马童，凄声与语道："汝不是我旧友吗？"吕马童不敢正视，但向项王望了一面，便旁顾僚将王翳道："这位就是项王。"项王又说道："我闻汉王悬有赏格，得我首级，赐千金，封邑万户，我今日就卖情与汝罢！"说毕，便用剑自刎，年终三十一岁。小子记得前人咏项王诗，曾有二绝，特录述如下云：

争帝图王势已倾，八千兵散楚歌声，
乌江不是无船渡，耻向东吴再起兵。
不修仁政枉谈兵，天道如何尚力争？
隔岸故乡归不得，十年空负拔山名。

项王已死，所余二十六骑，亦皆逃亡。欲知项王尸首如何，待至下回续表。

韩信之十面埋伏计，史策未详，但相传已久，度非无因。况当时汉兵竞集，为特一无二之大举，人数不下三十万，分作十队，绰有余裕，非行此计以困项王，则项王之勇悍，无人敢敌，几何而不蹈固陵之覆辙也。虞姬之别，乌江之刎，最为项氏惨史，经著书人依次写来，尤觉得情节苍凉，令人悲咽。且虞姬守贞，何如吕后戚姬之秽辱？慨然决死，何如韩信彭越之诛夷？美人英雄，名播千秋，泉下有知，其亦足以自慰乎？惟观于项王之坑降卒，杀子婴，弑义帝，种种不道，死有余辜，彼自以为非战之罪，罪固不在战，而在残暴也。彼杀人多矣，能无及此乎！天亡天亡，夫复谁尤！

第三十二回

即帝位汉主称尊　就驿舍田横自刭

却说项王自刎以后，汉将争夺项王尸骸，甚至自相残杀，死了好几十人，结果是王翳得了头颅，吕马童与杨喜吕胜杨武等四将，各得一体，持向汉王前报功。汉王命将五体凑合，果然相符，遂即分封五人，命吕马童为中水侯，王翳为杜衍侯，杨喜为赤泉侯，杨武为吴防侯，吕胜为涅阳侯。楚地望风请降，独鲁城坚守不下，汉王大怒，引兵攻鲁，恨不得立刻入城，一体屠戮，荡成平地。不意到了城下，觉有一种弦诵的声音，悠扬入耳，因不禁转念道："鲁国素知礼义，今为主守节，不得为非，我不如设法招抚为是。"只一转念，便是兴王气象。乃将项王首级，令将士挑在竿上，举示城上守兵，且传谕降者免死，于是鲁城吏民，开门迎降。先是楚怀王尝封项羽为鲁公，至是鲁最后降，汉王因命用鲁公礼，收葬项王尸身，就在谷城西隅，告窆筑坟，亲为发丧。并命文吏缮成一篇祭文，无非说是前同兄弟，本非仇雠，拘太公不杀，虏吕后不犯，三年留养，尤见盛情，死后有知，应视此觞等语。及临祭读文，汉王亦不禁悲泣，泪下潸潸。恐非真情。将士等都为动容，祭毕乃还。吕马童为项王故人，到此亦知感否？今河南省河阳县有项羽墓，就是项羽自刎的地方，便系今日的乌江浦，在安徽省和县东北，留有祠宇，号为西楚霸王庙，这且不必细述。

汉王命赦项氏宗亲，一律免罪，且闻项伯已在张良营中，特别召见，封为射阳侯，赐姓刘氏。卖主求荣，项伯不能无惭。还有项襄项佗等，亦皆封侯赐姓，如项伯例。结婚一节，史中未曾提及，想由汉王赖去。各路诸侯，都附势输诚，奉书称贺。惟临江王共敖子尉，嗣爵为王，尚记念项王旧恩，不肯从汉。经汉王派遣刘贾等人，率兵往讨，才阅旬日，便将共尉擒归，江陵亦平。临江王都江陵，见前文。

汉王还至定陶，与张良陈平二人，密议多时，即趋入韩信营中。信亟起相迎，奉王就座，但听得汉王面谕道："将军屡建大功，得平强项，寡人当始终不忘。今应休兵息民，不复劳师，将军可缴还军符，仍就原镇便了！"此时信无词可拒，只好把印信取出，交还汉王。汉王得了印信，便即持去。俄而又传出一令，说是楚地已定，义帝无后，齐王信生长楚中，习楚风俗，可改封楚王，镇定淮北，定都下邳。魏相国越，勤抚魏民，屡破楚军，今即将魏地加封，号称梁王，就都定陶云云。彭越是加授封爵，当然心喜，便至汉王前拜谢，受印而去。惟韩信易齐为楚，明知汉王记着前嫌，不愿再令王齐，但自思衣锦还乡，也足显扬故土，计不如遵着命令，就此荣归为是。乃亦缴出齐王印，改领楚王印起行。

到了下邳，即差人寻访漂母，及受辱胯下的恶少年。漂母先至，信下座慰问，特赐千金，漂母拜谢去讫。可谓一登龙门，饭价百倍。既而恶少年到来，面无人色，俯伏请罪。信笑说道："我岂小丈夫所为，睚眦必报？汝可不必恐惧，我且授汝为中尉官。"少年叩首道："小人愚蠢，曾误犯尊威，今蒙赦罪不诛，恩同再造，怎敢再邀封赏？"信又说道："我愿授汝为官，汝何必多辞！"少年乃再拜称谢，起身退出。信顾语左右道："这也是个壮士，他辱我时，我岂不能拚死与争？但死得无名，所以忍耐至此，得有今日。"左右都服信大度，交口称贤。信复与梁王彭越，淮南王英布，韩王信，故衡山王吴芮，赵王张敖，是年张耳病殁，子敖嗣爵。燕王臧荼等，联名上疏，尊汉王为皇帝。疏中略云：

> 先时秦为无道，天下诛之，大王先得秦王，定关中，于天下功最多，存亡定危，救败继绝，以安万民，功盛德厚，又加惠于诸侯王，有功者使得立社稷。地分已定，而位号比拟，无上下之分，是大王功德之著，于后世不宣。谨昧死再拜上皇帝尊号，伏乞准行！

汉王得疏，召集群臣，与语道："寡人闻古来帝号，只有贤王可当此称，虚名无实，殊不足取。今诸侯王乃推高寡人，寡人乏德，如何敢当此尊号？"群臣都齐声道："大王起自细微，诛不义，立有功，平定海内，功臣皆得裂土分封，可见大王本无私意。今大王德加四海，诸侯王不足与比，实至名归，应居帝位，天下幸甚！"汉王还要推让，再由内外臣僚，合词申请，乃命太尉卢绾及博士叔孙通等择吉定仪，就在汜水南面，郊天祭地，即汉帝位。文武百官，一齐朝贺，颁诏大赦，追尊先妣刘媪为昭灵夫人，立王

后吕氏为皇后，王太子盈为皇太子。接连有谕旨二道，分封长沙闽粤二王，文云：

故衡山王吴芮，与子二人，兄子一人，从百粤之兵，以佐诸侯，诛暴秦，有大功，为衡山王。项羽侵夺之，降为番君，今其以长沙豫章象郡桂林南海诸郡，立番君芮为长沙王，钦哉惟命！吴芮传国最久，故特录此诏。

故粤王无诸，越勾践后，姓驺氏。世奉越祀，秦侵夺其地，使其社稷，不得血食，诸侯伐秦，无诸身率闽中兵，以佐灭秦。项羽废而勿立，今以为闽粤王，王闽中地，勿使失职，以酬王庸。此诏并录，为后文闽越不靖张本。

是时诸侯王受地分封，共计八国，就是楚韩淮南梁赵燕及长沙闽粤二王。此外仍为郡县，各置守吏，如秦制相同，汉王命诸侯王皆罢兵归国，所有部下士卒，除量能授职外，亦俱遣令还家，本身免输户赋。一面启跸入洛，即以洛阳为国都。特派大臣赴栎阳奉迎太公吕后及太子盈，又遣使至沛邑故里，召入次兄刘仲，从子刘信，并同父异母的少弟刘交。想是太公继室所生。还有微时外妇曹氏，暨定陶人戚氏父女，亦乘便接入。曹女生子名肥，戚女生子名如意，当然挈同至都。曹氏见第十一回，戚氏见第二十四回。父子兄弟，妻妾子侄，陆续到齐，欢聚皇宫，没一个不喜出望外，额手称庆，汉帝亦乐不胜言。看官听说！汉帝后来庙号叫做高皇帝，并因他为汉朝始祖，就称为汉高祖，史家统是这般纪述，小子此后叙录，也沿例呼为汉高祖了。特笔提清。

高祖既平定海内，筹划政治，却也忙乱了好几月。由春及夏，诸事粗有头绪，方得少闲，因就洛阳南宫，大开筵宴，遍召群臣入内，一同会饮。酒行数巡，高祖乃对众宣言道："列侯诸将，佐朕得有天下，今日一堂宴会，君臣同聚，最好是直言问答，不必忌讳。朕却有一问，朕何故得有天下？项氏何故致失天下？"当有两人起座，同声答道："陛下平日待人，未免侮慢，不及项羽的宽仁。但陛下使人攻城略地，每得一城，即作为封赏，能与天下共利，所以人人效命，得有天下。项羽妒贤忌能，多疑好猜，战胜不赏功，得地不分利，人心懈体，乃失天下，这便是得失的辨别呢。"高祖听了，瞧着两人，乃是高起王陵，便笑说道："公等知一不知二，据我想来，得失原因，须从用人上立说。试想运筹帷幄，决胜千里，我不如子房，镇国家，抚百姓，运饷至军，源源不绝，我不如萧何，统百万兵士，战必胜，攻必取，我不如韩信。这三人系当今豪杰，我能委心任用，故得天下。项羽只有一范增，尚不能用，怪不得为我所灭了！"群臣闻言，各下座拜伏，称为至言。高祖大悦，又令大众归座，续饮多时，兴尽始散。

过了数日，有人入报高祖，说是故齐王田横，避匿海岛，有徒党五百余人，一同居住。高祖不免加忧，即派朝臣，赍了诏书，前往招安。横自被灌婴击败，投奔彭越，见第三十回。留居月余，闻越起兵从汉，自恐被祸，因潜身奔赴东海，寻得一个岛屿，作为枝栖。他本来疏财好士，广结豪侠，此次投奔海岛，有同时随行的，有闻风趋集的，因此人数得五百有余。及汉使到了岛中，交付诏书，由横阅毕，便向汉使说道："我前时曾烹郦食其，今虽蒙天子赦罪，召令入都，但闻食其弟郦商，方为上将，怎肯不为兄报仇？因此不敢奉诏。"汉使听说，当即告辞，还都复命。高祖道："这有何妨？横亦不免多虑。"因召入卫尉郦商，当面嘱咐道："齐王田横，将要来朝，汝不得怀着兄仇，私下陷害！如若有违，罪当夷族。"郦商心虽不服，但未敢辩驳，只好应声退出。高祖再遣原使召横，叫他不必忧惧，且令传谕道："田横来，大可封王，小亦封侯，倘再违诏不至，朕将发兵加诛，毋贻后悔！"这数语传入横耳，横不得已随使动身，徒党五百余人，俱请相从。横与语道："我非不愿与诸君同行，惟人数过多，反招疑忌，不如留居此地，听候消息。我若入都受封，自当来召诸君。"大众乃止。横但与门客二人，同了汉使，航海登岸，乘驲(rì)赴都。行至尸乡驿，距洛阳约三十里，横顾语汉使道："人臣入朝天子，应该沐浴表诚，此处幸有驿舍，可许我就馆洗沐否？"汉使不料他有别意，当然应诺，遂入驿小憩，听令沐浴。

横既得避开汉使，密唤二客近前，喟然与语道："横与汉主皆南面称孤，本不相属，今汉王得为天子，横乃降为亡虏，要去北面朝谒汉帝，岂不可耻！况我曾烹杀人兄，乃欲与伊弟并肩事主，就使他震慑主威，不敢害我，我难道就好无愧么？汉帝必欲召我，无非欲见我一面，汝可割下我首，速诣洛阳，此去不过三十里，形容尚可相认，不致腐败。我已国破家亡，死也罢了！"二客大惊，方欲劝阻，哪知横已拔剑在手，刎颈丧生。总之是不肯降汉。汉使坐在外面，并未闻知，及听到二客哭声，慌忙趋过一看，见二客抚着横尸，正在悲恸。当下问明原委，由二客泣述横言。汉使也觉没法，只好将横首割下，令二客捧着，带同入都，报知高祖。高祖即传令二客入见，二客捧呈横首，高祖约略一瞧，面目如生，尚余英气，不由的叹息道："我知道了！田横等兄弟三人，起自布衣，相继称王，好算是当今贤士。今乃慷慨就死，不肯屈节，可惜可惜！"说罢也为流涕。

二客尚跪在座前，高祖命他起来，各授都尉。二客虽然称谢，却没有什么喜容，怏怏退出。高祖又遣发士卒二千人，为横筑墓，并令收殓横尸，将首缝上，即用王礼安葬，送窆墓中。二客送至葬处，大哭一场，就在墓旁挖穿二穴，拔剑自刺，仆入穴中。当有人再行报闻，高祖越加惊叹，复遣有司驰诣墓所，出尸棺殓，妥为营葬。

待葬毕报命，高祖道："田横自杀，二客同殉，却是一种异事。但闻得海岛中，尚有五百多人，若统似二客忠贤，为横效死，岂不是一大隐患么？"乃复遣使驰赴海岛，诈称田横已受封爵，特来相招。汉高但知使诈，无怪田横等宁死不降。岛中五百余人，信为真言，一齐起行，同至洛阳。既入汉都，才知横及二客死耗，免不得涕泪交横，遂共至田横墓前，且拜且哭，并凑成一曲《薤（xiè）露歌》，聊当哀词。歌哭以后，统皆自杀。至今河南省偃师县西十五里，尚存田横墓；就是《薤露歌》，亦流传千古。薤露二字的意义，谓人生如薤上露，容易晞灭。后世常称是歌为挽逝歌，这且搁过不提。

且说汉使既与五百人同来，本拟引他入朝，偏五百人自去谒墓，同时殉主，不得不据实入奏。高祖且惊且喜，仍令吏役一律掩埋。继思田横门客，尚且如此忠义，那项王手下的遗将，保不住暗中号召，与我反对，仔细记忆，想到季布锺离昧二人，嗣复回思睢水战败时，季布追赶甚急，险些儿遭他毒手，现在要将他缉获，醢为肉酱，方足泄恨。因再悬赏千金，购拿季布，如有藏匿不报，罪及三族。这道命令申行出去，哪一个不思得赏，哪一个还敢窝留。究竟季布遁往何处？原来是在濮阳周家。周家与季布交好多年，所以将布收留。旋闻汉廷悬赏缉拿，并有罪及三族的厉禁，也不觉慌急起来。当下想出一法，令布剃去头发，套环入颈，伪充髡钳刑犯，引至鲁朱家处，卖做奴仆。髡钳为奴，是秦朝遗制，汉仍之。朱家是个著名大侠，向与周氏相识，明知他不是贩奴，特欲保全此人，有意转托。若非依言

收买，怎好算得济困扶危？于是将季布看了一番，问明身价，立即交付，送出周氏，然后再盘问季布数语。季布阅人已多，见他英姿豪爽，与众不同，已料是一位义士，可以求救，因也吞吞吐吐，说了一篇悲婉的吁词。朱家不待说明，便知除季布外，别无他人，因即买置田舍，使布经营，自己扮做商人模样，径往洛阳，替布设法去了。小子有诗赞道：

挺身入洛救人危，智勇深沉世独推。
《游侠传》中膺首席，大名留与后生知。

欲知朱家如何救布，待看下回便知。

韩信身为大将，能挫项王于垓下，而不能防一汉高。前在修武，被夺军符，至定陶驻军，复由汉高驰入军营，片语相传，立取帅印，何其易也！且易齐为楚，仓猝改封，而韩信不能不去，此由汉高能用善谋，操纵有方，故信无从反抗耳。及汜水称尊，信实为劝进之领袖，前此怀疑而不来，后此献媚而不恤，自相矛盾，皆入汉祖之术中，汉祖其真雄主哉！独田横自居海岛，不肯事汉，应诏起行，所以保众，入驿自刭，所以全名，至若二客同殉，五百人亦并捐躯，其平日信义之相孚，更可知矣。大丈夫虽忠不烈，视死如归，若田横诸人，其庶几乎！

第三十三回

劝移都娄敬献议　伪出游韩信受擒

却说朱家欲救季布，亲到洛阳，暗想满朝公卿，只滕公夏侯婴一人，颇有义气，尚可进言，乃即踵门求见。夏侯婴素闻朱家大名，忙即延入，彼此晤谈，却是情投意合，相得甚欢。遂将他留住幕下，每日与饮，对酌谈心。朱家畅论时事，娓娓动人，说得夏侯婴非常佩服，越加敬重。乃乘间进言道："仆闻朝廷饬拿季布，究竟季布犯何大罪，须要这般严厉呢？"夏侯婴道："布前时帮着项羽，屡困主上，所以主上必欲捕诛。"朱家道："公视季布为何如人？"夏侯婴道："我闻他素性忠直，倒也是一个贤士。"朱家又道："人臣各为其主，方算尽忠。季布前为楚将，应该为项氏效力，今项氏虽灭，遗臣尚多，难道可一一捕戮么？况主上新得天下，便欲报复私仇，转觉不能容人了。季布无地容身，必将远走，若非北向奔胡，便是南向投粤，自驱壮士，反资敌国，这正从前伍子胥去楚投吴，乞师入郢，落得倒行逆施，要去鞭那平王的遗墓呢！公为朝廷心腹，何不从容进说，为国尽言？"夏侯婴微笑道："君既有此美意，我亦无不效劳。"明人不用细说。朱家甚喜，乃向夏侯婴告别，回至家中，静候消息。果然不到数旬，便有朝命颁下，赦免季布，叫他入朝见驾。朱家方与季布说明，季布当然拜谢，别了朱家，至洛阳先见滕公。滕公夏侯婴具述朱家好意，且已代为疏通等情，布称谢后，即随婴入朝，屈膝殿前，顿首请罪。不及田横客多矣。高祖不复加责，但向布说道："汝既知罪前来，朕不多较，可授官郎中。"布谢恩而退。当时一班朝臣，已由夏侯婴说明原委，都说季布能摧刚为柔，朱家能救人到底，两难相并，不愧英雄，其实季布贪生怕死，未足称道，惟朱家救活季布，并不求报，且终身不与布相见，这真叫做豪侠过人呢。褒贬得当。

且说布既得官，有一个季布母弟，闻知此信，也即赶至洛阳，来求富贵。看官道是何人？原来就是楚将丁公。见前文。布系楚人，丁公系薛人，《楚汉春秋》云：丁公薛人，名固，或云齐丁公伋支裔，故号丁公。两人本不相关，只因布父早死，布母再醮，乃生丁公，籍贯姓氏，虽然不同，究竟是一母所生，故称为季布母弟。他曾在彭城西偏，纵放高祖，早拟入都求见，因恐高祖不念旧情，以怨报德，所以且前且却，未敢遽至。及闻季布遇赦，并得受官，自思布为汉仇，尚且如此，若自己入谒，贵显无疑，乃匆匆驰入洛都，诣阙伺候。殿前卫士，也知他与主有恩，格外敬礼，待至高祖临朝，便即通报。高祖口中，虽嘱令传见，心中却已暗暗筹划。及见丁公趋入，俯伏称臣，便勃然变色，喝令左右卫士，把丁公捆绑起来。丁公连称无罪，并不见睬。卫士等亦暗暗称奇，只因皇帝有命，不敢违慢，只得将丁公两手反翦，牢牢缚定。丁公哭语道："陛下不记得彭城故事么？"高祖拍案怒叱道："我正为了这事，将汝加罪，彼时汝为楚将，奈何纵敌忘忠？"丁公至此，才自知悔，闭目就死，不复多言。求福得祸，可为热中者鉴。高祖又令卫士牵出殿门，徇示军中，且使人传谕道："丁公为项王臣，不肯尽忠，使项王失天下，就是此人！"传谕既遍，复从殿内发出诏旨，立斩丁公。可怜丁公一场高兴，反把性命送脱，徒落得身首两分。刑官事毕复命，高祖且申说道："朕斩丁公，足为后世教忠，免致效尤！"这是汉高祖的狡词，他正因诸将争功，无法处置，故决斩丁公，借以警众，否则项伯来降，何故得封列侯？

正议论间，忽由虞将军入殿，报称陇西戍卒娄敬求见。高祖方有意求才，不问贵贱，已贵者恐反招嫌。且有虞将军带引，料他必有特识，因即许令进谒。虞将军出来召敬，敬褐衣草履，从容趋入。见了高祖，行过了君臣礼，当由高祖命他起立，见敬衣服不华，形貌独秀，便与语道："汝既远来，不免饥馁，现正要午膳了，汝且去就食，再来见朕。"说罢，便令左右引敬就餐。待敬食毕进见，乃问他来意，敬因说道："陛下定都洛阳，想是欲比隆周室么？"高祖点头称是。敬又道："陛下取得天下，与周室不同。周自后稷封邰，积德累仁数百年，至武王伐纣，乃有天下。成王嗣位，周公为相，特营洛邑，无非因地处中州，四方诸侯，纳贡述职，道里相均，故有此举。但有德可王，无德易亡。周公欲令后王嗣德，不尚险阻，非不法良意美，只是隆盛时代，群侯四夷，原是宾服，传到后世，王室衰微，天下莫朝。虽由后王德薄，究竟也是形势过弱，致有此弊。今陛下起自丰沛，卷蜀汉，定三秦，与项羽转战荥阳成皋间，大战七十次，小战四十次，累得天下人民，肝脑涂地，哭声未绝，疮痍满目，乃欲比隆周室，臣却不敢依声附和，徒事献谀。陛下试回忆关中，何等险固，负山带河，四面可守，就使仓猝遇变，百万人都可立办，所以秦地素称天府，号为雄国。为陛下计，莫如移都关中，万一山东有乱，秦地总可无虞，这所谓扼吭拊背，才可操纵自如哩。"这一席话，惹得高祖心下狐疑，未能遽决，因命娄敬暂退，另召群臣会议。群臣多系山东人氏，不愿再入关中，睽违乡里，当即纷纷争议，说是周都洛阳，传国至数百年，秦都关中，二世即亡，洛阳东有成皋，西有崤黾，背河向洛，险亦足恃，何必定都关中？

高祖听着众论，越弄得没有把握，想了多时，还是去召那足智多谋的张子房，商量可否，方能定夺。原来张良佐汉成功，志愿已足，遂学导引吐纳诸术，不甚食谷，并且杜门不出，谢绝交游。尝自语道："我家累世相韩，韩为秦灭，故不惜重金，替韩复仇。今暴秦已亡，汉室崛兴，我但靠着三寸舌，为帝王师，自问也应知足，愿从此不问世事，得从赤松子游，方足

了我一生！”此乃张子房设词，看者莫被瞒过。话虽如此，高祖怎肯听他谢职？不过许令休养，有事仍要入朝。此时为了都城问题，便即遣人宣召。张良不便怠慢，只好应命入见。高祖遂将娄敬所陈，及群臣议论，具述一遍，命良折中裁决。良答道："洛阳虽有险阻，但中区狭小，不过数百里平原，田地又甚瘠薄，四面受敌，究非用武的地方。若关中左有崤函，右有陇蜀，三面据险，一面东临诸侯，诸侯安定，可由河渭运漕，西给京师；诸侯有变，顺流而下，征发不烦，运输亦便，昔人所谓金城千里，诚非虚言！娄敬所说，不为无见，请陛下决议施行。"高祖接入道："子房以为可行，朕就依议便了。"当下择日移都，命有司整备行装，不得迟延。百官虽然不愿，也只得遵旨办理。忙碌了好几天，期限已届，即排齐仪仗，摆好法驾，请高祖登程。高祖奉着太公及后妃太子等出宫就辇，向西进发，文武百官，统皆随行。

好容易到了栎阳，丞相萧何，当然接驾。高祖与谈迁都事宜，萧何道："秦关雄固，形势最佳，惟自项羽入关以后，咸阳宫统被毁去，就使剩下几间屋宇，也是残缺不完，陛下只好暂住栎阳，俟臣往修宫室，从速竣工，方好迁居呢。"高祖乃就栎阳住下，使萧何西入咸阳，监修宫阙，何领命自去。

忽有一个警报，从北方传到，乃是燕王臧荼，公然造起反来。是诸侯中第一个造反。高祖大怒道："臧荼本无大功，我因他见机投降，仍使王燕，他不知感恩，反敢叛我。我当亲征便了！"于是部署人马，克日备齐，星夜趱程，突入燕境。臧荼方议出兵，不料汉军已至，且由高祖督兵亲来，正是迅雷不及掩耳，急得脚忙手乱，魄散魂驰。燕地居民，又皆厌乱思治，不服臧荼。臧荼没法，只得冒险一战，胁同部兵，出了蓟城，迎敌汉军。两下里战不数合，燕兵已皆溃散，臧荼也只好逃回。高祖麾兵大进，把蓟城四面围住。城中兵民懈体，单靠着臧荼父子两人，如何济事？勉强支持了三五天，即被汉兵攻入。臧荼不及逃走，竟为所擒，惟荼子臧衍，开了北门，微服走脱，投奔匈奴去了。为下文诱叛卢绾伏案。高祖既得擒住臧荼，把他枭了首级，悬示燕民，燕民自然降顺，燕地遂平。

高祖因欲另立燕王，诏命将相列侯，公选一人，暗中却密嘱心腹遍告大众，叫他保荐太尉卢绾。绾与高祖同里，向属世交，又与高祖同日诞生，少同学，长同游，很见亲爱。高祖起兵，绾即相从，后来受官太尉，出入高祖卧室，不必避嫌，一切衣食赏赐，格外从优，就是萧何曹参等人，都不能及。但绾才不过平庸，连岁从军，也没有多少功绩，只与刘贾往攻江陵，总算把共尉擒回，稍著战功。事见前回。此次高祖出讨臧荼，绾亦随着，有了两番微劳，高祖遂欲假公济私，想将绾抬举上去，封他为王。惟表面上不得不令大众推举，暗地里却又不得不代为疏通，方好玉成此事。好算一番苦心，哪知他后来变卦。大众明知卢绾不配封王，无如主上偏爱卢绾，乐得将顺了事，遂一齐复旨，只说太尉卢绾，随从征战，所向有功，应请立为燕王。高祖遂留卢绾守燕，加了燕王的封册，自率大兵西归。

谁知一波才平，一波又起，降将颍川侯利几，又复逆命。因复移师东征，直抵颍川，利几本是楚臣，为陈县令，项羽败亡，乃举城降汉，受封颍川侯。颍川系一座小城，如何挡得住大兵？也是利几命运该绝，忽生叛志，遂致汉兵一到，城即陷落。好好一个吃饭家伙，随着刀锋，向地上滚了一转，寂静无声了。妙语解颐。

未几已是汉朝第六年，高祖还至洛阳，元旦受贺，宴集群臣，不劳细表。闲暇无事，想起项氏遗臣，尚有一个锺离眛，至今未获，却是可忧。乃复申令通缉，务获到案。未几有人通风报信，谓锺离眛避居下邳，由楚王韩信收留。高祖闻言，不觉失色，他本恐韩信为乱，屡次加防，此次又添了一个锺离眛，居信幕下，怎得不惊。乃亟派使赍诏晓谕韩信，令拿送锺离眛入都。眛与信同为楚人，素来相识，此时穷蹙无归，确是投依韩信。信顾念旧情，权令居住，及接到高祖诏书，仍不忍将眛献出，只托言眛未到此，当饬吏查缉云云。使臣如言返报，高祖似信未信，总难放怀，因此潜派干吏，驰向下邳附近，探察虚实。适值韩信出巡，车马喧阗，前后护卫，不下三五千人，声势很是威赫。侦吏遂援为话柄，密奏高祖，说信已有叛意。

高祖忙召集诸将，询问对信方法，诸将各摩拳擦掌，跃然有声，齐向高祖进言道："竖子造反，但教天兵一至，便可就擒！"莽夫嫚语。高祖默然不答，诸将转觉扫兴，陆续退出。可巧陈平进见，高祖便向他问计。陈平料知韩信未反，只未便替信辩护，但答称事在缓图，不宜欲速。高祖着急道："这事如何从缓？汝总要为朕设法呢！"陈平道："诸将所说如

何？”高祖道：“都要我发兵往讨。”陈平接口道：“陛下如何晓得韩信谋反？”高祖道：“已有人密书奏报，谋反属实。”平又道：“除有人上书外，有无别人知信反状？”高祖道：“这却未曾闻得，想尚没人知晓。”平又道：“信可晓得有人奏报否？”高祖又答言未知。平复问道：“陛下现有的士卒，能否胜过楚兵？”高祖摇首道：“不能！”平又道：“陛下如欲用兵，必须遣将，今诸将中有能及韩信否？”高祖又连称不及。平接说道：“兵不能胜楚，将又不及信，若突然起兵往击，激成战事，恐信不反亦反了。臣以为陛下此举，未必万全。”高祖皱眉道：“这却如何是好？”平踌躇多时，才进陈一策道：“古时天子巡狩，必大会诸侯。臣闻南方有云梦泽，向称形胜，陛下但云出游云梦，遍召诸侯，会集陈地，陈与楚西境相接，韩信既为楚王，且闻陛下无事出游，定然前来谒见，趁他谒见的时候，只需一二武夫，便好将信拿下，这岂不是唾手可得么？”相传陈平此策，为六出奇计之一，计非不奇，可惜尚诈！高祖大喜道：“妙计！妙计！”当下遣使四出，先向各国传诏，谓将南游云梦，令诸侯会集陈地，诸侯王怎知有诈？一律应命。

惟韩信得了使命，不免动疑，他被高祖两夺兵符，已晓得高祖多诈，格外留心。既知预防，何必收留锺离昧，又何必陈兵出巡。此次驾游云梦，令诸侯会集陈地，更觉得莫名其妙。惟陈楚地界毗连，应该先去迎谒，但又恐有不测情事，意外惹祸，因此迟疑莫决。将佐等见他纳闷，意欲代为解忧，因贸然进言道："大王并无过失，足招主忌，惟收留钟离昧一人，不免违命，今若斩昧首级，持谒主上，主上必喜，还有何忧！"信听了此言，很觉有理，便延入锺离昧，模模糊糊的说了数语，昧听他言中寓意，且面目上含有怒容，不似从前相待，因即出言探试道："公莫非虑昧在此，得罪汉帝么？"信略略点首，昧又道："汉所以不来攻楚，还恐昧与公相连，同心抗拒；若执昧献汉，昧今日死，公亦明日亡了！"一面说，一面瞧着信面，仍然如故。乃起座骂信道："公系反复小人，我不合误投至此！"说着，即拔剑自杀。信见昧已刎死，乐得割下首级，带了从骑数人，径至陈地，谒候高祖。

高祖既派出使臣，不待返报，便自洛阳启行，直抵陈地。韩信已守候多时，一见御跸前来，便伏谒道旁，呈上锺离昧首级。但听高祖厉声道："快与我拿下韩信！"话未说完，已有武士走近信旁，把信反绑起来。信不禁惊叹道："果如人言，狡兔死，走狗烹，高鸟尽，良弓藏，敌国破，谋臣亡，天下已定，我固当烹。"高祖听着，瞋目语信道："有人告汝谋反，所以拘汝。"信也不多辩，任他缚置后车。高祖已得逞计，还要会集什么诸侯，遂复颁诏四方，托词韩信谋叛，无暇往游云梦，各诸侯王不必来会。此诏一传，即带着韩信，仍由原路驰回洛阳。小子曾记得古诗云：

筑坛拜将成何济？破楚封王事已虚，
堪叹韩侯知识浅，何如范蠡五湖居！

究竟韩信如何发落，容待下回说明。

都洛阳，原不如都关中，娄敬之说似矣。然必谓关中险固，可无后忧，则又何解于嬴秦之亡？然则有国家者，仍在尚德，德足服人，天下自治，徒恃险阻无益也。高祖释季布而斩丁公，后世以劝忠称之，实则未然。夫以直报怨，以德报德，乃圣人不偏之至论。季布可赦也，赦之不失为直，丁公可赏也，执而杀之，背德实甚！如谓丁公事楚不忠，罪无可逭(huàn)，则项伯早在应诛之列，一封一诛，何其背谬若此！要之汉高为当时雄主，一生举措，专喜诡谲，出人意外，释季布而斩丁公，正其所以示人不测也。厥后伪游云梦，诱擒韩信，虽由陈平之进策，实自高祖之好猜。信未尝反，而诬之以反，即斩丁公之谲谋耳。雄主寡恩，其信然乎！

第三十四回

序侯封优待萧丞相　定朝仪功出叔孙通

却说高祖诱执韩信，还至洛阳，乃大赦天下，颁发诏书。大夫田肯进贺道："陛下得了韩信，又治秦中，秦地带河阻山，地势雄踞，东临诸侯，譬如高屋建瓴，由上向下，沛然莫御，所以秦得百二，二万人可当诸侯百万人。还有齐地濒居海滨，东有琅琊即墨的富饶，南有泰山的保障，西有浊河即黄河。的制限，北有渤海的利益，地方二千里，也是天然生就的雄封，所以齐得十二，二万人可当诸侯十万人。这乃所谓东西两秦呢。陛下自都秦中，更须注重齐地，若非亲子亲弟，不宜使为齐王，还望陛下审慎后行！"高祖恍然有悟道："汝言甚善，朕当依从。"田肯乃退，群臣在旁听着，总道高祖即日下令，封子弟为齐王。不意齐王的封诏，并未颁下，那赦免韩信的谕旨，却传递出来。大众才知田肯所言，不是徒请分封子弟，并且寓有救免韩信的意思。韩信第一次功劳，是定三秦，第二次功劳，就是平齐。田肯不便明说，却先将韩信提出，再把齐秦形胜，略说一遍，叫高祖自去细思。高祖却也乖觉，便随口称善，且思韩信功多过少，究未曾明露反状，若把他下狱论刑，必滋众议。因此决意赦免，但降封韩信为淮阴侯。叙出田肯高祖两人的微意，心细似发。

信既遇赦，不得不入朝谢恩。及退回寓邸，时常怏怏不乐，托疾不朝。高祖已夺他权位，料无能为，因也不再计较。惟功臣尚未封赏，诸将多半争功，聚讼不休，高祖不得不选出数人，封为列侯，约略如下：

萧何封酂侯，　曹参封平阳侯，　周勃封绛侯，　樊哙封舞阳侯，　郦商封曲周侯，　夏侯婴封汝阴侯，　灌婴封颍阴侯，　傅宽封阳陵侯，　靳歙封建武侯，　王吸封清阳侯，　薛欧封广严侯，　陈婴封堂邑侯，　周緤封信武侯，　吕泽封周吕侯，　吕释之封建成侯，　孔熙封蓼侯，　陈贺封费侯，　陈豨封阳夏侯，　任敖封曲阿侯，　周昌封汾阴侯，即周苛从弟。王陵封安国侯，审食其封辟阳侯。

还有张良陈平，久参帷幄，功在赞襄，高祖特将张良召入，使自择齐地三万户。良答说道："臣在下邳避难，闻陛下起兵，乃至留邑相会，这是天意举臣授陛下。陛下听用臣谋，幸得有功，今但赐封留邑，臣愿已足，怎敢当三万户呢？"高祖乃封良为留侯，良拜谢而退。嗣又召入陈平，因陈平为户牖乡人，就封他为户牖侯。平拜让道："这不是臣的功劳，请陛下另封他人。"高祖道："我用先生计划，战胜攻取，为何不得言功？"平答说道："臣若非魏无知，怎得进事陛下？"高祖嘉叹道："汝可谓不忘本了！"乃传见无知，特赐千金，且令平仍然受封。平与无知一同谢恩，然后退出。良平两人，毕竟聪明。

一班有功战将，看到张良陈平，俱得封侯，心下已有些不服，暗想两人有谋无勇，也受荣封，真是万幸！但赏虽溢功，总还说得过去。独有萧何安居关中，毫无殊绩，反将他封为酂侯，食邑独多，究竟什么理由？因即约同进见，齐向高祖质问道："臣等披坚执锐，亲临战阵，多至百余战，少亦数十战，九死一生，才得邀受恩赐。今萧何并无汗马功劳，徒弄文墨，安坐论议，如何赏赐独隆，出臣等上？臣等不解，还请陛下明示！"高祖道："诸君亦知田猎否？追杀兽兔，靠着猎狗，发纵指示，靠着猎夫。诸君攻城克敌，却与猎狗相似，徒然取得几只走兽罢了。萧何能发纵指示，使猎狗逐取兽兔，这正可比得猎夫。据此看来，诸君不过功狗，萧何却是功人！况且萧何举族相随，多至数十人，试问诸君从我，能有数十人么？我所以重赏萧何，愿诸君勿疑！"诸将才不敢再言，惟心中总还未惬。后来排置列侯位次，高祖又欲举何为首，诸将慌忙进言道："平阳侯曹参，攻城略地，功劳最多，宜就首位。"高祖不觉沉吟，正想设词谕答，凑巧有一谒者官名。鄂千秋，出班发议道："平阳侯曹参，虽有攻城略地的功劳，究不过是一时的战绩，回忆主上与楚相争，先后共历五年，丧师失众，屡致败北，亏得萧何居守关中，遣兵补缺，输粮济困，才得转危为安，这乃是功传万世，比众不同。臣意以为少百曹参，汉尚无患，失一萧何，汉必无成，奈何欲将一时战绩，掩盖万世丰功！今当以萧何为第一，次属曹参。"高祖喜顾左右道："如鄂君言，才算公平。"因即命萧何列第一位，特赐他剑履上殿，入朝不趋。一面又褒奖千秋，谓进贤应受上赏，加封千秋为安平侯。迎合上意，究竟取巧。诸将拗不过高祖，纷纷趋退。高祖返入内殿，又想起从前时事，由泗上赴咸阳，别人各送钱三百，惟萧何送钱五百，赆仪独厚，现在我为天子，应该特别酬报，遂又加赏何食邑二千户，并封何父母兄弟十余人。二百钱得换食邑二千户，真好一种大交易。

诸将虽不免私议，但究竟与何无仇，倒也含忍过去。惟韩信曾做过大帅，所有许多战将，统皆隶属麾下，不意世事变迁，升降无定，前时部将，多得封侯，自己亦不过一个侯爵，反要与他称兄道弟，真正冤苦得很。一日闷坐无聊，乃乘着轻车，出外消遣。一路行来，经过舞阳侯樊哙宅门，本意是不愿进去，偏被樊哙闻知，连忙出来迎接，执礼甚恭，仍如前时在军时候，向信跪拜，自称臣仆。且语信道："大王乃肯下临臣家，真是荣幸极了！"韩信至此，自觉难以为情，不得不下车答礼，入门小坐，略谈片刻，便即辞出。哙恭送出门，俟信登车，方才返入。信不禁失笑道："我乃与哙等为伍么？"说着，匆匆还邸。嗣是更深居简出，免得撞见众将，多惹愁烦。何不挂冠归休？这且慢表。

且说高祖既封赏功臣，复记起田肯计议，要将子弟分封出去，镇抚四方。将军刘贾，系是高祖从兄，随战有功，应该首先加封。次兄仲与少弟

交，更是同父所生，亦应畀他封土，列为屏藩。乃分楚地为二国，划淮为界，淮东号为荆地，就封贾为荆王；淮西仍楚旧称，便封交为楚王。代地自陈余受戮，久无王封，因将仲封为代王。齐有七十三县，比荆楚代地方阔大，特将庶长子肥，封为齐王，即用曹参为齐相，佐肥同去。分明是存着私见。于是同姓诸王，共得四国。惟从子信不得分封，留居栎阳。后来太公说及，还疑是高祖失记，高祖愤然说道："儿并非忘怀，只因信母度量狭小，不愿分羹，儿所以尚有余恨呢。"事见第十一回。阿嫂原是器小，阿叔亦非真大度。太公默然无言。高祖见父意未惬，乃封信为羹颉侯。号为羹颉，始终不肯释嫌。看官试想，高祖对着侄儿，还是这般计较，不肯遽封。他如从征诸将，岂止二三十人，前此萧何等得了侯封，无非因他亲旧关系，多年莫逆，所以特加封赏。此外未曾邀封，尚不胜数。大众多半向隅，免不得互生嗟怨，隐有违言。

一日高祖在洛阳南宫，徘徊瞻顾，偶从复道上望将出去，见有一簇人聚集水滨，沿着沙滩，接连坐着，身上统是武官打扮，交头接耳，不知商量何事。一时无从索解，只好再去宣召张良，代为解决。待至张良到来，便与良述及情形。良毫不筹思，随口答道："这乃是相聚谋反呢！"一鸣惊人。高祖愕然道："为何谋反？"良解说道："陛下起自布衣，与诸将共取天下，今所封皆故人亲爱，所诛皆平生私怨，怎得不令人疑畏呢！疑畏一生，必多顾虑，恐今日未得受封，他日反致受戮，彼此患得患失，所以急不暇择，相聚谋反了。"高祖大惊道："事且奈何？"良半晌才道："陛下平日，对着诸将，何人最为憎嫌？"高祖道："我所最恨的就是雍齿。我起兵时，曾叫他留守丰邑，他无故降魏，由魏走赵，由赵降张耳。张耳遣令助我攻楚，我因天下未平，转战需人，不得已将他收录。及楚为我灭，又不便无故加诛，只得勉强容忍，想来实是可恨呢！"雍齿数年行迹，正好借口叙过。良急说道："速封此人为侯，方可无虞。"高祖惟良是从，就使不愿封他，也只好从权办理。越宿在南宫置酒，宴会群臣，面加奖励。及宴毕散席，竟传出诏命，封雍齿为什邡侯。雍齿更喜出望外，疾趋入谢，就是未得封侯的将吏，亦皆喜跃道："雍齿且得封侯，我辈还有何虑呢？"不出张良所料。嗣是相安无事，不复生心。高祖闻着，自然喜慰。

转眼间已是夏令，高祖居洛多日，忆念家眷，因启跸回至栎阳，省视太公。太公是个乡间出身，见了高祖，无非依着家常情事。高祖守着子道，每朝乃父，必再拜问安，且酌定五日一朝，未尝失约，总算是孝思维则的意思。独有一侍从太公的家令，见高祖即位已久，如何太公尚无尊号，急切又不便明言，乃想出一法，进向太公说道："皇帝虽是太公的儿子，究竟是个人主；太公虽是皇帝的父亲，究竟是个人臣，奈何令人主拜人臣呢！"太公闻所未闻，乃惊问家令，须用何种礼仪，家令教他拥篲迎门，才算合礼。太公便即记着，待至高祖入朝，急忙持帚出迎，且前且却。高祖大为诧异，慌忙下车，扶住太公。太公道："皇帝乃是人主，天下共仰，为何为我一人，自乱天下法度呢。"高祖猛然省悟，心知有失，因将太公扶入，婉言盘问。太公朴实诚悫(què)，就把家令所言，详述一遍。高祖也不多说，辞别回宫，即命左右取出黄金五百斤，叫他赏给太公家令。一面使词臣拟诏，尊太公为太上皇，订定私朝礼仪。于是太公得坐享尊荣，不必拥篲迎门了。高祖称帝逾年，尊母忘父，全是不学无术，何张良等亦未闻入请？可见良等不过霸佐，未足称为帝佐。

但太公生平，喜朴不喜华，爱动不爱静，从前乡里逍遥，无拘无束，倒还清闲自在，偏做了太上皇，受了许多束缚，反比不得居乡时候，可以随便游行，因此常提及故乡，有意东归。乡村风味原比皇都为胜，可惜俗子凡夫，未能解此！高祖略有所闻，且见太公多虑少乐，也已瞧透三分，乃使巧匠吴宽，驰往丰邑，把故乡的田园屋宇，绘成图样，携入洛阳，就择栎阳附近的骊邑地方，照样建筑。竹篱茅舍，容易告成。复由丰邑召入许多父老，及妇孺若干人，散居是地，乃请太上皇暇时往游，与父老等列坐谈心，不拘礼节，太上皇才得言笑自如，易愁为乐。这也未始非曲体亲心，才有此举呢。不没孝思。高祖又名骊邑为新丰，垂为纪念。事且慢表。

且说高祖既安顿了太上皇，复想到一班功臣，举止粗豪，全然没有礼法，起初是嫉秦苛禁，改从简易，不料删繁就简，反生许多弊端，有功诸将，任意行动，往往入宫宴会，喧语一堂，此夸彼竞，张大己功，甚至醉后起舞，大呼大叫，拔剑击柱，闹得不成样子。似此野蛮举动，若再不加禁止，朝廷将变作吵闹场，如何是好！可巧有个薛人叔孙通，是秦朝博士出身，辗转归汉，仍为博士，号稷嗣君。平时素务揣摩，能伺人主喜怒，遂乘间入见道："儒生难与进取，可与守成，现在天下已定，朝仪不可不肃，臣愿往鲁征集儒生，及臣所有的弟子，并至都中，讲习朝仪。"高祖道："朝仪要改定，但恐礼繁难行。"叔孙通道："臣闻五帝不同乐，三王不同礼，务在因时制宜，方可合用。今请略采古礼，与前秦仪制，折中酌定，想不至繁缛难行了。"高祖道："汝且去试办，总教容易举行，便好定夺。"

通受命而出，当即启行至鲁，招集了二三十个儒生，嘱使随行入都，共定朝仪。各儒生乐得攀援，情愿相随，独有两生不肯同行，且当面嘲笑道："公前事秦，继事楚，后复事汉，历事数主，想都是曲意奉承，才得这般宠贵。今天下粗定，死未尽葬，伤未尽复，乃欲遽兴礼乐，谈何容易！古来圣帝明王，必先积德百年，然后礼乐可兴，公不过借此献谀罢了。我两人岂肯学公，请公速行，毋得污我！"可谓庸中佼佼。叔孙通被他一嘲，强颜为笑道："汝两人不知世务，真是鄙儒。"乃随他自便，但与愿行诸儒生，返回原路。又从薛地招呼弟子百余人，同至栎阳，先将朝仪大略，公同商定，逐条开明。嗣且实地练习，往就郊外旷地，拣一宽敞场所，与众演礼。惟因朝仪本旨，是在朝上举行，理应由侍臣到场，亲自学习，方免错误，乃奏闻高祖，请拨选左右文吏若干名，至演礼场观习仪文。高祖当然依言，即派文吏数十人，随通前去。大众到了郊外，已有人在场铺设，竖着许多竹竿，当做位置的标准，又用绵线搓成绳索，横缚竹竿上面，就彼接此，分划地位，再把剪下的茅草，捆缚成束，一束一束的植立起来，或在上面，或在下面，作为尊卑高下的次序。这个名目，可叫做绵蕞习仪。布置已定，然后使侍臣儒生弟子等，权充文武百官，及卫士禁兵，依着草定的仪注，逐条演习，应趋即趋，应立即立，应进即进，应退即退，周旋有序，动作有规，好容易习了月余，方觉演熟。当由叔孙通入朝，请高祖亲出一观，高祖便即往视，但见诸人演习的礼仪，无非是尊君抑臣，上宽下严。两语括尽。便欣然语通道："我能为此，尽可照行。"语罢回宫，又颁诏群臣，令各赴演礼场观礼，准于次年岁首举行。

未几已秋尽冬来，例当改岁，仍沿秦制。巧值萧何驰奏到来，报称长乐宫告成。长乐宫就是秦朝的兴乐宫，萧何监工修筑，已经告竣。高祖正好凑便，遂至长乐宫过年。未几为汉朝七年元旦，各国诸侯王与大小文武百官，均诣新宫朝贺。天色微明，便有谒者官名见前。待着，见了诸侯群臣，当即依次引入，序立东西两阶。殿中早陈列仪仗，非常森严。卫官张旗，郎中执戟，左右分站，夹陛对楹。大行官名。肃立殿旁，计有九人，职司传命，迎送宾客。待至高祖乘辇出来，卫官郎中，交声传警，纠饬百官。高祖徐徐下辇，南面升坐，方由大行传呼出来，令诸侯王丞相列侯以下，逐班进见。诸侯王丞相列侯等，趋跄入殿，一一拜贺。高祖不过略略欠身，便算答礼，大行复传语平身，大众才敢起身趋退，仍归位次站立。于是分排筵宴，称为法酒。高祖就案宴饮，余人分席侍宴，旁立御史数人，注意监察，众皆屈身俯首，莫敢失仪，并且不敢擅饮，须按着尊卑次第，捧觞上寿，然后方得各饮数卮。酒至九巡，谒者便进请罢席，偶有因醉忘情，略略欠伸，便被御史引去，不准再坐，因此盈廷肃静，与前时宴会状态，大不相同。及大众谢宴散归，高祖亦退入内廷，不由的大喜道："我今日方知皇帝的尊贵了！"正是：

拔剑酣歌成往事，肃班就序睹新仪。

高祖既大喜过望，当然要重赏叔孙通。欲知通得何赏赐，且待下回再详。

功人功狗之喻，不为无见，但必譬诸将为狗马，亦未免拟于不伦。子舆氏谓君之视臣如犬马，则臣视君如国人，高祖未能知此，徒以犬马视功臣，无惑乎沙中偶语，臣下不安，反侧者且四起也。况封同姓而忌异姓，全出私情，尊生母而忘生父，几亏子道。绳以修齐治平之大法，有愧多矣，何足与语王者之礼乐乎？叔孙通揣摩求合，欲起朝仪，徒以绵蕞从事，贻讥后世；而高祖反喜出望外，叹为皇帝之贵，及今始知。夸外观而失真意，乌足制治？此鲁两生之所以不肯从行，而名节独高千古也。

第三十五回

谋弑父射死单于　求脱围赂遗番后

却说叔孙通规定朝仪，适合上意，遂由高祖特别加赏，进官奉常，官名。赐金五百斤。通入朝谢恩，且乘机进言道："诸儒生及臣弟子，随臣已久，共起朝仪，愿陛下俯念微劳，各赐一官。"高祖因皆授官为郎。通受金趋出，见了诸生，便悉数分给，不入私囊。诸弟子俱喜悦道："叔孙先生，真是圣人，可谓确知世务了！"原来叔孙通前时归汉，素闻高祖不喜儒生，特改著短衣，进见高祖，果得高祖欢心，命为博士，加号稷嗣君。他有弟子百余人，也想因师求进，屡托保荐，通却一个不举，反将乡曲武夫，荐用数人，甚至盗贼亦为先容。诸弟子统皆私议道："我等从师数年，未蒙引进，却去抬举一班下流人物，真是何意？"叔孙通得闻此语，乃召语弟子道："汉王方亲冒矢石，争取天下，试问诸生能相从战斗否？我所以但举壮士，不举汝等，汝等且安心待着，他日有机可乘，自当引用，难道我真忘记么？"诸弟子才皆无语，耐心守候。待至朝仪订定，并皆为官，然后感谢师恩，方知师言不谬，互相称颂。有其师，必有其弟，都是一班热中客。这且搁过不提。

且说长城北面的匈奴国，前被秦将蒙恬逐走，远徙朔方。见前文。至秦已衰灭，海内大乱，无暇顾及塞外，匈奴复逐渐南下，乘隙窥边。他本号国王为单于，王后为阏氏，音烟支。此时单于头曼，亦颇勇悍，长子名叫冒顿，音墨特。悍过乃父，得为太子。后来头曼续立阏氏，复生一男，母子均为头曼所爱。头曼欲废去冒顿，改立少子，乃使冒顿出质月氏，冒顿不得不行。月氏居匈奴西偏，有战士十余万人，国势称强。头曼阳与修和，阴欲进攻，且好使他杀死冒顿，免留后患。因此冒顿西去，随即率兵继进，往击月氏。月氏闻头曼来攻，当然动怒，便思执杀冒顿。冒顿却先已防着，暗中偷得一马，夤夜逃归。头曼见了冒顿，不禁惊讶，问明底细，却也服他

智勇，使为骑将，统率万人，与月氏战了一仗，未分胜负，便由头曼传令，收兵东还。

冒顿回入国中，自知乃父此行，并非欲战胜月氏，实是陷害自己，好教月氏杀毙，归立少弟。现在自己幸得逃回，若非先发制人，仍然不能免害。乃日夕踌躇，想出一条驭众的方法，先将群人收服，方可任所欲为。主意已定，遂造出一种骨箭，上面穿孔，使他发射有声，号为鸣镝，留作自用。惟传语部众道："汝等看我鸣镝所射，便当一齐射箭，不得有违，违者立斩！"部众虽未知冒顿用意，只好一齐应令。冒顿恐他阳奉阴违，常率部众射猎，鸣镝一发，万矢齐攒，稍有迟延，立毙刀下。部众统皆知畏，不敢少慢。冒顿还以为不足尽恃，竟将好马牵出，自用鸣镝射马，左右亦皆竞射，方见冒顿喜笑颜开，遍加奖励。嗣复看见爱妻，也用鸣镝射去，部众不能无疑，只因前命难违，不得不射。有几个多心人还道是冒顿病狂，未便动手，哪知被冒顿察出，竟把他一刀杀死。从此部众再不敢违，无论什么人物，但教鸣镝一响，无不接连放箭。头曼有好马一匹，放在野外，冒顿竟用鸣镝射去。大众闻声急射，箭集马身差不多与刺猬相似，冒顿大悦。

复请头曼出猎，自己随着马后，又把鸣镝注射头曼，部众也即同射。可怜一位匈奴国王，无缘无故，竟死于乱箭之下！虽由头曼自取，然胡人之不知君父，可见一斑。冒顿趁势返入内帐，见了后母少弟，一刀一个，均皆劈死。且去寻杀头曼亲臣，复剁落了好几个头颅，冒顿遂自立为单于。国人都怕他强悍，无复异言。

惟东方有东胡国，向来挟众称强，闻得冒顿弑父自立，却要前来寻衅。先遣部目到了匈奴，求千里马。冒顿召问群臣，群臣齐声道："我国只有一匹千里马，乃是先王传下，怎得轻畀东胡。"冒顿摇首道："我与东胡为邻，不能为了一马，有失邻谊，何妨送给了他？"说着，即令左右牵出千里马，交与来使带去。不到数旬，又来了一个东胡使人，递上国书，说是要将冒顿的宠姬，送与东胡王为妾。冒顿看罢，传示左右，左右统发怒道："东胡国王，这般无礼，连我国的阏氏，都想要求，还当了得！请大单于杀了来使，再议进兵。"冒顿又摇首道："他既喜欢我的阏氏，我就给与了他，也是不妨。否则，重一女子，失一邻国，反要被人耻笑了！"全是骄兵之计，可惜戴了一顶绿头巾。当下把爱姬召出，也交原使带回。又过了好几月，东胡又遣使至匈奴来索两国交界的空地，冒顿仍然召问群臣。群臣或言可与，或言不可与，偏冒顿勃然起座道："土地乃国家根本，怎得与人？"一面说，一面喝使左右，把东胡来使，及说过可与的大臣，一齐绑出，全体诛戮。待左右献上首级，便披了戎服，一跃上马，宣谕全国兵士，立刻启行，往攻东胡，后出即斩。匈奴国人，原是出入无常，随地迁徙，一闻主命，立刻可出。当即浩浩荡荡，杀奔东胡。

东胡国王得了匈奴的美人良马，日间驰骋，夜间偎抱，非常快乐。总道冒顿畏他势焰，不敢相侵，所以逐日淫佚，毫不设备。蓦闻冒顿带兵入境，慌得不知所措，仓猝召兵，出来迎敌。那冒顿已经深入，东胡国王连战连败，无路可奔，竟被冒顿驱兵围住，杀毙了事。所有王庭番帐，捣毁净尽，东胡人畜，统为所掠，简直是破灭无遗了。未知匈奴阏氏是否由冒顿带归。冒顿饱载而归，威焰益张。复西逐月氏，南破楼烦白羊，乘胜席卷，把蒙恬略定的故地，悉数夺还。兵锋直达燕代两郊。

直至汉已灭楚，方议整顿边防，特使韩王信移镇太原，控御匈奴。韩王信引兵北徙，既已莅镇，又表请移都马邑，实行防边。高祖本因信有材勇，特地调遣，及接到信表，哪有不允的道理？信遂由太原转徙马邑，缮城掘堑。甫得竣工，匈奴兵已蜂拥前来，竟将马邑城围住。信登城俯视，约有一二十万胡骑，自思彼众我寡，如何抵敌？只好飞章入关，乞请援师。无如东西相距，不下千里，就使高祖立刻发兵，也不能朝发夕至。那冒顿却麾众猛扑，甚是利害。信恐城池被陷，不得已一再遣使，至冒顿营求和，和议虽未告成，风声却已四达，汉兵正奉遣往援，行至中途，得着韩王求和消息，一时不敢遽进，忙着人报闻高祖。高祖不免起疑，亟派吏驰至马邑，责问韩王，为何不待命令，擅向匈奴求和？韩王信吃了一惊，自恐得罪被诛，索性把马邑城献与匈奴，愿为匈奴臣属。何无志气乃尔！冒顿收降韩王信，令为向导，南逾勾注山，直攻太原。

警报与雪片相似，飞入关中，高祖遂下诏亲征，冒寒出师。时为七年，冬十月中。猛将如云，谋臣如雨，马步兵共三十二万人，陆续前进。前驱行至铜鞮，适与韩王信兵相值，一场驱杀，把信赶走，信将王喜，迟走一步，做了汉将的刀头血。信奔还马邑，与部将曼邱臣王黄等，商议救急方法。两人本系赵臣，谓宜访立赵裔，笼络人心。信已无可奈何，只得听了两人的计议，往寻赵氏子孙。可巧得了一个赵利，便即拥戴起来。好好的国王不愿再为，反去拥戴他人，真是呆鸟。一面报达冒顿，且请出兵援应。冒顿在上谷闻报，便令左右贤王，引兵会信。左右贤王的称号，乃是单于以下最大的官爵，仿佛与中国亲王相似。两贤王带着铁骑万人，与信合兵，气势复盛，再向太原进攻。到了晋阳，偏又撞着汉兵，两下交战，复被汉兵杀败，仍然奔回。汉兵追至离石，得了许多牲畜，方才还军。

会值天气严寒，雨雪连宵，汉兵不惯耐冷，都冻得皮开肉裂，手缩足僵，甚至指头都堕落数枚，不胜困苦。高祖却至晋阳住下，闻得前锋屡捷，还想进兵，不过一时未敢冒险，先遣侦骑四出，往探虚实，然后再进。及得侦骑返报，统说冒顿部下，多是老弱残兵，不足深虑，如或往攻，定可得胜。高祖乃亲率大队，出发晋阳。临行时又命奉春君刘敬，再往探视，务得确音。这刘敬原姓是娄，就是前时请都关中的戍卒，高祖因他议论可采，授官郎中，赐姓刘氏，号奉春君。回应三十三回。此时奉了使命，当然前往。高祖麾兵继进，沿途遇着匈奴兵马，但教呐喊一声，便把他吓得乱窜，不敢争锋，因此一路顺风，越过了勾注山，直抵广武。却值刘敬回来复命，高祖忙问道："汝去探察匈奴情形，必有所见，想是不妨进击哩。"刘敬道："臣以为不宜轻进。"高祖作色道："为何不宜轻进？"敬答道："两国相争，理应耀武扬威，各夸兵力，乃臣往探匈奴人马，统是老弱瘦损，毫无精神，若使冒顿部下，不过如此，怎能横行北塞？臣料他从中有诈，佯示羸弱，暗伏精锐，引诱我军深入，为掩击计，愿陛下慎重进行，毋堕诡谋！"确是有识。高祖正乘胜长驱，兴致勃勃，不意敬前来拦阻，挠动军心，一经懊恼，便即开口大骂道："齐虏。敬本齐人。汝本靠着一张嘴，三寸舌，得了一个官职，今乃造言惑众，阻我军锋，该当何罪？"说着，即令左右拿下刘敬，械系广武狱中，待至回来发落。粗莽已极。自率人马再进，骑兵居先，步兵居后，仍然畅行无阻，一往直前。

高祖急欲徼功，且命太仆夏侯婴，添驾快马，迅速趱程。骑兵还及随行，步兵追赶不上，多半剩落。好容易到了平城，蓦听得一声胡哨，尘头四起，匈奴兵控骑大至，环集如蚁。高祖急命众将对敌，战了多时，一些儿不占便宜。匈奴单于冒顿，复率大众杀到，兵马越多，气势越盛。汉兵已跑得力乏，再加一场大战，越觉疲劳，如何支撑得住，便纷纷的倒退下来。高祖见不可支，忙向东北角上的大山，引兵退入，扼住山口，迭石为堡，并力抵御。匈奴兵进扑数次，还亏兵厚壁坚，才得保守。冒顿却下令停攻，但将部众分作四支，环绕四周，把山围住。是山名为白登山，冒顿早已伏兵山谷，专待高祖到来，好教他陷入网罗。偏偏高祖中计，走入山中，冒顿乃率兵兜围，使他进退无路，内外不通，便好一网打尽，不留噍(jiào)类。这正是冒顿先后安排的绝计！狡哉戎首。高祖困在山上，无法脱身，眼巴巴的望着后军，又不见到，没奈何鼓励将士，下山冲突，偏又被胡骑杀退。高祖还是痛骂步兵，说他逗留不前，哪知匈奴兵马，共有四十万众，除围住白登山外，尚有许多闲兵，分扎要路，截住汉兵援应。汉兵虽徒步驰至，眼见是胡兵遍地，如何得入？遂致高祖孤军被围，无法摆脱。高祖逐日俯视，四面八方，都是胡骑驻着，西方尽白马，东方尽青马，北方尽黑马，南方尽赤马，端的是色容并壮，威武绝伦。冒顿不读诗书，何亦知按方定色？

接连过了三五日，想不出脱围方法，并且寒气逼人，粮食复尽，又冻又饿，实在熬受不起。当时张良未曾随行，军中谋士，要算陈平最有智计。高祖与他商议数次，他亦没有救急良方，但劝高祖暂时忍苦，徐图善策。

转眼间已是第六日了，高祖越觉愁烦，自思陈平多智，尚无计议，看来是要困死白登，悔不听刘敬所言，轻惹此祸！正惶急间，陈平已想了一法，密报高祖，高祖忙令照行，平即自去办理，派了一个有胆有识的使臣，赍着金珠及画图一幅，乘雾下山，投入番营。天下无难事，惟有银钱好，一路贿嘱进去，只说要独见阏氏，乞为通报。原来冒顿新得一个阏氏，很是爱宠，时常带在身旁，朝夕不离。此次驻营山下，屡与阏氏并马出入，指挥兵士，适被陈平瞧见，遂从她身上用计，使人往试。果然番营里面，阏氏的权力，不亚冒顿，平时举动，自有心腹人供役，不必尽与冒顿说明，但教阏氏差遣，便好照行，因此汉使买通番卒，得入内帐。可巧冒顿酒醉，鼾睡胡床，阏氏闻有汉使到来，不知为着何事，就悄悄的走出帐外，屏走左右，召见汉使。汉使献上金珠，只说由汉帝奉赠，并取出画图一幅，请阏氏转达单于。她原是女流，见了光闪闪的黄金，亮晃晃的珍珠，怎得不目眩心迷？一经到手，便即收下，惟展览画图，只绘着一个美人儿，面目齐整得很，便不禁起了妒意，含嗔启问道："这幅美人图，有何用处？"汉使答道："汉帝为单于所围，极愿罢兵修好，所以把金珠奉送阏氏，求阏氏代为乞请，尚恐单于不允，愿将国中第一美人，献于单于。惟美人不在军中，故先把图形呈上，今已遣快足去取美人，不日可到，就好送来，诸请阏氏转达便了。”阏氏道：“这却不必，尽可带回。”汉使道：“汉帝也舍不得这个美人，并恐献于单于，有夺阏氏恩爱，惟事出无奈，只好这样办法。若阏氏能设法解救，还有何说！当然不献入美人，情愿在阏氏前，再多送金珠呢。”阏氏道：“我知道了！烦汝返报汉帝，尽请放心！”已入彀中。说着，即将图画交还汉使。汉使称谢，受图自归。

阏氏返入内帐，坐了片刻，暗想汉帝若不出围，又要来献美人，事不宜迟，应从速进言为是。当下起身近榻，巧值冒顿翻身醒来，阏氏遂进说道：“单于睡得真熟，现在军中得了消息，说是汉朝尽起大兵，前来救主，明日便要到来了。”冒顿道：“有这等事么？”阏氏道：“两主不应相困，今汉帝被困此山，汉人怎肯干休？自然拚命来救。就使单于能杀败汉人，取得汉地，也恐水土不服，未能久居；倘或有失，便不得共享安乐了。”说到此句，就呜咽不能成声。是妇女惯技，但亦由作者体会出来。冒顿道：“据汝意见，应该如何？”阏氏道：“汉帝被困六七日，军中并不惊扰，想是神灵相助，虽危亦安，单于何必违天行事？不如放他出围，免生战祸。”冒顿道：“汝言亦是有理，我明日相机行事便了。”于是阏氏放下愁怀，到晚与冒顿共寝，免不得再申前言，凭你如何凶悍的冒顿单于，也不得不谨依阃教了。小子有诗咏道：

> 狡夷残忍本无亲，床笫(zǐ)如何溺美人！
> 片语密陈甘纵敌，牝鸡毕竟戒司晨。

究竟冒顿是否撤围，待至下回再表。

冒顿之谋狡矣哉！怀恨乃父，作鸣镝以令大众，射善马，射爱妻，旋即射父。忍心害理，不顾骨肉，此乃由沙漠之地，戾气所钟，故有是悖逆之臣子耳。至若计灭东胡，诱困汉祖，又若深谙兵法，为孙吴之流亚。彼固目不知书，胡为而狡谋迭出也？高祖之被困白登，失之于骄，若非陈平之多谋，几致陷没，骄兵必败，理有固然。然冒顿能出奇制胜，而卒不免为妇人女子所愚，百炼钢化作绕指柔，甚矣，妇口之可畏也！

第三十六回

宴深宫奉觞祝父寿　系诏狱拼死白王冤

却说冒顿听了妻言，已经心动，又因韩王信及赵利等亦未到来，疑他与汉通谋，乃即于次日早起，传令出去，把围兵撤开一角，纵放汉兵。高祖自接得使臣复报，一夜不睡，专在山冈上面，眼巴巴的瞧着胡马。待至天色大明，才见山下有一角隙地，平空腾出，料知冒顿已听从阏氏，此时不走，尚待何时？乃即指麾大众，立刻下山。陈平忙说道："且慢，山下虽有走路，但也不可不防，须令弓弩手夹护陛下，张弓搭箭，各用双镞，视敌进止，方可下山。"又顾语太仆夏侯婴道："宁缓毋速，速即有祸！"夏侯婴听着，遂为高祖御车，徐徐下阪。两旁由弓弩手拥护，夹行而下，到了山麓，匈奴兵虽然望见，却也未尝拦阻，汉兵亦不发一箭，慢慢儿的过去，后面汉兵已陆续出围，幸皆走脱。到了平城附近，才得与步兵会合，一齐入城。冒顿见高祖从容不迫，始终防有他谋，不复追击，收兵自去。高祖经过七日的苦楚，侥幸逃生，当然不愿再击匈奴，也即引兵南还。行经广武，亟赦刘敬出狱，向敬面谢道："我不用公言，致中虏计，险些儿不得相见！前次侦骑，不审虚实，妄言误我，我已把他尽诛了！"乃加封敬为关内侯，食邑二千户，号为建信侯。善能悔过，方不愧为英主。又加封夏侯婴食邑千户，再南行至曲逆县，见城池高峻，屋宇连绵，不由的赞叹道："壮哉此县！我遍行天下，惟有洛阳与此城，最算形胜哩。"乃召过陈平，说他解围有功，便将全县采地，悉数酬庸，且改封户牖侯为曲逆侯。总计陈平，随征有年，屡献智谋，一是捐金行反间计，二是用恶劣菜蔬进食楚使，三是夜出妇女，解荥阳围，四是潜蹑帝足，请封韩信，五是伪游云梦，六是救出白登，这便叫作六出奇计。高祖转战四方，幕中谋士，张良以外，要推陈平，此外都声望平常，想是不过如此了。话休叙烦。

且说高祖至曲逆县，略略休息，仍复启行，路过赵国，赵王张敖，出郊迎接，执礼甚恭。他与高祖谊属君臣，情兼翁婿，就是吕后所生一女，许字张敖，虽尚未曾下嫁，却已定有口约，因此敖格外殷勤，小心伺候。史中但言张敖执子婿礼，未及公主下嫁事，但观后来娄敬所言，请以长公主嫁单于，则其未嫁可知。谁知高祖瞧他不起，箕踞嫚骂，发了一番老脾气，便即动身自去。为下文贯高谋叛伏笔。行到洛阳，方才住下，忽见刘仲狼狈回来，说是匈奴移兵寇代，抵敌不住，只好奔回。刘仲封代事，见三十四回。高祖发怒道："汝只配株守田园，怪不得见敌就逃，连封土都不管了。"刘仲碰了一鼻子灰，俯首退出。高祖本欲将他加罪，因念手足相关，不忍重惩，因从宽发落，降仲为合阳侯。另封少子如意为代王，如意为戚姬所出，见三十二回。得蒙高祖宠爱，故年仅八岁，便得王封，嗣恐如意年幼，未能就国，特命阳夏侯陈豨为代相，先往镇守。陈豨也领命就任去了。

惟高祖接得萧何奏报，咸阳宫阙，大致告就，请御驾亲往巡视，高祖乃由洛阳至栎阳，复由栎阳至咸阳。萧何当然接驾，导入游览。最大的叫做未央宫，周围约有二三十里，东北两方，阙门最广，殿宇规模，亦多高敞，前殿尤为壮丽。还有武库太仓，分造殿旁，也是崇闳轮奂，气象巍峨。高祖巡视未周，便勃然动怒道："天下汹汹，劳苦已甚，成败尚未可知，汝修治宫室，怎得这般奢侈哩！"何不慌不忙，正容答说道："臣正因天下未定，不得不增高宫室，借壮观瞻。试想天子以四海为家，若使规模狭隘，如何示威！且恐后世子孙，仍要改造，反多费一番工役，还不如一劳永逸，较为得宜！"说到宜字，见高祖改怒为喜，和颜与语道："汝说亦是，我又不免错怪了。"看官听说！前时修筑的长乐宫，不过踵事增华，没甚烦费，若未央宫乃是新造，由萧何煞费经营，两载始成，虽不及秦代的阿房宫，却也十得二三，不过占地较少，待役较宽，自然不致聚怨，激成民变。萧何与高祖结识多年，岂不知高祖性情，也是好夸，所以开拓宏规，务从藻饰，高祖责他过奢，实是佯嗔佯怒，欲令萧何代为解释，才免贻讥。一主一臣，心心相印，瞒不过明人炬眼，惟庸耳俗目，还道是高祖俭约哩！勘透一层，读史得间。高祖又命未央宫四围，添筑城垣，作为京邑，号称长安。当即带同文武官吏，至栎阳搬取家眷，徙入未央宫，从此皇居已定，不再迁移了。

但高祖生性好动，不乐安居，过了月余，又往洛阳。一住半年，又要改岁。至八年元月，闻得韩王信党羽，出没边疆，遂复引兵出击。到了东垣，

寇已退去，乃南归过赵，至柏人县中寄宿。地方官早设行幄，供张颇盛，高祖已经趋入，忽觉得心下不安，急问左右道："此县何名？"左右答是柏人县，高祖愕然道："柏与迫声音相近，莫非要被迫不成？我不便在此留宿，快快走罢？"命不该死，故有此举。左右闻言，仍出整法驾，待着高祖上车，一拥而去。看官试阅下文，才知高祖得免毒手，幸亏有此一走呢。作者故弄狡狯，不肯遽说。

高祖还至洛阳，又复住下。光阴易过，转瞬年残，淮南王英布，梁王彭越，赵王张敖，楚王刘交，陆续至洛，朝贺正朔。高祖欲还都省亲，乃命四王扈跸同行。及抵长安，已届岁暮。未几便是九年元旦，高祖在未央宫中，奉太上皇登御前殿，自率王侯将相等人，一同谒贺。拜跪礼毕，大开筵宴，高祖陪着太上皇正座饮酒，两旁分宴群臣，按班坐下。殽核既陈，笾豆维楚，高祖即捧觞起座，为太上皇祝寿。太上皇笑容可掬，接饮一觞，王侯将相，依次起立，各向太上皇恭奉寿酒。太上皇随便取饮，约莫喝了好几杯，酒酣兴至，越觉开颜，高祖便戏说道："从前大人常说臣儿无赖，不能治产，还是仲兄尽力田园，善谋生计。今臣儿所立产业，与仲兄比较起来，究竟是谁多谁少呢？”大庭广众之间，亦不应追驳父言，史家乃传为美谈，真是怪极。太上皇无词可答，只好微微笑着。群臣连忙欢呼万岁，闹了一阵，才把戏言搁过一边，各各开怀畅饮，直至夕阳西下，太上皇返入内廷，大众始谢宴散归。

才过了一两日，连接北方警报，乃是匈奴犯边，往来不测，几乎防不胜防。高祖又添了一种忧劳，因召入关内侯刘敬，与议边防事宜。刘敬道：“天下初定，士卒久劳，若再兴师远征，实非易事，看来这匈奴国不是武力所能征服哩。”高祖道：“不用武力，难道可用文教么？”敬又道：“冒顿单于，弑父自立，性若豺狼，怎能与谈仁义？为今日计，只有想出一条久远的计策，使他子孙臣服，方可无虞。但恐陛下未肯照行。”高祖道：“果有良策，可使他子孙臣服，还有何说！汝尽可明白告我。”敬乃说道：“欲要匈奴臣服，只有和亲一策，诚使陛下割爱，把嫡长公主遣嫁单于，他必慕宠怀恩，立公主为阏氏，将来公主生男，亦必立为太子，陛下又岁时问遗，赐他珍玩，谕他礼节，优游渐渍，俾他感格，今日冒顿在世，原是陛下的子婿，他日冒顿死后，外孙得为单于，更当畏服。天下岂有做了外孙，敢与外王父抗礼么？这乃是不战屈人的长策呢。还有一言，若陛下爱惜长公主，不令远嫁，或但使后宫子女，冒充公主，遣嫁出去，恐冒顿刁狡得很，一经察觉，不肯贵宠，仍然与事无益了。”刘敬岂无耳目？难道不知长公主已字赵王？且冒顿不知有父，何知妇翁，此等计策，不值一辩。高祖道：“此计甚善，我亦何惜一女呢。”想是不爱张敖，因想借端悔婚。当下返入内寝，转语吕后，欲将长公主遣嫁匈奴。吕后大惊道：“妾惟有一子一女，相依终身，奈何欲将女儿弃诸塞外，配做番奴？况女儿已经许字赵王，陛下身为天子，难道尚可食言？妾不敢从命！”说至此处，那泪珠儿已莹莹坠下，弄得高祖说不下去，只好付诸一叹罢了。

过了一宵，吕后恐高祖变计，忙令太史择吉，把长公主嫁与张敖。好在张敖朝贺未归，趁便做了新郎，亲迎公主。高祖理屈词穷，只好听她所为。良辰一届，便即成婚，两口儿恩爱缠绵，留都数日，便进辞帝后，并辇回国去了。这位长公主的封号，叫做鲁元公主，一到赵国，当然为赵王后，不消细说。惟高祖意在和亲，不能为此中止，乃取了后宫所生的女儿，诈称长公主，使刘敬速诣匈奴，结和亲约。往返约越数旬，待敬归报，入朝见驾，说是匈奴已经允洽，但究竟是以假作真，恐防察觉，仍宜慎固边防，免为所乘。高祖道："朕知道了！"刘敬道："陛下定都关中，不但北近匈奴，须要严防，就是山东一带，六国后裔，及许多强族豪宗，散居故土，保不住意外生变，觊觎帝室，陛下岂真可高枕无忧吗？"高祖道："这却如何预防！"敬答道："臣看六国后人，惟齐地的田怀二姓，楚地的屈昭景三族，最算豪强，今可徙入关中，使他屯垦。无事时可以防胡，若东方有变，也好率领东征。就是燕赵韩魏的后裔，以及豪杰名家，俱可酌迁入关，用备驱策。这未始非强本弱末的法制，还请陛下采纳施行！"高祖又信为良策，即日颁诏出去，令齐王肥楚王交等饬徙齐楚豪族，西入关中。还有英布彭越张敖诸王，已早归国，亦奉到诏令，调查豪门贵阀，迫使挈眷入关。统共计算，不下十余万口。亏得关中经过秦乱，户口散离，还有隙地，可以安插，不致失居。但无故移民，乃是前秦敝政，为何不顾民艰，复循旧辙？当时十万余口，为令所迫，不得不扶老携幼，狼狈入关。后来居住数年，语庞人杂，遂致京畿重地，变做五方杂处。豪徒侠客，借此混迹，渐渐的结党弄权，所以汉时三辅，号称难治。汉称京兆左冯翊右扶风，号称三辅。看官试想！这不是刘敬遗下的祸祟么？

高祖还都两月，又赴洛阳，适有赵相贯高的仇人，上书告变。高祖阅毕，立即大怒，遂亲写一道诏书，付与卫士，叫他前往赵国，速将赵王张敖，及赵相贯高赵午等人，一并拿来。这事从何而起？便由高祖过赵，嫚骂赵王，激动贯高赵午两人，心下不平，竟起逆谋。他两人年过六旬，本是赵王张敖父执，使他为相，好名使气，到老不衰。自从张敖为高祖所侮，便觉得看不过去，互相私语，讥敖孱弱，且同入见敖，屏人与语道："大王出郊迎驾，备极谦恭，也算是致敬尽礼了。乃皇帝毫不答礼，任情辱骂，难道做得天子，便好如此？臣等愿为大王除去皇帝！"张敖大骇，啮指出血，指天为誓道："这事如何使得？从前先王失国，全仗皇帝威力，得复故土，传及子孙，此恩此德，世世不忘，君等奈何出此妄言！"还有良心。两人见敖不从，出语私人道："我等原是弄错了，我王生性忠厚，不忍背德，惟我等义难受辱，总要出此恶气，事成归王，不成当自去受罪罢。"何必如此。两人遂暗地设法，欲害高祖。

高祖匆匆过境，并不久留，一时无从下手，只好作罢。嗣闻高祖出次东垣，还兵过赵，遂密遣刺客数人，伺候高祖行踪，意图行刺。当时高祖行经柏人，心动即行，并未尝知有刺客，其实刺客正隐身厕壁，想要动手。偏偏高祖似有神助，不宿而去，仍致贯高等所谋不成。回应本回前文，说明事迹。及贯高怨家，讦发密谋，一道严诏，颁到赵国，赵王张敖，全然不觉，冤冤枉枉的受了罪名，束手就缚。赵午等情急拚生，统皆自刭，独贯高怒叱诸人道："我王并未谋逆，事由我等所为，今日连累我王，都教一死了事，试问我王的冤枉，何人替他申辩呢？"于是情愿受绑，随敖同行。有几个赤胆忠心的赵臣，也想随着。偏诏书中不准相从，并有罪及三族的厉禁，乃皆想出一法，自去髡钳，注释见前。假充赵王家奴，随诣洛阳，高祖也不与张敖相见，即交廷尉典狱官名。讯办。廷尉因张敖曾为国王，且是高祖女婿，当然另眼相待，留居别室。独使贯高对簿，贯高朗声道："这都是我等所为，与王无涉。"廷尉疑他袒护赵王，不肯直供，便令隶役重笞贯高。贯高咬牙忍受，绝无他言。一次讯毕，明日再讯，后日三讯，贯高惟坚执前词，为王呼冤，廷尉复喝用严刑，当由隶役取过铁针向火烧热，刺入贯高肢体，可怜贯高不堪忍受，晕过数次，甚至身无完肤，九死一生，仍然不改前言。廷尉也弄得没法，只好把高系狱，从缓定谳。可巧鲁元公主，为

了丈夫被逮，急往长安，谒见母后，涕泣求援。吕后也忙至洛阳，见了高祖，力为张敖辩诬，且说他身为帝婿，不应再为逆谋。高祖尚发怒道："张敖若得据天下，难道尚少汝一个女儿。"

吕后见话不投机，未便再请，但遣人往问廷尉。廷尉据实陈明，且即将屡次审讯情形，详奏高祖。高祖也不禁失声道："好一个壮士！始终不肯改言。"口中虽这般说，心下尚不能无疑，乃遍问群臣，何人与贯高相识？中大夫泄公应声道："臣与贯高同邑，也曾相识，高素尚名义，不轻然诺，却是一个志士。"高祖道："汝既识得贯高，可即至狱中探视，问明隐情，究竟赵王是否同谋？"泄公应命，持节入狱。狱吏见了符书，始敢放入。行至竹床相近，才见贯高奄卧床上，已是遍体鳞伤，不忍逼视。可谓黑暗地狱。因轻轻的唤了数声，贯高听着，方开眼仰视道："君莫非就是泄公么？"泄公答声称是。贯高便欲起坐，可奈身子不能动弹，未免呻吟。泄公仍叫他卧着，婉言慰问，欢若平生。及说到谋逆一案，方出言探问道："汝何必硬保赵王，自受此苦？"贯高张目道："君言错了！人生世上，哪一个不爱父母，恋妻子，今我自认首谋，必致三族连坐，难道我痴呆至此？为了赵王一人，甘送三族性命？不过赵王实未同谋，如何将他扳入，我宁灭族，不愿诬王！"泄公乃依言返报，高祖才信张敖无罪，赦令出狱。且复语泄公道："贯高至死，且不肯诬及张王，却是难得，汝可再往狱中，传报张王已经释出，连他也要赦罪了。"于是泄公复至狱中，传述谕旨。贯高跃然起床道："我王果已释出么？"泄公道："主上有命，不止释放张王，还说足下忠信过人，亦当赦罪。"贯高长叹道："我所以拚着一身，忍死须臾，无非欲为张王白冤。今王已出狱，我得尽责，死亦何恨！况我为人臣，已受篡逆的恶名，还有何颜再事主上？就使主上怜我，我难道不知自愧么？"说罢，扼吭竟死。小子有诗咏道：

一身行事一身当，拚死才能释赵王。

我为古人留断语，直情使气总粗狂！

泄公见贯高自尽，施救无及，乃回去复命。欲知高祖如何措置，且至下回说明。

观汉高之言动，纯是粗豪气象，未央宫之侍宴上皇，尚欲与仲兄比赛长短，追驳父语，非所谓得意忘言欤？鲁元公主，已字张敖，乃欲转嫁匈奴，其谬尤甚。帝王驭夷，叛则讨之，服则舍之，从未闻有与结婚姻者，刘敬之议，不值一辩，况鲁元之先已字人乎？本回叙鲁元公主事，先字后嫁，最近人情。否则鲁元已为赵王后，夺人妻以嫁匈奴，就使高祖刘敬，愚鲁寡识，亦不至此。彼贯高等之谋弑高祖，亦由高祖之嫚骂而来。谋泄被逮，宁灭族而不忍诬王，高之小信，似属可取。然弑主何事，而敢行乎？高祖之欲赦贯高，总不脱一粗豪之习。史称其豁达大度，大度者果若是乎？

第三十七回

议废立周昌争储　讨乱贼陈豨败走

却说高祖闻贯高自尽，甚是叹惜。又闻有几个赵王家奴，一同随来，也是不怕死的好汉，当即一体召见，共计有十余人，统是气宇轩昂，不同凡俗。就中有田叔孟舒，应对敏捷，说起赵王冤情，真是慷慨淋漓，声随泪下。廷臣或从旁诘难，都被他据理申辩，驳得反舌无声。高祖瞧他词辩滔滔，料非庸士，遂尽拜为郡守，及诸侯王中的国相。田叔孟舒等谢恩而去。高祖乃与吕后同返长安，连张敖亦令随行。既至都中，降封敖为宣平侯，移封代王如意为赵王，即将代地并入赵国，使代相陈豨守代，另任御史大夫周昌为赵相。如意封代王，陈豨为代相，均见前回。周昌系沛县人，就是前御史大夫周苛从弟。苛殉难荥阳，见前文。高祖令昌继领兄职，加封汾阴侯。见三十四回。昌素病口吃，不善措词，惟性独强直，遇事敢言，就使一时不能尽说，挣得头面通红，也必要徐申己意，不肯含糊，所以萧曹等均目为诤臣，就是高祖也称为正直，怕他三分。

一日，昌有事入陈，趋至内殿，即闻有男女嬉笑声，凝神一瞧，遥见高祖上坐，怀中揽着一位美人儿，调情取乐，那美人儿就是专宠后宫的戚姬，昌连忙掉转了头，向外返走。不意已被高祖窥见，撇了戚姬，赶出殿门，高呼周昌。昌不便再行，重复转身跪谒，高祖趁势展开两足，骑住昌项，成何体统？且俯首问昌道：“汝既来复去，想是不愿与朕讲话，究竟看朕为何等君主呢？”昌仰面睁看高祖，把嘴唇乱动片刻，激出了一句话说道：“陛下好似桀纣哩！”应有此说。高祖听了，不觉大笑，就将足移下，放他起来。昌乃将他事奏毕，扬长自去。

惟高祖溺爱戚姬，已成癖性，虽然敬惮周昌，哪里能把床笫爱情，移减下去？况且戚姬貌赛西施，技同弄玉，能弹能唱，能歌能舞，又兼知书识字，信口成腔，当时有《出塞》《入塞》《望妇》等曲，一经戚姬度入娇喉，抑扬宛转，真个销魂，叫高祖如何不爱？如何不宠？高祖常出居洛阳，必令戚姬相随。入宫见嫉，掩袖工啼，本是妇女习态，不足为怪。因高祖素性渔色，哪得不堕入迷团！古今若干英雄，多不能打破此关。戚姬既得专宠，便怀着夺嫡的思想，日夜在高祖前颦眉泪眼，求立子如意为太子。高祖不免心动，且因太子盈秉性柔弱，不若如意聪明，与己相类，索性趁早废立，既可安慰爱姬，复可保全国祚。只吕后随时防着，但恐太子被废，几视戚姬母子，似眼中钉。无如色衰爱弛，势隔情疏，戚姬时常伴驾，吕后与太子盈每岁留居长安，咫尺天涯，总不敌戚姬的亲媚，所以储君位置，暗致动摇。会值如意改封，年已十龄，高祖欲令他就国，惊得戚姬神色仓皇，慌忙向高祖跪下，未语先泣，扑簌簌的泪珠儿，不知堕落几许！高祖已窥透芳心，便婉语戚姬道："汝莫非为了如意么？我本思立为太子，只是废长立幼，终觉名义未顺，只好从长计议罢！"哪知戚姬听了此言，索性号哭失声，宛转娇啼，不胜悲楚。高祖又怜又悯，不由的脱口道："算了罢！我就立如意为太子便了。"

翌日临朝，召集群臣，提出废立太子的问题，群臣统皆惊骇，黑压压的跪在一地，同声力争，无非说是立嫡以长，古今通例，且东宫册立有年，并无过失，如何无端废立，请陛下慎重云云。高祖不肯遽从，顾令词臣草诏，蓦听得一声大呼道："不可！不……不可！"高祖瞧着，乃是口吃的周昌，便问道："汝只说不可两字，究竟是何道理？"昌越加情急，越觉说不出口，面上忽青忽紫，好一歇才挣出数语道："臣口不能言，但期期知不可行。陛下欲废太子，臣期期不奉诏。"高祖看昌如此情形，忍不住大笑起来，就是满朝大臣，听他说出两个期期，也为暗笑不置。究竟期期二字是什么解，楚人谓极为綦，昌又口吃，读綦如期，并连说期期，倒反引起高祖欢肠，笑了数声，退朝罢议。群臣都起身退归，昌亦趋出，殿外遇着宫监，说是奉皇后命，延入东厢，昌不得不随他同去。既至东厢门内，见吕后已经立候，正要上前行礼，不料吕后突然跪下，急得昌脚忙手乱，慌忙屈膝俯伏，但听吕后娇声道："周君请起，我感君保全太子，所以敬谢。"未免过礼，即此可见妇人心性。昌答道："为公不为私，怎敢当此大礼？"吕后道："今日若非君力争，太子恐已被废了。"说毕乃起，昌亦起辞，当即自去。看官阅此，应知吕后日日关心，早在殿厢伺着，窃听朝廷会议，因闻周

昌力争，才得罢议，不由的感激非常，虽至五体投地，也是甘心了。

惟高祖退朝以后，戚姬大失所望，免不得又来絮聒。高祖道："朝臣无一赞成，就使改立，如意也不能安，我劝汝从长计议，便是为此。"戚姬泣语道："妾并非定欲废长立幼，但妾母子的性命，悬诸皇后手中，总望陛下曲为保全！"高祖道："我自当慢慢设法，决不使汝母子吃亏。"戚姬无奈，只好收泪，耐心待着。高祖沉吟了好几日，未得良谋，每当愁闷无聊，惟与戚姬相对悲歌，唏嘘欲绝。家事难于国事。

掌玺御史赵尧，年少多智，揣知高祖隐情，乘间入问道："陛下每日不乐，想是因赵王年少，戚夫人与皇后有隙，恐万岁千秋以后，赵王将不能自全么？"高祖道："我正虑此事，苦无良法。"赵尧道："陛下何不为赵王择一良相，但教为皇后太子及内外群臣素来所敬畏的大员，简放出去，保护赵王，就可无虞。"高祖道："我亦尝作是想，惟群臣中何人胜任。"尧又道："无过御史大夫周昌。"高祖极口称善。便召周昌入见，令为赵相，且与语道："此总当劳公一行。"昌泫然流涕道："臣自陛下起兵，便即相从，奈何中道弃臣，乃使臣出为赵相呢？"明知赵相难为，故有此设词。

高祖道："我亦知令君相赵，迹类左迁，当时尊右卑左，故谓贬秩为左迁。但私忧赵王，除公无可为相，只好屈公一行，愿公勿辞。"昌不得已受了此命，遂奉赵王如意，陛辞出都。如意与戚姬话别，戚姬又洒了许多珠泪，不消细说。屡次下泪，总是不祥之兆。惟御史大夫一缺，尚未另授，所遗印绶，经高祖摩弄多时，自言自语道："这印绶当属何人？"已而旁顾左右，正值赵尧侍侧，乃熟视良久。又自言自语道："看来是莫若赵尧为御史大夫。"尧本为掌玺御史，应属御史大夫管辖。赵人方与公，尝语御史大夫周昌道："赵尧虽尚少年，乃是奇士，君当另眼相看，他日必代君位。"昌冷笑道："尧不过一刀笔吏，何能至此！"及昌赴赵国，尧竟继昌后任。昌得知消息，才佩服方与公的先见，这也不在话下。

且说汉高祖十年七月，太上皇病逝，安葬栎阳北原。栎阳与新丰毗连，太上皇乐居新丰，视若故乡。见三十四回。故高祖徙都长安，太上皇不过偶然一至，未闻久留。就是得病时候，尚在新丰，高祖闻信往视，才得将他移入栎阳宫，未几病剧去世，就在栎阳宫治丧。皇考升遐，当然有一番热闹，王侯将相，都来会葬，独代相陈豨不至。及奉棺告窆，特就陵寝旁建置一城，取名万年，设吏监守。高祖养亲的典礼，从此告终。此事原不能略去。

葬事才毕，赵相周昌，乘便进谒，说有机密事求见。高祖不知何因，忙即召入。昌行过了礼，屏人启奏道："代相陈豨，私交宾客，拥有强兵，臣恐他暗中谋变，故特据实奏闻。"高祖愕然道："陈豨不来会葬，果想谋反么？汝速回赵坚守，我当差人密查；若果有此事，我即引兵亲征，谅豨也无能为呢！"周昌领命去讫，高祖即遣人赴代，实行查办。豨本宛朐人氏，前从高祖入关，累著战功，得封阳夏侯，授为代相。代地北近匈奴，高祖令他往镇，原是格外倚任的意思。豨与淮阴侯韩信友善，且前日也随信出征，联为至交。当受命赴代时，曾至韩信处辞行，信挈住豨手，引入内廷，屏去左右，独与豨步立庭中，仰天叹息道："我与君交好有年，今有一言相告，未知君愿闻否？"豨答道："惟将军命。"信复道："君奉命往代，代地士马强壮，天下精兵，统皆聚集，君又为主上信臣，因地乘势，正好图谋大事。若有人报君谋反，主上亦未必遽信，及再至三至，方激动主上怒意，必且亲自为将，督兵北讨，我为君从中起事，内应外合，取天下也不难了。”豨素重信才，当即面允道：“谨受尊教。”信又嘱托数语，方才相别。豨到了代地，阴结爪牙，预备起事。他平时本追慕魏信陵君，即魏公子无忌。好养食客，此次复受韩信嘱托，格外广交，无论豪商巨猾，统皆罗致门下。尝因假归过赵，随客甚多，邯郸旅舍，都被占满。周昌闻豨过境，前去拜会，见他人多势旺，自然动疑。及豨假满赴镇，从骑越多，豨且意气自豪，越觉得野心勃勃，不可复制。昌又与晤谈片刻，待豨出境，正想上书告密，适值上皇驾崩，西行会葬，见陈豨未尝到来，当即谒见高祖，说明豨有谋变等情。嗣由高祖派员赴代，查得陈豨门客，诸多不法，豨亦未免同谋，乃即驰还报闻。高祖尚不欲发兵，但召豨入朝，豨仍不至，潜谋作乱。韩王信时居近塞，侦悉陈豨抗命情形，遂遣部将王黄、曼邱臣，入诱陈豨，豨乐得与他联结，举兵叛汉，自称代王，胁迫赵代各城守吏，使为己属。

高祖闻报，忙率将士出发，星夜前进，直抵邯郸。周昌出城迎入，由高祖升堂坐定，向昌问道：“陈豨兵有无来过？”昌答言未来，高祖欣然道：“豨不知南据邯郸，但恃漳水为阻，不敢遽出，我本知他无能为，今果验了。”昌复奏道：“常山郡共二十五城，今已有二十城失去，应把该郡守尉，拿来治罪。”高祖道：“守尉亦皆造反否？”昌答称尚未。高祖道：“既尚未反，如何将他治罪？他不过因兵力未足，致失去二十城。若不问情由，概加罪责，是迫使造反了。”随即颁出赦文，悉置不问，就是赵代吏民，一时被迫，亦准他自拔来归，不咎既往。这也是应有之事。复命周昌选择赵地壮士，充做前驱将弁。昌挑得四人，带同入见，高祖忽谩骂道：“竖子怎配为将哩！”四人皆惶恐伏地，高祖却又令他起来，各封千户，使为前锋军将。全是权术驭人。左右不解高祖命意，待四人辞退，便进谏道：“从前一班开国功臣，经过许多险难，尚未尽得封赏，今此四人并无功绩，为何就沐恩加封？”高祖道：“这非汝等所能知，今日陈豨造反，赵代各地，多半被豨夺去，我已传檄四方，征集兵马，乃至今还没有到来。现在单靠着邯郸兵士，我岂可惜此四千户，反使赵地子弟，无从慰望呢！”左右乃皆拜服。高祖又探得陈豨部属，多系商人，即顾语左右道：“豨属不难招致，我已想得良法了。”于是取得多金，令干吏携金四出，收买豨将，一面悬赏千金，购拿王黄、曼邱臣二人。二人一时未获，豨将却陆续来降。高祖便在邯郸城内，过了残年。至十一年元月，诸路兵马，奉檄援赵，会讨陈豨。

豨正遣部将张春，渡河攻聊城，王黄屯曲逆，侯敞带领游兵，往来接应，自与曼邱臣驻扎襄国。还有韩王信，亦进居参合，赵利入守东垣，总道是内外有备，可以久持。那高祖亦分兵数道，前去攻击，聊城一路，付与将军郭蒙及丞相曹参；曲逆一路，付与灌婴；襄国一路，付与樊哙；参合一路，付与柴武；自率郦商夏侯婴等，往攻东垣。另派绛侯周勃，从太原进袭代郡。代郡因陈豨他出，空虚无备，被周勃一鼓入城，立即荡平。复乘胜进攻马邑，马邑固守不下，由勃猛扑数次，击毙守兵多人，方才还军。已而郭蒙会合齐兵，亦击败张春，樊哙又略定清河常山等县，击破陈豨及曼邱臣，灌婴且阵斩张敞，击走王黄，数路兵均皆得胜。惟高祖自击东垣，却围攻了两三旬，迭次招降，反被守城兵士，啰啰嗦嗦，叫骂不休。顿时恼动高祖，亲冒矢石，督兵猛攻，城中尚拚死守住，直至粮尽势穷，方才出降。高祖驰入城中，命将前时叫骂的士卒，悉数处斩，惟不骂的始得免死。赵利已经窜去，追寻无着，也即罢休。

是时四路胜兵，依次会集，已将代地平定，王黄、曼邱臣，被部下活捉来献，先后受诛。陈豨一败涂地，逃往匈奴去了。独汉将柴武，出兵参合，未得捷报。高祖不免担忧，正想派兵策应，可巧露布驰来。乃是参合已

破，连韩王信都授首了。事有先后，故叙笔独迟。原来柴武进攻参合，先遣人致书韩王信，劝他悔过归汉，信报武书，略言仆亦思归，好似痿人不忘起，盲人不忘视，但势已至此，归徒受诛，只好舍生一决罢。柴武见信不肯从，乃引兵进击，与韩王信交战数次，多得胜仗。信败入城中，坚守不出。武佯为退兵，暗地伏着，俟韩王信出来追赶，突然跃出，把信劈落马下，信众皆降，武方露布告捷。

高祖当然喜慰，乃留周勃防御陈豨，自引诸军西归。途次想到赵代二地，不便强合，还是照旧分封，才有专责。乃至洛阳下诏，仍分代赵为二国，且从子弟中择立代王。诸侯王及将相等三十八人，统说皇中子恒，贤智温良，可以王代，高祖遂封恒为代王，使都晋阳。这代王恒就是薄姬所生，薄姬见幸高祖，一索得男。见前文。后来高祖专宠戚姬，几把薄姬置诸不睬，薄姬却毫无怨言，但将恒抚养成人，幸得受封代地。恒辞行就国，索性将母妃也一同接去。高祖原看薄姬如路人，随他母子偕行，薄姬反得跳出祸门，安享富贵去了。小子有诗咏道：

莫道生离不足欢，北行母子尚团圞。
试看人彘贻奇祸，得宠何如失宠安！

高祖既将代王恒母子遣发出去，忽接着吕后密报，说是诛死韩信，并夷三族。惹得高祖又喜又惊。毕竟韩信何故诛夷，且至下回再详。

周昌固争废立，力持正道，不可谓非汉之良臣。或谓太子不废，吕后乃得擅权，几至以吕代刘，是昌之一争，反足贻祸，此说实似是而非。吕氏之得擅权于日后，实自高祖之听杀韩彭，乃至酿成隐患，于太子之废立与否，尚无与也。惟高祖既欲保全赵王，不若使与戚姬同行。戚姬既去，则免为吕后之眼中钉，而怨亦渐销。试观代王母子之偕出，并无他虞，可以知矣。乃不忍远离宠妾，独使周昌相赵，昌虽强项，其如吕后何哉！若夫陈豨之谋反，启于韩信，而卒致无成，例以《春秋》大义，则豨实有不忠之罪，正不得徒咎淮阴也，豨若效忠，岂淮阴一言所能转移乎？纲目不书信反，而独书豨反，有以夫！

第三十八回

悍吕后毒计戮功臣　智陆生善言招蛮酋

却说韩信自降封以后，怏怏失望，前与陈豨话别，阴有约言。及豨谋反，高祖引兵亲征，信托故不从，高祖也不令随行。原来高祖得灭项王，大功告成，不欲再用韩信，信还想夸功争胜，不甘退居人后，因此君臣猜忌，越积越深。一日信入朝见驾，高祖与论诸将才具，信品评高下，均未满意。高祖道："如我可领多少兵马？"信答道："陛下不过能领十万人。"高祖道："君自问能领若干？"信遽答道："多多益善。"高祖笑道："君既多多益善，如何为我所擒？"信半晌才道："陛下不善统兵，却善驭将，信所以为陛下所擒。且陛下所为，均由天授，不是单靠人力呢。"高祖又付诸一笑。待信退朝，尚注目多时，方才入内。看官可知高祖意中，是更添一层疑忌了。及出师征豨，所有都中政事，内委吕后，外委萧何，因得放心前去。

吕后正想乘隙揽权，做些惊天动地的事业，使人畏服。三语见血。适有韩信舍人栾说，遣弟上书，报称信与陈豨通谋，前次已有密约，此次拟遥应陈豨，乘着夜间不备，破狱释囚，进袭皇太子云云。吕后得书，当然惶急，便召入萧何，商定秘谋。特遣一心腹吏役，假扮军人，悄悄的绕出北方，复入长安，只说由高祖遣来，传递捷音，已将陈豨破灭云云。朝臣不知有诈，便即联翩入贺，只韩信仍然称病，杜门不出。萧何借着问病的名目，亲来探信，信不便拒绝，没奈何出室相迎。何握手与语道："君不过偶然违和，当无他虑，现在主上遣报捷书，君宜入宫道贺，借释众疑。奈何杜门不出呢？"信听了何言，不得已随何入宫。谁知宫门里面，已早伏匿武士，俟信入门，就一齐涌出，把信拿下。信急欲呼何相救，何早已避开，惟吕后含着怒脸，坐在长乐殿中，一见信至，便娇声喝道："汝何故与陈豨通谋，敢作内应？"信答辩道："此话从何而来？"吕后道："现奉主上诏命，

陈豨就擒，供称由汝主使，所以造反，且汝舍人亦有书告发，汝谋反属实，尚有何言？”信还想申辩，偏吕后不容再说，竟令武士将信推出，即就殿旁钟室中，处置死刑。信仰天长叹道：“我不用蒯彻言，反为儿女子所诈，岂非天命？”说至此，刀已近颈，砉然一声，头已坠地。

看官阅过前文，应知萧何追信回来，登坛拜将，何等重用。就是垓下一战，若非信足智多谋，围困项王，高祖亦未必骤得天下，乃十大功劳，一笔勾销，前时力荐的萧丞相，反且向吕后进策，诱信入宫，把他处决，岂不可叹？后人为信悲吟云：成也萧何，败也萧何，原是一句公论。尤可痛的是韩信被杀，倒也罢了，信族何罪，也要夷灭，甚至父族母族妻族，一古脑儿杀尽，冤乎不冤，惨乎不惨！世间最毒妇人心。即此已见吕后之泼悍。

高祖接得此报，惊喜交并，当即至长安一行，夫妻相见，并不责后擅杀，只问韩信死时，有无他语。其欲信之死也，久矣。吕后谓信无别言，但自悔不用蒯彻计议。高祖惊愕道：“彻系齐人，素有辩才，不应使他漏网，再哄他人。”乃即使人赴齐，传语曹参，速将蒯彻拿来。参怎敢违慢，严饬郡吏，四处兜拿，任他蒯彻如何佯狂，也无从逃脱，被吏役拿解进京，由高祖亲自鞫问，怒目诘责道："汝敢教淮阴侯造反么？"彻直答道："臣原叫他独立，可惜竖子不听我言，遂至族诛，若竖子肯用臣计，陛下怎得杀他？"高祖大怒，喝令左右烹彻。彻呼天鸣冤，高祖道："汝教韩信造反，罪过韩信，理应受烹，还有何冤？"彻朗声说道："秦失其鹿，天下共逐，高材疾足，方能先得。此时有什么君臣名义，箝制人心。臣闻跖犬可使吠尧，尧岂不仁？犬但知为主，非主即吠。臣当时亦唯知韩信，不知陛下，就是今日海内粗平，亦未尝无暗地怀谋，欲为陛下所为。试问陛下能一一尽烹否？人不尽烹，独烹一臣，臣所以要呼冤了！"佯狂不能免祸，还是用彼三寸舌。蒯彻佯狂见前文。高祖闻言，不禁微笑道："汝总算能言善辩，朕便赦汝罢！"遂令左右将彻释缚，彻再拜而出，仍回到齐国去了。究竟是能说的好处。

且说梁王彭越，佐汉灭楚，战功虽不及韩信，却也相差不远，截楚粮道，烧楚积聚，卒使项王食尽，鏖死垓下，这种功劳，也好算是汉将中的翘楚。自韩信被擒，降王为侯，越亦恐及祸，阴有戒心。到了陈豨造反，高祖亲征，曾派人召越，使越会师，越托病不赴，是越亦大失着。惹动高祖怒意，驰诏诘责。越又觉生恐，拟自往谢罪，部将扈辄旁阻道："王前日不行，今日始往，定必成擒，不如就此举事，乘虚西进，截住汉帝归路，尚可快心。"越听了扈辄一半计策，仍然借口生病，未尝往谢。但究竟不敢造反，只是蹉跎度日。不料被梁太仆闻知，暗暗记着，当下瞧越不起，擅自行事。越欲把他治罪，他却先发制人，竟一溜烟似的往报高祖。适值高祖返洛，途中遇着，便即上书告讦，谓越已与扈辄谋反。高祖信为实事，立遣将士赍诏到梁，出其不意，把越与扈辄两人，一并拘至洛阳，便令廷尉王恬开讯办。恬开审讯以后，已知越不听辄言，无意造反，但默窥高祖微旨，不得不从重定谳，略言谋反计划，出自扈辄，越果效忠帝室，理应诛辄报闻，今越不杀辄，显是反形已具，应该依法论罪等语。高祖为了韩信受诛，人都按问情形，因将越事悬搁数日。前后呼应。及再到洛阳，乃下诏诛辄，贷越死罪，废为庶人，谪徙至蜀地青衣县居住。越无可奈何，只好依诏西往，行至郑地，却碰着一位女杀星，要将彭越的性命催讨了去。看官道是何人？原来就是擅杀韩信的吕雉。直斥其名，痛嫉之至。

吕后闻得彭越下狱，私心窃喜，总道高祖再往洛阳，定将越置诸死刑，除绝后患。偏高祖将他赦免，但令他废徙蜀中，她一得此信，大为不然，所以即日启行，要向高祖面谈，请速杀越。冤家路狭，蓦地相逢，便即呼越停住，假意慰问。越忙拜谒道旁，涕泣陈词，自称无罪，且乞吕后乘便说情，请高祖格外开恩，放回昌邑故里。向女阎罗求生，真是妄想。吕后毫不推辞，一口应允，就命越回，从原路同入洛阳，自己进见高祖，使越在宫外候信，越眼巴巴的恭候好音，差不多待了一日，哪知宫中有卫士出来，复将他横拖直拽，再至廷尉王恬开处候讯。王恬开也暗暗称奇，便探听宫内消息，再定谳词。未几已得确音，乃是吕后见了高祖，便劝高祖诛越，大旨谓越本壮士，徙入蜀中，仍旧养虎遗患，不如速诛为是，今特把越截住，嘱使同来云云。一面嘱令舍人告变，诬越暗招部兵，还想谋反，内煽外蛊，不由高祖不从，因再执越，交付廷尉，重治越罪。恬开是个逢迎好手，更将原谳加重，不但诛及越身，还要灭越三族。越方知一误再误，悔无及了。诏令一下，悉依定谳，遂将越捆缚出去，枭首市曹。并把越三族拘至，全体屠戮。越既枭首示众，还要把尸身醢作肉酱，分赐诸侯。何其残忍若此？且就悬首处揭张诏书，如有人收视越首，罪与越同。

才阅数日，忽有一人素服来前，携了祭品，向着越首，摆设起来，且拜且哭，当被守吏闻知，便将那人捉住，送至高祖座前。高祖怒骂道：“汝何人？敢来私祭彭越。”那人道：“臣系梁大夫栾布。”高祖越厉声道：“汝难道不见我诏书，公然哭祭，想是与越同谋，快快就烹！”时殿前正摆着汤镬，卫士等一闻命令，即将栾布提起，要向汤镬中掷入。布顾视高祖道：“容待臣一言，死亦无恨。”高祖道：“尽管说来！”栾布道：“陛下前困彭城，败走荥阳成皋间，项王带领强兵，西向进逼，若非彭王居住梁地，助汉苦楚，项王早已入关了。当时彭王一动，关系非浅，从楚即汉破，从汉即楚破，况垓下一战，彭王不至，项王亦未必遽亡。今天下已定，彭王剖符受封，岂不欲传诸万世，乃一征梁兵，适值彭王有病，不能遽至，便疑为谋反，诛彭王身，灭彭王族，甚至悬首醢肉，臣恐此后功臣，人人自危，不反也将逼反了！今彭王已死，臣尝仕梁，敢违诏私祭，原是拚死前来，生不如死，情愿就烹。”高祖见他语言慷慨，词气激昂，也觉得所为过甚，急命武士放下栾布，松开捆绑，授为都尉。布乃向高祖拜了两拜，下殿自去。

这栾布本是彭越旧友，向为梁人，家况甚寒，流落至齐充当酒保。后来被人掠卖，入燕为奴，替主报仇，燕将臧荼，举为都尉。及荼为燕王，布即为燕将，已而荼起兵叛汉，竟至败死，布为所掳，亏得梁王彭越，顾念交情，将布赎出，使为梁大夫。越受捕时，布适出使齐国，事毕回梁，始闻越已被诛，乃即赶至洛阳，向越头下，致祭尽哀。古人有言："烈士徇名。"又云："士为知己者死。"栾布才算不愧哩！应该称扬。

惟高祖既诛彭越，即分梁地为二，东北仍号为梁，封子恢为梁王；西南号为淮阳，封子友为淮阳王。两子为后宫诸姬所出，母氏失传，小子也不敢臆造。只高祖猜忌异姓，改立宗支，明明是将中国土地，据为私产，也与秦始皇意见相似，异迹同情。若吕后妒悍情形，由内及外，无非为保全自己母子起见，这更可不必说了。讥刺得当。

梁事已了，吕后劝高祖还都，高祖乃挈后同归，入宫安居。约阅月余，忽想起南粤地方，尚未平服，因特派楚人陆贾，赍着印绶，往封赵佗为南粤王，叫他安辑百越，毋为边害。赵佗归为龙川令，属南海郡尉任嚣管辖。嚣见秦政失纲，中原大乱，也想乘时崛起，独霸一方，会因老病缠绵，卧床不起，到了将死时候，乃召赵佗入语道："天下已乱，胜广以后，复有刘项，几不知何时得安。南海僻处蛮夷，我恐被乱兵侵入，意欲塞断北道，自开新路，静看世变如何，再定进止，不幸老病加剧，有志未逮，今郡中长吏，无可与言，只有足下倜傥不羁，可继我志。此地负山面海，东西相距数千里，又有中原人士，来此寓居，正可引为臂助，足下能乘势立国，却也是一州的主子呢！"佗唯唯受教，嚣即命佗行南海尉事。未几嚣死，佗为嚣发丧，实任南海尉，移檄各关守将，严守边防，截阻北路。所有秦时派置各县令，陆续派兵捕戮，另用亲党接充。嗣是袭取桂林象郡，自称南粤武王。及汉使陆贾，到了南海，佗虽不拒绝，却大模大样的坐在堂上，头不戴冠，露出一个椎髻，身不束带，独伸开两脚，形状似箕，直至陆贾进来，仍然这般容态。陆贾素有口才，也不与他行礼，便朗声开言道："足下本是中国人，父母兄弟坟墓，都在真定，今足下反易天常，弃冠裂带，要想举区区南越，与天子抗衡，恐怕祸且立至了！试想秦为不道，豪杰并起，独今天子得先入关，据有咸阳，平定暴秦。项羽虽强，终致败亡，先后不过五年，海内即归统一，这乃天意使然，并不是专靠人力呢！今足下僭号南越，不助天下诛讨暴逆，天朝将相，俱欲移兵问罪，独天子怜民劳苦，志在休息，特

遣使臣至此，册封足下，足下正应出郊相迎，北面称臣。不意足下侈然自大，骤思抗命，倘天子得闻此事，赫然一怒，掘毁足下祖墓，屠灭足下宗族，再遣偏将领兵十万，来讨南越，足下将如何支持？就是南越吏民，亦且共怨足下，足下生命，就在这旦夕间了！”怵以利害，先挫其气。佗乃竦然起座道：“久处蛮中，致失礼仪，还请勿怪！”贾答道：“足下知过能改，也好算是一位贤王。”佗因问道：“我与萧何曹参韩信等人，互相比较，究竟孰贤？”贾随口说道：“足下似高出一筹。”略略奉承，俾悦其心。佗喜溢眉宇，又进问道：“我比皇帝如何？”贾答说道：“皇帝起自丰沛，讨暴秦，诛强楚，为天下兴利除害，德媲五帝，功等三王，统天下，治中国，中国人以亿万计，地方万里，尽归皇帝，政出一家，自从天地开辟以来，未尝得此！今足下不过数万兵士，又僻居蛮荒，山海崎岖，约不过大汉一郡，足下自思，能赛得过皇帝否？”佗大笑道：“我不在中国起事，故但王此地；若得居中国，亦未必不如汉帝呢！”乃留贾居客馆中，连日与饮，纵谈时事，贾应对如流，备极欢洽。佗欣然道：“越中乏才，无一可与共语，今得先生到来，使我闻所未闻，也是一幸。”贾因他气谊相投，乐得多住数日，劝他诚心归汉。佗为所感动，乃自愿称臣，遵奉汉约，并取出越中珍宝，作为赆仪，价值千金。贾亦将随身所带的财帛，送给赵佗，大约也不下千金，主客尽欢，方才告别。

贾辞归复命，高祖大悦，擢贾为大中大夫。贾既得主眷，时常进谒，每与高祖谈论文治，辄援据诗书，说得津津有味。高祖讨厌得很，向贾怒骂道："乃公以马上得天下，要用什么诗书？"贾答道："马上得天下，难道好马上治天下么？臣闻汤武逆取顺守，方能致治，秦并六国，任刑好杀，不久即亡。向使秦得有天下，施行仁义，效法先王，陛下怎能得灭秦为帝呢？"明白痛快。高祖听说，暗自生惭，禁不住面颊发赤。停了半晌，方与贾语道："汝可将秦所以失天下，与我所以得天下，分条解释，并引古人成败的原因，按事引证，著成一书，也可垂为后鉴了。"贾奉命趋出，费了好几天工夫，辑成十二篇，奏闻高祖。高祖逐篇称善，左右又齐呼万岁，遂称贾书为《新语》。小子有诗咏道：

奉书出使赴南藩，折服枭雄语不烦。

更有一编传治道，古今得失好推原。

欲知后事如何，且看下回分解。

韩信谋反，出自舍人之一书，虚实尚未可知，吕后遽诱而杀之，无论其应杀与否，即使应杀，而出自吕后之专擅，心目中亦岂尚有高祖耶？或谓高祖出征，必有密意授诸帷房，故吕后得以专杀，此言亦不为无因，试观高祖之不责吕后，与吕后之复请诛越，可以知矣。然吾谓韩彭之戮，高祖虽未尝无意，而主其谋者，必为吕后。高祖擒信而不杀信，拘越而不杀越，犹有不忍之心，惟吕后阴悍过于高祖，高祖第黜之而不杀，吕后必杀之而后快，越可诬，信亦何不可诬？纲目于韩彭之杀，皆不书反，而杀信则独书皇后，明其为吕后之专杀，于高祖固尚有恕辞也。妇有长舌，洵可畏哉！彼陆贾之招降赵佗，乃以口舌取功名，与郦食其随何相类。惟马上取天下，不能以马上治二语，实足为佐治良谟，《新语》之作，流传后世，谓为汉室良臣，不亦宜乎！

第三十九回

讨淮南箭伤御驾　过沛中宴会乡亲

却说高祖既臣服南越，复将伪公主遣嫁匈奴，也得冒顿欢心，奉表称谢，正是四夷宾服，函夏风清。偏偏天有不测风云，人有旦夕祸福，高祖政躬不豫，竟好几日不闻视朝。群臣都向宫中请安，哪知高祖不愿见人，吩咐守门官吏，无论亲戚勋旧，一概拒绝，遂致群臣无从入谒，屡进屡退，究不知高祖得何病症，互启猜疑。独舞阳侯樊哙，往返数次，俱不得见，惹得一时性起，号召群僚，排闼直入，门吏阻挡不住，只得任令入内。哙见高祖躺在床上，用一小太监作枕，皱着两眉，似寐非寐，便不禁悲愤道："臣等从陛下起兵，大小百战，从未见陛下气沮，确是勇壮得很，今天下已定，陛下乃不愿视朝，累日病卧，又为何困惫至此！况陛下患病，群臣俱为担忧，各思觐见天颜，亲视安否？陛下奈何拒绝不纳，独与阉人同处，难道不闻赵高故事么？"樊哙敢为是言，想知高祖并非真病。高祖闻言，一笑而起，方与哙等问答数语。哙见高祖无甚大病，也觉心安，遂不复多言，须臾即退。其实高祖乃是愁病，一大半为了戚姬母子，踌躇莫决，所以闷卧宫中，独自沉思。一经樊哙叫破，只好撇下心事，再起听政，精神一振，病魔也自然退去了。

过了数日，忽来一个淮南中大夫贲赫，报称淮南王英布谋反，速请征讨。高祖恐赫挟嫌诬控，未便轻信，乃把赫暂系狱中，别令人查办淮南。究竟英布谋反，是否属实，容小子约略表明。先是彭越被诛，醢肉为酱，分赐王侯。布得醢大惊，恐轮到自己身上，阴使部将带兵守边，预防不测。会因爱姬得病，就医诊治，医家对门，就是中大夫贲赫宅第。赫尝在英布左右，与王姬亦曾见过。此时因姬就医，便想乘便奉承，特购得奇珍异宝，作为送礼。待至姬病渐瘥（chài），又备了一席盛筵，即借医家摆设，恭请王姬上坐，自就末座相陪。男女有别，奈何不避嫌疑？王姬不忍却情，就也入席畅饮,直至玉山半颓,酒阑席散,方才谢别还宫。布见姬已就痊,倒也心喜。有时追问病中情景,姬即就便称赫,说他忠义兼全。哪知布面色陡变,迟疑半晌,方说出一语道:“汝为何知赫忠义?”姬被他一诘,才觉得出言冒昧,追悔无及,但又不能再讳,只好将赫如何厚馈,如何盛宴,略说一遍。布不听犹可,听她说完,越加动怒,厉声诃责道:“贲赫与汝何亲?乃这般优待,莫非汝与赫另有别情!”姬且悔且惭,又急又恼,慌忙带哭带辩,宁死不认。偏英布不肯相信,竟欲贲赫对质,使人宣召。何必这般性急。赫见了来使,还道是王姬代为吹嘘,非常高兴。及见来使语言有异,乃殷勤款待,探问情由。使人感赫厚情,便与他附耳说明,赫始知弄巧成拙,不敢应召,佯说是病不能起,只好从宽。待至使人去后,又恐布派兵来拿,当即乘车出门,飞奔而去。果然不到半日,即由布发到卫兵,围住赫第,入宅搜捕。四处寻觅,并不见赫,只得回去告布。布又命卫兵追赶,行了一二百里,杳无赫踪,仍然退归。赫已兼程西进,入都告变。

高祖恨不得杀尽功臣,正要他自来寻祸,还是萧何防赫挟嫌,奏明高祖,才得高祖首肯,也虑赫怀有诈意,一面将赫系住,一面派使查布。布因追赫不及,已料他西往长安,讦发隐情。至朝使到来,虽然没有严诏,但见他逐事调查,定由赫从中挑唆。自知一不做,二不休,索性将赫家全眷,尽行屠戮,且欲拿住朝使,一刀两段,亏得朝使预得风声,先期逃脱,奔还长安,报称布已起反。

高祖闻知,乃赦赫出狱,拜为将军,并召诸将会议出师。诸将统齐声道:“布何能为?但教大兵一到,便好擒来。”高祖却不免迟疑,一时不能遽决。原来高祖病体新愈,尚未复原,意欲使太子统兵,出击英布。莫非与头曼单于同一思想?太子有上宾四人,统是岩栖谷隐,皓首庞眉。一叫做东园公,一叫做夏黄公,一叫做绮里季,一叫做角音禄里先生。向来蛰居商山,号为商山四皓。高祖尝闻他重名,屡征不至。建成侯吕释之,系吕后亲兄,奉吕后命,要想保全太子,特向张良问计。良教他往迎四皓,辅佐太子,当不致有废立情事。释之也不知他有何妙用,但依了张良所言,卑礼厚币,往聘四人。四人见来意甚诚,勉允出山,面谒储君。及至长安,太子盈格外礼遇,情同师事,四人又不好遽去,只得住下。到了英布变起,太子盈有监军消息,四皓已窥透高祖微意,亟往见吕释之道:“太子出去统兵,有功亦不能加封,无功却不免受祸,君何不急请皇后,泣陈上前,但言英布为天下猛将,素善用兵,不可轻敌。现今朝廷诸将,都系陛下故旧,怎肯安受太子节制。今若使太子为将,何异使羊率狼,谁肯为用?徒令英布放胆,乘隙西来,中原一动,全局便至瓦解。看来只有陛下力疾亲征,方可平乱云云。照此进言,太子方可无虞了。”释之得四皓教导,忙入宫报知吕后。吕后即记着嘱语,乘间至高祖前,呜呜咽咽,泣述一番。高祖乃慨然道:“我原知竖子不能任事,总须乃公自行,我就亲征便了!”谁知已中了四皓的秘计。

是日即颁下诏命,准备亲征。汝阴侯夏侯婴,尚谓英布未必遽反,特召入门客薛公,与他商议。薛公为故楚令尹,向有才智,料事如神,既入见夏侯婴,说起英布造反等情,便以为确实无疑。婴复问道:“主上已裂地封布,举爵授布,布得南面称王,难道还要造反么?”薛公道:“往年杀彭越,前年杀韩信,布与信越,同功一体,两人受诛,布怎能不惧?因惧思反,何足为怪?”婴又道:“布果能逞志否?”薛公道:“未必!未必!”婴深服薛公言论,遂入白高祖,力为保荐。高祖也即传见,向他问计。薛公道:“布反不足深虑,设使布出上策,山东恐非汉有;若出中策,胜负尚未可知;惟出下策,陛下好高枕安卧了!”高祖道:“上策如何?”薛公道:“南取吴,西取楚,东并齐鲁,北收燕赵,坚壁固守,乃为上策,布能出此,山东即非汉有了!”高祖又问及中策下策。薛公道:“东取吴,西取楚,并韩取魏,据敖仓粟,塞成皋口,便是中策。若东取吴,西取下蔡,聚粮越地,身归长沙,这乃所谓下策哩。”高祖道:“汝料布将用何策?”薛公道:“布一骊山刑徒,遭际乱世,得封王爵;其实是无甚远识,但顾一身,不顾日后,臣料他必出下策,尽可无忧!”高祖听了,欣然称善,面封薛公为关内侯,食邑千户。且立赵姬所生子长为淮南王,预为代布地步。

时方新秋,御跸启行,战将多半相从,惟留守诸臣,辅着太子,得免从军,但皆送行出都,共至霸上。留侯张良,平时多病,至此亦强起出送。想是辟谷所致。临别时方语高祖道:“臣本宜从行,无如病体加剧,未便就道,只好暂违陛下!惟陛下此去,务请随时慎重,楚人生性剽悍,幸勿轻与争锋!”高祖点首道:“朕当谨记君言。”良又说道:“太子留守京都,关系甚重,陛下应命太子为将军,统率关中兵马,方足摄服人心。”高祖又依了良议，且嘱良道："子房为朕故交，今虽抱病，幸为朕卧傅太子，免朕悬念。"良答道："叔孙通已为太子太傅，才足胜任，请陛下放心。"高祖道："叔孙通原是贤臣，但一人恐不足济事，故烦子房相助，子房可屈居少傅，还望勿辞！"良乃受职自归。无非为着太子。高祖又发上郡北地陇西车骑及巴蜀材官，并中尉卒三万人，使屯霸上，为太子卫军。部署既定，然后麾兵东行，逐队进发。

布已出兵略地，东攻荆，西攻楚，号令军中道："汉帝已老，必不亲来，从前善战诸将，只有韩信彭越智勇过人，今已皆死，余不足虑，诸君能努力向前，包管得胜，取天下也不难呢！"部众闻命，遂先向荆国进攻。荆王刘贾，战败走死。布取得荆地，复移兵攻楚。楚王刘交，分兵三路，出城拒布，有人谓楚统将道："布善用兵，为众所惮，我若并力抵拒，还可久持。今作为三路，势分力散，彼若败我一军，余军皆散，楚地便不保了！"楚将不从，果然两造交锋，前军为布所败，左右二军，不战自溃，楚将亦遁。就是楚王刘交，也保不住淮西都城，避难奔薛。布以为荆楚已下，正好西进，遂如薛公所料，甘出下计，溯江西行，及抵蕲州属境会甀地方，正值高祖亲率大队，迤逦前来。布望将过去，隐隐见有黄屋左纛，却也吃了一惊。偏不如汝所料。但势成骑虎，不能再下，只得摆成阵势，与决雌雄。

高祖就庸城下营，登高窥敌，见布军甚是精锐，一切阵法，仿佛与项羽相似，心下很是不悦，因即策励诸将，出营与战。布严装披挂，立住阵门，高祖遥与布语道："我封汝为王，也足报功，何苦兴兵动众，猝然造反！"布说不出什么理由，但随口答说道："为王何如为帝，我亦无非想做皇帝呢！"倒也痛快。高祖大怒，痛骂数语，便即用鞭一挥，诸将依次杀出，突入布阵。布令前驱射箭，群镞齐飞，争注汉军，汉军虽不免受伤，仍然拚死直前，有进无退。高祖也冒矢督战，毫无惧色。忽遇一箭飞来，迫不及避，竟中胸前，还亏身披铁甲，镞未深入，不过入肉数分，痛楚尚可忍耐。高祖用手扪胸，保护痛处，越觉得怒气上冲，大呼杀贼。诸将见高祖已经中箭，尚且舍命奋呼，做臣子的理应为主效劳，争先赴敌，还管什么生死利害，但教一息尚存，总要拚个你死我活，于是从众矢攒集的中间，拨开一条血路，齐向布阵杀入。布兵矢已垂尽，汉军气尚未衰，顿时布阵捣破，横冲直撞，好似生龙活虎，不可复制，布众七零八落，纷纷四溃，布亦禁止不住，

带领残骑，回头退走。高祖尚麾众追击，直逼淮水。布兵渡淮东行，只恐汉军追及，急忙凫水，多被漂没。及渡过对岸，随兵已不满千人，再加沿途散失，相从只百余骑兵，哪里还能保守淮南。布势尽力穷，不敢还都，专望江南窜走。适有长沙王吴臣，贻书与布，叫他避难长沙。吴臣即吴芮子，芮已病殁，由臣嗣立，与布为郎舅亲。布得书心喜，急忙改道前往。行至鄱阳，夜宿驿中，不料驿舍里面，伏着壮士，突起击布。布猝不及防，竟被杀死，好与韩信彭越一班阴魂，混做一淘，彼此诉苦去了。看官不必细猜，便可晓得杀布的壮士，乃是吴臣所遣。既得布首，当然赍献高祖，释嫌报功。大义灭亲，原不足怪，但必诱而杀之，毋乃不情。

那时高祖已顺道至沛，省视故乡父老，寓有衣锦重归的意思。沛县官吏，预备行宫，盛设供张，待至高祖到来，出城跪迎。高祖因他是故乡官吏，却也另眼相看，就在马上答礼，命他起身，引入城中。百姓统扶老携幼，欢迎高祖，香花载道，灯彩盈街，高祖瞧着，非常高兴，一入行宫，即传集父老子弟，一体进见，且嘱他不必多礼，两旁分坐。沛中官吏，早已备着筵席，摆设起来。高祖坐在上面，即令父老子弟，共同饮酒，又选得儿童二百二十人，教他唱歌侑觞，儿童等满口乡音，咿咿呀呀的唱了一番，高祖倒也欢心。并因酒入欢肠，越加畅适，遂令左右取筑至前，亲自击节，信口作歌道：

大风起兮云飞扬，威加海内兮归故乡，安得猛士兮守四方！

歌罢，命儿童学习，同声唱和。儿童伶俐得很，一经教授，便能上口，并且抑扬顿挫，宛转可听，引得高祖喜笑颜开，走下座来，回旋动舞。无赖依然旧酒徒。舞了片刻，又回想到从前苦况，不由的悲感交乘，流下数行老泪。父老子弟等，看到高祖泪容，都不禁相顾错愕。高祖亦已瞧着，便向众宣言道："游子悲故乡，乃是常情。我虽定都关中，万岁以后，魂魄犹依恋故土，怎能忘怀？且我起自沛公，得除暴逆，幸有天下，是处系朕汤沐邑，可从此豁免赋役，世世无与。"大众听了，俱伏地拜谢。高祖又令他起身归座，续饮数巡，至晚始散。到了次日，复使人召入武负、王媪及亲旧各家老妪，都来与宴。妇女等未知礼节，由高祖概令免礼，大众不过是敛衽下拜，便算是觐见的仪制。草草拜毕，依次入座。高祖与他谈及旧事，相率尽欢，且笑且饮，又消磨了一日。嗣是男女出入，皆各赐宴，接连至十余

日，方拟启行，父老等固请再留。高祖道：“我此来人多马众，日需供给，若再留连不去，岂不是累我父兄？我只好与众告辞了！”乃下令起程。

父老等不忍相别，统皆备办牛酒，至沛县西境饯行，御驾一出，全县皆空。高祖感念父老厚情，命在沛西暂设行幄，与众共饮，眨眨眼又是三日，始决计与别。父老复顿首请命道：“沛中幸免赋役，唯丰邑未沐殊恩，还乞陛下矜怜！”高祖道：“丰邑是我生长地，更当不忘，只因从前雍齿叛我，丰人亦甘心助齿，负我太甚，今既由父老固请，我就一视同仁，允免赋役罢了。”雍齿已给侯封，何必再恨丰人？父老等再为丰人叩谢。高祖待他谢毕，拱手上车，向西自去。父老等回入沛中，就在行宫前筑起一台，号为歌风台。曾记清朝袁子才，咏有歌风台诗云：

高台击筑记英雄，马上归来句亦工。
一代君民酣饭后，千年魂魄故乡中。
青天弓剑无留影，落日河山有大风。
百二十人飘散尽，满村牧笛是歌童。

高祖行次淮南，连接两次喜报，心下大悦。究竟所报何事，待看下回自知。

韩彭未反而被戮，英布已反而始诛，是布固明明有罪，与韩彭之受戮不同。然韩彭不死，布亦未必遽反，兔死狐悲，物伤其类，布之反，实汉高有以激成之耳！究令布终不反，亦未必免祸。功成身危，千古同慨，此张子房之所以独称明哲也。及高祖破布，过沛置酒，宴集父老，大风作歌，慨思猛士，是岂因功臣之死，自觉寂寥，乃为慷慨悲歌乎？夫猛士可使守，枭将亦不反矣。甚矣哉高祖之徒知齐末，不知揣本也！

第四十回

保储君四皓与宴　留遗嘱高祖升遐

却说高祖到了淮南，连接两次喜报。一即由长沙王吴臣，遣人献上英布首级，高祖看验属实，颁诏褒功，交与来使带回。一是由周勃发来的捷音，乃是追击陈豨，至当城破灭豨众，将豨刺死，现已悉平代郡，及雁门云中诸地，候诏定夺云云。高祖复驰诏与勃，叫他班师。周勃留代，见三十八回。惟淮南已封与子长，楚王交复归原镇，独荆王贾走死以后，并无子嗣，特改荆地为吴国，立兄仲子濞为吴王。濞本为沛侯，年方弱冠，膂力过人，此次高祖讨布，濞亦随行，临战先驱，杀敌甚众。高祖因吴地轻悍，须用壮王镇守，方可无患，乃特使濞王吴。濞受命入谢，高祖留神细视，见他面目犷悍，隐带杀气，不由的懊悔起来。便怅然语濞道："汝状有反相，奈何？"说到此句，又未便收回成命，大费踌躇。濞暗暗生惊，就地俯伏，高祖手抚濞背道："汉后五十年，东南有乱，莫非就应在汝身？汝当念天下同姓一家，慎勿谋反，切记！切记！"既知濞有反相，何妨收回成命。且五十年后之乱事，高祖如何预知？此或因史笔好谀，故有是记载，未足深信。濞连称不敢，高祖乃令他起来，又嘱咐数语，才使退出。濞即整装去讫。嗣是子弟分封，共计八国，齐楚代吴赵梁淮阳淮南，除楚王交吴王濞外，余皆系高祖亲子。高祖以为骨肉至亲，当无异志，就是吴王濞，已露反相，还道是犹子比儿，不必过虑，谁知后来竟变生不测呢？这且慢表。

且说高祖自淮南启跸，东行过鲁，遣官备具太牢，往祀孔子。待祀毕复命，改道西行。途中箭创复发，匆匆入关，还居长乐宫，一卧数日。戚姬早夕侍侧，见高祖呻吟不辍，格外担忧，当下觑便陈词，再四吁请，要高祖保全母子性命。高祖暗想，只有废立太子一法，尚可保她母子，因此旧事重提，决议废立。张良为太子少傅，义难坐视，便首先入谏，说了许多言词，高祖只是不睬。良自思平日进言，多见信从，此番乃格不相入，料难再语，不如退归。好几日杜门谢客，托病不出。当时恼了太子太傅叔孙通，入宫强谏道："从前晋献公宠爱骊姬，废去太子申生，晋国乱了好几十年，秦始皇不早立扶苏，自致灭祀，尤为陛下所亲见。今太子仁孝，天下共闻，吕后与陛下，艰苦同尝，只生太子一人，如何无端背弃？今陛下必欲废嫡立少，臣情愿先死，就用颈血洒地罢。"说着，即拔出剑来，竟欲自刎。高祖慌忙摇手，叫他不必自尽，且与语道："我不过偶出戏言，君奈何视作真情？竟来尸谏，幸勿如此误会！"通乃把剑放下，复答说道："太子为天下根本，根本一摇，天下震动，奈何以天下为戏哩？"高祖道："我听君言，不易太子了！"通乃趋退。既而内外群臣，亦多上书固争，累得高祖左右两难，既不便强违众意，又不好过拒爱姬，只好延宕过去，再作后图。

既而疮病少瘥，置酒宫中，特召太子盈侍宴。太子盈应召入宫，四皓一同进去，俟太子行过了礼，亦皆上前拜谒。高祖瞧着，统是须眉似雪，道貌岩岩，心中惊异得很，便顾问太子道："这四老乃是何人？"太子尚未答言，四皓已自叙姓名。高祖愕然道："公等便是商山四皓么？我求公已阅数年，公等避我不至，今为何到此，从吾儿游行？"四皓齐声道："陛下轻士善骂，臣等义不受辱，所以违命不来。今闻太子仁孝，恭敬爱士，天下都延颈慕义，愿为太子效死。臣等体念舆情，故特远道来从，敬佐太子。"高祖徐徐说道："公等肯来辅佐我儿，还有何言？幸始终保护，毋致失德。"四皓唯唯听命，依次奉觞上寿。高祖勉强接饮，且使四皓一同坐下，共饮数卮。约有一两个时辰，高祖总觉寡欢，就命太子退去。太子起座，四皓亦起，随着太子，谢宴而出。高祖急召戚姬至前，指示四皓，且唏嘘向戚姬道："我本欲改立太子，奈彼得四人为辅，羽翼已成，势难再动了。"戚姬闻言，立即泪下。妇女徒知下泪，究属无益。高祖道："汝亦何必过悲，须知人生有命，得过且过，汝且为我作楚舞，我为汝作楚歌。"戚姬无奈，就席前飘扬翠袖，轻盈回舞。高祖想了片刻，歌词已就，随即高声唱着道：

鸿鹄高飞，一举千里。羽翼已就，横绝四海。横绝四海，当可奈何！虽有缯缴，尚安所施！

歌罢复歌，回环数四，音调凄怆。戚姬本来通文，听着语意，越觉悲从中来，不能成舞，索性掩面痛哭，泣下如雨。高祖亦无心再饮，吩咐撤肴，自携戚姬入内，无非是婉言劝解，软语温存，但把废立太子的问题，却从此搁起，不复再说了。太子原不宜废立，但欲保全戚姬，难道竟无别法么？

是时萧何已进位相国，益封五千户。高祖意思，实因何谋诛韩信，所以加封。群僚都向何道贺，独故秦东陵侯召平往吊。平自秦亡失职，在长安种瓜，味皆甘美，世称为东陵瓜。萧何入关，闻平有贤名，招致幕下，尝与谋议。此次平独入吊道："公将从此惹祸了！"何惊问原因，平答道："主上连年出征，亲冒矢石，惟公安守都中，不被兵革。今反得加封食邑，名为重公，实是疑公，试想淮阴侯百战功劳，尚且诛夷，公难道能及淮阴么？"何惶急道："君言甚是，计将安出？"平又道："公不如让封勿受，尽将私财取出，移作军需，方可免祸。"何点首称善，乃只受相国职衔，让还封邑，且将家财佐军，果得高祖欢心，褒奖有加。及高祖讨英布时，何使人输运军粮，高祖又屡问来使，谓相国近作何事。来使答言，无非说他抚循百姓，措办粮械等情，高祖默然。寓有深意。来使返报萧何，何也未识高祖命意，有时与幕客谈及，忽有一客答说道："公不久便要灭族哩！"又作一波。何大惊失色，连问语都说不出来。客复申说道："公位至相国，功居第一，此外已不能再加了。主上屡问公所为，恐公久居关中，深得民心，

若乘虚号召，据地称尊，岂不是驾出难归，前功尽隳么？今公不察上意，还要孳孳为民，益增主忌！忌日益深，祸日益迫，公何不多买田地，胁民贱售，使民间稍稍谤公，然后主上闻知，才能自安，公亦可保全家族了。"何依了客言，如议施行，嗣有使节往返，报知高祖，高祖果然欣慰。已而淮南告平，还都养疴，百姓遮道上书，争劾萧何强买民田，高祖全不在意，安然入宫。至萧何一再问疾，才将谤书示何，叫他自己谢民，何乃补给田价，或将田宅仍还原主，谤议自然渐息了。过了数旬，何上了一道奏章，竟触高祖盛怒，把书掷下，信口怒骂道："相国萧何，想是多受商人货赂，敢来请我苑地，这还当了得么？"说着，遂指示卫吏，叫他往拘萧何，交付廷尉。可怜何时时关心，防有他变，不料大祸临头，竟来了一班侍卫，把他卸除冠带，加上锁链，拿交廷尉，向黑沉沉的冤狱中，亲尝苦味去了。古时刑不上大夫，况属相国，召平等胡不劝何早去，省得受辱？一连幽系了数日，朝臣都不知何因，未敢营救。后来探得萧何奏牍，乃是为了长安都中，居民日多，田地不敷耕种，请将上苑隙地，俾民入垦，一可栽植菽粟，赡养穷氓，二可收取槁草，供给兽食。这也是一条上下交济的办法，谁知高祖疑他讨好百姓，又起猜嫌，竟不计前功，饬令系治！猜忌之深，无孔不入。群臣各为呼冤，但尚是徘徊观望，惮发正言。幸亏有一王卫尉，代何不平，时思保救。一日入侍，见高祖尚有欢容，遂乘间高祖道："相国有何大罪，遽致系狱？"高祖道："我闻李斯相秦，有善归主，有恶自受，今相国受人货赂，向我请放苑地，求媚人民，我所以把他系治，并不冤诬。"卫尉道："臣闻百姓足，君孰与不足？相国为民兴利，请辟上苑，正是宰相应尽的职务，陛下奈何疑他得贿呢？且陛下距楚数年，又出讨陈豨黥布，当时俱委相国留守。相国若有异图，但一动足，便可坐据关中，乃相国效忠陛下，使子弟从军，出私财助饷，毫无利己思想，今难道反贪商贾财贿么？况前秦致亡，便是由君上不愿闻过，李斯自甘受谤，实恐出言遭谴，何足为法？陛下未免浅视相国了！"力为萧何洗释，语多正直，可惜史失其名。高祖被他一驳，自觉说不过去，踌躇了好多时，方遣使持节，赦何出狱。何年已老，械系经旬，害得手足酸麻，身躯困敝，不得已赤了双足，徒跣入谢。高祖道："相国可不必多礼了！相国为民请愿，我不肯许，我不过为桀纣主，相国乃成为贤相，我所以系君数日，欲令百姓知我过失呢！"何称谢而退，自是益加恭谨，静默寡言。高祖也照常看待，不消细说。

适周勃自代地归来，入朝复命，且言陈豨部将，多来归降，报称燕王卢绾，与豨曾有通谋情事。高祖以绾素亲爱，未必至此，不如召他入朝，亲察行止。乃即派使赴燕，传旨召绾。绾却是心虚，通谋也有实迹，说将起来，仍是由所用非人，致被摇惑，遂累得身名两败，贻臭万年！先是豨造反时，尝遣部将王黄至匈奴求援，匈奴已与汉和亲，一时未肯发兵，事为卢绾所闻，也遣臣属张胜，前往匈奴，说是豨兵已败，切勿入援。张胜到了匈奴，尚未致命，忽与故燕王臧荼子衍，旅次相遇。衍奔匈奴，见前文。两下叙谈，衍是欲报父仇，恨不得汉朝危乱，乃用言诱胜道："君习知胡事，乃为燕王所宠信，燕至今尚存，乃是因诸侯屡叛，汉不暇北顾，暂作羁縻，若君但知灭豨，豨亡必及燕国，君等将尽为汉虏了！今为君计，惟有一面援豨，一面和胡，方得长保燕地，就使汉兵来攻，亦可彼此相助，不至遽亡。否则汉帝好猜，志在屠戮功臣，怎肯令燕久存哩！"张胜听了，却是有理。遂违反卢绾命令，竟入劝冒顿单于，助豨敌汉。绾待胜不至，且闻匈奴发兵入境，防燕攻豨，不由的惊诧起来。暗想此次变端，定由张胜暗通匈奴，背我谋反，乃飞使报闻高祖，要将张胜全家诛戮。使人方发，胜却自匈奴回来。绾见了张胜，当然要把他斩首，嗣经胜具述情由，说得绾亦为心动，乃私赦胜罪，掉了一个狱中罪犯，绑出市曹，枭去首级，只说他就是张胜。暗中却遣胜再往匈奴与他联合。另派属吏范齐，往见陈豨，叫他尽力御汉，不必多虑。偏偏陈豨不能久持，败死当城，遂致绾计不得逞，悔惧交并。蓦地里又来了汉使，宣召入朝，绾怎敢遽赴？只好托言有病，未便应命。

汉使当然返报，高祖尚不欲讨绾，又派辟阳侯审食其及御史大夫赵尧，相偕入燕，察视绾病虚实，仍复促绾入朝。两使驰入燕都，绾越加惊慌，仍诈称病卧床中，不能出见，但留两使居客馆中。两使住了数日，未免焦烦，屡与燕臣说及，要至内室问病。燕臣依言报绾，绾叹息道："从前异姓分封，共有七国，现在只存我及长沙王两人，余皆灭亡。往年族诛韩信，烹醢彭越，均出吕后计划。近闻主上抱病不起，政权均归诸吕后。吕后妇人，阴贼好杀，专戮异姓功臣，我若入都，明明自去寻死，且待主上病愈，我方自去谢罪，或尚能保全性命呢！"燕臣乃转告两使，虽未尝尽如绾言，却也略叙大意。赵尧还想与他解释，独审食其听着语气，似含有不满吕后

的意思，心中委实难受，遂阻住赵尧言论，即与尧匆匆还报。审食其袒护吕后，却有一段隐情，试看下文便知。

高祖得两人复命，已是愤恨得很，旋又接到边吏报告，乃是燕臣张胜，仍为燕使，通好匈奴，并未有族诛等情。高祖不禁大怒道：“卢绾果然造反了！”遂命樊哙率兵万人，往讨卢绾。哙受命即去。高祖因绾亦谋反，格外气忿，一番盛怒，又致箭疮迸裂，血流不止。好容易用药搽敷，将血止住，但疮痕未愈，痛终难忍，辗转榻中，不能成寐。自思讨布一役，本拟令太子出去，乃吕后从中谏阻，使我不得不行，临阵中箭，受伤甚重，这明明是吕后害我，岂不可恨？所以吕后太子，进来问疾，高祖或向他痛骂一顿。吕后太子，不堪受责，往往避不见面，免得时听骂声。适有侍臣与樊哙不协，趁着左右无人，向前进谗道：“樊哙为皇后妹夫，与吕后结为死党，闻他暗地设谋，将俟宫车宴驾后，引兵报怨，尽诛戚夫人，赵王如意等人，不可不防！”高祖瞋目道：“有这等事么？”侍臣说是千真万真，当由高祖召入陈平、周勃，临榻与语道：“樊哙党同吕后，望我速死，可恨已极，今命汝两人乘驿前往，速斩哙首，不得有误！”两人闻命，面面相觑，不敢发言。高祖顾陈平道："汝可将哙首取来，愈速愈妙！"又顾周勃道："汝可代哙为将，讨平燕地！"两人见高祖盛怒，并且病重，未便为哙解免，只好唯唯退出，整装起行。在途私议道："哙系主上故人，积功甚多，又是吕后妹夫，关系贵戚，今主上不知听信何人，命我等速去斩哙！我等此去，只好从权行事，宁可把哙拘归，请主上自行加诛罢。"这计议发自陈平，周勃亦极口赞成，便即乘驿前往。两人尚未至哙军，那高祖已经归天了。

高祖一病数月，逐日加重，至十二年春三月中，自知创重无救，不愿再行疗治，吕后却遍访良医，得了一有名医士，入宫诊视，高祖问疾可治否？医士却还称可治，高祖嫚骂道："我以布衣提三尺剑，取得天下，今一病至此，岂非天命？命乃在天，就使扁鹊重生，也是无益，还想什么痊愈呢！"说罢，顾令近侍取金五十斤赐与医士，令他退去，不使医治。医士无功得金，却发了一注小财。吕后亦无法相劝，只好罢了。高祖待吕后退出，便召集列侯群臣，一同入宫，嘱使宰杀白马，相率宣誓道："此后非刘氏不得封王，非有功不得封侯。如违此约，天下共击之！"誓毕乃散，高祖再寄谕陈平，令他由燕回来，不必入报，速往荥阳，与灌婴同心驻守，免致各国乘丧为乱。布置已毕，再召吕后入宫，嘱咐后事，吕后问道："陛下百岁后，萧相国若死，何人可代？"高祖道："莫若曹参。"吕后道："参年亦已将老，此后当属何人？"高祖道："王陵可用。但陵稍愚直，不能独任，须用陈平为助。平智识有余，厚重不足，最好兼任周勃。勃朴实少文，但欲安刘氏，非勃不可，就用为太尉便了。"大约是阅历有得之谈。吕后还要再问后人，高祖道："后事恐亦非汝所能知了。"吕后乃不复再言。又越数日，已是孟夏四月，高祖在长乐宫中，瞑目而崩。享年五十有三。自高祖为汉王后，方才改元，五年称帝，又阅八年，总计得十有二年。称帝以五年为始，故合计只十二年。小子有诗咏道：

仗剑轻挥灭暴秦，功成垓下壮图新。
如何功狗垂烹尽，身后牝鸡得主晨。

高祖已崩，大权归诸吕后手中，吕后竟想尽诛遗臣，放出一种辣手出来。当下召入一人，秘密与商，这人为谁？容至下回再详。

四皓为秦时遗老，无权无勇，安能保全太子，使不废立？高祖明知废立足以召祸，故迟回审慎，终不为爱妾所移，其所谓羽翼已成，势难再动，特绐戚夫人耳。戚姬屡请易储，再四涕泣，高祖无言可答，乃借四皓以折其心，此即高祖之智术也。厥后械系萧何，命斩樊哙，无非恐太子柔弱，特为此最后之防维。何本谦恭，挫辱之而已足。哙兼亲贵，刑戮之而始安。至若预定相位，嘱用周勃，更为身后之图，特具安刘之策，盖其操心危，虑患深，故能谈言微中，一二有征。必谓其洞察未来，则尧舜犹难，遑论汉高。况戚姬赵王，固为高祖之最所宠爱者，奈何不安之于豫，而使有人彘之祸也哉！

第四十一回

折雄狐片言杜祸　看人彘少主惊心

却说吕后因高祖驾崩，意欲尽诛诸将，竟将丧事搁起，独召一心腹要人，入宫密商。这人姓名，就是辟阳侯审食其。食其与高祖同里，本没有什么才干，不过面目文秀，口齿伶俐，夤缘迎合，是他特长。高祖起兵以后，因家中无人照应，乃用为舍人，叫他代理家务。食其得了这个美差，便在高祖家中，厮混度日。高祖出外未归，家政统由吕后主持，吕后如何说，食其便如何行，唯唯诺诺，奉命维谨，引得吕后格外喜欢。于是日夕聚谈，视若亲人，渐渐的眉来眼去，渐渐的目逗心挑，太公已经年老，来管什么闲事，一子一女，又皆幼稚，怎晓得他秘密情肠？他两人互相勾搭，居然入彀，瞒过那老翁幼儿，竟演了一出露水缘。这是高祖性情慷慨，所以把爱妻禁脔，赠送他人。一番偷试，便成习惯，好在高祖由东入西，去路越远，音信越稀，两人乐得相亲相爱，双宿双飞。及高祖兵败彭城，家属被掳，食其仍然随着，不肯舍去，无非为了吕后一人，愿同生死。好算有情。吕后与太公被拘三年，食其日夕不离，私幸项王未尝虐待，没有什么刑具拘挛肢体，因此两人仍得续欢，无甚痛苦。到了鸿沟议约，脱囚归汉，两人相从入关，高祖又与项王角逐江淮，毫不知他有私通情事。两人情好越深，俨如一对患难夫妻，昼夜不舍。既而项氏破灭，高祖称帝，所有从龙诸将，依次加封，吕后遂从中怂恿，乞封食其。高祖也道他保护家属，确有功劳，因封为辟阳侯。床笫功劳，更增十倍。

食其喜出望外，感念吕后，几乎铭心刻骨，从此入侍深宫，较前出力。吕后老且益淫，只避了高祖一双眼睛，镇日里偷寒送暖，推食解衣。高祖又时常出征，并有戚夫人为伴，不嫌寂寞，但教吕后不去缠扰，已是如愿以偿。吕后安居宫中，巴不得高祖不来，好与食其同梦。有几个宫娥彩女，明知吕后暗通食其，也不敢漏泄春光，且更帮两人做了引线，好得些意外赏钱，所以高祖戴着绿巾，到死尚未知晓。惟吕后淫妒性成，见了高祖已死，便即起了杀心，一是欲保全太子，二是欲保全情人。她想遗臣杀尽，自然无人为难，可以任所欲为。当下召入食其，与他计议道："主上已经归天，本拟颁布遗诏，立嗣举丧，但恐内外功臣，各怀异志，若知主上崩逝，未必肯屈事少主，我欲秘不发丧，佯称主上病重，召集功臣，受遗辅政，一面埋伏甲士，把他悉数杀死，汝以为可好否？"食其听着，倒也暗暗吃惊，转思功臣诛夷，与自己亦有益处，因即信口赞成，惟尚恐机谋不慎，反致受害，所以除赞成外，更劝吕后缜密行事。

吕后也未免胆小，复召乃兄吕释之等入商。释之也与食其同意，故一时未敢发作。转眼间已阅三日，朝臣俱启猜疑，不过没有的确消息。独曲周侯郦商子寄，素与释之子禄，斗鸡走马，互相往来，禄私与谈及宫中秘事，寄亟回家报告乃父。乃父商愕然惊起，匆匆趋出，径往辟阳侯宅中，见了审食其，屏人与语道："足下祸在旦夕了！"食其本怀着鬼胎，蓦闻此言，不由得吓了一跳，慌忙问为何事？商低声说道："主上升遐，已有四日，宫中秘不发丧，且欲尽诛诸将。试问诸将果能尽诛么？现在灌婴领兵十万，驻守荥阳，陈平又奉有诏令，往助灌婴，樊哙死否，尚未可知。周勃代哙为将，北徇燕代，这都是佐命功臣，倘闻朝内诸将，有被诛消息，必然连兵西向，来攻关中。大臣内畔，诸将外入，皇后太子，不亡何待？足下素参宫议，何人不晓，当此危急存亡的时候，未尝进谏，他人必疑足下同谋，将与足下拚命，足下家族，还能保全么？"怵心之语。食其嗫嚅道："我……我实未预闻此事！外间既有此谣传，我当禀明皇后便了。"还想抵赖。

商乃告别，食其忙入宫告知吕后。吕后一想，风声已泄，计不得行，只好作为罢论，惟嘱食其转告郦商，切勿喧传。食其自然应命，往与郦商说知。商本意在安全内外，怎肯轻说出去，当令食其返报吕后，尽请放怀。吕后乃传令发丧，听大臣入宫哭灵。总计高祖告崩，已四日有余了。棺殓以后，不到二旬，便即奉葬长安城北，号为长陵。群臣进说道："先帝起自细微，拨乱反正，平定天下，为汉太祖，功德最高，应上尊号为高皇帝。"皇太子依议定谥，后世遂称为高帝，亦称高祖。又越二日，太子盈嗣践帝位，年甫一十七岁，尊吕后为皇太后，赏功赦罪，布德行仁，后来庙谥曰惠，故沿称惠帝。

喜诏一颁，四方遨听，燕王卢绾，闻樊哙率兵出击，本不欲与汉兵对仗，自率宫人家属数千骑，避居长城下，拟俟高祖病愈，入朝谢罪。及惠帝嗣立的消息，传达朔方，料知太子登基，吕后必专国政，何苦自来寻死，遂率众投奔匈奴，匈奴使为东胡卢王。事见后文。

惟樊哙到了燕地，绾已避去，燕人原未尝从反，不劳征讨，自然畏服。哙进驻蓟南，正拟再出追绾，忽有一使人持节到来，叫他临坛受诏。哙问坛在何处？使人答称在数里外。哙亦不知何因，只好随着使人，前去受命。行了数里，已至坛前，望见陈平登坛宣敕，不得不跪下听诏。才听得一小半，突有武士数名，从坛下突出，把哙揿住，反接两手，绑缚起来。哙正要喧嚷，那陈平已读完敕文，三脚两步的走到坛下，将哙扶起，与他附耳说了数语，哙方才无言。当由平指麾武士，把哙送入槛车。哙手下只有数人，见哙被拿，便欲返身跑去，可巧周勃瞧着，出来喝住，命与偕行。于是勃与平相别，向北自去，平押哙同走，向西自归。这也是陈平达权的妙计。可谓六出以外又是一出。勃驰至哙营，取出诏书，晓示将士，将士等素重周勃，又见他奉诏代将，倒也不敢违慢，相

率听令。勃得安然接任，并无他患。独陈平押着樊哙，将要入关，才接到高祖后诏，命他前往荥阳，帮助灌婴，所有樊哙首级，但速着人送入都中。平与诏使本来相识，当即与他密谈意见，诏使也佩服平谋，且知高祖病已垂危，不妨缓复，索性与平同宿驿中。逍遥了两三日，果然高祖驾崩的音耗，传将出来。平一得风声，急忙出驿先行，使诏使代押樊哙，随后继进。诏使尚欲细问，哪知平已加了一鞭，如风驰电掣一般，赶入关中去了。又要作怪。

看官听说！陈平不急诛哙，无非为了吕后姊妹。幸而预先料着，尚把哙命保留，但哙已被辱。哙妻吕媭，或再从中进谗，仍然不美，不如赶紧入宫，相机防备为是。毕竟多智。计划一定，刻不容缓，因此匆匆入都，直至宫中，向高祖灵前下跪，且拜且哭，泪下如雨。吕后一见陈平，急向帷中扑出，问明樊哙下落，平始收泪答说道："臣奉诏往斩樊哙，因念哙有大功，不敢加刑，但将哙押解来京，听候发落。"吕后听了，方转怒为喜道："究竟君能顾大局，不从乱命，惟哙今在何处？"平又答道："臣闻先帝驾崩，故急来奔丧，哙亦不日可到了。"吕后大悦，便令平出外休息。平复道："现值宫中大丧，臣愿留充宿卫。"吕后道："君跋涉过劳，不应再来值宿，且去休息数天，入卫未迟。"平顿首固请道："储君新立，国是未定，臣受先帝厚恩，理宜为储君效力，上答先帝，怎敢自惮劳苦呢！"吕后不便再却，且听他声声口口，顾念嗣君，心下愈觉感激，乃温言奖励道："忠诚如君，世所罕有，现在嗣主年少，随时需人指导，敢烦君为郎中令，傅相嗣主，使我释忧，便是君不忘先帝了！"平即受职谢恩，起身告退。

甫经趋出，那吕媭已经进来，至吕后前哭诉哙冤。并言陈平实主谋杀哙，应该加罪。吕后怫然道："汝亦太错怪好人，他要杀哙，哙死久了，为何把他押解进来？"吕媭道："他闻先帝驾崩，所以变计，这正是他的狡猾，不可轻信。"吕后道："此去到燕，路隔好几千里，往返须阅数旬，当时先帝尚存，曾命他立斩哙首，他若斩哙，亦不得责他专擅。奈何说他闻信变计呢？况汝我在都，尚不能设法解救，幸得他保全哙命，带同入京，如此厚惠，正当感谢，想汝亦有天良，为什么恩将仇报哩？"这一番话，驳得吕媭哑口无言，只好退去。未几樊哙解到，由吕后下了赦令，将哙释囚。哙入宫拜谢，吕后道："汝的性命，究亏何人保护？"哙答称是太后隆恩。吕后道："此外尚有他人否？"哙记起陈平附耳密言，自然感念，便即答称陈平。吕后笑道："汝倒还有良心，不似汝妻痴狂哩！"都不出陈平所料。哙乃转向陈平道谢。聪明人究占便宜，平非但无祸，叵且从此邀宠了。

惟吕太后既得专权，自思前时谋诛诸将，不获告成，原是无可如何，若宫中内政，由我主持，平生所最切齿的，无过戚姬，此番却在我手中，管教她活命不成。当下吩咐宫役，先将戚姬从严处置，援照髡钳为奴的刑律，加她身上。可怜戚姬的万缕青丝，尽被宫役拔去，还要她卸下宫装，改服赭衣，驱入永巷内圈禁，勒令舂米，日有定限。戚姬只知弹唱，未娴井臼，一双柔荑的玉手，怎能禁得起一个米杵？偏是太后苛令，甚是森严，欲要不遵，实无别法。何不自尽。没奈何勉力挣扎，携杵学舂，舂一回，哭一回，又编成一歌，且哭且唱道：

> 子为王，母为虏！终日舂，薄暮常与死相伍！相离三千里，谁当使告汝！

歌中寓意，乃是纪念赵王如意，汝字就指赵王。不料被吕太后闻知，愤然大骂道："贱奴尚想倚靠儿子么？"说着，便使人速往赵国，召赵王如意入朝。一次往返，赵王不至，二次往返，赵王仍然不至。吕太后越加动怒，问明使人，全由赵相周昌一人阻住。昌曾对朝使道："先帝嘱臣服事赵王，现闻太后召王入朝，明明是不怀好意，臣故不敢送王入都。王亦近日有病，不能奉诏，只好待诸他日罢！"吕太后听了，暗思周昌作梗，本好将他拿问，只因前时力争废立，不为无功，此番不得不略为顾全，乃想出一调虎离山的法儿，征昌入都，昌不能不至。及进谒太后，太后怒叱道："汝不知我怨戚氏么？为何不使赵王前来？"昌直言作答道："先帝以赵王托臣，臣在赵一日，应该保护一日，况赵王系嗣皇帝少弟，为先帝所钟爱。臣前力保嗣皇帝，得蒙先帝信任，无非望臣再保赵王，免致兄弟相戕，若太后怀有私怨，臣怎敢参预？臣唯知有先帝遗命罢了！"吕太后无言可驳，叫他退出，但不肯再令往赵。一面派使飞召赵王，赵王已失去周昌，无人作主，只得应命到来。

是时惠帝年虽未冠，却是仁厚得很，与吕后性情不同。他见戚夫人受

罪司春，已觉太后所为未免过甚。至赵王一到，料知太后不肯放松，不如亲自出迎，与同居住，省得太后暗中加害。于是不待太后命令，便乘辇出迓赵王。可巧赵王已至，就携他上车，一同入宫，进见太后。太后见了赵王，恨不得亲手下刃，但有惠帝在侧，未便骤然发作，勉强敷衍数语。惠帝知母不欢，即挈赵王至自己宫中。好在惠帝尚未立后，便教他安心住着，饮食卧起，俱由惠帝留心保护。好一个阿哥，可惜失之柔弱。赵王欲想一见生母，经惠帝婉言劝慰，慢慢设法相见。毕竟赵王年幼，遇事不能自主，且恐太后动态，只好含悲度日。太后时思害死赵王，惟不便与惠帝明言，惠帝也不便明谏太后，但随时防护赵王。

俗语说得好，明枪易躲，暗箭难防，惠帝虽爱护少弟，格外注意，究竟百密也要一疏，保不定被他暗算。光阴易过，已是惠帝元年十二月中，惠帝趁着隆冬，要去射猎，天气尚早，赵王还卧着未醒，惠帝不忍唤起，且以为稍离半日，谅亦无妨，因即决然外出。待至射猎归来，赵王已七窍流血，呜呼毕命！惠帝抱定尸首，大哭一场。不得已吩咐左右，用王礼殓葬，谥为隐王。后来暗地调查，或云鸩死，或云扼死，欲要究明主使，想来总是太后娘娘，做儿子的不能罪及母亲，只好付诸一叹！惟查得助母为虐的人物，是东门外一个官奴，乃密令官吏搜捕，把他处斩，才算为弟泄恨，不过瞒着母后，秘密处治罢了。

哪知余哀未了，又起惊慌，忽有宫监奉太后命，来引惠帝，去看“人彘”。惠帝从未闻有“人彘”的名目，心中甚是稀罕，便即跟着太监，出宫往观。宫监曲曲折折，导入永巷，趋入一间厕所中，开了厕门，指示惠帝道：“厕内就是‘人彘’哩。”惠帝向厕内一望，但见是一个人身，既无两手，又无两足，眼内又无眼珠，只剩了两个血肉模糊的窟窿，那身子还稍能活动，一张嘴开得甚大，却不闻有什么声音。看了一回，又惊又怕，不由的缩转身躯，顾问宫监，究是何物？宫监不敢说明，直至惠帝回宫，硬要宫监直说，宫监方说出戚夫人三字。一语未了，几乎把惠帝吓得晕倒，勉强按定了神，要想问个底细。及宫监附耳与语，说是戚夫人手足被断，眼珠挖出，熏聋两耳，药哑喉咙，方令投入厕中，折磨至死。惠帝不待说完，又急问他“人彘”的名义，宫监道：“这是太后所命，宫奴却也不解。”惠帝不禁失声道：“好一位狠心的母后，竟令我先父爱妃，死得这般惨痛么？”说也无益。说着，那眼中也不知不觉，垂下泪来。随即走入寝室，躺卧床上，满腔悲感，无处可伸，索性不饮不食，又哭又笑，酿成一种呆病。宫监见他神色有异，不便再留，竟回复太后去了。

惠帝一连数日不愿起床，太后闻知，自来探视，见惠帝似傻子一般，急召医官诊治。医官报称病患怔忡，投了好几服安神解忧的药剂，才觉有些清爽，想起赵王母子，又是呜咽不止。吕太后再遣宫监探问，惠帝向他发话道：“汝为我奏闻太后，此事非人类所为，臣为太后子，终不能治天下，可请太后自行主裁罢！”宫监返报太后，太后并不悔杀戚姬母子，但悔不该令惠帝往看人彘，旋即把银牙一咬，决意照旧行去，不暇顾及惠帝了。小子有诗叹道：

娄猪未定寄豭来，人彘如何又惹灾！
可恨淫姬太不道，居然为蝎复为虺。

欲知吕太后后来行事，且看下回再叙。

有史以来之女祸，在汉以前，莫如褒妲。褒妲第以妖媚闻，而惨毒尚不见于史。自吕雉出而淫悍之性，得未曾有，食其可私，韩彭可杀，甚且欲尽诛诸将，微郦商，则冤死者更不少矣。厥后复鸩死赵王，惨害戚夫人，虽未始非戚氏母子之自取，而忍心辣手，旷古未闻甚矣，悍妇之毒逾蛇蝎也。惠帝仁有余而智不足，既不能保全少弟，复不能几谏母后，徒为是惊忧成疾，夭折天年，其情可悯，其咎难辞，敝笱之刺，宁能免乎！

第四十二回

媚公主觍颜拜母　戏太后嫚语求妻

却说吕太后害死赵王母子，遂徙淮阳王友为赵王，且把后宫妃嫔，或锢或黜，一律扫尽，方出了从前恶气。只赵相周昌，闻得赵王身死，自恨无法保全，有负高祖委托，免不得郁郁寡欢，嗣是称疾不朝，厌闻外事。吕太后亦置诸不问，到了惠帝三年，昌竟病终，赐谥悼侯，命子袭封，这还是报他力争废立的功劳。吕太后又恐列侯有变，增筑都城，迭次征发丁夫，数至二三十万，男子不足，济以妇女，好几年才得造成。周围计六十五里，城南为南斗形，城北为北斗形，造得非常坚固，时人号为斗城。无非民脂民膏。

惠帝二年冬十月，齐王肥由镇入朝。肥是高祖的庶长子，比惠帝年大数岁，惠帝当然待以兄礼，邀同入宫，谒见太后。太后佯为慰问，心中又动了杀机，想把齐王肥害死。毒上加毒。可巧惠帝有意接风，命御厨摆上酒肴，请太后坐在上首，齐王肥坐在左侧，自己坐在右旁，如家人礼。肥也不推辞，竟向左侧坐下，太后越生忿恨，目注齐王，暗骂他不顾君臣，敢与我子作为兄弟，居然上坐。眉头一皱，计上心来，遂借更衣为名，返入内寝，召过心腹内侍，密嘱数语，然后再出来就席。惠帝一团和气，方与齐王乐叙天伦，劝他畅饮，齐王也不防他变，连饮了好几杯。嗣由内侍献上酒来，说是特别美酒，酌得两卮，置诸案上。太后令齐王饮下，齐王不敢擅饮，起座奉觞，先向太后祝寿。太后自称量窄，仍令齐王饮尽，齐王仍然不饮，转敬惠帝。惠帝亦起，欲与齐王互相敬酒，好在席上共有两卮，遂将一卮与肥，一卮接在手中，正要衔杯饮入，不防太后伸过一手，突将酒卮夺去，把酒倾在地上。惠帝不知何因，仔细一想，定是酒中有毒，愤闷得很。齐王见太后举动蹊跷，也把酒卮放下，假称已醉，谢宴趋出。

返至客邸，用金贿通宫中，探听明白，果然是两卮鸩酒。当下喜惧交

并，自思一时幸免，终恐不能脱身，辗转图维，无术解救。没奈何召入随员，与他密商，有内史献议道：“大王如欲回齐，最好自割土地，献与鲁元公主，为汤沐邑。公主系太后亲女，得增食采，必博太后欢心，太后一喜，大王便好辞行了！”幸有此策。齐王依计行事，上表太后，愿将城阳郡献与公主，未几即得太后褒诏。齐王乃申表辞行，偏偏不得批答，急得齐王惊惶失措，再与内史等商议，续想一法写入表章，愿尊鲁元公主为王太后，事以母礼。以同父姊妹为母，不知他从何处想来？这篇表文呈递进去，果有奇效，才经一宿，便有许多宫监宫女，携着酒肴，趋入邸中，报称太后皇上及鲁元公主，在后就到，为王饯行。齐王大喜，慌忙出邸恭迎。少顷便见銮驾到来，由齐王跪伏门外，直至銮舆入门，方敢起身随入。吕太后徐徐下舆，挈着惠帝姊弟两人，登堂就座。齐王拜过太后，再向鲁元公主前，行了母子相见的新礼，引得吕太后笑容可掬。就是鲁元公主，与齐王年龄相类，居然老着脸皮，自命为母，戏呼齐王为儿，一堂笑语，备极欢娱。及入席以后，太后上坐，鲁元公主坐左，惠帝坐右，齐王下坐相陪。浅斟低酌，逸兴遄飞，再加一班乐工，随驾同来，笙簧杂奏，雅韵悠扬，太后悦目赏心，把前日嫌恨齐王的私意，一齐抛却，直饮到日落西山，方才散席。齐王送回銮驾，乘机辞行，夤夜备集行装，待旦即去，离开了生死关头，驰还齐都，仿佛似死后还魂，不胜庆幸了。命中不该枉死，故得生还。

是年春正月间，兰陵井中，相传有两龙现影。想是一条老雌龙，一条小雄龙。未几又得陇西传闻，地震数日。到了夏天，又复大旱。种种变异，想是为了吕后擅权，阴干天谴。是为新学界中所不道，但我国古史，尝视为天人相应，故特录之。及夏去秋来，萧相国何，抱病甚重。惠帝亲往视病，见他骨瘦如柴，卧起需人，料知不能再治，便唏嘘问何道："君百年后，何人可代君任？"何答说道："知臣莫若君。"惠帝猛忆起高祖遗嘱，便接口道："曹参可好么？"何在榻上叩首道："陛下所见甚是，臣死可无恨了！"惠帝又安慰数语，然后还宫。过了数日，何竟病殁，蒙谥为文终侯，使何子禄袭封鄼侯。何毕生勤慎，不敢稍纵，购置田宅，必在穷乡僻壤间，墙屋毁损，不令修治。尝语家人道："后世有贤子孙，当学我俭约，如或不贤，亦省得为豪家所夺了！"后来子孙继起，世受侯封，有时因过致谴，总不至身家绝灭，这还是萧相国以俭传家的好处。留讽后世。

齐相曹参，闻萧何病逝，便令舍人治装。舍人问将何往？参笑说道："我即日要入都为相了。"舍人似信非信，权且应命料理，待行装办齐，果得朝使前来，召参入都为相，舍人方知参有先见，惊叹不休。参本是一员战将，至出为齐相，刻意求治，志在尚文，因召集齐儒百余人，遍询治道，结果是人人异词，不知所从。嗣访得胶西地方，有一盖公，老成望重，不事王侯，乃特备了一份厚礼，使人往聘，竭诚奉迎。幸得盖公应聘到来，便殷勤款待，向他详询。盖公平日，专治黄帝老子的遗言，此时所答，无非是归本黄老，大致谓治道毋烦，须出以清静，自定民心。参很是佩服，当下避居厢房，把正堂让给盖公，留他住着，所有举措，无不奉教施行，民心果然翕服，称为贤相。自从参到齐国，已阅九年，至此应召起行，就将政务一切，交与后任接管，且嘱托后相道："君此后请留意狱市，慎勿轻扰为要。"后相答问道："一国政治，难道除此外，统是小事么？"参又说道："这也并不如此，不过狱市两处，容人不少，若必一一查究，奸人无所容身，必致闹事，这便叫做庸人自扰了，我所以特别嘱托呢！"惩奸不应过急，纵奸亦属非宜。曹参此言，得半失半。后相才无异言。参遂向齐王告别，随使入都，谒过惠帝母子,接了相印,即日视事。

当时朝臣私议,共说萧曹二人,同是沛吏出身,本来交好甚密,嗣因曹参积有战功,封赏反不及萧何,未免与何有嫌。现既入朝代相,料必至怀念前隙,力反前政,因此互相戒儆,唯恐有意外变端,关碍身家。还有相府属官,日夜不安,总道是曹参接任,定有一番极大的调动。谁知参接印数日,一些儿没有变更,又过数日,仍然如故,且揭出文告,凡用人行政,概照前相国旧章办理,官吏等始放下愁怀,誉参大度。参不动声色,安历数旬,方渐渐的甄别属僚,见有好名喜事,弄文舞法的人员,黜去数名,另选各郡国文吏,如高年谨厚,口才迟钝诸人,罗致幕下,令为属吏,嗣是日夕饮酒,不理政务。

有几个朝中僚佐,自负才能,要想入陈谋议,他也并不谢绝,但一经见面,便邀同宴饮,一杯未了,又是一杯,务要劝入醉乡。僚佐谈及政治,即被他用言截住,不使说下,没奈何止住了口,一醉乃去。古人有言,上行下效,捷于影响,参既喜饮,属吏也无不效尤,统在相府后园旁,聚坐饮酒。饮到半酣,或歌或舞,声达户外。参虽有所闻,好似不闻一般,惟有二三亲吏,听不过去,错疑参未曾闻知,故意请参往游后园。参到了后园中,徐玩景色,巧有一阵声浪,传递过来,明明是属吏宴笑的喧声,参却不以为意,反使左右取入酒肴,就在园中择地坐下,且饮且歌,与相唱和。这真令人莫名其妙,暗暗的诧为怪事。原是一奇。参不但不去禁酒,就是属吏办事,稍稍错误,亦必替他掩护,不愿声张,属吏等原是感德,惟朝中大臣,未免称奇,有时入宫白事,便将参平日行为,略略奏闻。

惠帝因母后专政,多不惬意,也借这杯中物,房中乐,作为消遣,聊解幽愁。及闻得曹参所为,与己相似,不由的暗笑道:“相国也来学我,莫非瞧我不起,故作此态。”正在怀疑莫释的时候,适值大中大夫曹窋入侍,窋系参子,当由惠帝顾语道:“汝回家时,可为朕私问汝父道:高祖新弃群臣,嗣皇帝年尚未冠,全仗相国维持,今父为相国,但知饮酒,无所事事,如何能治平天下? 如此说法,看汝父如何答言,即来告我。”窋应声欲退,惠帝又说道:“汝不可将这番言词,说明由我教汝哩。”窋奉命归家,当如惠帝所言,进问乃父,惟遵着惠帝密嘱,未敢说出上命。道言甫毕,乃父曹参,竟攘袂起座道:“汝晓得什么? 敢来饶舌!”说着,就从座旁取过戒尺，把窋打了二百下，随即叱令入侍，不准再归。又是怪事。窋无缘无故，受了一番痛苦，怅然入宫，直告惠帝。知为君隐，不知为父隐，想是有些恨父了。

惠帝听说，越觉生疑。翌日视朝，留心左顾，见参已经站着，便召参向前道："君为何责窋？窋所言实出朕意，使来谏君。"参乃免冠伏地，顿首谢罪，又复仰问惠帝道："陛下自思圣明英武，能如高皇帝否？"惠帝道："朕怎敢望及先帝？"参又道："陛下察臣才具，比前相萧何，优劣如何？"惠帝道："似乎不及萧相国。"参再说道："陛下所见甚明，所言甚确。从前高皇帝与萧何定天下，明订法令，备具规模，今陛下垂拱在朝，臣等能守职奉法，遵循勿失，便算是能继前人，难道还想胜过一筹么？"惠帝已经悟着，乃更语参道："我知道了，君且归休罢。"参乃拜谢而出，仍然照常行事。百姓经过大乱，但求小康，朝廷没有什么兴革，官府没有什么征徭，就算做天下太平，安居乐业，所以曹参为相，两三年不行一术，却得了海内讴歌，交相称颂。当时人民传诵道："萧何为法，顜音较若划一，曹参代之，守而勿失。载其清净，民以宁一。"到了后世史官，亦称汉初贤相，要算萧曹，其实萧何不过恭慎，曹参更且荒怠，内有淫后，外有强胡，两相不善防闲，终致酿成隐患。秉公论断，何尚可原，参实不能无咎呢！抑扬得当。

且说匈奴国中冒顿单于，自与汉朝和亲以后，总算按兵不动，好几年不来犯边。至高祖驾崩，耗闻遥传，冒顿遂遣人入边侦察，探得惠帝仁柔，及吕后淫悍略情，遂即藐视汉室，有意戏弄，写着几句谑浪笑傲的嫚词，当作国书，差了一个弁目，赍书行至长安，公然呈入。惠帝方纵情酒色，无心理政，来书上又写明汉太后亲阅，当然由内侍递至宫中，交与吕后。吕后就展书亲览，但见书中写着：

> 孤偾之君，生于沮泽之中，长于平野牛马之域，数至边境，愿游中国。陛下独立，孤偾独居，两主不乐，无以自娱，愿以所有，易其所无。

吕后看到结末两语，禁不住火星透顶，把书撕破，掷诸地上。想是只喜审食其，不喜冒顿。一面召集文武百官，入宫会议，带怒带说道："匈奴来书，甚是无礼，我拟把他来人斩首，发兵往讨，未知众意如何？"旁有一将闪出道："臣愿得兵十万，横行匈奴中！"语尚未完，诸将见是舞阳侯樊

戲太后嫚語求妻

哙发言，统皆应声如响，情愿从征。忽听得一人朗语道："樊哙大言不惭，应该斩首！"这一语不但激怒樊哙，瞋目视着，就是吕太后亦惊出意外。留神一瞧，乃是中郎将季布。又来出风头了。布不待太后申问，忙即续说道："从前高皇帝北征，率兵至三十多万，尚且受困平城，被围七日，彼时哙为上将，前驱临阵，不能努力解围，徒然坐困，天下尝传有歌谣云：'平城之中亦诚苦，七日不食，不能彀弩！'今歌声未绝，兵伤未瘳，哙又欲摇动天下，妄言十万人可横行匈奴，这岂不是当面欺上么？且夷狄情性，譬如禽兽，何必与较，他有好言，不足为喜，他有恶言，也不足为怒，臣意以为不宜轻讨哩！"吕太后被他一说，倒把那一腔盛怒，吓退到子虚国，另换了一种惧容。就是樊哙也回忆前情，果觉得匈奴可怕，不敢与季布力争。老了，老了，还是与吕媭欢聚罢。当下召入大谒者张释，令他草一复书，语从谦逊，并拟赠他车马，亦将礼意写入书中，略云：

单于不忘敝邑，赐之以书，敝邑恐惧，退日自图，年老气衰，发齿堕落，行步失度，单于过听，不足以自污，敝邑无罪，宜在见赦，窃有御车二乘，马二驷，以奉常驾。

书既缮就，便将车马拨交来使，令他带同复书，反报冒顿单于。冒顿见书意谦卑，也觉得前书唐突，内不自安，乃复遣人入谢，略言僻居塞外，未闻中国礼义，还乞陛下赦宥等语。此外又献马数匹，另乞和亲。大约因吕后复书发白齿落，不愿相易，所以另求他女。吕太后乃再取宗室中的女子，充作公主，出嫁匈奴。冒顿自然心欢，不复生事。但汉家新造，冠冕堂皇，一位安富尊荣的母后，被外夷如此侮弄，还要卑词逊谢，送他车马，给他宗女，试问与中朝国体，玷辱到如何地步呢！说将起来，无非由吕后行为不正，所以招尤。她却不知少改，仍然与审食其混做一淘，比那高祖在日，恩爱加倍。审食其又恃宠生骄，结连党羽，势倾朝野，中外人士，交相訾议。渐渐的传入惠帝耳中，惠帝又羞又忿，不得不借法示惩，要与这淫奴算帐了。小子有诗叹道：

几经愚孝反成痴，欲罚雄狐已太迟。
尽有南山堪入咏，问他可读古齐诗？

究竟惠帝如何惩处审食其，待至下回再表。

偏憎偏爱，系妇人之通病，而吕后尤甚。亲生子女，爱之如掌上珍，旁生子女，憎之如眼中钉。杀一赵王如意，犹嫌不足，且欲举齐王肥而再鸩之，齐王不死亦仅矣。迨以城阳郡献鲁元公主，即易恨为喜，至齐王事鲁元公主为母，则更盛筵相待，即日启行。夷考迁固二史，于鲁元公主之年龄，未尝详载，要之与齐王不相上下，或由齐王早生一二岁，亦未可知。齐王愿事同父姊妹为母，谬戾已甚，而吕后反喜其能媚己女，何其偏爱之深，至于此极！厥后且以鲁元女为惠帝后，逆伦害理，一误再误，无怪其不顾廉耻，行同禽兽，甘引审食其为寄豭也。冒顿单于遗书嫚亵，戚本自诒，复书且以年老为辞，假使年貌未衰，果将出嫁匈奴否欤？盈廷大臣，不知谏阻，而季布反主持其间，可耻孰甚！是何若屠狗英雄之尚有生气乎！

第四十三回

审食其遇救谢恩人　吕娥姁挟权立少帝

却说惠帝闻母后宣淫，与审食其暗地私通，不由的恼羞成怒，要将食其处死。但不好显言惩罪，只好把他另外劣迹，做了把柄，然后捕他入狱。食其也知惠帝有意寻衅，此次被拘，煞是可虑，惟尚靠着内援，日望这多情多义的吕太后，替他设法挽回，好脱牢笼。吕太后得悉此事，非不着急，也想对惠帝说情，无如见了惠帝，一张老脸，自觉发赤，好几次不能出口。也怕倒霉么？只望朝中大臣，曲体意旨，代为救免，偏偏群臣都嫉视食其，巴不得他一刀两段，申明国法，因此食其拘系数日，并没有一人出来保救。且探得廷尉意思，已经默承帝旨，将要谳成大辟，眼见得死多活少，不能再入深宫，和太后调情作乐了。惟身虽将死，心终未死，总想求得一条活路，免致身首两分。辗转图维，只有平原君朱建，受我厚惠，或肯替我划策，亦未可知，乃密令人到了建家，邀建一叙。

说起朱建的历史，却也是个硁硁（kēng）小信的朋友，他本生长楚地，尝为淮南王英布门客。布谋反时，建力谏不从，至布已受诛，高祖闻建曾谏布，召令入见，当面嘉奖，赐号平原君。建因此得名，遂徙居长安。长安公卿，多愿与交游，建辄谢绝不见，惟大中大夫陆贾，往来莫逆，联成知交。审食其也慕建名，欲陆贾代为介绍，与建结好，偏建不肯贬节。虽经贾从旁力说，始终未允，贾只好回复食其。会建母病死，建生平义不苟取，囊底空空，连丧葬各具，都弄得无资措办，不得不乞贷亲朋。陆贾得此消息，忙趋至食其宅中，竟向食其道贺。怪极。食其怪问何事？陆贾道：“平原君的母亲已病殁了。”食其不待说毕，便接入道：“平原君母死，与我何干？”贾又道：“君侯前日，尝托仆介绍平原君，平原君因老母在堂，未敢轻受君惠，以身相许；今彼母已殁，君若厚礼相馈，平原君必感君盛情，将来君有缓急，定当为君出力，是君便得一死士了，岂不可贺！”食其甚喜，乃遣人赍了百金，送与朱建当作赙仪。朱建正东借西掇，万分为难，幸得这份厚礼，也只好暂应急需，不便峻情却还，乃将百金收受，留办丧具。百金足以污节，贫穷之累人实甚！一班趋炎附势的朝臣，闻得食其厚赠朱建，乐得乘势凑奉，统向朱家送赙，少约数金，多且数十金，统共计算，差不多有五百金左右。朱建不能受此却彼，索性一并接收，倒把那母亲丧仪，备办得闹闹热热。到了丧葬毕事，不得不亲往道谢，嗣是审食其得与相见，待遇甚殷。建虽然鄙薄食其，至此不能坚守初志，只好与他往来。

及食其下狱，使人邀建，建却语来使道："朝廷方严办此案，建未敢入狱相见，烦为转报。"使人依言回告食其，食其总道朱建负德，悔恨兼并，自思援穷术尽，拚着一死，束手待毙罢了。谁知食其命未该死，绝处逢生，在狱数日，竟蒙了皇恩大赦，放出狱中。食其喜出望外，匆匆回家，想到这番解免，除太后外，还是何人？不料仔细探查，并不由太后救命，乃是惠帝幸臣闳孺，替他哀求，才得释放，不由的惊讶异常。原来宫廷里面内侍甚多，有一两个巧言令色的少年，善承主意，往往媚态动人，不让妇女。古时宋朝弥子瑕，传播《春秋》，就是汉高祖得国以后，也宠幸近臣籍孺，好似戚夫人一般，出入与偕。补前文所未及。至惠帝嗣位，为了母后淫悍，无暇理政，镇日里宴乐后宫，遂有一个小臣闳孺，仗着那面庞俊秀，性情狡慧，十分巴结惠帝，得了主眷，居然参预政事，言听计从。惟与审食其会少离多，虽然有些认识，彼此却无甚感情。食其闻他出头解救，免不得咄咄称奇，但既得他保全性命，理该前去拜谢。及见了闳孺，由闳孺说及原因，才知救命恩人，直接的似属闳孺，间接的实为朱建。

建自回复食其使人，外面毫不声张，暗中却很是关切。他想欲救食其，只有运动惠帝幸臣，帮他排解，方可见功，乃亲至闳孺住宅，投刺拜会。闳孺也知朱建重名，久思与他结识，偏得他自来求见，连忙出来欢迎，建随他入座，说了几句寒暄的套话，即请屏去侍役，低声与语道："辟阳侯下狱，外人都云足下进谗，究竟有无此事？"一鸣惊人。闳孺惊答道："素与辟阳侯无仇，何必进谗？此说究从何而来？"建说道："众口悠悠，本无定论，但足下有此嫌疑，恐辟阳一死，足下亦必不免了。"闳孺大骇，不觉目瞪口呆。建又说道："足下仰承帝宠，无人不知，若辟阳侯

得幸太后，也几乎无人不晓。今日国家重权，实在太后掌握，不过因辟阳下吏，事关私宠，未便替他说情。今日辟阳被诛，明日太后必杀足下，母子龃龉，互相报复，足下与辟阳侯，凑巧当灾，岂不同归一死么？”闳孺着急道：“据君高见，必须辟阳侯不死，然后我得全生。”建答道：“这个自然。君诚能为辟阳侯哀请帝前，放他出狱，太后亦必感念足下，足下得两主欢心，富贵当比前加倍哩。”闳孺点首道：“劳君指教，即当照行便了。”建乃别去。到了次日，便有一道恩诏，将食其释出狱中。看官阅此，应知闳孺从中力请，定有一番动人的词色，能使惠帝怒意尽销，释放食其，可见佥壬佞俩，不亚娥眉。女子小人，原是相类。惟食其听了闳孺所述，已晓得是朱建疏通，当即与闳孺揖别，往谢朱建。建并不夸功，但向食其称贺，一贺一谢，互通款曲，从此两人交情，更添上一层了。看到后来结局，建总不免失计。

吕太后闻得食其出狱，当然喜慰，好几次召他进宫。食其恐又蹈覆辙，不敢遽入，偏被那宫监纠缠，再四敦促，没奈何硬着头皮，悄悄的跟了进去。及见了吕太后，略略述谈，便想告退，奈这位老淫妪，已多日不见食其，一经聚首，怎肯轻轻放出，先与他饮酒洗愁，继同他入帏共枕，续欢以外，更密商善后问题。毕竟老淫妪智虑过人，想出一条特别的妙策，好使惠帝分居异处，并有人从旁牵绊，免得他来管闲事。这条计划，审食其也很是赞成。

看官听着，惠帝当十七岁嗣位，至此已阅三载，刚刚是二十岁了。寻常士大夫家，子弟年届弱冠，也要与他合婚，况是一位守成天子，为何即位三年，尚未闻册立皇后呢？这是吕太后另有一番思想，所以稽延。她因鲁元公主，生有一女，模样儿却还齐整，情性儿倒也温柔，意欲配与惠帝，结做重亲，只可惜年尚幼稚，一时不便成礼。等到惠帝三年，那外孙女尚不过十龄以上，论起年龄关系，尚是未通人道，吕太后却假公济私，迫不及待，竟命太史诹吉，择定惠帝四年元月，行立后礼。惠帝明知女年相差，约近十岁，况鲁元公主，乃是胞姊，胞姊的女儿，乃是甥女，甥舅配做夫妻，岂非乱伦。偏太后但顾私情，不管辈分，欲要与她争执，未免有违母命，因此将错便错，由她主持。真是愚孝。

转瞬间已届佳期，鲁元公主与乃夫张敖，准备嫁女，原是忙碌得很。吕太后本与惠帝同居长乐宫，此番筹办册后大典，偏令在未央宫中，安排妥当，举行盛仪，一则使惠帝别宫居住，自己好放心图欢，二则使外甥女羁住惠帝，叫她暗中监察，省得惠帝轻信蜚言，这便是枕席喁喁的妙计。此计一行，外面尚无人知觉，就是甥舅成婚，虽似名分有乖，大众都为他是宫闱私事，无关国家，何必多去争论，自惹祸端，所以噤若寒蝉，惟各自备办厚礼，送往张府，为新皇后添妆。吉期一届，群至张府贺过了喜，待到新皇后出登凤辇，又一齐簇拥入宫，同去襄礼。皇家大婚，自有一种繁文缛节，不劳细述。及册后礼毕，龙凤谐欢，新皇后娇小玲珑，楚楚可爱，虽未能尽惬帝意，却觉得怀间偎抱，玉软香柔。恐犹乳臭。惠帝也随遇而安，没甚介意。接连又举行冠礼，宫廷内外的臣工，忙个不了。一面大赦天下，令郡国察举孝悌力田，免除赋役，并将前时未革的苛禁，酌量删除。秦律尝禁民间挟书，罪至族诛。至是准民储藏，遗书得稍稍流传，不致终没，这也是扶翼儒教的苦衷。

惟自惠帝出居未央宫，与长乐宫相隔数里，每阅三五日入朝母后，往来未免费事。吕太后暗暗喜欢，巴不得他旬月不来，独惠帝顾全孝思，总须随时定省，且亦料知母后微意，越要加意殷勤。因思两宫分隔东西，中间须经过几条市巷，銮跸出入，往往辟除行人，有碍交通，乃特命建一复道，就武库南面，筑至长乐宫，两面统置围墙，可以朝夕来往，不致累及外人。当下鸠工赶筑，定有限期，忽由叔孙通入谏道："陛下新筑复道，正当高皇帝出游衣冠的要路，奈何把他截断，渎嫚祖宗？"惠帝大惊道："我一时失却检点，致有此误，今即令罢工便了。"叔孙通道："人主不应有过举，今已兴工建筑，尽人皆知，如何再令废止呢？"惠帝道："这却如何是好？"通又道："为陛下计，惟有就渭北地方，另建原庙，可使高皇帝衣冠，出游渭北，省得每月到此。且广建宗庙，也是大孝的根本，何人得出来批评呢。"惠帝乃转惊为喜，复令有司增建原庙，原庙的名义，就是再立的意思。从前高祖的陵寝，本在渭北，陵外有园，所有高祖留下的衣冠法物，并皆收藏一室，唯按月取出衣冠，载入法驾中，仍由有司拥卫，出游高庙一次，向例号为游衣冠。但高庙设在长安都中，衣冠所经，正与惠帝所筑的复道，同出一路，所以叔孙通有此谏诤，代为设法，使双方不致阻碍，实在是揣摩迎合，善承主旨，不足为后世法呢。论断谨严。及原庙将竣，复道已成，惠帝得常至长乐宫，吕太后亦无法阻止，只得听他自由，不过自己较为小心，免露马脚罢了。

既而两宫中屡有灾异，祝融氏尝来惠顾，累得宫娥彩女，时有戒心。总计自惠帝四年春季延至秋日，宫内失火三次。长乐宫中鸿台，未央宫中的凌室，系藏冰室，冰室失火，却是一奇。先后被焚。还有织室亦付诸一炬，所失不赀。此外又有种种怪象，如宜阳雨血，十月动雷，冬天桃李生华，枣树成实，都是古今罕闻。即阴盛阳衰之兆。

过了一年，相国曹参，一病身亡，予谥曰懿，子窋袭爵平阳侯。吕太后追忆高祖遗言，拟用王陵陈平为相，踌躇了两三月，已是惠帝六年，乃决计分任两人，废去相国名号，特设左右二丞相，右丞相用了王陵，左丞相用了陈平，又用周勃为太尉，夹辅王家。未几留侯张良，也即病终。良本来多病，且见高祖屠戮功臣，乐得借病为名，深居简出，平时托词学仙，不食五谷。及高祖既崩，吕后因良保全惠帝，格外优待，尝召他入宴，强令进食，并与语道："人生世上，好似白驹过隙，何必自苦若此！"想她亦守着此意，故乐得寻欢，与人私通。良乃照旧加餐。至是竟致病殁，由吕太后特别赙赠，赐谥文成。良尝从高祖至谷城，取得山下黄石，视作圯上老人的化身，设座供奉。临死时留有遗嘱，命将黄石并葬墓中。长子不疑，照例袭封，次子辟疆，年才十四，吕太后为报功起见，授官侍中。谁知勋臣懿戚，相继沦亡，留侯张良，方才丧葬，舞阳侯樊哙，又复告终。哙是吕太后的妹夫，又系高祖时得力遗臣，自然恤典从优，加谥为武，命子樊伉袭爵。且尝召女弟吕嬃，入宫排遣，替她解忧，姊妹深情，也不足怪。总不及汝老妪的快乐。

好容易又过一年，已是惠帝七年了。孟春月朔日食，仲夏日食几尽。到了仲秋，惠帝患病不起，竟在未央宫中，撒手归天。一班文武百官，统至寝宫哭灵，但见吕太后坐在榻旁，虽似带哭带语，唠叨有声，面上却并无一点泪痕。大众偷眼瞧视，都以为太后只生惠帝，今年甫二十有四，在位又止及七年，乃遭此短命，煞是可哀，为何有声无泪，如此薄情？一时猜不出太后心事，各待至棺殓后，陆续退出。侍中张辟疆，生性聪明，童年有识，他亦随班出入，独能窥透吕太后隐情。径至左丞相陈平住处，私下进言道："太后独生一帝，今哭而不哀，岂无深意？君等曾揣知原因否？"陈平素有智谋，到此也未曾预想，一闻辟疆言论，反觉得惊诧起来，因即随声转问道："究竟是什么原因？"辟疆答道："主上驾崩，未有壮子，太后恐君等另有他谋，所以不遑哭泣？但君等手握枢机，无故见疑，必至得祸，不若请诸太后，立拜吕台吕产为将，统领南北两军，并将诸吕一体授官，使得居中用事，那时太后心安，君等自然脱祸了。"授权吕氏如刘氏何？辟疆究竟童年，不顾全局。

陈平听了，似觉辟疆所言，很是有理，遂即别了辟疆，竟入内奏闻太后，请拜吕台吕产为将军，分管南北禁兵。台与产皆吕太后从子，乃父就是周吕侯吕泽。南北二军，向为宫廷卫队，南军护卫宫中，驻扎城内，北军护卫京城，驻扎城外，这两军向归太尉兼管，若命吕台吕产分领，是都中兵权，全为吕氏所把持。吕太后但顾母族，不顾夫家，所以听得平言，正惬私衷，立即依议施行。于是专心哭子，每一举哀，声泪俱下，较诸前此情形，迥不相同。过了二十余日，便将惠帝灵輀(ér)，出葬长安城东北隅，与高祖陵墓相距五里，一作十里。号为安陵。群臣恭上庙号，叫作孝惠皇帝。惠帝后张氏，究竟年轻，未得生男育女，吕太后却想出一法，暗取后宫中所

生婴儿，纳入张后房中，佯称是张后所生，立为太子。又恐太子的生母，将来总要漏泄机关，索性把她杀死，断绝后患。计策固狡，奈天道不容何？惠帝既葬，便将伪太子立为皇帝，号做少帝。少帝年幼，吕太后即临朝称制，史官因少帝来历未明，略去不书，惟汉统究未中绝，权将吕后纪年，一是吕后为汉太后，道在从夫，二是吕后称制，为汉代以前所未闻，大书特书，寓有垂戒后人的意思。存汉诛吕，书法可谓谨严了。小子有诗叹道：

漫言男女贵平权，妇德无终自昔传。
不信但看汉吕后，雌威妄煽欲滔天。

吕太后临朝以后，更欲封诸吕为王，就中恼了一位骨鲠忠臣，要与吕太后力争。欲知此人为谁，待至下回说明。

朱建生平，无甚表见，第营救审食其一事，为《史》《汉》所推美，特为之作传，以旌其贤。夫食其何人？淫乱之小人耳，国人皆曰可杀，而建以百金私惠，力为解免，私谊虽酬，如公道何！且如《史》《汉》所言，谓其行不苟合，义不取容，夫果有如此之行义，胡甘为百金所污？母死无财，尽可守孔圣之遗训，敛首足形，还葬无椁，亦不失为孝子。建不出此，见小失大，宁足为贤？史迁乃以之称美，不过因自罹腐刑，无人救视，特借朱建以讽刺交游耳。班氏踵录迁文，相沿不改，吾谓迁失之私，而班亦失之陋也。彼如陈平之轻信张辟疆，请封诸吕，更不足道。吕氏私食其，宠诸吕，取他人子以乱汉统，皆汉相有以纵成之。本回标目，不称吕太后，独书吕娥姁，嫉恶之意深矣。然岂仅嫉视吕后已哉！

第四十四回

易幼主诸吕加封　得悍妇两王枉死

却说吕太后欲封诸吕为王，示意廷臣。当时有一位大臣，首先反对道："高皇帝尝召集众臣，宰杀白马，歃血为盟，谓非刘氏为王，当天下共击，不使蔓延。今口血未干，奈何背约！"吕太后瞋目视着，乃是右丞相王陵，一时欲想驳诘，却是说不出理由，急得头筋饱绽，面颊青红。左丞相陈平与太尉周勃，见太后神色改变，便齐声迎合道："高帝平定天下，曾封子弟为王，今太后称制，分封吕氏子弟，有何不可？"吕太后听了此言，方才易怒为喜，开了笑颜。王陵愤气填胸，只恨口众我寡，不便再言。待至辍朝以后，与平勃一同退出，即向二人发语道："从前与高皇帝喋血为盟，两君亦尝在列，今高帝升遐，不过数年，太后究是女主，乃欲封诸吕为王，君等遽欲阿顺背约，将来有何面目至地下去见高帝呢？"千人诺诺，不如一士谔谔。平勃微笑道："今日面折廷争，仆等原不如君，他日安社稷，定刘氏后裔，恐君亦不及仆等了。"究属勉强解嘲，不得以后来安刘信为知几之言。陵未肯遽信，悻悻自去。

约阅旬日，就由太后颁出制敕，授陵为少帝太傅。陵知太后夺他相权，不如先几远引，尚可洁身，乃上书称病，谢职引归。后来安逝家中，无庸再表。了过王陵。惟陵既谢免，陈平得进任右丞相，至左丞相一缺，就用那幸臣审食其。食其本无相才，仍在宫中厮混，名为监督宫僚，实是趋承帷闼，不过太后宠眷特隆，所有廷臣奏事，往往归他取决，所以食其势焰，更倍曩时。吕太后更查得御史大夫赵尧，尝为赵王如意定策，荐任周昌相赵！见前文。至此大权在手，遂诬他溺职，坐罪褫官，另召上党郡守任敖入朝，命为御史大夫。敖前为沛县狱掾，力护吕后，见前文。因此破格超迁，以德报德。一面追尊生父吕公为宣王，长兄周吕侯泽为悼武王，作为吕氏称王的先声。又恐人心未服，先从他处入手，特封先朝旧臣郎中令冯无择等为列侯，再取他人子五人，强名为惠帝诸子，一名彊，封淮阳王，一名不疑，封恒山王，一名山，封襄城侯，一名朝，封轵侯，一名武，封壶关侯。适鲁元公主病死，即封公主子张偃为鲁王，谥公主为鲁元太后。父降为侯，子得封王，真是子以母贵。于是欲王诸吕，密使大谒者张释，讽示左丞相陈平等人，请立诸吕为王。陈平等为势所迫，不得已阿旨上书，请割齐国的济南郡为吕国，做了吕台的王封。吕太后有词可借，即封吕台为吕王。偏吕台不能久享，受封未几，一病身亡。早死数年，免得饮刀，却是大幸。吕太后很是悲悼，命台子嘉袭封，此外封吕种释之子。为沛侯，吕平为扶柳侯，吕平系吕后姊子，依母姓吕。吕禄为胡陵侯，吕他为俞侯，吕更始为赘其侯，吕忿为吕城侯，甚至吕太后女弟吕媭，亦受封为临光侯。何不封为女王？

吕氏子侄，俱沐光荣，威显无比。吕太后尚恐刘吕不睦，互相鱼肉，复想出一条亲上加亲的计策，使他联结婚姻，方可永久为欢，不致龃龉。是时齐王刘肥已死，予谥悼惠，命他长子襄嗣封。还有次子章，三子兴居，均召入京师，使为宿卫。当即将吕禄女配与刘章，封章为朱虚侯。兴居也得为东牟侯。又因赵王友与梁王恢，年并长成，也代作撮合山，把吕家女子，嫁与二王为妻。二王不敢违命，只好娶了过去。太后以为刘吕两姓，从此好相安无事了。

哪知外面尚未生衅，内廷却已启嫌，吕太后所立的少帝，起初是年幼无知，由她播弄，接连做了三四年傀儡，却有些粗懂人事，往往偷听近侍密谈，得知吕后暗地掉包，杀死自己生母，硬要他母事张后。心中一恨，口中即随便乱言，就是张后平时教训，也全不听从，且任性怒说道："太后杀死我母，待我年壮，总要为我母报仇！"志向倒也不小，可惜卤莽一点。这种言语，被人听着，当即报知吕太后，太后大吃一惊，暗想他小小年纪，便有这般狂言，将来还当了得，不若趁早废去，结果了他，还可瞒住前谋，除灭后患。当下诱入少帝，把他送至永巷中，幽禁暗室，另拟择人嗣立。遂发出一道敕书，伪言少帝多病，迷罔昏乱，不能治天下，应由各大臣妥议，改立贤君。陈平等壹意逢迎，带领僚属，伏阙上陈道："皇太后为天下计，废暗立明，奠定宗庙社稷，臣等敢不奉诏！"说着，复顿首请示。吕太后尚令群臣推选，叫他退朝协议，议定后陈。大众奉命退出，互相讨论，究未

知太后属意何人，不敢擅定。毕竟陈平多智，嘱托宫中内侍，密向太后问明，太后却已意有所属，欲立恒山王义，就是前日的襄城侯山。山为恒山王不疑弟，不疑夭逝，山因嗣封，改名为义。一经太后授意内侍，转告群臣，群臣遂表请立义，由太后下诏依言，立义为帝。又叫他改名为弘，且将幽禁永巷的少帝，置诸死地，易称弘为少帝。弘年亦幼，吕太后仍得临朝，所有恒山王爵，令轵侯朝接封。已而淮阳王彊亦死，壶关侯武继承兄爵，嗣为淮阳王。

独吕王嘉骄恣不法，傲狠无亲，连太后都看不过去，因欲把嘉废置，另立吕产为吕王。产本嘉叔，即吕台胞弟。以弟继兄，已成当日惯例，偏吕太后假托公道，仍欲经过大臣会议，方好另封，所以延迟数日，未曾立定。适有一个齐人田子春，来游都下，察知宫中情事，巧为安排。一来是为吕氏效劳，二来是为刘氏报德，双方并进，也是个心计独工的智士。先是高祖从堂兄弟刘泽，受封营陵侯，留居都中，子春尝到长安，旅次乏资，挽人引进泽门，立谈以下，甚合泽意。泽屡望封王，子春允为划策，当由泽赠金三百斤，托他钻谋。不意子春得了厚赠，饱载归齐，泽大失所望，但还疑他家中有事，代为曲原。偏迟至二年有余，仍无音信，乃特遣人到齐，寻访子春，责他负友。子春正得金置产，经营致富，接到来使责言，慌忙谢过，且托使人返报，约期入都。待使人去后，也即整备行装，挈子同行。既至长安，并不向泽求见，却另赁大宅住下，取出囊中金银，贿托大谒者张释密友，为子介绍，求居门下。释本是阉人，因得宠吕后，骤致贵显，他心中也想罗致士人，倚作爪牙。一闻友人荐引田子，便即慨允收留。田子得父秘授，谄事张释，买动欢心，即请释到家宴饮。释绝不推辞，昂然前往。到了子春赁宅，子春早盛设供张，开门迎接。待至释缓步登堂，左右旁顾，见他帷帐器具，无不华丽，仿佛与侯门相似，已是诧异得很，及肴核上陈，又皆件件精美，山珍海错，备列筵前，乐得开怀畅饮，自快老饕。饮至半酣，子春屏人与语道："仆至都中，见王侯邸第百余，多是高皇帝的功臣，惟思太后母家吕氏，亦曾佐助高帝，立有大功，并且谊居懿戚，理应优待，今太后春秋已高，意欲多封母家子侄，但恐大臣不服，止立吕王一人，今闻吕王嘉得罪将废，太后必且另立吕氏，足下久侍太后，难道未知太后命意么？"张释道："太后命意，无非欲另立吕产呢。"子春道："足下既知太后隐衷，何不转告大臣，立刻奏请？吕产若得封王，足下亦不失为万户侯，否则足下知情不言，必为太后所恨，祸且及身了！"田生之请封吕产，实是为刘泽着想，略迹原心，尚属可恕。张释惊喜道："非君提醒此意，我且失机，他日得如君言，定当图报。"子春谦逊一番，又各饮了好几杯，方才尽欢而别。

不到数日，即由吕太后升殿，问及群臣，决意废去吕嘉，改立他人。群臣已经张释示意，便将吕产保荐上去，太后甚喜，下诏废吕王嘉，立吕王产，至退朝后，取出黄金千斤，赏与张释。释却不忘前言，分金一半，转赠田子春。子春坚辞不受，释愈加敬礼，引为至交。嗣是常相往来，遇事辄商。子春方得做到本题，乘间进言道："吕产为王，诸大臣究未心服，看来须要设法调停，才得相安。"释问他有何妙法？子春道："现今营陵侯刘泽，为诸刘长，虽得兼官大将军，究竟未受王封，不免怨望。足下何不入白太后，裂十余县，封泽为王？泽得了王封，必然心喜，诸大臣亦可无异言，就是吕王地位，也因此巩固了。"释甚以为然，便去进白太后。太后本不欲多封刘氏，此时听了释言，封刘就是安吕，不为无计，并且泽妻为吕媭女婚媾相关，当无他患，乃封刘泽为琅琊王，遣令就国。子春为泽运动，已得成功，方自往见泽，向泽道贺。泽已查知封王原因，功出子春，当即下座相迎，延令就坐，盛筵相待。子春饮了数觥，便命撤席。泽不禁动疑，问为何事？子春道："王速整装登程，幸勿再留，仆当随王同行便了。"泽尚欲再问，子春但促他速行，不肯明言。故意弄巧。泽乃罢饮整装，黄夜备齐。子春返至寓所，草草收拾，俟至翌晨，复去催泽辞行。泽入宫谒见太后，报告行期，太后并不多言，泽即顿首告退。一出宫门，已由子春办好车马，请泽登车，一鞭加紧，马不停蹄，匆匆的驰出函谷关。既越关门，复急走数十里，始命缓辔徐行，泽尚以为疑，后来得知太后生悔，饬人追还，行至函谷关，已知无及，方才折回。泽乃服子春先见，格外礼遇，欢然就国去了。

太后方悔封刘泽，苦难收回成命，再加赵王友的妻室，入宫告密，说是赵王将有他变，气得吕太后倒竖双眉，立派使人，召还赵王。究竟赵王有无异谋，详查起来，实是子虚乌有，都由他妻室吕氏信口捏造，有意架诬。吕女为赵王妻，仗着吕太后势力欺凌赵王。赵王屡与反目，别爱他姬，吕氏且妒且怒，遂不与赵王说明，径至长安，入白太后道："赵王闻得吕氏为王，常有怨言，平居屡语人道：'吕氏怎得为王？太后百年后，我定当讨灭吕氏，使无孑遗。'此外尚有许多妄语，无非是与诸吕寻仇，故特来报闻。"吕太后信以为真，怎肯干休？一俟赵王召到，也不讯明虚实，立把他锢住邸中，派兵监守，不给饮食。赵王随来的从吏，私下进馈，都被卫兵阻住，甚且拘系论罪。可怜赵王友无从得食，饿得气息奄奄，因作歌鸣冤道：

> 诸吕用事兮刘氏微，迫胁王侯兮强授我妃！我妃既妒兮诬我以恶，谗女乱国兮上曾不寤！我无忠臣兮何故弃国，自决中野兮苍天与直！吁嗟不可悔兮宁早自戕，为王饿死兮谁者怜之，吕氏绝理兮托天报仇！

歌声呜呜，饥肠辘辘，结果是饿死邸中。所遗骸骨，但用民礼藁葬长安。未知他妻曾否送葬。吕太后遂徙梁王恢为赵王，改封吕王产为梁王，又将后宫子太封济川王。产始终不闻就国，留京为少帝太傅。太尚年幼，亦不令东往，仍住宫中。赵王恢妻，便是吕产的女儿，阃内雌威，不可向迩，恢秉性孺弱，屡为所制。及移梁至赵，恢本不甚愿意，且从前赵都官吏，半为吕氏所把持，至此复由梁地带去随员，亦有吕姓多人，两处蟠互，累得恢事事受制，一些儿没有主权。那位床头夜叉，气焰越威，竟将恢所宠爱的姬妾，用药毒死。恢既经郁愤，复兼悲悼，辗转思想，毫无生趣，因撰成歌诗四章，令乐工谱入管弦，如怨如慕，如泣如诉，益令恢悲不自胜，索性仰药自尽，到冥府中追寻爱姬，重续旧欢去了。倒是一个情种。

赵臣奏报恢丧，吕太后不责产女，反说恢为一妇人，竟甘自殉，上负宗庙，有亏孝道，不准再行立嗣。另遣使臣至代，授意代王，令他徙赵。代王恒避重就轻，情愿长守代边，不敢移封赵地，乃托朝使告辞。使臣返报吕太后，吕太后遂立吕禄为赵王，留官都中。禄父就是吕释之，时已去世，特追封为赵昭王。会闻燕王建病殁，遗有一子，乃是庶出，吕太后不欲他承袭封爵，潜遣刺客赴燕，刺死建子，独封吕台子通为燕王。于是高祖八男，仅存二人，一是代王恒，一是淮南王长，加入齐吴楚及琅琊等国，总算还有六七国。恒山淮阳济川三国姓氏可疑，故不列入。那吕氏亦有三王，吕产王梁，吕禄王赵，吕通王燕，与刘氏势力相侔。而且产禄遥领藩封，仍然蟠踞宫廷，手握兵马大权，势倾内外，这却非刘氏诸王所能与敌。刘家天下，几已变做吕家天下了！

流光如驶，倏忽八年，这八年内，统是吕太后专制时代，阴阳反变，灾

异迭生，忽而地震，忽而山崩，忽而水溢，忽而红日晦冥，星且尽现。吕太后却也有些知觉，尝见日食如钩，向天嗔语道："这莫非为我不成？"话虽如此，终究是本性难移，活一日，干一日，除死方休。少帝弘名为人主，不使与政，简直与木偶无二。内惟临光侯吕媭，左丞相审食其，大谒者张释，出纳诏奏，参赞秘谋；外惟吕产吕禄，分典禁兵，护卫宫廷。右丞相陈平，太尉周勃，有位无权，有权无柄，不过旅进旅退，借保声名。独有一位刘家子孙，少年负气，慷慨激昂，他却不肯冒昧图功，暗暗的待着机会，来出风头。小子有诗咏道：

不顾纲常只逆施，妇人心性总偏私。

须知龙种非全替，且看筵前拔剑时。

欲知此人为谁，待至下回再详。

妇道从夫，乃古今之通例，吕雉若不为刘家妇，如何得为皇后，如何得为皇太后！富贵皆出自夫家，奈何遽忘刘氏，徒欲尊宠诸吕乎？当其媾婚刘吕之时，尚不过欲母家子侄，同享荣华，非必欲遽倾刘氏也。然古人有言，物莫能两大，刘吕并权，势必相倾，彼吕氏两女，犹弃其夫而不顾，况产禄乎？田子春为刘泽计，先劝张释讽示大臣，请封吕产，然后以刘泽继之。泽居外而产居内，以势力论，泽亦何能及产！但观子春之本心，实为刘泽起见。且后来之安刘灭吕，泽与有功，故本回叙及此事，详而不略，贬亦兼褒。至若陈平周勃，则力斥其逢迎之失，不以后事而曲恕之，书法不隐，是固一良史手笔也，若徒以小说目之，傎(diān)矣！

第四十五回

听陆生交欢将相　连齐兵合拒权奸

却说吕氏日盛，刘氏日衰，剩下几个高祖子孙，都是栗栗危惧，只恐大祸临头，独有一位年少气盛的龙种，却是隐具大志，想把这汉家一脉，力为扶持。这人为谁？就是朱虚侯刘章。刘氏子弟，莫如此人，故特笔提叙。他奉吕太后命令，入备宿卫，年龄不过二十，生得仪容俊美，气宇轩昂。娶了一个赵王吕禄的女儿，合成夫妇，两口儿却是很恩爱，与前次的两赵王不同。吕太后曾为作合，见他夫妇和谐，自然喜慰，就是吕禄得此快婿，亦另眼相待，不比寻常。哪知刘章却别有深心，但把这一副温存手段，笼络妻房，好教她转告母家，相亲相爱，然后好乘间行事，吐气扬眉。可见两赵王之死，半由自取，若尽如刘章，吕女反为利用了。

一夕入侍宫中，正值吕太后置酒高会，遍宴宗亲，列席不下百人，一大半是吕氏王侯。刘章瞧在眼中，已觉得愤火中烧，但面上仍不露声色，静待太后命令。太后见章在侧，便命为酒吏，使他监酒。章慨然道："臣系将种，奉命监酒，请照军法从事！"太后素视章为弄儿，总道他是一句戏言，便即照允。待至大众入席，饮过数巡，自太后以下，都带着几分酒兴，章即进请歌舞，唱了几曲巴里词，演了一回莱子戏，引得太后喜笑颜开，击节叹赏。章复申请道："臣愿为太后唱耕田歌。"太后笑道："汝父或尚知耕田，汝生时便为王子，怎知田务？"章答说道："臣颇知一二。"太后道："汝且先说耕田的大意。"章吭声作歌道："深耕溉种，立苗欲疏。非其种者，锄而去之。"太后听着，已知他语带双敲，不便在席间诘责，只好默然无言。章佯作不知，但令近侍接连斟酒，灌得大众醉意醺醺，有一个吕氏子弟，不胜酒力，潜自逃去，偏偏被章瞧着，抢步下阶，拔剑追出，赶至那人背后，便喝声道："汝敢擅自逃席么？"那人正回头谢过，章张目道："我已请得军法从事，汝敢逃席，明明藐法，休想再活了！"说着，手起剑落，竟将他首级剁落，回报太后道："适有一人逃席，臣已谨依军法，将他处斩！"这数语惊动大众，俱皆失色。就是吕太后亦不禁改容，惟用双目钉住刘章，章却似行所无事，从容自若。太后瞧了多时，自思已准他军法从事，不能责他擅杀，只得忍耐了事。大众皆跼蹐（jú jí）不安，情愿告退，当由太后谕令罢酒，起身入内。众皆离席散去，章亦安然趋出。自经过这番宴席，诸吕始知章勇敢，怕他三分。吕禄也有些忌章，但为儿女面上，不好当真，仍然照常待遇。诸吕见禄且如此，怎好无故害章，没奈何含忍过去。惟刘氏子弟，暗暗生欢，都望章挽回门祚，可以抑制诸吕。就是陈平周勃等，亦从此与章相亲，目为奇才。

时临光侯吕媭，女掌男权，竟得侯封，她与乃姊性情相类，专喜察人过失，伺间进谗。至闻刘章擅杀诸吕，却也想不出什么法儿，加害章身，唯与陈平是挟有宿嫌，屡白太后，说他日饮醇酒，好戏妇人。太后久知媭欲报夫怨，有心诬告，所以不肯轻听，但嘱近侍暗伺陈平。平已探得吕媭谗言，索性愈耽酒色，沉湎不治，果然不为太后所疑，反为太后所喜。一日入宫白事，却值吕媭旁坐，吕太后待平奏毕，即指吕媭语平道："俗语有言，儿女子话不可听，君但教照常办事，休畏我女弟吕媭，在旁多口，我却信君，不信吕媭哩！"平顿首拜谢，起身自去。只难为了一个皇太后胞妹，被太后当面奚落，害得无地自容，几乎要淌下泪来。太后却对她冷笑数声，自以为能，哪知已中了陈平诡计。她坐又不是，立又不是，竟避开太后，远远的去哭了一场。但自此以后，也不敢再来谮平了。

平虽为禄位起见，凡事俱禀承吕后，不敢专擅，又且拥美姬，灌黄汤，看似麻木不仁的样子。其实是未尝无忧，平居无事，却也七思八想，意在安刘。无如吕氏势焰，日盛一日，欲要设法防维，恐如螳臂挡车，不自量力，所以逐日忧虑，总觉得艰危万状，无法可施。谁叫你先事纵容。

大中大夫陆贾，目睹诸吕用事，不便力争，尝托病辞职，择得好畤地方，挈眷隐居。老妻已死，有子五人，无甚家产，只从前出使南越时，得了赆仪，变卖值一千金，乃作五股分派，分与五子，令他各营生计。自己有车一乘，马四匹，侍役十人，宝剑一口，随意闲游，逍遥林下。所需衣食，令五子轮流供奉，但求自适，不尚奢华。保身保家，无逾于此。有时到了长安，与诸大臣饮酒谈天，彼此统是多年僚友，当然沆瀣相投。就是左丞相府中，亦时常进出，凡门吏仆役，没一个不认识陆大夫，因此出入自由，不烦通报。

一日又去往访，阍人见是熟客，由他进去，但言丞相在内室中。贾素知门径，便一直到了内室，见陈平独自坐着，低着了头，并不一顾。乃开口动问道："丞相有何忧思？"平被他一问，突然惊起，抬头细瞧，幸喜是个熟人，因即延令就座，且笑且问道："先生道我有什么心事？"贾接着道："足下位居上相，食邑三万户，好算是富贵已极，可无他望了。但不免忧思，想是为了主少国疑，诸吕专政呢？"平答说道："先生所料甚是。敢问有何妙策，转危为安？"聪明人也要请教吗？贾慨然道："天下安，注意相，天下危，注意将，将相和睦，众情归附，就使天下有变，亦不至分权，权既不分，何事不成！目今社稷大计，关系两人掌握，一是足下，一是绛侯。仆常欲向绛侯进言，只恐绛侯与我相狎，视作迂谈。足下何不交欢绛侯，联络情意，互相为助呢？"平尚有难色，贾复与平密谈数语，方得平一再点首，愿从贾议。贾乃与平告别，出门自去。

原来平与周勃，同朝为官，意见却不甚融洽。从前高祖在荥阳时，勃

尝㓨平受金，虽已相隔有年，总觉余嫌未泯，所以平时共事，貌合神离。自从陆贾为平划策，叫他与勃结欢，平遂特设盛筵，邀勃过饮。待勃到来，款待甚殷，当即请勃入席，对坐举觞，堂上劝斟，堂下作乐，端的是怡情悦性，适口充肠，好多时方才毕饮。平又取出五百金，为勃上寿，勃未肯遽受，由平遣人送至勃家，勃称谢而去。

过了三五日，勃亦开筵相酬，照式宴平。平自然前往，尽醉乃归。嗣是两人常相往来，不免谈及国事。勃亦隐恨诸吕，自然与平情投意合，预为安排。平又深服陆贾才辩，特赠他奴婢百人，车马五十乘，钱五百万缗，使他交游公卿间，阴相结纳，将来可倚作臂助，驱灭吕氏。贾便到处结交，劝他背吕助刘。朝臣多被他说动，不愿从吕，吕氏势遂日孤。不过吕产吕禄等尚未知晓，仍然恃权怙势，不少变更。

会当三月上巳，吕太后依着俗例，亲临渭水，祓除不祥。事毕即归，行过轵道，见有一物突至，状如苍狗，咬定衣腋，痛彻心腑，免不得失声大呼。卫士慌忙抢护，却不知为何因，但听太后呜咽道："汝等可见一苍狗否？"卫士俱称不见，太后左右四顾，亦觉杳然。因即忍痛回宫，解衣细视，腋下已经青肿，越加惊疑。当即召入太史，令卜吉凶，太史卜得爻象，乃是赵王如意为祟，便据实报明。太后疑信参半，姑命医官调治。哪知敷药无效，服药更无效，不得已派遣内侍，至赵王如意墓前，代为祷免，亦竟无效。时衰受鬼迷。日间痛苦，还好勉强忍耐，夜间痛苦益甚，几乎不能支持。幸亏她体质素强，一时不致遽死，直至夏尽秋来，方将全身气血，折磨净尽。吃了三五个月苦痛，还是不足蔽辜？镇日里缠绵床褥，自知不能再起，乃命吕禄为上将，管领北军，吕产管领南军。且召二人入嘱道："汝等封王，大臣多半不平，我若一死，难免变动。汝二人须据兵卫宫，切勿轻出，就使我出葬时，亦不必亲送，才能免为人制呢！"产与禄唯唯受教。

又越数日，吕太后竟病死未央宫，遗诏令吕产为相国，审食其为太傅，立吕禄女为皇后。产在内护丧，禄在外巡行，防备得非常严密。到了太后灵柩，出葬长陵，两人遵着遗嘱，不去送葬，但带着南北二军，保卫宫廷，一步儿不敢放松。陈平周勃等，虽有心除灭诸吕，可奈无隙得乘，只好耐心守着。独有朱虚侯刘章，盘问妻室，才知产禄谨守遗言，蟠踞宫禁。暗想如此过去，必将作乱，朝内大臣，统是无力除奸，只好从外面发难，方好对付产禄。乃密令亲吏赴齐，报告乃兄刘襄，叫他发兵西向，自在都中作为内应，若能诛灭吕氏，可奉乃兄为帝云云。

襄得报后，即与母舅驷钧，郎中令祝午，中尉魏勃，部署人马，指日出发。事为齐相召平所闻，即派兵入守王宫，托名保卫，实是管束。齐王襄被他牵制，不便行动，急与魏勃等密商良策。勃素有智谋，至此为襄划策，往见召平，佯若与襄不协，低声语平道："王未得朝廷虎符，擅欲发兵，迹同造反，今相君派兵围王，原是要着，勃愿为相君效力，指挥兵士，禁王擅动，未知相君肯赐录用否？"召平闻言大喜，就将兵符交勃，任勃为将，自在相府中安居，毫不加防。忽有人来报祸事，乃是魏勃从王府撤围，移向相府，立刻就到，吓得召平手足无措，急令门吏掩住双扉，前后守护。甫经须臾，那门外的人声马声，已聚成一片，东冲西突，南号北呼，一座相府门第，已被勃众四面围住，势将捣入。平不禁长叹道："道家有言，当断不断，反受其乱，我自己不能断判，授权他人，致遭反噬，悔无及了！"遂拔剑自杀。此召平似与东陵侯同名异人。待至勃毁垣进来，平已早死，乃不复动手，返报齐王。齐王襄便令勃为将军，准备出兵，并任驷钧为丞相，祝

午为内史，安排檄文，号召四方。

此时距齐最近，为琅琊济川及鲁三国。济川王是后宫子刘太，鲁王是鲁元公主子张偃，两人为吕氏私党，不便联络。惟琅琊王刘泽，辈分最长，又与吕氏不甚相亲，并见前文。论起理来，当可为齐王后援。齐王使祝午往见刘泽，约同起事，午尚恐泽有异言，因与齐王附耳数语，然后起行。及抵琅琊，与泽相见，当即进言道："近闻诸吕作乱，朝廷危急，齐王襄即欲起兵西向，讨除乱贼，但恐年少望轻，未习兵事，为此遣臣前来，恭迎大王！大王素经战阵，又系人望，齐王情愿举国以听，幸乞大王速莅临淄，主持军务！即日连合两国兵马，西入关中，讨平内乱，他时龙飞九五，舍大王将谁属呢？"言甘者心必苦。刘泽本不服吕氏，且听得祝午言词，大有利益，当即与午起行。到了临淄，齐王襄阳表欢迎，阴加监制，再遣午至琅琊，矫传泽命，尽发琅琊兵马，西攻济南。济南向为齐地，由吕太后割畀吕王，所以齐王发难，首先往攻。一面陈诸吕罪状，报告各国，略云：

> 高帝平定天下，王诸子弟，悼惠王薨，惠帝使留侯张良，立臣为齐王。惠帝崩，高后用事，听诸吕，擅废帝更立，又杀三赵王，灭梁赵燕以王诸吕，分齐国为四，即琅琊济川鲁三国，与齐合计为四。忠臣进谏，上惑乱不听。今高后崩，皇帝春秋富，未能治天下，固待大臣诸侯。今诸吕又擅自尊官，聚兵严威，劫列侯忠臣，矫制以令天下，宗庙以危。寡人率兵入诛不当为王者！

这消息传入长安，吕产吕禄未免着急，遂遣颍阴侯大将军灌婴，领兵数万，出击齐兵。婴行至荥阳，逗留不进，内结绛侯，外连齐王，静候内外消息，再定行止。齐王襄亦留兵西界，暂止进行。独琅琊王刘泽，被齐王羁住临淄，自知受欺，乃亦想出一法，向齐王襄进说道："悼惠王为高帝长子，王系悼惠冢嗣，就是高帝嫡长孙，应承大统。现闻诸大臣聚议都中，推立嗣主，泽忝居亲长，大臣皆待泽决计，王留我无益，不如使我入关，与议此事，管教王得登大位呢？"齐王襄亦为所动，乃代备车马，送泽西行。赚人者亦为人所赚，报应何速。泽出了齐境，已脱齐王羁绊，乐得徐徐西进，静候都中消息。

都中却已另有变动，计图吕氏。欲问他何人主谋，就是左丞相陈平，与太尉周勃。平勃两人，既已交欢，往往密谈国事，欲除诸吕。只因产禄两人分握兵权，急切不便发作。此次因齐王发难，有机可乘，遂互相谋划，作为内应。就是灌婴留屯荥阳，亦明明是平勃授意，叫他按兵不动。平又想到郦商父子，向与产禄结有交谊，情好最亲，遂托称计事，把郦商邀请过来，作为抵押。再召郦商子寄，入嘱秘谋，使他诱劝吕禄，速令就国。寄不得已往给吕禄道："高帝与吕后共定天下，刘氏立九王，即吴楚齐代淮南琅琊与恒山淮阳济川三国。吕氏立三王，即梁赵燕。都经大臣议定，布告诸侯，诸侯各无异言。今太后已崩，帝年尚少，足下既佩赵王印，不闻就国守藩，乃仍为上将，统兵留京，怎能不为他人所疑。今齐已起事，各国或且响应，为患不小，足下何不让还将印，把兵事交与太尉，再请梁王亦缴出相印，与大臣立盟，自明心迹，即日就国，彼齐兵必然罢归。足下据地千里，南面称王，方可高枕无忧了！"

吕禄信以为然，遂将寄言转告诸吕。吕氏父老，或说可行，或说不可行，弄得禄狐疑未决。寄却日日往探行止，见他未肯依言，很是焦急，但又不便屡次催促，只好虚与周旋，相机再劝。禄与寄友善，不知寄怀着鬼胎，反要寄同出游猎，寄不能不从。两人并辔出郊，打猎多时，得了许多鸟兽，方才回来。路过临光侯吕媭家，顺便入省，媭为禄姑，闻禄有让还将印意议，不待禄向前请安，便即怒叱道："庸奴！汝为上将，乃竟弃军浪游，眼见吕氏一族，将无从安处了！"却是一个哲妇。禄莫名其妙，支吾对答，媭越加动气，将家中所藏珠宝，悉数取出，散置堂下，且恨恨道："家族将亡，这等物件，终非我有，何必替他人守着呢？"禄见不可解，惘然退回。寄守候门外，见禄形色仓皇，与前次入门时，忧乐迥殊，即向禄问明原委。禄略与说明，寄不禁一惊，只淡淡的答了数语，说是老人多虑，何致有此。禄似信非信，别了郦寄，自返府中。寄驰报陈平周勃，平勃也为担忧，免不得大费踌躇。小子有诗叹道：

谋国应思日后艰，如何先事失防闲？
早知有此忧疑苦，应悔当年太纵奸！

过了数日，又由平阳侯曹窋奔告平勃，累得平勃忧上加忧。究竟所告何事，容至下回说明。

观平勃对王陵语，谓他日安刘，君不如仆。果能如是，则早应同心合德，共拒吕氏，何必待陆贾之献谋，始有此交欢之举耶！且当吕后病危之日，又不能乘隙除奸，以号称智勇之平勃，且受制于垂死之妇人，智何足道！勇何足言！微刘章之密召齐王，则外变不生，内谋曷逞，吕产吕禄，蟠踞宫廷，复刘氏如反掌，试问其何术安刘乎？后此之得诛诸吕，实为平勃一时之侥幸，必谓其有安刘之效果，克践前言，其固不能无愧也夫。

第四十六回

夺禁军捕诛诸吕　迎代王废死故君

却说平阳侯曹窋，是前相国曹参嗣子，见四十三回。方代任敖为御史大夫，在朝办事，他正与相国吕产同在朝房。适值郎中令贾寿由齐国出使归来，报称灌婴屯留荥阳，与齐连和，且劝产赶紧入宫，为自卫计。产依了寿言，匆匆驰去。窋闻知底细，慌忙走告陈平周勃，平勃见事机已迫，只好冒险行事，便密召襄平侯纪通，及典客刘揭，一同到来。通为前列侯纪成子，或谓即纪信子。方掌符节，平即叫他随同周勃，持节入北军，诈传诏命，使勃统兵，又恐吕禄不服，更遣郦寄带了刘揭，往迫吕禄，速让将印。勃等到了北军营门，先令纪通持节传诏，再遣郦寄刘揭，入给吕禄道："主上有诏，命太尉掌管北军，无非欲足下即日就国，足下急宜缴出将印，辞别出都，否则祸在目前了！"此语也只可欺禄，不能另欺别人。禄本来无甚才识，更因郦寄是个好友，总道他不致相欺，乃即取出将印，交与刘揭，匆匆出营。

揭与寄急往见勃，把将印交付勃手，勃喜如所望。握着印信，召集北军，立即下令道："为吕氏右袒，为刘氏左袒！"此令亦欠周到，倘或军中左右袒，勃将奈何！北军都袒露左臂，表示助刘。勃因教他静待后令，不得少哗，一面遣人报知陈平，平又使朱虚侯刘章，驰往助勃。勃令章监守军门，再遣曹窋往语殿中卫尉，毋得容纳吕产。产已入未央宫，号召南军，准备守御，蓦见曹窋驰入，不知他所为何事，乃亦欲入殿探信。偏殿中卫尉，已皆听信曹窋，将产阻住，产不能进去，只好在殿门外面，徘徊往来。与吕禄同是庸奴，怎能不为所杀！窋见产虽无急智，但南军尚听他指挥，未敢轻动，复使人往报周勃。勃亦恐不能取胜，惟令刘章入宫，保卫少帝。刘章道："一人何足成事？请拨千人为助，方好相机而行。"勃乃拨给步卒千余人，各持兵械，随章入未央宫。章趋进宫门，时已傍晚，见产尚立

注：图中所题回目名当为“夺禁军捕诛诸吕”

着庭中，不知所为，暗思此时不击，尚待何时？于是顾语步卒，急击勿延。幸有此尔。一语甫毕，千人齐奋，都向吕产面前，挺刃杀去。章亦拔剑继进，大呼杀贼，产大惊失色，回头便跑，手下军士，却想抵敌刘章，不意豁喇一声，暴风骤至，吹得毛发皆竖，立足不住，众心遂致慌乱。更兼吕产平日没有什么恩德，哪个肯为他效死，一哄都走，四散奔逃。章率兵士分头捕产，产不得出宫，逃入郎中府吏舍厕中，蜷伏一团。相国要想尝粪么？偏是死期已至，竟被兵士寻着，一把抓出，上了锁链，牵出见章。章不与多言，顺手一剑，砍中产头，眼见是一命呜呼了！

俄而有一谒者持节出来，口称奉少帝命，慰劳军人，章即欲夺节，偏谒者不肯交付，拚死持着。章转念一想，还是胁与同行，乃将他一手扯住，同载车中，出了未央宫，转赴长乐宫。部下千余人，自然跟去。行至长乐宫前，叩门竟入，门吏见有谒者持节，不敢拦阻，由他直进。长乐卫尉，就是赘其侯吕更始，章正为他前来，出其不意，除灭了他，免得多费兵力。更始尚未知吕产被杀，贸然出迎，又被章仗剑一挥，劈落头颅。章不容谒者开口,便即诈称帝命,只诛吕氏,不及他人。卫士各得生命,且见有谒者持节在旁,当然听命。章乃返报周勃,勃跃然起座,向章拜贺道:“我等只患一吕产,产既伏诛,天下事大定了!”当下遣派将士,分捕诸吕,无论男女老幼,一古脑儿拿到军前。就是吕禄吕媭,也无从逃免。勃命将吕禄先行绑出,一刀毕命,吕媭还想挣扎,信口胡言,惹动周勃盛怒,命军士揿她倒地,用杖乱笞,一副老骨头,禁得起几多大杖!不到百下,已经断气。何不早死数日。此外悉数处斩,差不多有数百人。燕王吕通,已经赴燕,也由勃派一朝使,托称帝命,迫令自尽。又将鲁王张偃,削夺官爵,废为庶人。后来文帝即位,追念张耳前功,乃复封偃为南宫侯。独左丞相审食其,明明是吕氏私党,并且浊乱宫闱,播弄朝政,理应将他治罪,明正典刑,偏由陆贾朱建,代为说情,竟得幸逃法网,仍官原职。陈平周勃究竟未识大体,就是陆贾亦不免阿私。

陈平周勃,因已扫清诸吕,遂将济川王刘太徙封,改称梁王,且遣朱虚侯刘章赴齐,请齐王襄罢兵,再使人通知灌婴,令即班师回朝。灌婴闻得齐将魏勃,劝襄举兵,并擅杀齐相召平,料他不是个驯良人物,索性把勃召至,面加质问。勃答说道:“譬如人家失火,何暇先白家长,然后救火哩。”说着,退立一旁,面有战色,不敢复言。这是魏勃故作此态,瞒过灌婴。灌婴注目多时,向勃微笑道:“我道魏勃有什么勇敢,原来是个庸人,有何能为?”遂释使归齐,自引兵驰还长安。

琅琊王刘泽,探悉吕氏尽诛,内外解严,才得放胆登程,驱车入都。可巧朝内大臣,密议善后事宜,一闻刘泽到来,统以为刘氏宗室,泽齿居长,不能不邀他参议,免有后言。泽从容入座,起初是袖手旁观,不发一语,但听平勃等宣言道:“从前吕太后所立少帝,及济川淮阳恒山三王,实皆非惠帝遗胤,冒名入宫,滥受封爵。今诸吕已除,不能不正名辨谬,若使他姓再得乱宗,将来年纪长成,秉国用事,仍与吕氏无二,我等且无遗类了!不如就刘氏诸王中,择贤拥立,方可免祸。”这番论调说将出来,大众统皆赞成,就是泽也无异词。及说到刘氏诸王,当有人出来主张,谓齐王襄系高帝长孙,应该迎立。泽即发言驳斥道:“吕氏以外家懿戚,得张毒焰,害勋亲,危社稷,今齐王母舅驷钧,如虎戴冠,行为暴戾,若齐王得立,钧必专政,是去一吕氏,复来一吕氏了。此议如何行得?”陈平周勃,听到此语,当然附和泽议，不愿立襄。其实泽是怀着前恨，借端报复，故有此言。大众又复另议，公推了一个代王恒，并说出两种理由，一是高祖诸子，尚存两王，代王较长，性又仁孝，不愧为君，二是代王母家薄氏，素来长厚，未尝与政，可无他患，有此两善，确是名正言顺，允洽舆情。平勃遂依了众议，阴使人往见代王，迎他入京。

代王恒接见朝使，问明来意，虽觉得是一大喜事，但也未敢骤然动身，因召集僚属，会议行止。郎中令张武等谏阻道："朝上大臣，统是高帝旧将，素习兵事，专尚诈谋。前由高帝吕太后，相继驾御，未敢为非，今得灭诸吕，喋血京师，何必定要迎立外藩？大王不宜轻信来使，且称疾勿往，静观时变。"说到末语，忽有一人进说道："诸君所言，都属非是，大王得此机会，即应命驾入都，何必多疑？"代王瞧着，乃是中尉宋昌，正欲启问，昌已接说道："臣料大王此行，万安万稳，保无后忧！试想暴秦失政，豪杰并起，哪一个不想称尊，后来得践帝位，终属刘家，天下都屏息敛足，不敢再存奢望，这便是第一件无忧呢。高帝分王子弟，地势如犬牙相制，固如磐石，天下莫不畏威，这第二件也可无忧。汉兴以后，除秦苛政，约定法令，时施德惠，人心已皆悦服，何致动摇。这第三件更不必忧了。就是近日吕后称制，立诸吕为三王，擅权专政！何等威严，太尉以一节入北军，奋臂一呼，士皆左袒，助刘灭吕，可见得天意归刘，并不是专靠人力呢。今大臣虽欲为变，百姓不肯听从，如何成事？况内有朱虚东牟二侯，外有吴楚淮南齐代诸国，互相制服，必不敢动。现在高帝子嗣，只存淮南王与大王二人，大王年长，又有贤圣仁孝的美名，传闻天下，所以诸大臣顺从舆情，来迎大王，大王尽可前往，统治天下，何必多疑呢！"见得到，说得透。

代王恒素性谨慎，还有三分疑意，乃入白母后薄氏。薄太后前居宫中，亦经过许多艰苦，幸得西行，脱身免祸，此时尚带余惊，不敢决计令往。代王又召入卜人，嘱令占卦，卜人占得卦象，即向代王称贺，说是大吉。代王问及卦兆爻辞，卜人道："卦兆叫做大横，爻辞有云：大横庚庚，余为天王，夏启以光。"周易中无此三语，想是出诸连山归藏。代王道："寡人已经为王，还做什么天王呢？"卜人道："天王就是天子，与诸侯王不同。"代王乃遣母舅薄昭，先赴都中，问明太尉周勃，勃极言诚意迎王，誓无他意。薄昭即还报代王，代王方笑语宋昌道："果如君言，不必再疑！”随即备好车驾，与昌一同登车，令昌骖乘，随员惟张武等六人，循驿西行。

到了高陵，距长安不过数十里，代王尚未尽放心，使昌另乘驿车，入都观变。昌驰抵渭桥，但见诸大臣都已守候，因即下车与语，说是代王将至，特来通报。诸大臣齐声道："我等已恭候多时了。"昌见群臣全体出迎，料是同意，乃复登车回至高陵，请代王安心前进。代王再使骖乘，命驾进行，至渭桥旁，诸大臣已皆跪伏，交口称臣。代王也下车答拜，昌亦随下。待至诸大臣起来，周勃抢前一步，进白代王，请屏左右，昌即在旁正色道："太尉有事，尽可直陈；所言是公，公言便是；所言是私，王者无私！"正大光明。勃被昌一说，不觉面颊发赤，仓猝跪地，取出天子符玺，捧献代王。代王谦谢道："且至邸第，再议未迟。"勃乃奉玺起立，请代王登车入都，自为前导，直至代邸。时为高后八年闰九月中，勃与右丞相陈平，率领群僚，上书劝进。略云：

> 丞相臣平，太尉臣勃，大将军臣武，即柴武。御史大夫臣苍，即张苍，前文云曹窋为御史大夫，此时想已辞职。宗正臣郢，朱虚侯臣章，章本赴齐，至此已经还都。东牟侯臣兴居，典客臣揭，再拜言大王足下，子弘等皆非孝惠皇帝子，不当奉宗庙，臣谨请阴安侯，系高祖兄，刘伯妻，即羹颉侯信母。顷王后系高祖兄，刘仲妻，尝废为郃阳侯，子濞为吴王，故仲死后，得谥为顷王。琅琊王，暨列侯吏二千石，公议大王为高皇帝子，宜为嗣，愿大王即天子位！

代王览书，复申谢道："奉承高帝宗庙，乃是重事，寡人不才，未足当此，愿请楚王到来，再行妥议，选立贤君。"群臣等又复面请，并皆俯伏，不肯起来。代王逡巡起座，西向三让，南向再让，还是向众固辞。平勃等齐声道："臣等几经恭议，现在奉高帝宗庙，唯大王最为相宜，无论天下列侯万民，无思不服，臣等为宗庙社稷计，原非轻率从事，愿大王幸听臣等，臣等谨奉天子玺符，再拜呈上！"说着，即由勃捧玺陈案，定要代王接受。代王方应允道："既由宗室将相诸侯王，决意推立寡人，寡人也不敢违众，勉承大统便了！"群臣俱舞蹈称贺，即尊代王为天子，是为文帝。

东牟侯兴居进奏道："此次诛灭吕氏，臣愧无功，今愿奉命清宫。"文帝允诺，命与太仆汝阴侯夏侯婴同往。两人径至未央宫，入语少帝道：

"足下非刘氏子,不当为帝,请即让位!"一面说,一面挥去左右执戟侍臣。左右去了多人,尚有数人未肯退去,大谒者张释,巧为迎合,劝令退出,乃皆释戟散走。夏侯婴即呼入便舆,迫少帝登舆出宫。少帝弘战栗道:"汝欲载我何往?"婴直答道:"出就外舍便是!"说着,即命从人御车驱出,行至少府署中,始令少帝下车居住。兴居又逼使惠帝后张氏,移徙北宫,然后备好法驾,至代邸迎接文帝。文帝即夕入宫,甫至端门,尚有十人持戟,阻住御驾,且朗声道:"天子尚在,足下怎得擅入?"文帝不觉惊疑,忙遣人驰告周勃。勃闻命驰入,晓示十人,叫他避开。十人始知新天子到来,弃戟趋避,文帝才得入内。当夜拜宋昌为卫将军,镇抚南北军,授张武为郎中令,巡行殿中,自御前殿,命有司缮成恩诏,颁发出去。诏曰:

> 制诏丞相太尉御史大夫,间者诸吕用事擅权,谋为大逆,欲危刘氏宗庙,赖将相列侯宗室大臣诛之,皆伏其辜。朕初即位,其赦天下,赐民爵一级,女子百户牛酒,酺五日。

是夜少帝弘暴死少府署中,还有常山王朝、淮阳王武、梁王太三人,当时虽受王封，统因年幼无知，未便就国，仍然留居京邸，这三人亦同时被杀。想是陈平周勃，恐他留为后患，不如斩草除根，杀死了事。文帝乐得置诸不问。究竟少帝与三王，是否惠帝子，亦无从证实，不过这数人无罪无辜，同致杀死，就使果是杂种，也觉得枉死可怜。推究祸原，还是吕太后造下冤孽哩。冤有头，债有主，应该追究。话分两头。

且说文帝既已正位，倏忽间已是十月，沿着旧制，下诏改元。月朔谒见高庙，礼毕还朝，受群臣觐贺，下诏封赏功臣。有云：

前吕产自置为相国，吕禄为上将军，擅遣将军灌婴，将兵击齐，欲代刘氏，婴留荥阳，与诸侯合谋以诛吕氏。吕产欲为不善，丞相平与太尉勃等，谋夺产等军，朱虚侯章首先捕斩产，太尉勃身率襄平侯通，持节承诏入北军，典客揭夺吕禄印。其益封太尉勃邑万户，赐金千斤，丞相平、将军婴邑各三千户，金二千斤，朱虚侯章、襄平侯通邑各二千户，金千斤，封典客揭为阳信侯，赐金千斤，用酬劳勩（yì）。其毋辞！

封赏已毕，遂尊母后薄氏为皇太后，遣车骑将军薄昭，带着卤薄，往代奉迎。追谥故赵王友为幽王，赵王恢为共王，燕王建为灵王。共灵二王无后，惟幽王友有二子，长子名遂，由文帝特许袭封，命为赵王，移封琅琊王泽为燕王，所有从前齐楚故地，为诸吕所割封，至是尽皆给还，不复置国。中外胪欢，吏民额手。

忽由右丞相陈平，上书称病，不能入朝，文帝乃给假数日。待至假满，平只好入谢，且请辞职。文帝惊问何因？平复奏道："高皇帝开国时，勃功不如臣，今得诛诸吕，臣功不如勃，愿将右丞相一职，让勃就任，臣心方安。"可见称病是诈。文帝乃命勃为右丞相，迁平为左丞相，罢去审食其。实是可杀。任灌婴为太尉。勃受命后，趋出朝门，面有骄色，文帝却格外敬礼，注目送勃。郎中袁盎，从旁瞧着，独出班启奏道："陛下视丞相为何如人？"文帝道："丞相可谓社稷臣！"袁盎道："丞相乃是功臣，不得称为社稷臣。古时社稷臣所为，必君存与存，君亡与亡，丞相当吕氏擅权时，身为太尉，不能救正，后来吕后已崩，诸大臣共谋讨逆，丞相方得乘机邀功。今陛下即位，特予懋赏，敬礼有加，丞相不自内省，反且面有德色，难道社稷臣果如是么？"文帝听了，默然不答，嗣是见勃入朝，辞色谨严，勃亦觉得有异，未敢再夸，渐渐的易骄为畏了。暗伏下文。小子有诗叹道：

漫言厚重足安刘，功少封多也足羞。

不是袁丝袁盎字丝。先进奏，韩彭遗祸且临头！

君严臣恭，月余无事，那车骑将军薄昭，已奉薄太后到来，文帝当即出迎。欲知出迎情事，容待下回再详。

诸吕之诛，虽由平勃定谋，而首事者为朱虚侯刘章。齐之起兵，章实使之，前回总评中已经叙及。至若周勃已夺北军，即应捕诛产禄，乃尚不敢遽发，但遣刘章入卫，设章不亟杀吕产，则刘吕之成败，尚未可知。陈平有谋无勇，因人成事，论其后日定策之功，未足以赎前日阿谀之罪。至文帝即位，厚赉平勃，而刘章不即加赏，文帝其亦有私意欤？西向让三，南向让再，无非为矫伪之虚文，彼于刘章之欲戴乃兄，尚怀疑忌，宁有不欲称尊之理？况少帝兄弟，同时毙命，皆不过问，其居心更可见矣。夫贤如文帝，而不免怀私，此尧舜以后之所以终无圣主也。

第四十七回

两重喜窦后逢兄弟　一纸书文帝服蛮夷

却说文帝闻母后到来，便率领文武百官，出郊恭迎。伫候片时，见薄太后驾到，一齐跪伏，就是文帝亦向母下拜。薄太后安坐舆中，笑容可掬，但令车骑将军薄昭，传谕免礼。薄昭早已下马，遵谕宣示，于是文帝起立，百官皆起，先导后拥，奉辇入都，直至长乐宫中，由文帝扶母下舆。登御正殿，又与百官北面谒贺，礼毕始散。这位薄太后的履历，小子早已叙过，毋庸赘述。见前文中。惟薄氏一索得男，生了这位文帝，不但母以子贵，而且文帝竭尽孝思，在代郡时，曾因母病久延，亲自侍奉，日夜不怠，饮食汤药，必先尝后进，薄氏因此得痊，所以贤孝著闻，终陟帝位。一位失宠的母妃，居然尊为皇太后，适应了许负所言，可见得苦尽甘回，凡事都有定数，毋庸强求呢。讽劝世人不少。

说也奇怪，薄太后的遭际，原是出诸意外，还有文帝的继室窦氏，也是反祸为福，无意中得着奇缘。随笔递入。窦氏系赵地观津人，早丧父母，只有兄弟二人，兄名建，字长君，弟名广国，字少君。少君甚幼，长君亦尚年少，未善谋生，又值兵乱未平，人民离析，窦氏与兄弟二人，几乎不能自存。巧值汉宫采选秀女，窦氏便去应选，得入宫中，侍奉吕后。既而吕后发放宫人，分赐诸王，每王五人，窦氏亦在行中。她因籍隶观津，自愿往赵，好与家乡接近，当下请托主管太监，陈述己意。主管太监却也应允，不意事后失记，竟将窦氏姓名，派入代国，及至窦氏得知，向他诘问，他方自知错误，但已奏明吕后，不能再改，只得好言劝慰，敷衍一番。窦氏洒了许多珠泪，自悲命薄，怅怅出都。同行尚有四女，途中虽不至寂寞，总觉得无限凄凉。哪知到了代国，竟蒙代王特别赏识，选列嫔嫱，春风几度，递结珠胎。第一胎生下一女，取名为嫖，第二三胎均是男孩，长名启，次名武。当时代王夫人，本有四男，启与武乃是庶出，当然不及嫡室所生。窦氏却也自安本分，敬事王妃，并嘱二子听命四兄，所以代王嘉她知礼，格外宠爱。会值代王妃得病身亡，后宫虽尚有数人，总要算窦氏为领袖，隐隐有继妃的希望，不过尚未曾正名。至代王入都为帝，前王妃所出四男，接连夭逝，于是窦氏二子，也得头角崭露，突出冠时。有福人自会凑机，不必预先摆布。

文帝元年孟春之月，丞相以下诸官吏，联名上书，请豫立太子。文帝又再三谦让，谓他日应推选贤王，不宜私建子嗣。群臣又上书固请，略言三代以来，立嗣必子，今皇子启位次居长，敦厚慈仁，允宜立为太子，上承宗庙，下副人心。文帝乃准如所请，册立东宫，即以皇子启为太子。太子既定，群臣复请立皇后。看官试想！太子启既为窦氏所生，窦氏应该为后，尚何疑义？不过群臣未曾指名，让与文帝乾纲独断，文帝也因上有太后，须要禀承母命，才见孝思。当由薄太后下一明谕，饬立太子母窦氏为皇后，窦氏遂得为文帝继室，正位中宫，这叫做意外奇逢，不期自至。若使当年主管太监，不忘所托，最好是做了一个妾媵，怎能平空一跃，升做国母呢？彼时幽共二王，内有悍妇，若窦氏做他姬妾，恐怕还要枉死，何止不能为国母呢！

窦氏既得为后，长女嫖受封馆陶公主，次子武亦受封为淮阳王。就是窦后的父母，也由薄太后推类赐恩，并沐荣封。原来薄太后父母，并皆早殁，父葬会稽，母葬栎阳，自从文帝即位，追尊薄父为灵文侯，就会稽郡置园邑三百家，奉守祠冢。薄母为灵文夫人，亦就栎阳北添置园邑，如灵文侯园仪。薄太后以自己父母，统叨封典，不能厚我薄彼，将窦后父母搁过不提。乃诏令有司，追尊窦后父为安成侯，母为安成夫人，就在清河郡观津县中，置园邑二百家，所有奉守祠冢的礼仪，如灵文园大略相同。惺惺惜惺惺。还有车骑将军薄昭，系薄太后弟，时已得封为轵侯，因此窦后兄长君，也得蒙特旨，厚赐田宅，使他移居长安。窦后自然感念姑恩，泥首拜谢，待至长君奉旨到来，兄妹相见，当然忧喜交集，琐叙离踪。谈到季弟少君，长君却欷歔流涕，说是被人掠去，多年不得音问，生死未卜，窦后关情手足，也不禁涕泗滂沱，待至长君退出，遣人至清河郡中，嘱令地方有司，访觅少君，一时也无从寻着。

窦后正惦念得很，一日忽由内侍递入一书，展开一看，却是少君已到长安，自来认亲。书中述及少时情事，谓与姊同出采桑，尝失足堕地。窦后追忆起来，确有此事，因即向文帝说明，文帝乃召少君进见。少君与窦后阔别，差不多有十余年，当时尚只四五岁，久别重逢，几不相识，窦后未免错愕，不便遽认。还是文帝在座细问，方由少君仔细具陈，他自与姊别后，被盗掠去，卖与人家为奴，又辗转十余家，直至宜阳，时已有十六七岁了。宜阳主人，命与众仆入山烧炭，夜就山下搭篷，随便住宿。不料山忽崩塌，众仆约百余人，统被压死，只有少君脱祸。主人也为惊异，较前优待。少君又佣工数年，自思大难不死，或有后福，特向卜肆中问卜，卜人替他占得一卦，说他剥极遇复，便有奇遇，不但可以免穷，并且还要封侯。少君哑然失笑，疑为荒唐，不敢轻信。连我亦未必相信。可巧宜阳主人，徙居长安，少君也即随往。到了都中，正值文帝新立皇后，文武百官，一齐入贺，车盖往来，很是热闹。当有都人传说，谓皇后姓窦，乃是观津人氏，从前不过做个宫奴，今日居然升为国母，真正奇怪得很。少君听了传言，回忆姊氏曾入宫备选，难道今日的皇后，就是我姊不成？因此多方探听，果然就是姊氏，方大胆上书，即将采桑事列入，作为证据。乃奉召入宫，经文帝和颜问及，乃详陈始末情形。窦后还有疑意，因再盘问道："汝可记得与姊相别，情迹如何？"少君道："我姊西行时，我与兄曾送至邮舍，姊怜我年小，曾向邮舍中乞得米沉，为我沐头，又乞饭一碗，给我食罢，方才动身。"说至此，不禁哽咽起来。那窦后听了，比少君还要增悲，也顾不得文帝上坐，便起身流泪道："汝真是我少弟了！可怜可怜！幸喜得有今日，汝姊已沐皇恩，我弟亦蒙天佑，重来聚首！"说到首字，竟不能再说下去，但与少君两手相持，痛哭起来。少君亦涕泪交横，内侍等站立左右，也为泣下。就是坐在上面的文帝，看到两人情词凄切，也为动容。恻隐之心，人皆有之。待至两人悲泣多时，才为劝止，且召入后兄长君，叫他相会。兄弟重叙，更有一番问答的苦情，不在话下。

惟文帝令他兄弟同居，再添赐许多田宅，长君少君，方拜辞帝后，携手同归。右丞相周勃，太尉灌婴闻知此事，私自商议道："从前吕氏专权，我等幸得不死。今窦后兄弟，并集都中，将来或倚着后族，得官干政，岂非我等性命，又悬在两人手中？且彼两人出身寒微，未明礼义，一或得志，必且效尤吕氏，今宜预为加防，替他慎择师友，曲为陶熔，方不至有后患哩！"

二人议定，随即上奏文帝，请即选择正士，与窦后兄弟交游。文帝准奏，择贤与处。窦氏兄弟，果然退让有礼，不敢倚势凌人。且文帝亦惩前毖后，但使他安居长安，不加封爵。直至景帝嗣位，尊窦后为皇太后，乃拟加封二舅，适值长君已死，不获受封，有子彭祖，得封南皮侯，少君尚存，得封章武侯。此外有魏其侯窦婴，乃是窦后从子，事见后文。

且说文帝励精图治，发政施仁，赈穷民，养耆老，遣都吏巡行天下，察视郡县守令，甄别淑慝，奏定黜陟。又令郡国不得进献珍物。海内大定，远近翕然。乃加赏前时随驾诸臣，封宋昌为壮武侯，张武等六人为九卿，另封淮南王舅赵兼为周阳侯，齐王舅驷钧为靖郭侯，故常山丞相蔡兼为樊侯。又查得高祖时佐命功臣，如列侯郡守，共得百余人，各增封邑，无非是亲旧不遗的意思。

过了半年有余，文帝益明习国事，特因临朝时候，顾问右丞相周勃道："天下凡一年内，决狱几何？"勃答称未知。文帝又问每年钱谷，出入几何？勃又详说不出，仍言未知。口中虽然直答，心中却很是怀惭，急得冷汗直流，湿透背上。文帝见勃不能言，更向左边顾问陈平。平亦未尝熟悉此事，靠着那一时急智，随口答说道："这两事各有专职，陛下不必问臣。"文帝道："这事何人专管？"平又答道："陛下欲知决狱几何，请问廷尉！就是钱谷出入，亦请问治粟内史便了！"文帝作色道："照此说来，究竟君主管何事？"平伏地叩谢道："陛下不知臣驽钝，使臣得待罪宰相，宰相的职任，上佐天子理阴阳，顺四时，下抚万民，明庶物，外镇四夷诸侯，内使卿大夫各尽职务，关系却很是重大呢。"真是一张利嘴。文帝听着，乃点首称善。文帝也是忠厚，所以被他骗过。勃见平对答如流，更觉得相形见绌，越加惶愧。待至文帝退朝，与平一同趋出，因向平埋怨道："君奈何不先教我！"忠厚人总觉带呆。平笑答道："君居相位，难道不知己职，倘若主上问君，说是长安盗贼，尚有几人，试问君将如何对答哩？"勃无言可说，默然退归，自知才不如平，已有去意。可巧有人语勃道："君既诛诸吕，立代王，威震天下，首受重赏，古人有言，功高遭忌，若再恋栈不去，祸即不远了！"勃被他一吓，越觉寒心，当即上书谢病，请还相印。文帝准奏，将勃免职，专任陈平为相，且与商及南越事宜。

南越王赵佗，前曾受高祖册封，归汉称臣。事见前文。至吕后四年，有司请禁南越关市铁器，佗因此动怒，背了汉朝，僭称南越武帝。且疑是长沙王吴回吴芮孙。进谗，遂发兵攻长沙，蹂躏数县，大掠而去。长沙王上报朝廷，请兵援应，吕后特遣隆虑侯周灶，率兵往讨。适值天时溽暑，士卒遇疫，途次多致病死，眼见是不能前行，并且南岭一带，由佗派兵堵住，无路可入，灶只得逗留中道，到了吕后病殁，索性班师回京。赵佗更横行无忌，用了兵威财物，诱致闽越西瓯，俱为属国，共得东西万余里地方，居然乘黄屋，建左纛，与汉天子仪制相同。文帝见四夷宾服，独有赵佗倔强得很，意欲设法羁縻，用柔制刚，当下命真定官吏，为佗父母坟旁，特置守邑，岁时致祭。且召佗兄弟亲属，各给厚赐，然后选派使臣，南下招佗。这种命意，不能不与相臣商议，陈平遂将陆贾保荐上去，说他前番出使，不辱君命，此时正好叫他再往，驾轻就熟，定必有成。文帝也以为然，遂召陆贾入朝，仍令为大中大夫，使他赍着御书，往谕赵佗。贾奉命起程，好几日到了南越，赵佗闻是熟客，当然接见。贾即取书交付，由佗接过手中，便即展

阅，但见书中说是：

> 朕，高皇帝侧室子也，奉北藩于代，道路辽远，壅蔽朴愚，未尝致书。高皇帝弃群臣，孝惠皇帝即世，高后目临事，不幸有疾，日进不衰。诸吕为变，赖功臣之力，诛之已毕，朕以王侯吏不释之故，不得不立。乃者闻王遗将军隆虑侯书，求亲昆弟，请罢长沙两将军。朕以王书罢将军博阳侯，亲昆弟在真定者，已遣使存问，修治先人冢。前日闻王发兵于边，为寇灾不止，当时长沙王苦之，南郡尤甚。虽王之国，庸独利乎？必多杀士卒，伤良将吏，寡人之妻，孤人之子，独人父母，得一亡十，朕不忍为也。朕欲定地犬牙相入者，以问吏，吏曰：高皇帝所以介长沙土也，朕不能擅变焉。今得王之地，不足以为大，得王之财，不足以为富，岭以南王自治之。虽然，王之号为帝，两帝并立，无一乘之使以通其道，是争也；争而不让，王者不为也。愿与王分弃前恶，终今以来，通使如故，故使贾驰谕，告王朕意。

赵佗阅毕，大为感动，便握贾手与语道："汉天子真是长者，愿奉明诏，永为藩臣。"贾即指示御书道："这是天子的亲笔，大王既愿臣服天朝，对着天子手书，就与面谒一般，应该加敬。"赵佗听着，就将御书悬诸座上，自在座前拜跪，顿首谢罪。贾又令速去帝号，佗亦允诺，下令国中道："我闻两雄不并立，两贤不并世。汉皇帝真贤天子，自今以后，我当去帝制黄屋左纛，仍为汉藩。"贾乃夸奖赵佗贤明。佗闻言大喜，与贾共叙契阔，盛筵相待。款留了好几日，贾欲回朝报命，向佗取索复书，佗构思一番，亦缮成一书道：

蛮夷大长老夫臣佗昧死再拜，上书皇帝陛下：老夫故越吏也，针对侧室子句。高皇帝幸赐臣佗玺，以为南越王。孝惠帝即位，义不忍绝，所以赐老夫者厚甚。高后用事，别异蛮夷，出令曰：毋与蛮夷越金铁田器马牛羊，即予，予牡毋予牝。老夫处僻，马牛羊齿已长，自以祭祀不修，有死罪，使内史藩，中尉高，御史平凡三辈，上书谢罪皆不返。又风闻老夫父母坟墓已坏削，兄弟宗族与诛论，吏相与议曰：今内不得振于汉，外无以自高异，故更号为帝，自帝其国，非敢有害于天下。高皇后闻之大怒，削去南越之籍，使使不通，老夫窃疑长沙王谗臣，故敢发兵以伐其边。且南方卑湿，蛮夷中西有西瓯，其众半羸，南面称王，东有闽越，其众数千人，亦称王，西北有长沙，其半蛮夷，亦称王，老夫故敢妄窃帝号，聊以自娱。老夫处越四十九年，于今抱孙焉，然夙兴夜寐，寝不安席，食不甘味，目不视靡曼之色，耳不听钟鼓之音者，以不得事汉也。今陛下幸哀怜，复故号，通使汉如故，老夫死骨不腐，改号不敢为帝矣。谨昧死再拜以闻。

书既写就，随手封固，又取出许多方物，托贾带还，作为贡献，另外亦有赆仪赠贾。贾即别了赵佗，北还报命，及进见文帝，呈上书件，文帝看了一周，当然欣慰，也即厚赏陆贾，贾拜谢而退。好做富家翁了。嗣是南方无事，寰海承平，两番使越的陆大夫，亦安然寿终，小子有诗咏道：

武力何如文教优，驭夷有道在怀柔。
诏书一纸蛮王拜，伏地甘心五体投。

未几就是文帝二年，岁朝方过，便有一位大员病重身亡。欲知何人病逝，容至下回再表。

有薄太后之为姑，复有窦皇后之为妇，两人境遇不同，而其悲欢离合之情迹，则如出一辙，可谓姑妇之间，无独有偶者矣。语有之：塞翁失马，安知非福，两后亦如是耳。长君少君，不期而会，先号后笑，命亦从同，得绛灌之代为设法，择正士以保傅之，而长君少君，卒为退让之君子，是何莫非窦氏之幸福欤。赵佗横恣岭南，第以一书招谕，即顿首谢罪，自去帝制，可见推诚待人，鲜有不为所感动者。忠信之道，行于蛮貊，奚必劳师动众为哉！

第四十八回

遭众忌贾谊被迁　正阃仪袁盎强谏

却说丞相陈平，专任数月，忽然患病不起，竟至谢世。文帝闻讣，厚给赙仪，赐谥曰献，令平长子贾袭封。平佐汉开国，好尚智谋，及安刘诛吕，平亦以计谋得功。平尝自言我多阴谋，为道家所禁，及身虽得幸免，后世子孙，恐未必久安。后来传至曾孙陈何，擅夺人妻，坐法弃市，果致绝封。可为好诈者鉴。这且不必细表。惟平既病死，相位乏人，文帝又记起绛侯周勃，仍使为相，勃亦受命不辞。会当日蚀告变，文帝因天象示儆，诏求贤良方正，直言极谏。当由颍阴侯骑士贾山，上陈治乱关系，至为恳切，时人称为至言。略云：

臣闻为人臣者，尽忠竭愚，以直谏主，不避死亡之诛，臣山是也。臣不敢虚稽久远，愿借秦为喻，唯陛下少加意焉！夫布衣韦带之士，修身于内，成名于外，而使后世不绝息。至秦则不然，贵为天子，富有天下，赋敛重数，音朔。百姓任罢，音疲。赭衣半道，群盗满山，使天下之人，戴目而视，倾耳而听。一夫大呼，天下响应，盖天罚已加矣。臣闻雷霆之所击，无不摧者，万钧之所压，无不靡者，今人主之威，非特雷霆也，势重非特万钧也，开道而求谏，和颜色而受之，用其言而显其身，士犹恐惧而不敢自尽，又况于纵欲恣暴，恶闻其过乎！昔者周盖千八百国，以九州之民，养千八百国之君，君有余财，民有余力，而颂声作。秦皇帝以千八百国之民自养，力罢不能胜其役，财尽不能胜其求，身死才数月耳，天下四面而攻之，宗庙灭绝矣。秦皇帝居灭绝之中，而不自知者何也？亡无也。辅弼之臣，亡直谏之士，天下已溃而莫之告也。今陛下使天下举贤良方正之士，天下之士，莫不精白以承休德，今已在朝廷矣，乃选其贤者，使为常侍诸吏，与之驰骋射猎，一日再三出，臣恐朝廷之懈弛，百官之堕于事也。陛下即位，亲自勉以厚天下，振贫民，礼高年，平狱缓刑，天下莫不喜悦。臣闻山东吏布诏令，民虽老羸癃（lóng）疾，扶杖而往听之，愿少须臾毋死，思见德化之成也。今功业方就，名闻方昭，四方向风，乃从豪俊之臣，方正之士，与之日日猎射，击兔伐狐，以伤大业，绝天下之望，臣窃悼之！诗曰：靡不有初，鲜克有终。臣不胜大愿，愿少衰射猎，以夏岁二月，定明堂，造大学，修先王之道，风行俗成，万世之基定，然后唯陛下所幸耳。古者大臣不得与宴游，方正修洁音洁之士，不得从射猎，使皆务其方以高其节，则群臣莫敢不正身修行，尽心以称大礼。如此则陛下之道，得所尊敬，然后功业施于四海，垂于万世子孙矣。

原来文帝虽日勤政事，但素性好猎，往往乘暇出游，猎射为娱，所以贾山反复切谏。文帝览奏，颇为嘉纳，下诏褒奖，嗣是车驾出入，遇着官吏上书，必停车收受，有可采择，必极口称善，意在使人尽言。当时又有一个通达治体的英才，与贾山同姓不宗，籍隶洛阳，单名是一谊字。少年卓荦，气宇非凡。贾谊是一时名士，故叙入谊名，比贾山尤为郑重。尝由河南守吴公，招置门下，备极器重。吴公素有循声，治平为天下第一，文帝特召为廷尉。随笔带过吴公，不没循吏。吴公奉命入都，遂将谊登诸荐牍，说他博通书籍，可备咨询，文帝乃复召谊为博士。谊年才弱冠，朝右诸臣，无如谊少年，每有政议，诸老先生未能详陈，一经谊逐条解决，偏能尽合人意，都下遂盛称谊才。文帝也以为能，仅一岁间，超迁至大中大夫。谊劝文帝改正朔，易服色，更定官制，大兴礼乐，草成数千百言，厘举纲要，文帝却也叹赏，不过因事关重大，谦让未遑。谊又请耕籍田，遣列侯就国，文帝乃照议施行。复欲升任谊为公卿，偏丞相周勃，太尉灌婴，及东阳侯张相如，御史大夫冯敬等，各怀妒忌，交相诋毁，常至文帝座前，说是洛阳少年，纷更喜事，意在擅权，不宜轻用。文帝为众议所迫，也就变了本意，竟出谊为长沙王太傅。谊不能不去，但心中甚是怏怏。出都南下，渡过湘水，悲吊战国时楚臣屈原，屈原被谗见放，投湘自尽。作赋自比。后居长沙三年，有鹏鸟飞入谊舍，停止座隅。鹏鸟似鸮，向称为不祥鸟，谊恐应己身，益增忧感，且因长沙卑湿，水土不宜，未免促损寿元，乃更作《鹏鸟赋》，自述悲怀。小子无暇抄录，看官请查阅《史》《汉》列传便了。

贾谊既去，周勃等当然快意，不过勃好忌人，人亦恨勃，最怨望的就是朱虚侯刘章，及东牟侯刘兴居。先是诸吕受诛，刘章实为功首，兴居虽不及刘章，但清宫迎驾，也算是一个功臣。周勃等与两人私约，许令章为赵王，兴居为梁王，及文帝嗣位，勃未尝替他奏请，竟背前言，自己反受了第一等厚赏，因此章及兴居，与勃有嫌。文帝也知刘章兄弟，灭吕有功，只因章欲立兄为帝，所以不愿优叙。好容易过了两年，有司请立皇子为王，文帝下诏道："故赵幽王幽死，朕甚怜悯，前已立幽王子遂为赵王，见四十七回。尚有遂弟辟彊，及齐悼惠子朱虚侯章，东牟侯兴居，有功可王。"这诏一下，群臣揣合帝意，拟封辟彊为河间王，朱虚侯章为城阳王，东牟侯兴居为济北王，文帝当然准议。惟城阳济北，俱系齐地，割封刘章兄弟，是明明削弱齐王，差不多剜肉补疮，何足言惠！这三王分封出去，更将皇庶子参封太原王，揖封梁王。梁赵均系大国，刘章兄弟，希望已久，至此终归绝望，更疑为周勃所卖，啧有烦言。文帝颇有所闻，索性把周勃免相，托称列侯未尽就国，丞相可为倡率，出就侯封。勃未曾预料，突接此诏，还未知文帝命意，没奈何缴还相印，陛辞赴绛去了。

文帝擢灌婴为丞相，罢太尉官。灌婴接任时，已在文帝三年，约阅数月，忽闻匈奴右贤王入寇上郡，文帝急命灌婴调发车骑八万人，往御匈奴，

自率诸将诣甘泉宫作为援应。嗣接灌婴军报，匈奴兵已经退去，乃转赴太原，接见代国旧臣，各给赏赐，并免代民三年租役。留游了十余日，又有警报到来，乃是济北王兴居起兵造反，进袭荥阳。当下飞调棘蒲侯柴武为大将军，率兵往讨，一面令灌婴还师，自领诸将急还长安。兴居受封济北，与乃兄章同时就国，章郁愤成病，不久便殁。了过刘章。兴居闻兄气愤身亡，越加怨恨，遂有叛志，适闻文帝出讨匈奴，总道是关中空虚，可以进击，因即骤然起兵。哪知到了荥阳，便与柴武军相遇，一场大战，被武杀得七零八落，四散奔逃。武乘胜追赶，紧随不舍，兴居急不择路，策马乱跑，一脚踏空，马竟蹶倒，把兴居掀翻地上。后面追兵已到，顺手拿住，牵至柴武面前，武把他置入囚车，押解回京。兴居自知不免，扼吭自杀。兴居功不及兄，乃敢造反，怎得不死。待武还朝复命，验明尸首，文帝怜他自取灭亡，乃尽封悼惠王诸子罢军等七人为列侯，惟济北国撤销，不复置封。

内安外攘，得息干戈，朝廷又复清闲，文帝政躬多暇，免不得出宫游行。一日带着侍臣，往上林苑饱看景色，但见草深林茂，鱼跃鸢飞，却觉得万汇滋生，足快心意。行经虎圈，有禽兽一大群驯养在内，不胜指数，乃召过上林尉，问及禽兽总数，究有若干？上林尉瞠目结舌，竟不能答。还是监守虎圈的啬夫，官名。从容代对，一一详陈，文帝称许道："好一个吏目，能如此才算尽职哩。"说着，即顾令从官张释之，拜啬夫为上林令。释之字季，堵阳人氏，前为骑郎，十年不得调迁，后来方进为谒者。释之欲进陈治道，文帝叫他不必高论，但论近时。释之因就秦汉得失，说了一番，语多称旨。遂由文帝赏识，加官谒者仆射，每当车驾出游，辄令释之随着。此时释之奉谕，半晌不答，再由文帝重申命令，乃进问文帝道："陛下试思绛侯周勃，及东阳侯张相如，人品若何？"文帝道："统是忠厚长者。"释之接说道："陛下既知两人为长者，奈何欲重任啬夫。彼两人平时论事，好似不能发言，岂若啬夫利口，喋喋不休。且陛下可曾记得秦始皇么？"文帝道："始皇有何错处？"释之道："始皇专任刀笔吏，但务苛察，后来敝俗相沿，竞尚口辩，不得闻过，遂致土崩。今陛下以啬夫能言，便欲超迁，臣恐天下将随时尽靡哩！"君子不以言举人，徒工口才，原是不足超迁，但如上林尉之糊涂，亦何足用！文帝方才称善，乃不拜啬夫，升授释之为宫车令。

既而梁王入朝，与太子启同车进宫，行过司马门，并不下车，适被释之瞧见，赶将过去，阻住太子梁王，不得进去，一面援着汉律，据实劾奏。汉初定有宫中禁令，以司马门为最重，凡天下上事，四方贡献，均由司马门接收，门前除天子外，无论何人，并应下车，如或失记，罚金四两。释之劾奏太子梁王，说他时常出入，理应知晓，今敢不下公门，乃是明知故犯，以不敬论。这道弹章呈将进去，文帝不免溺爱，且视为寻常小事，搁置不理，偏为薄太后所闻，召入文帝，责他纵容儿子，文帝始免冠叩谢，自称教子不严，还望太后恕罪。薄太后乃遣使传诏，赦免太子梁王，才准入见。文帝究是明主，并不怪释之多事，且称释之守法不阿，应再超擢，遂拜释之为中大夫，未几又升为中郎将。会文帝挈着宠妃慎夫人，出游霸陵，释之例须扈跸，因即随驾同行。霸陵在长安东南七十里，地势负山面水，形势甚佳，文帝自营生圹，因山为坟，故称霸陵。当下眺览一番，复与慎夫人登高东望，手指新丰道上，顾示慎夫人道："此去就是邯郸要道呢。"慎夫人本邯郸人氏，听到此言，不由的触动乡思，凄然色沮。文帝见她玉容黯淡，自悔失言，因命左右取过一瑟，使慎夫人弹瑟遣怀。邯郸就是赵都，赵女以善瑟著名，再加慎夫人心灵手敏，当然指法高超，既将瑟接入手中，便即按弦依谱，顺指弹来。文帝听着，但觉得嘈嘈切切，暗寓悲情，顿时心动神移，也不禁忧从中来，别增怅触。于是慨然作歌，与瑟相和。一弹一唱，饶有余音，待至歌声中辍，瑟亦罢弹。文帝顾语从臣道："人生不过百年，总有一日死去，我死以后，若用北山石为椁，再加纻絮杂漆，涂封完密，定能坚固不破，还有何人得来摇动呢。"文帝所感，原来为此。从臣都应了一个是字，独释之答辩道："臣以为皇陵中间，若使藏有珍宝，使人涎羡，就令用北山为椁，南山为户，两山合成一陵，尚不免有隙可寻，否则虽无石椁，亦何必过虑呢！"文帝听他说得有理，也就点头称善。时已日昃，因即命驾还宫。嗣又令释之为廷尉。释之廉平有威，都下惮服。

惟释之这般刚直，也是有所效法，仿佛萧规曹随。他从骑尉进阶，是由袁盎荐引，前任的中郎将，并非他人，就是袁盎。盎尝抗直有声，前从文帝游幸，也有好几次犯颜直谏，言人所不敢言。文帝尝宠信宦官赵谈，使他参乘，盎伏谏道："臣闻天子同车，无非天下豪俊，今汉虽乏才，奈何令

刀锯余人,同车共载呢!"文帝乃令赵谈下车,谈只好依旨,勉强趋下。已而袁盎又从文帝至霸陵,文帝纵马西驰,欲下峻阪,盎赶前数步,揽住马缰。文帝笑说道:"将军何这般胆怯?"盎答道:"臣闻千金之子不垂堂,百金之子不骑衡,圣主不乘危,不侥幸,今陛下驰骋六飞,亲临不测,倘或马惊车覆,有伤陛下,陛下虽不自爱,难道不顾及高庙太后么?"文帝乃止。过了数日,文帝复与窦皇后慎夫人同游上林,上林郎署长预置坐席。待至帝后等入席休息,盎亦随入。帝后分坐左右,慎夫人就趋至皇后座旁,意欲坐下,盎用手一挥,不令慎夫人就座,却要引她退至席右,侍坐一旁。慎夫人平日在宫,仗着文帝宠爱,尝与窦皇后并坐并行。窦后起自寒微,经过许多周折,幸得为后,所以遇事谦退,格外优容。俗语说得好,习惯成自然,此次偏遇袁盎,便要辨出嫡庶的名位,叫慎夫人退坐下首。慎夫人如何忍受?便即站立不动,把两道柳叶眉,微竖起来,想与袁盎争论。文帝早已瞧着,只恐慎夫人与他斗嘴,有失阃仪,但心中亦未免怪着袁盎多管闲事,因此勃然起座,匆匆趋出。明如文帝,不免偏爱幸姬,女色之蛊人也如此!窦皇后当然随行,就是慎夫人亦无暇争执,一同随去。

文帝为了此事，打断游兴，即带着后妃，乘辇回宫。袁盎跟在后面，同入宫门，俟帝后等下辇后，方从容进谏道："臣闻尊卑有序，方能上下和睦。今陛下既已立后，后为六宫主，无论妃妾嫔嫱，不能与后并尊。慎夫人究竟妾御，怎得与后同坐？就使陛下爱幸慎夫人，只好优加赏赐，何可紊乱秩序，若使酿成骄恣，名为加宠，实是加害。前鉴非遥，宁不闻当时'人彘'么！"文帝听得"人彘"二字，才觉恍然有悟，怒气全消。时慎夫人已经入内，文帝也走将进去，把袁盎所说的言语，照述一遍。慎夫人始知袁盎谏诤，实为保全自己起见，悔不该错怪好人，乃取金五十斤，出赐袁盎。妇女往往执性，能如慎夫人之自知悔过，也算难得，故卒得保全无事。盎称谢而退。

会值淮南王刘长入朝，诣阙求见，文帝只有此弟，宠遇甚隆。不意长在都数日，闯出了一桩大祸，尚蒙文帝下诏赦宥，仍令归国，遂又激动袁盎一片热肠，要去面折廷争了。正是：

明主岂宜私子弟，直臣原不惮王侯。

究竟淮南王长为了何事得罪，文帝又何故赦他，待至下回说明，自有分晓。

贾谊以新进少年，得遇文帝不次之擢，未始非明良遇合之机。惜乎才足以动人主，而智未足以绌老成也。绛灌诸人，皆开国功臣，位居将相，资望素隆，为贾谊计，正宜与彼联络，共策进行，然后可以期盛治。乃徒絜聒于文帝之前，而于绛灌等置诸不顾，天下宁有一君一臣，可以行政耶！长沙之迁，咎由自取，吊屈原，赋鹏鸟，适见其无含忍之功，徒知读书，而未知养气也。张释之之直谏，语多可取，而袁盎所陈三事，尤为切要。斥赵谈之同车，所以防宵小；戒文帝之下阪，所以范驰驱；却慎夫人之并坐，所以正名义。诚使盎事事如此，何至有不学之讥乎？惟文帝从谏如流，改过不吝，其真可为一时之明主也欤！

第四十九回

辟阳侯受椎毕命　淮南王谋反被囚

却说淮南王刘长，系高祖第五子，乃是赵姬所出。赵姬本在赵王张敖宫中，高祖自东垣过赵，当是讨韩王信时候。张敖遂拨赵姬奉侍。高祖生性渔色，见了娇滴滴的美人，怎肯放过？当即令她侍寝，一宵雨露，便种胚胎。高祖不过随地行乐，管什么有子无子，欢娱了一两日，便将赵姬撇下，径自回都。薄幸人往往如此。赵姬仍留居赵宫，张敖闻她得幸高祖，已有身孕，不敢再使宫中居住，特为另筑一舍，俾得休养。既而贯高等反谋发觉，事连张敖，一并逮治，见前文。张氏家眷，亦拘系河内狱中，连赵姬都被系住。赵姬时将分娩，对着河内狱官，具陈高祖召幸事，狱官不禁伸舌，急忙报知郡守，郡守据实奏闻，哪知事隔多日，毫无复音。赵姬有弟赵兼，却与审食其有些相识，因即措资入都，寻至辟阳侯第中，叩门求谒。审食其还算有情，召他入见，问明来意，赵兼一一详告，并恳食其代为疏通。食其却也承认，入白吕后，吕后是个母夜叉，最恨高祖纳入姬妾，怎肯替赵姬帮忙？反将食其抢白数语，食其碰了一鼻子灰，不敢再说。赵兼待了数日，不得确报，再向食其处问明。食其谢绝不见，累得赵兼白跑一趟，只得回到河内。

赵姬已生下一男，在狱中受尽痛苦，眼巴巴的望着皇恩大赦，偏由乃弟走将进来，满面愁惨，语多支吾。赵姬始知绝望，且悔且恨，哭了一日，竟自寻死。待至狱吏得知，已经气绝，无从施救。一夕欢娱，落了这般结果，真是张敖害她。只把遗下的婴孩，雇了一个乳媪，好生保护，静候朝中消息。可巧张敖遇赦，全家脱囚，赵姬所生的血块儿，复由郡守特派吏目，偕了乳媪，同送入都。高祖前时怨恨张敖，无暇顾及赵姬，此时闻赵姬自尽，只有遗孩送到，也不禁记念旧情，感叹多时。迟了迟了。当下命将遗孩抱入，见他状貌魁梧，与己相似，越生了许多怜惜，取名为长，遂即交与吕后，嘱令抚养，并饬河内郡守，把赵姬遗棺，发往原籍真定，妥为埋葬。尸骨早寒，晓得什么？吕后虽不愿抚长，但因高祖郑重叮嘱，也不便意外虐待。好在长母已亡，不必生妒，一切抚养手续，自有乳媪等掌管，毋庸劳心，因此听他居住，随便看管。

好容易过了数年，长已有五六岁了，生性聪明，善承吕后意旨，吕后喜他敏慧，居然视若己生，长因得无恙。及出为淮南王，才知生母赵姬，冤死狱中，母舅赵兼，留居真定，因即着人往迎母舅。到了淮南，两下谈及赵姬故事，更添出一重怨恨，无非为了审食其不肯关说，以致赵姬身亡。长记在心中，尝欲往杀食其，只苦无从下手，未便遽行。及文帝即位，食其失势，遂于文帝三年，借了入朝的名目，径诣长安。文帝素来孝友，闻得刘长来朝，很表欢迎，接见以后，留他盘桓数日。长年已逾冠，膂力方刚，两手能扛巨鼎，胆大敢为，平日在淮南时，尝有不奉朝命，独断独行等事，文帝只此一弟，格外宽容。此次见文帝留与盘桓，正合长意。一日长与文帝同车，往猎上苑，在途交谈，往往不顾名分，但称文帝为大兄。文帝仍不与较，待遇如常。长越觉心喜，自思入京朝觐，不过具文，本意是来杀审食其，借报母仇。况主上待我甚厚，就使把食其杀死，当也不致加我大罪，此时不再下手，更待何时！乃暗中怀着铁椎，带领从人，乘车去访审食其。食其闻淮南王来访，怎敢怠慢？慌忙整肃衣冠，出门相迎。见长一跃下车，趋至面前，总道他前来行礼，赶先作揖。才经俯首，不防脑袋上面，突遭椎击，痛彻心腑，霎时间头眩目晕，跌倒地上。长即令从人趋近，枭了食其首级，上车自去。

食其家内，非无门役，但变生仓猝，如何救护？且因长是皇帝亲弟，气焰逼人，怎好擅出擒拿，所以长安然走脱，至宫门前下车，直入阙下，求见文帝。文帝当然出见，长跪伏殿阶，肉袒谢罪，转令文帝吃了一惊，忙问他为着何事？长答说道："臣母前居赵国，与贯高谋反情事，毫无干涉。辟阳侯明知臣母冤枉，且尝为吕后所宠，独不肯入白吕后，恳为代陈，便是一罪；赵王如意，母子无辜，枉遭毒害，辟阳侯未尝力争，便是二罪；高后封诸吕为王，欲危刘氏，辟阳侯又默不一言，便是三罪；辟阳侯受国厚恩，不知为公，专事营私，身负三罪，未正明刑，臣谨为天下诛贼，上除国蠹，下报母仇！惟事前未曾请命，擅诛罪臣，臣亦不能无罪，故伏阙自陈，愿受明

罚。”强词亦足夺理。文帝本不悦审食其，一旦闻他杀死，倒也快心，且长为母报仇，迹虽专擅，情尚可原，因此叫长退去，不复议罪。长已得逞志，便即辞行，文帝准他回国，他就备好归装，昂然出都去了。中郎将袁盎，入宫进谏道：“淮南王擅杀食其，陛下乃置诸不问，竟令归国，恐此后愈生骄纵，不可复制。臣闻尾大不掉，必滋后患，愿陛下须加裁抑，大则夺国，小则削地，方可防患未萌，幸勿再延！”文帝不言可否，盎只好退出。

过了数日，文帝非但不治淮南王，反追究审食其私党，竟饬吏往拿朱建。建得了此信，便欲自杀，诸子劝阻道：“生死尚未可知，何必自尽！”建慨然道：“我死当可无事，免得汝等罹祸了！”遂拔剑自刭。吏人回报文帝，文帝道：“我并不欲杀建，何必如此！”遂召建子入朝，拜为中大夫。建为食其而死，也不值得，幸亏遇着文帝，尚得贻荫儿曹。

越年为文帝四年，丞相灌婴病逝，升任御史大夫张苍为丞相，且召河东守季布进京，欲拜为御史大夫。布自中郎将出守河东，河东百姓，却也悦服。布为中郎将，见前文。当时有个曹邱生，与布同为楚人，流寓长安，结交权贵，宦官赵谈，常与往来，就是窦皇后兄窦长君，亦相友善，曹邱生得借势敛钱，招权纳贿。布虽未识曹邱生，姓名却是熟悉，因闻曹邱生所为不合，特致书窦长君，叙述曹邱生劣迹，劝他勿与结交。窦长君得书后，正在将信将疑，巧值曹邱生来访长君，自述归意，并请长君代作一书，向布介绍。长君微笑道："季将军不喜足下，愿足下毋往！"曹邱生道："仆自有法说动季将军，只教得足下一书，为仆先容，仆方可与季将军相见哩。"长君不便峻拒，乃泛泛的写了一书，交与曹邱生。曹邱生归至河东，先遣人持书投入，季布展开一看，不禁大怒，既恨曹邱生，复恨窦长君，两恨交并，便即盛气待着。俄而曹邱生进来，见布怒容满面，却毫不畏缩，竟向布长揖道："楚人有言：得黄金百斤，不如得季布一诺，足下虽有言必践，但有此盛名，也亏得旁人揄扬。仆与足下同是楚人，使仆为足下游誉，岂不甚善，何必如此拒仆呢！"布素来好名，一听此言，不觉转怒为喜，即下座相揖，延为上客。留馆数月，给他厚赆，曹邱生辞布归楚，复由楚入都，替他扬名，得达主知。文帝乃将布召入，有意重任，忽又有人入毁季布，说他好酒使气，不宜内用，转令文帝起疑，踌躇莫决。布寓京月余，未得好音，乃入朝进奏道："臣待罪河东，想必有人无故延誉，乃蒙陛下宠召。今臣入都月余，不闻后命，又必有人乘间毁臣。陛下因一誉赐召，一毁见弃，臣恐天下将窥见浅深，竞来尝试了！"文帝被他揭破隐衷，却也自惭，半晌方答谕道："河东是我股肱郡，故特召君前来，略问情形，非有他意。今仍烦君复任，幸勿多疑。"布乃谢别而去。

惟布有弟季心，亦尝以任侠著名，见有不平事件，辄从旁代谋，替人泄忿。偶因近地土豪，武断乡曲，由季心往与理论，土豪不服，心竟把他杀死，避匿袁盎家中。盎方得文帝宠信，即出与调停，不致加罪，且荐为中司马。因此季心以勇闻，季布以诺闻。相传季布季心，气盖关中，便是为此，这且不必细表。详叙季布兄弟，无非借古讽今。

且说绛侯周勃，自免相就国后，约有年余，每遇河东守尉，巡视各县，往往心不自安，披甲相见，两旁护着家丁，各持兵械，似乎有防备不测的情形。这叫做心劳日拙。河东守尉，未免惊疑，就中有一个促狭人员，上书告讦，竟诬称周勃谋反。文帝已阴蓄猜疑，见了告变的密书，立谕廷尉张释之，叫他派遣干员，逮勃入京。释之不好怠慢，只得派吏赴绛，会同河东守季布，往拿周勃。布亦知勃无反意，惟因诏命难违，不能不带着兵役，与朝吏同至绛邑，往见周勃。勃仍披甲出迎，一闻诏书到来，已觉得忐忑不宁，待至朝吏读罢，吓得目瞪口呆，几与木偶相似。披甲设兵，究有何益！还是季布叫他卸甲，劝慰数语，方令朝吏好生带着，同上长安。

入都以后，当然下狱，廷尉原是廉明，狱吏总要需索。勃初意是不肯出钱，偏被狱吏冷嘲热讽，受了许多腌臜气，那时只好取出千金，分作馈遗。狱吏当即改换面目，小心供应。既而廷尉张释之召勃对簿，勃不善申辩，经释之面讯数语，害得舌结词穷，不发一言。还亏释之是个好官，但令他还系狱中，一时未曾定谳。狱吏既得勃赂，见勃不能置词，遂替他想出一法，只因未便明告，乃将文牍背后写了五字，取出示勃。得人钱财，替人消灾，还算是好狱吏。勃仔细瞧着，乃是"以公主为证"五字，才觉似梦方醒。待至家人入内探视，即与附耳说明。原来勃有数子，长名胜之，曾娶文帝女为妻。自勃得罪解京，胜之等恐有不测，立即入京省父，公主当亦同来。惟胜之平日与公主不甚和谐，屡有反目等情，此时为父有罪，没奈何央恳公主，代为转圜。公主还要摆些身架，直至胜之五体投地，方嫣然一笑，入宫代求去了。这是笔下解颐处。

先是释之谳案，本主宽平，一是文帝出过中渭桥，适有人从桥下走过，惊动御马，当由侍卫将行人拿住，发交廷尉。文帝欲将他处死，释之止断令罚金，君臣争执一番，文帝驳不过释之，只得依他判断，罚金了事。一是高庙内座前玉环，被贼窥去，贼为吏所捕，又发交廷尉。释之奏当弃市，文帝大怒道："贼盗我先帝法物，罪大恶极，不加族诛，叫朕如何恭承宗庙呢！"释之免冠顿首道："法止如此，假如愚民无知，妄取长陵一抔土，陛下将用何法惩办？"这数语唤醒文帝，也觉得罪止本身，因入白薄太后，薄太后意议从同，遂依释之言办理罢了。插叙两案，表明释之廉平。此次审问周勃，实欲为勃解免，怎奈勃口才不善，未能辩明，乃转告知袁盎。盎尝劾勃骄倨无礼，见四十六回。至是因释之言，独奏称绛侯无罪。还有薄太后弟昭，因勃曾让与封邑，感念不忘，所以也入白太后，为勃伸冤。薄太后已得公主泣请，再加薄昭一番面陈，便召文帝入见。文帝应召进谒，太后竟取头上冒巾，向文帝面前掷去，且怒说道："绛侯握皇帝玺，统率北军，彼时不想造反，今出居一小县间，反要造反么？汝听了何人谗构，乃思屈害功臣！"文帝听说，慌忙谢过，谓已由廷尉讯明冤情，便当释放云云。太后乃令他临朝，赦免周勃。好在释之已详陈狱情，证明勃无反意，文帝不待阅毕，即使人持节到狱，将勃释免。

勃幸得出狱，喟然叹道："我尝统领百万兵，不少畏忌，怎知狱吏骄贵，竟至如此！"说罢，便上朝谢恩。文帝仍令回国，勃即陛辞而出，闻得薄昭袁盎张释之，俱为排解，免不得亲自往谢。盎与勃追述弹劾时事，勃笑说道："我前曾怪君，今始知君实爱我了！"遂与盎握手告别，出都去讫。勃已返国，文帝知他不反，放下了心。独淮南王刘长，骄恣日甚，出入用天子警跸，擅作威福。文帝贻书训责，长抗词答复，愿弃国为布衣，守冢真定。明是怨言。当由文帝再令将军薄昭，致书相戒，略云：

窃闻大王刚直而勇，慈惠而厚，贞信多断，是天以圣人之资奉大王也。今大王所行，不称天资。皇帝待大王甚厚，而乃轻言恣行，以负谤于天下，甚非计也。夫大王以千里为宅居，以万民为臣妾，此高皇帝之厚德也。高帝蒙霜露，冒风雨，赴矢石，野战攻城，身被疮痍，以为子孙成万世之业，艰难危苦甚矣。大王不思先帝之艰苦，至欲弃国为布衣，毋乃过甚！且夫贪让国土之名，轻废先帝之业，是谓不孝，父为之基而不能守，是为不贤，不求守长陵，而求守真定，先母后父，是谓不义，数逆天子之令，不顺言节行，幸臣有罪，大者立诛，小者肉刑，是谓不仁，贵布衣一剑之任，贱王侯之位，是谓不智，不好学问大道，触情妄行，是谓不祥。此八者危亡之路也，而大王行之，弃南面之位，奋诸贲之勇，专诸孟贲，古之力士。常出入危亡之路，臣恐高皇帝之神，必不庙食于大王之手明矣！昔者周公诛管叔，放蔡叔以安周，齐桓杀其弟以反国，秦始皇杀两弟，迁其母以安秦，顷王亡代，即刘仲事见前文。高帝夺其国以便事，济北举兵，皇帝诛之以安汉，周齐行之于古，秦汉用之于今，大王不察古今之所以安国便事，而欲以亲戚之意望诸天子，不可得也。王若不改，汉系大王邸论相以下，为之奈何！夫堕父大业，退为布衣所哀，幸臣皆伏法而诛，为天下笑，以羞先帝之德，甚为大王不取也。宜急改操易行，上书谢罪，使大王昆弟欢欣于上，群臣称寿于下，上下得宜，海内常安，愿熟计而疾行之。行之有疑，祸如发矢，不可追已。

长得书不悛，且恐朝廷查办，便欲先发制人。当下遣大夫但等七十

人，潜入关中，勾通棘蒲侯柴武子奇，同谋造反，约定用大车四十辆，载运兵器，至长安北方的谷口，依险起事。柴武即遣士伍开章，汉律有罪失官为士伍。往报刘长，使长南连闽越，北通匈奴，乞师大举。长很是喜欢，为治家室，赐与财物爵禄。开章得了升官发财的幸遇，自然留住淮南，但遣人回报柴奇，不意使人不慎，竟被关吏搜出密书，奏报朝廷。文帝尚不忍拿长，但命长安尉往捕开章。长匿章不与，密与故中尉简忌商议，将章诱入，一刀杀死，省得他入都饶舌。开章得享财禄，不过数日，所谓有无妄之福，必有无妄之灾。悄悄的用棺殓尸，埋葬肥陵，佯对长安尉说道："开章不知下落。"又令人伪设坟墓，植树表书，有"开章死葬此下"六字。长安尉料他捏造，还都奏闻，文帝乃复遣使召长。长部署未齐，如何抗命，没奈何随使至都。丞相张苍，典客行御史大夫事冯敬，暨宗正廷尉等，审得长谋反属实，且有种种不法情事，应坐死罪，当即联衔会奏，请即将长弃市。文帝仍不忍诛长，更命列侯吏二千石等申议，又皆复称如法。毕竟文帝顾全同胞，赦长死罪，但褫去王爵，徙至蜀郡严道县邛邮安置，并许令家属同往，由严道县令替他营室，供给衣食。一面将长载上辎车，派吏管押，按驿递解，所有与长谋反等人，一并伏诛。

长既出都，忽由袁盎进谏道：“陛下尝纵容淮南王，不为预置贤傅相，所以致此。惟淮南王素性刚暴，骤遭挫折，必不肯受，倘有他变，陛下反负杀弟的恶名，岂不可虑！”文帝道：“我不过暂令受苦，使他知悔，他若悔过，便当令他回国呢。”盎见所言不从，当然退出。不料过了月余，竟接到雍令急奏，报称刘长自尽，文帝禁不住恸哭起来。小子有诗咏道：

骨肉原来处置难，宽须兼猛猛兼宽。
事前失算临头悔，闻死徒烦老泪弹。

欲知刘长如何自尽，且至下回再详。

审食其可诛而不诛，文帝之失刑，莫逾于此。及淮南王刘长入都，借朝觐之名，椎击食其，实为快心之举。但如长之擅杀大臣，究不得为无罪，贷死可也，仍使回国不可也。况长之骄恣，已见一斑，乘此罪而裁制之，则彼自无从谋反，当可曲为保全。昔郑庄克段于鄢，公羊子谓其处心积虑，乃成于杀。文帝虽不若郑庄之阴刻，然从表面上观之，毋乃与郑庄之所为，相去无几耶！况于重厚少文之周勃，常疑忌之，于骄横不法之刘长，独纵容之，昵其所亲，而疑其所疏，谓为无私也得乎！甚矣，私心之不易化也！

第五十回

中行说叛国降虏庭　缇萦女上书赎父罪

却说淮南王刘长被废，徙锢蜀中，行至中道，淮南王顾语左右道："何人说我好勇，不肯奉法？我实因平时骄纵，未尝闻过，故致有今日。今悔已无及，恨亦无益，不如就此自了吧。"左右听着，只恐他自己寻死，格外加防。但刘长已愤不欲生，任凭左右进食，却是水米不沾，竟至活活饿死。左右尚没有知觉，直到雍县地方，县令揭开车上封条，验视刘长，早已僵卧不动，毫无气息了。赵姬负气自尽，长亦如此，毕竟有些遗传性。当下吃了一惊，飞使上报。文帝闻信，不禁恸哭失声，适值袁盎进来，文帝流涕与语道："我悔不用君言，终致淮南王饿死道中。"盎乃劝慰道："淮南王已经身亡，咎由自取，陛下不必过悲，还请宽怀。"文帝道："我只有一弟，不能保全，总觉问心不安。"盎接口道："陛下以为未安，只好尽斩丞相御史，以谢天下。"盎出此言，失之过激，后来不得其死，已兆于此。文帝一想，此事与丞相御史究竟没甚干涉，未便加诛。惟刘长经过的县邑，所有传送诸吏及馈食诸徒，沿途失察，应该加罪，当即诏令丞相御史，派员调查，共得了数十人，一并弃市。冤哉枉也。并用列侯礼葬长，即就雍县筑墓，特置守冢三十户。

嗣又封长世子安为阜陵侯，次子勃为安阳侯，三子赐为周阳侯，四子良为东成侯，但民间尚有歌谣云："一尺布，尚可缝，一斗粟，尚可舂，兄弟二人不相容。"文帝有时出游，得闻此歌，明知暗寓讽刺，不由的长叹道："古时尧舜放逐骨肉，周公诛殛管蔡，天下称为圣人，无非因他大义灭亲，为公忘私，今民间作歌寓讥，莫非疑我贪得淮南土地么？"乃追谥长为厉王，令长子安袭爵，仍为淮南王。惟分衡山郡封勃，庐江郡封赐，独刘良已死，不复加封，于是淮南析为三国。

长沙王太傅贾谊，得知此事，上书谏阻道："淮南王悖逆无道，徙死蜀中，天下称快。今朝廷反尊奉罪人子嗣，势必惹人讥议，且将来伊子长大，或且不知感恩，转想为父报仇，岂不可虑！”文帝未肯听从，惟言虽不用，心中却记念不忘，因特遣使召谊。谊应召到来，刚值文帝祭神礼毕，静坐宣室中。宣室即未央宫前室。待谊行过了礼，便问及鬼神大要。谊却原原本本说出鬼神如何形体，如何功能，几令文帝闻所未闻，文帝听得入情，竟致忘倦，好在谊也越讲越长，滔滔不绝，直到夜色朦胧，尚未罢休。文帝将身移近前席，尽管侧耳听着，待谊讲罢出宫，差不多是月上三更了。文帝退入内寝，自言自叹道："我久不见贾生，还道是彼不及我，今日方知我不及彼了。"越日颁出诏令，拜谊为梁王太傅。

梁王揖系文帝少子，惟好读书，为帝所爱，故特令谊往傅梁王。谊以为此次见召，必得内用，谁知又奉调出去，满腔抑郁，无处可挥，乃讨论时政得失，上了一篇治安策，约莫有万余言，分作数大纲。应痛哭的有一事，是为了诸王分封，力强难制；应流涕的有二事，是为了匈奴寇掠，御侮乏才；应长太息的有六事，是为了奢侈无度，尊卑无序，礼义不兴，廉耻不行，储君失教，臣下失驭等情。文帝展诵再三，见他满纸牢骚，似乎祸乱就在目前，但自观天下大势，一时不致遽变，何必多事纷更，因此把贾谊所陈，暂且搁起。

只匈奴使人报丧，系是冒顿单于病死，子稽粥嗣立，号为老上单于。文帝意在羁縻，复欲与匈奴和亲，因再遣宗室女翁主，汉称帝女为公主，诸王女为翁主。往嫁稽粥，音育。作为阏氏。特派宦官中行说，护送翁主，同往匈奴。中行说不欲远行，托故推辞，文帝以说为燕人，生长朔方，定知匈奴情态，所以不肯另遣，硬要说前去一行。说无法解免，悻悻起程，临行时曾语人道："朝廷中岂无他人可使匈奴？今偏要派我前往，我也顾不得朝廷了。将来助胡害汉，休要怪我！"小人何足为使，文帝太觉误事。旁人听着，只道他是一时愤语，况偌大阉人，能有什么大力，敢为汉患？因此付诸一笑，由他北去。

说与翁主同到匈奴，稽粥单于见有中国美人到来，当然心喜，便命说住居客帐，自挈翁主到后帐中，解衣取乐。翁主为势所迫，无可奈何，只好拚着一身，由他摆布。这都是娄敬害她。稽粥畅所欲为，格外满意，遂立翁主为阏氏，一面优待中行说，时与宴饮。说索性降胡，不愿回国，且替他

想出许多计策，为强胡计。先是匈奴与汉和亲，得汉所遗缯絮食物，视为至宝，自单于以至贵族，并皆衣缯食米，诩诩自得。说独向稽粥献议道：“匈奴人众，敌不过汉朝一郡，今乃独霸一方，实由平常衣食，不必仰给汉朝，故能兀然自立。现闻单于喜得汉物，愿变旧俗，恐汉物输入匈奴，不过十成中的一二成，已足使匈奴归心相率降汉了。”稽粥却也惊愕，惟心中尚恋着汉物，未肯遽弃，就是诸番官亦似信非信，互有疑议。说更将缯帛为衣，穿在身上，向荆棘中驰骋一周，缯帛触着许多荆棘，自然破裂。说回入帐中，指示大众道：“这是汉物，真不中用！”说罢，又换服毡裘，仍赴荆棘丛中，照前跑了一番，并无损坏。乃更入帐语众道：“汉朝的缯絮，远不及此地的毡裘，奈何舍长从短呢！”众人皆信为有理，遂各穿本国衣服，不愿从汉。说又谓汉人食物，不如匈奴的膻肉酪浆，每见中国酒米，辄挥去勿用。番众以说为汉人，犹从胡俗，显见是汉物平常不足取重了。本国人喜用外国货，原是大弊，但如中行说之教导匈奴，曾自知为中国人否？

说见匈奴已不重汉物，更教单于左右，学习书算，详记人口牲畜等类。会有汉使至匈奴聘问，见他风俗野蛮，未免嘲笑，中行说辄与辩驳，汉使讥匈奴轻老，说答辩道："汉人奉命出戍，父老岂有不自减衣食，赍送子弟么？且匈奴素尚战攻，老弱不能斗，专靠少壮出战，优给饮食，方可战胜沙场，保卫家室，怎得说是轻老哩！"汉使又言匈奴父子，同卧穹庐中，父死妻后母，兄弟死即取兄弟妻为妻，逆理乱伦，至此已极，说又答辩道："父子兄弟死后，妻或他嫁，便是绝种，不如取为己妻，却可保全种姓，所以匈奴虽乱，必立宗种。一派胡言。今中国侈言伦理，反致亲族日疏，互相残杀，这是有名无实，徒事欺人，何足称道呢！"这数语却是中国通弊，但不应出自中行说之口。汉使总批驳他无礼无义，说谓约束径然后易行，君臣简然后可久，不比中国繁文缛节，毫无益处。后来辩无可辩，索性厉色相向道："汉使不必多言，但教把汉廷送来各物，留心检点，果能尽善尽美，便算尽职，否则秋高马肥，便要派遣铁骑，南来践踏，休得怪我背约呢！"可恶之极。汉使见他变脸，只得罢论。

向来汉帝遗匈奴书简，长一尺一寸，上面写着，皇帝敬问匈奴大单于无恙，随后叙及所赠物件，匈奴答书，却没有一定制度。至是说教匈奴制成复简，长一尺二寸，所加封印统比汉简阔大，内写天地所生，日月所置，匈奴大单于，敬问汉皇帝无恙云云。说既帮着匈奴主张简约，何以复书上要这般夸饰。汉使携了匈奴复书，归报文帝，且将中行说所言，叙述一遍，文帝且悔且忧，屡与丞相等议及，注重边防。梁王太傅贾谊，闻得匈奴悖嫚，又上陈三表五饵的秘计，对待单于。大略说是：

> 臣闻爱人之状，好人之技，仁道也，信为大操常义也，爱好有实，已诺可期，十死一生，彼将必至，此三表也。赐之盛服车乘以坏其目，赐之盛食珍味以坏其口，赐之音乐妇人以坏其耳，赐之高堂邃宇仓库奴婢以坏其腹，于来降者尝召幸之，亲酌手食相娱乐以坏其心，此五饵也。

谊既上书，复自请为属国官吏，主持外交，谓能系单于颈，笞中行说背，说得天花乱坠，议论惊人。未免夸张。文帝总恐他少年浮夸，行不顾言，仍将来书搁置，未尝照行。一年又一年，已是文帝十年了，文帝出幸甘泉，亲察外情，留将军薄昭守京。昭得了重权，遇事专擅，适由文帝遣到使臣，与昭有仇，昭竟将来使杀死。文帝闻报，忍无可忍，不得不把他惩治。只因贾谊前上治安策中，有言公卿得罪，不宜拘辱，但当使他引决自裁，方是待臣以礼等语。于是令朝中公卿，至薄昭家饮酒，劝使自尽。昭不肯就死，文帝又使群臣各著素服，同往哭祭。昭无可奈何，乃服药自杀。昭为薄太后弟，擅戮帝使，应该受诛，不过文帝未知预防，纵成大罪，也与淮南王刘长事相类。这也由文帝有仁无义，所以对着宗亲，不能无憾哩。叙断平允。

越年为文帝十一年，梁王揖自梁入朝，途中驰马太骤，偶一失足，竟致颠蹶。揖坠地受伤，血流如注，经医官极力救治，始终无效，竟致毕命。梁傅贾谊为梁王所敬重，相契甚深，至是闻王暴亡，哀悲的了不得，乃奏请为梁王立后。且言淮阳地小，未足立国，不如并入淮南。惟淮阳水边有二三列城，可分与梁国，庶梁与淮南，均能自固云云。文帝览奏，愿如所请，即徙淮阳王武为梁王，武与揖为异母兄弟，揖无子嗣，因将武调徙至梁，使武子过承揖祀。又徙太原王参为代王，并有太原。武封淮阳王，参封太原王，见四十七、四十八回中。这且待后再表。

惟贾谊既不得志，并痛梁王身死，自己为傅无状，越加心灰意懒，郁郁寡欢，过了年余，也至病瘵身亡。年才三十三岁。后人或惜谊不能永年，无从见功，或谓谊幸得蚤死，免致乱政，众论悠悠，不足取信，明眼人自有真评，毋容小子絮述了。以不断断之。

且说匈奴国主稽粥单于，自得中行说后，大加亲信，言听计从。中行说导他入寇，屡为边患，文帝十一年十一月中，又入侵狄道，掠去许多人畜。文帝致书匈奴，责他负约失信，稽粥亦置诸不理。边境戍军，日夕戒严，可奈地方袤延，约有千余里，顾东失西，顾西失东，累得兵民交困，鸡犬不宁。当时有一个太子家令，姓晁名错，音措。初习刑名，继通文学，入官太常掌故，进为太子舍人，转授家令。太子启喜他才辩，格外优待，号为智囊。他见朝廷调兵征饷，出御匈奴，因即乘机上书，详陈兵事。无非衒（xuàn）才。大旨在得地形、卒服习、器用利三事，地势有高下的分别，匈奴善山战，中国善野战，须舍短而用长；士卒有强弱的分别，选练必精良，操演必纯熟，毋轻举而致败；器械有利钝的分别，劲弩长戟利及远，坚甲铦刃利及近，贵因时而制宜。结末复言用夷攻夷，最好是使降胡义渠等作为前驱，结以恩信，赐以甲兵，与我军相为表里，然后可制匈奴死命。统篇不下数千言，文帝大为称赏，赐书褒答。错又上言发卒守塞，往返多劳，不如募民出居塞下，教以守望相助，缓急有资，方能持久无虞，不致涣散。还有入粟输边一策，乃是令民纳粟入官，接济边饷，有罪可以免罪，无罪可以授爵，就入粟的多寡，为级数的等差。此说为卖官鬻爵之俑，最足误国。文帝多半采用，一时颇有成效，因此错遂得宠。

错且往往引经释义，评论时政。说起他的师承，却也有所传授。错为太常掌故时，曾奉派至济南，向老儒伏生处，专习尚书。伏生名胜，通尚书学，曾为秦朝博士，自秦始皇禁人藏书，伏生不能不取书出毁，只有尚书一部，乃是研究有素，不肯缴出，取藏壁中。及秦末天下大乱，伏生早已去官，避乱四徙，直至汉兴以后，书禁复开，才敢回到家中，取壁寻书。偏壁中受着潮湿，将原书大半烂毁，只剩了断简残编，取出检视，仅存二十九篇，还是破碎不全。文帝即位，诏求遗经，别经尚有人民藏着，陆续献出，独缺尚书一经。嗣访得济南伏生，以尚书教授齐鲁诸生，乃遣错前往受业。伏生年衰齿落，连说话都不能清晰，并且错籍隶颍川，与济南距离颇远，方言也不甚相通，幸亏伏生有一女儿，名叫羲娥，夙秉父传，颇通尚书大义。当伏生讲授时，伏女立在父侧，依着父言，逐句传译，错才能领悟大纲。尚有两三处未能体会，只好出以己意，曲为引申。其实伏生所传尚书二十九篇，原书亦已断烂，一半是伏生记忆出来，究竟有无错误，也不能悉考。后至汉武帝时，鲁恭王坏孔子旧宅，得孔壁所藏书经，字迹亦多腐蚀，不过较伏生所传，又加二十九篇，合成五十八篇，由孔子十二世孙孔安国考订笺注，流传后世。这且慢表。

惟晁错受经伏生，实靠着伏女转授，故后人或说他受经伏女，因父成名，一经千古，也可为女史生色了。不没伏女。当时齐国境内，尚有一个闺阁名姝，扬名不朽，说将起来，乃是前汉时代的孝女，比那伏女羲娥，还要脍炙人口，世代流芳。看官欲问她姓名，就是太仓令淳于意少女缇萦。从伏女折入缇萦，映带有致。淳于意家居临淄，素好医术，尝至同郡元里公乘阳庆处学医。公乘系汉官名，意在待乘公车，如征君同义。庆已七十余岁，博通医理，无子可传，自淳于意入门肄业，遂将黄帝扁鹊脉书，及五色诊病诸法，一律取授，随时讲解。意悉心研究，三年有成，乃辞师回里，为人治病，能预决病人生死，一经投药，无不立愈，因此名闻远近，病家多来求医，门庭如市。但意虽善医，究竟只有一人精力，不能应接千百人，有

时不堪烦扰，往往出门游行，且向来落拓不羁，无志生产，曾做过一次太仓令，未几辞去，就是与人医病，也是随便取资，不计多寡。只病家踵门求治，或值意不在家中，竟致失望，免不得愤懑异常，病重的当即死了。死生本有定数，但病人家属，不肯这般想法，反要说意不肯医治，以致病亡。怨气所积，酿成祸祟。至文帝十三年间，遂有势家告发意罪，说他借医欺人，轻视生命。当由地方有司，把他拿讯，谳成肉刑。只因意曾做过县令，未便擅加刑罚，不能不奏达朝廷，有诏令他押送长安。为医之难如此。

意无子嗣，只有五女，临行时都去送父，相向悲泣。意长叹道："生女不生男，缓急无所用。"为此两语，激动那少女缇萦的血性，遂草草收拾行李，随父同行。好容易到了长安，意被系狱中，缇萦竟拚生诣阙，上书吁请。文帝听得少女上书，也为惊异，忙令左右取入。展开一阅，但见书中有要语云：

妾父为吏，齐中尝称其廉平，今坐法当刑，妾伤夫死者不可复生，刑者不可复属，虽欲改过自新，其道莫由，终不可得。妾愿没入为官婢，以赎父刑罪，使得改过自新也。

文帝阅毕，禁不住凄恻起来，便命将淳于意赦罪，听令挈女归家。小子有诗赞缇萦道：

欲报亲恩入汉关，奉书诣阙拜天颜。
世间不少男儿汉，可似缇萦救父还。

既而文帝又有一诏，除去肉刑。欲知诏书如何说法，待至下回述明。

与外夷和亲，已为下策，又强遣中行说以附益之。说本阉人，即令其存心无他，犹不足以供使令，况彼固有言在先，将为汉患耶！文帝必欲遣说，果何为者？贾谊三表五饵之策，未尽可行，即如晁错之屡言边事，有可行者，有不可行者。要之驭夷无他道，不外内治外攘而已，舍此皆非至计也。错受经于伏生，而伏女以传。伏女以外，又有上书赎罪之缇萦。汉时去古未远，故尚有女教之留遗，一以传经著，一以至孝闻，巾帼中有此人，贾晁辈且有愧色矣。

第一部

前汉通俗演义（下）

蔡东藩 著

中華書局

第五十一回

老郎官犯颜救魏尚　贤丞相当面劾邓通

却说文帝既赦淳于意，令他父女归家。又因缇萦书中，有刑者不可复属一语，大为感动，遂下诏革除肉刑。诏云：

诗曰：恺悌君子，民之父母。今人有过，教未施而刑已加焉，或欲改过为善，而道无繇至，朕甚怜之！夫刑至断肢体，刻肌肤，终身不息，何其痛而不德也！岂为民父母之意哉？其除肉刑，有以易之！

丞相张苍等奉诏后，改定刑律，条议上闻。向来汉律规定肉刑，约分三种，一为黥，就是面上刻字；二为劓，就是割鼻；三为断左右趾，就是把足趾截去。经张苍等会议改制，乃是黥刑改充苦工，罚为城旦舂；城旦即旦夕守城，见前注。劓刑改作笞三百，断趾刑改作笞五百，文帝并皆依议。嗣是罪人受刑，免得残毁身体，这虽是文帝的仁政，但非由孝女缇萦上书，文帝亦未必留意及此。可见缇萦不但全孝，并且全仁。小小女子，能做出这般美举，怪不得千古流芳了！极力阐扬。后来文帝闻淳于意善医，又复召到都中，问他学自何师，治好何人？俱由意详细奏对，计除寻常病症外，共疗奇病十余人，统在齐地。小子无暇具录，看官试阅《史记》中《仓公列传》，便能分晓。仓公就是淳于意，意曾为太仓令，故汉人号为仓公。

话分两头，且说匈奴前寇狄道，掠得许多人畜，饱载而去。见前回。文帝用晁错计，移民输粟，加意边防，才算平安了两三年。至文帝十四年冬季，匈奴又大举入寇，骑兵共有十四万众，入朝那，越萧关，杀毙北地都尉孙卬，又分兵入烧回中宫。宫系秦时所建。前锋径达雍县甘泉等处，警报连达都中。文帝亟命中尉周舍，郎中令张武，并为将军，发车千乘，骑卒十万，出屯渭北，保护长安。又拜昌侯卢卿为上郡将军，宁侯魏遬为北地将军，隆虑侯周灶为陇西将军，三路出发，分戍边疆。一面大阅人马，申教

令，厚犒赏，准备御驾亲征。群臣一再谏阻，统皆不从，直至薄太后闻悉此事，极力阻止，文帝只好顺从母教，罢亲征议，另派东阳侯张相如为大将军，率同建成侯董赤，内史栾布，领着大队，往击匈奴。匈奴侵入塞内，骚扰月余，及闻汉兵来援，方拔营出塞。张相如等驰至边境，追蹑番兵，好多里不见胡马，料知寇已去远，不及邀击，乃引兵南还，内外解严。

文帝又觉得清闲，偶因政躬无事，乘辇巡行。路过郎署，见一老人在前迎驾，因即改容敬礼道："父老在此，想是现为郎官，家居何处？"老人答道："臣姓冯名唐，祖本赵人，至臣父时始徙居代地。"文帝忽然记起前情，便接入道："我前在代国，有尚食监高祛，屡向我说及赵将李齐，出战钜鹿下，非常骁勇，可惜今已没世，无从委任，但我尝每饭不忘。父老可亦熟悉此人否？"冯唐道："臣素知李齐材勇，但尚不如廉颇李牧呢。"文帝也知廉颇李牧，是赵国良将，不由的抚髀叹息道："我生已晚，恨不得颇牧为将，若得此人，还怕什么匈奴？"道言未绝，忽闻冯唐朗声道："陛下就是得着颇牧，也未必能重用哩。"这两句话惹动文帝怒意，立即掉转了头，命驾回宫。既到宫中，坐了片刻，又转想冯唐所言，定非无端唐突，必有特别原因，乃复令内侍，召唐入问。俄顷间唐已到来，待他行过了礼，便开口诘问道："君从何处看出，说我不能重用颇牧？"唐答说道："臣闻上古明王，命将出师，非常郑重，临行时必先推毂。屈膝与语道：阃以内，听命寡人；阃以外，听命将军，军功爵赏，统归将军处置，先行后奏。这并不是空谈所比。臣闻李牧为赵将，边市租税，统得自用，飨士犒卒，不必报销，君上不为遥制，所以牧得竭尽智能，守边却虏。今陛下能如此信任么？近日魏尚为云中守，所收市租，尽给士卒，且自出私钱，宰牛置酒，遍飨军吏舍人，因此将士效命，戮力卫边。匈奴一次入塞，就被尚率众截击，斩馘（guó）无数，杀得他抱头鼠窜，不敢再来。陛下却为他报功不实，所差敌首只六级，便把他褫官下狱，罚作苦工，这不是法太明，赏太轻，罚太重么？照此看来，陛下虽得廉颇李牧，亦未必能用。臣自知愚戆，冒触忌讳，死罪死罪！"老头子却是挺硬。说着，即免冠叩首。文帝却转怒为喜，忙令左右将唐扶起，命他持节诣狱，赦出魏尚，仍使为云中守。又拜唐为车骑都尉。魏尚再出镇边，匈奴果然畏威，不敢近塞，此外边防守将，亦由文帝酌量选用，北方一带，复得少安。自从文帝嗣位以来，至此已有十四五年，这十四五年间，除匈奴入寇外，只济北一场叛乱，旬月即平，就是匈奴为患，也不过骚扰边隅，究竟未尝深入。而且王师一出，立即退去，外无大变，内无大役，再加文帝蠲租减税，勤政爱民，始终以恭俭为治，不敢无故生风，所以吏守常法，民安故业，四海以内，晏然无事，好算是承平世界，浩荡乾坤。原是汉朝全盛时代。

但文帝一生得力，是抱定老氏无为的宗旨，就是太后薄氏，亦素好黄老家言。母子性质相同，遂引出一两个旁门左道，要想来逢迎上意，徼宠求荣。有孔即钻，好似寄生虫一般。有一个鲁人公孙臣，上言秦得水德，汉承秦后，当为土德，土色属黄，不久必有黄龙出现，请改正朔，易服色，一律尚黄，以应天瑞云云。文帝得书，取示丞相张苍，苍素究心律历，独谓汉得水德，公孙臣所言非是，两人都是瞎说。文帝搁过不提。偏是文帝十五年春月，陇西的成纪地方，竟称黄龙出现，地方官吏，未曾亲见，但据着一时传闻，居然奏报。文帝信以为真，遂把公孙臣视作异人，说他能预知未来，召为博士。当下与诸生申明土德，议及改元易服等事，并命礼官订定郊祀大典。待至郊祀礼定，已是春暮，乃择于四月朔日，亲幸雍郊，祭祀五帝。嗣是公孙臣得蒙宠眷，反将丞相张苍，疏淡下去。

古人说得好，同声相应，同气相求，有了一个公孙臣，自然倡予和汝，生出第二个公孙臣来了。当时赵国中有一新垣平，生性乖巧，专好欺人。闻得公孙臣新邀主宠，便去学习了几句术语，也即跑至长安，诣阙求见。文帝已渐入迷团，遇有方士到来，当然欢迎，立命左右传入。新垣平拜谒已毕，便信口胡诌道："臣望气前来，愿陛下万岁！"文帝道："汝见有何气？"平答说道："长安东北角上，近有神气氤氲，结成五彩。臣闻东北为神明所居，今有五彩汇聚，明明是五帝呵护，蔚为国祥。陛下宜上答天瑞，就地立庙，方可永仰神庥(xiū)。"文帝点首称善，便令平留居阙下，使他指示有司，就五彩荟集的地址，筑造庙宇，供祀五帝。平本是捏造出来，有什么一定地点，不过有言在先，说在东北角上，应该如言办理。当即偕同有司，出东北门，行至渭阳，疑神疑鬼的望了一回，然后拣定宽敞的地基，兴工筑祠。祠宇中共设五殿，按着东南西北中位置，配成青黄黑赤白颜色，青帝居东，赤帝居南，白帝居西，黑帝居北，黄帝居中，也是附会公孙臣的妄谈，主张汉为土德，是归黄帝暗里主持。况且宅中而治，当王者贵，正好凑合时君心理，借博欢心。好容易造成庙貌，已是文帝十有六年，文帝援照旧例，仍俟至孟夏月吉，亲往渭阳，至五帝庙内祭祀。祭时举起爟火，烟焰冲霄，差不多与云气相似。新垣平时亦随着，就指为瑞气相应，不若径说神气。引得文帝欣慰异常。及祭毕还宫，便颁出一道诏令，拜新垣平为上大夫，还有许多赏赐，约值千金，于是使博士诸生，摘集六经中遗语，辑成《王制》一篇，现今尚是流传，列入《礼记》中。《礼记》中《王制》以后，便是《月令》一篇，内述五帝司令事，想亦为此时所编。新垣平又联合公孙臣，请仿唐虞古制，行巡狩封禅礼仪。文帝复为所惑，饬令博士妥议典礼，博士等酌古斟今，免不得各费心裁，有需时日。文帝却也不来催促，由他徐定。

一日驾过长门，忽有五人站在道北，所着服色，各不相同。正要留神细瞧，偏五人散走五方，不知去向。此时文帝已经出神，暗记五人衣服，好似分着青黄黑赤白五色，莫非就是五帝不成。因即召问新垣平，平连声称是。未曾详问，便即称是，明明是他一人使乖。文帝乃命就长门亭畔，筑起五帝坛，用着太牢五具，望空致祭。已而新垣平又诣阙称奇，说是阙下有宝玉气。道言甫毕，果有一人手捧玉杯，入献文帝。文帝取过一看，杯式也不过寻常，惟有四篆字刻着，乃是“人主延寿”一语，不禁大喜，便命左右取出黄金，赏赐来人，且因新垣平望气有验，亦加特赏。平与来人谢赐出来，又是一种好交易。文帝竟将玉杯当作奇珍，小心携着，入宫收藏去了。平见文帝容易受欺，复想出一番奇语，说是日当再中。看官试想，一天的红日，东现西没，人人共知，哪里有已到西边，转向东边的奇闻？不意新垣平瞎三话四，居然有史官附和，报称日却再中。想是有挥戈返日的神技。文帝尚信为真事，下诏改元，就以十七年为元年，汉史中叫做后元年。元日将届，新垣平复构造妖言，进白文帝，谓周鼎沉入泗水，已有多年，见前文。现在河决金堤，与泗水相通，臣望见汾阴有金宝气，想是周鼎又要出现，请陛下立祠汾阴，先祷河神，方能致瑞等语。说得文帝又生痴想，立命有司鸠工庀（pǐ）材，至汾阴建造庙宇，为求鼎计。有司奉命兴筑，急切未能告竣，转眼间便是后元年元日，有诏赐天下大酺，与民同乐。

正在普天共庆的时候，忽有人奏劾新垣平，说他欺君罔上，弄神捣鬼，没一语不是虚谈，没一事不是伪造，顿令堕入迷团的文帝，似醉方醒，勃然动怒，竟把新垣平革职问罪，发交廷尉审讯。廷尉就是张释之，早知新垣平所为不正，此次到他手中，新垣平还有何幸，一经释之威吓势迫，没奈何将鬼蜮伎俩和盘说出，泣求释之保全生命。释之怎肯容情？不但谳成死罪，还要将他家族老小，一体骈诛。这谳案复奏上去，得邀文帝批准，便由释之派出刑官，立把新垣平绑出市曹，一刀两段。只是新垣平的家小，跟了新垣平入都，不过享受半年富贵，也落得身首两分，这却真正不值得呢！福为祸倚，何必强求！

文帝经此一悟，大为扫兴，饬罢汾阴庙工，就是渭阳五帝祠中，亦止令祠官随时致礼，不复亲祭。他如巡狩封禅的议案，也从此不问，付诸冰阁了。惟丞相张苍，自被公孙臣夺宠，辄称病不朝，且年已九十左右，原是老迈龙钟，不堪任事，因此迁延年余，终致病免。文帝本欲重任窦广国，转思广国乃是后弟，属在私亲，就使他著有贤名，究不宜示人以私。广国果贤，何妨代相。文帝自谓无私，实是惩诸吕覆辙，乃有此举。乃从旧臣中采择一人，得了一个关内侯申屠嘉，先令他为御史大夫，旋即升迁相位，代苍后任。苍退归阳武原籍，口中无齿，食乳为生，享寿至百余岁，方才逝世。

那申屠嘉系是梁人，曾随高祖征战有功，得封列侯，年纪亦已垂老，但与张苍相比，却还相差二三十年。平时刚方廉正，不受私谒，及进为丞相，更是嫉邪秉正，守法不阿。一日入朝奏事，蓦见文帝左侧，斜立着一个侍臣，形神怠弛，似有倦容，很觉得看不过去。一俟公事奏毕，便将侍臣指示文帝道："陛下若宠爱侍臣，不妨使他富贵，至若朝廷仪制，不可不肃；愿陛下勿示纵容！"文帝向左一顾，早已瞧着，但恐申屠嘉指名劾奏，连忙出言阻住道："君且勿言，我当私行教戒罢了。"嘉闻言愈愤，勉强忍住了气，退朝出去。果然文帝返入内廷，并未依着前言，申戒侍臣。

究竟这侍臣姓甚名谁？原来叫做邓通。现任大中大夫。通本蜀郡南安人，无甚才识，只有水中行船，是他专长。辗转入都，谋得了一个官衔，号为黄头郎。黄头郎的职使，便是御船水手，向戴黄帽，故有是称。通得充是职，也算侥幸，想什么意外超迁，偏偏时来运至，吉星照临，一小小舵工，竟得上应御梦，平地升天。说将起来，也是由文帝怀着迷信，误把那庸夫俗子，看做奇材。先是文帝尝得一梦，梦见自己腾空而起，几入九霄，相距不过咫尺，竟致力量未足，欲上未上，巧来了黄头郎，把文帝足下极力一推，方得上登天界。文帝非常喜欢，俯瞰这黄头郎，恰只见他一个背影，衣服下面，好似已经破裂，露出一孔。正要唤他转身，详视面目，适被鸡声一叫，竟致惊醒。文帝回思梦境，历历不忘，便想在黄头郎中留心察阅，效那殷高宗应梦求贤故事，冀得奇逢。是读书入魔了。

是日早起视朝，幸值中外无事，即令群臣退班，自往渐台巡视御船。渐台在未央宫西偏，旁有沧池，水色皆苍，向有御船停泊，黄头郎约数十百人。文帝吩咐左右，命将黄头郎悉数召来，听候传问。黄头郎不知何用？只好战战兢兢，前来见驾。文帝待他拜毕，俱令立在左边，挨次徐行，向右过去。一班黄头郎，遵旨缓步，行过了好几十人，巧巧轮着邓通，也一步一步的照式行走，才掠过御座前，只听得一声纶音，叫道立住，吓得邓通冷汗直流，勉强避立一旁。等到大众走完，又闻文帝传谕，召令过问。通只得上前数步，到御座前跪下，俯首伏着。至文帝问及姓名，不得不据实陈报。嗣听得皇言和蔼，拔充侍臣，方觉喜出望外，叩头谢恩。文帝起身回宫，叫他随着，他急忙爬起，紧紧跟着御驾，同入宫中。黄头郎等远远望见，统皆惊异，就是文帝左右的随员，亦俱莫名其妙；于是互相推测，议论纷纷。我也奇怪。其实是没有他故，无非为了邓通后衣，适有一孔，正与文帝梦中相合，更兼邓（繁体作鄧）字，左旁是一登字，文帝还道助他登天，应属此人，所以平白地将他拔擢，作为应梦贤臣。实是呆想。后来见他庸碌无能，也不为怪，反且日加宠爱。通却一味将顺，虽然没有异技，足邀睿赏，但能始终不忤帝意，已足固宠梯荣。不到两三年，竟升任大中大夫，越叨恩遇。有时文帝闲游，且顺便至通家休息，宴饮尽欢，前后赏赐，不可胜计。

独丞相申屠嘉，早已瞧不上眼，要想捽去此奴，凑巧见他怠慢失仪，乐得乘机面劾。及文帝出言回护，愤愤退归，自思一不做，二不休，索性遣人召通，令至相府议事，好加惩戒。通闻丞相见召，料他不怀好意，未肯前往。哪知一使甫去，一使又来，传称丞相有命，邓通不到，当请旨处斩。通惊慌的了不得，忙入宫告知文帝，泣请转圜。文帝道：“汝且前去，我当使人召汝便了。”这是文帝长厚处。通至此没法，不得不趋出宫中，转诣相府。一到门首，早有人待着，引入正厅，但见申屠嘉整肃衣冠，高坐堂上，满脸带着杀气，好似一位活阎罗王。此时进退两难，只好硬着头皮向前参谒，不意申屠嘉开口一声，便说出一个斩字！有分教：

严厉足惊庸竖胆，刚方犹见大臣风。

毕竟邓通性命如何，且至下回分解。

语有之，观过知仁，如本回叙述文帝，莫非过举，但能改过不吝，尚不失为仁主耳。文帝之惩办魏尚，罪轻罚重，得冯唐数语而即赦之，是文帝之能改过，即文帝之能全仁也。他如公孙臣干进于先，新垣平售欺于后，文帝几堕入迷团，复因片语之上陈，举新垣平而诛夷之，是文帝之能改过，即文帝之能全仁也。厥后因登天之幻梦，授水手以高官，滥予名器，不为无咎。然重丞相而轻幸臣，卒使邓通之应召，使得示惩，此亦未始因过见仁之一端也。史称文帝为仁君，其尚非过誉之论乎！

第五十二回

争棋局吴太子亡身　肃军营周亚夫守法

却说邓通进谒申屠嘉，听他开口便是一个斩字，吓得三魂中失去两魂，只好免冠跣足，跪伏地上，叩首乞怜。申屠嘉却厉声道："朝廷是高皇帝的朝廷，一切朝仪，无论何等人员，均应遵守，汝乃一个小臣，擅敢在殿上戏玩？应作大不敬论，例当斩首！"说至此，便顾视左右府吏，连声喝道："斩！斩！……"府吏满口答应，不过一时未便动手，但为申屠嘉助威恫吓邓通。通已抖做一团，尽管向嘉磕头，如同捣蒜，心中只望朝使到来，替他解救。哪知头额已磕得青肿，甚至血流如注，尚不见有救命恩人前来解危。真是急煞。那申屠嘉还是拍案连呼，定要将他绑出斩首，左右走将过来，正要用手绑缚，忽外面报有诏使，持节来前。申屠嘉方才起座，出迎诏使。使人见了申屠嘉，当即传旨道："通不过是朕弄臣，愿丞相贷他死罪！"嘉奉到谕旨，始准将通释放，但尚向通吩咐道："汝他日若再放肆，就使主上赦汝，老夫却不肯饶汝了。"通只得唯唯受教。诏使辞别申屠嘉，带通入宫。通见了文帝，忍不住两泪直流，呜咽说道："臣几被丞相杀死了！"文帝见他面目红肿，三分像人，七分像鬼，既好笑，又可怜，便召御医替他敷治，且叫他此后不宜冲撞丞相。通奉命维谨，不敢再有失礼。文帝宠爱如初，并擢通为上大夫。

汉自许负以后，相士不绝，辄与公卿等交游，每谈吉凶，尝有奇验。文帝既宠爱邓通，便召入一个有名相士，为通看相。相士直言不讳，竟说通相貌欠佳，将来难免贫穷，甚且饿死。文帝愀然不乐，竟把相士叱退，且慨然说道："通欲致富，有何难处？但只凭我一言，管教他富贵终身，何至将来饿死呢！"于是下一诏命，竟将蜀郡的严道铜山，赏赐与通，且许通自得铸钱。从前高祖开国，因嫌秦钱过重，约有半两，所以改铸荚钱，每文只重一铢半，径五分，形如榆荚，钱质太轻，遂致物价腾贵，米石万钱，文帝乃复改制，特铸四铢钱，并除盗铸法令，准人民自由铸钱。贾谊贾山，皆上书谏阻，文帝不从。当时吴王濞管领东南，觅得故鄣铜山，铸钱畅行，富埒皇家。至是邓通也得铜山铸钱，与吴王东西并峙，东南多吴钱，西北多邓钱，邓通的富豪，不问可知。

惟通既得此重赐，自然感激不尽，无论如何污役，也所甘心。会当文帝病痈，竟至溃烂，日夕不安，通想出一法，代为吮吸，渐渐的除去败脓，得免痛苦。看官试想！这疮痈中脓血，又臭又腐，何人肯不顾污秽，用口吮去？独邓通情愿为此，毫无厌恶，转令文帝别生他感，触起愁肠。一夕，由通吮去痈血，嗽过了口，侍立一旁，文帝向通启问道："朕抚有天下，据汝看来，究系何人，最为爱朕？"通未知文帝命意，但随口答道："至亲莫若父子，以情理论，最爱陛下，应无过太子了。"文帝默然不答。到了翌日，太子入宫省疾，正值文帝痈血又流，便顾语太子道："汝可为我吮去痈血。"太子闻命，不由的皱起眉头，欲想推辞，又觉得父命难违，没奈何屏着鼻息，向疮上吮了一口，慌忙吐去，已是不堪秽恶，几欲呕出宿食，勉强忍住。却是难受。文帝瞧着太子形容，就长叹一声，叫他退去，仍召邓通入吮余血。通照常吮吸，一些儿没有难色，益使文帝心为感动，宠昵愈甚。惟太子回到东宫，尚觉恶心，暗思吮痈一事，是由何人作俑，却使我也去承当？随即密嘱近臣，仔细探听。旋得复报，乃是邓通常入宫吮痈，免不得又愧又恨。嗣是与邓通结成嫌隙，待时报复，事见后文。

且说齐王襄助诛诸吕，收兵回国，未几便即病亡。襄子则嗣立为王，至文帝十五年，又复去世，后无子嗣，遂致绝封。文帝追念前功，不忍撤除齐国，又记起贾谊遗言，曾有国小力弱的主张，见治安策中。乃分齐地为六国，尽封悼惠王肥六子为王。长子将闾，仍使王齐，次子志为济北王，三子贤为菑川王，四子雄渠为胶东王，五子卬为胶西王，六子辟光为济南王。六王同日受封，并皆莅镇，待后再表。为后文七国造反伏案。

独吴王濞镇守东南，历年已久，势力渐充，既得铜山铸钱，见上文。复煮海水为盐，垄断厚利，国益富强。文帝在位，已十数年，并未闻吴王入朝，但遣子贤入觐一次，就与皇太子相争，自取祸殃，太子启与吴太子贤，本是再从堂兄弟，向无仇怨，此时因贤入朝，奉了父命，陪他游宴，当然和气相迎，格外欢洽。盘桓了好几天，相习生狎，渐觉得熟不拘礼，任意笑谈。吴太子身旁，又有随来的师傅，相偕出入，一淘儿逐队寻欢，除每日酣饮外，又复博弈消闲。两人对坐举棋，左立东宫侍臣，右立吴太子师傅，从旁参赞，各有胜负。彼此已赌赛了好几次，不免有些龃龉，太子启偶受讥嘲，已带着三分懊恼，只吴太子尚有童心，未肯见机罢手，还要与皇太子决一雌雄。太子启也不肯示弱，再与他下棋斗胜。方罫中间，各圈地点，到了生死关头，皇太子误下一着，被吴太子一子掩住，眼见得牵动全局，都要输去。皇太子不肯认输，定要将一着错棋，翻悔转来，吴太子如何肯依？遂起争论。再加吴太子的师傅，多是楚人，秉性强悍，帮着吴太子力争，你一言，我一语，统说皇太子理曲，一味冲撞。皇太子究系储君，从未经过这般委屈，怒从心上起，恶向胆边生，竟顺手提起棋盘，向吴太子猛力掷去，吴太子未曾防备，一时不及闪避，被棋盘掷中头颅，立即晕倒，霎时间脑浆迸流，死于非命。何苦寻死！

吴太子师傅等，当然喧闹起来，幸亏东宫侍臣，保护太子出去，奏明文帝。文帝倒也吃惊，但又不好加罪太子，只得训戒一番，更召入吴太子师傅等，好言劝慰。一面厚殓吴太子，令他师傅等送柩回吴。吴王濞悲恨交并，不愿收受，且怒说道："方今天下一家，死在长安，便葬在长安，何必送

来？”当下派吏截住棺木，仍叫他发回长安。文帝闻报，也就把他埋葬了事，从此吴王濞心存怨望，不守臣节，每遇朝使到来，骄倨无礼。朝使返报文帝，文帝也知他为子衔恨，原谅三分。复遣使臣召濞入京，意欲当面排解，释怨修和。偏濞不愿应召，托词有病，却回朝使。文帝又使人至吴探问，见濞并无病容，自然据实返报。文帝倒也惹动怒意，见有吴使入京，即令有司将他拘住，下狱论罪。已而又有吴使西来，贿托前郎中令张武，代为先容，才得面见文帝。文帝开言责问，无非是说吴王何故诈病，不肯入朝？吴使从容答语道：“古人有言，察见渊鱼者不祥，吴王为子冤死，托病不朝，今被陛下察觉，连系使人，近日吴王很是忧惧，唯恐受诛。若陛下再加急迫，是吴王越不敢入朝了。臣愿陛下不咎既往，使彼自新，人孰无良，得陛下如此宽容，难道尚不悦服么？”可谓善于措词。文帝听了，很觉有理，遂将所系吴使，一并放归，且遣人赍了几杖，往赐吴王，传语吴王年老，可使免朝。吴王濞自然拜命，不敢生心。

惟当时吴王不反，也亏有一人从中阻止，所以能使积骄积怨的强藩暂就羁縻。是人为谁？就是前中郎将袁盎。盎屡次直谏，也为文帝所厌闻，把他外调，出任陇西都尉。未几，即迁为齐相，嗣复由齐徙吴。盎有兄子袁种，私下谏盎道：“吴王享国已久，骄恣日甚，今公往为吴相，若欲依法纠治，必触彼怒，彼不上书劾公，必将挟剑刺公了！为公设法，最好是一切不问。南方地势卑湿，乐得借酒消遣，既可除病，又可免灾。只教劝导吴王，不使造反，便可不至生祸了。”盎依了种言，到吴后，如法办理，果得吴王优待。不过有时晤谈，总劝吴王安守臣道，吴王倒也听从，所以盎在吴国，吴王总算勉抑雄心，蹉跎度日。后来袁盎入都，吴王始生变志，这是后话。惟张武曾受吴赂，渐为文帝所闻，文帝并不说破，索性加赐武金，叫他自愧，以赏为罚。不可谓非文帝的权术呢！此事亦未足为训。

且说文帝自改元后，又过了好几年，承平如故，政简刑清，就是控驭匈奴，也主张修好，无志用兵。当改元后二年时，复遣使致书匈奴，推诚与语，各敦睦谊，书中有和亲以后，汉过不先等语。匈奴主老上单于，即稽粥，见前文。亦令当户且渠两番官，当户且渠皆匈奴官名。献马二匹，复书称谢。文帝乃诏告全国道：

朕既不明，不能远德，使方外之国，或不宁息。夫四荒之外，不安其生,封圻之内,勤劳不处,二者之咎,皆由于朕之德薄,不能达远也。间者累年匈奴并暴边境,多杀吏民,边臣吏民,又不能谕其内志,以重吾不德,夫久结难连兵,中外之国,将何以自宁?今朕夙兴夜寐,勤劳天下,忧苦万民,为之恻怛不安,未尝一日忘于心,故遣使者冠盖相望,结辙于道,以谕朕志于单于。今单于反古之道,计社稷之安,便万民之利,新与朕俱弃细过,偕之大道,结兄弟之义,以全天下元元之民,和亲以定,始于今年。

过了两年,老上单于病死,子军臣单于继立,遣人至汉廷报告。文帝又遣宗室女往嫁,重申和亲旧约,军臣单于得了汉女为妻,却也心满意足,无他妄想。偏汉奸中行说,屡劝军臣单于伺隙入寇。军臣单于起初是不愿背约,未从说言,旋经说再三怂恿,把中国的子女玉帛,满口形容,使他垂涎,于是军臣单于竟为所动,居然兴兵犯塞,与汉绝交。文帝后六年冬月,匈奴兵两路侵边,一入上郡,一入云中,统共有六万余骑,分道扬镳,沿途掳掠。防边将吏,已有好几年不动兵戈,蓦闻虏骑南来,正是出人不意,慌忙举起烽火,报告远近。一处举烽,各处并举,火光烟焰,直达到甘泉宫。文帝闻警,急调出三路人马,派将统率,往镇三边。一路是出屯飞狐,统将是中大夫令勉;一路是出屯句注,统将是前楚相苏意;一路是出屯北地,统将系前郎中令张武。这三路兵同日出发,星夜前往,文帝尚恐有疏虞,惊动都邑,乃复令河内太守周亚夫,驻兵细柳,宗正刘礼,驻兵霸上,祝兹侯徐厉,驻兵棘门。内外戒严,缓急有备,文帝才稍稍放心。

过了数日,御驾复亲出劳军,先至霸上,次至棘门,统是直入营中,不先通报。刘徐两将军,深居帐内,直至警跸入营,才率部将往迎文帝,面色都带着慌张,似乎事前失候,踢躇不安,文帝虽瞧料三分,但也不以为怪,随口抚慰数语,便即退出。两营将士,统送出营门,拜辞御驾,不劳细述。及移跸至细柳营,遥见营门外面,甲士森列,或持刀,或执戟,或张弓挟矢,仿佛似临敌一般。文帝见所未见,暗暗称奇,当令先驱传报,说是车驾到来,营兵端立不动,喝声且住,并正色相拒道:“我等只闻将军令,不闻天子诏!”语可屈铁掷地,作金石声。先驱还报文帝,文帝麾动车驾,自至营门,又被营兵阻住,不令进去。文帝乃取出符节,交与随员,使他入营通报。亚夫才接见来使,传令开门。营兵将门开着,放入车驾,一面嘱咐御

车，传说军令道："将军有约，军中不得驰驱！"文帝听说，也只好按辔徐行。到了营门里面，始见亚夫从容出迎，披甲佩剑，对着文帝行礼，作了一个长揖，口中说道："甲胄之士不拜，臣照军礼施行。请陛下勿责！"文帝不禁动容，就将身子略俯，凭式致敬，并使人宣谕道："皇帝敬劳将军。"亚夫带着军士，肃立两旁，鞠躬称谢。文帝又亲嘱数语，然后出营。亚夫也未曾相送，一俟文帝退出，仍然闭住营门，严整如故。文帝回顾道："这才算是真将军了！彼霸上棘门的将士，好同儿戏，若被敌人袭击，恐主将也不免成擒，怎能如亚夫谨严，无隙可乘呢？"说罢回宫，还是称善不置。

嗣接边防军奏报，虏众已经出塞，可无他虑，文帝方将各路人马，依次撤回，遂擢周亚夫为中尉。亚夫即绛侯周勃次子。勃二次就国，不久病逝。长子胜之袭爵，弟亚夫为河内守。闻老妪许负，尚是活着，素称善相，许负相人，屡见前文中。因特邀至署中，令她相视。许负默视多时，方语亚夫道："据君贵相，何止郡守，再过三年，便当封侯。八年以后，出将入相，手秉国钧，人臣中独一无二了。可惜结局欠佳！"亚夫道："莫非要犯罪遭刑么？"许负道："这却不至如此。"亚夫再欲穷诘，许负道："九年后自有分晓，毋待老妇哓哓（xiāo xiāo）。”亚夫道：“这也何妨直告。”许负道：“依相直谈，恐君将饿死。”亚夫冷笑道：“汝说我将封侯，已出意外，试想我兄承袭父爵，方受侯封，就使兄年不永，自有兄子继任，也轮不到我身上，如何说应封侯呢？若果如汝言，既得封侯，又兼将相，为何尚致饿死？此理令人难解，还请指示明白。”许负道：“这却非老妇所能预晓，老妇不过依相论相，方敢直言。”说至此，即用手指亚夫口旁道：“这两处有直纹入口，法应饿死！”许负所言相法，不知从何处学来？亚夫又惊又疑，几至呆若木鸡，许负揖别自去。说也奇怪，到了三年以后，亚夫兄胜之，坐杀人罪，竟致夺封。文帝因周勃有功，另选勃子继袭，左右皆推许亚夫，得封条侯。至细柳成名，进任中尉，就职郎中，差不多要入预政权了。

约莫过了年余，文帝忽然得病，医药罔效，竟至弥留。太子启入侍榻前，文帝顾语后事，且谆嘱太子道：“周亚夫缓急可恃，将来如有变乱，尽可使他掌兵，不必多疑。”却是知人。太子启涕泣受教。时为季夏六月，文帝寿数已终，瞑目归天，享年四十六岁。总计文帝在位二十三年，宫室苑囿，车骑服御，毫无增益，始终爱民如子，视有不便，当即取销。尝欲作一露台，估工费须百金，便慨然道：“百金乃中人十家产业，我奉先帝宫室，尚恐不能享受，奈何还好筑台呢？”遂将露台罢议，平时衣服，无非弋绨。弋黑色，绨厚缯。所幸慎夫人，衣不曳地，帷帐无文绣，所筑霸陵，统用瓦器，凡金银铜锡等物，概屏勿用，每遇水旱偏灾，发粟蠲租，唯恐不逮，因此海内安宁，家给人足，百姓安居乐业，不致犯法。每岁断狱，最多不过数百件，有刑措风。史称文帝为守成令主，不亚周时成康。惟遗诏令天下短丧，未免令人遗议，说他不循古礼，此外却没有什么指摘了。小子有诗赞道：

博得清时令主名，廿年歌颂遍苍生。
从知王道为仁恕，但解安民便太平。

文帝既崩，太子启当然嗣位。欲知嗣位后事，容至下回说明。

文帝即位改元，便立皇子启为太子，彼时太子尚幼，无甚表见，至文帝二次改元，太子年已逾冠矣。吴太子入朝，与饮可也，与博则不可。况为区区争道之举，即举博局掷杀之，虽未始非吴太子之自取，然其阴鸷少恩，已可概见。即如邓通吮痈一事，引为深恨，通固不近人情，太子亦未免量狭。较诸乃父之宽仁，相去远矣。周亚夫驻军细柳，立法森严，天子且不能遽入，遑问他人。将才如此，原可大用，然非文帝有知人之明，几何不至锻炼成狱，诬以大逆乎？司马穰苴受知于齐景，孙武子受知于吴阖庐，周亚夫受知于汉文帝，有良将必赖明君，此良臣之所以择主而事也。

第五十三回

呕心血气死申屠嘉　主首谋变起吴王濞

却说太子启受了遗命，即日嗣位，是谓景帝。尊太后薄氏为太皇太后，皇后窦氏为皇太后，一面令群臣会议，恭拟先帝庙号。当由群臣复奏，上庙号为孝文皇帝，丞相申屠嘉等，又言功莫大于高皇帝，德莫大于孝文皇帝。应尊高皇帝为太祖，孝文皇帝为太宗，庙祀千秋，世世不绝。就是四方郡国，亦宜各立太宗庙，有诏依议。当下奉文帝遗命，令臣民短丧，且匆匆奉葬霸陵。至是年孟冬改元，就称为景帝元年。廷尉张释之，因景帝为太子时，与梁王共车入朝，不下司马门，曾有劾奏情事，见前文。至是恐景帝记恨，很是不安，时向老隐士王生问计。王生善谈黄老，名盛一时，盈廷公卿，多折节与交。释之亦尝在列。王生竟令释之结袜，释之不以为嫌，屈身长跪，替他结好，因此王生看重释之，恒与往来。及释之问计，王生谓不如面谢景帝，尚可无虞。释之依言入谢，景帝却说他守公奉法，应该如此。但口虽如此对付，心中总不能无嫌。才过半年，便将释之迁调出去，使为淮南相，另用张欧为廷尉。欧尝为东宫侍臣，治刑名学，但素性朴诚，不尚苛刻，属吏却也悦服，未敢相欺。景帝又减轻笞法，改五百为三百，三百为二百，总算是新政施仁，曲全罪犯。再加廷尉张欧，持平听讼，狱无冤滞，所以海内闻风，讴歌不息。

转眼间已是二年，太皇太后薄氏告终，出葬南陵。薄太后有侄孙女，曾选入东宫，为景帝妃，景帝不甚宠爱，只因戚谊相联，不得已立她为后。为下文被废张本。更立皇子德为河间王，阏为临江王，余为淮阳王，非为汝南王，彭祖为广州王，发为长沙王。长沙旧为吴氏封地，文帝末年，长沙王吴差病殁，无子可传，撤除国籍，因把长沙地改封少子，这也不必细表。前后交代，界划清楚。

且说太子家人晁错，在文帝十五年间，对策称旨，已擢任中大夫。及

景帝即位，错为旧属，自然得蒙主宠，超拜内史。屡参谋议，每有献纳，景帝无不听从。朝廷一切法令，无不变更，九卿中多半侧目。就是丞相申屠嘉，也不免嫉视，恨不得将错斥去。错不顾众怨，任意更张，擅将内史署舍，开辟角门，穿过太上皇庙的短墙。太上皇庙，就是高祖父太公庙，内史署正在庙旁，向由东门出入，欲至大道，必须绕过庙外短墙，颇觉不便。错未曾奏闻，便即擅辟，竟将短垣穿过，筑成直道。申屠嘉得了此隙，即令府史缮起奏章，弹劾错罪，说他蔑视太上皇，应以大不敬论，请即按律加诛。这道奏章尚未呈入，偏已有人闻知，向错通报，错大为失色，慌忙乘夜入宫，叩阍进见。景帝本准他随时白事，且闻他夤夜进来，还道有什么变故，立即传入。及错奏明开门事件，景帝便向错笑说道："这有何妨，尽管照办便了。"错得了此言，好似皇恩大赦一般，当即叩首告退。是夕好放心安睡了。

那申屠嘉如何得悉？一俟天明，便怀着奏章，入朝面递，好教景帝当时发落，省得悬搁起来。既入朝堂，略待须臾，便见景帝出来视朝，当下带同百官，行过常礼，就取出奏章，双手捧上。景帝启阅已毕，却淡淡的顾语道："晁错因署门不便，另辟新门，只穿过太上皇庙的外墙，与庙无损，不足为罪，且系朕使他为此，丞相不要多心。"嘉碰了这个钉子，只好顿首谢过，起身退归。回至相府，懊恼得不可名状，府史等从旁惊问，嘉顿足说道："我悔不先斩错，乃为所卖，可恨可恨！"说着，喉中作痒，吐出了一口粘痰，色如桃花。府史等相率大惊，忙令侍从扶嘉入卧，一面延医调理。俗语说得好，心病还须心药治，嘉病是因错而起，错不除去，嘉如何能痊？眼见是日日呕血，服药无灵，终致毕命。急性子终难长寿。景帝闻丧，总算遣人赐赙，予谥曰节，便升御史大夫陶青为丞相，且擢晁错为御史大夫。错暗地生欢，不消细说。

惟大中大夫邓通，时已免官，他还疑是申屠嘉反对，把他劾去。及嘉已病死，又想运动起复，哪知免官的原因，是为了吮痈遗嫌，结怨景帝。景帝把他黜免，他却还想做官，岂不是求福得祸么？一道诏下，竟把他拘系狱中，饬吏审讯。通尚未识何因，至当堂对簿，方知有人告讦，说他盗出徼外铸钱。这种罪名，全是捕风捉影，怎得不极口呼冤。偏问官隐承上意，将假成真，一番诱迫，硬要邓通自诬，通偷生怕死，只好依言直认。及问官复奏上去，又得了一道严诏，收回严道铜山，且将家产抄没，还要令他交清官债。通已做了面团团的富翁，何至官款未还？这显是罗织成文，砌成此罪。通虽得出狱，已是家破人空，无从居食。还是馆陶长公主，记着文帝遗言，不使饿死，特遣人赍给钱物，作为赒济。怎晓得一班虎吏，专知逢迎天子，竟把通所得赏赐，悉数夺去。甚至浑身搜检，连一簪都不能收藏。可怜邓通得而复失，仍变做两手空空。长公主得知此事，又私下给与衣食，叫他托词借贷，免为吏取。通遵着密嘱，用言搪塞，还算活了一两年。后来长公主无暇顾及，通不名一钱，寄食人家，有朝餐，无晚餐，终落得奄奄饿死，应了相士的前言。大数难逃，吮痈何益。

惟晁错接连升任，气焰愈张，尝与景帝计议，请减削诸侯王土地，第一着应从吴国开手。所上议案，大略说是：

前高帝初定天下，昆弟少，诸子弱，大封同姓，齐七十余城，楚四十余城，吴五十余城，封三庶孽，半有天下。今吴王前有太子之隙，诈称病不朝，于古法当诛，文帝不忍，因赐几杖，德至厚也，当改过自新，反益骄恣，即山铸钱，煮海水为盐，诱天下亡人，潜谋作乱，今削亦反，不削亦反，削之其反亟，祸小，不削则反迟，祸大。末二语未尝无识。

景帝平日，也是怀着此念，欲削王侯。既得错议，便令公卿等复议朝堂，大众莫敢驳斥。独詹事窦婴，力言不可，乃将错议暂行搁起。窦婴字王孙，系窦太后从侄，官虽不过詹事，未列九卿，但为太后亲属，却是有此权力，所以不畏晁错，放胆力争。错当然恨婴，惟因婴有内援，却也未便强辩，只得暂从含忍，留作后图。景帝三年冬十月，梁王武由镇入朝，武系窦太后少子，由淮阳徙梁，事见前文。统辖四十余城，地皆膏腴，收入甚富，历年得朝廷赏赐，不可胜计，府库金钱，积至亿万，珠玉宝器，比京师为多。景帝即位，武已入觐二次，此番复来朝见，当由景帝派使持节，用了乘车驷马，出郊迎接。待至阙下，由武下车拜谒，景帝即起座降殿，亲为扶起，携手入宫。窦太后素爱少子，景帝又只有这个母弟，自然曲体亲心，格外优待。既已谒过太后，当即开宴接风，太后上座，景帝与武左右分坐，一母两儿，聚首同堂，端的是天伦乐事，喜气融融。景帝酒后忘情，对着幼弟欢欣与语道："千秋万岁后，当将帝位传王。"武听了此言，且喜且惊。明知是一句醉话，不便作真，但既有此一言，将来总好援为话柄，所以表面上虽然谦谢，心意中却甚欢愉。窦太后越加快慰，正要申说数语，使景帝订定密约，不料有一人趋至席前，引卮进言道："天下乃高皇帝的天下，父子相传，立有定例，皇上怎得传位梁王？"说着，即将酒卮捧呈景帝，朗声说道："陛下今日失言，请饮此酒！"景帝瞧着，乃是詹事窦婴，也自觉出言冒昧，应该受罚，便将酒卮接受，一饮而尽。独梁王武横目睨婴，面有愠色，更着急的乃是窦太后，好好的一场美事，偏被那侄儿打断，真是满怀郁愤，无处可伸。随即罢席不欢，怅然入内。景帝也率弟出宫，婴亦退去。翌日，即由婴上书辞职，告病回家。窦太后余怒未平，且将婴门籍除去，此后不准入见。门籍谓出入殿门户籍。梁王武住了数日，也辞行回国去了。

御史大夫晁错，前次为了窦婴反对，停消议案，此次见婴免职，暗地生欢，因复提出原议，劝景帝速削诸王，毋再稽迟。议尚未决，适逢楚王戊入朝，错遂吹毛索瘢，说他生性渔色，当薄太后丧葬时，未尝守制，仍然纵淫，依律当加死罪，请景帝明正典刑。太觉辣手。这楚王戊系景帝从弟，乃祖就是元王刘交，即高祖同父少弟，殁谥曰元，前文中亦曾叙过。刘交王楚二十余年，尝用名士穆生、白生、申公为中大夫，敬礼不衰。穆生素不嗜酒，交与饮时，特为置醴，借示敬意。及交殁后，长子辟非先亡，由次子郢客嗣封。郢客继承先志，仍然优待三人。未几郢客又殁，子戊袭爵。起初尚勉绳祖武，后来渐耽酒色，无意礼贤，就使有时召宴穆生，也把醴酒失记，不为特设。穆生退席长叹道："醴酒不设，王意已怠，我再若不去，恐不免受钳楚市了。"遂称疾不出。申公、白生，与穆生同事多年，闻他有疾，忙往探省。既入穆生家内，穆生虽然睡着，面上却没有什么病容，当下瞧透隐情，便同声劝解道："君何不念先王旧德，乃为了嗣王忘醴，小小失敬，就卧病不起呢？"穆生喟然道："古人有言，君子见机而作，不俟终日。先王待我三人，始终有礼，无非为重道起见，今嗣王礼貌浸衰，是明明忘道了。王既忘道，怎可与他久居？我岂但为区区醴酒么？"申公、白生也叹息而出，穆生竟谢病自去。不愧知机。戊不以为意，专从女色上着想，采选丽姝，终日淫乐，所以薄太后丧讣到来，并没有什么哀戚，仍在后宫倚翠偎红，自图快活。太傅韦孟，作诗讽谏，毫不见从，孟亦辞归，戊以为距都甚远，朝廷未必察觉，乐得花天酒地，娱我少年。哪知被晁错查悉，竟乘戊入朝时，索取性命。还亏景帝不忍从严，但削夺东海郡，仍令回国。

错既得削楚，复议削赵，也将赵王遂摘取过失，把他常山郡削去。赵王遂即幽王友子，见前文。又闻胶西王印，系齐王肥第五子，见前文。私下卖爵，亦提出弹劾，削去六县。三国已皆怨错，惟一时未敢遽动，错遂以为安然无忌，就好趁势削吴。正在兴高采烈的时候，忽来了一个苍头白发的老人，踵门直入，见了错面，即皱眉与语道："汝莫非寻死不成？"错闻声一瞧，乃是自己的父亲，慌忙扶令入座，问他何故前来。错父说道："我在颍川家居，却也觉得安逸，今闻汝为政用事，硬要侵削王侯，疏人骨肉，外间已怨声载道，究属何为？所以特来问汝！"错应声道："怨声原是难免，但今不为此，恐天子不尊，宗庙不固。"错父遽起，向错长叹道："刘氏得安，晁氏必危，我年已老，实不忍见祸及身，不如归去罢。"此老却也有识。错尚欲挽留，偏他父接连摇首，扬长自去。及错送出门外，也不见老父回顾，竟尔登车就道，一溜烟似的去了。错还入厅中，踌躇多时，总觉得箭在弦上，不得不发，只好违了父嘱，壹意做去。

吴王濞闻楚赵胶西并致削地，已恐自己波及，也要坐削。忽由都中传

出消息，说是晁错议及削吴，果然不出所料，自思束手待毙，终属不妙，不如先发制人，或可泄愤。惟独力恐难成事，总须联络各国，方好起兵。默计各国诸王，要算胶西王最有勇力，为众所惮，况曾经削地，必然怀恨，何妨遣人前往，约同起事。计划已定，即令中大夫应高，出使胶西。胶西王卬，闻有吴使到来，当即召见，问明来意。应高道："近日主上任用邪臣，听信谗贼，侵削诸侯，诛罚日甚，古语有言，刮糠及米，吴与胶西，皆著名大国，今日见削，明日便恐受诛。吴王抱病有年，不能朝请，朝廷不察，屡次加疑，甚至吴王胁肩累足，尚惧不能免祸。今闻大王因封爵小事，还且被削，罪轻罚重，后患更不堪设想了。未知大王曾预虑否？"卬答道："我亦未尝不忧，但既为人臣，也是无法，君将何以教我？"应高道："吴王与大王同忧，所以遣臣前来，请大王乘时兴兵，拚生除患。"卬不待说完，即瞿然惊起道："寡人何敢如此！主上操持过急，我辈只有拚着一死，怎好造反呢？"高接说道："御史大夫晁错，荧惑天子，侵夺诸侯，各国都生叛意，事变已甚，今复彗星出现，蝗虫并起，天象已见，正是万世一时的机会。吴王已整甲待命，但得大王许诺，便当合同楚国，西略函谷关，据住荥阳敖仓的积粟，守候大王，待大王一到，并师入都，唾手成功，那时与大王中分天下，岂不甚善！”卬听了此言，禁不住高兴起来，便即极口称善，与高立约，使报吴王。吴王濞尚恐变卦，复扮作使臣模样，亲至胶西，与卬面订约章。卬愿纠合齐菑川胶东济南诸国，濞愿纠合楚赵诸国。彼此说妥，濞遂归吴，卬即遣使四出，与约起事。

胶西群臣，有几个见识高明，料难有成，向卬进谏道："诸侯地小，不能当汉十分之二，大王无端起反，徒为太后加忧，实属非计！况今天下只有一主，尚起纷争，他日果侥幸成事，变做两头政治，岂不是越要滋扰么！”卬不肯从。利令智昏。旋得各使返报，谓齐与菑川胶东济南诸国，俱愿如约。卬喜如所望，飞书报吴，吴亦遣使往说楚赵。楚王戊早已归国，正是愤恨得很，还有什么不允？申公、白生，极言不可，反致触动戊怒，把二人连系一处，使服赭衣，就市司舂。楚相张尚，太傅赵夷吾，再加谏阻，竟被戊喝令斩首。狂暴至此，不亡何待。遂调动兵马，起应吴王，赵王遂也应许吴使，赵相建德内史王悍，苦谏不听，反致烧死。比戊还要残忍。于是吴楚赵胶西胶东菑川济南七国，同时举兵。

独齐王将闾，前已与胶西连谋，忽觉此事不妙，幡然变计，敛兵自守。还有济北王志，本由胶西王号召，有意相从，适值城坏未修，无暇起应，更被郎中令等将王监束，不得发兵。胶西王卬，因齐中途悔约，即与胶东菑川济南三国，合兵围齐，拟先把临淄攻下，然后往会吴兵。就是失机。惟赵王遂出兵西境，等候吴楚兵至，一同西进，又遣使招诱匈奴，使为后援。

吴王濞已得六国响应，就遍征国中士卒，出发广陵，且下令军中道："寡人年六十二，今自为将，少子年甫十四，亦使作前驱，将士等年齿不同，最老不过如寡人，最少不过如寡人少子，应各自努力，图功待赏，不得有违！”军中听着命令，未尽赞成，但也不能不去，只好相率西行，鱼贯而出，差不多有二十万人。濞又与闽越东越诸国，东越即东瓯。通使贻书，请兵相助。闽越犹怀观望，东越却发兵万人，来会吴军。吴军渡过淮水，与楚王戊相会，势焰尤威，再由濞致书淮南诸王，诱令出兵。淮南分为三国，事见前文。淮南王刘安，系厉王长冢子，尚记父仇，得濞贻书，便欲发兵，偏中了淮南相的计谋，佯请为将，待至兵权到手，即不服安命，守境拒吴。刘安不即诛死，还亏此相。衡山王勃，不愿从吴，谢绝吴使。庐江王赐，意在观望，含糊答复。吴王濞见三国不至，又复传檄四方，托词诛错。当时诸侯王共有二十二国，除楚赵胶西胶东菑川济南与吴同谋外，余皆裹足不前。齐燕城阳济北淮南衡山庐江梁代河间临江淮阳汝南广川长沙共十五国加入同叛七国，合得二十二国。濞已势成骑虎，也顾不得祸福利害，竟与楚王戊合攻梁国。梁王武飞章入都，火急求援，景帝闻报，不觉大惊，亟召群臣入朝，会议讨逆事宜。小子有诗叹道：

封建翻成乱国媒，叛吴牵率叛兵来。
追原祸始非无自，总为时君太好猜。

景帝会议讨逆，当有一人出奏，请景帝御驾亲征，欲知此人为谁，待至下回再表。

申屠嘉虽称刚正，而性太躁急，不合为相。相道在力持大体，徒以严峻为事，非计也。观其檄召邓通，擅欲加诛，已不免失之鲁莽。幸而文帝仁柔，邓通庸劣，故不致嫁祸己身耳。彼景帝之宽，不逮文帝，晁错之狡，远过邓通，嘉欲以待邓通者待晁错，适见其惑也。呕血而死，得保首领，其犹为申屠嘉之幸事欤？若邓通之不死嘉手，而终致饿毙，铜山无济，愈富愈穷，彼之热衷富贵者，不知以通为鉴，尚营营逐逐，于朝市之间，果胡为者？吴王濞首先发难，连兵叛汉，虽晁错之激成，终觉野心之未餍，名不正，言不顺，是而欲侥幸成功也，宁可得乎？彼楚赵胶西胶东菑川济南诸王，则更为不度德不量力之徒，以一国为孤注，其愚更不足道焉。

第五十四回

信袁盎诡谋斩御史　遇赵涉依议出奇兵

却说景帝闻七国变乱，吴为首谋，已与楚兵联合攻梁，急得形色仓皇，忙召群臣会议。当有一人出班献策，请景帝亲自出征。这人为谁？就是主议削吴的晁错。景帝道："我若亲征，都中由何人居守？"晁错道："臣当留守都中。陛下但出兵荥阳，堵住叛兵，就是徐潼一带，暂时不妨弃去，令彼得地生骄，自减锐气，方可用逸制劳，一鼓平乱。"景帝听着，半晌无言。猛记得文帝遗言，谓天下有变，可用周亚夫为将，因即掉头左顾，见亚夫正端立一旁，便召至案前，命他督兵讨逆，亚夫直任不辞。景帝大喜，遂升亚夫为太尉，命率三十六将军，出讨吴楚，亚夫受命即行。

景帝遣发亚夫，正想退朝，偏又接到齐王急报，速请援师。景帝踌躇多时，方想着窦婴忠诚，可付大任，乃特派使臣持节，召婴入朝。既用周亚夫，又召入窦婴，不可谓景帝不明。婴已免官家居，使节往返，不免需时，景帝未便坐待，当然退朝入内。及婴与使臣到来，景帝正进谒太后，陈述意见。应该有此手续。婴虽违忤太后，被除门籍，但此时是奉旨特召，门吏怎敢拦阻？自然放他进去，他却趋入太后宫中，拜见太后及景帝。景帝即命婴为将，使他领兵救齐。婴拜辞道："臣本不才，近又患病，望陛下另择他人。"景帝知婴尚记前嫌，未肯效力，免不得劝慰数语，仍令就任。婴再三固辞，景帝作色道："天下方危，王孙即婴字，见上。谊关国戚。难道可袖手旁观么？"婴见景帝情词激切，又暗窥太后形容，也带着三分愧色，自知不便固执，乃始承认下去。景帝就命婴为大将军，且赐金千斤。婴谓齐固当援，赵亦宜讨，特保荐栾布郦寄两人，分统军马。景帝依议，拜两人并为将军，使栾布率兵救齐，郦寄引兵击赵，都归窦婴节制。

婴拜命而出，先在都中，暂设军辕，即将所赐千金，陈诸廊下。一面招集将士，分委军务，应需费用，令就廊下自取。不到数日，千金已尽，无一入私，因此部下感激，俱乐为用。婴又日夕部署，拟即出发荥阳，忽有故吴相袁盎乘夜谒婴，婴立即延入，与谈时事。盎说及七国叛乱，由吴唆使，吴为不轨，由错激成，但教主上肯听盎言，自有平乱的至计。婴前时与错相争，互有嫌隙，此时听了盎言，好似针芥相投，格外合意。婴错争论，见前回。因留盎住宿军辕，愿为奏达。盎暗喜道："晁错，晁错，看汝今日尚能逞威否？"原来盎与错素不相容，虽同为朝臣，未尝同堂与语，至错为御史大夫，创议削吴，盎方辞去吴相，回都复命，错独说盎私受吴王财物，应该坐罪，有诏将盎免官，赦为庶人。及吴楚连兵攻梁，错又嘱语丞史，重提前案，欲即诛盎，还是丞史替盎解说，谓盎不宜有谋，且吴已起兵，穷治何益，错乃稍从缓议。偏已有人向盎告知，盎遂进见窦婴，要想靠婴势力，乘间除错。婴与他意见相同，哪有不替他入奏。

景帝闻得盎有妙策，自然召见。盎拜谒已毕，望见错亦在侧，正是冤家相遇，格外留心。但听景帝问道："吴楚造反，君意将如何处置？"盎随口答道："陛下尽管放怀，不必忧虑。"景帝道："吴王倚山铸钱，煮海为盐，诱致天下豪杰，白头起事，若非计出万全，岂肯轻发？怎得说是不必忧呢？"盎又道："吴只有铜盐，并无豪杰，不过招聚无赖子弟，亡命奸人，一哄为乱，臣故说是不必忧呢。"错正入白调饷事宜，急切不能趋避，只好呆立一旁，待盎说了数语，已是听得生厌，便从旁插入道："盎言甚是，陛下只准备兵食便了。"偏景帝不肯听错，还要穷根到底，详问计策，盎答道："臣有一计，定能平乱，但军谋须守秘密，不便使人与闻。"明明是为了晁错。景帝因命左右退去，惟错不肯行，仍然留着。盎暗暗着急，又向景帝面请道："臣今所言，无论何人，不宜得知。"何必这般鬼祟！景帝乃使错暂退，错不好违命，悻悻的趋往东厢。盎四顾无人，才低声说道："臣闻吴楚连谋，彼此书信往来，无非说是高帝子弟，各有分土。偏出了贼臣晁错，擅削诸侯，欲危刘氏，所以众心不服，连兵西来，志在诛错，求复故土。诚使陛下将错处斩，赦免吴楚各国，归还故地，彼必罢兵谢罪，欢然回国，还要遣什么兵将，费什么军饷呢！"景帝为了亲征计议，已是动疑，此次听了盎言，越觉错有歹心，所以前番力请亲征，自愿守都，损人利己，煞是可恨。因复对盎答说道："如果可以罢兵，我亦何惜一人，不谢天下！"盎乃答说道："愚见如此，惟陛下熟思后行！"景帝竟面授盎为太常，使他秘密治装，赴吴议和，盎受命而去。

晁错尚莫名其妙，等到袁盎退出，仍至景帝前续陈军事，但见景帝形容如旧，倒也看不出什么端倪。又未便问及袁盎所言，只好说完本意，怅然退归。约莫过了一旬，也不见有特别诏令，还道袁盎无甚异议，或虽有异言，未邀景帝信从，因此毫无动静。哪知景帝已密嘱丞相陶青，廷尉张欧等劾奏错罪，说他议论乖谬，大逆不道，应该腰斩，家属弃市。景帝又亲加手批，准如所奏，不过一时未曾发落，但召中尉入宫，授与密诏，且嘱咐了好几语，使他依旨施行。中尉领了密旨，乘车疾驰，直入御史府中，传旨召错，立刻入朝。错惊问何事？中尉诡称未知，但催他快快登车，一同前去。错连忙穿好冠带，与中尉同车出门。车夫已经中尉密嘱，一手挽车，一手扬鞭，真是非常起劲，与风驰电掣相似。错从车内顾着外面，惊疑的了不得，原来车路所经，统是都市，并非入宫要道。正要开口诘问中尉，车已停住，中尉一跃下车，车旁早有兵役待着，由中尉递了一个暗号，便回首向错道："晁御史快下车听诏！"错见停车处乃是东市，向来是杀头地方，为何叫我此处听旨，莫非要杀我不成！一面想，一面下车，两脚方立住地

上，便由兵役趋近，把错两手反翦，牵至法场，令他长跪听诏。中尉从袖中取出诏书，宣读到应该腰斩一语，那晁错的头颅，已离了脖项，堕地有声。叙得新颖。身上尚穿着朝服，未曾脱去。中尉也不复多顾，仍然上车，还朝复命。景帝方将错罪宣告中外，并命拿捕错家全眷，一体坐罪。诛错已不免失刑，况及全家！旋由颍川郡报称错父于半月前，已服毒自尽，回应前回。外如母妻子侄等，悉数拿解，送入都中。景帝闻报，诏称已死勿问，余皆处斩。可怜错夙号智囊，反弄到这般结局，身诛族夷，聪明反被聪明误，看错便可了然！这且毋庸细表。言之慨然。

且说袁盎受命整装，也知赴吴议和，未必有效，但闻朝廷已经诛错，得报宿仇，不得不冒险一行，聊报知遇。景帝又遣吴王濞从子刘通，与盎同行。盎至吴军，先使通入报吴王，吴王知晁错已诛，却也心喜，不过罢兵诏命，未肯接受，索性将通留住军中，另派都尉一人，率兵五百，把盎围住营舍，断绝往来，盎屡次求见，终被拒绝，惟遣人招盎降吴，当使为将。总算盎还有良心，始终不为所动，宁死勿降。

到了夜静更深，盎自觉困倦，展被就睡，正在神思朦胧，突有一人叫道："快起！快走！"盎猛被惊醒，慌忙起来，从灯光下顾视来人，似曾相识，唯一时叫不出姓名，却也未便发言。那人又敦促道："吴王定议斩君，期在诘朝，君此时不走，死在目前了！"盎惊疑道："君究系何人，乃来救我？"那人复答道："臣尝为君从史，盗君侍儿，幸蒙宽宥，感恩不忘，故特来救君。"盎乃仔细辨认，果然不谬，因即称谢道："难得君不忘旧情，肯来相救！但帐外兵士甚多，叫我如何出走？"那人答道："这可无虑。臣为军中司马，本奉吴王命令，来此围君，现已为君设策，典衣换酒，灌醉兵士，大众统已睡熟，君可速行。"盎复疑虑道："我曾知君有老亲，若放我出围，必致累君，奈何奈何！"那人又答道："臣已安排妥当，君但前去，不必为臣担忧！臣自有与亲偕亡的方法。"盎乃向他下拜，由那人答礼后，即引盎至帐后，用刀割开营帐，屈身钻出。帐外搭着一棚，棚外果有醉卒卧着，东倒西歪，不省人事，两人悄悄的跨过醉卒，觅路疾趋。一经出棚，正值春寒雨湿，泥滑难行。那人已有双屐怀着，取出赠盎，使盎穿上，又送盎数百步，指示去路，方才告别。盎夤夜疾走，幸喜路上尚有微光，不致失足。自思从前为吴相时，从史盗我侍儿，亏得我度量尚大，不愿究治，且将侍儿赐与从史，因此得他搭救，使我脱围。盎之宽免从史，与从史之用计救盎，都从两方语意中叙出，可省许多文字。但距敌未远，总还担忧，便将身中所持的旄节，解下包好，藏在怀中，免得露出马脚。自己苦无车马，又要著屐行走，觉得两足滞重，很是不便，但逃命要紧，也顾不得步履艰难，只好放出老力，向前急行。一口气跑了六七十里，天色已明，远远望见梁都，心下才得放宽，惟身体不堪疲乏，两脚又肿痛交加，没奈何就地坐下。可巧有一班马队，侦哨过来，想必定是梁兵，便又起身候着。待他行近，当即问讯，果然不出所料。乃复从怀中取出旄节，持示梁军，且与他说明情由。梁军见是朝使，不敢怠慢，且借与一马，使盎坐着。盎至梁营中一转，匆匆就道，入都销差去了。侥幸侥幸。

景帝还道盎等赴吴，定能息兵，反遣人至周亚夫军营，饬令缓进。待了数日，尚未得盎等回报，只有谒者仆射邓公入朝求见。邓公为成固人，本从亚夫出征，任官校尉，此次正由亚夫差遣，入报军情。景帝疑问道："汝从军中前来，可知晁错已死，吴楚曾愿罢兵否？"邓公道："吴王蓄谋造反，已有好几十年，今日借端发兵，不过托名诛错，其实并不是单为一错呢！陛下竟将错诛死，臣恐天下士人，从此将钳口结舌，不敢再言国事了！"景帝愕然，急问何故？邓公道："错欲减削藩封，实恐诸侯强大难制，故特创此议，强本弱末，为万世计。今计划方行，反受大戮。内使忠臣短气，外为列侯报仇，臣窃为陛下不取呢！"景帝不禁叹息道："君言甚是！我亦悔恨无及了！"已而袁盎逃还，果言吴王不肯罢兵，景帝未免埋怨袁盎。但盎曾有言说明，要景帝熟思后行，是诛错一事，实出景帝主张，景帝无从推诿。且盎在吴营，拼死不降，忠诚亦属可取。于是不复加罪，许盎照常供职，一面授邓公为城阳中尉，使他回报亚夫，相机进兵。

邓公方去，那梁王武的告急书，一日再至。景帝又遣人催促亚夫，令速救梁。亚夫上书献计，略言楚兵剽轻，难与争锋，现只可把梁委敌，使他固守，待臣断敌食道，方可制楚。楚兵溃散，吴自无能为力了。景帝已信任亚夫，复称依议。亚夫时尚屯兵霸上，既接景帝复诏，便备着驿车六乘，拟即驰赴荥阳。甫经启行，有一士人遮道进说道："将军往讨吴楚，战胜，宗庙安；不胜，天下危，关系重大，可否容仆一言？"亚夫闻说，忙下车相揖道："愿闻高论。"如此虚心，怎得不克？士人答道："吴王素

富，久已蓄养死士，此次闻将军出征，必令死士埋伏殽渑，预备邀击，将军不可不防！且兵事首贵神速，将军何不绕道右行，走蓝田，出武关，进抵雒阳，直入武库，掩敌无备，且使诸侯闻风震动，共疑将军从天而下，不战便已生畏了。"亚夫极称妙计，因问他姓名，知是赵涉，遂留与同行。依了赵涉所说的路途，星夜前进，安安稳稳的到了雒阳。亚夫大喜道："七国造反，我乘传车至此，一路无阻，岂非大幸！今我若得进据荥阳，荥阳以东，不足忧了！"当下遣派将士，至殽渑间搜索要隘，果得许多伏兵，逐去一半，擒住一半，回至亚夫前报功。亚夫益服赵涉先见，奏举涉为护军。更访得雒阳侠客剧孟，与他结交，免为敌用。然后驰入荥阳，会同各路人马，再议进行。

看官听说！荥阳扼东西要冲，左敖仓，右武库，有粟可因，有械可取，东得即东胜，西得即西胜，从来刘项相争，注重荥阳，便是为此。至亚夫会兵荥阳，喜如所望，亦无非因要地未失，赶先据住，已经占了胜着。说明形势，格外醒目。彼时吴中也有智士，请吴王先机进取，毋落人后，吴王不肯信用，遂为亚夫所乘，终致败亡。当吴王濞出兵时，大将军田禄伯，曾进语吴王道："我兵一路西行，若无他奇道，恐难立功，臣愿得五万人，出江淮间，收复淮南长沙，长驱西进，直入武关，与大王会，这也是一条奇计呢！"吴王意欲照行，偏由吴太子驹，从中阻挠，恐禄伯得机先叛，请乃父不可分兵，遂致一条奇计，徒付空谈。嗣又有少将桓将军，为吴划策道："吴多步兵，步兵利走险阻，汉多车骑，车骑利战平地，今为大王计，宜赶紧西进，所过城邑，不必留攻，若能西据雒阳，取武库，食敖仓粟，阻山带河，号令诸侯，就使一时不得入关，天下已定，否则大王徐行，汉兵先出，彼此在梁楚交界，对垒争锋，我失彼长，彼得我失，大事去了！"吴王濞又复狐疑，偏问老将。老将都不肯冒险，反说桓将军年少躁进，未可深恃。于是第二条良谋，又屏弃不用。吴王该死。好几十万吴楚大兵，徒然屯聚梁郊，与梁争战。

梁王武派兵守住棘壁，被吴楚兵一鼓陷入，杀伤梁兵数万人。再由梁王遣将截击，复为所败。梁王大惧，固守睢阳，闻得周亚夫已至河雒，便即遣使求援。哪知亚夫抱定本旨，未肯相救，急得梁王望眼将穿，一日三使，催促亚夫。亚夫进至淮阳，仍然逗留。梁王待久不至，索性将亚夫劾奏一本，飞达长安。景帝得梁王奏章，见他似泣似诉，料知情急万分，不得不转饬亚夫，使救梁都。亚夫却回诏使，用了旧客邓尉的秘谋，故意的退避三舍，回驻昌邑，深沟高垒，坚守勿出。梁王虽然愤恨亚夫，但求人无效，只好求己，日夜激励士卒，壹意死守，复选得中大夫韩安国，及楚相张尚弟羽为将军，且守且战。安国持重善守，羽为乃兄死事，尚为楚王戊所杀，见前回。立志复仇，往往乘隙出击，力败吴兵，因此睢阳一城兀自支持得住。吴楚两王，还想督兵再攻，踏破梁都。不料有探马报入，说是周亚夫暗遣将士，抄出我兵后面，截我粮道，现在粮多被劫，运路全然不通了。吴王濞大惊道："我兵不下数十万，怎可无粮？这且奈何！"楚王戊亦连声叫苦，无法可施。小子有诗咏道：

老悖原为速死征，陵人反致受人陵。
良谋不用机先失，坐使雄兵兆土崩。

欲知吴楚两王，如何抵制周亚夫，且待下回再叙。

晁错之死，后世多代为呼冤。错特小有才耳，其杀身也固宜，非真不幸也。苏子瞻之论错，最为公允，自发而不能自收，徒欲以天子为孤注，能保景帝之不加疑忌耶！惟袁盎借公济私，当国家危急之秋，反为是报怨欺君之举，其罪固较错为尤甚，错死而盎不受诛，错其原难瞑目欤！彼周亚夫之受命出征，以谨严之军律，具翕受之虚心。赵涉，途人耳，一经献议，见可即行，邓尉，旧客也，再请坚壁，深信不疑，以视吴王之两得良谋，终不能用，其相去固甚远矣。两军相见，善谋者胜，观诸周亚夫而益信云。

第五十五回

平叛军太尉建功　保孱王邻封乞命

却说吴楚两王，闻得粮道被断，并皆惊惶，欲待冒险西进，又恐梁军截住，不便径行。当由吴王濞打定主意，决先往击周亚夫军，移兵北行。到了下邑，却与亚夫军相值，因即扎定营盘，准备交锋。亚夫前次回驻昌邑，原是以退为进，暗遣弓高侯韩颓当等，绕出淮泗，截击吴楚粮道，使后无退路，必然向前进攻，所以也移节下邑，屯兵待着。既见吴楚兵到来，又复坚壁相持，但守勿战。吴王濞与楚王戊，挟着一腔怒气，来攻亚夫，恨不得将亚夫大营顷刻踏破，所以三番四次，逼营挑战。亚夫只号令军士，不准妄动，但教四面布好强弩，见有敌兵猛扑，便用硬箭射击，敌退即止，连箭干都似宝贵，不容妄发一支。吴楚兵要想冲锋，徒受了一阵箭伤，毫无寸进，害得吴楚两王非常焦灼，日夜派遣侦卒，探伺亚夫军营。一夕，亚夫营中，忽然自相惊扰，声达中军帐下，独亚夫高卧不起，传令军士毋哗，违令立斩！果然不到多时，仍归镇静。持重之效。

过了两天，吴兵竟乘夜劫营，直奔东南角上，喊杀连天，亚夫当然准备，临事不致张皇，但却能见机应变，料知敌兵鼓噪前来，定是声东击西的诡计，当下遣派将吏，防御东南，仍令照常堵住，不必惊惶，自己领着精兵，向西北方面严装待敌。部将还道他是避危就安，不能无疑，哪知吴楚两王，潜率锐卒，竟悄悄的绕出西北，想来乘虚踹营。距营不过百步，早被亚夫窥见，一声鼓号，营门大开，前驱发出弓弩手，连环迭射，后队发出刀牌手，严密加防。亚夫亲自督阵，相机指挥，吴楚兵乘锐扑来，耳中一闻箭镞声，便即受伤倒地，接连跌翻了好几百人，余众大哗。时当昏夜，月色无光，吴楚兵是来袭击，未曾多带火炬，所以箭已射到，尚且不知闪避，徒落得皮开肉裂，疼痛难熬，伤重的当即倒毙，伤轻的也致晕翻。人情都贪生怕死，怎肯向死路钻入，自去拼生，况前队已有多人陨命，眼见得不能再进，只好退下。就是吴楚两王，本欲攻其无备，不意亚夫开营迎敌，满布人马，并且飞矢如雨，很觉利害，一番高兴，化作冰消，连忙收兵退归，懊怅而返。那东南角上的吴兵，明明是虚张声势，不待吴王命令，早已退向营中去了。亚夫也不追赶，入营闭垒，检点军士，不折一人。

又相持了好几日，探得吴楚兵已将绝粮，挫损锐气，乃遣颍阴侯灌何等，率兵数千，前去搦战。吴楚兵出营接仗，两下奋斗多时，恼动汉军校尉灌孟，舞动长槊，奋勇陷阵。吴楚兵向前拦阻，被灌孟左挑右拨，刺死多人，一马驰入。孟子灌夫，见老父轻身陷敌，忙率部曲千人，上前接应。偏乃父只向前进，不遑后顾，看看杀到吴王面前，竟欲力歼渠魁，一劳永逸。那吴王左右，统是历年豢养的死士，猛见灌孟杀入，慌忙并力迎战。灌孟虽然老健，究竟众寡悬殊，区区一支长槊，拦不住许多刀戟，遂致身经数创伤，危急万分。待至灌夫上前相救，乃父已力竭声嘶，倒翻马上。灌夫急指示部曲，将父救回，自在马上杀开吴军，冲出一条走路，驰归军前。顾视乃父，已是挺着不动，毫无声息了。夫不禁大恸，尚欲为父报仇，回马致死。灌何瞧着，忙自出来劝阻，一面招呼部众，退回大营。这灌孟系颍阳人，本是张姓，常事灌何父婴，由婴荐为二千石，因此寄姓为灌。灌婴殁后，何得袭封。孟年老家居，吴楚变起，何为偏将，仍召孟为校尉。孟本不欲从军，但为了旧情难却，乃与子灌夫偕行。灌夫也有勇力，带领千人，与乃父自成一队，隶属灌何麾下。此次见父阵亡，怎得不哀？亚夫闻报，亲为视殓，并依照汉朝定例，令灌夫送父归葬。灌夫不肯从命，且泣且愤道：“愿取吴王或吴将首级，报我父仇。”却有血性。亚夫见他义愤过人，倒也不便相强，只好仍使留着，惟劝他不必过急。偏灌夫迫不及待，私嘱家奴十余人，夜劫敌营。又向部曲中挑选壮士，得数十名，裹束停当，候至夜半，便披甲执戟，带领数十骑出寨，驰往敌垒。才行数步，回顾壮士，多已散去，只有两人相随，此时报仇心切，也不管人数多少，竟至吴王大营前，怒马冲入。吴兵未曾预防，统是吓得倒躲，一任灌夫闯进后帐。灌夫手下十数骑，亦皆紧紧跟着。后帐由吴王住宿，绕守多人，当即出来阻住，与灌夫鏖斗起来。灌夫毫不胆怯，挺戟乱刺，戮倒了好几人，惟身上也受了好几处重伤，再看从奴等，多被杀死，自知不能济事，随即大喝一声，拍马便走。吴兵从后追赶，亏得两壮士断住后路，好使灌夫前行。至灌夫走出吴营，两壮士中又战死一人，只有一人得脱，仍然追上灌夫，疾驰回营。灌何闻夫潜往袭敌，亟派兵士救应。兵士才出营门，已与夫兜头碰着，见他战袍上面尽染血痕，料知已经重创，忙即扶令下马，簇拥入营。灌何取出万金良药，替他敷治，才得不死。但十余人能劫吴营，九死中博得一生，好算是健儿身手，亘古罕闻了！

吴王经他一吓，险些儿魂离躯壳，且闻汉将只十数人，能有这般胆量，倘或全军过来，如何招架得住，因此日夜不安。再加粮食已尽，兵不得食，上下枵腹，将佐离心，自思长此不走，即不战死，也是饿死。踌躇终日，毫无良法，结果是想得一条密策，竟挈领太子驹，及亲卒数千，夤夜私行，向东逃去。蛇无头不行，兵无主自乱，二十多万饥卒，仓猝中不见吴王，当然骇散。楚王戊孤掌难鸣，也想率众逃生，不料汉军大至，并力杀来。楚兵都饿得力乏，怎能上前迎战？一声惊叫，四面狂奔，单剩了一个楚王戊拖落后面，被汉军团团围住。戊自知不能脱身，拔剑在手，向颈一横，立即毙命。可记得后宫美人否？亚夫指挥将士，荡平吴楚大营，复下令招降敌卒，缴械免死。吴楚兵无路可归，便相率投诚。只有下邳人周邱，好酒无

赖，前投吴王麾下，请得军令，略定下邳，北攻城阳，有众十余万，嗣闻吴王败遁，众多离散，邱亦退归。自恨无成，发生了一个背疽，不久即死。吴王父子渡淮急奔，过丹徒，走东越，沿途收集溃卒，尚有万人。东越就是东瓯，惠帝三年，曾封东越君长摇为东海王，后来子孙相传，与吴通好。吴起兵时，东越王曾拨兵助吴，驻扎丹徒，为吴后援。回应五十四回。及吴王父子来奔，见他势穷力尽，已有悔心，可巧周亚夫遣使前来，嘱使杀死吴王，当给重赏，东越王乐得听命，便诱吴王濞劳军，暗令军士突出，将濞杀毙。六十多岁的老藩王，偏要这般寻死，所谓自作孽，不可活，与人何尤！但高祖曾说濞有反相，至是果验，莫非因相貌生成，到老也是难免吗？不幸多言而中。濞既被杀，传首长安，独吴太子驹幸得逃脱，往奔闽越，下文自有交代。

且说周亚夫讨平吴楚，先后不过三月，便即奏凯班师，惟遣弓高侯韩颓当带兵赴齐助攻胶西诸国。胶西王卬，使济南军主持粮道，自与胶东菑川，合兵围齐，环城数匝。回应前回。齐王将闾，曾遣路中大夫入都告急，景帝已将齐事委任窦婴，由婴调派将军栾布，领兵东援，至路中大夫进见，乃复续遣平阳侯曹襄，曹参曾孙。往助栾布，并令路中大夫返报齐王，使他坚守待援。路中大夫星夜回齐，行至临淄城下，正值胶西诸国，四面筑垒，无路可通，没奈何硬着头皮，闯将进去，匹马单身，怎能越过敌垒，眼见是为敌所缚，牵见三国主将，三国主将问他何来？路中大夫直言不讳。三国主将与语道："近日汝主已遣人乞降，将有成议，汝今由都中回来，最好与我通报齐王，但言汉兵为吴楚所破，无暇救齐，齐不如速降三国，免得受屠。果如此言，我当从重赏汝，否则汝可饮刀，莫怪我等无情！"路中大夫佯为许诺，并与设誓，从容趋至城下，仰呼齐王禀报。齐王登城俯问，路中大夫朗声道："汉已发兵百万，使太尉亚夫，击破吴楚，即日引兵来援。栾将军与平阳侯先驱将至，请大王坚守数日，自可无患，切勿与敌兵通和！"齐王才答声称是，那路中大夫的头颅，已被敌兵斫去，不由的触目生悲，咬牙切齿，把一腔情急求和的惧意，变作拼生杀敌的热肠。舍身谏主，路中大夫不愧忠臣！当下督率将士，婴城固守。未几即由汉将栾布，驱兵杀到，与胶西胶东菑川三国人马，交战一场，不分胜负。又未几由平阳侯曹襄，率兵继至，与栾布两路夹攻，击败三国将士。齐王将闾，也乘势开城，麾兵杀出，三路并进，把三国人马扫得精光。济南军也不敢相救，逃回本国去了。如此不耐久战，造什么反！

胶西王卬，奔还高密，即胶西都城。免冠徒跣，席稿饮水，入向王太后谢罪。王太后本教他勿反，至此见子败归，惹得忧愤交并，无词可说。独王太子德，从旁献议，还想招集败卒，袭击汉军。卬摇首道："将怯卒伤，怎可再用？"道言未绝，外面已递入一书，乃是弓高侯韩颓当差人送来。卬又吃了一惊，展开一阅，见书中写着道：

奉诏诛不义，降者赦除其罪，仍复故土，不降者灭之。王今何处？当待命从事！

卬既阅罢，问明来使，始知韩颓当领兵到来，离城不过十里。此时无法拒绝，只好偕同来使，往见颓当。甫至营前，即肉袒匍匐，叩头请罪。既已做错，一死便了，何必这般乞怜！颓当闻报，手执金鼓，出营语卬道："王兴师多日，想亦劳苦，但不知王为何事发兵？"卬膝行前进道："近因晁错用事，变更高皇帝命令，侵削诸侯，卬等以为不义，恐他败乱天下，所以联合七国，发兵诛错。今闻错已受诛，卬等谨罢兵回国，自愿请罪！"颓当正色道："王若单为晁错一人，何勿上表奏闻，况未曾奉诏，擅击齐国，齐本守义奉法，又与晁错毫不相关，试问王何故进攻？如此看来，王岂徒为晁错么？"说着，即从袖中取出诏书，朗读一周。诏书大意，无非说是造反诸王，应该伏法等语。听得刘卬毛骨皆寒，无言可辩。及颓当读完诏书，且与语道："请王自行裁决，无待多言！"卬乃流涕道："如卬等死有余辜，也不望再生了。"随即拔剑自刎。卬母与卬子，闻卬毕命，也即自尽。胶东王雄渠，菑川王贤，济南王辟光，得悉胶西王死状，已是心惊，又闻汉兵四逼，料难抵敌，不如与卬同尽，免得受刀。因此预求一死，或服药，或投缳，并皆自杀。七国中已平了六国，只有赵王遂，守住邯郸。由汉将郦寄，率兵围攻，好几月不能取胜。乃就近致书栾布，请他援应。栾布早拟班师，因查得齐王将闾，曾与胶西诸国通谋，不能无罪，所以表请加讨，留齐待命。齐王将闾，闻风先惧，竟至饮鸩丧生，布乃停兵不攻。会接郦寄来书，乃移兵赴赵。赵王遂求救匈奴，匈奴已探知吴楚败耗，不肯发兵，赵势益危。郦栾两军，合力攻邯郸城，尚不能下。嗣经栾布想出一法，决水灌入，守兵大惊，城脚又坏，终被汉军乘隙突进，得破邯郸。赵王遂无

路可奔，也拼着性命，一死了事，于是七国皆平。

济北王志，前与胶西王约同起事，虽由郎中令设法阻挠，总算中止。见五十三回。但闻齐王难免一死，自己怎能逃咎，因与妻子诀别，决计自裁。妻子牵衣哭泣，一再劝阻，志却与语道：“我死，汝等或尚可保全。”随即取过毒药，将要饮下。有一僚属公孙玃，从旁趋入道：“臣愿为大王往说梁王，求他通意天子，如或无成，死亦未迟。”志乃依言，遣玃往梁。梁王武传令入见，玃行过了礼，便向前进言道：“济北地居西塞，东接强齐，南牵吴越，北逼燕赵。势不能自守，力不足御侮。前因吴与胶西双方威胁，虚言承诺，实非本心。若使济北明示绝吴，吴必先下齐国，次及济北，联合燕赵，据有山东各国，西向叩关，成败尚未可知。今吴王联合诸侯，贸然西行，彼以为东顾无忧，哪知济北抗节不从，致失后援，终落得势孤援绝，兵败身亡。大王试想区区济北，若非如此用谋，是以犬羊敌虎狼，早被吞噬，怎能为国效忠，自尽职务？乃功义如此，尚闻为朝廷所疑，臣恐藩臣寒心，非社稷利！现在只有大王能持正义，力能斡旋，诚肯为济北王出言剖白，上全危国，下保穷民，便是德沦骨髓，加惠无穷了！愿大王留意为幸！”不外恭维。梁王武闻言大悦，即代为驰表上闻，果得景帝复诏，赦罪不问。但将济北王徙封菑川。公孙玃既得如愿，自然回国复命，济北王志才得幸全。

各路将帅，陆续回朝，景帝论功行赏，封窦婴为魏其侯，栾布为鄃侯。惟周亚夫曹襄等早沐侯封，不便再加，仍照旧职，不过赏赐若干金帛，算做报功。其余随征将士，亦皆封赏有差。自齐王将闾服毒身亡，景帝说他被人胁迫，罪不至死，特从抚恤条例，赐谥将闾为孝王，使齐太子寿，仍得嗣封。一面拟封吴楚后人，奉承先祀。窦太后得知此信，召语景帝道："吴王首谋造反，罪在不赦，奈何尚得封荫子孙？"景帝乃罢。惟封平陆侯宗正刘礼为楚王，礼为楚元王交次子，命礼袭封，是不忘元王的意思。又分吴地为鲁江都二国，徙淮阳王余为鲁王，汝南王非为江都王。二王为景帝子，见五十三回。立皇子端为胶西王，彻为胶东王，胜为中山王。迁衡山王勃为济北王，庐江王赐为衡山王。济南国除，不复置封。

越年，立子荣为皇太子，荣为景帝爱姬栗氏所出，年尚幼稚，因母得宠，遂立为储嗣。时人或称为栗太子。栗太子既立，栗姬越加得势，遂暗中设法，想将薄皇后捽去，好使自己正位中宫。薄皇后既无子嗣，又为景帝所不喜，只看太皇太后薄氏面上，权立为后。见五十三回。本来是个宫中傀儡，有名无实，一经栗姬从旁倾轧，怎得保得住中宫位置？果然到了景帝六年，被栗姬运动成熟，下了一道诏旨，平白地将薄后废去。无故废后，景帝不为无过。栗姬满心欢喜，总道是桃僵可代，唾手告成，就是六宫粉黛，也以为景帝废后，无非为栗姬起见，虽然因羡生妒，亦惟有徒唤奈何罢了。谁知天有不测风云，人有旦夕祸福，栗姬始终不得为后，连太子荣都被摇动，黜为藩王。可怜栗姬数载苦心，付诸流水，免不得愤恚成病，玉殒香消。小子有诗咏道：

欲海茫茫总不平，一波才逐一波生。
从知谗妒终无益，色未衰时命已倾。

究竟太子荣何故被黜，待至下回再详。

吴楚二王之屯兵梁郊，不急西进，是一大失策，即非周亚夫之善于用兵，亦未必果能逞志。项霸王以百战余威，犹受困于广武间，卒至粮尽退师,败死垓下,况如吴楚二王乎? 灌夫之为父复仇,路中大夫之为主捐躯,忠肝义胆,照耀史乘,备录之以示后世,所以勖子臣也。公孙玃愿说梁王,以片言之请命,救孱主于垂危,亦未始非济北忠臣。假令齐王将闾,有此臣属,则亦何至仓皇毕命。将闾死而志独得生,此国家之所以不可无良臣也。彼七王之致毙,皆其自取,何足惜乎!

第五十六回

王美人有缘终作后　栗太子被废复蒙冤

却说景帝妃嫔，不止栗姬一人，当时后宫里面，尚有一对姊妹花，生长槐里，选入椒房，出落得娉娉婷婷，成就了恩恩爱爱。闺姓王氏，母名臧儿，本是故燕王臧荼孙女，嫁为同里王仲妻，生下一男两女，男名为信，长女名娡，一名姝儿。次女名息姁。未几仲死，臧儿挈了子女，转醮与长陵田家，又生二子，长名蚡，幼名胜。娡年已长，嫁为金王孙妇，已生一女。臧儿平日算命，术士说她两女当贵，臧儿似信非信。适值长女归宁，有一相士姚翁趋过，由臧儿邀他入室，令与二女看相。姚翁见了长女，不禁瞠目道："好一个贵人，将来当生天子，母仪天下！"继相次女，亦云当贵，不过比乃姊稍逊一筹。汉家相士，所言多验，想是独得秘传。臧儿听着，暗想长女已嫁平民，如何能生天子？得为国母？因此心下尚是怀疑。事有凑巧，朝廷选取良家子女，纳入青宫，臧儿遂与长女密商，拟把她送入宫中，博取富贵。长女娡虽已有夫，但闻着富贵两字，当然欣羡，也不能顾及名节，情愿他适。臧儿即托人向金氏离婚，金氏如何肯从，辱骂臧儿。臧儿不管他肯与不肯，趁着长女归宁未返，就把她装束起来，送交有司，辇运入宫。

槐里与长安相距，不过百里，朝发夕至。一入宫门，便拨令侍奉太子，太子就是未即位的景帝。壮年好色，喜得娇娃，娡复为希宠起见，朝夕侍侧，格外巴结，惹得太子色魔缠扰，情意缠绵，男贪女爱，我我卿卿，一朵残花，居然压倒香国，不到一年，便已怀胎，可惜是弄瓦之喜，未及弄璋。大器须要晚成。惟宫中已呼她为王美人，或称王夫人。美人系汉宫妃妾之称，秩视二千石。这王美人忆及同胞，又想到女弟身上，替她关说。太子是多多益善，就派了东宫侍监，赍着金帛，再向臧儿家聘选次女，充作嫔嫱。臧儿自送长女入宫后，尚与金氏争执数次，究竟金氏是一介平民，不能与储君构讼，只好和平解决，不复与争。此次由宫监到来，传说王美人如何得宠，如何生女，更令臧儿生欢。及听到续聘次女一事，也乐得惟命是从，随即受了金帛，又把次女改装，打扮得齐齐整整，跟着宫监，出门上车。

好容易驰入东宫，乃姊早已待着，叮嘱数语，便引见太子。太子见她体态轻盈，与乃姊不相上下，自然称心合意，相得益欢。当夜开筵与饮，令姊妹花左右侍宴，约莫饮了十余觥，酒酣兴至，情不自持，王美人知情识趣，当即辞去。神女初会高唐，襄王合登巫峡，行云布雨，其乐可知。比乃姊如何。说也奇怪，一点灵犀，透入子宫，竟尔细缊化育，得孕麟儿。十月满足，产了一男，取名为越，就是将来的广川王。

乃姊亦随时进御，接连怀妊，偏只生女不生男，到了景帝即位这一年，景帝梦见一个赤彘，从天空中降下，云雾迷离，直入崇芳阁中，及梦觉后，起游崇芳阁，尚觉赤云环绕，仿佛龙形，当下召术士姚翁入问，姚翁谓兆主吉祥，阁内必生奇男，当为汉家盛主。景帝大喜，过了数日，景帝又梦见神女捧日，授与王美人，王美人吞入口中。醒后即告知王美人，偏王美人也梦日入怀，正与景帝梦兆相符。景帝料为贵兆，遂使王美人移居崇芳阁，改阁名为绮兰殿，凭着那龙马精神，与王美人谐欢竟夕，果得应了瑞征。待至七夕佳期，天上牛女相会，人间麟趾呈祥，王美人得生一子，英声初试，便是不凡。景帝尝梦见高祖，叫他生子名彘，又因前时梦彘下降，遂取王美人子为彘。嗣因彘字取名，究属不雅，乃改名为彻。王美人生彻以后，竟不复孕，那妹子却迭生四男，除长男越外，尚有寄乘舜三人，后皆封王。事且慢表。

且说王美人生彻时，景帝已有数男，栗姬生子最多，貌亦可人，却是王美人的情敌。景帝本爱恋栗姬，与订私约，俟姬生一子，当立为储君。后来栗姬连生三男，长名荣，次名德，又次名阏。德已封为河间王，阏亦封为临江王，见五十三回。只有荣未受封，明明是为立储起见。偏经王家姊妹，连翩引入，与栗姬争宠斗妍，累得栗姬非常愤恨。王美人生下一彻，却有许多瑞兆相应，栗姬恐他立为太子，反致己子失位，所以格外献媚，力求景帝践言。景帝既欲立荣，又欲立彻，迁延了两三年，尚难决定。惟禁不住栗姬催促，絮聒不休，而且舍长立幼，也觉不情，因此决意立荣，但封彻为胶东王。见前回。

是时馆陶长公主嫖，为景帝胞妹，适堂邑侯陈午为妻，生有一女，芳名叫做阿娇。长公主欲配字太子，使人向栗姬示意，总道是辈分相当，可一说便成。偏偏栗姬不愿结婚，竟至复绝。原来长公主出入宫闱，与景帝谊属同胞，素来亲昵，凡后宫许多妾媵，都奉承长公主，求她先容，长公主不忍却情，免不得代为荐引。乐得做人情。独栗姬素来妒忌，闻着长公主时进美人，很为不平，所以长公主为女议婚，便不顾情谊，随口谢绝。长公主恼羞成怒，遂与栗姬结下冤仇。统是妇人意见。那王美人却趁此机会，联络长公主，十分巴结。两下相遇，往往叙谈竟日，无语不宣。长公主说及议婚情事，尚有恨声，王美人乐得凑奉，只说自己没福，不能得此佳妇。长公主随口接说，愿将爱女阿娇，与彻相配，王美人巴不得有此一语，但口中尚谦言彻非太子，不配高亲。语语反激，才情远过栗姬。惹得长公主耸眉张目，且笑且恨道："废立常情，祸福难料，栗氏以为己子立储，将来定得为皇太后，千稳万当，哪知还有我在，管教她儿子立储不成！"王美人忙接入道："立储是国家大典，应该一成不变，请长公主不可多心！"再激一句更恶。长公主愤然道："她既不中抬举，我也无暇多顾了！"王美人暗暗喜欢，又与长公主申订婚约，长公主方才辞去。王美人见了景帝，就说起长公主美意，愿结儿女姻亲。景帝以彻年较幼，与阿娇相差数岁，似乎不甚相合，所以未肯遽允。王美人即转喜为忧，又与长公主说明。长公主索性带同女儿，相将入宫，适胶东王彻，立在母侧。汉时分封诸王，年幼者多未就国，故彻尚在宫。长公主顺手携住，拥置膝上，就顶抚摩，戏言相问道："儿愿娶妇否？"彻生性聪明，对着长公主嬉笑无言。长公主故意指示宫女，问他可否合意？彻并皆摇首。至长公主指及己女道："阿娇可好么？"彻独笑着道："若得阿娇为妇，合贮金屋，甚好甚好！"小儿生就老脸皮。长公主不禁大笑，就是王美人也喜动颜开。长公主遂将彻抱定，趋见景帝，笑述彻言。景帝当面问彻，彻自认不讳。景帝想他小小年纪，独喜阿娇，当是前生注定姻缘，不若就此允许，成就儿女终身大事，于是认定婚约，各无异言。长公主与王美人，彼此做了亲母，情好尤深，一想报恨，一想夺嫡，两条心合做一条心，都要把栗姬母子捽去。栗姬也有风闻，惟望自己做了皇后，便不怕她播弄。好几年费尽心机，才把薄皇后挤落台下，正想自己登台，偏有两位新亲母，从旁摆布，不使如愿。这也是因果报应，弄巧反拙呢！

景帝方欲立栗姬为后，急得长公主连忙进谗，诬称栗姬崇信邪术，诅咒妃嫱，每与诸夫人相会，往往唾及背后。量窄如此，恐一得为后，又要看见人彘的惨祸了！景帝听及人彘二字，未免动心，遂踱至栗姬宫内，用言探试道："我百年后，后宫诸姬，已得生子，汝应善为待遇，幸勿忘怀。"一面说，一面瞧着栗姬容颜忽然改变，又紫又青，半晌不发一言。一味嫉妒，全无才具，怎能免人挤排。待了多时，仍然无语，甚且将脸儿背转，遂致景帝忍耐不住，起身便走。甫出宫门，但听里面有哭骂声，隐约有老狗二字。本想回身诘责，因恐徒劳口角，反失尊严，不得已忍气而去。自是心恨栗姬，不愿册立。长公主又日来侦伺，或与景帝晤谈，辄称胶东王如何聪俊，如何孝顺，景帝也以为然。并记起前时梦兆，多主吉祥，如或立为太子，必能缵承大统。此念一起，太子荣已是动摇，再加王美人格外谦和，誉满六宫，越觉得栗姬母子，相形见绌了。

流光如驶，又是一年，大行官礼官。忽来奏请，说是子以母贵，母以子贵，今太子母尚无位号，应即册为皇后。景帝瞧着，不禁大怒道："这事岂汝等所宜言？"说着，即命将大行官论罪，拘系狱中，且竟废太子荣为临江王。条侯周亚夫，魏其侯窦婴，先后谏诤，皆不见从。婴本来气急，谢病归隐，只周亚夫仍然在朝，寻且因丞相陶青病免，即令亚夫代任，但礼貌反不及曩时，不过援例超迁罢了。看官听说！景帝决然废立，是为了大行一奏，疑是栗姬暗中主使，所以动怒。其实主使的不是栗姬，却是争宠夺嫡的王美人。王美人已知景帝怨恨栗姬，特嘱大行奏请立后，为反激计。果然景帝一怒，立废太子，只大行官为此下狱，枉受了数旬苦楚。后来王美人替他缓颊，才得释放，总算侥幸免刑。那栗姬从此失宠，不得再见景帝一面。深宫寂寂，长夜漫漫，叫她如何不愤，如何不病。未几又来了一道催命符，顿将栗姬芳魂，送入冥府！看官不必细猜，便可知彻为太子，王美人为皇后，是送死栗姬的催命符呢。

惟自太子荣被废，至胶东王彻得为太子，中间也经过两月有余，生出一种波折，几乎把两亲母的秘谋，平空打断。还亏王氏母子，生就多福，任凭他人觊觎，究竟不为所夺，仍得暗地斡旋。看官欲知觊觎储位的人物，就是景帝胞弟梁王武。梁王武前次入朝，景帝曾有将来传位的戏言，被窦婴从旁谏阻，扫兴还梁。见五十三回。至七国平定，梁王武固守有功，得赐天子旌旗，出警入跸，开拓国都睢阳城约七十里，建筑东苑方三百余里，招延四方宾客，如齐人羊胜公孙诡邹阳，吴人枚乘严忌，蜀人司马相如等，陆续趋集，侍宴东苑，称盛一时。公孙诡更多诡计，不愧大名。常为梁王谋划帝位，梁王倍加宠遇，任为中尉。及栗太子废立时，梁王似预得风闻，先期入朝，静觇内变，果然不到多日，储君易位。梁王进谒窦太后，婉言干请，意欲太后替他主张，订一兄终弟及的新约。太后爱怜少子，自然乐从，遂召入景帝，再开家宴，酒过数巡，太后顾着景帝道："我已老了，能有几多年得生世间，他日梁王身世，所托惟兄。"景帝闻言避席，慌忙下跪道："谨遵慈命！"太后甚喜，即命景帝起来，仍复欢宴。直至三人共醉，方罢席而散。既而景帝酒醒，自思太后所言，寓有深意，莫非因我废去太子，即将梁王接替不成。因特召入诸大臣，与他密议所闻。太常袁盎首答道："臣料太后意思，实欲立梁王为储君，但臣决以为不可行！"景帝复问及不可行的理由，盎复答道："陛下不闻宋宣公么？宋宣公见春秋时代。不立子殇公，独立弟穆公，后来五世争国，祸乱不绝。小不忍必乱大谋，故春秋要义，在大居正，传子不传弟，免得乱统。"说到此语，群臣并齐声赞成。景帝点首称是，遂将袁盎所说，转白太后。太后虽然不悦，但也无词可驳，只得罢议。梁王武不得逞谋，很是懊恼，复上书乞赐容车地，由梁国直达长乐宫。当使梁民筑一甬道，彼此相接，可以随时通车，入觐太后，这事又是一大奇议，自古罕闻。景帝将原书颁示群臣，又由袁盎首先反对，力为驳斥。景帝依言，拒复梁王，且使梁王归国。梁王闻得两番计策，都被袁盎打消，恨不得手刃袁盎，只因有诏遣归，不便再留，方怏怏回国去了。

景帝遂立王美人为皇后，胶东王彻为皇太子，一个再醮的民妇，居然得入主中宫，若非福命生成，怎有这番幸遇！可见姚翁所言，确是不诬。还有小王美人息姁，亦得进位夫人，所生长子越与次子寄，已有七龄，并为景帝所爱，拟皆封王。到了景帝改元的第二年，景帝三次改元，第一次计七年，第二次计六年，第三次计三年，史称第二次为中元年，末次为后元年。即命越王广川，寄王胶东，尚有乘舜二幼子，后亦授封清河

常山二王。可惜息姁享年不永，未及乃姊福寿，但也算是一个贵命了。话休叙烦。

且说太子荣，既失储位，又丧生母，没奈何辞行就国，往至江陵。江陵就是临江国都，本是栗姬少子阏分封地，见前文。阏已夭逝，荣适被黜，遂将临江封荣。荣到国甫及年余，因王宫不甚宽敞，特拟估工增筑。宫外苦无隙地，只有太宗文皇帝庙垣与宫相近，尚有余地空着，可以造屋，荣不顾后虑，乘便构造。偏被他人告发，说他侵占宗庙余地，无非投井下石。景帝乃征令入都。荣不得不行，就在北门外设帐祖祭，即日登程。相传黄帝子累祖，壮年好游，致死道中，后人奉为行神。一说系共工氏子修。每遇出行，必先设祭，因此叫作祖祭。荣已祭毕，上车就道，蓦听得豁喇一声，车轴无故自断，不由的吃了一惊，只好改乘他车。江陵父老，因荣抚治年余，却还仁厚爱民，故多来相送。既见荣车断轴，料知此去不祥，相率流涕道："我王恐不复返了！"荣别了江陵百姓，驰入都中，当有诏旨传将出来，令荣至中尉处待质。冤冤相凑，碰着了中尉郅都，乃是著名的酷吏，绰号苍鹰，朝臣多半侧目，独景帝说他不避权贵，特加倚任。这大约是臭味相投，别有赏心呢！句中有刺。

先是后宫中有一贾姬，色艺颇优，也邀主眷。景帝尝带她同游上苑，赏玩多时，贾姬意欲小便，自往厕所，突有野彘从兽栏窜出，向厕闯入。景帝瞧着，不禁着忙，恐怕贾姬受伤，急欲派人往救。郅都正为中郎将，侍驾在旁，见景帝顾视左右，面色仓皇，却故意把头垂下，佯作不见。景帝急不暇择，竟拔出佩剑，自去抢救，郅都偏趋前数步，拦住景帝，伏地启奏道："陛下失一姬又有一姬，天下岂少美妇人？若陛下自去冒险，恐对不住宗庙太后，奈何为一妇人，不顾轻重呢！"景帝乃止。俄而野彘退出，贾姬也即出来，幸未受伤，当由景帝挈她登辇，一同还宫。适有人将郅都谏诤，入白太后，太后嘉他知义，赏赐黄金百斤。景帝亦以都为忠，加赐百金，嗣是郅都称重朝廷。也亏贾姬不加妒忌，才得厚赐。既而济南有一瞷氏大族，约三百余家，横行邑中，有司不敢过问。景帝闻知，特命郅都为济南守，令他往治。都一到济南，立即派兵往捕，得瞷氏首恶数人，斩首示众，余皆股栗，不敢为非。约莫过了一年，道不拾遗，济南大治，连邻郡都惮他

声威，景帝乃召为中尉。

都再入国门，丰裁越峻，就是见了丞相周亚夫，亦只一揖，与他抗礼。亚夫却也不与计较。及临江王荣，征诣中尉，都更欲借此申威，召至对簿，装起一张黑铁面孔，好似阎罗王一般。荣究竟少年，未经大狱，见着郅都这副面目，已吓得魂胆飞扬，转思母死弟亡，父已失爱，余生也觉没趣，何苦向酷吏乞怜，不若作书谢过，自杀了事。主意已定，乃旁顾府吏，欲借取纸笔一用。哪知又被郅都喝阻，竟叱令皂役，把他牵回狱中。还是魏其侯窦婴闻悉情形，取给纸笔。荣写就一封绝命书，托狱吏转达景帝，一面解带悬梁，自缢而亡。却是可怜！狱吏报知郅都，都并不惊惶，但取荣遗书呈入。景帝览书，却也没有什么哀戚，只命将王礼殓葬，予谥曰闵，待至出葬蓝田，偏有许多燕子，替他衔泥，加置冢上。途人见之，无不惊叹，共为临江王呼冤。小子有诗叹道：

入都拚把一身捐，玉碎何心望瓦全？
底事苍鹰心太狠，何如燕子尚知怜！

窦婴闻报，代为不平，便即入奏太后。欲知太后曾否加怜，待下回详细说明。

薄皇后为栗姬所排，无辜被废，而王美人又伺栗姬之后，并栗太子而捽去之，天道好还，何报应之巧耶？独怪景帝为守成令主，乃为二三妇人所播弄，无故废后，是为不义；无端废子，是为不慈。且王美人为再醮之妇，名节已失，亦不宜正位中宫，为天下母，君一过多矣，况至再至三乎！太子荣既降为临江王，欲求免祸，务在小心，旧有王宫，居之可也，必欲鸠工增筑，致有侵及宗庙之嫌，未免自贻伊戚。但晁错穿庙垣而犹得无辜，临江王侵庙地而即致加罪，谁使苍鹰，迫诸死地？谓其非冤，不可得也。夫有栗太子之冤死，益足见景帝之忍心，苏颖滨谓其忌刻少恩，岂过毁哉！

第五十七回

索罪犯曲全介弟　赐肉食戏弄条侯

却说窦婴入谒太后，报称临江王冤死情形，窦太后究属婆心，不免泣下，且召入景帝，命将郅都斩首，俾得雪冤。景帝含糊答应，及退出外殿，又不忍将都加诛，但令免官归家。未几又想出一法，潜调都为雁门太守。雁门为北方要塞，景帝调他出去，一是使他离开都邑，免得母后闻知，二是使他镇守边疆，好令匈奴夺气。果然郅都一到雁门，匈奴兵望风却退，不敢相逼。甚至匈奴国王，刻一木偶，状似郅都，令部众用箭射像，部众尚觉手颤，迭射不中。这可想见郅都声威，得未曾有哩！匈奴本与汉朝和亲，景帝五年，也曾仿祖宗遗制，将宗室女充作公主，遣嫁出去，但番众总不肯守静，往往出没汉边，时思侵掠。自从郅都出守，举国相戒，胆子虽怯，心下总是不甘，便由中行说等定计，遣使入汉，只说郅都虐待番众，有背和约。景帝也知匈奴逞刁，置诸不问。偏被窦太后得知，大发慈威，怒责景帝敢违母命，仍用郅都，内扰不足，还要叫他虐待外人，真正岂有此理！今惟速诛郅都，方足免患。景帝见母后动怒，慌忙长跪谢过，并向太后哀求道："郅都实是忠臣，外言不足轻信，还乞母后贷他一死，以后再不轻用了！"太后厉声道："临江王独非忠臣么？为何死在他手中，汝若再不杀都，我宁让汝！"这数句怒话，说得景帝担当不起，只好勉依慈命，遣人传旨出去，把郅都置诸死刑。都为人颇有奇节，居官廉正，不受馈遗，就使亲若妻孥，也所不顾，但气太急，心太忍，终落得身首两分，史家称为酷吏首领，实是为此。持平之论。

景帝得使臣还报，尚是叹惜不已。忽闻太常袁盎，被人刺死安陵门外，还有大臣数人，亦皆遇害。景帝不待详查，便顾语左右道："这定是梁王所为，朕忆被害诸人，统是前次与议诸人，不肯赞成梁王，所以梁王挟恨，遣人刺死；否则盎有他仇，盎死便足了事，何故牵连多人呢！"说着，即令有司严捕刺客，好几日不得拿获。惟经有司悉心钩考，查得袁盎尸旁，遗有一剑，此剑柄旧锋新，料经工匠磨洗，方得如此。当下派干吏取剑过市，问明工匠，果有一匠承认，谓由梁国郎官，曾令磨擦生新。干吏遂复报有司，有司复转达景帝，景帝立遣田叔吕季主两人，往梁索犯。田叔曾为赵王张敖故吏，经高祖特别赏识，令为汉中郡守。见前文。在任十余年，方免职还乡。景帝因他老成练达，复召令入朝，命与吕季主同赴梁都。田叔明知刺盎首谋就是梁王，但梁王系太后爱子，皇上介弟，如何叫他抵罪？因此降格相求，姑把梁王撇去，唯将梁王幸臣公孙诡羊胜，当作案中首犯，先派随员飞驰入梁，叫他拿交诡胜两人。诡胜是梁王的左右手，此次遣贼行刺，原是两人教唆出来，梁王方嘉他有功，待遇从隆，怎肯将他交出？反令他匿居王宫，免得汉使再来捕拿。田叔闻梁王不肯交犯，乃持诏入梁，责令梁相轩邱豹及内史韩安国等，拿缉诡胜两犯，不得稽延。这是旁敲侧击的法门，田叔不为无见。轩邱豹是个庸材，碌碌无能，哪里捕得到两犯？只有韩安国材识远过轩邱豹，却是有些能耐，从前吴楚攻梁，幸赖安国善守，才得保全。见五十四回。还有梁王僭拟无度，曾遭母兄诘责，也亏安国入都斡旋，求长公主代为洗刷，梁王方得无事。此数语是补叙前文之阙。后来安国为诡胜所忌，构陷下狱，狱吏田甲，多方凌辱，安国慨然道："君不闻死灰复燃么？"田甲道："死灰复燃，我当撒尿浇灰！"哪知过了数旬，竟来了煌煌诏旨，说是梁内史出缺，应用安国为内史。梁王不敢违诏，只好释他出狱，授内史职，慌得田甲不知所措，私下逃去。安国却下令道："甲敢弃职私逃，应该灭族！"甲闻令益惧，没奈何出见安国，肉袒叩头，俯伏谢罪。这也是小人惯技。安国笑道："何必出此！请来撒尿！"甲头如捣蒜，自称该死。安国复笑语道："我岂同汝等见识，徒知侮人？汝幸遇我，此后休得自夸！"甲惶愧无地，说出许多感恩悔过的话儿，安国不复与较，但令退去，仍复原职。甲始拜谢而出。从此安国大度，称颂一方。惟至刺盎狱起，诡胜二人匿居王宫，安国不便入捕，又无从卸责。踌躇数日，乃入白梁王道："臣闻主辱臣死，今大王不得良臣，竟遭摧辱，臣情愿辞官就死！"说着，泪下数行，梁王诧异道："君何为至此？"安国道："大王原系皇帝亲弟，但与太上皇对着高帝，与今上对着临江王，究系谁亲？"梁王应声道："我却勿如。"安国道："高帝尝谓提三尺剑，自取天下，所以太上皇不便相制，坐老栎阳。临江王无罪被废，又为了侵地一案，自杀中尉府。父子至亲，尚且如此，俗语有云，虽有亲父，安知不为虎？虽有亲兄，安知不为狼？今大王列在诸侯，听信邪臣违禁犯法，天子为着太后一人，不忍加罪，使交出诡胜二人，大王尚力为袒护，未肯遵诏，恐天子一怒，太后亦难挽回。况太后亦连日涕泣，惟望大王改过，大王尚不觉悟，一旦太后晏驾，大王将攀援何人呢？”怵以利害，语婉而切。梁王不待说毕，已是泪下，乃入嘱诡胜，令他自图。诡胜无法求免，只得仰药毕命。梁王命将两人尸首，取示田叔吕季主，田吕乐得留情，好言劝慰。但尚未别去，还要探刺案情。梁王不免加忧，意欲选派一人，入都转圜，免得意外受罪。想来想去，只有邹阳可使，乃嘱令入都，并取给千金，由他使用，邹阳受金即行。这位邹阳的性格，却是忠直豪爽，与公孙诡羊胜不同，从前为了诡胜不法，屡次谏诤，几被他构成大罪，下狱论死。亏得才华敏赡，下笔千言，自就狱中缮成一书，呈入梁王。梁王见他词旨悱恻，也为动情，因命释出狱中，照常看待。阳却不愿与诡胜同事，自甘恬退，厌闻国政。至诡胜伏法，梁王始知阳有先见，再三慰勉，浼他入

都调护，阳无可推诿，不得不勉为一行。既入长安，探得后兄王信，方蒙上宠，遂托人介绍，踵门求见，信召入邹阳，猝然问道："汝莫非流寓都门，欲至我处当差么？"邹阳道："臣素知长君门下，人多如鲫，不敢妄求使令。信系后兄，时人号为长君，故阳亦援例相称。今特竭诚进谒，愿为长君预告安危。"信始竦然起座道："君有何言？敢请明示！"阳又说道："长君骤得贵宠，无非因女弟为后，有此幸遇。但祸为福倚，福为祸伏，还请长君三思。"长君听了，暗暗生惊。原来王皇后善事太后，太后因后推恩，欲封王信为侯。嗣被丞相周亚夫驳议，说是高祖有约，无功不得封侯，乃致中止。这也是补叙之笔。今阳来告密，莫非更有意外祸变，为此情急求教，忙握着阳手，引入内厅，仔细问明。阳即申说道："袁盎被刺，案连梁王，梁王为太后爱子，若不幸被诛，太后必然哀戚，因哀生愤，免不得迁怒豪门。长君功无可言，过却易指，一或受责，富贵恐不保了。"庸人易骄亦易惧，故阳多恫吓语。长君被他一吓，越觉着忙，皱眉问计。阳故意摆些架子，令他自思，急得王信下座作揖，几乎欲长跪下去。阳始从容拦阻，向他献议道："长君欲保全禄位，最好是入白主上，毋穷梁事，梁王脱罪，太后必深感长君，与共富贵，何人再敢摇动呢！"信展颜为笑道："君言诚是，惟主上方在盛怒，应如何进说主上，方可挽回？"连说话都要教他，真是一个笨伯！阳说道："长君何不援引舜事，舜弟名象，尝欲杀舜，及舜为天子，封象有庳（bēi），自来仁人待弟，不藏怒，不宿怨，只是亲爱相待，毫无怨言。今梁王顽不如象，应该加恩赦宥，上效虞廷，如此说法，定可挽回上怒了。"信乃大喜，待至邹阳辞出，便入见景帝，把邹阳所教的言语，照述一遍，只不说出是受教邹阳。景帝喜信能知舜事，且自己好摹仿圣王，当然合意，遂将怨恨梁王的意思，消去了一大半。可巧田叔吕季主查完梁事，回京复命，路过霸昌厩，得知宫中消息，窦太后为了梁案，日夜忧泣不休，田叔究竟心灵，竟将带回案卷，一律取出，付诸一炬。吕季主大为惊疑，还欲抢取，田叔摇手道："我自有计，决不累君！"季主乃罢。待至还朝，田叔首先进谒，景帝亟问道："梁事已办了否？"田叔道："公孙诡羊胜实为主谋，现已伏法，可勿他问。"景帝道："梁王是否预谋？"田叔道："梁王亦不能辞责，但请陛下不必穷究。"景帝道："汝二人赴梁多日，总有查办案册，今可带来否？"田叔道："臣已大胆毁去了。试想陛下只有此亲弟，又为太后所爱，若必认真办理，梁王难逃死罪。梁王一死，太后必食不甘味，寝不安席，陛下有伤孝友，故臣以为可了就了，何必再留案册，株累无穷。”景帝正忧太后哭泣不安，听了田叔所奏，不禁心慰道：“我知道了。君等可入白太后，免得太后忧劳。”田叔乃与吕季主进谒太后，见太后容色憔悴，面上尚有泪痕，便即禀白道：“臣等往查梁案，梁王实未知情，罪由公孙诡羊胜二人，今已将二人加诛，梁王可安然无事了。”太后听着，即露出三分喜色，慰问田叔等劳苦，令他暂且归休。田叔等谢恩而退。吕季主好似寄生虫。从此窦太后起居如故。景帝以田叔能持大体，拜为鲁相。田叔拜辞东往。梁王武却谢罪西来。梁臣茅兰，劝梁王轻骑入关，先至长公主处，寓居数日，相机入朝。梁王依议，便将从行车马，停住关外，自己乘着布车，潜入关中，至景帝闻报，派人出迎，只见车骑，不见梁王，慌忙还报景帝。景帝急命朝吏，四出探寻，亦无下落。正在惊疑的时候，突由窦太后趋出，向景帝大哭道：“皇帝果杀我子了！”不脱妇人腔调。景帝连忙分辩，窦太后总不肯信。可巧外面有人趋入，报称梁王已至阙下，斧锧待罪。景帝大喜，出见梁王，命他起身入内，谒见太后。太后如获至宝，喜极生悲，梁王亦自觉怀惭，极口认过。景帝不咎既往，待遇如初，更召梁王从骑一律入关。梁王一住数日，因得邹阳报告，知是王信代为调停，免不得亲去道谢。两人一往一来，周旋数次，渐觉情投意合，畅叙胸襟。王信为了周亚夫阻他侯封，心中常存芥蒂，就是梁王武，因吴楚一役，亚夫坚壁不救，也引为宿嫌。两人谈及周丞相，并不禁触起旧恨，想要把他除去。梁王初幸脱罪，又要报复前嫌，正是江山可改，本性难移。因此互相密约，双方进言。王信靠着皇后势力，从中媒孽（niè），梁王靠着太后威权，实行谗诬。景帝只有个人知识，哪禁得母妻弟舅，陆续蔽惑，自然不能无疑。况栗太子被废，及王信封侯时，亚夫并来絮聒，也觉厌烦，所以对着亚夫，已有把他免相的意思。不过记念旧功，一时未便开口，暂且迁延。并因梁王未知改过，仍向太后前搬弄是非，总属不安本分，就使要将亚夫免职，亦须待他回去，然后施行。梁王扳不倒亚夫，且见景帝情意浸衰，也即辞行回国，不复逗留。景帝巴不得他离开面前，自然准如所请，听令东归。会因匈奴部酋徐卢等六人，叩关请降，景帝当然收纳，并欲封为列侯。当下查及六人履历，有一个卢姓降酋，就是前叛王卢绾孙，名叫它人。绾前降匈奴，匈奴令为东胡王。见前文。嗣欲乘间南归，终不得志，郁郁而亡。至吕后称制八年，绾妻子潜行入关，诣阙谢罪，吕后颇嘉她反正，命寓燕邸，拟为置酒召宴，不料一病不起，大命告终，遂至绾妻不得相见，亦即病死。惟绾孙它人，尚在匈奴，承袭祖封，此时亦来投降。景帝为招降起见，拟将六人均授侯封，偏又惹动了丞相周亚夫，入朝面谏道："卢它人系叛王后裔，应该加罪，怎得受封？就是此外番王，叛主来降，也是不忠，陛下反封他为侯，如何为训！"景帝本已不悦亚夫，一闻此言，自觉忍耐不住，勃然变色道："丞相议未合时势，不用不用！"亚夫讨了一场没趣，怅怅而退。景帝便封卢它人为恶谷侯，余五人亦皆授封。越日即由亚夫呈入奏章，称病辞官，景帝也不挽留，准以列侯归第，另用桃侯刘舍为丞相。舍本姓项，乃父名襄，与项伯同降汉朝，俱得封侯，赐姓刘氏。襄死后，由舍袭爵，颇得景帝宠遇，至是竟代为丞相。舍实非相材，幸值太平，国家无事，恰也好敷衍过去。一年一年又一年，已是景帝改元后六年，舍自觉闲暇，乃迎合上意，想出一种更改官名的条议，录呈景帝。先是景帝命改郡守为太守，郡尉为都尉。又减去侯国丞相的丞字，但称为相。舍拟改称廷尉为大理，奉常为太常，典客为大行，后又改名为大鸿胪。治粟内史为大农，后又改名大司农。将作少府为将作大匠，主爵中尉为都尉，后又改名右扶风。长信詹事为长信少府，将行为大长秋，九行为行人，景帝当即准议。未几又改称中大夫为卫尉，但改官名，何关损益，我国累代如此，至今尚仍是习，令人不解。总算是刘舍的相绩。挖苦得妙。梁王武闻亚夫免官，还道景帝信用已言，正好入都亲近，乃复乘车入朝。窦太后当然欢喜，惟景帝仍淡漠相遭，虚与应酬。梁王不免失望，更上书请留居京中，侍奉太后，偏又被景帝驳斥，梁王不得不归。归国数月，常闷闷不乐，趁着春夏交界，草木向荣，出猎消遣，忽有一人献上一牛，奇形怪状，背上生足，惹得梁王大加惊诧。罢猎回宫，惊魂未定，致引病魔，一连发了六日热症，服药无灵，竟尔逝世。讣音传到长安，窦太后废寝忘餐，悲悼的了不得，且泣且语道："皇帝果杀我子了！"回应一笔，见得太后溺爱，只知梁王，不知景帝。景帝入宫省母，一再劝慰，偏太后全然不睬，只是卧床大哭，或且痛责景帝，说他逼归梁王，遂致毕命。景帝有口难言，好似哑子吃黄连，说不出的苦闷，没奈何央恳长公主代为劝解。长公主想了一策，与景帝说明，景帝依言下诏，赐谥梁王武为孝王，并分梁地为五国，尽封孝王子五人为王，连孝王五女，亦皆赐汤沐邑。太后闻报，乃稍稍解忧，起床进餐，后来境过情迁，自然渐忘。总计梁王先封代郡，继迁梁地，做了三十五年的藩王。拥资甚巨，坐享豪华，殁后查得梁库，尚剩黄金四十余万斤，其他珍玩，价值相等，他还不自知足，要想窥窃神器，终致失意亡身。惟平生却有一种好处，入谒太后，必致敬尽礼，不敢少违。就是在国时候，每闻太后不豫，亦且食旨不甘，闻乐不乐，接连驰使请安，待至太后病愈，才复常态。赐谥曰孝，并非全出虚诬呢。孝为百行先，故特别提叙。

梁王死后，景帝又复改元，史称为后元年。平居无事，倒反记起梁王遗言，曾说周亚夫许多坏处，究竟亚夫行谊，优劣如何，好多时不见入朝，且召他进来，再加面试。如或亚夫举止，不如梁王所言，将来当更予重任，也好做个顾命大臣，否则还是预先除去，免贻后患。主见已定，便令侍臣宣召亚夫，一面密嘱御厨，为赐食计。亚夫虽然免相，尚住都中，未尝还沛。一经奉召，当即趋入，见景帝兀坐宫中，行过了拜谒礼，景帝赐令旁坐，略略问答数语，便由御厨搬进酒肴，摆好席上。景帝命亚夫侍食，亚夫不好推辞，不过席间并无他人，只有一君一臣，已觉有些惊异，及顾视面

前，仅一酒卮，并无匕箸，所陈肴馔，又是一块大肉，余无别物，暗思这种办法，定是景帝有意戏弄，不觉怒意勃发，顾视尚席道：尚席是主席官名。“可取箸来。”尚席已由景帝预嘱，假作痴聋，立着不动。亚夫正要再言，偏景帝向他笑语道：“这还未满君意么？”说得亚夫又恨又愧，不得已起座下跪，免冠称谢。景帝才说了一个起字，亚夫便即起身，掉头径出。也太率性。景帝目送亚夫出门，喟然太息道：“此人鞅鞅，与快字通。非少主臣。”谁料你这般猜忌！亚夫已经趋出，未及闻知，回第数日，突有朝使到来，叫他入廷对簿。亚夫也不知何因，只好随吏入朝。这一番有分教：

烹狗依然循故辙，鸣雌毕竟识先机。汉高祖曾封许负为鸣雌亭侯。

究竟亚夫犯着何罪，待看下回便知。

若孔子尝杀少正卯，不失为圣，袁盎亦少正卯之流亚也，杀之亦宜。然孔子之杀少正卯，未尝不请命鲁君，梁王武乃为盗贼之行，潜遣刺客以毙之，例以擅杀之罪，夫复何辞！但梁王为窦太后爱子，若有罪即诛，是大伤母后之心，倘母以忧死，景帝不但负杀弟之名，且并成逼母之罪矣！贤哉田叔，移罪于公孙诡羊胜，悉毁狱辞，还朝复命，片言悟主，此正善处人母子兄弟之间。而曲为调护者也。若周亚夫之忠直，远出袁盎诸人之上，盎之示直，伪也，亚夫之主直，诚也，盎以口舌见幸，而亚夫以功业成名，社稷之臣也，犹将十世宥之，以劝能者，乃以直谏忤旨，赐食而不置箸，信谗而即召质，卒致柱石忠臣，无端饿死，庸非冤乎！黄钟毁弃，瓦釜雷鸣，古今殆有同慨焉。

第五十八回

嗣帝阼董生进三策　应主召申公陈两言

却说周亚夫到了大廷，已由景帝派出问官，责令亚夫对簿，且取出一封告密原书，交与阅看。亚夫览毕，全然没有头绪，无从对答。原来亚夫子恐父年老，预备后事，特向尚方掌供御用食物之官。买得甲楯五百具，作为他时护丧仪器。尚方所置器物，本有例禁，想是亚夫子贪占便宜，秘密托办，一面饬佣工运至家中，不给佣钱。佣工心中怀恨，竟说亚夫子偷买禁物，意图不轨，背地里上书告密。景帝方深忌亚夫，见了此书，正好作为罪证，派吏审问。其实亚夫子未尝禀父，亚夫毫不得知，如何辩说。问官还道他倔强负气，复白景帝，景帝怒骂道："我亦何必要他对答呢？"遂命将亚夫移交大理。即廷尉，见前。亚夫子闻知，慌忙过视，见乃父已入狱中，才将原情详告。亚夫也不暇多责，付之一叹。及大理当堂审讯，竟向亚夫问道："君侯何故谋反？"亚夫方答辩道："我子所买，乃系葬器，怎得说是谋反呢！"大理又讥笑道："就使君侯不欲反地上，也是欲反地下，何必讳言！"亚夫生性高傲，怎禁得这般揶揄，索性瞑目不言，仍然还狱。一连饿了五日，不愿进食，遂致呕血数升，气竭而亡，适应了许负的遗言。命也何如。

景帝闻亚夫饿死，毫不赙赠，但更封亚夫弟坚为平曲侯，使承绛侯周勃遗祀。那皇后亲兄王长君，却得从此出头，居然受封为盖侯了。莫非萦私！独丞相刘舍，就职五年，滥竽充数，无甚补益，景帝也知他庸碌，把他罢免，升任御史大夫卫绾为丞相。绾系代人，素善弄车，得宠文帝，由郎官迁授中郎将，为人循谨有余，干练不足。景帝为太子时，曾召文帝侍臣，同往宴饮，惟绾不应召，文帝越加器重。谓绾居心不贰，至临崩时曾嘱景帝道："卫绾忠厚，汝应好生看待为是！"景帝记着，故仍使为中郎将。未几出任河间王太傅，吴楚造反，绾奉河间王命，领兵助攻，得有战功，因超拜中尉，封建陵侯。嗣复徙为太子太傅，更擢为御史大夫。刘舍免职，绾循资升任，也不过照例供职，无是无非。至御史大夫一职，却用了南阳人直不疑。不疑也做过郎官，郎官本无定额，并皆宿卫宫中，人数既多，退班时辄数人同居，呼为同舍。会有同舍郎告归，误将别人金钱携去，失金的郎官，还道是不疑盗取，不疑并不加辩，且措资代偿。未免矫情。嗣经同舍郎假满回来，仍将原金送还失主，失主大惭，忙向不疑谢过。不疑才说明意见，以为大众蒙谤，宁我受诬，于是众人都称不疑为长老。及不疑迁任中大夫，又有人讥他盗嫂无行，徒有美貌。不疑仍不与较，但自言我本无兄，从来也因从击吴楚得封塞侯，兼官卫尉，卫绾为相，不疑便超补御史大夫，两人都自守本分，不敢妄为。但欲要他治国平天下，却是相差得多呢！断煞两人。

景帝又用宁成为中尉，宁成专尚严酷，比郅都还要辣手，曾做过济南都尉，人民疾首，并且居心操行，远不及郅都的忠清。偏景帝视为能吏，叫他主持刑政，正是嗜好不同，别具见解。看他诏令中语，如疑狱加谳，景帝中五年诏令。治狱务宽，后元年诏令。也说得仁至义尽，可惜是徒有虚文，言与行违，就是戒修职事，后二年诏令。诏劝农桑，禁采黄金珠玉，后三年诏令。亦未必臣民遂听，一道同风。可见景帝所为，远逊乃父，史家以文景并称，未免失实。不过与民休息，无甚纷更，还算有些守成规范。到了后三年孟春，猝然遇病，竟致崩逝，享寿四十有八，在位一十六年。遗诏赐诸侯王列侯马各二驷，吏二千石，各黄金二斤，民户百钱，出宫人归家，终身不复役使，作为景帝身后隆恩。

太子彻嗣皇帝位，年甫十有六岁，就是好大喜功，比迹秦皇的汉武帝。回顾本书第一回。尊皇太后窦氏为太皇太后，皇后王氏为皇太后，上先帝庙号为孝景皇帝，奉葬阳陵。武帝未即位时，已娶长公主女陈阿娇为妃，此时尊为天子，当然立陈氏为皇后。金屋贮娇，好算如愿。又尊皇太后母臧儿为平原君，连臧儿所生子田蚡田胜，亦予荣封。蚡为武安侯，胜为周阳侯。臧儿改嫁田氏，已与王氏相绝，田氏二子怎得无功封侯？即此已见武帝不遵祖制。所有丞相御史等人，暂仍旧职，未几已将改年。向来新皇嗣统，应该就先帝崩后，改年称元，以后便按次递增，就使到了一百年，也没有再三改元等事。自文帝误信新垣平候日再中，乃有二次改元的创闻。见五十一回。景帝未知干蛊，还要踵事增华，索性改元三次，史家因称为前元中元后元，作为区划。武帝即位一年，照例改元，本不足怪，惟后来且改元十余次，有司曲意献谀，谓改元宜应天瑞，当用瑞命纪元，选取名号，因此从武帝第一次改元为始，迭用年号相系。元年年号，叫作建元，这是在武帝元鼎三年时新作出来，由后追前，各系年号，后人依书编叙，就称武帝第一年为建元元年。看官须知年号开始，创自武帝，也是一种特别纪念，垂为成例呢。标明始事，应有之笔。

武帝性喜读书，雅重文学，一经践阼，便颁下一道诏书，命丞相御史列侯郡守诸侯相等，举荐贤良方正、直言极谏之士。于是广川人董仲舒，菑川人公孙弘，会稽人严助，以及各处有名儒生，并皆被选，同时入都，差不多有百余人。武帝悉数召入，亲加策问，无非询及帝王治要。一班对策士子，统皆凝神细思，属笔成文，约莫有三五时，依次呈缴，陆续退出。武帝逐篇披览，无甚合意，及看到董仲舒一卷，乃是详论天人感应的道理，说得原原本本，计数千言。当即击节称赏，叹为奇文。原来仲舒少治《春秋》，颇有心得，景帝时已列名博士，下帷讲诵，目不窥园，又阅三年有余，功益精进。远近学子，俱奉为经师。至是诣阙对策，正好把生平学识，抒

展出来，果然压倒群儒，特蒙知遇。武帝见他言未尽意，复加策问，至再至三。仲舒更迭详对，统是援据《春秋》，归本道学，世称为天人三策，传诵古今。小子无暇抄录，但记得最后一篇，尤关重要，乃是请武帝崇尚孔子，屏黜异言。大略说是：

臣闻天者群物之祖，故遍复包含而无所殊。圣人法天而立道，亦溥爱而无私。春者天之所以生也，仁者君之所以爱也，夏者天之所以长也，德者君之所以养也，霜者天之所以杀也，刑者君之所以罚也，故孔子作《春秋》，上揆之天道，下质诸人情，书邦家之过，兼灾异之变，以此见人之所为，其美恶之极，乃与天地流通，而往来相应，此亦言天之一端也。夫天令之谓命，命非圣人不行，质朴之谓性，性非教化不成，人欲之谓情，情非制度不节，是故古之王者，上谨于承天意，以顺命也，下务明教化民，以成性也，正法度之宜，别上下之序，以防欲也。修此三者，而大本举矣，人受命于天，固超然异于群生，故孔子曰：天地之性人为贵，明于天性，知自贵于物，然后知仁义，知仁义然后重礼节，重礼节然后安处善，安处善然后乐循理，乐循理然后谓之君子。臣又闻之：聚少成多，积小致巨，故圣人莫不以晻与暗字通。致明，以微致显。是以尧发于诸侯，舜兴于深山，非一日而显也，盖有渐以致之矣。言出于己，不可塞也；行发于身，不可掩也。言行之大者，君子所以动天地也，故尽小者大，慎微者著。积善在身，犹长日加益而人不知也；积恶在身，犹火之销膏而人不见也，此唐虞之所以得令名，而桀纣之可为悼惧者也。夫乐而不乱，复而不厌者，谓之道。道者万世无敝，敝者道之失也。夏尚忠，殷尚质，周尚文者，救敝之术，当用此也。道之大原出于天，天不变，道亦不变，是以禹继舜，舜继尧，三圣相授，而守一道，不待救也。由是观之，继治世者其道同，继乱世者其道变，今大汉继乱之后，若宜少损周之文，致用夏之忠者。夫古之天下，犹今之天下，共是天下，古大治而今远不逮，安所缪盭而陵夷若是，意者有所失于古之道与？有所诡于天之理与？天亦有所分予，予之齿者去其角，傅之翼者两其足，是所受大者，不得取小也。古之所予禄者，不食于力，不动于末，与天同意者也。身宠而载高位，家温而食厚禄，因乘富贵之资力。以与民争利于下，民安能如之哉？民日被朘（juān）削，浸以大穷，死且不避，安能避罪，此刑罚之所以繁，而奸邪之所以不可胜者也。公仪子相鲁，至其家，见织帛，怒而出其妻，食于舍而茹葵，愠而拔之，曰吾已食禄，又夺园夫红女利乎？红读如工。夫皇皇求财利，尝恐乏匮者，庶人之意也。皇皇求仁义，惟恐不能化民者，大夫之意也。易曰：负且乘，致寇至。言居君子之位，而为庶人之行者，祸患必至也。若居君子之位，当君子之行，则舍公仪休之相鲁，无可为者矣。且臣闻《春秋》大一统者，天地之常经，古今之通谊也。今师异道，人异论，百家殊方，指意不同，是以上无以持一统，法制数变，下不知所守。臣愚以为诸不在六艺之科，孔子之术者，皆绝其道，勿使并进。邪僻之说灭息，然后统纪可壹，法度可明，民乃知所从矣。

这篇文字，最合武帝微意。武帝年少气盛，好高骛远，要想大做一番事业，震古烁今，可巧仲舒对策，首在兴学，次在求贤，最后进说大一统模范，请武帝崇正黜邪，规定一尊，正是武帝有志未逮，首思举行，所以深相契合，大加称赏。当下命仲舒为江都相，使佐江都王非。景帝子，见前。武帝既赏识仲舒，何不留为内用？丞相卫绾，闻得武帝嘉美仲舒，忙即迎合意旨，上了一本奏牍，说是各地所举贤良，或治申韩学，申商韩非。或好苏张言，无关盛治，反乱国政，应请一律罢归。武帝自然准奏，除公孙弘严助诸人，素通儒学外，并令归去，不得录用。卫绾还道揣摩中旨，可以希宠固荣，保全禄位，哪知武帝并不见重，反因他拾人牙慧，格外鄙夷。不到数月，竟将卫绾罢免，改用窦婴为丞相。婴系窦太后侄儿，窦太后尝与景帝说及，欲令婴居相位。景帝谓婴沾沾自喜，量窄行轻，不合为相，所以终不见用。武帝也未尝定欲相婴，意中却拟重任田蚡，不过因蚡资望尚浅，恐人不服，并且婴是太皇太后的兄子，蚡乃皇太后的母弟，斟情酌理，亦应先婴后蚡，所以使婴代相，特命蚡为太尉。太尉一官，前时或设或废，惟周勃父子，两任太尉，及迁为丞相后，并将官职停罢。武帝复设此官，明明是位置田蚡起见。蚡虽曾学习书史，才识很是平常，只有性情乖巧，口才敏捷，乃是他的特长。自从武帝授为武安侯，他亦自知才具不足，广招宾佐，预为计划。入朝时乃滔滔奏对，议论动人，武帝堕入彀中，错疑他才能迈众，欲加大位。为此一误，遂惹出后来许多波澜，连窦婴也要被他排挤，断送

性命，这且待后再表。

且说窦婴田蚡，既握朝纲，揣知武帝好儒，也不得不访求名士，推重耆英。适御史大夫直不疑免官，遂同举代人赵绾继任，并又荐入兰陵人王臧，由武帝授为郎中令。赵王两人，既已受任，便拟仿照古制，请设明堂辟雍。武帝也有此意，叫他详考古制，采择施行，两人又同奏一本，说是臣师申公，稽古有素，应由特旨征召，邀令入议。这申公就是故楚遗臣，与白生同谏楚王，被罚司舂。见五十三回。及楚王戊兵败自焚，申公等自然免罪，各归原籍。申公鲁人，归家授徒，独重诗教，门下弟子，约千余人。赵绾王臧，俱向申公受诗，知师饱学，故特从推荐。武帝夙闻申公重名，立即派遣使臣，用了安车蒲轮，束帛加璧，迎聘申公。

申公已八十余岁，杜门不出，此次闻有朝使到来，只好出迎。朝使传述上意，赍交玉帛，申公见他礼意殷勤，不得不应召入都。既到长安，面见武帝，武帝见他道貌高古，格外加敬，当下传谕赐坐，访问治道，但听申公答说道："为治不在多言，但视力行何如。"两语说完，便即住口。武帝待了半晌，仍不闻有他语，两语够了。暗思自己备着厚礼，迎他到来，难道叫他说此二语,便算了事?一时大失所望,遂不欲再加质问,但命他为大中大夫,暂居鲁邸,妥议明堂辟雍及改历易服与巡狩封禅等礼仪。申公已料武帝少年喜事,行不顾言,所以开口提出二语,待他有问再答。嗣见武帝不复加询,也即起身拜谢,退出朝门。赵绾王臧,引申公至鲁邸,叩问明堂辟雍等古制,申公微笑无言。绾与臧虽未免诧异,但只道是远来辛苦,不便遽问,因此请师休息,慢慢儿的提议。哪知宫廷里面,发生一大阻力,不但议事无成,还要闯出大祸,害得二人失职亡身,这真叫做冒昧进阶,自取祸殃哩。

原来太皇太后窦氏,素好黄老,不悦儒术,尝召入博士辕固取示老子书。辕固尚儒绌老,猝然答说道:“这不过家人常言,无甚至理。”窦太后发怒道:“难道定要司空城旦书么?”固知太后语意,是讥儒教苛刻,比诸司空狱官,城旦刑法,因与私见不合,掉头自退。固本善辩,从前与黄生争论汤武,黄生主张放弑,固主张征诛。景帝颇袒固说,此番在窦太后前碰了钉子,还是不便力争,方才退出。那窦太后怒气未平,且因固不知谢过,欲加死罪,转思罪无可援,不如使他入圈击彘,俾彘咬死,省得费事。恶之欲其死,全是妇人私见。亏得景帝知悉,不忍固无端致死,特令左右借与利刃,方才将彘刺死。太后无词可说,只得罢休。但每闻儒生起用,往往从中阻挠,所以景帝在位十六年,始终不重用儒生。及武帝嗣位,窦太后闻他好儒,大为不然,复欲出来干预。武帝又不便违忤祖母,所有朝廷政议,都须随时请命。窦太后对着他事,却也听令施行,只有关系儒家法言,如明堂辟雍等种种制度,独批得一文不值,硬加阻止。冒冒失失的赵绾,一经探悉,便入奏武帝道:“古礼妇人不得预政,陛下已亲理万机,不必事事请命东宫!”处人骨肉之间,怎得如此直率!武帝听了,默然不答。看官听说,绾所说的东宫二字,乃是指长乐宫,为太皇太后所居。长乐宫在汉都东面,故称东宫。诠释明白,免致阅者误会。自从绾有此一奏,竟被太皇太后闻知,非常震怒,立召武帝入内,责他误用匪人。且言绾既崇尚儒术,怎得离间亲属?这明明是导主不孝,应该重惩。武帝尚想替绾护辩,只说丞相窦婴,太尉田蚡,并言赵绾多才,与王臧一同荐入,所以特加重任。窦太后不听犹可,听了此语,越觉怒不可遏,定要将绾臧下狱,婴蚡免官。武帝拗不过祖母,只好暂依训令,传旨出去,革去赵绾王臧官职,下吏论罪。拟俟窦太后怒解，再行释放。偏窦太后指二人为新垣平，非诛死不足示惩，累得武帝左右为难。哪知绾与臧已拚一死，索性自杀了事。倒也清脱。小子有诗叹道：

才经拜爵即遭灾，祸患都从富贵来。

莫道文章憎命达，衔才便是杀身媒。

绾臧既死，窦太后还要黜免窦婴田蚡。究竟婴蚡曾否免官，待至下回再表。

武帝继文景之后，慨然有为，首重儒生，而董仲舒起承其乏，对策大廷，裒然举首。观其三策中语，持论纯正，不但非公孙弘辈可比，即贾长沙亦勿如也。武帝果有心鉴赏，应即留其补阙，胡为使之出相江都，是可知武帝之重儒，非真好儒也。第欲借儒生之词藻，以文致太平耳。申公老成有识，一经召问，即以力行为勉，譬如对症发药，先究病源，惜乎武帝之讳疾忌医，而未由针砭也。就令无窦太后之阻力，亦乌有济？董生去，申公归，而伪儒杂进，汉治不可问矣。

第五十九回

迎母姊亲驰御驾　访公主喜遇歌姬

却说窦婴田蚡，为了赵绾王臧，触怒太皇太后，遂致波及，一同坐罪。武帝不能袒护，只得令二人免官。申公本料武帝有始无终，不过事变猝来，两徒受戮，却也出诸意外，随即谢病免职，仍归林下，所有明堂辟雍诸议，当然搁置，不烦再提。武帝别用柏至侯许昌为相，武疆侯庄青翟为御史大夫，复将太尉一职，罢置不设。

先是河内人石奋，少侍高祖，有姊能通音乐，入为美人。美人乃是女职，注见前。奋亦得任中涓，内侍官名。迁居长安。后来历事数朝，累迁至太子太傅，谨慎供职，备位全身。有子四人，俱有父风，当景帝时，官皆至二千石，遂赐号为万石君。奋年老致仕，仍许食上大夫俸禄，岁时入朝庆贺，守礼如前，就是家规，亦非常严肃，子孙既出为吏，归谒时必朝服相见，如有过失，奋亦不欲明责，但当食不食，必经子孙肉袒谢罪，然后饮食如常，因此一门孝谨，名闻郡国。太皇太后窦氏示意武帝，略言儒生尚文，徒事藻饰，还不如万石君家，起自小吏，却能躬行实践，远胜腐儒。因此武帝记着，特令石奋长子建为郎中令，少子庆为内史。建已经垂老，须发尽白，奋尚强健无恙，每值五日休沐，建必回家省亲，私取乃父所服衣裤，亲为洗濯，悄悄付与仆役，不使乃父得知，如是成为常例。至入朝事君，在大庭广众中，似不能言，如必须详奏事件，往往请屏左右，直言无隐。武帝颇嘉他朴诚，另眼相看。一日有奏牍呈入，经武帝批发下来，又由建复阅，原奏内有一个马字，失落一点，不由的大惊道："马字下有四点（繁体字"馬"），像四足形与马尾一弯，共计五画，今有四缺一，倘被主上察出，岂不要受谴么？"为此格外谨慎，不敢少疏。看似迂拘，其实谨小慎微，也是人生要务，故特从详叙。惟少子庆，稍从大意，未拘小谨，某夕因酒后忘情，回过里门，竟不下车，一直驰入家中。偏被乃父闻知，又把老态形容出来，不食不语。庆瞧着父面，酒都吓醒，慌忙肉袒跪伏，叩头请罪，奋只摇首无言。时建亦在家，见弟庆触怒父亲，也招集全家眷属，一齐肉袒，跪在父前，代弟乞情，奋始冷笑道："好一个朝廷内史，为现今贵人，经过闾里，长老都皆趋避，内史却安坐车中，形容自若，想是现今时代，应该如此！"庆听乃父诘责，方知为此负罪，连忙说是下次不敢，幸乞恩恕。建与家人，也为固请，方由奋谕令退去，庆自此亦非常戒慎。比现今时代之父子相去何如？嗣由内史调任太仆，为武帝御车出宫，武帝问车中共有几马？庆明知御马六龙，应得六马，但恐忙中有错，特用鞭指数，方以六马相答。武帝却不责他迟慢，反默许他遇事小心，倚任有加。可小知者，未必能大受，故后来为相，贻讥素餐。至奋已寿终，建哀泣过度，岁余亦死，独庆年尚强，历跻显阶，事且慢表。夹入此段，虽为御史郎中令补缺，似承接上文之笔，但说他家风醇谨，却是借古箴今。

且说弓高侯韩颓当，自平叛有功后，还朝复命，见五十五回。未几病殁。有一庶孙，生小聪明，眉目清扬，好似美女一般，因此取名为嫣，表字叫做王孙，武帝为胶东王时，尝与嫣同学，互相亲爱，后来随着武帝，不离左右。及武帝即位，嫣仍在侧，有时同寝御榻，与共卧起。或说他为武帝男妾，不知是真是假，无从证明。惟嫣既如此得宠，当然略去形迹，无论什么言语，都好与武帝说知。武帝生母王太后，前时嫁与金氏，生有一女，为武帝所未闻。见五十六回。嫣却得自家传，具悉王太后来历，乘间说明。武帝愕然道："汝何不早言？既有这个母姊，应该迎她入宫，一叙亲谊。"当下遣人至长陵，暗地调查，果有此女，当即回报。武帝遂带同韩嫣，乘坐御辇，前引后随，骑从如云，一拥出横城门，横音光。横城门为长安北面西门。直向长陵进发。

长陵系高祖葬地，距都城三十五里，立有县邑，徙民聚居，地方却也闹热，百姓望见御驾到来，总道是就祭陵寝，偏御驾驰入小市，转弯抹角，竟至金氏所居的里门外，突然停下。向来御驾经过，前驱清道，家家闭户，人人匿踪，所以一切里门，统皆关住。当由武帝从吏，呼令开门，连叫不应，遂将里门打开，一直驰入。到了金氏门首，不过老屋三椽，借蔽风雨。武帝恐金女胆怯或致逃去，竟命从吏截住前后，不准放人出来。屋小人多，甚至环绕数匝，吓得金家里面，不知有何大祸，没一人不去躲避。金女是个女流，更慌得浑身发颤，带抖带跑，抢入内房，向床下钻将进去。哪知外面已有人闯入，四处搜寻，只有大小男女数人，单单不见金女。当下向他人问明，知在内室，便呼她出来见驾。金女怎敢出头？直至宫监进去，搜至床下，才见她缩做一团，还是不肯出来。宫监七手八脚，把她拖出，叫她放胆出见，可得富贵。她尚似信非信，勉强拭去尘污，且行且却，宫监急不暇待，只好把她扶持出来，导令见驾。金女战兢兢的跪伏地上，连称呼都不知晓，只好屏息听着。一路描摹，令人解颐。

武帝亲自下车，呜咽与语道："嚄！惊愕之辞。大姊何必这般胆小，躲入里面？请即起来相见！"金女听得这位豪贵少年，叫她大姊，尚未知是何处弟兄。不过看他语意缠绵，料无他患，因即徐徐起立。再由武帝命她坐入副车，同诣宫中。金女答称少慢，再返入家门，匆匆装扮，换了一套半新半旧的衣服，辞别家人，再出乘车。问明宫监，才知来迎的乃是皇帝，不由的惊喜异常。一路思想，莫非做梦不成！好容易便入皇都，直进皇宫，仰望是宫殿巍峨，俯瞩是康衢平坦，还有一班官吏，分立两旁，非常严肃，真是见所未见，闻所未闻。待到了一座深宫，始由从吏请她下车，至下

车后，见武帝已经立着，招呼同入。因即在后跟着，缓步徐行。

既至内廷，武帝又嘱令立待，方才应声住步。不消多时，便有许多宫女，一齐出来，将她簇拥进去，凝神睇视，上面坐着一位雍容华贵的妇人，左侧立着便是引她同入的少年皇帝，只听皇帝指示道："这就是臣往长陵，自去迎接的大姊。"又用手招呼道："大姊快上前谒见太后！"当下福至心灵，连忙步至座前，跪倒叩首道："臣女金氏拜谒。"亏她想着！王太后与金女，相隔多年，一时竟不相认，便开口问着道："汝就是俗女么？"金女小名是一俗字，当即应声称是。王太后立即下座，就近抚女。女也曾闻生母入宫，至此有缘重会，悲从中来，便即伏地涕泣。太后亦为泪下，亲为扶起，问及家况。金女答称父已病殁，又无兄弟，只招赘了一个夫婿，生下子女各一人，并皆幼稚，现在家况单寒，勉力糊口云云。母女正在泣叙，武帝已命内监传谕御厨，速备酒肴。顷刻间便即搬入，宴赏团圞。太后当然上坐，姊弟左右侍宴，武帝斟酒一卮，亲为太后上寿，又续斟一卮，递与金女道："大姊今可勿忧，我当给钱千万，奴婢三百人，公田百顷，甲第一区，俾大姊安享荣华，可好么？"金女当即起谢，太后亦很是喜欢，顾语武帝道："皇帝亦太觉破费了。"武帝笑道："母后也有此说，做臣子的如何敢当？"说着，遂各饮了好几杯。武帝又进白太后道："今日大姊到此，三公主应即相见，愿太后一同召来！"太后说声称善，武帝即命内监出去，往召三公主去了。

太后见金女服饰粗劣，不甚雅观，便借更衣为名，叫金女一同入内。俗语说得好，佛要金装，人要衣装，自从金女随入更衣，由宫女替她装饰，搽脂抹粉，贴钿横钗，服霞裳，着玉舄（xì），居然像个现成帝女，与进宫时大不相同。待至装束停当，复随太后出来，可巧三公主陆续趋入。当由太后武帝，引她相见，彼此称姊道妹，凑成一片欢声。这三公主统是武帝胞姊，均为王太后所出。见五十六回。长为平阳公主，次为南宫公主，又次为隆虑公主，已皆出嫁，不过并在都中，容易往来，所以一召即至。既已叙过寒暄，便即一同入席，团坐共饮，不但太后非常高兴，就是武帝姊弟，亦皆备极欢愉，直至更鼓频催，方才罢席。金女留宿宫中，余皆退去。到了翌日，武帝记着前言，即将面许金女的田宅财奴，一并拨给，复赐号为修成君。金女喜出望外，住宫数日，自去移居。偏偏祸福相因，吉凶并至，金女骤得富贵，乃夫遽尔病亡，想是没福消受。金女不免哀伤，犹幸得此厚赐，还好领着一对儿女，安闲度日。有时入觐太后，又得邀太后抚恤，更觉安心。

惟武帝迎姊以后，竟引动一番游兴，时常出行，建元二年三月上巳，亲幸霸上祓祭。还过平阳公主家，乐得进去休息，叙谈一回。平阳公主，本称阳信公主，因嫁与平阳侯曹寿为妻，故亦称平阳公主。曹寿即曹参曾孙。公主见武帝到来，慌忙迎入，开筵相待。饮至数巡，却召出年轻女子十余人，劝酒奉觞。看官道平阳公主是何寓意？她是为皇后陈氏久未生子，特地采选良家女儿，蓄养家中，趁着武帝过饮，遂一并叫她出来，任令武帝自择。偏武帝左右四顾，略略评量，都不过寻常脂粉，无一当意，索性回头不视，尽管自己饮酒。平阳公主见武帝看了诸女，统不上眼，乃令诸女退去，另召一班歌女进来侑酒，当筵弹唱。就中有一个娇喉宛转，曲调铿锵，送入武帝目中，不由的凝眸审视，但见她低眉敛翠，晕脸生红，已觉得妩媚动人，可喜可爱。尤妙在万缕青丝，拢成蛇髻，黑油油的可鉴人影，光滑滑的不受尘蒙。端详了好多时，尚且目不转瞬，那歌女早已觉着，斜着一双俏眼，屡向武帝偷看，口中复度出一种靡曼的柔音，暗暗挑逗，直令武帝魂驰

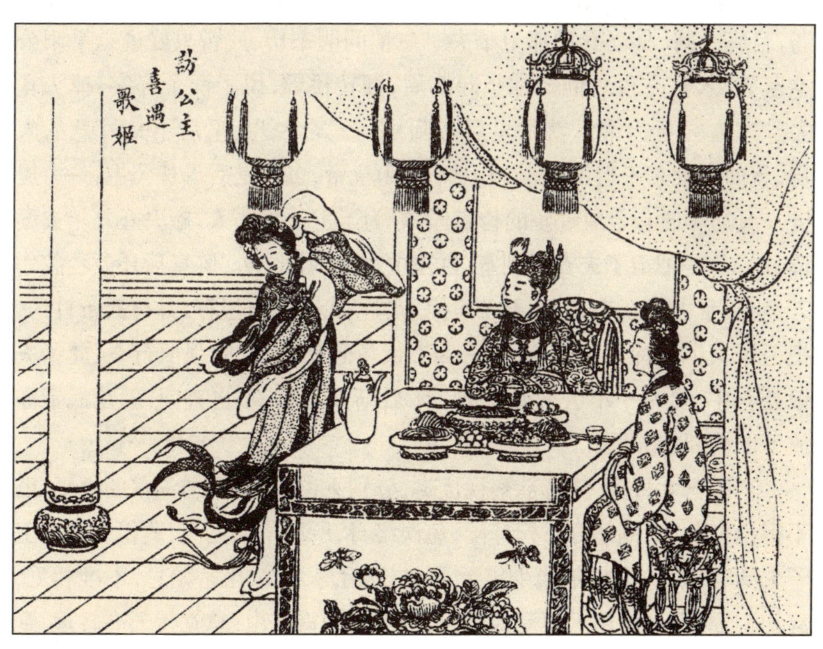

魄荡，目动神迷。色不醉人人自醉。平阳公主复从旁凑趣，故意向武帝问道："这个歌女卫氏，色艺何如？"武帝听着，才顾向公主道："她是何方人氏？叫做何名？"公主答称籍隶平阳，名叫子夫。武帝不禁失声道："好一个平阳卫子夫呢！"说着，佯称体热，起座更衣。公主体心贴意，即命子夫随着武帝，同入尚衣轩。公主更衣室名尚衣轩。好一歇不见出来，公主安坐待着，并不着忙。又过了半晌，才见武帝出来，面上微带倦容，那卫子夫且更阅片时，方姗姗来前，星眼微饧，云鬟斜亸，一种娇怯态度，几乎有笔难描。怕武帝耶？怕公主耶？平阳公主瞧着子夫，故意的瞅了一眼，益令子夫含羞俯首，拈带无言。好容易乞求得来，何必如此！武帝看那子夫情态，越觉销魂，且因公主引进歌姝，发生感念，特面允酬金千斤。公主谢过赏赐，并愿将子夫奉送入宫。武帝喜甚，便拟挈与同归，公主再令子夫入室整妆。待她妆毕，席已早撤，武帝已别姊登车。公主忙呼子夫出行。子夫拜辞公主，由公主笑颜扶起，并为抚背道："此去当勉承雨露，强饭为佳！将来得能尊贵，幸勿相忘！"子夫诺诺连声，上车自去。

时已日暮，武帝带着子夫，并驱入宫，满拟夜间再续欢情，重谐鸾凤，偏有一位贪酸吃醋的大贵人在宫候着，巧巧冤家碰着对头，竟与武帝相遇，目光一瞬，早已看见那卫子夫。急忙问明来历，武帝只好说是平阳公主家奴，入宫充役。谁知她竖起柳眉，翻转桃靥，说了两个好字，掉头竟去。这人究竟为谁？就是皇后陈阿娇。武帝一想，皇后不是好惹的人物，从前由胶东王得为太子，由太子得为皇帝，多亏是后母长公主，一力提携。况幼年便有金屋贮娇的誓言，怎好为了卫子夫一人，撇去好几年夫妻情分？于是把卫子夫安顿别室，自往中宫，陪着小心。陈皇后还要装腔作态，叫武帝去伴新来美人，不必絮扰。嗣经武帝一再温存，方与武帝订约，把卫子夫锢置冷宫，不准私见一面。武帝恐伤后意，勉强照行，从此子夫锁处宫中，几有一年余不见天颜。陈后渐渐疏防，不再查问，就是武帝亦放下旧情，蹉跎过去。

会因宫女过多，武帝欲察视优劣，分别去留，一班闷居深宫的女子，巴不得出宫归家，倒还好另行择配，免误终身，所以情愿见驾，冀得发放。卫子夫入宫以后，本想陪伴少年天子，专宠后房，偏被正宫妒忌，不准相见，起初似罪犯下狱，出入俱受人管束，后来虽稍得自由，总觉得天高日远，毫无趣味，还不如乘机出宫，仍去做个歌女，较为快活，乃亦粗整乌云，薄施朱粉，出随大众入殿，听候发落。武帝亲御便殿，按着宫人名册，一一点验，有的是准令出去，有的是仍使留住。至看到卫子夫三字，不由的触起前情，留心盻（xì）着。俄见子夫冉冉过来，人面依然，不过清瘦了好几分，惟鸦鬟蝉鬓，依然漆黑生光。子夫以美发闻，故一再提及。及拜倒座前，逼住娇喉，呜呜咽咽的说出一语，愿求释放出宫。武帝又惊又愧，又怜又爱，忙即好言抚慰，命她留着。子夫不便违命，只好起立一旁，待至余人验毕，应去的即出宫门，应留的仍返原室。子夫奉谕留居，没奈何随众退回，是夕尚不见有消息。到了次日的夜间，始有内侍传旨宣召，子夫应召进见，亭亭下拜。武帝忙为拦阻，揽她入怀，重叙一年离绪。子夫故意说道："臣妾不应再近陛下，倘被中宫得知，妾死不足惜，恐陛下亦许多不便哩！"武帝道："我在此处召卿，与正宫相离颇远，不致被闻。况我昨得一梦，见卿立处，旁有梓树数株，梓与子声音相通，我尚无子，莫非应在卿身，应该替我生子么？"日有所思，夜有所梦，武帝自解梦境，未免附会。说着，即与子夫携手入床，再图好事。一宵湛露，特别覃恩，十月欢苗，从兹布种。小子有诗咏道：

阴阳化合得生机，年少何忧子嗣稀？
可惜昭阳将夺宠，祸端从此肇宫闱。

子夫得幸以后，便即怀妊在身，不意被陈后知晓，又生出许多醋波。欲知后事，且看下回。

武帝与金氏女，虽为同母姊，然母已改适景帝，则与前夫之恩情已绝，即置诸不问，亦属无妨。就令武帝曲体亲心，顾及金氏，亦惟有密遣使人，给彼粟帛，令无冻馁之虞，已可告无愧矣。必张皇车驾，麾骑往迎，果何为者？名为孝母，实彰母过，是即武帝喜事之一端，不足为后世法也。平阳公主，因武帝之无子，私蓄少艾，乘间进御，或称其为国求储，心堪共谅，不知武帝年未弱冠无子宁足为忧。观其送卫子夫时，有贵毋相忘之嘱，是可知公主之心，无非徼利，而他日巫蛊之狱，长门之锢，何莫非公主阶之厉也！武帝迎金氏女，平阳公主献卫子夫。迹似是而实皆非，有是弟即有是姊，同胞其固相类欤？

第六十回

因祸为福仲卿得官　寓正于谐东方善辩

却说卫子夫怀妊在身，被陈皇后察觉，恚恨异常，立即往见武帝，与他争论。武帝却不肯再让，反责陈后无子，不能不另幸卫氏，求育麟儿。陈皇后无词可驳，愤愤退去。一面出金求医，屡服宜男的药品，一面多方设计，欲害新进的歌姬。老天不肯做人美，任她如何谋划，始终无效。武帝且恨后奇妒，既不愿入寝中宫，复格外保护卫氏，因此子夫日处危地，几番遇险，终得复安。陈皇后不得逞志，又常与母亲窦太主密商，总想除去情敌。窦太主就是馆陶长公主，因后加号，从母称姓，所以尊为窦太主。太主非不爱女，但一时也想不出良谋，忽闻建章宫中，有一小吏，叫做卫青，乃是卫子夫同母弟，新近当差，太主推不倒卫子夫，要想从她母弟上出气，嘱人捕青。

青与子夫，同母不同父，母本平阳侯家婢女，嫁与卫氏，生有一男三女，长女名君孺，次女名少儿，三女就是子夫。后来夫死，仍至平阳侯家为佣，适有家僮郑季，暗中勾搭，竟与私通，居然得产一男，取名为青。郑季已有妻室，不能再娶卫媪，卫媪养青数年，已害得辛苦艰难，不可名状。谁叫你偷图快乐。只好使归郑季，季亦没奈何，只好收留。从来妇人多妒，往往防夫外遇，郑季妻犹是人情，怎肯大度包容？况家中早有数子，还要他儿何用？不过郑季已将青收归，势难麾使他去，当下令青牧羊，视若童仆，任情呼叱。郑家诸子，也不与他称兄道弟，一味苛待。青寄人篱下，熬受了许多苦楚，才得偷生苟活，粗粗成人。一日跟了里人，行至甘泉，过一徒犯居室，遇着髡奴，注视青面，不由的惊诧道：“小哥儿今日穷困，将来当为贵人，官至封侯哩！”青笑道：“我为人奴，想什么富贵？”髡奴道：“我颇通相术，不至看错！”青又慨然道：“我但求免人笞骂，已为万幸，怎得立功封侯？愿君不必妄言！”贫贱时都不敢痴想。说罢自去。已而年益长成，不愿再受郑家奴畜，乃复过访生母，求为设法。生母卫媪，乃至平阳公主处乞情，公主召青入见，却是一个彪形大汉，相貌堂堂，因即用为骑奴。每当公主出行，青即骑马相随，虽未得一官半职，较诸在家时候，苦乐迴殊。时卫氏三女，已皆入都，长女嫁与太子舍人公孙贺。次女与平阳家吏霍仲孺相奸，生子去病。三女子夫，已由歌女选入宫中。青自思郑家兄弟，一无情谊，不如改从母姓，与郑氏断绝亲情，因此冒姓为卫，自取一个表字，叫做仲卿。这仲卿二字的取义，乃因卫家已有长子，自己认作同宗，应该排行第二，所以系一仲字，卿字是志在希荣，不烦索解。惟据此一端，见得卫青入公主家，已是研究文字，粗通音义。聪明人不劳苦求，一经涉览，便能领会，所以后此掌兵，才足胜任。否则一个牧羊儿，胸无点墨，难道能平空腾达，专阃无惭么？应有此理。

惟当时做了一两年骑奴，却认识了好几个朋友，如骑郎公孙敖等，皆与往还，因此替他荐引，转入建章宫当差。不意与窦太主做了对头，好好的居住上林，竟被太主使人缚去，险些儿斫落头颅。建章系上林宫名。亏得公孙敖等召集骑士，急往抢救，得将卫青夺回，一面托人代达武帝，武帝不禁愤起，索性召见卫青，面加擢用，使为建章监侍中，寻且封卫子夫为夫人，再迁青为大中大夫。就是青同母兄弟姊妹，也拟一并加恩，俾享富贵。青兄向未知名，时人因他入为贵戚，排行最长，共号为卫长君。此时亦得受职侍中。卫长女君孺，既嫁与公孙贺，贺父浑邪，尝为陇西太守，封平曲侯，后来坐法夺封，贺却得侍武帝，曾为舍人，至是夫因妻贵，升官太仆。卫次女少儿，与霍仲孺私通后，又看中了一个陈掌，私相往来。掌系前曲逆侯陈平曾孙，有兄名何，擅夺人妻，坐罪弃市，封邑被削，掌寄寓都中，不过充个寻常小吏，只因他面庞秀美，为少儿所眼羡，竟撇却仲孺，愿与掌为夫妇。掌兄夺人妻，掌又诱人妻，可谓难兄难弟，不过福命不同。仲孺本无媒证，不能强留少儿，只好眼睁睁的由她改适。哪知陈掌既得少妇，复沐异荣，平白地为天子姨夫，受官詹事。俏郎君也有特益。就是抢救卫青的公孙敖，也获邀特赏，超任大中大夫。

惟窦太主欲杀卫青，弄巧成拙，反令他骤跻显要，连一班昆弟亲戚，并登显阶，真是悔恨不迭，无从诉苦！陈皇后更闷个不了，日日想逐卫子夫，偏子夫越得专宠，甚至龙颜咫尺，似隔天涯，急切里又无从挽回，惟长锁蛾

眉，终日不展，慢慢儿设法摆布罢了。伏下文巫蛊之祸。惟武帝本思废去陈后，尚恐太皇太后窦氏顾着血胤，出来阻挠，所以只厚待卫氏姊弟，与陈后母女一边，未敢过问。但太皇太后已经不悦，每遇武帝入省，常有责言。武帝不便反抗，心下却很是抑郁，出来排遣，无非与一班侍臣，嘲风弄月，吟诗醉酒，消磨那愁里光阴。

当时侍臣，多来自远方，大都有一技一能，足邀主眷，方得内用。就中如词章滑稽两派，更博武帝欢心，越蒙宠任。滑稽派要推东方朔，词章派要推司马相如，他若庄助枚皋吾邱寿王主父偃朱买臣徐乐严安终军等人，先后干进，总不能越此两派范围。迄今传说东方朔司马相如遗事，几乎脍炙人口，称道勿衰。小子且撮叙大略，聊说所闻。东方朔字曼倩，系平原厌次人氏，少好读书，又善诙谐。闻得汉廷广求文士，也想乘时干禄，光耀门楣，乃西入长安，至公车令处上书自陈，但看他书中语意，已足令人解颐。略云：

臣朔少失父母，长养兄嫂，年十二学书，三冬文史足用，十五学击剑，十六学诗书，诵二十二万言，十九学孙吴兵法，战阵之具，钲鼓之教，亦诵二十二万言。凡臣朔固已诵四十四万言，又尝服子路之言。臣朔年二十二，长九尺三寸，目若悬珠，齿若编贝，勇若孟贲，孟贲卫人，古勇士。捷若庆忌，吴王僚子。廉若鲍叔，齐大夫。信若尾生，古信士。若此可以为天子大臣矣。臣朔昧死再拜以闻。

这等书辞，若遇着老成皇帝，定然视作痴狂，弃掷了事。偏经那武帝的眼中，却当作奇人看待，竟令他待诏公车。公车属卫尉管领，置有令史，凡征求四方名士，得用公车往来，不需私费。就是士人上书，亦必至公车令处呈递，转达禁中。武帝叫他待诏公车，已是有心留用，朔只好遵诏留着。好多时不见诏下，惟在公车令处领取钱米，只够一宿三餐，此外没有什么俸金，累得朔望眼将穿，囊资俱尽。偶然出游都中，见有一班侏儒，倭人名。从旁经过。便向他恐吓道："汝等死在目前，尚未知晓么？"侏儒大惊问故。朔又说道："我闻朝廷召入汝等，名为侍奉天子，实是设法歼除。试想汝等不能为官，不能为农，不能为兵，无益国家，徒耗衣食，何如一概处死，可省许多食用？但恐杀汝无名，所以诱令进来，暗地加刑。"亏他捏造。侏儒闻言，统吓得面色惨沮，涕泣俱下。朔复佯劝道："汝等哭亦无益，我看汝等无罪受戮，很觉可怜，现在特为设法，愿汝等依着我言，便可免死。"侏儒齐声问计，朔答道："汝等但俟御驾出来，叩头请罪，如或天子有问，可推到我东方朔身上，包管无事。"说罢自去。侏儒信以为真，逐日至宫门外候着，好容易得如所望，便一齐至车驾前，跪伏叩头，泣请死罪。武帝毫不接洽，惊问何因？大众齐声道："东方朔传言，臣等将尽受天诛，故来请死。"武帝道："朕并无此意，汝等且退，待朕讯明东方朔便了。"

众始拜谢起去。武帝即命人往召东方朔。朔正虑无从见驾，特设此计，既得闻召，立即欣然赶来。武帝忙问道："汝敢造言惑众，难道目无王法么？"朔跪答道："臣朔生固欲言，死亦欲言，侏儒身长三尺余，每次领一囊粟，钱二百四十，臣朔身长九尺余，亦只得粟一囊，钱二百四十，侏儒饱欲死，臣朔饥欲死，臣意以为陛下求才，可用即用，不可用即放令归家，勿使在长安索米，饥饱难免一死呢！"武帝听罢，不禁大笑，因令朔待诏金马门。金马门本在宫内，朔既得入宫，便容易觐见天颜。会由武帝召集术士，令他射覆。是游戏术名。详见下句。特使左右取过一盂，将守宫覆

诸盂下，令人猜射。守宫虫名，即壁虎。诸术士屡猜不中，东方朔独闻信趋入道：“臣尝研究易理，能射此覆。”武帝即令他猜射，朔分蓍布卦，依象推测，便答出四语道：

臣以为龙又无角，谓之为蛇又无足。

跂跂脉脉善缘壁，是非守宫即蜥蜴。

武帝见朔猜着，随口称善，且命左右赐帛十匹，再令别射他物，无不奇中，连蒙赐帛。旁有宠优郭舍人，因技见宠，雅善口才，此次独怀了妒意，进白武帝道：“朔不过侥幸猜着，未足为奇。臣愿令朔复射，朔若再能射中，臣愿受笞百下，否则朔当受笞，臣当赐帛。”想是臀上肉作痒，自愿求笞。说着，即密向盂下放入一物，使朔射覆。朔布卦毕，含糊说道：“这不过是个窭(jù)数呢。”独言小物。郭舍人笑指道：“臣原知朔不能中，何必谩言！”道言未毕，朔又申说道：“生肉为脍，干肉为脯，著树为寄生，盆下为窭数。”郭舍人不禁失色，待至揭盂审视，果系树上寄生。那时郭舍人不能免笞，只得趋至殿下，俯伏待着。当有监督优伶的官吏，奉武帝命，用着竹板，笞责舍人，喝打声与呼痛声，同时并作。东方朔拍手大笑道：

“咄！口无毛，声嗷嗷，尻益高！”尻读若考，平声。郭舍人又痛又恨，等到受笞已毕，一跷一突的走上殿阶，哭诉武帝道：“朔敢毁辱天子从官，罪应弃市。”武帝乃顾朔问道：“汝为何将他毁辱？”朔答道：“臣不敢毁他，但与他说的隐语。”武帝问隐语如何，朔说道：“口无毛是狗窦形，声嗷嗷是鸟哺鷇(kòu)声，尻益高是鹤俯啄状，奈何说是毁辱呢！”郭舍人从旁应声道：“朔有隐语，臣亦有隐语，朔如不知，也应受笞。”朔顾着道：“汝且说来。”舍人信口乱凑，作为谐语道：“令壶龃，侧加切。老柏涂，丈加切。伊优亚，乌加切。狋音银。吽读若牛。牙。”朔不假思索，随口作答道：“令作命字解；壶所以盛物，龃即邪齿貌；老是年长的称呼，为人所敬；柏是不凋木，四时阴浓，为鬼所聚；涂是低湿的路径；伊优亚乃未定词；狋吽牙乃犬争声，有何难解呢？”舍人本胡诌成词，无甚深意，偏经朔一一解释，倒觉得语有来历。自思才辩不能相及，还是忍受一些笞辱，便算了事。是你自己取咎，与朔何尤。武帝却因此重朔，拜为郎官。朔得常侍驾前，时作谐语，引动武帝欢颜。武帝逐渐加宠，就是朔脱略形迹，也不复诘责，且尝呼朔为先生。

会当伏日赐肉，例须由大官丞官名。分给，朔入殿候赐，待到日昃，尚不见大官丞来分，那肉却早已摆着。天气盛暑，汗不停挥，不由得懊恼起来，便即拔出佩剑，走至俎前，割下肥肉一方，举示同僚道：“三伏天热，应早归休，且肉亦防腐，臣朔不如自取，就此受赐回家罢。”口中说，手中提肉，两脚已经转动，趋出殿门，径自去讫。群僚究不敢动手，待至大官丞进来，宣诏分给，独不见东方朔，问明群僚，才知朔割肉自去，心下恨他专擅，当即向武帝奏明。汝何故至晚方来？武帝记着，至翌日御殿，见朔趋入，便向他问道：“昨日赐肉，先生不待诏命，割肉自去，究属何理？”朔也不变色，但免冠跪下，从容请罪。武帝道：“先生且起，尽可自责罢了！”朔再拜而起，当即自责道：“朔来！朔来！受赐不待诏，为何这般无礼呢？拔剑割肉，志何甚壮！割肉不多，节何甚廉！归遗细君，情何甚仁！难道敢称无罪么？”细君犹言小妻，自谦之词。武帝又不觉失笑道：“我使先生自责，乃反自誉，岂不可笑！”当下顾令左右，再赐酒一石，肉百斤，使他归遗细君。朔舞蹈称谢，受赐而去。群僚都服他机警，称羡不置。

会东都献一矮人，入谒武帝，见朔在侧，很加诧异道：“此人惯偷王母桃，何亦在此？”武帝怪问原因，矮人答道：“西方有王母种桃，三千年方一结子，此人不良，已偷桃三次了。”武帝再问东方朔，朔但笑无言。其实东方朔并非仙人，不过略有技术，见誉当时！偷桃一说，也是与他谐谑，所以朔毫不置辩。后世因讹传讹，竟当作实事相看，疑他有不死术，说他偷食蟠桃，因得延年，这真叫做无稽之谈了。辟除邪说，有关世道。惟东方朔虽好谈谑，却也未尝没有直言，即据他谏止辟苑，却是一篇正大光明的奏议，可惜武帝反不肯尽信呢。

武帝与诸人谈笑度日，尚觉得兴味有限，因想出微行一法，易服出游。每与走马善射的少年，私下嘱咐，叫他守候门外，以漏下十刻为期，届期即潜率近侍，悄悄出会，纵马同往。所以殿门叫做期门，有时驰骋竟夕，直至天明，还是兴致勃勃，跑入南山，与从人射猎为乐，薄暮方还。一日又往南山驰射，践人禾稼，农民大哗，鄠（hù）杜令闻报，领役往捕，截住数骑，骑士示以乘舆中物，方得脱身。已而夜至柏谷，投宿旅店。店主人疑为盗贼，暗招壮士，意图拿住众人，送官究治。亏得店主妇独具慧眼，见武帝骨相非凡，料非常人，因把店主灌醉，将他缚住，备食进帝。转眼间天色已明，武帝挈众出店，一直回宫。当下遣人往召店主夫妇，店主人已经酒醒，闻知底细，惊慌的了不得。店主妇才与说明，于是放胆同来，伏阙谢罪。武帝特赏店主妇千金，并擢店主人为羽林郎。店主人喜出望外，与妻室同叩几个响头，然后退去。亏得有此贤妻，应该令他向妻磕头。

自经过两次恐慌，武帝乃托名平阳侯曹寿，多带侍从数名，防备不测。且分置更衣所十二处，以便日夕休息。大中大夫吾邱寿王，阿承意旨，请拓造上林苑，直接南山，预先估计价值，圈地偿民。武帝因国库盈饶，并不吝惜。独东方朔进奏道：

> 臣闻谦游静悫（què），天表之应，应之以福。骄溢靡丽，天表之应，应之以异。今陛下累筑郎台，郎与廊字通。恐其不高也，弋猎之处，恐其不广也，如天不为变，则三辅之地，尽可为苑，何必盩厔（Zhōu zhì）鄠杜乎？夫南山天下之阻也，南有江淮，北有河渭，其地从汧陇以东，商雒以西，厥壤肥饶，所谓天下陆海之地，百工之所取资，万民之所仰给也。今规以为苑，绝陂池水泽之利，而取民膏腴之地，上乏国家之用，下夺农桑之业，其不可一也。且盛荆棘之林，大虎狼之墟，坏人冢墓，毁人家庐，

令幼弱怀土而思，耆老泣涕而悲，其不可二也。斥而营之，垣而囿之，骑驰东西，车骛南北，纵一日之乐，致危无堤之舆，其不可三也。夫殷作九市之宫而诸侯叛，灵王起章华之台而楚民散，秦兴阿房之殿而天下乱，陛下奈何蹈之？粪土愚臣，自知忤旨，但不敢以阿默者危陛下，谨昧死以闻。

武帝见说，却也称善，进拜朔为大中大夫，兼给事中。但游猎一事，始终不忘，仍依吾邱寿王奏请，拓造上林苑。小子有诗叹道：

谐语何如法语良，嘉谟入告独从详。
君虽不用臣无忝，莫道东方果太狂！

上林苑既经拓造，遂引出一篇《上林赋》来。欲知《上林赋》作是何人？便是上文所说的司马相如，看官且住，容小子下回叙明。

陈皇后母子欲害卫子夫，并及其同母弟卫青，卒之始终无效，害人适以利人，是可为妇女妒者，留下龟鉴。天下未有无故害人，而能自求多福者也。东方朔好为诙谐，乘时干进，而武帝亦第以俳优畜之。观其射覆之举，与郭舍人互相角技，不过自矜才辩，与国家毫无补益。至若割肉偷桃诸事，情同儿戏，更不足取，况偷桃之事更无实证乎？惟谏止拓苑之言，有关大体，厥后尚有直谏时事，是东方朔之名闻后世者，赖有此尔。滑稽派固不足重也。

第六十一回

挑嫠女即席弹琴　别娇妻入都献赋

却说司马相如，字长卿，系蜀郡成都人氏，少时好读书，学击剑，为父母所钟爱，呼为犬子，及年已成童，慕战国时人蔺相如，赵人。因名相如。是时蜀郡太守文翁，吏治循良，大兴教化，遂选择本郡士人，送京肄业，司马相如亦得与选。至学成归里，文翁便命相如为教授，就市中设立官学，招集民间子弟，师事相如，入学读书。遇有高足学生，辄使为郡县吏，或命为孝弟力田。蜀民本来野蛮，得着这位贤太守，兴教劝学，风气大开，嗣是学校林立，化野为文，后来文翁在任病殁，百姓追怀功德，立祠致祭，连文翁平日的讲台旧址，都随时修葺，垂为纪念，至今遗址犹存。莫谓循吏不可为。惟文翁既殁，相如也不愿长作教师，遂往游长安，入资为郎。嗣得迁官武骑常侍，相如虽少学技击，究竟是注重文字，不好武备，因此就任武职，反致用违所长。会值梁王武入朝景帝，从吏如邹阳枚乘诸人，皆工著作，见了相如，互相谈论，引为同志，相如乃欲往投梁国，索性托病辞官，竟至睢阳，梁都见前。干谒梁王。梁王却优礼相待，相如得与邹枚诸人，琴书雅集，诗酒逍遥，暇时撰成一篇《子虚赋》，传播出去，誉重一时。

既而梁王逝世，同人皆风流云散，相如亦不得安居，没奈何归至成都。家中只有四壁，父母早已亡故，就使有几个族人，也是无可倚赖，穷途落魄，郁郁无聊，偶记及临邛县令王吉，系多年好友，且曾与自己有约，说是宦游不遂，可来过从等语。此时正当贫穷失业的时候，不能不前往相依，乃摒挡行李，径赴临邛。王吉却不忘旧约，闻得相如到来，当即欢迎，并问及相如近状。相如直言不讳，吉代为扼腕叹息。眉头一皱，计上心来，遂与相如附耳数语，相如自然乐从。当下用过酒膳，遂将相如行装，命左右搬至都亭，使他暂寓亭舍，每日必亲自趋候。相如前尚出见，后来却屡次挡驾，称病不出。偏吉仍日日一至，未尝少懈。附近民居，见县令仆仆往来，伺候都亭，不知是什么贵客寓居亭舍，有劳县令这般优待，逐日殷勤。一时哄动全邑，传为异闻。

临邛向多富人，第一家要算卓王孙，次为程郑，两家僮仆，各不下数百人。卓氏先世居赵，以冶铁致富，战国时便已著名。及赵为秦灭，国亡家灭，只剩得卓氏两夫妇，辗转徙蜀，流寓临邛。好在临邛亦有铁山，卓氏仍得采铁铸造，重兴旧业。汉初榷铁从宽，榷铁即冶铁税。卓氏坐取厚利，复成巨富，蓄养家僮八百，良田美宅，不可胜计。程郑由山东徙至，与卓氏操业相同，彼此统是富户，并且同业，当然是情谊相投，联为亲友。一日卓王孙与程郑晤谈，说及都亭中寓有贵客，应该设宴相邀，自尽地主情谊，乃即就卓家为宴客地，预为安排，两家精华，一齐搬出，铺设得非常华美，然后具柬请客，首为司马相如，次为县令王吉，此外为地方绅富，差不多有百余人。

王吉闻信，自喜得计，立即至都亭密告相如，叫他如此如此。总算玉女于成。相如大悦，依计施行，待至王吉别去，方将行李中的贵重衣服，携取出来，最值钱的是一件鹔鹴（sù shuāng）裘，正好乘寒穿着，出些风头。余如冠履等皆更换一新，专待王吉再至，好与同行。俄而县中复派到车骑仆役，归他使唤，充作驺从。又俄而卓家使至，敦促赴席。相如尚托词有病，未便应召。及至使人往返两次，才见王吉复来，且笑且语，携手登车，从骑一拥而去。

到了卓家门首，卓王孙程郑与一班陪客，统皆伫候，见了王吉下车，便一齐趋集，来迎贵客。相如又故意延挨，直至卓王孙等，车前迎谒，方缓缓的起身走下。描摹得妙。大众仰望丰采，果然是雍容大雅，文采风流，当即延入大厅，延他上坐。王吉从后趋入，顾众与语道：“司马公尚不愿莅宴，总算有我情面，才肯到此。”相如即接入道：“孱躯多病，不惯应酬，自到贵地以来，惟探望邑尊一次，此外未曾访友，还乞诸君原谅。”卓王孙等满口恭维，无非说是大驾辱临，有光陋室等语。未几即请令入席，相如也不推辞，便坐首位。王吉以下，挨次坐定，卓王孙程郑两人，并在末座相陪。余若驺从等，俱在外厢，亦有盛餐相待，不消多叙。那大厅里面的筵席，真个是山珍海味，无美不收。

约莫饮了一两个时辰，宾主俱有三分酒意，王吉顾相如道：“君素善

弹琴，何不一劳贵手，使仆等领教一二？”相如尚有难色，卓王孙起语道：“舍下却有古琴，愿听司马公一奏。”王吉道：“不必不必，司马公琴剑随身，我看他车上带有琴囊，可即取来。”左右闻言，便出外取琴。须臾携至，当是特地带来。由王吉接受，奉交相如。都是做作。相如不好再辞，乃抚琴调弦，弹出声来。这琴名为绿绮琴，系相如所素弄，凭着那多年熟手，按指成声，自然雅韵铿锵，抑扬有致。大众齐声喝彩，无不称赏。恐未免对牛弹琴。正在一弹再鼓，忽闻屏后有环珮声，即由相如留心窥看，天缘辐凑，巧巧打了一个照面，引得相如目迷心醉，意荡神驰。究竟屏后立着何人？原来是卓王孙女卓文君。文君年才十七，生得聪明伶俐，妖冶风流，琴棋书画，件件皆精，不幸嫁了一夫，为欢未久，即悲死别，二八红颜，怎堪经此惨剧，不得已回到母家，嫠居度日。此时闻得外堂上客，乃是华贵少年，已觉得摇动芳心，情不自主，当即缓步出来，潜立屏后。方思举头外望，又听得琴声入耳，音律双谐，不由的探出娇容，偷窥贵客，适被相如瞧见，果然是个绝世尤物，比众不同。便即变动指法，弹成一套凤求凰曲，借那弦上宫商，度送心中诗意。文君是个解人，侧耳静听，一声声的寓着情词，词云：

凤兮凤兮归故乡，遨游四海求其凰。有一艳女在此堂，室迩人遐毒我肠。何由交接为鸳鸯！凤兮凤兮从凰栖，得托子尾永为妃。交情通体必和谐，中夜相从别有谁！

弹到末句，划然顿止。已而酒阑席散，客皆辞去，文君才返入内房，不言不语，好似失去了魂魄一般。忽有一侍儿踉跄趋入，报称贵客为司马相如，曾在都中做过显官，年轻才美，择偶甚苛，所以至今尚无妻室。目下告假旋里，路经此地，由县令留玩数天，不久便要回去了。文君不禁失声道："他……他就要回去么？"情急如绘。侍儿本由相如从人，奉相如命，厚给金银，使通殷勤，所以入告文君，用言探试。及见文君语急情深，就进一层说道："似小姐这般才貌，若与那贵客订结丝萝，正是一对天成佳偶，愿小姐勿可错过！"文君并不加嗔，还道侍儿是个知心，便与她密商良法。侍儿替她设策，竟想出一条黄夜私奔的法子，附耳相告。文君记起琴心，原有中夜相从一语，与侍儿计谋暗合。情魔一扰，也顾不得什么嫌疑，什么名节，便即草草装束，一俟天晚，竟带了侍儿，偷出后门，趁着夜间月色，直向都亭行去。

都亭与卓家相距不过里许，顷刻间便可走到。司马相如尚未就寝，正在忆念文君，胡思乱想，蓦闻门上有剥啄声，即将灯光剔亮，亲自开门。双扉一启，有两女鱼贯进来，先入的乃是侍儿，继进的就是日间所见的美人。一宵好事从天降，真令相如大喜过望，忙即至文君前，鞠躬三揖。也是一番俟门礼。文君含羞答礼，趋入内房。惟侍儿便欲告归，当由相如向她道谢，送出门外，转身将门掩住，急与文君握手叙情。灯下端详，越加娇艳，但看她眉如远山，面如芙蕖，肤如凝脂，手如柔荑，低鬟弄带，真个销魂。那时也无暇多谈，当即相携入帏，成就了一段姻缘。郎贪女爱，彻夜绸缪，待至天明，两人起来梳洗，彼此密商，只恐卓家闻知，前来问罪，索性逃之夭夭，与文君同诣成都去了。

卓王孙失去女儿，四下找寻，并无下落，嗣探得都亭贵客不知去向，转至县署访问，亦未曾预悉，才料到寡女文君，定随相如私奔。家丑不宜外扬，只好搁置不提。王吉闻相如不别而行，亦知他拥艳逃归，但本意是欲替相如作伐，好教他入赘卓家，借重富翁金帛，再向都中谋事，哪知他求凰甫就，遽效鸿飞，自思已对得住故人，也由他自去，不复追寻。只谢媒酒未曾吃得，当亦可惜。

惟文君跟着相如，到了成都，总道相如衣装华美，定有些须财产，哪知他家室荡然，只剩了几间敝屋，仅可容身。自己又仓猝夜奔，未曾多带金帛，但靠着随身金饰，能值多少钱文？事已如此，悔亦无及，没奈何拔钗沽酒，脱钏易粮。敷衍了好几月，已将衣饰卖尽，甚至相如所穿的鹔鹴裘，也押与酒家，赊取新酿数斗，肴核数色，归与文君对饮浇愁。文君见了酒肴，勉强陪饮，至问及酒肴来历，乃由鹔鹴裘抵押得来，禁不住泪下数行，无心下箸。相如虽设词劝慰，也觉得无限凄凉。文君见相如为己增愁，因即收泪与语道："君一寒至此，终非长策，不如再往临邛，向兄弟处借贷钱财，方可营谋生计。"相如含糊答应，到了次日，即挈文君启程。身外已无长物，只有一琴一剑，一车一马，尚未卖去，乃与文君一同登程，再至临邛，先向旅店中暂憩，私探卓王孙家消息。

旅店中人与相如夫妇素不相识，便直言相告道：卓女私奔，卓王孙几乎气死，现闻卓女家穷苦得很，曾有人往劝卓王孙，叫他分财赒济，偏卓王孙盛怒不从，说是女儿不肖，我不忍杀死，何妨听她饿死。如要我赒给一钱，也是不愿云云。相如听说，暗思卓王孙如此无情，文君也不便往贷。我已日暮途穷，也不能顾着名誉，索性与他女儿抛头露面，开起一爿小酒肆来，使他自己看不过去，情愿给我钱财，方作罢论。主见已定，遂与文君商量。文君到了此时，也觉没法，遂依了相如所言，决计照办。文君名节，原不足取，但比诸朱买臣妻，还是较胜一筹。相如遂将车马变卖，作为资本，租借房屋，备办器具，居然择日开店，悬挂酒旗。店中雇了两三个酒保，自己也充当一个脚色，改服犊鼻裈（kūn），即短脚裤。携壶涤器，与佣保通力合作。一面令文君淡装浅抹，当垆卖酒。垆系买酒之处，筑土堆瓮。

顿时引动一班酒色朋友，都至相如店中，喝酒赏花。有几人认识卓文君，背地笑谈，当作新闻，一传十，十传百，送入卓王孙耳中。卓王孙使人密视，果是文君，惹得羞愧难堪，杜门不出。当有许多亲戚故旧，往劝卓王孙道："足下只有一男二女，何苦令文君出丑，不给多金？况文君既失身长卿，往事何须追究，长卿曾做过贵官，近因倦游归家，暂时落魄，家况虽贫，人才确是不弱，且为县令门客，怎见得埋没终身？足下不患无财，一经赒济，便好反辱为荣了！”卓王孙无奈相从，因拨给家童百名，钱百万缗，并文君嫁时衣被财物，送交相如肆中。相如即将酒肆闭歇，仍与文君饱载而归。县令王吉，却也得知，惟料是相如诡计，绝不过问。相如也未曾往会，彼此心心相印，总算是个好朋友呢。看到此处，不可谓非相如能屈能伸。

相如返至成都，已得僮仆资财，居然做起富家翁来，置田宅，辟园囿，就住室旁筑一琴台，与文君弹琴消遣。又因文君性耽曲蘖，特向邛崃县东，购得一井，井水甘美，酿酒甚佳，特号为文君井，随时汲取，造酒合欢。且在井旁亦造一琴台，尝挈文君登台弹饮，目送手挥，领略春山眉妩。酒酣兴至，蓦来秋水瞳人。未免有情，愿从此老。何物长卿得此艳福。只是蛾眉伐性，醇酒伤肠，相如又素有消渴病，怎禁得酒色沉迷，恬不知返，因此旧疾复发，不能起床。特叙琐事以戒后人。亏得名医调治，渐渐痊可，乃特作一篇《美人赋》，作为自箴。可巧朝旨到来，召令入都，相如乐得暂别文君，整装北上。不多日便到长安，探得邑人杨得意，现为

狗监，掌上林猎犬。代为先容，所以特召。当下先访得意，问明大略，得意说道："这是足下的《子虚赋》，得邀主知。主上恨不与足下同时，仆谓足下，曾为此赋，现正家居。主上闻言，因即宣召足下。足下今日到此，取功名如拾芥了。"相如忙为道谢，别了得意。诘旦入朝，武帝见了相如，便问："《子虚赋》是否亲笔？"相如答道："《子虚赋》原出臣手，但尚系诸侯情事，未足一观。臣请为陛下作《游猎赋》。"武帝听说，遂令尚书给与笔札。相如受笔札后，退至阙下，据案构思，濡毫落纸，赋就了数千言，方才呈入。武帝展览一周，觉得满纸琳琅，目不胜赏，遂即叹为奇才，拜为郎官。

当时与相如齐名要算枚皋，皋即吴王濞郎中枚乘庶子。乘尝谏阻吴王造反，故吴王走死，乘不坐罪，仍由景帝召入，命为弘农都尉。乘久为大国上宾，不愿退就郡吏，莅任未几，便托病辞官，往游梁国。梁王武好养食客，当然引为幕宾，文诰多出乘手。乘纳梁地民女为妾，乃生枚皋。至梁王病殁，乘归淮阴原籍，妾不肯从行，触动乘怒，竟将她母子留下，但给与数千钱，俾她赡养，径自告归。武帝素闻乘名，即位后，就派遣使臣，用着安车蒲轮，迎乘入都。乘年已衰迈，竟病死道中。使臣回报武帝，武帝问乘子能否属文？派员调查，好多时才得枚皋出来，诣阙上陈，自称读书能文。原来皋幼传父业，少即工词，十七岁上书梁王刘买，即梁王武长子。得诏为郎，嗣为从吏所谮，得罪亡去，家产被收。辗转到了长安，适遇朝廷大赦，并闻武帝曾求乘子，遂放胆上书，作了自荐的毛遂。赵人，此处系是借喻。武帝召入，见他少年儒雅，已料知所言非虚，再命作《平乐馆赋》，却是下笔立就，比相如尤为敏捷，词藻亦曲赡可观，因也授职为郎。惟相如为文，虽迟必佳，皋却随手写来，片刻可成，但究不及相如的工整。就是皋亦自言勿如。惟谓诗赋乃消遣笔墨，毋庸多费心思，故往往诙谐杂出，不尚修辞，后人称为马迟枚速，便是为此。小子有诗咏道：

髦士峨峨待诏来，幸逢天子拔真才。
马迟枚速何遑问，但擅词章便占魁。

尚有朱买臣一段故事，不妨连类叙明，请看官续阅下回，自知分晓。

文君夜奔相如，古今传为佳话，究之寡廉鲜耻，有玷闺箴。而相如则尤为名教罪人，羡其美而挑逗之，涎其富而污辱之，学士文人，果当如是耶！我国小说家，往往于才子佳人之苟合，津津乐道，遂致钻穴窥墙之行，时有所闻。近则自由择偶，不待媒妁，盖又变本加厉。名节益荡然矣。然文君既随相如，虽穷不怨，甚至当垆沽酒，亦所甘心，以视近人之忽合忽离，行同犬彘者，其得毋相去尚远耶！读此回，不禁有每况愈下之感云。

第六十二回

厌夫贫下堂致悔　开敌衅出塞无功

却说吴人朱买臣，表字翁子，性好读书，不治产业，磋跎至四十多岁，还是一个落拓儒生，食贫居贱，困顿无聊。家中只有一妻，不能赡养，只好与她同入山中，刈薪砍柴，挑往市中求售，易钱为生。妻亦负载相随，惟买臣肩上挑柴，口中尚咿唔不绝，妻在后面听着，却是一语不懂，大约总是背诵古书，不由的懊恼起来，叫他不要再念。偏是买臣越读越响，甚且如唱歌一般，提起嗓子，响彻市中。妻连劝数次，并不见睬，又因家况越弄越僵，单靠一两担薪柴，如何度日？往往有了朝餐，没有晚餐。自思长此饥饿，终非了局，不如别寻生路，省得这般受苦，便向买臣求去。买臣道："我年五十当富贵，今已四十余岁了，不久便当发迹了，汝随我吃苦，已有二十多年，难道这数载光阴，竟忍耐不住么？待我富贵，当报汝功劳。"语未说完，但听得一声娇嗔道："我随汝多年，苦楚已尝遍了，汝原是个书生，弄到担柴为生，也应晓得读书无益，为何至今不悟，还要到处行吟！我想汝终要饿死沟中，怎能富贵？不如放我生路，由我去罢！"买臣见妻动恼，再欲劝解，哪知妇人性格，固执不返，索性大哭大闹，不成样子，乃允与离婚，写了休书，交与妻手，妻绝不留恋，出门自去。实是妇人常态，亦不足怪。

买臣仍操故业，读书卖柴，行歌如故。会当清明节届，春寒未尽，买臣从山上刈柴，束作一担，挑将下来，忽遇着一阵风雨，淋湿敝衣，觉得身上单寒，没奈何趋入墓间，为暂避计。好容易待至天霁，又觉得饥肠乱鸣，支撑不住。事有凑巧，来了一男一女，祭扫墓前，妇人非别，正是买臣故妻。买臣明明看见，却似未曾相识，不去睬她。倒是故妻瞧着买臣，见他瑟缩得很，料为饥寒所迫，因将祭毕酒饭，分给买臣，使他饮食。买臣也顾不得羞惭，便即饱餐一顿，把碗盏交还男人，单说了一个谢字，也不问男子姓名。其实这个男子，就是他前妻的后夫。前妻还算有情。两下里各走各路，并皆归家。

转眼间已过数年，买臣已将近五秩了，适会稽郡吏入京上计，计乃簿帐之总名。随带食物，并载车内，买臣愿为运卒，跟吏同行。既到长安，即诣阙上书，多日不见发落。买臣只好待诏公车，身边并无银钱，还亏上计吏怜他穷苦，给济饮食，才得生存。可巧邑人庄助，自南方出使回来，买臣曾与识面，乃踵门求见，托助引进。助却顾全乡谊，便替他入白武帝，武帝方才召入，面询学术。买臣说《春秋》，言《楚辞》，正合武帝意旨，遂得拜为中大夫，与庄助同侍禁中。不意释褐以后，官运尚未亨通，屡生波折，终致坐事免官，仍在长安寄食。又阅年始召他待诏。

是时武帝方有事南方，欲平越地，遂令买臣乘机献策，取得铜章墨绶，来作本地长官。富贵到手了。看官欲知买臣计议，待小子表明越事，方有头绪可寻。随手叙入越事，是萦带法。从前东南一带，南越最大，次为闽越，又次为东越。闽越王无诸，受封最早，汉高所封。东越王摇及南越王赵佗，受封较迟。摇为惠帝时所封，佗为文帝时所封，并见前文。三国子

孙,相传未绝,自吴王濞败奔东越,被他杀死,吴太子驹,亡走闽越,屡思报复父仇,尝劝闽越王进击东越。回应前文五十五回。闽越王郢,乃发兵东侵,东越抵敌不住,使人向都中求救。武帝召问群臣,武安侯田蚡,谓越地辽远,不足劳师,独庄助从旁驳议,谓小国有急,天子不救,如何抚宇万方?武帝依了助言,便遣助持节东行,至会稽郡调发戍兵,使救东越。会稽守迁延不发,由助斩一司马,促令发兵,乃即由海道进军,陆续往援。行至中途,闽越兵已闻风退去。东越王屡经受创,恐汉兵一返,闽越再来进攻,因请举国内徙,得邀俞允。于是东越王以下,悉数迁入江淮间。闽越王郢,自恃兵强,既得逐去东越,复欲并吞南越。休养了三四年,竟大举入南越王境。南越王胡,为赵佗孙,闻得闽越犯边,但守勿战,一面使人飞奏汉廷,略言两越俱为藩臣,不应互相攻击,今闽越无故侵臣,臣不敢举兵,唯求皇上裁夺!武帝览奏,极口褒赏,说他守义践信,不能不为他出师。当下命大行王恢及大司农韩安国并为将军,一出豫章,一出会稽,两路并进,直讨闽越。淮南王安,上书谏阻,武帝不从,但饬两路兵速进。闽越王郢回军据险,防御汉师。郢弟余善,聚族与谋,拟杀郢谢汉,族人多半赞成。遂由余善怀刃见郢,把郢刺毙,就差人赍着郢首,献与汉将军王恢。恢方率军逾岭,既得余善来使,乐得按兵不动。一面通告韩安国,一面将郢首传送京师,候诏定夺。武帝下诏罢兵,遣中郎将传谕闽越,另立无诸孙繇君丑为王,使承先祀。偏余善挟威自恣,不服繇王,繇王丑复遣人入报。武帝以余善诛郢有功,不如使王东越,权示羁縻,乃特派使册封,并谕余善,划境自守,不准与繇王相争。余善总算受命。武帝复使庄助慰谕南越,南越王胡,稽首谢恩,愿遣太子婴齐,入备宿卫,庄助遂与婴齐偕行。路过淮南,淮南王安,迎助入都,表示殷勤。助曾受武帝面嘱,顺道谕淮南王,至是传达帝意,淮南王安,自知前谏有误,惶恐谢过,且厚礼待助,私结交好。助不便久留,遂与订约而别。为后文连坐叛案张本。还至长安,武帝因助不辱使命,特别赐宴,从容问答。至问及居乡时事,助答言少时家贫,致为友婿富人所辱,未免怅然。武帝听他言中寓意,即拜助为会稽太守,使得夸耀乡邻。谁知助莅任以后,并无善声,武帝要把他调归。

适值东越王余善,屡征不朝,触动武帝怒意,谋即往讨,买臣乘机进言道:“东越王余善,向居泉山,负嵎自固,一夫守险,千人俱不能上,今闻他南迁大泽，去泉山约五百里，无险可恃，今若发兵浮海，直指泉山，陈舟列兵，席卷南趋，破东越不难了！"武帝甚喜，便将庄助调还，使买臣代任会稽太守。买臣受命辞行，武帝笑语道："富贵不归故乡，如衣锦夜行，今汝可谓衣锦荣归了！"天子当为地择人，不应徒令夸耀故乡，乃待庄助如此，待买臣又如此。毋乃不经。买臣顿首拜谢，武帝复嘱道："此去到郡，宜亟治楼船，储粮蓄械，待军俱进，不得有违！"买臣奉命而出。

先是买臣失官，尝在会稽守邸中，寄居饭食，守邸如今之会馆相似。免不得遭人白眼，忍受揶揄。此次受命为会稽太守，正是吐气扬眉的日子，他却藏着印绶，仍穿了一件旧衣，步行至邸。邸中坐着上计郡吏，方置酒高会，酣饮狂呼，见了买臣进去，并不邀他入席，尽管自己乱喝。统是势利小人。买臣也不去说明，低头趋入内室，与邸中当差人役，一同啖饭。待至食毕，方从怀中露出绶带，随身飘扬。有人从旁瞧着，暗暗称奇，遂走至买臣身旁，引绶出怀，却悬着一个金章。细认篆文，正是会稽郡太守官印，慌忙向买臣问明。买臣尚淡淡的答说道："今日正诣阙受命，君等不必张皇！"话虽如此，已有人跑出外厅报告上计郡吏。郡吏等多半酒醉，统斥他是妄语胡言，气得报告人头筋饱绽，反唇相讥道："如若不信，尽可入内看明。"当有一个买臣故友，素来瞧不起买臣，至此首先着忙，起座入室。片刻便即趋出，拍手狂呼道："的确是真，不是假的！"大众听了，无不骇然，急白守邸郡丞，同肃衣冠，至中庭排班伫立，再由郡丞入启买臣，请他出庭受谒。买臣徐徐出户，踱至中庭，大众尚恐酒后失仪，并皆加意谨慎，拜倒地上。不如是，不足以见炎凉世态。买臣才答他一个半礼。待到大众起来，外面已驱入驷马高车，迎接买臣赴任。买臣别了众人，登车自去，有几个想乘势趋奉，愿随买臣到郡，都被买臣复绝，碰了一鼻子灰，这且无容细说。

惟买臣驰入吴境，吏民夹道欢迎，趋集车前，就是吴中妇女，也来观看新太守丰仪，真是少见多怪，盛极一时。买臣从人丛中望将过去，遥见故妻，亦站立道旁，不由的触起旧情，记着墓前给食的余惠，便令左右呼她过来，停车细询。此时贵贱悬殊，后先迥别，那故妻又羞又悔，到了车前，几至呆若木鸡。还是买臣和颜与语，才说出一两句话来，原来故妻的后夫，正充郡中工役，修治道路。经买臣问悉情形，也叫他前来相见，使与故妻同载后车，驰入郡衙。当下腾出后园房屋，令他夫妻同居，给与衣食。不可谓买臣无情。又遍召故人入宴，所有从前叨惠的亲友，无不报酬，乡里翕然称颂。惟故妻追悔不了，虽尚衣食无亏，到底不得锦衣美食，且见买臣已另娶妻室，享受现成富贵，自己曾受苦多年，为了一时气忿，竟至别嫁，反将黄堂贵眷，平白地让诸他人，如何甘心？左思右想，无可挽回，还是自尽了事，遂乘后夫外出时，投缳毕命。买臣因覆水难收，势难再返，特地收养园中，也算是不忘旧谊。才经一月，即闻故妻自缢身亡，倒也叹息不置。因即取出钱财，令她后夫买棺殓葬，这也不在话下。覆水难收，本太公望故事，后人多误作买臣遗闻，史传中并未载及，故不妄入。

且说买臣到任，遵着武帝面谕，置备船械，专待朝廷出兵，助讨东越。适武帝误听王恢，诱击匈奴，无暇南顾，所以把东越事搁起，但向北方预备出师。

汉自文景以来，屡用和亲政策，笼络匈奴。匈奴总算与汉言和，未尝大举入犯，惟小小侵掠，在所不免。朝廷亦未敢弛防，屡选名臣猛将，出守边疆。当时有个上郡太守李广，系陇西成纪人，骁勇绝伦，尤长骑射，文帝时出击匈奴，毙敌甚众，已得擢为武骑常侍，至吴楚叛命，也随周亚夫出征，突阵搴旗，著有大功，只因他私受梁印，功罪相抵，故只调为上谷太守。上谷为出塞要冲，每遇匈奴兵至，广必亲身出敌，为士卒先，典属国官名。公孙昆邪，尝泣语景帝道："李广材气无双，可惜轻敌，倘有挫失，恐亡一骁将，不如内调为是。"景帝乃徙广入守上郡。上郡在雁门内，距虏较远，偏广生性好动，往往自出巡边。一日出外探哨，猝遇匈奴兵数千人，蜂拥前来，广手下只有百余骑，如何对敌？战无可战，走不及走，他却从容下马，解鞍坐着。匈奴兵疑有诡谋，倒也未敢相逼。会有一白马将军出阵望广，睥睨自如，广竟一跃上马，仅带健骑十余人，向前奔去，至与白马将军相近，张弓发矢，飕的一声，立将白马将军射毙，再回至原处，跳落马下，坐卧自由。匈奴兵始终怀疑，相持至暮并皆退回。嗣是广名益盛。却是有胆有识，可惜命运欠佳。

武帝素闻广名，特调入为未央宫卫尉，又将边郡太守程不识亦召回京师，使为长乐宫卫尉。广用兵尚宽，随便行止，不拘行伍，不击刁斗，使他人人自卫，却亦不遭敌人暗算。不识用兵尚严，部曲必整，斥堠必周，部众当谨受约束，不得少违军律，敌人亦怕他严整，未敢相犯。两将都防边能手，士卒颇愿从李广，不愿从程不识。不识也推重广才，但谓宽易致失，宁可从严。这是正论。因此两人名望相同，将略不同。

至武帝元光元年，武帝于建元六年后，改称元光元年。复令李广程不识为将军，出屯朔方。越年，匈奴复遣使至汉，申请和亲。大行王恢，谓不如与他绝好，相机进兵。韩安国已为御史大夫，独主张和亲，免得劳师。武帝遍问群臣，群臣多赞同韩议，乃遣归番使，仍允和亲。偏有雁门郡马邑人聂壹，年老嗜利，入都进谒王恢，说是匈奴终为边患，今乘他和亲无备，诱令入塞，伏兵邀击，必获大胜。恢本欲击虏邀功，至此听了壹言，又觉得兴致勃发，立刻奏闻。武帝年少气盛，也为所动，再召群臣会议。韩安国又出来反对，与王恢争论廷前，各执一是。王恢说道："陛下即位数年，威加四海，统一华夷，独匈奴侵盗不已，肆无忌惮，若非设法痛击，如何示威！"安国驳说道："臣闻高皇帝被困平城，七日不食，及出围返都，不相仇怨，可见圣人以天下为心，不愿挟私害公。自与匈奴和亲，利及五世，故臣以为不如主和！"恢又说道："此语实似是而非。从前高皇帝不去报怨，乃因天下新定，不应屡次兴师，劳我人民。今海内久安，只有匈奴屡来寇边，常为民患，死伤累累，槥（huì）车相望。这正仁人君子，引为痛心，奈何不乘机击逐呢！"安国又申驳道："臣闻兵法有言，以饱待饥，以逸待劳，所以不战屈人，安坐退敌。今欲卷甲轻举，长驱深入，臣恐道远力竭，反为敌擒，故决意主和，不愿主战！"恢摇首道："韩御史徒读兵书，未谙兵略，若使我兵轻进，原是可虞，今当诱彼入塞，设伏邀击，使他左右受敌，进退两难，臣料擒渠获丑，在此一举，可保得有利无害呢！"看汝做来。

武帝听了多时，也觉得恢计可用，决从恢议，遂使韩安国为护军将军，王恢为将屯将军，太仆公孙贺为轻车将军，卫尉李广为骁骑将军，大中大夫李息为材官将军，率同兵马三十多万，悄悄出发。先令聂壹出塞互市，往见军臣单于，匈奴国主名，见前。愿举马邑城献虏。单于似信非信，便问聂壹道："汝本商民，怎能献城？"聂壹答道："我有同志数百人，若混入马邑，斩了令丞，管教全城可取，财物可得，但望单于发兵接应，并录微劳，自不致有他患了！"单于本来贪利，闻言甚喜，立派部目随着聂壹，先入马邑，俟聂壹得斩守令，然后进兵。聂壹返至马邑，先与邑令密谋，提出

死囚数名，枭了首级，悬诸城上，托言是令丞头颅，诳示匈奴来使。来使信以为然，忙去回报军臣单于，单于便领兵十万，亲来接应，路过武州，距马邑尚百余里，但见沿途统是牲畜，独无一个牧人，未免诧异起来，可巧路旁有一亭堡，料想堡内定有亭尉，何不擒住了他，问明底细？当下指挥人马，把亭围住，亭内除尉史外，只有守兵百人，无非是了望敌情，通报边泛。此次亭尉得了军令，佯示镇静，使敌不疑，所以留住亭内，谁料被匈奴兵马，团团围住，偌大孤亭，如何固守？没奈何出降匈奴，报知汉将秘谋。单于且惊且喜，慌忙退还，及驰入塞外，额手相庆道："我得尉史，实邀天佑！"一面说，一面召过尉史，特封天王。却是傥来富贵，可惜舍义贪生。

是时王恢已抄出代郡，拟袭匈奴兵背后，截夺辎重，蓦闻单于退归，不胜惊讶，自思随身兵士，不过二三万人，怎能敌得过匈奴大队，不如纵敌出塞，还好保全自己生命，遂敛兵不出，旋且引还。既有今日，何必当初！韩安国等带领大军，分驻马邑境内，好几日不见动静，急忙变计出击，驰至塞下，那匈奴兵早已遁去，一些儿没有形影了，只好空手回都。安国本不赞成恢议，当然无罪，公孙贺等亦得免谴。独王恢乃是首谋，无故劳师，轻自

纵敌,眼见是无功有罪,应该受刑。小子有诗叹道:

娄敬和亲原下策,王恢诱敌岂良谋。
劳师卅万轻挑衅,一死犹难谢主忧。

毕竟王恢是否坐罪,且看下回再详。

贪之一字,无论男妇,皆不可犯。试观本回之朱买臣妻,及大行王恢,事迹不同,而致死则同,盖无一非贪字误之耳,买臣妻之求去,是志在贪富,王恢之诱匈奴,是志在贪功,卒之贪富者轻丧名节,无救于贫,贪功者徒费机谋,反致坐罪。后悔难追,终归自杀,亦何若不贪之为愈乎!是故买臣妻之致死,不能怨买臣之薄情,王恢之致死,不能怨武帝之寡德,要之皆自取而已。世之好贪者其鉴诸!

第六十三回

执国法王恢受诛　骂座客灌夫得罪

却说王恢还朝，入见武帝，武帝不禁怒起，说他劳师纵敌，罪有所归。试问自己，果能无过否？王恢答辩道："此次出师，原拟前后夹攻，计擒单于，诸将军分伏马邑，由臣抄袭敌后，截击辎重，不幸良谋被泄，单于逃归，臣所部止三万人，不能拦阻单于，明知回朝复命，不免遭戮，但为陛下保全三万人马，亦望曲原！陛下如开恩恕臣，臣愿邀功赎罪；否则请陛下惩处便了。"武帝怒尚未息，令左右系恢下狱，援律谳案。廷尉议恢逗挠当斩，复奏武帝。武帝当即依议，限期正法。恢闻报大惧，慌忙属令家人，取出千金，献与武安侯田蚡，求他缓颊。是时太皇太后窦氏早崩，在武帝建元六年。丞相许昌，亦已免职。武安侯田蚡，竟得入膺相位，内依太后，外冠群僚，总道是容易设法，替恢求生，遂将千金老实收受，入宫白王太后道："王恢谋击匈奴，伏兵马邑，本来是一条好计，偏被匈奴探悉，计不得成，虽然无功，罪不至死。今若将恢加诛，是反为匈奴报仇，岂非一误再误么？"王太后点首无言。待至武帝入省，便将田蚡所言，略述一遍。武帝答道："马邑一役，本是王恢主谋，出师三十万众，望得大功，就使单于退去，不中我计，但恢已抄出敌后，何勿邀击一阵，杀获数人，借慰众心？今恢贪生怕死，逗留不出，若非按律加诛，如何得谢天下呢！"理论亦正，可惜徒知责人，不知责己。

王太后本与恢无亲，不过为了母弟情面，代为转言。及见武帝义正词严，也觉得不便多说，待至武帝出宫，即使人复报田蚡。蚡亦只好复绝王恢。千金可曾发还否？恢至此已无生路，索性图个自尽，省得身首两分。狱吏至恢死后，方才得知，立即据实奏闻，有诏免议。看官阅此，还道武帝决意诛恢，连太后母舅的关说，都不肯依，好算是为公忘私。其实武帝也怀着私意，与太后母舅两人，稍有芥蒂，所以借恢出气，不肯枉法。

武帝常宠遇韩嫣，累给厚赏。已见前文。嫣坐拥资财，任情挥霍，甚至用黄金为丸，弹取鸟雀。长安儿童，俟嫣出猎，往往随去。嫣一弹射，弹丸辄坠落远处，不复觅取。一班儿童，乐得奔往寻觅，运气的拾得一丸，值钱数十缗，当然怀归。嫣亦不过问。时人有歌谣道："苦饥寒，逐金丸。"武帝颇有所闻，但素加宠幸，何忍为此小事，责他过奢，会值江都王非入朝，武帝约他同猎上林，先命韩嫣往视鸟兽。嫣奉命出宫，登车驰去，从人却有百余骑。江都王非，正在宫外伺候，望见车骑如云，想总是天子出来，急忙麾退从人，自向道旁伏谒。不意车骑并未停住，尽管向前驰去。非才知有异，起问从人，乃是韩嫣坐车驰过，忍不住怒气直冲，急欲奏白武帝。转思武帝宠嫣，说也无益，不如暂时容忍。待至侍猎已毕，始入谒王太后，泣诉韩嫣无礼，自愿辞国还都，入备宿卫，与嫣同列。王太后也为动容，虽然非不是亲子，究竟由景帝所出，不能为嫣所侮，非系程姬所产。乃好言抚慰，决加嫣罪。也是嫣命运该绝，一经王太后留心调查，复得嫣与宫人相奸情事，两罪并发，即命赐死。武帝还替嫣求宽，被王太后训斥一顿，弄得无法转圜，只好听嫣服药，毒发毙命。嫣弟名说，曾由嫣荐引入侍，武帝

惜嫣短命，乃擢说为将，后来且列入军功，封案道侯。江都王非，仍然归国，未几即殁，由子建嗣封，待后再表。

惟武帝失一韩嫣，总觉得太后不肯留情，未免介意。独王太后母弟田蚡，素善阿谀，颇得武帝亲信。从前尚有太皇太后与蚡不合，见前文。至此已经病逝，毫无阻碍，所以蚡得进跻相位。向来小人情性，失志便谄，得志便骄，蚡既首握朝纲，并有王太后作为内援，当即起了骄态，作福作威，营大厦，置良田，广纳姬妾，厚储珍宝，四方货赂，辇集门庭，端的是安富尊荣，一时无两。犹记前时贫贱时否？每当入朝白事，坐语移时，言多见用，推荐人物，往往得为大吏至二千石，甚至所求无厌，惹得武帝也觉生烦。一日蚡又面呈荐牍，开列至十余人，要求武帝任用。武帝略略看毕，不禁作色道："母舅举用许多官吏，难道尚未满意么？以后须让我拣选数人。"蚡乃起座趋出。既而增筑家园，欲将考工地圈入，以便扩充。考工系少府属官。因再入朝面请，武帝又怫然道："何不径取武库？"说得蚡面颊发赤，谢过而退。为此种种情由，所以王恢一案，武帝不肯放松，越是太后母舅说情，越是要将王恢处死。田蚡权势虽隆，究竟拗不过武帝，只好作罢。

是时故丞相窦婴，失职家居，与田蚡相差甚远，免不得抚髀兴嗟。前时婴为大将军，声势赫濯，蚡不过一个郎官，奔走大将军门下，拜跪趋谒，何等谦卑，就是后来婴为丞相，蚡为太尉，名位上几乎并肩，但蚡尚自居后进，一切政议，推婴主持，不稍争忤。谁知时移势易，婴竟蹉跌，蚡得超升，从此不复往来，视同陌路，连一班亲戚僚友，统皆变了态度，只知趋承田氏，未尝过谒窦门，所以婴相形见绌，越觉不平。何不归隐。

独故太仆灌夫，却与婴沆瀣相投，始终交好，不改故态，婴遂视为知己，格外情深。灌夫自吴楚战后，见五十五回。还都为中郎将，迁任代相，武帝初入为太仆，与长乐卫尉窦甫饮酒，忽生争论，即举拳殴甫，甫系窦太后兄弟，当然不肯罢休，便即入白宫中。武帝还怜灌夫忠直，忙将他外调出去，使为燕相，夫终使酒好气，落落难合，卒致坐法免官，仍然还居长安。他本是颍川人氏，家产颇饶，平时善交豪猾，食客常数十人，及夫出外为官，宗族宾客，还是倚官托势，鱼肉乡民。颍川人并有怨言，遂编出四句歌谣，使儿童唱着道："颍水清，灌氏宁，颍水浊，灌氏族。"夫在外多年，无暇顾问家事，到了免官以后，仍不欲退守家园，但在都中混迹。居常无事，辄至窦婴家欢叙。两人性质相同，所以引为至交。

一日夫在都游行，路过相府，自思与丞相田蚡，本是熟识，何妨闯将进去，看他如何相待？主见已定，遂趋入相府求见。门吏当即入报，蚡却未拒绝，照常迎入。谈了数语，便问夫近日闲居，如何消遣？夫直答道："不过多至魏其侯家，饮酒谈天。"蚡随口接入道："我也欲过访魏其侯，仲孺可愿同往否？"夫本字仲孺，听得蚡邀与同往，就应声说道："丞相肯辱临魏其侯家，夫愿随行。"蚡不过一句虚言，谁知灌夫竟要当起真来！乃注目视夫，见夫身著素服，便问他近有何丧？夫恐蚡寓有别意，又向蚡进说道："夫原有期功丧服，未便宴饮，但丞相欲过魏其侯家，夫怎敢以服为辞？当为丞相预告魏其侯，令他具酒守候，愿丞相明日早临，幸勿逾约！"蚡只好允诺。夫即告别，出了相府，匆匆往报窦婴。实是多事。

婴虽未夺侯封，究竟比不得从前，一呼百诺。既闻田蚡要来宴叙，不得不盛筵相待，因特入告妻室，赶紧预备，一面嘱厨夫多买牛羊，连夜烹宰，并饬仆役洒扫房屋，设具供张，足足忙了一宵，未遑安睡。一经天明，便令门役小心侍候。过了片刻，灌夫也即趋至，与窦婴一同候客。好多时不闻足音，仰瞩日光，已到晌午时候。婴不禁焦急，对灌夫说道："莫非丞相已忘记不成！"夫亦愤然道："哪有此理！我当往迎。"说着便驰往相府，问明门吏，才知蚡尚高卧未起。勉强按着性子，坐待了一二时，方见蚡缓步出来。当下起立与语道："丞相昨许至魏其侯家，魏其侯夫妇，安排酒席，渴望多时了。"蚡本无去意，到此只好佯谢道："昨宵醉卧不醒，竟至失记，今当与君同往便了。"乃吩咐左右驾车，自己又复入内，延至日影西斜，始出呼灌夫，登车并行。窦婴已望眼欲穿，总算不虚所望，接着这位田丞相，延入大厅，开筵共饮。灌夫喝了几杯闷酒，觉得身体不快，乃离座起舞，舒动筋骸。未几舞罢，便语田蚡道："丞相曾善舞否？"蚡假作不闻。惹动灌夫酒兴，连问数语，仍不见答。夫索性移动座位，与蚡相接，说出许多讥刺的话儿。窦婴见他语带蹊跷，恐致惹祸，连忙起扶灌夫，说他已醉，令至外厢休息。待夫出去，再替灌夫谢过。蚡却不动声色，言笑自若。饮至夜半，方尽欢而归。即此可见田蚡阴险。

自有这番交际，蚡即想出一法，浼令宾佐籍福，至窦婴处求让城南田。此田系窦婴宝产，向称肥沃，怎肯让与田蚡？当即对着籍福，忿然作色道："老朽虽是无用，丞相也不应擅夺人田！"籍福尚未答言，巧值灌夫趋进，听悉此事，竟把籍福指斥一番。还是籍福气度尚宽，别婴报蚡，将情形概置不提，但向蚡劝解道："魏其侯年老且死，丞相忍耐数日，自可唾手取来，何必多费唇舌哩！"蚡颇以为然，不复提议。偏有他人讨好蚡前，竟将窦婴灌夫的实情，一一告知，蚡不禁发怒道："窦氏子尝杀人，应坐死罪；亏我替他救活，今向他乞让数顷田，乃这般吝惜么？况此事与灌夫何干，又来饶舌，我却不稀罕这区区田亩，看他两人能活到几时？"于是先上书劾奏灌夫，说他家属横行颍川，请即饬有司惩治。武帝答谕道："这本丞相分内事，何必奏请呢！"蚡得了谕旨，便欲捕夫家属，偏夫亦探得田蚡阴事，要想乘此讦发，作为抵制。原来蚡为太尉时，正值淮南王安入朝，蚡出迎霸上，密与安语道："主上未有太子，将来帝位，当属大王。大王为高皇帝孙，又有贤名，若非大王继立，此外尚有何人？"安闻言大喜，厚赠蚡金钱财物，托蚡随时留意。蚡原是骗钱好手。两下里订立密约，偏被灌夫侦悉，援作话柄，关系却是很大。何妨先发制人，径去告讦。蚡得着风声，自觉情虚，倒也未敢遽下辣手，当有和事老出来调停，劝他两面息争，才算罢议。

到了元光四年，蚡取燕王嘉刘泽子。女为夫人，由王太后颁出教令，尽召列侯宗室，前往贺喜。窦婴尚为列侯，应去道贺，乃邀同灌夫偕往。夫辞谢道："夫屡次得罪丞相，近又与丞相有仇，不如不往。"婴强夫使行。且与语道："前事已经人调解，谅可免嫌；况丞相今有喜事，正可乘机宴会，仍旧修好，否则将疑君负气，仍留隐恨了。"婴为灌夫所累，也是够了，此次还要叫他同行，真是该死！灌夫不得已与婴同行，一入相门，真是车马喧阗，说不尽的热闹。两人同至大厅，当由田蚡亲出相迎，彼此作揖行礼，自然没有怒容。未几便皆入席，田蚡首先敬客，挨次捧觞，座上俱不敢当礼，避席俯伏。窦婴灌夫也只得随众鸣谦。嗣由座客举酒酬蚡，也是挨次轮流。待到窦婴敬酒，只有故人避席，余皆膝席。古人尝席地而坐，就是宾朋聚宴，也是如此。膝席是膝跪席上，聊申敬意，比不得避席的谦恭。灌夫瞧在眼里，已觉得座客势利，心滋不悦，及轮至灌夫敬酒，到了田蚡面前，蚡亦膝席相答，且向夫说道："不能满觞！"夫忍不住调笑道：

“丞相原是当今贵人，但此觞亦应毕饮。”蚡不肯依言，勉强喝了一半。夫不便再争，乃另敬他客，依次挨到临汝侯灌贤。灌贤方与程不识密谈，并不避席。夫正怀怒意，便借贤泄忿，开口骂道：“平日毁程不识不值一钱，今日长者敬酒，反效那儿女子态，絮絮耳语么？”灌贤未及答言，蚡却从旁插嘴道：“程李尝并为东西宫卫尉，今当众毁辱程将军，独不为李将军留些余地，未免欺人？”这数语明是双方挑衅，因灌夫素推重李广，所以把程李一并提及，使他结怨两人。偏灌夫性子发作，不肯少耐，竟张目厉声道：“今日便要斩头洞胸，夫也不怕！顾什么程将军，李将军？”狂夫任性，有何好处？座客见灌夫闹酒，大杀风景，遂托词更衣，陆续散去。窦婴见夫已惹祸，慌忙用手挥夫，令他出去。谁叫你邀他同来？

夫方趋出，蚡大为懊恼，对众宣言道：“这是我平时骄纵灌夫，反致得罪座客，今日不能不稍加惩戒了！”说着，即令从骑追留灌夫，不准出门。从骑奉命，便将灌夫牵回。籍福时亦在座，出为劝解，并使灌夫向蚡谢过。夫怎肯依从？再由福按住夫项，迫令下拜，夫越加动怒，竟将福一手推开。蚡至此不能再忍，便命从骑缚住灌夫，迫居传舍。座客等未便再留，统皆散去，窦婴也只好退归。蚡却召语长史道：“今日奉诏开宴，灌夫

乃敢来骂座，明明违诏不敬，应该劾奏论罪！”好一个大题目。长史自去办理，拜本上奏。蚡自思一不做，二不休，索性追究前事，遣吏分捕灌夫宗族，并皆论死。一面把灌夫徙系狱室，派人监守，断绝交通。灌夫要想告讦田蚡，无从得出，只好束手待毙。

独窦婴返回家中，自悔从前不该邀夫同去，现既害他入狱，理应挺身出救。婴妻在侧，问明大略，亟出言谏阻道："灌将军得罪丞相，便是得罪太后家，怎可救得？”婴喟然道："一个侯爵，自我得来，何妨自我失去？我怎忍独生，乃令灌仲孺独死？”说罢，即自入密室，缮成一书，竟往朝堂呈入。有顷，即由武帝传令进见。婴谒过武帝，便言灌夫醉后得罪，不应即诛。武帝点首，并赐婴食，且与语道："明日可至东朝辩明便了。"婴拜谢而出。

到了翌晨，就遵着谕旨，径往东朝。东朝便是长乐宫，为王太后所居。田蚡系王太后母弟，武帝欲审问此案，也是不便专擅，所以会集大臣，同至东朝决狱。婴驰入东朝，待了片刻，大臣陆续趋集，连田蚡也即到来。未几便由武帝御殿，面加质讯，各大臣站列两旁，婴与蚡同至御案前，辩论灌夫曲直。为这一番讼案，有分教：

刺虎不成终被噬，飞蛾狂扑自遭灾。

欲知两人辩论情形，俟至下回再表。

王恢之应坐死罪，前回中已经评论，姑不赘述。惟田蚡私受千金，即恳太后代为缓颊。诚使武帝明哲，便当默察几微，撤蚡相位，别用贤良，岂徒拒绝所请，即足了事耶？况壹意诛恢，亦属有激使然。非真知有公不知有私也。窦婴既免相职，正可退居林下，安享天年，乃犹溷迹都中，流连不去，果胡为者！且灌夫好酒使性，引与为友，益少损多，无端而亲田蚡，无端而忤田蚡，又无端而仇田蚡，卒至招尤取辱，同归于尽，天下之刚愎自用者，皆可作灌夫观！天下之游移无主者，亦何不可作窦婴观也？田蚡不足责，窦婴灌夫，其亦自贻伊戚乎！

第六十四回

遭鬼祟田蚡毙命　抚夷人司马扬镳

却说窦婴田蚡，为了灌夫骂座一事，争论廷前。窦婴先言灌夫曾有大功，不过醉后忘情，触犯丞相，丞相竟挟嫌诬控，实属非是。田蚡却继陈灌夫罪恶，极言夫纵容家属，私交豪猾，居心难问，应该加刑，两人辩论多时，毕竟窦婴口才不及田蚡，遂致婴忍耐不住，历言蚡骄奢无度，贻误国家。蚡随口答辩道："天下幸安乐无事，蚡得叨蒙恩遇，置田室，备音乐，畜倡优，弄狗马，坐享承平，但却不比那魏其灌夫，日夜招聚豪猾，秘密会议，腹诽心谤，仰视天，俯画地，睥睨两宫间，喜乱恶治，冀邀大功。这乃蚡不及两人，望陛下明察！"舌上有刀。武帝见他辩论不休，便顾问群臣，究竟孰是孰非？群臣多面面相觑，未敢发言。只御史大夫韩安国启奏道："魏其谓灌夫为父死事，只身荷戟，驰入吴军，身被数十创，名冠三军，足为天下壮士，现在并无大恶，不过杯酒争论，未可牵入他罪，诛戮功臣，这言也未尝不是。丞相乃说灌夫通奸猾，虐细民，家资累万，横恣颍川，恐将来枝比干大，不折必披，丞相言亦属有理。究竟如何处置，应求明主定夺！"武帝默然不答，又有主爵都尉汲黯，及内史郑当时，相继上陈，颇为窦婴辩护，请武帝曲宥灌夫。蚡即怒目注视两人，汲黯素来刚直，不肯改言，郑当时生得胆小，遂致语涉游移。武帝也知田蚡理曲，不过碍着太后面子，未便斥蚡，因借郑当时泄忿道："汝平日惯谈魏其武安长短，今日廷论，乃局促效辕下驹，究怀何意，我当一并处斩方好哩！"郑当时吓得发颤，缩做一团，此外还有何人，再敢饶舌，乐得寡言免尤。保身之道莫逾于此。武帝拂袖起座，掉头趋入，群臣自然散归，窦婴亦去。

田蚡徐徐引退，走出宫门，见韩安国尚在前面，便呼与同载一车，且呼安国表字道："长孺，汝应与我共治一秃翁，窦婴年老发秃。为何首鼠两端？"首鼠系一前一却之意。安国沉吟半晌，方答说道："君何不自谦？

魏其既说君短，君当免冠解印，向主上致谢道：‘臣幸托主上肺腑，待罪宰相，愧难胜任，魏其所言皆是，臣愿免职。’如此进说，主上必喜君能让，定然慰留，魏其亦自觉怀惭，杜门自杀。今人毁君短，君亦毁人，好似乡村妇孺，互相口角，岂不是自失大体么？”田蚡听了，也觉得自己性急，乃对韩安国谢过道：“争辩时急不暇择，未知出此。长孺幸勿怪我呢！”及田蚡还第，安国当然别去，蚡回忆廷争情状，未能必胜，只好暗通内线，请太后出来作主，方可推倒窦婴。乃即使人进白太后，求为援助。

王太后为了此事，早已留心探察，闻得朝议多袒护窦婴，已是不悦，及蚡使人入白，越觉动怒，适值武帝入宫视膳，太后把箸一掷，顾语武帝道：“我尚在世，人便凌践我弟，待我百年后，恐怕要变做鱼肉了！”妇人何知大体？武帝忙上前谢道：“田窦俱系外戚，故须廷论；否则并非大事，一狱吏便能决断了。”王太后面色未平，武帝只得劝她进食，说是当重惩窦婴。及出宫以后，郎中令石建复与武帝详言田窦事实，武帝原是明白，但因太后力护田蚡，不得不从权办理。事父母几谏，岂可专徇母意？乃再使御史召问窦婴，责他所言非实，拘留都司空署内。都司空系汉时宗正属官。婴既被拘，怎能再营救灌夫，有司希承上旨，竟将灌夫拟定族诛。这消息为婴所闻，越加惊惶，猛然记得景帝时候，曾受遗诏云：“事有不便，可从便宜上白。”此时无法解免，只好把遗诏所言，叙入奏章，或得再见武帝，申辩是非。会有从子入狱探视，婴即与说明，从子便去照办，即日奏上。武帝览奏，命尚书复查遗诏，尚书竟称查无实据，只有窦婴家丞，封藏诏书，当系由婴捏造，罪当弃市等语。武帝却知尚书有意陷婴，留中不发，但将灌夫处死，家族骈诛，已算对得住太后母舅。待至来春大赦，便当将婴释放。婴闻尚书劾他矫诏，自知越弄越糟，不如假称风疾，绝粒自尽。嗣又知武帝未曾批准，还有一线生路，乃复饮食如常。哪知田蚡煞是利害，只恐窦婴不死，暗中造出谣言，诬称婴在狱怨望，肆口讪谤。一时传入宫中，致为武帝所闻，不禁怒起，饬令将婴斩首，时已为十二月晦日。可怜婴并无死罪，冤冤枉枉的被蚡播弄，陨首渭城，就是灌夫触忤田蚡，也没有什么大罪，偏把他身诛族灭，岂非奇冤，两道冤气，无从伸雪，当然要扑到田蚡身上，向他索命。

元光五年春月，蚡正志得气骄，十分快活，出与诸僚吏会聚朝堂，颐指气使，入与新夫人食前方丈，翠绕珠围。朝野上下，哪个敢动他毫毛，偏偏两冤鬼寻入相府，互击蚡身，蚡一声狂叫，扑倒地上，接连呼了几声知罪，竟致晕去。妻妾仆从等，慌忙上前施救，一面延医诊治，闹得一家不宁，好多时才得苏醒。还要他吃些苦楚，方肯死去。口眼却能开闭，身子却不能动弹。当由家人舁至榻上，昼夜呻吟，只说浑身尽痛，无一好肉。有时狂言谵语，无非连声乞恕，满口求饶。家中虽不见有鬼魅，却亦料他为鬼所祟，代他祈祷，始终无效。武帝亲往视疾，也觉得病有奇异，特遣术士看验虚实，复称有两鬼为祟，更迭笞击，一是窦婴，一是灌夫，武帝叹息不已，就是王太后亦追悔无及。约莫过了三五天，蚡满身青肿，七窍流血，呜呼毕命！报应止及一身。还是田氏有福。武帝乃命平棘侯薛泽为丞相，待后再表。

且说武帝兄弟，共有十三人，皆封为王，临江王阏早死，接封为故太子荣，被召自杀，江都王非，广川王越，清河王乘，亦先后病亡。累见前文。尚有河间王德，鲁王余，胶西王端，赵王彭祖，中山王胜，长沙王发，胶东王寄，常山王舜，受封就国，并皆无恙。就中要算河间王德，最为贤德，修学好古，实事求是，尝购求民间遗书，不吝金帛。因此古文经籍，先秦旧书，

俱由四方奉献，所得甚多。平时讲习礼乐，被服儒术，造次不敢妄为，必循古道。元光五年，入朝武帝，面献雅乐，对三雍宫，辟雍，明堂，灵台，号三雍宫，对字联属下文。及诏策所问三十余事，统皆推本道术，言简意赅。武帝甚为嘉叹，并饬太常就肄雅声，岁时进奏。已而德辞别回国，得病身亡，中尉常丽，入都讣丧，武帝不免哀悼，且称德身端行治，应予美谥。有司应诏复陈，援据谥法，谓聪明睿知曰献，可即谥为献王，有诏依议，令王子不害嗣封。河间献王，为汉代贤王之一。故特笔提叙。

河间与鲁地相近，鲁秉礼义，尚有孔子遗风，只鲁王余，自淮阳徙治，不好文学，只喜宫室狗马等类，甚且欲将孔子旧宅，尽行拆去，改作自己宫殿。当下亲自督工，饬令毁壁，见壁间有藏书数十卷，字皆作蝌蚪文，鲁王多不认识，却也称奇。嗣入孔子庙堂，忽听得钟磬声，琴瑟声，同时并作，还疑里面有人作乐，及到处搜寻，并无人迹，惟余音尚觉绕梁。吓得鲁王余毛发森竖，慌忙命工罢役，并将坏壁修好，仍使照常，所有壁间遗书，给还孔裔，上车自去。相传遗书为孔子八世孙子襄所藏，就是《尚书》《礼记》《论语》《孝经》等书，当时欲避秦火，因将原简置入壁内，至此才得发现，故后人号为壁经。毕竟孔圣有灵，保全祠宇。鲁王余经此一吓，方不敢藐视儒宗。但旧时一切嗜好，相沿不改，费用不足，往往妄取民间。亏得鲁相田叔，弥缝王阙，稍免怨言。田叔自奉命到鲁，见前文。便有人民拦舆诉讼，告王擅夺民财，田叔佯怒道："王非汝主么？怎得与王相讼！"说着，即将为首二十人，各笞五十，余皆逐去。鲁王余得知此事，也觉怀惭，即将私财取出，交与田叔，使他偿还人民。还是好王。田叔道："王从民间取来，应该由王自偿。否则，王受恶名，相得贤声？窃为王不取哩！"鲁王依言，乃自行偿还，不再妄取。独逐日游畋，成为习惯。田叔却不加谏阻，惟见王出猎，必然随行，老态龙钟，动致喘息。鲁王余却还敬老，辄令他回去休息。他虽当面应允，步出苑外，仍然露坐相待。有人入报鲁王，王仍使归休，终不见去。待至鲁王猎毕，出见田叔，问他何故留着？田叔道："大王且暴露苑中，臣何敢就舍？"说得鲁王难以为情，便同与载归，稍知敛迹。未几田叔病逝，百姓感他厚恩，凑集百金，送他祭礼。叔少子仁，却金不受，对众作谢道："不敢为百金累先人名！"众皆叹息而退。鲁王余也得优游卒岁，不致负愆。这也是幸得田叔，辅导有方，所以保全富贵，颐养终身哩。叙入此段，全为田叔扬名。

武帝因郡国无事，内外咸安，乃复拟戡定蛮夷，特遣郎官司马相如，往抚巴蜀，通道西南。先是王恢出征闽越，见六十二回。曾使番阳令唐蒙，慰谕南越，南越设席相待，肴馔中有一种枸酱，味颇甘美。枸亦作蒟，音矩，草名，缘木而生，子可作酱。蒙问明出处，才知此物由牂牁（Zāng kē）江运来。牂牁江西达黔中，距南越不下千里，输运甚艰，如何南越得有此物？所以蒙虽知出处，尚觉怀疑。及返至长安，复问及蜀中贾人，贾人答道："枸酱出自蜀地，并非出自黔中，不过土人贪利，往往偷带此物，卖与夜郎国人。夜郎是黔中小国，地临牂牁江，尝与南越交通，由江往来，故枸酱遂得送达。现在南越屡出财物，羁縻夜郎，令为役属，不过要他甘心臣服，尚非易事呢。"蒙听了此言，便想拓地徼功，即诣阙上书，略云：

南越王黄屋左纛，地东西万余里，名为外臣，实一州主也。今若就长沙豫章，通道南越，水绝难行。窃闻夜郎国所有精兵，可得十万，浮舰牂牁，出其不意，亦制越一奇也。诚以大汉之强，巴蜀之饶，通夜郎道，设官置吏，则取南越不难矣。谨此上闻。

武帝览书，立即允准，擢蒙为中郎将，使诣夜郎。蒙多带缯帛，调兵千人为卫，出都南下。沿途经过许多险阻，方至巴地筰关，再从筰关出发，才入夜郎国境。夜郎国王，以竹为姓，名叫多同，向来僻处南方，世人号为南夷。南夷部落，约有十余，要算夜郎最大。素与中国不通闻问，所以夜郎王坐井观天，还道是世界以上，惟我独尊。后世相传夜郎自大，便是为此。及唐蒙入见，夜郎王多同，得睹汉官威仪，才觉相形见绌。蒙更极口铺张，具说汉朝如何强盛，如何富饶，又把缯帛取置帐前，益显得五光十色，锦绣成章。夜郎王见所未见，闻所未闻，不由的瞠目伸舌，愿听指挥。比南越何如？蒙乃叫他举国内附，不失侯封，并可使多同子为县令，由汉廷置吏为助。多同甚喜，召集附近诸部酋，与他说明。各部酋见汉缯帛，统是垂涎，且因汉都甚远，料不至发兵进攻，乃皆怂恿多同，请依蒙约。多同遂与蒙订定约章，蒙即将缯帛分给，告别还都，入朝复命。武帝闻报，遂特置犍为郡，统辖南夷，复命蒙往治道路，由僰音蔔。道直达牂牁江。蒙再至巴蜀，调发士卒，督令治道，用着军法部勒，不得少懈，逃亡即诛。地方百姓，大加惶惑，遂至讹言百出，物议沸腾。

事为武帝所闻，不得不另派妥员，出去宣抚，自思司马相如本是蜀人，应该熟悉地方情形，派令出抚，较为妥当。乃使相如赴蜀，一面责备唐蒙，一面慰谕人民。相如驰至蜀郡，凭着那粲花妙手，作了一篇檄文，晓谕各属，果得地方谅解，渐息浮言。莫谓毛锥无用。可巧西夷各部，闻得南夷内附，多蒙赏赐，也情愿仿照办法，归属汉朝，当即与蜀中官吏通书，表明诚意，官吏自然奏闻。武帝正拟派使调查，适相如由蜀还朝，正好问明原委。相如奏对道："西夷如卭筰音昨。冉駹，并称大部，地近蜀郡，容易交通，秦时尝通道置吏，尚有遗辙。今若规复旧制，更置郡县，比南夷还要较胜哩。"武帝甚喜，即拜相如为中郎将，持节出使，令王然于壶充国吕越人为副，分乘驿车四辆，往抚西夷。

此次相如赴蜀，与前次情形不同。前次官职尚卑，又非朝廷特派正使，所以地方官虽尝迎送，不过照例相待，没甚殷勤。到了此次出使，前导后呼，拥旌旄，饰舆卫，声威赫濯，冠冕堂皇。一入蜀郡，太守以下，俱出郊远迎，县令身负弩矢，作为前驱。道旁士女，无不叹羡，就是临卭富翁卓王孙，亦邀同程郑诸人，望风趋集，争献牛酒。相如尚高自位置，托言皇命在身,不肯轻与相见。卓王孙等只好恳求从吏,表示殷勤,相如才不便却还牛酒,特使从吏向他复报,全数收受。卓王孙还道相如有情,竟肯赏受,自觉得叨受光荣,对着同来诸亲友,喟然叹息道:“我不意司马长卿,果有今日!”诸亲友齐声附和,盛称文君眼光,毕竟过人。就是卓王孙撚须自思,也悔从前目光短小,未知当筵招赘,以致诸多唐突,不但对不住相如,并且对不住自己女儿!并非从前寡识,实是始终势利,故先后不同。于是顺道访女,即将文君接回临卭。昔日当垆,今日乘轩,也不枉一番慧眼,半世苦心。褒中寓贬。卓王孙复分给家财,与子相等。红颜有幸,因贵致富,相如亦得为妻吐气,安心西行。及驰入西夷境内,也是照着唐蒙老法,把车中随带的币物,使人赍去,分给西夷。卭筰冉駹各部落,原是为了财帛,来求内附。此时既得如愿,当然奉表称臣。于是拓边关,广绝域,西至沫若水,南至牂牁江,凿灵山道,架桥孙水,直达卭都。共设一都尉,十县令,归蜀管辖。规划已毕,仍从原路回蜀。

蜀中父老,本谓相如凿通西夷,无甚益处。原是无益。经相如作文诘难,蜀父老始不敢多言。卓王孙闻相如归来,亟将文君送至行辕,夫妻相见,旧感新欢,不问可知。相如遂挈文君至长安,自诣朝堂复命。武帝大悦,慰劳有加,相如亦沾沾自喜,渐有骄色。偏同僚从旁加忌,劾他出使时私受赂金,竟致坐罪免官。相如遂与文君寓居茂陵,不复归蜀。后来武帝又复记着,再召为郎。偶从武帝至长杨宫射猎,武帝膂力方刚,辄亲击熊豕,驰逐野兽,相如上书谏阻,颇合上意,乃罢猎而还。路过宜春宫,系是秦二世被弑处,相如又作赋凭吊,奏闻武帝。武帝览辞叹赏,因拜相如为孝文园令。既而武帝好仙,相如又呈入一篇《大人赋》,借谀作规。武帝见相如文,往往称为奇才。才人多半好色,相如前时勾动文君,全为好色起见,及文君华色渐衰,相如又有他念,欲纳茂陵女为妾,嗣得文君《白头吟》,责他薄幸,方才罢议。未几消渴病发,乞假家居,好多时不得入朝。忽由长门宫遣出内侍,赍送黄金百斤,求相如代作一赋。相如问明来使,得悉原因,免不得挥毫落墨,力疾成文。小子有诗叹道:

富贵都从文字邀,入都献赋姓名标。
词人翰墨原推重,可惜长门已寂寥!

究竟相如作赋,是为何人费心,待至下回再叙。

鬼神非尽有凭，而报应却真不爽，田蚡以私憾而族灌夫，杀窦婴，假使作威作福，长享荣华，则世人尽可逞刁，何苦行善？观其暴病之来，非必窦婴灌夫之果为作祟，然天夺之魄而益其疾，使其自呼服罪，痛极致亡，乃知善恶昭彰，无施不报，彼田蚡之但毙一身，未及全族，吾犹不能不为窦灌呼冤也。西南夷之通道，议者辄以好大喜功，为汉武咎，吾谓拓边之举，非不可行，误在知拓土而不知殖民，徒买服而未尝柔服耳。若司马相如之入蜀，蜀中守令，郊迎前驱，卓王孙辈，争送牛酒，恍如苏季之路过洛阳，后先一辙。炎凉世态，良可慨也！本回曲笔描摹，觉流俗情形，跃然纸上。

第六十五回

窦太主好淫甘屈膝　公孙弘变节善承颜

却说司马相如,因病家居,只为了长门宫中,赠金买赋,不得已力疾成文,交与来使带回。这赋叫做《长门赋》,乃是皇后被废,尚思复位,欲借那文人笔墨,感悟主心,所以不惜千金,购求一赋。皇后为谁?就是窦太主女陈阿娇。陈后不得生男,又复奇妒,自与卫子夫争宠后,竟失武帝欢心。见前文。子夫越加得宠,陈后越加失势,穷极无聊,乃召入女巫楚服,要她设法祈禳,挽回武帝心意。楚服满口承认,且自夸玄法精通,能使指日有效。陈后是个女流见识,怎知她妄语骗钱?便即叫她祈祷起来。楚服遂号召徒众,设坛斋醮,每日必入宫一二次,喃喃诵咒,不知说些什么话儿。好几月不见应验,反使武帝得知消息,怒不可遏,好似火上添油一般。当下彻底查究,立将楚服拿下,饬吏讯鞫,一吓二骗,不由楚服不招,依词定谳,说她为后咒诅,大逆无道,罪应枭斩。此外尚有一班徒众及宫中女使太监,统皆连坐,一概处死。这篇谳案奏将上去,武帝立即批准,便把楚服推出市曹,先行枭首,再将连坐诸人,悉数牵出,一刀一个,杀死至三百余人。楚服贪财害命,咎由自取,必连坐至三百余人,冤乎不冤?陈后得报,吓得魂不附体,数夜不曾合眼,结果是册书被收,玺绶被夺,废徙长门宫,窦太主也觉惭惧,忙入宫至武帝前,稽颡谢罪。武帝尚追念旧情,避座答礼,并用好言劝慰,决不令废后吃苦,窦太主乃称谢而出。

本来窦太主是武帝姑母,且有拥立旧功,应该入宫谯责,为何如此谦卑,甘心屈膝?说来又有一段隐情,从头细叙,却是汉史中的秽闻。窦太主尝养一弄儿,叫做董偃。偃母向以卖珠为业,得出入窦太主家,有时挈偃同行,进谒太主。太主见他童年貌美,齿白唇红,不觉心中怜爱。询明年龄,尚只一十三岁,遂向偃母说道:“我当为汝教养此儿。”偃母听了此言,真是喜从天降,忙即应声称谢。窦太主便留偃在家,令人教他书算,并及骑射御车等事。偃却秀外慧中，有所授受，无不心领神会，就是侍奉窦太主，亦能曲承意旨，驯谨无违。光阴易过，又是数年，窦太主夫堂邑侯陈午病殁，一切丧葬，皆由偃从中襄理，井井有条。窦太主年过五十，垂老丧夫，也是意中情事，算不得什么苦孀。偏她生长皇家，华衣美食，望去尚如三十许人，就是她的性情，也还似中年时候，不耐嫠居。可巧得了一个董偃，年已十八，出落得人品风流，多能鄙事。自从陈午逝世，偃更穿房入户，不必避嫌。窦太主由爱生情，居然降尊就卑，引同寝处。偃虽然不甚情愿，但主人有命，未敢违慢，只好勉为效力，日夕承欢。老妇得了少夫，自然惬意，当即替他行了冠礼，肆筵设席，备极奢华。不如行合婚礼，较为有名。一班趋炎附势的官僚，相率趋贺。区区卖珠儿，得此奇遇，真是梦想不到。窦太主恐贻众谤，且令偃广交宾客，笼络人心，所需资财，任令恣取，必须每日金满百斤，钱满百万，帛满千匹，方须由自己裁夺。偃好似得了金窟，取不尽，用不竭，乐得任情挥霍，遍结交游。就是名公巨卿，亦与往来，统称偃为董君。

安陵人袁叔，系袁盎从子，与偃友善，无隐不宣。一日密与偃语道："足下私侍太主，蹈不测罪，难道能长此安享么？"偃被他提醒，皱眉问计。袁叔道："我为足下设想，却有一计在此，顾城庙系汉祖祠宇，文帝庙。旁有揪竹籍田，主上岁时到此，恨无宿宫，可以休息。惟窦太主长门园与庙相近，足下若预白太主，将此园献与主上，主上必喜，且知此意出自足下，当然记功赦过，足下便可高枕无忧了。"偃欣然受教，入告窦太主，窦太主也是乐从，当日奉书入奏，愿献长门园，果然武帝改园为宫，袁叔却从中取巧，坐得窦太主赠金一百斤。可谓计中有计。

已而陈后被废，出居长门宫中，尚觉生死难卜。窦太主为亲女计，复为自己计，没奈何婢颜奴膝，入求武帝，至武帝面加慰谕，方才安心回家。袁叔复替偃划策，再向偃密进秘谋，偃即转告窦太主，令她装起假病，连日不朝。武帝怎知真伪？亲自探疾，问她所欲，窦太主故意唏嘘，且泣且谢道："妾蒙陛下厚恩，先帝遗德，列为公主，赏赐食邑，天高地厚，愧无以报，设有不测，先填沟壑，遗恨实多！故窃有私愿，愿陛下政躬有暇，养精游神，随时临妾山林，使妾得奉觞上寿，娱乐左右，妾虽死亦无恨了！"武帝答说道："太主何必忧虑，但愿早日病愈，自当常来游宴，不过群从太多，免不得要太主破费哩。”窦太主谢了又谢，武帝即起驾还宫。过了数日，窦太主便自称病愈，进见武帝。武帝却命左右取钱千万，给与窦太主，一面设宴与饮。席间谈笑，暗寓讽词，窦太主知他言中有意，却也未尝抵赖，含糊答了数语，宴毕始归。又阅数日，武帝果亲临窦太主家，窦太主闻御驾将到，急忙脱去华衣，改穿贱服，下身着了一条蔽膝的围裙，仿佛与灶下婢相似，乃出门伫候，待至武帝到来，伛偻迎入，登阶就座。武帝见她这般服饰，已是一眼窥透，便笑语窦太主道：“愿谒主人翁！”天子无戏言，奈何武帝不知？窦太主听着，不禁赧颜，下堂跪伏，自除簪珥，脱履叩首道：“妾自知无状，负陛下恩，罪当伏诛，陛下不忍加刑，愿顿首谢罪！”亏她老脸。武帝又微笑道：“太主不必多礼，且请主人翁出来，自有话说。”窦太主乃起，戴簪著履，步往东厢，引了董偃，前谒武帝。偃首戴绿帻，臂缠青鞲，皆厨人服。随窦太主至堂下，惶恐匍伏。窦太主代为致辞道：“馆陶公主庖人臣偃，昧死拜谒！”好一个厨宰。武帝笑着，特为起座，嘱赐衣冠，上堂与宴。偃再拜起身，入著衣冠。窦太主吩咐左右，开筵飨帝，

注：图中所题回目名当为“窦太主好淫甘屈膝”

奉食进觞，偃亦出来进爵，武帝一饮而尽，且顾左右斟酒，回敬主人，并命与窦太主分坐侍饮。居然是敕赐为夫妇。窦太主格外献媚，引动武帝欢心，饮至日落西山，方才撤席。及车驾将行，窦太主又献出许多金银杂缯，请武帝颁赐将军列侯从官，武帝应声称善，顾命从骑搬运了去。次日即传诏分赐，大众得了财帛，都感窦太主厚惠，无不倾心。窦太主本来贪财，所以平时积贮，不可胜计，且自窦太后去世，遗下私财，都归窦太主受用，此次为了董偃一人，却毫不吝惜，买动舆情。俗语有言，钱可通灵，无论何等人物，总教慷慨好施，自然人人凑奉，争相趋集。况且偃一时贵宠，连天子都叫他主人翁，还有何人再敢轻视？因此远近闻风，争投董君门下，其实这般做作，统是袁叔教他的妙计。总束一句，不烦琐叙。

窦太主既显出丑事，遂公然带偃入朝。武帝亦爱偃伶俐，许得自由往返，偃从此出入宫禁，亲近天颜，尝从武帝游戏北宫，驰逐平乐，系上林苑中台观名。狎狗马，戏蹴鞠，大邀主眷。会窦太主复入宫朝谒，武帝特为置酒宣室，召偃共饮，与主合欢。可巧东方朔执戟为卫，侍立殿侧，闻武帝使人召偃，亟置戟入奏道："董偃有斩罪三，怎得进来？"武帝问为何因？朔申说道："偃以贱臣私侍太主，便是第一大罪；败常渎礼，敢违王制，便是第二大罪；陛下春秋日富，正应披览六经，留心庶政，偃不遵经劝学，反以靡丽纷华，蛊惑陛下，是乃国家大贼，人主火蜮，罪无逾此，死有余辜！陛下不责他三罪，还要引进宣室，臣窃为陛下生忧哩！"朝阳鸣凤。武帝默然不应，良久方答说道："此次不妨暂行，后当改过。"朔正色道："不可不可！宣室为先帝正殿，非正人不得引入，自来篡逆大祸，多从淫乱酿成，竖刁为淫，齐国大乱，庆父不死，鲁难未平，陛下若不预防，祸胎从此种根了！"武帝听说，也觉悚然，当即点首称善，移宴北宫，命董偃从东司马门入宴，改称东司马门为东交门。改名曰交，适自增丑。惟武帝天姿聪颖，一经旁人提醒，便知董偃不是好人，赐朔黄金三十斤，不复宠偃。后来窦太主年逾六十，渐渐的头童齿豁，不合浓妆，董偃甫及壮年，怎肯再顾念老妪，不去寻花问柳？窦太主怨偃负情，屡有责言，武帝乘机罪偃，把他赐死。偃年终三十，窦太主又活了三五年，然后病殁。武帝竟令二人合葬霸陵旁。霸陵即文帝陵，见前文。

只废后陈氏，心尚未死，暗思老母做出这般歹事，尚能巧计安排，不致获谴，自己倘能得人斡旋，或即挽回主意，亦未可知，犹记从前在中宫时，尝闻武帝称赞相如，因此不惜重金，买得一赋，命宫人日日传诵，冀为武帝所闻，感动旧念。哪知此事与乃母不同，乃母所为，无人作梗，自己有一卫氏在内，做了生死的对头，怎肯令武帝再收废后？所以《长门赋》虽是佳文，挽不转汉皇恩意，不过陈氏的饮食服用，总由有司按时拨给，终身无亏。到了窦太主死后，陈氏愈加悲郁，不久亦即病死了。收束净尽。

话分两头，且说陈废后巫蛊一案，本来不至株连多人，因有侍御史张汤参入治狱，主张严酷，所以锻炼周纳，连坐至三百余名。汤系杜陵人氏，童年敏悟，性即刚强。乃父尝为长安丞，有事外出，嘱汤守舍。汤尚好嬉戏，未免疏忽。至乃父回来，见厨中所藏食肉，被鼠啮尽，不禁动怒，把汤笞责数下。汤为鼠遭笞，很不甘心，遂熏穴寻鼠。果有一鼠跃出，被汤用铁网罩住，竟得捕获。穴中尚有余肉剩着，也即取出，戏做一篇谳鼠文，将肉作证，处它死刑，磔毙堂下。父见他谳鼠文辞，竟与老狱吏相似，暗暗惊奇，当即使习刑名，抄写案牍。久久练习，养成一个法律家。嗣为中尉宁成掾属。宁成为有名酷吏，汤不免效尤，习与性成，尚严务猛。及入为侍御史，与治巫蛊一案，不管人家性命，一味罗织，害及无辜。武帝还道他是治狱能手，升任大中大夫。同时又有中大夫赵禹，亦尚苛刻，与汤交好，汤尝事禹如兄，交相推重，武帝遂令两人同修律令，加添则例，特创出见知故纵法，钳束官僚。凡官吏见人犯法，应即出头告发，否则与犯人同罪，这就是见知法。问官断狱，宁可失入，不可失出，失出便是故意纵犯，应该坐罪，这叫作故纵法。自经两法创行，遂致狱讼繁苛，赭衣满路。汤又巧为迎合，见武帝性好文学，就附会古义，引作狱辞。又请令博士弟子，分治《尚书》《春秋》。

《春秋》学要算董仲舒，武帝即位，曾将他拔为首选，出相江都。见前文。江都王非，本来骄恣不法，经仲舒从旁匡正，方得安分终身。哪知有功不赏，反且见罚，竟因别案牵连，被降为中大夫。无非是不善逢迎。建元六年，辽东高庙及长陵高园殿两处失火，仲舒援据《春秋》，推演义理。属稿方就，适辩士主父偃过访，见着此稿，竟觑隙窃去，背地奏闻。武帝召示诸儒，儒生吕步舒，本是仲舒弟子，未知稿出师手，斥为下愚。偃始说出仲舒所作，且劾他语多讥刺，遂致仲舒下狱，几乎论死。偃之阴险如此，怎

能善终？幸武帝尚器重仲舒，特诏赦罪，仲舒乃得免死。但中大夫一职，已从此褫去了。

先是菑川人公孙弘，与仲舒同时被征，选为博士，嗣奉命出使匈奴，还白武帝，不合上意，没奈何托病告归。至元光五年，复征贤良文学诸士，菑川国又推举公孙弘。弘年将八十，精神尚健，筋力就衰，且经他前次蹉跌，不愿入都，无奈国人一致怂恿，乃襆被就道，再至长安，谒太常府中对策。太常先评甲乙，见他语意近迂，列居下第，仍将原卷呈入。偏武帝特别鉴赏，擢居第一，随即召入，面加咨询。弘预为揣摩，奏对称旨，因复拜为博士，使待诏金马门。齐人辕固，时亦与选，年已九十有余，比弘貌还要高古。弘颇怀妒意，侧目相视。辕固本与弘相识，便开口戒弘道："公孙子，务正学以立言，毋曲学以阿世！"弘佯若不闻，掉头径去。辕固老不改行，前为窦太后所不容，见前文。此次又为公孙弘等所排斥，仍然罢归。独公孙弘重入都门，变计求合，曲意取容，第一着是逢迎主上，第二着是结纳权豪。他见张汤方得上宠，屡次往访，与通声气。又因主爵都尉汲黯，为武帝所敬礼，亦特与结交。

汲黯籍隶濮阳，世为卿士，生平治黄老言，不好烦扰，专喜谅直。初为谒者，旋迁中大夫，继复出任东海太守，执简御民，卧病不出，东海居然大治。武帝闻他藉藉有声，又诏为主爵都尉，名列九卿。当田蚡为相时，威赫无比，僚吏都望舆下拜，黯不屑趋承，相见不过长揖，蚡亦无可如何。武帝尝与黯谈论治道，志在唐虞，黯竟直答道："陛下内多私欲，外施仁义，奈何欲效唐虞盛治呢！"一语中的。武帝变色退朝，顾语左右道："汲黯真一个憨人！"朝臣见武帝骤退，都说黯言不逊，黯朗声道："天子位置公卿，难道叫他来作谀臣，陷主不义么？况人臣既食主禄，应思为主尽忠，若徒爱惜身家，便要贻误朝廷了！"说毕，夷然趋出。武帝却也未尝加谴，及唐蒙与司马相如往通西南夷，黯独谓徒劳无益，果然治道数年，士卒多死，外夷亦叛服无常。适公孙弘入都待诏，奉使往视，至还朝奏报，颇与黯议相同。偏武帝不信弘言，再召群臣会议，黯也当然在列。他正与公孙弘往来，又见弘与己同意，遂在朝堂预约，决议坚持到底，弘已直认不辞。哪知武帝升殿，集众开议，弘竟翻去前调，但说由主圣裁。顿时恼动黯性，厉声语弘道："齐人多诈无信，才与臣言不宜通夷，忽又变议，岂非不忠！"武帝听着，便问弘有无食言？弘答谢道："能知臣心，当说臣忠；不知臣心，便说臣不忠！"老奸巨猾。武帝颔首退朝，越日便迁弘为左内史。未几又超授御史大夫。小子有诗叹道：

八十衰翁待死年，如何尚被利名牵！
岂因宣圣遗言在，求富无妨暂执鞭？

欲知后事如何，且至下回分解。

窦太主以五十岁老妪，私通十八岁弄儿，渎伦伤化，至此极矣。武帝不加惩戒，反称董偃为主人翁，是导人淫乱，何以为治？微东方朔之直言进谏，几何不封偃为堂邑侯也。张汤赵禹，以苛刻见宠，无非由迎合主心。公孙弘则智足饰奸，取容当世，以视董子辕固之守正不阿，固大相径庭矣。然笑骂由他笑骂，好官我自为之，古今之为公孙弘者，比比然也。于公孙弘乎何诛？

第六十六回

飞将军射石惊奇　愚主父受金拒谏

却说元光六年，匈奴兴兵入塞，杀掠吏民，前锋进至上谷，当由边境守将飞报京师。武帝遂命卫青为车骑将军，带领骑兵万人，直出上谷，又使骑将军公孙敖，出代郡，轻车将军公孙贺出云中，骁骑将军李广出雁门。部下兵马，四路一律，李广资格最老，雁门又是熟路，总道是旗开得胜，马到成功。哪知匈奴早已探悉，料知李广不好轻敌，竟调集大队，沿途埋伏，待广纵骑前来，就好将他围住，生擒活捉。广果自恃骁勇，当然急进，匈奴兵佯作败状，诱他入围，四面攻击，任汝李广如何善战，终究是寡不敌众，杀得势穷力竭，竟为所擒。匈奴将士获得李广，非常欢喜，遂将广缚住马上，押去献功。广知此去死多活少，闭目设谋。约莫行了数十里，只听胡儿口唱凯歌，自鸣得意，偷眼一瞧，近身有个胡儿，坐着一匹好马，便尽力一挣，扯断绳索，腾身急起，跃上胡儿马背，把胡儿推落马下，夺得弓箭，加鞭南驰。胡兵见广走脱，回马急追，却被广射死数人，竟得逃归。代郡一路的公孙敖，遇着胡兵，吃了一个败仗，伤兵至七千余人，也即逃回。公孙贺行至云中，不见一敌，驻扎了好几日，闻得两路兵败，不敢再进，当即收兵回来，总算不折一人。独卫青出兵上谷，径抵笼城，匈奴兵已多趋雁门，不过数千人留着，被青驱杀一阵，却斩获了数百人，还都报捷。全是运气使然。武帝闻得四路兵马，两路失败，一路无功，只有卫青得胜，当然另眼相待，加封关内侯。公孙贺无功无过，置诸不问。李广与公孙敖，丧师失律，并应处斩，经两人出钱赎罪，乃并免为庶人。看官听说，这卫青初次领兵，首当敌冲，真是安危难料，偏匈奴大队移往雁门，仅留少数兵士抵敌卫青，遂使青得着一回小小胜仗。这岂不是福星照临，应该富贵么？李广替灾。

事有凑巧，他的同母姊卫子夫，选入宫中，接连生下三女，偏此次阿弟得胜，阿姊也居然生男。正是喜气重重。武帝年已及壮，尚未有子，此次专宠后房的卫夫人，竟得产下麟儿，正是如愿以偿，不胜快慰！三日开筵，取名为据，且下诏命立禖祠。古时帝喾元妃姜源，三妃简狄，皆出祀郊禖，得生贵子。姜源生弃，简狄生契。武帝仿行古礼，所以立祠祭神，使东方朔枚皋等作禖祝文，垂为纪念。一面册立卫子夫为皇后，满朝文武，一再贺喜，说不尽的热闹，忙不了的仪文。惟枚皋为了卫后正位，献赋戒终，却是独具只眼，言人未言。暗伏后文。武帝虽未尝驳斥，究不过视作闲文，没甚注意，并即纪瑞改元，称元光七年为元朔元年。

是年秋月，匈奴又来犯边，杀毙辽西太守，掠去吏民二千余人，武帝方遣韩安国为材官将军，出戍渔阳。部卒不过数千，竟被胡兵围住，安国出战败绩，回营拒守，险些儿覆没全军，还亏燕兵来援，方得突围东走，移驻右北平。武帝遣使诘责，安国且惭且惧，呕血而亡。讣闻都中，免不得择人接任。武帝想了多时，不如再起李广，使他防边。乃颁诏出去，授广为右北平太守。

广自赎罪还家，与故颍阴侯灌婴孙灌强屏居蓝田南山中，射猎自娱。尝带一骑兵出饮，深夜方归，路过亭下，正值霸陵县尉巡夜前来，厉声喝止。广未及答言，从骑已代为报名，说是故李将军。县尉时亦酒醉，悍然说道："就是现任将军也不宜犯夜，何况是故将军呢？"广不能与校，只好忍气吞声，留宿亭下。待至黎明，方得回家。未几即奉到朝命，授职赴任，奏调霸陵尉同行。霸陵尉无从推辞，过谒李广，立被广喝令斩首，广虽数奇，亦非大器。然后上书请罪，武帝方倚重广才，反加慰勉，因此广格外感奋，戒备极严。匈奴不敢进犯，且赠他一个美号，叫做飞将军。

右北平向多虎患，广日日巡逻，一面了敌，一面逐虎，靠着那百步穿杨的绝技，射毙好几个大虫。一日，复巡至山麓，遥望丛草中间，似有一虎蹲着，急忙张弓搭箭，射将过去。他本箭不虚发，当然射着。从骑见他射中虎身，便即过去牵取，谁知走近草丛，仔细一瞧，并不是虎，却是一块大石！最奇怪的是箭透石中，约有数寸，上面露出箭羽，却用手拔它不起。大众互相诧异，返报李广。广亲自往观，亦暗暗称奇，再回至原处注射，箭到石上，全然不受，反将箭镞折断。这大石本甚坚固，箭锋原难穿入，独李广开手一箭，得把石头射穿，后来连射数箭，俱不能入，不但大众瞧着，惊

疑不置，就是李广亦莫名其妙，只好拍马自回。但经此一箭，越觉扬名，都说他箭能入石，确具神力，还有何人再敢当锋？所以广在任五年，烽燧无惊，后至郎中令石建病殁，广乃奉召入京，代任郎中令，事见后文。

惟右北平一带，匈奴原未敢相侵，此外边境袤延，守将虽多，没有似李广的声望。匈奴既与汉朝失和，怎肯敛兵不动，所以时出时入，飘忽无常。武帝再令车骑将军卫青率三万骑出雁门，又使将军李息出代郡。青与匈奴兵交战一场，复斩首虏数千人，得胜而回。青连获胜仗，主眷日隆，凡有谋议，当即照行，独推荐齐人主父偃，终不见用。偃久羁京师，资用乏绝，借贷无门，不得已乞灵文字，草成数千言，诣阙呈入。书中共陈九事，八事为律令，一事谏伐匈奴。大略说是：

> 臣闻怒为逆德，兵为凶器，争为末节，盖务战胜，穷武事者，未有不悔者也。昔秦皇帝并吞六国，务胜不休，尝欲北攻匈奴，不从李斯之谏，卒使蒙恬将兵攻胡，辟地千里，发天下丁男，以守北河，暴兵露师，十有余年，死者不可胜数。又使天下飞刍挽粟，起自负海，转输北河，率三十钟而至一石，男子疾耕，不足于粮饷，女子纺绩，不足于

帷幕，百姓靡敝，孤寡老弱，不能相养，天下乃始叛秦也。及高皇帝平定天下，略地于边，闻匈奴聚于代谷之外，而欲击之。御史成进，进谏不听，遂北至代谷，果有平城之围。高帝悔之，乃使刘敬往结和亲，然后天下无兵戈之事。夫匈奴难得而制，非一世也，行盗侵驱，所以为业也，天性固然，上及虞夏商周，固弗程督，禽兽畜之，不比为人。若不上观虞夏殷周之统，而下循近世之失，此臣之所以大恐，百姓之所疾苦也。且夫兵久则变生，事苦则虑易，使边境之民，靡敝愁苦，将吏相疑而外市，故尉佗章邯，得成其私，而秦政不行，权分二子，此得失之效也。故周书曰："安危在出令，存亡在所用。"愿陛下熟计之而加察焉！

这封书呈将进去，竟蒙武帝鉴赏，即日召见，面询数语，也觉应对称旨，遂拜偃为郎中。故丞相史严安，与偃同为临淄人，见偃得邀主知，也照样上书，无非是举秦为戒，还有无终人徐乐，也来凑兴，说了一番土崩瓦解的危言，拜本上呈，具由武帝召入，当面奖谕道："公等前在何处？为何至今才来上书？朕却相见恨晚了！"遂并授官郎中，主父偃素擅辩才，前时尝游说诸侯，不得一遇，至此时来运凑，因言见幸，乐得多说几语，连陈数书。好在武帝并不厌烦，屡次采用，且屡次超迁。俄而使为谒者，俄而使为中郎，又俄而使为中大夫，为期不满一载，官阶竟得四迁，真是步步青云，联梯直上。严安徐乐，并皆瞠乎落后，让着先鞭。偃越觉兴高采烈，遇事敢言。适梁王刘襄，刘买子。与城阳王刘延，刘章孙。先后上书，愿将属邑封弟，偃即乘机献议道：

古者诸侯，地不过百里，强弱之形易制，今诸侯或连城数十，地方千里，缓则骄奢，易为淫佚，急则恃强合纵，以逆京师，若依法割削，则逆节萌起，前日晁错是也。今诸侯子弟或十数，而嫡嗣代立，余虽骨肉，无尺地之封，则仁孝之道不宣。愿陛下令诸侯推恩，分封子弟，以地侯之，彼人人喜得所愿，靡不感德。实则国土既分，无尾大不掉之弊，安上全下，无逾于此。愿陛下采择施行！

武帝依议，先将梁王城阳王奏牍，一律批准，并令诸侯得分国邑，封子弟为列侯，因此远近藩封，削弱易制，比不得从前骄横了。贾长沙早有此议，偃不过拾人牙慧，并非奇谋，然尚有淮南之叛。元朔二年春月，匈奴又发兵侵边，突入上谷渔阳，武帝复遣卫青李息两将军，统兵出讨，由云中直抵陇西，屡败胡兵，击退白羊楼烦二王，阵斩敌首数千，截获牛羊百余万，尽得河套南地。捷书到达长安，武帝大悦，即派使犒劳两军。嗣由使臣返报，归功卫青。无非趋奉卫皇后。因下诏封青为长平侯，连青属下部将，亦邀特赏。校尉苏建，得封平陵侯，张次公得封岸头侯。

主父偃复入朝献策，说是河南地土肥饶，外阻大河，秦时蒙恬尝就地筑城，控制匈奴，今可修复故塞，特设郡县，内省转输，外拓边陲，实是灭胡的根本云云。但知迎合主心，不管前后矛盾。武帝见说，更命公卿会议，大众多有异言。御史大夫公孙弘且极力驳说道："秦时尝发三十万众筑城北河，终归无成，今奈何复蹈故辙呢？"武帝不以为然，竟从偃策，特派苏建，调集丁夫，筑城缮塞，因河为固，特置朔方五原两郡，徙民十万口居住。自经此次兴筑，费用不可胜计，累得府库日竭，把文景两朝的蓄积，搬发一空了。

主父偃又请将各地豪民，徙居茂陵。茂陵系武帝万年吉地，在长安东北，新置园邑，地广人稀，所以偃拟移民居住，谓可内实京师，外销奸猾等语。武帝亦惟言是听，诏令郡国调查富豪，徙至茂陵，不得违延。也是秦朝敝法。郡国自然遵行，陆续派吏驱遣，越是有财有势，越要他赶早启程。时有河内轵人郭解，素有侠名，乃是鸣雌侯许负外孙，短小精悍，动辄杀人。不过他生性慷慨，遇有乡里不平事件，往往代为调停，任劳任怨，甚至自己的身家性命，亦可不顾。因此关东一带，说起郭解二字，无不知名，称为大侠。此次亦名列徙中。解不欲迁居，特托人转恳将军卫青，代为求免。青因入白武帝，但言解系贫民，无力迁徙。偏武帝摇首不答，待至青退出殿门，却笑顾左右道："郭解是一个布衣，乃能使将军说情，这还好算得贫穷么？"青不得所求，只好回复郭解，解未便违诏，没奈何整顿行装，挈眷登程。临行时候，亲友争来饯送，赆仪多至千余万缗，解悉数收受，谢别入关。关中人相率欢迎，无论知与不知，竞与交结，因此解名益盛。会有轵人杨季主子，充当县掾，押解至京，见他拥资甚厚，未免垂涎，遂向解一再需索。解却也慨与，偏解兄子代为不平，竟把杨掾刺死，取去首级。事为杨季主所闻，立命人入京控诉，谁知来人又被刺死，首亦不见。都下出了两件无头命案，当然哄动一时，到了官吏勘验尸身，察得来人身上，尚有诉冤告状，指明凶手郭解，于是案捕首犯，大索茂陵。解闻风潜遁，东出临晋关。关吏籍少翁，未识解面，颇慕解名，一经盘诘，解竟直认不讳。少翁越为感动，竟将他私放出关，嗣经侦吏到了关下，查问少翁，少翁恐连坐得罪，不如舍身全解，乃即自杀。解竟得安匿太原。越年遇赦，回视家属，偏被地方官闻知，把他拿住，再向轵县调查旧事。解虽犯案累累，却都在大赦以前，不能追咎，且全邑士绅，多半为解延誉，只有一儒生对众宣言，斥解种种不法，不意为解客所闻，待他回家时候，截住途中，把他杀死，截舌遁去。为此一案，又复提解讯质，解全未预闻，似应免罪，独公孙弘主张罪解，且说他私结党羽，睚眦杀人，大逆不道，例当族诛。武帝竟依弘言，便命把郭解全家处斩，解非不可诛，但屠及全家，毋乃太酷。还是郭解朋友，替他设法，救出解子孙一二人，方得不绝解后。东汉时有循吏郭伋，就是郭解的玄孙，这些后话不提。

且说燕王刘泽孙定国，承袭封爵，日夕肆淫，父死未几，便与庶母通奸，私生一男。又把弟妇硬行占住，作为己妾。后来越加淫纵，连自己三个女儿，也逼她侍寝，轮流交欢。禽兽不如。肥如令郢人，上书切谏，反触彼怒，意欲将郢人论罪。郢人乃拟入都告发，偏被定国先期劾捕，杀死灭

口。定国妹为田蚡夫人，事见十三回。田蚡得宠，定国亦依势横行，直至元朔二年，蚡已早死，郢人兄弟，乃诣阙诉冤，并托主父偃代为申理。偃前曾游燕，不得见用，至是遂借公济私，极言定国行同禽兽，不能不诛。武帝遂下诏赐死。定国自杀，国除为郡。定国应该受诛，与偃无尤。

朝臣等见偃势盛，一言能诛死燕主，夷灭燕国，只恐自己被他寻隙，构成罪名，所以格外奉承，随时馈遗财物，冀免祸殃。偃毫不客气，老实收受。有一知友，从旁诫偃，说偃未免太横，偃答说道："我自束发游学，屈指已四十余年，从前所如不合，甚至父母弃我，兄弟嫉我，宾朋疏我，我实在受苦得够了。大丈夫生不五鼎食，死就五鼎烹，亦属何妨！古人有言，日暮途远，故倒行逆施，语本伍子胥。我亦颇作此想呢！"

既而齐王次昌，与偃有嫌，又由偃讦发隐情。武帝便令偃为齐相，监束齐王。偃原籍临淄，得了这个美差，即日东行，也似衣锦还乡一般。哪知福为祸倚，乐极悲生，为了这番相齐，竟把身家性命，一古脑儿灭得精光。小子有诗叹道：

谦能受益满招灾，得志骄盈兆祸胎。
此日荣归犹衣锦，他时暴骨竟成堆。

欲知主父偃如何族灭，待至下回叙明。

李广射石一事，古今传为奇闻，吾以为未足奇也。石性本坚，非箭镞所能贯入，夫人而知之矣，然有时而泐（lè），非必无罅隙之留，广之一箭贯石，乃适中其隙耳。且广曾视石为虎，倾全力以射之，而又适抵其隙，则石之射穿，固其宜也，何足怪乎！夫将在谋不在勇，广有勇寡谋，故屡战无功，动辄得咎，后人惜其数奇，亦非确论。彼主父偃所如不合，挟策干进，一纸书即邀主眷，立授官阶，前何其难，后何其易，甚至一岁四迁，无言不用，当时之得君如偃者，能有几人？然有无妄之福，必有无妄之灾，此古君子所以居安思危也。偃不知此，反欲倒行逆施，不死何为？乃知得不必喜，失不必忧，何数奇之足惜云！

第六十七回

饰俭德故人烛隐　庆凯旋大将承恩

却说齐王次昌，乃故孝王将闾孙，将闾见前文。元光五年，继立为王，却是一个翩翩少年，习成淫佚。母纪氏替他择偶，特将弟女配与为婚，次昌素性好色，见纪女姿貌平常，当然白眼相看，名为夫妇，实同仇敌。纪女不得夫欢，便向姑母前泣诉，姑母就是齐王母，也算一个王太后，国内统以纪太后相称。这纪太后顾恋侄女，便想替她设法，特令女纪翁主入居宫中，劝戒次昌，代为调停，一面隐加监束，不准后宫姬妾，媚事次昌。纪翁主已经适人，年比次昌长大，本是次昌母姊，不过为纪太后所生，因称为纪翁主。汉称王女为翁主，说见前文。纪翁主的容貌性情，也与次昌相似。次昌被她管束，不能私近姬妾，索性与乃姊调情，演那齐襄公鲁文姜故事，只瞒过了一位老母。齐襄与文姜私通，见春秋左传。纪女仍然冷落宫中。

是时复有一个齐人徐甲，犯了阉刑，充作太监，在都备役，得入长乐宫当差。长乐宫系帝母王太后所居，见他口齿敏慧，常令侍侧，甲因揣摩求合，冀博欢心。王太后有女修成君，为前夫所生，自经武帝迎入，视同骨肉，相爱有年。见五十九回。修成君有女名娥，尚未许字，王太后欲将她配一国王，安享富贵。甲离齐已久，不但未闻齐王奸姊，并至齐王纳后，尚且茫然，因此禀白太后，愿为修成君女作伐，赴齐说亲。王太后自然乐允，便令甲即日东行。主父偃也有一女，欲嫁齐王，闻甲奉命赴齐，亟托他乘便说合，就使为齐王妾媵，也所甘心。好好一个卿大夫女儿，何必定与人作妾？甲应诺而去，及抵齐都，见了齐王次昌，便将大意告知，齐王听说，却甚愿意。纪女原可撇去，如何对得住阿姊！偏被纪太后得知，勃然大怒道："王已娶后，后宫也早备齐，难道徐甲尚还未悉么？况甲系贱人，充当一个太监，不思自尽职务，反欲乱我王家，真是多事！主父偃又怀何意，也想将女儿入充后宫？”说至此，即顾令左右道：“快与我回复徐甲，叫他速还长安，不得在此多言！”左右奉命，立去报甲，甲乘兴而来，怎堪扫兴而返？当下探听齐事，始知齐王与姊相奸。自思有词可援，乃即西归，复白王太后道：“齐王愿配修成君女，惟有一事阻碍，与燕王相似，臣未敢与他订婚。”这数语，未免捏造，欲挑动太后怒意，加罪齐王，太后却不愿生事，随口接说道：“既已如此，可不必再提了！”

甲怅然趋出，转报主父偃。偃最喜捕风捉影，侮弄他人。况齐王不肯纳女，毫无情面，乐得乘此奏闻，给他一番辣手。计划已定，遂入朝面奏道：“齐都临淄，户口十万，市租千金，比长安还要富庶，此惟陛下亲弟爱子，方可使王。今齐王本是疏属，近又与姊犯奸，理应遣使究治，明正典刑。”武帝乃使偃为齐相，但嘱他善为匡正，毋得过急。偃阳奉阴违，一到齐国，便要查究齐王阴事。一班兄弟朋友，闻偃荣归故乡，都来迎谒。偃应接不暇，未免增恨。且因从前贫贱，受他奚落，此时正好报复前嫌，索性一并召入，取出五百金，按人分给，正色与语道：“诸位原是我兄弟朋友，可记得从前待我情形否？我今为齐相，不劳诸位费心，诸位可取金自去，此后不必再入我门！”语虽近是，终嫌器小。众人听了，很觉愧悔，不得已取金散去。

偃乐得清净，遂召集王宫侍臣，鞫问齐王奸情。侍臣不敢隐讳，只好实供。偃即将侍臣拘住，扬言将奏闻武帝，意欲齐王向他乞怜，好把一国大权，让归掌握。哪知齐王次昌，年轻胆小，一遭恐吓，便去寻死。偃计不能遂，反致惹祸，也觉悔不可追，没奈何据实奏报。武帝得书，已恨偃不遵前命，逼死齐王，再加赵王彭祖上书劾偃，说他私受外赂，计封诸侯子弟，惹得武帝恨上加恨，即命褫去偃官，下狱治罪。这赵王彭祖本与偃无甚仇隙，不过因偃尝游赵，未尝举用，自恐蹈燕覆辙，所以待偃赴齐，出头告讦。还有御史大夫公孙弘，好似与偃有宿世冤仇，必欲置偃死地。武帝将偃拿问，未尝加偃死罪，偏弘上前力争，谓齐王自杀无后，国除为郡，偃本首祸，不诛偃，无以谢天下。武帝乃下诏诛偃，并及全家。偃贵幸时，门客不下千人，至是俱怕连坐，无敢过问。独洨县人孔车，替他收葬，武帝闻知，却称车为忠厚长者，并不加责。可见得待人以义，原是有益无损呢！借孔车以讽世，非真誉偃。

严安徐乐，贵宠不能及偃，却得安然无恙，备员全身。高而危，何如卑而安。独公孙弘排去主父偃，遂得专承主宠，言听计从，主爵都尉汲黯，为了朔方筑城，弘言反复，才知他是伪君子，不愿与交。朔方事见六十五回。会闻弘饰为俭约，终身布被，遂入见武帝道："公孙弘位列三公，俸禄甚多，乃自为布被，佯示俭约，这不是挟诈欺人么？"假布被以劾弘，失之琐屑。丞相太尉御史大夫称为三公。武帝乃召弘入问，弘直答道："诚有此事。现在九卿中，与臣交好，无过汲黯，黯今责臣，正中臣病。臣闻管仲相齐，拥有三归，侈拟公室，齐赖以霸，及晏婴相景公，食不重肉，妾不衣帛，齐亦称治。今臣位为御史大夫，乃身为布被，与小吏无二，怪不得黯有微议，斥臣钓名。且陛下若不遇黯，亦未必得闻此言。"武帝闻他满口认过，越觉得好让不争，却是一个贤士。就是黯亦无法再劾，只好趋退。弘与董仲舒并学春秋，惟所学不如仲舒。仲舒失职家居，武帝却还念及，时常提起。弘偶有所闻，未免加忌，且又探得仲舒言论，常斥自己阿谀取容，因此越加怀恨，暗暗排挤。武帝未能洞悉，总道弘是个端人，始终信任。到了元朔五年，竟将丞相薛泽免官，使弘继任，并封为平津侯。向例常用列侯为丞相，弘未得封侯，所以特加爵邑。

弘既封侯拜相，望重一时，特地开阁礼贤，与参谋议，什么钦贤馆，什么翘材馆，什么接士馆，开出了许多条规，每日延见宾佐，格外谦恭。有故人高贺进谒，弘当然接待，且留他在府宿食。惟每餐不过一肉，饭皆粗粝，卧止布衾。贺还道他有心简慢，及问诸侍人，才知弘自己服食，也是这般。勉强住了数日，又探悉内容情形，因即辞去。有人问贺何故辞归？贺愤然说道："弘内服貂裘，外著麻枲(xǐ)，内厨五鼎，外膳一肴，如此矫饰，何以示信？且粗粝布被，我家也未尝不有，何必在此求人呢！"自经贺说破隐情，都下士大夫，始知弘浑身狡诈，无论行己待人，统是作伪到底，假面目渐渐揭露了。只一武帝尚似梦未醒。

汲黯与弘有嫌，弘竟荐黯为右内史。右内史部中，多系贵人宗室，号称难治。黯也知弘怀着鬼胎，故意荐引，但既奉诏命，只好就任，随时小心，无瑕可指，竟得安然无事。又有董仲舒闲居数年，不求再仕，偏弘因胶西相出缺，独将仲舒推荐出去。仲舒受了朝命，并不推辞，居然赴任。胶西王端，是武帝异母兄弟，阴贼险狠，与众异趋，只生就一种缺陷，每近妇

人，数月不能起床，所以后宫虽多，如同虚设。有一少年为郎，狡黠得幸，遂替端暗中代劳，与后宫轮流同寝。不意事机被泄，被端支解，又把他母子一并诛戮，此外待遇属僚，专务残酷，就是胶西相，亦辄被害死。弘无端推荐仲舒，亦是有心加害，偏仲舒到了胶西，刘端却慕他大名，特别优待，反令仲舒闻望益崇。不过仲舒也是知机，奉职年余，见端好饰非拒谏，不如退位鸣高，乃即向朝廷辞职，仍然回家。不愧贤名。著书终老，发明《春秋》大义，约数十万言，流传后世。所著《春秋繁露》一书，尤为脍炙人口，这真好算一代名儒呢。收束仲舒，极力推崇。

大中大夫张汤，平时尝契慕仲舒，但不过阳为推重，有名无实。他与公孙弘同一使诈，故脾气相投，很为莫逆。弘称汤有才，汤称弘有学，互相推美，标榜朝堂。武帝迁汤为廷尉，景帝时尝改称廷尉为大理，武帝仍依旧名。汤遇有疑谳，必先探察上意，上意从轻，即轻予发落，上意从重，即重加锻炼，总教武帝没有话说，便算判决得宜。一日有谳案上奏，竟遭驳斥，汤连忙召集属吏，改议办法，仍复上闻。偏又不合武帝意旨，重行批驳下来，弄得忐忑不安，莫名其妙。再向属吏商议，大众统面面相觑，不知所为。延宕了好几日，尚无良法，忽又有掾史趋入，取出一个稿底，举示同僚。众人见了，无不叹赏，当即向汤说知。汤也为称奇，便嘱掾属交与原手，使他缮成奏牍，呈报上去，果然所言中旨，批令照办。究竟这奏稿出自何人？原来是千乘人倪宽。倪宽颇有贤名，故从特叙。宽少学尚书，师事同邑欧阳生。欧阳生表字和伯，为伏生弟子，伏生事见前文。通尚书学，宽颇得所传。武帝尝置五经博士，公孙弘为相，更增博士弟子员，令郡国选取青年学子，入京备数。宽幸得充选，草草入都。是时孔子九世孙孔安国，方为博士，教授弟子员，宽亦与列。无如家素贫乏，旅费无出，不得已为同学司炊。又乘暇出去佣工，博资度活，故往往带经而锄，休息辄读。受了一两年辛苦，才得射策中式，补充掌故。嗣又调补廷尉文学卒史，廷尉府中的掾属，多说他未谙刀笔，意在蔑视，但派他充当贱役，往北地看管牧畜，宽只好奉差前去。好多时还至府中，呈缴畜簿，巧值诸掾史为了驳案，莫展一筹。当由宽问明原委，据经折狱，援笔属稿。为此一篇文字，竟得出人头地，上达九重。运气来了。

武帝既批准案牍，复召汤入问道："前奏非俗吏所为，究出何人手笔？"汤答称倪宽。武帝道："我亦颇闻他勤学，君得此人，也算是一良佐了。"汤唯唯而退，还至府舍，忙将倪宽召入，任为奏谳掾，宽不工口才，但工文笔，一经判案，往往有典有则，要言不烦。汤自是愈重文人，广交宾客，所有亲戚故旧，凡有一长可取，无不照顾，因此性虽苛刻，名却播扬。

只汲黯见他纷更法令，易宽为残，常觉看不过去，有时在廷前遇汤，即向他诘责道："公位列正卿，上不能广先帝功业，下不能遏天下邪心，徒将高皇帝垂定法律，擅加变更，究是何意？"汤知黯性刚直，也不便与他力争，只得无言而退。嗣黯又与汤会议政务，汤总主张严劾，吹毛索瘢。三句不离本行。黯辩不胜辩，因发忿面斥道："世人谓刀笔吏，不可作公卿，果然语不虚传！试看张汤这般言动，如果得志，天下只好重足而走，侧目而视了！这难道是致治气象么？"说毕自去。已而入见武帝，正色奏陈道："陛下任用群臣，好似积薪，后来反得居上，令臣不解。"武帝被黯一诘，半晌说不出话来，只面上已经变色。俟黯退朝后，顾语左右道："人不可无学，汲黯近日比前益憨，这就是不学的过失呢。"原来黯为此言，是明指公孙弘张汤两人，比他后进。此时反位居己上，未免不平，所以不嫌唐

突，竟向武帝直陈。武帝也知黯言中寓意，但已宠任公孙弘张汤，不便与黯说明，因即含糊过去，但讥黯不学罢了。黯始终抗正，不肯媚人，到了卫青封为大将军，尊宠绝伦，仍然见面长揖，不屑下拜。或谓大将军功爵最隆，应该加敬，黯笑说道："与大将军抗礼便是使大将军成名，若为此生憎，便不成为大将军了！"这数语却也使乖。卫青得闻黯言，果称黯为贤士，优礼有加。

惟卫青何故得升大将军？查考原因，仍是为了征虏有功，因得超擢。自从朔方置郡，匈奴右贤王连年入侵，欲将朔方夺还。元朔五年，武帝特派车骑将军卫青，率三万骑出高阙，锐击匈奴，又使卫尉苏建为游击将军，左内史李沮为强弩将军，太仆公孙贺为骑将军，代相李蔡为轻车将军，俱归卫青节制，并出朔方。再命大行李息，岸头侯张次公为将军，出右北平，作为声援，统计人马十余万，先后北去。匈奴右贤王，探得汉兵大举来援，倒也自知不敌，退出塞外，依险驻扎。一面令人哨探，不闻有什么动静，总道汉兵路远，未能即至，乐得快乐数天。况营中带有爱妾，并有美酒，拥娇夜饮，趣味何如。不料汉将卫青率同大队，星夜前来，竟将营帐团团围住。胡儿突然遇敌,慌忙入报,右贤王尚与爱妾对饮,酒意已有八九分,蓦闻营帐被围,才将酒意吓醒,令营兵出寨御敌,自己抱妾上马,带了壮骑数百,混至帐后。待至前面战鼓喧天,杀声不绝,方一溜烟似的逃出帐外,向北急遁。汉兵多至前面厮杀,后面不过数百兵士,擒不住右贤王,竟被逃脱。还是忙中有智。惟前面的胡兵,仓皇接仗,眼见是有败无胜,一大半作为俘虏,溜脱的甚属寥寥,汉兵破入胡营,擒得裨王即小王。十余人。男女一万五千余人,牲畜全数截住,约有数十百万,再去追捕右贤王,已是不及,乃收兵南还。

这次出兵,总算是一场大捷,露布入京,盈廷相贺。武帝亦喜出望外,即遣使臣往劳卫青,传旨擢青为大将军,统领六师,加封青食邑八千七百户,青三子尚在襁褓,俱封列侯。青上表固辞,让功诸将,武帝乃更封公孙贺为南窌侯,李蔡为乐安侯,余如属将公孙敖韩说李朔赵不虞公孙戎奴等,也并授侯封。及青引军还朝,公卿以下,统皆拜谒马前,就是武帝,也起座慰谕,亲赐御酒三杯,为青洗尘。旷古恩遇,一时无两,宫廷内外,莫不想望丰仪,甚至引动一位孀居公主,也居然贪图利欲,不惜名节,竟与卫大将军愿结丝萝,成为夫妇。小子有诗叹道:

妇道须知从一终,不分贵贱例相同。
如何帝女淫痴甚,也学文君卓氏风!

究竟这公主为谁,试看下回续叙。

主父偃谓日暮途穷,故倒行逆施,卒以此罹诛夷之祸。彼公孙弘之志,亦犹是耳。胡为偃以权诈败,而弘以名位终?此无他,偃过横而弘尚自知止耳。高贺直揭其伪,而弘听之,假使偃易地处此,度未必有是宽容也。即如汲黯之为右内史,董仲舒之为胶西相,未免由弘之故意推荐,为嫁祸计。但黯与仲舒,在位无过,而弘即不复生心,以视偃之逼死齐王,固相去有间矣。夫天道喜谦而恶盈,偃之致死,死于骄盈,弘固尚不若偃也。彼卫青之屡战得胜,超迁至大将军,而汲黯与之抗礼。反且以黯为贤,优待有加,青其深知持满戒盈之道乎?弘且幸免,而青之考终,宜哉!

第六十八回

舅甥踵起一战封侯　父子败谋九重讨罪

却说卫青得功专宠，恩荣无比，有一位孀居公主，竟愿再嫁卫青。这公主就是前时卫青的女主人，叫做平阳公主。一语已够奚落。平阳公主，曾为平阳侯曹寿妻，此时寿已病殁，公主寡居，年近四十，尚耐不住寂寞嫠帏，要想择人再醮。当下召问仆从道："现在各列侯中，何人算是最贤？"仆从听说，料知公主有再醮意，便把卫大将军四字，齐声呼答。平阳公主微答道："他是我家骑奴，曾跨马随我出入，如何是好！"如果尚知羞耻，何必再醮！仆从又答道："今日却比不得从前了！身为大将军，姊做皇后，子皆封侯，除当今皇上外，还有何人似他尊贵哩！"平阳公主听了，暗思此言，原是有理。且卫青方在壮年，身材状貌，很是雄伟，比诸前夫曹寿，大不相同，我若嫁得此人，也好算得后半生的福气，只是眼前无人作主，未免为难。何不私奔！左思右想，只有去白卫皇后求她撮合，或能如愿。于是淡妆浓抹，打扮得齐齐整整，自去求婚。看官听说！此时候皇太后王氏，已经崩逝约莫有一年了。王太后崩逝，正好乘此带叙。公主夫丧已阕，母服亦终，所以改著艳服，乘车入宫。卫皇后见她衣饰，已经瞧透三分，及坐谈片刻，听她一派口气，更觉了然，索性将她揭破，再与作撮合山。平阳公主也顾不得什么羞耻，只好老实说明，卫后乐得凑趣，满口应允。俟公主退归，一面召入卫青，与他熟商，一面告知武帝，恳为玉成，双方说妥，竟颁出一道诏书，令卫大将军得尚平阳公主。不知诏书中如何说法，可惜史中不载！成婚这一日，大将军府中，布置礼堂，靡丽纷华，不消细说。到了凤辇临门，请出那再醮公主，与大将军行交拜礼，仪文繁缛，雅乐铿锵。四座宾朋，男红女绿，都为两新人道贺，哪个不说是美满良缘！至礼毕入房，夜阑更转，展开那翡翠衾，成就那鸳鸯梦。看官多是过来人，毋庸小子演说了。卫青并未断弦，又尚平阳公主，此后将如何处置故妻，史皆未详，公主不足责，青有愧宋弘多矣。

卫青自尚公主以后，与武帝亲上加亲，越加宠任，满朝公卿，亦越觉趋奉卫青，惟汲黯抗礼如故。青素性宽和，原是始终敬黯，毫不介意。最可怪的是好刚任性的武帝，也是见黯生畏，平时未整衣冠，不敢使近。一日御坐武帐，适黯入奏事，为武帝所望见，自思冠尚未戴，不便见黯，慌忙避入帷中，使人出接奏牍，不待呈阅，便传旨准奏。俟黯退出，才就原座。这乃是特别的待遇，此外无论何人，统皆随便接见。就是丞相公孙弘进谒，亦往往未曾戴冠，至如卫青是第一贵戚，第一勋臣，武帝往往踞床相对，衣冠更不暇顾及。可见得大臣出仕，总教正色立朝，就是遇着雄主，亦且起敬，自尊自重人尊重，俗语原有来历呢。警世之言。黯常多病，一再乞假，假满尚未能视事，乃托同僚严助代为申请。武帝问严助道："汝看汲黯为何如人？"助即答道："黯居官任职，却亦未必胜人，若寄孤托命，定能临节不挠，虽有孟贲夏育，也未能夺他志操哩。"武帝因称黯为社稷臣。不过黯学黄老，与武帝志趣不同，并且言多切直，非雄主所能容，故武帝虽加敬礼，往往言不见从。就是有事朔方，黯亦时常谏阻，武帝还道他胆怯无能，未尝入耳。况有卫青这般大将，数次出塞，不闻挫失，正可乘此张威，驱除强虏。

那匈奴却亦猖獗得很，入代地，攻雁门，掠定襄上郡，于是元朔六年，再使大将军卫青，出讨匈奴，命合骑侯公孙敖为中将军，太仆公孙贺为左将军，翕侯赵信为前将军，卫尉苏建为右将军，郎中令李广为后将军，左内史李沮为强弩将军，分掌六师，统归大将军节制，浩浩荡荡，出发定襄。青有甥霍去病，年才十八，熟习骑射，去病已见前文。官拜侍中。此次亦自愿随征，由青承制带去，令为嫖姚校尉，选募壮士八百人，归他带领，一同前进。既至塞外，适与匈奴兵相遇，迎头痛击，斩首约数千级。匈奴兵战败遁去，青亦收军回驻定襄，休养士马，再行决战。约阅月余，又整队出发，直入匈奴境百余里，攻破好几处胡垒，斩获甚多，各将士杀得高兴，分道再进。前将军赵信，本是匈奴小王，降汉封侯，自恃路境素熟，踊跃直前；右将军苏建，也不肯轻落人后，联镳继进；霍去病少年好胜，自领壮士八百骑，独成一队，独走一方；余众亦各率部曲，寻斩胡虏。卫青在后驻扎，专等各路胜负，再定行止。已而诸将陆续还营，或献上虏首数百颗，或捕到虏卒数十人,或说是不见一敌,未便深入,因此回来。青将军士一一点验,却还没有什么大损,惟赵信苏建两将军,及外甥霍去病,未见回营,毫无音响。青恐有疏虞,忙派诸将前去救应。过了一日一夜,仍然没有回报,急得青惶惑不安。

正忧虑间,见有一将踉跄奔入,长跪帐前,涕泣请罪。卫青瞧着,乃是右将军苏建。便开口问道:"将军何故这般狼狈?"建答说道:"末将与赵信,深入敌境,猝被虏兵围住,杀了一日,部下伤亡过半,虏兵亦死了多人。我兵正好脱围,不意赵信心变,竟带了八九百人,投降匈奴。末将与信,本只带得三千余骑,战死了千余名,叛去了八九百名,怎堪再当大敌?不得已突围南走,又被虏众追蹑,扫尽残兵,剩得末将一人,单骑奔回,还亏大帅派人救应,才得到此。末将自知冒失,故来请罪!"青听毕建言,便召回军正闳,长史安,及议郎周霸道:"苏建败还,失去部军,应处何罪?"周霸道:"大将军出师以来,未曾斩过一员偏将,今苏建弃军逃还,例应处斩,方可示威。"闳安二人齐声道:"不可!不可!苏建用寡敌众,不随赵信叛去,乃独拚死归来,自明无贰,若将他斩首,是使后来将士,偶然战败,只可弃甲降虏,不敢再还了!"两人是苏建救星。青乃徐说道:"周议郎所言,原属未合,试想青奉令专阃,不患无威,何必定斩属将!就使有罪当斩,亦宜请命天子,青却未便专擅呢。"军吏齐声称善,这便是卫青权术。因将建置入槛车,遣人押送至京。

惟霍去病最后方到,提着一颗血淋淋的首级,入营报功。这首级系是何人?据言系单于大父行藉若侯产,接连由部兵绑进两人,一是匈奴相国当户,一是单于季父罗姑。这两人为匈奴头目,由去病活擒了来,此外斩首馘耳,大约二千有余。他自带着八百壮士,向北深入,一路不见胡虏,直走了好几百里,才望见有虏兵营帐,当即掩他不备,驰杀过去。虏兵不意汉军猝至,顿时溃乱,遂为去病所乘,手刃渠魁一人,擒住头目两人,把虏营一力踏破,然后回营报功。卫青大喜,自思得足偿失,不如归休,乃引军还朝。武帝因此次北征,虽得斩首万级,却也覆没两军,失去赵信,功过尽足相抵,不应封赏,但赐卫青千金。惟霍去病战绩过人,授封为冠军侯。还有校尉张骞,前曾出使西域,被匈奴截留十余年,颇悉匈奴地势,能知水草所在,故兵马不至饥渴。当由卫青申奏骞功,也受封博望侯。苏建得蒙恩赦，免为庶人。

赵信败降匈奴，匈奴主军臣单于已早病死，由弟左谷蠡王伊稚斜，逐走军臣子于单，自立有年。于单尝入塞降汉，汉封为陟安侯，未几病死，事在元朔三年。一闻赵信来降，便即召入，好言抚慰，面授为自次王，并将阿姐嫁与为妻。信当然感激，且本来是个胡人，重归故国，乐得替他设策，即教单于但增边幕，不必入塞，俟汉兵往来疲敝，方可一举成功。伊稚斜单于，依言办理，汉边才得少静烽尘。但自元光以后，连岁出兵，军需浩繁，不可胜数，害得国库空虚，司农仰屋。不得已令吏民出资买爵，名为武功，大约买爵一级，计钱十七万，每级递加二万钱，万钱一金，共鬻出十七万级，直三十余万金。嗣是朝廷名器，几与市场相似，但教有钱输入，不论他人品何如，俱好算做命官。试想这般制度，岂不是豪奴得志，名士灰心么！卖官鬻爵之弊，实自此始。

是年冬月，武帝行幸雍郊，亲祠五畤。即五帝祠，称畤不称祠，因畤义训止有神灵依止之意。忽有一兽，在前行走，首上只生一角，全体白毛。众卫士赶将过去，竟得将兽拿住，仔细看验，足有五蹄。当下呈示武帝，武帝瞧着，好似麒麟模样，便问从官道："这兽可是麒麟否？"从官齐声答是

麒麟，且言陛下肃祀明禋，故上帝报享，特赐神兽云云。无非献谀。武帝大悦，因将一角兽荐诸五畤。另外宰牛致祭，礼成驾归。途中又见一奇木，枝从旁出，还附木上，大众又不禁称奇，连武帝也为诧异。既返宫廷，又复召询群臣，给事中终军上奏道："野兽并角，显系同本，众枝内附，示无外向，这乃是外夷向化的瑞应，陛下好垂裳坐待了。"亏他附会。武帝益喜，令词臣作《白麟歌》，预贺升平。有司复希旨进言，请即应瑞改元。改元每次，相隔六年，此时已值元朔六年初冬，本拟照例改元，不过获得白麟，愈觉改元有名，元狩纪元，便是为此。

谁知外夷未曾归化，内乱却已发生，淮南王安及衡山王赐，串同谋反，居然想摇动江山。亏得逆谋败露，才得不劳兵革，一发即平。安与赐皆淮南王长子，文帝怜长失国自杀，因将淮南故地，作为三分，封长子安勃赐为王。勃先王衡山，移封济北，不久即殁。赐自庐江徙王衡山，与安虽系兄弟，两不相容。安性好读书，更善鼓琴，也欲笼络民心，招致文士。门下食客，趋附至数千人，内有苏飞、李尚、左吴、田由、雷被、伍被、毛被、晋昌八人，最号有才，称为淮南八公。安令诸食客著作内书二十一篇，外书三十三篇，就是古今相传的《淮南子》。另有中篇八卷，多言神仙黄白术。黄金白银，能以术化，故称黄白术。武帝初年，安自淮南入朝，献上内书，武帝览书称善，视为秘宝。又使安作《离骚传》，半日即成，并上《颂德》，及《长安都国颂》。武帝本好文艺，见安博学能文，当然器重，且又是叔父行，更当另眼相看。当时武安侯田蚡，曾与安秘密订约，有将来推立意，语见六十三回。安为蚡所惑，乃生逆谋。建元六年，天空中出现彗星，当有人向安密说，说是吴楚反时，彗星出现，光芒不过数尺，今长且竟天，眼见是兵戈大起，比前益甚。安也以为然，遂修治兵器，蓄积金钱，为待乱计。庄助出抚南越，安复邀留数日，结作内援。见六十二回。种种计划，尚恐未足，乃更想出一法，密嘱女陵入都，侦察内情。陵青年有色，又工口才，既到长安，借作内省为名，出入宫闱，毫无拘束。随身又带着许多金钱，仗着财色两字，结识廷臣，何人不喜与交往？抢先巴结的叫作鄂但，系故安平侯鄂千秋孙，年貌相符，便与通奸。第二人为岸头侯张次公，壮年封侯，气宇不凡，也与陵秘密往来，作为腻友。偷得馒头狗造化。陵得内外打通，常有密书传报淮南。

淮南王后姓蓼名荼，为安所爱。荼生一男，取名为迁，尚有庶长子不害，素失父宠，不得立储。因立迁为太子。迁年渐长，娶王太后外孙女为妃，就是修成君女金蛾。见前回。安本意欲攀葛附藤，想靠王太后为护符，偏偏王太后告崩，无势可援。又恐太子妃得烛阴谋，暗地报闻，遂又密嘱太子迁，叫他与妃反目，三月不同席。自己又阳为调停，迫迁夜入妃室，迁终不与寝。妃遂赌气求去，安乃使人护送入都，奏陈情迹，表面上尚归罪己子。武帝尚信为真言，准令离婚。迁少好学剑，自以为无人可及。闻得郎中雷被，素通剑术，欲与比赛高低，被屡辞不获。两人比试起来，毕竟迁不如被，伤及皮肤。迁因此与被有嫌。被自知得罪太子，不免及祸，适汉廷募士从军，被即向安陈请，愿入都中投效。安先入迁言，知他有意趋避，将被免官，被索性潜奔长安，上书讦安。武帝遣中尉段宏查办，安父子欲将宏刺死。还是宏命不该绝，一到淮南，但略问雷被免官事迹，并未讯及别情，且辞色甚是谦和。安料无他患，不如变计周旋，但托宏善为转圜。宏允诺而别，还白武帝，武帝召问公卿，众谓安格阻明诏，不令雷被入都效力，罪应弃市。武帝不从，只准削夺二县，赦罪勿问。安尚且愧愤道："我力行仁义，还要削地么？"这种仁义，自古罕闻。乃日夜与左吴等查考地图，整备行军路径，指日起军。

时庶长子不害，有男名建，年龄浸长，因见乃父失宠，常觉不平，暗中结交壮士，欲杀太子。偏被太子迁约略闻知，竟将建缚住，一再笞责。建更怨恨莫伸，遂使私人严正，入都献书道："臣闻毒药苦口，乃足利病，忠言逆耳，也足利行。今淮南王孙建，材能甚高，王后荼及太子迁，屡思加害，建父不害无辜，又常被囚系，日夜会集宾客，潜议逆谋，建今尚在，尽可召问，一证虚实，免得养痈贻患，累及国家。"武帝得书，又发交廷尉，转饬河南官吏，就便讯治。适有辟阳侯孙审卿，尝怨祖父为厉王长所杀，意图复仇，淮南王长杀审食其事，见前文。便密查安谋逆情迹，告知丞相公孙弘。弘又函饬河南官吏，彻底究治。河南官吏，迭接君相命令，怎敢怠慢？立将刘建传到详细讯明，建将淮南罪状，悉数推到太子迁身上，统是怀私。由问官录供奏闻。安得知此事，谋反益甚。

先是衡山王赐，入朝武帝，道出淮南，安迎入府中，释嫌修好，与商秘谋。赐原有叛意，得安联络，也即乐从，因退归衡山，托病不朝。安部下多

浮嚣士，亦屡次劝安起兵，独中郎伍被，极言谏阻，安非但不听被言，且将被父母拘住，逼令同谋，被尚涕泣固谏。至建被传讯，事且益急，安仍向被问计，被乃说道："方今诸侯无异心，百姓无怨气，大王猝思起事，比吴楚还要难成。必不得已，只好伪为丞相御史请书，徙郡国豪杰至朔方，又伪为诏狱书逮诸侯太子幸臣，使民间闻风怀怨，诸侯亦皆疑贰，然后遣辩士四出诱约，或可侥幸万一，还请大王审慎为是！"被不能始终力争，也属自误。安决意起反，遂私铸皇帝御玺，及丞相御史大夫将军等印信，为作伪计。又拟使人诈称得罪，往投大将军卫青，乘间行刺。且私语僚属道："汉廷大臣，只有汲黯正直，尚能守节死义，不为人惑。若公孙弘等随势逢迎，我若起事，好似发蒙振落，毫不足畏呢！"

正部署间，忽由朝廷遣到廷尉监，廷尉府中之监吏。会同淮南中尉，拿问太子迁。迁急禀知乃父，立召淮南相与内史中尉，一并集议，即日发难。偏内史中尉，不肯应召，只有淮南相一人到来，语多支吾。迁料知不能成事，待相退出，索性寻个自尽。趋入别室，拔剑拟颈，毕竟心慌手颤，只割伤一些皮肤，已是不胜痛楚，倒地呻吟。外人闻声入救，忙将他舁到床上，延医敷治。安与后荼，亦急来探视。正在忙乱时候，突有一人入报道："不好了！不好了！外面已有朝使至此，领着大兵，把王宫围住了！"正是：

咎由自取难逃死，祸已临头怎解围？

究竟汉使如何围宫，待至下回表明。

卫青之屡次立功，俱有天幸，而霍去病亦如之。六师无功，去病独能战捷，枭虏侯，擒虏目，斩虏首至二千余级，虽曰人事，岂非天命！汉武诸将，首推卫霍，一舅一甥，其出身相同，其立功又同，亦汉史中之一奇也。淮南王安，种种诡谋，心劳日拙，彼以子女为足恃，而讵知其身家之绝灭，皆自子女酿成之。家且不齐，遑问治国？尚鳃鳃然欲窥窃神器，据有天下，虽欲不亡，乌得而不亡！

第六十九回

勘叛案重兴大狱　立战功还挈同胞

却说汉使领了大兵，遽将淮南王宫围住，淮南王安，还是一无预备，怎能抵敌？只好佯作不知，迎入朝使。朝使并不多说，当即指挥兵士，四处搜寻，好一歇寻出谋反证据，就是私造的各种玺印。安至此无可隐讳，只吓得面如土色，听他所为。汉使便将太子迁及王后荼，一并拿去，只留安在宫中，派兵监守。又出宫捕拿许多食客，尽拘狱中。俗语有言：迅雷不及掩耳，这真好算似青天霹雳，令人不防。其实仍由刘安父子自取祸殃。安前曾拘住伍被父母，硬要迫被同谋，被虽替安想出末策，自知凶多吉少，乃乘汉使到来，前去出首。汉使不便迟慢，因即调兵入宫，搜查证据，证据到手，便好拘人，一面遣人飞报朝廷，听候诏命。未几即有宗正刘弃，持节驰至淮南，来提一班案犯。安已服毒自尽，余犯押解到京，发交廷尉张汤审办。汤是个著名辣手，怎肯从宽？先将荼迁两人，定了死罪，推出枭首。复查出庄助与安有私，鄂但张次公与安女通奸，同时拿问。安女陵无从奔避，当然拿到正法，随那父母兄弟，同入冥途。也快活得够了。还有一班淮南僚佐，与安通同谋反，汤不但悉数致死，并且悉数灭族。就是自行出首的伍被，亦谳成死刑。武帝爱被有才，拟从赦宥，汤独入请道："伍被不能力谏，曾与叛谋，罪不可赦。"武帝不得已准议，乃将伍被处死。庄助本可邀赦，也由汤入朝固争，随即弃市。鄂但张次公，却未闻伏诛，想是与汤有交，但坐奸罪，免官赎死罢了。汤又会同公卿，请逮捕衡山王赐，武帝却批驳道："衡山王自就侯封，虽与安为兄弟，究未闻有同谋确证，不应连坐。"这数语批发下来，赐乃得免议，惟将淮南国除为九江郡，总算了案。

哪知余波未静，一仆一起，遂致衡山亦逆谋败露，同就灭亡。衡山王赐，本与安私下订约，专待淮南起兵，当即响应。嗣闻淮南失败，只好作罢。偏是人心不轨，天道难容，也与淮南覆辙相似，弄得骨肉相残，全家毕命。赐后乘舒，生下二子一女，长子名爽，立为太子，少子名孝，女名无采。乘舒病殁，宠姬徐来继立为后，徐来亦生有男女四人。惟徐来以外，尚有一个厥姬，也曾得宠，两人素来相妒，不肯相下。至后位被徐来夺去，厥姬哪里甘心？遂向太子爽进谗，伪言太子母乘舒，被徐来暗中毒死。太子爽信以为真，甚恨徐来，会徐来兄至衡山，爽佯与宴饮，伺隙行刺，仅得不死。两造结冤愈深，互相寻衅。赐少子孝，童年失母，归徐来抚养。徐来未尝爱孝，佯示仁慈。孝姊无采，已经出嫁，与夫相忤，离归母家。无采年少思淫，怎肯守着活寡？竟与家客通奸。事为太子爽所闻，屡加诃斥，无采不知敛束，反与长兄有仇。徐来又故意厚待无采，联为臂助。转眼间孝亦长成，与徐来无采，串同一气，谗毁太子。太子爽孤立无助，当然敌不过三人，往往触怒乃父，动遭笞责。刘赐妻子，与乃兄绝对相似，真是难兄难弟。

已而徐来假母，如乳母相类。被人刺伤，徐来硬指为太子所使。赐听信谗言，又将太子敲扑一番，父子遂积成怨隙，好似冤家一般。适赐有疾病，太子爽并不入视，亦假称有疾。徐来与孝，正好乘间进言，说出太子如何心喜，准备嗣位，惹得赐非常懊恼，便欲废爽立孝。徐来见赐有废立意，又想出一种毒计，意欲并孝陷害，好使亲生子广，起嗣王封。徐来有侍女善舞，为赐所宠，适为徐来所嫉忌，乃特纵令伴孝，日夕相亲，干柴碰着烈火，怎能不爇？自然凑成一堆。太子爽闻孝奸姬侍，也觉垂涎，暗想弟烝父妾，我何不可遂烝父妻？况徐来屡加谗构，若能引与私通，定当易憎为爱，不至寻仇。想入非非。计划已就，便逐日入宫，向徐来处请安，并自陈前愆，立誓悔过。徐来不能不虚与周旋，取酒与饮，温颜慰劝。爽奉卮上寿，跪在徐来膝前，俟徐来接过酒卮，便将两手捧住两膝，涎脸求欢。徐来且惊且怒，忙将酒卮放下，将身离座，那衣襟尚被爽牵住，不肯放手，急得徐来振喉大呼，方才走脱。爽不能逞计，起身便走，回至住室，正想法免祸，那外面已有宫监进来，传述赐命，把爽拖曳了去。及得见赐面，还有何幸？无非把坐臀晦气，吃了几十下毛竹板子。爽号呼道："孝与王侍女通奸，无采与家奴通奸，王奈何勿问？尽管笞责臣儿！臣儿愿上书天子，背王自去！"说着，竟似痴似狂，向外奔出。赐已气得发昏，命左右追爽，爽

怎肯回头，及赐亲自出追，乃将爽牵回，械系宫中。孝反日见宠爱，由赐给与王印，号为将军，使居外家，招致宾客，与谋大事。

江都人枚赫陈喜，先后往依，为孝私造兵车弓箭，刻天子玺及将相军吏印，待机发作。陈喜本事淮南王，淮南事败，乃奔投衡山，为孝划策。孝谋为太子，运动乃父，上书朝廷，废长立幼。太子爽虽然被系，总尚不至断绝交通，因嘱心腹人白赢潜往长安，使他上书告变，说孝上烝父妾，且与父谋逆等情。书尚未上，赢却被都吏拘住，讯出孝纳叛人等情，乃行文至沛郡太守，饬他速拿陈喜。喜未尝预防，竟被捉住。孝知已惹祸，也想援自首减罪的律例，自行告发，且归咎枚赫陈喜等人。武帝又委廷尉张汤查办，汤怎肯放松？当然一网打尽，立遣中尉等驰往衡山，围住王宫。仍是一番老手段。赐惊惶自杀，赐后徐来，及太子爽次子孝，与帮同谋反诸党羽，一古脑儿押至都中。经张汤一番审谳，悉数论罪。徐来坐毒前后乘舒，爽坐告父王不孝，孝坐与王侍妾通奸，并皆弃市。所有党羽，亦皆伏诛，国除为郡。总计淮南衡山两案，株累至好几万人，真是汉朝开国以后所仅闻。主意多出自张汤，武帝见汤谳词，都是死有余辜，自然不肯特赦，徒断送了许多生命。

时皇子据年已七岁，即册立为皇太子，储作国本，冀定人心。一面拟通道西域，再遣博望侯张骞，出使西方。骞为汉中人，建元中入都为郎。适匈奴中有人降汉，报称匈奴新破月氏，音支。阵斩月氏王首，取为饮器。月氏余众西走，常欲报仇，只恨无人相助云云。武帝方欲北灭匈奴，得闻此言，便欲西结月氏，为夹击匈奴计，惟因月氏向居河西，与汉不通音问，此时为匈奴所败，更向西徼窜去，距汉更远，急切欲与交通，必须得一精明强干的人员，方可前往。乃下诏募才，充当西使。廷臣等偷生怕死，无人敢行，只张骞放胆应募，与胡人堂邑父等相偕出都，从陇西进发。陇西外面，便是匈奴属地，骞欲西往月氏，必须经过此地，方可相通，乃悄悄的引了徒众，偷向前去。行经数日，偏被匈奴逻骑将他拘住，押送虏廷。骞等不过百人，势难与抗，只好怀着汉节，坐听羁留。匈奴虽未敢杀骞，却亦加意管束，不肯放归。一连住了十多年，骞居然娶得胡妇，生有子女，与胡人往来周旋，好似乐不思蜀的状态。匈奴不复严防，骞竟与堂邑父等伺隙西逃，奔入大宛国境。大宛在月氏北面，为西域中列国，地产善马，又多葡萄苜蓿。骞等本未识路径，乱闯至此，当由大宛人把他截留。彼此问答，才得互悉情形，大宛人即报知国王。国王素闻汉朝富庶，但恨路远难通，一闻汉使入境，当即召见，询明来意。骞自述姓名，并言奉汉帝命，遣使月氏，途次被匈奴羁留，现幸脱身至此。请王派人导往月氏，若交卸使命，仍得还汉，必然感王厚惠，愿奉重酬。大宛王大喜，答言此去月氏，还须经过康居国，当代为通译，使得往达云云。骞称谢而出，遂由大宛王遣人为导，引至康居。康居国同在西域，与大宛毗邻，素来交好。既由大宛为骞介绍，乐得卖个人情，送他过去，于是骞等得抵月氏国。月氏自前王阵亡，另立王子为主，王夫人为辅，西入大夏，据有全土，更建一大月氏国。大夏在妫水滨，地势肥沃，物产丰饶，此时为月氏所据，坐享安逸，遂把前时报仇的思想，渐渐打消。骞入见国王，谈论多时，却没有什么效果。又住了年余，始终不得要领，只好辞归。归途复入匈奴境，又被匈奴兵拘去，幸亏骞居胡有年，待人宽大，为胡儿所爱重，方得不死。会匈奴易主，叔侄交争，即伊稚斜单于与兄子于单争国，事见前文。国中未免扰乱，骞又得乘隙南奔，私挈胡地妻子，与堂邑父一同归汉，进谒武帝，缴还使节。

武帝拜骞为大中大夫，号堂邑父为奉使君。从前骞同行百人，或逃或死，大率无存，随归只有二人，惟多了一妻一子，总算是不虚此行，不怕故妻吃醋么？及定襄一役，骞熟谙胡地，不绝水草，应得积功封侯。回应前回。他却雄心未厌，又想冒险西行，再去一试，乃入朝献议道："臣前在大夏时，见有邛竹杖蜀布，该国人谓买诸身毒。身音捐，毒音笃，即天竺二字之转音。臣查身毒国，在大夏东南，风俗与大夏相似，独人民喜乘象出战，国濒大川。依臣窥测，大夏去中国万二千里，身毒又在大夏东南数千里，该地有蜀物输入，定是离蜀不远。今欲出使大夏，北行必经过匈奴，不如从蜀西进，较为妥便，当不至有意外阻碍了。"武帝欣然依议，复令骞持节赴蜀，至犍为郡，分遣王然于柏始昌吕越人等四路并出，一出駹，一出筰，一出卬，一出僰。音见前。駹筰等部，本皆为西夷部落，归附汉朝。见六十四回。但自元朔四年以来，内外不通，又多反侧，此次汉使假道，又被中阻，北路为氐筰所梗，南路为巂音舍。及昆明所塞。昆明杂居夷种，不置君长，毫无纪律，见有外人入境，只知杀掠，不问谁何。汉使所赍财物，多被夺去，不得已改道前行，趋入滇越。滇越亦简称滇国，地有滇池，周围约三百里，因以为名。滇王当羌，为楚将军庄跻后裔，庄跻尝略定滇地，因楚为秦灭，留滇为王，后来传国数世，与中国隔绝多年，不通闻问。及见汉使趋入，当面问讯，才知汉朝地广民稠，乃好意款待汉使，代为觅道。嗣探得昆明作梗，无法疏通，乃回复汉使，返报张骞。骞亦还白武帝。

武帝不免震怒，意欲往讨，特就上林凿通一池，号为昆明池，使士卒置筏池中，练习水战，预备西讨。一面复擢霍去病为骠骑将军，使他带领万骑，出击匈奴。去病由陇西出击，迭攻匈奴守砦，转战六日，逾焉支山，深入千余里，杀折兰王，枭卢侯王，擒住浑邪王子，及相国都尉，夺取休屠王祭天金人，斩获虏首八千九百余级，始奏凯还京。武帝赏去病功，加封食邑二千户。

过了数月，适当元狩二年的夏季，去病复与合骑侯公孙敖，率兵数万，再出北地，另派博望侯张骞，郎中令李广出右北平。广领骑兵四千人为前驱，骞率万骑继进，先后相去数十里，匈奴左贤王探知汉兵入境，亟引铁骑四万，前来抵御。途次与广相值，广只四千马队，如何挡得住四万胡骑？当即被他围住。广却神色不变，独命少子李敢，带着壮士数十骑，突围试敌。敢挺身径往，左持长槊，右执短刀，跃马陷阵，两手挑拨，杀开一条血路，穿通敌围，复从原路杀回，仍至广前，手下壮士，不过伤亡三五人，余皆无恙。颇有父风。军士本皆惶惧，见敢出入自如，却也胆壮起来，且闻敢回报道："胡虏容易抵敌，不足为虑。"于是众心益安。广令军士布着圆阵，面皆外向，四面堵住，胡兵不敢进逼，但用强弓四射，箭如飞蝗。广军虽然镇定，究竟避不过箭镞，多半伤亡。广也令士卒返射，毙敌数千。嗣见箭干且尽，乃使士卒张弓勿发，自用有名的大黄箭，大黄弩名。专射敌将，每一发矢，无不奇中，接连射毙数人，胡儿素知广善射，统皆畏缩不前，惟四面守定圈子，未肯释围。相持至一日一夜，广军已不堪疲乏，个个面无人色，独广仍抖擞精神，力持不懈。俟至天明，再与胡兵力战，杀伤过当。胡兵终恃众勿退，幸张骞驱着大队，前来援应，方得击退胡兵，救出李广，收兵南回。广虽善斗，其如命何！那骠骑将军霍去病，与公孙敖驰出塞外，中途相失，自引部曲急进，渡居延泽，过小月氏，至祁连山，一路顺风，势如破竹，斩首三万级，虏获尤多，方才凯旋。武帝叙功罚罪，分别定论，广用寡敌众，兵死过半，功罪相抵，仅得免罚。张骞公孙敖延误军期，应坐死罪，赎为庶人。只去病三次大捷，功无与比，复加封五千户，连部下偏将，如赵破奴等，皆得侯封。

是时诸宿将部下，俱不如去病的精锐，去病又屡得天佑，深入无阻，匈奴亦相戒生畏，不敢撄锋。至焉支祁连两山，被去病踏破，胡儿为作歌谣云："亡我祁连山，使我六畜不蕃息！失我焉支山，使我妇女无颜色。"这种歌谣，传入内地，去病声威益盛。武帝尝令去病学习孙吴兵法，去病道："为将须随时运谋，何必定拘古法呢？"武帝又替去病营宅，去病辞谢道："匈奴未灭，何以家为？"这数语颇见忠勇，为他人所未及。武帝益加宠爱，比诸大将军卫青。去病父霍仲孺，前在平阳侯家为吏，故得私通卫少儿。少儿别嫁陈掌，仲孺亦自回平阳原籍。去病初不识父名，至入官后，方才知悉。此次北伐回军，道出河东，查知仲孺尚存，乃派吏往迎，始得父子聚首。仲孺已另娶一妇，生子名光，仲孺善生贵子，却也难得！年逾成童，颇有才慧。去病视若亲弟，令他随行，一面为仲孺购置田宅，招买奴婢，使得安享天年，然后辞归。霍光随兄入都，补充郎官，大将军卫青，

见甥立功致贵，与己相似，当然欣慰。父子甥舅，同时五侯，真个是势倾朝右，烜赫绝伦。

当时都中人私相艳羡，总以为卫氏贵显，全仗卫皇后一人，因编成一歌道：“生男无喜，生女无怒，独不见卫子夫，霸天下！”卫青虽偶有所闻，但也觉得不错，未尝相怪。无如妇人得宠，全靠姿色，一到中年，色衰爱弛，往往如此。卫皇后生了一男三女，渐渐的改变娇容，就是满头的鬓发，也脱落过半。武帝目为老妪，未免讨厌，另去宠爱了一位王夫人。这王夫人出身赵地，色艺动人，自从入选宫中。见幸武帝，也产下一男，取名为闳，与卫后确是劲敌。卫后宠不如前，卫氏一门，亦恐难保，当有一个冷眼旁观的方士，进策大将军前，与决安危，顿令卫青如梦初醒，依策照行。小子有诗叹道：

到底光荣仗女兄，后宫色重战功轻。

盛衰得失寻常事，何必营营逐利名！

欲知方士为谁，所献何策，容至下回说明。

昔袁盎论淮南王长事，谓文帝纵之使骄，勿为置严傅相，后世推为至论，吾意以为未然。淮南长之不得其死，与安赐之并致夷灭，皆汉高贻谋之不善，有以启之耳。汉高宠戚姬而爱少子，酿成内乱，牝鸡当国，人彘贻殃，微平勃之交欢，预谋诛逆，汉祚殆已早斩矣。淮南王长屡次谋叛，是谓无君，安与赐盖尤甚焉，匪惟无君，甚至举父子兄弟夫妇之道而尽弃之，安死于前，赐死于后，俱由家庭之自相残害，卒至复宗，由来者渐，高祖实阶之厉欤？霍去病三次奏功，原邀天幸，而迎见乃父，提携季弟，孝友固有足多者。且匈奴未灭，何以家为之言，尤见爱国热忱。为将如霍嫖姚，正不徒以武功见称也。

第七十回

贤汲黯直谏救人　老李广失途刎首

却说大将军卫青，声华赫奕，一门五侯，偏有人替他担忧，突然献策。这人为谁？乃是齐人宁乘。是时武帝有意求仙，征召方士，宁乘入都待诏，好多日不得进见，累得资用乏绝，衣履不全。一日踯躅都门，正值卫青自公退食，他竟迎将上去，说有要事求见。青向来和平，即停车动问。乘行过了礼，答言事须密谈，不便率陈，当由青邀他入府，屏去左右，私下问明。乘方说道："大将军身食万户，三子封侯，可谓位极人臣，一时无两了。但物极必反，高且益危，大将军亦曾计及否？"青被他提醒，便皱眉道："我平时也曾虑及，君将何以教我？"乘又道："大将军得此尊荣，并非全靠战功，实是叨光懿戚。今皇后原是无恙，王夫人已大见幸，彼有老母在都，未邀封赏，大将军何不先赠千金，预结欢心？多一内援，即多一保障，此后方可无虑了。"不以大体规人，但从钻营着想，确是方士见识。青喜谢道："幸承指教，自当遵行。"说着即留乘寓居府中，自取出五百金，遣人赍赠王夫人母亲。王夫人母，得了厚赠，自然告知王夫人。王夫人复转告武帝，武帝却也心喜，惟暗想青素老实，如何无故赠金，乃乘青入朝，向他询及，青答说道："宁乘谓王夫人母，尚无封赏，未免缺用，故臣特赍送五百金，余无他意。"武帝道："宁乘何在？"青答称现在府中。武帝立即召见，拜乘为东海都尉。乘谢恩退朝，佩印出都，居然高车驷马，一麾莅任去了。片语得官，真正容易。

忽由匈奴属部浑邪王入塞请降，由大行李息据情奏报，武帝恐有诈谋，因命霍去病率兵往迎，相机办理。说起这个浑邪王，本居匈奴西方，与休屠王结作毗邻。自从卫、霍两将军，屡次北讨，浑邪、休屠两王，首先当冲，连战连败，匈奴伊稚斜单于责他连年挫失，有损国威，因派使征召，拟加诛戮。浑邪王方失爱子，大为悲戚。见前回。又闻单于将声罪行诛，怎得不忧怒交并？乃即约同休屠王，叛胡降汉，可巧汉李息奉武帝命，至河上筑城，浑邪王便遣人请降，求息奏闻。及霍去病领兵出迎，浑邪王往招休屠王邀同入塞。哪知休屠王忽然中悔，延期不至，惹得浑邪王愤不可遏，引兵袭击，杀死休屠王，并有休屠部众，且将休屠王妻子，悉数拘系，牵迎汉军。隔河相望，浑邪王属下稗将，见汉兵甚众，多有畏心，相约欲遁。还是去病麾军渡河，接见浑邪王，察出离心将士，计八千人，一并处死。尚有四万余名，尽归去病带领，先遣浑邪王乘驿赴都，自率降众南归。武帝闻报，命长安令发车二千辆，即日往迎。长安令连忙备办，苦乏马匹，只好向百姓贳马。百姓恐县令无钱给发，多将马藏匿他处，不肯应命，因此马匹不能凑齐，未免耽延时日。武帝还道他有意挨延，饬令斩首，右内史汲黯忍耐不住，便入朝面诤道："长安令无罪，独斩臣黯，民间方肯出马！"快人快语。武帝用目斜视，默然不答。黯复申说道："浑邪王叛主来降，已由各县次传驿相送，也算尽情，何必令天下骚动，疲敝中国，服事夷人呢？"武帝乃收回成命，赦免长安令死罪。

至浑邪王入都觐见，授封漯阴侯，食邑万户，裨王呼毒尼等四人，亦皆为列侯。汉朝定例，吏民不得持兵铁出关，售与胡人。自浑邪王部众

到京,沐赏至数十百万,便有钱财与民交易,民间不知法律,免不得卖与铁器,当被有司察出,收捕下狱,应坐死罪,多至五百余人。汲黯又复进谏道:“匈奴断绝和亲,屡攻边塞,我朝累年往讨,劳师无算,糜饷又无算,臣愚以为陛下捕得胡人,多应罚作奴婢,分赐将士,取得财物,亦宜遍赏兵民,庶足谢天下劳苦,消百姓怨气。今浑邪王率众来降,就使不能视作俘虏,亦何必优加待遇?今乃倾帑出赐,府库皆虚,又发良民侍养,若奉骄子,愚民何知,总道朝廷如此厚待,不妨随便贸易,法吏乃援照边律,加他死罪,待夷何仁?待民何酷?重外轻内,庇叶伤枝,臣窃为陛下不取哩!”武帝听了,变色不答。及汲黯退出,乃向左右道:“我久不闻黯言,今又来胡说了。”话虽如此,但也下诏减免,将五百人从轻发落。汲黯也可谓仁人。

既而遣散降众,析居陇西、北地、上郡、朔方、云中五郡,号为五属国。又将浑邪王旧地,改置武威、酒泉二郡。嗣是金城河西,通出南山,直至盐泽,已无胡人踪迹。凡陇西、北地、上郡,寇患少纾,所有戍卒,方得减去半数,借宽民力。霍去病又得叙功,加封食邑千七百户。惟休屠王太子日磾,音低。由浑邪王拘送汉军,没为官奴。年才十四,输入黄门处养马,供役甚勤。后来武帝游宴,乘便阅马,适日磾牵马进来,行过殿下,为武帝所瞧见,却是一个相貌堂堂的美少年,便召至面前,问他姓名。日磾具述本末,应对称旨,武帝即令他沐浴,特赐衣冠,拜为马监。未几又迁官侍中,赐姓金氏。从前霍去病北征,曾获取休屠王祭天金人,见前回。故赐日磾为金姓,余见后文。日磾为汉室功臣,故特笔钩元。

惟自西北一带,归入汉朝,地宜牧畜,当由边境长官,陆续移徙内地贫民,使他垦牧。就是各处罪犯,亦往往流戍,充当苦工。时有河南新野人暴利长,犯罪充边,罚至渥洼水滨,屯田作苦。他尝见野马一群,就水吸饮,中有一马,非常雄骏。利长想去拿捕,才近岸边,马早逸去,好几次拿不到手。乃想出一法,塑起一个泥人,与自己身材相似,舁置水旁,并将络头绊索,放入泥人手中,使他持着,然后走至僻处,倚树遥望。起初见群马到来,望见泥人,且前且却,嗣因泥人毫无举动,仍至原处饮水,徐徐引去。利长知马中计,把泥人摆置数日,使马见惯,来往自如,乃将泥人搬去,自己装做泥人模样,手持络头绊索,呆立水滨。群马究是野兽,怎晓得暴利长的诡计?利长手足未动,眼光却早已觑定那匹好马,待它饮水时候,抢步急进,先用绊索,绊住马脚,再用络头,套住马头,任他奔腾跳跃,力持不放。群马统皆骇散,只有此马羁住,无从摆脱,好容易得就衔勒,牵了回来。小聪明却也可取。又复加意调养,马状益肥,暴利长喜出望外,索性再逞小智,去骗那地方官,佯言马出水中,因特取献,地方官当面看验,果见骅骝佳品,不等驽骀,当下照利长言,拜本奏闻。武帝正调兵征饷,有事匈奴,无暇顾及献马细事,但淡淡的批了一语,准他送马入都。小子就时事次序,下笔编述,只好先将调兵征饷的事情,演写出来。

自从武帝南征北讨,费用浩繁,连年入不敷出,甚至减捐御膳,取出内府私帑,作为弥补,尚嫌不足。再加水旱偏灾,时常遇着,东闹荒,西啼饥,正供不免缺乏。元狩三年的秋季,山东大水,漂没民庐数千家,虽经地方官发仓赈济,好似杯水车薪,全不济事。再向富民贷粟救急,亦觉不敷。没奈何想出移民政策,徙灾氓至关西就食,统共计算约有七十余万口,沿途川资,又须仰给官吏。就是到了关西,也是谋生无计,仍须官吏贷与钱财,因此糜费愈多,国用愈匮。偏是武帝不虑贫穷,但求开拓,镇日里召集群臣,会议敛财方法。丞相公孙弘已经病死,御史大夫李蔡,代为丞相。蔡本庸材,滥竽充数,独廷尉张汤,得升任御史大夫,费尽心计,定出好几条新法,次第施行,列述如下:

(一)商民所有舟车,悉数课税。(二)禁民间铸造铁器,煮盐酿酒,所有盐铁各区,及可酿酒等处,均收为官业,设官专卖。(三)用白鹿皮为币,每皮一方尺,缘饰藻缋,作价四十万钱。(四)令郡县销半两钱,改铸三铢钱,质轻值重。(五)作均输法,使郡国各将土产为赋,纳诸朝廷。朝廷令官吏转售别处,取得贵价,接济国用。(六)在长安置平准官,视货物价贱时买入,价贵时卖出,辗转盘剥,与民争利。

为此种种法例,遂引进计吏三人,居中用事,一个叫做东郭咸阳,一个叫做孔仅,并为大农丞,管领盐铁。又有一个桑弘羊,尤工心计,利析秋毫。初为大农中丞,嗣迁治粟都尉。咸阳是齐地盐商,孔仅是南阳铁商,弘羊是洛阳商人子,三商当道,万姓受殃。又将右内史汲黯免官,调入南阳太守义纵继任。纵系盗贼出身,素行无赖。有姊名姁,略通医术,入侍宫闱。当王太后未崩时，常使诊治，问她有无子弟，曾否为官，姁言有弟无赖，不可使仕。偏王太后未肯深信，竟与武帝说及。武帝遂召为中郎，累迁至南阳太守。穰人宁成，曾为中尉，徙官内史，以苛刻为治，见前文。旋因失职家居，积资巨万。穰邑属南阳管辖，纵既到任，先从宁氏下手，架诬罪恶，籍没家产，南阳吏民畏惮的了不得。既而调守定襄，冤戮至四百余人，武帝还说他强干，召为内史，同时复征河内太守王温舒为中尉，温舒少年行迹，与纵略同，初为亭长，继迁都尉，皆以督捕盗贼，课最叙功。及擢至河内守，严缉郡中豪猾，连坐至千余家，大猾族诛，小奸论死，仅阅一冬，流血至十余里。转眼间便是春令，不宜决囚，温舒尚顿足自叹道："可惜可惜！若使冬令得再展一月，豪猾尽除，事可告毕了。"草菅人命，宁得长生！武帝也以为能，调任中尉。当时张汤、赵禹，相继任事，并尚深文，但还是辅法而行，未敢妄作。纵与温舒却一味好杀，恫吓吏民。总之武帝用财无度，不得不需用计臣，放利多怨，不得不需用酷吏，苛征所及，济以严刑，可怜一班小百姓，只好卖男鬻女，得钱上供，比那文景两朝，家给人足，粟红贯朽，端的是大不相同了。愁怨盈纸。

偏有一个河南人卜式，素业耕牧，尝入山牧羊十余年，育羊千余头，贩售获利，购置田宅。闻得朝廷有事匈奴，独慨然上书，愿捐出家财一半，输作边用。武帝颇加惊异，遣使问式道："汝莫非欲为官么？"式答称自少牧羊，不习仕官。使人又问道："难道汝家有冤，欲借此上诉么？"式又答生平与人无争，何故有冤。使人又问他究怀何意？式申说道："天子方诛伐匈奴，愚以为贤吏宜死节！富民宜输财，然后匈奴可灭。臣非素封，颇怀此志，故愿输财助边，为天下倡。此外却无别意呢。"使人听说，返报朝廷，时丞相公孙弘，尚未病殁，谓式矫情立异，不宜深信，乃搁置不报，弘不取卜式，未尝无识。及弘已逝世，式又输钱二十万，交与河南太守，接济移民经费，河南守当然上闻，武帝因记起前事，特别嘉许，乃召式为中郎，赐爵左庶长。式入朝固辞，武帝道："汝不必辞官，朕有羊在上林中，汝可往牧便了。"式始受命至上林，布衣草履，勤司牧事。约阅年余，武帝往上林游览，见式所牧羊，并皆蕃息，因连声称善。式在旁进言道："非但牧羊如是，牧民亦应如是，道在随时省察，去恶留善，毋令败群！"渐渐干进，意在言中。武帝闻言点首，及回宫后，便发出诏旨，拜式为缑氏令。式至此直受不辞，交卸牧羊役使，竟接印牧民去了。可见他前时多诈。

武帝因赋税所入，足敷兵饷，乃复议兴师北征，备足刍粮，乘势大举。元狩四年春月，遣大将军卫青，骠骑将军霍去病，各率骑兵五万，出击匈奴。郎中令李广，自请效力，武帝嫌他年老，不愿使行。经广一再固请，方使他为前将军，令与左将军公孙贺，右将军赵食其，后将军曹襄，尽归大将军卫青节制。青入朝辞行，武帝面嘱道："李广年老数奇，音羁，数奇即命蹇之意。毋使独当单于。"青领命而去，引着大军出发定襄。沿途拿讯胡人，据云单于现居东方，青使人报知武帝。武帝诏令去病，独出代郡，自当一面。去病乃与青分军，引着校尉李敢等，麾兵自去。这次汉军出塞，与前数次情形不同，除卫、霍各领兵十万外，尚有步兵数十万人，随后继进，公私马匹计十四万头，真是倾国远征，志在平虏。当有匈奴侦骑，飞报伊稚斜单于，单于却也惊慌，忙即准备迎敌。赵信为单于划策，请将辎重远徙漠北，严兵戒备，以逸待劳。单于称为妙计，如言施行。

卫青连日进兵，并不见有大敌，乃迭派探马，四出侦伺。嗣闻单于移居漠北，便欲驱军深入，直捣虏巢。暗思武帝密嘱，不宜令李广当锋，乃命李广与赵食其合兵东行，限期相会。东道迂远，更乏水草，广不欲前往，入帐自请道："广受命为前将军，理应为国前驱，今大将军令出东道，殊失广意，广情愿当先杀敌，虽死不恨！"青未便明言，只是摇首不答。广愤然趋出，怏怏起程。赵食其却不加可否，与广一同去讫。青既遣去李广，挥兵直入，又走了好几百里，始遇匈奴大营。当下扎住营盘，用武刚车四面环住，武刚车有巾有盖，格外坚固，可作营壁，系古时行军利器。营既立定，便遣精骑五千，前去挑战，匈奴亦出万骑接仗。时已天暮，大风忽起，走石飞沙，两军虽然对阵，不能相见。青乘势指麾大队，分作两翼，左右并进，包围匈奴大营。匈奴伊稚斜单于，尚在营中，听得外面喊杀连天，势甚汹汹，一时情虚思避，即潜率劲骑数百，突出帐后，自乘六骡，径向西北遁去。此外胡兵仍与汉军力战，两下里杀了半夜，彼此俱有死伤。汉军左校，捕得单于亲卒数人，问明单于所在，才知他未昏即遁，当即禀知卫青，青急发轻骑追蹑，已是不及。待到天明，胡兵亦已四散，青自率大军继进。急驰二百余里，才接前骑归报，单于已经远去，无从擒获，惟前面寘颜山有赵信城，贮有积谷，尚未运去等语。青乃径至赵信城中，果有积谷贮

着，正好接济兵马，饱餐一顿。这赵信城本居赵信，因以为名。

汉军住了一日，青即下令班师，待至全军出城，索性放起火来，把城毁去，然后引归。还至漠南，方见李广、赵食其到来。青责两人逾限迟至，应该论罪，食其却未敢抗议。独广本不欲东行，此时又迂回失道，有罪无功，气得须髯戟张，不发一语。始终为客气所误。青令长史赍遗酒食，促令广幕府对簿，广愤然语长史道："诸校尉无罪，乃我失道无状，我当自行上簿便了！"说着，即趋至幕府，流涕对将士道："广自结发从戎，与匈奴大小七十余战，有进无退，今从大将军出征匈奴，大将军乃令广东行，迂回失道，岂非天命！广今已六十多岁，死不为夭，怎能再对刀笔吏，乞怜求生？罢罢！广今日与诸君长别了！"说至此，即拔出佩刀，向颈一挥，倒毙地上。小子有诗叹道：

老不封侯命可知，年衰何必再驱驰？
漠南一死终无益，翻使千秋得指疵。

将士等见广自刭，抢救无及，便即为广举哀。欲知后事，请看下回再详。

本回类叙诸事，无非为北征起见。浑邪王之入降，喜胡人之投诚也；长安令之拟斩，怒有司之慢客也；用计臣以敛财，进酷吏以司法，竭泽而渔，迫以刑威，何一不为筹饷征胡计乎？暴利长之献马，与卜式之输财，皆揣摩上意，乃有此举。独汲黯一再直谏，最得治体，驭夷以道，救人以义，汉廷公卿，无出黯右，惜乎其硕果仅存耳。若李广之自请从军，全是武夫客气，东行失道，愤激自戕，非不幸也，亦宜也。而卫青固不足责云。

第七十一回

报私仇射毙李敢　发诈谋致死张汤

却说李广因失道误期，愤急自刭，军士不及抢救，相率举哀。就是远近居民，闻广自尽，亦皆垂涕。广生平待士有恩，行军无犯，故兵民相率畏怀，无论识广与否，莫不感泣。广从弟李蔡，才能远出广下，反得从征有功，封乐安侯，迁拜丞相。广独拼死百战，未沐侯封。尝与术士王朔谈及，朔问广有无滥杀情事？广沉吟半晌，方答说道："我从前为陇西太守，尝诱杀降羌八百余人，至今尚觉追悔，莫非为了此事，有伤阴骘么？"王朔道："祸莫大于杀已降，将军不得封侯，确是为此。"就是杀霸陵尉亦属不合。广叹息不已。至是竟刭身绝域，裹尸南归。有子三人，长名当户，次名椒，又次名敢，皆为郎官。当户早死，椒出为代郡太守，亦先广病殁，独敢方从骠骑将军霍去病，出发代郡。见前回。去病出塞二千余里，与匈奴左贤王相遇，交战数次，统得胜仗，擒住屯头王韩王等三人，及虏将虏官等八十三人，俘获无算。左贤王遁去，遂封狼居胥山，禅姑衍山，登临瀚海，乃班师回朝。武帝大悦，复增封去病食邑五千八百户，李敢亦加封关内侯，食邑二百户。卫青功不及去病，未得益封，惟特置大司马官职，令青与去病二人兼任。赵食其失道当斩，赎为庶人。这次大举两军，杀获胡虏，共计得八九万名，汉军亦伤亡数万，丧失马匹至十万有余。功不补患。

惟伊稚斜单于仓皇奔窜，与众相失，右谷蠡王还道单于阵亡，自立为单于，招收散卒。及伊稚斜单于归来，方让还主位，仍为右谷蠡王，单于经此大创，徙居漠北，自是漠南无王庭。赵信劝单于休战言和，遣使至汉，重议和亲。武帝令群臣集议，或可或否，聚讼不休。丞相长史任敞道："匈奴方为我军破败，正可使为外臣，怎得与我朝敌体言和？"武帝称善，因即令敞偕同胡使，北往匈奴。好数月不闻复命，想是由敞唐突单于，因被拘留。武帝未免怀忧，临朝时辄提及和亲利弊。博士狄山，却主张和亲。

武帝未以为然，转问御史大夫张汤。汤窥知武帝微意，因答说道："愚儒无知，何足听信！"狄山也不肯让步，便接口道："臣原是甚愚，尚不失为愚忠；若御史大夫张汤，乃是诈忠！"虽是快语，但言之无益，徒然取死。武帝方宠任张汤，听狄山言，不禁作色道："我使汝出守一郡，能勿使胡虏入寇么？"狄山答言不能。武帝又问他能任一县否？山又自言未能。至武帝问居一障，即亭障。山不好再辞，只得答了一个能字。武帝便遣山往边，居守一障。才阅一月，山竟暴毙，头颅都不知去向。时人统言为匈奴所杀，其实是一种疑案，无从证明。不白之冤。朝臣见狄山枉送性命，当然戒惧，何人再敢多嘴，复说和亲？但汉兵疮痍未复，马亦缺乏，亦不能再击匈奴。只骠骑将军霍去病，闻望日隆，所受禄秩，几与大将军卫青相埒，青却自甘恬退，主宠亦因此渐衰。就是故人门下，亦往往去卫事霍，惟荥阳人任安，随青不去。

既而丞相李蔡，坐盗孝景帝园田，下狱论罪，蔡惶恐自杀。从子李敢，即李广少子，见父与从叔，并皆惨死，更觉衔哀。他自受封关内侯后，由武帝令袭父爵，得为郎中令。自思父死非罪，常欲报仇。及李蔡自杀，越激动一腔热愤，遂往见大将军卫青，问及乃父致死原由。两下稍有龃龉，敢即出拳相向，向卫青面上击去。青连忙闪避，额上已略略受伤。嗣经青左右抢护，扯开李敢，敢愤愤而去。敢固敢为，惜太敢死！青却不动怒，但在家中调养，用药敷治，数日即愈，并不与外人说知。偏霍去病是青外甥，往来青家，得悉此事，记在胸中。

既而武帝至甘泉宫游猎，去病从行，敢亦相随，正在驰逐野兽的时候，去病觑敢无备，借着射兽为名，竟向敢猛力射去，不偏不倚，正中要害，立即毙命。当有人报知武帝，武帝还左袒去病，只说敢被鹿触毙，并非去病射死。专制君主，无人敢违，只好替敢拔出箭镞，舁还敢家，交他殓葬，便即了事。天道有知，巧为报复，不到一年，去病竟致病死。武帝大加悲悼，赐谥景桓侯，并在茂陵旁赐葬，特筑高冢，使像祁连山。令去病子嬗袭封。嬗之子侯，亦为武帝所爱，任官奉车都尉，后至从禅泰山，在道病殁。父子俱当壮年逝世，嬗且无嗣，终绝侯封。好杀人者，往往无后。

御史大夫张汤，因李蔡已死，满望自己得升相位，偏武帝不使为相，另命太子少傅庄青翟继蔡后任。汤以青翟直受不辞，未尝相让，遂阴与

青翟有嫌，意欲设法构陷，只因一时无可下手，权且耐心待着。会因汤所拟铸钱，质轻价重，容易伪造，奸商各思牟利，往往犯法私铸。有司虽奏请改造五铢钱，但私铸仍然不绝，楚地一带，私钱尤多，武帝特召故内史汲黯入朝，拜为淮阳太守，使治楚民，黯固辞不获，乃入见武帝道："臣已衰朽，自以为将填沟壑，不能再见陛下，偏蒙陛下垂恩，重赐录用，臣实多病，不堪出任郡治，情愿乞为中郎，出入禁闼，补阙拾遗，或尚得少贡愚忱，效忠万一。"武帝笑说道："君果薄视淮阳么？我不久便当召君，现因淮阳吏民，两不相安，所以借重君名，前去卧治呢。"黯只好应命，谢别出朝。当有一班故友，前来饯行，黯不过虚与周旋。惟见大行李息，也曾到来，不觉触着一桩心事，惟因大众在座，不便与言。待息去后，特往息家回拜，屏人与语道："黯被徙外郡，不得预议朝政，但思御史大夫张汤，内怀奸诈，欺君罔上，外挟贼吏，结党为非，公位列九卿，若不早为揭发，一旦汤败，恐公亦不免同罪了！"却是个有心人。息本是个模棱人物，怎敢出头劾汤？不过表面上乐得承认，说了一声领教，便算敷衍过去。黯乃告辞而往，自去就任。息仍守故态，始终未敢发言。那张汤却揽权怙势，大有顺我便生，逆我就死的气势。大农令颜异，为了白鹿皮币一事，独持异议。白鹿皮币见前文。武帝心下不悦，汤且视如眼中钉，不消多时，便有人上书讦异，说他阴怀两端，武帝即令张汤查办。汤早欲将异致死，得了这个机会，怎肯令他再生？当下极力罗织，却没有的确罪证，只有时与座客谈及新法，不过略略反唇，汤就援作罪案，复奏上去。谓颜异位列九卿，见有诏令不便，未尝入奏，但好腹诽，应该论死。武帝不分皂白，居然准奏。看官阅过秦朝苛律，诽谤加诛，至文帝时已将此禁除去，哪知张汤，不但规复秦例，还要将腹诽二字，指作异罪，平白地把他杀死，岂非惨闻！异既冤死，又将腹诽论死法，加入刑律。比秦尤暴，汉武不得辞咎。试想当时这班大臣，还有何人再敢忤汤，轻生试法呢？

御史中丞李文，与汤向有嫌隙，遇有文书上达，与汤有关，文往往不为转圜。汤又欲算计害文，适有汤爱吏鲁谒居，不待汤嘱，竟使人诣阙上书，诬告文许多奸状。武帝怎知暗中情弊！当然将原书发出，仍要这老张查问。李文还有何幸，不死也要处死了。又了掉一个。那张汤正在得意，不料一日入朝，竟由武帝启问道：“李文为变，究系何人详知情实？原书中不载姓名，可曾查出否？”汤已知告发李文，乃是府史鲁谒居所为，此时不便实告，只得佯作惊疑，半晌才答道：“这当是李文故人，与文有怨，所以告发隐情。”武帝才不复问，汤安然趋出，还至府中，正想召入谒居，与他密谈，偏经左右报告，说是谒居有病，未能进见。死在眼前，何苦逞刁。汤慌忙亲去探问，见谒居病不能兴，但在榻上呻吟，说是两足奇痛。汤启衾看明，果然两足红肿，不由的替他抚摩。一介小吏，乃得主司这般优待，真是闻所未闻。无奈谒居消受不起，过了旬月，竟尔呜呼毕命。谒居无子，只有一弟同居长安，家中亦没有什么积储，一切丧葬，概由汤出资料理，不劳细叙。忽从赵国奏上一书，内称张汤身为大臣，竟替府史鲁谒居亲为摩足，若非与为大奸，何至如此狎昵，应请从速严究云云。这封书奏，乃是赵王彭祖出名。彭祖王赵有年，素性阴险，令人不测。从前主父偃受金，亦由他闻风弹劾，致偃伏诛。见前文。自张汤议设铁官，无论各郡各国，所有铁器，均归朝廷专卖，赵地多铁，向有一项大税款，得入彭祖私囊，至是凭空失去，彭祖如何甘心？故每与铁官争持。张汤尝使府史鲁谒居，赴赵查究，迫彭祖让交铁榷，不得再行占据。彭祖因此怨汤，并恨及谒居，暗中遣人入都，密探两人过恶。可巧谒居生病，汤为摩足，事为侦探所闻，还报彭祖。彭祖遂乘隙入奏，严词纠弹。武帝因事涉张汤，不便令汤与闻，乃将来书发交廷尉。廷尉只好先捕谒居，质问虚实，偏是谒居已死，无从逮问。但将谒居弟带至廷中。谒居弟不肯实供，暂系导官。为少府所属，掌舂御米。一时案情未决，谒居弟无从脱累，连日被囚。会张汤至导官署中，有事查验，谒居弟见汤到来，连忙大声呼救。汤也想替他解释，无如自己为案中首犯，未便相应，只好佯为不识，昂头自去。谒居弟不知汤意，还道汤抹脸无情，很是生恨，当即使人上书，谓汤曾与谒居同谋，构陷李文。李文事使彼供出，造化亦巧为播弄。武帝正因李文一案，怀疑未释，一见此书，当更命御史中丞减宣查究。减宣也是个有名酷吏，与张汤却有宿嫌，既经奉命究治，乐得借公济私，格外钩索，好教张汤死心伏罪。

复奏尚未呈上，忽又出了一桩盗案，乃是孝文帝园陵中，所有瘗钱，被人盗去。这事关系重大，累得丞相庄青翟，也有失察处分，只好邀同张汤，入朝谢罪。汤与青翟，乃是面上交好，意中很加妒忌。当即想就一计，佯为允诺，及见了武帝，却是兀立朝班，毫无举动。青翟瞅汤数眼，汤假作不见，青翟不得已自行谢罪，武帝便令御史查缉盗犯，御史首领就是张汤。退朝以后，汤阴召御史，嘱他如何办法，如何定案。原来庄青翟既为丞相，应四时巡视园陵，瘗钱被盗，青翟却未知为何人所犯，不过略带三分责任。汤不肯与他同谢，实欲将盗钱一案，尽推卸至青翟身上，而且还要办他明知故纵的罪名，使他受谴免官，然后自己好代相位。哪知御史隐受汤命，却有人漏泄出去，为相府内三长史所闻，慌忙报知青翟，替他设计，先发制汤。三长史为谁？第一人就是前会稽太守朱买臣，买臣受命出守，本要他预备战具，往击东越，嗣因武帝注重北征，不遑南顾，但由买臣会同横海将军韩说，出兵一次，俘斩东越兵数百名，上表献功。回应前六十二回。武帝即召为主爵都尉，列入九卿。越数年，坐事免官，未几又超为丞相长史。从前买臣发迹，与庄助同为侍中，雅相友善。张汤不过做个小吏，在买臣前趋承奔走。及汤为廷尉，害死庄助，见前文。买臣失一好友，未免怨汤。偏汤官运亨通，超迁至御史大夫，甚得主宠，每遇丞相调任，或当告假时候，辄由汤摄行相事。买臣蹭蹬仕途，反为丞相门下的役使，有时与汤相见，只好低头参谒。汤故意踞坐，一些儿不加礼貌，因此买臣衔恨越深。还有一个王朝，曾做过右内史，一个边通，也做过济南相，俱因失官复起，权任相府长史，为汤所慢。三人串同一气，伺汤过失，此次闻汤欲害青翟，便齐声禀白道："张汤与公定约，面主谢罪，旋即负约，今又欲借园陵事倾公，公若不早图，相位即被汤夺去了。为公计划，请即发汤阴事，先坐汤罪，方足免忧。"青翟志在保位，听了三长史的言语，当然允许，且令三人代为办理。三人遂潜命吏役，往拿商人田信等，到案审讯。田信等皆为汤爪牙，与汤营奸牟利，一经廷审，严刑逼供，田信等只得招认。当有人传入宫中，武帝已有所闻，便召汤入问道："朝廷每有举措，如何商人早得闻知，莫非有人泄漏不成？"汤并不谢过，又佯为诧异道："大约有人泄漏，亦未可知。"一味使诈，总要被人看穿。

武帝闻言，面有愠色，汤亦趋退。御史中丞减宣，已将谒居事调查确凿，当即乘间奏闻。双方夹攻，不怕张汤不死。武帝越觉动怒，连遣使臣责汤，汤尚极口抵赖，无一承认。武帝更令廷尉赵禹，向汤诘问，汤仍然不服。禹微笑道："君也太不知分量呢！试想君决狱以来，杀人几何？灭族几何？今君被人讦发，事皆有据，天子不忍加诛，欲令君自为计，君何必哓

哓置辩？不如就此自决，还可保全家族呢！”汤至此也自知不免，乃向禹索取一纸，援笔写着道：

臣汤无尺寸之功，起刀笔吏，幸蒙陛下过宠，忝位三公，无自塞责，然谋陷汤者，乃三长史也。臣汤临死上闻！

写毕，即将纸递交赵禹，自己取剑在手，拚命一挥，喉管立断，当然毙命。禹见汤已死，乃执汤书还报。汤尚有老母及兄弟子侄等，环集悲号，且欲将汤厚葬。汤实无余财，家产不过五百金，俱系所得禄赐，余无他物。史传原有是说，但复阅前文，恐是说亦未必尽信。汤母因嘱咐家人道：“汤身为大臣，坐被恶言，终致自杀，还用什么厚葬呢？”家人乃草草棺殓，止用牛车一乘，载棺出葬，棺外无椁，就土埋讫。先是汤客田甲，颇有清操，屡诫汤不宜过酷，汤不肯听信，遂有这般结局。家族保全，还算幸事。惟武帝得赵禹复报，览汤遗书，心下又不免生悔。嗣闻汤无余资，汤母禁令厚葬，益加叹息道：“非此母不生此子！”说着，便命收捕三长史，一体抵罪。朱买臣、王朝、边通，骈死市曹。买臣妻如死后有知，可无庸追悔了。就是丞相庄青翟，亦连坐下狱，仰药自尽。武帝另用太子太傅赵周为丞相，石庆为御史大夫，命释田信出狱，使汤子安世为郎。惟同时酷吏义纵，已经坐罪弃市，还有王温舒，后来受赃，亦致身死族灭。温舒两弟及两妻家，且各坐他罪，一并族诛。光禄勋徐自为叹道：“古时罪至三族，已算极刑，王温舒五族同夷，岂非特别惨报么？”义纵王温舒，并见前文。至若御史中丞减宣，亦不得善终，独赵禹较为和平，总算保全首领，寿考终身。小子有诗咏道：

天道由来是好生，杀人毕竟少公平。
试看酷吏多遭戮，才识穹苍有定衡。

是时武帝已五次改元，因在汾水上得了一鼎，号为元鼎。元鼎二年，得通西域。欲知西域如何得通，待至下回说明。

李广未尝非忠臣，李敢亦未尝非孝子，乃皆以过激致死，甚矣哉血气之不可妄使也！卫青以广之失道，责令对簿，迫诸死地，已觉驭下之不情。及为李敢所击伤，却退然自阻，不愿报复，青亦渐知悔过欤？霍去病乃从旁挟忿，擅射李敢，杀人者死，汉有明刑，即有议亲议贵之条，亦不过贷及一死，乌得曲为掩护，任其妄杀乎？夫惟如武帝之偏憎偏爱，而后权贵得以横行，甚至酷吏张汤，屡陷人于死罪，冤狱累累而不少恤。刀笔吏不可作公卿，汲长孺之言信矣！然势倾朝野而不能延命，智移人主而不足欺天，徒诩诩然逞一时之权诈，果奚益乎？观于霍去病之不寿，与张汤之自杀，而后世之得志称雄者，可废然返矣。

第七十二回

通西域复灭南夷　进神马兼迎宝鼎

却说匈奴西偏，有一乌孙国，向为匈奴役属。当时乌孙国王，叫作昆莫。昆莫父难兜靡，为月氏所杀，昆莫尚幼，由遗臣布就翎侯窃负而逃，途次往寻食物，把昆莫藏匿草间，狼为之乳，乌为之哺，布就知非凡人，乃抱奔匈奴。到了昆莫长成，匈奴已攻破月氏，斩月氏王，月氏余众，西走据塞种地，作为行巢。昆莫乘间复仇，借得匈奴部众，再将月氏余众击走。月氏徙往大夏，改建大月氏国。已见前文。所有塞种故土，却被昆莫占住，仍立号为乌孙国，牧马招兵，渐渐强盛，不愿再事匈奴。匈奴方与汉连年交战，无暇西顾，及为卫霍两军所败，匈奴更势不如前，非但乌孙生贰，就是西域一带，前时奉匈奴为共主，至此亦皆懈体，各有异心。

武帝探闻此事，乃复欲通道西域，更起张骞为中郎将，令他西行。张骞入朝献议道："陛下欲遣臣西往，最好是先结乌孙；诚使厚赂乌孙王，招居前浑邪王故地，令断匈奴右臂，且与结和亲，羁縻勿绝，将见乌孙以西，如大夏等国，亦必闻风归命，尽为外臣了。"武帝专好虚名，但教夷人称臣，无论子女玉帛，俱所不惜。因此令骞率众三百人，马六百匹，牛羊万头，金帛值数千巨万，赍往乌孙。乌孙王昆莫，出来接见，骞传达上意，赐给各物。昆莫却仍然坐着，并不拜命。骞不禁怀惭，便向昆莫说道："天子赐王厚仪，王若不拜受，尽请还赐便了。"昆莫才起身离座，拜了两拜。骞复进词道："王肯归附汉朝，汉当遣嫁公主为王夫人，结为兄弟，同拒匈奴，岂不甚善！"昆莫听了，踌躇未决，乃留骞暂居帐中，自召部众，商议可否。部众素未知汉朝强弱，且恐与汉联合，益令匈奴生忿，多招寇患，所以聚议数日，仍无定论。

就中尚有一段隐情，更令昆莫左支右绌，不能有为。昆莫有十余子，太子早死，临终时曾泣请昆莫，愿立己子岑陬为嗣，昆莫当然垂怜，面允所请。偏有中子官拜大禄，强健善将，夙任边防，闻得太子病殁，自思继立，不意昆莫另立嗣孙，致失所望，于是招集亲属，谋攻岑陬。昆莫得知此信，亟分万余骑与岑陬，使他出御中子，自集万余骑为卫，防备不虞。国中分作三部，如何制治？且因昆莫年老，越觉颓靡不振，姑息偷安。夷狄无亲，可见一斑，汉乃以和亲为长策，实属非计。

骞留待数日，并未得昆莫确报，乃别遣副使，分往大宛、康居、月氏、大夏等国，传谕汉朝威德。各副使去了多日，尚未复命，那乌孙却遣骞归国，特派使人相送，并遗良马数十匹，作为酬仪。骞偕番使一同入朝，番使进谒武帝，却还致敬尽礼，并且所献良马，格外雄壮。武帝见了，不觉喜慰，遂优待番使，特拜骞为大行。骞受任年余，竟致病逝。又阅一年，才由骞所遣副使陆续还都，西域各国，也各派使人随来，于是西域始与汉交通，汉复再三遣使，西出宣抚。各国只知博望侯张骞，不知他人。各使亦讳言骞死，但说是由骞所遣，后人因盛传张骞凿空。凿空谓开凿孔道。且因骞尝探视河源，称为张骞乘槎入天河，其实黄河远源，并不在当时西域中，以讹传讹，不足为信。惟西域一带，地形广袤，东西六千余里，南北千余里，东接玉门阳关，西限葱岭。葱岭以外，尚有数国。今据史传记载，西域共三十六国，后且分作五十余国，与汉朝往来通使，计有南北二道，南北二道的终点，就是葱岭。小子录述国名如下：

> 婼（ruò）羌国，楼兰国，后名鄯善。且末国，小宛国，精绝国，戎卢国，扜弥国，渠勒国，于阗国，皮山国，乌秅国，西夜国，蒲犁国，依耐国，无雷国，难兜国，以上为南道诸国。乌孙国，康居国，大宛国，桃槐国，休循国，捐毒国，与身毒不同，身毒不入《西域传》。莎车国，疏勒国，尉头国，姑墨国，温宿国，龟兹国，尉犁国、危须国，焉耆国，车师国。亦名姑师。蒲类国，狐胡国，郁立师国，单桓国，以上为北道诸国。大月氏国，大夏国，罽宾国，乌弋山离国，犁靬国，条支国，安息国，奄蔡国。以上为葱岭外诸国。

以上数十国，前时多服属匈奴，至此与汉交通，为匈奴所闻知，屡次发兵邀截，汉乃复就酒泉、武威两郡外，增置张掖、敦煌二郡，派吏设戍，严备匈奴。不意西北未平，东南忽又生乱，累得汉廷上下又要调兵征饷，出定东南。

先是南越王赵胡，曾遣太子婴齐，入都宿卫，一住数年。见前文。婴齐本有妻孥，惟未曾挈领入都，不得不另娶一妇。适有邯郸人樛氏女子，留寓都中，高张艳帜，常与灞陵人安国少季，私相往来。婴齐却一见倾情，不管她品性贞淫，便即浼人说合。好容易得娶樛女，真是心满意足，快慰非常。未几生下一男，取名为兴。祸胎在此。后来赵胡病重，遣使至京，请归婴齐，武帝准他归省，婴齐遂挈妻子南旋。不久胡死，婴齐当即嗣位，上书报闻，且请令樛女为王后，兴为太子。武帝也即依议，但常遣使征他入朝。婴齐恐再被羁留，不肯应命，只遣少子次公入侍，自与樛女镇日淫乐，竟致尪（wāng）瘠不起，中年毕命。太子兴继立为主，奉母樛氏为王太后。偏武帝得了此信，又要召他母子一同入朝。当下御殿择使，即有谏大夫终军，自请效劳，且面奏道："臣愿受长缨，羁南越王于阙下！"谈何容易！武帝见他年少气豪，却也嘉许，便令与勇士魏臣等，出使南越。又查得安国少季，曾与樛太后相识，也令同往。

终军表字子云，济南人氏，年未弱冠，即选为博士弟子，步行入关。关吏给与一繻（xū），终军问有何用？关吏指示道："这是出入关门的证券，将来汝要出关，仍可用此繻为证。"繻系裂帛为之，用代符节。终军慨然道："大丈夫西游，何至无事出关！"一面说，一面弃繻自去。果然不到两年，官拜谒者。出使郡国，建旄出关。关吏惊诧道："这就是弃繻生，不料他竟践前言！"终军也不与多说，待至事毕还都，奏对称旨，得超迁至谏大夫。至是复出使南越，见了南越王兴，凭着那豪情辩口，劝兴内附，兴也自然畏服。偏是南越相吕嘉，历相三朝，权高望重，独与汉使反对，阻兴附汉。兴不免怀疑，入白太后，请命定夺。太后樛氏，也即出殿，召见汉使。两眼瞟去，早已瞧见那少年姘夫，当下引近座前，详问一番。安国少季即将朝廷意旨，约略相告，樛太后毫不辩驳，立即乐从，嘱兴奉表汉廷，愿比内地诸侯，三岁一朝。终军得表，遣从吏飞报长安。武帝复诏奖勉，且赐南越相吕嘉银印，及内史中尉太傅等印，余听自置，所有终军等人，都留使镇抚。

吕嘉始终不服，且闻安国少季出入宫禁，更觉怀疑，遂托疾不出，阴蓄异图。安国少季方与樛太后重续旧欢，非常狎昵，但恐吕嘉从中为变，不如劝樛太后带子入朝，自己好相偕北上，一路绸缪。樛太后虽饬治行装，惟意中却欲先除吕嘉，然后启行，乃置酒宫中，款待汉使。一面召入丞相以下诸官吏，共同入宴。吕嘉不得不往，惟嘉弟正为将军，在宫外领兵环卫。樛太后见嘉已列席，行过了酒，便向嘉顾语道："南越内属，利国利民，相君独以为不便，究属何意？"吕嘉听着，料知太后激动汉使，与他反对，因此未敢发言。汉使也恐嘉弟在外，不便发作，只好面面相觑，袖手旁观。樛太后不免着急，忽见吕嘉起身欲走，也即离座取矛，向前刺嘉。还是南越王兴，防有他变，慌忙起阻太后，将嘉放脱。淫妇必悍，实自取死。嘉回到府中，便思发难，转念王兴，并无歹意，倒也不忍起事。蹉跎蹉跎，又过数月，蓦闻汉廷特派前济北相韩千秋与樛太后弟樛乐，率兵二千人驰入边疆，乃亟召弟计议道："汉兵远来，必是淫后串同汉使，召兵入境，来灭我家，我兄弟岂可束手就毙么？"嘉弟系是武夫，一闻此言，当然大愤，便劝嘉速行大事。嘉至是也不遑多顾，便与弟引兵入宫。宫中未曾防备，立被突入，樛太后与安国少季，并坐私谈，急切无从逃避，由嘉兄弟持刀进来，一刀一个，劈死了事。死得亲昵。两人再去搜寻王兴，兴如何得免？也遭杀害。嘉索性往攻使馆，戕杀汉使，可怜终军、魏臣等，双手不敌四拳，同时殉难。终军不过二十多岁，惨遭此祸，时人因称为终童。

嘉即下令国中道："王年尚少，太后系中国人，与汉使淫乱，不顾赵氏社稷，故特起兵除奸，另立嗣主，保我宗祧。"国人素属望吕嘉，统皆听命，无一异议，嘉乃迎立婴齐长子术阳侯建德为王，系婴齐前妻所生之子。自己仍为相国，且遣人通知苍梧王赵光。苍梧为南越大郡，光与嘉素有感谊，当然复书赞成。于是嘉一意御汉，专待韩千秋到来，反令边境吏卒，开道供食，诱令深入。千秋也是矜才使气，请愿南来，一入越境，即与樛乐并驱进兵，攻破好几处城池，嗣见南越吏卒，殷勤接待，愿为向导，还道他震慑兵威，畅行无阻，谁知行近越都，相去不过四十里，突见越兵四面杀到，重重裹住。千秋只有二千人马，前无去路，后无救兵，眼见得同归于尽，无一生还。

嘉杀尽汉兵，遂函封汉使符节，使人赍送汉边，设词谢罪。边吏立即奏闻。武帝大怒，颁诏发罪人从军，且调集舟师十万，会讨南越。命卫尉路博德为伏波将军，出桂阳，下湟水；主爵都尉杨仆，为楼船将军，出豫章，下横浦；故归义越侯两人，同出零陵，一名严，为戈船将军，一名甲，为下濑将军；又使越人驰义侯遗，带领巴蜀罪人，发夜郎兵，下牂牁江，同至

番禺会齐。番禺就是南越郡城，北有寻陿石门诸险，都被杨仆捣破，直进番禺。路博德部下多罪人，沿途逃散，只有千余人至石门，与仆相会。两军同路并进，到了番禺城下，仆攻东南，博德攻西北，仆想夺首功，麾着部众，奋力猛扑，越相吕嘉，督兵死守，坚拒不退。博德却从容不迫，但在西北角上，虚设旗鼓，遥张声势。一面遣人射书入城，劝令出降。城中已是垂危，又闻博德立营西北，将要夹攻，急得守将仓皇失措，往往缒城夜出，奔降博德。博德好言抚慰，各赐印绶，令他还城相招。适杨仆攻城不下，焦躁异常，督令部兵纵火烧城，东南一带，烟焰冲霄，西北兵民，都已魂飞天外，闻得出降免死，并有封赏的消息，自然踊跃出城，争向博德处投降。吕嘉及南越王建德，如何支持？也即乘夜逃出，穷投海岛。及杨仆破城直入，那路博德早进西北门，安坐府中。斗力不如斗智。仆费了许多气力，反让博德先入，很不甘心，便欲往捕南越君相，再图建功。博德却与仆笑语道："君连日攻城，劳疲已甚，尽可少休！南越君相，便可擒到，请君勿忧。"仆尚似信非信。过了一两日，果由越司马苏弘捕到建德，越郎都稽捕到吕嘉。经博德讯验属实，立命处斩。当即飞章奏捷，保举苏弘为海常侯，都稽为临蔡侯，且奏章中亦备述杨仆功劳。仆始知博德善抚降人，用夷制夷，智略高出一筹，也觉得自愧弗如了。不由杨仆不服。戈船、下濑两将军，及驰义侯所发夜郎兵，尚未赶到，南越已平。就是苍梧王赵光，不待往讨，已经闻风胆落，慌忙投诚，后来得封为随桃侯。

自从南越事起，朝廷亟须筹饷，不得不催收租赋。倪宽正为左内史，待民宽厚，不加苛迫，遂致负租甚多，势且获谴。百姓闻宽将免职，竞纳租税，大家牛车，小家担负，全数缴齐，反得课最。宽仍然留任，且因此更结主知。还有输财助边的卜式，已由县令超任齐相，自请父子从军，往死南越，何其热心乃尔。武帝虽未曾准遣，却也下诏褒美，封式关内侯，赐金四十斤，田十顷，布告天下，风示百官。哪知除卜式外，竟无一人继起请效，遂致武帝衔恨在心。巧值秋祭在迩，又行尝酎礼，秋祭曰尝，美酒曰酎。列侯例应贡金助祭，武帝借此泄恨，特嘱少府收验贡金，遇有成色不足，即以不敬论罪，夺去侯爵，百有六人。丞相赵周，不先纠举，连坐下狱，愤急自尽。连毙四相，毋乃太酷！另升御史大夫石庆为丞相，召齐相卜式为御史大夫。

已而车驾东巡，将往缑氏。行至左邑桐乡，正值南越捷报东来，甚是喜慰，便命桐乡为闻喜县。再行至汲县新中乡，又闻得吕嘉捕诛，因在新中乡添置获嘉县。且传谕南军，析南越地作为南海、苍梧、郁林、合浦、交趾、九真、日南、珠厓、儋耳九郡，诏路博德等班师回朝。博德已受封符离侯，至此更增食采，杨仆得加封将梁侯，外此封赏有差。惟越驰义侯遗，征兵赴越时，南夷且兰君抗命。杀毙使人，居然叛汉。遗奉诏回军，击死且兰君，乘胜攻破邛笮，连毙二酋，冉駹等国，并皆震慑，奉表归命。当由遗奏报朝廷，旋接武帝复诏。改且兰为牂牁郡，邛为越巂郡，笮为沈藜郡，冉駹为汶山郡，广汉西白马两处为武都郡，嗣是夜郎及滇，先后降附，蒙给王印，西南夷悉平。

说也奇怪，东越王余善，也甘就灭亡，造起反来。余善尝拟从征南越，上书自效，当即发卒八千人，愿听楼船将军节制。楼船将军杨仆，到了番禺，并未见余善兵到，致书诘问，只说是兵至揭阳，为海中风波所阻。及番禺已破，询诸降人，才知余善且通使南越，阴持两端。仆乃请命朝廷，即欲移兵东讨。武帝因士卒过劳，决计罢兵，但令仆部下校尉，留屯豫章，防备

余善。余善恐不免讨伐，索性先行称兵，拒绝汉道，号将军驺力为吞汉将军，自称武帝。汉帝死后称武，余善生前称武，也是奇闻。武帝乃再遣杨仆出兵，与横海将军韩说等分道入东越境，余善尚负嵎称雄，据险不下。相持数月，由故越建成侯敖，及繇王居股，合谋杀死余善，率众迎降，东越复平。武帝以闽地险阻，屡次反复，不如徙民内处，免得生心。乃诏令杨仆以下诸将，把东越民徙居江淮。杨仆等依诏办理，闽峤乃虚无人迹了。两越俱亡。

同时又有先零羌人，零音怜。为唐虞时三苗后裔，散处湟中，阴通匈奴，合众十余万，寇掠令居安故等县，进围枹罕。武帝起李息为将军，使偕郎中令徐自为，率兵十万，击散诸羌，特置护羌校尉，就地镇治，总算荡平。

武帝见诸事顺手，自然欣慰，因记起渥洼水旁，曾有异马产出，即颁诏出去，嘱令送马入都。这异马并非异产，不过由暴利长捏说出来，从中取巧。小子于前文中已经叙明。见六十九回。此时暴利长奉命献马，到了都中，由武帝亲自验看，果觉肥壮得很，与乌孙国所献良马，大略相同。武帝遂称为神马，或与乌孙马共称天马。《通鉴辑览》载此事于元狩三年，

《汉书》则在元鼎四年，本书两存其说，故前后分叙。武帝方营造柏梁台，高数十丈，用香柏为梁，因以为名。这台系供奉长陵神君，神君为谁，查考起来，实是不值一辩。长陵有一妇人，产男不育，悲郁而亡。后来妯娌宛若，供奉妇像，说是妇魂附身，能预知民间吉凶。一班愚夫愚妇，共去拜祝，有求辄应，就是武帝外祖母臧儿，也曾往祷，果得子女贵显，遂共称长陵妇为神君。武帝得自母传，遣使迎入神君像，供诸蹏（tí）氏观中。嗣因蹏氏观规模狭隘，特筑柏梁台移供神像，且创作柏梁台诗体，与群臣互相唱和，谱入乐歌。复令司马相如等编制歌诗，按叶宫商，合成声律，号为乐府。及得了神马后，也仿乐府体裁，亲制一《天马歌》。歌云：

泰一况，泰一即天神，见后文。天马下，沾赤汗，沫流赭，志俶傥，精权奇，籋音蹑。浮云，晻上驰，驱容与，迣音逝。万里。今安匹？龙为友。

天马歌成，马入御厩，暴利长非但免罪，且得厚赏。忽又由河东太守，奏称汾阴后土祠旁，有巫锦掘得大鼎，不敢藏匿，因特报闻。这汾阴地方的后土祠，本是元鼎四年新设，不到数月，便有大鼎出现，明明由巫锦暗中作伪，哄动朝廷。也是暴利长一般伎俩。偏武帝积迷生信，疑是后土神显示灵奇，将鼎报锡，当即派使迎鼎入甘泉宫，荐诸宗庙。武帝亲率群臣，往视此鼎，鼎状甚大，上面只刻花纹，并无款识。大众不辨新旧，但模模糊糊的说是周物，统向武帝称贺。独光禄大夫吾邱寿王，谓鼎系新式，怎得说是周鼎？语为武帝所闻，召入诘问，吾邱寿王道："从前周德日昌，上天报应，鼎为周出，故称周鼎。今汉自高祖继周，德被六合，陛下又恢廓祖业，天瑞并至，宝鼎自出，这乃汉宝，并非周宝，臣所以谓非周鼎呢！"武帝转怒为喜，连声称善，群臣亦喧呼万岁。吾邱寿王却得赐黄金十斤，武帝又亲作宝鼎歌，纪述休祥。小子有诗叹道：

虚伪何曾不易知，君臣上下并相欺。
唐虞尚有夸张事，况是秦皇汉武时。

过了月余，又有齐人公孙卿，上书说鼎。欲知他如何说法，容待下回再详。

张骞之凿空西域，后人或力诋其过，或盛称其功。吾谓凿空可也。凿空西域，乃徒以厚赂相邀，并未知殖民政策，是第耗中国之财，而未收拓土之效，宁非有损无益乎！惟断匈奴之右臂，使胡人渐衰渐弱，不复为寇，亦未始非中国之利。然则骞有过，骞亦未尝无功，谓其功过之相抵可耳。东南两越，自取灭亡，伏波楼船，徼天之幸，而武帝益因此骄侈矣。神马也，宝鼎也，无一非作伪之举，武帝岂真愚蠢？任彼所欺？意者其亦欲借此欺人欤？上下相欺，而汉道衰矣。

第七十三回

信方士连番被惑　行封禅妄想求仙

却说齐人公孙卿，本是一个方士，因闻武帝新得宝鼎，也想乘时干进，胡乱凑成一书，叫做札书，怀挟入都，钻通了一条门路，把书献入。书中语多荒诞，内有黄帝得宝鼎，是辛巳朔旦冬至，今岁汉得宝鼎，适当己酉朔旦冬至，古今相符，足称盛瑞云云。武帝览书，很觉合意，遂召公孙卿入见，问此书为何人所作。卿随意捏造，说是受诸申公，且言申公已死，只有此书遗下。武帝信以为真，且问申公有无他语。卿又答道："申公尝谓大汉肇兴，正与黄帝时代，运数相合。大约高皇帝后，或孙或曾孙，圣圣相承，必有宝鼎出现，宝鼎一出，上与神通，应该封禅，重行黄帝故事。今宝鼎适符圣瑞，可见申公所言，真实不虚了。"武帝复问黄帝如何封禅？公孙卿乱说了一大篇，无非把岳宗泰岱，禅主云亭的套话，信口铺张。又把当时甘泉宫，指为黄帝时代的明庭。谓黄帝曾在明庭接见百神，后来采铜首山，铸鼎荆山。鼎成后龙垂胡须，下迎黄帝，黄帝乘龙登天，带去后宫及大臣七十余人。还有许多小臣，要想攀髯上去，髯被扯断，统皆坠下，连黄帝所带的弓衣，亦被震落。小臣无从再攀，只得抱弓悲号，因以鼎湖名地，乌号名弓。全是牵强附会。这番言词，武帝已听过许多方士说及大略，不过公孙卿所谈，更觉得娓娓动听，遂不禁长叹道："朕如能学得黄帝，弃妻子也如敝屣哩！"当下拜卿为郎，使至太室候神，太室即嵩岳之一峰。既而卿入都面陈，谓缑氏城上有仙人迹，请武帝自往巡幸。上回所述驾幸缑氏，便是为了公孙卿一言。惟武帝也恐为所欺，曾向卿说道："汝莫非效文成五利否？"卿答称人求神仙，神仙不须求人，应该宽假岁月，精诚感应，方得上迓仙人。

看官听说！这明是借端延宕，不负责任，比那文成、五利，更为狡猾。所以文成、五利终致授首，公孙卿却得坐靡廪禄，逍遥了好几年。究竟文成、五利，姓甚名谁？小子前时无暇叙入，只好趁此补述出来。是倒戟而出之法。

自武帝迎供长陵神君图像，便有方士李少君料知武帝迷信鬼神，入都献技。少君不娶妻，不育子，又不肯言籍贯年纪，但挟术周游，语多奇验。及抵长安，便有人替他揄扬，传达宫中。武帝便召见少君，亲加面试，取出一古铜器，令他说明何代所制。少君不待摩挲，立即答道："这是春秋时齐国所制，齐桓公十年，曾陈设柏寝中。"武帝不免称奇。原来铜器下面，曾有文字标识，如少君言，巧被少君猜着，自然目为异人。且少君容貌清癯，似非凡相，益令武帝起敬，赐他旁坐。少君因进言道："祠灶便能致物，致物以后，丹砂可化为黄金，并可益寿，蓬莱仙人，亦可得见。从前黄帝封禅遇仙，竟得不死，乘龙升天。就是臣活了数百年，亦亏得遨游海上，遇见仙人安期生，给臣食枣，形大如瓜，然后延年。"如哄小孩子一般。武帝听了，乃亲祀灶神。且遣方士入海，访寻蓬莱仙人。一面令少君炼砂成金，好多时未见炼成，那少君却已死去。仙枣想已泻出了。

武帝还疑他尸解成仙，很加叹息。可巧来了一个齐人少翁，也与少君一般论调，正好继续少君，说鬼谈仙。适值武帝宠姬王夫人得病身亡，王夫人有子名闳，由王夫人病重时，以子相托。时武帝长子据，已册为太子，即卫皇后所生。闳当然不能立储，只好许为齐王。王夫人却也道谢。至王夫人死后，武帝追忆不忘，少翁即自言能致鬼魂相见如少时。武帝甚喜，便命少翁作起法来，少翁命腾出净室，四周张帷，并索取王夫人生前衣服，预备招魂。到了夜间，在帷外爇起灯烛，使武帝独坐待着，自己走入帷中，东喷水，西念咒，闹了两三个时辰，果有一个美貌女子，被他引至。武帝正向帷中痴望，见了这般美妇人，不觉出神，凝睇审视，身材等确与王夫人无二。急欲入帷与语，却被少翁出帷阻住，转眼一看，美人儿已没有了。逐句写来，情伪毕露。武帝特作词寄感，列入乐府，词云："是耶非耶？立而望之，翩何姗姗其来迟！"语意原是约略模糊，并非确见，但尚拜他为文成将军，待以客礼，令他求仙。要他求仙，亦不应封为将军。

少翁乃请在甘泉宫中，增筑台观，绘塑许多奇形怪状的偶像，或称天神，或称地祇，或称为泰一神。泰一两字，源出古书，大约作上天的解释。当时燕齐方士，竞称天神，最贵要算泰一，五帝尚是泰一的佐使，故泰一当首先供奉。少翁也主此说，武帝方深信少翁，但教少翁如何主张，无不照办。无如神仙杳远，始终不肯光临，武帝也有些疑心起来。一日至甘泉宫，诘问少翁，忽有一人牵过一牛，少翁便指示武帝道："这牛腹中当有奇书。"武帝乃命左右将牛牵住，立刻宰杀，剖腹审视，果有帛书一幅，上载文字，语多隐怪。经武帝看了又看，不由的猛然省悟，便将牵牛的人，拿下审问。一番吓迫，竟得实供，乃是少翁预知武帝到来，嘱将帛书杂入草中，使牛食下，意欲自显神通。哪知书上文字，被武帝瞧破机关，知是少翁亲笔，再加供词确凿，眼见得少翁欺主，头颅落地。何苦作伪？

过了一年，武帝抱病鼎湖宫，多日不愈，遍求天下巫医，适有方士游水发根，说是上郡有巫，能通神语，善知吉凶。武帝即派人迎入，向他问病，巫便作神语道："天子何必过忧？不日自愈，可至甘泉宫相会。"当下使巫往住甘泉宫，说也奇怪，武帝果然渐瘥，乃亲至甘泉宫谢神，且就北宫中更置寿宫，特设神座，尊号神君。神不能言，但凭上郡巫传达，积录成书，名为画法。那上郡巫也是少翁流亚，借着神语，常说少翁枉死。武帝又不觉追悔起来。

乐成侯丁义，迎合意旨，荐上一个方士栾大，谓与少翁同师。武帝即使人往召栾大，大曾为胶东王刘寄家人，寄为景帝子，见前文。寄后系丁义姊，故义特荐引。及大应召入都，武帝见他身长貌秀，彬彬有礼，已是另眼相看。当下询及平时学术，大夸口道："臣尝往来海中，遇见安期羡门等仙人，得拜为师，传授方术，大约黄金可成，河决可塞，不死药可得，仙人可致。惟因文成枉死，方士并皆掩口，臣虽蒙召，亦怎能轻谈方术哩！"武帝忙诡说道："文成食马肝致死，毋得误听！汝诚有此方术，尽可直陈，我却毫无吝惜呢！"大答说臣师统是仙人，与人无求，陛下必欲求仙，须先贵宠使臣，引为亲属，视若宾客，方可令他通告神人。武帝听了，尚恐大空言无术，不禁沉吟。大窥破上意，遂顾令御前侍臣，取得小旗数百杆，分插殿前，喝一声疾，即有微风徐徐过来，再加了几句咒语，风势益大，把几百杆小旗卷入空中，自相触击。顿时满朝臣吏，无不称奇，就是武帝亦见所未见，禁不住失声喝彩。俄而风定旗落，纷纷下地。不过一些觋风微术，实不足奇。武帝更加赞美，面授大为五利将军。又是一位特别将军。大不过道了一个谢字，扬长而出。

武帝见大无甚喜色，料知他心尚未足，但国库方匮，急需金银，又因黄河决口未塞，河南屡有水患，闻得栾大具有是术，还惜什么官爵印绶？一官未足，何妨再给数官，于是天士将军地士将军大通将军的官衔，联翩加封。才阅月余，大已佩了四将军印绶了。哪知大连日入朝，仍没有什么欢容。武帝索性依他要求，加封为乐通侯，食邑二千户，赐甲第，给童仆，所有车马帷帐等类，俱代为备齐，送交过去。待至布置妥当，再将卫皇后所生长公主，嫁与为妻。一介贱夫，平白地得此奇遇，出舆盖，入仆御，一呼百诺，颐指气使，又有娇滴滴的金枝玉叶，任他拥抱取乐，快活何如！武帝未曾得仙，他却做了活神仙了。武帝时常召宴，或且至大第酒叙，赏赐黄金至十万斤，此外各物，不可胜计。大若自能炼金，何必需此巨赏？自窦太主各将相以下，又皆依势逢迎，随时馈献。也想登仙么？武帝再命刻玉印，镂成天道将军四字，特派大臣夜着羽衣，立白茅上，授与栾大。大亦照此装束，长揖受印，这算是客礼相待，明示不臣。总计大入都数月，封侯尚主，身悬六印，富贵震天下。

好容易又过半年，武帝不免要去催促，叫他往迎神仙，大尚支吾对付。后来实不便延宕，只好整顿行装，辞过武帝，别了娇妻，亲赴海上寻师。武帝究竟聪明，密遣内侍扮做平民，一路随去。但见大到了泰山，惟辟地为席，拜祷一番，并没有仙师，出与相语。及祷毕后，无他异举，但在海岸边游玩数日，遂折回长安。无非记着家中的女仙。内侍见他这般捣鬼，既好笑，又好恨，一入都门，不待栾大进谒，先向武帝报知。武帝当然动怒，俟大入报，作色诘责。大还要捏造师言，被武帝唤出内侍，当面对质，不由栾大不服，遂将大拘系狱中，按律坐诬罔罪，腰斩市曹。只难为了卫长公主。

看官试想，这武帝已经觉悟，连诛文成、五利，应该将方士尽行驱逐，为何又听信这公孙卿呢？原来武帝不信文成、五利，并非不信神仙，他以为文成、五利两人，法术未高，所以神仙难致，若果得一有道的术士，当必有效，因此公孙卿进见以后，无非叫他再去一试。所有一切待遇，非但不及五利，并且不及文成。亲女儿不肯无故割舍了！卿受职较卑，不使人忌，再加手段圆滑，反好从此安身。还有封禅一语，乃是公孙卿独自提议，最合武帝意旨。当时司马相如已经病殁，他有遗书上奏，称颂功德，劝武帝东封泰山，武帝已为所动，再经公孙卿一说，便决议举行。只有封禅仪制，自秦后未曾照办，无从援据。就是司马相如家中，亦曾差人查问，伊妻卓文君，谓遗书以外无他语。此妇尚未死么？武帝不得已责成博士，要他酌定礼仪。博士徐偃、周霸等，采取尚书周官王制遗文，拘牵古义，历久未决。还是左内史倪宽，谓封禅盛事，经史未详，不若由天子自行裁夺，垂定隆规。武帝乃亲自制仪，略与倪宽参酌可否。适卜式上言官卖盐铁，货劣价贵，不便人民，武帝不以为然，并因式不能文章，贬为太子太傅，特迁宽为御史大夫。总要揣摩求合，方可升官。

封禅礼定，武帝又想这般盛举，必先振兵释旅，方可施行。乃于元鼎六年秋季，诏设十二部将军，调齐人马十八万，扈驾巡边。十月初旬出发，自云阳北行，径出长城，登单于台，耀武扬威，遣侍臣郭吉往告匈奴，传达谕旨，略言东南一带，已皆荡平，南越王头，悬示北阙，单于能战，可与大汉天子，自来交锋；否则便当臣服，何必亡匿漠北云云。时伊稚斜单于已死，子乌维单于嗣立，听了吉言，不禁怒起，把吉拘住不放，自己也不发兵。武帝待了数日，不见回音，乃传令回銮。道过上郡县桥山，见有

黄帝遗冢，顿觉起疑道："我闻黄帝不死，为何留有遗冢？"公孙卿随驾在旁，亟答说道："黄帝登天，群臣想慕不已，因取衣冠为葬。"武帝喟然道："我若上天，想群臣当亦葬我衣冠哩。"说着即命备礼致祭。祭毕还长安，遣兵回营。转眼间便是孟春，东风解冻，正好趁时东封。当下启跸东巡，行经缑氏，望祭中岳嵩山，从官齐集山下，听得山中发声，恍似三呼万岁一般。恐又是公孙卿捣鬼。便即告知，武帝也只说听见，令祠官加增太室祠，以山下三百户为奉邑，号曰崇高。崇嵩二字，古文通用。再东行至泰山，山下草木，尚未生长，武帝令从吏运石上山，直立山顶，上刻铭词数语道：

> 事天以礼，立身以义，事父以孝，成民以仁。四海之内，莫不为郡县，四夷八蛮，咸来贡职。与天无极，人民蕃息，天禄永得。

立石既毕，遂东巡海上，礼祀八神。天主，地主，兵主，阴主，阳主，月主，日主，四时主。齐地方士，争来献书，统说海中居有神仙。武帝便命多备船只，使方士一并航海，往寻蓬莱仙人，且使公孙卿持节先行，遇仙即报。卿复称夜至东莱见有大人，长约数丈，近视即杳，但留巨迹。武帝听说，自至东莱亲视，足迹尚依稀可认，惟状类兽蹄，未免动疑。偏从臣也来启奏，谓路中遇一老翁，手中牵犬，说是欲见巨公，言毕不见。都是瞎说。武帝方信为真仙，再命随行方士，乘车四觅。自在海上守候多日，不见回音，乃回至泰山，行封禅礼。即就山下东方致祭，筑土为封，埋藏玉牒，牒中所说，无非求福求寿等语，旁人无从窥悉。又与奉车都尉霍子侯，同登山巅，秘密封土，禁人预闻。子侯名嬗，即去病子，武帝独加宠遇，故使得从行。越宿，从山北下，来禅肃然山。封禅礼成，还驻明堂。到了次日，群臣奏闻封禅各处，夜有祥光，凌晨复有白云拥护，引得武帝色动颜开。再由群臣一齐歌颂功德，武帝越加喜欢，遂下诏改称本年为元封元年，大赦天下。并忆封禅期内，连日晴和，并无风雨，当由天神护佑，或得从此接见神仙，也未可知。乃复至海上探望，但见云水苍茫，并没有神仙形影，怅立多时，心终未死，意欲亲自航海，往访蓬莱。群臣进谏不从，还是东方朔谓仙将自至，不可躁求，才将武帝劝止，不复进行。

适霍子侯感冒风寒，竟致暴死，想是成仙去了。武帝悲悼异常，厚加赙殓，饬人送柩回京。自己再沿海至碣石，终不得一见仙人，乃折向西行，过九原，入甘泉，总计费时五阅月，周行一万八千里，用去金钱巨万，赐帛百余万匹，全亏治粟都尉桑弘羊，职兼大农，置平准官，操奇计赢，才得逐年搜括，供给武帝游资。武帝因他理财有功，赐爵左庶长，金二百斤。弘羊尝自诩为计臣能手，谓民不加赋，国用自饶。独卜式斥他不务大体，专营小利。会因天气亢旱，有诏求雨，式私语亲属，谓不如烹死弘羊，自可得雨，何必祈祷？哪知武帝方依任弘羊，怎肯把他加诛。

是秋有孛星出现天空，术士王朔，反指为德星，群臣依声附和，说是封禅瑞应。武帝大喜，乃至雍地，亲祀五畤，复回甘泉祀泰一神。自从方士称泰一最贵，特在甘泉设祠，号为泰畤。且定例三岁一郊，各畤中随时致祭，不在此例。元封二年，公孙卿又复上言，东莱有神人，欲见天子，武帝乃再出东巡，至缑氏县，拜卿为中大夫，使为前导，直赴东莱。偏是海山缥缈，云雾迷蒙，有什么天神天仙？卿无从解说，又把那野兽脚迹，混充过去。武帝也不便穷诘，但托言天时屡旱，特为人民祈雨，来祷万里沙神祠。万里沙在东莱海滨，借此为名，掩饰天下耳目。还过泰山，又复望祀，再顺路至瓠子口。瓠子河决，已二十多年，武帝尝使汲黯、郑当时前往堵塞，屡堙屡决。更命汲黯弟仁，与郭昌等往修河防，积久无成。此次武帝亲临决口，先沉白马玉璧，致祭河神，随令从官一齐负薪，填塞决河。河旁本有数万人夫，随吏供役，至是见文武百官，尚且这般辛苦，怎得不格外效劳？薪柴不足，济以竹石，好在天晴已久，河水低浅，竟得凭借众力，堵住决河。又上筑一宫，名曰宣防。此举总算为民除患，但梁楚一带，受害已二十多年了。抑扬得当。

武帝还至长安，公孙卿恐车驾徒劳，仙无从致，将来必加严谴，因复想出一法，托大将军卫青进言，谓仙人素好楼居，不如增筑高楼，徐待仙至。武帝乃令长安作蜚廉观，甘泉作通天台，台观统高三四十丈。费了许多经营，仍使公孙卿持节供张，恭候神仙，另在甘泉宫添筑前殿。殿成以后，忽在殿房中生出一草，九茎连叶，大众都称为灵芝，立即上奏。武帝亲往看验，果然不差，乃作芝房歌，颁诏大赦。既而在汶上作明堂，复出巡江汉，由南而东，增封泰山。即就明堂礼祀上帝。小子不胜殚述，但作诗申意道：

谈仙说鬼尽无稽，英主如何也着迷？
累万黄金空掷去，水长山杳日沉西。

土木频兴，迷信不已，辽东突来警报，又起兵戈。欲知如何起衅，待至下回再叙。

观汉武之迷信神仙，几与秦皇同出一辙。秦始皇信方士，武帝亦信方士；秦始皇行封禅，武帝亦行封禅；秦始皇好神仙，武帝亦好神仙；秦始皇兴土木，武帝亦兴土木。凡始皇之所为，武帝皆踵而效之，尤有甚焉。始皇之信徐市卢生也，不过使之奔走海上耳。武帝乃任以高爵，待若上宾，并举爱女而亦嫁之，且少翁戮而栾大复进，栾大诛而公孙卿又进，若明若昧，何其游移若此？要之皆贪心不足，妄冀长生，乃有此种种之谬举耳。夫养心莫善于寡欲，美意乃足以延年，以好货好色好战之人主，反思与天同休，宁有是理？秦皇误于前，汉武误于后，多见其不自量也。若非轮台之悔，则汉武之异于始皇者，果几何耶？

第七十四回

东征西讨绝域穷兵　先败后成贰师得马

却说辽东塞外，有古朝鲜国，在黄海东北隅。周时封殷族箕子，为朝鲜主，传国四十一世，由燕人卫满侵入，逐去朝鲜王箕准，自立为王，建都王险城，攻略附近小邑，势力渐强，再传至孙右渠，诱致汉奸，阻遏汉使，武帝特遣廷臣涉何往责右渠，右渠不肯奉命，但遣裨酋送归涉何。何还渡浿(bèi)水，入中国境，袭杀朝鲜裨酋，反奏称朝鲜不服，斩将报功。武帝不察底细，遽令何为辽东东部都尉。何喜如所望，受诏莅任，不意朝鲜出兵报复，攻入辽东，将何击毙。警报到了长安，武帝大怒，尽发天下死囚，充当兵役，特派楼船将军杨仆，及左将军荀彘，分领士卒，往讨朝鲜。

朝鲜王右渠，闻汉兵大举东来，连忙调发人马，堵住险要。杨仆从齐地出发，渡过渤海，入朝鲜境，前驱兵七千人，浮水轻进，径至王险城下。右渠只防辽东陆路，未防水道，蓦闻汉兵攻城，却也心惊。幸亏城中也有预备，方得乘城守御。嗣探得汉兵不多，督兵出战，两下奋斗多时，毕竟众寡不敌，汉兵败溃。杨仆走匿山中，十余日才敢出头，收集溃卒，退待荀彘。彘行至浿水，渡过西岸，正与朝鲜戍兵相值，连战数次，未得大胜。当有奏报入都，武帝闻两将无功，又遣使臣卫山，往谕右渠，晓示祸福。右渠也恐不能久持，顿首请降，令太子随同卫山，东行谢罪，并献马五千匹，及随行人众，不下万余。

卫山见朝鲜兵盛，疑有他变，先与荀彘会叙，互商一策，转告朝鲜太子，不得带兵，太子亦恐汉兵有诈，率众驰回。卫山不便再赴朝鲜，只好入朝复命。武帝问明原委，恨山失计，立命处斩，仍遣人催促两将进攻。卫山之死，失之过谨。荀彘乃驱军急进，迭破数险，直抵王险城，围攻西北两隅。杨仆也招集后队，进至城南。荀彘部下，统是燕代健儿，骁勇善战，杨仆部下，多系齐人，闻得前军败北，锐气已衰，因此不敢再斗。那荀彘日

夕督攻，杨仆只按兵不动，右渠与荀彘力战，与杨仆讲和。相持数月，城尚无恙。彘屡约杨仆夹攻，仆但含糊答应，终未动手，也想学路博德了。遂致两将生嫌。事为武帝所闻，亟使前济南太守公孙遂，前往观兵，许他便宜从事。遂至彘营，彘当然归咎杨仆，与遂商定秘谋，召仆议事。仆因有诏使到来，不得不往，一见遂面，竟被遂喝令彘军，将仆拿下，且传谕仆众，归彘节制，自己总算毕事，匆匆复命。彘既并有两军，遂将全城围住，四面猛扑。城中危急万分，朝鲜大臣路人韩阴，与尼溪相参将军王唊等，共谋降汉。偏偏右渠不从，路人韩阴王唊，开城出降。尼溪相参，且号召党羽，刺杀右渠，献首汉营。荀彘正率军进城，不意城门又闭，朝鲜将军成己，婴城拒守。彘使降人招谕守兵，如再抗违，一体屠戮，守兵相率惊惶，共杀成己，一齐出降，朝鲜乃平。捷书入奏，武帝令分朝鲜地为四郡，叫作乐浪、临屯、玄菟、真蕃，召彘引师回朝。彘将杨仆囚入槛车，押归长安。途次非常得意，总道此番凯旋，定邀重赏，哪知驰入都门，惊悉公孙遂被诛消息，才转喜为忧。没奈何入朝见驾，武帝不待详报，便责他与遂同罪，擅拘大臣，当即褫去衣冠，推出斩首。至杨仆贻误军机，亦当伏法，但念他平越有功,准得赎为庶人。平心而论,仆罪过彘,一赎一诛,岂非倒置!

同时又有将军赵破奴,与偏将王恢等,领兵西征,往击楼兰车师。此王恢与前王恢同名异人。楼兰、车师两国,同为西域部落,见七十一回。阴受匈奴招诱,拦阻西行汉使,武帝因遣两将出讨。破奴佯言进击车师,暗率轻骑七百人,掩入楼兰,得将楼兰王擒住,然后移攻车师。车师闻风骇溃,被破奴捣破虏廷,结果是两国服罪,情愿内附。破奴乃请旨定夺,武帝封破奴为浞野侯,恢为浩侯,使他暂为镇抚,威示乌孙大宛诸国。

乌孙前曾遣使献马,随中郎将张骞入朝,见七十二回。已而来使归国,报称汉朝强大,乌孙王昆莫,方悔从前不用骞言,更闻汉兵连破楼兰、车师,势将及己,乃急遣使至汉,愿遵旧约。武帝准如所请,但向来使征求聘礼。来使返报以后,当即送马千匹,作为聘仪。武帝取江都王建遗女,赐号公主,出嫁乌孙。江都王建,就是武帝兄刘非子,非殁建嗣,淫昏无道,上烝下报,甚至迫令宫女与犬羊处,同为笑乐,私刻皇帝玺绶,出入警跸,僭拟皇宫。当有人上书告发,由武帝派吏问罪,建惶恐自尽,家破国除,子女没入掖庭。至此乃遣令和亲,嫁与昆莫,昆莫立为右夫人。匈奴也欲招致乌孙,遣女往嫁,昆莫一并收纳,立为左夫人。惟昆莫年已老迈,怎禁得两国少妇左右相陪?往往独居外帐,不敢入寝。江都公主,既悲远嫁,复适老夫,并与昆莫言语不通,服食皆异,不得已自治一庐,孑身居住。有时愁极无聊,免不得作歌告哀,歌云:

> 吾家嫁我兮天一方,远托异国兮乌孙王。穹庐为室兮旃为墙,以肉为食兮酪为浆。居常思土兮心内伤,愿为黄鹄兮返故乡!

歌末有黄鹄一语,因相传为《黄鹄歌》。这歌词传到长安,武帝颇为垂怜,屡通使问,赐给锦绣帷帐等类。昆莫也知精力不继,死在眼前,愿将公主让与岑陬。岑陬是昆莫孙,巴不得与公主为婚,只是公主自觉怀惭,未便下嫁,不得不上书武帝,恳求召归。武帝要想结好乌孙,共灭匈奴,竟回书劝她从俗。公主无奈,转嫁岑陬,朝为继祖母,暮作长孙妇,真是旷古异闻!虽然降尊就卑,却是以少配少,也还值得。及昆莫病死,岑陬继立,改王号为昆弥,与汉朝通问不绝。

武帝复出巡东岳,禅高里,山名,在泰山下。祠后土,临渤海,望祀蓬莱。再遣方士入海求仙,仍无音信,乃返入长安。忽然柏梁台上,陡起火光，不知如何失慎，致兆焚如！请得一位祝融神，可谓不虚此台。武帝惊惜不已。有方士越人勇之，却说越中风俗，凡有火灾，须亟改造，比前时格外高大，方足厌禳灾殃。武帝乃立命建筑，另择未央宫西偏，造起一座绝大的宫殿，中容千门万户，东凤阙，西虎圈，北凿太液池，又有渐台、蓬莱、方丈、瀛洲、壶梁诸名目，无非是想象神仙，凭空构筑。南面有玉堂、璧门、神明台、井干楼，再架飞阁跨城，直通未央宫，说不尽的繁华靡丽，描不完的轩敞崇闳。宫成后求迎神仙，始终不至，惟采选良家女子，收入宫中，相传掖庭簿载总数共一万八千人，有几个得蒙召幸，或拜容华，或充侍衣，总算列入妃嫱，得加俸禄。试想武帝如此好色，尚能延年益寿么？

是时已为元封七年，依照旧例，每六年必一改元，大中大夫公孙卿联络同官壶遂，及太史令司马迁等，上言历纪废坏，宜改正朔，御史大夫倪宽，主张夏正，乃废去前秦正朔，以正月为岁首，改元封七年为太初元年，诏令公孙卿等造太初历。阴历莫如夏正，武帝此举，尚算正时。嗣是色尚黄，数用五，更定官名，协订音律，又费了许多手续，才得成章。

会有西使回来，报称大宛国有宝马，在贰师城，不肯示人。武帝素闻宛马有名，乃特铸金为马，并加千金，使壮士车令等赍往大宛，愿易贰师城宝马。偏偏宛王不从，车令等一再商恳，终被拒绝，惹得车令怒起，诟骂宛王，且椎碎金马，携屑而还。谁知路过郁成，竟遇着番奴千人，阻住去路。车令等与他斗死，所携金币，眼见得被他夺去了。武帝闻报大怒，立拟命将出征。汉将本推卫霍，霍去病早死，已见前文，就是卫青，亦已病亡，只落得赐谥表功，青殁后予谥曰烈。子卫伉等，虽然袭爵，却非将才，乃特选一贵戚李广利，使为贰师将军。

先是王夫人死后，后宫虽多妃妾，却无一能及王夫人。会有中山伶人李延年，入宫供奉，妙解音声，颇得武帝欢心。延年有妹，也善歌舞，又生得姿容秀媚，体态轻盈，当由平阳公主见她美丽，特为荐引。武帝立命召见，端的是天生尤物，比众不同。当下同入阳台，畅施雨露，仗着几番化育，种下胚胎，十月满足，生男名髆，后来封为昌邑王。延年因妹得官，拜为协律都尉，妹亦加封李夫人。这李夫人专宠后房，几与王夫人无二。偏她的命宫寿数，也与王夫人相同，子尚冲龄，母已病厄。武帝遍召名医诊治无效，渐渐的容销骨瘦，将致不起。到了垂危时候，武帝殷勤探问，她偏用被蒙头，不肯见面，口中但言貌未修饰，难见至尊。武帝必欲一见，用手揭被，不料她转面向内，终不从命。及武帝退出，姊妹等入宫问候，未免说她违忤君心。她却唏嘘答说道："妇女以色事人，色衰便即爱弛，今我病已将死，形容非旧，若为主上所见，必致惹嫌，不复追念，难道尚肯顾我兄弟姊妹么？"语虽不错，但把身子作为玩物，终不脱妇女思想。众人听着，方才大悟。不到数日，红颜委蜕，玉骨销香。武帝大为悲悼，葬用后礼，命在甘泉宫绘画遗容。俗语说得好，日有所思，夜有所梦，武帝时思李夫人，遂致梦中恍惚，见李夫人赠与蘅芜，醒后尚有遗香，历久不散，因名卧室为遗芳梦室。李夫人事迹，正好趁此带出。

李夫人有二兄，除延年外，还有广利一人，娴习弓马，随侍宫廷。武帝不能无故加封，乃趁着大宛抗命，竟拜广利为将军，号为贰师，是教他往贰师城取马，故有是名。发属国骑兵六千，及郡国恶少年数万人，尽归贰师将军节制，带同前往。且命浩侯王恢为向导，出玉门，经盐泽，沿途统是沙碛，无粮可因，无水可汲，所过小国，统皆固守境界，不肯给食。汉兵忍不住饥渴，往往倒毙，及抵郁成，部下不过数千，随带干粮，又皆食尽。不得已为冒险计，先攻郁成。郁成王杀死汉使，早恐汉兵前来报复，严兵守候，至汉兵进攻，便即出战。汉兵虽拚死力斗，究竟食少势孤，不能取胜，反折伤了一半人马。广利料难再持，只得收军，退至敦煌，奏请罢兵。武帝曾听姚定汉言，谓大宛兵弱，三千人可以荡平，因此特派广利出去，俾他容易奏功，可授封爵。谁知广利丧师退还，反请罢休，正是大失所望，不由得动起怒来，遣使遮住玉门关，传谕广利军前，如有一人敢入此关，立即斩首！广利奉到此谕，没奈何留驻敦煌，静待后命。

武帝再想添兵征宛，偏来了匈奴密使，说由左大都尉所遣，愿杀儿单于，举国降汉，请汉廷发兵相应等语。武帝问明情形，当然大喜，原来匈奴主乌维单于，自遁居漠北后，用赵信计，阴备军实，阳求和亲。汉使王乌、杨信，相继通番，与订和约，乌维单于语多反复，不肯听命。武帝还道两人望浅，特派路充国佩二千石印绶，前往议和，反被匈奴拘住。武帝始知匈奴多诈，命将军郭昌领兵防边。嗣复遣昌往击昆明，虽多斩获，一时不能还镇，昆明事见前文。因调浞野侯赵破奴代任。会乌维单于病死，子詹师庐继立，尚在少年，号为儿单于。单于任性好杀，国人不安，匈奴左大都尉,方遣使至汉请降。武帝得此机缘,如何不喜,即将来使遣归,命将军公孙敖带领工役,至塞外筑受降城,一面授赵破奴为浚稽将军,饬令赴浚稽山,迎接匈奴左大都尉。

赵破奴率兵二万,到了浚稽山下,待久不至,使人探听虚实,才知匈奴左大都尉,谋泄被诛,因即引军南还。忽闻后面有呐喊声,料是胡兵追来,连忙翻身迎敌。待至胡兵行近,杀将过去,把他击走,捕得虏骑数千人,部兵亦伤亡多名。但经此一胜,总道匈奴没有后继,放心南归,距受降城只四百余里,因见天色已暮,随便安营,待旦再行。营方扎定,遥见尘头大起,匈奴兵漫山遍野,骋骑前来,破奴不及移军,只好闭营守着。那匈奴兵共有八万骑,一齐趋集,围住汉营,困得水泄不通。汉营乏水,如何解渴,破奴恐军心慌乱,夤夜潜出,自去觅水。离营未及百步,竟被胡兵窥见,一声呼啸,环绕拢来。破奴只有数十个随兵,怎能与敌?一古脑儿被他捉去。全是轻率所致。大将受擒,全营皆震,胡兵乘势猛攻,汉营大乱,一半战死,一半降番。儿单于喜出望外,再进兵攻受降城,还亏公孙敖闻风预备,乘城固守,不为所乘。胡兵攻打不下,方才罢去。

公孙敖拜本上闻,武帝易喜为忧,不得不集众会议。群臣多请罢宛兵,专力攻胡,武帝以宛为小国,尚不能下,如何能征服匈奴?并且西域诸国,亦将轻汉,乃决计向宛添兵,大赦罪犯,尽发各地恶少年,悉数当兵,佐以沿边马队,共得骑卒六万,步卒七万,备足饷械,接济贰师将军李广利,又发天下七科谪戍,使他运粮。七科:谓吏有罪一,亡命二,赘婿三,贾人四,原有市籍五,父母有市籍六,祖父母有市籍七。并派出都尉两员,一号执马,一号驱马,待至攻破大宛,便好牵马归来。注重在马,何贵畜贱人如此!李广利既得大兵,当然再往,沿途各小国,见汉兵此次重来,比前为威,倒也不免惊慌,乃皆出食饷军。惟有轮台一城,独闭门拒绝,广利挥兵屠城,乘势长驱,驰入宛境。宛王毋寡,遣将搦战,与汉兵前队相遇,前队兵共三万人,奋力击射,大破宛兵,宛将败回城中。广利经过郁成城,本拟一击泄恨,因恐宛人日久备厚,不如直攻宛都,乃绕出郁成,进薄宛都贵山城。城内无井,全仗城外流水,经汉兵四面围住,断绝水道,守兵当然危急。毋寡也觉惊惶,急遣人向康居国乞援。广利连日督攻,差不多有四旬余,方将外城攻破,擒住宛勇将煎靡。宛人失去外城,越觉焦急,康居兵又未见到来，于是诸贵官相与私谋道："我王藏匿良马，戕杀汉使，因致汉将广利，大举来攻，目下外援不至，亡在旦夕，不如杀王献马，与汉讲和。万一汉将不从，我等方背城一战，死亦未迟。"大众并皆赞成，遂攻杀宛王毋寡，枭取首级，使人持至汉营，面见广利道："宛人未敢轻汉，咎在宛王一人，今已奉献王首，请将军勿再攻城。宛人当尽出良马，任令择取，且愿供给军粮。如将军不肯允许，宛人将尽杀良马，与决死战。且康居援兵，计日可至，里应外合，胜负难料，请将军熟权利害，何去何从！"广利想了又想，不若许和为善，商诸部将，部将亦无不主和，乃依了宛使，与订和约。宛使返入城中，始将马匹一齐献出，令汉兵自行择取，且赍送粮食至军。广利令两都尉物色良马，得数十匹，中等以下，三千余匹，又遣使入城，觇察情形。宛贵人昧察，接待尽礼，由使人还报广利。广利乃与宛人申约，立昧察为宛王，然后退师。

是时康居闻汉兵势盛，不敢过援。郁成王却是倔强，非但不肯服汉，反截杀汉校尉王申生，及故鸿胪壶充国。广利正想还击郁成，得了此报，愤不可遏，便令搜粟都尉上官桀，引兵往攻，破入城中。郁成王乘乱逃出，

奔投康居。桀追入康居境内，移檄索郁成王，康居闻汉已破宛，不敢违命，因将郁成王缚送军前。桀令四骑士押往李广利营，途次恐被走失，互相熟商。还是上邽骑士赵弟，打定主意，竟拔剑出鞘，砍落郁成王首级，持报李广利。广利乃班师东归。这番出师，虽士卒不免阵亡，究竟未及一半。无如将吏贪取财物，虐待部下，遂致死亡甚众，首殣相望，及入玉门关，众不满二万人，马不过千余匹。武帝不遑责备，但见良马到手，便已如愿，遂封李广利为海西侯，食邑八千户。赵弟亦得封为新畤侯。上官桀等均有封赏，不劳细表。

惟武帝因宛马雄壮，比乌孙马为良，乃改称乌孙马为西极马，独名宛马为天马，并作天马歌云：

天马徕，从西极，涉流沙，九夷服。天马徕，出泉水，虎脊两，化若鬼。天马徕，历无草，径千里，循东道。天马徕，执徐时，将摇举，谁与期？天马徕，开远门，竦予身，逝昆仑。天马徕，龙之媒，游阊阖，观玉台。

总计李广利出征大宛，先后劳兵十余万，历时共阅四年，结果只得了数十匹良马。小子演述至此，随笔写入一诗道：

十万兵残天马来，玉门关外贰师回。
冤魂载道愁云结，天子禽荒剧可哀。

大宛既平，西域诸国，未免震慑，多半遣子入侍，武帝欲乘此军威，再伐匈奴。欲知后事，且看下回分解。

本回专叙征伐，与上回情迹不同，而其希冀之心，则实出一辙。好神仙，不得不劳征伐，彼之希冀长生者，无非为安享奢华计耳。设非拓大一统之宏规，为天下雄主，则虽得长生，亦何足喜！故不同者其迹，而相同者其心也。朝鲜之灭，荀彘功多罪少，而独诛之；虑其专擅之为患，故用法独苛。乌孙之和，建女上书求归，而独阻之，欲其祖孙之世事，故渎伦不恤。至若征宛一役，则更为求马起衅，阅时四载，丧师糜饷不胜计，乃毫不之惜，反以良马来归，诩诩作歌。其心术尤可概见矣！语曰：止戈为武，武帝之得谥为武，其取义果安在乎？

第七十五回

入虏庭苏武抗节　出朔漠李陵败降

却说武帝既征服大宛，复思北讨匈奴，特颁诏天下，备述高祖受困平城，冒顿嫚书吕后，种种国耻，应该湔（jiān）雪，且举齐襄灭纪故事，作为引证。齐襄复九世之仇，《春秋》大之，见《公羊传》。说得淋漓迫切，情见乎词。时已为太初四年冬季，天气严寒，不便用兵，但令将吏等整缮军备，待春出师。转眼间已将腊尽，连日无雨，河干水涸，武帝一再祈雨。且因《诗经》中有《云汉》一篇，系美周宣王勤政弭灾，借古证今，不妨取譬，乃特于次年岁首，改号天汉元年。

春光易老，日暖草肥，武帝正要命将出征，忽报路充国自匈奴归来，诣阙求见。当下召入充国，问明情形。充国行过了礼，方将匈奴事实，约略上陈。充国为匈奴所拘，事见前回。原来匈奴儿单于在位三年，便即病死，有子尚幼，不能嗣位，国人立他季父右贤王呴犁湖为单于。才及一年，呴犁湖又死，弟且鞮侯继立。恐汉朝发兵进攻，乃自说道："我乃儿子，怎敢敌汉？汉天子是我丈人行呢。"说着，即将汉使路充国等一律释回，并遣使人护送归国，奉书求和。武帝闻得充国报告，再将匈奴使人，召他入朝。取得来书，展览一周，却也卑辞有礼，不禁欣然。言甘心苦，奈何不思？乃与丞相等商议和番，释怨修好。

丞相石庆，已经寿终，可谓幸免。由将军葛绎侯公孙贺继任。贺本卫皇后姊夫，累次出征，不愿入相，只因为武帝所迫，勉强接印。每遇朝议，不敢多言，但听武帝裁决，唯命是从。前时匈奴拘留汉使，汉亦将匈奴使臣，往往拘留。至此中外言和，应该一律释放，乃由武帝裁决，将匈奴使人释出，特派中郎将苏武，持节送归，并令武赍去金帛，厚赠且鞮侯单于。

武字子卿，为故平陵侯苏建次子，建从卫青伐匈奴，失去赵信，坐罪当斩，赎为庶人。嗣复起为代郡太守，病殁任所。武与兄弟并入朝为郎，此次受命出使，也知吉凶难卜，特与母妻亲友诀别，带同副中郎将张胜，属吏常惠，及兵役百余人，出都北去，径抵匈奴。既见且鞮侯单于，传达上意，出赠金帛，且鞮侯单于并非真欲和汉，不过借此缓兵，徐作后图。他见汉朝中计，且有金帛相赠，不由的倨傲起来，待遇苏武礼貌不周。武未便指斥，既将使命交卸，即退出虏庭，留待遣归。偏生出意外枝节，致被牵羁，累得九死一生，险些儿陷没穷荒。

当武未曾出使时，曾有长水胡人子卫律，与协律都尉李延年友善。延年荐诸武帝，武帝使律通问匈奴，会延年犯奸坐罪，家属被囚，卫律在匈奴闻报，恐遭株累，竟至背汉降胡。又是一个中行说。匈奴正因中行说病死，苦乏相当人士，一得卫律，格外宠任，立封他为丁灵王。律有从人虞常，虽然随律降胡，心中甚是不愿。适有浑邪王姊子缑王，前从浑邪王归汉，浑邪王事见前文。嗣与赵破奴同没胡中，意与虞常相同，两人联为知己，谋杀卫律，将劫单于母阏氏，一同归汉。凑巧来了副中郎将张胜，曾为虞常所熟识，常私下问候，密与胜谋，请胜伏弩射死卫律。胜志在邀功，不向苏武告知，竟自允许，彼此约定，伺隙即发，适且鞮侯单于出猎，缑王虞常，以为有机可乘，招集党羽七十余人，即欲发难。偏有一人甘心卖友，竟去报知单于子弟，单于子弟，立即兴师兜捕，缑王战死，虞常受擒。且鞮侯单于，闻变驰归，令卫律严讯此案。张胜始恐受祸，详告苏武，武愕然道："事已至此，怎能免累？我若对簿虏庭，岂非辱国？不如早图自尽罢！"说着，即拔出佩剑，遽欲自刎。亏得张胜、常惠把剑夺住，才得无恙。第一次死中遇生。武只望虞常供词不及张胜，哪知虞常一再遭讯，熬刑不起，竟将张胜供出。卫律便将供词录示单于，单于召集贵臣，议杀汉使。左伊秩訾匈奴官名。劝阻道："彼若谋害单于，亦不过罪及死刑，今尚不至此，何若赦他一死，迫令投降。"单于乃使卫律召武入庭，当面受辞。武语常惠道："屈节辱命，就使得生，有何面目复归汉朝？"一面说，一面已将剑拔出，向颈欲挥。卫律慌忙抢救，抱住武手，颈上已着剑锋，流血满身，急得卫律紧抱不放，饬左右飞召医生。及医生趋至，武已晕去，医生却有妙术，令律释武置地，掘土为坎，下贮煴火，无焰之火。上覆武体，引足蹈背，使得出血，待至恶血出尽，然后用药敷治，果然武苏醒转来，复有气息。第二次死中遇生。卫律使常惠好生看视，且嘱医生勤加诊治，自去返报且鞮侯单于。单于却也感动，朝夕遣人问候，但将张胜收系狱中。

及武已痊愈，卫律奉单于命，邀武入座，便从狱中提出虞常、张胜，宣告虞常死罪，把他斩首，复向张胜说道："汉使张胜，谋杀单于近臣，罪亦当死，如若肯降，尚可宥免！"说至此，即举剑欲砍张胜。胜贪生怕死，连忙自称愿降。律冷笑数声，回顾苏武道："副使有罪，君应连坐。"武正色答道："本未同谋，又非亲属，何故连坐？"律又举剑拟武，武仍不动容，夷然自若。律反把剑缩住，和颜与语道："苏君听着！律归降匈奴，受爵为王，拥众数万，马畜满山，富贵如此。苏君今日降，明日也与律相似，何必执拗成性，枉死绝域哩！"武摇首不答，律复朗声道："君肯因我归降，当与君为兄弟；若不听我言，恐不能再见我面了！"武听了此语，不禁动怒，起座指律道："卫律！汝为人臣子，不顾恩义，叛主背亲，甘降夷狄，我亦何屑见汝？且单于使汝决狱，汝不能平心持正，反欲借此挑衅，坐观成败，汝试想来，南越杀汉使，屠为九郡，宛王杀汉使，头悬北阙，朝鲜杀汉使，立时诛灭，独匈奴尚未至此。汝明知我不肯降胡，多方胁迫，我死便罢，恐匈奴从此惹祸，汝难道尚得幸存么？"义正词严。这一席话，骂得卫律哑口

无言，又不好径杀苏武，只好往报单于。这也好算苏武第三次重生了。

单于大为嘉叹，愈欲降武，竟将武幽置大窖中，不给饮食。天适雨雪，武啮雪嚼旃，数日不死。第四次死中遇生。单于疑为神助，乃徙武置北海上，使他牧羝(dī)。羝系牡羊，向不产乳，单于却说是羝羊乳子，方许释归。又将常惠等分置他处，使不相见。可怜武寂处穷荒，只有羝羊作伴，掘野鼠，觅草实，作为食物，生死置诸度外，但把汉节持着，与同卧起。一年复一年，几不知有人间世了。这是生死交关的第五次。

武帝自遣发苏武后，多日不见复报，料知匈奴必有变卦。及探闻消息，遂命贰师将军李广利，领兵三万，往击匈奴。广利出至酒泉，与匈奴右贤王相遇，两下交战，广利获胜，斩首万余级，便即回军。右贤王不甘败衄，自去招集大队，来追广利。广利行至半途，即被胡骑追及，四面围住。汉兵冲突不出，更且粮草将尽，又饥又急，惶恐异常。还是假司马赵充国，发愤为雄，独率壮士百余人，披甲操戈，首先突围。好容易杀开血路，冲出圈外，广利趁势麾兵，随后杀出，方得驰归。这场恶战，汉兵十死六七，充国身受二十余创，幸得不死。广利回都奏报，有诏召见充国，由武帝验视伤痕，尚是血迹未干，禁不住感叹多时，当即拜为中郎。充国系陇西上邽人，表字翁孙，读书好武，少具大志。这番是发轫初基，下文再有表见。也是特笔。

武帝因北伐无功，再遣因杅将军公孙敖出西河，因杅是匈奴地名。与强弩都尉路博德，约会涿邪山，两军东西游弋，亦无所得。侍中李陵，系李广孙，为李当户遗腹子，少年有力，爱人下士，颇得重名。武帝说他绰有祖风，授骑都尉，使率楚兵五千人，习射酒泉、张掖，备御匈奴。至李广利出兵酒泉，诏令陵监督辎重，随军北进。陵乘便入朝，叩头自请道："臣部下皆荆楚兵，力能挽虎，射必命中，情愿自当一队，分击匈奴。"武帝作色道："汝不愿属贰师么？我发卒已多，无骑给汝。"陵奋然道："臣愿用少击众，无需骑兵，但得步卒五千人，便可直入虏庭！"太藐视匈奴。武帝乃许陵自募壮士，定期出发，且命路博德半路接应。博德资望，本出陵上，不愿为陵后距，因奏称现当秋令，匈奴马肥，未可轻战，不如使陵缓进，待至明春，出兵未迟。武帝览奏，还疑陵自悔前言，阴教博德代为劝阻，乃将原奏搁起，不肯依议。适赵破奴从匈奴逃归，报称胡人入侵西河，武帝遂令博德往守西河要道，另遣陵赴东浚稽山，侦察寇踪。时逢九月，塞外草衰，李陵率同步卒五千人，出遮虏障，障即戍堡等类。直至东浚稽山，扎驻龙勒水上。途中未遇一敌，不过将山川形势，展览一周，绘图加说，使骑士陈步乐，驰驿奏闻。步乐见了武帝，将图呈上，且言陵能得志。武帝颇喜得人，并拜步乐为郎，不料过了旬余，竟有警耗传来，谓陵已败没胡中。

原来陵遣归步乐，亦拟还军，偏匈奴发兵三万，前来攻陵。陵急据险立营，先率弓箭手射住敌阵，千弩齐发，匈奴前驱，多半倒毙。陵驱兵杀出，击退虏众，斩首数千级，方收兵南还。不意匈奴主且鞮侯单于，复召集左右贤王，征兵八万骑追陵。陵且战且走，大小至数百回合，斫死虏众三千名。匈奴自恃兵众，相随不舍，陵引兵至大泽中，地多葭苇，被匈奴兵从后纵火，四蹙陵兵。陵索性教兵士先烧葭苇，免得延燃，慢慢儿拔出大泽，南走山下。且鞮侯单于，亲自赶来，立马山上，遣子攻陵。陵拼死再战，步斗林木间，又杀敌数千人，且发连臂弓射单于。单于惊走，顾语左右道："这是汉朝精兵，连战不疲，日夕引我南下，莫非另有埋伏不成？"左右谓我兵数万，追击汉兵数千，若不能覆灭，益令汉人轻视。况前途尚多山谷，待见有平原，仍不能胜，方可回兵。单于乃复领兵追赶。陵再接再厉，杀伤相当，适有军侯管敢，被校尉笞责，竟去投降匈奴，报称汉兵并无后援，矢亦将尽，只有李将军麾下，及校尉韩延年部曲八百人，临阵无前，旗分黄白二色，若用精骑驰射，必破无疑。汉奸可恨，杀有余辜。单于本思退还，听了敢言，乃选得锐骑数千，各持弓矢，绕出汉兵前面，遮道击射。并齐声大呼道："李陵、韩延年速降！"陵正入谷中，胡骑满布山上，四面注射，箭如雨下。陵与延年驱军急走，见后面胡骑力追，只好发箭还射，且射且行。将到鞮汗山，五十万箭射尽，敌尚未退。陵不禁太息道："败了！死了！"乃检点士卒，尚有三千余人，惟手中各剩空弓，如何拒敌？随军尚有许多车辆，索性砍破车轮，截取车轴，充作兵器。此外惟有短刀，并皆执着，奔入鞮汗山谷。胡骑又复追到，上山掷石，堵住前面谷口。天色已晚，汉兵多被击死，不能前进，只好在谷中暂驻。陵穿着便衣，孑身出望，不令左右随行，慨然语道："大丈夫当单身往取单于！"话虽如此，但一出营外，便见前后上下，统是敌帐，自知无从杀出，返身长叹道："此番真要败死了！"实是自来寻祸。旁有将吏进言道："将军用少击众，

威震匈奴，目下天命不遂，何妨暂寻生路，将来总可望归。试想浞野侯为虏所得，近日逃归，天子仍然宽待，何况将军？”陵摇手道：“君且勿言，我若不死，如何得为壮士呢！”意原不错。乃命尽斩旌旗，及所有珍宝，掘埋地中。复召集军吏道：“我军若各得数十箭，尚可脱围，今手无兵器，如何再战？一到天明，恐皆被缚了！现惟各自逃生，或得归见天子，详报军情。”说着，令每人各带干粮二升，冰一片，借御饥渴，各走各路，期至遮卢障相会。军吏等奉令散去，待到夜半，陵命击鼓拔营，鼓忽不鸣。陵上马当先，韩延年在后随着，冒死杀出谷口，部兵多散。行及里许，复被胡骑追及，环绕数匝。延年血战而亡，陵顾部下只十余人，不由的向南泣说道：“无面目见陛下了！”说罢，竟下马投降匈奴。错了！错了！如何对得住韩延年？部兵大半覆没，只剩四百余人，入塞报知边吏。

边吏飞章奏闻，惟尚未知李陵下落。武帝总道李陵战死，召到陵母及妻，使相士审视面色，却无丧容。待至李陵生降的消息，传报到来，武帝大怒，责问陈步乐。步乐惶恐自杀，陵母妻被逮下狱。群臣多罪陵不死，独太史令司马迁，乘着武帝召问时候，为陵辩护，极言陵孝亲爱士，有国士风，今引兵不满五千，抵挡强胡数万，矢尽援绝，身陷胡中，臣料陵非真负恩，尚欲得当报汉，请陛下曲加宽宥等语。武帝听了，不禁变色，竟命卫士拿下司马迁，拘系狱中。可巧廷尉杜周，专务迎合，窥知武帝意思，是为李广利前次出师，李陵不肯赞助，乃至无功。此次李陵降虏，司马迁袒护李陵，明明是毁谤广利，因此拘迁下狱。看来不便从轻，遂将迁拟定诬罔罪名，应处宫刑。迁为龙门人氏，系太史令司马谈子，家贫不能赎罪，平白地受诬遭刑，后来著成《史记》一书，传为良史。或说他暗中寓谤，竟当作秽史看待。后人自有公评，无庸小子辨明。

武帝再发天下七科谪戍及四方壮士，分道北征。贰师将军李广利，带领马兵六万，步兵七万，出发朔方，作为正路。强弩都尉路博德，率万余人为后应。游击将军韩说，领步兵三万人出五原，因杅将军公孙敖，领马兵万人，步兵三万人出雁门。各将奉命辞行，武帝独嘱公孙敖道："李陵败没，或说他有志回来，亦未可知。汝能相机深入，迎陵还朝，便算不虚此行了！"敖遵命去讫，三路兵陆续出塞，即有匈奴侦骑，飞报且鞮侯单于。单于尽把老弱辎重徙往余吾水北，自引精骑十万，屯驻水南。待至李广利兵到，交战数次，互有杀伤。广利毫无便宜，且恐师老粮竭，便即班师。匈奴兵却随后追来，适值路博德引兵趋至，接应广利，胡兵方才退回。广利不愿再进，与博德一同南归。游击将军韩说，到了塞外，不见胡人，也即折回。因杅将军公孙敖，出遇匈奴左贤王，与战不利，慌忙引还，自思无可报命，不如捏造谎言，复奏武帝。但言捕得胡虏，供称李陵见宠匈奴，教他备兵御汉，所以臣不敢深入，只好还军。你要逞刁，看你将来如何保全？武帝本追忆李陵，悔不该轻遣出塞，此次听了敖言，信为真情，立将陵母及妻，饬令骈诛。陵虽不能无罪，但陵母及妻，实是公孙敖一人断送。

既而且鞮侯单于病死，子狐鹿姑继立，遣使至汉廷报丧。汉亦派人往吊，李陵已闻知家属被戮，免不得诘问汉使。汉使即将公孙敖所言，备述一遍，陵作色道："这是李绪所为，与我何干。"言下恨恨不已。李绪曾为汉塞外都尉，为虏所逼，弃汉出降，匈奴待遇颇厚，位居陵上。陵恨绪教胡备兵，累及老母娇妻，便乘绪无备，把他刺死。单于母大阏氏，因陵擅杀李绪，即欲诛陵，还是单于爱陵骁勇，嘱令避匿北方。俄而大阏氏死，陵得由单于召还，妻以亲女，立为右校王，与卫律一心事胡。律居内，陵居外，好似匈奴的夹辅功臣了。小子有诗叹道：

孤军转战奋余威，矢尽援穷竟被围。

可惜临危偏不死，亡家叛国怎辞讥？

武帝不能征服匈奴，那山东人民，却为了暴敛横征，严刑苛法，遂铤而走险，啸聚成群，做起盗贼来了。欲知武帝如何处置，待至下回表明。

武帝在位数十年，穷兵黩武，连年不息，东西南三面，俱得敉(mǐ)平，独匈奴恃强不服，累讨无功。武帝志在平胡，故为且鞮侯单于所欺，一喜而即使苏武之修好，一怒而即使李陵之出军。试思夷人多诈，反复无常，岂肯无端言和？苏武之使，已为多事，若李陵部下，只五千人，身饵虎口，横挑强胡，彼即不自量力，冒险轻进，武帝年已垂老，更事已多，安得遽遣出塞，不使他将接应，而听令孤军陷没耶？苏武不死，适见其忠；李陵不死，适成为叛。要之，皆武帝轻使之咎也。武有节行，乃使之困辱穷荒；陵亦将才，乃使之沉沦朔漠。两人之心术不同，读史者应并为汉廷惜矣。

第七十六回

巫蛊狱丞相灭门　泉鸠里储君毙命

却说汉廷连岁用兵，赋役烦重，再加历届刑官，多是著名酷吏，但务苛虐，不恤人民。元封天汉年间，复用南阳人杜周为廷尉，杜周专效张汤，逢迎上意，舞文弄法，任意株连，遂致民怨沸腾，盗贼蜂起，山东一带，劫掠时闻。地方官吏，不得不据实奏闻，武帝乃使光禄大夫范昆等，著绣衣，佩虎符，号为直指使者，出巡山东，发兵缉捕。所有二千石以下，得令专诛。范昆等依势作威，沿途滥杀，虽擒斩几个真正盗魁，但余党逃伏山泽，依险抗拒。官兵转无法可施，好几年不得荡平。武帝特创出一种苛律，凡盗起不发觉，或已发觉不能尽诛，二千石以下至小吏，俱坐死罪。此法叫作沉命法，沉命即没命的意思。同时直指使者暴胜之，辄归咎二千石等捕诛不力，往往援照沉命法，好杀示威。行至渤海，郡人隽不疑，素有贤名，独往见胜之道："仆闻暴公子大名，已有多年，今得承颜接辞，万分欣幸。凡为吏太刚必折，太柔必废，若能宽以济猛，方得立功扬名，永终天禄。愿公勿徒事尚威！"胜之见他容貌端庄，词旨严正，不禁肃然起敬，愿安承教。嗣是易猛为宽，及事毕还朝，表荐不疑为青州刺史。暴君不暴，亏有诤友，惟不疑亦从此著名了。又有绣衣御史王贺，亦偕出捕盗，多所纵舍，尝语人道："我闻活千人，子孙有封，我活人不下万余，后世当从此兴盛呢！"为王氏荣宠张本。

是时三辅，注见前文。亦有盗贼。绣衣直指使者江充，系是赵王彭祖门客，他尝得罪赵太子丹，逃入长安，讦丹与姊妹相奸，淫乱不法。丹坐是被逮，后虽遇赦，终不得嗣为赵王。武帝因他容貌壮伟，拜为直指使者，督察贵戚近臣。江充得任情举劾，迫令充戍北方。贵戚入阙哀求，情愿输钱赎罪，武帝准如所请，却得了赎罪钱数千万缗。却是一桩好生意。武帝以充为忠直，常使随侍。会充从驾至甘泉宫，遇见太子家人，坐着车马，行驰道中，当即上前喝住，把他车马扣留。太子据得知此信，慌忙遣人说情，叫充不可上奏。偏充置诸不理,竟去报告武帝。武帝喜说道:“人臣应该如此!”遂迁充为水衡都尉。

天汉五年,改元太始,取与民更始的意思。太始五年,又改元征和,取征讨有功,天下和平的意思。这数年间,武帝又东巡数次,终不见有仙人,惟连年旱灾,损伤禾稼。至征和元年冬日,武帝闲居建章宫,恍惚见一男子,带剑进来,忙喝令左右拿下。左右环集捕拿,并无踪迹,都觉诧异得很。偏武帝说是明明看见,怒责门吏失察,诛死数人。实是老眼昏花。又发三辅骑士,大搜上林,穷索不获。再把都门关住,挨户稽查,闹得全城不安,直至十有一日,始终拿不住真犯,只好罢休。何与秦始皇时情事逼肖?武帝暗想如此搜索,尚无形影,莫非妖魔鬼怪不成,积疑生嫌,遂闯出一场巫蛊重案,祸及深宫。

自从武帝信用方士,辗转引进,无论男女巫觋,但有门路可钻,便得出入宫廷。就是故家贵戚,亦多有巫觋往来,所以长安城中,几变做了鬼迷世界。丞相公孙贺夫人,系卫皇后胞姊,见前。有子敬声,得官太仆,自恃为皇后姨甥,骄淫无度。公孙贺初登相位,却也战战兢兢,只恐犯法,及过了三五年,诸事顺手,渐渐放胆,凡敬声所为,亦无心过问。敬声竟擅用北军钱千九百万,为人所讦,捕系狱中。贺未免溺爱,还想替子设法,救出囹圄。适有阳陵侠客朱安世,溷迹都中,犯案未获。贺上书武帝,愿缉捕安世为子赎罪,武帝却也应允,贺乃严饬吏役,四出查捕,吏役等皆认识安世。不过因安世疏财好友,暗中用情,任令漏网。此次奉了相命,无法解免,只好将他拿到,但与安世说及详情,免致见怪,安世笑语道:“丞相要想害我,恐自己也要灭门了!”遂从狱中上书,告发丞相贺子敬声,与阳石公主私通,且使巫祷祭祠中,咒诅宫廷,又在甘泉宫驰道旁,瘗埋木偶等事。武帝览书大怒,立命拿下公孙贺,一并讯办,并把阳石公主连坐在内。廷尉杜周,本来辣手,乐得罗织深文,牵藤攀葛。阳石公主系武帝亲女,与诸邑公主为姊妹行,诸邑公主是卫皇后所生,又与卫伉为中表亲,伉本承袭父爵,后来坐罪夺封,伉为卫青长子,见七十四回。免不得有些怨言,杜周悉数罗入,并皆论死。贺父子皆毙狱中,卫伉被杀,甚至两公主亦不得再生,奉诏自尽。倒不如不生帝皇家。

武帝毫不叹惜，反以为办理得宜，所有丞相遗缺，命涿郡太守刘屈氂(máo)继任。屈氂系中山王胜子。胜为武帝兄弟，嗜酒好色，相传有妾百余，子亦有百二十人。此时胜已病逝，予谥曰靖。长子昌嗣承父位，屈氂乃是庶男，由太守入秉枢机。武帝恐相权过重，拟仿照高祖遗制，分设左右两相。右相一时乏人，先命屈氂为左丞相，加封澎侯。

惟武帝在位日久，寿将七十，每恐不得延年，时常引进方士，访问吐纳引导诸法，又在宫中铸一铜像，高二十丈，用掌托盘，承接朝露，名为仙人掌，得露以后，掺和玉屑，取作饮料，谓可长生，虽是一半谎言，却也未始无益。但武帝生性好色，到老不改。陈后后有卫后，卫后色衰，便宠王、李二夫人。王、李二夫人病逝，又有尹、邢两美姬，争宠后宫。尹为婕妤，邢号娙(xíng)娥，女官名，貌美之称。两人素不会面。尹婕妤请诸武帝，愿与邢娙娥相见，一较优劣。武帝令他宫女，扮作娙娥，入见尹婕妤，尹婕妤一眼瞧破，便知是别人顶替。及邢娙娥奉召真至，服饰不过寻常，姿容很是秀媚，惹得尹婕妤目瞪口呆，半晌说不出话来，惟有俯首泣下。邢娙娥微笑自去。武帝窥透芳心，知尹婕妤自惭未逮，乃有此态。当下曲意温存，

才算止住尹婕妤的珠泪。但从此尹、邢两人，不愿再见，后人称为尹邢避面，便是为此。夹入此事，也是一段汉宫艳史。

此外还有一个钩弋夫人，系河间赵氏女。相传由武帝北巡过河，见有青紫气，询诸术士，谓此间必有奇女子，武帝便遣人查访，果有一个赵家少女，艳丽绝伦，但两手向生怪病，拳曲不开，当由使人报知武帝。武帝亲往看验，果如所言，遂命从人解擘两拳，无一得释。及武帝自与披展，随手伸开，见掌中握着玉钩，很为惊异，于是载入后车，将她带回。既入宫中，便即召幸，老夫得着少妇，如何不喜？当即特辟一室，使她居住，号为钩弋宫。也是金屋藏娇的意思。称赵女为钩弋夫人，亦名拳夫人。过了年余，钩弋夫人有娠，阅十四月始生一男，取名弗陵，进钩弋夫人为婕妤。武帝向闻尧母庆都，怀孕十四月生尧，钩弋子也是如此，因称钩弋宫门为尧母门。或谓钩弋夫人，通黄帝素女诸术，能使武帝返老还童，仍得每夕御女，这是野史妄谈，断不可信。武帝质本强壮，所以晚得少艾，尚能老蚌生珠。不过旦旦伐性，总有穷期，到了征和改元，武帝病已上身，耳目不灵，精神俱敝。前次见有男子入宫，全是昏眊（mào）所致。至公孙贺父子得罪，连及二女，更觉得心神不宁。一日在宫中昼寝，梦见无数木人，持杖进击，顿吓出一身冷汗，突然惊醒。醒后尚心惊肉跳，魂不守舍，因此忽忽善忘。

适江充入内问安，武帝与谈梦状，充却一口咬定，说是巫蛊为祟。全是好事。武帝即令充随时查办，充遂借端巫诈，引用几个胡巫，专至官民住处，掘地捕蛊，一得木偶，便不论贵贱，一律捕到，勒令供招。官民全未接洽，何从供起？偏充令左右烧红铁钳，烙及手足身体。毒刑逼迫，何求不得？其实地中掘出的木偶，全是充暗教胡巫，预为埋就，徒令一班无辜官民，横遭陷害，先后受戮，至数万人。毒过蛇蝎。太子据年已长成，性颇忠厚，平时遇有大狱，往往代为平反，颇得众心。武帝初甚钟爱，嗣见他材具平庸，不能无嫌，更兼卫后宠衰，越将她母子冷淡下去。还是卫后素性谨慎，屡戒太子禀承上意，因得不废。至江充用事，弹劾太子家人，卖直干宠，太子不免介意。见前文。嗣闻巫蛊案牵连多人，更有后言。充恐武帝晏驾，太子嗣位，自己不免受诛，乃拟先除太子，免贻后患。

黄门郎苏文，与充往来密切，同构太子。太子尝进谒母后，移日乃出，苏文即向武帝进谗道："太子终日在宫，想是与宫人嬉戏哩！"武帝不答，特拨给东宫妇女二百人。太子心知有异，仔细探察，才知为苏文所谗，更加敛抑。文又与小黄门常融王弼等，阴伺太子过失，砌词朦报。卫后切齿痛恨，屡嘱太子，上白冤诬，请诛谗贼。太子恐武帝烦扰，不欲渎陈，且言自能无过，何畏人言。已而武帝有疾，使常融往召太子，融当即返报，谓太子颇有喜容。及太子入省，面带泪痕，勉强笑语。当由武帝察出真情，始知融言多伪，遂将融推出斩首。苏文不得逞志，反断送了一个常融，不禁愤惧交并，便即告知江充。充乃请武帝至甘泉宫养疴，暗使胡巫檀何，上言宫中有蛊气隐伏，若不早除，陛下病终难瘥。

武帝正多日患病，一闻何言，当然相信，立使江充入宫究治。更派按道侯韩说，御史章赣为助，就是黄门苏文及胡巫檀何，亦得随充同行。充手持诏旨，率众入宫，随地搜掘，别处尚属有限，独皇后太子两宫中，掘出木人太多。太子处更有帛书，语多悖逆，充执为证据，趋出东宫，扬言将奏闻主上。太子并未埋藏木偶，凭空发现，且惊且惧，忙召少傅石德，向他问计。石德也恐坐罪，因即献议道："前丞相父子与两公主卫伉等，皆坐此被诛，今江充带同胡巫，至东宫掘出木人，就使暗地陷害，殿下亦无从辩明；为今日计，不如收捕江充，穷治奸诈，再作计较！"太子愕然道："充系奉遣到来，怎得擅加捕系？"石德道："皇上方养病甘泉，不能理事，奸臣敢这般妄为，若非从速举发，岂不蹈秦扶苏覆辙么？"扶苏事见前文。太子被他一逼，也顾不得什么好歹，便即假传诏旨，征调武士，往捕江充。卤莽之极。充未曾预防，竟被拿下，胡巫檀何，一并就缚，只按道侯韩说，是军伍出身，有些膂力，便与武士格斗，毕竟寡不敌众，伤重而亡。苏文、章赣，乘隙逃往甘泉宫。

太子在东宫待报，不到多时，即由武士拿到江充、檀何。太子见了江充，气得眼中出火，戟指怒骂道："赵虏，汝扰乱赵国，尚未快意，乃复欲构我父子么？"说着，即喝令斩充，并令将檀何驱至上林，用火烧死。虽是眼前快意，但未得实供，究难塞谤。一面使舍人无且，读若居。持节入未央宫，通报卫后，又发中厩车马，武库兵械，载运长乐宫卫士，守备宫门。何不亟赴甘泉宫自首请罪？苏文、章赣，奔入甘泉宫，奏言太子造反，擅捕江充。武帝惊疑道："太子因宫内掘发木偶，定然迁怒江充，故有是变，我当召问底细便了。”遂使侍臣往召太子。侍臣临行时，由苏文递示眼色，已经解意，又恐为太子所诛，竟到他处避匿多时，乃返白武帝道：“太子谋反属实，不肯前来，且欲将臣斩首，臣只得逃归。”

武帝闻言大怒，欲令丞相刘屈氂往拘太子，可巧丞相府中的长史，前来告变。武帝问道：“丞相作何举动？”长史随口答道：“丞相因事关重大，秘不发兵。”武帝忿然道：“人言藉藉，何容秘密？丞相独不闻周公诛管、蔡么？”当下命吏写成玺书，交与长史带回。丞相屈氂，方闻变出走，失落印绶，实是没用家伙。心中正在惶急，忽见长史到来，持示玺书，屈氂乃取书展视，书中有云：

捕斩反者，自有赏罚！当用牛车为橹，毋接短兵，多杀伤士众！坚闭城门，毋令反者得出，至要至嘱！

屈氂看毕，才问明长史往报情形。其实长史往报，也并非由屈氂差遣，就是对答武帝，亦属随机应命。及向屈氂说明，屈氂颇喜他干练，慰勉数语，即将玺书颁示出去。未几又有诏令传至，凡三辅近县将士，尽归丞相调遣。一朝权在手，便把令来行，当即调集人马，往捕太子。太子闻报，急不暇择，更矫诏尽赦都中囚徒，使石德及宾客张光，分领拒敌，并宣告百官，说是皇上病危，奸臣作乱，应该速讨云云。百官也毫无头绪，究不辨谁真谁假，但听得都城里面，喊杀声震动天地。太子与丞相督兵交战，杀了三日三夜，还是胜负未分。至第四日始有人传到，御驾已到建章宫，才知太子矫诏弄兵。于是胆大的出助丞相，同讨太子，就是民间亦云太子造反，不敢趋附。太子部下，死一个少一个，丞相麾下死一个反多一个，长乐西阙下，变作战场，血流成渠。枉死城中，恐容不住如许冤魂！太子渐渐不支，忙乘车至北军门外，唤出护军使者任安，给他赤节，令发兵相助。任安系前大将军卫青门客，与太子本来熟识，当面只好受节，再拜趋入，闭门不出。太子无法，再驱迫市人当兵，又战了两昼夜，兵残将尽，一败涂地。石德、张光被杀，太子挈着二男，南走复盎门，门已早闭，无路可出。巧有司直田仁，瞧见太子仓皇情状，不忍加害，竟把他父子放出城门。及屈氂追到城边，查得田仁擅放太子，便欲将仁处斩。暴胜之已为御史大夫，在屈氂侧，急与语道：“司直位等二千石，有罪应该奏明，不宜擅戮。”屈氂乃止，自去详报武帝。武帝怒甚，立命收系暴胜之田仁，并使人责问胜之，何故祖仁不诛。胜之惶惧自杀。前愆究难幸免，但不族诛，还由晚盖之功。武帝又遣宗正刘长，执金吾刘敢，收取卫后玺绶。卫后把玺绶交出，大哭一场，投缳毕命。陈后由巫蛊被废，卫后亦由巫蛊致死，不可谓非天道好还。卫氏家族，悉数坐罪，就是太子妃妾，无路可逃，也一并自尽。此外东宫属吏，随同太子起兵，并皆族诛。甚至任安受节，亦被查觉，拘入狱中，与田仁同日腰斩。

武帝尚怒不可解，躁急异常，群臣不敢进谏，独壶关三老令狐茂上书道：

臣闻父者犹天，母者犹地，子犹万物也。故天平地安，物乃茂盛，父慈母爱，子乃孝顺。今皇太子为汉嫡嗣，承万世之业，体祖宗之重，亲则皇帝之宗子也。江充布衣，闾阎之隶臣耳，陛下显而用之，衔至尊之命，以迫蹙皇太子，造饰奸诈，群邪错谬，太子进则不得上见，退则困于乱臣，独冤结而无告，不忍忿忿之心，起而杀充，恐惧逋逃，子盗父兵，以救难自免耳。臣窃以为无邪心。往者江充谗杀赵太子，天下莫不闻，今又构衅青宫，激怒陛下，陛下不察，即举大兵而求之，三公自将，智者不敢言，辩士不敢说，臣窃痛之！愿陛下宽心慰意，少察所亲，毋患太子之非，亟罢甲兵，勿令太子久亡，致堕奸人狡计。臣不胜惓惓，谨待罪建章阙，昧死上闻！

武帝得书，稍稍感悟，但尚未尝明赦太子。太子出走湖县，匿居泉鸠里，只有二子相随。泉鸠里人，虽然留住太子，但家况甚贫，只有督同家眷，昼夜织履，卖钱供给。太子难以为情，因想起湖县有一故友，家道殷实，不如召他到来，商决持久方法，乃即亲书一纸，使居停雇人往召。不料为此一举，竟致走漏风声，为地方官吏所闻。新安令李寿，率领干役，夤夜往捕，将太子居停家围住。太子无隙可走，便闭户自缢。好去侍奉母后了。惟二男帮助居停主人拦门拒捕，结果是同归于尽。多害死了一家。

李寿飞章上陈，武帝还依着前诏，各有封赏。后来查得巫蛊各事，均多不确，太子实为江充所迫，不得已出此下着，本意并不欲谋反，自悔前时冒失，误杀子孙！高寝郎田千秋，供奉高祖寝庙。又上书讼太子冤，略言子弄父兵，罪不过笞。皇子过误杀人，更有何罪？臣尝梦见白头

翁教臣言此。真善迎合。武帝果为所动，即召见千秋。千秋身长八尺，相貌堂堂，语及太子冤情，声随泪下。武帝也为凄然道："父子责善，人所难言。今得君陈明冤枉，想是高庙有灵，使来教我呢！"始终迷信鬼神。遂拜千秋为大鸿胪，并诏令灭江充家，把苏文推至横桥上面，缚于桥柱，纵火焚毙。特在湖县筑思子宫，中有归来望思台，表示哀忱。小子有诗叹道：

骨肉乖离最可悲，宫成思子悔难追；
当年枚马如犹在，应赋招魂续《楚辞》。

太子既死，武帝诸子，各谋代立，又惹出一场祸祟来了。欲知如何惹祸，请看下回便知。

卫氏子夫，以歌女进身，排去中宫，得为继后，贵及一门，当其专宠之时，弟兄通籍，姊妹叨荣，何其盛也！公孙贺起家行伍，因妻致贵，出为将，入为相，彼果知相位之难居，何不急流勇退？况有子敬声，骄奢不法，不教之以义方，反纵之为淫佚，既罹法网，尚思赎罪，几何而不沦胥以亡也。阳石、诸邑两公主，并遭连坐，皇女丧生，必及皇子。江充之谮，由来者渐，太子虑不自明，矫诏捕充，充固死有余辜，而父子相夷之祸，自此成矣。太子败而卫后死，卫后死而卫氏一门存焉者寡。人生如泡影，富贵若幻梦，何苦为此献媚取荣耶？武帝南征北讨，欲为子孙贻谋，而反自杀其子孙，尤为可叹。思子宫成，归来台作，果何益乎？

第七十七回

悔前愆痛下轮台诏　授顾命嘱遵负扆图

却说武帝年至七十，生有六男，除长男卫太子据外，一为齐王闳，见七十三回。一为昌邑王髆，见七十四回。一为钩弋子弗陵，见前回。还有燕王旦，及广陵王胥，系后宫李姬所生。旦、胥二子，与闳同时封王，在宗庙中授册，格外郑重。事见元狩元年。闳已夭逝，燕王旦系武帝第三子，两兄俱死，依次可望嗣位，遂上书求入宿卫，窥探上意，偏武帝不许。贰师将军李广利，欲立己甥昌邑王髆为太子，屡与丞相刘屈氂商议；屈氂子娶广利女为妻，儿女私亲，当然允洽。征和三年，匈奴兵入寇五原、酒泉，汉廷闻报，即由武帝下诏，遣李广利率兵七万，往御五原；重合侯马通，率四万人出酒泉；秺音妒。侯商邱成，率二万人出西河。李广利陛辞登程，由刘屈氂送至渭桥，广利私下与语道："君侯能早请昌邑王为太子，富贵定可长享，必无后忧。"谁知是催他速死？屈氂许诺而别。

广利麾兵出塞，到了夫羊句山，正与匈奴右大都尉等相遇，当即驱杀一阵，虏兵只有五千骑，战不过李广利军，当即败走，广利乘胜赶至范夫人城。城系边将妻范氏所筑，故有是名。马通军至天山，匈奴大将偃渠，引兵邀击，望见汉军强盛，不战而退，马通追赶不及，因即退还。商邱成驰入胡境，并无所见，乃收兵引归。回走数十里，忽由匈奴大将与李陵率兵三万从后追来，不得已翻身与战，击退胡兵，重复南行；偏胡兵且却且前，连番接仗，转战八九日，至汉军南临蒲奴水滨，力将胡兵击退，方得从容回来。两路兵已经言旋，只有李广利未归，武帝正在记念，蓦由内官郭穰，报告丞相屈氂，与贰师将军密约，将立昌邑王为帝，丞相夫人，且使女巫祈祷鬼神，诅咒主上。汉官妻女何好干预政治。武帝又勃然大怒，立拿屈氂下狱，查讯定谳，罪至大逆不道；便命将屈氂缚置厨车，腰斩东市，妻子并枭首华阳街，李广利妻子，亦连坐拘系。

当由广利家人飞报军前。广利惶急失色。旁有属吏胡亚夫进言道："将军若得立大功，还可入朝自赎，赦免全家；否则匆匆归国，同去受罪，要想再来此地，恐不可复得了！"广利乃冒险再进，行至郅居水上，击败匈奴左贤王，杀毙匈奴左大将，还要长驱直入，誓捣虏庭。军中长史，因广利违众邀功，料他必败，私议执住广利，缚送回国。不幸为广利所闻，立将长史处斩。广利知军心不服，下令班师，还至燕然山，不料胡骑前来报复，抄出燕然山南麓，截住去路。汉军已经疲乏，禁不住与虏再战，只好扎下营寨，休息一宵，再行打仗。到了夜半，营后忽然火起，复有胡兵杀入，汉军大乱，开营急走，偏前面被胡骑掘下陷坑，夜黑难辨，多半跌了下去。李广利虽未坠下，也觉得无路可走，前有深堑，后有大火，眼见得死在目前，自思侥幸得脱，也是一死，不若投降匈奴，还可求生。未必！未必！主见已定，便即下马请降。匈奴兵把他拥去，使见狐鹿姑单于，单于闻他是汉朝大将，特别待遇。后闻汉廷诛死广利妻子，更将己女配与广利为妻，尊宠在卫律上。律阴怀妒忌，欲害死广利，一时无隙可乘。待至年余，适值单于有病，祷治无效，律即买嘱胡巫，叫他入白单于，说是广利屡次入侵，得罪社稷，应该将他祭社，方可挽回。单于尊信鬼神，遂把广利拿下，广利还疑是单于无情，怒骂单于道："我死必灭匈奴！"何若早死，免致丧名。单于竟杀死广利，用尸祭祀。会连日大雪，畜产冻死，人民疫病。单于始记起广利前言，恐他作祟，特为立祠。看官试想，广利死后，不能向卫律索命，岂尚能灾祸匈奴么？是极。话休叙烦。

且说武帝因广利降胡，屠戮李氏一门，连前将军公孙敖、赵破奴等，亦皆连累族诛。公孙敖族诛，可为李陵母妻泄恨。惟自思许多逆案，都与巫蛊有关，究竟这班方士有无神术，且多年求仙，终不见效，索性再往东莱，探视一番。乃再出东巡，召集方士，访问神仙真迹，大众都说是神山在海，屡被逆风吹转船只，不能前往。武帝欲亲自航行，群臣力谏不从。正拟登舟出发，海风暴起，浪如山立，惊得武帝倒退数步，自知不便浮海，但在海滨流留十余日，启跸言归。道出巨定，行亲耕礼；还至泰山，再修封禅，祀明堂，礼毕，乃召语群臣道："朕即位以来，所为狂悖，徒使天下愁苦，追悔无及。从今以后，事有伤害百姓，悉当罢废，不得再行！"大鸿胪田千秋

进言道："方士竞言神仙，迄今无功，可见是虚糜廪禄，应该罢遣。"武帝点首道："大鸿胪说得甚是，朕当照行。"遂命方士一律回去，不必空候神人，方士皆索然去讫。武帝亦即还都。随拜田千秋为丞相，封富民侯。

搜粟都尉桑弘羊，上言轮台东偏，有水田五千余顷，可遣卒屯田，设置都尉；再募健民垦荒，分筑亭障，借资战守，免致西域生心。武帝却不愿相从，又下诏悔过，略云：

> 前有司奏，欲益民赋三十助边用，是重困老弱孤独也。今又遣卒田轮台；轮台在车师千余里，前击车师，虽降其王，以辽远乏食，道死者尚数千人，况益西乎！乃者贰师败没，军士死亡，离散悲痛，常在朕心。今又请远田轮台，欲起亭障，扰劳天下，非所以优民也，朕不忍闻！当今务在禁苛暴，止擅赋，力本农，修马复。养马者，得免徭役。令以补缺，毋乏武备而已。

自经此一诏，武帝始不复用兵，就是从前种种嗜好，也一概戒绝。后人称为轮台悔诏，便是为此。可惜迟了！未几，进桑弘羊为御史大夫，另任赵过为搜粟都尉。过作代田法，令民逐岁易种，每耨草，必用土培根，根深能耐风旱，用力少，得谷多，民皆称便。越年为征和五年，武帝志在革新，复下诏改元，不用什么祥瑞字样，但称为复元元年正月，初吉，驾幸甘泉祀郊泰畤。及返入长安，丞相田千秋因武帝连年诛罚，中外恟恟，特与御史以下诸官僚，借着上寿为名，劝武帝施德省刑，和神养志，有玩听音乐颐养天年等语。武帝又复下诏道：

朕之不德，致召非彝。自左丞相与贰师，阴谋逆乱，巫蛊之祸，流及士大夫，朕日止一食者累月，何乐之足听？且至今余巫未息，祸犹不止，阴贼侵身，远近为蛊，朕甚愧之，其何寿之有？敬谢丞相二千石，其各就馆。书曰："无偏无党，王道荡荡。"幸毋复言！

武帝此诏，虽似不从所请，却也知千秋词中有意，特加依畀。千秋本无才名，又无功绩，由一言感悟主心，便得封侯拜相，不特汉廷视为异数，就是外国亦当作奇闻。匈奴狐鹿姑单于，复遣使要求和亲，武帝亦遣使答报。狐鹿姑单于问汉使道："闻汉新拜田千秋为丞相，此人素无重望，如何大用？"汉使答道："田丞相上书言事，语皆称旨，因此超迁。"狐鹿姑笑道："照汝说来，汉相不必定用贤人，只须一妄男子上书，便好拜相了。"汉使无言可答，回报武帝；武帝责他应对失辞，意欲拘令下狱，还是千秋代为缓颊，方得邀免。千秋敦厚有智，善觇时变，比诸前时诸相，较为称职，但也是适逢机会，有此光荣。虽有智慧，不如乘时。

到了盛夏时候，武帝至甘泉宫避暑，昼卧未起，忽听得一声异响，才从梦中惊寤，披衣出视，见有二人打架，一是侍中驸马都尉金日磾，一是侍中仆射马何罗。武帝正拟喝止，那日磾早朗声急呼道："马何罗反！"一面说，一面将马何罗抱住，用尽生平气力，得将马何罗扳倒，投掷殿下。当由殿前宿卫，缚住马何罗，经武帝面加讯鞫，果然谋反属实，遂令左右送交廷尉，依法治罪。马何罗系重合侯马通长兄，通尝拒击太子，绩功封侯，马何罗亦得入为侍中仆射。至江充族诛，太子冤白，何罗兄弟，恐致祸及，遂起逆谋。何罗出入宫禁，屡思行刺，只因金日磾时常随着，未便下手。适日磾患有小恙，因卧直庐，即直宿处。何罗自幸得机，遂与弟马通及季弟安成，私下谋逆，自己入刺武帝，嘱两弟矫诏发兵，作为外应。本拟黄夜起事，因殿内宿卫严密，挨至清晨，方得怀着利刃，从外趋入。可巧日磾病已少减，早起如厕，偶觉心下不安，折回殿中，莫非有鬼使神差。方才坐定，见何罗抢步进来，当即起问。何罗不禁色变，自思骑虎难下，还想闯进武帝寝门，偏偏手忙脚乱，误触宝瑟，堕地有声，武帝所闻之异响，从此处叙明。怀中刃竟致失落。日磾当然窥破，赶前一步，抱住何罗，连呼反贼。何罗不能脱身，把持许久，竟被日磾掷翻，遂得破获。武帝又令奉车都尉霍光，与骑都尉上官桀，往拿马通、马安成。此上官桀与前文上官桀不同。两马正在宫外候着，接应何罗，不意两都尉引众突出，欲奔无路，束手就擒，并交廷尉讯办。依谋反律，一并斩首，全家骈诛。

日磾履历，已见前文，惟日磾母教子有方，素为武帝所嘉叹，病殁后，绘像甘泉宫，署曰休屠王阏氏。至日磾生有两子，并为武帝弄儿，束发垂髫，楚楚可爱，尝在武帝背后，戏弄上颈。日磾在前，瞋目怒视，伊子且走且啼道："阿翁恨我！"武帝便语日磾道："汝何故恨视我儿？"日磾不便多言，只好趋出，惟心中很觉可忧。果然长男渐壮，调戏宫人，日磾时加侦察，得悉情状，竟将长男杀死。武帝尚未识何因，怒诘日磾，经日磾顿首陈明，武帝始转怒为哀，但从此亦加重日磾。且日磾侍左右，从未邪视，有时受赐宫女，亦不敢与狎。一女年已及笄，武帝欲纳入后宫，偏日磾不肯奉诏，武帝益称他忠谨，待遇日隆。难得有此好胡儿！此次手捽马何罗，得破逆案，自然倍邀主眷。

只武帝遭此一吓，愈觉心绪不宁，自思太子死后，尚未立储，一旦不讳，何人继位？膝下尚有三男，不若少子弗陵，体伟姿聪，与己相类；不过年尚幼稚，伊母钩弋夫人，又值青年，将来子得为帝，必思干政，恐不免为吕后第二。想来想去，只有先择一大臣，交付托孤重任，眼前惟有霍光、金日磾两人，忠厚老成，可属大事。但日磾究系胡人，未足服众，不如授意霍光，叫他预悉。乃特使黄门，绘成一图，赐与霍光。光字子孟，是前骠骑将军霍去病弟，前文中亦已叙过。他由去病挈入都中，得充郎官，累迁至奉车都尉，光禄大夫，出入禁闼，二十余年，小心谨慎，未尝有失。至是蒙赐图画，拜受回家，展开一览，乃是周公负成王朝诸侯图，也即揣知武帝微意。图既不便奉还，且受了再说。武帝见霍光受图退去，不复再请，当然欣慰。第二着便想处置钩弋夫人，故意寻隙加谴，钩弋夫人脱簪谢罪，武帝竟翻转脸色，叱令左右侍女，把她牵扯出去，送入掖庭狱中。钩弋夫人入宫以后，从未经过这般委屈，此时好似晴天霹雳，出人意外，不由的珠泪盈眶，频频回顾。武帝见她愁眉泪眼，也觉可怜，不得已扬声催促道：“去去！汝休想再活了！”实是奇想。钩弋夫人还欲再言，已被侍女牵出，送交狱中，是夕即下诏赐死。北魏屡有此例，不意自武帝作俑。一代红颜，无端受戮，只落得一抔黄土，留碣云阳。或谓钩弋夫人尸解成仙，无非是惜她枉死，故有是说。当武帝忍心赐死时，曾顾问道：“外人有无异议？”左右答道：“人言陛下将立少子，如何先杀彼母？”武帝喟然道：“庸愚无识，何知朕意？从来国家生故，多由主少母壮所致，汝等独不闻吕后故事么？”左右听了，方才无言。

又阅一年，武帝因春日闲暇，就赴五柞宫游览，宫有五柞树，荫覆数亩，故以名宫。武帝流连景色，一住数日，不料风寒砭骨，病入膏肓，遂致长卧不起，无力回宫。霍光随侍在侧，流涕启问道：“陛下倘有不讳，究立何人为嗣？”武帝答道：“君未知前日画意么？我已决立少子，君行周公事便了。”光顿首道：“臣不如金日磾。”日磾时亦在旁，亟应声道：“臣外国人，若辅幼主，徒使外人看轻，不如霍光远甚。”武帝道：“汝两人素性忠

注：图中所题回目名当为“授顾命嘱遵负扆图”

纯，朕所深知，俱当听我顾命。”二人方才退下，武帝又想朝上大臣，除丞相田千秋，御史大夫桑弘羊外，尚有太仆上官桀，颇可亲信，亦当令他辅政。乃便令侍臣草诏，翌日颁出，立弗陵为皇太子，进霍光为大司马大将军，金日磾为车骑将军，上官桀为左将军，与丞相御史一同辅政，五人奉诏入内，都至御榻前下拜。武帝病已垂危，不能多言，只是颔首作答，便麾令出外办事。这五人的资望，上官桀最为后进，桀系上邽人氏，由羽林期门郎，迁官未央厩令，武帝尝入厩阅马，桀格外留意，勤加喂养。既而武帝患病，好几日不到厩中，桀便疏懈下去。谁知武帝少愈，便来看马。见马多瘦少肥，便向桀怒骂道："汝谓我不复见马么？"桀慌忙跪伏，叩首上言道："臣闻圣体不安，日夕忧惧，所以无心喂马，乞陛下恕罪。"武帝听罢，便道他忠诚可靠，不但将他免罪，更擢使为骑都尉，至捕获马通兄弟，有功加官，得任太仆。看官阅此，就可知上官桀的品性了。暗伏下文。

且说武帝既传受顾命，病已弥留，越宿即驾崩五柞宫，寿终七十一岁，在位五十四年，共计改元十一次。并见上文。史称武帝罢黜百家，表章六经，重儒术，兴太学，修郊祀，改正朔，定历数，协音律，作诗乐，本是一位英明的主子，即如征伐四夷，连岁用兵，虽未免劳师糜饷，却也能拓土扬威。只是渔色求仙，筑宫营室，侈封禅，好巡游，任用计臣酷吏，暴虐人民，终落得上下交困，内外无亲。亏得晚年轮台一诏，自知悔过，得人付托，借保国祚；所以秦皇汉武，古今并称。独武帝传位少子，不若秦二世的无道致亡，相差就在末着呢！论断公允。后人或谓武帝崩后，移棺至未央前殿，早晚祭菜，似乎吃过一般。后来奉葬茂陵，后宫妃妾，多至陵园守制，夜间仍见武帝临幸。还有殉葬各物，又复出现人世，遂疑武帝随尸解去。这种统是讹传，无容絮述。

大将军霍光等，依着遗诏，奉太子弗陵即位，是谓昭帝。昭帝年甫八龄，未能亲政，无论大小事件，均归霍光等主持。霍光为顾命大臣领袖，兼尚书事，因见主少国疑，防有不测，日夕在殿中住着，行坐俱有定处，不敢少移。且思昭帝幼冲，饮食起居，需人照料。帝母钩弋夫人，已早赐死，此外所有宫嫔，都属难恃，只盖侯王充妻室，为昭帝长姊鄂邑公主，方在寡居，家中已有嗣子文信，不必多管，正可乘暇入宫，叫她护持昭帝。于是加封鄂邑公主为盖长公主，即日入宫伴驾。谁知又种下祸根？内事琐屑，归长公主料理，当可无忧。外事与丞相御史等参商，还有辅政两将军酌议，亦不至贻讥丛脞（cuǒ）。哪知过了数夕，夜半有人入报，说是殿中有怪，光和衣睡着，闻报即起，出召尚符玺郎，掌玺之官。向他取玺。光意以御玺最关重要，所以索取，偏尚符玺郎亦视玺如命，不肯交付，光不暇与说，见他手中执着御玺，便欲夺得，那郎官竟按住佩剑道："臣头可得！御玺却不可得呢！"却是个硬头子！光始爽然道："汝能守住御玺，尚有何说！我不过恐汝轻落人手，何曾要硬取御玺！"郎官道："臣职所在，宁死不肯私交！"说毕，乃退。光乃传令殿中宿卫，不得妄哗，违命即斩。此令一出，并没有什么怪异，待到天明，却安静如常了。是日即由光承制下诏，加尚符玺郎俸禄二等，臣民始服光公正，倚作栋梁。光乃追尊钩弋夫人为皇太后，谥先帝为孝武皇帝，大赦天下。小子有诗咏道：

知过非难改过难，轮台一诏惜年残。
托孤幸得忠诚士，尸骨虽寒语不寒。

未几已阅一年，照例改元，号为始元元年。这一年间，便发生一种谋反的案情，欲知祸首为谁？待至下回详叙。

太子据死，刘屈氂及李广利一诛一叛，是正所以促武帝之悔心，使之力图晚盖。意者天不亡汉，乃特为此种种之激刺欤！综观武帝生平，多与秦始皇相类，惟初政时尚有可观，至晚年轮台一诏，力悔前愆，更为秦皇之所未闻。武帝有亡秦之失，而卒免亡秦之祸者，赖有此耳！且命立少子，委任霍光，顾托得人，卒无李斯、赵高之祸，斯亦武帝知人之特长。本书叙武帝事迹，视他主为详，而于秦皇异同之处，隐隐揭出，明眼人自能体会，固不在处处互勘也。

第七十八回

六龄幼女竟主中宫　廿载使臣重还故国

却说燕王旦与广陵王胥，皆昭帝兄。旦虽辩慧博学，但性颇倨傲；胥有勇力，专喜游猎，故武帝不使为储，竟立年甫八龄的昭帝。昭帝即位，颁示诸侯王玺书，通报大丧。燕王旦接玺书后，已知武帝凶耗，他却并不悲恸，反顾语左右道："这玺书封函甚小，恐难尽信，莫非朝廷另有变端么？"遂遣近臣寿西、孙纵之等，西入长安，托言探问丧礼，实是侦察内情。及诸人回报，谓由执金吾郭广意言主上崩逝五柞宫，诸将军共立少子为帝，奉葬时并未出临。旦不待说完，即启问道："鄂邑公主，可得见否？"寿西答道："公主已经入宫，无从得见。"旦佯惊道："主上升遐，难道没有遗嘱！且鄂邑公主又不得见，岂非怪事！"昭帝既予玺书，想必载着顾命，旦为此语，明是设词。乃复遣中大夫入都上书，请就各郡国立武帝庙。大将军霍光，料旦怀有异志，不予批答，但传诏赐钱三千万，益封万三千户。此外如盖长公主及广陵王胥，亦照燕王旦例加封，免露形迹。旦却傲然道："我依次应该嗣立，当作天子，还劳何人颁赐哩？"当下与中山哀王子刘长，中山哀王，即景帝子中山王胜长男。齐孝王孙刘泽，齐孝王即将闾，事见前文。互相通使，密谋为变，诈称前受武帝诏命，得修武备，预防不测。郎中成轸，更劝旦从速举兵。旦竟昌言无忌，号令国中道：

前高后时，伪立子弘为少帝，诸侯交手，事之八年。及高后崩，大臣诛诸吕，迎立文帝，天下乃知少帝，非孝惠子也。我为武帝亲子，依次当立，无端被弃，上书请立庙，又不见听。恐今所立者，非武帝子，乃大臣所妄戴，愿与天下共伐之。

这令既下，又使刘泽申作檄文，传布各处。泽本未得封爵，但浪游齐燕，到处为家，此次已与燕王立约，自归齐地，拟即纠党起应。燕王旦大集奸人，收聚铜铁，铸兵械，练士卒，屡出简阅，克期发难。郎中韩义等，先后进谏，迭被杀死，共计十有五人。正拟冒险举事，不料刘泽赴齐，竟为青州刺史隽不疑所执，奏报朝廷，眼见是逆谋败露，不能有成了。隽不疑素有贤名，曾由暴胜之举荐，官拜青州刺史。见七十六回。他尚未知刘泽谋反情事。适由瓶侯刘成，淄川靖王建子，即齐悼惠王肥孙。闻变急告，乃亟分遣吏役，四出侦捕。也是泽命运不济，立被拿下，拘入青州狱中。不疑飞报都中，当由朝廷派使往究，一经严讯，水落石出，泽即伏法，旦应连坐，大将军霍光等，因昭帝新立，不宜骤杀亲兄，但使旦谢罪了事。姑息养奸。迁隽不疑为京兆尹，益封刘成食邑，便算是赏功罚罪，各得所宜。

惟车骑将军金日磾，曾由武帝遗诏，封为秺侯，日磾以嗣主年幼，未敢受封，辞让不受。谁知天不永年，遽生重病，霍光急白昭帝，授他侯封。日磾卧受印绶，才经一日，便即去世，特赐葬具冢地，予谥曰敬。两子年皆幼弱，一名赏，拜为奉车都尉；一名建，拜为驸马都尉。昭帝尝召入两人，作为伴侣，往往与同卧起。赏承袭父爵，得佩两绶。建当然不能相比，昭帝亦欲封建为侯，特语霍光道："金氏兄弟，只有两人，何妨并给两绶呢？"光答说道："赏嗣父为侯，故有两绶；余子例难封侯。"昭帝笑道："欲加侯封，但凭我与将军一言。"光正色道："先帝有约，无功不得封侯！"持论甚正。昭帝乃止。

越年，封霍光为博陆侯，上官桀为安阳侯。光桀与日磾同讨马氏，武帝遗诏中并欲加封，至是始受。偏有人入白霍光道："将军独不闻诸吕故事么？摄政擅权，背弃宗室，卒至天下不信，同就灭亡，今将军入辅少主，位高望重，独不与宗室共事，如何免患？"光愕然起谢道："敢不受教！"乃举宗室刘辟强等为光禄大夫。辟强系楚元王孙，年已八十有余，徙官宗正，旋即病殁。

时光易过，忽忽间已是始元四年，昭帝年正一十有二了。上官桀有子名安，娶霍光女为妻，生下一女，年甫六龄，安欲纳入宫中，希望为后，乃求诸妇翁，说明己意。偏光谓安女太幼，不合入宫。安扫兴回来，自思机会难逢，怎可失却，不如改求他人，或可成功。想了许久，竟得着一条门径，跑到盖侯门客丁外人家，投刺进见。丁外人籍隶河间，小有才智，独美丰姿。盖侯王文信与他熟识，引入幕中，偏被盖长公主瞧着，不由的惹动淫心。她虽中年守寡，未耐嫠居；况有那美貌郎君，在子门下，正好朝夕勾

引，与图欢乐。丁外人生性狡猾，何妨移篙近舵，男有情，女有意，自然凑合成双。又是一个窦太主。及公主入护昭帝，与丁外人几成隔绝。公主尚托词回家，夜出不还。当有宫人告知霍光，光密地探询，才知公主私通丁外人。自思奸非事小，供奉事大，索性叫丁外人一并入宫，好叫公主得遂私欲，自然一心一意，照顾昭帝。这就是不学无术的过失。于是诏令丁外人入宫值宿，连宵同梦，其乐可知。上官安洞悉此情，所以特访丁外人，想托他入语公主，代为玉成。凑巧丁外人出宫在家，得与晤叙。彼此密谈一会，丁外人乐得卖情，满口应承。待至安别去后，即入见盖长公主请纳安女为宫嫔。盖长公主本欲将故周阳侯赵兼女儿，赵兼为淮南厉王舅，曾见前文。配合昭帝，此次为了情夫关说，只好舍己从人，一力作成。便召安女入宫，封为婕妤，未几即立为皇后。六龄幼女，如何作后？

上官安不次超迁，居然为车骑将军。安心感丁外人，便思替他营谋，求一侯爵。有时谒见霍光，力言丁外人勤顺恭谨，可封为侯。霍光对安女为后，本未赞成，不过事由内出，不便固争；且究竟是外甥女儿，得为皇后，也是一件喜事，因此听他所为。惟欲为丁外人封侯，却是大违汉例，任凭安说得天花乱坠，终是打定主意，不肯轻诺。安拗不过霍光，只好请诸乃父，与光熟商。乃父桀与光，同受顾命，且是儿女亲家，平日很是莫逆，或当光休沐回家，桀即代为决事，毫无龃龉。只丁外人封侯一事，非但不从安请，就是桀出为斡旋，光亦始终不允。桀乃降格相求，但拟授丁外人为光禄大夫，光忿然道："丁外人无功无德，如何得封官爵，愿勿复言！"桀未免怀惭，又不便将丁外人的好处，据实说明，只得默然退回。从此父子两人，与霍光隐成仇隙了。此处又见霍光之持正。

且说隽不疑为京兆尹，尚信立威，人民畏服，每年巡视属县，录囚回署，他人不敢过问。独不疑母留养官舍，辄向不疑问及，有无平反冤狱，曾否救活人命？不疑一一答说。若曾开脱数人，母必心喜，加进饮食，否则终日不餐。不疑素来尚严，因不敢违忤母训，只好略从宽恕。时人称不疑为吏，虽严不残，实是由母教得来，乃有这般贤举。特揭贤母。好容易过了五年，在任称职，安然无恙。始元五年春正月，忽有一妄男子，乘黄犊车，径诣北阙，自称为卫太子。公车令急忙入报，大将军霍光不胜惊疑，传令大小官僚，审视虚实。百官统去看验，有几个说是真的，有几个说是假的，结果是不能咬实，未敢复命。甚至都中人民，听得卫太子出现，也同时聚观，议论纷纷。少顷有一官吏，乘车到来，略略一瞧，便喝令从人把妄男子拿下。从人不敢违慢，立把他绑缚起来，百官相率惊视，原来就是京兆尹隽不疑。一鸣惊人。有一朝臣，与不疑友善，亟趋前与语道："是非尚未可知，不如从缓为是。"不疑朗声道："就使真是卫太子，亦可无虑。试想列国时候，卫蒯聩得罪灵公，出奔晋国。及灵公殁后，辄据国拒父，《春秋》且不以为非。今卫太子得罪先帝，亡不即死，乃自来诣阙，亦当议罪，怎得不急为拿问哩！"临机应变，不为无识。大众听了，都服不疑高见，无言而散。不疑遂将妄男子送入诏狱，交与廷尉审办。霍光方虑卫太子未死，难以处置，及闻不疑援经剖决，顿时大悟，极口称赞道："公卿大臣，不可不通经致用；今幸有隽不疑，才免误事哩。"谁叫你不读经书。看官阅此，应亦不能无疑，卫太子早在泉鸠里中，自缢身死。见七十六回。为何今又出现？想总是有人冒充，但相隔未久，朝上百官，不难辨认真伪，乃未敢咬定，岂不可怪！后经廷尉再三鞫问，方得水落石出，雾解云消。这妄男子系夏阳人，姓成名方遂，流寓湖县，卖卜为生，会有太子舍人，向他问卜，顾视方遂面貌，不禁诧异道："汝面貌很似卫太子。"方遂闻言，忽生奇想，便将卫太子在宫情形，约略问明，竟想假充卫太子，希图富贵。当下入都自陈，偏偏碰着隽不疑，求福得祸，弄得身入囹圄，无法解脱。起初尚不肯实供，嗣经湖县人张方禄等到案认明，无可狡饰，只得直供不讳。依律处断，罪坐诬罔，腰斩东市。真是弄巧成拙。这案解决，隽不疑名重朝廷，霍光闻他丧偶未娶，欲将己女配为继室，不疑却一再固辞，竟不承命。也是特识。后来谢病归家，不复出仕，竟得考终。

惟霍光自是器重文人，加意延聘。适谏议大夫杜延年，请修文帝遗政，示民俭约宽和。光乃令郡国访问民间疾苦，且举贤良文学，使陈国家利弊，当由一班名士耆儒，并来请愿，乞罢盐铁酒榷均输官。御史大夫桑弘羊，还要坚持原议，说是安边足用，全恃此策。经光决从众意，不信弘羊，才得榷酤官撤销，轻徭薄赋，与民休息，百姓始庆承平。可巧匈奴狐鹿姑单于病死，遗命谓嗣子年幼，应立弟右谷蠡王。偏阏氏、颛渠与卫律密谋，匿下遗命，竟立狐鹿姑子壶衍鞮单于，召集诸王，祭享天地鬼神。右谷蠡王及左贤王等，不服幼主，拒召不至。颛渠、阏氏方有戒心，自恐内乱外患，相逼到来，乃亟欲与汉廷和亲，遣使通问汉廷。汉廷亦遣使相报，索回苏武、常惠等人，方准言和。苏武困居北隅，已经十有九年。前时卫律屡迫武降，武执意不从。见七十五回。至李陵败降胡中，匈奴封陵为右校王，使至北海见武，劝武降胡。武与陵向来交好，未便拒绝，既经会面，不得不重叙旧情，好在陵带有酒食，便摆设出来，对坐同饮，侑以胡乐。饮至半酣，陵故意问武状况，武唏嘘道："我偷生居此，无非望一见主面，死也甘心！历年以来，苦难尽述。犹幸单于弟於靬王弋射海上，怜我苦节，给我衣食，才得忍死至今。今於靬王逝世，丁灵人复来盗我牛羊，又遭穷厄，不知此生果能重归故国否？"陵乘机进言道："单于闻陵素与君善，特使陵前来劝君，君试思孑身居此，徒受困苦，虽有忠义，何人得知？且君长兄嘉，曾为奉车，从幸雍州棫阳宫，扶辇下除，除系除道。触柱折辕，有司即劾他大不敬罪，迫令自杀。君弟贤，为骑都尉，从祠河东后土，适值宦骑与黄门争船。黄门驸马，被宦骑推堕河中，竟至溺死。主上令君弟拿讯宦骑，宦骑遁逃不获，无从复命，君弟又恐得罪，服毒身亡。太夫人已经弃世，尊夫人亦闻改嫁，独有女弟二人，两女一男，存亡亦未可知。人生如朝露，何徒自苦乃尔！陵败没胡廷，起初亦忽忽如狂，自痛负国。且母妻尽被拘系，更觉心伤。朝廷不察苦衷，屠戮陵家，陵无家可归，不得已留居此地。子卿！子卿！苏武表字，见前。汝家亦垂亡，还有何恋？不如听从陵言，毋再迂拘！”苏武内外情事，即由二人口中分叙。武听得母死妻嫁，兄殁弟亡，禁不住涔涔泪下，惟誓死不肯降胡。因忍泪答陵道：“武父子本无功德，皆出主上成全，位至将军，爵列通侯。兄弟又并侍宫禁，常思肝脑涂地，报达主恩。今得杀身自效，虽斧钺汤镬，在所勿辞，幸毋复言！”李陵见不可劝，暂且忍住，但与武饮酒闲谈。今日饮毕，明日复饮，约莫有三五日。陵又即席开口道：“子卿何妨竟听陵言。”武慨答道：“武已久蓄死志，君如必欲武降，愿就今日毕欢，效死席前！”陵见他语意诚挚，不禁长叹道：“呜呼义士！陵与卫律，罪且通天了！”说着，泣下沾襟，与武别去。

已而陵使胡妇出面，赠武牛羊数十头。又劝武纳一胡女，为嗣续计。尚欲笼络苏武。武曾记着陵言，得知妻嫁子离，恐致无后，因也权从陵意，纳入胡女一人，聊慰岑寂。及武帝耗问，传达匈奴，陵复向武报知，武南向悲号，甚至呕血。到了匈奴易主，与汉修和，中外使节往来，武却全然无

闻。汉使索还武等，胡人诡言武死，幸经常惠得闻消息，设法嘱通虏吏，夜见汉使，说明底细，且附耳密谈，授他秘语，汉使一一受教，送别常惠。越宿即往见单于，指名索回苏武，壶衍鞮单于尚答说道："苏武已病死久了。"汉使作色道："单于休得相欺，大汉天子在上林中，射得一雁，足上系有帛书，乃是苏武亲笔，谓曾在北海中，今单于既欲言和，奈何还想欺人呢！"这一席话，说得单于矍然失色，惊顾左右道："苏武忠节，竟感及鸟兽么？"乃向汉使谢道："武果无恙，请汝勿怪！我当释令回国便了。"汉使趁势进言道："既蒙释回苏武，此外如常惠、马宏诸人，亦当一律放归，方可再敦和好。"单于乃即慨允，汉使乃退。李陵奉单于命，至北海召还苏武，置酒相贺，且饮且说道："足下今得归国，扬名匈奴，显功汉室，虽古时竹帛所载，丹青所画，亦无过足下，惟恨陵不能相偕还朝！陵虽驽怯，但使汉曲贷陵罪，全陵老母，使得如曹沫事齐，盟柯洗辱，宁非大愿？曹沫见列国时。乃遽收族陵家，为世大辱，陵还有何颜，再归故乡。子卿系我知心，此别恐成永诀了！"说至此，泣下数行，离座起舞，慷慨作歌道："经万里兮度沙漠，为君将兮奋匈奴，路穷绝兮矢刃摧，士众灭兮名已隤(tuí)，老母已死，虽报恩，将安归？"苏武听着，也为泪下。俟至饮毕，即与陵往见单于，告别南归。

从前苏武出使，随行共百余人，此次除常惠同归外，只有九人偕还，唯多了一个马宏。宏当武帝晚年，与光禄大夫王忠，同使西域，路过楼兰，被楼兰告知匈奴，发兵截击，王忠战死，马宏被擒。匈奴胁宏投降，宏抵死不从，坐被拘留，至此得与武一同生还，重入都门。武出使时，年方四十，至此须眉尽白，手中尚持着汉节，旄头早落尽无余，都人士无不嘉叹。既已朝见昭帝，缴还使节，奉诏使武谒告武帝陵庙，祭用太牢，拜武为典属国，赐钱二百万，公田二顷，宅一区。常惠官拜郎中，尚有徐圣、赵终根二人，授官与常惠同，此外数人，年老无能，各赐钱十万，令他归家，终身免役。独马宏未闻封赏，也是一奇。想是官运未通。

武子苏元，闻父回来，当然相迎。武回家后，虽尚子侄团聚，追思老母故妻，先兄亡弟，未免伤感得很。且遥念胡妇有孕，未曾带归，又觉得死别生离，更增凄恻。还幸南北息争，使问不绝，旋得李陵来书，借知胡妇已得生男，心下稍慰。乃寄书作复，取胡妇子名为通国，托陵始终照顾，并劝陵得隙归汉，好几月未接复音。大将军霍光与左将军上官桀，与陵有同僚谊，特遣陵故人任立政等前往匈奴，名为奉使，实是招陵。陵与立政等，宴会数次，立政见陵胡服椎髻，不觉怅然。又有卫律时在陵侧，未便进言。等到有隙可乘，开口相劝，陵终恐再辱，无志重归，立政等乃别陵南还。临行时，由陵取出一书，交与立政，托他代给苏武。立政自然应允，返到长安复命。霍光上官桀，闻陵不肯回来，只好作罢。独陵给苏武书，乃是一篇答复词，文字却酣畅淋漓。小子因陵未免负国，不遑录及，但随笔写成一诗道：

子卿归国少卿降，陵字少卿。胡服何甘负故邦？
独有杜陵留浩气，苏武杜陵人。忠全使节世无双。

苏武回国以后，只隔一年，上官桀与霍光争权，酿成大祸，连武子苏元，亦一同坐罪。究竟为着何事？待小子下回叙明。

武帝能知霍光之忠，而不能知上官桀之奸，已为半得半失。光与桀同事有年，亦未克辨奸烛伪，反与之结儿女姻亲，是可见桀之狡诈，上欺君，下欺友，手段固甚巧也。女孙不过六龄，乃由子安私托丁外人，运动盖长公主，侥幸成功，得立为后。推原由来，光不能无咎，假使盖长公主不得入宫，则六龄幼女宁能骤登后位乎？至若苏武丁年出使，皓首而归，忠诚如此，何妨特授侯封，乃仅拜为典属国，致为外人所借口。陵复苏武书中，亦曾述及，而后来燕王旦之谋反，亦借此罪光。光忠厚有余，而才智不足，诚哉其不学无术乎！

第七十九回

识诈书终惩逆党　效刺客得毙番王

却说上官桀父子，为了丁外人不得封侯，恨及霍光。就是盖长公主得知此信，也怨霍光不肯通融，终致情夫向隅，无从贵显，于是内外联合，视霍光如眼中钉。光尚未知晓，但照己意做去，忽由昭帝自己下诏，加封上官安为桑乐侯，食邑千五百户，光也未预闻，惟念安为后父，得受侯封，还好算是常例，并非破格，所以不为谏阻。女婿封侯，丈人亦加荣宠。安却乘此骄淫，庞然自大。有时得入宫侍宴，饮罢归家，即向门下客夸张道："今日与我婿饮酒，很是快乐，我婿服饰甚华，可惜我家器物，尚不得相配哩。"说着，便欲将家中器具，尽付一炬，家人慌忙阻止，才得保存。安尚仰天大骂，哓哓不绝。会有太医监充国，无故入殿，被拘下狱。充国为安外祖所宠爱，当由他外祖出来营救，浼安父子讨情。安父桀，便往见霍光，请贷充国，光仍不许。充国经廷尉定谳，应处死刑，急得桀仓皇失措，只好密求盖长公主，代为设法。盖长公主乃替充国献马二十匹，赎罪减死，嗣是桀安父子，更感念盖长公主的德惠，独与霍光添了一种深仇。桀又自思从前职位，不亚霍光，现在父子并为将军，女孙复为皇后，声势赫濯，偏事事为光所制，很觉不平。当下秘密布置，拟广结内外官僚，与光反对，好把他乘隙捽去。亲家变成仇家，情理难容。是时燕王旦不得帝位，常怀怨望，御史大夫桑弘羊，因霍光撤销榷酤官，子弟等多致失职，意欲另为位置，又被光从旁掣肘，不得如愿，所以与光有嫌。桀得悉两人隐情，一面就近联络弘羊，一面遣使勾通燕王，两人统皆允洽，串通一气，再加盖长公主作为内援，端的是表里有人，不怕霍光不入网中。

会值光出赴广明，校阅羽林军，桀即与弘羊熟商，意欲趁此发难，但急切无从入手，不如诈为燕王旦书，劾奏霍光过恶，便好定罪。商议已定，当由弘羊代缮一书，拟即呈入。不意霍光已经回京，那时只好顺延数日，待至光回家休沐，方得拜本进去。是年本为始元七年，因改号五凤，称为五凤元年，昭帝已十有四岁，接得奏牍，见是燕王旦署名。内容有云：

臣闻大司马大将军霍光，出都校阅羽林郎，道上称跸，令太官先往备食，僭拟乘舆。前中郎将苏武，出使匈奴，被留至二十年，持节重归，忠义过人，尽使为典属国。而大将军长史杨敞，不闻有功，反令为搜粟都尉。又擅调益幕府校尉，专权自恣，疑有非常。臣旦愿归还符玺，入宫宿卫，密察奸臣变故，免生不测。事关紧急，谨飞驿上闻。

昭帝看了又看，想了多时，竟将来书搁置，并不颁发出来。上官桀等候半日，毫无动静，不得不入宫探问，昭帝但微笑不答。少年老成。翌日霍光进去，闻知燕王旦有书纠弹，不免恐惧，乃往殿西画室中坐待消息。画室悬着周公负扆图，光诣室坐着，也有深意。少顷昭帝临朝，左右旁顾，单单不见霍光，便问大将军何在？上官桀应声道："大将军被燕王旦弹劾，故不敢入。"昭帝亟命左右召入霍光，光至帝座前跪伏，免冠谢罪，但闻昭帝面谕道："将军尽可戴冠，朕知将军无罪！"胸中了了。光且喜且惊，抬头问道："陛下如何知臣无罪？"昭帝道："将军至广明校阅，往返不到十日，燕王远居蓟地，怎能知晓？且将军如有异谋，何必需用校尉，这明是有人谋害将军，伪作此书。朕虽年少，何至受愚若此！"霍光听说，不禁佩服。此外一班文武百官，都不料如此幼主，独能察出个中情弊。虽未知何人作伪，也觉得原书可疑，惟上官桀与桑弘羊，怀着鬼胎，尤为惊慌。待至光起身就位，昭帝又命将上书人拿究，然后退朝。上书人就是桀与弘羊差遣出来，一闻诏命，当即至两家避匿，如何破获？偏昭帝连日催索，务获讯办。桀又进白昭帝道："此乃小事，不足穷究。"昭帝不从，仍然严诏促拿，且觉得桀有贰心，与他疏远，只是亲信霍光。桀忧恨交迫，嘱使内侍诉说光罪，昭帝发怒道："大将军是当今忠臣，先帝嘱使辅朕，如再敢妄说是非，便当处罪！"任贤勿贰，昭帝确守此言。

内侍等碰了钉子，方不敢再言，只好回复上官桀。桀索性想出毒谋，与子安密议数次，竟拟先杀霍光，继废昭帝，再把燕王诱令入京，刺死了他，好将帝位据住，自登大宝。却是好计，可惜天道难容。一面告知盖长公主，但说要杀霍光，废昭帝，迎立燕王旦，盖长公主却也依从。桀复请盖长公主设席饮光，伏兵行刺。更遣人通报燕王，叫他预备入都。

燕王旦大喜过望，复书如约，事成后当封桀为王，同享富贵，自与燕相平商议进行。平谏阻道：“大王前与刘泽结谋，泽好夸张，又喜侮人，遂致事前发觉，谋泄无成。今左将军素性轻佻，车骑将军少年骄恣，臣恐他与刘泽相似，未必有成。就使侥幸成事，也未免反背大王，愿大王三思后行！”旦尚未肯信，且驳说道：“前日一男子诣阙，自称故太子，都中吏民，相率喧哗。大将军方出兵陈卫，我乃先帝长子，天下所信，何至虑人反背呢！”平乃无言而退。过了数日，旦又语群臣道：“近由盖长公主密报，谓欲举大事。但患大将军霍光与右将军王莽。此王莽系天水人，与下文王莽不同。今右将军已经病逝，丞相又病，正好乘势发难，事必有成，不久便当召我进京，汝等应速办行装，毋误事机！”群臣只好听命，各去整办。偏偏天象告警，燕都里面，时有变异。忽然大雨倾盆，有一虹下垂宫井，井水忽涸，大众哗言被虹饮尽；虹能饮水，真是奇谈。又忽然有群豕突出厕中，闯入厨房，毁坏灶鱦；又忽然乌鹊争斗，纷纷坠死池中；又忽然鼠噪殿门，跳舞而死，殿门自闭，坚不可开，城上无故发火；又有大风吹坏城楼，折倒树木，夜间坠下流星，声闻远近，宫妃宫女，无不惊惶。旦亦吓得成病，使人往祀葭水、台水，有门客吕广，善占休咎，入语旦道：“本年恐有兵马围城，期在九十月间，汉廷且有大臣被戮，祸在目前了！”旦亦失色道：“谋事不成，妖祥屡见，兵气且至，奈何！奈何！”正忧虑间，蓦有急报，从长安传来。乃是上官桀父子，逆谋败露，连坐多人，并燕使孙纵之等，均被拘住了。旦吓出一身冷汗，力疾起床，再遣心腹人探听确音。果然真实不虚，同归于尽。

先是盖长公主，听了上官桀计议，欲邀霍光饮酒，将他刺死。桀父子坐待成功，预备庆赏。安且以为父得为帝，自己当然好为太子，非常得意，有党人私下语安道：“君父子行此大事，将来如何处置皇后？”安勃然道：“逐麋犬还暇顾兔么？试想我父子靠着皇后，得邀贵显；一旦人主意变，就使求为平民，且不可得。今乃千载一时的机会，怎可错过？”不如是，何至族灭？说着，且大笑不止。不料谏议大夫杜延年，竟得知若辈阴谋，遽告霍光，遂致数载经营，一朝失败！这延年的报告，是从搜粟都尉杨敞处得来，杨敞由燕苍传闻。苍前充稻田使者，卸职闲居，独有一子为盖长公主舍人，首先窥悉，辗转传达，遂被延年告发。霍光一闻此信，自然入白昭帝，昭帝便与光商定，密令丞相田千秋，速捕逆党，毋得稽延。于是丞相征事任宫，先去诡邀上官桀，引入府门，传诏斩首。丞相少史王寿，也如法炮制。再去诱入上官安，一刀处死。桀父子已经伏诛。然后冠冕堂皇，派遣相府吏役，往拿御史大夫桑弘羊。弘羊无法脱身，束手受缚，也做了一个刀头鬼。虐民之报。盖长公主闻变自杀；丁外人当然捕诛。淫恶之报。苏武子元，亦与逆谋，甚至武俱连累免官，所有上官桀等党羽，悉数捕戮，乃追缉燕使孙纵之等，拘系狱中，特派使臣持了玺书，交付燕王旦。旦未接朝使，先得急报，尚召燕相平入议，意欲发兵。平答说道："左将军已死，毫无内应。吏民都知逆情，再或起兵，恐大王家族都难保了！"旦也觉无济，乃在万载宫设席，外宴群臣，内宴妃妾，酒入愁肠，愈觉无聊。因信口作歌道："归空城兮犬不吠，鸡不鸣，横术术即道路。何广广兮，固知国中之无人！"歌至末句，有宠姬华容夫人起舞，也续成一歌道："发纷纷兮填渠，骨藉藉兮亡居，母求死子兮妻求死夫，徘徊两渠间兮，君子将安居？"环座闻歌，并皆泣下。华容夫人更凄声欲绝，泪眦荧荧。俄顷饮毕，旦即欲自杀，左右尚上前宽慰，妃妾等更齐声拦阻，蓦闻朝使到来，旦

只得出迎朝使。朝使入殿，面交玺书，由旦展开审视道：

昔高皇帝王天下，建立子弟，以藩屏社稷。先日诸吕，阴谋大逆，刘氏不绝若发，赖绛侯诛讨贼乱，尊立孝文，以安宗庙，非以中外有人，表里相应故耶？樊郦曹灌，携剑摧锋，从高皇帝耘锄海内，受赏不过封侯。今宗室子孙，曾无暴衣露冠之劳，裂地而王之，分财而赐之，父死子继，兄终弟及，可谓厚矣！况如王骨肉至亲，敌吾一体，乃与他姓异族，谋害社稷，亲其所疏，疏其所亲，有悖逆之心，无忠爱之义；如使古人有知，当何面目复奉斋酎，见高祖之庙乎？王其图之。

旦览书毕，将玺书交付近臣，自悲自叹道："死了！死了！"遂用绶带自缢，妃妾等从死二十余人。华容夫人想亦在内。朝使即日返报，昭帝谥旦为刺王，赦免旦子，废为庶人，削国为郡。就是盖长公主子文信，亦撤销侯封。惟上官皇后未曾通谋，且系霍光外孙女，因得免议。封杜延年燕苍任宫王寿为列侯。杨敞既为列卿，不即告发，无功可言，故不得加封。另拜张安世为右将军，杜延年为太仆，王䜣为御史大夫，仍由霍光秉政如初。张安世曾为光禄大夫，便是前御史大夫张汤子。杜延年由谏议大夫超迁，乃是前廷尉杜周子。父为酷吏，子作名臣，也算是力能干蛊了。却是难得。

霍光有志休民，不愿再兴兵革，偏得乌桓校尉奏报，乃是乌桓部众，不服管束，时有叛心，应如何控驭等语。乌桓是东胡后裔，从前为冒顿单于所破，余众走保乌桓、鲜卑二山，遂分为乌桓、鲜卑二部，仍为匈奴役属。至武帝时，攻入匈奴各地，因将乌桓人民徙居上谷、渔阳、右北平、辽东四郡塞外，特置乌桓校尉，就地监护，使他断绝匈奴，为汉屏蔽。既而乌桓渐强，遂思反侧。霍光正费踌躇，可巧得匈奴降人，上言乌桓侵掠匈奴，发掘先单于墓，匈奴方发兵报复，出二万骑往攻乌桓。光又另生一计，阳击匈奴，阴图乌桓。当下集众会议，护军都尉赵充国，说是不宜出师，独中郎将范明友，力言可击，光即告知昭帝，拜明友为度辽将军，率二万骑，赴辽东。且面嘱明友道："匈奴屡言和亲，仍然掠我边境，汝不妨声罪致讨。倘或匈奴引退，便可径击乌桓，掩他不备，定可取胜。"明友领命而去。行到塞外，果闻匈奴兵已经退去，当即麾兵捣入乌桓。乌桓才与匈奴交战，兵力疲乏，再加汉兵袭入，势难拒守，顿时纷纷窜匿，被明友驱杀一阵，斩获六千余人，奏凯班师。明友得受封平陵侯。同时又有平乐监傅介子，也得虏立功，获膺上赏。

介子北地人，少年好学，嗣言读书无益，从军得官。闻得楼兰、龟兹两国，叛服靡常，屡杀汉使，朝廷不得通问大宛，乃独诣阙上书，自请效命。好一个冒险壮夫！霍光颇为嘉叹，便命他出使大宛，顺路至楼兰、龟兹传诏诘责。介子受命即行，先至楼兰。楼兰当西域要冲，自经赵破奴征服后，向汉称臣。见七十四回。又苦匈奴侵伐，只得一面事汉，一面求好匈奴，两处各遣一子为质。当武帝征和元年，楼兰王死，国人致书汉廷，请遣还质子为王。适质子犯了汉法，身受宫刑，不便遣归，乃设词答复，叫他另立新王。汉廷又责令再遣质子，新王因复遣子入质，更遣一子往质匈奴。未几新王又死，匈奴即释归质子，令王楼兰。质子叫作安归，既回国中，当然得嗣父位。夷俗专妻继母，安归未能免俗，遂将继母据为妻室。忽有汉使驰至，征令入朝。安归怀疑未决，伊妻从旁劝阻道："先王尝遣两子入汉，至今未还，奈何再欲往朝呢？"想是贪恋新婚。安归乃拒绝汉使，复恐汉朝再来严责，索性归附匈奴，不与汉通，且为匈奴遮杀汉使。至傅介子到了楼兰，严词相诘，并言大兵将来讨罪。安归理屈词穷，倒也屈服，连忙谢过。介子因辞别安归，转赴龟兹，龟兹王也即服罪。会值匈奴使人自乌孙还寓龟兹，适被介子探悉，夜率从吏攻入客帐，竟将匈奴使人杀死，持首驰归。汉廷赏介子功，迁官中郎，得为平乐监。

介子又进白霍光道："楼兰、龟兹，反复不测，前次空言责备，未足示惩。介子前至龟兹，该国王坦率近人，容易受赚，愿往刺该王，威示诸国。"霍光徐徐答说道："龟兹道远，不如楼兰。汝果有此胆略，可先去一试便了。"介子乃募得壮士百人，赍着金帛，扬言是颁赐各国，奉诏西行。驰至楼兰，楼兰王安归，闻报介子又来，也即出见。介子与他谈数语，旁顾安归左右，卫士甚多，未便下手，因即退出。佯语番官道："我奉天子命，远来颁赐，汝王应该亲自出迎，奈何如此简慢呢？我明日便要动身他去。"番官闻言，亟去报知安归。安归探得介子果然带来许多金帛，不由的起了贪心，立命备办酒席，往邀介子入宴，偏介子不肯应召，连夜整装，似乎行色匆匆。到了诘旦，安归先使人挽留，旋即亲率左右近臣，至客帐中回拜介子，且将酒肴，随后挑到，摆设起来，款待介子，介子怡然就席，故

意将金玉锦绣，陈列席前，指示安归。安归目眩神迷，畅怀与饮，待至面色微醺，介子即起座与语道："天子尚有密诏传达，请王屏去左右，方好面陈。"安归酒后忘情，竟命左右退出帐外，突见介子举杯掷地，便有十余壮士，从帐后持刀跃出，飞奔前来，正思急呼救命，那刀尖已斫中心窝，一声猛叫，倒地告终。贪财坏命。帐外番官，闻声吓走。介子却放胆出外，呼语大众道："汝王安归，私结匈奴，屡戕汉使，得罪天子，故遣我来加诛。今汝王就戮，汝等无罪，汝王弟尉屠耆，留质汉廷，现已由大兵拥至，代就王位，汝等若敢妄动，恐不免玉石俱焚了！"大众闻言，只好唯唯听命。介子乃命番官各就原职，伫候新王尉屠耆，自枭安归首级，与壮士飞马入关，诣阙奏功。

霍光大喜，转达昭帝，命将安归首级，悬示阙下，封介子为义阳侯。即日召见尉屠耆，特赐鄯善王册印，并给宫女为夫人，派兵护送登程，由丞相将军等祖饯横门，表示殷勤。尉屠耆质汉数年，无意中得此荣宠，自然泥首拜谢，上车西去。从此楼兰国改为鄯善，不再叛汉了。小子有诗戏咏道：

质子重归得履新，还都再见旧家亲。

穹庐寡嫂应无恙，曾否迎门再献身。

尉屠耆西行归国，汉廷连遇凶丧，甚至昭帝亦得病归天，欲知详情，下回再当续叙。

霍光之不死者亦仅耳！内有淫妇，外有权戚骄亲，圜起而谋一光，光孤而彼众，又当主少国疑之日，其危孰甚！幸而昭帝幼聪，首烛邪谋，以十四龄之冲人，能识燕王诈书，即以周成王视之，犹有愧色。光才智不若周公，而际遇比周为优，此乃天之默鉴忠忱，有以隐相之尔。上官桀父子，妄图篡逆，死有余辜。盖长公主淫而且恶，燕王旦贪而无亲，其速死也，不亦宜乎！范明友之破乌桓，傅介子之刺楼兰王，并得封侯，后人多轻视明友，推重介子。夫明友之得功，原非难事。介子以百人入虏廷，取番王首如拾芥，似属奇闻。然以堂堂中国，乃为此盗贼之谋，适足贻外人之口实，后有出使外夷者，其谁肯轻信之乎！宋司马温公之讥，吾亦云然。

第八十回

迎外藩新主入都　废昏君太后登殿

却说五凤四年，昭帝年已十八，提早举行冠礼，大将军霍光以下，一律入贺，只有丞相田千秋，患病甚重，不能到来。及冠礼告成，千秋当即谢世，谥曰定侯。总计千秋为相十二年，持重老成，尚算良相。昭帝因他年老，赐乘小车入朝，时人因号为车丞相。继任相职，就是御史大夫王䜣。䜣由邑令起家，累迁至御史大夫，超拜宰辅，受封宜春侯，却是步步青云，毫无阻碍。到了官居极阶，反至转运，才阅一载，便即病终。搜粟都尉杨敞，已升任御史大夫，至是继䜣为相。敞本庸懦无能，徒知守谨，好在国家大政，俱由大将军霍光主持，所以敞得进退雍容，安享太平岁月。庸庸者多厚福。至五凤七年元日，复改元始平，诏减口赋钱十分之三，宽养民力。从前汉初定制，人民年十五以上，每年须纳税百二十钱，十五岁以下准免。武帝在位，因国用不足，加增税则：人民生年七岁，便要输二十三钱；至十五岁时，仍照原制，号为口赋。昭帝嗣祚十余年，节财省事，国库渐充，所以定议减征，这也是仁爱及民的见端。

孟春过后，便是仲春，天空中忽现出一星，体大如月，向西飞去，后有众小星随行，万目共睹，大家惊为异事。谁知适应在昭帝身上，昭帝年仅二十有一，偏生了一种绝症，医治无效，竟于始平元年夏四月间，在未央宫中告崩。共计在位十三年，改元三次。上官皇后止十五岁，未曾生育，此外虽有两三个妃嫔，也不闻产下一男。自大将军霍光以下，都以为继立无人，大费踌躇。或言昭帝无子，只好再立武帝遗胤，幸尚有广陵王胥，是武帝亲子，可以继立。偏霍光不以为然，当有郎官窥透光意，上书说道：“昔周太王废太伯，立王季；文王舍伯邑考，立武王；无非在付托得人，不必拘定长幼。广陵王所为不道，故孝武帝不使承统，今怎可入承宗庙呢？”光遂决意不立广陵王，另想应立的宗支，莫如昌邑王贺。贺为武帝孙，虽非武帝正后所出，但武帝两后，陈氏被废，卫氏自杀，好似没有皇后一般。当武帝驾崩时，曾将李夫人配飨。李夫人是昌邑王贺亲祖母，贺正可入承大统，况与昭帝有叔侄谊，以侄承叔，更好作为继子。遂假上官皇后命令，特派少府史乐成，宗正刘德，光禄大夫丙吉，中郎将利汉等，往迎昌邑王贺，入都主丧。光尚有一种微意，立贺为君，外孙女可做皇太后了。

昌邑王贺，五龄嗣封，居国已十多年，却是一个狂纵无度的人物，平时专喜游畋，半日能驰三百里。中尉王吉，屡次直谏，终不见从。郎中令龚遂，也常规正，贺掩耳入内，不愿听闻。遂未肯舍去，更选得郎中张安等人，泣求内用。贺不得已命侍左右，不到数日，一概撵逐，但与驺奴宰夫，戏狎为乐。一日贺居宫中，蓦见一大白犬，项下似人，头戴方山冠，股中无尾，禁不住诧异起来。顾问左右，却俱说未见，乃召龚遂入内，问为何兆？遂随口答说道："这是上天垂戒大王，意在大王左右，如犬戴冠，万不可用，否则难免亡国了！"这是借端进谏。贺将信将疑，过了数日，又独见一大白熊。仍然召问龚遂，遂复答道："熊为野兽，来入宫室，为大王所独见。臣恐宫室将空，也是危亡预兆。天戒甚明，请王速修德禳灾！"贺仰天长叹道："不祥之兆，何故屡至？"遂叩头道："臣不敢不竭尽忠言，大王听臣所说，原是不悦，无如国家存亡，关系甚大。大王曾读《诗经》三百五篇，中言人事王道，无一不备。如大王平日所为，试问何事能合诗言？大王位为诸侯王，行品不及庶人，臣恐难存易亡，应亟修省为是！"贺也觉惊慌，但甫越半日，便即忘怀。未几又见血染席中，再召龚遂入问，遂号哭失声道："宫室便要空虚了！血为阴象，奈何不慎？"贺终不少悛，放纵如故。

及史乐成等由长安到来，时已夜深，因事关紧要，叫开城门，直入王宫。宫中侍臣，唤贺起视，燃烛展书，才阅数行，便手舞足蹈，喜气洋洋。一班厨夫走卒，闻得长安使至，召王嗣位，都至宫中叩贺；且请随带入京。贺无不乐从，匆匆收拾行装，日中启行。王吉忙缮成一书，叩马进谏。大略举殷高宗故事，叫他谅暗不言，国政尽归大将军处决，幸勿轻举妄动等语。贺略略一瞧，当即掷置，扬鞭径去，展着生平绝技，当先奔驰，几与追风逐电相似，一口气跑了一百三十五里，已到定陶，回顾从行诸人，统皆落后，连史乐成等朝使，俱不见到，没奈何停住马足，入驿守候。待至傍晚，始见朝使等驰至，尚有随从三百余人，陆续赶来，统言马力不足，倒毙甚多。原来各驿中所备马匹，寥寥无几，总道新王入都，从吏多约百人，少约数十人；哪知贺手下幸臣，多多益善，驿中怎能办得许多良马，只好将劣马凑足，供他掉换，劣马不能胜远，自然倒毙。从吏却埋怨驿吏失职，倚势作威，不胜骚扰。龚遂却也从行，实属看不过去，因向贺面陈，请发还一半从吏，免多累赘，贺倒也应允。但从人都想攀龙附凤，如何肯中道折回？又况皆贺平时亲信，这一个不便舍去，那一个又要强从，弄得龚遂左右为难，硬挑出五十余名，饬回昌邑。还有二百多人，一同前进。

次日行至济阳，贺却要买长鸣鸡，积竹杖。这二物，是济阳著名土产，与贺毫无用处，偏贺竟停车购办，以多为妙。还是龚遂从旁谏阻，只买得长鸣鸡数只，积竹杖二柄，趱程再行。及抵弘农，望见途中多美妇人，不胜艳羡，暗使大奴善物色佳丽，送入驿中。大奴善奉了贺命，往探民间妇女，稍有姿色，强拉登车，用帷蔽着，驱至驿舍。贺如得异宝，顺手搂住，不管她愿与不愿，强与为欢。茕茕弱女，怎能敌得过候补皇帝的威势，只好吞声饮泣，任所欲为。难道不想做妃嫔么？事为朝使史乐成等所闻，谯让昌邑相安乐，不加谏阻。安乐转告龚遂，遂当然入问，贺亦自知不法，极口抵赖。遂正色道："果无此事，大奴善招摇撞骗，罪有所归，应该处罪！"善系官奴头目，故号大奴，当时立在贺侧，即由遂亲自动手，把他牵出，立交卫弁正法，趁势搜出妇女，遣回原家。可惜白受糟蹋。贺不便干预，只得睁着两眼，由他处置。

案已办了，更启行至霸上，距都城不过数里，早有大鸿胪等出郊远迎，请贺改乘法驾。贺乃换了乘舆，使寿成御车，龚遂参乘。行近广明东都门，遂向贺陈请道："依礼奔丧入都，望见都门，即宜举哀。"贺托词喉痛，不能哭泣。再前进至城门，遂复申前请，贺尚推说城门与郭门相同，且至未央宫东阙，举哀未迟。及入城至未央宫前，贺面上只有喜色，并无戚容。遂忙指示道："那边有帐棚设着，便是大王坐帐，须赶紧下车，向阙俯伏，哭泣尽哀。"贺不得已欠身下舆，步至帐前，伏哭如仪。还亏他逼出哭声。哭毕入宫，由上官皇后下谕，立贺为皇太子，择吉登基。自入宫以至即位，总算没有什么越礼，尊上官皇后为皇太后。十五岁为太后，亦属罕闻。过了数日，即将昭帝奉葬平陵，庙号孝昭皇帝。

贺既登位，拜故相安乐为长乐卫尉。此外随来各吏属，都引作内臣，镇日里与他游狎。见有美貌宫女，便即召入，令她侑酒侍寝。乐得受用。且把乐府中乐器，尽令取出，鼓吹不休。龚遂上书不报，乃密语长乐卫尉安乐道："王立为天子，日益骄淫，屡谏不听；现在国丧期内，余哀未尽，竟日与近臣饮酒作乐，淫戏无度，倘有内变，我等俱不免受戮了！君为陛下故相，理应力诤，不可再延！"安乐也为感动，转思遂力谏无益，自己何必多碰钉子，还是袖手旁观，由他过去。

惟大将军霍光，见贺淫荒无道，深以为忧，独与大司农田延年，熟商善后方法。延年道："将军为国柱石，既知嗣主不配为君，何不建白太后，更选贤能？"光嗫嚅（niè rú）道："古时曾有此事否？"延年道："从前伊尹相殷，尝放太甲至桐宫，借安宗庙，后世共称为圣人。今将军能行此事，也是一汉朝的伊尹呢！"引伊尹事，不免牵强。光乃引延年为给事中，并与张安世秘密计议，阴图废立。安世由霍光一手提拔，已迁官车骑将军，当然与光联络一气，毫无贰心。此外尚无他人，得知此谋。

会贺梦见蝇矢集阶，多至五六石，有瓦覆住，醒后不知何兆，又去召龚

遂进来，叫他占验。遂答道："陛下尝读过《诗》经，《诗》云：'营营青蝇，止于樊；恺悌君子，毋信谗言。'今陛下左右，嬖幸甚多，好似蝇矢丛集，所以有此梦兆。臣愿陛下亟摈昌邑故臣，不复进用，自可转祸为福。臣本随驾前来，请陛下首先放逐便了！"原来贺在昌邑时，曾有师傅王式，授《诗》三百五篇，所以遂时常提出，作为谏言。偏贺习与性成，并未知改，再经太仆丞张敞进谏，亦不见省，戏游如故。一日正要出游，有光禄大夫夏侯胜进谏道："上天久阴不雨，臣下必有异谋，陛下将欲何往呢？"贺闻言大怒，斥为妖言惑众，立命左右将胜缚住，发交有司究办。有司转告霍光，光不禁起疑，暗思胜语似有因，或由张安世泄漏隐情，亦未可知。因即召诘安世，安世实未与胜道及，力白冤诬，愿与胜当面对质。光乃提胜到来，亲加研讯，胜从容答道："《洪范传》有言，皇极不守，现象常阴，下人且谋代上位。臣不便明言，故但云臣下有谋。"光不觉大惊，就是张安世在旁，亦暗暗称奇，因将胜贷罪释缚，复任原官。

自经胜一番进谏，几乎把密谋道破，眼见得废立大事，不宜再延。光即使田延年往告杨敞，敞虽居相位，并无胆识，听了延年话语，只是唯唯连声，那身上的冷汗，已吓出了不少。时方盛暑，延年起座更衣，敞妻为司马迁女，颇有才能，急从东厢趋出，对敞说道："大将军已有成议，特使九卿来报君侯，君侯若不亟允，祸在目前了！"足愧乃夫。敞尚迟疑未决，可巧延年更衣归座，敞妻不及回避，索性坦然相见，与延年当面认定，愿奉大将军教令。延年还报霍光，光即令延年安世两人，缮定奏牍，妥为安排。翌旦至未央宫，传召丞相、御史、列侯，及中二千石，大夫博士，一同入议，连苏武亦招令与会。百僚多不知何因，应召齐集，光对众发言道："昌邑王行迹淫昏，恐危社稷，如何是好？"大众听了，面面相觑，莫敢发言，惟答了几个是字。田延年奋然起座，按剑前语道："先帝以幼孤托将军，委寄全权，无非因将军忠贤，足安刘氏。今群下鼎沸，社稷将倾，将军若不立大计，坐令汉家绝祀，试问将军死后，尚有面目见先帝么？今日即当议定良谋，群僚中如应声落后，臣请奋剑加诛，不复容情！"光拱手称谢道："九卿应该责光，天下汹汹不安，光当首先蒙祸了！"大众才知光有大变，志在必行，若不相从，定遭杀害，乃俱离座叩首道："宗社人民，系诸将军，唯大将军令，无不遵教！"

光令群臣起来，从袖中取出奏议，遍示群臣，使丞相杨敞领衔，依次署名。名既署齐，遂引大众至长乐宫，入白太后，具陈昌邑王淫乱情形，不应嗣位。太后年才十五，有何主见，一唯光言听行。光请太后驾临未央宫，御承明殿，传诏昌邑群臣，不得擅入。贺闻太后驾到，不得不入殿朝谒。朝毕趋退，回至殿北温室中，霍光从后随入，指挥门吏，遽将室门阖住，不令昌邑群臣入内。贺惊问道："何故闭门？"光跪答道："皇太后有诏，毋纳昌邑群臣。"贺复说道："这也不妨从缓，何必这般惊人！"好似做梦。光不与多言，返身趋出。早由车骑将军张安世，麾集羽林兵，将昌邑群臣，驱至金马门外，悉数拿下，共得二百余人，连龚遂王吉等一并在内，送交廷尉究治。一面报知霍光，光亟传入昭帝旧日侍臣，将贺监守，嘱他小心看护，毋令自尽，致贻杀主恶名。贺尚未知废立情事，见了新来侍臣，尚顾问道："昌邑群臣，果犯何罪，乃被大将军悉数驱逐呢？"侍臣只答言未知。俄有太后诏传至，召贺诘问。贺方才惶惧，向诏使道："我有何罪，偏劳太后召我？"诏使亦模糊对答。贺无法解免，只好随往，既至承明殿，遥见上官太后，身服珠襦，坐住武帐中，侍卫森列，武士盈阶，尚不知有什么大事。战兢兢的趋至殿前，跪听诏命。旁有尚书令持着奏牍，朗声宣读道：

> 丞相臣敞，大司马大将军臣光，车骑将军臣安世，度辽将军臣明友，前将军臣增，韩增。后将军臣充国，御史大夫臣义，蔡义。宜春侯臣谭，王谭。当涂侯臣圣，魏圣。随桃侯臣昌乐，赵昌乐。杜侯臣屠耆堂，太仆臣延年，杜延年。太常臣昌，大司农臣延年，田延年。宗正臣德，少府臣乐成，廷尉臣光，李光。执金吾臣延寿，李延寿。大鸿胪臣贤，韦贤。左冯翊臣广明，田广明。右扶风臣德，周德。故典属国臣武，即苏武。等，昧死言皇太后陛下：自孝昭皇帝弃世无嗣，遣使征昌邑王典丧，身服斩衰，独无悲哀之心，在道不闻素食，使从官略取女子，载以衣车，私纳所居馆舍。及入都进谒，立为皇太子，常私买鸡豚以食，受皇帝玺于大行前，就次发玺不封，复使从官持节，引入昌邑从官二百余人，日与遨游。且为书曰：皇帝问侍中君卿，使中御府令高昌，奉黄金千斤，赐君卿娶十妻。又发乐府乐器，引纳昌邑乐人，击鼓歌吹，作俳优戏。至送葬还宫，即上前殿，召宗庙乐人，悉奏众乐。乘法驾皮轩鸾旗，驱驰北宫桂宫，弄彘斗虎。召皇太后所乘小马车，使

官奴骑乘，游戏掖庭之中，与孝昭皇帝宫人蒙等淫乱，诏掖庭令敢泄言者腰斩。

上官太后听到此处，也不禁怒起，命尚书令暂且住读，高声责贺道："为人臣子，可如此悖乱么！"贺又惭又惧，退膝数步，仍然俯伏。尚书令又接读道：

取诸侯王列侯二千石绶，及墨绶黄绶，以与昌邑官奴。发御府金钱刀剑玉器彩缯，赏赐所与游戏之人。沉湎于酒，荒耽于色。自受玺以来，仅二十七日，使者旁午，持节诏诸官署征发，凡一千一百二十七事，失帝王礼，乱汉制度。臣敞等数进谏，不少变更，日以益甚，恐危社稷，天下不安。臣敞等谨与博士议，皆曰今陛下嗣孝昭皇帝后，所谓不轨，五辟之属，莫大不孝。周襄王不能事母，《春秋》曰："天王出居于郑！"由不孝出之，示绝于天下也。宗庙重于君，陛下不可以承天序，奉祖宗庙，子万姓，当废。臣请有司以一太牢，具告宗庙，谨昧死上闻。

尚书令读毕，上官太后即说一可字，霍光便令贺起拜受诏。贺急仰首说道："古语有言，天子有诤臣七人，虽无道，不失天下。"说得可笑。光不待说完，便接口道："皇太后有诏废王，怎得尚称天子？"说着，即走近贺侧，代解玺绶，奉与太后。使左右扶贺下殿，出金马门，群臣送至阙外。贺自知绝望，因西向望阙再拜道："愚戆不能任事！"说罢乃起。自就乘舆副车，霍光特送入昌邑邸中，才向贺告辞道："王所行自绝于天，臣宁负王，不敢负社稷，愿王自爱！臣此后不得再侍左右了。"随即涕泣自去。

群臣复请徙贺至汉中，光因处置太严，奏请太后仍使贺还居昌邑，削去王号，另给食邑二千户。惟昌邑群臣，陷王不义，一并处斩。只有中尉王吉，郎中令龚遂，素有谏章，许得减轻，髡为城旦。贺师王式，本拟论死，式谓曾授贺《诗》三百五篇，反复讲解，可作谏书，于是也得免死刑。那应死的二百余人，均被绑赴市曹，凄声号呼道："当断不断，反受其乱！"这两句的意思，乃是悔不杀光。但光不问轻重，一体骈诛，也未免任威好杀呢。小子有诗叹道：

国家为重嗣君轻，主昧何妨作变更。
只是从官屠戮尽，滥刑毕竟太无情。

贺既废去，朝廷无主，光请太后暂时省政，且迁胜为长信少府，爵关内侯，令授太后经术。胜系鲁人，素习尚书，至是即将生平所学，指示太后。但太后究是女流，不便久亲政务，当由百官会议，选出一位嗣主来了。欲知何人嗣立，且至下回再详。

昌邑王贺，非不可立。但选立之初，宜如何考察，必视贺有君人之德，方可遣使往迎，奈何躁率从事，不问贺之能否为君，便即贸然迎立耶？光以广陵失德，主张迎贺，就令不怀私意，而失察之咎，百喙奚辞。且贺在途中，种种不法，史乐成辈均已闻知，与其后来废立，亦何若预先慎重，遣还昌邑之为愈乎？况废立之举，侥幸成功，设有他变，祸且不测。伊尹能使太甲之悔过，而霍光徒毅然废立，专制成事，其不如伊尹多矣！然以后世之莽操视之，则光犹有古大臣风，与跋扈者实属不同。善善从长，光其犹为社稷臣乎？

第八十一回

谒祖庙骖乘生嫌　嘱女医入宫进毒

却说霍光废去昌邑王贺，汉廷无主，不得不议立嗣君，好几日尚未能决，光禄大夫丙吉，乃向光上书道："将军受托孤重寄，尽心辅政，不幸昭帝早崩，迎立非人。今社稷宗庙，及人民生命，均待将军一举，方决安危。窃闻外间私议，所言宗室王侯，多无德望，惟武帝曾孙病己，受养掖庭外家，现约十八九岁，通经术，具美材，愿将军周咨众议，参及蓍龟，先令入侍太后，俾天下昭然共知，然后决定大计，天下幸甚！"光阅书后，遍问群臣，太仆杜延年也知病己有德，劝光迎立，此外亦无人异议。光复会同丞相杨敞等，上奏太后，略云：

> 孝武皇帝曾孙病己，年十八，师受《诗》《论语》《孝经》，躬行节俭，慈仁爱人，可嗣孝昭皇帝后，奉承祖宗庙，子万姓，臣等昧死以闻。

上官太后少不经事，不过名义上推为内主，要她取决，其实统是霍光一人主张；光如何定议，太后无不依从。实是一位女傀儡。当下准如所请，即命宗正刘德，备车往迎皇曾孙。皇曾孙病己，就是卫太子据孙。太子据尝纳史女为良娣，良娣系东宫姬妾，位居妃下。生子名进，号史皇孙。史皇孙纳王夫人，生子病己，号皇曾孙。太子据起兵败死，史良娣，史皇孙，王夫人并皆遇害，独病己尚在襁褓，坐系狱中。却值廷尉监丙吉，奉诏典狱，见了这个呱呱婴儿，未免垂怜。遂择女犯中赵胡二妇，轮流乳养，每日必亲加查验，不令虐待，病己乃得保全。后来武帝养病五柞宫，闻术士言长安狱中有天子气，因诏令长安各狱中，无论长幼，一律处死。王者不死，岂能擅杀？丙吉见诏使到来，闭门不纳，但传语诏使郭穰道："天子以好生为大德，他人无辜，尚不可妄杀，何况狱中有皇曾孙呢？"郭穰只得回报武帝，武帝倒也省悟道："这真是天命所在了！"乃更下赦书，所有狱中罪犯，一律免死。忽猛忽宽，已与乱命相似，惟因丙吉一言，活人无数，阴德可知。吉又为皇曾孙设法，欲将他移送京兆尹，先为致书相请，偏京兆尹驳还不受。皇曾孙已有数岁，常多疾病，赖吉多方医治，始得就痊。吉因他常留狱中，终属不妙，仔细调查，得知史良娣有母贞君，与子史恭，居住故乡，乃将皇曾孙送归史氏，嘱令留养。史贞君虽然年老，但见了外曾孙，当然怜惜，便振起精神，好生看养。至武帝驾崩，遗诏命将曾孙病已收养掖庭，病已乃复入都，归掖庭令张贺看管。贺即右将军张安世兄，前曾服侍卫太子，追念旧恩，格外勤养皇曾孙，令他入塾读书，修脯由贺担任。皇曾孙却发愤好学，黾勉有成，渐渐的长大起来。贺知他成人有造，意欲把女儿配与为妻。安世发怒道："皇曾孙为卫太子后裔，但得衣食无亏，也好知足。我张氏女岂堪与配么！"不脱俗情。贺乃另为择偶。适有暴室啬夫许广汉，暴音曝，系宫人织染处，啬夫，官名。生有一女，叫作平君，已许字欧侯氏子为妻，尚未成婚。欧侯氏子一病身亡，遂致婚期中断，仍然待字闺中。广汉与贺，前皆因案牵连，致罹宫刑。贺坐卫太子狱，广汉坐上官桀案，累得身为刑余，充当宫中差使。掖庭令与暴室啬夫，官职虽分高下，惟同为宫役，时常晤面，免不得杯酒相邀，互谈衷曲。一日两人酒叙，饮至半酣，贺向广汉说道："皇曾孙年已长成，将来不失为关内侯。闻君有女待字，何不配与为妻呢？"广汉已有三分酒意，慨然应允。饮毕回家，与妻谈及，妻不禁怒起，力为阻止。还是广汉定欲践言，不肯悔约，且思掖庭令是上级官长，更觉未便违命，乃将皇曾孙的履历，说得如何尊贵，如何光荣。妇人家心存势利，听得许多好处，也不禁开着笑颜。描写逼真。于是依了夫言，将女许嫁。贺便自出私财，为皇曾孙聘娶许女，择日成礼。两情缱绻，鱼水谐欢。且皇曾孙更多了一个岳家，越有倚靠，更向东海澓中翁处，肄习《诗》经，暇时出游三辅，也去斗鸡走马，作为消遣。惟常留心风俗，所有闾里奸邪，吏治得失，颇能一一记忆，历数无遗。尤有一种异相，遍体生毛，起居处屡有光耀，旁人诧为奇事，皇曾孙亦因此自豪。

昭帝元凤三年正月间，泰山有大石自立，上林中大柳已死，忽然重生。柳叶上虫食成文，约略辨认，乃是"公孙病已立"五字，中外人士，莫不惊疑。符节令眭孟，曾从董仲舒受习《春秋》，通谶纬学，独奏称大石自

立，僵柳复起，必有匹夫起为天子，应该亟求贤人，禅授帝位。大将军霍光，说他妖言惑众，捕孟处斩。谁知所言果验，竟于元平元年孟秋，由宗正刘德迎入皇曾孙，至未央宫谒见太后，虽是天潢嫡派，已经削籍为民。光以为不便径立，特请诸太后，先封皇曾孙为阳武侯，然后由群臣奉上玺绶，即皇帝位。九死一生的皇曾孙，居然龙飞九五，坐登大宝，后来因他庙号孝宣，称为宣帝。宣帝嗣阼，例须谒见高庙；大将军霍光，骖乘同行，宣帝坐在舆中，好似背上生着芒刺，很觉不安。及礼毕归来，由车骑将军张安世，代光骖乘，宣帝方才安心，怡然入宫。侍御史严延年，却劾奏霍光擅行废立，无人臣礼。至此方言明是卖直。宣帝瞧到此奏，不便批答，只好搁置不提。

未几丞相杨敞病终，升御史大夫蔡义为丞相，封阳午侯，进左冯翊田广明为御史大夫。义年已八十多岁，伛偻曲背，形似老妪，或谓光自欲专制，故用此老朽为相。当有人向光报知，光解说道：“义起家明经，从前孝武皇帝尝令他教授昭帝，他既为人主师，难道不配做丞相么？”相术与师道不同，光此言似是而非。是时上官太后尚居未央宫，由宣帝尊为太皇太后，只是后位未定，群臣多拟立霍光小女，就是上官太后，亦有此意。宣帝已有所闻，独下诏访求故剑，这乃是宣帝不弃糟糠，特借故剑为名，表明微意。群臣却也聪明，遂请立许氏为皇后。宣帝先册许氏为婕妤，嗣即令正后位。并欲援引先朝旧例，封后父广汉为侯。偏霍光出来梗议，谓广汉已受宫刑，不应再加侯封。光妻谋毒许后，实是因此发生。宣帝拗他不过，暂从罢论。

蹉跎过了年余，始封广汉为昌成君。光见宣帝遇事谦退，持躬谨慎，料他没有意外举动，遂请上官太后还居长乐宫。上官太后当然还驾，光且派兵屯卫长乐宫，戒备非常。已而腊鼓催残，椒花献颂，新皇帝依例改元，号为本始元年，下诏封赏，定策功臣。增封大将军霍光，食邑万七千户；车骑将军张安世，食邑万户，此外列侯加封食邑，共计十人，封侯计五人，赐爵关内侯计八人。霍光稽首归政，宣帝不许，令诸事俱先白霍光，然后奏闻。光子霍禹，及兄孙霍云霍山，俱得受官。还有诸婿外孙，陆续引进，蟠据朝廷。宣帝颇怀猜忌，但不得不虚己以听，唯言是从。独大司农田延年，首倡废立大议，晋封阳城侯，免不得趾高气扬，自鸣得意。哪知有怨家告讦，说他办理昭帝大丧，谎报雇车价值，侵吞公款至三千万钱，当由丞相蔡义，据事纠弹，应该下狱讯办。田延年素性负气，竟不肯就狱，愤然说道："我位至封侯，尚有面目入诏狱么？"俄而又闻严延年劾他手持兵器，侵犯属车，更恨上添恨道："这无非教我速死！我死便罢，何必多方迫我？"说着，竟拔剑自杀。后来御史中丞，反诘责严延年，谓既知田延年有罪，如何纵令犯法，亦当连坐。严延年弃官遁去，朝廷也不加追究。看官阅此，应知两延年一死一遁，都是性情过激，世所难容，终不免受人挤排，捽去了事！

宣帝不好过问，但凭霍光处置，惟自思本生祖考，未有号谥，乃令有司妥为议定。有司应诏奏称，谓为人后者为人子，不得私其所亲，陛下继承昭帝，奉祀陵庙，亲谥只宜称悼，母号悼后，故皇太子谥曰戾，史良娣号戾夫人。宣帝也即准议，不过重行改葬，特置园邑，留作一种报本的纪念。更立燕剌王旦太子建为广阳王，广陵王胥少子弘为高密王，越年复下诏追崇武帝，应增庙乐，令列侯二千石博士会议，群臣皆复称如诏。独长信少府夏侯胜驳议道："孝武皇帝，虽尝征服蛮夷，开拓土宇，但多伤士卒，竭尽财力，德泽未足及人，不宜更增庙乐。"这数语说将出来，顿致舆论哗然，同声语胜道："这是诏书颁示，怎得故违？"胜昂然道："诏书非尽可行，全靠人臣直言补阙，怎得阿意顺旨，便算尽忠？我意已定，死亦无悔了！"又出一个硬头子。大众闻言，统怪胜不肯奉诏，联名奏劾，说他毁谤先帝，罪该不道。独丞相长史黄霸，不肯署名。复被大众举劾，请与胜一同坐罪。宣帝乃命将胜、霸二人，逮系狱中。群臣遂请尊武帝庙为世宗庙，且提出武帝在日，巡行郡国四十九处，概令立庙，别立庙乐，号为盛德文始五行舞，世世祭飨，与高祖太宗庙祀相同，宣帝并皆依议，饬令照办。只胜、霸两人，久被拘系，好多时不闻究治。两人同在一处，彼此攀谈，却也不至寂寞。霸字次公，籍隶阳夏，少习法律，及长为吏，迁任河南郡丞，宽和得民。宣帝即位，因召为廷尉正，兼署丞相长史。此时被逮下狱，亲友都替他愁苦，他却遇着经师夏侯胜，正好乘闲请教，乞胜传授经学。胜言犯罪当死，何必读经？霸答道："朝闻道，夕死犹可。况今夕尚未必果死哩！"可谓好学。胜乃讲授《尚书》，逐日不绝。直至本始四年，方才遇赦，后文再表。

且说乌孙国王岑陬，前纳继祖母江都公主为妻，仍然臣事汉朝。见前文。越数年后，江都公主病死，岑陬复乞和亲，汉廷因将楚王戊孙女解忧，号为公主，遣嫁岑陬。解忧尚无生育，岑陬却患了绝症，竟致不起。自思有子泥靡，出自胡妇，幼弱未能任事，不如托诸从弟翁归靡，教他代立为王。俟至泥靡长成，然后归还主位。主见已定，遂召翁归靡入帐，述及己意，翁归靡当然听命。及岑陬一死，便即称王，又见解忧年轻有色，也把她占为己妻。继祖母尚可为妻，何况从嫂？解忧只好随缘，与翁归靡结为夫妇，好合数年，得生三男二女，依次长成。长男名元贵靡，留在国中。次男名万年，出为莎车王。最幼名大乐，也为左大将。及昭帝末年，匈奴因乌孙附汉，连结车师，并攻乌孙，乌孙忙发兵守御。一面由解忧公主出面，飞书至汉，求请援师。汉廷得书，正拟调兵往救，适值昭帝驾崩，国事纷纭，无暇外顾。到了宣帝即位，复由解忧夫妇，上书敦促，并言专待汉兵，夹击匈奴。宣帝与霍光议定，大发关东精锐，分路出征。命御史大夫田广明为祁连将军，领四万余骑出西河；度辽将军范明友，领三万余骑出张掖；前将军韩增，领三万余骑出云中；后将军赵充国为蒲类将军，领三万余骑出酒泉；云中太守田顺为虎牙将军，领三万余骑出五原。五路大兵，共计得十六万余人，如火如荼，杀往匈奴。再遣校尉常惠，持节发乌孙兵，会师夹攻。

匈奴主壶衍鞮单于，闻得汉兵大至，亟将人民牲畜，奔徙漠北，塞外一空。汉将五路出师，但见秋高木落，遍地荒凉，并没有什么胡兵，什么胡马，好容易驰入胡境，搜得几个人畜，也不过是老弱陋劣，一时不及迁移，乃被捕获。五将陆续班师，由汉廷严核赏罚，田广明引兵先归，田顺诈报俘虏，皆被察出，下狱自杀。范明友、韩增、赵充国三人，也是半途折回，无功有罪。宣帝因已诛二将，不欲滥刑，特令从宽免议。

独校尉常惠，监护乌孙兵五万余骑，直入右谷蠡王庭内，擒住单于伯叔，及嫂居次，犹汉言公主。名王犁汙，掳都尉千长以下三万九千余级，马牛羊驴七十余万头，饱载西归，返入乌孙。乌孙将掳取人畜，悉数自取，毫不分与常惠，反将常惠使节盗去。常惠无从追究，垂头丧气，驰还长安。何其疏忽至此！自料此番回都，必遭重谴，硬着头入报宣帝。宣帝却好言抚慰，面封惠为长罗侯，惠谢恩而退，喜出望外。后来探问同僚，才知宣帝因五将无功，还是乌孙兵得了大捷，虽然没有进益，也足令匈奴丧胆，免为汉患，所以叙功加封。寻且奉诏再使乌孙，令他赍着金帛，犒赏乌孙将士。惠乘机进奏，谓龟兹国前杀朝使，未曾加讨，应该顺道往攻。宣帝恐他多事，不肯照准。惟霍光密与惠言，许得便宜行事，惠遂往乌孙，宣诏颁赏，又矫命乌孙发兵，联合西域各国，进击龟兹。龟兹已经易主，后王绛宾，说是先人误听姑翼，因致得罪汉朝。当下将姑翼缚送军前，由惠喝令斩讫，当即罢兵回国。宣帝闻报，本欲责他专擅，因闻霍光暗中指使，只得作罢，但不复加赏，略示深衷。

谁知霍光专政，情尚可原，那光妻霍显，却是一个淫悍泼妇，公然阴谋诡计，下毒宫闱。说将起来，也是霍光治家不正，肇此祸阶。霍光元配东闾氏，只生一女，嫁与上官安为妻。东闾氏早殁，有婢名显，狡黠异常，为光所爱，曾纳为妾媵，生有子女数人。光便不他娶，就将显升做继室。显有小女成君，尚未字人，满望宣帝登台，好将成君纳入宫中，做个现成皇后。偏宣帝愿求故剑，令故妻许氏正位中宫，竟致霍显失望，满怀不平。

日思夜想，拟把许后除去，怎奈一时不得方法，没奈何迁延过去。迟至本始三年正月，许皇后怀孕满期，将要分娩，忽然身体不适，寝食难安。宣帝顾念患难夫妻，格外爱护，遍召御医诊治，且采募女医入宫，俾得日夕侍奉，较为合宜。巧有掖庭户卫淳于赏妻，单名为衍，粗通医理，应募入侍。衍尝往来大将军家，与霍显认识有年，至是淳于赏因妻入宫，便与语道：“汝何不往辞霍夫人，为我求得安池监。若霍夫人肯代白大将军，安池监定可补缺，比户卫好得多呢！”衍遵着夫嘱，径至霍家谒显，报告入宫侍后，并求派乃夫差缺。显触着心事，暗暗喜欢道：“这番机会到了！”便引衍至密室，悄然与语。特呼衍表字道：“少夫！汝欲我代谋差缺，我亦烦汝一件大事，汝可允我否？”衍应声道：“夫人有命，敢不敬从！”显笑说道：“大将军最爱小女成君，欲使极贵，特为此事，有劳少夫。”衍不解所谓，愕然问道：“夫人所嘱，是何命意？”显即将衍扯近一步，附耳与语道：“妇人产育，关系生死。今皇后因娠得病，正好将她毒死。天子若立继后，小女成君，就得册纳，少夫如肯为力，富贵与共，幸勿推辞！”顾前不顾后，全是悍妇偏见。衍闻显言，不禁失色，支吾对答道：“药须由众医配合，进服时需人先尝，此事恐难为力。”显复冷笑道：“少夫若肯代谋，何至无法。现我将军管辖天下，何人敢来多嘴？就使有缓急情事，自当出救，决不相累。只恐少夫无意，才觉难成。”衍沉吟良久，方答说道：“有隙可图，自愿尽力。”总为富贵二字所误。显又再三叮嘱，衍应命辞归，也不及告知乃夫，私取附子捣末，藏入衣袋，径往宫中。

可巧许后临盆，生下一女，却是不做难产，安然无恙。不过产后乏力，还须调理，经御医拟定一方，合丸进服。淳于衍凑便下手，竟将附子取出，掺入丸内。附子虽是有毒，本来可作药饵，并非酖毒可比，但性热上升，不宜产后。许后哪里知晓，取到便吞，待至药性发作，顿时喘急起来，因顾问淳于衍道：“我服丸药后，头觉岑岑。沉重之意。莫非丸中有毒不成？”衍勉强答说道：“丸中何至有毒。”一面说，一面再召御医诊治。御医诊治后脉，已经散乱，额上冷汗淋漓，也不识是何因，才阅片刻，许后两眼一翻，呜呼归天！还幸微贱时已产一男，总算留得一线血脉。小子有诗叹道：

赢得三年国母尊，伤心被毒竟埋冤。
杜南若有遗灵在，好看仇家且灭门。杜南为许后葬处，见下回。

许后告崩，宣帝亲自视殓，悲悼不已。忽由外面呈入奏章，乃收泪取阅。欲知奏章内容，待至下回再表。

史称霍氏之祸，萌于骖乘，是骖乘一事，所关甚大。夫骖乘亦常事耳，张安世亦与谋废立，官拜车骑将军，更非常官；当其代光骖乘，宣帝得从容快意，何独于霍光而疑之。吾料霍光当日，必有一种骄倨之容，流露词色，令人生畏，此宣帝之所以跼蹐不安也。田延年之自杀，祸起怨家；而霍光不为救护，未免怀私。废立之议，倡自田延年，光不欲使为功首，故乐其死而恝(jiá)视之。严延年之被逐，则实为劾奏霍光而起。御史中丞，诘责严延年，即非由光之授意，而巧为迎合，不问可知。至若常惠之通使乌孙，擅击龟兹，则全出光之指授。光固视宣帝如傀儡，归政之请，果谁欺乎？悍妻霍显，胆敢私嘱女医，毒死许后，何一非由光之纵成。后人或比光为伊周，伊周圣人，岂若光之悖謷为哉？

第八十二回

孝妇伸冤于公造福　淫妪失德霍氏横行

却说宣帝方悲悼许后，即有人递入奏章，内言皇后暴崩，想系诸医侍疾无状，应该从严拿究。宣帝当即批准，使有司拿问诸医。淳于衍正私下出宫，报知霍显，显引衍入内，背人道谢。一时未便重酬，只好与订后约。衍告别回家，甫经入门，便有捕吏到来，把她拘去。经问官审讯几次，衍抵死不肯供认，此外医官，并无情弊，自然同声呼冤。问官无法，一古脑儿囚系狱中。霍显闻知衍被拘讯，惊惶的了不得，俗语说得好，急来抱佛脚，那时只好告知霍光，自陈秘计。霍光听了，也不禁咋舌，责显何不预商。显泣语道："木已成舟，悔亦无及，万望将军代为调护，毋使衍久系狱中，吐出实情，累我全家。"光默然不答，暗思事关大逆，若径去自首，就使保全一门，那娇滴滴的爱妻，总须头颅落地，不如代为瞒住，把淳于衍等一体开释，免得及祸。谁知祸根更大。乃入朝谒见宣帝，但言皇后崩逝，当是命数注定，若必加罪诸医，未免有伤皇仁；况诸医也没有这般大胆，敢毒中宫。宣帝也以为然，遂传诏赦出诸医，淳于衍亦得释出。许皇后含冤莫白，但依礼治丧，奉葬杜南，谥为恭哀皇后。霍显见大狱已解，才得放心，密召淳于衍至家，酬以金帛，后来且替她营造居屋，购置田宅婢仆，令衍享受荣华。衍意尚未足，霍家财钱，却耗费了许多。显知阴谋已就，便为小女安排妆奁，具备许多珠玉锦绣，眼巴巴的望她为后。只是无人关说，仍然无效，没奈何再请求霍光，纳女后宫。光也乐得进言，竟蒙宣帝允许，就将成君装束停当，载入宫中。国丈无不愿为。所有衣饰奁具，一并送入。从来少年无丑妇，况是相府娇娃，总有一些秀媚状态。宣帝年甫逾冠，正当好色年华，虽尚追忆前妻，余哀未尽，但看了这个如花似玉的佳人，怎能不情动神移？当下优礼相待，逐渐宠幸。过了一年，竟将霍氏成君，册为继后。霍夫人显果得如愿以偿，称心满意了。

原是快活得很，可惜不能长久。

先是许后起自微贱，虽贵不骄，平居衣服，俭朴无华，每五日必至长乐宫，朝见上官太后，亲自进食，谨修妇道。至霍光女为后，比许后大不相同，舆服丽都，仆从杂沓，只因上官太后谊属尊亲，不得不仿许后故事，前去侍奉。上官太后，系霍光外孙女，论起母家私戚，还要呼霍后为姨母，所以霍后进谒，往往起立一旁，特别敬礼。就是宣帝亦倍加燕好，备极绸缪。

是年丞相义病逝，进大鸿胪韦贤为丞相，封扶阳侯。大司农魏相为御史大夫，颍川太守赵广汉为京兆尹。又因郡国地震，山崩水溢，北海琅琊，毁坏宗庙，宣帝特素服避殿，大赦天下，诏求经术，举贤良方正。夏侯胜、黄霸才得出狱。回应前回。胜且受命为谏大夫，霸出任扬州刺史。胜年已垂老，平素质朴少文，有时入对御前，或误称宣帝为君，或误呼他人表字，君前臣名不应呼字。宣帝毫不计较，颇加亲信。尝因回朝退食，与同僚述及宫中问答。事为宣帝所闻，责胜漏言，胜从容道："陛下所言甚善，臣非常佩服，故在外称扬。唐尧为古时圣主，言论传诵至今，陛下有言可传，何妨使人传诵呢！"宣帝不禁点首，当然无言。夏侯胜也会献谀。嗣是朝廷大议，必召胜列席。宣帝常呼胜为先生，且与语道："先生尽管直言，幸勿记怀前事，自安退默。朕已知先生正直了！"胜乃随事献替，多见听从。继复使为长沙少府，迁官太子太傅，年至九十乃终。上官太后记念师恩，赐钱二百万，素服五日。宣帝亦特赐茔地，陪葬平陵。即昭帝陵，见前文。西汉经生，生荣死哀，惟胜称最。胜本鲁人，受学于族叔夏侯始昌。始昌尝为昌邑王太傅，通尚书学，得胜受授，书说益明，时人称为大小夏侯学。胜子孙受荫为官，不废先业，这也好算得诗书余泽呢。归功经术，寓意独深。

且说宣帝本始四年冬季，定议改元，越年元日，遂号为地节元年。朝政清平，国家无事，惟刑狱尚沿积习，不免烦苛。宣帝有志省刑，特升水衡都尉于定国为廷尉，令他决狱持平。定国字曼倩，东海郯县人。父于公，曾为郡曹，判案廉明，民无不服。郡人特为建立生祠，号为于公祠。会东海郡有孝妇周青，年轻守寡，奉姑惟谨。姑因家况素贫，全靠周青纺织为养，甚觉过意不去，且周青又无子嗣，不如劝令改嫁，免受冻馁，一连说至数次，青决意守节，誓不再醮，姑转告邻人道："我媳甚孝，耐苦忍劳，

但我怜她无子守寡，又为我一人在世，不肯他适，我岂可长累我媳么？”邻人总道她是口头常谈，不以为意，那姑竟自缢，反致周青茕茕孑立，不胜悲苦。青有小姑，已经适人，平时好搬弄是非，竟向郯县中控告寡嫂，说她逼死老母。县官不分皂白，便将周青拘至，当堂质讯。青自然辩诬，偏县官疑她抵赖，喝用严刑。青自思余生乏味，不若与姑同尽，乃随口妄供，即由县官谳成死罪，申详太守。太守批令如议，独于公力争道："周青养姑十余年，节孝著名，断无杀姑情事，请太守驳斥县案，毋令含冤！"太守执意不从，于公无法可施，手持案卷，向府署恸哭一场，托病辞去。周青竟致枉死，冤气冲天，三年旱荒。后任太守，为民祈雨，全无效验，乃欲召问卜筮。可巧于公求见，由太守召入与语，于公乃将周青冤案，从头叙明。好在太守不比前任，立命宰牛，至周青墓前致祭，亲为祷告，并竖墓表。及祭毕回署，便觉彤云四布，霖雨连宵。东海郡三年告饥，独是年百谷丰收，民得少苏，自是都感念于公。天既知孝妇之冤，何不降灾郡守，乃独肆虐郡民，此理令人难解。

于公欣然归家，正值里门朽坏，须加修治。里人醵(jù)资估工，为缮葺计，于公笑语道："今日修筑里门，应比从前高大，可容驷马高车。"里人问他何故？于公道："我生平决狱，秉公无私，平反案不下十百，这也是一件阴德，我子孙可望兴隆，所以要高大门闾呢。"里人素敬重于公，如言办理，果然于公殁后，有子定国，出掌吏事，超列公卿。既任廷尉，哀矜鳏寡，罪疑从轻，与前此张汤杜周等人，宽猛迥别。都下有传言云："张释之为廷尉，天下无冤民；张释之系文帝时人，见前文。于定国为廷尉，民自以不冤。"定国雅善饮酒，虽多不乱，冬月大审，饮酒越多，判断越明。又恨自己未读经书，辄向经师受业，学习《春秋》，北面执弟子礼，因此彬彬有文，谦和儒雅。大将军霍光，亦很加倚重。至地节二年春三月，光老病侵寻，渐至危迫。宣帝躬自临问，见他痰喘交作，已近弥留，不禁泫然流涕。及御驾还宫，接阅光谢恩书，谓愿分国邑三千户，移封兄孙奉车都尉霍山，奉兄骠骑将军去病遗祀。当下将原书发出，交丞相御史大夫酌议，即日拜光子禹为右将军。未几光卒，宣帝与上官太后，均亲往吊奠，使大中大夫任宣等持节护丧，中二千石以下官吏，监治坟茔。特赐御用衣衾棺椁，出葬时候，用辒辌车载运灵柩，辒辌车为天子丧车，车中有窗闭则温，开则凉，故名辒辌车。黄屋左纛，尽如天子制度。征发畿卫各军，一体送葬。予谥宣成侯。墓前置园邑三百家，派兵看守。未免滥赐。丞相韦贤等，请依霍光谢恩书，分邑与山。宣帝不忍分置，令禹嗣爵博陵侯，食邑如旧。独封山为乐平侯，守奉车都尉领尚书事。御史大夫魏相，恐霍禹擅权专政，特请拜张安世为大司马大将军，继光后任。宣帝也有此意，即欲封拜。安世闻知消息，慌忙入朝固辞。偏宣帝不肯允许，但取消大将军三字，令安世为大司马车骑将军，领尚书事。安世小心谨慎，事事不敢专主，悉禀宣帝裁定，宣帝始得亲政，励精图治。每阅五日，开一大会，凡丞相以下诸官，悉令列席，有利议兴，有害议革，周咨博访，民隐毕宣。至简放内史守相，亦必亲自召问，循名责实，尝语左右道："庶民所以得安，田里无愁恨声，全靠政平讼理，得人而治。朕想国家大本，系诸民生，民生大要，系诸良二千石，二千石若不得人，怎能佐朕治国呢？"已而胶东相王成，颇有循声，闻他招集流民，约有八万余口，宣帝即下诏褒扬，称为劳来不怠，赐爵关内侯，这是封赏循吏的第一遭。后来王成病死，有人说他浮报户口，不情不实，宣帝亦未尝追问。但教吏治有名，往往玺书勉励，增秩赐金，于是天下闻风，循吏辈出。下文自有交代。

且说地节三年，宣帝因储君未立，有碍国本，乃立许后所生子奭为皇太子，进封许后父广汉为平恩侯。复恐霍后不平，推恩霍氏，封光孙中郎将云为冠阳侯。哪知霍氏果然觖望，虽得一门三侯，意中尚嫌未足，第一个贪心无厌的人物，就是光妻霍显。她自霍禹袭爵，居然做了太夫人，骄奢不法，任意妄为，令将光生前所筑茔制，特别扩充，三面起阙，中筑神道，并盛建祠宇辇阁，通接永巷。所有老年婢妾，悉数驱至巷中，叫她看守祠墓，其实与幽禁无二。自己大治第宅，特制彩辇，黄金为饰，锦绣为茵，并用五彩丝绞作长绳，绾住辇毂，令侍婢充当车夫，挽车游行，逍遥快乐。日间借此自娱，夜间却未免寂寞，独引入俊仆冯殷，与他交欢。殷素狡慧，与王子方并为霍家奴，充役有年。霍光在日，亦爱他两人伶俐，令管家常琐事。惟子方面貌不及冯殷，殷姣好如美妇，故绰号叫作子都。显系霍光继室，当然年齿较轻，一双媚眼，早已看中冯殷。殷亦知情识意，每乘光入宫值宿，即与显有偷寒送暖等情，光戴着一顶绿巾，尚全然不晓。家有姣妻，怎得再畜俊奴，这也是光种下的祸祟。及光殁后，彼此无禁无忌，乐得相偎相抱，颠倒鸳鸯。霍禹霍山，也是淫纵得很，游佚无度。霍云尚在少年，镇日里带领门客，架鹰逐犬，有时例当入朝，不愿进谒，唯遣家奴驰入朝堂，称病乞假。朝臣亦知他欺主，莫敢举劾。还有霍禹姊妹，仗着母家势力，任意出入太后、皇后两宫。霍显越好横行，视两宫如帷闼一般，往返自由，不必拘礼。为此种种放浪，免不得有人反对，凭着那一腔懊恼，毅然上书道：

> 臣闻《春秋》讥世卿，恶宋三世为大夫，及鲁季孙之专权，皆足危乱国家。自后元以来，后元为汉武年号，见前文。禄去王室，政由家宰。今大将军霍光已殁，子禹复为右将军，兄孙山，亦入秉枢机，昆弟诸婿，各据权势，分任兵官，夫人显及诸女，皆通籍长信宫，宫在长乐宫内，为上官太后所居。或夤夜呼门出入，骄奢放纵，恐渐不制；宜有以损夺其权，破散阴谋，以固万世之基，全功臣之世，国家幸甚！臣等幸甚！

这封书系由许广汉呈入，署名并非广汉，乃是御史大夫魏相所陈。相字弱翁，定陶人氏，少学易，被举贤良，对策得高第，受官茂陵令。迁任河南太守，禁止奸邪，豪强畏服。故丞相田千秋次子，方为雒阳武库令，闻相治郡尚严，恐自己不免遭劾，辞职入都，入白霍光。光还道相器量浅窄，不肯容故相次儿，当即贻书责备。嗣又有人劾相滥刑，遂发缇骑，拘相入都。河南戍卒，在都留役，闻知魏相被拘，都乘霍光公出，遮住车前，情愿多充役一年，赎太守罪。经光好言遣散，旋又接得函谷关吏报告，谓有河南老弱万余人，愿入关上书，请赦魏相。光复言相罪未定，不过使他候质，如果无罪，自当复任等语。关吏依言抚慰，大众方才散归。至相被逮至，竟致下狱，案无佐证，幸得不死。经冬遇赦，再为茂陵令，调迁扬州刺史。宣帝即位，始召入为大司农，擢任御史大夫。至是愤然上书，也并非欲报私仇，实由霍氏太横，看不过去。因浼平恩侯许广汉代为呈递，委曲求全。相有贤声，故笔下代为洗刷。

宣帝未尝不阴忌霍家，因念霍光旧功，姑示包容，及览到相书，自无异言。相复托广汉进言，乞除去吏民副封，借免壅蔽。原来汉廷故事，凡吏民上书，须具正副二封，先由领尚书事将副封展阅一周，所言不合，得把正封搁置，不复上奏。相因霍山方领尚书事，恐他捺住奏章，故有此请。宣帝也即依从，变更旧制，且引相为给事中。霍显得知此事，召语禹及云

山道："汝等不思承大将军余业，日夕偷安，今魏大夫入为给事中，若使他人得进闲言，汝等尚能自救么？"问汝果做何勾当？禹与云山，尚不以为意。既而霍氏家奴与御史家奴争道，互生龃龉，霍家奴恃蛮无理，竟捣入御史府中，汹汹辱骂。还是魏相出来赔礼，令家奴叩头谢罪，才得息争。旋由丞相韦贤，老病乞休，宣帝特赐安车驷马，送归就第，竟升魏相为丞相。御史大夫一缺，就用了光禄大夫丙吉。吉曾保护宣帝，未尝自述前恩，此次不过循例超迁，与魏相同心夹辅，各尽忠诚。独霍显暗暗生惊，只恐得罪魏相，将被报复。且因太子奭册立以后，尝恨恨道："彼乃主上微贱时所生，怎得立为太子？若使皇后生男，难道反受他压迫，只能外出为王么？"汝试自思系是何等出身？乃悄悄的入见霍后，叫她毒死太子，免为所制。霍后依着母命，怀着毒物，屡召太子赐食，拟乘间下毒。偏宣帝早已防着，密嘱保姆，随时护持，每当霍后与食，必经保姆先尝后进，累得霍后无从下手，只好背地咒骂，衔恨不休。有是母必有是女。宣帝留心伺察，觉得霍后不悦太子，心下大疑。回忆从前许后死状，莫非果由霍氏设计，遣人下毒，以致暴崩。且渐渐闻得宫廷内外，却有三言两语，流露毒案，因此与魏相密商，想出一种釜底抽薪的计策，逐渐进行。

当时度辽将军范明友，为未央卫尉，中郎将任胜，为羽林监，还有长乐卫尉邓广汉，光禄大夫散骑都尉赵平，统是霍光女婿，入掌兵权。光禄大夫给事中张朔，系光姊夫，中郎将王汉，系光孙婿。宣帝先徙范明友为光禄勋，任胜为安定太守，张朔为蜀郡太守，王汉为武威太守，复调邓广汉为少府，收还霍禹右将军印，阳尊为大司马，与乃父同一官衔，特命张安世为卫将军，所有两宫卫尉，城门屯兵，北军八校尉，尽归安世节制。又将赵平的骑都尉印绶，也一并撤回，但使为光禄大夫。另使许、史两家子弟，代为军将。

霍禹因兵权被夺，亲戚调徙，当然郁愤得很，托疾不朝。大中大夫任宣，曾为霍氏长史，且前此奉诏护丧，因特往视霍禹，探问病恙。禹张目道："我有什么病症？只是心下不甘。"宣故意问为何因，禹呼宣帝为县官，信口讥评道："县官非我家将军，怎得至此？今将军坟土未干，就将我家疏斥，反任许、史子弟，夺我印绶，究竟我家有什么大过呢？"宣闻言劝解道："大将军在日，亲揽国权，生杀予夺，操诸掌握，就是家奴冯子都、王子方等，亦受百官敬重，比丞相还要威严。今却不能与前并论了。许、史为天子至亲，应该贵显，愿大司马不可介怀！”宣亦有心人，惜语未尽透辟。禹默然不答，宣自辞去。

越数日禹已假满，没奈何入朝视事。天下事盛极必衰，势盛时无不奉承，势衰后必遭怨谤，况霍氏不知敛束，怎能不受人讥弹？因此纠劾霍家，常有所闻。霍禹、霍山、霍云，无从拦阻，愁得日夜不安，只好转告霍显。显勃然道：“这想是魏丞相暗中唆使，要灭我家，难道果无罪过么？”妇人不知咎己，专喜咎人。山答说道：“丞相生平廉正，却是无罪，我家兄弟诸婿，行为不谨，容易受谤，最可怪的是都中舆论，争言我家毒死许皇后，究竟此说从何而来？”霍显不禁起座，引霍禹等至内室，具述淳于衍下毒实情。霍禹等不觉大惊，同声急语道：“这！这！这事果真么？奈何不先行告知！”显也觉愧悔，把一张粉饰的黄脸儿，急得红一块，青一块，与无盐嫫母一般。无盐嫫母，古丑妇。小子有诗叹道：

不经贪贼不生灾，大祸都从大福来。
莫道阴谋人不觉，空中天网自恢恢。

欲知霍氏如何安排，容至下回续叙。

孝妇含冤，三年不雨，于公代为昭雪，请太守祭茔表墓，即致甘霖之下降，是天道固非尽无凭也。天道有凭，宁有如霍显之毒死许后，纳入小女成君，而可得富贵之长保者？人有千算，天教一算，愈狡黠愈遭天忌，愈骄横亦愈致天谴；况霍显淫悍，霍禹、霍山、霍云，更游佚无度，如此不法，尚欲安享荣华，宁有是理？人即可欺，天岂可欺乎？逮至兵权被削，亲戚被徙，独不知谢职归田，反且蓄怨生谋，思为大逆，其自速灭亡也宜哉！观于霍氏之灭亡，而后之营营富贵者，可自此返矣。

第八十三回
泄逆谋杀尽后族　矫君命歼厥渠魁

却说霍显心虚情怯，悔惧交并，霍禹对显道："既有此事，怪不得县官斥逐诸婿，夺我兵权，若认真查究起来，必有大罚，奈何奈何！"霍山霍云，亦急得没有主意。还是霍禹年纪较大，胆气较粗，自思一不做二不休，将错便错，索性把宣帝废去，方可免患。比母更凶。忽又见赵平趋入道："平家有门客石夏，善观天文，据言天象示变，荧惑守住御星，御星占验，主太仆奉车都尉当灾，若非罢黜，且遭横死。"霍山正为奉车都尉，听了平言，更觉着忙。就是霍禹霍云，亦恐自己不能免祸。正在秘密商议，又有一人进来，乃是云舅李竟好友，叫做张赦。云亦与交好，当即迎入，互相谈叙。赦见云神色仓皇，料有他故，用言探试，便由云说出隐情。赦即替他设策道："今丞相与平恩侯，擅权用事，可请太夫人速白上官太后，诛此两人，翦去宫廷羽翼，天子自然势孤。但教上官太后一诏，便好废去。"云欣然受教，赦也即告别。

不意属垣有耳，竟为所闻，霍氏家中的马夫，约略听见张赦计谋，夜间私议。适值长安亭长张章，与马夫相识，落魄无聊，前来探望。马夫留他下榻，他佯作睡着，却侧着耳听那马夫密谈，待至马夫谈完，统去就寝，便不禁暗喜，想即借此出头，希图富贵。心虽不善，但不如此，则霍氏不亡。朦胧半晌，已报鸡声，本来张章粗通文墨，至此醒来，又复打定腹稿，一至天明，即起床与马夫作别，自去缮成一书，竟向北阙呈入。宣帝本欲杜除壅蔽，使中书令传诏出去，无论吏民，概得上书言事。一面由中书令逐日取入，亲自披览。至看到章书，就发交廷尉查办，廷尉使执金吾官名。往捕张赦、石夏等人。已而宣帝又饬令止捕。

霍氏知阴谋被泄，越觉惊惶。霍山等相率聚议道："这由县官顾着太后，恐致干连，故不愿穷究。但我等已被嫌疑，且有毒死许后一案，谣言日盛,就使主上宽仁,难保左右不从中举发,一或发作,必致族诛。今不如先发制人,较为得计!”已经迟了。乃使诸女各报夫婿,劝他一同举事。各婿家也恐连坐,情愿如约。会霍云舅李竟,坐与诸侯王私相往来,得罪被拘。案与霍氏相连,有诏令霍云霍山,免官就第,霍氏愈致失势。只有霍禹一人,尚得入朝办事。百官对着霍禹,已不若从前敬礼,偏又经宣帝当面责问,谓霍家女入谒长信宫,注见前回。何故无礼?霍家奴冯子都等,何故不法?说得禹头汗直淋,勉强免冠谢罪。乃退朝回来,告知霍显以下等人,胆小的都吓得发抖,胆大的越激动邪心。显忐忑不安,夜间梦光与语道:“汝知儿被捕否?”光果有灵,当先活捉冯子都,这全是霍显惊慌所致。霍禹也梦车声马声,前来拿人。母子清晨起床,互述梦境,并皆担忧。又见白昼多鼠,曳尾画地,庭树集鸮,恶声惊人。宅门无故自坏,屋瓦无风自飞,种种怪异,不可究诘。

地节四年春月,宣帝求得外祖母王媪,及母舅无故与武,当即称王媪为博平君,封无故为平昌侯,武为乐昌侯。许、史以外,又多了王门贵戚,顿使霍家相形见绌,日夜愁烦。霍山独怨恨魏相,侈然语众道:“丞相擅减宗庙祭品,如羔如兔龟,并皆酌省。从前高后时,曾有定例,臣下擅议宗庙,罪应弃市。今丞相不遵旧制,何勿把他举劾呢!”霍禹霍云,尚说此举只有关魏相,未足保家。因复另设一计,欲使上官太后邀饮博平君,召入丞相平恩侯等,令范明友、邓广汉引兵突入,承制处斩,趁势废去宣帝,立霍禹为天子。计议已定,尚未举行,又由宣帝颁诏,出霍云为玄菟太守,任宣为代郡太守。接连又发觉霍山过恶,系是擅写秘书,应该坐罪,不如意事,纷至沓来。霍显替山解免,愿献城西第宅,并马千匹,为山赎罪,书入不报。哪知张章又探得霍禹等逆谋,往告期门官名。董忠,忠转告左曹杨恽,恽又转达侍中金安上。安上系前车骑将军金日磾从子,方得主宠,立即奏闻宣帝,且与侍中史高同时献议,请禁霍氏家族,出入宫廷。侍中金赏,为日磾次子,曾娶霍光女为妻,一闻此信,慌忙入奏,愿与霍女离婚。

宣帝不能再容,当即派吏四出,凡霍氏家族亲戚,一体拿办。范明友先得闻风,驰至霍山霍云家内,报知祸事。山与云魂胆飞扬,正在没法摆布,便有家奴抢入道:“太夫人第宅,已被吏役围住了!”山知不能免,取毒先服,云与明友次第服下,待至捕役到门,已经毒发毙命,惟搜得妻妾子

弟，上械牵去。那霍显母子，未得预闻，竟被拘至狱中，讯出真情，禹受腰斩，显亦遭诛，所有霍氏诸女，及女婿孙婿，悉数处死。甚至近戚疏亲，辗转连坐，诛灭不下千家。冯子都、王子方等，当然做了刀头鬼，与霍氏一门，同赴冥途去了。冯子都阴魂，又好与霍显取乐，只可惜要碰着霍光了。惟金赏已经去妻，幸免株连。霍后坐此被废，徙居昭台宫。金安上等告逆有功，俱得加封，安上受封都成侯，杨恽受封平通侯，董忠受封高昌侯，张章受封博成侯，平地封侯，张章最为侥幸。侍中史高，也得受封乐陵侯。

先是霍氏奢侈，茂陵人徐福，已知霍氏必亡，曾诣阙上书，请宣帝裁抑霍氏，毋令厚亡。宣帝留中不发，书至三上，不过批答了闻知二字。及霍氏族灭，张章等俱膺厚赏，独不及徐福。有人为徐福不平，因代为上书道：

臣闻客有过主人者，见其灶直突，旁有积薪。客谓主人，更为曲突，远徙其薪，否则且有火患。主人默然不应。俄而家果失火，邻里共救之，幸而得息。于是杀牛置酒，谢其邻人，灼烂者在于上行，余各以功次坐，而不及言曲突者。人谓主人曰："向使听客之言，不费牛酒，终无火患。今论功而请宾，曲突徙薪无恩泽，焦头烂额为上客耶？"主人乃悟而请之。今茂陵徐福数上书，言霍氏且有变，宜防绝之。向使福说得行，则国无裂土出爵之费，臣无逆乱诛灭之败。往事既已，而福独不蒙其功，惟陛下察之！愿贵徙薪曲突之策，使居焦发灼烂之右。

宣帝览书，心下尚未以为然，但令左右取帛十匹，颁赐徐福。后来总算召福为郎，便即了事。时人谓霍氏祸胎，起自骖乘，见八十一回。宣帝早已阴蓄猜疑，所以逆谋一发，便令族灭。但霍光辅政二十余年，尽忠汉室。宣帝得立，虽由丙吉倡议，终究由霍光决定，方才迎入。前为寄命大臣，后为定策元勋，公义私情，两端兼尽。只是悍妻骄子，不善训饬，弑后一案，隐忍不发，这是霍光一生大错。惟宣帝既已隐忌霍光，应该早令归政，或待至霍光身后，不使霍氏子弟蟠踞朝廷，但俾食大县，得奉朝请，也足隐抑霍氏，使他无从谋逆。况有徐福三书，接连进谏，曲突徙薪，也属未迟。为何始则滥赏，继则滥刑，连坐千家，血流都市。忠如霍光，竟令绝祀，甚至一相狎相偎的霍后，废锢冷宫，尚不能容，过了十有二年，复将她逐锢云林馆，迫令自杀。宣帝也处置失策，残刻寡恩。后世如有忠臣，能不因此懈体否！孔光、扬雄未始不鉴此虑祸，遂至失操，是实宣帝一大误处。

宣帝既诛灭霍家，乃下诏肆赦，出诣昭帝陵庙，行秋祭礼。行至途中，前驱旄头骑士，佩剑忽无故出鞘，剑柄坠地，插入泥中，光闪闪的锋头，上向乘舆，顿致御马惊跃，不敢前进。宣帝心知有异，忙召郎官梁邱贺，嘱令卜易。贺为琅琊人氏，曾从大中大夫京房受教易学。房出为齐郡太守，宣帝求房门人，得贺为郎，留侍左右。贺正随驾祠庙，一召即至，演蓍布卦，谓将有兵谋窃发，车驾不宜前行。宣帝乃派有司代祭，命驾折回。有司到了庙中，留心察验，果然查获刺客任章，乃是前大中大夫任宣子。宣坐霍氏党与，已经伏诛。章尝为公车丞，逃往渭城，意欲为父报仇，混入都中，乘着宣帝出祠，伪扮郎官，执戟立庙门外，意图行刺。偏经有司查出，还有何幸？当然枭首市曹。宣帝亏得梁邱贺，得免不测，因擢贺为大中大夫给事中。嗣是格外谨慎。

为了立后问题，几踌躇了一两年。当时后宫妃嫔，共有数人得宠，张婕妤最蒙爱幸，生子名钦；次为卫婕妤，生子名嚣；又次为公孙婕妤，生子名宇；此外还有华婕妤，但生一女。宣帝本思立张婕妤为后，转思婕妤有子，若怀私意，便与霍氏无二，如何得保全储君。乃更择一无子少妒的宫妃，使登后位。拣来拣去，还是长陵人王奉光的女儿，入宫有年，已拜婕妤，可令她作为继后，母养太子。王奉光的祖宗，曾随高祖入关，得邀侯爵，至奉光时家已中落，斗鸡走狗，落拓生涯，宣帝曾寄养外家，得与相识。奉光有女十余岁，颇具三分姿色，只生就一个怪命，许字了两三家，往往克死未婚夫。到了宣帝嗣阼，奉光女尚未适人，宣帝追怀旧谊，发生异想，把她召入后宫，立命侍寝，赐过了几番雨露，王女幸得承恩，宣帝却也无恙。想是王女命中应配皇帝。后来霍后入宫，张婕妤又复继进，或挟贵，或恃色，惹得宣帝一身无暇顾及王女，遂致王女冷落宫中，少得入御。不过宣帝却还未忘，命王女为婕妤，得令享受禄秩。王女心已知足，安处深宫，一些儿没有怨言，膝下也无子女。至此竟由宣帝选就，册为继后，就把太子奭交付了她，嘱令抚育。张婕妤等，都诧为异事，引作笑谈。惟王女虽得为后，仍不见宣帝宠遇，且情性甚是温和，毫不争夕，所以张婕妤等仍得相安，由她挂个虚名罢了。王女知足不辱，却是一个贤妇。

是时为宣帝六年，宣帝已改元二次，曾于五年间改号元康，内外百僚，竞言符瑞，连番上奏，说是泰山陈留，翔集凤凰，未央宫降滋甘露，宣帝归德祖考，追尊悼考。即史皇孙，见八十一回。为皇考，特立寝庙，豁免高祖功臣三十六家赋役，令子孙世奉祭祀，赐天下吏爵二级，民一级，女子百户牛酒，鳏寡孤独高年粟帛。又颁诏大赦，省刑减赋，今特胪述于后：

> 《书》云："文王作罚，刑兹无赦。"今吏修身奉法，未有能称朕意，朕甚愍焉！其赦天下，与士大夫励精更始。狱者万民之民，所以禁暴止邪，养育群生也。使能生者不怨，死者不恨，则可谓文吏矣。今则不然，用法或持巧心，析律贰端，析律谓分破律条，贰端谓妄生端绪。深浅不平，增辞饰非，以成其罪。奏不如实，上无由知。此朕之不明，吏之不讲，四方黎民，将何仰哉？二千石其各察官属，勿用此人。吏或擅兴徭役，增饰厨传，厨谓饮食，传谓传舍。越职逾法，以取民誉，譬犹践薄冰以待白日，岂不殆哉！今天下颇被疾疫之灾，朕甚愍之，其令郡国被灾甚者，毋出今年租赋，俾民休息！

宣帝又因吏民上书，多因犯讳得罪，特改名为询诏云：

闻古天子之名，难知而易讳也。今百姓多上书触讳以犯罪者，朕甚怜之，其更名询，诸触讳在令前者赦之！

宣帝方整顿内治，未遑外攘。忽由卫侯使冯奉世，报称莎车叛命，弑王戕使，由臣托陛下威灵，发兵讨罪，已得叛王首级，传送京师云云。宣帝并未尝遣讨莎车，不过因西域归附，前此所遣各使，屡不称职，乃依前将军韩增举荐，授郎官冯奉世为卫侯使。持节送大宛诸国使臣，遄返故邦。奉世系上党人，少学春秋，并读兵书，能通六韬三略。既奉宣帝诏命，遂与外使一同西行。及抵伊循城，闻得莎车内乱，有弑王戕使消息，便密语副使严昌道："莎车王万年，前曾入质我朝。只因前王已殁，该国人请他为嗣，由朝使奚充国送往。今乃敢抗违朝命，大逆不道，若非发兵加讨，将来莎车日强，势难更制，西域各国，均受影响，岂不是前功尽废么！"严昌也是赞成，但欲遣人驰奏，请旨定夺。奉世独以为事贵从速，不宜迂缓。乃即矫制谕告诸国，征发兵马，得番众万五千人，进击莎车。莎车国人，本迎立万年为王，万年暴虐，不洽舆情，前王弟呼屠征，乘隙纠众，击毙万年，并杀

汉使奚充国，自立为莎车王，且攻劫附近诸国，迫使联盟叛汉。至冯奉世征集番兵，掩至城下，呼屠征毫不预防，慌忙募兵抵御，已是不及，竟被奉世引兵攻入。呼屠征惶急自杀，国人不得已乞降，献出呼屠征头颅。奉世另选前王支裔为嗣王，遣回各国兵士，特使从吏赍呼屠征首，报捷长安。自与大宛使臣，西诣大宛。大宛国王，得知奉世斩莎车王，当然震慑，格外加敬，赠送龙马数匹，马似龙形，故名龙马。厚礼遣归。宣帝接得奉世捷报，即召见前将军韩增，称他举荐得人，且令丞相以下，会议赏功授封。丞相魏相等，均复奏道："春秋遗义，大夫出疆，有利国家，不妨专擅。今冯奉世功绩较著，宜从厚加赏，量给侯封。"宣帝颇思依议，独少府萧望之谏阻道："奉世出使西域，但令送客归国，未尝特许便宜。彼乃矫制发兵，擅击莎车，虽幸得奏功，究竟不可为法。倘若加封爵土，将来他人出使，喜事贪巧，必且援奉世故例，开衅夷狄，恐国家从此多事了！臣谓奉世不宜加封。"望之所言，未免近迂。宣帝正欲综核名实，巩固君权，一得望之谏议，便不禁改易初心。待奉世还都复命，只命为光禄大夫，不复封侯。

谁知一波才平，一波又起，侍郎郑吉，曾由宣帝派往西域，监督渠犁城屯田兵士。吉更分兵三百人，至车师屯田，偏为匈奴所忌，屡遣兵攻击屯卒。吉率渠犁屯兵千五百人，亲至驰救，仍然寡不敌众，退保车师城中，致为匈奴兵所围。赖吉守御有方，匈奴兵围攻不下，方才引去。未几又复来攻，往返至好几次，累得吉孤守车师，不敢还兵。乃即飞书奏闻，请宣帝增发屯兵。宣帝又令群臣集议，后将军赵充国，谓自西域通道，方命就渠犁屯田，为控驭计。此为武帝时事，借充国口中叙明，与上文冯奉世所述莎车乱事，文法从同。惟渠犁距车师，约千余里，势难相救，最好是出击匈奴右地，使他还兵自援，不敢再扰西域，庶几车师尉犁，共保无虞等语。此计亦妙。宣帝正在踌躇，适丞相魏相上书云：

> 臣闻之，救乱诛暴，谓之义兵；兵义者王。敌加于己，不得已而起者，谓之应兵，兵应者胜。争恨小故，不忍愤怒者，谓之忿兵；兵忿者败。利人土地货宝者，谓之贪兵；兵贪者破。恃国家之大，矜民人之众，欲见威于敌者，谓之骄兵；兵骄者灭。此五者，非但人事，乃天道也。间者匈奴尝有善意，所得汉民，辄奉归之，未有犯于边境。虽争屯田车师，不足致意中。今闻诸将军欲兴兵入其地，臣愚不知此兵

何名者也。今边郡困乏，父子共犬羊之裘，食草菜之实，常恐不能自存，难以动兵，军旅之后，必有凶年，言民以其愁苦之气，伤阴阳之和也。出兵虽胜，犹有后忧，恐灾害之变，因此以生。今郡国守相，多不实选，风俗尤薄，水旱不时，按今年计，子弟杀父兄，妻杀夫者，凡二百二十二人，臣愚以为此非小变也。今左右不忧此，乃欲发兵报纤介之忿于远夷，殆孔子所谓吾恐季孙之忧，不在颛臾，而在萧墙之内也。愿陛下与列侯群臣，详议施行！

宣帝既得相书，乃遣长罗侯常惠，出发张掖、酒泉骑兵，往车师迎还郑吉。匈奴兵见有汉军出援，因即引去，吉率屯兵还渠犁。但车师故地，竟致弃去，仍复陷入匈奴。小子有诗叹道：

屡讨车师得荡平，如何甘失旧经营？
敛兵虽足休民力，坐隳前功也太轻。

欲知后事如何，且看下回分解。

霍氏之灭，光实酿成之。论者谓光之失，莫大于隐袒霍显，不发举其弑后之罪。吾谓显之弑后，即光果发举，亦属过迟。弑后何事？显罪固宜伏诛，光岂竟能免谴？误在元配东闾氏殁后，即以显为继室。显一狡婢耳，为大将军夫人，名不正，言不顺，失之毫厘，谬以千里，且教子无方，诒谋无术，霍禹、霍山、霍云等，无一式谷，几何而不至灭门耶。宣帝惩于霍氏之专擅，故当冯奉世之讨平莎车，因萧望之谏阻侯封，谓其矫制有罪，即停爵赏。夫《春秋》之义，大夫出疆，有利于国，专之可也，魏相之言，不为无据，而宣帝不从，其猜忌功臣之心，已可概见，然于许、史、王三家，第因其为直接亲戚，不问其才能与否，俱授侯封，厚此而薄彼，宣帝其能免萦私之诮乎？

第八十四回

询宫婢才识酬恩　擢循吏迭闻报绩

却说宣帝在位六七年，勤政息民，课吏求治，最信任的大员，一是卫将军张安世，一是丞相魏相。霍氏诛灭，魏相尝参议有功，不劳细叙。张安世却小心谨慎，但知奉诏遵行，未尝计除霍氏，且有女孙名敬，曾适霍氏亲属，关系戚谊，至霍氏族诛，安世恐致连坐，局促不安，累得容颜憔悴，身体衰羸。宣帝察知情伪，特诏赦他女孙，免致株连，安世才得放心，办事愈谨。安世兄贺，时已病殁，宣帝追怀旧惠，问及安世，才知贺子亦亡，只遗下一孤孙，年甫六龄，取名为霸。贺在时尝将安世季男彭祖，养为嗣子。彭祖又尝与宣帝同塾读书，因此宣帝询明底细，先封彭祖为关内侯。安世入朝固辞，宣帝道："我只为着掖庭令，与将军无关。"安世乃退。宣帝又欲追封贺为恩德侯，并置守冢二百家。安世复表辞贺封，且请减守冢家至三十户，宣帝总算依议，亲定守冢地点，使居墓西斗鸡翁舍。舍旁为宣帝少时游憩地，故特使三十家居住，留作纪念。已而余怀未忘，自思不足报德，便于次年下诏，赐封贺为阳都侯。予谥曰哀，令关内侯彭祖袭爵，拜贺孙霸为车骑中郎将，赐爵关内侯，食邑三百户。霸年幼弱，但予禄秩，不使任事。贺有大德，原应赡养孤孙，但赐禄则可，赐官则不可。惟安世因父子封侯，名位太高，复为彭祖辞禄，诏令都内别藏张氏钱，数约百万。安世持身节俭，身衣弋绨，妻虽贵显，常自纺绩，家童却有七百人，但皆使为农工商，勤治产业，积少成多，所以张氏富厚，胜过霍氏。不过安世约束子弟，格外严谨，终得传遗数世，不致速亡。这是保家第一要旨。

先是安世长子千秋，与霍光子禹，并为中郎将，同随度辽将军范明友，出击乌桓。及奏凯回来，进谒霍光，光问千秋战斗方略，与山川形势，千秋口对指画，毫不遗忘。至转问及禹，禹均已失记，但答言俱有文书。光不禁叹息道："霍氏必衰，张氏将兴了！"谁叫你不知教子？后来光言果验，张氏子孙，出仕不绝。时人谓昭宣以后，汉臣世祚，要算金张两家。金即金日磾子孙。这且待后再表。

且说御史大夫丙吉，本与张贺同护宣帝，论起当时德惠，贺尚不及丙吉，只因吉为人深厚，绝口不道前恩。宣帝自幼出狱，尚是茫无知识，故但记及养生的张贺，未尝忆起救死的丙吉。可巧有一女子名则，尝为掖庭宫婢，保抱宣帝，至是已嫁一民夫，令他伏阙上书，自陈前功。宣帝全然忘记，特交掖庭令查讯，则供言御史大夫丙吉，曾知详细。掖庭令乃引则至御史府，验明真伪。吉见则后，面貌尚能相识，才说起前情道："事诚不虚，但汝尝保养不谨，受我督责，今怎得自称有功？惟渭城胡组，淮阳赵征卿，曾经乳养，却是有功足录呢！"即八十一回之赵、胡两妇。掖庭令乃转奏宣帝，宣帝再召问丙吉，吉因述胡赵两妇保养情状。当下传诏至渭城淮阳，访寻两妇，俱已去世；只有子孙尚存，得蒙厚赏。则虽未及两妇辛勤，总觉得前有微劳，也特赐钱十万，豁免掖庭差役。并将则召入细问，则备述丙吉前事，宣帝方知吉有大恩。待则去后，便封吉为博阳侯，食邑千三百户。并将许、史两家子弟，如史曾、史玄、皆史恭子。许舜、许延寿等，两许皆广汉弟。曾与宣帝关系亲旧，一

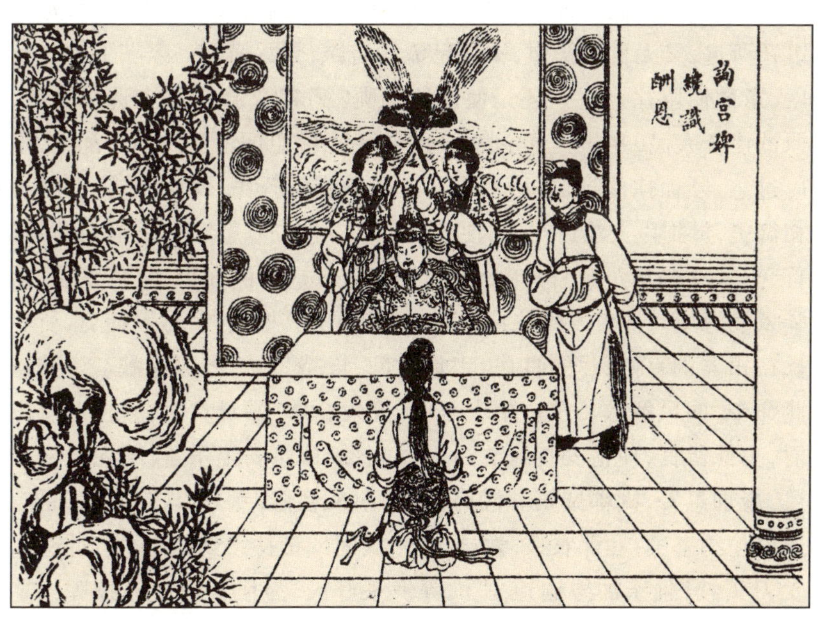

体封侯。就是少时朋友，及郡狱中曾充工役，亦各给官禄田宅财物，多寡有差，一面选用良吏，入朝治事。进北海太守朱邑为大司农，渤海太守龚遂为水衡都尉，东海太守尹翁归为右扶风，颍川太守黄霸，胶东相张敞，先后为京兆尹。

朱邑字仲卿，庐江人氏，少为桐乡啬夫，廉平不苛，吏民悦服，迁补北海太守，政绩卓著，推为治行第一。宣帝乃擢为大司农。性情淳厚，待人以德，惟遇人嘱托私情，独峻拒不允，朝臣颇加敬惮。所得禄赐，辄赒济族党，家无余财，自奉却很俭约。入任大司农五年，得病不起，遗言嘱子道："我尝为桐乡吏，民皆爱我。后世子孙，向我致祭，恐反不如桐乡百姓，汝宜将我遗骸，往葬桐乡，休得有违！"言讫即逝。子遵父命，奉葬桐乡西郭，百姓果为起冢立祠，祭祀不绝。

龚遂字少卿，籍隶平阳，前坐昌邑王贺事，枉受髡刑，罚为城旦。见第八十回。至宣帝即位以后，适值渤海岁饥，盗贼蜂起，郡守以下，多不能制。丞相御史，便将龚遂登入荐牍，请令出守渤海，宣帝即召遂入见。遂年逾七十，体态龙钟，且身材本来短小，尤觉得曲背驼腰。宣帝瞧着，殊失所望，但已经召至，不得不开口问道："渤海荒乱，足贻朕忧，敢问君将如何处置盗贼？"遂答道："海滨遐远，未沾圣化，百姓为饥寒所迫，又无良吏抚慰，不得已流为盗贼，弄兵潢池。今陛下俯问及臣，意欲使臣往剿呢？还是使臣往抚呢？"宣帝道："朕今选用贤良，原欲使抚人民，并非一意主剿。"遂又答道："臣闻治乱民如治乱绳，不应过急，须徐徐清理，方可治平。陛下既有意抚民，使臣充乏，臣愿丞相御史，毋拘臣文法，得一切便宜从事，方可有成。"成竹在胸。宣帝点首允诺，并赐遂黄金百斤，令即为渤海守。遂叩谢而出，草草整装，乘驿入渤海境。郡吏发兵往迎，遂一概遣还。移檄属县，尽罢捕吏，所有操持田器的百姓，尽为良民，吏毋过问，惟持兵械，方为盗贼。盗贼得此命令，闻风解散。及遂单车至府，开发仓廪，赈贷贫民，并把旧有吏尉，去暴留良，使他安抚牧养。人民大悦，情愿安土乐业，不愿轻身试法，烽烟息警，阖郡咸安。渤海民风，向来奢侈，专务末技，不勤田作，遂以俭约率民，劝课农桑，教导树畜，民间或带持刀剑，悉令卖剑买牛，卖刀买犊，且亲加慰谕道："汝等俱系好民，为何不带牛佩犊呢？"

百姓无不遵谕，勉为良民。才阅三四年，狱讼止息，吏民富饶。抚字之道，原应如此。宣帝嘉遂政绩，遣使召归。遂奉命登程，吏民恭送出境，望车泣别，议曹王生，独愿随行。王生素来嗜酒，旁人都说他酒醉糊涂，不应与偕，遂未忍谢绝，许得相从。自渤海至长安，王生连日饮酒，未尝进言，及已入都门，见遂下车赴阙，独抢前数步，径至遂后，高声呼遂道："明府且止！愿有所白。"遂闻声回顾，视王生脸上，尚有酒意，不知他说甚话儿。但听王生语道："天子如有所问，公不宜遽陈治绩，只言是圣主德化，非出臣力，愿公勿忘！"无非是教他贡谀，但对于专制君主，只应如此。遂颔首自行，既见宣帝，果然承问治状，便将王生所言，应答出去。宣帝不禁微笑道："君怎得此长者言语，乃来答朕？"确是明察。遂不敢隐讳，索性直陈道："这是议曹教臣，臣尚未知此道呢！"恰也老实。宣帝复问了数语，当即退朝。暗想遂年已老，不能进任公卿，乃命为水衡都尉，并授王生为水衡丞。未几遂即病殁，也是一位考终的循吏。

尹翁归字子兄，音况。世居平阳，迁住杜陵。少年丧父，依叔为生，弱冠后充当狱吏，晓习文法，又喜击剑，人莫敢当。适田延年为河东太守，巡行至平阳，校阅吏役，令文吏在东，武吏在西，翁归时亦在列，独伏不肯起，抗声说道："翁归文武兼备，愿听驱策！"左右目为不逊，惟延年暗暗称奇，令他起立，与语吏事，翁归应对如流。当由延年带归府舍，嘱使谳案。发奸摘伏，民无遁情，延年大加器重，历署吏尉。及延年内调，翁归亦迁补都内令，寻且拜为东海太守。廷尉于定国，系东海人，翁归奉命出守，不能不向他辞行，乘便问及东海民风。定国有邑子二人，欲托翁归带去，量为差遣，哪知互谈多时，竟难出口，只好送他出门。返语邑子道："他是当今贤吏，不便以私相托；且汝两人，亦未能任事，我所以不好启齿呢！"邑子虽然失望，也觉得情真语确，只好罢休。那翁归到了东海，悉心查访，凡吏民贤否，及地方豪猾，一一载入籍中，然后巡行各县，按籍赏罚，善必劝，恶必惩。有郯县土豪许仲孙，武断乡曲，称霸一隅，历届太守，屡缉不获。翁归亲督捕吏，将他拘住，讯出种种罪恶，立命处死。嗣是民皆畏法，不敢为非，东海遂得大治。杀一儆百，也不可少。宣帝复调翁归为右扶风，翁归莅任，仍照东海办法，且访用廉平吏人，优礼接待。详询民间利害，闻有土

豪败类，立命县吏拘拿，所至必获，惩罪如律。因此扶风治盗，称为三辅中第一贤能。

至若黄霸履历，已见前文。在八十二回中。惟霸出任扬州刺史，察吏安民，三载考绩，当然课最。有诏迁霸为颍川太守，特赐车中高盖，以示旌异。霸至颍川，宣谕朝廷德惠，使邮亭乡官，皆畜鸡豚，赡养贫穷鳏寡。然后颁布规条，嘱令乡间父老，督率子弟，按章举行。会有密事调查，因派一老成属吏，前往访察，毋得泄机，属吏依言出发，途次易服微行，不敢食宿驿舍，遇着腹饥的时候，但在市中买得饭菜，就食野间。忽有一乌飞下，把他食肉攫去，吏不及抢夺，只好自认晦气，食毕即行。待至事已查毕，回署复命，霸一见便说道："此行甚苦，乌鸟不情，攫去食肉，我已知汝委曲了！"吏闻言大惊，还疑霸遣人随着，无事不知，看来是不能隐蔽，只好将调查案件，和盘说出，详尽无遗。其实霸并未差人随去，不过平日在署，任令吏民白事。有乡民诣署陈情，霸问他途中所见，他即顺口说乌鸟攫肉等事，当由霸记在心中，见吏回来，乐得借端提及，使他不敢欺饰，才得真情。有时鳏寡孤独，死无葬费，由乡吏上书报明，霸即批发出去，谓有某所大木，可以为棺，某亭猪子，可以宰祭，乡吏依令往取，果如霸言，益奉霸若神明。境内奸猾，闻风趋避，盗贼日少，狱讼渐稀。许县有一县丞，老年病聋，督邮太守属吏。欲将他免官，向霸报告。霸独与语道："许丞乃是廉吏，虽是年老重听，尚能拜起如仪，汝等正应从旁帮助，勿使贤吏向隅！"督邮只好退去。或问老朽无用，如何留住？霸答道："县中若屡易长吏，免不得送旧迎新，多需费用。且奸吏得从中舞弊，盗取财物，就使换一新吏，亦未必果能贤明。大约治道，惟去其太甚，何必多此纷更呢？"自是所有属吏，各求寡过，霸亦不轻事变更，上下相安，公私交济。历观黄霸行谊，足称小知，未堪大受，故后来为相，不若治郡之有名。

适京兆尹赵广汉，因私怨杀死邑人荣畜，为人所讦，事归丞相御史查办。案尚未定，广汉却刺探丞相家事，阴谋抵制。可巧丞相府中有婢自杀，广汉疑由丞相夫人威迫自尽，乃俟丞相魏相出祭宗庙时，特使中郎赵奉寿，往讽魏相，欲令相自知有过，未敢穷究荣畜冤情。偏魏相不肯听从，案验愈急。广汉乃欲劾奏魏相，先去请教太史，只言近来星象，有无变动。太史答称本年天文，应主戮死大臣。广汉闻言大喜，总道应在丞相身上，便即放大了胆，上告魏相逼杀婢女，当下奉得复诏，令京兆尹查问。广汉正好大出风头，领着全班吏役，驰入相府。刚值魏相不在府中，门吏无法禁阻，只好由他使威。他却入坐堂上，传唤魏夫人听审，魏夫人虽然惊心，不得已出来候质。广汉仗着诏命，胁令魏夫人下跪，问她何故杀婢？魏夫人怎肯承认？极口辩驳，彼此争执一番，究竟广汉不便用刑，另召相府奴婢，挨次讯问，也无实供。广汉恐魏相回来，多费唇舌，因即把奴婢十余人，带着回衙。魏夫人遭此屈辱，当然不甘，等到魏相回府，且泣且诉。魏相也容忍不住，立即缮成奏牍，呈递进去。宣帝见魏相奏中，略言臣妻未尝杀婢，由婢有过自尽。广汉自己犯法，不肯伏辜，反欲向臣胁迫，为自免计，应请陛下派员查明，剖分曲直云云。乃即将原书发交廷尉，令他彻底查清。廷尉于定国，查得相家婢女，实系负罪被逐，斥出外第，自致缢死，与广汉所言不同。司直官名。萧望之，遂劾奏广汉摧辱大臣，意图劫制，悖逆不道。恐也是投井下石。宣帝方依重魏相，自然嫉恨广汉，当即褫职治罪，再经廷尉复核，又得广汉妄杀无辜，鞫狱失实等事，罪状并发，应坐腰斩。廷尉依律复奏,由宣帝批准施行,眼见得广汉弄巧成拙,引颈待诛。广汉为涿郡人,历任守尹,不畏强御,豪猾敛踪,人民乐业,所以罪名既定,京兆吏民,都伏阙号泣,吁请代死。宣帝意已决定,不肯收回成命,当将吏民驱散,饬把广汉正法市曹。广汉至此,也自悔晚节不终,但已是无及了! 一念萦私,祸至枭首。

惟京兆一职,著名繁剧,自从广汉死后,调入彭城太守接任,不到数月,便至溺职罢官。乃更将颍川太守黄霸,迁署京兆尹。霸原是一个好官,奉调莅任,也尝勤求民隐,小心办公。谁知都中豪贵,从旁伺察,专务吹毛索瘢,接连纠劾,一是募民修治驰道,不先上闻;一是发骑士诣北军,马不敷坐;两事俱应贬秩,还亏宣帝知霸廉惠,不忍夺职,乃使霸复回原任,改选他人补缺。仅一年间,调了好几个官吏,终难胜任。后来选得胶东相张敞,入主京兆,才能称职无惭,连任数年。

敞字子高,平阳人氏,徙居茂陵,由甘泉仓长迁补太仆丞。昌邑王贺嗣立时,滥用私人,敞切谏不从。至贺废去后,谏牍尚存,为宣帝所览及,特擢敞为大中大夫。嗣复出为山阳太守,著有循声。山阳本昌邑旧封,昌邑王废,国除为山阳郡,地本闲旷,并非难治。只因刘贺返居此地,宣帝尚恐他有变动,特令敞暗中监守,毋使狂纵,敞随时留心,常遣丞吏行察。嗣又亲往审视,见贺身长体瘠,病痿难行,著短衣,戴武冠,头上插笔,手中持简,蹒跚出来,邀敞坐谈。敞用言探视,故意说道:“此地枭鸟甚多。”贺应声道:“我前至长安,不闻枭声,今回到此地,又常听见枭声了。”敞听他随口对答,毫无别意,就不复再问。但将贺妻妾子女,按籍点验。轮到贺女持辔,贺忽然跪下,敞亟扶贺起,问为何因? 贺答说道:“持辔生母,就是严长孙的女儿。”说完两语,又无他言。严长孙就是严延年,前因劾奏霍光,得罪遁去。及霍氏族灭,宣帝忆起延年,复征为河南太守。贺妻为延年女,名叫罗紨,他把妻族说明,想是恐敞抄没子女,故请求从宽。敞并无此意,好言抚慰。至查验已毕,共计贺妻妾十六人,子十一人,女十一人,此外奴婢财物,却是寥寥无几,并无什么私蓄。料知贺是沉迷酒色,迹等痴狂,不必虑及意外情事。因即辞别回署,据实奏闻。

宣帝方以为贺不足忧,下诏封贺为海昏侯,食邑四千户。海昏属豫章郡,在昌邑东面,贺奉诏移居后,昏愚如故。侍中金安上奏白宣帝,斥贺荒废无道，不宜使奉宗庙，宣帝乃但使贺得食租税，不准预闻朝廷典礼。已而扬州刺史柯，又复奏称贺有异志，与故太守卒史孙万世交通。万世咎贺不杀大将军，听人夺去玺绶，实属失策，且劝贺谋为豫章王。贺亦自悔前误，意欲自立为王等情。宣帝虽将原奏发交有司，心中已知贺无材力，不能起事，所以有司复奏，请即逮捕，有诏谓不屑究治，只削夺贺邑三千户。贺入不敷出，未免忧愁，往往驾舟浮江，至赣水口愤慨而还，后人号为慨口。未几贺即病死。豫章太守一面报丧，一面上言贺尝暴乱，不当立后，宣帝因除国为县。后来元帝嗣位，始封贺子代宗为海昏侯，即得传了好几世。小子有诗叹道：

荒淫酒色太神昏，狂悖何能望久存。
多少废王捐首去，得全腰领尚蒙恩。

贺未死时，张敞已经调任胶东，欲知敞在胶东时事，待至下回表明。

尝读《战国策》文，见唐雎说信陵君云："人有德于我，不可忘；我有德于人，不可不忘。"此实为对己对人之要旨。如丙吉之有功不伐，固施恩不望报者；宣帝因宫婢一言，即封吉为博阳侯，亦可谓以德报德，不愧为贤。人不可无天良，宣帝之无德不报，即天良之发现，使然。此其所以为中兴令主也。且其励精图治，选用循吏，尤得抚字之方。若朱邑，若龚遂，若尹翁归，若黄霸，若张敞，果皆以治绩著名，天下多一良吏，即为国家保全数万生灵，而推厥由来，则全赖有选用循良之人主，主德清明，循吏辈出，天下自无不治矣。阅此回，益信为政在人之说，亘古不易云。

第八十五回

两疏见机辞官归里　三书迭奏罢兵屯田

却说张敞久守山阳，境内无事，自觉闲暇得很。会闻渤海胶东，人民苦饥，流为盗贼。渤海已派龚遂出守，独胶东尚无能员，盗风日炽。胶东为景帝子刘寄封土，传至曾孙刘音，少不更事，音母王氏，专喜游猎，政务益弛，敞遂上书阙廷，自请往治，宣帝乃迁敞为胶东相，赐金三十斤。敞入朝辞行，面奏宣帝，谓劝善惩恶，必需严定赏罚，语甚称旨。因即辞赴胶东，一经到任，便悬示赏格，购缉盗贼。盗贼如自相捕斩，概免前愆，吏役捕盗有功，俱得升官，言出法随，雷厉风行，果然盗贼屏息，吏民相安。与龚遂治状不同。敞复谏止王太后游猎，王太后却也听从，深居简出，不复浪游。为此种种政绩，自然得达主知。

可巧京兆尹屡不称职，遂由宣帝下诏，调敞为京兆尹。敞移住京兆，闻得境内偷盗甚多，为民所苦，就私行察访，查出盗首数人，统是鲜衣美食，仆马丽都，乡民不知为盗首，反称他是忠厚长者，经敞一一察觉，不动声色，但遣人分领召至，屏人与语，把他所犯各案，悉数提出，诸盗皆大惊失色。敞微笑道："汝等无恐，若能改过自新，把诸窃贼尽行拿交，便可赎罪。"诸盗叩头道："愿遵明令！不过今日蒙召到来，必为群窃所疑，计惟请明公恩许为吏，方可如约。"敞慨然允诺，悉令补充吏职。诸盗乃拟定一计，告知张敞，敞亦依议，遣令回家。这番治盗又另是一番作用。诸盗既得为吏，在家设宴，遍邀群窃入饮。群窃不知是计，一齐趋贺，列席饮酒，大众喝得酩酊大醉，方才辞出。哪知甫出门外，即被捕役拘住，好似顺手牵羊一般，无一漏网。及诣府听审，群窃还想抵赖，敞瞋目道："汝等试看背后衣裾，各有记号，尚得抵赖么？"群窃自顾背后，果皆染着赤色，不知何时被污，于是皆惶恐伏罪，一一供认。敞按罪轻重，分别加罚，境内少去偷儿数百人，自然闾阎安枕，枹鼓稀鸣。此外治术，略仿赵广汉成迹。

惟广汉一体从严，敞却严中寓宽，因此舆情翕服，有口皆碑。

只是敞生性好动，不尚小节，往往走马章台，长安市名。轻衣纨扇，自在游行。有时晨起无事，便为伊妻画眉，都下传为艳闻。盛称张京兆眉妩风流，豪贵又据为话柄，说他失了体统，列入弹章。多事。宣帝召敞入问，敞直答道："闺房燕好，夫妇私情，比画眉还要加甚，臣尚不止为妇画眉呢！"对答得妙。宣帝也一笑而罢，敞亦退出。但为了这种琐事，总觉他举止轻浮，不应上列公卿，所以敞为京兆尹，差不多有八九年，浮沉宦署，终无迁调音信，敞亦得过且过，但求尽职罢了。

是时太子太傅疏广与少傅疏受，谊关叔侄，并为太子师傅，时论称荣。广号仲翁，受字公子，家居兰陵，并通经术，叔以博士进阶，侄以贤良应选，当时太子奭，年尚幼弱，平恩侯许广汉为太子外祖父，入请宣帝，拟使弟舜监护太子家事。宣帝闻言未决，召问疏广，广面奏道："太子为国家储君，关系甚重，陛下应慎择师友，预为辅翼，不宜专亲外家，况太子宫属已备，复使许舜参入监护，是反示天下以私，恐未足养成储德呢！"宣帝应声称善，待广退出，转语丞相魏相，相亦服广先见，自愧未逮。嗣是宣帝益器重疏广，屡加赏赐。太子入宫朝谒，广为前导，受为后随，随时教正，不使逾法。叔侄在位五年，太子奭年已十二，得通《论语》《孝经》。广喟然语受道："我闻知足不辱，知止不殆，功成身退，方合天道。今我与汝官至二千石，应该止足，此时不去，必有后悔，何若叔侄同归故里，终享天年！"受即跪下叩首道："愿从尊命！"广遂与受联名上奏，因病乞假。宣帝给假三月，转瞬期满，两人复自称病笃，乞赐放归。宣帝不得已准奏，加赐黄金二十斤。太子奭独赠金五十斤，广与受受金拜谢，整装出都。盈廷公卿，并故人邑子，俱至东都门外，设宴饯行。两疏连番受饮，谢别自去。道旁士女，见送行车马，约数百辆，两下里嘱咐珍重，备极殷勤，不禁代为叹息道："贤哉二大夫！"及广、受归至兰陵，具设酒食，邀集族党亲邻，连日欢饮。甚至所赐黄金，费去不少，广尚令卖金供馔，毫不吝惜。约莫过了年余，子孙等见黄金将尽，未免焦灼，因私托族中父老，劝广节省。广太息道："我岂真是老悖，不念子孙，但我家本有薄产，令子孙勤力耕作，已足自存，若添置产业，非但无益，转恐有害，子孙若贤，多财亦足灰志；子孙不贤，反致骄奢淫佚，自召危亡。从来蕴利生孽，何苦留此余

金，贻祸子孙！况此金为皇上所赐，无非是惠养老臣，我既拜受回来，乐得与亲朋聚饮，共被皇恩，为什么无端悭吝呢？”看得穿，说得透。父老听了，也觉得无词可驳，只得转告疏、广子孙。子孙无法劝阻，没奈何勤苦谋生。广与受竟将余金用罄，先后考终。相传二疏生时居宅，及殁后坟墓，俱在东海罗滕城。这也不必絮述。

且说二疏去后，卫将军大司马张安世，相继病逝，赐谥曰敬。许、史、王三家子弟，俱因外戚得宠，更迭升官。谏大夫王吉，前曾与龚遂并受髡刑，见前文。嗣由宣帝召入，令司谏职。吉因外戚擅权，将为后患，已有些含忍不住，并且宣帝政躬清暇，也欲仿行武帝故事，幸甘泉，郊泰畤，转赴河东祀后土祠，又听信方士讹言，添置神庙，费用颇巨，吉乃缮书进谏，请宣帝明选求贤，毋用私戚，去奢尚俭，毋尚淫邪。语语切中时弊，偏宣帝目为迂阔，留中不报。吉即谢病告归，退居琅琊故里。吉少时常游长安，僦屋居住，东邻有大枣树，枝叶纷披，垂入吉家。吉妻趁便摘枣，进供吉食，吉还道是购诸市中，随手取啖。后知是妻室窃取得来，不禁怒起，竟与离婚，将妻撵回。东邻主人闻得王吉休妻，只为了区区枣儿，惹出这般祸祟，便欲将枣树砍去，免得伤情。嗣经里人出为排解，劝吉召还妻室，东邻亦不必砍树，吉始允从众议，仍得夫妇完聚。里人因此作歌道："东家有树，王阳妇去；东家枣完，去妇复还！"原来吉字子阳，故里人称为王阳。吉又与同郡人贡禹为友，当吉为谏大夫时，禹亦出任河南令。时人又称诵道："王阳在位，贡禹弹冠。"至吉乞休归里，禹亦谢归，出处从同，心心相印，真个是好朋友了。不略名人遗事。

惟宣帝不从吉议，依然迷信鬼神。适益州刺史王襄，举荐蜀人王褒，说他才具优长，宣帝当即召见，令作"圣主得贤臣"颂。褒应命立就，词华富赡，独篇末有雍容垂拱，永永万年，不必眇然绝俗等语，宣帝尚未以为然，但既经召至，暂令待诏金马门，褒有心干进，变计迎合，续制离宫别馆诸歌颂，铺张扬厉，方博宣帝欢心，擢褒为谏大夫。可巧方士上言，益州有金马碧鸡二宝，为神所司，可以求致。宣帝因问诸王褒，褒含糊对答，未曾详言。当由宣帝饬人致祭，褒亦乐得奉诏，正好衣锦还乡。其实金马碧鸡，乃是两山名号，不过一山似马，一山似鸡，因形留名，并非国宝。惟山上颇多神祠，褒应诏致祭，逐祠拜祷，有什么金马出现，碧鸡飞翔？褒却在途中冒了暑气，竟致一命呜呼，无从复命。想是得罪山神，故令病死。益州刺史代为报闻，宣帝很加悼惜。只因求宝未获，反致词臣道毙，也渐悟是方士谎言。又经京兆尹张敞，奏入一本，极称方士狡诈，不应亲信，宣帝乃遣散方士，不复迷信鬼神了。还算聪明。

忽由西方传入警报，乃是先零羌酋杨玉，纠众叛汉，击逐汉官义渠安国，入寇西陲。羌人为三苗遗裔，种类甚多，出没湟水附近，附属匈奴。就中要算先零、罕幵二部，最为繁盛。自武帝开拓河西四郡，截断匈奴右臂，不使胡羌交通，并将诸羌驱逐出境，不准再居湟中。及宣帝即位，特派光禄大夫义渠安国，巡视诸羌，安国复姓义渠，也是羌种，因祖父入为汉臣，乃得承袭余荫。先零土豪，闻知安国西来，遣使乞求，愿汉廷恩准弛禁，令得渡过湟水，游牧荒地。安国竟代为奏闻，后将军赵充国，籍隶陇西，向知羌人狡诈，一闻此信，当即劾奏安国，奉使不敬，引寇生心。于是宣帝严旨驳斥，召还安国，拒绝羌人。先零不肯罢休，联结诸羌，准备入寇，且绕道通使匈奴，求为援助。赵充国探得秘谋，趁着宣帝召问时候，便谓秋高马肥，羌必为变，宜派妥员出阅边兵，预先戒备，并晓谕诸羌，毋堕先零诡谋。宣帝乃命丞相御史，择人为使。丞相魏相，拟仍资熟手，再令义渠、安国前往，有诏依议，复使安国西行。一误何可再误？安国驰至羌中，召集先零土豪三十余人，责他居心叵测，一体处斩。复调边兵，残戮羌首，约得千余级。先零酋杨玉，本已受汉封为归义侯，至此见安国无端残杀，也不禁怒气上冲，再加部众从旁激迫，忍无可忍，即日麾众出发，来击安国。安国方在浩亹，手下兵不过三千，突被羌人杀入，一时招架不住，拍马便奔。羌人乘势追击，夺去许多辎重兵械，安国也不遑顾及，只是逃命要紧，一口气跑至令居，闭城拒守，当即飞章入报，亟请援师。但知纵火，不能收火。

宣帝闻信，默思朝中诸将，只有赵充国最识羌情，可惜他年逾七十，未便临敌，乃特使御史大夫丙吉，往问充国，何人可督兵西征？充国慨然答道："欲征西羌，今日当无过老臣！"可谓老当益壮。丙吉返报宣帝，宣帝又遣人问道："将军今日出征，应用多少人马？"充国道："百闻不如一见，今臣尚在都中，无从遥决，臣愿驰至金城，熟窥虏势，然后报闻。但羌戎小夷，逆天背叛，不久必亡，陛下诚委任老臣，臣自有方略，尽可勿忧！"这数语传达宣帝，宣帝含笑应诺。充国即拜命起行，直抵金城，调集兵马万骑，指令渡河。又恐为虏骑所遮，待至夜半，先遣三营人马，衔枚潜渡，立定营寨，再由充国率师复渡。到了天明，已得全军过河，遥见虏骑数百，前来挑战。诸将请开营接仗，充国道："我军远来疲倦，不可轻动，况虏骑并皆轻锐，明明是诱我出营。我闻击虏以殄灭为期，小利切不可贪，当图大功！"说罢，遂下令军中，毋得出击，违令者斩！军士奉令维谨，自然坚守勿出。充国即密遣侦骑，探得前面四望峡中并无守虏，乃复静候天晚，潜师夜进。逾四望峡，径抵落都山，方命下寨，欣然语诸将道："我料羌虏已无能为，若使先遣数千人马，守住四望峡中，我军宁能飞渡呢？"未几又拔寨西行，进至西部都尉府，作为行辕，安然住着。每日宴飨将士，但令静守，不准妄动。羌人连番搦战，始终不出一兵，直伺羌众退去，才遣轻骑追蹑，捕得生口数名，温颜慰问。听他答说，已知羌人互相埋怨，求战不得，各生贰心，乃即纵使归去，仍然按兵不发，坐待乖离。

从前先零、罕幵，本为仇敌，先零意欲叛汉，始遣人与罕幵讲和。罕幵酋长靡当儿，疑信参半，特使弟雕靡来见西部都尉，说是先零将反，都尉暂留雕靡，派人侦察，才阅数日，果得先零反状。又闻雕靡部下，亦有通同先零，与谋叛事，遂把雕靡拘住，不肯放归。充国将计就计，索性放出雕靡，当面抚慰道："汝本无罪，我可放汝回去；但汝须传告各部，速与叛人断绝关系，免致灭亡。现今天子有诏，令汝羌人自诛叛党，诛一大豪，得赏钱四十万，诛一中豪，得赏钱十五万，诛一小豪，得赏钱二万，就是诛一壮丁，亦赏钱三千，诛一女子或老幼，每人赏千钱，且将所捕妻子财物，悉数给与。此机一失，后悔难追，汝宜谨记此诏，宣告毋违！"雕靡唯唯受命，欢跃而去。

会有诏使到来，报称天子大发兵马，得六万人，出屯边疆，作为声援。又由酒泉太守辛武贤奏请，愿分兵出击罕幵。充国与诸将会议道："武贤远道出征，劳师费饷，如何取胜？况先零叛汉，罕幵虽与通和，并未明言助逆，现宜暂舍罕幵，独对先零。先零一破，罕幵自不战可服了！"诸将也以为然，遂即送回诏使，上陈计议，宣帝得书，又令公卿集议，群臣俱谓须先破罕幵，然后先零势孤，容易荡平。宣帝乃命乐成侯许延寿为强弩将军，辛武贤为破羌将军，合讨罕幵。且责充国逗留勿进，饬令从速进兵，遥为援应。充国又上书极陈利害，略言先零为寇，罕幵未尝入犯，今释有罪，讨无辜，起一难，就两害，实为非计。且先零欲叛，故与罕幵结好，今若先击罕幵，先零必发兵往助，交坚党合，不易荡平，故臣以为必先平先零，始可收服罕幵。宣帝见了此奏，方才省悟，乃报从充国计议。

充国因引兵至先零，先零已经懈弛，总道充国但守勿战，不意汉兵遽至，统皆骇走，充国虽率兵追逐，却是徐徐进行，并不急赶。部将请诸充国，愿从急进。充国道："这是穷寇，不宜过迫，我若急进，彼无处逃生，必然拚死返斗，反致不妙。"诸将始无异言，及追至湟水岸旁，先零兵各自奔命，纷纷南渡。船少人多，半被挤溺，再加充国从后赶至，益觉心慌。越慌越慢，越慢越僵，好几百人，做了刀头鬼。还有马牛羊十万余头，车四千余辆，不能急渡，尽被汉兵夺来。惩创先零，已经够了。充国已经得胜，却不令兵士休息，反促令大众，驰入罕幵境内，只准耀武，不准侵掠。罕幵闻知，相率喜语道："汉兵果不来击我了！"正堕老将计中。渠帅靡忘，守住罕幵边疆，遣人至充国军，愿听约束。充国飞书驰奏，道远未得复诏，那靡

忘复自诣军前，来议和约。充国推诚相待，赐给酒食，嘱他还谕部落，毋结先零，自取灭亡。靡忘顿首谢罪，情愿遵嘱。充国便欲遣归，将佐等齐声谏阻，统说是未奉朝旨，不宜轻纵。充国道："诸君但贪小利，不顾公忠，我且与诸君道来。"说到此句，诏书已至，准令靡忘悔罪投诚。充国不必再与将校絮谈，当即将靡忘放还，不到数日，便得罕幵酋长谢过书，全部效顺，充国喜如所望，移军再讨先零，适值秋风肃杀，充国冒寒得病，脚肿下痢。虽仍筹划军情，不得不报知宣帝。有诏令破羌将军辛武贤为副，约期冬季进兵。

偏先零羌陆续来降，先后共万余人，充国乃复变计主抚，督兵屯田，静待寇敝，因上屯田奏议，请罢骑兵，但留步兵万余人，分屯要害，且耕且守。这奏牍呈入阙廷，朝臣多半反对，说他迂远难成，宣帝因复诏道："如将军计，虏何时得灭？兵何时得解？可即复奏！"充国乃再条陈利病道：

臣闻帝王之兵，以全取胜，是以贵谋而贱战。蛮夷习俗虽殊，然其欲避害就利，爱亲戚，畏死亡，一也。今虏失其美地荐草，荐草谓稠草。骨肉离心，人有叛志，而明主班师罢兵，但留万人屯田。顺天时，因地利，以待可胜之虏，虽未即伏辜，决可期月收效。臣谨将不出兵与留田便宜十二事，逐条上陈。步兵九校，吏士万人，因田致谷，威德并行，一也。排折羌虏，令不得居肥饶之地，势穷众涣，必至瓦解，二也。居民得共田作，不失农业，三也。军马一月之费，可支田卒一岁，罢骑兵以省大费，四也。至春省甲士卒，循河湟漕谷至临羌，示羌威武，五也。以闲暇时缮治邮亭，充入金城，六也。兵出乘危，侥幸不出，令反叛之虏，窜于风寒之地，离霜露疾疫瘃堕之患，坐得必胜之道，七也。无径阻远追死伤之害，八也。内不损威武之重，外不令虏得乘间之势，九也。又无惊动河南大开小开，皆羌种。使生他变之忧，十也。治隍狭中道桥，令可至鲜水以制西域，信威千里，从枕席上过师，十一也。大费既省，徭役豫息，以戒不虞，十二也。留屯田得十二便，出兵失十二利，唯明诏采择！

是书奏入，宣帝又复报充国，问他期月期限，究在何时。且羌人若闻朝廷罢兵，乘虚进袭，屯田兵能否抵御？必须妥行部署，方可定夺。充国又奏称先零精兵，不过七八千人，分散饥冻，灭亡在即。待至来春虏马瘦弱，更不敢率众寇边，就使稍有侵掠，亦不足虑。现在北有匈奴，西有乌桓，俱未平服，不能不备，若顾此失彼，两处无成，于臣不忠，于国无福，请陛下明见赐决，勿误浮言！这已是第三次奏请罢兵屯田。宣帝每得一奏，必询诸众议，第一次赞成充国，十人中不过二三；第二次便有一半赞成了；第三次的赞成，十中得八。宣帝因诘责从前反对的朝臣。群臣无词可说，只得叩头服罪。丞相魏相跪奏道："臣愚昧不习兵事，后将军规划有方，定可成功，臣敢为陛下预贺！"也是个顺风敲锣。宣帝始决依充国计策，诏令罢兵屯田。小子有诗赞充国道：

尚力何如且尚谋，平羌全仗幄中筹。

屯田半载收功速，元老果然克壮猷。

屯田策定，偏尚有人主张进攻。欲知是人为谁，待至下回再表。

两疏请老，后人或称之，或讥之。称之者曰：两疏为太子师傅，默窥太子庸懦，不堪教导，故有不去必悔之言，见几而作，得明哲保身之道焉。

讥之者曰：太子年甫十二，正当养正之时，两疏既受师傅重任，应合力提撕，弼成君德，方可卸职告归，奈何以后悔为惧，遽尔舍去。是二说者，各有理由，未可偏非。但君子难进易退，与其素餐受谤，毋宁解组归田，何必依依恋栈，如萧望之之终遭陷害乎？若赵充国之控驭诸羌，能战能守，好整以暇，及请罢兵屯田，尤为国家根本之计，老成胜算，非魏相等所可几及，而宣帝卒专心委任，俾得成功。有是臣不可无是君，充国其亦幸际明良哉！

第八十六回

逞淫谋番妇构衅　识子祸严母知儿

却说宣帝复报赵充国，准他罢兵屯田，偏有人出来梗议，仍主进击。看官道是何人？原来就是强弩将军许广汉，与破羌将军辛武贤。宣帝不忍拂议，双方并用，遂令两将军引兵出击，与中郎将赵卬会师齐进。卬即充国长子，既奉上命，不得不从，于是三路并发。许广汉降获羌人四千余名，辛武贤斩杀羌人二千余级，卬亦或杀或降，约得二千余人。独充国并不进兵，羌人自愿投降，却有五千余名。充国因复进奏，略称先零羌有四万人，现已大半投诚，再加战阵死亡，不下万余，所遗止四千人，羌帅靡忘，致书前来，情愿往取杨玉，不必劳我三军，请陛下召回各路兵马，免致暴露云云。宣帝乃令许广汉等不必进兵。好容易已过残冬，就是宣帝在位第十年间，宣帝已经改元三次，第五年改号元康，第九年复改号神爵。充国西征，事在神爵元年，至神爵二年五月，充国料知羌人垂尽，不久必灭，索性请将屯兵撤回。奉诏依议，充国遂振旅而还。有充国故人浩星赐，由长安出迎充国，乘间进言道："朝上大臣，统说由强弩破羌二将，出击诸羌，斩获甚多，羌乃败亡。惟二三识者，早知羌人势穷，不战可服，今将军班师入觐，应归功二将，自示谦和，才不至无端遭忌呢！"论调与王生相同。充国叹息道："我年逾七十，爵位已极，何必再要夸功。惟用兵乃国家大事，应该示法后世，老臣何惜余生，不为主上明言利害！且我若猝死，更有何人再为奏闻！区区微忱，但求无负国家，此外亦不暇顾及了！"情势原与龚遂有别。遂不从浩星赐言，诣阙自陈，直言无隐。时强弩将军许广汉，已经旋师，只辛武贤贪功未归，由宣帝依充国言，饬令武贤还守酒泉。且命充国仍为后将军。

是年秋季，果然先零酋长杨玉为下所戕，献首入关，余众四千余人，由羌人若零弟泽等，分挈归汉。宣帝封若零弟泽为王，特在金城地方，创立破羌允街二县，安置降羌，并设护羌校尉一职，拟选辛武贤季弟辛汤，前往就任。充国方抱病在家，得知此事，力疾入奏，谓辛汤嗜酒，未可使主蛮夷，不如改用汤兄临众，较为得当。宣帝乃使临众为护羌校尉。既而临众因病免归，朝臣复举辛汤继任，汤使酒任性，屡侮羌人，果致羌人携贰，如充国言。事见后文。

惟辛武贤不得重赏，仍还原任，满腔郁愤，欲向充国身上发泄，只苦无计可施。猛然记得赵卬晤谈，曾云前车骑将军张安世，亏得乃父密为保举，始得重任，这事本无人知晓，正好把卬弹劾，说他泄漏机关，复添入几句谗言，拜本上闻。宣帝得奏，竟将赵卬禁止入宫。英主好猜，适中武贤狡计。卬少年负气，忿忿的跑入乃父营内，欲去禀白。情急惹祸，致违营中军律，又被有司劾奏，被逮下狱。卬越加惭愤，拔剑刎颈，断送余生。真是一个急性子。充国闻卬枉死，未免心酸，当即上书告老，得蒙批准，受赐安车驷马，及黄金六十斤，免官就第。后至甘露二年，病剧身亡。充国生前，已得封营平侯，至是加谥为壮，爵予世袭，也不枉一生劳勚了。急流勇退，还算充国知几，才得考终。

自从充国征服西羌，匈奴亦闻风生畏，未敢犯边。又值壶衍鞮单于病死，传弟虚闾权渠单于，国中乱起，势且分崩。胡俗素无礼义，父死可妻后母，兄死可妻长嫂，成为习惯，数见不鲜。壶衍鞮单于的妻室，系是颛渠阏氏，年已半老，犹有淫心，她想夫弟嗣立，自己不妨再醮，仍好做个现成阏氏。哪知虚闾权渠，不悦颛渠，别立右大将女为大阏氏，竟将颛渠疏斥。颛渠不得如愿，当然怨望，适右贤王屠耆堂入谒新主，为颛渠所窥见，状貌雄伟，正中私怀，当下设法勾引，将屠耆堂诱入帐中，纵体求欢。屠耆堂不忍却情，就与她颠倒衣裳，演成一番秘戏图。嗣是朝出暮入，视同伉俪。可惜屠耆堂不能久住，绸缪了一两旬，不能不辞归原镇，颛渠势难强留，只好含泪与别。过了多日，才得重会欢娱数夕，又要分离，累得颛渠连年悲感，有口难言。至宣帝神爵二年，虚闾权渠单于在位已有好几年了，向例在五月间，匈奴主须大会龙城，祷祀天地鬼神。屠耆堂当然来会，顺便与颛渠续欢。及会期已过，祭祀俱了，屠耆堂又要别去，颛渠私下与语道："今日单于有病，汝且缓归，倘得机缘，汝便可乘此继位了！"屠耆堂甚喜。又耽搁了数天，凑巧单于病日重一日，就与颛渠私下密谋，暗暗布置。颛渠弟都隆奇，方为左大且渠，匈奴官名。由颛渠嘱令预备，伺隙即发。也是屠耆堂运气亨通，竟得虚闾权渠死耗，当下召入都隆奇，拥立屠耆堂，杀逐前单于弟子近亲，别用私党。都隆奇执政，屠耆堂自号为握衍朐鞮单于，颛渠阏氏，竟名正言顺做了握衍朐鞮的正室了。侥幸侥幸！

惟日逐王先贤掸，居守匈奴西陲，素与握衍朐鞮有隙，当然不服彼命，遂遣使至渠犁，通款汉将郑吉，乞即内附。吉遂发西域兵五万人，往迎日逐王，送致京师。宣帝封日逐王为归德侯，留居长安。一面令郑吉为西域都护，准立幕府，驻节乌垒城，镇抚西域三十六国，西域始完全归汉，与匈奴断绝往来。匈奴单于握衍朐鞮，闻得日逐王降汉，不禁大怒，立把日逐王两弟，拿下斩首。日逐王姊夫乌禅幕上书乞赦，毫不见从。再加虚闾权渠子稽侯狦，系乌禅幕女夫，不得嗣位，奔依妇翁，乌禅幕遂与左地贵人，拥立稽侯狦，号为呼韩邪单于，引兵攻握衍朐鞮，握衍朐鞮淫暴无道，为众所怨，一闻新单于到来，统皆溃走，弄得握衍朐鞮穷蹙失援，仓皇窜死。颛渠阏氏未闻下落，不知随何人去了？都隆奇走投右贤王，呼韩邪得入故庭，收降散众，令兄呼屠吾斯为左谷蠡王，使人告右地贵人，教他杀死右贤

王。右贤王系握衍朐鞮弟，已与都隆奇商定，别立日逐王薄胥堂为屠耆单于，发兵数万，东袭呼韩邪单于。呼韩邪单于拒战败绩，挈众东奔，屠耆单于据住王庭，使前日逐王先贤掸兄右奥鞬王，与乌籍都尉，分屯东方，防备呼韩邪单于。会值西方呼揭王，来见屠耆，与屠耆左右唯犁当户，谗构右贤王。屠耆不问真伪，竟把右贤王召入，把他处死。右地贵人，相率抗命，共讼右贤王冤情。屠耆也觉追悔，复诛唯犁当户。呼揭王恐遭连坐，便即叛去，自立为呼揭单于，右奥鞬王也自立为车犁单于，乌籍都尉复自立为乌籍单于，匈奴一国中，共有单于五人，四分五裂，还有何幸！同族相争，势必至此。

时为汉宣帝五凤元年，相传为凤凰五至，因于神爵五年，改元五凤。汉廷大臣，闻知匈奴内乱，竞请宣帝发兵北讨，灭寇复仇。独御史大夫萧望之进议道："春秋时晋士匄(gài)侵齐，闻丧即还，君子因他不伐人丧，称颂至今。前单于慕化向善，曾乞和亲，不幸为贼臣所杀，今我朝若出兵加讨，岂不是乘乱幸灾么？不如遣使吊问，救患恤灾，夷狄也有人心，必且感德远来，自愿臣服。这也是怀柔远人的美政哩！"宣帝素重望之，因即依议。原来望之表字长倩，系出兰陵，少事经师后苍，学习齐诗。后复向夏侯胜问业，博通书礼，当由射策得官，迁为谏大夫。已而出任牧守，调署左冯翊，累有清名，乃召入为大鸿胪。可巧丞相魏相因病去世，御史大夫丙吉嗣为丞相，望之进为御史大夫。宣帝因望之湛深经术，格外敬礼，所以言听计从。当下遣使慰问匈奴，偏匈奴内讧益甚，累得汉使无从致命，或至中道折回。那屠耆单于，用都隆奇为将，击败车犁、乌籍两单于，两单于并投呼揭。呼揭愿推戴车犁单于，自与乌籍同去单于名号，合拒屠耆单于。屠耆单于率兵四万骑，亲击车犁，车犁单于又败。屠耆方乘胜追逐，不料呼韩邪单于，乘虚进击屠耆境内。屠耆慌忙返救，被呼韩邪邀击一阵，杀得大败亏输，惶急自刎。都隆奇挈着屠耆少子姑瞀楼头，遁入汉关。呼韩邪单于，乘胜收降车犁单于，几得统一匈奴。偏屠耆单于从弟休旬王，收拾余烬，自立为闰振单于，就是呼韩邪兄左谷蠡王呼屠吾斯，亦自立为郅支骨都侯单于，出兵攻杀闰振转击呼韩邪。呼韩邪连年战争，部下已大半死亡，又与郅支接仗数次，虽得力却郅支，精锐杀伤殆尽。乃从左伊秩訾王计议，引众南下，向汉请朝，并遣子右贤王铢镂渠堂入质，求汉援助，再击郅支，郅支也恐汉助呼韩邪，使子右大将驹于利受，入侍汉廷，请勿援呼韩邪。可谓为渊驱鱼。

时已为宣帝甘露元年了，宣帝至五凤五年，又改元甘露，大约因甘露下降，方有此举。自从神爵元年为始，到了甘露元年，中经八载，汉廷内外，却没有什么变端，不过杀死盖、韩、严、杨四人，未免刑罚失当。就中只有河南太守严延年，还是残酷不仁，咎由自取，若司隶校尉盖宽饶，左冯翊、韩延寿，故平通侯杨恽，并无死罪，乃先后被诛，岂非失刑？盖宽饶字次公，系魏郡人，刚直公清，往往犯颜敢谏，不避权贵。宣帝方好用刑法，又引入宦官弘恭石显，令典中书。宽饶即上呈封事，内称圣道浸微，儒术不行，以刑余为周召，以法律为诗书。又引韩氏易传云：五帝官天下，三王家天下，家以传子，官以传贤，譬如四时嬗运，功成当去等语。宣帝方主张专制，利及后嗣，怎能瞧得上这种奏章？一经览着，当然大怒，便将原奏发下，令有司议罪。执金吾承旨纠弹，说他意欲禅位，大逆不道，惟谏大夫郑昌，谓宽饶直道而行，多仇少与，还乞原心略迹，曲示矜全。宣帝哪里肯从，竟饬拿宽饶下狱。宽饶不肯受辱，才到阙下，即拔出佩刀，挥颈自刎。

第二个便是韩延寿。延寿字长公，由燕地徙居杜陵，历任颍川、东海诸郡太守，教民礼义，待下宽弘。至左冯翊萧望之升任御史大夫，乃将延寿调任左冯翊。延寿出巡属邑，遇有兄弟讼田，各执一词，延寿不加批驳，但向两造面谕道："我为郡长，不能宣明教化，反使汝兄弟骨肉相争，我当任咎！"说至此不禁泪下，两造亦因此惭悔，自愿推让，不敢复争。汉民尚有古风，所以闻言知让。延寿就任三年，郡中翕然，囹圄空虚，声誉比萧望之尤盛，望之未免加忌，适有望之属吏，至东郡调查案件，复称延寿在东郡任内，曾虚耗官钱千余万，望之即依言劾奏。事为延寿所闻，也将望之为冯翊时亏空廪牺官钱百余万，廪司藏谷，牺司养牲。作为抵制。且移文殿门，禁止望之入宫。望之当即进奏，说是延寿要挟无状，乞为申理。宣帝方信任望之，当然不直延寿，虽尝派官查办，终因在下希承风旨，只言望之被诬，延寿有罪，甚且查出延寿校阅骑士，车服僭制，骄侈不法等情，无非援上陵下。宣帝竟将延寿处死，令至渭城受刑，吏民泣送，充塞途中。延寿有子三人，并为郎吏，统至法场活祭乃父。延寿嘱咐道："汝曹当以我为戒，此后切勿为官！"三子泣遵父命，待父就戮后，买棺殓葬，辞职偕归。

延寿已死，未几便枉杀杨恽。恽系前丞相杨敞子，曾预告霍氏逆谋，得封平通侯，受官光禄勋。生平疏财仗义，廉洁无私，只有一种坏处，专喜道人过失，不肯含容。尝与太仆戴长乐有嫌，长乐竟劾恽诽谤不道，宣帝因免恽为庶人。恽失位家居，以财自娱，适有友人孙会宗与书，劝他闭门思过，不宜置产业、通宾客。哪知恽复书不逊，竟把平时孤愤，借书发挥，惹得会宗因好成怨，积下私仇。会值五凤四年，孟夏日食，忽有刍马吏告恽不法，未肯悔过，日食告变，咎在此人。欲加之罪，何患无辞？宣帝得书，便命廷尉查办，当由孙会宗把恽复函呈示廷尉，廷尉又转奏宣帝，宣帝见他语多怨望，遂说恽大逆不道，批令腰斩。恽因言取祸，坐致杀身，倒也罢了，还要把他全家眷属，充戍酒泉。又将恽在朝亲友，悉数免官。京兆尹张敞，亦被株连，尚未免职。敞使属掾絮舜，查讯要件，絮舜竟不去干事，但在家中安居，且语家人道："五日京兆，还想办什么案情？"不意有人传将出去，为敞所闻。敞竟召入絮舜，责他玩法误公，喝令斩首。舜尚要呼冤，敞拍案道："汝道我五日京兆么？我且杀汝再说。"舜始悔出言不谨，无可求免，没奈何伸颈就刑。当有絮舜家人诣阙鸣冤。宣帝以敞既坐恽党，复敢滥杀属吏，情殊可恨，立夺敞官，免为庶人。敞缴还印绶，惧罪亡去。已而京兆不安，吏民懈弛，冀州复有大盗，乃由宣帝特旨，再召敞为冀州刺史。盗贼知敞利害，待敞莅任，各避往他处去了。

看官阅过上文三案，应知盖、韩、杨三人的冤情，惟严延年自被劾去官，逃回故里，见八十一回。后来遇赦复出，连任涿郡、河南太守，抑强扶弱，专喜将地方土豪，罗织成罪，一体诛锄。河南吏民，尤为畏惮，号曰屠伯。延年本东海人氏，家有老母，由延年遣使往迎。甫至洛阳，见道旁囚犯累累，解往河南处决，严母不禁大惊。行至都亭，即命停住，不肯入府。延年待久不至，自赴都亭谒母，母闭门拒绝。惊得延年莫名其妙，想必自己有过，不得已长跪门外，请母明示。好多时才见开门，起入行礼，但听母怒声呵责道："汝幸得备位郡守，管辖地方千里，不闻仁爱，专尚刑威，难道为民父母，好这般残酷么？"延年听着，方知母意，连忙叩首谢罪，且请母登车至府，亲为御车。至府署中，过了腊节，一经改岁，便欲还家。延年再三挽留，母愤然道："汝可知人命关天，不容妄杀，今乃滥刑若此，天道神明，岂肯容汝！我不意到了老年，尚见壮子受诛，我今去了，为汝扫除墓地罢了！”说毕驱车自去。妇人中有此先见，却是罕闻。

延年送母出城，返至府舍，自思母太过虑，仍然不肯从宽。哪知过了年余，便遇祸殃。当时黄霸为颍川太守，与延年毗邻治民。延年素轻视黄霸，偏霸名高出延年，颍川境内，年谷屡丰，霸且奏称凤凰戾止，得邀褒赏。延年心愈不服，适河南界发现蝗虫，由府丞狐义出巡，回报延年。延年问颍川曾否有蝗？义答言无有。延年笑道：“莫非被凤凰食尽么？”义又述及司农中丞耿寿昌，常作平仓法，谷贱时增价籴入，谷贵时减价粜出，甚是便民。延年又笑道：“丞相御史，不知出此，何勿避位让贤，寿昌虽欲利民，也不应擅作新法。”狐义连碰了两个钉子，默然退出，暗思延年脾气乖张，将来不免遇害，我已年老，何堪遭戮。想到此处，就筮易决疑，又得了一个凶兆。看来是死多活少，不如入都告发，死且留名。于是悯悯登程，直至长安，劾奏延年十大罪恶，把封章呈递进去，便服毒自尽。宣帝将原奏发下御史丞，查得狐义自杀确情，当即报闻。再派官至河南察访，觉得狐义所奏，并非虚诬。结果是依案定罪，谳成了一个怨望诽谤的罪名，诛死延年。严母从前归里，转告族人，谓延年不久必死，族人尚似信非信，

至此始知严母先见。严母有子五人，皆列高官，延年居长，次子彭祖，官至太子太傅，秩皆二千石，东海号严母为万石严妪。小子有诗赞严母道：

一门万石并称荣，令子都从贤母生。

若使长男终率教，渭城何至独捐生！

延年死后，黄霸且得进任御史大夫。欲知霸如何升官，容至下回说明。

女蛊之害人甚矣哉！不特乱家，并且乱国，古今中外一也。观颛渠阏氏之私通屠耆堂，即致国内分崩，有五单于争立之祸，而雄踞北方之匈奴，自此衰矣。夫以迈迹自身之汉高，雄才大略之汉武，累次北征，终不能屈服匈奴，乃十万师摧之而不足，一妇人乱之而有余，何其酷欤！若夫严母之智能料子，虽不足逭（huàn）延年之诛，要未始非女中豪杰。且第一延年之杀身，而其余四子，俱得高官，未闻波及，较诸盖、韩、杨三家，荣悴不同，亦安知非严母之教子有方，失于一子而得于四子耶！然后知败家者妇人，保家者亦妇人，莫谓哲妇皆倾城也。

第八十七回

杰阁图形名标麟史　锦车出使功让蛾眉

却说御史大夫一缺，本是萧望之就任。望之自恃才高，常戏谩丞相丙吉，吉已年老，不愿与较。望之心尚未足，又奏称民穷多盗，咎在三公失职，语意是隐斥丙吉，宣帝始知望之忌刻，特使侍中金安上诘问，望之免冠对答，语多支吾。丞相司直緐延寿，緐音婆。素来不直望之，乘隙举发望之私事，望之乃降官太子太傅。黄霸得应召入京，代为御史大夫。才阅一年，丞相博阳侯丙吉老病缠绵，竟致不起。吉尚宽大，好礼让，隐恶扬善，待下有恩，常出遇人民械斗，并不过问，独见一牛喘息，却使人问明牛行几里。或讥吉舍大问小，吉答说道："民斗须京兆尹谕禁，不关宰相。若牛喘必因天热，今时方春和，牛非远行，何故喘息？三公当燮理阴阳，不可不察。"旁人听了，都说他能持大体。我意未然。

及丙吉既殁，霸代为丞相，相道与郡守不同。霸治郡原有政声，却非相才，所以一切措施，不及魏丙，一日见有鹖雀飞集相府，鹖音芬，或作鸠。雀形似雉，出西羌中，霸生平罕见，疑为神雀，遽欲上书称瑞。后来闻知由张敞家飞来，方才罢议。但已被大众得知，作为笑谈。从前所称凤凰戾止，想亦如是。既而霸复荐举侍中史高，可为太尉，又遭宣帝驳斥。略言太尉一官，罢废已久，史高系帷幄近臣，朕所深知，何劳丞相荐举等语。说得霸羞惭满面，免冠谢罪，嗣是不敢再请他事。霸为相时，已晋封建成侯，任职五年，幸得考终，谥法与丙吉相同，统是一个定字。惟黄霸的妻室，却是一个巫家女儿。从前霸为阳夏游徼，与一相士同车出游，道旁遇一少女，由相士注视多时，说她后来必贵。霸尚未娶妻，听了此语，便去探问该女姓氏，浼人说合。女父本来微贱，欣然允许，即将该女嫁霸为妻，谁知随霸多年，居然得为宰相夫人，并且所生数子，亦得通显，说也是一段佳话，闲文少表。

且说霸既病殁，廷尉于定国，正迁任御史大夫，复代霸为丞相。时为甘露三年，正值匈奴国呼韩邪单于款塞请朝，宣帝命公卿大夫，会议受朝礼节。丞相以下，俱言宜照诸侯王待遇，位在诸侯王下，独太子太傅萧望之，谓应待以客礼，位在诸侯王上。宣帝有意怀柔，特从望之所言，至甘泉宫受朝。自己先郊祀泰畤，然后入宫御殿，传召呼韩邪单于入见，赞谒不名，令得旁坐，厚赐冠带衣裳弓矢车马等类。待单于谢恩退出，又由宣帝遣官陪往长平，留他食宿。翌日宣帝亲至长平，呼韩邪上前接驾，当有赞礼官传谕单于免礼，准令番众列观。此外如蛮夷降王，亦来迎谒，由长平坂至渭桥，络绎不绝，喧呼万岁。呼韩邪留居月余，方遣令还塞，呼韩邪愿居光禄塞下，系光禄勋徐自为所筑之城。可借受降城为保障，宣帝准如所请，乃命卫尉董忠等，率万骑护送出境，且令留屯受降城，保卫呼韩邪，一面输粮接济。呼韩邪感念汉恩，一意臣服。此外西域各国，闻得匈奴附汉，自然震慑汉威，奉命维谨。就是郅支单于亦恐呼韩邪往侵，远徙至坚昆居住，去匈奴故庭约七千里。到了岁时递嬗，也遣使入朝汉廷。九重高拱，万国来同，后人称为汉宣中兴，便是为此。提清眉目。

宣帝因戎狄宾服，忆及功臣，先后提出十一人，令画工摹拟状貌，绘诸麒麟阁上。麒麟阁在未央宫中，从前武帝获麟，特筑此阁，当时纪瑞，后世铭功，无非是休扬烈光的意思。阁上所绘十一人，各书官职姓名，惟第一人独从尊礼，不闻书名。看官欲知详细，由小子录述如下：

大司马大将军博陆侯姓霍氏。　卫将军富平侯张安世。
车骑将军龙頟侯韩增。頟音额。　后将军营平侯赵充国。
丞相高平侯魏相。　丞相博阳侯丙吉。
御史大夫建平侯杜延年。　宗正阳城侯刘德。
少府梁邱贺。　太子太傅萧望之。
典属国苏武。

照此看来，第一人当是霍光，霍家虽灭，宣帝尚追念旧勋，不忍书名。外此十人，只有萧望之尚存，本应最后列名，为何独将苏武落后呢？武有子苏元，前坐上官桀同党，已经诛死，武亦免官。见前文。后来宣帝嗣位，仍起武为典属国，并将武在匈奴时所生一子，许令赎回，拜为郎官。即通国，见前文。神爵二年，武已逝世，宣帝因他忠节过人，名闻中外，故意置诸后列，使外人见了图形，觉得盛名如武，尚不能排列人先，越显得中国多材，不容轻视了！

先是武帝六男，只有广陵王胥，尚然存在。胥傲戾无亲，尝思为变，可惜兵力单薄，未敢发作，没奈何迁延过去。到了五凤四年，忽被人讦发阴谋，说他嘱令女巫，咒诅朝廷。宣帝遣人查访，果有此事，向胥提究女巫，胥竟把女巫杀死，希图灭口。哪知廷臣已联名入奏，请将胥明正典刑。宣帝尚未下诏，胥已先有所闻，自知不能幸免，当即自缢，国除为郡。

宣帝立次子钦为淮阳王，三子嚣为楚王，四子宇为东平王，虽是援照成例，毕竟是树恩骨肉，信任私亲。还有少子名宽，为戎婕妤所生，年龄尚幼，未便加封。钦、嚣、宇三人生母，见第八十三回，故此处仅叙及戎婕妤。这数子中，要算淮阳王钦最得宣帝欢心，一半由钦母张婕妤，色艺兼优，遂致爱母及子；一半由钦素性聪敏，喜阅经书法律，颇有才干，比那太子奭的优柔懦弱，迥不相同。宣帝尝叹赏道："淮阳王真是我子呢！"太子奭雅重儒术，见宣帝用法过峻，未免太苛，尝因入朝时候，乘间进言道："陛下宜用儒生，毋尚刑法。"宣帝不禁作色道："汉家自有制度，向来王

霸杂行，奈何专用德教呢？且俗儒不达时宜，是古非今，徒乱人意，何足委任？”杂霸之言，亦岂真足垂示子孙。太子奭见父发怒，不敢再言，当即俯首趋去。宣帝目视太子，复长叹道：“乱我家法，必由太子，奈何！奈何！”嗣是颇思易储，转想太子奭为许后所生，许后同经患难，又遭毒死；若将太子废去，免不得薄幸贻讥，因此不忍废立，储位如旧。

甘露元年，复命韦玄成为淮阳中尉。玄成系故相扶阳侯韦贤少子，韦贤年老致仕，见八十二回。生有四男，长名方山，已经早世，次子名弘，三子名舜，四子就是玄成。弘曾受职太常丞，得罪系狱。及贤病终，门生博士义倩等，矫托贤命，使季子玄成袭爵。玄成方为大河都尉，还奔父丧，才知有袭爵消息，暗思上有二兄，怎能越次嗣封？于是假作痴癫，为退让计。偏义倩等已将伪命出奏，宣帝即使丞相御史，传召玄成，入朝拜爵，玄成仍佯狂不理。哪知丞相御史，却已窥出玄成隐情，竟复奏玄成并未真狂。幸有一侍郎，为玄成故人，恐玄成抗命得罪，亟从旁解说道：“圣主贵重礼让，应优待玄成，勿使屈志！”宣帝乃知玄成好意，仍使丞相御史，带引玄成入朝。玄成无法，只好应召诣阙，当由宣帝面加慰谕，迫令袭爵，玄成不能再让，方才拜受，寻即诏令玄成为河南太守，并将韦弘释放，使为泰山都尉。未几又召玄成入都，拜未央卫尉，调任太常。嗣复坐杨恽党与，免官归家。忽又起拜淮阳中尉，乃是宣帝为太子奭起见，特令退让有礼的韦玄成，辅导淮阳王钦，教他看作榜样，省得将来窥窃神器，酿成兄弟争端，这也是防微杜渐，苦心调剂的方法呢。

惟淮阳王钦虽然受封，还是留居长安，玄成亦未赴任。宣帝复因钦晓通经术，命与诸儒至石渠阁中，讲论五经异同。当时沛人施仇论《易》；齐人周堪，鲁人孔霸即孔子十三世孙。论《书》；沛人薛广德论《诗》；梁人戴胜论《礼》；东海人严彭祖即严延年弟。论《公羊传》；齐人公羊高传《春秋》。汝南人尹更始，与太子太傅萧望之等，论《穀梁传》。鲁人穀梁赤亦传《春秋》学。折衷取义，汇奏宣帝。宣帝亲加裁决，并设诸经博士，令习专书，修明经术，称盛一时。

忽由乌孙国遣到番使，呈上一书，乃是楚公主解忧署名。书中大意，系为年老思乡，乞赐骸骨，归葬故土。宣帝看她情词悱恻，也不觉凄然动容，当即派遣车徒，往迎楚公主解忧。

解忧本嫁乌孙王岑陬为妻，寻复改适嗣主翁归靡，生下三男两女，已见前文。见八十一回。翁归靡上书汉廷，愿立解忧所生子元贵靡为嗣，仍请尚汉公主，亲上加亲。宣帝不欲绝好，乃令解忧侄女相夫为公主，盛资遣往，特派光禄大夫常惠送行。甫至敦煌，接得翁归靡死耗，元贵靡不得嗣立，由岑陬子泥靡为王，常惠不得不驰书上奏。一面将相夫留住敦煌，自持节至乌孙，责他不立元贵靡。乌孙大臣，却是振振有词，谓前时岑陬遗言，原欲传国与子，不能另立元贵靡。亦见八十一回。常惠亦驳他不过，只好驰回敦煌，请将楚少主送归。宣帝复书批准，于是常惠即偕楚少主还都。那泥靡既得立为主，性情横暴，又将解忧强逼成奸，据为妻室。解忧已经失节，也顾不得什么尊卑，连宵缱绻，又结蚌胎，满月即产一男，取名鸱靡。但解忧究竟将老，泥靡尚属壮年，一时为情欲所迫，占住后母，渐渐的迁情他女，便与解忧失和。此外一切举动，统是任意妄为，国人号为狂王。可巧汉使卫司马魏和意，及卫侯任昌同往乌孙，解忧得与相见，密言狂王粗暴，可以计诛。问汝何不早死？魏和意即与任昌商定秘谋，安排筵宴，邀请狂王过饮。狂王毫不推辞，竟来赴宴。饮到半酣，魏和意嘱使卫士，剑击狂王，偏偏一击不中，被狂王逃出客帐，飞马窜逸，不复还都。魏和意任昌，驰入都中，托言奉天子命，来诛狂王。番官多恨狂王无道，却无异言。哪知狂王子细沈瘦，为父报仇，召集边兵，进攻乌孙都城。城名赤谷，四面被围。亏得西域都护郑吉，从乌垒城发兵往援，才得将细沈瘦逐去。吉收兵还镇，据实奏闻。宣帝使中郎将张遵等持医药往治狂王，并赐金币。拿还魏和意任昌两人，责他矫诏不臣，按律当斩。狂王不过略受微伤，既由汉使赐药给金，如法调治，不久即愈，使张遵回朝谢命，自还赤谷城，仍王乌孙。偏又有翁归靡子乌就屠，在北山号召徒众，乘隙袭杀狂王，居然自立。

乌就屠出自胡妇，非解忧所生，汉廷当然不认为王，即命破羌将军辛武贤，领兵万五千人，出屯敦煌，声讨乌就屠，独西域都护郑吉，恐武贤出征乌孙，道远兵劳，胜负难料，不如遣人游说，令乌就屠自甘让位，免动兵戈。当下想出了一位巾帼英雄，浼她前去劝导，果然片言立解，远过行师。这人为谁？乃是解忧身旁一个侍儿，姓冯名嫽，西域称为冯夫人，足当形笔。她随解忧至乌孙后，嫁与乌孙右大将为妻，生性聪慧，丰采丽都，本来知书达理。及出西域，仅阅数年，即把西域的语言文字，风俗形

势，统皆通晓。解忧尝使持汉节，慰谕邻近诸国，颁行赏赐，诸国都惊为天人，相率敬礼。乌孙右大将，得此才妇，自然恩爱有加。惟右大将与乌就屠，素相往来，冯夫人当亦识面，所以郑吉遣使关白，令她往说乌就屠。冯夫人本是汉女，满口应承，立即至乌就屠居庐，开口与语道："昆弥乌孙王号。今日乘势崛兴，可喜可贺！但喜中不能无忧，贺后不能不吊。"乌就屠惊问道："莫非有意外祸变么？"冯夫人道："汉兵已出至敦煌，想昆弥当亦知悉，昆弥自思，能与汉兵决一胜败否？"乌就屠踌躇半晌，方答说道："恐敌不住汉兵。"冯夫人道："昆弥既自知汉兵难敌，奈何尚欲称尊，一旦汉兵前来，必遭屠灭，何若见机知退，听命汉朝，还可借此保全，不失富贵。"却是一个女张良。乌就屠道："我亦不敢长作昆弥，但得一个小号，我便向汉归命了。"冯夫人道："这想是没有难处。"说着，即辞别乌就屠，还报西域都护郑吉。吉便将冯夫人说降乌就屠，详报朝廷。

宣帝得报，便欲一见冯夫人，召令入都。冯夫人应召东来，好几日到了阙下。报名朝见，彬彬有礼，举止大方，再加一张粲花妙舌，见问即答，应对如流。宣帝大喜，面命她作为正使，往谕乌就屠，别遣谒者竺次期门与甘延寿两人为副，一同登程。妇人作为朝使，千载一时。冯夫人拜别宣帝，持节出朝，早有人备着锦车，请她登舆。就是竺次期门、甘延寿两人，且向冯夫人参见，听从指示。冯夫人与谈数语，从容上车，向西径去。竺次期门、甘延寿随后继进，直抵乌孙。乌就屠尚在北山，未入国都，冯夫人等往传诏命，叫乌就屠速至赤谷城，往会汉光禄大夫长罗侯常惠。原来宣帝遣还冯夫人时，又命常惠驰赴赤谷城，立元贵靡为乌孙王。所以冯夫人到了北山，常惠亦入赤谷城。至乌就屠往见常惠，惠即宣读诏书，册封元贵靡为大昆弥。惟乌就屠也不令向隅，使为小昆弥，乌就屠得如所望，当即乐从。常惠又与他分别辖地，大昆弥得民户六万余，小昆弥得民户四万余，割清界限，免致相争。

越两年余，元贵靡便即病逝。子星靡嗣立，楚公主解忧，年将七十，因上书乞归，得蒙宣帝慨允，派使往迎。解忧挈领孙男女三人，回至京师，入朝宣帝。宣帝见她白发皤皤，倍加怜惜，特赐她田宅奴婢，俾得养老。过了两年，解忧病殁，三孙留守坟墓，毋庸细表。

惟冯夫人曾随解忧回国，至解忧殁后，闻得乌孙嗣主星靡，懦弱无能，恐为小昆弥所害，乃复上书请效，愿仍出使乌孙，镇抚星靡。宣帝准奏，遣百骑护送出塞，后来星靡终得保全，冯夫人已嫁乌孙右大将，想总是功成以后，告老西陲了。冯夫人之殁，史传中未曾详叙，故特从活笔。小子有诗赞道：

锦车出塞送迎忙，专对长才属女郎。

读史漫夸苏武节，须眉巾帼并流芳。

越年有黄龙出现广汉，因改元黄龙。哪知不到年终，宣帝忽然生起病来，欲知病状如何，待至下回再叙。

麟阁图形，计十一人，若黄霸、于定国、张敞、夏侯胜等，皆不得并列，似乎严格以求，宁少毋滥，然如杜延年、刘德梁、邱贺、萧望之四人，不过粗具丰仪，无甚奇绩，亦胡为参预其间，且苏子卿大节凛然，独置后列，虽为震慑外人起见，但王者无私，岂徒恃虚憍之威所能及远乎？苏武后，复有冯夫人之锦车持节，慰定乌孙，女界中出此奇英，足传千古，惜乎重男轻女之风，已成惯习。宣帝能破格任使，独不令绘其像于麟阁之末，吾犹为冯夫人叹息曰：“天生若材，何不使易钗而弁也！”

第八十八回

宠阉竖屈死萧望之　惑谗言再贬周少傅

却说黄龙元年冬月，宣帝寝疾，医治罔效。到了残冬时候，已至弥留。诏命侍中乐陵侯史高为大司马，兼车骑将军，太子太傅萧望之，为前将军，少傅周堪，为光禄大夫，受遗辅政。未几驾崩，享年四十有三。总计宣帝在位二十五年，改元七次，史称他综核名实，信赏必罚，功光祖宗，业垂后嗣，足为中兴令主。惟贵外戚，杀名臣，用宦官，酿成子孙亡国的大害，也未免利不胜弊呢！总束数语，也不可少。太子奭即日嗣位，是为元帝。尊王皇后为皇太后。越年改易正朔，号为初元元年，奉葬先帝梓宫，尊为杜陵，庙号中宗，上谥法曰孝宣皇帝。立妃王氏为皇后，封后父禁为阳平侯。禁即前绣衣御史王贺子，贺尝谓救活千人，子孙必兴，见前文。果然出了一个孙女，正位中宫，得使王氏一门，因此隆盛。王氏兴，刘氏奈何？

惟说起这位王皇后的履历，却也比众不同。后名政君，乃是王禁次女，兄弟有八，姊妹有四。母李氏，生政君时，曾梦月入怀，及政君十余龄，婉娈淑顺，颇得女道。惟父禁不修边幅，好酒渔色，娶妾甚多。李氏为禁正室，除生女政君外，尚有二男，一名凤，排行最长，一名崇，排行第四。此外有谭、曼、商立、根及逢时，共计六子，皆系庶出。李氏性多妒忌，屡与王禁反目。禁竟将李氏离婚。李氏改嫁河内人苟宾为妻。禁因政君渐长，许字人家，未婚夫一聘即死。至赵王欲娶政君为姬，才经纳币，又复病亡。禁大为诧异，特邀相士南宫大有，审视政君。大有谓此女必贵，幸勿轻视。好似王奉先女。真是一对天生婆媳。禁乃教女读书鼓琴，政君却也灵敏，一学便能。年至十八，奉了父命，入侍后宫。会值太子良娣司马氏，得病垂危，太子奭最爱良娣。百计求治，终无效验，良娣且语太子道：“妾死非由天命，想是姬妾等阴怀妒忌，咒我至死！”说着，泪下如雨。

恐是推己及人。太子奭也哽咽不止。未几良娣即殁，太子奭且悲且愤，迁怒姬妾，不许相见。宣帝因太子年已逾冠，尚未得子，此次为了良娣一人，谢绝姬妾，如何得有子嗣。乃嘱王皇后选择宫女数人，俟太子入朝皇后，随意赐给，王皇后当然照办。一俟太子奭入见，便将选就五人，使她旁立，暗令女官问明太子何人合意？太子奭只忆良娣，不愿他选，勉强瞧了一眼，随口答应道："这五人中却有一人可取。"女官问是何人？太子又默然不答。可巧有一绛衣女郎，立近太子身旁，女官便以为太子看中此人，当即向皇后禀明，王皇后就使侍中杜辅，掖庭令浊贤，送绛衣女入太子宫。究竟此女为谁？原来就是王政君。政君既入东宫，好多日不见召幸，至太子奭悲怀稍减，偶至内殿，适与政君相遇，见她态度幽娴，修秾合度，也不禁惹起情魔，是晚即召令侍寝。两人年貌相当，联床同梦，自有一番枕席风光。说也奇怪，太子前时，本有姬妾十余人，七八年不生一子，偏是政君得幸，一索生男。甘露三年秋季，太子宫内甲观画堂，有呱呱声传彻户外，即由宫人报知宣帝。宣帝大喜，取名为骜(ào)。才经弥月，便令乳媪抱入相见。抚摩儿顶，号为太孙。嗣是常置诸左右，不使少离。无如翁孙缘浅，仅阅两载，宣帝就崩。太子仰承父意，一经即位，就拟立骜为太子。只因子以母贵，乃先将王政君立为皇后。立后逾年，方命骜为太子，骜年尚不过四岁哩。西汉之亡，实自此始。

且说元帝既立，分遣诸王就国。淮阳王钦，楚王嚣，东平王宇，始自长安启行，各莅封土。还有宣帝少子竟，尚未长成，但封为清河王，仍留都中。大司马史高，职居首辅，毫无才略，所有郡国大事，全凭萧望之、周堪二人取决。二人又系元帝师傅，元帝亦格外宠信，倚畀独隆。望之又荐入刘更生为给事中，使与侍中金敞，左右拾遗。敞即金日磾侄安上子，正直敢谏，有伯父风。更生为前宗正刘德子，即楚元王交玄孙。敏赡能文，曾为谏大夫，两人献可替否，多所裨益。惟史高以外戚辅政，起初还自知材短，甘心退让。后来有位无权，国柄在萧、周二人掌握，又得金、刘赞助萧、周，益觉得彼盛我孤，相形见绌，因此渐渐生嫌，别求党援。可巧宫中有两个宦官，出纳帝命，一是中书令弘恭，一是仆射石显。二竖为病，必中膏肓。自从霍氏族诛，宣帝恐政出权门，特召两阉侍直，使掌奏牍出入。两阉小忠小信，固结主心，遂得逐加超擢。小人蛊君，大都如此。尚幸宣帝英明，虽然任用两阉，究竟不使专政。到了元帝嗣阼，英明不及乃父，仍令两阉蟠踞宫廷，怎能不为所欺？两阉知元帝易与，便想结纳外援，盗弄政柄。适值史高有心结合，乐得通同一气，表里为奸。石显尤为刁狡，时至史第往来，密参谋议，史高惟言是从，遂与萧望之、周堪等，时有龃龉，望之等察知情隐，亟向元帝进言，请罢中书宦官，上法古时不近刑人的遗训，元帝留中不报，弘恭石显，因此生心，即与史高计划，拟将刘更生先行调出。巧值宗正缺人，便由史高入奏，请将更生调署。元帝晓得什么隐情，当即照准。望之暗暗着急，忙搜罗几个名儒茂材，举为谏官。

适有会稽人郑朋，意图干进，想去巴结望之，乘间上书，告发史高遣人四出，征索贿赂，且述及许史两家子弟种种放纵情形。宣帝得书，颁示周堪，堪即谓郑朋谠直，令他待诏金马门。朋既得寸进，再致书萧望之，推为周召管晏，自愿投效，望之便延令入见，朋满口贡谀，说得天花乱坠，冀博望之欢心，望之也为欢颜。待至朋已别去，却由望之转了一念，恐朋口是心非，不得不派人侦察，未几即得回报，果然劣迹多端。于是与朋谢绝，并且通知周堪，不宜荐引此人，堪自然悔悟。只是这揣摩求合的郑朋，日望升官发财，哪知待了多日，毫无影响。再向萧周二府请谒，俱被拒斥。朋大为失望，索性变计，转投许史门下。许史两家，方恨朋切骨，怎肯相容，朋即捏词相诳道："前由周堪刘更生教我为此，今始知大误，情愿效力赎愆。"许史信以为真，引为爪牙。侍中许章，就将朋登入荐牍，得蒙元帝召入。朋初见元帝，当然不能多言，须臾即出。他偏向许史子弟扬言道："我已面劾前将军，小过有五，大罪有一，不知圣上肯听从我言否？"许史子弟，格外心欢。还有一个待诏华龙，也是为周堪所斥，钻入许史门径，与郑朋合流同污，辗转攀援，复得结交弘恭、石显。恭与显遂嗾使二人，劾奏萧望之、周堪、刘更生，说他排挤许史，有意构陷，趁着望之休沐时候，方才呈入。

元帝看罢，即发交恭显查问。恭显奉命查讯望之，望之勃然道："外戚在位，骄奢不法，臣欲匡正国家，不敢阿容，此外并无歹意。"恭显当即复报，并言望之等私结朋党，互为称举，毁离贵戚，专擅权势，为臣不忠，请召致廷尉云云。元帝答了一个可字，恭显立即传旨，饬拿萧望之、周堪、刘更生下狱。三人拘系经旬，元帝尚未察觉。会有事欲询周堪、刘更生，乃使内侍往召，内侍答称二人下狱，元帝大惊道："何人敢使二人拘系狱中？"弘恭、石显在侧，慌忙跪答道："前日曾蒙陛下准奏，方敢遵行。"元帝作色道："汝等但言召致廷尉，并未说及下狱，怎得妄拘？"元帝年将及壮，尚未知召致廷尉语意，庸愚可知。恭显乃叩首谢过。元帝又说道："速令出狱视事便了！"恭显同声应命，起身趋出，匆匆至大司马府中，见了史高，密议多时，定出一个方法，由史高承认下去。翌晨即入见元帝道："陛下即位未久，德化未闻，便将师傅下狱考验。若非有罪可言，仍使出狱供职，显见得举动粗率，反滋众议。臣意还是将他免官，才不至出尔反尔呢！"元帝听了，也觉得高言有理，竟诏免萧望之、周堪、刘更生，但使出狱，免为庶人。郑朋因此受赏，擢任黄门郎。

才过一月，陇西地震，堕坏城郭庐舍，伤人无数，连太上皇庙亦被震坍。太上皇庙，即太公庙。已而太史又奏称客星出现，侵入昂宿及养舌星，元帝未免惊惶。再阅数旬，复闻有地震警报，乃自悔前时黜逐师傅，触怒上苍。因特赐望之爵关内侯，食邑六百户，朔望朝请，位次将军。又召周堪、刘更生入朝，拟拜为谏大夫。弘恭、石显，见三人复得起用，很是着忙，急向元帝面奏，谓不宜再起周刘，自彰过失，元帝默然不答。恭显越觉着急，又说是欲用周刘，也只可任为中郎，不应升为谏大夫。元帝又为所蒙，但使周堪刘更生为中郎，忽明忽昧，却是庸主情态。嗣又记起萧望之博通经术，可使为相。有时与左右谈及意见，适为弘恭石显所闻，惶急的了不得。就是许史二家，得知这般消息，也觉日夕不安，内外生谋，恨不得致死望之。望之已孤危得很，谁料到事机不顺，有一人欲助望之，弄巧成拙，反致两下遭殃。这人非别，就是刘更生。

更生本与望之友善，只恐望之被小人所嫉，把他构陷，常思上书陈明，因恐同党嫌疑，特托外亲代上封事。内称地震星变，都为弘恭石显等所致，今宜黜去恭显，进用萧望之等，方可返灾为祥。这书呈入，即被弘恭石显闻知，两人互相猜测，料是更生所为。便面奏元帝，请将上书人究治。元帝忽又依议，竟令推究上书人，上书人不堪威吓，供出刘更生主使是实，刘更生复致坐罪，免为庶人。谋之不臧，更生亦难辞咎。萧望之闻更生得祸，只恐自己株连，特令子萧伋（jí）上书，诉说前次无辜遭黜，应求伸雪。多去寻祸。元帝令群臣会议，群臣阿附权势，复称望之不知自省，反教子

上书讼冤，失大臣体，应照不敬论罪，捕他下狱。元帝见群臣不直望之，也疑望之有罪，沉吟良久道：“太傅性刚，怎肯就吏？”弘恭石显在旁应声道：“人命至重！望之所坐，不过语言薄罪，何必自戕。”元帝乃准照复奏，令谒者往召望之。石显借端作威，出发执金吾车骑，往围望之府第，望之陡遭此变，便思自尽。独望之妻从旁劝阻，谓不如静待后命。适门下生朱云入省，望之即令他一决。云系鲁人，夙负气节，竟直答望之，不如自裁。望之仰天长叹道：“我尝备位宰相，年过六十，还要再入牢狱，有何面目？原不如速死罢！”便呼朱云速取鸩来，云即将鸩酒取进，由望之一口喝尽，毒发即亡。望之原是枉死，但亦有取死之咎。

谒者返报元帝，元帝正要进膳，听得望之死耗，辍食流涕道：“我原知望之不肯就狱，今果如此！杀我贤傅，可惜可恨！”说到此处，又召入恭显两人，责他迫死望之。两人佯作惊慌，免冠叩头。累得元帝又发慈悲，不忍加罪，但将两人喝退。传诏令望之子伋嗣爵关内侯，每值岁时，遣使致祭望之茔墓。一面擢用周堪为光禄勋，并使堪弟子张猛为给事中。

弘恭石显，又欲谋害周堪师弟，一时无从下手，恭即病死。石显代恭为中书令，擅权如故，他闻望之死后，舆论不平，却想出一条计策，结交一位经术名家，自盖前愆。原来元帝即位，尝征召王吉、贡禹二人。二人应召入都，吉不幸道死，禹诣阙进见，得拜谏大夫，寻迁光禄大夫。吉、禹二人免归，见八十五回。朝臣因他明经洁行，交相敬礼，显更知禹束身自爱，与望之情性不同，乐得前去通意，亲自往拜。禹不便峻拒，只好虚与周旋。偏显格外巴结，屡在元帝面前称扬禹美。会值御史大夫陈万年出缺，即荐禹继任。禹得列公卿，也不免感念显惠，所以前后上书，但劝元帝省官减役，慎教明刑。至若宦官外戚的关系，绝口不谈。且年已八十有余，做了几个月御史大夫，便即病殁，别用长信少府薛广德继任。

时光易逝，已是初元五年的残冬，越年改元永光，元帝出郊泰畤。礼毕未归，拟暂留射猎，广德进谏道："关东连岁遇灾，人民困苦，流离四方。陛下乃居听丝竹，出娱游畋，臣意以为不可！况士卒暴露，从官劳倦，还请陛下即日返宫，思与民同忧乐，天下幸甚！"元帝总算听从，立命回跸。是年秋天，元帝又往祭宗庙，向便门出发，欲乘楼船。广德忙拦住乘舆，免冠跪叩道："陛下宜过桥，不宜乘船！"元帝命左右传谕道："大夫可戴冠。"广德道："陛下若不听臣，臣当自刎，把颈血染污车轮，陛下恐难入庙了。"元帝莫名其妙，面有愠色。旁有光禄大夫张猛，亟上前解说道："臣闻主圣臣直，乘船危，就桥安，圣主不乘危，御史大夫言可从。"元帝方才省悟，顾语左右道："晓人应该如此。"遂令广德起来，命驾过桥，往返皆安，广德直声，著闻朝廷。可惜是注意小节。

偏自元帝嗣阼，水旱连年，言官多归咎大臣，车骑将军史高，丞相于定国，与薛广德同时辞职。元帝各赐车马金币，准令还家，三人并得寿终。史高亦甘引退，还算不是奸邪。元帝因三人退职，召用韦玄成为御史大夫，未几即擢为丞相，袭父爵为扶阳侯。玄成父子，俱以儒生拜相，闾里称荣。他本是鲁国邹人，邹鲁有歌谣云："遗子黄金满籝，不如一经。"玄成为相，守正持重不及乃父，惟文采比父为胜，且遇事逊让，不与权幸争权，所以进任宰辅，安固不摇。御史大夫一缺，即授了右扶风郑弘，弘亦和平静默，与人无忤。独光禄勋周堪，及弟子张猛，刚正不阿，常为石显所忌。刘更生时已失官，又恐堪等遭害，隐忍不住，复缮成奏草一篇，呈入阙廷，奏牍约有数千言，历举经传中灾异变迁，作为儆戒，大旨是要元帝黜邪崇

正，趋吉避凶。出口兴戎，何如不言！石显见了此书，明知是指斥自己，越想越恨。转思刘更生毫无权位，不必怕他，现在且将周堪师弟除去，再作计较。于是约同许史子弟，待衅即动。会值夏令天寒，日青无光，显与许史子弟，内外进谗，并言周堪张猛，擅权用事，致遭天变。元帝方信任周堪，不肯听信。谁知满朝公卿，又接连呈入奏章，争劾堪猛二人，弄得元帝心中失主，将信将疑。始终为庸柔所误。

长安令杨兴，具有小材，得蒙宠幸，有时入见元帝，尝称堪忠直可用。元帝以为兴必助堪，乃召兴入问道："朝臣多说光禄勋过失，究属何因？"兴生性刁猾，听了此问，还道元帝已欲黜堪，即应声道："光禄勋周堪，不但朝廷难容，就使退居乡里，亦未必见容众口。臣见前次朝臣劾奏周堪，谓与刘更生等谋毁骨肉，罪应加诛。臣以为陛下前日，育德青宫，堪曾做过少傅，故独谓不宜诛堪，为国家养恩，并非真推重堪德呢！"利口喋喋。元帝喟然道："汝说亦是。但彼无大罪，如何加诛，今果应作何处置？"兴答说道："臣意可赐爵关内侯，食邑三百户，勿使预政，是陛下得恩全师傅，望慰朝廷。一举两得，无如此计。"元帝略略点头，待兴辞退。暗想兴亦斥堪，莫非堪真溺职不成。正在怀疑得很，忽又由城门校尉诸葛丰拜本进来，也是纠劾周堪张猛，内说二人贞信不立，无以服人。元帝不禁懊恨起来，竟亲写诏书，传谕御史道：

城门校尉丰，前与光禄勋堪光禄大夫猛在朝之时，数称言堪猛之美，今反纠劾堪猛，实自相矛盾。丰前为司隶校尉，不顺四时修法度，专作苛暴以获虚威。朕不忍下吏，以为城门校尉。乃内不省诸己，而反怨堪猛以求报举，告按无证之辞，暴扬难言之罪，毁誉恣意，不顾前言，不信之大也。朕怜丰耆老，不忍加刑，其免为庶人！

看官阅此诏书，应疑诸葛丰所为，也与杨兴相似。其实丰却另有原因，激成过举。元帝初年，丰由侍御史进任司隶校尉，秉性刚严，不避豪贵，且遵照汉朝故例，得持节捕逐奸邪，纠举不法。长安吏民，见他有威可畏，编成短歌道："间何阔，逢诸葛。"时有侍中许章，自恃外戚，结党横行，有门下客为丰所获，案情牵连许章身上，丰遂欲奏参许章。凑巧途中与许章相遇，便欲捕章下狱，举节与语道："可即停车！"章坐在车中，心虚情急，忙叫车夫速至宫门，车夫自然加鞭急趋，丰追赶不及，被章驰入宫门，进见元帝，只说丰擅欲捕臣。元帝正欲召丰问明，适值丰封章上奏，历数章罪，元帝总觉丰专擅无礼，不直丰言，命收回丰所持节，降丰为城门校尉。丰很是气愤，满望周堪张猛，替他伸冤，好几日不见音信。再贻书二人，自陈冤抑，又不见答。于是恨上加恨，还道周堪张猛，也是投井下石，因此平时常称誉堪猛，至此反列入弹章。实是老悖。一朝小忿，自误误人，元帝既削夺丰官，索性将周堪张猛，也左迁出去，堪为河东太守，猛为槐里令。小子有诗叹道：

浊世难容直道行，明夷端的利艰贞。

小卿周堪字。也号通经士，进退彷徨太自轻。

堪猛既贬，石显权焰益张，免不得党同伐异，戮及无辜。欲知显陷害何人，俟至下回说明。

萧望之、周堪、刘更生三人，皆以经术著名，而于生平涵养之功，实无一得。望之失之傲，堪失之贪，更生则失之躁者也。丙吉为一时贤相，年高望重，望之且侮慢之，何有于史高，然其取死之咎，即在于此。周堪于望之死后，即宜引退，乃犹恋栈不去，并荐弟子张猛为给事中，植援固宠之讥，百口奚辞。刘更生则好为危论，非徒无益而又害之。夫不可与言而与之言，是谓失言，智者不为也。更生学有余而识不足，殆亦意气用事之累欤？若元帝之优柔寡断，徒受制于宦官外戚而已。虎父生犬子，吾于汉宣元亦云。

第八十九回

冯婕妤挺身当猛兽　朱子元仗义救良朋

却说石显专权，怙恶横行。当时有个待诏贾捐之，为前长沙太傅贾谊曾孙，屡言石显过恶，因此待诏有年，未得受官。永光元年，珠崖郡叛乱不靖，朝廷发兵往讨，历久无功。郡在南粤海内，岛屿纷歧。自从武帝平定南越，编为郡县，居民叛服无常，屡劳征伐。元帝因连年未定，拟大举南征，为荡平计，贾捐之独上书谏阻道："臣闻秦劳师远攻，外强中干，终致内溃。武帝秣马厉兵，从事四夷，役赋繁重，盗贼四起。前事可鉴，不宜蹈辙。现今关东饥荒，百姓多卖妻鬻子，法不能禁，这乃是社稷深忧。若珠崖道远，素居化外，不妨弃置。愿陛下专顾根本，抚恤关东为是。"不务殖民远地，但以弃置为宜，亦非良策。元帝将原书颁示群臣，群臣多半赞成，遂下诏罢珠崖郡，不复过问。

捐之言虽见用，仍然不得一官，郁郁久居，不堪久待。闻得长安令杨兴新邀主眷，正好托他介绍，代为吹嘘。当下投刺请谒，互相往来。兴见捐之口才敏捷，文采风流，且是贾长沙后人，自然格外契合。彼此缔交多日，适值京兆尹出缺，捐之乘间语兴，呼兴表字道："君兰雅擅吏才，正好升任京兆尹，若使我得见主上，必然竭力保荐。"兴亦呼捐之表字道："君房下笔，言语妙天下，倘使君房得为尚书令，应比五鹿充宗，好得多了！"原来五鹿充宗，系顿丘地方的经生，与显为友，显曾引为尚书令，故兴特借着充宗，称美捐之。捐之闻言大笑道："果使我得代充宗，君兰得为京兆尹，我想京兆系郡国首选，尚书关天下根本，有我两人，求贤佐治，还怕不天下太平么！"大言不惭。兴答说道："我两人若要进见，却也不难，但教打通中书令关节，便可得志了。"捐之不禁愕然道："中书令石显么！此人奸横得很，我甚不愿与他结欢。"兴微哂道："慢着！显方贵宠，非得彼欢心，我等无从超擢。今且依我计议，暂投彼党，这也是枉尺直寻的办法呢！”捐之求官情急，不得已屈志相从，兴即与商定，联名保荐石显，请赐爵关内侯。并召用显兄弟为卿曹，再由捐之自出一奏，举兴为京兆尹。两奏先后进去，谁知早被石显闻知，先将贾杨二人密谋，奏达元帝。元帝尚有疑意，待二人奏入，果如显言，乃即饬逮二人下狱，使后父王禁与显究治。禁与显复称贾杨隐怀诈伪，更相荐誉，欲得大位，罔上不道，应即加严刑，有诏坐捐之死罪，兴减死一等，髡为城旦。可怜捐之热中富贵，反落得身首异处，兴虽免死，丢去了长安令，做了一个刑徒，求福得祸，何苦为此？可为钻营奔竞者鉴。

越年日食地震，变异相寻。东海郡经生匡衡，方入为给事中，元帝问以地震日食的原因，衡答言天人相感，下作上应，陛下能祗畏天戒，哀悯元元，省靡丽，考制度，近中正，远巧佞，崇至仁，匡失俗，自然大化可成，休征即至云云。元帝因衡奏对称旨，擢为光禄大夫，已而地又震，日又食。自永光二年至四年，迭遭警变。元帝因记起周堪张猛，被贬在外，实是衔冤，乃责问群臣道："汝等前言天变相仍，咎在堪猛，今堪猛外谪数年，何故天变较甚，试问将更咎何人？”群臣无词可答，只好叩首谢罪。元帝因复征拜堪为光禄大夫，领尚书事；猛为大中大夫，兼给事中。堪猛再入朝受职，总道元帝悔悟，此次总可吐气扬眉，哪知朝上尚书，先有四人，统是石显私党。一个就是五鹿充宗，官拜少府，兼尚书令，第二个是中书仆射牢梁，第三第四叫作伊嘉陈顺，并皆典领尚书。堪与四人位置相同，口众我寡，怎能敌得过四奸？再加元帝连年多病，深居简出，堪有要事陈请，反要石显代为奏闻，累得堪不胜郁愤，有口难言。俗语说得好，忧能伤人，况堪已垂老，如何禁受得起？一日忽然病喑，噤不成声，未几即殁。张猛失了师援，越觉孤危，遂被石显谗构，传诏逮系。猛不肯受辱，竟在宫车门前，拔剑自刭。石显未去，师弟何苦复来。显是自己寻死。刘更生闻知堪猛死亡，倍增伤感，特仿楚屈原《离骚经》体，撰成《疾谗救危及世颂》凡八篇，聊寄悲怀。还幸自己命不该绝，未被害死，也好算是蒙泉剥果了。

且说元帝后宫，除王皇后外，要算冯傅两婕妤最为宠幸。傅婕妤系河南温县人，早年丧父，母又改嫁，婕妤流离入都，得事上官太后，善伺意旨，进为才人。上官太后赐给元帝，元帝即位，拜为婕妤。凭着那柔颜丽质，趋承左右，深得主欢，就是宫中女役，亦因她待遇有恩，并皆感激，常饮酒酹地，代祝延厘。好几年生下一女一男，女为平都公主；男名康，永光三年，封为济阳王，傅婕妤得进号昭仪。元帝对她母子两人，非常怜爱，甚至皇后太子，亦所未及。光禄大夫匡衡，曾上书规谏，劝元帝辨明嫡庶，不应得新忘故，移卑逾尊。元帝因令衡为太子太傅，但宠爱傅昭仪母子，仍然如故。傅昭仪外，便是冯婕妤最为得宠。冯婕妤的家世，与傅昭仪贵贱不同，乃父就是光禄大夫冯奉世。奉世曾讨平莎车，只因矫诏的嫌疑，未得封侯。见八十三回。元帝初年，始迁官光禄勋。既而陇西羌人，为了护羌校尉辛汤，嗜酒好残，激怒羌众，复致造反。元帝因奉世夙谙兵法，特使为右将军，领兵出击。丞相韦玄成，御史大夫郑弘等，主张屯戍，只肯发兵万人，奉世谓宜出兵六万，方可平羌。元帝初意尚如丞相御史所言，令率万二千人西行，及奉世到了陇西，绘呈地形，再申前议，元帝乃使太常任千秋为奋威将军，领兵六万，前往策应。奉世既得大队人马，果然一鼓破羌，斩首数千级，余羌并皆遁去，陇西复平。奉世班师复命，得受爵关内侯，调任左将军。子野王为左冯翊，父子并登显阶，望重一时。冯婕妤系奉世长女，由元帝纳入后宫，生子名兴，得拜婕妤，受宠与傅昭仪相似。

永光六年，改元建昭。好容易到了冬令，元帝病体已痊，满怀高兴，挈着后宫妃嫱，亲至长杨宫校猎，文武百官，一律从行。既至猎场，元帝在场外高坐，左有傅昭仪，右有冯婕妤，此外如六宫美人，不可胜述。文官远远站立，武官多去猎射，约莫有三五时辰，捕得许多飞禽走兽，俱至御前报功。元帝大悦，传谕嘉奖。到了午后，还是余兴未尽，更至虎圈前面，看视斗兽，傅昭仪冯婕妤等当然随着。那虎圈中的各种野兽，本来是各归各栅，不相连合，一经汇集，种类不同，立即咆哮跳跃，互相蛮触。正在爪牙杂沓，迷眩众目的时候，忽有一个野熊，跃出虎圈，竟向御座前奔来。御座外面，有槛拦住，熊把前两爪攀住槛上，意欲耸身跳入。吓得御座旁边的妃嫔媵嫱，魂魄飞扬，争相后面窜逸。傅昭仪亦逃命要紧，飞动金莲，乱曳翠裾，半倾半跌的跑往他处。只有冯婕妤并不慌忙，反且挺身向前，当熊立住。却是奇突！元帝不觉大惊，正要呼她奔避，却值武士趋近，各持兵器，把熊格死。冯婕妤花容如旧，徐步引退，元帝顾问道：“猛兽前来，人皆惊避，汝为何反向前立住？”冯婕妤答道：“妾闻猛兽攫人，得人便止。意恐熊至御座，侵犯陛下，故情愿拼生当熊，免得陛下受惊。”元帝听了，

赞叹不已。此时傅昭仪等已经返身趋集，听着冯婕妤的答议，多半惊服。只有傅昭仪不免怀惭，由愧生妒，遂与冯婕妤有嫌。妇女性情，往往如此。冯婕妤怎能知晓，侍辇还宫。元帝就拜冯婕妤为昭仪，封婕妤子兴为信都王。昭仪名位，乃是元帝新设，比皇后仅差一级，前只有一傅昭仪，至此复有冯昭仪，位均势敌，差不多如避面尹邢，两不相下了。尹邢为武帝时婕妤，事见前文。

中书令石显，见冯昭仪方经得宠，冯奉世父子，又并列公卿，便拟倚势献谀。特将野王弟冯逡，代为揄扬，荐入帷幄。逡已为谒者，由元帝即日召见，欲将他擢为侍中。偏逡见了元帝，极言石显专权误国，触动元帝怒意，斥令退去，反将他降为郎官。石显闻知，当然快意，但与冯氏亦从此有仇，把从前援引的意思，变作挤排。

当时有一郎官京房，通经致用，屡蒙召问。房本与五鹿充宗，同为顿丘人氏，又同学易经，惟充宗师事梁邱贺，房师事焦延寿，师说不同，讲解互异。且充宗阿附石显，尤为房所嫉视，尝欲乘间进言，锄去邪党。一日由元帝召语经学，旁及史事，房遂问元帝道：“周朝的幽厉两王，陛下可知他危亡的原因否？”元帝道：“任用奸佞，所以危亡。”房又问道：“幽厉何故好用奸佞？”元帝道：“他误视奸佞为贤人，因此任用。”房复道：“如今何故知他不贤？”元帝道：“若非不贤，何至危乱？”房便进说道：“照此看来，用贤必治，用不贤便乱。幽厉何不别求贤人，乃专任不贤，自甘危乱呢？”元帝笑道：“乱世人主，往往用人不明。否则自古到今，有什么危亡主子哩？”房说道：“齐桓公与秦二世，也尝讥笑幽厉，偏一用竖刁，一信赵高，终致国家大乱，彼何不将幽厉为戒，早自觉悟呢？”已是明斥石显。元帝道：“这非明主不能见及，齐桓秦二世，原不得算做明君。”房见元帝尚是泛谈，未曾晓悟。当即免冠叩首道：“春秋二百四十年间，迭书灾异，原是垂戒将来。今陛下嗣位数年，天变人异，与春秋相似，究竟今日为治为乱？”元帝道：“今日也是极乱呢！”房直说道：“现在果任用何人？”元帝道：“我想现今任事诸人，当不致如乱世的不贤。”房又道：“后世视今，也如今世视古，还求陛下三思！”元帝沉吟半晌道：“今日有何人足以致乱？”房答道：“陛下圣明，应自知晓。”元帝道：“我实不知，已知何为复用。”房欲说不敢，不说又不忍，只得说是陛下平日最所亲信，与参秘议的近臣，不可不察。元帝方接口道：“我知道了！”房乃起身退出，满望元帝从此省悟，驱逐石显诸人。哪知石显等毫不摇动，反将房徙为魏郡太守。房自知为石显等所忌，隐怀忧惧，但乞请毋属刺史，仍得乘传奏事，元帝倒也允许，房只得出都自去。

才阅月余，便由都中发出缇骑，逮房下狱。案情为房妇翁张博所牵连，因致得罪。博系淮阳王刘钦舅，钦即元帝庶兄。尝从房学《易》，以女妻房。房每经召对，退必与博具述本末。博儇（xuān）巧无行，便将宫中隐情，转报淮阳王钦，且言朝无贤臣，灾异屡见，天子已有意求贤，请王自求入朝，辅助主上等语。钦竟为所惑，为博代偿债负二百万，博又报书敦促，诈言已贿托石显，从中说妥，费去黄金五百斤，钦复如数赍给。不料为石显所闻，当即讦发，博兄弟三人，并皆系狱，连京房亦被株连，系入都中定罪，案情为翁婿通谋，诽谤政治，诖误诸侯王，狡猾不道，一并弃市。房原姓李氏，推易得数，改姓为京。前从焦延寿学《易》，延寿尝谓京生虽传我道，后必亡身，及是果验。御史大夫郑弘，与房友善，房前为元帝述幽厉事，曾出告郑弘，弘亦深表赞成。所以房弃市后，弘连坐免官，黜为庶人，

进任匡衡为御史大夫。惟淮阳王钦，不过传诏诘责，由钦上表谢罪，幸得无恙。

接连又兴起一场冤狱，也是石显一手做成。坐罪的是御史中丞陈咸，与槐里令朱云。咸字子康，为前御史大夫陈万年子。万年好交结权贵，独咸与乃父不同，十八岁入补郎官，便是抗直敢言。万年恐他招祸，往往夜半与语，教他宽厚和平。咸在床前立着，听了多时，全与已意不合，但又不便反抗，索性置若罔闻，朦胧睡去。一个打盹，把头触着屏风，竟致震响，万年不禁怒起，起床取杖，意欲挞咸。咸方惊醒跪叩道："儿已备聆严训，无非教儿谄媚罢了！"原是一言可蔽。这语说出，累得万年无词可驳，也只得将咸喝退，上床就寝，不复与言。未几万年病死，咸刚直如前，元帝却重他才能，累迁至御史中丞。还有萧望之门生朱云，与咸气谊相投，结为好友，两人有时晤谈，辄诋斥石显诸人，不遗余力。可巧显党五鹿充宗，开会讲经，仗着权阉势力，无人敢抗，独朱云摄衣趋入，与充宗互相辩论，驳得充宗垂头丧气，怅然退去。都人士有歌谣云："五鹿岳岳，朱云折其角。"嗣是云名遂盛，连元帝也有所闻，特别召见，拜为博士，旋出任杜陵令，辗转调充槐里令。云因石显用事，丞相韦玄成等，依阿取容，不如先劾玄成，然后再弹石显，于是拜本进去，具言韦玄成怯懦无能，不胜相位。看官试想，区区县令，怎能扳得倒当朝宰相，徒被玄成闻知，结下冤仇。会云因事杀人，被人告讦，谓云妄杀无辜，元帝因问韦玄成。玄成正怨恨朱云，便答言云政多暴，毫无善状。凑巧陈咸在旁，得闻此言，不由的替云着急，慌忙还家，写成一封密书，通报朱云。云当然惊惶，复书托咸，代为设法。咸即替云拟就奏稿，寄将过去，教云依稿缮成，即日呈进，请交御史中丞查办。计实未善。云如言办理，偏被五鹿充宗看见奏章，欲报前日被驳的羞辱，当即告知石显，批交丞相究治。陈咸见计划不成，又复通告朱云，云便逃入都门，与咸面商救急的计策。越弄越错。丞相韦玄成，派吏查讯朱云，不见下落，再差人探听消息，知云在陈咸家中，当下劾咸漏泄禁中言语，并且隐匿罪人，应一并捕治，下狱论罪。

元帝准奏，饬廷尉拘捕二人，二人无从奔避，尽被拿住，入狱拷讯。咸不肯直供，受了好几次搒掠，困惫不堪，自思受伤已重，死在眼前，忍不住呻吟悲楚。忽有狱卒走报，谓有医生入视，咸即令召入，举目一瞧，并不是什么良医，乃是好友朱博。当下视同骨肉，即欲向他诉苦，博忙举手示意，佯与诊视病状，使狱卒往取茶水，然后问明咸犯罪略情，至狱卒将茶水取至，当即截住私谈，珍重而别。博字子元，杜陵人氏，慷慨好义，乐与人交，历任县吏郡曹，复为京兆府督邮。自闻咸得罪下狱，即移名改姓，潜至廷尉府中，探听消息。一面买嘱狱卒，假称医生，亲向狱中询问明白，然后求见廷尉，为咸作证，言咸冤屈受诬。廷尉不信，笞博数百，博终咬定前词，极口呼冤。好在韦玄成得了一病，缠绵床褥，也愿放宽咸案，咸才得免死，髡为城旦。朱云也得出狱，削职为民。但非朱博热心救友，恐尚未易解决，这才可称得患难之交呢！小子有诗赞道：

临危才见旧交情，仗义施仁且热诚。
谁似朱君高气节，救人狱底得全生。

越年，韦玄成病死，后任丞相，当然有人接替。欲知姓名，试看下回便知。

冯婕妤之当熊，绰有父风，彼虽一娉婷弱质，独能奋身不顾，拚死直前，殆与乃父之袭取莎车，同一识力。彼傅昭仪辈，宁能得此。然傅昭仪因是衔嫌，而冯婕妤卒为所倾，天胡不吊。反使妒功忌能者之得逞其奸，是正足令人太息矣！不宁唯是，天下之为主效忠者，往往为小人所构陷。试观元帝一朝，二竖擅权，正人义士，多被摧锄，除贾捐之死不足惜外，何一非埋冤地下。陈咸之不死，赖有良朋，否则石显韦玄成，朋比相倾，几何不流血市曹也。宣圣有言，女子与小人为难养，诚哉其然！

第九十回

斩郅支陈汤立奇功　嫁匈奴王嫱留遗恨

却说韦玄成死后，御史大夫匡衡，循例升任，另用繁延寿为御史大夫。匡衡虽尚正直，但见石显权势巩固，也不敢与他反对，只得顺风鼓锣，做一个好好先生。石显有姊，欲与郎中甘延寿为妻，偏延寿看轻石显，不愿与婚，婉言谢绝。却有特识。显便即衔恨。建昭三年，甘延寿为西域都护骑都尉，与副校尉陈汤，同出西域，袭斩郅支单于，传首长安。朝臣多为甘陈请封，独石显联同匡衡，合词劝阻，舆论遂不直匡衡。

究竟甘陈二人，何故袭斩郅支？说来却有一种原因。郅支单于，徙居坚昆，怨汉拥护呼韩邪，不肯助己，拘辱汉使江迺始等，遣使求还侍子驹于利受。见八十六、八十七回。元帝许令回国，特遣卫司马谷吉送往，吉被郅支杀死。郅支自知负汉，又闻呼韩邪渐强，恐遭袭击。正想再徙他处，适康居国遣使迎郅支，欲令合兵，共取乌孙，郅支乐得应允，便引兵西往康居。康居王将己女嫁与郅支，郅支也将己女嫁与康居王，互相翁婿，也是罕闻。彼此结为婚姻，联兵往攻乌孙。直至赤谷城下，赤谷城为乌孙都，见前文。掠得许多人畜，方才还师。乌孙不敢追击，且将西近康居的地方，弃作荒地，所有旧时居民，一律东徙，免得遭殃。郅支恃胜生骄，即蔑视康居，凌虐康居王女。康居王女不肯服气，惹动郅支怒意，竟拔刀将她砍死。自至都赖水滨，役民筑城，民或少怠，便截斩手足，投入水中。二年余才得毕工，郅支入城居住，据险自固。屡遣使分往大宛诸国，征求岁贡。大宛国怕他强暴，不敢不依。汉廷尚以为谷吉未死，派使探问，才知吉被杀死。再使人索还尸骸，郅支不与，反将汉使羁住，佯求西域都护，自言僻居困厄，情愿归附大汉，遣子入侍。其实是设词相诳，意在缓兵。凶狡已极！西域都护郑吉，已老病归休，元帝乃特简甘延寿陈汤两人，出镇乌垒城。

延寿字君况,北地郅郁人。汤字子公,山阳瑕邱人。延寿素善骑射,向以武力著名;汤却是文士出身,不拘小节,专好奇谋。既与延寿同至西域,所过山川城邑,无不注意。当下与延寿商议道:“夷狄畏服大国,本性使然。前时西域,尝服属匈奴。今郅支单于迁移至此,自恃国威,侵陵乌孙大宛,并为康居划策,谋吞二国。若乌孙大宛,果被并吞,势必北攻伊列,西取安息,南击月氏,不出数年,西域诸国,且尽为所有了!且郅支骠悍善战,此时不图,必为西域大患,最好是先发制人,尽发屯田吏士,驱从乌孙部众,直指彼城。彼守备未坚,容易攻入,乘此斩郅支首,上献朝廷,岂不是千载一时的大功么?”延寿也以为然,惟欲先奏后行。汤又劝阻道:“朝廷公卿,怎知远谋?如欲奏闻,必不见从。”延寿终以为不便专擅,未肯遽行。正思上书奏请,忽然得病,只好搁置一旁,从事医治。

约过了好几日,病治少瘥,忽闻外面人声马嘶,陆续不绝,忍不住跳落床下,向外查问,但见陈汤检阅兵马,前后来列,差不多有数万人,便喝声道:“众兵到此,意欲何为!”汤毫不敛缩,反按剑相叱道:“大众齐集,往讨郅支,竖子尚敢阻众么!”敢作敢言。说得延寿瞠目伸舌,不敢异议。及询明实情,才知汤乘着己病,矫制调来。那时箭在弦上,不得不发,只得与汤部勒兵士,分作六队,即日起行。三队从南道逾葱岭,由大宛绕往康居,延寿与汤自率三队,从北道过乌孙国都,入康居境。行至阗池西面,适值康居副王抱阗,领数千骑,侵赤谷城,掳得人畜回来,被汤麾兵截杀一阵,夺还人口四百七十人,交付乌孙大昆弥,牲畜留给军食。再西行入康居界,访闻康居贵人屠墨,与郅支不协,因使人召他至军,晓示祸福,屠墨自愿乞和。汤即与歃血为盟,遣令还抚部众,毋得抗汉,一面沿途揭示,不犯秋毫。途中复得屠墨从子开牟,使为向导,直向郅支居城进发。距城约三十里,扎定营盘。

可巧郅支差人到来,诘问汉兵何故到此?陈汤出应道:“汝单于上书归汉,愿遣侍子,故我朝特发兵相迎,因恐惊动左右,未便遽至城下,请单于送交妻孥,我等即当东归。”将计就计。使人返报郅支,郅支本为缓兵起见,设词诳汉。不意弄假成真,惹引汉兵入境,难道真个割舍妻子,送交汉营?当下再遣使诱约,但言行装未备,须宽限时期。汤只准宽限三两日,限满又去催促,郅支只管延宕。两下里使节往来,约有数次,汤忽然作色，怒对来使道："我等为单于远来，劳兵縻饷，今到此多日，未见一名王贵人，来报实信，为何单于慢客至此？我等粮食将尽，人马困乏，再若延挨，势且不得生还，敢请单于速定筹划，毋得误我！"仍是以假应假。来使自依言回报，郅支虽亦知汉将诈谋，惟远来粮少，想是真情，但教谨守不理。汉兵无粮，不去何待？当下号令人马，分头拒守。城上悬着五彩旗帜，令数百人戴盔披甲，登陴序立。再用壮士百余人，夹门立阵，门下使游骑百余，往来巡逻。

布置甫定，见汉兵已鼓噪前来，百余游骑，却也不管好歹，就纵马来突汉兵，汉兵早已防着，张弓迭射，箭如雨注，得将胡骑射退。汉兵从后追击，遥见城上胡兵，拍手相招道："能斗即来！"汉兵毫不怯惧，纷纷薄城，用箭仰射，飞上城头。城上守兵，退落城下，城门内外的壮士，亦皆敛入，把门关住。汉兵四面围城。城有两重，外用木城，内用土城，木城有隙，里面胡兵，射箭出来，伤毙汉兵数人。延寿与汤，愤不可遏，命兵士纵火烧城，木城遇火，立即延燃。胡兵抵御不住，多半逃入内城，只有数百锐骑，出外拦阻，统被汉兵射死。汉兵前拥刀牌，后持弩戟，一齐扑入木城，扫尽

胡兵，然后再攻土城。郅支单于见汉兵势盛，意欲出走，转思汉兵经过康居，未闻开仗，定是康居挟嫌助汉，任令通道，且汉兵阵内，夹入西域各国兵马，眼见西域诸王，亦皆为汉效力，就使得脱重围，也是无路可奔。因此决计死守，兵马不足，连宫人亦驱登城楼，自己全身披挂，上城指挥。大小阏氏，约数十人，有几个颇能射箭，也弯着强弓，俯射汉兵。汉兵用楯为蔽，觑着空隙，还射上去，弓弦迭响，射倒大小阏氏数人。可谓直中红心。有一箭不偏不倚，正中郅支鼻上，郅支忍痛不住，退入城中。宫人越觉胆怯，自然随下。

汉兵方思缘梯登城，突闻康居发兵万余，来救郅支，王女已经被杀，想是郅支女得宠康居，故以德报怨。延寿与汤，不得不暂缓扑城。时又天暮，且守住营寨，防备康居兵冲突。陈汤复想出一法，暗遣裨将带领偏师，悄悄的抄至康居兵后，举火为号，以便夹击。裨将奉命，乘夜行兵，无人窥悉。康居兵但顾前面，与城中人遥相呼应，喊声四震，奋突汉营。汉营坚壁勿动，待至逼近，方用硬箭射去，济以长枪大戟，迎头痛刺，任他康居兵如何强悍，也觉无孔可钻，一夜间驰突数次，俱被击却。看看天色微明，康居兵已皆疲倦，不意汉营中鼓声忽起，领兵杀出。康居兵急忙退后，回头一望，更不得了，但见火光四迸，烟焰中拥出许多汉兵，截住去路。吓得康居兵进退失据，被汉兵夹击一阵，好与斫瓜切菜相似，万余骑死了八九千，单剩得一二千人，抱头窜去。延寿与汤，既杀败康居兵马，乘势攻扑内城，四面架梯，冒险乘陴，顿将内城捣破。郅支挈同男女百余人，逃入宫中，汉兵纵火焚宫，阖宫大骇。郅支硬着头皮，拚命出战，怎禁得汉兵拥入，团团围住，一着失手，便被斫倒。军侯杜勋，抢前一步，枭了郅支首级，携去报功。诸将士陆续入宫，杀毙阏氏太子名王以下千五百人，生擒番目百四十五人，收降胡兵千余人，搜得汉使节二柄，并前时谷吉所赍诏书。此外金帛牲畜等件，悉数搬取，由甘延寿陈汤两主将，酌量分给，除赏赐部众，遍及各国随征兵士，全体腾欢。

先是延寿与汤，矫诏发兵，已经上书自劾，至阵斩郅支，复将首级献入长安，请悬诸藁街，威示蛮夷。藁街系长安市名，蛮夷使馆，尽在此处，故有是请。石显闻得延寿功成，大为拂意，先使丞相匡衡奏请，时当春令，应掩骸埋胔，不宜悬示虏首。偏车骑将军许嘉，右将军王商，谓春秋夹谷一会，齐优戏侮鲁君，孔子即令将优施处斩，盛夏施刑，首足两分，异门取出。今郅支逆命，幸得受诛，正宜悬示十日，方可埋葬。有诏从两将军议。匡衡见不从己奏，再与石显密商，同劾甘延寿陈汤，矫制兴兵，功难抵罪；且陈汤私取财物，应即查办。元帝乃令司隶校尉，飞饬塞上官吏，按验陈汤吏士。汤上书自讼，略言臣与吏士共诛郅支，万里还朝，应有使臣迎劳道路。今闻司隶校尉，反令地方官按验，是为郅支报仇，令臣不解。元帝得书，乃收回成命，令沿途县吏，具备酒食，供给西征回来的军士；及全师凯旋，论功行赏。石显匡衡，复先后上奏，谓延寿汤擅自兴兵，幸得不诛，若复加爵士，将来有人出使，各欲乘危侥幸，生事蛮夷，此风断不可开，免得国家贻患等语。元帝以甘陈有功，意欲加封，只因石显匡衡，是内外重臣，却也未便违议。踌躇累日，历久未决。此时刘更生已改名为向，请封甘陈两人，大致说是：

郅支单于，囚杀使者，伤威毁重，群臣皆闵焉。陛下赫然欲诛之意，未尝有忘。西域都护延寿，副校尉汤，承圣旨，倚神灵，总百蛮之君，集城郭之兵，出百死，入绝域，遂陷康居，屠重城，斩郅支之首，扫谷吉之耻，勋莫大焉！臣闻论大功者，不录小过，举大美者，不疵细瑕。宜以时除过勿治，尊宠爵位，以劝有功，则国家幸甚！

这书呈入，元帝有词可借，方封延寿为义成侯，官长水校尉；赐汤爵关内侯，官射声校尉。一面告祠郊庙，大赦天下，群臣置酒上寿，庆赏了好几天。有故建平侯杜延年子杜钦，乘机上书，追述冯奉世前破莎车功绩，与甘陈相同，亦宜补封侯爵，不没功臣。前也为冯昭仪献谀。元帝因奉世已殁，且破灭莎车，乃是先帝时事，不便重翻旧案，因将钦议搁起不提。会御史大夫繁延寿又殁，朝臣多举荐大鸿胪冯野王，称他行能第一。野王系奉世子，由左冯翊入任大鸿胪。石显既与冯氏有嫌，自然仇视野王，当即入语元帝道："现在九卿中，原无过野王，可惜野王系冯昭仪亲兄，臣恐天下后世，还疑陛下偏私，专用后宫亲属呢！"巧言如簧，令人不觉。元帝闻言，不禁点首，遂别任太子少傅张谭，为御史大夫。奉世不得追封，当亦由石显作梗。

石显专以狡黠取宠，此次排挤野王，令元帝自然中计，他尚恐为人所斥，特向元帝密奏道："宫中有所征发，不论早晚，若夜间宫门早闭，不及呈入,请陛下准令开门。”元帝不知有诈,便即照允。显既邀允准,往往黄夜出取物件,故意延挨,待至宫门已闭,即传诏开门,几成惯例,果然有人劾奏石显矫诏开门。元帝付诸一笑,将原书取示石显,显忙跪下泣陈道:“陛下过宠小臣,特加重任,群下无不忌嫉,争谋陷害,幸赖陛下圣明,不予严谴。此后愿仍归旧职,专备后宫扫除,免得他人侧目,臣死亦无遗恨了!”元帝听说,总道显所言非诬,格外垂怜,好言抚慰,并给厚赏。后来遇有劾显诸奏,概置不理,显越得专宠,毫无忌惮。牢梁、五鹿充宗等,倚显为援,固宠希荣。都人交口作歌道:“牢耶,石耶!五鹿客耶!印何累累!绶何若若!”歌虽如此,传不到元帝耳中,所以元帝一朝,石显等安然无恙。事且慢表。

且说建昭五年以后,复改元竟宁。竟宁元年,呼韩邪单于,自请入朝,奏诏批准,遂自塞外启行,直抵长安。他因郅支受诛,且喜且惧,所以此次朝见,面乞和亲,愿为汉婿,元帝也欲羁縻呼韩邪,慨然允诺。待至呼韩邪退朝,暗想前代曾有和亲故事,辄取宗室子女,充作公主,出嫁单于。今呼韩邪已经投降,迥非昔比,但将后宫女子,未曾召幸,随便选择一人,嫁与呼韩邪,便可了事。主见已定,即命左右取入宫女图,展览一周,任意提起御笔,点选一人,命有司代办妆奁,拣选吉日,将御笔点出的宫女,送交呼韩邪客邸,赐与完婚。待至吉期已届,那宫女装束停当,至御座前辞行。元帝不瞧犹可,瞧了一眼,竟是一个芳容绝代的丽姝,云鬟低翠,粉颊绯红,体态身材,无不合度,最可怜的是两道黛眉,浅颦微蹙,似乎有含羞嗔怨的模样。及见她柳腰轻折,拜倒座下,轻轻的啭着娇喉道:“臣女王嫱见驾。”芳名由她自呼,转觉得旖旎动人。元帝忍不住问道:“汝从何时入宫?”王嫱具述年月。元帝一想,该女入宫有年,为何并未见过?可惜如此美貌,反让与外夷享受,真正错极。本欲将她留住,又恐失信外人,且被臣民訾议,谤我好色,愈觉不妙。没奈何镇定心神,嘱咐数语,待她起身出去,拂袖入宫。再去查阅宫女图,十分中仅得两三分,还是草草描成,毫无生气。嗣又把已经召幸的宫人,比较一番,觉得画工精美,比本人要胜过几分,不由的大怒道:“可恨画工,故意毁损丽容。若非作弊,定有他因!”当即传饬有司,查究画工为谁?有司遵将长安画工,一律传讯,当场查出,乃是杜陵人毛延寿,曾绘王嫱面貌,索贿不获,故意把花容玉貌,绘做泥塑木雕一般。案既审定，延寿欺君不道，谳成死刑。惟王嫱身世，应该略叙。

嫱字昭君，系南郡秭归人王穰女，当时被选入宫，例须先经画工摹绘，然后呈上御览，准备召幸。延寿本著名画家，写生最肖。只是生性贪鄙，屡向宫女索贿，宫女巴不得入宫见宠，大都倾囊相赠，延寿就从笔底上添出丰韵，能使易丑为妍。只有王昭君貌本天成，不烦藻彩，她又生性奇傲，未肯无故费钱，因此毛延寿有心毁损，特将她易妍为丑，借泄私忿。元帝但凭画图选幸，怎知宫中有如此美人？到了昭君见面，才觉追悔，因将毛延寿处斩。延寿原是该死，只昭君自悲命薄，嫁了一个老番王，无可奈何，由他取乐。呼韩邪单于当然心欢，并向元帝上书，愿代为保塞，免得中国劳师。廷臣皆以为可行，惟郎中侯应，熟习边事，力言北塞边防，万不可撤。反复指陈利害，说得元帝憬然省悟，遂令车骑将军许嘉，传谕呼韩邪单于，略言中国边防，并非专御外患，实恐盗贼出塞，寇掠外人，单于虽怀好意，但尚有窒碍，不能遽从。呼韩邪单于乃愿罢前议，入朝辞行。带了王嫱出塞，号为宁胡阏氏。岁余生下一男，叫作伊屠牙斯。后来呼韩邪单

于病死，长子雕陶莫皋嗣立，号为复株纍同累。若鞮单于，见昭君华色未衰，复占为妻室。一介女流，怎能反抗，况且胡俗得妻后母，乃是向来老例，昭君也只好降尊从俗，得过且过。旋复生了二女，长女为须卜居次，次女为当于居次。须卜当于皆夫家氏族，居次注见前。昭君竟老死塞外，墓上草色独青，与他处黄草不同，当时呼为青冢。后人因她红粉飘零，远入夷狄，特为谱入乐府，名《昭君怨》。或说她跨马出塞，马上自弹琵琶，创成此调，如泣如诉，后来不从胡礼，服毒自尽。这都是为色生怜，凭空臆造，证诸史传，便可知是虚诬了。小子有诗叹道：

娄敬和亲号罪魁，宫妆辱没剧堪哀。

如何番虏投诚日，尚使红颜出塞来？

元帝既遣归呼韩邪，尚是纪念王昭君，愁绪无聊，恹恹成疾，便要从此归天了，欲知详情，下文再当细表。

郅支单于，杀辱汉使，理应声罪致讨，上伸国威。元帝不使甘延寿陈汤，进讨郅支，其庸弱已可见一斑。汤为副校尉，名位不逮甘延寿，独能奋威雪耻，袭斩郅支，虽曰矫制，功莫大焉。况律以《春秋》之义，更觉无罪可言。匡衡号为经儒，乃甘媚权阉，妒功忌能，读圣贤书，顾如是乎？郅支既死，呼韩邪二次请朝，此时匈奴衰弱，何必再袭娄敬和亲之下计？直言拒绝，亦属无伤，仍给以宫女王嫱，徒使绝代丽姝，终沦异域，嗟何及欤！或谓元帝不贪女色，示信外夷，犹有君人之度，讵知王道不外人情，一夫不获，时予之辜，何忍摧残红粉，辱没蛮夷！如果见色不贪，尽可使之出嫁才郎，谐成嘉耦。天子且不能庇一美人，谓非庸弱得乎？“一去紫台连朔漠，独留青冢向黄昏。”读杜少陵诗，窃为之感慨不置云。

第九十一回

赖直谏太子得承基　宠正宫词臣同抗议

却说元帝寝疾，逐日加剧，屡因尚书入省，问及景帝立胶东王故事，即汉武帝。尚书等并知帝意，应对时多半支吾。原来元帝有三男，最钟爱的是定陶王康，系傅昭仪所出，见前文。初封济阳，徙封山阳及定陶。康有技能，尤娴音律，与元帝才艺相同。元帝能自制乐谱，创成新声，尝在殿下摆着鼙鼓，自用铜丸连掷鼓上，声皆中节，与在鼓旁直击相同，他人都不能及。独康亦擅此技，有乃父风，元帝赞不绝口，常与左右谈及。驸马都尉史丹，系前大司马史高长子，随驾出入，日侍左右，闻元帝称美定陶王，便向前直陈道："陛下尝谓定陶王多材，臣愚以为材具称长，莫如聪敏好学的皇太子；若徒以丝竹鼓鼙为能，是黄门鼓吹郎陈惠李微，高出匡衡，何妨使为丞相哩！"元帝听了，也不禁失笑。

已而中山王竟，得病遽殇。竟系元帝少弟，元帝初元二年，方授王封，年幼未能就国，留居都中，与太子骜同学，颇相亲爱。中山王殁，元帝挈着太子同往吊丧，抚棺流涕，悲不自禁，独太子骜并无戚容，元帝怒说道："天下有临丧不哀，可以仰承宗庙，为民父母么？"说着，旁顾左右，见史丹在侧，便诘问道："汝言太子多材，今果何如！"丹忙中有智，即免冠叩谢道："臣见陛下悲哀过甚，因戒太子不再涕泣，免增陛下感伤，臣罪当死！"既为太子辩护，又为自己表忠，好一个伶俐口才。元帝被他瞒过，怒气自平。到了元帝寝疾的时候，定陶王康，与生母傅昭仪，朝夕入侍。傅昭仪狡黠过人，凭着那灵心慧舌，哄动元帝，改易太子，好把亲子补充储位。元帝颇为所惑，因欲援胶东王故例，讽示尚书。史丹又有所闻，探得傅昭仪母子，不在寝宫，竟大胆趋入，跪伏青蒲上面，尽管叩头。青蒲是青色画地，接近御床，向例只有皇后可登青蒲。史丹急不暇顾，又自恃为元

帝近臣，不妨犯规强谏，元帝闻他叩头有声，开眼瞧着，见是史丹，乃惊问何因。丹涕泣陈词道："太子位居嫡长，册立有年，天下莫不归心，今乃道路流言，传说太子不免动摇，如陛下果有此意，满朝公卿，必然死争，臣愿先自请死，为群臣倡！"保全嫡嗣，不失守经之义。元帝素信丹言，且知太子不应轻易，才喟然长叹道："我本无此意，常念皇后勤慎，先帝又素爱太子，我怎好有违？现在我病日加重，恐将不起，愿汝等善辅太子，毋违我意！"丹乃欷歔起立，退出寝门。

又过数日，元帝驾崩，享年四十有二。在位十有六年，凡改元四次。太子骜安然即位，是谓成帝。当时太皇太后上官氏早殁，皇太后王氏尚存，因尊皇太后王氏为太皇太后，母后王氏为皇太后，封母舅阳平侯王凤为大司马大将军，领尚书事。是王氏揽权之始。奉葬先帝梓宫于渭陵，庙号孝元皇帝。越年改元建始，却有一件黜奸大计，足快人心。原来成帝居丧，朝政俱委任王凤，凤素闻石显奸刁，因即奏请成帝，徙显为长信太仆，夺去重权。丞相匡衡，御史大夫张谭，前曾阿附石显，此次见显失势，竟劾显种种罪恶，并及显党五鹿充宗等人。于是褫免显官，勒令回籍。显怏怏就道，病死途中。得全首领，大是幸事。少府五鹿充宗，被谪为玄菟太守，御史中丞伊嘉，也贬为雁门都尉，牢梁陈顺，一并罢免，舆论称快。又有歌谣传闻道："伊徙雁，鹿徙菟，去牢与陈实无价！"

惟匡衡张谭，既将石显等劾去，总道前愆可盖，从此无忧，谁知恼动了一位直臣王尊，竟奏入一本，直言丞相御史，前知石显奸恶，并未纠弹，反与党合。今显罪已露，乃取巧弹奸，失大臣体，应该论罪！是极。成帝看了此奏，也知衡谭有过，但甫经即位，未便遽斥三公，因将原奏搁置不理。衡得知此信，慌忙上书谢罪，乞请骸骨，缴上丞相乐安侯印绶。成帝下诏慰留，仍将印绶赐还，并贬王尊为高陵令，顾全匡衡面子。衡始照旧行事，但朝臣多是尊非衡，为尊扼腕。尊系涿郡高阳人，幼年丧父，依伯叔为生，伯叔家况亦贫，嘱使牧羊，尊且牧且读，得通文字。嗣充郡中小吏，迁补书佐，郡守嘉他才能，特为保荐，尊遂以直言充选，擢为虢县令。辗转迁调，受任益州刺史。莅郡以后，尝出巡属邑，行至邛崃山，山前有九折阪，不易往来。从前王阳尝出刺益州，王阳即王吉。至九折阪前，慨然长叹道："我承先人遗体，须当全受全归，为何屡经出险呢？"当下辞官自去，及尊过九折阪，记起王阳遗事，独使车夫疾驱向前，且行且语道："这不是王阳的畏途么？王阳为孝子，王尊为忠臣，各行其志便了。"尊在任二年，又奉调为东平相。东平王刘宇，系元帝兄弟，少年骄纵，不奉法度。元帝知尊忠直敢为，特将他迁调过去，尊犯颜进谏，不畏豪威，宇好微行，尊即嘱令厩长，不准为宇驾马。宇亦无可如何，惟心中很是不悦。一日尊入庭谒宇，宇虽与有嫌，不得不延令就坐。尊亦窥透宇意，向宇进说道："尊奉诏来相大王，故人皆为尊作吊，尊闻大王素有勇名，也觉自危，今就职有日，不见大王勇威，不过自恃贵宠，才知大王无勇，如尊方算得真勇呢！"突兀得很。宇听了尊言，不禁变色，意欲把尊格杀，又恐得罪朝廷，眉头一皱，计上心来，因复强颜与语道："相君既自称有勇，腰下佩刀，定非常器，何妨与我一看？"尊注视宇面，屡次色变，料他不怀好意，但呼宇左右侍臣道："汝可为我拔刀，呈示大王！"说着，两手高举，听令侍臣拔刀，一面正色语宇道："大王毕竟无勇，乃欲设计陷尊，说尊拔刀向王，架诬罪名么？"真是急智。宇被尊说破隐情，暗暗怀惭，又久闻尊有直声，更致屈服。乃命左右特具酒席，邀令与宴，尽欢而散。无如宇母公孙婕妤，平生只有此子，很是宠爱，此时得为东平太后，见尊监视甚严，令子抱屈，不由的懊怒异常，妇人溺爱煞是可恨！当即上书朝廷，劾尊倨傲不臣，妾母子事事受制，恐遭逼死等语。元帝览奏，见她情词迫切，不得不令尊免官。及成帝即位，大司马大将军王凤，素慕尊名，因召为军中司马，奏补司隶校尉。偏后因劾奏匡衡张谭，仍然坐贬。尊到官数月，不愿久任，即托病告归。

王凤也知尊负屈，究因事关丞相，未便左袒，只好听尊乞休，徐图召用。惟成帝待遇母党，格外从优，既使大将军王凤秉政，复封母舅王崇为安成侯，王谭、王商、王立、王根、王逢时，皆赐爵关内侯。凤与崇俱系太后同母弟，故凤先封侯，崇亦继封，各得食邑万户。王谭以下，统是太后庶弟，所以受封较轻。但数人并无功勋，只为了母后兄弟，都受侯封，爵赏未免太滥，廷臣俱不敢多言。可巧夏四月间，黄雾四塞，咫尺不辨，成帝也觉得奇异，有诏问公卿大夫，各谈休咎，毋得隐讳。谏大夫杨兴，及博士驷胜等，并说是阴盛侵阳，故有此变。从前高祖立约，非功臣不得封侯，今太后诸弟，无功并侯，为历朝外戚所未有，应加裁损等语。大将军王凤，得见此奏，当即上书辞职。偏成帝不肯照准，优诏挽留。是年六月，有青蝇飞集未央宫殿，绕满廷臣坐次，八月间又有两月相承，晨现东方；九月间夜现流星，长四五丈，委曲如蛇形，贯入紫宫。种种灾异，内外多归咎王氏，独成帝因母推恩，倚畀如故。还有太后母李氏，已与太后父王禁离婚，改嫁苟氏，见前文。生下一子，取名为参。太后既贵，使王凤等迎还生母，且欲援田蚡故例，封苟参为列侯，不知大体，无非是庸妇浅见。还是成帝稍有见识，谓田蚡受封，实非正当，苟参不应加封，但尚拜参为侍中水衡都尉。此外王氏子弟，除七侯外，无论长幼，悉授官禄，这真叫做因私废公，无益有害了！

且说成帝嗣阼，年方弱冠，正是戒色时候，偏成帝生性好色，在东宫时已喜猎艳图欢。元帝因母后被毒，不得永年，特选车骑将军平恩侯许嘉女儿，为太子妃。许女秀外慧中，博通史事，并善书法，又与成帝年貌相当，惹得成帝意动神摇，好像得了仙女一般，镇日里相亲相爱，相偎相倚，说不尽的千般恩爱，万种温存。反跌下文。元帝令中常侍与黄门郎，前去探问两口儿情意，统回报是欢洽异常，顿使元帝欣慰，顾语左右道：“汝等可酌酒贺我！”左右忙奉觞上寿，齐呼万岁。过了年余，许妃生下一男，阖宫庆贺。哪知兰征方验，玉质遽凋，徒落得一泡幻影，转眼成空。到了成帝登台，眼见这位专宠的许妃，应立为后。惟皇太后王氏，因许妃生儿不育，此外储宫里面，亦未闻有女生男，于是特传诏旨，采选良家女子，入备后宫。前御史大夫杜延年子钦，方为大将军武库令，进白大将军王凤道："古礼一娶九女，无非为承祖广嗣起见，今主上春秋方富，未有嫡嗣，将军何不上采古制，慎择淑女，早备嫔嫱？从来后妃贞淑，必有良嗣，若及今不图，待至储贰无人，另求少艾，将来争宠夺嫡，祸变且百出了！愿将军深思熟虑，毋贻后忧！”王凤闻言，也以为然，乃入告王太后。偏王太后拘守汉制，不愿法古，凤亦未便固争，只好遵循故事罢了。建始二年三月，册立许妃为皇后，专宠如故。

是年夏季大旱，越年秋令，又复霪雨连旬，直至四十余日，尚未放晴。长安人民，忽哄传大水将至，纷纷奔避，你争先，我恐后，老幼妇女，自相蹴踏，甚至伤亡多人。这消息传入宫中，成帝慌忙升殿，召入群臣，商议避水方法。王凤道："如果水势泛滥，陛下可奉两宫太后，乘船暂避，所有宫中后妃，随驾舟行，当可无忧，都中吏民，令他登城避水便了。"语尚未毕，左将军王商接入道：此王商与凤弟同名异人，履历详后。"古时国家无道，水尚不冒城郭，今政治和平，不闻兵革，上下相安，大水为何暴至？这必是民间讹言，断不可信。若再令百姓登城，岂不是更滋扰乱么！”长安地势甚高，原不至为水所湮，但必谓政治和平，愈启成帝骄淫，商亦未免失言。成帝方稍稍放心。商饬吏卒巡视城中，令民毋得妄动，约莫有三五时辰，民情少定，待至日暮，并没有大水到来，才知全城惊动，实为讹言所误。成帝因此重商，屡言商有定识，凤未免惭恨，自悔失言。

说起王商履历，乃是宣帝母舅乐昌侯王武子，王武见前文。武殁后袭爵为侯，居丧甚哀，且自愿推财相让，分给异母兄弟。廷臣因他孝义可风，交章荐举，得进任侍中中郎将。元帝时已迁官右将军，成帝复调任左将军，敬礼有加。不过成帝虽优待王商，究竟是疏不间亲，未及王凤的亲信。就是车骑将军平恩侯许嘉，本兼有两重亲谊，且又辅政有年，嘉系孝宣许皇后从弟，过继平恩侯许广汉，且系成帝后父，故云两重亲谊。偏成帝恐他牵制王凤，特将他大司马车骑将军的印绶，下诏收回。托言将军家重身尊，不宜再累吏职，特赐黄金二百斤，以特进侯就第。汉制凡列侯有功德者，赐号特进，位在三公以下。嘉家居岁余，便即逝世，予谥曰恭。惟许后宠尚未衰，后宫虽有婕妤数人，罕得进见。许后不再生男，只产了一个女儿，又致夭逝。太后与王凤等，屡忧成帝无子，成帝却不以为意，每日退朝，只在中宫食宿，与许后恩好甚深。许后虽非妒妇，但必欲令成帝爱情，移到妃嫔身上，亦所不愿，因此朝朝献媚，夜夜承欢。

建始三年十二月朔，日食如钩，夜间又地震起来，未央宫亦为摇动。成帝亦为不安，翌日下诏，令举直言敢谏之士，问及时政阙失。杜钦及太常丞谷永，同时奏对，并言后宫女宠太专，有碍继嗣。成帝明知他指斥许后，置诸不理。丞相匡衡，曾上疏规讽成帝，请戒妃匹，慎容仪，崇经术，远技能，未见成帝听从。及灾异迭见，复屡乞让位，成帝却优诏不许。会衡子昌为越骑校尉，酒醉杀人，坐罪下狱。越骑官属，与昌弟密谋，拟劫昌出狱，不幸谋泄，为有司所讦奏，有诏从严查办。衡闻信大惊，徒跣入朝，免冠谢罪。成帝尚留余地，谕令照常冠履，衡谢恩趋退。不意司隶校尉王骏等，又劾奏衡封邑逾界，擅盗田地，罪该不道，应罢官定罪。衡坐是褫职，免为庶人，余罪免致究治，还算是成帝的特恩。左将军王商，得代衡职，拜为丞相。少府尹忠为御史大夫。建始四年正月，亳邑陨石有四，肥累陨石有二，成帝命罢中书宦官，特置尚书员五人。汉制尚书有四，至此更增一人。四月孟夏，天复雨雪，诏令直言极谏诸士，诣白虎殿对策。太常丞谷永奏对道：

方今四夷宾服，皆为臣妾，北无薰粥、冒顿之患，南无赵佗、吕嘉之难，三陲晏然，靡有兵革，诸侯大者仆食数县，不得有为，无吴楚、燕梁之势，百官盘亘，亲疏相错，骨肉大臣，有申伯之忠，无重合马何罗弟通，封重合侯。安阳上官桀。博陆霍禹。之乱，三者无毛发之辜，乃欲以政事过差，咎及内外大臣，皆瞽说欺天者也。窃恐陛下舍昭昭之白过，忽天地之明戒，听暗昧之瞽说，归咎于无辜，倚异乎政事，重失天心，不可之大者也。陛下即位，委任遵旧，未有过政，元年正月，白气起东方，四月黄雾四塞，复冒京师，申以大水，著以震蚀，各有占应，相为表里，百官庶士，无所归依，陛下独不怪与？白气起东方，贱人将兴之表也。黄雾冒京师，王道微绝之应也。夫贱人当起，而京师道微，二者甚丑，陛下诚深察愚臣之言，致惧天地之异，长思宗庙之计，改往返过，抗湛溺之意，解偏驳之忧，奋乾纲之威，平天覆之施，使列妾得人人更进，犹尚未足也，急复益纳宜子妇人，毋择好丑，毋论年齿，广求于微贱之间，祈天眷佑，慰释皇太后之忧愠，解谢上帝之谴怒，则继嗣蕃滋，灾异永息矣。疏贱之臣，至敢直陈天意，斥讥帷幄之私，欲离间贵后盛妾，自知忤心逆耳，难免汤镬之诛，然臣苟不言，谁为言之？愿陛下颁示腹心大臣，腹心大臣以为非天意，臣当伏妄言之罪；若以为诚天意也，奈何忘国大本，背天意而从人欲？惟陛下审察熟念，厚为宗庙计，则国家幸甚！

看官阅到此文，应知谷永意中，全然帮着王凤。凤揽权用事，兄弟等并登显爵，已有人议论纷纷，统说天变屡见，实由王氏势盛所致。惟一班对策人士，都未敢明言指斥，不过模模糊糊，说了几句笼统话儿，便算塞责。谷永更趋炎附势，力为王氏洗刷，反嫁祸到许后身上，真是乖刁得很。此外还有武库令杜钦，也与谷永同一论调，果然揣摩得中，两人并列高第。永为首选，钦居第二，永得升官光禄大夫。明明是王凤主选。永字子云，籍隶长安，就是前卫司马谷吉子。吉出使匈奴，为郅支单于所杀，事

见前文。钦字子夏，一目患盲，在家饱学，无心出仕。王凤闻他材名，罗致幕下，同时有郎官杜邺，也字子夏，学成登仕，时人因两杜齐名，不便区别，特号钦为盲杜子夏。钦恨人说病，独改制小冠，游行都市，于是都人改称杜邺为大冠杜子夏，杜钦为小冠杜子夏。钦感王凤提拔，阿附王凤，还有可说；永由阳城侯刘庆忌荐入，庆忌系故宗正刘德孙，袭封阳城侯。也欲倚势求荣，比盲杜且不如了！小子有诗叹道：

大廷对策贵摅诚，岂为权豪独徇情？
谁料书生充走狗，学成两字是逢迎。

王氏未去，弭灾无术，俄而淫霖下降，黄河决口，百姓又吃苦不堪了。欲知河患如何得平，且看下回再表。

元帝三男，惟太子骜为王太后所出，以嫡长论，应立为嗣，有何疑义？况储位固已早定乎？元帝为傅昭仪所惑，几致易储，史丹一再谏诤，义所当然。或谓太子骜若不得立，则王氏之祸，可以不兴，此说似是而实非。元帝不立骜，即立康，康好声色，必致淫荒，傅昭仪亦非易与者，观哀帝时之傅太后，可见一斑。天下事但当凭理做去，祸福安能逆料乎？彼许女之为太子妃，非以色进，太子骜和好无间，亦属伉俪常情，厥后太子即位，许氏为后，乐而不淫，宁致酿灾？乃变异迭闻，史不绝书，如果为戾气所感召，则王氏应难辞咎。杜钦、谷永，不导王凤以谦抑之德，反斥许后之宠爱太专。离间帝后，构成嫌隙，祸水入而火德衰，罪由钦、永两人，宁特阿附权戚也哉！

第九十二回

识番情指日解围　违妇言上书惹祸

却说黄河为害，非自汉始，历代以来，常忧溃决，至汉朝开国后，也溃决了好几次。文帝时河决酸枣，东溃金堤，武帝时河徙顿丘，又决濮阳，元封二年，曾发卒数万人，塞瓠子河，筑宣房宫，后来馆陶县又报河决，分为屯氏河，东北入海，不再堵塞。至元帝永光五年，屯氏河淤塞不通，河流泛滥，所有清河郡属灵县鸣犊口，变作汪洋。时冯昭仪兄冯逡，方为清河都尉，请疏通屯氏河，分铩水力。元帝曾令丞相御史会议，估计用费，不免过巨，竟致因循不行。建昭四年秋月，大雨十余日，河果复决馆陶及东郡金堤，湮没四郡三十二县，田间水深三丈，隳坏官亭庐室四万余所。各郡守飞书上报，御史大夫尹忠，尚说是所误有限，无甚大碍。成帝下诏切责，斥忠不知忧民，将加严谴。忠素来迂阔，见了这道严诏，惶急自尽。成帝亟遣大司农非调，调拨钱谷，赈济灾民，一面截留河南漕船五百艘，徙民避水。既而天晴水涸，民复旧居，乃拟堵塞决口，为毖后计。犍为人王延世，素习河工，由杜钦保荐上去，命为河堤使者，监工筑堤。延世巡视河滨，估量决口，饬用竹篾为络，长四丈，大九围，中贮小石，由两船夹载而下，再用泥石为障，费时三十六日，堤得告成。可巧腊尽春来，成帝乘机改元，号为河平。塞一决口，何必改元？进延世为光禄大夫，赐爵关内侯。

忽由西域都尉段会宗，驰书上奏，报称乌孙小昆弥安犁靡，叛命来攻，请急发兵援应等语。究竟小昆弥何故叛汉，应由小子补叙略情。先是元贵靡为大昆弥，乌就屠为小昆弥，划境自守，彼此相安。元贵靡死，子星靡代为大昆弥，亏得冯夫人持节往抚，星靡虽弱，幸得保全。事见前文。后来传子雌栗靡，被小昆弥末振将遣人刺死。末振将系乌就屠孙，恐被大昆弥并吞，故先行下手，私逞狡谋。汉廷得信，立遣中郎将段会宗，出使乌孙，册立雌栗靡季父伊秩靡为大昆弥，再议发兵往讨末振将。

兵尚未行，伊秩靡已暗使翎侯难栖，诱杀末振将，送归段会宗，使得复命。成帝以末振将虽死，子嗣尚存，终为后患，再令段会宗为西域都尉，嘱发戊己校尉及各国兵马，会讨末振将子嗣。戊己校尉系守边官名。会宗衔命复往，调了数处人马，行至乌孙境内，闻得小昆弥嗣立有人，乃是末振将兄子安犁靡，再探知末振将子番邱，虽未得嗣立，仍为贵官。自思率兵进攻，安犁靡与番邱必然合拒，徒费兵力，不如诱诛番邱，免得多劳。计划已定，遂留住部兵，只率三十骑急进，遣人往召番邱。番邱问明去使，只有骑兵三十，料不足患，便即带了数人，来见会宗。会宗喝令左右，缚住番邱，令他跪听诏书，内言末振将骨肉寻仇，擅杀汉公主子孙，应该诛夷，番邱为末振将子，不能逃罪。读到此处，即拔剑出鞘，把番邱挥作两段。番邱从人，不敢入救，慌忙返报小昆弥。小昆弥安犁靡，当然动怒，率兵数千骑来攻会宗。

会宗退至行营，尚恐孤军深入，或致失利，因亟驰书请援。成帝亟召王凤入议，凤记起一人，便即荐举。是人为谁？就是前射声校尉陈汤。汤与甘延寿立功西域，仅得赐爵关内侯，已觉得赏不副功。延寿由长水校尉，迁任护军都尉，当即病殁，惟汤尚无恙。及成帝嗣立，丞相匡衡，复劾汤盗取康居财物，不宜处位，汤坐是免官。康居曾遣子入侍，汤又上言康居侍子，非真王子，嗣经有司查验，复称王子是实，汤语涉虚诬，下狱论死。还是太常丞谷永替他奏免，才得贷罪出狱。惟关内侯的爵赏，因此被夺，降为士伍，沦落有年。王凤因汤熟谙外事，请成帝召问方略。成帝即宣汤入朝。汤前征郅支，两臂受湿，不能屈伸，当由成帝特别加恩，谕令免拜。汤谢恩侍立，成帝便将会宗原奏，取出示汤。汤既看罢，缴呈案上，当面推辞道："朝中将相九卿，并属贤才，小臣老病，不足参议！"也是愤懑之词。成帝道："现在国家有急，召君入商，君可勿辞！"汤方答说道："依臣愚料，可保无忧。"成帝问为何因。汤申说道："胡人虽悍，兵械未利，大约须胡人三名，方可当我一人。今会宗西行，非无兵马，何至不能抵御乌孙？况远道发兵，救亦无及，臣料会宗意见，并非必欲救急，实愿大举报仇，乃有此奏。请陛下勿忧！"成帝道："据汝说来，会宗必不致被围，就使被他围住，也容易解散了。"汤屈指算罢道："不出五日，当有吉音。"全凭经验得来，故能料事如神。成帝听说，喜逐颜开，命王凤暂停发兵，汤亦辞退。

果然过了四日，接到会宗军报，小昆弥已经退去。原来小昆弥安犁靡，进攻会宗，会宗也不慌忙，出营与语道："小昆弥听着！我奉朝廷命令，来讨末振将，末振将虽死，伊子番邱，应该坐罪，与汝却是无干。汝今敢来围我，就使我被汝杀死，亦不过九牛亡一毛，汉必大发兵讨汝。从前宛王与郅支，悬首藁街，想汝应早闻知，何必自循覆辙哩！"安犁靡听了，也觉惊慌，但尚不肯遽服，设词答辩道："末振将辜负汉朝，汉欲加罪番邱，何不预先告我？"会宗道："我若预告昆弥，倘被闻风逃避，恐昆弥亦将坐罪；况昆弥与番邱，谊关骨肉，必欲捕交番邱，当亦不忍，所以我不便预告，免使昆弥为难。昆弥尚不知谅我苦衷么？"说得宛转。安犁靡无词可驳，不得已号泣退回。

会宗一面具奏，一面携着番邱首级，回朝复命。成帝赐爵关内侯，并黄金百斤。王凤因汤明足察几，格外器重，特奏为从事中郎，引入幕府，参决军谋。后来汤复因受赃得罪，免为庶人，病死长安。惟会宗再使西域，镇抚数年，寿已七十有五，不及告归，竟在乌孙国中逝世。西域诸国，并为

发丧立祠，可见得会宗平日，威爱兼施，故得此报。了过陈汤，段会宗，省得后文重提。

还有一位直臣王尊，辞官家居，王凤又荐他贤能，召入为谏大夫，署京辅都尉，行京兆尹事。是时终南山有剧盗傰(péng)宗，纠众四掠，大为民害。校尉傅刚，奉命往剿，年余不能荡平。王凤因将尊推荐，嘱使捕盗。尊莅任后，盗皆奔避，地方肃清，尊得实授京兆尹，在任三载，威信大行。独豪贵以为不便，嗾使御史大夫张忠，出头弹劾，说尊暴虐未改，不宜备位九卿，尊遂致坐免，吏民争为呼冤。湖县三老公乘兴上书，力为尊代白无辜，乃复起尊为徐州刺史，寻迁东郡太守。东郡地近黄河，全仗金堤捍卫。尊至东郡，不过数月，忽闻河水盛涨，冲突金堤，急忙跨马往视，到了堤边，见水势很是湍急，奔腾澎湃，险些儿摇动金堤，当下督令民夫，搬运土石，准备堵塞。哪知流水无情，所有土石掷下，尽被狂流卷去，反将堤身冲成几个窟窿。尊看危堤难保，急切也无法可施，只有恭率吏民，虔祷河神。先命左右宰杀白马，投入河中，自己高棒圭璧，恭恭敬敬的立在堤上，使巫代读祝文，情愿拚身填堤，保全一方民命。待祝文焚罢，祭礼告成，索性叫左右搭起篷帐，就堤住宿，听天由命。吏民数十万人，争向尊前叩头，请他回署，尊终不肯去，兀坐不动。俄而水势越大，浪迭如山，离堤面不过两三尺，堤上泥土，纷纷堕落，眼见得危在顷刻，无从挽回。吏民各顾生命，陆续逃散，只尊仍然坐着，寸步不离。身旁有一主簿，不敢劝尊他去，独垂头涕泣，拚死相从。却是一个义吏。那水势却也奇怪，腾跃数回，好似怕着王尊一般，回流自去。嗣是渐渐平静，堤得保全。可谓至诚感神。吏民闻水平堤立，复次第回来，尊又指示堤隙，饬令修堵，竟得无恙。白马三老朱英等，为民代表，奏称太守王尊，身当水冲，不避艰险，终得河平浪退，返危为安。诏令有司复勘，果如所奏，乃加尊秩中二千石，赐金二百斤。既而尊病殁任所，吏民争为立祠，岁时致祭，这也好算是汉朝循吏了。应该赞美。

河平二年正月，沛郡铁官冶无故失性，铁竟上飞。到了夏天，楚国雨雹，形大如釜，毁坏田庐。成帝犹未觉悟，且尽封诸舅为列侯，王谭为平阿侯，王商为成都侯，王立为红阳侯，王根为曲阳侯，王逢时为高平侯。五人同日受封，世因号为五侯。总计王禁八子，惟曼早世，余七子并沐侯封。

汉代外戚,此为最盛。前宗正刘向,起为光禄大夫,成帝诏求遗书,令向校勘。向见王氏权位太盛,意欲借书进谏,乃因尚书洪范,推演古今符瑞灾异,历详占验,号为《洪范五行论》,呈入宫中。成帝亦知向寓有深意,但终不能抑损王氏,杜渐防微。丞相王商,虽然也是外戚,但与大将军王凤相较,势力大不相同。凤与商又有宿嫌,恨不得将王商除去。

会值呼韩邪病死,子复株累若鞮单于继立,特遣右皋林王伊邪莫演,入贡方物。伊邪莫演自称愿降,不愿回国,朝臣多言不妨受降。惟谷永、杜钦二人,谓单于称臣,无有贰心,今不应受彼逋逃,致生间隙,成帝乃遣还伊邪莫演。复株累若鞮单于,探闻此信,虽未将伊邪莫演免职,但心中却感念汉德,因于河平四年,亲自入朝。成帝御殿召见,单于拜谒如仪。成帝与他问答数语,便命左右导他出朝。单于既出朝门,适遇丞相王商,也即趋前行礼。商身长八尺有余,状貌魁梧,仪容端肃,既与单于相揖,免不得慰劳一番。单于仰面视商,见他有威可畏,不由得倒退数步,立即辞出。当有人告知成帝,成帝叹道:"这才不愧为汉相了!"为此一语,被大将军王凤闻悉,越加生忌。

冤家有孽,刚值琅琊郡内,连出灾异十余事,商派属吏前往查办,琅琊太守杨彤,音融。与王凤为儿女亲家,凤恐彤被参落职,忙向商说情道:"灾异乃是天事,非人力所得挽回,彤尚有吏才,幸勿按问!"商竟不从,奏劾彤守郡不职,致干天谴,乞即罢官。成帝留中不报。王凤恨商不留情面,反且出来纠弹,遂欲乘隙构陷,借端报复。一时无过可寻,只说他闺门不谨,使私人耿定上书讦发。成帝阅书,暗思事关暧昧,并无确证,不如搁置不提。偏王凤进去力争,定要彻底查究,成帝乃将原书发出,令司隶校尉查办。商得知消息,也觉着忙,记起前时王太后曾欲选纳己女,充备后宫,当日因女有痼疾,不便允许,现在女病已愈,不若纳入,作为内援。可巧后宫侍女李平,新拜婕妤,方得上宠,正好托她进言,代为说合。于是密嘱内侍致意李婕妤,哪知求荣反辱,越弄越糟。明人也走暗路,怎得不败!会值暮春日食,大中大夫张匡,上言咎在近臣,乞求召对。成帝使左将军史丹问匡,匡言商曾奸父婢,并与女弟淫乱,前耿定上书告讦,俱系实情。现方奉诏查办,商敢私怀怨恨,请托后宫,意图纳女,谋植内援,居心实不可问。臣恐黄歇、吕不韦故事,复见今日,亟宜将商免官,穷法究治,庶足上回天变，下塞人谋，乞将军代奏毋迟！史丹即将匡言转达成帝，成帝素器重王商，料知匡言未确，下诏勿问。王凤又入宫固争，方由成帝派遣侍臣，往收丞相印绶。成帝庸柔，酷肖乃父。商将印绶缴出，悔愤交并，惹得肝脉债张，连吐狂血，不到三日，一命呜呼。朝廷予谥曰戾。所有王商子弟，曾在朝中为官，悉数左迁。一班趋附王凤的走狗，还要诣阙狂吠，夺商世封。成帝总算有些主见，不肯照议，仍许商长子安嗣爵乐安侯，一面超拜张禹为丞相。

禹字子文，河内轵县人氏，以明经著名。成帝为太子时，曾向禹受学《论语》，所以特加宠遇，赐爵关内侯，授官光禄大夫给事中，令与王凤并领尚书事。禹见凤专权秉政，内不自安，因屡次称病，上章乞休。成帝亦屡次慰留，赐金遗膳，优礼相待，累得禹不敢再请，只得迁延度日。及王商免职，竟受封安昌侯，擢为丞相。禹固辞不获，勉强就职，但也不过旅进旅退，随声附和，保全自己的老命罢了。一语断煞。

越年改元阳朔，定陶王刘康入朝，成帝友于兄弟，留令伴驾，朝夕在侧，甚见亲重。王凤恐他入与政权，从旁牵制，因援引故例，请遣定陶王回国。偏成帝体贴亲心，自思先帝在日，常欲立定陶王为太子，事不果行，定陶王却并不介意，居藩供职，现在皇子未生，他日兄终弟及，亦无不可，因此将他留住。就是王凤援例相请，也只好置诸不理。哪知过了两月，又遇日蚀，凤复乘势上书，谓日食由阴盛所致，定陶王久留京师，有违正道，故遭天戒，宜亟令归国云云。但知责人，不知责己。成帝不得已遣康东归，康涕泣辞去，凤才得快意。独有一个京兆尹王章，直陈封事，将日食事归罪王凤。成帝阅罢，颇为感动，因复召章入对。章竟侃侃直陈，大略说是：

> 臣闻天道聪明，佑善而灾恶，以瑞异为符效。今陛下以未有继嗣，引近定陶王，所以承宗庙，重社稷，上顺天心，下安百姓，此正善事，当有祯祥；而灾异迭见者，为大臣专政故也。今闻大将军凤，猥归日食之咎于定陶王，遣令归国，欲使天子孤立于上，专擅朝事，以便其私，安得为忠臣？且凤诬罔不忠，非一事也。前丞相商，守正不阿，为凤所害，身以忧死，众庶愍之。且闻凤有小妇弟张美人，已尝适人，托以为宜子，纳之后宫，以私其妻弟，此三者皆大事，陛下所自见，足

以知其余。凤不可令久典事，宜退使就第，选忠贤以代之，则乾德当阳，休祥至而百福骈臻矣！

成帝见章说得有理，欣然语章道："非京兆尹直言，朕尚未闻国家大计。现有何人忠贤，可为朕辅？"章答说道："莫如琅琊太守冯野王。"成帝点首，章乃趋退。这一席话，传到王凤耳中，凤顿时大怒，痛骂王章负义忘恩，意欲乘章入朝，与他拚命。还是盲杜足智多谋，亟劝凤暂从容忍，附耳说了数语，凤始消融怒气，依言做去。原来王章字仲卿，籍隶泰山郡钜平县，宣帝时已为谏大夫。元帝初年，迁官左曹中郎将，诋斥中书令石显，为显所陷，竟致免官。成帝复起章为谏大夫，调任司隶校尉，王凤欲笼络名臣，特举为京兆尹。章少时家贫，游学长安，只有一妻相随，偶然患病，困卧牛衣中。编乱麻为衣，覆蔽牛身。自恐将死，与妻诀别，眼中泪流个不住，那妻不禁发怒道："仲卿，汝太无志气！满朝公卿，何人比汝为优？疾病乃人生常事，为什么涕泣不休，作此鄙态哩！"章妻却有丈夫气。章被她一激，精神陡振，病亦渐愈。及受职京兆尹，虽由王凤推荐，心中实不服王凤。待至王商罢相，定陶王遣归，益觉忍无可忍，遂缮成奏牍，函封待呈。章妻瞧着，连忙劝阻道："人当知足，独不念牛

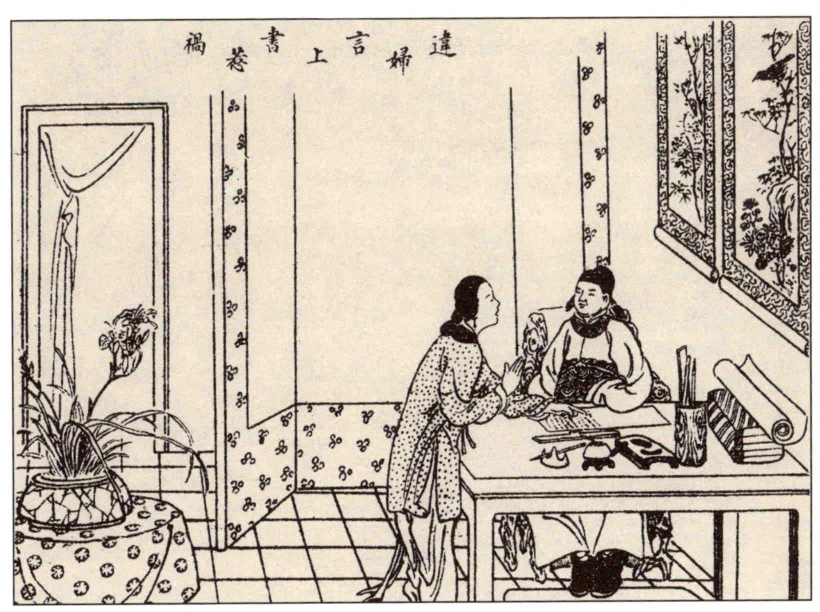

衣涕泣时么？”章已义愤填胸，不可复抑，竟摇首作答道：“这非儿女子所能知晓，汝勿阻我！”越日便即呈入。又越二日，奉诏入对，接连又入朝数次。不意祸变猝来，骤令下狱，反觉得闺中少妇，尚有先见哩。小子有诗叹道：

牛衣困泣本堪怜，已得荣身好息肩。
何若见几先引去，与妻偕隐乐林泉！

欲知王章如何下狱，容待下回叙明。

本回所叙各节，俱与王凤相干连，凤之行谊，谓为权臣也可，谓为奸臣犹未可也。陈汤被劾失官，而凤独能举之。乌孙一役，不烦兵而自定，汤之智能料敌，即凤之明能举贤也。汤以外又举王章，捕盗障河，不愧民誉，亦未始非由凤之知人。独于王商王章两人，有意构陷，未免失德。但两王之死，不得谓全出无辜，谈彼短而恃己长，为王商一生之大玷，继以纳女一事，更足贻人口实。大丈夫当磊磊落落，遵道而行，顾效儿女子之所为，其能不贻讥当世，受人媒孽乎！王章泣困牛衣，其志何鄙？及上书劾凤，其气何暴？彼既不愿附凤，则凤之荐为京兆尹，何勿慨然辞去，自洁其身？既已受职，则当视凤为知己，贻书规凤，亦无不可；凤若不从，去之尚未晚也。乃率尔纠弹，沽直适以召祸。名为读书有素，反不及一妇人之智，哀哉！

第九十三回

惩诸舅推恩赦罪　嬖二美夺嫡宣淫

却说王凤深恨王章，听了杜钦计策，上书辞职，暗中却向太后处乞怜。太后终日流涕，不肯进食，累得成帝左右为难，只得优诏慰凤，仍令视事。王太后尚未肯罢休，定欲加罪王章，成帝乃使尚书出头，劾章党附冯野王，并言张美人受御至尊，非所宜言。弹章朝入，缇骑暮出，立将章逮系下狱。廷尉仰承风旨，谳成大逆，章知不可免，在狱自尽。章妻及子女八人，连坐下狱，与章隔舍居住。有女年甫十二，夜起恸哭道："前数夕间，狱吏检点囚人，我闻他历数至九，今夜只呼八人，定是我父性刚，先已去世了！"翌日问明狱吏，果系王章已死。当由廷尉奏报成帝，命将王章家属，充戍岭南合浦地方，家产籍没充公。合浦出产明珠，章妻子采珠为业，倒积蓄了许多钱财，后来遇赦回里，却还得安享余年。毕竟章妻多智。冯野王在琅琊任内，闻得王章荐己得罪，自恐受累，当即上书称病。成帝准予告假。假满三月，野王仍请续假，又蒙批准，遂带同妻子归家就医。王凤却嗾令御史中丞，劾野王擅敢归家，罪坐不敬，遂致免官。会御史大夫张忠病逝，凤又引入从弟王音为御史大夫，于是王氏益盛。王凤兄弟，惟崇先逝，此外谭、商、立、根、逢时五侯，门第赫奕，争竞奢华，四方赂遗，陆续不绝，门下食客甚多，互为延誉。独光禄大夫刘向，上书极谏道：

臣闻人君莫不欲安，然而常危；莫不欲存，然而常亡，失御臣之术也。夫大臣操权柄，持国政，鲜有不为害者。故书曰：臣之有作威作福，害于而家，凶于而国。孔子曰：禄去公室而政逮大夫，危凶之兆也。今王氏一姓，乘朱轮华毂者二十三人，青紫貂蝉，充盈幄内。大将军秉事用权，五侯骄奢僭盛，依东宫之尊，王太后时居东宫。假甥舅之亲，以为威重，尚书九卿，州牧郡守，皆出其门，称誉者登进，忤恨者诛伤，排摈宗室，孤弱公族，未有如王氏者也。夫事势不两大，王氏与刘氏不并立，如下有泰山之安，则上有累卵之危。陛下为人子孙，守持宗庙，而今国祚移于外亲，纵不为身，奈宗庙何？妇人内夫家而外父母家，今若此，亦非皇太后之福也。明者造福于无形，销患于未然，宜发明诏，吐德音，援近宗室，疏远外戚，则刘氏得以长安，王氏亦能永保，所以褒睦内外之姓，子子孙孙无疆之计也。如不行此策，田氏齐。复见于今，六卿晋。必起于汉，为后嗣忧，昭昭甚明。惟陛下留意垂察！

这书呈入，成帝也知向忠诚，当下召向入见，对向长叹道："君且勿言，容我深思便了！"向乃趋退，成帝终迟疑不决。蹉跎过了一年，王凤忽然得病，势甚危急，成帝亲往问疾，执手垂涕道："君若不讳，当使平阿侯嗣位。"凤在床上叩首道："臣弟谭虽系至亲，但行为奢僭，不如御史大夫音，平生谨饬，臣敢誓死相保。"成帝点首应允，又安慰了数语，当即回宫。看官欲知王凤保举从弟，不荐亲弟，实因谭平时骄倨，未肯重凤，独音百依百顺，与凤名为弟兄，好似父子一般，所以凤舍谭举音。未几凤即谢世，成帝依凤遗言，命音起代凤职，加封安阳侯。另使谭位列特进，注见前文。领城门兵。谭不得当国，未免与音有嫌。但音却小心供职，与凤不同。成帝得自由用人，擢少府王骏为京兆尹。骏即前谏大夫王吉子，夙擅吏才。及为京兆尹，地方称治，与从前赵广汉、张敞、王尊、王章，并有能名。都人常号尊章骏为三王，且并为称誉道："前有赵张，后有三王。"

成帝因畿辅无惊，四方平靖，乐得赏花醉酒，安享太平。起初许后专宠，惟在中宫取乐，廷臣还归咎许后身上，说她恃宠生妒，无逮下恩。其实是许后方在盛年，色艺俱优，故独邀主眷。至成帝即位十余年，许后年近三十，花容渐渐瘦损了，云鬓渐渐稀落了，成帝素性好色，见她面目已非，自然生厌。色衰爱弛，不特许后为然。于是移情妃妾，别宠一个班婕妤。班婕妤系越骑校尉班况女，生得聪明伶俐，秀色可餐。成帝尝游后庭，欲与同辇，班婕妤推让道："妾观古时图画，圣帝贤王，皆有名臣在侧，不闻妇女同游，传至三代末主，方有嬖妾。今陛下欲与妾同辇，几与三代末主相似，妾不敢奉命！"成帝听说，却也称善，不使同辇。王太后闻婕妤言，也为心喜，极口称赞道："古有樊姬，今有班婕妤！"樊姬系楚庄王夫人，谏止庄王畋游，见刘向《列女传》。班婕妤承宠有年，生男不育。适有侍女李平，年已及笄，丰姿绰约，也为成帝所爱，班婕好遂使她荐寝，得蒙宠幸，亦封婕好，赐姓曰卫。此外还有张美人，就是王凤所进，成帝普施雨露，始终不获诞一麟儿。秀而不实，徒唤奈何！也觉得对着名花，索然无味。巧有一个侍中张放，乃是故富平侯张安世玄孙，世袭侯爵，曾娶许后女弟为妻，貌似好女，媚态动人。成帝引与寝处，爱过嫔嫱，龙阳君宁能生子，越觉得白费精神。遂使他为中郎将，监长乐宫屯兵，得置幕府，仪比将军。放知成帝性好佚游，乘势怂恿，导引微行。成帝就去一试，先嘱期门郎在外候着，自己轻衣小帽，与放出宫，乘小车，跨快马，带同期门郎等，往来市巷，东眺西瞩，自在逍遥。从前成帝一出一入，都由王凤管束，不便轻动。此时凤已早死，王音但求无过，管什么天子微行？莫谓阿凤无益。成帝一次出外，非常畅适，当然不肯罢休。每遇暇日，必与放同行，近游都市，远历郊野，斗鸡走狗，随意寻欢，所有甘泉、长杨、五柞诸宫，无不备历。放不必避忌，成帝却诡称为富平侯家人。皇帝原是乏味，不如侯门奴卒。

是年复改易年号，号为鸿嘉元年。丞相张禹老病乞休，罢归就第，许令朔望朝请，赏赐甚厚，用御史大夫薛宣为相，封高阳侯。宣字赣君，东海郯人，累任守令，迁官左冯翊。光禄大夫谷永，称宣经术文雅，能断国事，成帝因即召为少府，擢任御史大夫。至是且代禹为相，待后再表。越年三月，博士行大射礼，有飞雉来集庭中，登堂呼觳，嗣又飞绕未央宫承明殿，兼及将军、丞相、御史等府。车骑将军王音，才因物异上书，谏阻成帝微行。成帝游兴方浓，怎肯中止？仍然照常行动。一日经过一座花园，见园中耸出高台，台下有山，好与宫中白虎殿相似，禁不住诧异起来。当即指问从吏道："这是何家花园。"从吏答称曲阳侯王根。成帝忿然作色，立命回宫，召入车骑将军王音，严词诘责道："我前至成都侯第，见他穿城引水，注入宅中，行船张盖，四面帷蔽，已觉得奢侈逾制，不合臣礼。今曲阳侯又叠山筑台，规仿白虎殿，越不近情理了。如此过去，成何体统！"说得音哑口无言，只好免冠谢罪。成帝拂袖入内，音即起身趋出，归语王商、王根。商、根亦吓得发怔，意欲自加黥劓，至太后处谢罪。但黥面劓鼻，又觉耐不住痛，且是大失面子，将来如何见人，正在踌躇未定的时候，又有人入报道："司隶校尉及京兆尹，并由尚书传诏诘问，责他阿纵五侯，不知举发，现俱入宫谢罪去了。"商与根越加着急，嗣复有人赍入策书，付与王

音。音展阅一周，内有最要数语道："外家日强，宫廷日弱，不得不按律施行。将军可召集列侯，令待府舍！"音也觉失色，详问朝使，并知成帝更下诏尚书，令查文帝诛薄昭故事，尤觉得瞠目伸舌，形色仓皇。商与根且抖个不住，待至朝使去后，还是音较有主意，先遣使人入请太后，乞为转圜。一面邀同王商、王立、王根，同去请罪，听候发落。音席藁待罪，商立根皆身负斧锧，俯伏阙下。约有一两个时辰，竟由内廷传出诏旨，准照议亲条例，赦罪勿诛。原来是银样镴枪头。四人方叩头谢恩，欢跃而归。

成帝既将王氏诸舅惩戒一番，又复照常微行。偶至阳阿公主家，阳阿公主想是成帝姊妹，史传未详。与同宴饮。公主召集歌女数人，临席侑酒。就中有一个女郎，歌声娇脆，舞态轻盈，惹动成帝一双色眼，仔细端详，真个是妖冶绝伦，见所未见。待至宴毕起身，便向公主乞此歌姬，一同入宫，公主自然应允。成帝大喜，挈回宫中，帝泽如春，妾情如水，芙蓉帐里，款摆柔腰，翡翠衾中，腾挪玉体，妙在回旋应节，纵送任情，直令成帝喜极欲狂，惊为奇遇，欢娱夜短，曙色映帏，好梦回春，披衣并起。露出美人本色,弱不胜娇,溜来秋水微眸,目能传语。成帝越看越爱,越爱越怜,当即亲书纶旨,拜为婕妤。看官欲问她芳名,就是古今闻名的赵飞燕! 画龙点睛。相传飞燕原姓冯氏,母系江都王孙女姑苏郡主,曾嫁中尉赵曼,暗地与舍人冯大力子万金私通,孪生二女。分娩时不便留养,弃诸郊外,三日不死,方始收归。天生尤物,岂肯轻死! 长名宜主,次名合德。及年至数龄,赵曼病逝,二女俱送归冯家,又过了好几年,万金又死,冯氏中落,二女无家可依,流寓长安,投入阳阿公主家内,学习歌舞。宜主身材袅娜,态度蹁跹,时人看她状似燕子,因号飞燕。合德肌肤莹泽,出水不濡,与乃姊肥瘠不同,但也是个绝世娇娃,凑成两美。飞燕既入宫专宠,合德尚在阳阿公主家中,当时后宫有一女官,叫做樊嫕(yì),乃是飞燕的中表姊妹,成帝因她是飞燕亲戚,另眼相看,樊嫕遂献示殷勤,竟将合德美貌,上达御前。成帝忙命舍人吕延福,用着百宝凤舆,往迎合德。合德却装腔做势,谓必须奉有姊命,方敢入宫。延福还宫复命,成帝曲为体贴,料知合德隐情,恐遭姊妒,乃与樊嫕计议,先赐飞燕许多珍奇,特腾出一所别宫,铺设得非常华丽,名为远条馆,居住飞燕,买动飞燕欢心,然后使樊嫕乘间进言,托称皇嗣未生,正好将合德进御,为日后计。飞燕依了嫕言,便使宫人召入合德。合德巧为梳裹,打扮得齐齐整整,入朝至尊。成帝睁开龙目,注视红妆,但见她鬓若层云,眉若远山,脸若朝霞,肌若晚雪,端的是胡天胡帝,差不多疑幻疑仙。待至合德裣衽下拜,自陈姓氏,只觉得一片莺簧,已把那成帝神魂摄引了去,几不辨为何言何语。就是左右侍御,也不禁目荡心迷,失声赞美。只有披香博士淖方成,立在成帝背后,轻轻唾地道:"这是祸水,将来定要灭火了!"独具只眼。成帝勉强按神,低声呼起,合德方才起来,即由成帝指令宫人,拥入后宫,自己亦随了进去。好容易等到天晚,即替合德卸装,轻轻的携入绣帏,着体便酥,胜过重裀氍毲(qú dié),含苞渐润,快同灌顶醍醐。比诸乃姊欢会时,更别有一种风味,因赐号为温柔乡。描写赵家姊妹欢情,各合身分,不同泛填。尝叹语道:"我当终老是乡,不愿效武帝求白云乡了。"

合德入宫数日,也即拜为婕妤,两姊妹轮流侍寝,连夕承欢,此外后宫粉黛,俱不值成帝一顾,只好自悲命薄,暗地伤心。独有正位中宫的许皇后,从前与成帝何等亲昵,此时孤帏冷落,心实不甘。有姊名谒,曾为平安侯王章妻室，王章系宣帝王皇后兄王舜子。暇时入宫见后，后与谈及心事，谒亦替她忧愁。暗中代延巫祝，设坛祈禳。妇人迷信，最足坏事。不幸为内侍所闻，报达赵家姊妹。赵婕妤飞燕，正想恃宠夺嫡，得了这个消息，立刻告发，竟把诅咒宫廷的罪名，坐在许后身上，并牵连及班婕妤。成帝已经含怒，再加王太后主张严办，立将许谒拿究，问成死罪，即日加诛，并收回许后印绶，废处昭台宫。一面传讯班婕妤，班婕妤从容说道："妾闻生死有命，富贵在天，修正尚未得福，为邪还有何望？若使鬼神有知，岂肯听信谗说？万一无知，咒诅何益，妾非但不敢为，也是不屑为呢！"乐得坦白。成帝听说，颇为感动，遂命班婕妤退处后宫，不必再究。班婕妤虽得免罪，自思赵氏姊妹，从中谗构，将来难免被诬，不如想个自全方法，还可保身。当下思忖一番，凭着慧心妙腕，缮成一篇奏章，自请至长信宫供奉太后，遣宫人呈上成帝。成帝准如所请，班婕妤即移居长信宫，厮混度日。平居无事，吟诗作赋，消遣光阴，悯蕃华之不滋，借秋扇以自比，也未免留有余哀哩。毕竟红颜多薄命。

且说许后既废，当然轮着赵飞燕入主中宫。成帝即欲择日册立，偏王太后因她出身微贱，尚有异言。成帝未便擅行，只得寻出一个说客，先向太后前讨情。可巧有个卫尉淳于长，乃是太后姊子，又生成一张利嘴，正好嘱充此任。果然数次关白，得蒙太后允许，乃改阳朔五年为永始元年，先封飞燕义父赵临为成阳侯，褒示恩宠，然后册后。赵临系阳阿公主家令，飞燕入公主家，曾因赵临同姓，拜为义父，所以无功受赏，得蒙荣封。真好运气。偏有谏大夫刘辅，上书抗议道：

> 臣闻天之所与，必先赐以符瑞，天之所违，必先降以灾变，此自然之占验也。昔武王、周公，承顺天地，以飨鱼鸟之瑞，然犹君臣只惧，动色相戒。况于季世，不蒙继嗣之福，屡受威怒之异者乎？虽夙夜自责，改过易行，妙选有德之世，考卜窈窕之女，以承宗庙，顺神祇，子孙之祥，犹恐晚暮。今乃触情纵欲，倾于卑贱之女，欲以母天下，惑莫大焉！里语曰：腐木不可以为柱，人婢不可以为主。天人之所不平。必有祸而无福，市途皆共知之，朝廷乃莫敢一言，臣窃伤心！不敢不冒死上闻！

这篇奏议，明是大忤上意，成帝即令侍御史收捕刘辅，系入掖庭秘狱，朝夕待死。还亏大将军辛庆忌、右将军廉褒、光禄勋师丹、大中大夫谷永联名保救，方将辅徙系诏狱，减死一等，释为鬼薪。自是无人敢谏，遂立婕妤赵飞燕为皇后，进赵合德为昭仪。一对姊妹花，同时并宠，花朝拥，月夜偎，风流天子，尝尽温柔滋味，快乐何如！

成帝特命在太液池中，造一大舟，自挈飞燕登舟游咏，嘱令歌舞。又使侍郎冯无方吹笙，亲执文犀簪轻击玉杯，作为节奏。舟至中流，大风忽至，吹得飞燕裙带飘扬，险些儿将身飞去。成帝急令冯无方救护飞燕，无方将笙放下，两手握住飞燕双履。飞燕本爱冯无方，由他紧握，索性凌风狂舞，且舞且歌。俄而风势少定，舞亦渐停，后人谓飞燕能作掌上舞，便是出此。舞罢兴阑，回棹拢岸，成帝与飞燕携手入宫，厚赐冯无方金帛，并许他出入中宫，取悦飞燕。情愿作元绪公。

飞燕本来淫荡，免不得有暧昧情事，成帝好像盲聋一般，由她胡行。飞燕得陇望蜀，复见侍郎庆安世，年轻貌美，雅善弹琴，便借琴歌为名，请成帝许令出入，成帝也即照允。飞燕遂与庆安世眉挑目逗，伺着成帝经宿妹处，就留住庆安世，同效于飞。嗣且因连年不育，妄思借种，查有多子的侍郎宫奴，往往诱与寝狎，逐日迎新。又恐为成帝所闻，另辟密室一间，托

言供神祷子，无论何人，不得擅入。其实是密藏少年，恣意肆淫，好好一朵娇花，勾引狂蜂浪蝶，听令摧残，哪里还能够生子呢！小子有诗叹道：

寡欲生男语不诬，纵淫安得望生珠？
绿巾奉戴君王首，毕竟延陵是下愚。延陵系成帝葬处，见下文。

飞燕这般淫荡，合德究属如何，且看下回续表。

观五侯之奢侈，与两赵婕妤之淫恣，可见得成帝之昏，不可救药，然未始非王太后一人酿成。成帝尚知刘向之忠，意欲抑损外家，及见王商王根之奢侈逾制，且欲按律加罪，非王太后之隐为袒护，则当商根等待罪之时，亦何至遽行赦免乎？彼飞燕姊妹之入宫，虽由成帝好色，亲为选取；然微行之初，太后胡不预戒？不微行，则两赵无从选入，祸水自消。至于两赵承宠，阴谋夺嫡，讦许皇后诅咒之罪，就使查有实据，而不能不废许后，则继位中宫者，当莫如班婕妤。太后已知班婕妤之贤，乃犹为淳于长所惑，舍班立赵，浊乱宫闱，何其懵懵若此！彼成帝尚知有母，其如母德之不明何也！

第九十四回

智班伯借图进谏　猛朱云折槛留旌

却说合德既受封昭仪，成帝命居昭阳宫，中庭纯用朱涂，殿上遍施髹漆，黄金为槛，白玉为阶，壁间横木，嵌入蓝田璧玉，饰以明珠翠羽。此外一切构造，无不玲珑巧妙，光怪陆离。所陈几案帷幔等类，都是世间罕有的珍奇，最奢丽的是百宝床，九龙帐，象牙簟，绿熊席，熏染异香，沾身不散。更兼合德芳体，丰若有余，柔若无骨，怪不得成帝昏迷，恋恋这温柔乡，情愿醉生梦死。合德生性，与乃姊大略相似，不过新承帝宠，自然稍加敛束，但将成帝笼络得住，叫他夜夜到来，便算得计。飞燕日思借种，远条馆中，藏着男妾数十名，恣意欢娱，巴不得成帝不到，就使成帝临幸，也不过虚与周旋，勉强承应。成帝觉得飞燕柔情，不及合德，所以昭阳宫里，御驾常临，远条馆中，反致疏远。一夕成帝与合德叙情，偶谈及乃姊飞燕，有不满意。合德已知飞燕秘事，只恐成帝发觉，连忙解说道："妾姊素性好刚，容易招怨，保不住有他人谗构，诬陷妾姊。倘或陛下过听，赵氏将无遗种了！"说至此，泫然泣下。好一腔手足情谊。成帝慌忙取出罗巾，替合德拭泪，并用好言劝慰，誓不至误信蜚言。有几个莽撞人物，得知飞燕奸情，出来告讦，都被处斩。飞燕遂得公然淫纵，毫无忌惮。

后来由合德与述前言，飞燕颇感她回护，特荐一个宫奴燕赤凤，表明谢忱。赤凤身长多力，体轻善跃，能超过几重楼阁，飞燕引与交欢，非常畅适，因此不忍独乐，使得分尝一脔。合德领略好意，趁着成帝至远条馆时，便约赤凤欢会，果然满身舒畅，比众不同。嗣是赤凤往来两宫，专替成帝效劳，只是远条馆与昭阳宫相隔太远，合德恐赤凤往来，未免不便，遂乞成帝另筑一室，与远条馆相连。成帝自然乐从，饬工赶造，数月告成，名为少嫔馆。合德便即移住，于是两处消息灵通，赤凤踪迹，随成帝为转移。后来成帝因赵氏姊妹宠幸有年，并不得一男半女，也不能不别有所属，随意召幸宫人，冀得生男。为下文赵氏得罪伏笔。远条、少嫔两馆中，俱不见成帝踪迹，赤凤虽然有力，究没有分身法，惹得两姊妹含酸吃醋，几至失和。还是樊嫕力为调停，劝合德向姊谢罪，才复相协。中冓（gòu）丑事，也得暂免张扬。欲要人不知，除非己莫为。光禄大夫刘向，因采取诗书所载贤妃贞女，淫妇嬖妾，序次为《列女传》八篇，又辑传记行事，著《新序》《说苑》五十篇，奏呈成帝。且上书屡言得失，胪陈诸戒，无非请成帝轻色重德，修身齐家。成帝非不称善，但知善不用，也是枉然。

还有一件用人失当，种下了亡国祸根，险些儿把刘氏子孙，凌夷殆尽，汉朝的大好江山，竟沦没了一十八年。看官欲知何人为祟？就是那王太后从子王莽！大书特书。莽系王曼次子，曼早死不得封侯，长子亦遭短命。莽字巨君，事母维谨，待遇寡嫂，亦皆体心贴意，曲表殷勤。至若侍奉伯叔，交结朋友，礼貌更极周到，毫无惰容，又向沛人陈参，受习礼经，勤学好问，衣服如寒士相同。当时五侯子弟，竞为侈靡，席丰履厚，乘坚策肥，独莽不挟富贵，好为恭俭，居然像个孝悌忠信的人杰，博取盛名。伯父王凤病危，莽日夕侍疾，衣不解带，药必先尝，引得凤非常怜爱。待到弥留时候，尚面托太后及帝，极口称贤。成帝因拜莽为黄门郎，迁官射声校尉。叔父王商，也称莽恭俭有礼，情愿将自己食邑，分给与莽。就是朝右名臣，亦皆交章举荐，成帝乃进封莽为新都侯，授官光禄大夫侍中。莽越加谦抑，折节下交，所得俸禄，往往赡给宾客，家无余财，因此名高诸父，闻望日隆。成帝优待外家，有加无已，王谭死后，即令王商入代谭职。已而王音又殁，复进商为大司马卫将军，使商弟立领城门兵。商因成帝耽恋酒色，淫荒无度，也引为己忧，尝入见王太后，请为面戒成帝。太后却也训告数次，商亦从旁微谏。无如成帝流连忘返，终不少悛。永始二年二月，星陨如雨，复遭日食，适值谷永为凉州刺史，入朝白事，成帝使尚书问永意见，商即乘便嘱永，叫他具疏切谏，永有恃无恐，遂将成帝过失，一一揭出，力请除旧更新。成帝大怒，立命侍御史收永下狱，商已预有所闻，亟使永出都回任。永匆匆就道，侍御史饬人往追，已经不及，也即复命。成帝怒亦渐平，不复穷究，但仍然淫佚如前。侍中班伯，乃是班婕妤胞弟，因病请假，假满病愈，入宫进谒，可巧成帝与张放等宴饮禁中，引酒满觞，任意笑谑。班伯拜谒已毕，也不多言，惟注视座右屏风，目不转瞬。成帝呼令共宴，班伯口中虽然应命，两眼仍注视屏风上的画图。成帝还道屏风上有甚怪象，忙即旁顾，但见屏上并无别物，只有绘着一幅古迹，乃是商纣与妲己夜饮图。原来为此。当下瞧透班伯微意，故意问道："此图何为示戒？"班伯才对着成帝道："沉湎于酒，微子所以告去，式号式謼，《大雅》所以示儆。诗书所言淫乱原因，无非因酒惹祸哩！"借画进规，不愧为班婕妤之弟。成帝始喟然叹息道："我久不见班生，今日复得闻直言了！"张放等方恨班伯多嘴，不料成帝叹为直言，只好托词更衣，怏怏趋出。成帝也就令撤席，一番酒兴竟被班伯打断，不消多说。

会成帝入朝王太后，太后向他流涕道："皇帝近日颜色瘦黑，也应自知保养，不宜沉湎酒色。班侍中秉性忠直，须从优待遇，使辅帝德。富平侯可遣令就国，慎勿再留！"成帝听了，只好应声而退。到了自己宫中，还不肯将张放遣去。丞相薛宣，御史大夫翟方进，俱由王商授意，联名奏劾张放，成帝不得已将放左迁，贬为北地都尉。过了数月，复召为侍中。王商复白王太后，太后怒责成帝，成帝无法，再出放为天水属国都尉。放临行时，与成帝相顾泣别。俟放去后，常赐玺书劳问。后来放归侍母疾，至母病愈，调任河东都尉。未几又召为侍中。真是情爱缠绵。那时丞相

薛宣，已经夺职，翟方进升任丞相，再劾放不应召用。成帝上惮太后，下怕相臣，因赐放钱五百万，遣令就国。放感念帝恩，终日不忘，及成帝驾崩，连日哭泣，毁瘠而死。可惜是个龙阳君，若变做女子身，倒是为主殉节也，可流芳百世了。这是后语不提。

惟丞相薛宣，何故免官，事由太皇太后王氏，得病告崩，丧事办得草率，不尽如仪，成帝坐罪薛宣，免为庶人。连翟方进亦有处分，贬为执金吾。廷臣都为方进解免，争言方进公洁持法，请托不行，于是成帝复擢方进为相，封高陵侯。方进字子威，汝南上蔡人，以明经得官，性情褊狭，好修恩怨。既为丞相，如给事中陈咸，卫尉逢信，后将军朱博，钜鹿太守孙闳等，迭被劾去。咸忧恚成疾，竟致暴亡，但统是与方进有嫌，致遭排击。惟奏弹红阳侯王立，说他奸邪乱政，还算是不畏权贵，放胆敢言。至御史大夫一缺，委任了光禄勋孔光。光字子夏，系孔子十四世孙。父名霸，曾师事夏侯胜，选为博士。宣帝时进任大中大夫，补充太子詹事，元帝赐霸关内侯，号褒成君。光为霸少子，年未二十，已举为议郎，累迁至光禄勋，典领枢机十余年，遵守法度，踵行故事，从未闻独出已见，争论大廷。所有宫中行事，虽对兄弟妻子，亦不轻谈。有人向光问及，谓长乐宫内温室中，栽种何树？光默然不应，另用他语作答。看似持重慎密，实在是借此保身，取容当世罢了！断定孔光。故南昌尉梅福，虽然辞职家居，却是心存君国，遇有朝使过境，往往托寄封事，成帝复置诸不理。至是复上书直谏，略云：

> 士者国之重器，得士则重，失士则轻。臣闻齐桓之时，有以九九见者，九九系算术，如今九章之类。桓公不逆，今臣所言，非特九九也。自阳朔以来，群臣皆承顺上指，莫有执正，故京兆尹王章，面引廷争，戮及妻子，凡受罪被辱皆称为戮，非专主刑杀也。折直士之节，结谏臣之舌，天下以言为戒，最国家之大患也。往者不可及，来者犹可追，方今君命犯而主威夺，外戚之权，日以益隆，陛下不见其形，愿察其景。建始以来，日食地震，三倍春秋，水灾无与比数，阴盛阳微，金铁为飞，此何景也？亲戚之道，全之为上，今乃尊宠其位，授以魁柄，势陵于君，权隆于上，然后防之，亦无及已！

这书呈入，也似石沉大海一般，并不见报。福自是读书养性，杜门不出，及王莽专政，越见得主柄下移，势且倾汉，遂抛妻撇子，一去不还。时人疑为仙去，后有人在会稽道上见他为吴市门卒，呼语不应。问诸旁人，代述姓名，并非梅福两字，才知他是移名改姓，自甘沦落了。录述梅福言行，无非阐发幽光。永始四年孟秋，日复食，越年改号元延，元旦天阴，日再食，孟夏无云闻雷，有流星随着日光，向东南行，四面如雨，自晡及昏，方才不见。到了新秋，星孛东井，天变迭现，成帝也觉惊心，不得不遍咨群臣，使他详陈得失。刘向正调任中垒校尉，掌北军垒门，故称中垒。应诏陈言，始终是归咎外戚。谷永方调任北地太守，也应诏入对，始终是归咎后宫。两人宗旨不同。这两件紧要大事，成帝目中，早已看过数次，都是不能照办，只好迁延度日。

会值大司马卫将军王商病死，依次挨补，应使王立继任。立在南郡垦田数百顷，卖与县官，取值至一万万以上，为丞相司直孙宝所发，成帝乃舍立不用，超迁王根为大司马骠骑将军。根与故安昌侯张禹，素不相容。成帝独待禹甚优，前后赏赐无算，遇有国家大事，必遣使咨问。禹亦倚老卖老，求福得福，置田多至四百顷，前厅舆马，后庭丝竹，尚是贪心不足，还要寻块葬地，为身后计。适有平陵旁肥牛亭地，最为合意，平陵为昭帝陵，见前文。便上书乞请，求恩拨赐。成帝便欲允许，独王根入朝谏阻，谓肥牛亭与平陵毗连，乃是寝庙衣冠，出入要道，理难拨给，只好另赐别地云云。成帝不从，竟将肥牛亭地赐给张禹。根越加妒恨，屡次说禹短处。偏成帝暗暗忌根，每经根毁禹一次，必遣使向禹问遗。且因刘向等屡斥王氏，也欲与禹商决，亲往禹家面谈。既到禹家，值禹抱病在床，不便开口，惟至床前下拜，问候病情。禹在床上叩谢，使少子进谒成帝，拜罢便站立一旁。成帝温言慰问，禹欷歔道："老臣衰朽，死不足惜，膝下四男一女，三子俱蒙恩得官，一女远嫁张掖太守萧咸，老臣平日爱女，比诸男为甚，只恐老臣临死，不得一见女面，所以未免怀思呢！"成帝道："这有何难！我当调回萧咸，就近为官便了。"禹不能起身，使少子代为拜谢。成帝谕他免礼，少子乃起。禹尚欲替少子求官，碍难出口，惟两眼注视少子，作沉吟状。成帝已经窥透，面授禹少子为黄门郎给事中。禹心中只此两事，并得所请，自然喜欢。老年贪得。既令少子谢恩，复欲强起自拜，成帝忙叫他不必多礼，起身回宫；立调萧咸为弘农太守。待至禹疾已瘳，复亲临禹家，

禹亟出门迎谒，延入内堂。由成帝问及安否，禹把仰叨天眷的套话，随口答讫。成帝屏去左右，就袖中取出奏牍数篇，交禹察看。禹展览一周，统是劾奏王氏专政，不由的满腹踌躇。自思年老子弱，何苦与王氏结冤，且前日为了葬地一事，更与王根有嫌，不若替他回护，以德报怨，使他知感为是。乃即答说道："春秋二百四十年间，日食三十余次，地震五次，或主诸侯相杀，或主夷狄内侵，实在天道微渺，人未易知。孔子圣人，且不语神怪，贤如子贡，犹不得闻性与天道，何况是浅见鄙儒！陛下能勤修政事，自足上迓天庥。现在新学小生，妄言惑人，愿陛下切勿轻信哩！"说着，即将奏牍呈还成帝。成帝愿安承教，辞别而去，王氏因此无恙。禹乐得卖情，不免告知亲友，当有人传到王根耳边，根果被笼络，易仇为亲，忙去谢禹，相得甚欢。此外王氏子弟，亦往来禹家，联为至好。

独有故槐里令朱云，前坐陈咸党与，罚为城旦，役满还家。闻得张禹袒护王氏，朋比为奸，又不禁激动忠忱，愤然诣阙，求见成帝。可巧成帝临朝，公卿等站立两旁，云行过拜跪礼，便朗声说道："满朝公卿，济济盈廷，上不能匡主，下不能泽民，无非是尸位素餐，毫不中用！孔子所谓鄙夫事君，患得患失，无所不至，臣愿乞赐上方斩马剑，断佞臣一人头，儆戒群臣！”声可震殿。成帝听他语言莽撞，已滋不悦，当即喝声问道：“佞臣为谁？”云直答道：“安昌侯张禹！”好胆量。成帝大怒道：“小臣居下讪上，廷辱师傅，还当了得！”说着，复顾左右道：“此人罪在不赦，应即拿下！”御史奉命，即将云扯出殿外。云攀住殿槛，不肯遽行，御史偏要把他拖去，彼此用力过猛，竟将殿槛折断。云大呼道：“臣得从龙逢比干，同游地下，也是甘心！但不知圣朝成为何朝！”说到此句，已由御史牵去。群臣为云所讥，都含怒意，独左将军辛庆忌，尚带侠气，忙免冠至御座前，解去印绶，叩头力谏道：“小臣朱云，素来狂直，著名当世，言果合理，原不宜诛；就使妄言，也乞陛下大度包容，臣敢拚死力争！”成帝怒尚未解，不肯照允，直至庆忌碰头出血，淋落座前，也不觉回心转意，命将朱云赦免，云始得放归。后来有司修治殿槛，成帝却面嘱道：“不必易新，但从坏处修补，令得留旌直臣！”成帝非全然糊涂，可惜辅导乏人。云返家后，不复出仕，常乘牛车闲游，到处欢迎，年至七十余，在家寿终。

元延三年春月，岷山崩，土石堕落江中，水道被壅，三日不流。刘向闻报，私下叹息道：“从前周岐山崩，三川告竭，幽王遂亡，岐山系周朝龙兴地，故主亡周，今汉家起自蜀郡，蜀地山崩川竭，便是亡汉的预兆！况前年星孛东井，从参及辰，辰为大火，本主汉德，乃被怪星闯入，显见是乱亡不远了！”

成帝燕乐如常，还道是内外无事，尽可安心度日，不过年逾四十，未得一男，却也不免加忧。赵家姊妹，又是嫉妒得很，自己好纳男妾，独不许成帝私迎宫人，或得生男。成帝鬼鬼祟祟，偷召宫婢曹晓女曹宫，交欢了两三次，得结珠胎，生下一男。成帝闻知，暗暗心欢，特派宫女六人，服侍曹宫。不意被赵合德察觉，矫制收宫下掖庭狱，迫令自尽，所生婴儿，也即处死，连六婢都不肯放松，勒毙了事。悍妇心肠，毒过蛇蝎。成帝怕着合德，不敢救护，坐看曹宫母子等毕命归阴。

还有一个许美人，住居上林涿沐馆中，每年必召入复室，临幸数次，也得产下一男。成帝使中黄门靳严，带同医生乳媪，送入涿沐馆，叫许美人静心调养。又恐为合德所闻，踌躇多日，计不如自行告知，求她留些情面，免遭毒手。当下至少嫔馆中，先与合德温存一番，引开合德欢颜，方将许美人生男一事，约略说出。话尚未终，即见合德竖起柳眉，易喜为怒，起座指成帝道："常骗我言从中宫来，如果在中宫，许美人何从生男？好好！就去立许美人为皇后罢！"一面说，一面哭，并且用手捣胸，把头触柱，闹得一塌糊涂。侍婢将她扶卧床上，她又从床上滚下，口口声声，说要回去。无非撒泼。成帝呆如木偶，好多时才开言道："好意告汝，为何这般难言，令我不解！"合德只是哭闹，并未答言。时已天暮，宫人搬入夜膳，合德不肯就食，成帝也只好坐待，免不得用言劝解。合德带哭带语道："陛下何故不食？陛下常誓约不负，今将何说？"成帝道："我原是依着前约，不立许氏，使天下无出赵氏上，汝尽可放心了！"合德方才止哭，又经侍婢从旁力劝，勉强就座，略略吃了几颗饭粒。成帝也胡乱进餐，稍得疗饥，便令撤去。是夕留宿少嫔馆中，枕席上面，不知如何调停。嗣是每夕与合德同寝，约阅三五天，竟诏令中黄门靳严，向许美人索交婴孩，用苇编箧，装儿入少嫔馆中，由成帝与合德私下展视，不令人看，好一歇竟将苇箧上封缄，嘱令侍婢取出，发交掖庭狱丞籍武，使他埋葬僻处，休使人知。武乃在狱楼下掘坎埋儿，看官不必细问，就可知这个死儿，是被合德辣手加害了。先是都下曾有童谣云："燕飞来，啄皇孙！"至是果验。小子有诗叹道：

燕燕双飞入汉宫，皇孙啄尽血风红。
古今不少危亡祸，半自蛾眉误主聪。

合德连毙两儿，成帝遂致绝嗣，不得不择人继承。欲知何人过继，待至下回说明。

成帝之世，非无正士，如班伯，如朱云，亦庸中佼佼者流，惜乎其皆非亲近之臣也。班伯疏而不亲，朱云卑而不近，片言进谏，幸则若班伯之见从，为益无多；不幸则若朱云之触怒，险遭不测，微辛庆忌之流血力争，几何而不为王仲卿乎！王氏首秉枢机，第知怙势，张禹望隆师傅，但务阿谀，再加飞燕姊妹之骄淫悍妒，啄尽皇孙，人事如此，不亡何待，遑论天道哉！故吾谓西汉之亡，不待哀平，成帝固已早启之矣。

第九十五回

泄机谋鸩死许后　争坐位怒斥中官

却说元延四年春正月，中山王刘兴及定陶王刘欣，同时入朝。兴系成帝少弟，为冯昭仪所出，由信都移封中山，欣即定陶王刘康嗣子。康中年病殁，正妻张氏无出，惟妾丁姬生子名欣，由祖母傅昭仪抚养成人，得袭父爵。傅昭仪早为王太后，向有智略，闻得成帝无嗣，想把自己孙儿承继过去，因此乘欣入朝，随令同行，并使傅相中尉，一律相从。中山王兴只带了太傅一人。两人入谒成帝，成帝见欣少年俊逸，却也生欢，特借端发问道："汝何故带同许多官吏？"欣从容答道："诸侯王入朝，依法得使二千石随行，臣想傅相中尉，秩皆二千石，故使同来。"成帝又问道："汝平日所习何经？"欣答称习《诗》。成帝随意掇诗数章，令他背诵，欣记得烂熟，历诵无遗。又能讲解大义，亦无差谬。成帝连声称善，嗣又顾问刘兴道："汝为何只带太傅一人？"兴竟不能答。成帝又问他曾习何经？兴答称《尚书》。及成帝令他背诵数篇，他却断断续续的答了数语，一半已经忘记。冯昭仪颇有干才，如何生此豚儿？成帝暗想兴年已三十有余，为何这般呆笨，反不如十六七岁的少年？因即挥令退去。欣亦随同趋出。成帝回入宫中，可巧欣祖母傅昭仪，亦来相见，成帝慰问路途辛苦，且称她孙儿英敏，赞不绝口。傅昭仪谦逊一番，并言挈欣入朝，一是凑便问安，二是恐欣失仪，随时教导。成帝也谢她厚意，留住宫中。傅昭仪已谒过王太后，又至赵皇后赵昭仪处，问讯一周。且嘱孙儿刘欣入宫遍谒，并使他往候大司马王根，随处周旋，面面俱到。最动人的金帛珍玩，随身带来，半赠两赵姊妹，半赂王根。俗语说得好，钱可通灵，赵氏姊妹，虽然锦衣玉食，但得了许多珍宝，也觉动心。就是王根亦贪得无厌，格外感情。于是互相庇护，共称刘欣多材，足为帝嗣。成帝非无此意，但尚望两赵生男，免得旁继。乃只为欣行了冠礼，遣还定陶。傅昭仪自然随归。赵家姊妹，殷勤饯别，席间由傅昭仪婉言请托，自在意中。至刘欣母子东返，刘兴早已遣归了。

好容易又是一年，赵氏姊妹仍然不育，交相怂恿，劝立定陶王欣为太子。王根亦上书申请，成帝乃决意立欣，改元绥和，使执金吾任宏，署大鸿胪，持节召欣入京。欣祖母傅昭仪，及欣母丁姬，俱送欣至都。御史大夫孔光，独上书请立中山王，想是由王立等嘱托。成帝不从，贬光为廷尉，但加封中山王兴食邑三万户，兴舅谏大夫冯参为宜乡侯，免致兴有怨言。同日立欣为皇太子，入居东宫。又思欣已过继，不便承祀共王刘康，康殁后，予谥曰共，共读如恭。乃另立楚孝王孙刘景为定陶王，使奉共王康祀。傅昭仪与丁姬，留寓定陶邸中，不得随欣入宫，未免怏怏。傅昭仪遂入求王太后，许得与太子相见。王太后商诸成帝，成帝说道："太子入承大统，不应再顾私亲。"王太后道："太子幼时，全靠傅昭仪抱养，好似乳母一般；若令她得见太子，想亦无妨。"实是违礼。成帝难违母意，准令傅昭仪入见太子。惟丁姬不在此例，只好向隅，待后再说。

惟孔光既经遭贬，改任京兆尹何武为御史大夫。武字君公，蜀郡郫县人，向来守法尽公，颇有政声。及为御史大夫，上言世事烦琐。宰相才不及古，却令他职兼三公，未免废弛，应仿古制建三公官。成帝以王根本为大司马，仍令守职，惟罢去骠骑将军官衔。即命何武为大司空，封汜乡侯，罢去御史大夫官衔，俸禄皆如丞相，与丞相并称三公。

已而王根病免，一时乏人接替，暂从缓议。偏侍中王莽，谋代根位，只恐被淳于长夺去，遂与王根说及，谓长见叔父病免，常有喜色，自言必可代任，且有种种不端情事，备细告知。根当然动怒，使莽入白王太后。长本王太后外甥，前次飞燕立后，赖长出力疏通，感念不置，尝劝成帝封长侯爵，成帝因封长为定陵侯。长迭得内援，势倾朝野，成帝时有赏赐，再加诸侯王岁时馈送，积资亿万，广蓄娇妻美妾，恣行淫乐。适有龙頟侯韩宝妻许孊，为废后许氏胞姊，丧夫寡居，姿色未衰，长借吊问为名，一再勾引。妇人多半势利，见长尊荣无比，情愿委身事长，甘做小妻，卑污已极。长竟纳孊为妾，孊尚不知羞耻，堂堂皇皇的探视胞妹，直陈不讳。胞妹系废后许氏，方徙居长定宫，寂寞无聊，还想再承雨露，求为婕妤。姊妹情性相同，都是无耻。因取出从前私蓄，交孊转送淳于长，托长至成帝前说情，力为挽回。长明知此事难言，只因见财起义，不忍割舍，乃想出一法，诡言将乘间入请，立为左皇后，使嬺如言转告。废后许氏总道长不去骗她，日夕盼望，有时召嬺入问，浼她催促。长反觉惹厌，故意使嬺入慰。接连致书与嬺，内容语意，多半揶揄许后，说她求欢太急，何不降尊就卑！也想娶为小妻么？真是坏蛋。许后有所需求，只好含羞忍气。不意有人传出，竟被王莽得知。莽向王根报明，无非为着此事，就是入白王太后，也是一五一十，详陈无隐。恐还要加添数语。惹得太后怒起，使莽转告成帝。成帝心尚爱长，不欲治罪，但遣令就国。长吃了一惊，自思无法转圜，不得已收拾行装，准备登程。忽来了王立长子王融，问他索求车马，意以为长既远行，势难把车骑尽行带去，不如留赠自己，却好现成使用。长与融本是中表弟兄，见面时却也应允。但尚想留住都中，屏人与谈，要他转求乃父，代为斡旋，并取出许多珍宝，送与王融。融一力担承，就将珍宝携回家中，向父告知。立前时不得辅政，疑由长暗中进谗，常在成帝面前揭长过恶。此次见了珍宝，竟致得意忘言，忙入宫去见成帝，为长诉冤。成帝不禁起疑，默然不答，待立趋出，竟命有司彻底查究。有司明查暗访，察出

王融私受长赂，便要派吏拿融。立方才悔恨，怨融自去惹祸，累及家门。融无词可说，自知闯了大祸，不如自尽，当即服毒毕命。贪夫结果。吏役到了融家，见融已死，便去回报，有司当即复奏。成帝越想越疑，索性捕长下狱，一再审讯，把长奸淫贪诈的详情和盘托出，罪坐大逆，瘐死狱中。自作自受。妻子移徙合浦，母归故里。许孊不知下落，想亦充戍合浦去了。成帝复使廷尉孔光，持鸩至长定宫，赐废后许氏自尽。可怜许后在位十四年，听了两个阿姊的邪言，既失位置，复丧性命。虽是自贻伊戚，也觉得可悲可悯呢！抑扬得当。红阳侯王立，勒令就国。

王莽发奸有功，且由王根荐令代位，遂拜为大司马。莽得秉国钧，欲使名誉高出诸父，特聘请远近名士，作为幕僚，所得赏赐，悉数分给宾佐，自己格外从俭，菲食恶衣，与平民相同。会莽母有疾，公卿列侯，各遣夫人探问，大都是绮罗蔽体，珠翠盈头。莽妻王氏，乃是故相宜春侯王䜣曾孙女，同姓不婚，莽既好名，何独不知守礼。急忙出门相迎，衣不曳地，裙仅蔽膝。各女宾还道她是仆妇，及密问左右，才知她是大司马夫人，都不禁诧异起来。莽妻接待女宾，分外周到，惟所供茶点，不过寻常数色。待大众问过太夫人，陆续辞归，各言大司马家俭约过人。莽得闻众言，私心暗喜，毋庸多表。全是矫诈。

且说绥和二年仲春，荧惑守心，丞相议曹李寻，上书丞相，说是灾祸将至，君侯难免当灾，应即与阖府官属商议趋吉避凶的良策。丞相翟方进，览书惶惑，不知所为。果然不到数日，便有郎官贲丽，奏请天象告变，急须移祸大臣。是翟方进的催命鬼。成帝听着，立召方进入朝，责他为相有年，不能燮理阴阳，致有种种灾异，宜善自为计，毋待朕言。方进免冠叩谢，惶然趋出，回至相府，也知不免一死，但尚望有生路可寻，未肯遽自引决。谁知过了一宵，又由朝使赍入策书，严加责备，且赐他上尊酒十石，养牛一头，叫他自裁。方进接到牛酒，想着汉家故例，牛酒赐给相臣，就是赐死的别名。没奈何硬着头皮，取出鸩酒一杯，忍心吞服，须臾毒发，便即倒毙。冤哉枉也。成帝还托言丞相暴亡，厚加赙恤，特赐乘舆秘器，并且亲往吊丧，掩耳盗铃，煞是可笑！

惟方进既死，丞相出缺，成帝选择廷臣，还是廷尉孔光，居官恭谨，可使为相。因先擢为左将军，再命有司拟定策文，铸成侯印，指日封拜孔光。是时梁王立系梁王揖七世孙。楚王衍宣帝孙，即楚王嚣子。入朝，已由成帝召见数次，预备翌旦辞行。成帝午后无事，便至少嫔馆餐宿，夜间不知为何欢娱，到了天色大明，赵昭仪合德先起，成帝也即起坐，才把袜带系就，忽然仆倒床上，不言不语，竟尔归阴。合德尚不知何因，连呼不应，用手微按，已无气息，不由的神色慌张，急命内侍宣召御医。等到医官入视，已是脉绝身僵，还有什么回生妙方？那时只好报知太后及内外要人。太后急忙趋视，亲抚帝体，肌冷如冰，当然号啕大哭。皇后赵飞燕等，陆续走集，统皆陪哭一场。及大众止哀，办理棺殓，太后召入三公，独缺丞相。当由王莽禀明，谓丞相已择定孔光接任，于是复召孔光，就灵前拜为丞相，封博山侯。好在策文印绶，俱已办就，即付与孔光领受。光拜谢后，即与王莽等料理大丧。越宿由太后下诏，令王莽孔光，会同掖庭令查明皇帝起居及暴病一切原因。莽接奉诏旨，乐得从严究治，迭派属吏至少嫔馆调查，细诘赵昭仪合德，气焰逼人。合德虽未尝毒死成帝，自思从前亏心各事，若一经逮问，断难隐讳，且要连累姊弟，一同坐罪。沉吟多时，觉得除死以外，已无别法，遂召集贴身侍婢，各给赏赐，嘱令毋谈前愆，自己仰药毙命。一缕芳魂，总算赶上鬼门关，往寻成帝去了。也是显报。

成帝在位二十六年，改元七次，寿终四十五岁。本来是体质强壮，状貌魁梧，俨然像个尊严天子，怎奈酒色过度，斫丧本元，遂致乐极亡阳，霎时晕死，后来奉葬延陵。太子欣入宫嗣位，是谓哀帝。尊太后王氏为太皇太后，皇后赵氏为太后。太皇太后王氏，喜谀寡断，傅昭仪谋立孙儿，常至长信宫伺候，竭力趋奉，就是丁姬也承欢献媚，孝敬有加，因此哀帝嗣位，太皇太后王氏，便令傅昭仪丁姬两人，十日一至未央宫，与帝相见。又传旨询问丞相孔光，及大司马何武，谓定陶太后应居何宫？孔光素闻傅昭仪权略过人，若得入居宫中，将来必干预政事，挟制嗣君，所以复议上去，请另择地筑宫。何武未知光意，谓不如北宫居住，省得劳费。太皇太后依了武言，遂使哀帝诏迎定陶太后，入居北宫。傅昭仪即日移入，丁姬亦随同进去。北宫有紫房复道，与未央宫相通，傅昭仪得日夕往来，屡向哀帝要求，欲称尊号，并封外家亲属。哀帝甫经嗣阼，不敢自出主张，所以游移未决。巧有高昌侯董宏，得闻消息，意欲乘间迎合，上

书引秦庄襄王故事，谓庄襄王本夏氏所生，过继华阳夫人；即位以后，两母并称太后，今宜据以为例，尊定陶共王后为帝太后。亏他寻出佐证。哀帝得书，正想依议下诏，偏大司马王莽，左将军师丹，联名劾宏。略言皇太后名号至尊，有一无二；宏乃引亡秦敝政，蛊惑圣明，应以大不道论罪。哀帝虽然不快，究因王莽为太皇太后从子，未便梗议，乃免宏为庶人。傅昭仪闻信大怒，立到未央宫，面责哀帝，定要速上尊号。哀帝无奈，入白太皇太后，太皇太后允如所请，乃尊定陶共王为共皇，定陶太后傅氏为定陶共皇太后，共皇妃丁姬为定陶共皇后。傅太后系河内温县人，早年丧父，母又改嫁，无亲兄弟，只有从弟三人，一名晏，一名喜，一名商。哀帝为定陶王时，傅太后欲亲上加亲，特取晏女为哀帝妃，至是即立晏女傅氏为后，封晏为孔乡侯。又追封傅太后父为崇祖侯，丁皇后父为褒德侯。丁皇后有两兄，长兄忠，已经去世，忠子满也得受封平周侯；次兄明方值中年，并封为阳安侯。哀帝的本生外家，已经加封，只好将皇太后赵氏弟钦，晋封新城侯，钦兄子䜣为成阳侯。王、赵、丁、傅四家子弟，并膺显爵，朱轮华毂，杂沓都中。

太皇太后王氏，置酒未央宫，拟邀集傅太后、赵太后、丁皇后等，一同会宴，共叙欢忱。国丧才毕，不宜大开筵宴，王政君也是多事。筵席且备，应设坐位，太皇太后坐在正中，自无疑义，第二位轮着傅太后，即由内者令官名。在正座旁，铺陈位置，预备傅太后坐处。此外赵太后、丁皇后等，辈分较卑，当然置列左右两旁。位次既定，忽来了一位贵官，巡视一周，便怒目视内者令道："上面如何设有两座？"内者令答道："正中是太皇太后，旁坐是定陶傅太后。"道言未绝，便听得一声怪叫道："定陶太后，乃是藩妾，怎得与至尊并坐？快与我移下座来！"内者令不好违慢，只好将座位移列左偏。看官道是何人动怒？原来是大司马王莽。莽见座位改定，方才出去。已而太皇太后王氏及赵太后、丁皇后等，俱已到来就席，哀帝亦挈同皇后傅氏，共来侍宴。只有傅太后不至，当下差人至北宫催请，好几次俱被拒绝，显见得傅太后为了坐位，已有所闻，不肯前来赴席。太皇太后不暇久待，乃嘱令大家饮酒。天厨肴馔，比不得吏民酒席，自然丰盛得很。但因傅太后负气不来，反累得满座不欢，饮不多时，当即散席，各归本宫。傅太后余怒未平，免不得迫胁哀帝，叫他撵逐王莽。哀帝尚未下诏，莽已得知风声，自请辞职。当即奉诏批准，特赐黄金五百斤，安车驷马，罢令就第。朔望仍得朝请，礼如三公。公卿大夫，尚称莽持正不阿，进退以义，有古大臣风。又入王莽彀中。

莽既免职，舆情都属望傅喜。喜已任右将军，学行纯正，志操清洁，傅家子弟，要算他最有令名。偏傅太后因喜常有谏诤，与己未协，不欲令他辅政，乃进左将军师丹为大司马，封高乐侯。喜亦托疾辞官，缴还右将军印绶，有诏赐金百斤，令食光禄大夫俸禄，归第养痾。大司空何武，尚书令唐林，皆上书留喜，谓喜行义修洁，忠诚忧国，不应无故遣归，致失众望。哀帝亦知喜贤良，一时为祖母所制，不能不留作后图。过了数日，接阅司隶校尉解光奏牍，乃是一本弹章，指斥著名权戚两人。正是：

由来仕路多艰险，益信人心好诡随。

欲知解光弹劾何人，容俟下回发表。

财能买命，亦足伤命；色可迷人，实足害人。试观淳于长之贪财得赂，复舍财请留，两罪并发，卒致杀身。王融贪财而死，许后舍财而死，财之误人生命，宁不大哉！成帝好色，得遇两美，其乐何如？然绝嗣由此，丧生亦由此，色之为害，最酷最烈，故财色二字，为古今之大戒，一为所蛊，其不至亡身灭种者几希！傅昭仪固尝以色进矣，为孙谋承正统，幸得逞志，顾所欲无厌，称尊号，争坐次，藉一己之幸遇，为种种之请求，妇德无极，信而有征。王莽命移坐位，似兢兢于嫡庶之分，言之成理，但窥其私意，仍不外为身家计。外戚争权，不顾王室，刘氏庸有幸乎！

第九十六回

忤重闱师丹遭贬　害故妃史立售奸

却说司隶校尉解光，因见王莽去职，丁傅用事，也来迎合当道，劾奏曲阳侯王根及成都侯王况，况系王商嗣子。所犯过恶，俱见奏章，略述如后：

窃见曲阳侯王根，三世据权，五将秉政，天下辐辏，赃累巨万，纵横恣意，大治室第。第中筑造土山，矗立两市，殿上赤墀，门户青琐。游观射猎，使仆从被甲，持弓弩，陈步兵，止宿离宫。水衡官名。供张，发民治道，百姓苦其役。内怀奸邪，欲筦朝政，推近吏主簿张业为尚书，蔽上壅下，内塞王路，外交藩臣。按根骨肉至亲，社稷大臣，先帝弃天下，根不悲哀，思慕山陵未成，公然聘娶掖庭女乐殷严王飞君等，置酒歌舞，捐忘先帝厚恩，背臣子义。根兄子成都侯况，幸得以外亲继列侯侍中，不思报德，亦聘娶故掖庭贵人为妻，皆无人臣礼，大不敬不道。应按律惩治，为人臣戒！

哀帝自即位后，也因王氏势盛，欲加抑损，好得收回主权，躬亲大政。既有此意，奈何复封丁傅。既将王莽免官，复得解光弹劾王根，当然中意，不过大不敬不道罪名，究嫌太重，且对着太皇太后，亦觉不情，乃只遣根就国，黜免况为庶人。到了九月庚申日，地忽大震，自京师至北方，凡郡国三十余处，城郭多被震坍，压死人民四百余人。哀帝因灾异过巨，下诏询问群臣，待诏李寻上书奏对道：

臣闻日者众阳之长，人君之表也。君不修道，则日失其度，晻昧无光。间者日光失明，珥蜺数作，珥蜺系日旁云气。小臣不知内事，窃以日视陛下，志操衰于始初多矣。唯陛下执乾纲之德，强志守度，毋听女谒邪臣之欺，与诸阿保乳母甘言卑词之托，勉顾大义，绝小不忍，有不得已，只可赐以货财，不可私以官位。臣闻月者众阴之长，妃后大臣诸侯之象也。间者月数为变，此为母后与政乱朝，阴阳俱伤，两不相便。外臣不知朝事,窃信天文如此,近臣已不足仗矣。唯陛下亲求贤士,以崇社稷,尊强本朝。臣闻五行以水为本,水为准平。王道公正修明,则百川理落脉通,偏党失纲,则涌溢为败。今汝颍漂涌,与雨水并为民害,咎在皇甫卿士之属,唯陛下抑外亲大臣。臣闻地道柔静,阴之常义,间者关东地数震,宜务崇阳抑阴以救其咎。传曰:"土之美者善养禾,君之明者善养士。"中人皆可使为君子,如近世贡禹,以言事忠切,得蒙宠荣,当此之时,士之厉身立名者甚多。及京兆尹王章,坐言事诛灭,于是智者结舌,邪伪并兴,外戚专命,女宫作乱。此行事之败,往者不可及,来者犹可追也。愿陛下进贤退不肖,则圣德清明,休和翔洽,泰阶平而天下自宁矣。

原来哀帝初政,也想力除前弊,崇俭黜奢。曾罢乐府官及官织绮绣,除任子令,汉制凡吏二千石以上视事满三年,得任子弟一人为郎,不以德选,至此才命革除。与诽谤诋欺法,出宫人,免官奴婢,益小吏俸,政事皆由己出,海内颇喁喁望治。偏是傅太后从中干政,称尊号,植私亲,闹个不了,反使哀帝胸无主宰,渐即怠荒。仅阅半年,便致怠弛,无怪后来不长。李寻所言,明明是借着变异,劝勉哀帝,指斥傅太后。哀帝尚知寻忠直,擢为黄门侍郎,唯欲防闲太后,裁抑外家,实在无此能力,只好模糊过去。但朝臣已分为两派,一派是排斥傅氏,不使预政。一派是阿附傅氏,专务承颜。傅太后日思揽权,见有反对的大臣,定欲驱除,好教公卿大夫,联络一气,免受牵掣。大司空汜乡侯何武,遇事持正,不肯阿谀,傅太后心下不乐,密令私人伺武过失。适武有后母在家,往迎不至,即被近臣举劾,斥武事亲不笃,难胜三公重任。哀帝亦欲改易大臣,乃令武免官就国,调大司马师丹为大司空。师丹系琅琊东武县人,表字仲公,少从匡衡学诗,得举孝廉,累次超擢,曾为太子太傅,教授哀帝。既受任为大司空,也与傅氏一派不合,前后奏章数十上,无非援三年无改的古训,规讽哀帝改政太急,滥封丁傅。哀帝非不感动,但为傅丁两后所压迫,也是无可如何。惟有一侍中傅迁,为傅太后从侄,人品奸邪,舆论不容,哀帝因将迁罢职,遣归故郡。不意傅太后出来干涉,硬要哀帝复还迁官,留任宫廷。哀帝无法,只好再将迁留住。丞相孔光,与师丹入朝面奏,谓诏书前后相反,徒使天下疑惑,无所取信,仍请将迁放归。哀帝说不出苦衷,装着痴聋一般,光、丹两人,不得已趋出,迁得为侍中如故。一官都不能黜陟，哀帝亦枉为天子！

先是掖庭狱丞籍武，见赵合德屡毙皇儿，很是不忍。尝与掖庭令吾邱遵密商，拟即告发。无如官卑职小，反恐多言惹祸，因致迁延。吾邱遵又复病殁，武更孤掌难鸣，只得作罢。到了哀帝嗣位，合德自杀，籍武尚然生存，不妨稍露宫中秘情，辗转流传。被司隶校尉解光闻悉，正好扳倒赵家外戚，使傅太后独擅尊荣。当下拜本进去，追劾赵昭仪忍心辣手，曾害死成帝嗣子两人，不但中宫女史曹宫等，冤死莫明，此外后宫得孕，统被赵昭仪用药堕胎。赵昭仪惧罪自尽，未彰显戮，同产家属，尚得尊贵如恒，国法何在？应请穷究正法等语。照此奏议，连赵太后亦不能免辜，赵钦等更不消说得。哀帝因自己入嗣，曾得赵太后调护，厚惠未忘，乃仅将赵钦、赵䜣夺爵，免为庶人，充戍辽西。钦䜣封侯，见前回。赵太后不被干连，算是万幸。慢着！时朝廷已经改元，号为建平元年，三公中缺少一人，朝臣多推荐光禄大夫傅喜，乃拜喜为大司马，封高武侯。郎中令冷褒，黄门郎段犹，见喜得列三公，傅氏威权益盛，乐得凑机献媚。上言共皇太后与共皇后，不宜再加定陶二字，所有车马衣服，皆应称皇，并宜为共皇立庙京师。哀帝即将原奏发落，诏令群臣集议可否，群臣都随口赞成。独大司空师丹，首出抗议，大略如后：

古时圣王制礼，取法于天，故尊卑之礼明，则人伦之序正，人伦之序正，则乾坤得其位，而阴阳顺其节。今定陶共皇太后共皇后，以定陶为号者，母从子，妻从夫之义也。欲立官置吏，车服与太皇太后相埒，非所以明尊无二上之义也。定陶共皇号谥，前已定议，不得复改。礼，父为士，子为天子，祭以天子，其尸服以士服，子无爵父之义，尊父母也。为人后者为之子，故为所后服斩衰三年，而降其父母为期服，明尊本祖而重正统也。孝成皇帝圣恩深远，故为共皇立后，奉承宗祀。今共皇长为一国太祖，万世不毁，恩义已备。陛下既继体先帝，持重大宗，承宗庙天地社稷之祀，义不可复奉定陶共皇，祭入其庙。今欲立庙于京师，而使臣下祭之，是无主也。又亲尽当毁，空去一国太祖不堕之祀，而就无主当毁不正之礼，非所以尊厚共皇也。臣丹谨议。

照这议论，原是至公至正，不可移易，丞相孔光，极力赞同，就是大司

马傅喜，也以为丹言甚是，应该如议。独傅太后及傅晏、傅商等，共恨师丹，兼及孔光、傅喜，统欲把他捽去。第一着先从师丹下手，探得师丹奏草，由属吏私下抄出，传示外人，当即据事奏弹，劾他不敬。里面复有傅太后主张，迫令哀帝下诏，免丹官职，削夺侯封。给事中申咸，博士炔钦，炔音桂。联名上奏，称丹经行无比，怀忠敢谏，奏草漏泄，咎在簿书，与丹无与。今乃因此贬黜，恐失众心。哪知诏书批斥，反将咸钦贬秩二等。尚书令唐林看不过去，复疏称丹罪甚微，受罚太重，中外人士，统说是宜复丹爵邑，使奉朝请，愿陛下加恩师傅，俯洽众心。哀帝乃复赐丹关内侯，食邑三百户，特擢京兆尹朱博为大司空。从前朱博救免陈咸，义声卓著。见八十九回。咸起为大将军长史，将博引入，为王凤所特赏，委任栎阳长安诸县令，累迁冀州刺史、琅琊太守，专用权术驾驭吏民，相率畏服。嗣奉召为光禄大夫，迁授廷尉，博恐为属吏所欺，故意召集属吏，取出累年积案，意欲判断，多与原判相符。属吏见他明察，不敢相欺，隔了一年，得擢为后将军，坐党红阳侯王立，免官归里。哀帝复征为光禄大夫，使任京兆尹。适值傅氏用事，要想联络几个廷臣，作为羽翼，遂由孔乡侯傅晏，与博往来，结为知交，至师丹罢免，便引博为大司空。博平时专重私情，不务大体，此次与傅晏交好，也是这般行为，从此位置益高，声名反减，居然变做傅家走狗了。一失足成千古恨！

傅太后既除去师丹，便要排斥孔光，因思孔光当日，曾请立中山王兴为嗣，兴已病死，兴母冯昭仪尚存。从前为了当熊一事，留下惭恨，未曾报复，现已大权在手，不但内除孔丞相，还要外除冯昭仪。也是冯昭仪命数该终，一不加防，被她诬成逆案，致令一位著名贤妃，舍生就死，遗恨千秋。实是可惜！

原来中山王兴，自增封食邑后，得病即亡。王妃冯氏，就是兴舅宜乡侯冯参女儿，生下二女，却无子嗣。兴乃另纳卫姬，得产一男，取名箕子，承袭王封。箕子年幼丧父，并且多病，医家号为肝厥症，不时发作，每发辄手足拘挛，指甲皆青，连嘴唇亦皆变色。冯昭仪只此一孙，当然怜爱，因见他病根不断，医药难痊，没奈何祷祀神祇，希图禳解。当熊侠妇，也要迷信鬼神，总之，不脱妇人性情。哀帝闻箕子有疾，特遣中郎谒者张由，带同医士，前往诊治。既至中山，冯昭仪依礼接待，并不怠慢。由素有疯病，留居数日，见医士调治未愈，不由得惹动愁烦，引起旧恙。喧呶了一两天，竟命从人收拾行装，匆匆回都，入朝复命。哀帝问及箕子痊否，由答言未痊。恼动哀帝怒意，叱令退出。另遣尚书责问，诘他何故速归？由连碰钉子，倒将神志吓清，疯病好了一大半，暗想自己病得糊涂，无端遽返，若没有回话手本，定要坐罪。事到其间，宁我负人，毋人负我，可恶！乃即捏词作答，只说中山王太后冯氏，私下嘱令巫觋，咒诅皇上及傅太后，事关机密，所以匆匆回报。尚书得了口供，慌忙入宫告知。哀帝尚未着急，傅太后已怒不可遏，亟召御史丁玄入内，嘱咐数语，叫他速往中山，尽法究办。丁玄是共皇后丁氏侄儿，与傅氏互相连结，奉命即往。一到中山，就将宫中吏役，以及冯氏子弟，拘系狱中，统共得百余人。由玄逐日提讯，好几天不得头绪，无从复奏。傅太后待了旬日，未见丁玄回音，再遣中谒者史立，与丞相长史大鸿胪丞，同往审讯。史立星夜就道，驰至中山，先与丁玄晤谈。丁玄因不得供词，未免皱着眉头，对立叹息。立却暗暗嘲笑，以为这般美差，可望封侯，乃丁玄如此没用，让我来占功劳，真是富贵逼人，非常侥幸。想到此处，跃跃欲试。当日提齐案卷，升堂鞫讯，一班案中人犯，挨次听审，平白地如何招供，自然一齐呼冤。立不分皂白，专用严刑拷讯，连毙数人，尚无供词。立也觉为难，情急智生，竟令诸人一齐退下，独将男巫刘吾提入，用了种种骗吓手段，教他推到冯昭仪身上，供称咒诅是实。刘吾竟为所赚，依言书供。立得此供词，再将冯昭仪女弟冯习，及寡弟妇君之，提到堂上，硬指她与冯昭仪通谋，冯习不禁怒起，开口骂立，立动了懊恼，喝令左右动刑，笞杖交下。一介弱妇，如何熬受得起，当堂毙命。史立杀有余辜！ 立见冯习死去，也觉着忙，因习是冯昭仪妹子，比不得寻常吏役，处死无妨。当下命将君之返系狱中。想了多少时候，得着一计，遂去召入医士徐遂成，与他密谈一番，嘱令承认。遂成是经张由带去，未曾回京，此次受了史立嘱托，便出作证人，依嘱诬供道："冯习与君之，曾对我密语云：'武帝有名医修氏，医好帝疾，赏赐不过二千万，今闻主上多病，汝在京想亦入治，就使治愈，也不得封侯，不如药死主上，使中山王代为皇帝，汝定可得侯封了！'"立听他说罢，佯作不信，经遂成指天誓日，决非虚诬。立越觉有词可借，竟唤出冯昭仪，面加责问，冯昭仪怎肯诬服，自然与立对辩。立冷笑道："从前挺身当熊，自甘拚死，勇敢何如？今日何这般胆怯呢！"冯昭仪听了，方才省悟，遂不屑与辩，愤然还宫。顾语左右道："当熊乃前朝事，且是宫中语言，史立如何得晓？这定是内廷有人陷我！我知道了，一死便罢！"语中已指傅太后。当即仰药自尽。

史立已将冯昭仪等咒诅谋逆等情，谎词奏报，有司即请诛冯昭仪。哀帝还觉不忍，只下诏废为庶人，徙居云阳宫，哪知冯昭仪已死。史立第二次奏报，又复到来。哀帝以冯昭仪自尽在未废前，仍命用王太后礼安葬，一面召冯参入诣廷尉。参少通尚书，前为黄门郎，宿卫十余年，严肃有威，就是王氏五侯，亦尝见惮。后来以王舅封侯，得奉朝请。此次无辜被陷，不肯受辱，遂仰天叹道："参父子兄弟，皆备大位，身至封侯。今坐被恶名，死何足惜！但恨地下对不住先人哩！"说至此，竟拔剑自刎。弟妇君之，与习夫及子，皆被株连，或自尽，或被戮，共死十七人。参女为中山王兴妃，免为庶人，与冯氏宗族徙归故郡。

颍川人孙宝，方为司隶校尉，目睹案情冤枉，心甚不平，因即奏请复审。傅太后正在快意，偏遇孙宝硬来干涉，当然动恼，便令哀帝下诏，将宝系狱。尚书令唐林，上书力争，也被贬为敦煌鱼泽障候。汉官名。大司马傅喜，虽是傅太后从弟，却是情理难安，便与光禄大夫龚胜，一同进谏，请将孙宝复职。哀帝乃转白傅太后，傅太后尚不肯照允。嗣经哀帝一再求情，勉强许可，孙宝才得复还原官。张由首发有功，得受封关内侯，史立迁官中太仆。仍然不得封侯，何苦屈死多人？有几个公正人士，背地里俱嘲骂张、史二人，谗陷取荣，忍心害理。二人还得意洋洋，自诩得计。直至哀帝崩后，由孔光追劾二人过恶，夺官充戍，谪居合浦。但冯氏冤狱，未闻申雪，冯昭仪不得追封，毕竟是乱世纷纷，黑白混淆了。

惟傅太后既报宿仇，便想斥逐孔光，且因傅喜不肯为助，反去助人，心中越想越气，即与傅晏商议，谋斥二人。傅晏复邀同朱博，先后进谗，不是说孔光迂僻，便是说傅喜倾邪。建平二年三月间，遂策免大司马傅喜，遣他就国。越月又策免丞相孔光，斥为庶人。朱博曾奏请罢三公官，仍照先朝旧制，改置御史大夫，于是撤销大司空职衔，使博为御史大夫，另拜丁明为大司马卫将军。未几升博为相，用少府赵玄为御史大夫。博与玄方登殿受策，忽殿中传出怪响，声似洪钟，好一歇才得停止。殿中侍臣，左右骇顾，不知从何处发声，就是博与玄亦惊心动魄，诧为异闻。小子有诗叹道：

国家柱石待贤臣，小智如何秉国钧。

殿上一声传预报，荣身已是兆亡身。

究竟声从何来，且至下回续叙。

史称傅昭仪入宫，善事人，下至宫人左右，饮酒酹地，皆祝延之。不知此正固宠希荣之伎俩，使人堕入术中而不自觉者也。哲妇倾城，本诸古训，傅昭仪固一哲妇耳。哀帝之入嗣大统，全赖傅昭仪之营谋。即位以后，其受制于傅昭仪也，固意中事，善事人者，一变而为善害人。师丹持议甚正，即首黜之；傅喜以行义称为傅氏子弟中之翘楚，而傅昭仪犹不肯相容，何论他人？彼解光之阿旨献谀，劾奏赵氏，原为赵氏姊妹之恶报，犹可言也。冯昭仪何罪？竟以当熊之惭恨，信张由之诬，容史立之诈，卒使贤妃自尽，冯氏凌夷。妇人之心，多半褊刻，宁特赵氏姊妹云尔哉！朱博颇有能名，甘作傅家走狗，无惑乎不得其死也。

第九十七回

莽朱博附势反亡身　美董贤阖家同邀宠

却说朱博赵玄，登殿受策，闻得殿上发出怪声，都是提心吊胆，匆匆谢归。哀帝也觉有异，使左右验视钟鼓，并无他人搏击，为何无故发声？乃召问黄门侍郎扬雄，及待诏李寻，寻答说道："这是《洪范传》所谓鼓妖呢！"名称新颖。哀帝问："何为鼓妖？"寻又说道："人君不聪，为众所惑，空名得进，便致有声无形。臣谓宜罢退丞相，借应天变，若不罢退，期年以后，本人亦难免咎哩。"哀帝默然不答，扬雄亦进言道："寻言并非无稽，愿陛下垂察！即如朱博为人，强毅多谋，宜将不宜相，陛下应因材任使，毋致凶灾！"哀帝始终不答，拂袖退朝。内有祖母主张，小孙何得擅改？

朱博晋封阳乡侯，感念傅氏厚恩，请上傅、丁两后尊号，除去定陶二字。傅太后喜如所望，就令哀帝下诏，尊共皇太后傅氏为帝太太后，古今罕闻。居永信宫。共皇后丁氏为帝太后，居中安宫。并在京师设立共皇庙，所有定陶二字，并皆删去。于是宫中有四太后，各置少府太仆，秩皆中二千石，傅太后既列至尊，浸成骄僭，有时谈及太皇太后，竟直呼为老妪。亏得王政君素来和缓，不与计较，所以尚得相安。赵太后飞燕势孤失援，却去奉承傅太后，买动欢心，往往问候永信宫，不往长信宫。太皇太后虽然懊怅，但因傅氏权力方盛，也只有勉强容忍，听她所为。飞燕不得善终，已兆于此。

博与玄又接连上奏，请复前高昌侯董宏封爵，谓宏首议帝太太后尊号，乃为王莽师丹所劾，莽丹不思显扬大义，胆敢贬抑至尊，亏损孝道，不忠孰甚。宜将莽丹夺爵示惩，仍赐还宏封爵食邑。哀帝当即批答，黜师丹为庶人，令莽出都就国。独谏大夫杨宣上书，略言先帝择贤嗣统，原欲陛下承奉东宫。注见前。今太皇太后春秋七十，屡经忧伤，饬令亲属引退。

借避丁傅，陛下试登高望远，对着先帝陵庙，能勿怀惭否？说得哀帝也为耸动，因复封王商子邑为成都侯。

会哀帝屡患痿疾，久不视朝，待诏黄门夏贺良，挟得齐人甘忠可遗书，妄称能知天文。上言汉历中衰，当更受命，宜急改元易号，方可益年延寿。哀帝竟为所惑，遂于建平二年六月间，改元太初，自号陈圣刘太平皇帝。哪知祯祥未集，凶祸先来，帝太后丁氏得病，不到旬日，便即逝世。哀帝力疾临丧，忙碌数日，身体愈觉不适，索性奄卧床上，不能起身。幸由御医多方调治，渐渐就痊，遂命左右调查夏贺良履历。仔细钩考，实是一个妖言惑众的匪人。他平生并无技能，单靠甘忠可遗书，作为秘本。甘忠可也是妖民，曾制《天官历》《包平太平经》二书，都是随手掇拾，似通非通。忠可尝自称为天帝垂赐，特使真人赤精子传授。当时曾经光禄大夫刘向，斥他罔上惑民，奏请逮系，卒至下狱瘐死。向当哀帝初年去世，夏贺良乘隙出头，就将甘忠可邪说，奉为师傅，入都干进。可巧长安令郭昌，与他同学，遂替他转托司隶解光，待诏李寻代为举荐。解光、李寻便将贺良登诸荐牍，奉旨令贺良待诏黄门。此次切实调查，报知哀帝，哀帝已知他学说不经，那贺良还不管死活，复奏言丞相御史，未知天道，不足胜任，宜改用解光、李寻辅政。自己寻死，尚嫌不足，还要添入两人。哀帝越加动怒，诏罢改元易号二事，立命捕系。贺良问成死罪，并将解光、李寻谪徙敦煌郡。解光阿附傅氏，应该至此，李寻未免遭累。

傅太后既减削王、赵二外家，独揽国权，自然快慰。只有从弟傅喜，始终不肯阿顺，实属可恨，应该将他夺去爵邑，方好出气。当下嘱令孔乡侯傅晏，商诸丞相朱博，要他追劾傅喜，夺去侯封。博欣然领命，待晏去后，即邀御史大夫赵玄到来，请他联名劾喜。赵玄迟疑道："事成既往，似乎不宜再提。"博变色道："我已应许孔乡侯了！匹夫相约，尚不可忘，何况至尊！君怕死，博却不怕死！"原是叫你去死。玄见他色厉词刚，倒也胆怯，只好唯命是从。傅又想出一法，恐单劾傅喜，反启哀帝疑心，索性将汜乡侯何武，亦牵入案中。当下缮成奏疏，内称何武傅喜，前居高位，无益治道，不当使有爵土，请即免为庶人等语。这奏疏呈将进去，总道与师丹、王莽相同，立见批准。不料复诏未下，却由尚书令奉着密旨，召入赵玄，彻底盘问。玄始尚含糊，及尚书说明上意，已知是傅晏唆使，教玄自己委责，老实说明。玄性尚忠厚,不能狡赖,遂将晏嘱使朱博,傅强迫联名,备述一遍。当由尚书复报哀帝,哀帝立即下诏,减玄死罪三等,削晏封邑四分之一,使谒者持节召博入掖庭狱。博才知大错铸成,无法求免,不如图个自尽。当即对着谒者,取出鸩酒,一喝即尽,须臾毕命。鼓妖预兆,至是果验了! 冰山未倒,先已杀身。

谒者见博已自刎,回宫销差。哀帝特进光禄勋平当为御史大夫,未几即升任丞相。当字子思,籍隶平陵,以明经进阶,官至骑都尉。哀帝因他经明禹贡,使领河堤。当尝奏称按经治水,只宜疏浚,不宜壅塞,须博求浚川疏河的名士,共同监役,方可奏功,哀帝却也依议。当有待诏贾让,具陈上中下三策。上策是顺河故道,中策是凿河支流,下策是随河筑防,时人叹为名言。贾让三策,随笔插入,是不没名论。平当专主中策,择要疏浚,河患少纾。至拜为丞相,正当建平二年的冬季,汉制冬月不封侯,故只赐爵关内侯。越年当即患病,哀帝召当入朝,意欲加封,当称病不起。家人请当强起受印,为子孙计,当喟然道:“我得居大位,常患素餐。若起受侯印,还卧而死,死有余罪。汝等劝我为子孙计,哪知我不受侯封,正是为子孙计哩!”言之有理。说罢,遂命长子晏缮奏,乞请骸

骨。哀帝尚优诏慰留,敕赐牛酒,谕令调养。当终不得愈,春暮告终,乃擢御史大夫王嘉为丞相。

嘉字公仲,与平当同乡,也以明经射策,得列甲科,入为郎官。累次超擢,竟登相位,封新甫侯。才阅数月,又出了一场重案,几与中山情迹相同,也有些含冤莫白,枉死多人。王嘉为相未久,不便强谏,只得袖手旁观,付诸一叹罢了!先是东平王宇,宣帝子。受封历三十三年,幸得考终,子云嗣为东平王。建平三年,无盐县中出二怪事。一是危山上面,土忽自起,复压草上,平坦如驰道状。一是瓠山中间,有大石转侧起立,高九尺六寸,比原址移开一丈,阔约四尺。远近传为异闻,哗动一时。无盐属东平管辖,东平王刘云,得知此事,总疑是有神凭依,即备了祭具,挈了王后谒等,同至瓠山,向石祀祷。自去寻祸。祭毕回宫,复在宫中筑一土山,也仿瓠山形状,上立石像,束以黄草,视作神主,随时祈祷。想是祈死。这消息传入都中,竟有两个揣摩求合的妄人,想乘此升官发财,步那张由、史立的后尘。一个叫做息夫躬,系河阳人;一个叫做孙宠,系长安人。躬与孔乡侯傅晏,籍贯相同,素来认识,又曾读过《春秋》大义,粗通文墨,遂入都夤缘,得为待诏。宠做过汝南太守,坐事免官,流寓都门,也曾上书言事,与息夫躬同为待诏朋友。待诏二字,并非实官,不过叫他留住都中,听候录用。两人都眼巴巴的望得一官,好多日不见铨选,怀金将尽,抑郁无聊。自从得着东平王祭石消息,躬便以为机会到来,密对宠笑语道:“我等好从此封侯了!”异想天开。宠亦嗤然道:“汝敢是痴心病狂么?”躬作色道:“我何曾病狂?老实相告,却有一个绝好机会。”宠尚未肯信,经躬邀至僻处,耳语了好多时,宠始心下佩服,情愿与躬同谋。躬遂悄悄的撰成奏疏,托中郎右师谭,转交中常侍宋弘,代为呈入。大略说是:

> 无盐有大石自立,闻邪臣附会往事,以为泰山石立,孝宣皇帝遂得宠兴。事见前文。东平王云,因此生心,与其后日夜祠祭,咒诅九重,欲求非望。而后舅伍弘,咒以医术幸进,出入禁门。臣恐霍显之谋,将行于杯杓;荆轲之变,必起于帷幄,祸且不堪设想矣!事关危急,不敢不昧死上闻。

看官试想,这荆轲、霍显两语,何等利害!就使是个聪明令主,也要被他耸动，何况哀帝庸弱，又是连年多病，能不惊心？当下饬令有司，驰往严办，结果是势驱刑迫，屈打成招，只说东平后谒，阴使巫傅恭婢合欢等，祠祭诅祝，替云求为天子。云又与术士高尚，占验天象。料知上疾难痊，云当得天下。所以大石起立，与孝宣皇帝时相同。这种案词复奏上来，东平王夫妇，还有何幸？哀帝诏废云为庶人，徙居房陵。云后谒与后舅伍弘，一并处死。廷尉梁相，急忙谏阻，谓案情未见确实，应委公卿复讯。尚书令鞠谭，仆射宗伯凤，都与梁相同意，奏请照准。哪知哀帝非但不从，反说三人意存观望，不知嫉恶讨贼，罪与相等，应该削职为民。三人坐免，还有何人再敢力争？东平王云，愤急自尽。谒与伍弘，徒落得身首两分，冤沉地下。那息夫躬得为光禄大夫，孙宠得为南阳太守。就是宋弘右师谭，亦得升官。杀人市宠，可惜可叹！居心叵测，一至于此。

哀帝还想借着此案，封一幸臣。看官欲问他姓名，乃是云阳人董贤。父名恭，曾任官御史。贤得为太子舍人，年纪还不过十五六岁。宫中侍臣，都说他年少无知，不令任事，所以哀帝但识姓名，未尝相见。至哀帝即位，贤随入为郎，又厮混了一两年。会值贤传报漏刻，立在殿下，哀帝从殿中看见，还道是个美貌宫人，扮做男儿模样。当即召入殿中，问明姓氏，不禁省悟道："你就是舍人董贤么？"口中如此问说，心中却想入非非。私讶男子中有此姿色，真是绝无仅有，就是六宫粉黛，也应相形见秽，叹为勿如。于是面授黄门郎，嘱令入侍左右。贤虽是男儿，却生成一种女性，柔声下气，搔首弄姿，引得哀帝欲火中烧，居然引同寝处，相狎相亲。贤父恭已出为云中候，由哀帝向贤问知，即召为霸陵令，擢光禄大夫。贤一月三迁，竟升任驸马都尉侍中，出常骖乘，入常共榻。一日与哀帝昼寝，哀帝已经醒寤，意欲起来，见贤还是睡着，不忍惊动。无如衣袖被贤体压住，无从取出，自思衣价有限，好梦难寻，竟从床头拔出佩刀，将袖割断，悄然起去。后人称嬖宠男色，叫做断袖癖，就是引用哀帝故事。想见当时恩爱远过后妃。及贤睡觉，见身下压着断袖，越感哀帝厚恩。嗣是卖弄殷勤，不离帝侧，就是例当休沐，也不肯回家，托词哀帝多病，须在旁煎药承差，小心伺候。南风烈烈，难道是无妨龙体？哀帝闻他已有妻室，嘱使回去欢聚，说到三番四次，贤终不愿应命。哀帝过意不去，特开创例，叫贤妻名隶宫籍，许令入宿直庐。又查得贤有一妹，尚未许字，因令贤送妹入宫，夤夜

召见。凝眸注视，面貌与乃兄相似，桃腮带赤，杏眼留青，益觉得娇态动人，便即留她侍寝，一夜春风，绾住柔情，越宿即拜为昭仪，位次皇后。皇后宫殿，向称椒房，贤妹所居，特赐号椒风，示与皇后名号相联。就是贤妻得蒙特许，出入宫禁，当然与哀帝相见。青年妇女，总有几分姿色，又况哀帝平日赏赐董贤，无非是金银珠宝，贤自然归遗细君。一经装饰，格外鲜妍。哀帝也不禁心动，令与贤同侍左右。贤不惜己身，何惜妻室，但教博得皇帝宠幸，管什么妻房名节，因此与妻妹二人，轮流值宿。俗语叫做和窠爵。

哀帝随时赏给，不可胜算，复擢贤父为少府，赐爵关内侯。甚至贤妻父亦为将作大臣，贤妻弟且为执金吾。并替贤筑造大第，就在北阙下择地经营，重殿洞门，周垣复道，制度与宫室相同。又豫赐东园秘器，朱襦玉柙，命就自己万年陵旁，另茔一冢，使贤得生死陪伴，视若后妃。二十岁左右就替他起冢，显是预兆不祥。惟贤尚未得封侯，一时无功可言，不便骤赐侯爵。迁延了一两年，正值东平巨案，冤死多人，告发诸徒，平地受封。侍中傅嘉，仰承风旨，请哀帝将董贤姓名，加入告发案内，便好封他为侯。

哀帝正合私衷,遂把宋弘除出,只说贤亦尝告逆,应与息、夫躬、孙宠同膺懋赏,并封关内侯。一面恐傅太后出来诘责,特将傅太后最幼从弟傅商,授封汝昌侯。不意尚书仆射郑崇,却入朝进谏道:"从前成帝并封五侯,黄雾漫天,日中有黑气。今傅商无功封侯,坏乱祖制,逆天违人,臣愿拼身命,担当国咎!"说着,竟将诏书案提起,诏书案系承受诏书,形如短几,足长三寸。不使哀帝下诏,扬长而去。忠直有余,智略不足。

崇系平陵人,由前大司马傅喜荐入,抗直敢言。每次进见,必著革履,橐橐有声,哀帝不待见面,一闻履声作响,便笑语左右道:"郑尚书履声复至,想是又来陈言了!"道言甫毕,果见崇到座前,振振有词,哀帝却也十依七八。就是此次谏阻封侯,哀帝也想作罢,偏被傅太后闻悉,怒向哀帝道:"天下有身为天子,反受一小臣专制么!"哀帝经此一激,决意封商为侯。傅太后母,曾改嫁为魏郡郑翁妻,见九十五回。生子名恽,恽又生子名业,至是亦封为信阳侯,追尊业父恽为信阳节侯。郑崇虽不能谏止封商,但素性戆直,不肯就此箝口,因见董贤宠荣过盛,复入内谏诤。哀帝最爱董贤,怎肯听信?当然要将他驳斥。尚书令赵昌,专务谄媚,与崇积不相容,遂乘间谮崇,诬崇交通宗族,恐有奸谋。哀帝乃召崇责问道:"君门如市人,奈何欲禁遏主上?"崇慨然道:"臣门如市,臣心如水,愿听查究!"哀帝恨崇答言不逊,命崇系狱逮治。狱吏又一意迎合,严刑拷迫,打得崇皮开肉烂,崇却抵死不肯诬供。司隶孙宝,知崇为赵昌所诬,上书保救,略言崇搒掠将死,终无一辞,道路都替崇呼冤。臣恐崇与赵昌,素有嫌疑,因遭诬陷,愿将昌一并查办,借释众疑。哀帝竟批斥道:"司隶宝附下罔上,为国蠹贼,应免为庶人!"宝被谪归田,崇竟病死狱中。

哀帝复欲加封董贤,先上傅太后尊号,称为皇太太后,买动祖母欢心。再令孔乡侯傅晏,赍着封贤诏书,往示丞相御史。丞相王嘉,为了东平冤狱,尚觉不平,此时见诏书上面,又提及董贤告逆有功,不由的触起前恨,因与御史大夫贾延,并上封事,极力阻止,哀帝不得已延宕数月。后来待无可待,毅然下诏道:

昔楚有子玉得臣,晋公为之侧席而坐。近如汲黯,折淮南之谋,功在国家。今东平王云等,至有弑逆之谋,公卿股肱,莫能悉心聪察,销乱未萌。幸赖宗庙神灵,由侍中董贤等发觉以闻,咸伏厥辜。

《书》不云乎？“用德彰厥善”，其封贤为高安侯，孙宠为方阳侯，息夫躬为宜陵侯。

息夫躬性本狡险，骤得宠荣，便屡次进见哀帝，历诋公卿大臣。朝臣都畏他势焰，相率侧目。谏大夫鲍宣，慷慨进谏，胪陈百姓七亡七死，不应私养外亲，及幸臣董贤，就是孙宠、息夫躬等，并属奸邪，亟宜罢黜。召用故大司马傅喜，故大司空何武、师丹，故丞相孔光，故左将军彭宣，共辅国政，方可与建教化，图安危，语意很是剀切。哀帝因宣为名儒，总算格外优容，但把原书置诸高阁，不去理睬罢了。小子有诗叹道：

熏莸臭味本差池，黜正崇邪两不宜。
主惑如斯民怨起，汉家火德已全衰。

欲知鲍宣生平履历，俟至下回再详。

朱博计救陈咸，颇有侠气。乃其后晚节不终，甘附丁傅，曲媚孔乡，劾傅喜，弹何武，意欲缘此固宠。不意反动哀帝之疑，坐陷诬罔之罪，仰药而死。富贵之误人大矣哉！东平冤狱，不减中山，息夫躬孙宠，犹之张由史立耳。哀帝不察，谬加封赏，且举董贤而羼入之，昏愚至此，可慨孰甚？然观《汉书·佞幸传》，高祖时有籍孺，惠帝时有闳孺，文帝时有邓通，武帝时有韩嫣，成帝时有张放，豢畜弄儿，几已成为家法。董贤则以色见幸，且举妻妹而并进之，无惑乎其得君益甚，受宠益隆也！特原其祸始，实自祖若宗贻之。其父杀人，其子必且行劫，吾于哀帝亦云。

第九十八回

良相遭囚呕血致毙　幸臣失势与妇并戕

却说谏大夫鲍宣，表字子都，系是渤海人氏。好学明经，家本清苦。少年尝受业桓氏，师弟相亲，情同父子。师家有女桓少君，配宣为妻。结婚时装束甚华，宣反愀然不悦，面语少君道："少君家富，华衣美饰；我实贫贱，不敢当礼！"少君答道："家大人平日重君，无非为君修德守约，故使妾来侍巾栉。妾既奉承君子，敢不唯命是从！"少君乃卸去盛装，送还母家，改著布衣短裙，与宣共挽鹿车，同归故里。宣家只有老母，由少君拜谒如仪，当即提瓮出汲，修行妇道，乡党共称为贤妇。特叙桓少君事，好作女箴。

既而宣得举孝廉，入为郎官，大司马王商，闻宣高行，荐为议郎，大司空何武，复荐宣为谏大夫。宣不屑苟谀，所以上书切谏。哀帝置诸不理，宣亦无可如何。忽由息夫躬上言，近年灾异迭见，恐有非常变祸，应遣大将军巡边，斩一郡守，立威应变。毫无道理。哀帝即召问丞相王嘉，嘉当然奏阻，哀帝只信息夫躬，不从嘉言。建平四年冬季，定议改元，遂于次年元日，改称元寿元年，下诏进傅晏为大司马卫将军，丁明为大司马骠骑将军，两大将军同日简选，意欲遣一人出巡，依着息夫躬所言，哪知是日下午，日食几尽，哀帝不得不诏求直言。丞相王嘉，又将董贤劾奏一本，哀帝心中不怿。丹阳人杜邺，以方正应举，应诏对策，谓日食失明，是阳为阴掩的灾象。今诸外家并侍帷幄，手握重权，复并置大司马，册拜时即逢日食，天象告儆，不可不防！哀帝待遇丁傅，不过为外家起见，特示尊崇，若论到真心宠爱，不及董贤，所以董贤被劾，全然不睬。至若丁傅两家，遇人讥议，倒还有些起疑。接连是皇太太后傅氏生起病来，不到旬日，呜呼哀哉！老姬的洪福也享尽了。先是关东人民，无故惊走，或持稻秆，或执麻秆，辗转付与，说是行西王母筹。有几个披发跣足，拆关逾墙，有几个乘车跨马，急足疾驰，甚至越过郡国二十六处，直抵京师。官吏禁不胜禁，只好由他瞎闹，愚民又多聚会歌舞，祀西王母。当时都下人士，借端谀颂，比太皇太后王氏为西王母，谓当寿考无疆。谁知却应在皇太太后傅氏身上，命尽归西。

傅氏既殁，哀帝又不禁记忆孔光，特派公车征召。俟光入朝，即问他日食原因，光奏对大意，也说是阴盛阳衰。哀帝方才相信，赐光束帛，拜为光禄大夫。董贤也乘时进言，将日食变象，归咎傅氏。巧为卸过。于是哀帝下诏，收回傅晏印绶，罢官归第。丞相王嘉，御史贾延，又上言息夫躬、孙宠罪恶，躬宠已失奥援，无人代为保救，便即奉诏免官，限令即日就国。躬只好带同老母妻子，仓皇就道，既至宜陵，尚无第宅，不得已寄居邱亭，就地匪徒，见他行装累累，暗暗垂涎，夜间常去探伺，吓得躬胆战心惊。适有河内掾吏贾惠过境，与躬同乡，入亭问候。见躬形色慌张，询知情由，便教他折取东南桑枝，上画北斗七星。每夜披发北向，执枝诵咒，可以弭盗，又将咒语相告。躬信以为真，谢别贾惠，即依惠言办理，夜夜咒诅，好似疯人一般。偏有人上书告发，指为诅咒朝廷。当由哀帝派吏捕躬，系入洛阳诏狱。问官提躬审讯，但见躬仰天大呼，响声未绝，立即倒地。吏役忙去验视，耳鼻口中，统皆出血，咽喉已经中断，不能再活了。问官见躬扼喉自尽，越道他咒诅属实，不敢剖辩，因此再讯躬母。躬母名圣，白发皤皤，被问官威吓起来，身子抖个不住。问官愈觉动疑，迫令招供，只说是母子同谋，罪坐大逆不道，判处死刑。躬妻子充戍合浦。至哀帝崩后，孙宠及右师谭，也为有司所劾，追发东平冤狱，夺爵充戍，并死合浦郡中。这叫做天道好还，无恶不报哩！当头棒喝。

谏大夫鲍宣，又请起用何武、师丹、彭宣、傅喜，并遣董贤就国。哀帝遣宣为司隶校尉，征召何武彭宣。独对着这位亲亲昵昵的董圣卿，贤字圣卿。非但不肯遣去，还要加封食邑二千户，伪托皇太太后遗命，颁发出来。丞相王嘉，封还诏书，力斥董贤谄佞，不宜亲近，结末有陛下继嗣未立，应思自求多福，奈何轻身肆志，不念高祖勤苦等语。这数句针砭入骨，大忤哀帝意旨。哀帝乃欲求嘉过失，记起中山案内，梁相、鞫谭、宗伯凤三人，一体坐免。独嘉复为保荐，迹近欺君。遂召嘉至尚书处责问，嘉只得免冠谢罪。不意光禄大夫孔光，觊觎相位，想把王嘉挤去。竟邀同左将军公孙禄，右将军王安，光禄勋马宫等，联名劾嘉，斥为罔上不道，请与廷尉杂治。独光禄大夫龚胜，以为嘉备位宰相，诸事并废，应该坐咎，若但为保荐梁相诸人，就坐他罔上不道的罪名，不足以示天下。哀帝竟从孔光等奏议，召嘉诣廷尉诏狱。当时相府掾属，劝嘉不如自裁，代为和药，进奉嘉前。嘉不肯吞服，有主簿泣语道："将相不应对狱官陈冤，旧例如此，望君侯即自引决！"嘉摇首不答。内使危坐门首，促嘉赴狱。主簿又向嘉进药，嘉取杯掷地道："丞相得备位三公，奉职负国，当服刑都市，垂为众戒！奈何作儿女子态，服药寻死呢？"说着，即出拜受诏，乘坐小车，径诣廷尉，缴出丞相新甫侯印绶，束手就缚。内使将印绶持报哀帝，哀帝总道王嘉闻命，定即自尽，及闻他径诣诏狱，越加气愤。立命将军以下至二千石，会同穷究。嘉不堪侵辱，仰天叹道："我幸得备位宰相，不能进贤退不肖，以是负国，死有余责了！"大众问及贤不肖主名，嘉答说道："孔光何武是贤人，董贤父子是不肖！我不能进孔光何武，退董贤父子，罪原该死，死亦无恨哩！"将军以下，听嘉如此说法，倒也不能定谳。嘉系狱至二十余日，呕血数升，竟致绝命。看官试想王嘉致死，一半是孔光逼成，嘉却反称光贤，真正可怪。究竟光是何等样人？看到后文，才知他是个无耻小人

了！一语断煞。

哀帝闻得王嘉遗言，遂拜孔光为丞相，起何武为前将军，彭宣为御史大夫。宣字子武，淮阳人氏，经明行修，由前丞相张禹荐为博士，累任郡守，入为大司农光禄勋右将军。哀帝本调他为左将军，嗣欲位置丁傅子弟，乃将宣策免，赐爵关内侯，遣令归里。至是复蒙召入，哀帝转罢去御史大夫贾延，使宣断任。

会丞相孔光出视园陵，从吏向驰道中乱跑，有违法度，适为司隶鲍宣所见，喝令左右从事，拘住相府从吏，并把车马充公。光不甘受辱，虽未尝上书劾宣，但与同僚谈及，怨宣不情。当有人趋奉丞相，报知哀帝。哀帝正信任孔光，饬令御史中丞查办。御史使人捕宣从事，却受了一杯闭门羹。当下奏闻哀帝，劾宣闭门拒命，无人臣礼，大不敬不道。哀帝也不问曲直，立命系宣下狱。博士弟子王咸等，都称宣奉法从公，有何大罪？当即就太学中竖起长幡，号召大众道："如欲救鲍司隶，请集此幡下！"诸生听了此语，争先趋集，霎时间多至千余人。乘着孔光入朝，拦住车前，要他救免鲍宣。光见人多势众，不便驳斥，只好佯从众意，托言入朝奏请，定使鲍司隶无恙，众乃避开两旁，使光进去。光既入朝堂，怎肯为宣解免？奸猾可知。诸生复守阙上书，为宣讼冤。哀帝只许贷宣死罪，罚受髡钳，放至上党。宣见上党地宜农牧，又少盗贼，就将家属徙至上党，一同居住。那孔光既得报复私怨，自然快意，从此感激皇恩，但能博得哀帝欢心，无不如命。

哀帝复欲荣宠董贤，使居大位，巧值大司马丁明，怜惜王嘉，为帝所闻，因即将明免官，拟令董贤代任。贤故意推辞，哀帝乃进光禄大夫薛赏为大司马，赏受职才越数日，忽然暴亡，情迹可疑！于是决计令贤为大司马。策文有云：

> 朕承天序，唯稽古，建尔于公，以为汉辅。往悉尔心，统辟王也。元戎，折冲绥远，匡正庶事，允执其中。天下之众，受制于朕，以将为命，以兵为威，可不慎与！

是时董贤年只二十有二，竟得超列三公，掌握兵权，真是汉朝开国以来，得未曾有。想是能摆龙阳君阵，故得超授。贤父恭迁光禄大夫，秩中二千石，贤弟宽信代为驸马都尉，此次董氏亲属，并得联翩入都，受职邀荣。从前丁、傅二外家，虽然贵显，尚没有董氏的迅速，这真可谓隆恩优渥了！从前孔光为御史大夫，贤父恭尝为光属吏，及贤为大司马，与光并列三公。哀帝却故意使贤访光，看光如何待贤？光却整肃衣冠，出门恭迎。见贤车已到门前，引身倒退。俟贤既至中门，复避入门侧，直待贤下车后，方延入厅中，低头便拜。拜毕起身，请贤上坐，自在下座陪着，好似卑职迎见长官，不敢敌礼。卑鄙至此，令人齿冷。及贤起座告辞，又恭恭敬敬的送出门外，请贤登车去讫，然后回入府中。贤很是高兴，还报哀帝。哀帝大喜，拜光两兄子为谏大夫常侍，光子放已经就职侍郎，故不另授。在光还道是喜出望外，哪知人格已丧，这区区浮云富贵，有什么稀罕呢？

时外戚王氏失势，只有平阿侯王谭子去疾，尚为侍中，去疾弟闳为中常侍，闳妻父中郎将萧咸，系故将军萧望之子。贤父恭，素慕咸名，欲娶咸女为次媳，特托王闳为媒，前去说合。闳不便推辞，只好转白萧咸，咸慌忙摇手，口中连说不敢当，一面屏去左右，密语闳道："董贤为大司马，册文中有'允执其中'一语，这是尧传舜的禅位文，并非三公故事，朝中故老，莫不惊奇！我女怎能与董公兄弟相配？烦汝善为我辞便了！"闳听罢即行，暗记前日策文，果有此语，难道汉室江山，真要让与董贤，越想越奇，又好笑，又好气，当下仍至董恭处复报，替萧家满口谦逊，只言寒门陋质，不敢高攀。恭尚以为故作谦辞，再向闳申说一番，闳已咬定前言，有坚却意。恭不禁作色，自言自叹道："我家何负天下？乃为人所畏如是！"试问汝家何益天下？闳见恭含着怒意，起身辞去。过了数日，哀帝置酒麒麟殿，召集董贤父子亲属及一班皇亲国戚，共同宴叙。闳亦在旁侍饮，酒至半酣，哀帝笑视董贤道："我欲法尧禅舜，可好么？"贤陡闻此言，喜欢的了不得，但一时如何答说，也不禁暗暗沉吟。忽有一人进言道："天下乃高皇帝天下，非陛下所得私有。陛下上承宗庙，应该传授子孙，世世相继，天子岂可出戏言！"哀帝听说，举目一瞧，便是中常侍王闳，当下默然不悦，竟遣闳出归郎署，不使侍宴。左右都为闳生愁，恐闳因此得罪。太皇太后王氏，闻知此事，代闳谢过，哀帝乃复召闳入侍。闳却不肯中止，复上书极谏道：

臣闻王者立三公，法三光，居之者当得贤人。《易》曰："鼎折足，覆公餗。"喻三公非其人也。昔孝文皇帝幸邓通,不过中大夫;武皇帝幸韩嫣,赏赐而已,皆不在大位。今大司马卫将军董贤,无功于汉朝,又无肺腑之连,复无名迹高行以矫世,升擢数年,列备鼎足,典卫禁兵,无功封爵,父子兄弟,横蒙拔擢,赏赐空竭帑藏,万民喧哗不绝,诚不当天心也。昔褒神鼋变化为人,实生褒姒,乱周国,故臣恐陛下有过失之讥,贤有小人不知进退之祸,非所以垂法后世也。

哀帝览书,也觉不欢,但因闳为太皇太后从子,不得不格外含容。前时法尧禅舜一语,未免失言,因此不置可否,模糊过去。会匈奴单于囊知牙斯,及乌孙大昆弥伊秩靡入朝。囊知牙斯乃是复株累若鞮单于少弟,复株累若鞮早死,传弟且麋胥,且麋胥又传弟且莫车,且莫车再传弟囊知牙斯,号为乌珠留若鞮单于。国势浸衰,因此历代事汉,来朝哀帝。参见已毕,由哀帝传旨赐宴,廷臣统在旁侍饮。乌孙大昆弥,当然在座,专顾饮酒,不暇张望。独囊知牙斯年少好奇,左右顾盼,蓦见廷臣中有一青年,唇红齿白,秀丽过人,坐位却在上面,居然首冠百僚。心中不禁诧异,遂向译员指问道:"这位大员姓甚名谁?"译员尚未及答,已为哀帝所见。询及原因,便命译员答说道:"这就是大司马董贤,年方逾冠,才德兼全,却是我朝的大贤。"董贤既是大贤,哀帝何不特赐双名! 囊知牙斯晓得什么董贤品行,一闻此语,便出席起贺,拜称汉得贤臣,哀帝很是心欢。待至宴罢,赏赐囊知牙斯,比乌孙王还要加厚,两番主谢恩回国。

董贤已任大司马,比不得前此在宫,朝夕留侍,所以公事一了,回家休息。不防到了门首,一声怪响,门竟坍倒。贤吓了一跳,自思门第新筑,结构甚坚,且是妻父将作大匠监工,何至遽朽? 再令左右检验土木,原是牢固得很,不知何故倒坏? 心甚不安。次日有诏颁出,乃是修复三公职衔,贤为大司马如故。改称丞相为大司徒,即令孔光任职。迁御史大夫彭宣为大司空,封长平侯。这诏与贤毫不关碍,贤当然无虞。又过了一二旬,仍无变动情事,贤把那大门倒坏的怪事,也淡淡忘却了。谁知内报传来,哀帝寝疾不起,急得贤神色慌张,立刻入宫省视,只见哀帝卧在床上,委顿异常,一时也不好细问,只得约略请安。哀帝不愿多言,含糊答了数语,惟口中呻吟不绝。贤也觉不佳,但思哀帝年未及壮,当不致一病即崩,自己宽慰自己,就在宫中留侍数日。偏偏哀帝病势日重,即于元寿二年六月中，奄然归天，年止二十有六，在位只有六年。

傅皇后及董昭仪等，入哭寝宫，贤感哀帝厚恩，也在寝门外号恸不休。蓦由太皇太后王氏到来，抚尸举哀，哀止即收取御玺，藏在袖中。一面召贤入问，丧事该若何调度。贤从未办过大丧，且因哀帝告崩，如寡妇失去情夫，三魂中失去二魂，竟至对答不出。好一位大司马。太皇太后方说道："新都侯莽，曾奉先帝大丧，熟习故事，我当令他进来助汝。"贤忙免冠叩首道："如此幸甚！"太皇太后立即遣使，召入王莽。莽陪道入都，进谒太皇太后，首言董贤无功无德，不合尸位，太皇太后点首称是。莽遂托太皇太后意旨，命尚书劾贤不亲医药，当即禁贤出入宫殿。贤闻知此信，慌忙徒跣诣阙，免冠谢罪。莽竟传太皇太后命令，就阙下收贤印绶，罢归就第。贤怅怅回家，自思莽如此辣手，定是来报前嫌，将来自己性命，总要被他取去，不如图个自尽，免得受诛。乃即与妻说明意见，妻亦知无可挽回，情愿同死，两人对哭一场，先后自杀。冥途中若遇哀帝灵魂，仍好前后承欢，怪不得哀帝称为大贤呢！

家人还道有大祸临门，不敢报丧，遽将董贤夫妇棺殓，夤夜埋葬，事为王莽所闻，疑他诈死，复嘱有司奏请验尸，自行批准。令将贤棺抬至狱中，

开棺相验，果系不差。但因他棺用朱漆，殓用珠璧，又说他僭行王制，把贤尸拖出棺外，剥去衣饰，用草包裹，乱埋狱中。再劾贤父恭骄恣不法，贤弟宽信淫佚无能，一并夺职，徙往合浦。家产发官估卖，约值钱四千三万万缗。贤平时厚待属吏朱诩。诩买棺及衣，至狱中收得贤尸，再为改葬，因即上书自劾，莽大为不悦，另寻诩罪，将他击死。大司徒孔光，专知贡谀献媚，当即邀同百官，推莽为大司马。前将军何武，后将军公孙禄，谓不宜委政外戚，自相荐举。太皇太后决意用莽，竟拜莽为大司马，领尚书事。莽自是手握大权，逐渐放出手段来了。小子有诗叹道：

幸臣死去大奸来，汉室江山已半灰。
毕竟妇人无远识，引狼入室自招灾！

欲知王莽如何举动，待至下回表明。

王嘉入相三年，守正不阿，不可谓非良相，惜乎不得其人，所遇非主耳！且其称美孔光，亦无知人之明。孔光阴险，恶过董贤父子，嘉知董贤父子之不肖，而不知孔光之为大奸，身被构陷，反以为贤，其致死也亦宜哉！司隶鲍宣，亦为孔光所排挤，仅得不死，而对于嬖幸之董贤，至不屑下拜，卑污若此，尚得谓之贤乎！董贤原有可杀之罪，但不当死于王莽之手，即其所劾罪案，亦不足以服人。孔光专媚于前，王莽专横于后，大奸之后，继以大憝(duì)，汉亦安能不亡？彼董贤之伏法，吾犹当为之称冤云。

第九十九回

献白雉罔上居功　惊赤血杀儿构狱

却说王莽既得专政，遂与太皇太后商议，迎立中山王箕子为嗣。箕子为哀帝从弟，就是刘兴嗣儿。兴母冯婕妤死后，箕子幸未连坐，仍袭王封。当下派车骑将军王舜，持节往迎。舜系王音子，为莽从弟，太皇太后素来爱舜，故特使迎主立功。舜奉命去讫。宫中无主，太皇太后又老，一切政令，全由莽独断独行。莽即将皇太后赵氏，贬为孝成皇后，皇后傅氏，逼令徙居桂宫。赵太后的罪状，是与女弟赵昭仪，专宠横行，残灭继嗣。傅后的罪状，是纵令乃父傅晏，骄恣不道，未尝谏阻。罪案宣布以后，没一人敢与反对。莽索性追贬傅太后为定陶共王母，丁太后为丁姬，所有丁傅两家的子孙，一律免官归里。傅晏负罪尤甚，令与妻子同徙合浦，独褒扬前大司马傅喜，召入都中，位居特进，使奉朝请。嗣复再废傅太后赵皇后为庶人，二后皆愤恚自杀。论起四后优劣，赵太后生前淫恶，该有此报，傅太后专擅过甚，也应有此，丁姬因哀帝入嗣，不过母以子贵，未闻干政，傅后更无过失，就是傅晏擅权，也由哀帝主见，并非傅后从中请求。王莽怎得不分皂白，一概贬黜？况莽系汉朝臣子，怎得擅贬母后，无论丁姬傅后，不应被贬，即如赵飞燕的淫恶，傅昭仪的专擅，罪有攸归，也岂莽所得妄议！义正词严。太皇太后王氏，平时受着傅、赵二后的恶气，还道莽为己泄忿，暗地生欢。哪知莽已目无尊亲，何事不可做得？履霜坚冰，由来者渐，奈何尚沾沾自喜呢！庸妪晓得什么？

莽既连贬四后，恣所欲为，惟见孔光历相三朝，为太皇太后所敬重，不得不阳示尊崇。实是喜他阿谀。特引光女婿甄邯为侍中，兼奉车都尉。凡朝右百僚，但为莽所不合，莽即罗织成罪，使甄邯赍着草案，往示孔光。光不敢不依旨举劾，莽便持光奏章，转白太皇太后，无不邀允。于是何武公孙禄，坐实互相标榜的罪名，一并免官，令武就国。董宏子武，嗣爵高昌侯，坐父谄佞，褫夺侯爵。关内侯张由，史太仆史立等，坐中山冯太后冤案，削职为民，充戍合浦。红阳侯王立，为莽诸父，成帝时遣令就国，哀帝时已召还京师，莽不免畏忌，又令孔光奏立前愆，请仍遣立就国。太皇太后亲弟，只立一人，不愿准奏。又经莽从旁撺掇，谓不宜专顾私亲，太皇太后无可奈何，只好命立回国。莽遂引用王舜、王邑王商子。为腹心，甄邯、甄丰主弹击，平晏平当子。领机事，刘歆刘向子。典文章，孙建为爪牙。布置周密，一呼百诺，平时欲有所为，但教微露词色，党与即希承意旨，列入奏章。太皇太后有所褒奖，莽假意推让，叩首泣辞。其实是上欺姑母，下欺吏民，口是心非，自便私图罢了。

大司空彭宣，见莽挟权自恣，不愿在朝，遂上书乞休。莽恨他无端求退，入白太后，策免宣官，令就长平封邑。宣居长平四年，寿考终身。就是傅喜奉诏入都，也觉得孤立可危，情愿还国，莽亦许他归去，亦得寿终。莽因进左将军王崇为大司空，崇为王吉孙，与王太后母弟王崇同名异人。封扶平侯。

既而中山王箕子到来，由莽召集百官，奉着太皇太后诏命，拥他登基，改名为衎(kàn)，是为平帝。年只九岁，不能亲政，即由太皇太后临朝。莽居首辅，百官总己以听。奉葬哀帝于义陵，兼谥孝哀皇帝。大司徒孔光，却也内怀忧惧，上书求乞骸骨。有诏徙光为帝太傅，兼给事中，掌领宿卫，供奉宫禁。所有政治大权，尽归莽手，与光无涉。莽想权势虽隆，功德未著，必须设一良法，方可笼络人心。踌躇数日，得了一策，暗使人至益州地方，嘱令地方官吏，买通塞外蛮夷，叫他假称越裳氏，献入白雉。地方官当即照办。平帝元始元年正月，塞外蛮人入都，说是越裳氏瞻仰天朝，特奉白雉上贡，莽即奏报太皇太后，将白雉荐诸宗庙。从前周成王时代，越裳氏重译来朝，也曾进献白雉，莽欲自比周公，故特想出此法。果然群臣仰承莽意，奏称莽德及四夷，不让周公旦。公旦辅周有功，故称周公，今大司马莽安定汉朝，应加称安汉公，增封食邑。太皇太后当即依议，偏莽装出许多做作，故意上表固辞，只说臣与孔光、王舜、甄丰、甄邯诸人，共定策迎立中山王，今请将孔光等叙功，臣莽不敢沐恩。太皇太后得了莽奏，不免迟疑。甄丰、甄邯等急忙上书，谓莽功最大，不宜使落人后。太皇太后乃谕莽毋辞。莽再三推逊，定要让与孔光等人，寻且称疾不起。太皇太后因封孔光为太师，王舜为太保，甄丰为少傅，甄邯为承安侯，然后乃颁诏召莽，入朝受赏。莽尚托病不至，真会装刁。再经群臣申请封莽，即日下诏，令莽为太傅，赐号安汉公，加封食邑二万八千户，莽始出受官爵名号，但将封邑让还。且为东平王云伸冤，使云子开明为东平王，奉云祭祀。又立中山王宇孙桃乡侯子成都为中山王，奉中山王刘兴祭祀。再封宣帝耳孙三十六人，皆为列侯。此外王侯等无子有孙，或为同产兄弟子，皆得立为嗣，承袭官爵，皇族因罪被废，许复属籍，官吏年老致仕，仍给旧俸三分之一，赡养终身，下至庶民鳏寡，无不周恤。如此种种恩施，统由王莽创议施行，好教朝野上下，交口称颂，都说是安汉公的仁慈，把老太后小皇帝二人，一概抹煞。真是好计。莽又讽示公卿，奏称太皇太后春秋太高，不宜亲省小事，此后惟封爵上闻，他事尽归安汉公裁决。太皇太后又复依议，于是朝中只知有王莽，不知有汉天子了。

惟当时一班朝臣，偶有私议，谓平帝入嗣大统，本生母卫姬未得加封，不免向隅。莽独惩丁傅覆辙，恐卫姬一入宫中，又要引进外家，干预国政。但若不加封卫姬，又未能塞住众口，乃遣少傅甄丰，持册至中山，封卫姬为中山王后，帝舅卫宝卫玄，爵关内侯，仍然留居中山，不得来

京。扶风功曹申屠刚，直言对策道："嗣皇帝始免襁褓，便使至亲分离，有伤慈孝，今宜迎入中山太后，使居别宫，使嗣皇帝得按时朝见，乐叙天伦，并召冯卫二族，平帝祖母冯婕妤，故云冯卫二族。选入执戟，亲奉宿卫，免得另生他患。"迎母则可，必召入外家宿卫，亦属未善。这数语最中莽忌，莽当然驳斥，因不欲自己出名，特请太皇太后下诏，斥责申屠刚僻经妄说，违背大义，因即放归田里。恩归自己，怨归太后。刚被黜归还，有何人再敢多言？

越年二月，黄支国献入犀牛，廷臣相率惊异，都称黄支国在南海中，去京师三万里，向来未曾朝贡，今特献犀牛，想来又是安汉公的威德。正要上书献谀，偏又接得越嶲郡奏报，说有黄龙出游江中。太师孔光，遂与新任大司徒马宫，以及甄丰甄邯等三人，拟奉表称瑞，归德王莽。旁有大司农孙宝说道："周公上圣，召公大贤，彼此尚有龃龉，今无论遇着何事，都是异口同声，难道近人，果胜过周召么？"众人听了，莫不失色，甄邯遂口称奉旨，暂令罢议。其实犀牛入献，也是买嘱出来，黄龙游江，未必果是真事。邯本与莽同谋，自觉情虚，所以情愿中止，但心中很仇视孙宝，不肯轻轻放过。当下嘱咐党与，阴伺孙宝过失。适宝遣人迎接老母，并及妻子数人，母至中途，忽患老病，因折回弟家养疴，但遣妻子入都。当有司直陈崇，查得此事。立上弹章，斥宝宠妻忘母。莽即告知太皇太后，将宝免官。大司空王崇，不愿与群小联络，称病乞归。当有诏书批准，令崇解职，改用甄丰为大司空。光禄大夫龚胜，大中大夫邴汉，并皆辞官归里。胜系楚人，节行并茂。同郡人龚舍，与胜友善，胜尝荐为谏大夫，舍不肯就征，再召拜光禄大夫，仍然不起，平居以鲁诗教授生徒，年至六十八乃终，时人称为两龚。邴汉系琅琊人，亦有清行。兄子曼容，养志自修，为官不肯过六百石，稍有不合，当即辞归，因此名望益隆，几出汉右。莽尚欲借此市恩，优礼送归胜汉。胜汉明知莽奸巧，表面上只好道谢，两袖清风，飘然自去。摆脱名缰，莫如此策。

会当盛夏大旱，飞蝗为灾，莽不能视作祥瑞，只得派吏查勘，准备赈饥。一面奏请太皇太后，宜衣缯减膳，表率万民。自己也戒杀除荤，连日茹素，且愿出钱百万，献田三十顷，付诸大司农，助给灾黎。满朝公卿，见莽如此慷慨，也不得不捐田助宅，充作灾赈，共计有二百三十人。但第一发起，总要算安汉公王莽，一班灾民，仍说莽功德及人，莽又借着天灾，得了一种大名。处处使乖。已而得雨经旬，群臣联疏上陈，请太皇太后照常服食，又盛称安汉公修德禳灾，感格天心，果沛甘霖。

可巧匈奴有使人到来，入见王莽。莽问及王昭君二女，是否俱存。来使答言俱已适人，现并无恙，莽乘机说道："王昭君系我朝遣嫁，既有二女遗传，亦应使她入省外家，顾全亲谊，烦汝转告汝主便了！"来使唯唯受教，谢别而去。过了月余，匈奴单于囊知牙斯，竟依着莽意，特遣王昭君长女云，曾号须卜居次，入谒宫廷。须卜居次，见前文。当由关吏飞章入报，莽闻信大悦，便令地方官好生接待，派妥吏护送来京。及须卜居次已到，莽即禀白太皇太后，说是匈奴遣女入侍，应该召见。太皇太后听着，也是心欢，立即传见须卜居次，须卜居次虽是番装，却尚不脱遗传性质，面貌颇肖王昭君，楚楚动人。再加中朝言语，也有好几句通晓，就是寻常礼节，亦约略能行，所以入见太皇太后，跪拜应对，大致如仪。太皇太后喜动慈颜，赐她旁坐，问过了许多说话，然后赐给衣饰等物，令她留住宫中。须卜居次生长朔方，所居所食，无非毳帐酪浆，此次得至皇宫中寄居数月，服罗绮，戴金珠，饱尝天厨珍馐，有何不愿？不过安汉公以下的走狗，又说得天花乱坠，归德安汉公，能使外人悦服，遣女入侍。就是太皇太后也道由莽德能及远，上下被欺，莽计又被用着了。

时光易过，又是一年，须卜居次怀念故乡，恳请遣归。太皇太后却不加阻，准令北返，临行时复厚给赏赐。须卜居次拜舞而去。平帝年仅一十二岁，情窦未开，但当须卜居次来往时，见她语言举动，半华半夷，很觉有些稀奇，所以每与相见，辄为注目。莽又凑着机会，转告太皇太后，应为平帝择婚，太皇太后自无异议。莽复采取古礼，谓宜援天子一娶十二女制度，方可多望生男，借广继嗣，当下诏令有司，选择世家良女，造册呈入。有司领命，采选数日，已得了数十人，按年编次，呈将进去。莽先行展阅，见他所开选女，原是豪阀名家，但一半是王氏女儿，连己女亦有名在内。莽眉头一皱，计上心来，即携名册入内，面奏太皇太后道："臣本无德，女亦无材，不堪入选，应即除名。"太皇太后听了，不知莽是何用意，俯首细思，想系莽不欲外家为后，故有此议。当下诏令有司，王氏女俱不得选入。哪知王莽本意，正要想己女为后，好做个现成国丈；不过为了选名册中，多采入王氏女，只恐鱼目混珠，被他夺去。偏太皇太后无端误会，竟命将王氏女一概除去，岂不是弄巧成拙么？全是欲取姑与的狡计。正忧虑间，已有许多朝臣，伏阙上书，请立安汉公女为皇后，接连是吏民附和，都奏称安汉公功德巍巍，今当立后，奈何不选安汉公女，反去另采他家？说得太皇太后不能不从，只好依言选定。莽始尚推辞，继见太皇太后已经决意，乃申言臣女为后，亦当另选十一人，冀合古制。群臣又相率上议，竟言不必另选，免多后患。莽还要生出周折，一是请派官看验，一是请卜定吉凶。太皇太后因遣长府宗正尚书令等，往视莽女，须臾复命，俱言女容窈窕，允宜正位中宫。再令大司徒大司空，策告宗庙，兼及卜筮。太卜又奏称卜得吉兆，乃是金水旺相，父母得位，定主康强逢吉。谁知后来是乌焦巴弓！于是续议聘礼，遵照先代聘后故事，计黄金二万斤，钱二万万缗。莽仍请另选十一媵女，待至选就，自己只受聘礼钱四千万，还把四千万内腾出三千三百万，分给媵女各家，每家得三百万。群臣再奏称皇后受聘，只收受七百万钱，与媵女相去无几，应该加给。太皇太后复增钱二千三百万，合莽原留七百万缗，共计三千万，莽又腾出一千万，散给九族。群臣更寻出古礼，谓古时皇后父受封百里，今当举新野田二万五千六百顷，加封安汉公，莽慌忙固辞，乃不复加封。莽意原不止此。

后既聘定，由太史择定婚期，应在次年仲春吉日。莽家闻信，预备嫁奁，自然有一番忙碌。不意一夕有门吏出外，见有一人立在门前，才打了一个照面，便即窜去。门吏本认识此人，乃是莽长子宇妻舅吕宽，平日尝相往来，为何鬼鬼祟祟，逢人即避？此中定有蹊跷。正在怀疑，蓦闻有一阵血腥气贯入鼻中，越觉奇怪得很。慌忙返身入门，取火出照。见门上血迹淋漓，连地上亦都沾湿，不由的毛骨悚然。亟入内报知王莽，莽怎肯不问？连夜遣人缉捕吕宽。次日即被捕到，仔细盘问，乃是莽子宇唆使出来。从前莽迎入平帝，只封帝母卫姬为中山王后，不许入都。见本回前文。卫后止有此子，不忍远离，免不得上书请求，莽仍然不从。独莽子宇，不直乃父，恐将来平帝长成，必然怀怨，不如预先筹谋，省得后悔。当下与师吴章，及妻兄吕宽私下商议良策。章默想多时，方密告道："论理应由汝进谏；但汝父执拗，我亦深知，现在只有一法，夜间可用血洒门，使汝父暗中生疑，向我说起，我方好进言，劝他迎入卫后，归政卫氏便了。”吕宽拍手道：“此计甚妙，便可照行。”宇知莽迷信鬼神，亦连声称善，遂托吕宽乘夜办理。宽遂出觅猪羊狗血，聚藏钵内，至夜间往洒莽门。冤冤相凑，撞见门吏，竟被发觉诡谋，不得不卸罪王宇。他想宇是莽子，定可邀恕，谁知莽毫无恩情，立刻将宇召入，问由何人主谋。宇答由吴师所教。莽竟缚宇，送交狱中，连宇妻吕焉一同连坐。越宿即逼宇自杀，吕焉腹中有孕，才令缓刑，复把吴章拿到，磔死市曹。狼心狗肺，至此已露。

章籍居平陵，素通《尚书》，入为博士。生徒负笈从游，约有一千余人。莽都视为恶党，下令禁锢。诸生统皆抵赖，不肯自认为吴章弟子，独有大司徒掾属云敞，自认章徒，且收抱吴章遗尸，买棺殓葬。都人士因此誉敞，就是莽从弟王舜，亦称敞见义必为，足比栾布。布收彭越首级事，见前文。莽专好沽名，因闻敞为众所称，倒也不敢加罪。惟甄邯等入白太皇太后，极称莽大义灭亲。当由太皇太后下诏道：“公居周公之位，行管蔡之诛，不以亲亲害尊尊，朕甚嘉之！”为此一诏，更激动贼莽狠心，一不做，二不休，索性杀尽卫氏支属，只留下帝母卫后一人。还有元帝女弟敬武公主，曾为高阳侯薛宣继妻，宣死后留居京师，屡言莽专擅不臣。

莽查得宣子薛况与吕宽为友，遂将他母子株连，迫令敬武公主自尽，处况死刑。外如莽叔父红阳侯王立，及从弟平阿侯王仁，王谭长子。乐昌侯王安，王商子。与莽未协，由莽假传太皇太后诏旨，并皆赐死。又杀死故将军何武，前司隶鲍宣，护羌校尉辛通，函谷都尉辛遵，水衡衡尉辛茂，南郡太守辛伯等人，所有罪状，都坐与卫氏通谋。北海人逢萌，留寓长安，怅然语友人道："三纲已绝，若再不去，祸将及身！"说着，即脱冠悬挂东城，匆匆出都。至家中挚领妻子，渡海东游，径往辽东避祸去了。小子有诗叹道：

洒血门前理固差，论心还是望持家。
无端杀尽诸亲属，难怪伊人逝水涯。

越年便是元始四年，平帝大婚期至，特派大员，往迎莽女。所有一切礼仪，且至下回再叙。

本回全叙王莽专恣，见得莽阴贼险鸷，与众不同。甫经起用，即贬废四后，彼岂尚有人臣之义耶？孝元后反喜其报怨，妇人之私，断不足与议大体。越裳氏之献白雉，何足言功？周公之称为元圣，固与白雉无关，况其由买嘱而致乎？厥后黄支献犀牛，越嶲现黄龙，何一非侈饰祯祥，矫揉造作。即如须卜居次之入侍，与汉廷有何利益？而朝臣竟称为王莽功德，不值一噱！至若吕宽事起，亲子可杀，已非人情，甚且叔父从弟，无辜被害，是可忍，孰不可忍！宁待入宫逼玺，始无姑侄情乎？要之莽之篡汉，全由孝元后一人酿成，彼孔光等何足责哉！

第一百回

窃国权王莽弑帝　投御玺元后覆宗

却说元始四年春二月，平帝大婚。特遣大司徒马宫，大司空甄丰等，奉着乘舆法驾，至安汉公第恭迎皇后。莽令女儿装束齐整，出受皇后玺绶，登舆入宫。当有典礼官依着仪注，引着一十三岁的小皇帝，与莽女成婚。莽女年龄，与平帝相去不多，也未曾通晓礼节，全赖男女傧相，随时指导。礼成以后，颁诏大赦，三公以下，一律加赏。

太保王舜，邀集吏民八千余人，申请加封安汉公王莽。事下有司复议，议定大略，仍将莽所让还新野诸田，作为赏赐，采集伊尹、周公称号，命莽为宰衡，位居上公。赐莽母太夫人号为功显君，莽子安为褒新侯，临为赏都侯，加皇后聘金三千七百万。太皇太后当即依议，亲临前殿，授策封拜。莽率二子入朝，稽首辞让，不敢受赏。又要装腔。及趋退后，复上奏章，只愿受母功显君称号，余皆不受。太师孔光，又出来谀莽，向太皇太后面奏道："安汉公勋德绝伦，所议封赏，尚未足以酬功，公虽谦抑退让，朝廷总当显秩酬庸，毋令固辞！"太皇太后又依言谕莽，莽仍求见太皇太后，叩头涕泣，坚辞封赏。装得像。太皇太后再召问孔光，光答言新野诸田，或可听他让还，功显君名号，止及一身，褒新赏都两国，不过三千户，并非重赏，聘金加给，乃是尊重皇后，与安汉公无关，应再派大员推诚晓谕，勿受让词。王舜为莽从弟，助莽或犹可说，孔光实属可杀。太皇太后乃再命大司徒马宫，大司空甄丰，持节劝莽，莽方才拜受。惟所受例外聘金，又取出千万，赂遗太皇太后，下至宫娥彩女，无不沾润。且请尊太皇太后姊君侠为广恩君，妹君力为广惠君，君弟为广施君，三人均给汤沐邑。妇人女子，得了好处，当然大喜过望，交口誉莽。于是内外一致，莫不称莽为第一好人。

莽又求媚太皇太后，无所不至。暗想老年妇人，寂处深宫，定乏兴趣，不若导令出游，使她快意。遂入请太皇太后，四时出巡，存问孤寡。又是一个好题目。太皇太后果然合意，带领皇后及列侯夫人，乘辇巡幸。莽饬有司预备钱帛牛酒，随辇出发，到处查问孤儿寡妇，量为赐给，一班穷民，欢呼万岁。太皇太后已经大悦，再加辇迹所经，都是长安城外的名胜地方，有山可眺，有水可观，还有草木鸟兽，无奇不备，试想这老太后久处宫中，忽得别开生面，一旷眼界，还有什么不怡情悦色哩！太皇太后有一弄儿，病居外舍，莽且亲往探视，弄儿感激非常，待至病愈，自然入白太皇太后。太皇太后尤为得意，觉得莽面面周到。就是古来孝子，想亦不过如斯，何况是一个侄儿，偏能这般孝顺，真好说独一无二了！哪知他要夺你的家产！

莽既取悦太皇太后，还想笼络天下士人，特创议设立明堂辟雍灵台，踵行周制。想做周公原应如此。并筑学舍万间，招罗天下俊秀，齐集京师。一面立乐经，增博士员，考校士人优劣。贤能为师，愚陋为徒。各有廪饩，不使向隅。群臣又奏言周公摄政七年，制度乃定，今安汉公辅政四年，营作二旬，大功毕成，应请升宰衡位置，在诸侯王上。太皇太后便即许可。群臣具会议九锡隆礼，为莽崇封。莽心想九锡封典，乃是异数，自从辅政以来，虽得运动四方夷狄，南献白雉犀牛，北亦遣女入侍，只是东西两方，还未入贡，应该再广招徕。招徕二字用得妙。乃复派遣心腹，多持金帛，贿通东夷西羌，东献方物，西献鲜水海即青海。允谷盐池等地，莽特增置西海郡，派吏往治。一片荒陬，毫无生产，乃更令罪犯徙居，迫令垦牧。每年充发，多约数万，少约数千，罪犯不足，继以边民，百姓始渐有怨言了。

越年孔光病死，代以马宫，宫比孔光还要谄谀，促成九锡礼仪。且阴嘱吏民，陆续上书，请加赏安汉公。一时书奏杂陈，仅阅旬月，上书人数，总计共得四十八万七千余名，究竟是虚是实，后亦无从确查，大约是见字计数罢了。近来选举敝习，就是从此处学来。太皇太后，见得朝野上下，恭维王莽，遂决行九锡封典。九锡是一锡衣服，二锡车马，三锡弓矢，四锡斧钺，五锡秬鬯，六锡命圭，七锡朱户，八锡纳陛，九锡虎贲。这是古今特别厚赏，由太皇太后御殿亲行。莽上殿拜受，却不推辞，太皇太后更将楚王旧邸，赐给王莽。莽即令修筑，整刷一新，复改造祖庙，统用朱户纳陛，仿佛宫殿规模。会因采风使陈崇王恽等八人，还朝复命，这八人系王莽所遣，叫他观风问俗。他却窥透王莽本意，出去游览一周，管甚么风俗醇浇，徒诌成了几句歌功谣、颂德诗，就来复报。莽都说他有功，尽封列侯。好运气。

当时郡国傅相，四方守令，均由采风使与他叙谈，嘱使上陈符瑞。大众统皆应命，独广平相班稚，不肯遵行。琅琊太守公孙闳，反奏报灾荒。大司空甄丰，便劾闳捏造不祥，稚搁置嘉应，俱罪坐不道，应该捕诛。无理之至。当下由王莽批准，命将二人逮京。还是太皇太后有些慈心，与莽谈及，稚系班婕妤弟，为贤妃家属，宜加哀矜，莽乃将稚放归。闳下狱论死。莽又奏上市无二价，官无狱讼，邑无盗贼，野无饥民，道不拾遗，男女异路的古制，颁示天下。有人违法，应处象刑。看官听说！这象刑二字，出自《尚书》，凡刑人俱按律更衣，游行市曹，作为众戒。但也须由王道化成，方足使人无犯，哪里靠着一道文告，就得见效？可笑王莽贼头贼脑，竟欲踵行古制，粉饰太平，天下甚大，岂真尽为莽所欺吗？况莽所行诸事，多是自相矛盾，忽而行仁，忽而逞威。从前吕宽事起，杀子及弟，并害叔父，此外无辜连坐，又有多人，一腔残忍，已见端倪。

至元始五年夏季，又欲发掘丁、傅两后坟墓，太皇太后不肯听从。莽却忿然力争道："傅氏、丁氏，曾怀着皇太太后、帝太后玺绶，今已明旨加贬，若不将玺绶取毁，如何行法？且傅氏更宜徙葬定陶，方足正名。"太皇太后只好应诺，但不准易棺，并须备椁作冢，祭用太牢。莽默然退出，即命有司督同工役，分掘二后坟茔。傅太后曾合葬渭陵，即元帝陵，见前。筑土甚高，工役开掘进去，费了无数气力。突闻一声响亮，土石崩颓，压毙了数百人，余众悉数逃回。丁姬合葬共皇园，甫经掘通椁门，忽有火光射出，烟焰高至四五丈。工役都吓得倒躲，经监工官饬令救火，方用水乱浇。等到火灭烟消，仔细看视，椁中器物，已尽被毁过，只有棺木不动。两处都逢怪象，并报王莽，莽尚不知悔，反奏称共王母前尝骄僭，触怒皇天，故致坍陷。丁姬葬亦逾制，火焚椁中。且两处棺木，并称梓宫，衣用珠玉，更非藩妾所宜，臣前拟只取玺绶，尚属非是，应改易棺木，并将丁姬改葬媵妾墓旁，方为顺天合理云云。太皇太后信为真言，居然许可，于是两棺俱发。傅氏椁中，臭达数里。其生也荣，其死也臭。吏役不得已塞鼻检视，取出玺绶珠宝，把尸骨另易他棺，草草葬讫。丁姬处也是照办。可怪的是丁姬棺上，突然燕子数千，口中统衔泥投棺，惹得工役亦为感动，力为建筑，固土厚封。独莽恐众人私议，令就二后墓上，遍种荆棘，作为瘅恶的榜样，垂戒后人。要说人恶，愈见己恶。

太师马宫，前曾与议傅太后尊谥，此时见莽追翻前案，心下不安，因上书自劾，愿乞骸骨。莽本因宫事事阿顺，无心追究，偏他胆小如鼷（xī），自来请罪，一时无法挽留，不得已请太皇太后下诏，免太师官，以侯爵归第。这种事情，平帝全然不得参议。但平帝年已十四，知识渐开，闻得莽掘迁二后坟墓，也觉不平，并因莽杀尽舅家，单剩生母卫后一人，还不许相见，如此刻毒，实属容忍不住，所以与莽见面，常露愠色，背地里且有怨言。宫中侍役，多是王莽耳目，当然有人报知。王莽一想，皇帝小小年纪，竟要怨我，将来长成，还当了得！况汉室江山，已在掌握，所碍唯一女儿，他时亦好改嫁。我不如先发制人，较为得计！主见已定，也不商诸他人，待到是年腊日，进献椒酒，暗中置毒。汉以大寒后戌日为腊，并非除夕。平帝何从知晓，见酒便喝，一杯下肚，夜间便即发作，自呼腹痛，辗转呻吟。翌日由宫中传出，平帝得病甚剧，医治乏效。莽暗暗心喜，又恐被人瞧破，假意入宫问疾，装作愁眉泪眼一般。及至退出，复令词臣制成一篇祝文，情愿以身代帝，立赴泰畤祷告。再将祝文藏置金縢，故意嘱语群臣，不得多言。群臣以为金縢藏策，是周公故事，周公为了武王有病，愿甘代死，今安汉公也是如此，真是周公重生。哪知平帝一条性命，已被贼莽断送，腹痛数日，竟致告崩。名目上是在位五年，活得一十四岁。

莽入临帝丧，伪作悲号，一面令殓用元服，尊谥为孝平皇帝，奉葬康陵，命官吏丧服三年。太皇太后因平帝无嗣，特召群臣会议立储。时元帝支裔已绝，只有宣帝曾孙五人为王，淮阳王縯，中山王成都，楚王纡，信都王景，东平王开明。及列侯四十八人。群臣拟就五王列侯中，推立一人，独王莽厉声道："五王列侯，统系大行皇帝兄弟，不能相继为后，应就宣帝玄孙中选立。"群臣闻言，都不敢出声。莽利在立幼，故有此说。惟宣帝玄孙二十三人，莽独寻出一个最幼的玄孙，名叫作婴，父为广戚侯显，乃是楚王嚣曾孙，年仅二岁。托言卜相俱吉，应立为嗣。群臣怎敢抗议？全体赞成。先是泉陵侯刘庆上言，谓宜令安汉公摄政，如周公相成王故事。

议尚未行，此时又由前辉光谢嚣奏称，武功县长孟通，浚井得白石，上有丹书，文云："告安汉公莽为皇帝。"前辉光就是长安，莽曾改定官名。及十二州郡县界划，分长安为前辉光、后承烈二郡。谢嚣由莽荐举，又在都中，因即揣摩迎合，捏造符命。莽亟令王舜转白太皇太后，太皇太后作色道："这是欺人妄语，不宜施行！"晓得迟了！王舜道："事已至此，无可奈何！莽亦但欲居摄，镇服天下，余无他意。"只可欺骗妇人。太皇太后不得已下诏道：

> 盖闻天生众民，不能相治，为之立君以统理之。君年幼稚，必有寄托而居摄焉，然后能奉天施而成地化。朕以孝平皇帝幼年，且统国政，几加元服，委政而属之。今短命而崩，呜呼哀哉！已使有司征孝宣皇帝玄孙婴，入嗣孝平皇帝之后，玄孙年在襁褓，不得至德君子，孰能安之？安汉公莽，辅政三世，制礼作乐，与周公异世同符。今前辉光嚣上言丹石之瑞，朕深思厥意，云为皇帝者，乃摄行皇帝之事也。其令安汉公居摄践阼，如周公故事，以武功县为安汉公采地，名曰汉光邑。所有居摄礼仪，令有司具奏以闻。

群臣接奉诏书，酌定礼仪，安汉公当服天子衮冕，负扆践阼，南面受

朝，出入用警跸，皆如天子制度。祭祀赞礼，应称假皇帝。臣民称为摄皇帝，自称臣妾。安汉公自称曰予。若朝见太皇太后、皇帝、皇后，仍自称臣。这种不伦不类的礼议，呈将上去，有诏许可。转眼间已是正月，便改号为居摄元年。莽戴着冕旒，穿着衮衣，坐着銮驾，前呼后拥，到了南郊，躬祀上帝，祀毕至东郊迎春，又赴明堂行大射礼，亲养三老五更，五更亦老人能知五行更代之事，周制尝设三老五更，故莽特仿行。然后返宫。迟至春暮，方立宣帝玄孙婴为皇太子，号为孺子。尊平帝后为皇太后，使王舜为太傅左辅，甄丰为太阿右拂，读若弼。甄邯为太保后承。这项特别的官名，都是王莽创造出来。

才阅一月，便有安众侯刘崇起兵，前来讨莽。崇系长沙定王发六世孙，定王发系景帝子。闻得莽为假皇帝，遂与相张绍商议道："莽必危刘氏，天下共知莽奸，莫敢发难，我当为宗族倡义，号召天下，同诛奸贼！"张绍很是赞成，崇不顾利害，单率部下百余人，进攻宛城。宛城守兵，却有数千，一经对仗，任你刘崇如何忠勇，也是多寡不敌。崇及绍俱死乱军中。崇族父嘉，绍从弟竦，未被杀死，只恐王莽追究，反诣阙谢罪。莽欲牢宠人心，下诏特赦。张竦能文，又替刘嘉做了一篇奏章，极力谀莽，且愿潴崇宫室，垂为后戒。何其无耻乃尔。莽览奏大喜，立即批准。褒封嘉为率礼侯，竦为淑礼侯。都人替他作歌道："欲求封，无过张伯松；力战斗，不如巧为奏！"伯松系竦表字，竦由他歌笑，大官大禄，总得安然享受了。群臣乘机上奏，略言刘崇谋逆，由安汉公权力太轻，今应许他重权，方可镇抚天下。太皇太后一想，莽已居摄，还有何权可加？再召王舜等人问，舜等谓宜除去臣字，朝见时也即称假皇帝。太皇太后已不能制莽，只好由他称呼。

偏是东郡地方，又有义兵崛起，传檄讨逆，为首的乃是郡守翟义。义为故丞相方进子，表字文仲，居官正直，因闻王莽种种要求，势将篡汉，不由得义愤填胸，遽谋起义。有甥陈丰，年只十八，却生得胆力兼全。义因召丰入议道："新都侯莽，摄天子位，故意择定幼主，号为孺子，将来必篡汉家。今宗室衰弱，外无强藩，没人敢抗国难，我父子受国厚恩，义当为国讨贼，汝意以为如何？"丰扬眉抵掌，朗声应诺。义尚恐陈丰一人，不能济事，再约同东郡都尉刘宇，严乡侯刘信，及信弟璜，共同起事。一面部勒车骑材官，招募郡中勇敢战士，准备出发，自称大司马柱天将军，推立刘信为天子。信系东平王云子，东平一案，人皆称冤，见九十七回。所以将他推戴，以便号召。当下传檄郡国，略言王莽鸩杀平帝，摄天子位，欲灭汉室，今天子已立，当恭行天罚等语。远近义士，见他名正言顺，却也慨然乐从。义克日兴师，自东郡行至山阳，约得十余万众。警报传到长安，莽不觉心惊，几乎食不下咽。慌忙召集党羽，决议迎敌，拜轻车都尉孙建，为奋武将军，成都侯王邑，为虎牙将军，明义侯王骏，为强弩将军，城门校尉王况，为震威将军，忠孝侯刘宏，为奋冲将军，震羌侯窦况，为奋威将军，尽发关东兵甲，分道击义。

正在陆续进兵的时候，又有三辅土豪赵朋霍鸿等，与义相应，趁着都中空虚，竟来攻打长安。莽远近受敌，愈觉着忙，亟令卫尉王级为虎贲将军，大鸿胪阎迁为折冲将军，领兵出御，赵朋霍鸿，兵势甚盛，不下十余万名，到处放火，连未央宫前殿，都瞭见火光。莽又使甄邯为大将军，受钺高庙，总掌天下兵马，屯守城外。王舜甄丰，昼夜巡行殿中。莽抱孺子婴至郊庙间，日夜祷告，且召语群臣道："昔周公辅相成王，管、蔡挟禄父叛周，今翟义亦挟刘信作乱，古时大圣人尚忧此变，况莽本斗筲，何堪遇此？"群臣都应声道："不经此变，如何得彰明圣德哩！"可谓善颂善祷。莽又仿《周书》作大诰，颁示天下，表明反位孺子的意思。果然计划精良，军士效力，七将军会齐陈留，与翟义等大战一场，先斩刘璜，后获翟义，只刘信逃得不知去向。义被捕至都中，磔死市曹。义有勇无谋，所以败死。七将军班师西行，移攻三辅。赵朋霍鸿，探得翟义兵败，已经气馁，再加莽军大集，愈不能敌，勉强持过了年，终落得兵败身亡，同归于尽。

莽连得捷报，大喜过望，当即大封诸将，颁爵五等。意欲即日篡位，适值莽母功显君得病，只好在家侍奉，佯示孝思。迁延到了秋季，功显君方才死去。莽只服缌缞，自言居摄践阼，当承汉后，但令长孙王宗主丧，素服三年。莽专援古例，敢问此例出自何朝？广饶侯刘京，车骑将军千人官名。扈云、太保属吏臧鸿，先后上书，竞言符瑞。京说是齐郡临淄县亭长辛当，梦见天使与语云："摄皇帝当为真皇帝，如若不信，但看亭中发现新井，便是确证。"次晨辛当起来，往视亭中，果有新井，深至百尺。云说是巴郡有石牛出现，上有丹文。鸿说是扶风雍石，也有文字发表。石牛雍

石，一并呈验。全是现造。莽欣然迎纳，还要加造数语，奏白太皇太后，谓雍石文共有八字，乃是天告帝符，献者封侯。看来天意难违，此后令天下奏事，不必称摄，并改居摄三年为初始元年，上应天命。太皇太后已悟莽奸诈百出，但权在莽手，不能不从。期门郎张充，颇怀忠义，密邀同志五人，刺杀王莽，改立楚王刘纡为帝。不幸谋泄，尽被杀死。

梓潼人哀章，素行无赖，挟诈求逞，暗制铜匮一具，上署两签，一署天帝行玺金匮图，一署赤帝玺邦传与皇帝金策书。自己扮作方士模样，黄衣黄冠，趁着黄昏时候，赍匮至高帝庙中，付与守吏。一经交代，匆匆引去。守庙官忙报王莽，莽密令人展视铜匮中语，略言摄皇帝莽，应为真天子，下署佐命十一人，一王舜，二平晏，三刘歆，四就是哀章本名，五甄邯，六王寻，七王邑，八甄丰，九王兴，十孙建，十一王盛。看毕后返报王莽，莽亦知是外人捏造，但正要他这般做作，方好侈言神命，篡窃国家。初始元年十二月朔，莽率群臣至高祖庙，拜受金匮神禅，还谒太皇太后，说了一派胡言。太皇太后正想诘驳，莽已见机趋出，改服天子冠裳，大摇大摆的走至未央宫前殿，居然登座。一班趋炎附势的官僚，居然向莽朝贺。莽喜逐颜开，立命左右写好诏旨，堂皇颁布，定国号曰新，即改十二月朔日为始建国元年正月朔日，服色旗帜尚黄，牺牲尚白。此诏一出，争呼新皇帝万岁。

莽下座回宫，自思得为天子，侥幸已极，只是传国御玺，尚在太皇太后手中，应该向她取索。便召王舜入内，嘱咐数语。舜应命即行，直至长乐宫中，向太皇太后取玺。原来孺子婴未立，玺归太皇太后执管。太皇太后骂舜道："汝等父子兄弟，蒙汉厚恩，尚无报答，今受人托孤，反敢乘机篡夺，不顾恩义？如此过去，恐狗彘将不食其余。天下岂有像汝等兄弟么？且莽既托言金匮符命，自作新皇帝，尽可自去制玺，还要这亡国玺何用？我是汉家老寡妇，死且旦夕，欲与此玺俱葬，汝等休得妄想！"迟了！迟了！说着，涕泣不止。侍女统皆下泪，舜亦俯首唏嘘。过了片时，舜乃仰头申说道："事已至此，臣等无可挽回；若莽必欲得玺，太后岂能始终不与么？"太皇太后沉吟半晌，竟取出御玺，狠命的摔在地上，且大骂道："我老将死，看汝兄弟能不灭族否？"舜也不答言，拾玺即出，缴与王莽。

莽见玺上已缺一角，问明王舜，知被太皇太后掷碎。不得已用金修补，终留缺痕。这玺乃是秦朝遗物，由秦子婴献与汉高祖，汉高祖留与子孙，至是暂归王莽。莽用冠军人张永言，改称太皇太后为新室父母皇太后。未几废孺子婴为定安公，号孝平皇后为定安太后，西汉遂亡。总计前汉十二主，共二百一十年。究竟王莽阴谋诡计，窃得汉家天下，能否长久享受，且孝元孝平两后，及孺子婴等如何结局，当由小子续编《后汉演义》再行详叙。惟有俚句二绝，作为《前汉演义》的煞尾声。诗曰：

百战经营造汉朝，谁知一旦付鸱鸮？
庸妪无术江山去，空使官僚著黑貂！莽改汉黑貂著黄貂，元后独令宫吏黑貂，事见《后汉演义》。

得自子婴失亦婴，两朝授玺若同情；
从知报应由来巧，莫替刘家恨不平！

孝元皇后，无傅太后之骄恣，又无赵氏姊妹之淫荒，亦可谓母后中之贤者。乃过宠王莽，使其罔上行私，得窃国柄，是则失之愚柔，非失之骄淫也。莽知元后之易与，故设为种种欺媚，牢笼元后于股掌之中。迨弑平帝而元后不察，迎孺子而元后不争，称摄皇帝假皇帝而元后不问，徒怀藏一传国玺，不欲遽给，果何益耶？要之妇人当国，暂则危，久则亡。元后享年八十有余，历汉四世，不自速毙，宜乎汉之致亡也。呜呼元后！呜呼西汉！